LES REFUGES DE PIERRE

DU MÊME AUTEUR
CHEZ LE MÊME ÉDITEUR

Le Clan de l'Ours des Cavernes*
La Vallée des chevaux**
Les Chasseurs de mammouths***
Le Grand Voyage****

Jean M. Auel

LES REFUGES DE PIERRE

Les enfants de la terre®

*****

Traduction de Jacques Martinache

Roman

PRESSES DE LA CITÉ

Titre original : *The Shelters of Stone*

ISBN 2-258-05837-6

A KENDALL,
qui en sait plus sur ce qui va suivre
que n'importe qui d'autre... sauf sa mère,

à CHRISTY,
la mère de ses fils

à FORREST, SKYLAR et SLADE,
les trois champions

avec amour

1

Rassemblés sur la corniche calcaire, les Zelandonii les regardaient approcher. Personne ne leur adressait de geste de bienvenue, et certains, sans être vraiment menaçants, tenaient leur lance prête. La jeune femme pouvait presque sentir leur peur, cette réticence à les accueillir qu'elle avait remarquée chez d'autres peuples rencontrés pendant leur Voyage. Du bas du sentier, elle en vit d'autres accourir sur la corniche. Ce n'est pas particulier à ce peuple, c'est toujours comme cela au début, pensa-t-elle, un peu mal à l'aise cependant, car ils étaient beaucoup plus nombreux qu'elle ne s'y attendait.

L'homme de haute taille descendit du jeune étalon. Bien qu'il ne fût, lui, ni réticent ni mal à l'aise, il hésita un moment, la bride de son cheval à la main, puis se retourna et découvrit qu'elle restait en arrière.

— Ayla, tu veux bien tenir Rapide ? Il a l'air nerveux, dit-il en levant les yeux vers l'abri. Eux aussi, j'ai l'impression.

Elle hocha la tête, se laissa glisser du dos de la jument et prit la corde. Outre l'agitation que suscitait en lui la présence de tous ces inconnus, le jeune cheval brun profond était encore troublé par sa mère. Elle n'était plus en chaleur mais l'odeur de sa rencontre avec l'étalon du troupeau flottait encore autour d'elle. Ayla tint Rapide près d'elle, laissa la jument louvette avancer et resta entre les deux animaux. Whinney était maintenant habituée à rencontrer des humains et ne montrait d'habitude aucune nervosité, mais elle semblait inquiète, elle aussi. La foule qui se pressait sur la corniche aurait inquiété n'importe qui.

Quand le loup apparut, Ayla entendit des cris d'épouvante s'élever du groupe massé devant la caverne... si on pouvait parler de caverne. Jamais elle n'en avait vu de pareille. Loup se pressa contre sa jambe et tendit le cou, méfiant et protecteur. Elle sentait les vibrations de ses grognements, pourtant discrets. Il se défiait davantage des êtres humains que lorsqu'ils avaient entamé leur long Voyage, un an plus tôt, mais il n'était alors qu'un louveteau, et depuis l'épisode des Femmes-Louves chasseuses de chevaux, il adoptait envers Ayla une attitude plus protectrice.

En gravissant la pente vers le groupe qui s'agitait, l'homme semblait dépourvu de crainte mais Ayla se félicitait de rester derrière et de pouvoir observer ces gens avant de les rencontrer. Elle attendait — elle redoutait — ce moment depuis plus d'un an car les premières impressions comptaient beaucoup... de part et d'autre.

Une femme jaillit du groupe, qui demeura figé, et se précipita vers l'homme. Jondalar reconnut aussitôt sa sœur, même si la petite fille s'était épanouie en une jolie jeune femme pendant ses cinq ans d'absence.

— Jondalar ! Je savais que c'était toi ! Tu es enfin de retour ! s'écria-t-elle en se jetant dans ses bras.

Il la serra contre lui puis la souleva et la fit tourner.

— Folara, je suis si heureux de te revoir !

Il la reposa, la tint à bout de bras.

— Comme tu as grandi ! Tu n'étais qu'une gamine quand je suis parti, tu es devenue une belle femme, ajouta-t-il avec dans l'œil une lueur un peu plus que fraternelle.

Elle lui sourit, plongea le regard dans ses yeux d'un bleu incroyablement éclatant et fut captivée par leur magnétisme. Elle se sentit rougir, non sous le compliment, mais à cause de l'attirance qu'elle éprouvait pour cet homme — frère ou non — qu'elle n'avait pas vu depuis tant d'années. Folara avait entendu parler de ce grand frère aux yeux extraordinaires, capable de charmer n'importe quelle femme, mais elle n'avait gardé que le souvenir d'un compagnon attentionné, toujours prêt à partager les jeux ou les activités qu'elle lui proposait. C'était la première fois que, jeune femme, elle était exposée aux effets du charme de Jondalar. Remarquant sa réaction, il sourit de son trouble.

Elle se détourna, porta les yeux vers le bas du sentier, près de la petite rivière.

— Qui est cette femme, Jondé ? demanda-t-elle. Et d'où viennent ces animaux ? Les animaux fuient les hommes, pourquoi ceux-là ne la fuient-ils pas ? C'est une Zelandonii ? Elle les a invoqués ? (Elle fronça les sourcils.) Et où est Thonolan ?

Elle retint sa respiration en voyant l'expression de douleur qui assombrissait les traits de son frère.

— Thonolan voyage maintenant dans le Monde d'Après. Et sans cette femme, je ne serais pas ici.

— Oh ! Jondé ! Qu'est-il arrivé ?

— C'est une longue histoire et ce n'est pas le moment de la raconter, répondit-il.

Il n'avait pu retenir un sourire en l'entendant l'appeler Jondé : c'était le diminutif qu'elle lui avait donné.

— Je n'avais pas entendu ce nom depuis mon départ, reprit-il. Maintenant je sais que je suis rentré. Comment vont les autres ? Mère ? Willamar ?

— Ils vont bien tous les deux. Mère nous a fait peur il y a deux ans mais Zelandoni a fait appel à sa magie, et elle est en bonne santé, maintenant. Viens voir par toi-même, conclut Folara en prenant son frère par la main pour l'inviter à gravir le reste de la pente.

Jondalar se retourna et fit signe à Ayla qu'il reviendrait bientôt. Il n'aimait pas la laisser seule avec les bêtes mais il fallait qu'il voie sa mère, il fallait qu'il voie par lui-même qu'elle allait bien. Cette « peur » dont lui avait parlé Folara le préoccupait, et il fallait en outre qu'il parle des animaux. Ayla et lui avaient fini par se rendre compte que, pour la plupart des hommes, des animaux qui ne les fuyaient pas représentaient un phénomène à la fois étrange et effrayant.

Les humains connaissaient les animaux. Tous ceux qu'Ayla et lui avaient rencontrés pendant leur Voyage les chassaient ; la plupart les honoraient, rendaient hommage à leurs esprits d'une manière ou d'une autre. Aussi loin que remontait leur mémoire, ils avaient observé les animaux avec soin. Ils connaissaient les territoires qu'ils affectionnaient, les nourritures qu'ils aimaient, leurs migrations saisonnières, leur période de reproduction et leur saison de rut. Mais nul n'avait jamais essayé de toucher d'une manière amicale un animal vivant. Nul n'avait jamais essayé d'attacher une corde au cou d'une bête pour la mener. Nul n'avait jamais essayé d'apprivoiser un animal, ni même imaginé que ce fût possible.

Aussi contents fussent-ils de voir un parent — particulièrement un parent que peu d'entre eux espéraient revoir un jour — rentrer d'un long Voyage, ces animaux apprivoisés constituaient pour eux un spectacle si insolite que leur première réaction était la peur. C'était étrange, inexplicable, cela dépassait leur expérience ou leur imagination, cela ne pouvait être naturel. Cela venait forcément d'un autre monde. La seule chose qui empêchait bon nombre d'entre eux de s'enfuir ou de tenter de tuer ces bêtes terrifiantes, c'était le fait que Jondalar, qu'ils connaissaient tous, était arrivé avec elles, et qu'il montait maintenant le sentier depuis la Rivière des Bois, avec sa sœur, l'air serein sous la lumière vive du soleil.

Folara avait fait preuve de courage en se précipitant vers lui, mais elle était jeune, elle avait l'intrépidité de la jeunesse. Et elle était si heureuse de retrouver son frère — qui avait toujours été son préféré — qu'elle n'avait pu attendre. Jondalar ne lui ferait jamais aucun mal, et lui-même n'avait pas peur de ces animaux.

Du bas du sentier, Ayla regarda hommes et femmes l'entourer, lui souhaiter la bienvenue par des sourires, des embrassades, des tapes dans le dos, des serrements des deux mains, et un déluge de mots. Elle remarqua particulièrement une très grosse femme, un homme aux cheveux bruns que Jondalar pressa contre lui, ainsi qu'une femme d'âge mûr qu'il embrassa avec chaleur et dont il entoura les épaules de son bras. Sans doute sa mère, se dit Ayla, qui se demanda ce que cette femme penserait d'elle.

Ces gens étaient sa famille, ses parents, ses amis, ceux avec qui il avait grandi. Elle, elle n'était qu'une inconnue, une étrangère inquiétante qui amenait d'étranges animaux, qui apportait des coutumes étrangères menaçantes et des idées scandaleuses. Pourquoi l'accepteraient-ils ? Et que se passerait-il s'ils la rejetaient ? Elle ne pouvait retourner chez elle, son peuple vivait à plus d'une année de marche vers l'est. Jondalar avait promis qu'il l'accompagnerait si elle voulait repartir ou si elle y était contrainte, mais c'était avant qu'il retrouve les siens, avant qu'il soit accueilli aussi chaleureusement. Qu'allait-il décider maintenant ?

Sentant quelque chose la pousser derrière elle, elle tendit la main pour caresser l'encolure musclée de Whinney, reconnaissante à la jument de lui rappeler qu'elle n'était pas seule. Whinney avait longtemps été son unique amie lorsqu'elle vivait dans la vallée, après avoir quitté le Clan. Ayla n'avait pas remarqué que la bride s'était détendue quand Whinney s'était rapprochée, et elle laissa Rapide prendre un peu plus d'avance. D'ordinaire, la jument et son poulain trouvaient un réconfort mutuel dans la présence l'un de l'autre, mais les chaleurs de Whinney avaient perturbé leurs habitudes.

D'autres Zelandonii — comment pouvaient-ils être si nombreux ? — regardèrent dans sa direction. Jondalar parla avec animation à l'homme aux cheveux bruns puis adressa un signe à Ayla et sourit. Il descendit le sentier, suivi de la jeune fille, de l'homme aux cheveux bruns et de quelques autres. Ayla prit une longue inspiration et attendit.

A leur approche, le loup gronda plus fort et elle se pencha pour le maintenir contre elle. « Tout va bien, Loup. Ce ne sont que les parents de Jondalar », murmura-t-elle. La pression apaisante de la main d'Ayla signifiait qu'il devait cesser de se montrer menaçant. Elle avait eu du mal à lui apprendre ce signe, mais cela en valait la peine, surtout maintenant. Elle regrettait de ne pas connaître une pression de la main qui la calmerait, elle.

Les membres du groupe qui accompagnait Jondalar s'arrêtèrent à quelque distance, s'efforcèrent de ne pas montrer leur agitation, de ne pas regarder les animaux qui les fixaient ouvertement et de conserver leur sang-froid même quand ces étranges créatures s'approchèrent d'eux.

— Je pense qu'il faudrait commencer par les présentations rituelles, Joharran, dit Jondalar en se tournant vers l'homme brun.

Comme Ayla lâchait les brides pour se préparer à une présentation rituelle, qui exigeait un contact des deux mains, les chevaux reculèrent mais le loup demeura près d'elle. Elle décela une lueur d'appréhension dans le regard de l'homme brun, dont elle devinait pourtant qu'il ne devait pas avoir peur de grand-chose, et jeta un coup d'œil à Jondalar en se demandant s'il avait une bonne raison de vouloir procéder tout de suite aux présentations. Elle examina l'inconnu avec attention et se rappela soudain Brun, le chef du Clan où elle avait grandi. Puissant, orgueilleux, intelligent, habile, lui non plus ne craignait pas grand-chose, sauf le Monde des Esprits.

— Ayla, voici Joharran, Homme Qui Ordonne de la Neuvième Caverne des Zelandonii, fils de Marthona, ancienne Femme Qui

Ordonne de la Neuvième Caverne, né au foyer de Joconan, ancien Homme Qui Ordonne de la Neuvième Caverne, récita l'homme blond avec sérieux. Sans oublier frère de Jondalar, Voyageur des Terres Lointaines, ajouta-t-il d'un ton enjoué.

Sa plaisanterie détendit l'atmosphère, suscita quelques brefs sourires. En principe, pour une présentation rituelle, il fallait énumérer tous les noms et liens d'une personne pour établir clairement son rang — toutes les façons de la désigner, tous ses titres et exploits, tous ses parents et relations, en mentionnant leurs titres et exploits — et certains le faisaient. Mais en pratique, hormis dans les grandes cérémonies, on ne citait que les plus importants. Il n'était pas rare, toutefois, que des jeunes gens, en particulier des frères, se permettent des ajouts facétieux à la longue et parfois ennuyeuse récitation des liens de parenté, et Jondalar rappelait ainsi à son frère les années passées, avant qu'il ne porte les lourdes responsabilités de chef.

— Joharran, voici Ayla des Mamutoï, membre du Camp du Lion, Fille du Foyer du Mammouth, Choisie par l'Esprit du Lion des Cavernes, et Protégée de l'Ours des Cavernes.

L'homme aux cheveux bruns franchit la distance qui le séparait de la jeune femme, tendit les deux mains, la paume tournée vers le haut, en signe de bienvenue et d'amitié. Il ne connaissait aucun des liens évoqués et ne savait pas lequel était le plus important.

— Au nom de Doni, la Grande Terre Mère, je te souhaite la bienvenue, Ayla des Mamutoï, Fille du Foyer du Mammouth, déclara-t-il.

Ayla lui prit les deux mains et répondit :

— Au nom de Mut, Grande Mère de Tous, je te salue, Joharran, Homme Qui Ordonne de la Neuvième Caverne des Zelandonii. Et frère du voyageur Jondalar, ajouta-t-elle en souriant.

Joharran s'aperçut d'abord qu'elle parlait bien sa langue, quoique avec un accent curieux, puis il remarqua ses vêtements et son allure étranges, mais il lui rendit son sourire, en partie parce qu'elle avait montré qu'elle avait compris la plaisanterie de Jondalar — et qu'elle avait fait savoir à Joharran que son frère comptait beaucoup pour elle — mais surtout parce qu'il n'avait pu résister à son sourire.

Ayla était une femme attirante à tous points de vue : élancée, elle avait un corps ferme et bien fait, une longue chevelure blonde légèrement ondulée, des yeux bleu-gris clairs, et des traits fins, bien qu'un peu différents de ceux des femmes zelandonii. Elle rayonnait d'une telle beauté que Joharran retint sa respiration. Jondalar avait toujours admiré le sourire d'Ayla, et il constata avec grand plaisir que son frère n'y était pas insensible.

Joharran vit alors l'étalon trotter nerveusement vers son frère et lança un regard vers le loup.

— Jondalar me dit qu'il faut trouver un... euh, un endroit pour ces bêtes... A proximité, sans doute.

Pas trop près, pensa-t-il.

— Les chevaux ont juste besoin d'un terrain herbeux près d'un point d'eau, répondit Ayla. Mais il faudra demander aux autres de ne pas trop s'approcher d'eux au début si Jondalar ou moi ne sommes pas avec eux. Whinney et Rapide sont troublés par les inconnus jusqu'à ce qu'ils s'habituent à eux.

— Très bien, répondit Joharran. Ils peuvent rester ici, si cette petite vallée leur convient.

— Ce sera parfait, dit Jondalar. Mais nous les emmènerons peut-être en amont, un peu à l'écart.

— Loup a l'habitude de dormir à mes côtés, reprit Ayla. Il est très protecteur envers moi et risque de se manifester si on nous sépare.

Joharran plissa le front, ce qui accentua sa ressemblance avec Jondalar et fit sourire Ayla. Toutefois, Joharran semblait sérieusement inquiet : ce n'était pas le moment de sourire.

Jondalar avait lui aussi remarqué l'air soucieux de son frère.

— Ce serait le bon moment pour présenter Joharran à Loup, suggéra-t-il.

Une lueur proche de la panique s'alluma dans les yeux de l'homme brun mais, avant qu'il pût protester, Ayla lui prit la main. Se penchant vers Loup, elle passa un bras autour du cou de l'animal pour faire taire un grognement naissant : si elle-même percevait la peur de Joharran, cette crainte n'avait pu échapper au loup.

— Laisse-le d'abord renifler ta main, dit-elle. C'est sa façon de procéder aux présentations rituelles.

L'expérience avait appris à l'animal qu'il était important pour Ayla qu'il accepte dans sa meute d'humains ceux qu'elle lui présentait de cette façon. Bien que l'odeur de peur lui déplût, il flaira la main de l'homme pour se familiariser avec lui.

— As-tu déjà touché la fourrure d'un loup vivant ? demanda Ayla en levant les yeux vers Joharran. Tu remarqueras qu'elle est grossière, dit-elle en enfonçant les doigts du frère de Jondalar dans les poils emmêlés du cou. Il est encore en train de faire sa mue, et cela le démange. Il adore qu'on le gratte derrière les oreilles, continua-t-elle en lui montrant comment faire.

Joharran sentit le pelage mais plus encore la chaleur de l'animal et se rappela tout à coup que c'était un loup vivant. Et pourtant, cet animal se laissait volontiers toucher.

Ayla observa que la main de Joharran n'était pas trop raide et qu'il essayait vraiment de gratter Loup à l'endroit indiqué.

— Fais-lui de nouveau renifler ta main.

Joharran approcha la main du museau, puis écarquilla soudain les yeux.

— Ce loup m'a léché ! s'exclama-t-il sans trop savoir si cela présageait le meilleur... ou le pire.

Il vit alors le carnassier donner de petits coups de langue sur le visage d'Ayla, qui semblait ravie.

— Oui, c'est très bien, Loup, le complimenta-t-elle en lui ébouriffant les poils.

Elle se releva, se tapota les épaules. L'animal bondit, posa ses pattes aux endroits indiqués et, quand Ayla renversa la tête en arrière, il lui lécha le cou puis lui enserra le menton dans sa gueule avec un grognement, et cependant une grande douceur.

Jondalar remarqua l'expression sidérée de son frère et des autres, se rendit compte de ce que cette démonstration d'amour animal pouvait avoir d'effrayant pour ceux qui ne comprenaient pas. Joharran le regardait, à la fois inquiet et stupéfait.

— Qu'est-ce qu'il lui fait ?

— Tu es sûr qu'elle ne risque rien ? demanda Folara presque en même temps.

— Ayla ne risque rien, répondit Jondalar. Il l'aime, il ne lui fera jamais aucun mal. C'est la façon dont les loups montrent leur affection. Il m'a fallu un moment pour m'y habituer, et je connais Loup depuis aussi longtemps qu'elle... depuis l'époque où c'était un louveteau turbulent.

— Ce n'est pas un louveteau ! C'est un énorme loup ! s'écria Joharran. Le plus grand que j'aie jamais vu ! Il pourrait l'égorger !

— Oui. Je l'ai vu égorger une femme... Une femme qui tentait de tuer Ayla. Loup la protège.

Les Zelandonii qui observaient la scène poussèrent un soupir de soulagement collectif quand le loup reposa les pattes avant sur le sol et se posta de nouveau près d'Ayla, la gueule ouverte, la langue pendant sur le côté, les crocs découverts. Il avait ce que Jondalar appelait son sourire de loup, comme s'il était content de lui.

— Il fait ça tout le temps ? voulut savoir Folara. A... à tout le monde ?

— Non, répondit Jondalar. Seulement à Ayla, et à moi quelquefois, quand il est particulièrement heureux, et uniquement si nous l'y autorisons. Il est bien élevé, il ne fait de mal à personne... à moins qu'Ayla ne soit en danger.

— Et les enfants ? s'alarma Folara. Les loups s'en prennent souvent aux jeunes et aux faibles.

— Loup aime les enfants, se hâta d'expliquer Ayla. Il les protège, en particulier les plus petits et les plus faibles. Il a été élevé avec les enfants du Camp du Lion.

— Il y avait au Foyer du Lion un enfant chétif et de santé fragile, enchaîna Jondalar. Vous auriez dû les voir jouer ensemble. Loup faisait toujours très attention.

— C'est une bête peu ordinaire, dit l'un des Zelandonii. On a peine à croire qu'un loup puisse se conduire... si peu comme un loup.

— Tu as raison, Solaban, acquiesça Jondalar. Sa conduite nous donne cette impression mais, si nous étions des loups nous-mêmes, nous ne serions pas de cet avis. Il a été élevé avec des humains et, d'après Ayla, il les considère comme sa meute. Il les traite comme s'ils étaient des loups.

— Est-ce qu'il chasse ? s'enquit l'homme que Jondalar avait appelé Solaban.

— Oui, répondit Ayla. Parfois il chasse seul. pour lui-même, parfois il nous aide à chasser.

— Comment sait-il ce qu'il doit chasser ou non ? demanda Folara. Ces chevaux, par exemple.

— Les chevaux font aussi partie de sa meute, expliqua Ayla. Tu remarqueras qu'ils n'ont pas peur de lui. Et il ne chasse jamais les humains. Sinon, il peut chasser ce qu'il veut, à moins que je ne le lui interdise.

— Et il t'obéit ? demanda un autre Zelandonii.

— Oui, Rushemar, dit Jondalar.

L'homme secoua la tête, étonné : il avait peine à imaginer que quiconque puisse exercer une telle domination sur un prédateur aussi puissant.

— Alors, Joharran, reprit Jondalar, tu penses qu'on peut faire monter Ayla et Loup ?

Le chef réfléchit puis acquiesça.

— Mais s'il y a des difficultés...

— Il n'y en aura pas, affirma Jondalar, qui se tourna vers Ayla. Ma mère nous a invités à loger chez elle. Folara vit encore avec elle mais elle a sa propre pièce, de même que Marthona et Willamar, nos parents Il est parti faire du troc. Elle nous laissera son espace central. Bien sûr, nous pouvons loger avec Zelandoni au foyer des visiteurs, si tu préfères.

— Je serai heureuse d'habiter chez ta mère, répondit Ayla.

— Bien ! Mère propose que nous attendions d'être installés pour finir les présentations rituelles. Moi, je n'ai pas besoin d'être présenté, et il est inutile de répéter la même chose à chacun alors que nous pouvons le dire à tous en une seule fois.

— Nous prévoyons déjà une fête de bienvenue pour ce soir, dit Folara. Et sans doute une autre plus tard, avec toutes les Cavernes voisines.

— J'apprécie la prévenance et la sagacité de ta mère, Jondalar. Ce sera en effet plus simple de rencontrer tout le monde en même temps, mais tu pourrais quand même me présenter à cette jeune femme.

Folara sourit.

— C'était mon intention. Ayla, voici ma sœur Folara, Protégée de Doni, de la Neuvième Caverne des Zelandonii ; fille de Marthona, ancienne Femme Qui Ordonne de la Neuvième Caverne ; née au foyer de Willamar, Voyageur et Maître du Troc ; sœur de Joharran, Homme Qui Ordonne de la Neuvième Caverne ; sœur de Jondalar...

Impatiente d'en finir avec les formalités, Folara abrégea :

— Elle sait qui tu es, et j'ai déjà entendu ses noms et ses liens. (Elle tendit les deux mains vers Ayla.) Au nom de Doni, la Grande Terre Mère, je te souhaite la bienvenue, Ayla des Mamutoï, Amie des chevaux et des loups.

La foule qui se tenait sur la terrasse rocheuse ensoleillée recula vivement en voyant la femme et le loup monter le sentier avec Jondalar et le petit groupe qui les accompagnait. Parvenue sur la corniche, Ayla découvrit l'espace de vie de la Neuvième Caverne des Zelandonii et fut étonnée.

Elle savait que le mot « caverne » ne désignait pas un lieu mais le groupe qui y vivait, mais ce qu'elle voyait n'était pas une caverne comme elle l'imaginait. Une caverne, pour elle, c'était une cavité ou une série de cavités, dans une paroi rocheuse ou une falaise, ou encore sous terre, avec une ouverture sur l'extérieur. L'espace de vie de ces Zelandonii s'étendait sous une énorme saillie qui avançait à partir de la falaise calcaire. C'était un abri protégeant de la pluie et de la neige mais ouvert à la lumière du jour.

Les hautes falaises de la région avaient autrefois constitué le fond d'une mer disparue Les coquilles des crustacés qui vivaient dans cette mer s'étaient accumulées sur ce fond et avaient fini par se changer en carbonate de calcium — en calcaire. Au cours de certaines périodes, pour diverses raisons, certaines des coquilles avaient produit d'épaisses couches de calcaire plus dures que d'autres. Quand la terre avait bougé et soulevé le fond marin, le transformant en falaises, le vent et l'eau avaient érodé plus facilement la pierre relativement tendre, creusant de larges espaces et laissant entre eux des saillies de pierre plus dure.

Bien que les falaises fussent criblées de grottes — phénomène courant pour les formations calcaires —, ces saillies plutôt rares constituaient des abris de pierre qui offraient des lieux de vie très propices et avaient été utilisés comme tels pendant des milliers d'années.

Jondalar entraîna Ayla vers la femme mûre qu'elle avait vue du bas du sentier. De haute taille et d'un port plein de dignité, elle les attendait patiemment. Ses cheveux, plus gris que châtains, étaient tressés en une longue natte enroulée derrière sa tête. Ses yeux au regard direct étaient gris, eux aussi. Quand ils furent devant elle, Jondalar entama les présentations rituelles :

— Ayla, voici Marthona, ancienne Femme Qui Ordonne de la Neuvième Caverne des Zelandonii ; fille de Jemara ; née au foyer de Rabanar ; unie à Willamar, Maître du Troc de la Neuvième Caverne ; mère de Joharran, Homme Qui Ordonne de la Neuvième Caverne ; mère de Folara, Protégée de Doni ; mère de...

Il faillit prononcer le nom de Thonolan, hésita puis enchaîna :

— Jondalar, Voyageur de Retour.

Il se tourna vers sa mère.

— Marthona, voici Ayla du Camp du Lion des Mamutoï, Fille du Foyer du Mammouth, Choisie par l'Esprit du Lion des Cavernes, Protégée par l'Esprit de l'Ours des Cavernes.

La femme tendit les deux mains.

— Au nom de Doni, la Grande Terre Mère, je te souhaite la bienvenue, Ayla des Mamutoï.

— Au nom de Mut, Grande Mère de Tous, je te salue, Marthona de la Neuvième Caverne des Zelandonii, et mère de Jondalar, dit Ayla tandis que les deux femmes se prenaient les mains.

En écoutant Ayla, Marthona avait été étonnée par la façon étrange dont elle prononçait leur langue ; elle avait aussi remarqué qu'elle la parlait bien cependant, et avait attribué cette singularité à un léger défaut d'élocution, ou à l'accent d'une langue totalement inconnue parlée dans une lointaine contrée. Elle sourit.

— Tu viens de loin, Ayla, tu as laissé derrière toi tout ce que tu connaissais et aimais. Si tu n'avais pas renoncé à tout cela, Jondalar ne serait pas de retour à mes côtés. Je t'en suis reconnaissante. J'espère que tu te sentiras bientôt chez toi ici, et je ferai tout ce que je pourrai pour t'aider.

Ayla sentit que la femme était sincère. Sa simplicité, sa franchise n'étaient pas feintes ; elle était heureuse du retour de son fils. Ayla fut soulagée et touchée par la chaleur de cet accueil.

— Depuis que Jondalar m'a parlé de toi, je suis impatiente de te connaître... et un peu effrayée aussi, répondit la jeune femme avec la même franchise.

— Je ne te le reproche pas. A ta place, j'aurais eu moi aussi des craintes. Viens, je vais te montrer où vous pourrez laisser vos affaires. Vous devez être fatigués et vous aimeriez sûrement vous reposer avant la fête de bienvenue de ce soir.

Marthona les emmenait vers l'espace situé sous le surplomb quand Loup se mit à geindre, poussa un jappement de chiot, étira les pattes avant, l'arrière-train et la queue dressés en une posture joueuse.

— Qu'est-ce qu'il fait ? s'étonna Jondalar.

Ayla regarda Loup, surprise elle aussi. Il répéta le manège et soudain elle sourit.

— Je pense qu'il essaie d'attirer l'attention de Marthona. Il croit qu'elle ne l'a pas remarqué, il veut lui être présenté.

— Moi aussi, je veux faire sa connaissance, déclara Marthona.

— Tu n'as pas peur de lui ! Il le sent !

— J'ai observé, je n'ai vu aucun motif d'avoir peur.

La mère de Jondalar tendit la main vers le loup, qui la renifla, la lécha, puis se remit à geindre.

— Je crois que Loup veut que tu le touches. Il aime qu on le gratte derrière les oreilles. Comme ça.

Ayla prit la main de Marthona, la guida.

— Tu aimes ça, hein... Loup ? C'est comme ça que vous l'appelez ?

— Oui. C'est le mot mamutoï pour dire loup, expliqua Ayla. Cela nous a paru le nom idéal pour lui.

Jondalar posa sur sa mère un regard impressionné.

— Jamais je ne l'avais vu se lier si vite d'amitié avec quelqu'un.

— Moi non plus, dit Ayla en regardant Marthona gratter l'animal derrière les deux oreilles. Il est peut-être heureux de rencontrer enfin quelqu'un qui n'a pas peur de lui.

Comme ils pénétraient dans l'ombre du surplomb, elle sentit la température baisser subitement. Parcourue d'un frisson de peur, elle leva les yeux vers l'énorme plaque qui saillait de la falaise et se demanda si elle pouvait s'écrouler. Mais, quand ses yeux se furent accoutumés à cette lumière moins vive, elle eut un autre sujet d'étonnement : l'espace sous l'abri de pierre était immense, bien plus vaste qu'elle ne l'avait imaginé.

En chemin, elle avait remarqué des surplombs semblables le long de la rivière, dont plusieurs manifestement habités, mais aucun de cette dimension. Tout le monde dans la région connaissait le vaste abri sous roche et le grand nombre de personnes qu'il accueillait. La Neuvième Caverne était la plus grande de toutes les communautés se donnant le nom de Zelandonii.

Regroupées dans la partie est de l'espace protégé, adossées à la falaise ou plantées au milieu de la terrasse, des constructions individuelles, souvent de bonne taille, avaient été édifiées avec des pierres et des montants de bois couverts de peaux. Ces peaux étaient décorées de dessins d'animaux magnifiquement représentés, de symboles abstraits peints en noir ou en diverses teintes éclatantes de rouge, de jaune et de brun. Les habitations étaient disposées suivant une courbe face à l'ouest, autour d'un espace découvert près du centre de la terrasse abritée, où s'entassaient une multitude d'objets et de gens.

En regardant plus attentivement, Ayla découvrit que ce qu'elle avait d'abord pris pour un fouillis bigarré se divisait en parties consacrées à des tâches différentes, les parties voisines étant souvent allouées à des tâches du même ordre. L'impression initiale de désordre et de confusion n'était due qu'au grand nombre d'activités qu'on y menait.

Ayla vit des peaux mises à sécher sur des châssis, de longues hampes de lance qu'on redressait en les appuyant contre une traverse soutenue par deux poteaux. Ailleurs, on avait empilé des paniers à divers stades de fabrication, et des lanières séchaient entre des paires de poteaux en os. De longs écheveaux de corde étaient accrochés à des chevilles enfoncées dans des poutres, au-dessus de filets inachevés tendus sur un cadre et de filets terminés formant de petits tas par terre. Des peaux, dont certaines teintes de diverses couleurs, notamment dans de nombreuses nuances de rouge, étaient découpées près d'un autre endroit où pendaient des vêtements en partie montés.

Sur un autre cadre vertical, on avait tendu un grand nombre de cordes minces, qui dessinaient un motif avec les cordes qu'on glissait horizontalement entre elles. Ayla eut envie de s'approcher pour regarder, elle n'avait jamais rien vu de tel. Ailleurs, on fabriquait divers objets — louches, cuillères, bois, armes — avec des morceaux de bois, de pierre, d'os, d'andouiller et de défense de mammouth. La plupart étaient gravés et ornés parfois de décorations peintes. Il y avait aussi de petites sculptures qui semblaient n'avoir aucune utilité. On les avait façonnées pour elles-mêmes, ou pour quelque usage qu'Ayla ignorait.

Elle vit des herbes et des légumes suspendus en haut d'un large châssis aux nombreuses traverses et, plus près du sol, de la viande qui séchait sur des râteliers. Un peu à l'écart des autres activités, une zone était parsemée d'éclats de pierre tranchants : le domaine d'hommes comme Jondalar, pensa-t-elle, des tailleurs de silex fabriquant des outils, des couteaux, des pointes de sagaie.

Et partout où elle regardait, des hommes, des femmes. La communauté qui vivait sous le grand abri rocheux était de taille à l'occuper. Ayla avait grandi dans un clan comptant moins de trente membres. Au Rassemblement qui se tenait tous les sept ans, deux cents personnes environ se réunissaient pour une courte période, et cela lui paraissait alors un nombre considérable. Si la Réunion d'Eté des Mamutoï regroupait davantage de participants encore, la Neuvième Caverne des Zelandonii, comptant plus de deux cents individus vivant dans un même lieu, était plus nombreuse à elle seule que le Rassemblement du Clan !

Toute cette foule rappela à Ayla la fois où, avec le clan de Brun, elle s'était avancée parmi les clans réunis ; et elle sentit une multitude d'yeux sur elle. Elle remarqua que tous regardaient ouvertement Marthona conduire Jondalar, une jeune femme et un loup à son foyer, et qu'aucun ne baissait ou ne détournait les yeux. Elle se demanda si elle s'habituerait à vivre avec tous ces gens autour d'elle, tout le temps ; elle se demanda même si elle en avait envie.

2

L'énorme femme leva les yeux quand le rideau de cuir tendu devant l'entrée s'écarta, puis se détourna tandis que la jeune étrangère blonde sortait de la demeure de Marthona. Elle était assise à sa place habituelle, un siège taillé dans un bloc de calcaire, assez solide pour supporter sa masse. Capitonné de cuir, il avait été fabriqué spécialement pour elle et se trouvait là où elle le désirait : vers le fond de la terrasse s'étendant sous le surplomb rocheux, mais assez près du centre pour qu'elle eût vue sur presque tout l'espace de vie du groupe.

Elle paraissait méditer, mais ce n'était pas la première fois qu'elle se plaçait à cet endroit pour observer discrètement une personne ou une activité. Les membres de la Neuvième Caverne avaient appris à ne pas troubler ses méditations, sauf en cas d'urgence, surtout quand elle portait à l'envers son pectoral d'ivoire. Lorsqu'elle en montrait le côté décoré de symboles et d'animaux gravés, tout le monde pouvait l'aborder, mais la face lisse et nue incitait au silence et signifiait qu'elle ne voulait pas être dérangée.

Les membres de la Caverne étaient tellement habitués à la voir assise là qu'ils ne la remarquaient presque plus, malgré sa présence imposante. Elle en profitait sans scrupules. Chef spirituel de la Neuvième Caverne des Zelandonii, elle s'estimait responsable du bien-être de son peuple et pour remplir son devoir avait recours à tous les moyens que son cerveau ingénieux pouvait concevoir.

Elle regarda la jeune femme quitter l'abri et se diriger vers le sentier qui menait à la vallée ; elle remarqua l'aspect étranger de sa tunique de cuir. La doniate nota également qu'elle se déplaçait avec la souplesse que confèrent la force et la santé, avec une assurance paradoxale chez une femme aussi jeune, exilée de surcroît parmi de parfaits inconnus.

Zelandoni se leva, s'approcha de la construction, l'une des nombreuses demeures de diverses tailles éparpillées dans l'abri. Devant le rabat qui séparait l'habitation privée de l'espace commun, elle tapota une plaque de cuir brut, entendit un bruit de pas étouffé par des chausses. Le grand homme blond d'une beauté stupéfiante écarta le rideau. Ses yeux bleus parurent surpris puis étincelèrent de plaisir.

— Zelandoni ! Comme je suis content de te voir ! dit-il. Mère n'est pas là pour le moment.

— Qu'est-ce qui te fait croire que je viens voir Marthona ? C'est toi qui es resté absent cinq ans, répliqua-t-elle d'un ton sec.

Abasourdi, il ne sut que répondre.

— Alors, tu vas me laisser plantée là, Jondalar ?

— Oh... Entre, bien sûr, invita-t-il, une expression soucieuse effaçant son sourire.

Il s'écarta pour la laisser passer, et ils s'examinèrent un moment en silence. Quand il était parti, elle venait de devenir Première parmi Ceux Qui Servent la Mère ; elle avait eu cinq ans pour établir sa position et n'avait pas manqué de le faire. La femme qu'il avait connue était maintenant obèse, deux ou trois fois plus large que la plupart des autres femmes, avec des fesses et des seins volumineux. Zelandoni avait un visage rond et lisse qui surmontait un triple menton, des yeux bleus perçants auxquels rien ne semblait échapper. Grande et forte depuis toujours, elle portait sa corpulence avec une grâce, un maintien qui affirmaient son prestige et son autorité. Il émanait d'elle une aura de pouvoir qui imposait le respect.

Tous deux rompirent le silence en même temps.

— Est-ce que je peux t'apporter... commença Jondalar.

— Tu as changé...

— Pardon, s'excusa-t-il, pensant l'avoir interrompue.

Il se sentit gêné puis remarqua l'ébauche d'un sourire et une lueur familière dans les yeux de Zelandoni ; alors il se détendit.

— Je suis content de te voir... Zolena.

Son sourire revint quand il posa sur elle ses yeux irrésistibles, pleins de chaleur et d'amour.

— Tu n'as pas tellement changé, dit-elle, se sentant réagir au charme de Jondalar et aux souvenirs qu'il évoquait. Cela faisait longtemps qu'on ne m'avait appelée Zolena... Si, en fait, tu as changé. Tu as mûri. Tu es plus beau que jamais...

Il s'apprêtait à protester mais elle secoua la tête.

— Ne dis pas le contraire, tu sais que c'est vrai. Mais il y a une différence. Tu as l'air... comment dire ? Tu n'as plus ce regard affamé, cette envie que toute femme voulait satisfaire. Je crois que tu as trouvé ce que tu cherchais. Tu es heureux comme tu ne l'as jamais été.

— Je n'ai jamais rien pu te cacher, répondit-il avec un plaisir presque enfantin. C'est Ayla. Nous prévoyons de nous unir aux Matrimoniales de cet été. Nous aurions pu le faire avant de partir, ou même en chemin, mais j'ai préféré attendre d'être ici pour que tu passes toi-même la lanière autour de nos poignets et que tu fasses le nœud pour nous.

Le simple fait de parler d'Ayla l'avait transfiguré, et Zelandoni eut une brève vision de l'amour quasi obsessionnel qu'il éprouvait pour cette femme. Cela l'inquiéta et réveilla en elle son instinct protecteur envers son peuple — et tout particulièrement envers cet homme —, en sa qualité de porte-parole, de représentante et d'instrument de la Grande Terre Mère. Elle connaissait les puissantes émotions contre lesquelles Jondalar avait dû lutter en grandissant, et qu'il avait fini par apprendre à maîtriser. Mais un amour aussi intense pouvait lui faire mal, peut-être même le détruire. Elle voulut en savoir plus sur cette jeune femme qui le fascinait à ce point. Savoir quelle emprise elle exerçait sur lui.

— Comment peux-tu être si sûr que c'est elle qu'il te faut ? Où l'as-tu rencontrée ? Que sais-tu d'elle ?

Jondalar perçut l'inquiétude de Zelandoni, et quelque chose d'autre qui l'alarma. Cette femme occupait le plus haut rang dans la Zelandonia et n'était pas Première pour rien. Il ne fallait pas la dresser contre Ayla. Son principal souci — et celui d'Ayla, il le savait — pendant le long et difficile Voyage avait été de savoir si elle serait ou non acceptée par son peuple. Malgré les qualités exceptionnelles de la jeune femme, il préférait garder secrètes certaines choses la concernant. Elle rencontrerait assez de difficultés avec plusieurs personnes, probablement, sans risquer en plus de s'attirer l'inimitié de cette femme. Ayla avait besoin plus que quiconque du soutien de Zelandoni.

Il posa les mains sur les épaules de la doniate et chercha un moyen de la persuader non seulement d'accepter Ayla mais encore de l'aider. En la regardant droit dans les yeux, il ne put s'empêcher de se rappeler l'amour qu'ils avaient partagé autrefois et il comprit soudain que seule une franchise absolue, aussi pénible fût-elle, lui permettrait d'atteindre son but.

Jondalar était un homme secret qui ne montrait rien de ses sentiments, et ainsi avait-il appris à contrôler ses émotions. Ce n'était pas facile d'en parler à qui que ce fût, même à quelqu'un qui le connaissait bien.

— Zelandoni... reprit-il d'une voix radoucie, Zolena... Tu sais que c'est toi qui m'as gâché pour les autres femmes. Je n'étais qu'un jeune garçon, tu étais la femme la plus excitante qu'un homme puisse espérer. Je n'étais pas le seul à me troubler, la nuit, en rêvant de toi, mais tu as fait en sorte que ces rêves deviennent réalité. Je brûlais pour toi, et quand tu es devenue ma femme-donii, je n'arrivais pas à me rassasier de ton corps. Le début de ma vie d'homme fut plein de toi, mais cela ne s'est pas arrêté là. Je voulais plus, et toi aussi, malgré tous tes efforts. Bien que ce fût interdit, je t'aimais, et tu m'aimais. Je t'aime encore. Je t'aimerai toujours.

« Même plus tard, après tous les ennuis que nous avions causés à tout le monde, après que mère m'eut envoyé vivre avec Dalanar, personne, à mon retour, n'a autant compté que toi, à mes yeux. Etendu près d'une autre femme, je te désirais, et je désirais plus que ton corps. Je voulais un foyer avec toi. Je me moquais de la différence d'âge, de l'interdiction faite à tout homme de tomber amoureux de sa femme-donii. Je voulais passer ma vie avec toi.

— Regarde ce que tu aurais eu, Jondalar, dit Zolena, plus émue qu'elle ne l'aurait imaginé. Je ne suis pas seulement plus âgée que toi, je suis si grosse que je commence à avoir des difficultés pour me déplacer. J'en aurais davantage si je n'étais pas restée pleine de force. Tu es jeune, agréable à regarder, les femmes ont envie de toi. La Mère m'a choisie. Elle devait savoir que je finirais par lui ressembler. C'est fort bien pour une Zelandoni, mais dans ton foyer, je n'aurais été qu'une vieille femme obèse et toi un homme jeune et beau.

— Crois-tu que cela ait de l'importance ? Zolena, j'ai dû m'aventurer au-delà de la Grande Rivière Mère avant de trouver une femme qui puisse se comparer à toi. Tu n'imagines pas comme c'est loin, mais je referais le voyage... Je remercie la Mère d'avoir trouvé Ayla. Je l'aime comme je t'aurais aimée. Sois bonne pour elle, Zolena... Zelandoni. Ne lui fais pas de mal.

— Justement. Si elle est celle qu'il te faut, si elle peut « se comparer » à moi, elle ne pourra pas te faire de mal et je ne pourrai pas lui en faire non plus... J'ai besoin de le savoir, Jondalar.

Ils levèrent les yeux quand le rideau de l'entrée s'écarta. Ayla entra dans l'habitation avec des sacs de voyageur et vit Jondalar tenant par les épaules une femme énorme. Il la lâcha, l'air décontenancé, honteux presque, comme s'il avait été surpris en train de commettre une faute.

Qu'y avait-il d'étrange dans la façon dont Jondalar regardait cette femme ? Malgré son obésité, il y avait quelque chose d'attirant dans son port, et une autre facette de sa personnalité ne tarda pas à se révéler quand elle se tourna vers Ayla avec une assurance qui était signe de son autorité.

Observer une expression ou une posture dans ses détails pour en saisir le sens était une seconde nature chez la jeune femme. Le Clan — ceux avec qui elle avait grandi — ne s'exprimait pas principalement avec des mots. Tous communiquaient par signes, par gestes, par des nuances d'expression ou de position corporelle. Quand elle vivait avec les Mamutoï, son aptitude à interpréter le langage du corps avait évolué ; elle lui permettait de déchiffrer aussi les signes et les gestes de ceux qui utilisaient un langage parlé. Ayla sut tout à coup qui était l'inconnue et comprit qu'il venait de se passer entre cette femme et Jondalar quelque chose d'important qui la concernait. Elle sentit qu'elle allait affronter une épreuve décisive mais n'hésita pas.

— C'est elle, n'est-ce pas, Jondalar ? dit Ayla en s'approchant.

— Elle quoi ? répliqua Zelandoni.

Ayla soutint son regard sans ciller.

— Tu es celle que je dois remercier. Avant de rencontrer Jondalar, je ne comprenais pas les Dons de la Mère, en particulier le Don du Plaisir. Je n'avais connu que la souffrance et la colère, mais il a été doux et patient, et j'ai appris à découvrir la joie. Il m'a parlé de la femme dont il avait été l'élève. Je te remercie, Zelandoni, d'avoir prodigué ton enseignement à Jondalar pour qu'il puisse m'ouvrir au Don. Mais je te suis également reconnaissante pour une autre chose, bien plus importante, et plus difficile pour toi. Merci d'avoir renoncé à lui pour qu'il puisse me trouver.

Zelandoni était sidérée, sans le montrer. Les paroles d'Ayla n'étaient pas ce qu'elle s'attendait à entendre. Les yeux rivés à ceux d'Ayla, elle tenta de la sonder en profondeur, de percevoir ses sentiments, de saisir la vérité. La compréhension que la doniate avait du langage corporel n'était guère différente de celle d'Ayla, quoique plus intuitive. Sa capacité à l'interpréter provenait de l'observation de détails infimes, d'une analyse instinctive, et non, comme dans le cas d'Ayla, de la connaissance, étendue à un autre domaine, d'une langue apprise dès l'enfance. Pourtant, cette perception n'était pas moins fine. Zelandoni ne savait pas comment elle savait, mais elle savait.

Il lui fallut un moment pour remarquer un détail curieux. Bien que la jeune femme parlât couramment le zelandonii — elle le maîtrisait comme sa langue maternelle —, il ne faisait aucun doute que c'était une étrangère.

Celle Qui Servait avait une certaine habitude des visiteurs parlant avec un accent, mais celui d'Ayla avait une qualité étrangement exotique, différente de tout ce qu'elle avait entendu. Sa voix était agréable, assez grave, mais un peu rauque, et elle butait sur certains sons. Zelandoni se rappela la remarque de Jondalar sur la durée de son Voyage, et une pensée lui traversa l'esprit : cette femme avait accepté de parcourir une très longue distance pour l'accompagner chez lui.

Ce fut seulement alors qu'elle s'aperçut qu'Ayla avait des traits indéniablement étrangers ; elle s'efforça d'identifier ce qui la rendait différente. Elle était attirante — on ne pouvait attendre moins d'une femme que Jondalar avait ramenée chez lui. Son visage semblait un peu plus large que celui des femmes zelandonii, mais bien proportionné, avec une mâchoire nettement dessinée. Elle était un rien plus grande qu'elle-même, et sa chevelure d'un blond assez foncé était veinée de mèches éclaircies par le soleil. Ses yeux bleu-gris recelaient des secrets, une volonté forte mais dénuée de malveillance.

Zelandoni opina du chef, se tourna vers Jondalar.

— Elle fera l'affaire.

Il poussa un soupir, promena son regard d'une femme à l'autre.

— Comment as-tu deviné que c'était Zelandoni ? Vous n'avez pas encore été présentées, n'est-ce pas ?

— Ce n'était pas difficile. Tu l'aimes encore, et elle t'aime.

— Mais... mais... comment... bredouilla-t-il.

— Ne sais-tu pas que j'ai vu ce regard dans tes yeux ? Ne suis-je pas bien placée pour comprendre ce qu'éprouve une femme qui t'aime ?

— Certains seraient jaloux en voyant quelqu'un qu'ils aiment regarder quelqu'un d'autre avec amour, observa Jondalar.

Zelandoni soupçonna qu'il pensait à lui-même en disant « certains ».

— Elle voit un homme jeune et beau et une vieille femme obèse, intervint-elle. C'est ce que verrait n'importe qui. Ton amour pour moi ne la menace pas, Jondalar. Si ta mémoire t'aveugle encore, je t'en suis reconnaissante.

S'adressant à Ayla, elle poursuivit :

— Je n'étais pas sûre à ton sujet. Si je sentais que tu ne lui convenais pas, je m'opposerais à ce que tu t'unisses à lui.

— Rien ne saurait m'en empêcher.

— Tu vois ? fit Zelandoni en se tournant vers Jondalar. Je t'avais dit que, si elle était digne de toi, je serais incapable de lui faire du mal.

— Tu pensais que Marona était la femme qu'il me fallait ? repartit-il avec une pointe d'irritation, commençant à penser qu'entre ces deux femmes il n'avait plus son mot à dire. Tu n'as soulevé aucune objection quand je lui ai été promis.

— Cela ne comptait pas. Tu ne l'aimais pas, elle ne pouvait te faire du mal.

Les deux femmes le regardaient, et, bien qu'elles fussent très différentes, leurs expressions étaient si semblables qu'elles donnaient l'impression de se ressembler. Jondalar se mit à rire.

— Je suis content de savoir que les deux amours de ma vie vont devenir amies.

Zelandoni haussa un sourcil, lui lança un regard sévère.

— Qu'est-ce qui te fait croire ça ? bougonna-t-elle.

Mais elle se sourit à elle-même en sortant.

Jondalar éprouva des sentiments mêlés en la voyant s'éloigner et se réjouit cependant que cette puissante femme fût disposée à accepter Ayla. Sa sœur s'était montrée amicale envers elle, sa mère également. Toutes les femmes qui comptaient pour lui semblaient prêtes à accueillir Ayla, du moins pour le moment. Sa mère avait même dit qu'elle ferait tout son possible pour qu'Ayla se sente chez elle.

Le rideau de cuir de l'entrée s'écarta de nouveau et Jondalar s'étonna de voir entrer celle à qui il était précisément en train de penser. Marthona portait une outre — l'estomac d'un animal de taille moyenne — pleine d'un liquide qui imprégnait suffisamment la membrane presque imperméable pour la teindre en violet. Le visage de Jondalar s'éclaira d'un sourire.

— Mère, tu as apporté un peu de ton vin ! Ayla, tu te rappelles le breuvage que nous avons bu avec les Sharamudoï ? Le vin d'airelles ? Maintenant, tu vas goûter celui de Marthona. Elle est connue pour son vin. Quels que soient les fruits utilisés par les autres, leur jus tourne souvent à l'aigre, mais ma mère sait comment éviter cela. (Il sourit à Marthona.) Peut-être qu'un jour elle me révélera son secret.

Marthona lui rendit son sourire mais ne fit aucun commentaire. A son expression, Ayla comprit qu'elle possédait une technique bien à elle et qu'elle savait garder les secrets — pas seulement les siens. Elle devait en savoir beaucoup. Il y avait une profondeur cachée chez cette femme, malgré la franchise de ses propos. Et, bien qu'elle fût amicale et accueillante, Ayla savait que la mère de Jondalar réserverait son jugement avant de l'accepter totalement.

Elle pensa soudain à Iza, la femme du Clan qui avait été comme une mère pour elle. Iza, elle aussi, connaissait beaucoup de secrets, et cependant, comme le reste du Clan, elle ne mentait pas. Avec un langage de gestes, des nuances exprimées par des postures et des expressions, on ne pouvait mentir. Cela se serait vu aussitôt. Mais on pouvait s'abstenir de parler de quelque chose. C'était permis, dans l'intérêt d'une certaine intimité.

Ce n'était pas la première fois qu'elle se souvenait du Clan depuis leur arrivée. Le chef de la Neuvième Caverne, le frère de Jondalar, Joharran, lui avait rappelé Brun, le chef de son clan. Pourquoi les parents de Jondalar me rappellent-ils le Clan ? se demanda-t-elle.

— Vous devez avoir faim, dit Marthona.

— Oh oui ! répondit son fils. Nous n'avons rien mangé depuis ce matin. J'étais tellement pressé d'arriver et nous étions si près que je n'ai pas voulu faire halte.

— Si vous avez porté toutes vos affaires à l'intérieur, asseyez-vous et reposez-vous pendant que je vous prépare à manger.

Marthona les conduisit vers une table de pierre, leur indiqua des coussins, leur versa à chacun une coupe de liquide rouge sombre puis regarda autour d'elle.

— Je ne vois pas ton animal, Ayla. Je sais que tu l'as amené ici. Faut-il lui préparer un repas ? Qu'est-ce qu'il mange ?

— Je lui donne en général ce que nous mangeons et il chasse aussi pour se nourrir. Je l'ai fait venir ici pour qu'il sache que c'est son nouveau foyer, mais la première fois que je suis redescendue dans la vallée, où sont les chevaux, il m'a accompagnée et a décidé de rester là-bas. Il va et vient à sa guise, à moins que je ne le veuille près de moi.

— Comment sait-il que tu le veux près de toi ?

— Ayla a un sifflement spécial pour l'appeler, expliqua Jondalar. Nous sifflons aussi les chevaux. (Il prit sa tasse, goûta le vin, eut un soupir approbateur.) Maintenant, je sais que je suis vraiment rentré. (Il but de nouveau, ferma les yeux pour mieux savourer.) Il est fait avec quels fruits, mère ?

— Surtout du raisin. C'est une baie ronde qui pousse en grappes sur de longues plantes grimpantes, uniquement sur les pentes protégées exposées au sud, précisa Marthona à l'intention d'Ayla. Il y a un endroit à quelques heures d'ici, au sud-est, où je vais toujours jeter un coup d'œil. Certaines fois, le raisin ne pousse pas bien du tout, mais nous avons eu un hiver clément voilà quelques années, et à l'automne suivant les grappes étaient grosses, très juteuses, sucrées mais pas trop. J'ai ajouté des baies de sureau et des mûres, pas trop non plus. Ce vin a été très apprécié. Il est un peu plus fort que habitude. Il ne m'en reste pas beaucoup.

Ayla huma l'arôme fruité en portant la coupe à ses lèvres. Le liquide avait un goût aigrelet auquel elle ne s'attendait pas après l'avoir reniflé. Elle retrouva la brûlure de l'alcool qu'elle avait sentie pour la première fois avec la bière de bouleau fabriquée par Talut, le chef du Camp du Lion, mais le breuvage de Marthona ressemblait davantage au jus d'airelles fermenté des Sharamudoï, qui était cependant plus sucré dans son souvenir.

Elle n'avait pas aimé la morsure de l'alcool quand elle en avait fait l'expérience pour la première fois, mais tous, au Camp du Lion, semblaient beaucoup apprécier la bière de bouleau ; alors, pour s'intégrer au groupe, elle s'était forcée à en boire. Au bout d'un certain temps, elle s'y était habituée, tout en soupçonnant les autres d'aimer la bière non pas tant pour son goût que pour l'impression forte, quoique déconcertante, qu'elle provoquait. En boire trop lui tournait la tête et la rendait trop amicale, mais d'autres devenaient tristes ou furieux, voire violents.

Ce vin-là avait cependant quelque chose en plus et Ayla pensa qu'elle pourrait apprendre à l'apprécier.

— Il est très bon, dit-elle. Je n'ai goûté jamais... je n'ai jamais rien goûté de tel, se corrigea-t-elle, un peu gênée.

Elle se sentait à l'aise avec le zelandonii, la première langue parlée qu'elle eût entendue après avoir vécu avec le Clan. Jondalar la lui avait apprise alors qu'il se remettait des coups de griffe d'un lion. Même si elle éprouvait encore des difficultés avec certains sons — malgré tous ses efforts, elle ne parvenait pas à bien les prononcer —, elle commettait rarement de telles erreurs dans l'ordre des mots. Elle jeta un coup d'œil à Jondalar et à Marthona, mais ils n'avaient apparemment rien remarqué. Elle se détendit, regarda autour d'elle.

Ayla était entrée et sortie plusieurs fois sans examiner la demeure de Marthona. Elle prit cette fois le temps de le faire avec attention et fut tour à tour étonnée et ravie. C'était une construction intéressante, semblable à celles qu'elle avait vues dans la grotte des Losadunaï, avant de traverser le glacier du haut plateau.

Les deux ou trois premiers pieds des murs extérieurs étaient en calcaire. Des blocs assez gros avaient été grossièrement équarris et placés de chaque côté de l'entrée, mais les outils des Zelandonii ne permettaient pas de tailler la pierre avec habileté. Le reste des murs était constitué de pierres brutes. Elles avaient à peu près toutes les mêmes dimensions — deux ou trois pouces de large, un peu moins en profondeur, de dix à douze pouces de longueur — mais des pierres plus grosses et plus petites étaient ingénieusement imbriquées en une structure serrée.

On mettait de côté des pièces en forme de losange, on les classait par taille puis on les disposait côte à côte dans le sens de la longueur. Les murs épais étaient formés de couches superposées dans lesquelles chaque pierre se logeait dans les creux laissés par les pierres de la couche inférieure. On ajoutait parfois des petites pierres pour combler les trous, en particulier autour des gros blocs de l'entrée.

Les pierres dessinaient un léger encorbellement, chaque couche dépassant quelque peu la précédente. Les pierres étaient choisies et disposées avec soin pour que leurs irrégularités contribuent à l'écoulement de l'humidité extérieure : pluie poussée à l'intérieur de l'abri par le vent, brouillard ou neige fondue.

Il ne fallait ni mortier ni boue pour boucher les trous ou renforcer la structure. La rugosité du calcaire empêchait les pierres de glisser ; elles tenaient en place par leur propre poids et pouvaient même accueillir une poutre de genévrier ou de chêne, insérée dans le mur pour soutenir d'autres éléments de construction ou des étagères. Les pierres s'imbriquaient si parfaitement qu'elles ne laissaient passer aucun rai de lumière et qu'aucune rafale de vent hivernal n'y trouvait d'ouverture. Leur disposition était en outre agréable à l'œil, surtout vue de l'extérieur.

A l'intérieur, le mur coupe-vent disparaissait presque entièrement derrière des panneaux de peau brute — du cuir non traité qui devenait dur et raide en séchant —, attachés à des poteaux de bois enfoncés dans la terre battue. Ces plaques de cuir partaient du sol mais dépassaient les murs de pierre et atteignaient jusqu'à huit ou neuf pieds de hauteur. Leur partie supérieure était richement décorée à l'extérieur. Un bon nombre des panneaux étaient également ornés d'animaux et de marques énigmatiques à l'intérieur, mais avec des couleurs moins vives. Comme la demeure de Marthona s'adossait à la paroi légèrement inclinée de la falaise, le mur du fond était en calcaire massif.

Ayla leva les yeux et ne vit pas d'autre plafond que le dessous du surplomb rocheux, tout là-haut. Sauf quand des courants d'air la rabattaient, la fumée des feux s'élevait au-dessus des panneaux et dérivait sous la haute saillie, laissant l'air parfaitement respirable. Le surplomb protégeait les Zelandonii des intempéries, et, si on s'habillait de vêtements chauds, les habitations pouvaient être confortables même par temps froid. Elles étaient assez vastes et ne ressemblaient pas aux espaces exigus, fermés, faciles à chauffer mais souvent enfumés qu'Ayla avait vus au cours de son voyage.

Si les panneaux de cuir protégeaient du vent qui pouvait s'engouffrer à l'intérieur de l'abri, ils servaient avant tout à délimiter un espace personnel et à préserver une certaine intimité en protégeant les occupants sinon des oreilles du moins des regards des voisins. Certains éléments supérieurs des panneaux pouvaient être ouverts pour laisser passer la lumière ou permettre une conversation si on le souhaitait, mais, quand ils restaient fermés, la courtoisie exigeait du visiteur qu'il se présente à l'entrée et demande à être admis, au lieu d'entrer sans prévenir.

Baissant les yeux, Ayla découvrit sur le sol un assemblage de pierres. On pouvait briser les blocs calcaires des grandes falaises de la région en suivant les lignes de leur structure pour en détacher de larges fragments plats. A l'intérieur de l'habitation, le sol de terre battue était pavé de ces dalles calcaires et recouvert de nattes tressées avec de l'herbe et des roseaux, ou de tapis de fourrure soyeuse.

Elle ramena son attention sur la conversation de Jondalar et de sa mère. En buvant une gorgée du vin, elle remarqua que sa coupe était faite d'une corne creuse — de bison, sans doute — coupée non loin de la pointe puisque le diamètre en était assez réduit. Ayla souleva la coupe pour regarder en dessous : le fond était en bois, il avait été taillé pour qu'on puisse l'enfoncer dans l'embout circulaire, un peu plus petit. Elle vit sur le côté ce qu'elle prit d'abord pour des éraflures mais un examen plus attentif lui révéla la représentation d'un cheval vu de profil, délicatement gravé.

La jeune femme reposa la coupe, s'intéressa à la plate-forme autour de laquelle ils étaient assis. C'était une mince plaque de calcaire reposant sur un cadre de bois muni de pieds, le tout maintenu par des lanières. Une natte d'une fibre assez fine la recouvrait, ornée de dessins suggérant des animaux, selon des lignes et des formes abstraites en plusieurs nuances d'un rouge éteint. Quelques coussins étaient disposés autour, dont deux ou trois en cuir du même rouge.

Deux lampes de pierre étaient posées sur la table. L'une, magnifiquement sculptée, avait la forme d'une boule creuse munie d'une poignée décorée ; l'autre se réduisait à une cuvette grossière, taillée au centre d'un bloc de calcaire. Toutes deux contenaient du suif — de la graisse animale qu'on avait fait fondre dans de l'eau bouillante — et des mèches, deux pour la lampe grossière, trois pour l'autre. Ayla eut l'impression que la lampe inachevée avait été fabriquée depuis peu, pour donner un peu plus de lumière vers le fond de l'abri, et n'aurait qu'un usage temporaire.

L'espace intérieur, divisé en quatre parties par des cloisons mobiles, était bien rangé, éclairé par plusieurs autres lampes de pierre. Les cloisons de séparation, pour la plupart décorées, étaient elles aussi constituées de cadres de bois, tendus pour certains de panneaux opaques, généralement en cuir brut. Quelques-uns, translucides, étaient faits d'intestins de gros animaux, découpés, déroulés et séchés à plat.

A l'extrémité gauche du mur du fond, formant un angle avec un panneau extérieur, elle avisa une cloison particulièrement belle qui semblait constituée de cette matière qu'on pouvait détacher en larges plaques du côté intérieur des peaux d'animaux si on les laissait sécher sans les racler. On y avait dessiné, en noir et en diverses nuances de jaune et de rouge, un cheval ainsi que des formes énigmatiques composées de lignes, de points et de carrés. Ayla se souvint que, lors des cérémonies, le Mamut du Camp du Lion utilisait un écran semblable, mais dont les animaux étaient uniquement peints en noir. Fabriqué avec la peau intérieure d'un mammouth blanc, il représentait à ses yeux son bien le plus sacré.

Sur le sol, devant la cloison, on avait étendu une fourrure grisâtre dans laquelle Ayla reconnut une peau de cheval avec son épais pelage d'hiver. La lueur d'un petit feu provenant sans doute d'une niche creusée dans le mur, derrière, éclairait la cloison en mettant en valeur ses décorations.

Des étagères en plaques de calcaire plus minces que les dalles du sol et disposées à intervalles irréguliers sur le mur de pierre, à droite de la cloison, supportaient divers objets et ustensiles. Ayla distingua des formes vagues par terre, sous l'étagère la plus basse, là où l'inclinaison du mur était la plus forte et laissait un peu d'espace libre. Elle identifia sans peine l'usage d'un grand nombre d'ustensiles, mais certains étaient sculptés et peints avec une telle habileté qu'ils constituaient aussi des objets de beauté.

A droite des étagères, une cloison en cuir, perpendiculaire au mur de pierre, délimitait un coin et le début d'une autre pièce. Les cloisons ne faisaient que symboliser la séparation des salles. Par une ouverture, Ayla vit une plate-forme surélevée, couverte de fourrures. Une pièce à dormir, pensa-t-elle. Une seconde pièce à dormir était délimitée par des cloisons qui la séparaient à la fois de la précédente et de la salle dans laquelle ils se tenaient.

L'entrée de l'habitation avait été ménagée dans les panneaux de cuir montés sur bois, face au mur de pierre. Devant les pièces à dormir, se trouvait une quatrième salle, où Marthona préparait à manger. Contre le mur de l'entrée, des étagères de bois permettaient de ranger des paniers, des bols, des boîtes superbement décorées de formes géométriques et de représentations réalistes d'animaux, peintes, sculptées ou tressées. Par terre, près du mur, Ayla apercevait de grands récipients, certains fermés par un couvercle, d'autres révélant leur contenu : légumes, fruits, céréales, viande séchée.

L'habitation comportait quatre côtés qui dessinaient un rectangle approximatif, encore que les murs extérieurs ne fussent pas droits ni les espaces intérieurs tout à fait symétriques. Ils s'incurvaient pour suivre les contours de la terrasse et laisser de la place aux autres constructions.

— Tu as apporté des changements, mère, remarqua Jondalar. Cela me paraît plus grand que dans mon souvenir.

— C'est plus grand, confirma Marthona. Nous ne sommes plus que trois, maintenant Folara dort là... (Elle indiqua la seconde pièce à dormir.) Willamar et moi avons l'autre pièce. (Elle tendit le bras vers la pièce au mur de pierre.) Ayla et toi, vous utiliserez la pièce principale. On peut rapprocher la table du mur pour gagner de la place et installer une plate-forme, si vous voulez.

Aux yeux d'Ayla, la demeure de Marthona était très spacieuse, bien plus grande que les espaces de vie individuels de chaque foyer — chaque famille — dans la hutte semi-souterraine du Camp du Lion, moins vaste cependant que la grotte de la vallée où elle avait vécu seule. Mais, à la différence de cette dernière, la hutte des Mamutoï n'était pas une formation naturelle ; les habitants du Camp du Lion l'avaient fabriquée eux-mêmes.

Son attention fut attirée par la cloison qui séparait l'espace à cuire de la pièce principale. Elle était pliée en son milieu, et Ayla se rendit compte qu'elle était composée de deux écrans translucides, reliés de manière originale. Les perches de bois qui constituaient l'intérieur du cadre et les pieds des deux panneaux étaient fichés dans des rondelles en corne de bison creuse. Ces anneaux formaient, en haut et en bas, une sorte de gond qui permettait de replier l'écran double. Ayla se demanda si d'autres cloisons avaient été fabriquées de la même façon.

Curieuse de voir comment il était installé, elle regarda à l'intérieur de l'espace à cuire. Marthona était agenouillée sur une natte près d'un foyer entouré de pierres. Alentour, on avait balayé les dalles du sol. Derrière la mère de Jondalar, dans un coin sombre éclairé par une seule lampe de pierre, d'autres étagères supportaient des coupes, des bols, des plats et des ustensiles. Ayla remarqua des herbes et des légumes séchés suspendus aux traverses d'un cadre de bois. Sur une plate-forme, près de l'âtre, Marthona avait disposé des bols, des paniers et un grand plat de viande fraîche coupée en petits morceaux.

La jeune femme se demanda si elle devait proposer son aide, mais elle ne savait pas où les choses étaient rangées ni ce que Marthona préparait. Elle l'aurait plutôt gênée qu'aidée. Il vaut mieux attendre, décida-t-elle.

Elle regarda Marthona embrocher la viande sur quatre bâtons pointus et les placer au-dessus de braises rouges, entre deux pierres creusées d'encoches. Puis, avec une louche taillée dans une corne de bouquetin, elle versa dans des bols de bois le liquide contenu dans un panier tressé serré. A l'aide de pinces flexibles, constituées d'un bois souple recourbé en U, elle enleva deux pierres lisses du panier à cuire, en ajouta une brûlante, tirée du feu, puis apporta les deux bols à Ayla et à Jondalar.

Ayla remarqua les globes de petits oignons et autres bulbes dans le riche bouillon, et s'aperçut qu'elle mourait de faim, mais elle attendit pour voir comment procédait Jondalar. Il prit son couteau à manger, une petite lame de silex pointue sertie dans un manche en bois de cerf, piqua un bulbe. Il le porta à sa bouche, mastiqua un moment puis avala une gorgée de bouillon. Ayla fit de même.

Délicieux, le bouillon avait un goût de viande, mais il n'y avait pas de viande : rien que des légumes, un mélange d'herbes au goût inhabituel pour le palais d'Ayla, et une chose qu'elle n'arrivait pas à identifier. Cela l'étonnait car elle parvenait presque toujours à reconnaître les ingrédients d'un plat. Marthona ne tarda pas à leur apporter la viande, rôtie sur les bâtonnets, et qui avait elle aussi un goût inhabituel et délicieux. Ayla eut envie de demander ce que c'était mais tint sa langue.

— Tu ne manges pas, mère ? dit Jondalar en piquant un autre morceau de légume.

— Folara et moi avons mangé plus tôt. J'ai préparé beaucoup de nourriture, je m'attends toujours au retour de Willamar. Je n'ai eu qu'à réchauffer le bouillon et à faire cuire la viande d'aurochs marinée dans le vin.

C'est donc cela, le goût, pensa Ayla, qui but une autre gorgée du liquide rouge. Il y en avait aussi dans le bouillon.

— Quand Willamar doit-il rentrer ? demanda Jondalar. Je suis impatient de le voir.

— Bientôt. Il est parti faire du troc aux Grandes Eaux de l'ouest, pour rapporter du sel et tout ce qu'il pourra obtenir, mais il sait que nous devons nous rendre à la Réunion d'Eté. Il sera de retour avant. A moins que quelque chose le retarde. Je l'attends d'un moment à l'autre.

— Laduni des Losadunaï m'a dit que les siens font du troc avec une Caverne qui extrait du sel d'une montagne. On l'appelle la Montagne de Sel.

— Une montagne de sel ? J'ignorais qu'on trouvait du sel dans les montagnes. Je crois que tu as beaucoup d'histoires à raconter et que personne ne saura démêler le vrai du faux.

Jondalar sourit mais Ayla eut la nette impression que sa mère doutait, sans l'exprimer clairement, de ce qu'il venait de dire.

— Je ne l'ai pas vue moi-même mais je pense que c'est vrai, répondit-il. En tout cas, ils ont du sel, et ils vivent très loin d'une eau salée. S'ils avaient dû faire un long voyage pour se le procurer, ils n'en auraient pas été aussi prodigues.

Le sourire de Jondalar s'élargit, comme s'il venait de penser à quelque chose de drôle.

— A propos de long voyage, j'ai un message pour toi, mère, de la part de quelqu'un que nous avons rencontré en chemin, quelqu'un que tu connais.

— Dalanar ? Jerika ?

— Eux aussi ont un message pour toi. Ils seront à la Réunion d'Eté. Dalanar essaiera de persuader un jeune Zelandonii de rentrer avec eux. La Première Caverne des Lanzadonii grandit. Je ne serais pas surpris qu'ils en fondent bientôt une deuxième.

— Il ne devrait pas être difficile de trouver quelqu'un, commenta Marthona. Ce serait pour cette personne un grand honneur. Etre le Premier, le Premier et le seul Lanzadonii.

— Comme ils n'ont encore personne Qui Serve la Mère, Dalanar veut que Joplaya et Echozar s'unissent aux Matrimoniales des Zelandonii, poursuivit Jondalar.

Un pli barra le front de Marthona.

— Ta proche cousine est une belle jeune femme. Singulière mais belle. Aucun jeune homme ne peut détacher ses yeux d'elle quand elle vient aux Réunions des Zelandonii. Pourquoi choisirait-elle Echozar alors qu'elle peut avoir n'importe quel homme ?

— Non, pas n'importe quel homme, objecta Ayla.

Marthona se tourna vers elle, remarqua la lueur farouche, défensive de son regard. La jeune femme rougit et détourna les yeux.

— Elle m'a dit qu'elle ne trouverait jamais un homme qui l'aimerait autant qu'Echozar, ajouta-t-elle.

— Tu as raison, Ayla, dit Marthona. Il y a des hommes qu'elle ne peut pas avoir. (Elle glissa un bref coup d'œil à son fils.) Mais

Joplaya et Echozar me semblent... mal assortis. Elle est d'une beauté stupéfiante, et lui... et lui pas. Néanmoins l'apparence n'est pas tout ; quelquefois même, elle ne compte pas pour grand-chose, et Echozar me donne l'impression d'un homme gentil et affectueux.

Bien que Marthona ne l'eût pas vraiment dit, Ayla savait que la mère de Jondalar avait vite saisi la raison du choix de Joplaya : la proche cousine de Jondalar, fille de la compagne de Dalanar, aimait un homme qu'elle ne pourrait jamais avoir. Comme personne d'autre ne comptait pour elle, elle s'était rabattue sur le seul dont elle savait qu'il l'aimait. Ayla comprit que Marthona n'était pas trop contrariée, en réalité. La mère de Jondalar aimait les belles choses et il lui semblait logique qu'une belle femme s'unisse à un homme qui l'égalait en ce domaine, mais elle avait conscience que la beauté du caractère comptait davantage.

Jondalar ne parut pas remarquer la légère tension entre les deux femmes, occupé qu'il était à se rappeler les mots exacts qu'on l'avait prié de répéter à sa mère, de la part d'une personne dont Marthona n'avait jamais mentionné le nom devant lui.

— Le message que j'ai pour toi ne vient pas des Lanzadonii. Pendant notre Voyage, nous avons vécu avec un autre peuple, plus longtemps que je ne l'avais prévu, d'ailleurs, mais c'est une autre histoire. Le jour de notre départ, Celle Qui Sert la Mère m'a dit : « Lorsque tu verras Marthona, dis-lui que Bodoa lui envoie ses amitiés. »

Jondalar avait espéré susciter une réaction chez sa mère, si digne et si maîtresse d'elle-même, en prononçant un nom appartenant au passé. Il y voyait une plaisanterie anodine dans leur petit jeu de sous-entendus, d'allusions voilées, et il ne s'attendait certes pas à ce qu'il provoqua. Marthona écarquilla les yeux et blêmit.

— Bodoa ! O Grande Mère ! Bodoa ?

La main sur la poitrine, elle semblait éprouver des difficultés à respirer.

— Mère ! Ça va ? dit Jondalar, se levant d'un bond. Je suis désolé, je ne voulais pas te causer un tel choc. Est-ce que je dois aller chercher Zelandoni ?

— Non, non, ça va, le rassura Marthona, qui prit une longue inspiration. Mais j'ai été stupéfaite : je pensais ne plus jamais entendre ce nom. Je ne savais même pas qu'elle était encore en vie. Tu... tu l'as bien connue ?

— Elle m'a raconté qu'elle et toi aviez failli contracter une double union avec Joconan, mais elle exagérait peut-être, ou ne se souvenait plus très bien. Comment se fait-il que tu n'aies jamais mentionné son nom ?

Ayla lança à son compagnon un regard interrogateur : elle ignorait qu'il n'avait pas tout à fait cru les propos de la S'Armuna.

— Son souvenir était trop douloureux, répondit Marthona. Bodoa était comme une sœur. J'aurais été heureuse de cette double union mais notre Zelandoni s'est prononcée contre, en arguant qu'on avait promis à l'oncle de Bodoa qu'elle retournerait là-bas après sa formation. Tu dis qu'elle est maintenant Celle Qui Sert ? Alors, il valait peut-être mieux qu'elle parte, finalement, mais elle était furieuse, à l'époque. Je l'ai suppliée d'attendre le changement de saison pour tenter de traverser le glacier mais elle n'a pas voulu m'écouter. Je suis heureuse d'apprendre qu'elle a survécu, et contente de savoir qu'elle m'envoie ses amitiés. Tu penses qu'elle était sincère ?

— J'en suis sûr, mère. Elle n'était pas obligée de rentrer, en fait. Son oncle avait déjà quitté ce monde, sa mère aussi. Elle est devenue S'Armuna, mais sa colère l'a conduite à faire mauvais usage de son état. Elle a aidé une créature cruelle à devenir Femme Qui Ordonne, sans savoir à quel degré de vilenie cette Attaroa s'abaisserait. S'Armuna rachète ses fautes, maintenant. Je crois qu'elle a accompli sa tâche en aidant sa Caverne à surmonter les années difficiles, mais elle devra peut-être en assumer la responsabilité en attendant que quelqu'un d'autre en soit capable, comme tu l'as fait, mère. Bodoa est une femme remarquable, elle a même découvert un moyen de transformer la boue en pierre.

— La boue en pierre ? Jondalar, tu parles comme un conteur ! Comment puis-je te croire si tu racontes de telles sornettes ?

— Crois-moi, je dis la vérité. Je ne suis pas devenu un conteur qui va de Caverne en Caverne, enjolivant histoires et légendes pour les rendre plus captivantes... J'ai fait un long Voyage, j'ai vu beaucoup de choses.

Jondalar glissa un regard à Ayla avant de poursuivre :

— Si tu ne l'avais vu de tes yeux, aurais-tu cru qu'un humain peut monter sur un cheval ou gagner l'amitié d'un loup ? J'ai d'autres choses à te dire que tu trouveras difficiles à croire, et certaines choses à te montrer qui te feront douter de tes propres yeux.

— Très bien, tu m'as convaincue. Je ne mettrai plus tes propos en doute... même si j'ai du mal à les croire.

Sur ce, Marthona sourit, avec un charme espiègle qu'Ayla ne lui connaissait pas. Un instant, elle parut plus jeune d'une dizaine d'années, et Ayla comprit de qui Jondalar tenait son sourire.

Marthona prit sa coupe de vin, la vida lentement puis encouragea le jeune couple à finir de manger. Quand ils eurent terminé, elle débarrassa les bols et les bâtonnets, donna à Jondalar une peau souple et humide pour qu'il essuie leurs couteaux à manger avant de les ranger, puis leur resservit à boire.

— Tu es resté longtemps parti, dit-elle à son fils. (Ayla eut le sentiment qu'elle choisissait ses mots avec soin.) Je comprends que tu dois avoir beaucoup d'histoires à raconter sur ton Voyage. Toi aussi, Ayla. Il vous faudra du temps pour les raconter toutes, et j'espère que vous comptez rester... un moment. (Elle lança à Jondalar un regard appuyé.) Tu peux rester ici aussi longtemps que tu le voudras, mais ce lieu te semblera peut-être trop petit pour nous tous... après un certain temps. Tu souhaiteras peut-être t'installer dans un endroit à toi... pas trop loin... plus tard...

— Oui, mère, répondit Jondalar avec un sourire éclatant. Ne crains rien, je ne repartirai pas. Je suis chez moi. J'ai... nous avons l'intention de rester, à moins que quelqu'un y voie une objection. Est-ce cela que tu veux entendre ? Ayla et moi ne sommes pas encore unis mais nous le serons bientôt. J'en ai déjà parlé à Zelandoni, elle est passée juste avant que tu ne reviennes avec le vin. J'ai préféré attendre d'être ici pour que ce soit elle qui noue la lanière autour de nos poignets aux Matrimoniales de cet été. Je suis las de voyager, conclut-il.

Marthona sourit de bonheur.

— Ce serait merveilleux de voir un enfant naître dans ton foyer, peut-être même de ton esprit, Jondalar.

Se tournant vers Ayla, il déclara :

— Je le pense aussi.

Marthona espérait avoir correctement interprété ce que son fils sous-entendait mais ne posa pas de question. C'était à lui de faire l'annonce. Elle aurait préféré qu'il ne se perde pas en subtilités pour une question aussi importante que l'éventualité d'une naissance.

— Tu seras sans doute heureuse d'apprendre que Thonolan a laissé un fils de son esprit, sinon de son foyer, dans au moins une Caverne, peut-être plus. Une Losadunaï nommée Filonia, qui l'avait trouvé plaisant, s'est aperçue peu après notre arrivée qu'elle était enceinte. Elle a maintenant un compagnon et deux enfants. Laduna m'a raconté que, lorsque le bruit s'est répandu qu'elle était grosse, tous les Losadunaï en âge de s'unir ont trouvé une raison de lui rendre visite. Elle a fait son choix, mais son premier enfant, une fille, elle l'a appelée Thonolia. J'ai vu la fillette. Elle ressemble beaucoup à Folara quand elle était petite... Dommage qu'ils habitent si loin, et de l'autre côté d'un glacier. La distance est longue, encore que, sur le chemin du retour, elle m'ait paru courte après mon interminable Voyage.

Il s'interrompit, pensif, puis reprit :

— Je n'ai jamais trop aimé voyager. Je ne serais pas allé aussi loin si je n'avais eu Thonolan pour compagnon...

Il remarqua tout à coup l'expression de sa mère et, se rendant compte qu'il parlait de son frère, cessa de sourire.

— Thonolan est né au foyer de Willamar, dit-elle, et aussi de son esprit, j'en suis sûre. Il ne tenait jamais en place, même quand il était bébé. Il voyage encore ?

Ayla nota à nouveau le caractère indirect des questions que Marthona posait ou, parfois, sous-entendait. Elle se souvint que Jondalar avait toujours été un peu déconcerté par la curiosité sans détour des Mamutoï, et eut une soudaine révélation. Ceux qui se donnaient le nom de Chasseurs de Mammouths, ceux qui l'avaient adoptée et dont elle avait appris les usages, étaient différents du peuple de Jondalar. Bien que, pour le Clan, tous ceux qui ressemblaient à Ayla fussent les Autres, les Zelandonii différaient des Mamutoï, et dans d'autres domaines que la langue. Elle aurait à assimiler les usages des Zelandonii si elle voulait trouver sa place chez eux.

Jondalar prit sa respiration et se rendit compte que le moment était venu de parler à sa mère de Thonolan.

— Je suis désolé, mère. Thonolan voyage maintenant dans le Monde d'Après, murmura-t-il en lui prenant les mains.

Les yeux clairs de Marthona montrèrent la profondeur du chagrin qu'elle éprouvait d'avoir perdu son plus jeune fils, et ses épaules parurent s'affaisser sous un lourd fardeau. Elle avait déjà subi la perte d'êtres chers, mais jamais celle d'un enfant. C'était plus dur encore, lui semblait-il, de perdre quelqu'un qui aurait dû avoir toute la vie devant lui. Elle ferma les yeux, tenta de maîtriser son émotion puis redressa les épaules et regarda le fils qui était revenu auprès d'elle.

— Tu étais avec lui ?

— Oui, répondit-il, sentant de nouveau sa peine. Un lion des cavernes... Thonolan l'a suivi dans un défilé... J'ai essayé de l'en dissuader mais il ne m'a pas écouté.

Jondalar luttait pour rester maître de lui, et Ayla se rappela la nuit où elle avait tenu contre elle et bercé comme un enfant cet inconnu accablé de douleur. Elle ne connaissait même pas sa langue, mais les mots ne sont pas nécessaires pour comprendre le chagrin. Tendant la main, elle lui toucha le bras afin de lui faire savoir qu'elle était là pour le soutenir, sans s'immiscer dans ce moment entre mère et fils. Marthona remarqua que le geste d'Ayla paraissait aider Jondalar. Il prit de nouveau une longue inspiration.

— J'ai quelque chose pour toi, mère, annonça-t-il.

Il se leva, alla chercher son sac de voyageur, en tira un premier paquet puis, après réflexion, un second.

— Thonolan avait trouvé une femme et il était tombé amoureux. C'était une Sharamudoï, un peuple qui vit près de l'embouchure de la Grande Rivière Mère, là où elle est si large que l'on comprend pourquoi elle tire son nom de la Grande Mère. Les Sharamudoï sont en fait deux peuples. La moitié shamudoï vit sur terre et chasse le chamois dans les montagnes ; les Ramudoï vivent sur l'eau et pêchent l'esturgeon géant dans la rivière. En hiver, les Ramudoï rejoignent les Shamudoï, chaque famille d'un groupe étant liée à une famille de l'autre, comme dans une union. On dirait deux peuples différents mais leurs liens étroits en font les deux moitiés d'un même peuple.

Jondalar éprouvait des difficultés à expliquer cette culture unique et complexe.

— Thonolan aimait tellement cette femme qu'il était prêt à vivre avec les siens. Il est devenu shamudoï en s'unissant à Jetamio.

— Quel beau nom ! dit Marthona.

— Elle était belle. Tu l'aurais aimée.

— Etait ?

— Elle est morte en tentant de donner vie à un enfant qui aurait été le fils du foyer de Thonolan. Il n'a pas supporté de la perdre. Je crois qu'il a voulu la suivre dans le Monde d'Après.

— Lui qui était toujours si heureux, si insouciant...

— Je sais, mais la mort de Jetamio l'a transformé. Il n'était plus insouciant mais d'une folle imprudence. Comme il ne voulait plus rester chez les Sharamudoï, j'ai tenté de le convaincre de rentrer avec moi, mais il a insisté pour aller vers l'est. Je ne pouvais le laisser partir seul. Les Ramudoï nous ont donné une de leurs pirogues — ils fabriquent des bateaux extraordinaires — et nous avons descendu le courant, mais nous avons tout perdu dans le delta de la Grande Rivière Mère, là où elle se jette dans la mer de Beran. J'ai été blessé, Thonolan a failli être englouti par des sables mouvants ; un camp de Mamutoï nous a secourus.

— C'est là que tu as rencontré Ayla ?

Jondalar jeta un coup d'œil à la jeune femme, revint à sa mère.

— Non, répondit-il... Après que nous avons quitté le Camp du Saule, Thonolan a déclaré qu'il voulait remonter vers le nord avec les Mamutoï pour chasser le mammouth pendant leur Réunion d'Eté, mais je ne sais pas s'il en avait vraiment envie. C'était uniquement pour continuer à voyager.

Jondalar ferma les yeux, soupira, reprit le fil de son histoire :

— Nous traquions un cerf, ce jour-là, et nous ne savions pas qu'une lionne le chassait aussi. Elle a bondi au moment même où nous lancions nos sagaies. Nos sagaies sont arrivées les premières mais la lionne a emporté le cerf. Thonolan a décidé de le récupérer : il était à lui, disait-il, pas à elle. Je lui ai conseillé de ne pas se battre avec une lionne et de lui abandonner l'animal, mais il a insisté pour la suivre jusqu'à sa tanière. Nous avons attendu un moment et, quand la lionne est partie, Thonolan est entré dans le défilé pour prélever sa part de viande. Or la lionne avait un compagnon qui n'entendait pas nous laisser le cerf. Le lion a tué Thonolan et m'a blessé grièvement.

— Tu as été blessé par un lion ?

— Sans Ayla, je serais mort. Elle m'a sauvé la vie. Elle m'a tiré des griffes de ce lion et elle a soigné mes blessures. Elle est guérisseuse.

Marthona regarda la jeune femme puis son fils avec étonnement.

— Elle t'a tiré des griffes du lion ?

— Whinney m'a aidée, et je n'aurais rien pu faire si Jondalar avait été attaqué par un autre lion que celui-là, expliqua Ayla.

Jondalar devina la perplexité de sa mère et craignit que ces explications ne rendent l'histoire encore moins plausible.

— Tu as vu comme Loup et les chevaux l'écoutent...

— Tu ne veux pas me faire croire que...

— Dis-lui, Ayla.

— C'était un lion que j'avais recueilli quand il était tout petit, commença la jeune femme. Il avait été piétiné par des cerfs et sa mère l'avait laissé pour mort. Il l'était presque. Moi, je les chassais, les cerfs, j'essayais d'en faire tomber un dans ma trappe. J'ai réussi. En retournant à ma vallée, j'ai trouvé le lionceau, et je l'ai ramené aussi. Whinney n'était pas très contente, l'odeur de lion l'effrayait, mais je suis parvenue à ramener le cerf et le petit lion à ma grotte.

Je l'ai soigné, il a guéri, et comme il était encore trop jeune pour se débrouiller seul, j'ai dû lui servir de mère. Whinney a appris elle aussi à s'occuper de lui... (Un souvenir la fit sourire.) C'était si drôle de les voir ensemble quand il était petit...

Marthona regarda Ayla et eut une révélation.

— C'est ainsi que tu fais ? Pour le loup ? Pour les chevaux ?

Ce fut au tour d'Ayla d'être étonnée : personne n'avait encore fait le lien aussi rapidement.

— Bien sûr ! s'exclama-t-elle, ravie que Marthona comprenne. C'est ce que j'essaie d'expliquer à tout le monde. Si tu prends un animal très jeune, si tu le nourris, si tu l'élèves comme ton propre enfant, il s'attache à toi, et toi à lui. Le lion qui a tué Thonolan et blessé Jondalar était celui que j'avais recueilli. Il était comme un fils pour moi.

— Mais il était devenu adulte ? Il vivait avec une lionne ? Comment as-tu réussi à lui arracher Jondalar ? questionna Marthona, encore incrédule.

— Nous avions l'habitude de chasser ensemble, le lion et moi. Quand il était petit, je partageais avec lui le gibier que j'avais tué, et plus tard, devenu grand, il me donnait une part de sa chasse. Il faisait toujours ce que je lui demandais. J'étais sa mère. Les lions écoutent leur mère.

— Je ne comprends pas non plus, avoua Jondalar, voyant l'expression de Marthona. C'était le plus gros lion que j'aie jamais rencontré, mais Ayla l'a arrêté net alors qu'il allait me bondir dessus une seconde fois. Je l'ai vue souvent monter sur son dos. Tous les Mamutoï présents à la Réunion d'Eté ont vu Ayla sur ce lion. Je l'ai vue de mes yeux, et j'ai encore du mal à le croire.

— Je regrette seulement de ne pas avoir pu sauver Thonolan, dit Ayla. J'ai entendu un homme crier, mais, le temps que j'arrive sur les lieux, Thonolan était déjà mort.

Ces mots replongèrent Marthona dans son affliction, et ils demeurèrent silencieux, enfermés tous les trois dans leurs propres sentiments.

— Je suis heureuse qu'il ait trouvé quelqu'un à aimer, murmura-t-elle au bout d'un moment.

Jondalar prit le premier paquet qu'il avait tiré de son sac.

— Le jour où Thonolan et Jetamio se sont unis, il m'a dit que tu savais qu'il ne reviendrait pas, et il m'a fait promettre de retourner ici un jour. Et de te rapporter quelque chose de beau, comme Willamar le fait toujours. Quand Ayla et moi sommes repassés chez les Sharamudoï, sur le chemin du retour, Roshario m'a donné ceci pour toi. C'est elle qui a élevé Jetamio après la mort de sa mère. Elle a dit que Jetamio y était très attachée, dit-il en tendant le paquet à sa mère.

Marthona rompit la corde nouée autour de la peau de chamois et crut d'abord que cette peau, si souple, si belle, était le cadeau, mais quand elle l'ouvrit, elle eut le souffle coupé en découvrant un collier superbe. Il était fait de dents de chamois, de canines de jeunes animaux, d'un blanc parfait, percées à la racine, disposées par ordre de taille, symétriquement, et séparées par des morceaux d'arête centrale de petit esturgeon, avec au milieu un pendentif de nacre en forme de bateau.

— Il représente le peuple que Thonolan avait choisi de rejoindre : les Sharamudoï, leurs deux côtés. Le chamois de la terre pour les Shamudoï, l'esturgeon de la rivière pour les Ramudoï, et le bateau pour les deux. Roshario tenait à ce que tu possèdes quelque chose qui avait appartenu à la femme choisie par Thonolan.

Des larmes que Marthona ne pouvait retenir roulèrent sur ses joues tandis qu'elle contemplait le magnifique cadeau.

— Jondalar, qu'est-ce qui lui faisait croire que je savais qu'il ne reviendrait pas ?

— Quand nous sommes partis, tu lui as dit « Bon Voyage », pas « Jusqu'à ton retour ».

Une nouvelle crue inonda les yeux de Marthona et déborda.

— Il avait raison. Je ne pensais pas qu'il reviendrait. J'avais beau me raconter le contraire, j'étais sûre que je ne le reverrais jamais. Et quand j'ai appris que tu partais avec lui, j'ai cru que j'avais perdu deux fils. Je suis triste que Thonolan ne soit pas revenu avec toi, mais en même temps si heureuse que toi au moins tu sois rentré...

Ayla ne put elle non plus contenir ses larmes en voyant la mère et le fils s'étreindre. Elle comprenait maintenant pourquoi Jondalar ne pouvait rester avec les Sharamudoï alors que Tholie et Markeno le pressaient de le faire. Elle savait ce que c'était que de perdre un fils. Elle avait deviné qu'elle ne reverrait jamais le sien, mais si elle avait su comment il allait, ce qui lui était arrivé, quel genre de vie il menait, elle aurait été contente.

Le rideau de cuir de l'entrée se releva.

— Devinez qui est là ! s'écria Folara en se précipitant à l'intérieur.

Elle était suivie, plus calmement, par Willamar.

3

Marthona se leva en toute hâte pour accueillir l'homme qui venait d'entrer et le serra contre elle avec chaleur.

— Je vois que ton géant de fils est revenu ! s'exclama-t-il. Je n'aurais jamais cru qu'il deviendrait un tel voyageur. J'ai entendu tellement de choses au sujet de ce qu'il a rapporté que je pense qu'il aurait dû faire du troc au lieu de tailler le silex.

Willamar se débarrassa de son sac et donna l'accolade à Jondalar.

— Tu n'as pas rapetissé, à ce que je vois, dit-il avec un grand sourire, parcourant du regard les six pieds six pouces de l'homme aux cheveux blonds.

Jondalar lui rendit son sourire. C'était toujours ainsi que Willamar le saluait : par une plaisanterie sur sa taille. Mesurant lui-même plus de six pieds, Willamar — qui avait été l'homme de leur foyer tout autant que Dalanar — ne faisait pas précisément figure de nabot, mais Jondalar était aussi grand que l'homme à qui Marthona était unie lorsqu'il était né, avant qu'ils ne rompent le lien.

— Où est ton autre fils, Marthona ? demanda Willamar, toujours souriant.

Il remarqua alors le visage mouillé de larmes de sa compagne et prit conscience de sa détresse. Lorsqu'il vit la même douleur dans les yeux de Jondalar, son sourire s'effaça.

— Thonolan voyage maintenant dans le Monde d'Après, murmura Jondalar. Je disais justement à ma mère...

Il vit le Maître du Troc pâlir, vaciller comme sous l'effet d'un coup.

— Mais... mais il ne peut pas être dans le Monde d'Après, balbutia-t-il, hébété. Il est trop jeune. Il n'a pas encore trouvé une femme avec qui fonder un foyer. (Sa voix devenait plus aiguë à chaque phrase.) Il... il n'est pas encore revenu chez les siens.

Cette dernière objection était presque un gémissement plaintif.

Willamar avait toujours eu beaucoup de tendresse pour les enfants de Marthona, mais, quand ils s'étaient unis, Joharran, l'enfant qu'elle avait donné au foyer de Joconan, était presque en âge de rencontrer sa femme-donii, presque un homme. Leurs rapports se plaçaient sur le plan de l'amitié. Et, même si Willamar s'était pris d'affection pour Jondalar, qui tétait encore, Thonolan et Folara étaient les véritables enfants de son foyer. Il était convaincu que Thonolan était aussi le fils de son esprit parce que l'enfant lui ressemblait à maints égards ; en particulier, il aimait voyager et cherchait toujours à découvrir de nouveaux endroits. Il savait qu'au fond de son cœur Marthona avait craint, quand Thonolan était parti, de ne plus le revoir, mais il n'y avait vu que les appréhensions naturelles d'une mère. Willamar s'était persuadé que Thonolan reviendrait, comme lui-même l'avait toujours fait.

Il semblait abasourdi, sous le choc. Marthona lui versa une coupe du liquide rouge tandis que Jondalar et Folara le faisaient s'asseoir sur l'un des coussins, près de la table de pierre.

— Bois un peu de vin, lui conseilla Marthona en s'installant à côté de lui.

Il prit la coupe et la vida, sans donner l'impression de savoir ce qu'il faisait, puis regarda fixement devant lui.

Ayla aurait voulu l'aider. Elle songea à aller chercher son sac à remèdes pour lui préparer un breuvage apaisant, mais il ne la connaissait pas, et il recevait déjà les meilleurs soins possibles en pareille circonstance : l'attention de ceux qui l'aimaient. Elle se demanda ce qu'elle éprouverait si elle apprenait soudain la mort de Durc. Elle savait qu'elle ne le reverrait jamais, mais elle pouvait au moins l'imaginer grandissant, avec Uba pour l'aimer et veiller sur lui.

— Thonolan avait trouvé une femme à aimer, dit Marthona pour réconforter Willamar. Jondalar m'a apporté un objet qui lui appartenait...

Elle prit le collier pour le lui montrer mais il continuait à fixer le vide, indifférent à ce qui l'entourait. Il eut un frisson, ferma les yeux. Au bout d'un moment, il parut se rendre compte que Marthona lui avait parlé et se tourna vers elle.

— Ce collier appartenait à la compagne de Thonolan, dit-elle en le lui tendant. Il représente son peuple, qui vit près d'une rivière... la Grande Rivière Mère.

— Alors, il est allé jusque là-bas, fit Willamar d'une voix creuse.

— Plus loin, même, dit Jondalar. Nous avons descendu la rivière jusqu'à la mer de Beran, et nous avons continué au-delà encore. Thonolan voulait aller vers le nord pour chasser le mammouth avec les Mamutoï.

Willamar tourna les yeux vers lui avec une expression attristée et perdue, comme s'il ne comprenait pas tout à fait ce qu'on lui disait.

— J'ai aussi quelque chose qui appartenait à Thonolan, continua Jondalar en prenant l'autre paquet sur la table. C'est Markeno qui me l'a remis. Il était son compagnon croisé, membre de sa famille ramudoï.

Il ouvrit le paquet enveloppé de cuir souple et montra à Willamar et Marthona un outil fabriqué avec une ramure de cerf — une sorte d'élan — dont on avait coupé les branches au-dessus de la première fourche. Un trou d'un pouce et demi de diamètre était percé juste en dessous. C'était le redresseur de sagaie de Thonolan.

Il connaissait en effet l'art de courber le bois, en général après l'avoir chauffé avec des pierres brûlantes ou de la vapeur. L'outil assurait une meilleure maîtrise quand on exerçait une pression pour redresser les hampes tordues afin que les sagaies volent droit. Il était particulièrement utile près de l'extrémité d'une lance, là où la main n'avait pas prise. En passant cette extrémité dans le trou, on bénéficiait d'un effet de levier qui permettait de la redresser. Bien qu'appelé redresseur, l'outil servait aussi à plier du bois pour fabriquer des raquettes, des pinces, ou n'importe quel objet en bois courbé.

Son manche, solide et long d'un pied, était orné de symboles, d'animaux et de plantes de printemps. Ces gravures représentaient beaucoup de choses selon le contexte ; elles étaient toujours plus complexes qu'elles ne le paraissaient. Toutes ces images honoraient la Grande Terre Mère et, en un sens, servaient à ce qu'Elle permette aux esprits des animaux d'être attirés par les sagaies redressées avec cet outil. Elles comportaient aussi un aspect mystique et ésotérique, car ces gravures n'étaient pas de simples représentations ; mais Jondalar savait que son frère les avait aimées pour leur seule beauté.

Le regard de Willamar fut attiré par la ramure de cerf percée. Il tendit la main pour la prendre en disant :

— C'était à Thonolan ?

— Oui, confirma Marthona. Tu te rappelles qu'il a courbé du bois avec cet outil pour fabriquer le support de cette table ?

— Thonolan était habile, dit Willamar d'une voix encore étrange, lointaine.

— En effet, acquiesça Jondalar. Je crois que s'il se sentait si bien chez les Sharamudoï, c'était en partie parce qu'ils faisaient avec du bois des choses qu'il n'aurait jamais crues possibles. Ils le courbaient pour fabriquer des bateaux. Ils élargissaient des canoës creusés dans un tronc d'arbre en ajoutant des lisses — de longues planches — sur les côtés, en les cintrant pour leur donner la forme du tronc évidé et en les attachant ensemble.

« J'ai envisagé de rester chez eux. C'étaient des gens merveilleux, et plus que disposés à me garder. Si j'étais resté, je pense que j'aurais choisi le côté ramudoï. Et il y avait là-bas un jeune qui avait envie d'apprendre à tailler le silex...

Jondalar se rendit compte qu'il parlait trop, qu'il jacassait pour remplir le silence. Jamais il n'avait vu Willamar si bouleversé. On frappa contre la paroi de l'entrée, mais, sans attendre de réponse, Zelandoni pénétra dans l'habitation. Folara apparut à sa suite, et Ayla comprit qu'elle était allée chercher la doniate. Elle approuva intérieurement : c'était la chose à faire. La sœur de Jondalar était une jeune fille avisée. Zelandoni était celle qui accordait les Dons de Doni, celle qui servait d'intermédiaire entre la Grande Terre Mère et Ses enfants, qui dispensait assistance et remèdes, celle à qui l'on demandait de l'aide.

Folara avait résumé la situation à Zelandoni, qui regarda autour d'elle et comprit rapidement. Elle se retourna, dit quelques mots à la jeune fille, qui passa aussitôt dans la pièce à cuire et se mit à souffler sur les braises du foyer pour les ranimer. Mais le feu était mort. Marthona avait étalé les braises pour que la chaleur fût uniforme sous la viande, et elle n'était pas revenue alimenter le feu.

Maintenant, je peux me rendre utile, pensa Ayla, qui alla prendre son sac de voyageur dans l'entrée et en tira son sac à feu. Elle se dirigea vers la pièce à cuire en pensant à Barzec, le Mamutoï qui le lui avait fabriqué quand elle avait donné une pierre à feu à chaque foyer du Camp du Lion.

— Laisse-moi t'aider, proposa-t-elle à Folara.

La jeune fille sourit. Elle savait allumer un feu mais se sentait tellement désemparée par la détresse de l'homme du foyer qu'une présence auprès d'elle la réconfortait. Willamar se montrait d'ordinaire si solide...

— Si tu me donnes du petit bois, je l'allumerai, dit Ayla.

— Les bâtons à feu sont là, indiqua Folara en se tournant vers l'étagère du fond.

— Je n'en ai pas besoin.

Ayla ouvrit son sac à feu, qui contenait plusieurs compartiments et des petites poches. De l'une d'elles, elle extirpa des excréments de cheval séchés et broyés en poudre, d'une autre des fibres d'herbe à feu pelucheuses qu'elle posa sur le crottin, d'une troisième des copeaux de bois.

Folara l'observait. Manifestement, Ayla avait appris pendant son Voyage à avoir toujours sous la main de quoi faire un feu, mais Folara se sentit intriguée quand Ayla prit deux pierres dans son sac. Se penchant au-dessus de l'amadou, elle frappa les deux pierres l'une contre l'autre, souffla, et une flamme s'éleva comme par magie.

— Comment as-tu réussi ? demanda la jeune fille, interdite.

— Je te montrerai plus tard. Pour le moment, nourrissons le feu pour chauffer l'eau.

— Comment sais-tu ce que je m'apprêtais à faire ? s'étonna Folara, envahie d'un sentiment qui ressemblait à de la peur.

La journée avait été trop éprouvante, trop riche en émotions : son frère rentré après une longue absence, accompagné d'une inconnue et d'animaux apprivoisés ; l'annonce de la mort de son autre frère ; la réaction inattendue de Willamar ; l'inconnue qui faisait jaillir le feu comme par enchantement et semblait savoir des choses que personne ne lui avait dites... Folara commençait à se demander si les rumeurs sur les pouvoirs surnaturels de cette femme n'étaient pas fondées.

Voyant son trouble, Ayla chercha à la rassurer :

— J'ai rencontré Zelandoni, je sais qu'elle est votre guérisseuse. C'est pour cela que tu es allée la chercher, non ?

— Oui, c'est la doniate.

— En général, les guérisseuses préparent une tisane ou un breuvage pour calmer ceux qui sont perturbés. J'ai deviné qu'elle t'avait demandé de faire bouillir de l'eau.

Folara se détendit : l'explication était sensée.

— Et je te montrerai comment allumer un feu avec ces pierres. Tout le monde peut y arriver.

— Tout le monde ?

— Oui, même toi, dit Ayla en souriant.

La jeune fille sourit à son tour. Dévorée de curiosité depuis qu'elle avait rencontré cette femme étrange, Folara s'était abstenue de l'interroger, pour ne pas être impolie. Elle avait encore plus de questions à poser, maintenant, et l'inconnue semblait moins inabordable. Elle paraissait en fait plutôt gentille.

— Tu m'expliqueras aussi, pour les chevaux ?

Ayla se rendit soudain compte que, si Folara était à tous égards une grande et belle jeune femme, elle ne l'était pas depuis très longtemps. Elle demanderait à Jondalar combien d'années comptait sa sœur, mais elle devinait que Folara était encore très jeune, sans doute à peu près du même âge que Latie, la fille de Nezzie, la compagne du chef du Camp du Lion.

— Bien sûr. Je t'emmènerai même les voir, dit Ayla en jetant un coup d'œil à la table où les autres étaient réunis. Demain, peut-être, quand tout sera plus calme. Tu peux descendre les voir quand tu veux, mais ne t'approche pas trop avant qu'ils te connaissent.

— Entendu.

Se souvenant de la fascination que les chevaux exerçaient sur Latie, Ayla proposa :

— Tu aimerais monter sur le dos de Whinney ?

— Oh ! Je pourrai ? s'exclama la jeune fille, les yeux écarquillés.

A cet instant, Folara lui rappelait la jeune Mamutoï qui montrait une telle passion pour les chevaux qu'Ayla s'était demandé si Latie n'essaierait pas d'élever elle-même un poulain, un jour.

Ayla reporta son attention sur le feu tandis que Folara prenait une outre — la panse de quelque gros animal.

— Il faut que j'aille chercher de l'eau, elle est presque vide.

Ayla souffla sur la flamme encore vacillante, ajouta des copeaux puis le petit bois que Folara lui avait donné, et enfin de grosses branches. Elle trouva les pierres à cuire, en mit plusieurs à chauffer dans le feu. Folara revint avec l'outre remplie, et visiblement lourde, se dit Ayla quand la jeune fille l'inclina pour verser de l'eau dans un grand bol de bois. C'était celui avec lequel Marthona préparait ses tisanes. Quand les pierres furent chaudes, Ayla se servit des pinces aux extrémités noircies que Folara lui avait remises pour en saisir une. La pierre grésilla et provoqua un panache de vapeur lorsque Ayla la laissa tomber dans l'eau. Elle en ajouta une deuxième, ôta la première et la remplaça par une troisième.

Folara alla prévenir Zelandoni que l'eau était presque prête. A la façon dont la femme obèse tourna brusquement la tête dans sa direction, Ayla comprit que la jeune fille avait parlé d'elle. Elle regarda la doniate se lever péniblement de son coussin et pensa à Creb, le Mog-ur du Clan. Boiteux, il avait des difficultés avec les sièges trop bas, et l'endroit qu'il préférait, quand il voulait se détendre, était un vieil arbre tordu dont une branche basse avait juste la bonne hauteur pour qu'il puisse s'asseoir et se lever facilement.

Zelandoni s'avança dans la pièce à cuire en disant :

— L'eau est chaude, paraît-il. Et, si j'ai bien compris Folara, tu vas lui apprendre à allumer un feu avec des pierres ? Quel est ce tour ?

— Oui. J'ai des pierres à feu. Jondalar en a aussi. Il suffit de savoir s'en servir, ce n'est pas difficile. Je te montrerai comment quand tu voudras. C'était notre intention, de toute façon.

Zelandoni se tourna vers Willamar, et Ayla la sentit partagée.

— Pas maintenant, répondit-elle à voix basse.

D'une poche attachée à la ceinture nouée autour de son ample taille, elle fit tomber au creux de sa main des herbes séchées, puis les jeta dans l'eau fumante.

— Si seulement j'avais un peu d'achillée... marmonna-t-elle pour elle-même.

— J'en ai, si tu veux.

— Quoi ? fit Zelandoni d'un ton distrait.

Concentrée sur sa besogne, elle n'avait guère prêté attention à l'étrangère.

— J'ai de l'achillée, si tu en veux. Tu viens de regretter de ne pas en avoir.

— Vraiment ? J'ai dû réfléchir à voix haute. Mais pourquoi en aurais-tu ?

— Je suis une femme à médecines... une guérisseuse. J'ai toujours les herbes les plus utiles sur moi, dont l'achillée. Elle apaise les maux d'estomac, elle détend, elle aide les blessures à guérir proprement et rapidement.

La mâchoire de Zelandoni lui serait tombée sur la poitrine si elle ne s'était maîtrisée.

— Guérisseuse ? La femme que Jondalar a ramenée est une guérisseuse ? (Elle faillit éclater de rire puis ferma les yeux et secoua la tête.) Il va falloir que nous ayons une longue conversation, Ayla.

— Quand tu voudras. Mais tu veux de l'achillée ?

Zelandoni réfléchit : l'étrangère ne peut faire partie de Celles Qui Servent. Sinon, jamais son peuple ne l'aurait laissée suivre un homme qui rentrait chez lui. Elle s'y connaît un peu en herbes, mais beaucoup de gens ont quelques notions dans ce domaine. Si elle a de l'achillée, pourquoi ne pas l'accepter ? Son odeur est aisément reconnaissable, je saurai si c'en est vraiment.

— Oui, si tu en as.

Ayla retourna à son sac de voyageur, plongea la main dans une poche latérale et en tira son sac à remèdes en peau de loutre. Il commence à être usé, pensa-t-elle, il faudra bientôt le remplacer.

Lorsqu'elle revint dans la pièce à cuire, Zelandoni examina avec intérêt l'étrange sac qui semblait fabriqué avec la peau de tout un animal. Jamais elle n'avait rien vu de tel. Ayla souleva la tête de la loutre qui servait de rabat, desserra le lacet noué autour du cou, regarda à l'intérieur, s'empara d'une petite poche. Elle savait ce qu'elle contenait à la couleur du cuir, à la fibre de la cordelette qui la fermait, au nombre et à la disposition des nœuds de ses extrémités. Elle ouvrit la poche, la tendit à la doniate.

Zelandoni se demanda comment Ayla pouvait être sûre de ce qu'elle contenait sans l'avoir reniflée, mais, quand elle la porta à ses narines, elle sut que c'était la bonne herbe. Elle en versa un peu sur sa paume, l'examina avec soin pour voir s'il n'y avait que les feuilles, ou les feuilles et les fleurs, ou quelque chose d'autre. C'étaient uniquement des feuilles d'achillée, semblait-il. Elle en mit quelques pincées dans le grand bol.

— J'ajoute une pierre ? s'enquit Ayla, qui se demandait si la doniate voulait une simple infusion ou une décoction, de l'eau chaude ou de l'eau bouillante.

— Non. Rien de trop fort. Il a seulement besoin d'une infusion, il est déjà presque remis de son émotion. Willamar est un homme fort, il se fait maintenant du souci pour Marthona. Je vais lui en donner aussi à elle, mais il faut que je fasse attention à cause de l'autre remède.

Ayla comprit que la doniate devait administrer régulièrement une autre médecine à la mère de Jondalar.

— Veux-tu que je prépare une tisane pour tout le monde ?

— Je ne sais pas trop. Quelle sorte de tisane ? demanda la guérisseuse de la Neuvième Caverne.

— Quelque chose de léger qui ait bon goût. De la menthe ou de la camomille. J'ai même des fleurs de tilleul pour l'adoucir.

— Oui, pourquoi pas ? De la camomille avec des fleurs de tilleul, un calmant léger, approuva Zelandoni en se retournant pour rejoindre les autres.

Ayla sourit en prenant d'autres poches dans son sac à remèdes. Elle connaît la magie qui guérit ! Depuis que j'ai quitté le Clan, je n'ai vécu avec personne qui connaisse les remèdes et la magie qui guérit ! Ce sera passionnant d'avoir quelqu'un à qui en parler.

Ayla avait d'abord appris à guérir — du moins avec des herbes et des traitements, et non pas en faisant appel au Monde des Esprits — auprès d'Iza, la femme qui lui avait servi de mère au Clan, reconnue comme la digne descendante d'une éminente lignée de guérisseuses. Elle avait ensuite élargi ses connaissances auprès d'autres guérisseuses rencontrées au Rassemblement du Clan.

A la Réunion d'Eté des Mamutoï, elle avait passé beaucoup de temps avec les mamutii, et découvert que tous Ceux Qui Servaient la Mère ne détenaient pas le même savoir. Cela dépendait. Certains mamutii étaient surtout habiles dans l'utilisation des remèdes, d'autres s'intéressaient davantage aux pratiques, d'autres aux malades, aux raisons pour lesquelles certains guérissaient et d'autres non. D'autres encore ne s'occupaient que du Monde des Esprits et ne s'intéressaient pas aux remèdes.

Ayla voulait tout savoir, s'imprégner de tout — les idées sur le Monde des Esprits, la connaissance et l'usage des mots pour compter, la mémorisation des légendes et des histoires — mais elle se passionnait avant toute chose pour tout ce qui était lié aux drogues et aux pratiques des guérisseurs. Elle avait essayé sur elle-même diverses plantes et herbes comme Iza le lui avait appris, avec précaution, et avait glané d'autres connaissances auprès de guérisseurs rencontrés pendant le Voyage. Elle se considérait comme quelqu'un qui savait des choses mais continuait à apprendre. Elle ne se rendait pas compte de l'étendue de ses connaissances ni de ses capacités. Mais ce qui lui manquait surtout, depuis qu'elle avait quitté le Clan, c'était d'avoir quelqu'un pour en discuter.

Folara l'aida à préparer la tisane puis elles apportèrent des coupes fumantes à chacun. Willamar, qui allait mieux, demandait à Jondalar des détails sur la mort de Thonolan. Le compagnon d'Ayla venait de commencer à relater les circonstances de l'attaque du lion des cavernes quand on frappa à la paroi de l'entrée. Tous levèrent la tête.

— Entre, dit Marthona.

Joharran souleva le rideau de cuir et parut un peu surpris de voir autant de monde, notamment Zelandoni.

— Je suis venu demander à Willamar comment s'est passé le troc. Tivonan et toi avez déposé un gros sac sur la terrasse à votre arrivée, mais avec tous ces événements et la fête de ce soir, j'ai pensé qu'il valait mieux attendre pour...

Sentant qu'il se passait quelque chose, il s'interrompit. Son regard fit le tour des visages, s'arrêta sur celui de Zelandoni.

— Jondalar nous racontait comment le lion des cavernes a... attaqué... Thonolan, fit-elle d'un ton hésitant.

Devant son expression horrifiée, elle comprit qu'il ignorait la mort de son jeune frère. Ce ne serait pas facile pour lui non plus ; Thonolan était aimé de tous.

— Assieds-toi, Joharran, dit-elle. Je crois que nous devons tous savoir. Une douleur partagée est plus facile à porter, et je doute que Jondalar ait envie de répéter plusieurs fois son récit.

Ayla attira discrètement l'attention de la doniate, inclina la tête d'abord vers l'infusion calmante puis vers la tisane qu'elle avait préparées. Zelandoni indiqua la seconde, regarda la jeune femme remplir une coupe en silence et la tendre à Joharran. Il la prit machinalement en écoutant Jondalar résumer les événements qui avaient conduit à la mort de Thonolan. Zelandoni était de plus en plus intriguée par l'étrangère, qu'elle soupçonnait à présent d'avoir plus qu'une vague connaissance des herbes.

— Que s'est-il passé quand le lion l'a assailli ? demanda Joharran.

— Il m'a attaqué moi aussi, répondit Jondalar.

— Comment se fait-il que tu sois encore en vie ?

— C'est à Ayla de raconter cette histoire.

Tous les regards se tournèrent vers elle. La première fois que Jondalar lui avait joué ce tour — commencer une histoire et, sans prévenir, lui laisser le soin de l'achever —, elle avait été prise au dépourvu. Elle était habituée, maintenant, mais ces gens étaient les parents de Jondalar, sa famille. Elle allait devoir leur raconter la mort d'un des leurs, un homme qu'elle n'avait pas connu et qui leur était cher. Elle sentit la nervosité lui serrer l'estomac.

— J'étais sur Whinney, commença-t-elle. Elle était grosse de Rapide mais, comme elle avait besoin d'exercice, je la montais un peu chaque jour. Nous allions en général vers l'est, parce que le chemin était plus facile. Fatiguée de prendre toujours la même direction, j'avais décidé de partir vers l'ouest, pour changer. Nous sommes allées jusqu'au bout de la vallée, là où la paroi de la falaise commence à s'abaisser. Après avoir traversé la petite rivière, j'ai failli changer d'avis et repartir dans l'autre sens. Whinney avait les perches à tirer et la pente était raide, mais ma jument la montait sans trop de difficultés, elle a le pied sûr.

— Qu'est-ce que c'est, les perches à tirer ? voulut savoir Folara.

— Deux perches attachées de chaque côté de Whinney et dont les extrémités, reliées entre elles, traînent par terre. C'est avec ce système que ma jument m'aidait à rapporter des choses à ma grotte, les animaux que je tuais, par exemple.

— Pourquoi ne pas te faire aider par quelqu'un, plutôt ?

— Il n'y avait personne pour m'aider. Je vivais seule dans la vallée.

Les autres échangèrent des regards surpris, mais, avant que l'un d'eux interroge de nouveau Ayla, Zelandoni intervint :

— Je suis sûre que nous avons tous beaucoup de questions à poser, mais attendons. Laissons-la d'abord finir son histoire.

Il y eut des hochements de tête approbateurs et tous reportèrent leur attention sur l'étrangère.

— Nous passions devant un défilé quand j'ai entendu un rugissement de lion suivi d'un cri, un cri humain, poursuivit Ayla.

Tous étaient suspendus à ses lèvres, et Folara ne put s'empêcher de demander :

— Qu'est-ce que tu as fait ?

— Je ne savais pas quoi faire, au début. Mais je devais au moins aller voir qui avait crié. Pour lui venir en aide, si je le pouvais. J'ai dirigé Whinney vers le défilé, je suis descendue de son dos, j'ai regardé. J'ai vu le lion, je l'ai entendu. C'était Bébé. Je n'avais plus peur, je savais qu'il ne nous ferait aucun mal.

Cette fois, ce fut Zelandoni qui se révéla incapable de garder le silence.

— Tu as reconnu le rugissement d'un lion ? Tu es entrée dans un défilé où se trouvait un lion ?

— Ce n'était pas n'importe quel lion. C'était Bébé. Mon lion. Celui que j'avais élevé.

Désespérant de leur faire sentir la différence, elle se tourna vers Jondalar. Malgré la gravité des événements qu'elle narrait, il souriait, c'était plus fort que lui.

— Ils m'ont déjà parlé de ce lion, dit Marthona. Il semble qu'Ayla sache gagner l'amitié d'autres animaux, en plus des chevaux et des loups. Jondalar affirme qu'il l'a vue monter sur le dos de ce lion, comme sur celui des chevaux. Il affirme que d'autres l'ont vue aussi. Continue, Ayla, je te prie.

Zelandoni pensa qu'il fallait à tout prix qu'elle éclaircisse ce lien avec les animaux. Elle avait vu les chevaux près de la Rivière, elle savait que l'étrangère avait un loup pour compagnon, mais elle-même s'occupait d'un enfant malade dans un autre foyer quand Marthona avait conduit le couple et l'animal chez elle. Ces bêtes n'étaient pas sous ses yeux, elle les avait chassées de ses préoccupations pour le moment.

— En arrivant au fond du défilé, j'ai vu Bébé sur une corniche avec deux hommes. J'ai cru qu'ils étaient morts mais, après avoir grimpé là-haut, je me suis aperçue que l'un d'eux vivait encore. Il ne tarderait cependant pas à mourir si on ne lui portait pas secours. J'ai réussi à faire glisser Jondalar de la corniche, à l'attacher sur les perches à tirer.

— Et le lion ? demanda Joharran. Les lions des cavernes n'ont pas pour habitude de laisser quelqu'un s'interposer entre eux et la proie qu'ils viennent de tuer.

— Non, reconnut Ayla, mais celui-là, c'était Bébé. Je lui ai dit de partir.

Devant l'expression d'incrédulité stupéfaite du chef de la Caverne, elle ajouta :

— Comme lorsque nous chassions ensemble. Je ne crois pas qu'il avait faim, de toute façon. Sa lionne venait de lui apporter un cerf. Et je lui avais appris à ne pas chasser d'humains. Je l'ai élevé. J'étais sa mère, pour lui. Les humains étaient sa famille... sa fierté. Je crois qu'il avait attaqué les deux hommes uniquement parce qu'ils avaient empiété sur son territoire.

« Je ne voulais pas laisser l'autre homme dans le défilé : la lionne, elle, ne considérait pas les humains comme sa famille. Mais je n'avais pas de place pour lui sur les perches, et pas le temps de l'enterrer. Je craignais en plus que Jondalar ne meure si je ne le ramenais pas à ma grotte. J'ai remarqué derrière la corniche, sur une pente forte, un éboulis retenu par un gros rocher. J'ai tiré le corps dessous et, avec un épieu — je me servais alors de lourds épieux, comme le Clan —, j'ai fait rouler le rocher sur le côté pour que l'éboulis recouvre le corps. Je ne pouvais me résigner à l'abandonner comme cela, sans même un message au Monde des Esprits. Je n'étais pas mog-ur mais j'ai répété le rituel de Creb pour demander à l'Esprit du Grand Ours des Cavernes de guider le mort jusqu'au Monde d'Après. Puis, avec l'aide de Whinney, j'ai ramené Jondalar à ma grotte.

Les questions affluèrent dans la tête de Zelandoni : qui était ce « Grrub » ? (C'était ainsi que sonnait à ses oreilles le nom de Creb.) Pourquoi l'Esprit d'un ours des cavernes au lieu de la Grande Terre

Mère ? Elle n'avait pas saisi la moitié des propos de l'étrangère et trouvait l'autre moitié difficile à croire.

— Une chance que Jondalar n'ait pas été aussi touché que tu le pensais, commenta la doniate.

Ayla secoua la tête. Que voulait dire Zelandoni ? Jondalar était à demi mort, elle se demandait encore comment elle avait réussi à le sauver.

A son expression, Jondalar devina ce qu'elle pensait et se leva. Zelandoni avait émis des doutes qu'il fallait lever.

— Il faut que vous connaissiez tous la gravité de mes blessures, dit-il en relevant sa tunique et en dénouant la lanière de ses jambières d'été.

S'il était rare pour les hommes — comme pour les femmes — d'aller nus, même par les journées les plus chaudes, montrer son corps ne posait pas de problème. Les gens se voyaient souvent nus quand ils nageaient ou prenaient un bain de vapeur. Ce ne fut pas sa virilité que les autres fixèrent lorsque Jondalar se dénuda, mais les énormes cicatrices de sa cuisse et de son torse.

Les coups de griffe avaient bien cicatrisé, et Zelandoni remarqua même qu'Ayla avait recousu la peau par endroits. Elle avait suturé la jambe en sept points : quatre nœuds le long de la blessure la plus profonde, trois autres pour maintenir en place les muscles déchirés. Personne ne lui avait appris à le faire mais elle n'avait pas vu d'autre moyen de refermer les plaies béantes.

Rien dans la démarche de Jondalar ne laissait penser qu'il avait été aussi grièvement blessé. Il ne boitait pas de cette jambe, et mis à part les balafres mêmes, le tissu musculaire, en dessous, semblait normal. Il portait sur la poitrine et l'épaule droite d'autres marques provenant des coups de griffe du lion, ainsi qu'une cicatrice isolée, apparemment sans rapport, sur les côtes. A l'évidence, son long Voyage ne l'avait pas laissé indemne.

Tous comprenaient maintenant pourquoi il avait fallu soigner Jondalar sans attendre, mais seule Zelandoni se rendait compte qu'il avait frôlé la mort. Elle rougit de sa remarque inconsidérée.

— Je suis désolée, Ayla, je ne pensais pas que tu étais aussi habile. La Neuvième Caverne des Zelandonii a de la chance que Jondalar lui ait ramené une guérisseuse d'une telle expérience.

Jondalar sourit en se rhabillant et Ayla poussa un petit soupir de soulagement. La doniate était plus résolue que jamais à en apprendre davantage sur cette étrangère. Ses liens avec les animaux avaient forcément un sens, et il fallait placer sous l'autorité et l'influence de la Zelandonia une femme aussi experte dans l'art de guérir. Sans personne pour la contrôler, cette étrangère pouvait gravement troubler la vie ordonnée de son peuple. Mais puisque c'était Jondalar qui l'avait amenée, il faudrait avancer avec précaution. Il y avait d'abord beaucoup à apprendre sur cette femme.

— Il faut que je te remercie pour le retour d'au moins un de mes fils, Ayla. Je te suis reconnaissante, déclara Marthona.

— Si Thonolan était revenu, lui aussi, ce serait en effet une occasion de se réjouir, dit Willamar. Mais Marthona savait, quand il est parti, qu'elle ne le reverrait pas. (Il se tourna vers sa compagne.) Je n'ai pas voulu te croire mais j'aurais dû le savoir, moi aussi. Thonolan voulait tout voir, aller partout. Même lorsqu'il était enfant, sa curiosité était immense.

Cette remarque réveilla chez Jondalar un souci qui le rongeait depuis longtemps.

— Zelandoni, il faut que je te demande : est-il possible que l'esprit de Thonolan ait trouvé seul le chemin du Monde d'Après ? Sans aucune aide ? Ses os sont encore sous cet éboulis de pierres, dans les steppes de l'Est, il n'a pas de véritable sépulture. Se peut-il que son esprit erre dans le Monde d'Après sans personne pour lui montrer le chemin ?

La grosse femme fronça les sourcils. C'était une question grave, qu'il fallait manier avec précaution, notamment pour ménager la famille de Thonolan.

— Ayla, n'as-tu pas parlé d'une sorte de rituel sommaire auquel tu as procédé ? Dis-m'en davantage.

— Il n'y a pas grand-chose à dire. C'était le rite que Creb observait chaque fois que quelqu'un mourait et que son esprit quittait ce monde. J'étais inquiète pour l'homme qui avait survécu mais je voulais faire quelque chose pour aider l'autre à trouver le chemin.

— Ayla m'a conduit plus tard à cet endroit et m'a donné de la poudre d'ocre rouge à répandre sur l'éboulis. Avant de quitter la vallée, nous sommes retournés dans le défilé, et j'ai remarqué une pierre très particulière dans le tas qui recouvrait Thonolan. Je l'ai emportée dans l'espoir qu'elle aiderait Zelandoni à trouver son esprit s'il errait encore et à le guider sur le bon chemin. Elle est dans mon sac, je vais la chercher.

Jondalar s'éloigna, revint avec une pochette de cuir qu'une lanière de cuir permettait de porter autour du cou. Il l'ouvrit, fit tomber dans sa paume un petit morceau d'ocre rouge, et un fragment de pierre grise en forme de pyramide aplatie. Mais, lorsqu'il la retourna, il y eut des exclamations de stupeur. La face inférieure était bordée d'une mince couche d'opale d'un bleu laiteux et parcourue par des veines d'un rouge flamboyant.

— J'étais là, songeant à Thonolan, et cette pierre a roulé jusqu'à mes pieds. Ayla m'a conseillé de la mettre avec mon amulette dans cette pochette et de la rapporter chez moi. Je ne sais pas ce qu'elle signifie, mais il semble qu'elle ait un lien avec l'esprit de Thonolan.

Il tendit la pierre à Zelandoni. Personne d'autre ne fit mine de la toucher, et Ayla vit même Joharran frissonner. La doniate examina attentivement la pierre, se donnant ainsi le temps de réfléchir à ce qu'elle allait dire.

— Je crois que tu as raison, Jondalar. Cette pierre est liée d'une façon ou d'une autre à l'esprit de ton frère. Je ne sais pas ce que cela signifie, il faut que je l'étudie plus longtemps et que je demande conseil à la Mère, mais tu as été bien avisé de me l'apporter.

Après un silence, elle reprit :

— L'esprit de Thonolan était aventureux. Ce monde était peut-être trop petit pour lui. Il voyage peut-être encore dans le Monde d'Après, non parce qu'il est perdu mais parce qu'il n'est pas encore prêt à trouver sa place. Vous étiez loin à l'est quand sa vie dans ce monde a pris fin ?

— Au-delà de la mer intérieure, au bout de la grande rivière, celle qui commence de l'autre côté du glacier du haut plateau.

— Celle qu'on appelle la Grande Rivière Mère ?

— Oui.

Zelandoni redevint silencieuse puis finit par déclarer :

— La quête de Thonolan ne pouvait peut-être aboutir que dans le Monde d'Après, celui des Esprits. Doni a peut-être jugé qu'il était temps de rappeler ton frère et de te laisser rentrer. Le rituel d'Ayla a peut-être suffi, mais je n'ai pas bien compris ce qu'elle a fait, ni pourquoi. Il faut que je lui pose quelques questions.

Elle regarda le grand homme blond qu'elle avait aimé autrefois, qu'elle aimait encore à sa manière, puis la jeune femme qui avait réussi à l'étonner plus d'une fois depuis son arrivée.

— D'abord, qui est ce « Grrub » dont tu parles, et pourquoi as-tu invoqué l'Esprit d'un ours des cavernes au lieu de la Grande Terre Mère ?

Ayla voyait où menaient les questions de Zelandoni et, comme elles étaient directes, elle se sentit contrainte d'y répondre. Elle avait appris ce qu'était un mensonge, elle savait que certaines personnes pouvaient dire une chose qui n'était pas vraie, mais elle, elle n'y arrivait pas. Le mieux qu'elle pût faire, c'était s'abstenir de répondre, et cela lui était difficile quand on lui posait une question directe. Ayla baissa les yeux vers ses mains que les braises avaient tachées de noir.

Elle avait toujours su qu'il lui faudrait en venir là, mais elle avait espéré passer d'abord un peu de temps avec les parents de Jondalar, apprendre à les connaître. C'était peut-être aussi bien : si elle devait repartir, autant le faire avant de s'être attachée à eux.

Et Jondalar ? Elle l'aimait. Que se passerait-il si elle devait partir sans lui ? Elle portait en elle son enfant. Pas seulement l'enfant de son foyer ou même de son esprit. Son enfant. Malgré tout ce que les autres pouvaient croire, elle était convaincue que c'était l'enfant de Jondalar autant que le sien. Il avait commencé à grandir en elle quand ils avaient partagé les Plaisirs, le Don du Plaisir que la Grande Terre Mère accordait à Ses enfants.

Jusque-là, elle avait évité de regarder Jondalar, par peur de ce qu'elle risquait de découvrir sur son visage. Elle leva soudain les yeux vers lui. Il fallait qu'elle sache.

4

Jondalar sourit, hocha la tête de manière quasi imperceptible, puis il prit la main d'Ayla, la pressa et la garda dans la sienne. La jeune femme n'arrivait pas à y croire. Il n'y avait pas de difficulté ! Il avait compris et lui disait qu'elle pouvait parler du Clan. Il resterait avec elle. Il l'aimait. Elle répondit au sourire de Jondalar par son grand, son merveilleux sourire plein d'amour.

Jondalar avait compris lui aussi où menaient les questions de Zelandoni et, à sa propre surprise, il s'en moquait. Il y avait eu un temps où il se préoccupait tellement de ce que sa famille et son peuple penseraient de cette femme, de ce qu'ils penseraient de lui s'il l'amenait à la Caverne, qu'il avait failli renoncer à elle, qu'il avait failli la perdre. Maintenant, cela ne comptait plus. Aussi importants fussent-ils pour lui, aussi heureux fût-il de les revoir, s'ils n'acceptaient pas Ayla, il partirait. C'était elle qu'il aimait. Ensemble, ils avaient beaucoup à offrir ; plusieurs Cavernes leur avaient déjà proposé de vivre avec elles, notamment celle de Dalanar des Lanzadonii. Il était sûr qu'ils pourraient trouver un foyer quelque part.

La doniate sentait qu'une sorte d'émotion était passée entre Jondalar et Ayla, une sorte d'approbation. Cela piqua son intérêt mais elle avait appris que, souvent, l'observation et la patience satisfaisaient sa curiosité mieux que les questions.

— Creb était le Mog-ur du clan de Brun, lui dit Ayla, celui qui connaissait le Monde des Esprits. Comme toi, Zelandoni, il était Premier, Mog-ur de tout le Clan. Mais pour moi, Creb était... l'homme de mon foyer, même si je n'y étais pas née, même si la femme avec qui il vivait, Iza, était sa sœur, et non pas sa compagne. Il n'avait jamais eu de compagne.

— C'est quoi, le Clan ? demanda la doniate, qui avait remarqué que l'accent d'Ayla se renforçait quand elle en parlait.

— Le Clan, c'est... J'ai été adoptée par le Clan. Il m'a recueillie quand j'étais seule. Creb et Iza ont pris soin de moi, ils m'ont élevée. Iza était ma mère, la seule mère dont je me souvienne. Elle était guérisseuse. Première aussi, en un sens. La plus respectée de toutes les Femmes Qui Soignent, comme sa mère et sa grand-mère, et toute une lignée remontant sans interruption jusqu'à l'origine du Clan.

— Est-ce là que tu as appris à guérir ? demanda Zelandoni en se penchant au-dessus des coussins.

— Oui. Iza m'a enseigné son savoir. Pourtant, je n'étais pas sa fille et je n'avais pas les mêmes souvenirs qu'elle, comme Uba, celle que je considérais comme ma sœur.

— Qu'est-il arrivé à ta vraie mère, à ta famille, au peuple chez qui tu es née ?

Ayla se renversa en arrière et leva les yeux, comme pour chercher la réponse. Puis elle regarda de nouveau la femme obèse qui la fixait avec intensité.

— Je ne sais pas. Je ne me souviens pas. J'étais jeune, Iza pensait que je n'avais que cinq ans... bien que le Clan n'ait pas de mots pour compter comme les Zelandonii. On nomme les années : l'année de la naissance, l'année de l'allaitement, l'année du sevrage... J'ai traduit en mots pour compter.

Ayla s'interrompit : elle ne pouvait pas tout expliquer, raconter toute sa vie avec le Clan. Il valait mieux se contenter de répondre aux questions.

— Tu ne gardes aucun souvenir de ton vrai peuple ?

— Je sais seulement ce qu'Iza m'en a dit. Un tremblement de terre avait détruit leur caverne, et le clan de Brun cherchait un nouvel abri quand elle m'a trouvée au bord d'une rivière, inconsciente. Brun l'a autorisée à me prendre avec elle. D'après Iza, j'avais dû être attaquée par un lion des cavernes parce que quatre traces de griffes, espacées comme celles de cet animal, marquaient ma jambe, et les plaies coulaient, elles étaient... empoisonnées, pourries, dit Ayla, cherchant le mot exact.

— Infectées, purulentes, corrigea Zelandoni. Oui, je comprends. Les griffes des lions ont souvent cet effet.

— J'ai encore les cicatrices. C'est comme cela que Creb a su que le Lion des Cavernes était mon totem, bien que ce soit en général un totem d'homme. Je rêve encore parfois que je suis dans un endroit sombre et que je vois une grosse patte s'approcher de moi.

— C'est un rêve puissant. Il t'arrive d'en faire d'autres ? Sur cette période de ta vie ?

— Il y en a un qui est encore plus effrayant, mais difficile à raconter. Je ne m'en souviens jamais bien. C'est plutôt une impression, l'impression que la terre tremble. Je déteste les tremblements de terre, murmura la jeune femme avec un frisson.

Zelandoni hocha la tête d'un air entendu.

— D'autres rêves ?

— Non... Si, une seule fois, quand Jondalar, se remettant de ses blessures, m'apprit à parler...

La doniate trouva la phrase curieusement tournée et lança un regard à Marthona pour voir si elle avait remarqué sa bizarrerie.

— Je comprenais un peu, continua Ayla. J'avais appris beaucoup de mots mais je n'arrivais pas à les mettre ensemble. Et puis j'ai rêvé de ma mère, de ma vraie mère. J'ai vu son visage et elle m'a parlé. Ensuite, j'ai appris plus facilement.

— Ah, c'est un rêve très important, commenta Celle Qui Servait. C'est toujours important quand la Mère t'apparaît en rêve, quel que soit l'aspect qu'Elle revêt, en particulier lorsqu'Elle prend la forme de ta propre mère s'adressant à toi depuis le Monde d'Après.

Jondalar se rappela la fois où il avait rêvé de la Mère, quand ils étaient encore dans la vallée d'Ayla. Un rêve étrange. Il faudra que j'en parle un jour à Zelandoni, pensa-t-il.

— Si tu as rêvé de la Mère, poursuivit la doniate, pourquoi n'as-tu pas fait appel à Elle pour aider Thonolan à trouver son chemin dans le Monde d'Après ? Je ne saisis pas pourquoi tu as invoqué l'Esprit d'un ours des cavernes au lieu de la Grande Terre Mère.

— J'ignorais tout de la Grande Terre Mère avant que Jondalar m'apprenne votre langue et me parle d'Elle.

Folara ne cacha pas sa stupeur :

— Tu ne savais rien de Doni, rien de la Grande Terre Mère ?

Aucun Zelandonii n'avait jamais entendu parler de quelqu'un qui ne reconnaissait pas la Grande Mère sous une forme ou une autre. Ils étaient consternés.

— Le Clan vénère Ursus, le Grand Ours des Cavernes, dit Ayla. C'est pourquoi j'ai demandé à Ursus de guider l'esprit du mort — j'ignorais son nom, alors — même s'il n'appartenait pas au Clan. J'ai aussi invoqué l'Esprit du Lion des Cavernes, puisqu'il est mon totem.

— Si tu ne connaissais pas la Mère, tu as fait ce que tu as pu étant donné les circonstances, approuva Zelandoni. Je suis sûre que cela a aidé.

Elle était cependant plus inquiète qu'elle ne le laissait paraître : comment un des enfants de la Mère pouvait-il ne pas La connaître ?

— J'ai un totem, moi aussi, révéla Willamar en se redressant un peu. C'est l'Aigle. Ma mère m'a raconté que, quand j'étais bébé, un aigle m'a saisi dans ses serres pour m'emporter, mais elle s'est agrippée à moi et a tenu bon. J'ai encore les cicatrices. La Zelandoni lui a expliqué que l'Esprit de l'Aigle m'avait reconnu pour l'un des siens. Rares sont ceux qui ont un totem personnel chez les Zelandonii, mais c'est considéré comme une chance.

— Tu as eu de la chance de t'en tirer, dit Joharran.

— Jondalar aussi, répondit Ayla. Je crois qu'il a également le Lion des Cavernes pour totem. Qu'en penses-tu, Zelandoni ?

Depuis qu'elle pouvait lui parler, Ayla tentait de convaincre son compagnon que l'Esprit du Lion des Cavernes l'avait choisi, mais il évitait toujours d'en discuter. Apparemment, les totems personnels n'étaient pas aussi importants pour son peuple qu'ils l'étaient pour le Clan. En tout cas, c'était important pour elle, et elle ne voulait prendre aucun risque.

Il fallait, croyait le Clan, que le totem d'un homme soit plus fort que celui d'une femme pour qu'elle ait des enfants. C'était pour cette raison que le totem masculin d'Ayla avait tant inquiété Iza. Ayla avait quand même eu un fils, mais la puissance de son totem avait causé de grandes difficultés, d'abord pendant la grossesse, puis durant l'accouchement, et même plus tard, pensaient de nombreux membres du Clan, persuadés que l'enfant n'avait pas de chance : le fait que sa mère n'eût pas de compagnon et qu'il n'y eût pas d'homme au foyer pour élever convenablement le garçon en apportait la confirmation. Maintenant qu'elle était de nouveau enceinte, elle voulait éloigner tout danger de cet enfant que Jondalar avait placé en elle. Bien qu'elle eût beaucoup appris sur la Mère, elle n'avait pas oublié les enseignements du Clan, et, si le totem de Jondalar était un Lion des Cavernes comme le sien, il serait assez fort pour qu'elle ait un bébé en bonne santé et qu'il mène une vie normale.

Quelque chose dans le ton d'Ayla attira l'attention de Zelandoni, qui observa la jeune femme. Elle veut que Jondalar ait aussi un Lion des Cavernes pour totem, pensa la doniate, c'est capital pour elle. Ces totems doivent avoir une grande importance pour ce Clan qui l'a élevée. Il est probable que Jondalar a maintenant pour totem le Lion des Cavernes, et cela ne lui nuira pas si tout le monde pense qu'il a de la chance. D'ailleurs, il a fallu qu'il en ait beaucoup pour réussir à revenir.

— Je crois que tu as raison, Ayla, dit Zelandoni. Jondalar peut revendiquer le Lion des Cavernes comme totem, et la chance qui va de pair. Ce fut une chance pour lui de croiser ton chemin au moment où il avait besoin de toi.

— Je te l'avais dit, Jondalar ! s'exclama Ayla, soulagée.

Pourquoi cette femme et ce Clan attachent-ils tant d'importance à l'Esprit du lion ou de l'ours des cavernes ? se demandait la doniate. Tous les Esprits sont importants, ceux des animaux comme ceux des plantes, mais c'est la Mère qui leur donne vie à tous.

— Où vit ce Clan qui t'a élevée ?

— Oui, j'aimerais le savoir moi aussi, dit Joharran. Jondalar ne t'a-t-il pas présentée comme Ayla des Mamutoï ?

— Tu prétends que tu ne connaissais pas la Mère, mais en arrivant tu nous as salués au nom de la Grande Mère de Tous, qui est l'un des noms que nous donnons à Doni, rappela Folara.

Prise d'une légère frayeur, Ayla se tourna vers Jondalar. L'ombre d'un sourire errait sur le visage de son compagnon, comme s'il trouvait amusant que les réponses franches et directes d'Ayla provoquent une telle stupeur. Il lui pressa la main de nouveau et elle se détendit un peu.

— Mon clan vivait à l'extrémité sud de la terre qui s'enfonce dans la mer de Beran. Avant de mourir, Iza m'avait conseillé de retourner auprès de mon vrai peuple. D'après elle, il vivait au nord, sur le continent, mais quand je me suis enfin mise à le chercher, je ne l'ai pas trouvé. L'été était bien entamé lorsque j'ai découvert ma vallée, et je craignais que la saison froide n'arrive avant que j'y sois préparée. La vallée était un endroit protégé des vents, avec une petite rivière, beaucoup de plantes et d'animaux, et même une petite grotte. J'ai décidé d'y passer l'hiver et j'y suis finalement restée trois ans, avec Whinney et Bébé pour seule compagnie. J'attendais peut-être Jondalar, conclut-elle en souriant à son compagnon.

« Je l'ai trouvé à la fin du printemps. L'été touchait à sa fin quand Jondalar a été assez rétabli pour voyager. Nous avons décidé de commencer par explorer la région. Chaque nuit, nous établissions notre camp dans un lieu différent, en nous éloignant de la vallée plus que je ne l'avais fait. Nous avons rencontré Talut, le chef du Camp du Lion, et il nous a offert l'hospitalité. Nous sommes restés avec les Mamutoï jusqu'au début de l'été suivant, et c'est pendant notre séjour qu'ils m'ont adoptée. Ils voulaient que Jondalar reste aussi et devienne l'un d'entre eux, mais déjà il prévoyait de revenir ici.

— Je suis heureuse qu'il l'ait fait, dit Marthona.

— Tu as beaucoup de chance d'avoir trouvé des gens disposés à t'adopter, souligna Zelandoni.

Elle ne pouvait s'empêcher de s'étonner de l'étrange histoire d'Ayla et avait encore plus de questions que de réponses.

— Je suis sûre que l'idée est d'abord venue de Nezzie, la compagne de Talut. Elle l'a convaincu parce que j'ai aidé Rydag, qui avait un... un ennui. Une faiblesse au... au...

Ayla ne connaissait pas le nom exact, Jondalar ne le lui avait pas appris. Il pouvait nommer les diverses sortes de silex, les opérations permettant d'en faire des outils et des armes, mais les noms de plantes et de remèdes ne faisaient pas partie de son vocabulaire normal. Elle se tourna vers lui et demanda en mamutoï :

— Comment appelez-vous la digitale ? Cette plante que je cueillais pour Rydag ?

Il le lui dit, mais, avant qu'Ayla puisse répéter le nom, Zelandoni avait compris. Elle connaissait non seulement cette plante mais son usage : la personne dont parlait l'étrangère devait avoir une faiblesse interne de cet organe qui pompe le sang, le cœur, faiblesse qu'on pouvait combattre avec des extraits de digitale. La doniate comprit du même coup pourquoi ces gens avaient voulu adopter une guérisseuse assez experte pour utiliser une plante aussi bénéfique, mais en même temps aussi dangereuse, que la digitale. Après avoir entendu Ayla répéter l'essentiel de ce qu'elle avait deviné, l'obèse émit une autre hypothèse :

— Ce Rydag, c'était un enfant ?

— Oui, acquiesça Ayla avec une pointe de tristesse.

Zelandoni estima avoir saisi les rapports entre l'étrangère et les Mamutoï, mais le Clan la laissait encore perplexe. Elle décida d'aborder cet aspect sous un autre angle.

— Je sais que tu es une grande guérisseuse, Ayla, mais souvent, ceux qui détiennent un savoir portent une marque qui permet de les reconnaître. Comme celle-ci, dit-elle en montrant une marque au-dessus de sa tempe gauche. Je n'en vois pas sur toi.

Ayla regarda le tatouage. C'était un rectangle divisé en six rectangles plus petits, presque des carrés, deux rangées de trois, avec au-dessus quatre traits qui, si on les avait réunis, auraient formé une autre rangée de rectangles. Leur contour était sombre et, à l'intérieur, trois d'entre eux étaient rouges, et un quatrième jaune.

Cet emblème était unique en son genre, mais d'autres membres de la Caverne portaient une marque, notamment Marthona, Joharran et Willamar. Ayla ignorait si ces marques revêtaient une signification particulière mais soupçonnait que c'était le cas.

— Mamut avait une marque sur la joue, dit Ayla en indiquant l'endroit sur son propre visage. Comme tous les mamutii. D'autres avaient des marques différentes, et j'en aurais peut-être eu une moi aussi si j'étais restée. Mamut a commencé à m'initier peu après m'avoir adoptée mais je n'avais pas terminé mon apprentissage quand je suis partie. C'est pourquoi je n'ai pas été tatouée.

— N'as-tu pas dit que c'était la compagne de l'Homme Qui Ordonne qui t'avait adoptée ?

— Je pensais qu'elle le ferait, et elle aussi, mais lors de la cérémonie Mamut a dit : Foyer du Mammouth, et non pas Foyer du Lion. C'est lui qui m'a adoptée.

— Ce Mamut était un de Ceux Qui Servent la Mère ? demanda Zelandoni en pensant que l'étrangère avait été elle aussi préparée à Servir.

— Oui, comme toi. Le Foyer du Mammouth était celui de tous Ceux Qui Servent. La plupart d'entre eux avaient choisi ce foyer, ou avaient l'impression d'avoir été choisis. Moi, j'y étais née, selon Mamut.

Ayla rougit, embarrassée de parler de quelque chose qui lui avait été donné, qu'elle n'avait pas gagné. Elle songea à Iza, aux efforts qu'elle avait déployés pour faire d'elle une vraie femme du Clan.

— Ton Mamut était un homme sage, déclara Zelandoni. Tu dis cependant que tu as appris à soigner avec une femme du peuple qui t'a élevée. Ce Clan ne marque donc pas ses guérisseuses pour que chacun puisse les identifier et connaître leur rang ?

— Quand j'ai été acceptée comme guérisseuse du Clan, on m'a donné une pierre noire, un signe spécial que je devais garder dans mon sac à amulettes. Mais le Clan ne fait de tatouage que pour le totem, quand un garçon devient un homme.

— Alors, comment reconnaît-on une guérisseuse lorsqu'on a besoin de son aide ?

Ayla n'y avait jamais pensé. Elle réfléchit un moment avant de répondre :

— Il n'y a pas besoin de marque. Une guérisseuse occupe un rang particulier, sa position est toujours reconnue. Iza était la femme la plus honorée du Clan, avant même la compagne de Brun.

Zelandoni secoua la tête.

— Je n'en doute pas, mais comment les autres le savent-ils ?

— Par sa position, répéta Ayla. Par la position qu'elle occupe quand le Clan va quelque part, par la place où elle se tient quand elle mange, par les signes qu'elle utilise quand elle... parle, par ceux qu'on lui fait quand on s'adresse à elle.

— Cela ne doit pas être très commode, cet usage de positions et de signes.

— Pas pour eux. C'est ainsi que parlent les membres du Clan. Par signes. Ils ne parlent pas avec des mots comme nous.

— Pourquoi ? voulut savoir Marthona.

— Ils ne peuvent pas. Ils n'arrivent pas à prononcer tous nos sons. Certains mais pas tous. Alors, ils parlent avec leurs mains et leur corps, tenta d'expliquer Ayla.

Jondalar sentait croître l'ébahissement des siens et la détresse d'Ayla. Il décida qu'il était temps de dissiper toute équivoque.

— Ayla a été élevée par des Têtes Plates, mère, révéla-t-il, provoquant un silence stupéfait.

— Des Têtes Plates ? Les Têtes Plates sont des animaux ! se récria Joharran.

— Non, repartit Jondalar.

— Bien sûr que si ! Ils ne savent pas parler, argua Folara.

— Ils parlent, mais pas comme toi, lui répondit son frère. Je parle même un peu leur langue. Quand Ayla raconte que je lui ai appris à parler, c'est exactement ce qu'elle veut dire. (Il jeta un coup d'œil à Zelandoni, dont il avait remarqué l'expression effarée quelques instants auparavant.) Elle avait oublié la langue qu'elle avait apprise dans son enfance, elle ne connaissait plus que celle du Clan. Le Clan, ce sont les Têtes Plates, c'est le nom qu'ils se donnent.

— Comment peuvent-il se donner un nom s'ils parlent avec les mains ? objecta Folara.

— Ils ont des mots, expliqua Ayla pour la seconde fois. Simplement, ils ne peuvent pas tout dire. Ils n'entendent même pas les sons que nous faisons. Ils pourraient les comprendre s'ils avaient commencé à les entendre dès leur plus jeune âge.

Elle pensa à Rydag, capable de comprendre tout ce qu'on disait bien qu'il ne pût le répéter.

— Eh bien, j'ignorais qu'ils se donnaient un nom, dit Marthona. Mais comment arriviez-vous à communiquer, Ayla et toi ?

— Au début, nous ne pouvions pas, répondit Jondalar. D'ailleurs, c'était inutile : Ayla savait ce qu'elle devait faire. J'étais blessé, elle a pris soin de moi.

— Tu veux dire qu'elle avait appris des Têtes Plates à soigner les coups de griffe d'un lion des cavernes ? fit Zelandoni, interloquée.

Ce fut Ayla qui répondit :

— Je vous l'ai dit : Iza appartenait à la lignée la plus respectée des guérisseuses. C'est elle qui m'a appris.

— Je trouve très difficile de croire à cette histoire de Têtes Plates intelligents.

— Moi pas, intervint Willamar.

Tous se tournèrent vers le Maître du Troc.

— Je ne crois pas que ce soient des animaux. Je ne le pense plus depuis longtemps. J'en ai rencontré beaucoup au cours de mes voyages.

— Pourquoi n'as-tu rien dit ? interrogea Joharran.

— Personne ne m'a posé la question, et ça ne me préoccupait pas tellement non plus.

— Qu'est-ce qui t'a fait changer d'avis sur les Têtes Plates ? demanda Zelandoni.

La déclaration de Willamar constituait un élément nouveau. Il faudrait qu'elle considère sérieusement cette idée ahurissante qu'avançaient Jondalar et l'étrangère.

— La première fois que j'ai douté de leur nature animale, c'était il y a de nombreuses années. Je voyageais seul au sud et à l'ouest d'ici. Le temps avait brusquement changé... un coup de froid... et j'étais pressé de rentrer. J'ai marché jusqu'à la tombée de la nuit et j'ai campé près d'un torrent. Je prévoyais de le traverser le lendemain matin. En me réveillant, je me suis aperçu que j'avais fait halte juste en face d'un groupe de Têtes Plates. Comme j'avais peur — vous savez ce qu'on raconte sur eux —, je les surveillais de près, au cas où ils décideraient de s'en prendre à moi.

— Qu'est-ce qu'ils ont fait ? demanda Joharran

— Rien, à part lever le camp comme n'importe qui d'autre. Ils avaient remarqué ma présence, bien sûr, mais j'étais seul, je ne pouvais pas leur causer beaucoup d'ennuis, et ils ne semblaient pas pressés. Ils ont fait bouillir de l'eau pour avoir quelque chose de chaud à boire, puis ils ont roulé leurs tentes — différentes des nôtres, plus basses et plus difficiles à repérer —, ils les ont attachées sur leur dos et ils sont partis au petit trot.

— Il y avait des femmes ? s'enquit Ayla.

— Il faisait froid, ils étaient chaudement habillés... Oui, ils portent des vêtements. On ne le remarque pas en été parce qu'ils sont peu couverts, et l'hiver on les voit rarement. Nous ne voyageons pas beaucoup ni très loin, en cette saison, et eux non plus, sans doute.

— Tu as raison, confirma Ayla, ils n'aiment pas s'aventurer trop loin de leur abri par temps froid.

— La plupart avaient une barbe, ajouta Willamar.

— Les jeunes du Clan n'ont pas de barbe. As-tu remarqué si certains portaient un panier sur le dos ?

— Je ne crois pas.

— Les femmes du Clan ne chassent pas, mais quand les hommes partent pour une longue expédition, elles les accompagnent pour sécher la viande et la rapporter. Il s'agissait probablement d'un groupe chassant à proximité de la caverne, rien que des hommes, déduisit Ayla.

— Et toi ? lui demanda Folara. Tu accompagnais les hommes dans les longues expéditions ?

— Oui, je suis même allée avec eux la fois où ils ont tué un mammouth. Mais pas pour chasser.

Jondalar remarqua que tous semblaient plus curieux que scandalisés. S'il craignait que d'autres se montrent plus intolérants, sa famille au moins souhaitait en savoir davantage sur les Têtes Plates... sur le Clan.

— Joharran, dit Jondalar, je suis heureux que nous abordions cette question, car j'avais l'intention de t'en parler. Il y a une chose qu'il faut que tu saches. En venant ici, nous avons rencontré un couple du Clan, juste avant de traverser le glacier du haut plateau, à l'est. Ils nous ont révélé que plusieurs clans ont l'intention de se réunir pour discuter de nous et des soucis que nous leur causons. Ils nous appellent les Autres.

— J'ai du mal à croire qu'ils puissent nous donner quelque nom que ce soit et plus encore qu'ils se réunissent pour parler de nous, persifla le chef de la Neuvième Caverne.

— Il vaudrait mieux le croire si tu ne veux pas avoir d'ennuis.

Plusieurs voix s'élevèrent en même temps :

— Comment ça ?

— Quel genre d'ennuis ?

— Je suis au courant d'une situation embarrassante dans la région des Losadunaï... Des jeunes appartenant à différentes Cavernes brutalisent des Têtes Plates, des hommes du Clan. Je crois savoir qu'ils ont commencé il y a quelques années en s'en prenant à des individus isolés, comme lorsqu'on chasse le rhinocéros. Mais il ne fait pas bon se frotter aux hommes du Clan. Ils sont intelligents, ils sont forts. Deux de ces jeunes l'ont appris à leurs dépens, et les autres se sont rabattus sur les femmes. Comme elles n'ont pas l'habitude de se battre, ce n'était pas aussi drôle. Pour rendre la chose plus intéressante, ils les ont forcées à... je n'appellerais pas cela les Plaisirs.

— Quoi ? s'étrangla Joharran.

— Tu m'as entendu, confirma Jondalar.

— Grande Mère ! lâcha Zelandoni.

— C'est horrible ! s'écria Marthona.

Folara plissa le nez de dégoût.

— Méprisable ! s'indigna Willamar.

— C'est ce que le Clan pense aussi. Il n'entend plus subir ces violences, et une fois qu'il aura pris conscience qu'il peut y mettre un terme, il ne tolérera plus grand-chose de nous. N'y a-t-il pas des rumeurs selon lesquelles ces grottes leur appartenaient autrefois ? Et s'ils veulent les récupérer ?

— Ce ne sont que des rumeurs, dit Zelandoni. Rien dans les Histoires ou les Légendes Anciennes ne les confirme. Il est uniquement question d'ours.

Ayla garda le silence tout en songeant que ces rumeurs pouvaient être fondées.

— En tout cas, ils ne les auront pas, déclara Joharran. Elles sont à nous, nous sommes en territoire zelandonii.

— Il y a autre chose, et cela pourrait jouer en notre faveur. D'après Guban, c'est le nom de l'homme...

— Ils ont des noms ? s'étonna Joharran.
— Bien sûr que oui, dit Ayla. Comme ceux de mon clan. L'homme s'appelle Guban, la femme Yorga.
Elle avait donné aux noms la prononciation gutturale du Clan. Délibérément, supposa Jondalar en souriant.
Si c'est ainsi que parlent les Têtes Plates, je sais maintenant d'où vient son accent, pensa Zelandoni. Elle a dit la vérité : ce sont eux qui l'ont élevée. Mais lui ont-ils vraiment appris à guérir ?
— Guban, reprit Jondalar, dont la prononciation était beaucoup plus compréhensible, Guban m'a appris que certaines Cavernes, je ne sais pas lesquelles, ont pris contact avec certains clans dans la perspective d'établir des relations de troc.
— Du troc ! Avec des Têtes Plates ! s'exclama Joharran.
— Pourquoi pas ? dit Willamar. Je crois que ça pourrait être intéressant. Tout dépend de ce qu'ils ont à échanger, bien sûr.
— C'est le Maître du Troc qui parle, commenta Jondalar.
— A propos, qu'est-ce que les Losadunaï vont décider pour leurs jeunes ? demanda Willamar. Nous faisons du troc avec eux, et je n'aimerais pas qu'un groupe allant chez eux, de l'autre côté du glacier, tombe sur des Têtes Plates résolus à se venger.
— Quand nous... quand j'en ai entendu parler pour la première fois, il y a cinq ans, ils ne faisaient pas grand-chose, indiqua Jondalar, évitant toute allusion à Thonolan. Ils savaient ce qui se passait, certains des hommes parlaient encore d'expédition « excitante », mais Laduni était révoltée rien que d'en parler. Nous nous sommes de nouveau arrêtés chez les Losadunaï sur le chemin du retour, et c'était encore pire. Les hommes du Clan avaient pris l'habitude d'accompagner leurs femmes pour les protéger quand elles partaient à la cueillette, et les jeunes gens « excités » se gardaient bien de les affronter. Ils se sont rabattus sur une jeune fille de la Caverne de Laduni et ils l'ont forcée — tous — avant les Premiers Rites.
— Oh non ! Comment ont-ils pu ? gémit Folara.
— Par le Souterrain de la Grande Mère ! tonna Joharran.
— C'est là qu'il faudrait les expédier ! déclara Willamar.
— Quelle abomination ! fulmina Zelandoni. Je ne trouve pas de châtiment assez fort !
Marthona, incapable de parler, se pressait la poitrine avec la main, atterrée.
Ayla ne put s'empêcher de remarquer que la famille de Jondalar réagissait avec plus de véhémence à l'agression d'une jeune fille des Autres qu'aux violences subies par les femmes du Clan. Quand il s'agissait des femmes du Clan, les proches de Jondalar étaient choqués ; quand c'était l'une des leurs, ils étaient outragés.
Plus que tout, cette différence lui permit de saisir la profondeur du fossé qui séparait les deux peuples. Elle se demanda quelle aurait été leur réaction si — idée inconcevable à ses yeux — un groupe d'hommes du Clan, de Têtes Plates, avait commis un acte aussi répugnant sur des femmes zelandonii.

— Vous pouvez être sûrs que les Losadunaï vont agir, maintenant, dit Jondalar. La mère de la jeune fille réclamait un châtiment sanglant contre l'Homme Qui Ordonne de la Caverne de ces jeunes dépravés.

— Mauvaise nouvelle ! soupira Marthona. Quelle situation difficile pour Ceux Qui Ordonnent !

— Cette mère est dans son droit, affirma Folara.

— Oui, certes, reconnut Marthona, mais un parent ou un autre, ou même toute la Caverne, résistera, et cela pourrait conduire à d'autres violences ; quelqu'un pourrait se faire tuer, et quelqu'un d'autre pourrait chercher à venger cette mort. Qui sait où cela mènerait ? Que vont-ils décider, Jondalar ?

— Les Hommes Qui Ordonnent de plusieurs Cavernes se sont réunis pour discuter. Ils ont résolu de rechercher les jeunes gens et de les séparer. Chaque Caverne s'occupera ensuite de son ou ses membres qui sont compromis. Tous seront sévèrement punis, j'imagine, mais on leur accordera la possibilité de réparer.

— C'est bien, estima Joharran, surtout s'ils sont tous d'accord, y compris la Caverne de l'instigateur, et si les jeunes gens rentrent tranquillement chez eux une fois qu'on les aura retrouvés.

— Pour le meneur, je ne sais pas, répondit Jondalar, mais je pense que les autres veulent rentrer et feront tout pour y être autorisés. Ils étaient affamés, transis de froid, sales et pas très heureux.

— Tu les as vus ?

— C'est ainsi que nous avons fait la connaissance de ce couple, dit Jondalar. La bande s'était jetée sur la femme, sans voir que l'homme se tenait à proximité. Il avait escaladé un gros rocher pour repérer du gibier, et il a sauté dès que les autres ont attaqué sa compagne. Il s'est cassé la jambe mais cela ne l'a pas empêché d'essayer de les chasser. C'est à ce moment-là que nous sommes arrivés. (Il sourit.) Ayla, Loup et moi, sans parler du couple, n'avons pas eu trop de mal à les faire détaler. Ces garçons n'ont plus tellement envie de se battre. Loup, les chevaux, le fait que nous savions qui ils étaient alors qu'ils ne nous avaient jamais vus... Je crois que nous leur avons causé une belle frayeur.

— Oui, j'imagine, dit Zelandoni d'un ton pensif.

— Vous m'auriez fait peur à moi aussi, avoua Joharran avec un sourire forcé.

— Ayla a ensuite persuadé l'homme du Clan de la laisser soigner sa jambe cassée. Nous avons campé ensemble un jour ou deux, je lui ai coupé deux bâtons pour l'aider à marcher, et il a décidé de rentrer. C'est surtout Ayla qui s'est occupée de lui, mais je lui ai parlé. Je crois que je suis devenu une sorte de frère pour Guban.

Une idée traversa l'esprit de Marthona :

— Il me semble que s'il y a un risque de conflit avec... quel nom se donnent-ils, déjà ?... avec les membres du Clan, et s'ils peuvent communiquer assez pour négocier, il serait très utile d'avoir avec nous quelqu'un comme Ayla, qui peut leur parler.

— C'est aussi mon avis, dit Zelandoni.

Elle pensait également à la peur que, selon Jondalar, les animaux de l'étrangère avaient inspirée. Cela pouvait se révéler avantageux.

— C'est vrai, mère, approuva Joharran, mais il n'est pas facile de s'habituer à l'idée de parler à des Têtes Plates ou de leur donner un autre nom, et je ne serai pas le seul que cela gênera... S'ils parlent avec leurs mains, comment savoir s'ils parlent vraiment ou s'ils se contentent de remuer les mains ?

Tout le monde regarda Ayla, qui se tourna vers son compagnon.

— Tu devrais leur montrer, lui suggéra-t-il. En traduisant en même temps en mots, comme tu le faisais pour moi quand tu discutais avec Guban.

— Qu'est-ce que je dois dire ?

— Pourquoi ne pas les saluer comme si tu parlais à la place de Guban ?

Ayla réfléchit. Elle ne pouvait pas les saluer comme l'aurait fait Guban : une femme ne salue jamais comme un homme. Elle pouvait faire le signe des salutations, c'était toujours le même geste, mais personne ne se contentait jamais de répéter ce simple signe. Il était toujours modifié selon la personne qui le faisait et celle à qui il s'adressait. Or il n'existait pas de signe avec lequel une personne du Clan saluait un Autre. Cela n'était jamais arrivé de façon formelle, reconnue. Ayla pouvait peut-être imaginer de quelle façon procéder. Elle se leva, recula vers le centre de la pièce.

— Cette femme voudrait te saluer, Peuple des Autres, commença-t-elle avant de marquer une pause. Ou peut-être faudrait-il dire : Peuple de la Mère, reprit-elle en tâchant de reconstituer les signes du Clan.

— Essaie : Enfants de la Mère, lui conseilla Jondalar. Ou Enfants de la Grande Terre Mère.

Elle hocha la tête, recommença :

— Cette femme... nommée Ayla, voudrait vous saluer, Enfants de Doni, la Grande Terre Mère.

Elle dit son propre nom et celui de la Mère dans la langue des Autres, mais avec les inflexions du Clan. Le reste, elle l'exprima par des signes de la langue du Clan, tout en traduisant en zelandonii.

— Cette femme espère qu'un jour vous serez salués par un membre du Clan de l'Ours des Cavernes, et que ce salut sera rendu. Le Mog-ur a dit à cette femme que le Clan est ancien, que sa mémoire remonte loin. Il était ici quand les nouveaux sont arrivés. Il les a appelés les Autres. Le Clan a choisi de partir, de les éviter. C'est sa façon de faire, et les traditions du Clan changent lentement. Mais si le Clan doit changer, cette femme espère que cela ne nuira ni au Clan ni aux Autres.

D'une voix basse et monotone, elle débitait sa traduction en zelandonii avec autant de précision et aussi peu d'accent que possible. Les mots permettaient aux autres de comprendre ce qu'elle disait, mais ils voyaient qu'elle ne remuait pas les mains au hasard. Les gestes délibérés, les mouvements subtils du corps, la tête levée pour exprimer la fierté, l'inclinaison du buste pour acquiescer, le haussement d'un sourcil, tout coulait avec grâce. Si le sens de chaque geste n'était pas clair, il était clair que chacun de ses gestes avait un sens.

L'effet général était époustouflant et magnifique. Parcourue d'un frisson, Marthona jeta un coup d'œil à Zelandoni, qui répondit d'un hochement de tête. Elle aussi avait senti quelque chose de profond. Jondalar remarqua l'échange discret. Il observa ceux qui observaient Ayla. Joharran la regardait avec fascination, le front barré d'un pli ; Willamar approuvait de la tête avec un léger sourire, tandis que le sourire de Folara était resplendissant.

Quand elle eut terminé, Ayla revint à la table et s'assit en tailleur avec une souplesse élégante que les autres remarquèrent plus aisément à cet instant. Il y eut un silence gêné. Nul ne savait quoi dire, chacun avait besoin de temps pour réfléchir. Ce fut finalement Folara qui se dévoua pour combler le vide.

— C'était merveilleux, Ayla ! Superbe, presque comme une danse.

— J'ai du mal à le voir de cette façon. Pour moi, c'est ainsi qu'ils parlent. Encore que je me souvienne du plaisir que j'avais à regarder les conteurs.

— C'était très expressif, dit Marthona. Tu peux le faire aussi, Jondalar ?

— Pas comme Ayla. Elle a appris cette langue à ceux du Camp du Lion pour qu'ils puissent communiquer avec Rydag. Ils se sont amusés à la Réunion d'Eté parce qu'ils pouvaient se parler sans que d'autres le sachent.

— Rydag, c'est bien l'enfant au cœur malade ? demanda Zelandoni. Pourquoi ne pouvait-il parler comme les autres ?

Jondalar et Ayla échangèrent un regard.

— Rydag était moitié Clan, répondit-elle, il avait les mêmes difficultés à prononcer les sons. Alors, je lui ai appris sa langue, ainsi qu'au reste du Camp du Lion.

— Moitié Clan ? fit Joharran. Tu veux dire moitié Têtes Plates ? Quelle abomination !

— C'était un enfant, répliqua la jeune femme avec un regard de colère. Un enfant comme un autre. Aucun enfant n'est une abomination !

D'abord surpris par sa réaction, Joharran se souvint qu'Ayla avait été élevée par le Clan et comprit pourquoi elle se sentait offensée. Il bredouilla des excuses :

— Je... je... je suis désolé. C'est ce que tout le monde pense.

Zelandoni intervint pour les calmer.

— Ayla, tiens compte du fait que nous n'avons pas eu le temps de réfléchir à tout ce que tu nous as révélé. Nous avons toujours considéré les membres de ton Clan comme des animaux, et un être mi-humain mi-animal est une abomination. Je suis sûre que tu dis vrai : ce... Rydag était un enfant.

Elle a raison, reconnut intérieurement Ayla. D'ailleurs, tu sais bien ce que pensent les Zelandonii, Jondalar te l'a fait comprendre la première fois que tu lui as parlé de Durc. Elle s'efforça de se ressaisir.

— Il y a une chose que j'aimerais comprendre, poursuivit Zelandoni, cherchant un biais pour poser ses questions sans offenser l'étrangère. La nommée Nezzie était bien la compagne de l'Homme Qui Ordonne du Camp du Lion ?

— Oui.

Voyant où l'obèse voulait en venir, Ayla regarda Jondalar à la dérobée et eut l'impression qu'il retenait un sourire. Elle se sentit mieux : il avait compris, lui aussi, et prenait un plaisir pervers à la déconvenue prochaine de la puissante doniate.

— Cet enfant, Rydag, était le sien ?

Jondalar souhaitait presque qu'Ayla réponde oui, pour les faire réfléchir. Il lui avait fallu beaucoup de temps pour dépasser les croyances de son peuple, insufflées en lui dès l'enfance, quasiment avec le lait de sa mère. S'ils pensaient qu'une femme ayant donné naissance à une « abomination » pouvait devenir la compagne d'un chef, cela ébranlerait un peu leurs convictions. Plus il y songeait, plus il était persuadé que pour son propre bien, pour sa propre sécurité, son peuple devait changer, accepter l'idée que ceux du Clan étaient aussi des humains.

— Elle l'a nourri, expliqua Ayla, en même temps que sa propre fille. C'était le fils d'une femme du Clan morte solitaire peu après la naissance du bébé. Nezzie l'a adopté, comme Iza m'a adoptée quand il n'y avait personne pour s'occuper de moi.

Ce fut quand même un choc, et à certains égards peut-être plus brutal, car la compagne du chef avait volontairement choisi de prendre soin du nouveau-né, qui serait mort près de sa mère. Un silence descendit sur le groupe tandis que chacun réfléchissait à ce qu'il venait d'apprendre.

Loup était resté dans la vallée où les chevaux paissaient pour explorer ce nouveau territoire. Au bout d'un moment qui lui sembla approprié et pour des raisons que lui seul connaissait, il décida de retourner à l'endroit qu'Ayla lui avait désigné comme leur nouveau foyer, l'endroit où il devait aller quand il voulait la trouver. Comme tous ceux de son espèce, le loup se déplaçait rapidement et sans effort, semblant presque flotter dans le paysage boisé. Plusieurs personnes étaient en train de cueillir des baies dans la Vallée des Bois. L'un des hommes aperçut Loup passer en silence entre les arbres.

— Le loup arrive ! Tout seul ! prévint l'homme avant de détaler aussi vite qu'il le put.

— Où est mon bébé ? cria une femme prise de panique.

Elle regarda autour d'elle, vit son enfant, courut vers lui, le souleva dans ses bras et l'emporta.

Loup parvint au sentier menant à la corniche et s'y engagea de sa foulée rapide.

— Regarde cette bête, dit une femme. Je n'aime pas l'idée d'avoir un loup ici en haut.

— Joharran l'a autorisé à venir mais je vais aller prendre ma sagaie, lui répondit un homme. Il a beau avoir l'air amical, je ne fais pas confiance à cet animal.

D'autres Zelandonii s'écartèrent quand le loup atteignit la corniche et se dirigea vers la demeure de Marthona. Un homme renversa plusieurs hampes de sagaie dans sa hâte de déguerpir.

L'animal sentait la peur des humains qui l'entouraient et il n'aimait pas cela, mais il continua à courir en direction de l'endroit qu'Ayla lui avait indiqué.

Le silence de la demeure de Marthona fut rompu quand Willamar se leva soudain en criant :

— Un loup ! Grande Mère, comment cette bête est-elle arrivée ici ?

— Ne t'inquiète pas, dit Marthona, essayant de le rassurer. Il a le droit de venir ici.

Folara croisa le regard de son frère aîné, et bien qu'encore nerveux Joharran parvint à lui adresser un sourire entendu.

— C'est le loup d'Ayla, expliqua Jondalar, qui se leva à son tour pour prévenir toute réaction hâtive.

Au même moment, Ayla se précipita vers l'entrée afin de calmer l'animal, affolé d'être accueilli par un tel vacarme dans le lieu où sa maîtresse lui avait demandé de venir. La queue entre les jambes, le poil hérissé, Loup montra les crocs.

Si Zelandoni l'avait pu, elle aurait bondi de son coussin aussi vite que Willamar. Le grondement menaçant semblait la viser en particulier et elle tremblait de peur. Bien qu'elle eût entendu parler des animaux de l'étrangère et qu'elle les eût aperçus de loin, elle était terrifiée par le prédateur à quatre pattes qui avait pénétré dans l'habitation. Jamais une de ces bêtes ne l'avait approchée d'aussi près. En général, les loups fuyaient les humains.

Elle fut abasourdie quand Ayla se pencha vers Loup sans la moindre crainte, l'entoura de ses bras et lui murmura des mots apaisants que la doniate ne comprit qu'à demi. D'abord tout excité, le loup lécha le cou et le visage de la jeune femme puis il commença à se calmer. C'était la plus incroyable démonstration de pouvoirs surnaturels à laquelle Zelandoni eût assisté. Quelle sorte de savoir cette femme possédait-elle pour exercer une telle maîtrise sur un animal ? La doniate en avait la chair de poule rien que d'y penser.

Willamar s'était calmé à son tour, après y avoir été incité par Marthona et Jondalar, et aussi après avoir vu le comportement d'Ayla avec le loup.

— Je crois que Willamar devrait faire la connaissance de Loup, suggéra Marthona.

— D'autant qu'ils vont partager la même demeure, renchérit Jondalar.

Willamar parut consterné. Ayla se releva et retourna auprès du groupe en faisant signe au loup de la suivre.

— Loup s'habitue à quelqu'un en se familiarisant avec son odeur, dit-elle au Maître du Troc. Si tu le laisses sentir ta main...

Elle voulut lui prendre le poignet mais il se dégagea.

— C'est vrai ? demanda-t-il à Marthona.

Sa compagne sourit, tendit la main vers l'animal.

— Tu nous as fait peur, Loup, en arrivant sans prévenir avant d'avoir fait la connaissance de tout le monde.

Après avoir reniflé sa main, Loup la lécha puis se laissa gratter derrière l'oreille. Willamar hésita encore, mais, ne pouvant faire moins que sa compagne, il avança une main. Ayla la saisit, l'approcha du museau de Loup en disant :

— C'est Willamar. Il vit ici avec Marthona.

Le loup flaira la main, la lécha, émit un jappement.

— Pourquoi fait-il ça ? demanda Willamar en retirant vivement sa main.

— Je ne sais pas. Il a peut-être senti l'odeur de Marthona sur toi et il veut que tu le grattes aussi. De cette façon, dit Ayla en lui reprenant la main.

Comme si les doigts de Willamar n'avaient fait que le chatouiller, Loup tourna soudain la tête et se gratta lui-même l'oreille avec vigueur, ce qui provoqua des sourires et de petits rires. Quand il eut terminé, il alla droit vers Zelandoni.

Elle l'observa avec méfiance. Elle avait été saisie de terreur en voyant le loup entrer dans la demeure. Plus que les autres, qui avaient surtout remarqué la réaction de Willamar, Jondalar avait noté la terreur muette de son ancien amour. Zelandoni se félicitait qu'il ait été le seul à s'en apercevoir. Ceux Qui Servaient la Mère passaient pour ne jamais rien craindre, et c'était souvent vrai. Elle ne se rappelait pas la dernière fois où elle avait eu peur.

— Je crois qu'il se rend compte qu'il n'a pas encore fait ta connaissance, dit Jondalar. Et comme il va vivre ici, je pense qu'il faut procéder aux présentations.

— Tu as raison. Qu'est-ce que je dois faire, lui donner ma main ?

Loup renifla la main offerte puis, sans prévenir, la prit entre ses dents et la garda dans sa gueule en poussant un grognement sourd.

— Qu'est-ce qu'il y a ? s'inquiéta Folara, qui n'avait pas fait la connaissance de Loup, elle non plus. Il ne s'est servi de ses dents qu'avec Ayla, jusqu'ici.

— Je ne sais pas, dit Jondalar d'une voix un peu nerveuse.

Zelandoni regarda l'animal d'un air sévère et il la lâcha.

— Il t'a fait mal ? demanda Folara.

— Bien sûr que non. Il voulait simplement m'indiquer que je n'ai rien à craindre de lui, répondit la doniate, qui ne chercha pas à gratter l'oreille de Loup. Nous nous comprenons. (Elle se tourna vers Ayla, qui soutint son regard.) Et nous, nous avons beaucoup à apprendre l'une de l'autre.

— Oui. Je m'en réjouis.

— Loup doit encore faire la connaissance de Folara, rappela Jondalar. Viens, Loup, viens voir ma petite sœur.

Réagissant au ton joueur de l'invite, l'animal bondit vers lui. La jeune fille découvrit combien il était amusant de le caresser et de le gratter.

— A mon tour maintenant d'être présentée à Willamar, réclama Ayla. Et aussi à Zelandoni, bien que j'aie déjà l'impression de vous connaître, tous les deux.

Marthona s'avança.

— Bien sûr. J'oubliais les présentations rituelles. Ayla, voici Willamar, Maître du Troc de la Neuvième Caverne des Zelandonii, Voyageur renommé, compagnon de Marthona, Homme du foyer de Folara, Protégée de Doni... Willamar, souhaite la bienvenue à Ayla du Camp du Lion des Mamutoï, Fille du Foyer du Mammouth, Choisie par l'Esprit du Lion des Cavernes, Protégée de l'Ours des Cavernes... et Mère de Loup et des chevaux.

Les proches de Jondalar comprenaient désormais mieux le sens des noms et des liens d'Ayla et ils la considéraient moins comme une étrangère. Willamar et Ayla se pressèrent les mains et se saluèrent au nom de la Grande Mère avec les formules rituelles, si ce n'est que Willamar la qualifia de « Mère » plutôt que d'« Amie de Loup ». Ayla avait remarqué que les gens répétaient rarement les formules avec exactitude, et qu'ils ajoutaient souvent des variantes.

— Je suis impatient de les voir, ces chevaux, et je crois que je vais ajouter « Choisi par l'Esprit de l'Aigle » à mes noms. Après tout, c'est mon totem, dit Willamar en souriant.

Ayla lui adressa en retour son grand sourire éblouissant. Je suis heureux de revoir Jondalar après tout ce temps, pensa Willamar, et quelle chance pour Marthona qu'il ait ramené une compagne. Cela veut dire qu'il va rester avec nous. Et quelle belle femme ! S'ils sont de l'esprit de Jondalar, leurs enfants seront magnifiques.

Jondalar décida qu'il lui incombait de présenter Ayla et Zelandoni :

— Ayla, voici Zelandoni, Première parmi Ceux Qui Servent la Grande Terre Mère, Voix de Doni, représentante de l'Ancêtre Originelle, Instrument de Celle Qui Protège, Doniate qui prodigue aide et soins, Guide Spirituel de la Neuvième Caverne des Zelandonii, et amie de Jondalar autrefois connue sous le nom de Zolena.

Il sourit en ajoutant ce titre, qui ne figurait pas habituellement parmi ceux de la doniate.

— Zelandoni, voici Ayla des Mamutoï, commença-t-il, pour finir par : et bientôt unie à Jondalar, j'espère.

C'est une bonne chose qu'il ait ajouté « j'espère », songea Zelandoni en s'avançant, les deux mains tendues. Cette union n'a pas encore été approuvée.

— En ma qualité de Voix de Doni, la Grande Terre Mère, je te souhaite la bienvenue, Ayla des Mamutoï, Fille du Foyer du Mammouth, récita-t-elle en prenant les deux mains de la jeune femme dans les siennes et en la désignant par ses titres les plus importants pour elle.

— Au nom de Mut, Mère de Tous, qui est aussi Doni, je te salue, Zelandoni, Première parmi Ceux Qui Servent la Grande Terre Mère, répondit Ayla.

En regardant les deux femmes qui se faisaient face, Jondalar espérait ardemment qu'elles deviendraient amies et que l'une n'aurait jamais l'autre pour ennemie.

— Il faut que je parte, maintenant, annonça Zelandoni. Je n'avais pas prévu de rester aussi longtemps.

— Moi aussi, fit Joharran, qui se pencha pour effleurer la joue de sa mère avec la sienne. Il y a beaucoup de choses à préparer avant la fête de ce soir. Willamar, je veux savoir demain comment le troc s'est déroulé.

Après le départ de la doniate et du chef, Marthona demanda à Ayla si elle souhaitait prendre un peu de repos avant la cérémonie.

— Je me sens sale et moite. Ce que j'aimerais, c'est aller nager et me laver. Est-ce que la saponaire pousse par ici ?

— Oui, derrière le Gros Rocher, en amont de la Rivière, non loin de la Vallée de la Rivière des Bois. Tu sais où c'est, Jondalar ?

— Oui. La Vallée de la Rivière des Bois, là où sont les chevaux. Aller nager me paraît une bonne idée, approuva Jondalar en passant un bras autour des épaules de Marthona. C'est bon d'être de retour, mère. Je ne crois pas que l'envie de voyager me reprenne avant longtemps.

5

— Je vais prendre mon peigne, et je pense qu'il me reste assez de fleurs de ceanothus séchées pour me laver les cheveux, dit Ayla en ouvrant ses sacs de voyageur. Je prends aussi la peau de chamois de Roshario pour me sécher, ajouta-t-elle.

Loup bondissait vers l'entrée puis revenait vers eux comme pour les inciter à se presser.

— Il sait que nous allons nager, remarqua Jondalar. J'ai parfois l'impression que cet animal comprend notre langage, même s'il ne peut le parler.

— J'emporte mes vêtements de rechange pour avoir quelque chose de propre. Nous pourrions peut-être étendre maintenant les fourrures à dormir, suggéra Ayla en dénouant les lanières d'un autre paquet.

Ils installèrent rapidement un lieu à dormir, tirèrent des sacs le peu d'affaires qu'ils avaient avec eux, et Ayla secoua la tunique et le pantalon court qu'elle avait mis de côté. C'était une tenue en daim souple et doux, coupée à la manière simple des Mamutoï, sans ornements, et, quoique propre, elle demeurait tachée. Aucun lavage ne parvenait à éliminer les taches sur cette peau veloutée, mais Ayla n'avait rien d'autre à porter pour la fête. Les voyages contraignaient à réduire ce qu'on emportait et Ayla avait préféré prendre des choses plus importantes que des vêtements de rechange.

Comme Marthona l'observait, elle soupira :

— C'est tout ce que j'ai pour ce soir. J'espère que ça ira. Je ne possède pas grand-chose. Roshario m'avait donné une magnifique tenue décorée dans le style des Sharamudoï et taillée dans le cuir merveilleux qu'ils font, mais je l'ai offerte à Madenia, la jeune fille Losadunaï forcée par ces jeunes hommes.

— C'était gentil de ta part.

— Il fallait alléger mes sacs, de toute façon, et Madenia semblait contente. Mais maintenant, j'aimerais bien avoir quelque chose comme ça à porter. Ce serait agréable de mettre pour la fête une tunique un peu moins usée. Une fois que nous serons installés, je fabriquerai des vêtements. (Elle sourit à la mère de Jondalar, regarda autour d'elle.) J'ai du mal à croire que nous sommes enfin arrivés.

— Moi aussi, j'ai du mal à le croire... J'aimerais t'aider à coudre quelques vêtements, si tu n'y vois pas d'objection.

— Aucune. J'en serais ravie, au contraire. Tout ce que tu as ici est si beau, Marthona, et je ne sais pas encore ce qu'une femme zelandonii doit porter.

— Je peux t'aider, moi aussi ? proposa Folara. Les idées de mère sur les vêtements ne correspondent pas toujours à ce qu'aiment les jeunes.

— Je serais heureuse que vous m'aidiez toutes les deux, mais pour le moment cette tunique devra faire l'affaire, dit Ayla en montrant le vêtement usé.

Marthona hocha la tête pour elle-même, comme si elle venait de prendre une décision.

— J'ai quelque chose à te donner, Ayla. C'est dans ma pièce à dormir.

La jeune femme suivit la mère de son compagnon, qui ouvrit une boîte de bois et déclara :

— Je le gardais pour toi depuis longtemps.

— Mais tu viens juste de me rencontrer !

— Pour la femme que Jondalar choisirait un jour comme compagne. Il appartenait à la mère de Dalanar.

Muette d'étonnement, Ayla avança une main hésitante vers le collier que Marthona lui tendait. Il était fait de coquillages assortis, de dents de cerf et de têtes de biches sculptées dans l'ivoire. Une pierre jaunâtre d'un éclat profond pendait en son centre.

— C'est magnifique, murmura Ayla.

Elle se sentait attirée par le pendentif, qu'elle examina avec soin. Il était brillant, poli d'avoir été porté et touché.

— C'est de l'ambre, n'est-ce pas ?

— Oui. Cette pierre appartenait déjà à la famille depuis des générations quand la mère de Dalanar a décidé d'en faire un pendentif. Elle me l'a offert à la naissance de Jondalar et m'a demandé de le remettre à la femme qu'il choisirait.

— L'ambre n'est pas froid comme d'autres pierres, fit remarquer Ayla en prenant le bijou dans sa main. On a l'impression qu'il est chaud, animé d'un esprit.

— C'est curieux que tu penses cela. Ma mère disait toujours que ce pendentif était vivant. Essaie-le, qu'on voie comment il te va.

Marthona guida Ayla vers le mur de calcaire de sa pièce à dormir. On y avait creusé un trou et enfoncé la base cylindrique de bois de mégacéros, un peu avant l'endroit où ils se ramifient et s'aplatissent. On avait coupé les andouillers pour obtenir une sorte de plateau inégal, au bord concave. Dessus, appuyée sur le mur légèrement incliné, mais presque perpendiculaire au sol, il y avait une petite planche de bois à la surface très lisse.

En s'approchant, Ayla s'aperçut qu'elle reflétait avec une netteté étonnante les paniers et les récipients de la pièce, la flamme qui brûlait dans une lampe. Puis elle se figea, stupéfaite.

— Je me vois ! s'écria-t-elle.

Elle tendit le bras pour toucher la planche. Le bois avait été poli avec du grès, teint en noir avec des oxydes de manganèse, astiqué avec de la graisse.

— Tu ne t'es jamais vue dans un réflecteur ? demanda Folara.

Elle se tenait près du panneau de l'entrée, curieuse de savoir ce que sa mère voulait donner à Ayla.

— Pas comme ça. Je me suis regardée dans l'eau calme d'un étang, un jour de grand soleil. Mais là, dans une pièce à dormir !

— Les Mamutoï n'ont pas de réflecteurs ? Pour examiner leur tenue avant une cérémonie importante ? Comment savent-ils si tout est en ordre ?

Ayla réfléchit, le front plissé.

— Ils se regardent l'un l'autre. Nezzie inspectait toujours Talut avant une cérémonie, et quand Deegie — c'était mon amie — arrangeait mes cheveux, tout le monde me complimentait.

— Voyons quel effet ce pendentif fait sur toi, dit Marthona.

Elle passa le bijou autour du cou de la jeune femme, le tint par-derrière. Ayla admira le pendentif, remarqua qu'il tombait bien sur sa poitrine puis se surprit à étudier le reflet de son visage. Elle se voyait rarement et ses traits lui étaient moins familiers que ceux des gens qui l'entouraient. La pièce étant peu éclairée, l'image d'Ayla paraissait un peu sombre. Elle trouva qu'elle avait un visage sans couleur et sans vie, trop aplati.

Ayla avait grandi parmi les membres du Clan en se croyant laide. Si elle avait l'ossature plus mince que les femmes du Clan, elle était plus grande que les hommes : différente, à ses yeux comme aux leurs. Elle avait gardé l'habitude d'estimer la beauté en prenant pour critères les traits plus marqués des membres du Clan, leur visage large, leur front fuyant, leurs arcades sourcilières en saillie, leur nez fort, leurs grands yeux d'un marron profond. Ses yeux bleus paraissaient ternes en comparaison.

Après avoir vécu chez les Autres, elle se sentait moins étrange mais n'arrivait toujours pas à se trouver belle, bien que Jondalar lui répétât souvent qu'elle l'était. Elle savait ce que le Clan jugeait attirant ; elle ne savait pas définir la beauté selon les critères des Autres. A ses yeux, Jondalar, avec ses traits masculins et donc plus marqués, ses yeux bleu vif, était beaucoup plus beau qu'elle.

— Je trouve qu'il lui va bien, déclara Willamar qui s'était approché pour donner son avis.

Il ignorait que Marthona possédait ce collier. C'était lui qui était venu vivre dans la demeure de sa compagne ; elle lui avait fait de la place, elle l'avait installé confortablement. Il appréciait la façon dont elle arrangeait l'habitation et n'avait aucune envie de fouiller dans les niches et les recoins.

Jondalar s'approcha, sourit par-dessus l'épaule de Willamar.

— Tu ne m'avais jamais dit que grand-mère t'avait donné ça à ma naissance, mère.

— Elle ne me l'a pas donné pour toi. Ce bijou était destiné à la femme que tu prendrais pour compagne. Celle avec qui tu fonderais un foyer et qui y apporterait des enfants, avec la protection de la Mère.

Marthona ôta le collier du cou de la jeune femme, le déposa dans ses mains.

— Alors, tu l'as offert à la bonne personne, conclut Jondalar. Tu le porteras ce soir, Ayla ?

Elle regarda le pendentif en fronçant légèrement les sourcils.

— Non. Il est trop beau pour que je le porte avec une vieille tunique. J'attendrai d'avoir une tenue appropriée.

Marthona sourit, approuva d'un hochement de tête.

Au moment où ils quittaient la pièce, Ayla remarqua une autre niche creusée dans la paroi au-dessus de la plate-forme à dormir. Plus grande, elle semblait aussi s'enfoncer plus profondément dans le mur. Une petite lampe de pierre brûlait devant, et dans sa lumière Ayla distingua en partie la statuette d'une femme aux formes pleines. Elle savait que c'était une donii, une représentation de Doni, la Grande Terre Mère, et le réceptacle de Son Esprit quand Elle le voulait ainsi.

Au-dessus de la niche, on avait accroché une natte semblable à celle qui couvrait la table, tissée avec des fibres de belle qualité pour former un motif complexe. Ayla aurait voulu l'examiner de près puis elle songea qu'elle en aurait tout le loisir plus tard. Ils ne voyageaient plus ; cet endroit serait son foyer.

Après le départ d'Ayla et de Jondalar, Folara sortit à son tour et se précipita vers une autre habitation proche. Elle avait failli leur demander si elle pouvait les accompagner puis s'était dit qu'ils avaient sans doute envie d'être seuls. De plus, ses amies devaient avoir quantité de questions à poser sur l'étrangère. Elle gratta au panneau de l'abri voisin.

— Ramila ? C'est moi, Folara.

Un instant plus tard, une jeune fille brune, dodue et attirante, écarta le rideau.

— Folara ! Nous t'attendions, mais Galeya a dû partir. Elle a demandé que nous la retrouvions près de la souche.

Les deux amies quittèrent la corniche en bavardant d'un ton animé. Comme elles parvenaient à la souche d'un genévrier abattu par la foudre, elles virent une jeune rousse à la silhouette mince et nerveuse s'approcher en venant d'une autre direction, peinant sous le poids de deux outres humides et gonflées.

— Galeya, tu viens seulement d'arriver ? demanda Ramila.

— Oui. Vous attendez depuis longtemps ?

— Non. Folara est passée me chercher, dit Ramila en prenant l'une des outres.

— Laisse-moi porter l'autre, proposa la sœur de Jondalar. C'est pour la fête de ce soir ?

— Evidemment. Tiens. J'ai l'impression de n'avoir fait que porter des choses toute la journée, mais ce sera drôle d'avoir un rassemblement imprévu. Je crois qu'il y aura plus de monde qu'ils ne s'y attendent. Nous finirons peut-être dans le Champ de Rassemblement. J'ai entendu dire que plusieurs des Cavernes voisines ont envoyé des messagers proposant de la nourriture pour la fête. Ce qui signifie que la plupart de leurs membres ont envie de venir. (Galeya s'arrêta, se tourna vers Folara.) Alors, tu ne racontes rien sur elle ?

— Je ne sais pas grand-chose, nous venons de faire connaissance. Elle va vivre avec nous, Jondalar et elle sont promis l'un à l'autre, ils noueront la lanière aux Matrimoniales d'Eté. C'est une sorte de Zelandoni. Enfin, pas exactement, elle n'a pas de marque ni rien, mais elle connaît les Esprits, et elle est guérisseuse. Elle a sauvé la vie de Jondalar. Thonolan voyageait déjà dans le Monde d'Après quand elle les a trouvés. Ils avaient été attaqués par un lion des cavernes ! Les histoires qu'ils ont à raconter sont incroyables !

Bavardant avec excitation, le trio franchit de nouveau l'entrée de la communauté. Un bon nombre de gens s'affairaient pour les préparatifs de la fête mais quelques-uns s'interrompirent pour regarder les jeunes filles, en particulier Folara, dont ils savaient qu'elle avait passé un moment avec l'étrangère. Plusieurs l'écoutèrent, en particulier une jolie femme aux cheveux blonds et aux yeux gris foncé. Portant un plateau en os couvert de viande fraîche, elle feignait de ne pas les avoir remarquées mais avançait dans la même direction et restait assez près pour les entendre.

— Comment est-elle ? voulut savoir Ramila.

— Je la trouve gentille. Elle a une façon de parler un peu bizarre mais elle vient de très loin. Même ses vêtements sont différents, enfin le peu qu'elle a. Juste une tenue de rechange, mais, comme elle n'a rien d'autre, elle la mettra ce soir. Elle dit qu'elle veut se coudre des vêtements de Zelandonii. Ma mère et moi allons l'aider. Demain, elle m'emmène voir les chevaux, elle me laissera peut-être monter sur leur dos. Jondalar et elle sont partis là-bas se baigner dans la Rivière.

— Tu vas vraiment monter sur le dos d'un cheval, Folara ?

La femme qui les suivait n'attendit pas la réponse et s'éloigna avec un sourire malveillant.

Loup courait devant, s'arrêtant de temps à autre pour s'assurer que l'homme et la femme étaient toujours derrière. Le sentier en pente s'abaissait de la partie nord-est de la terrasse à une prairie située sur la rive droite d'un petit cours d'eau, non loin de l'endroit où il se jetait dans une rivière plus large. L'étendue plate et herbeuse était entourée de zones boisées dont le couvert devenait plus dense en amont.

Quand ils arrivèrent au pré, Whinney poussa un hennissement pour les accueillir, et ceux qui observaient la scène de loin secouérent la tête, ébahis, lorsque le loup courut droit vers la jument et frotta son nez contre le sien. Puis le fauve prit une posture joueuse, la queue et l'arrière-train relevés, l'avant aplati, et lança un jappement de chiot en direction du jeune étalon. Rapide leva la tête en hennissant et frappa le sol du sabot en réponse.

Les chevaux semblaient heureux de les voir. La jument posa la tête sur l'épaule d'Ayla, qui enlaça son encolure musclée. Elles se tinrent un moment l'une contre l'autre en un contact réconfortant. Jondalar caressa et tapota l'étalon, gratta les endroits à démangeaison que Rapide lui présentait. Le cheval brun profond fit quelques pas pour aller frotter son chanfrein à l'épaule d'Ayla. Ils restèrent tous un moment à proximité, y compris le loup, chacun savourant la présence familière des autres dans ce lieu peuplé d'inconnus.

— J'ai envie de faire une promenade à cheval, dit Ayla qui observa la position du soleil dans le ciel de l'après-midi. Nous avons le temps, non ?

— Oui. Personne ne viendra à la fête avant la tombée de la nuit. Allons-y ! Nous nagerons après. J'ai l'impression qu'il y a toujours quelqu'un qui me regarde...

— Ce n'est pas une impression. Je sais que leur curiosité est naturelle mais ce serait agréable d'être seuls un moment.

Les Zelandonii assemblés pour les observer virent la femme sauter avec souplesse sur le dos de la jument louvette, tandis que le géant blond semblait n'avoir qu'à lever une jambe pour monter sur le jeune étalon brun. Ils partirent au galop, et le loup suivit facilement.

Ouvrant le chemin, Jondalar remonta d'abord la petite rivière, traversa à un gué puis longea l'autre rive jusqu'à ce qu'il découvre une étroite vallée, presque une gorge, sur sa droite. Ils empruntèrent alors la direction du nord en suivant le lit d'un torrent à sec. Au bout de la gorge, une piste escarpée mais praticable aboutissait à un haut plateau venteux qui dominait tout le paysage. Ils s'arrêtèrent pour jouir de la vue.

Avec une altitude de quelque six cent cinquante pieds, le plateau était l'un des plus hauts alentour et offrait un panorama saisissant, non seulement sur les rivières et les plaines inondables des vallées mais aussi sur l'horizon ondoyant des collines s'étendant de l'autre côté. Les causses calcaires s'élevant au-dessus des vallées fluviales n'étaient pas plats.

Le calcaire est soluble dans l'eau, selon le temps et le niveau d'acidité. Au cours des millénaires, les rivières et les nappes phréatiques accumulées avaient creusé la base calcaire de la région, découpant le fond d'une mer disparue en collines et en vallées. Les rivières avaient créé des vallées profondes et des parois escarpées, mais si les gorges enserrant les vallées présentaient souvent une certaine uniformité, leur hauteur variait selon la configuration des collines.

Au premier abord, la végétation des causses secs et venteux, de chaque côté de la rivière principale, semblait partout la même, similaire à celle des steppes continentales situées plus à l'est. C'était surtout de l'herbe, avec çà et là des genévriers, des pins et des épicéas rabougris s'accrochant à une terre ingrate près des cours d'eau et des étangs ; des broussailles et de petits arbres poussaient dans les déclivités et les vallons. Mais, selon les endroits, la flore pouvait présenter des différences étonnantes. Les hauteurs dénudées et les pentes exposées au nord favorisaient une herbe plus septentrionale qui affectionnait les endroits froids et secs, tandis que les flancs orientés au sud étaient plus verts, plus riches en plantes des climats tempérés et de basse altitude.

La large vallée de la rivière principale était couverte d'une végétation plus fournie, avec des arbres à feuilles caduques ou persistantes sur les berges. D'un vert plus pâle que celui qu'ils adopteraient plus tard dans la saison, les arbres appartenaient surtout à des espèces à petites feuilles comme les bouleaux argentés et les saules, mais des conifères tels que les épicéas et les pins montraient des aiguilles de couleur claire récemment sorties aux extrémités des branches. Des genévriers et quelques chênes verts offraient une vue plus bigarrée avec leurs couleurs de printemps au bout des branches.

Par endroits, la rivière serpentait au milieu des prairies des plaines inondables, où les hautes herbes, au début de l'été, se coloraient d'une teinte dorée. Plus loin, les méandres rétrécissaient la rivière, la forçaient à couler contre la paroi de pierre, d'un côté puis de l'autre.

Lorsque les conditions s'y prêtaient, les plaines inondables de certaines rivières, en particulier celles des affluents, étaient couvertes de petites forêts. Dans les zones protégées, notamment sur les pentes exposées au sud, à l'abri du vent, poussaient des châtaigniers, des noyers, des noisetiers et des pommiers, souvent chétifs et dépourvus de fruits certaines années, mais offrant une abondance bienvenue d'autres années. En plus de ces arbres, Ayla remarqua une grande variété de buissons et de plantes à baies : fraises, framboises, raisins, groseilles et mûres, quelques framboises jaunes et plusieurs sortes de myrtilles.

A plus haute altitude encore, en particulier sur le massif situé au nord, recouvert de glace malgré plusieurs volcans en activité — où Ayla et Jondalar avaient trouvé des sources chaudes lorsqu'ils avaient traversé la région quelques jours avant leur arrivée —, c'était la fragile végétation de la toundra qui prévalait. Des mousses aux nuances de vert et de gris panachées adoucissaient le paysage dans les régions plus humides où croissaient aussi roseaux et joncs. Des lichens collaient à la roche, des herbes s'élevaient à quelques pouces seulement au-dessus du sol, et des buissons étiques semblaient prostrés sur une terre froide, au sous-sol gelé en permanence. La diversité de la végétation de la région favorisait une variété comparable dans la vie animale.

Ils suivirent une piste qui tournait au nord-est à travers le plateau jusqu'au bord d'une paroi abrupte au bas de laquelle la rivière coulait du nord vers le sud. Sur un sol relativement plat, le sentier traversait un ruisseau qui descendait l'escarpement puis bifurquait au nord-ouest. Ils s'arrêtèrent quand la piste entama sa descente de l'autre côté.

Faisant demi-tour, ils lancèrent leurs montures au galop et filèrent à travers le haut plateau jusqu'à ce que les chevaux ralentissent d'eux-mêmes. Revenus au ruisseau, ils firent halte pour laisser boire les animaux et se désaltérèrent eux aussi.

Ayla n'avait pas éprouvé un sentiment de liberté aussi merveilleux depuis qu'elle était montée pour la première fois sur le dos de la jument. Il n'y avait aucune entrave, aucun fardeau, ni travois ni sacs, pas même une couverture ou un licou. Rien que ses jambes nues contre les flancs de l'animal, comme elle avait appris à le monter à l'origine, transmettant des signaux tactiles à Whinney pour la guider dans la direction voulue.

Rapide avait une bride ; ainsi Jondalar l'avait-il dressé, bien qu'il lui restât encore à inventer un système pour maintenir la tête de l'étalon, et les signaux pour lui indiquer où aller. Lui aussi était envahi d'un sentiment de liberté qu'il n'avait pas connu depuis longtemps. Le Voyage avait été long, et la responsabilité du retour avait lourdement pesé sur lui. Il était maintenant débarrassé de ce poids comme il l'était des sacs, et ce galop sur le dos de Rapide ne lui procurait plus que du plaisir.

Ils étaient tous deux excités, euphoriques, inexplicablement contents d'eux-mêmes, et ils le montrèrent par leurs expressions ravies en faisant quelques pas le long du ruisseau.

— C'était une bonne idée, cette promenade à cheval, dit Jondalar.

— Oh oui ! répondit-elle avec ce sourire qu'il avait toujours aimé.

— Femme, comme tu es belle...

Il lui enlaça la taille, la regarda de ses yeux d'un bleu intense qui exprimaient tout son amour et son bonheur. Elle n'avait vu un bleu pareil qu'au sommet d'un glacier, dans les flaques de glace fondue.

— Tu es beau, Jondalar. Je sais que, selon toi, on ne peut pas dire des hommes qu'ils sont beaux, mais, pour moi, tu l'es.

Elle lui passa les bras autour du cou, sentit la force de ce charisme naturel auquel peu résistaient.

— Tu peux dire de moi ce que tu veux, répondit-il.

Il se pencha pour l'embrasser et espéra soudain qu'ils ne s'arrêteraient pas là. Vivant seuls au milieu d'un paysage immense, loin de tout regard curieux, ils avaient joui d'une intimité totale. Ils allaient devoir se réhabituer à être entourés de gens... mais pas maintenant.

La langue de Jondalar écarta doucement les lèvres d'Ayla, s'enfonça dans la douceur tiède de sa bouche. Ayla explora la sienne en retour, fermant les yeux pour laisser se répandre en elle les sensations qu'il commençait déjà à susciter. Il la serra plus fort, savourant le contact de son corps contre le sien. Bientôt, pensa-t-il, ils célébreraient la cérémonie de l'union, ils formeraient un couple à qui elle apporterait ses enfants, les enfants de son foyer à lui, peut-être de son esprit, et plus encore si Ayla avait raison. Ils seraient peut-être les enfants de Jondalar, les enfants de son corps, engendrés par l'essence de son être. Cette essence qu'il sentait précisément monter en lui.

Il recula pour contempler Ayla puis, saisi d'une hâte soudaine, embrassa son cou, goûta le sel de sa peau et posa une main sur un sein gonflé, qui bientôt serait plein de lait. Il dénoua la ceinture de la jeune femme, glissa une main sous le vêtement pour épouser de ses doigts la rondeur lourde et ferme, sentit le téton dur au creux de sa paume.

Il souleva le haut du vêtement et elle l'aida à le faire passer par-dessus sa tête puis elle ôta son pantalon court. Il la regarda un moment, nue au soleil, se remplit les yeux de sa féminité : la beauté de son visage souriant, la fermeté de son corps, les seins hauts et ronds, les mamelons orgueilleux, la légère incurvation du ventre, les poils blond foncé de sa toison. Il l'aimait tant, il la désirait tant qu'il en avait les larmes aux yeux.

Rapidement, il se défit de ses vêtements qu'il étendit dans l'herbe. Ayla fit un pas vers lui et, quand il se redressa, elle se coula dans ses bras. Elle ferma les yeux tandis qu'il embrassait sa bouche, son cou, sa gorge, et, quand il emplit ses mains de ses seins, elle emprisonna dans les siennes sa virilité dressée. Il tomba à genoux, lécha le sel de son cou, fit courir sa langue de la gorge d'Ayla au creux de sa poitrine, lui caressant les deux seins. Elle se pencha, il prit un mamelon dans sa bouche.

La jeune femme retint sa respiration lorsqu'une onde d'excitation descendit jusqu'au centre des Plaisirs, suivie d'une autre quand Jondalar aspira l'autre téton entre ses lèvres tout en agaçant le premier de ses doigts habiles. Puis il pressa les deux seins l'un contre l'autre pour prendre les deux tétons à la fois dans sa bouche. Ayla gémit, s'abandonna.

Jondalar titilla de sa langue les deux pointes érigées avant de s'aventurer jusqu'au nombril, jusqu'au pubis, glissa sa langue chaude dans la fente, lécha le petit bourgeon. Des sensations brûlantes parcouraient Ayla, qui arquait le dos pour s'offrir à lui. Un cri s'échappa de ses lèvres. Passant les bras sous les fesses rondes de sa compagne, il la plaqua contre lui, fit aller sa langue dans la fente en passant sur le bourgeon durci.

Debout, les mains sur les bras de Jondalar, la respiration haletante entre deux gémissements, Ayla sentit la vague monter en elle à chaque coup de langue puis déferler soudain en spasmes de plaisir. Inondé, il savoura le goût particulier de sa compagne.

Elle ouvrit les yeux, vit son sourire malicieux.

— Tu m'as eue par surprise, dit-elle.

— Je sais.

— A mon tour, maintenant.

Avec un rire, elle lui donna une légère poussée qui le fit basculer sur le dos. Elle s'allongea sur lui, l'embrassa, reconnut son propre goût sur les lèvres de Jondalar. Puis elle lui mordilla l'oreille, le cou et la gorge. Il aimait qu'elle joue ainsi avec lui. Elle embrassa sa poitrine, explora de la langue la toison de son torse, poursuivit jusqu'à ce qu'elle trouve le membre déjà prêt. Il ferma les yeux à son tour quand la bouche chaude le saisit, se laissa envahir par la sensation quand Ayla monta et descendit tout en aspirant. Il lui avait appris à le faire, comme elle lui avait appris à lui donner du plaisir.

Un moment, il pensa à Zelandoni quand elle était jeune et s'appelait Zolena, il se rappela avoir pensé qu'il ne trouverait jamais une femme comme elle. Mais il avait trouvé Ayla, et il éprouva tout à coup un tel sentiment de bonheur qu'il adressa une pensée reconnaissante à la Grande Terre Mère. Que ferait-il s'il perdait un jour Ayla ?

Son humeur changea brusquement. Il avait apprécié les jeux en prélude, mais maintenant il voulait cette femme. Il se redressa, la fit s'agenouiller puis s'asseoir sur lui, les jambes de chaque côté de son corps. Il la prit dans ses bras, l'embrassa avec une ardeur qui la surprit, la tint serrée. Ayla ne savait pas ce qui avait provoqué ce changement mais son amour pour Jondalar était aussi fort et elle répondit de la même manière.

Il parcourut de baisers ses épaules et son cou, caressa ses seins. Ayla sentait le désir de Jondalar contre elle, si dur qu'il la soulevait presque. Il pressa la tête contre ses seins, chercha les mamelons. Elle se souleva un peu, se renversa en arrière, et des ondes coururent de nouveau en elle tandis que Jondalar suçait et mordillait. Elle sentit sous elle la hampe dure et fière, se souleva encore un peu et la guida en elle.

Ce fut presque plus qu'il n'en pouvait supporter quand elle s'abaissa sur lui, le serrant en une étreinte humide et brûlante. Elle se souleva de nouveau, cambra le dos tandis qu'il la maintenait contre lui, d'un bras, pour garder un téton dans sa bouche tout en caressant l'autre de ses doigts, comme s'il ne pouvait se rassasier de sa féminité.

Haletante, elle sentait le plaisir monter à chaque mouvement, émettait de petites plaintes. Soudain, le désir de Jondalar se fit plus aigu encore, augmentant à chaque montée, à chaque descente. Il lâcha les seins d'Ayla, s'appuya sur les mains et se renversa, poussa, revint en arrière, poussa de nouveau. Ils se mirent à crier tous les deux tandis que les vagues du plaisir montaient en eux à chaque coup de boutoir, jusqu'à ce qu'elles atteignent le sommet en une fabuleuse libération.

Quelques poussées encore puis Jondalar se laissa retomber dans l'herbe, sentit un caillou sous son épaule, n'y prêta pas attention. Ayla s'affaissa sur lui, la tête sur sa poitrine, puis finit par se redresser. Il lui sourit quand elle se souleva pour se dégager. Il aurait aimé rester contre elle plus longtemps mais ils devaient rentrer. Elle franchit les quelques pas qui la séparaient du ruisseau, s'accroupit pour s'asperger d'eau. Jondalar fit de même.

— Nous nous baignerons dès que nous serons là-bas, dit-il.

— Je sais. C'est pour cela que je ne me nettoie pas mieux.

Pour Ayla, ces ablutions étaient un rite qu'elle avait appris d'Iza, sa mère au Clan, bien que celle-ci doutât que son étrange fille, trop grande et sans attraits, eût un jour l'occasion de l'utiliser. C'était aussi devenu une habitude pour Jondalar, qui n'avait pas toujours été aussi méticuleux sur le chapitre de la propreté.

Lorsqu'elle se fut rhabillée, Loup s'approcha d'elle, tête baissée. Quand il était encore jeune, elle l'avait dressé à ne pas les déranger pendant qu'ils partageaient les Plaisirs. La présence de l'animal gênait Jondalar, et Ayla n'aimait pas être interrompue à ce moment-là. Comme il n'avait pas suffi de signifier au jeune loup, avec vigueur, qu'il ne devait pas venir les renifler et voir ce qu'ils faisaient, Ayla avait dû lui passer une corde autour du cou pour le tenir à l'écart, quelquefois très loin d'eux. Finalement, il avait appris à ne plus les déranger mais il s'approchait toujours prudemment d'elle ensuite, jusqu'à ce qu'elle lui fasse signe que tout allait bien.

Les chevaux, qui broutaient patiemment à proximité, accoururent quand ils les sifflèrent. Ayla et Jondalar les montèrent, retournèrent au bord du haut plateau pour contempler les vallées de la rivière principale et de ses affluents. Depuis leur promontoire, ils découvraient la confluence du petit cours d'eau coulant du nord-ouest avec la rivière principale, venant de l'est. Le premier se jetait dans la seconde juste avant qu'elle tourne au sud.

En regardant vers le sud, ils constatèrent que le bloc calcaire de la Neuvième Caverne, avec sa longue terrasse, se trouvait à la fin d'une série de falaises. Ce ne fut pas la taille remarquable de cet abri qui retint l'attention d'Ayla mais une autre formation insolite.

Longtemps auparavant, lors d'une orogenèse, période de formation de montagnes pendant laquelle des pics impressionnants s'élevaient au rythme lent des temps géologiques, une colonne de roche ignée s'était détachée de son lieu de naissance volcanique et était tombée dans un torrent. Le mur de pierre d'où provenait la colonne avait pris la forme de sa structure cristalline quand un magma brûlant s'était, en refroidissant, transformé en basalte, formant de grands piliers aux côtés plats.

Le morceau de roche détaché avait été entraîné par les pluies torrentielles et le mouvement des glaciers, mais avait gardé sa forme originelle. La colonne de pierre avait été finalement déposée sur le fond d'une mer intérieure, avec les épaisses couches de sédiments d'origine animale accumulés qui formaient du calcaire sous l'eau.

Plus tard, les soubresauts de la terre avaient soulevé le fond marin, qui avait fini par se transformer en une contrée de collines et de gorges enserrant des lits de rivière. En érodant les grandes parois calcaires, en y creusant les abris-sous-roche et les grottes habités par les Zelandonii, l'eau et le vent avaient mis à nu l'étonnant morceau de basalte en forme de colonne.

Comme si sa taille ne suffisait pas à rendre le site unique, l'immense abri était rendu plus singulier encore par cette longue pierre étrange, enchâssée près du haut de l'énorme surplomb et faisant saillie vers le bas. Bien que profondément enfoncée dans la falaise à une extrémité, elle semblait sur le point de tomber et constituait un point de repère incongru, un élément saisissant qui s'ajoutait à l'extraordinaire abri de pierre de la Neuvième Caverne. Ayla l'avait découverte à son arrivée, et, parcourue d'un frisson, avait eu la certitude de l'avoir déjà vue.

— Cette pierre a un nom ? demanda-t-elle en tendant le bras.

— On l'appelle la Pierre qui Tombe.

— Ce nom lui convient parfaitement. Et ta mère n'a-t-elle pas mentionné le nom de ces rivières ?

— La rivière principale n'en a pas vraiment, répondit Jondalar. Tout le monde l'appelle simplement la Rivière. Beaucoup pensent que c'est la plus importante de la région, même si ce n'est pas la plus grande. Elle se jette dans une autre rivière bien plus large, au sud d'ici — celle-là, nous l'appelons la Grande Rivière —, mais, comme beaucoup de Cavernes des Zelandonii vivent près de celle-ci, chacun sait que c'est d'elle qu'on parle quand on dit « la Rivière ». Ce petit affluent, là-bas, s'appelle la Rivière des Bois. Beaucoup d'arbres poussent sur ses berges, et il y a plus de bois autour que dans la plupart des vallées. On n'y chasse pas beaucoup, ajouta-t-il.

D'un hochement de tête, Ayla signifia qu'elle comprenait pourquoi.

La vallée de l'affluent, flanquée à droite par la falaise calcaire, à gauche par des collines escarpées, ne ressemblait pas aux vallées herbeuses de la rivière principale et des affluents proches. Elle était couverte d'arbres et d'une végétation dense, surtout en aval.

A la différence des zones découvertes, la vallée boisée n'était pas prisée par les chasseurs. La chasse était plus difficile dans les bois. Les animaux utilisaient les arbres et les broussailles pour se cacher, et ceux qui migraient en vastes troupeaux préféraient les vallées offrant de grandes étendues d'herbe. D'un autre côté, la vallée fournissait du bois pour bâtir des abris, fabriquer des instruments et faire du feu. On y cueillait aussi des fruits et des noix, on y trouvait plusieurs plantes destinées à l'alimentation et à d'autres usages, on y capturait de petits animaux à l'aide de filets ou de pièges. Dans une région relativement peu boisée, personne ne sous-estimait l'importance de la Vallée de la Rivière des Bois.

A l'extrémité nord-est de la terrasse de la Neuvième Caverne, qui offrait elle aussi une vue dégagée sur les vallées des deux rivières, Ayla distingua les traces d'un grand feu. Elle ne les avait pas remarquées quand elle se trouvait là-bas, trop absorbée qu'elle était à suivre le sentier menant à la prairie des chevaux.

— Pourquoi allumer un feu aussi grand au bord de la terrasse ? Cela ne peut pas être pour se chauffer. Est-ce pour cuire la nourriture ?

— C'est un signal, répondit-il.

Voyant l'expression perplexe de sa compagne, il précisa :

— Un grand feu à cet endroit se voit de loin. Nous envoyons ainsi des messages aux autres Cavernes, qui les transmettent à leur tour par le même moyen.

— Quel genre de messages ?

— Oh, des messages de toutes sortes. Par exemple pour prévenir les chasseurs de l'arrivée des troupeaux. Ou pour annoncer un rassemblement, ou une réunion quelconque.

— Mais comment les autres savent-ils ce que ce feu signifie ?

— C'est convenu d'avance, en particulier à la saison de migration des troupeaux, quand une chasse est prévue. Certains feux signifient aussi que quelqu'un a besoin d'aide. Chaque fois que les autres voient un feu à cet endroit, ils comprennent qu'il veut dire quelque chose ; s'ils ne savent pas quoi, ils envoient un messager pour l'apprendre.

— C'est une idée très ingénieuse. Un peu comme les signes et les signaux du Clan. Communiquer sans mots.

— Je n'avais pas vu les choses de cette façon mais tu as raison.

Pour le retour, il choisit une autre direction en gagnant la Vallée de la Rivière par une piste qui montait et descendait, zigzaguait dans sa partie la plus escarpée, près du sommet, puis tournait à droite à travers les broussailles selon une pente moins raide. Elle aboutissait à la lisière de la rive droite de la Rivière puis coupait à travers la Vallée de la Rivière des Bois jusqu'au pré des chevaux.

Ayla se sentait détendue mais n'éprouvait plus le même sentiment grisant de liberté qu'à l'aller. Elle aimait bien tous ceux dont elle avait fait la connaissance jusqu'alors, mais elle appréhendait la grande fête du soir, où elle rencontrerait le reste de la Neuvième Caverne des Zelandonii. Elle n'avait pas l'habitude de côtoyer autant de gens en même temps.

Ils laissèrent Whinney et Rapide dans le pré et trouvèrent l'endroit où poussait la saponaire, que Jondalar dut montrer à Ayla : c'était une espèce qu'elle ne connaissait pas. Elle l'examina, nota les similitudes et les différences afin d'être sûre de l'identifier à l'avenir. Puis Ayla prit sa pochette de fleurs de ceanothus séchées.

Loup sauta dans la Rivière avec eux mais ne resta pas longtemps après qu'ils eurent cessé de lui prêter attention. Ils nagèrent longuement pour se débarrasser de la poussière et de la crasse du voyage puis, à l'aide d'une pierre ronde, ils écrasèrent la racine de la plante sur un rocher plat dans un peu d'eau pour libérer la mousse de la saponine. Ils s'en frottèrent mutuellement le corps, plongèrent pour se rincer. Ayla donna du ceanothus à Jondalar, en appliqua sur sa propre chevelure mouillée. Les fleurs moussaient peu mais dégageaient une odeur suave et fraîche. Après s'être de nouveau rincée, la jeune femme fut prête à sortir de l'eau.

Ils se séchèrent avec les peaux de chamois, les étendirent sur le sol et s'assirent dessus, au soleil. Ayla prit un peigne à quatre longues dents sculptées dans de l'ivoire de mammouth, cadeau de son amie mamutoï Deegie, mais quand elle entreprit de le passer dans ses cheveux, Jondalar l'arrêta.

— Laisse-moi le faire pour toi, dit-il en saisissant l'objet.

Il aimait peigner la chevelure de sa compagne quand elle venait de la laver, prenait plaisir à sentir l'épaisse masse de cheveux humides sécher en mèches souples. De son côté, Ayla se faisait dorloter.

— J'aime bien ta mère et ta sœur, dit-elle, assise le dos tourné à Jondalar. Et Willamar.

— Ils t'aiment bien, eux aussi.

— Joharran me donne l'impression d'être un bon guide. Tu sais que ton frère et toi plissez le front de la même façon ? Je ne peux que l'aimer, il me paraît familier.

— Il a été séduit par ton magnifique sourire. Comme moi.

Ayla garda un moment le silence puis révéla le tour qu'avaient pris ses pensées par cette remarque :

— Tu ne m'avais pas dit qu'il y avait tant de gens dans ta Caverne. On se croirait à un Rassemblement du Clan. Et, apparemment, tu les connais tous. Je crois que je n'y arriverai jamais.

— Ne t'inquiète pas, tu réussiras, assura-t-il en s'attaquant à un nœud particulièrement résistant. Oh ! pardon, j'ai tiré trop fort ?

— Non, ça va. Je suis heureuse d'avoir enfin rencontré ta Zelandoni. Elle connaît les remèdes, ce sera bien d'avoir quelqu'un avec qui en discuter.

— C'est une femme d'un grand pouvoir.

— Cela se voit. Depuis combien de temps est-elle Zelandoni ?

— Laisse-moi réfléchir... Elle l'est devenue peu après que je suis parti vivre chez Dalanar, je crois. A l'époque, elle était encore Zolena pour moi. Belle. Voluptueuse. Elle n'a jamais été mince mais elle ressemble de plus en plus à la Grande Mère. Je crois qu'elle t'aime bien.

Jondalar cessa de peigner Ayla, s'esclaffa.

— Qu'est-ce qu'il y a de drôle ?

— Je la revois quand tu lui expliquais comment tu m'as trouvé, l'histoire de Bébé et tout le reste. Chaque fois que tu répondais à une question, elle en avait trois autres à te poser. Tu ne faisais qu'aiguiser sa curiosité. Tu produis cet effet tout le temps ; tu es un mystère, même pour moi. Tu sais que tu es remarquable, femme ?

En se retournant, Ayla vit qu'il la contemplait avec des yeux pleins d'amour.

— Donne-moi un peu de temps et je te montrerai que tu peux être remarquable, toi aussi, répondit-elle tandis qu'un sourire sensuel étirait paresseusement ses lèvres.

Il se pencha pour l'embrasser mais un rire les fit sursauter.

— Oh ! nous vous dérangeons ? dit une voix.

C'était la jolie blonde aux yeux gris foncé qui avait écouté Folara parler à ses amies des voyageurs récemment arrivés. Deux autres femmes l'accompagnaient.

Jondalar fronça légèrement les sourcils.

— Marona ! Non, tu ne nous dérange pas. Je suis surpris de te voir, c'est tout.

— Pourquoi ? Tu pensais que moi aussi j'étais partie pour un Voyage imprévu ?

Gêné, il jeta un coup d'œil à Ayla, qui regardait les femmes.

— Non. Bien sûr que non. Je suis simplement étonné.

— Nous nous promenions quand nous vous avons aperçus par hasard, et je n'ai pas pu résister à la tentation de te mettre un peu mal à l'aise. Après tout, nous étions promis l'un à l'autre.

Ils n'avaient pas été officiellement promis mais Jondalar ne discuta pas. Il lui avait sans aucun doute donné l'impression qu'ils l'étaient.

— J'ignorais que tu vivais encore ici. Je pensais que tu t'étais unie à quelqu'un d'une autre Caverne.

— Je l'ai été. Ça n'a pas duré, je suis revenue, répondit Marona, détaillant le corps nu et bronzé de Jondalar. Tu n'as pas beaucoup changé en cinq ans. A part quelques vilaines cicatrices... Mais nous ne sommes pas venues pour parler de toi. Nous sommes ici pour faire la connaissance de ton amie.

— Elle sera présentée à tout le monde ce soir.

— C'est ce que j'ai entendu dire, mais nous ne voulons pas d'une présentation rituelle. Nous souhaitons la saluer et lui souhaiter la bienvenue.

Ne pouvant guère refuser, il s'exécuta :

— Ayla, du Camp du Lion des Mamutoï, voici Marona, de la Neuvième Caverne des Zelandonii, et ses amies... Portula ? De la Cinquième Caverne ? C'est bien toi ?

La femme sourit, rougit de plaisir qu'il se souvînt d'elle.

— Oui, je suis Portula, mais de la Troisième Caverne, maintenant.

Elle se souvenait fort bien de lui, il avait été choisi pour ses Premiers Rites. Lui-même se rappelait qu'elle avait ensuite fait partie des jeunes filles qui le suivaient partout et essayaient d'être seules avec lui, bien que cela leur fût interdit pendant un an au moins après les Premiers Rites. L'obstination de Portula avait un peu gâché son souvenir d'une cérémonie qui, d'une manière générale, lui laissait un sentiment de tendresse envers la jeune fille.

— Je ne pense pas connaître ton autre amie, Marona, dit Jondalar en regardant la troisième femme, qui semblait un peu plus jeune.

— Je suis Lorava, la sœur de Portula.

— J'ai fait leur connaissance quand je me suis unie à un homme de la Cinquième Caverne, expliqua Marona. Elles me rendent visite. Je te salue, Ayla des Mamutoï.

Ayla se leva pour rendre les salutations. En d'autres circonstances, cela ne l'eût pas gênée, mais elle se sentit un peu déconcertée de saluer des inconnues sans porter le moindre vêtement sur elle. Elle s'enveloppa dans sa peau de chamois, la noua autour de sa taille et passa son sac à amulettes autour de son cou.

— Je te salue, Marrrona de la Neuvième Caverrrne des Zelandonii, répondit-elle, son accent guttural et la façon dont elle roulait les *r* la désignant aussitôt comme étrangère. Je te salue, Porrrtula de la Cinquième Caverrrne, et je salue Lorrrava, sa sœur.

La plus jeune du trio gloussa sottement devant la façon de parler d'Ayla, tenta de cacher son rire derrière sa main, et Jondalar crut voir une trace de dédain sur le visage de Marona.

— Je voulais faire plus que te saluer, dit-elle à Ayla. Je ne sais si Jondalar t'en a parlé mais, comme je viens de le mentionner, nous étions promis avant qu'il ne décide subitement d'entreprendre son grand Voyage. Tu t'en doutes, je n'étais pas ravie.

Jondalar cherchait quelque chose pour prévenir la déclaration d'inimitié que Marona s'apprêtait à lancer, il en était convaincu, mais elle le dérouta en poursuivant :

— C'est le passé. Pour être franche, je n'avais pas pensé à lui depuis des années quand vous êtes arrivés aujourd'hui. Il se peut cependant que d'autres n'aient pas oublié et que certains aient envie de cancaner. Je veux leur donner un autre sujet de conversation, leur montrer que je suis capable de t'accueillir comme il se doit.

D'un geste, elle désigna ses amies et poursuivit :

— Nous allions chez moi nous préparer pour ta fête de bienvenue ; tu aimerais peut-être nous accompagner. Ma cousine Wylopa est déjà là-bas. Tu te souviens de Wylopa, Jondalar ? Cela te permettrait de faire la connaissance de quelques femmes avant les présentations rituelles de ce soir.

Ayla perçut une certaine tension, en particulier entre Jondalar et Marona, mais, compte tenu des circonstances, c'était assez normal. Jondalar lui avait parlé de la jeune femme, en précisant qu'ils étaient presque promis l'un à l'autre avant son départ, et Ayla imaginait ce qu'elle aurait ressenti à la place de Marona. Toutefois celle-ci avait fait preuve de franchise, et Ayla avait envie de mieux connaître certaines femmes de la Caverne.

Elle manquait d'amies. En grandissant, elle avait eu peu de compagnes de son âge. Uba, la vraie fille d'Iza, avait été une sœur pour elle, mais Uba était beaucoup plus jeune, et si Ayla s'était attachée à toutes les femmes du clan de Brun, il restait des différences entre elles. Malgré tous les efforts qu'elle avait déployés pour devenir une vraie femme du Clan, elle n'avait pu tout changer en elle. Il lui avait fallu attendre de vivre chez les Mamutoï et de rencontrer Deegie pour connaître le plaisir d'avoir quelqu'un de son âge à qui se confier. Deegie lui manquait, comme lui manquait Tholie des Sharamudoï, devenue une amie dont Ayla se souviendrait toujours.

— Merci, Marona. Je me joindrai volontiers à vous, répondit-elle en enfilant sa tenue usée par le voyage. Je n'ai que cela, mais Marthona et Folara m'aideront à coudre des vêtements.

— Nous pourrons peut-être t'en offrir quelques-uns, en guise de cadeau de bienvenue, dit Marona.

— Jondalar, tu peux prendre la peau de chamois ? demanda Ayla.

— Bien sûr, répondit-il.

Il la tint brièvement contre lui pour effleurer sa joue avec la sienne puis elle partit avec les trois femmes. Il les regarda s'éloigner et plissa le front. Bien qu'il n'eût pas officiellement demandé à Marona d'être sa compagne, il l'avait amenée à croire qu'ils s'uniraient aux Matrimoniales de la Réunion d'Eté, et elle avait fait des projets. Au lieu de quoi, il était parti pour le grand Voyage avec son frère et ne s'était pas montré. Cela avait dû être difficile pour elle.

C'était pourtant une superbe créature. La plupart des hommes la considéraient comme la plus belle et la plus désirable des femmes aux Réunions d'Eté. Et, même si Jondalar n'était pas de cet avis, elle montrait à coup sûr du talent quand il s'agissait de partager le Don du Plaisir. Simplement, elle n'était pas celle qu'il désirait le plus. Mais les autres affirmaient qu'ils étaient faits l'un pour l'autre, qu'ils allaient bien ensemble, et tout le monde s'attendait qu'ils nouent la lanière. Jondalar l'avait presque accepté, d'ailleurs. Il souhaitait un foyer avec une femme et des enfants, et comme il ne pouvait s'unir à Zolena, la seule qu'il voulait, Marona aurait convenu tout aussi bien qu'une autre.

Sans se l'avouer, il s'était senti soulagé quand il avait décidé de partir avec Thonolan. A l'époque, cela lui avait paru le moyen le plus facile de se dépêtrer de ses engagements envers Marona. Il était sûr qu'elle trouverait quelqu'un d'autre pendant son absence. C'était ce qui s'était passé, elle l'avait dit, mais cela n'avait pas duré. Il s'était attendu à la revoir dans un foyer plein d'enfants. Elle n'avait pas parlé d'enfants, c'était curieux.

Marona était encore belle mais avait un caractère difficile et un fond malveillant. Elle pouvait être méprisante et rancunière. Les plis du front de Jondalar s'accentuèrent tandis qu'il regardait Ayla et les trois femmes se diriger vers la Neuvième Caverne.

6

Loup vit Ayla traverser le pré des chevaux avec les trois femmes et s'élança vers elles. Lorava poussa un cri aigu ; Portula eut un hoquet et, prise de panique, chercha un endroit où se réfugier ; Marona blêmit de peur. Devant leur réaction, Ayla fit signe à Loup d'arrêter.

— Assez ! cria-t-elle à voix haute, plus à l'intention des trois femmes que de l'animal, même si le mot renforçait le signal.

Le carnassier s'arrêta et regarda Ayla, guettant le signe qu'il pouvait approcher.

— Vous voulez faire sa connaissance ? dit-elle. Il ne vous fera aucun mal.

— Pourquoi aurais-je envie de faire la connaissance d'une bête ? répliqua Marona.

Le ton de sa voix incita Ayla à l'examiner avec plus d'attention. Elle décela sur son visage de la frayeur, naturellement, mais aussi, ce qui était étonnant, une trace de dégoût et même de la colère. Ayla comprenait la peur, mais non pas le reste. Ce n'était pas le genre de réaction que Loup suscitait d'habitude. Les deux autres femmes se tournèrent vers Marona et, suivant son exemple, ne manifestèrent aucune envie d'approcher du loup.

Ayla remarqua que l'animal avait pris une posture plus méfiante. Il doit sentir quelque chose, lui aussi, pensa-t-elle.

— Loup, va retrouver Jondalar, lui dit-elle en lui faisant signe de s'éloigner.

Il resta un moment à la regarder sans bouger puis il partit en bondissant, pendant qu'elle s'engageait avec les trois femmes dans le sentier menant à l'immense abri de pierre.

En chemin, elles croisèrent plusieurs Zelandonii, et chacun d'eux réagit de manière différente en les voyant. Certains eurent un sourire amusé ou une expression perplexe ; d'autres parurent surpris, voire sidérés. Seuls les enfants ne leur prêtaient pas attention. Ayla ne put que le constater et cela l'inquiéta un peu.

Elle examina Marona et ses amies, mais à la dérobée, à la manière des femmes du Clan. Nul ne savait mieux qu'elles passer inaperçu. Elles se fondaient dans le paysage, elles disparaissaient, elles semblaient ne rien remarquer de ce qui se passait autour d'elles. Dès leur plus jeune âge, les filles du Clan apprenaient à ne jamais fixer ni même regarder un homme, à être discrètes. Pourtant on attendait d'elles qu'elles sachent immédiatement quand on avait besoin de leur attention. Elles apprenaient donc à se concentrer, à capter d'un seul coup d'œil des informations significatives, fournies par la posture, le mouvement, l'expression.

Experte à ce jeu, Ayla n'était cependant pas aussi consciente de cet héritage que de sa capacité à décrypter le langage corporel. L'observation des trois femmes la mit sur ses gardes et la fit reconsidérer les motifs de Marona, mais elle décida d'attendre.

Une fois sous l'énorme surplomb, elles suivirent une direction différente de celle qu'Ayla avait prise avec Jondalar puis elles entrèrent dans une grande demeure plus proche du milieu de la terrasse. Elles furent accueillies par une femme qui semblait les guetter.

— Voici ma cousine Wylopa, dit Marona en traversant la pièce principale avant de pénétrer dans une pièce pour dormir. Wylopa, c'est Ayla.

— Salutations, répondit Wylopa.

Après les présentations rituelles avec tous les proches de Jondalar, Ayla trouva bizarre cette prise de contact désinvolte, qui n'était pas conforme à l'attitude des Zelandonii.

— Salutations, Wylopa, répondit Ayla. Cette demeurrre est la tienne ?

Surprise par le curieux accent, Wylopa eut quelques difficultés à comprendre l'étrangère.

— Non, répondit Marona à sa place. C'est celle de mon frère, de sa compagne et de leurs trois enfants. Ma cousine et moi vivons avec eux. Nous partageons cette pièce.

Ayla parcourut du regard l'espace délimité par des cloisons, comme chez Marthona.

— Nous allons apprêter nos cheveux et nos visages pour la cérémonie de ce soir, dit Portula en adressant à Marona un sourire mielleux qui se transforma en moue dédaigneuse quand elle regarda de nouveau Ayla. Nous avons pensé que tu aimerais te préparer avec nous.

— Merci de votre offre. Je voudrais voir comment vous faites, je ne connais pas les usages zelandonii. Mon amie Deegie me coiffait quelquefois mais elle est mamutoï, elle vit très loin d'ici. Je sais que je ne la reverrai jamais et elle me manque. C'est merveilleux d'avoir des amies.

Portula fut touchée de la réponse franche et chaleureuse de la nouvelle venue ; sa moue se transforma en sourire.

— Ayla, puisque cette fête a lieu pour te souhaiter la bienvenue, nous avons pensé que nous pourrions aussi te donner quelque chose à porter, dit Marona. J'ai demandé à ma cousine de récupérer des vêtements pour que tu puisses les essayer. Je vois que tu as trouvé quelques pièces de choix, Wylopa.

Lorava gloussa, Portula détourna les yeux.

Ayla remarqua plusieurs habits pêle-mêle sur le lit et sur le sol, essentiellement des jambières, des chemises à manches longues et des tuniques. Puis elle considéra la tenue des quatre femmes.

Wylopa, qui semblait plus âgée que Marona, portait des vêtements semblables à ceux qui étaient étalés çà et là : très amples, nota Ayla. Lorava, plus jeune, arborait une tunique de cuir sans manches, avec une ceinture au niveau des hanches, et une coupe un peu différente. Portula, plutôt rondelette, avait une jupe longue coupée dans un matériau fibreux, avec un ample sarrau bordé d'une longue frange. Marona, mince et bien faite, avait enfilé un haut très court, ouvert devant et orné d'une profusion de perles et de plumes, avec en bas une longue frange rougeâtre qui pendait jusqu'à la taille, et une jupe pagne semblable à celle qu'Ayla avait portée les jours de forte chaleur pendant son Voyage.

Jondalar lui avait montré comment prendre une bande rectangulaire de cuir souple, la passer entre les jambes et la maintenir à la taille avec une lanière. En laissant les extrémités pendre devant et derrière, en les nouant ensemble sur les côtés, on donnait au pagne l'aspect d'une jupe courte. Celle de Marona, remarqua-t-elle, était effrangée devant et derrière, ouverte de chaque côté pour révéler une longue jambe fuselée. La lanière était nouée bas, presque sous les hanches, ce qui faisait osciller les franges quand elle marchait. Ayla eut l'impression que ces vêtements — le haut très court qui ne fermait pas devant, le pagne étriqué — étaient trop petits pour Marona, comme s'ils avaient été taillés pour un enfant. Elle était cependant certaine qu'ils avaient été choisis avec le plus grand soin.

— Vas-y, prends quelque chose, l'encouragea Marona, et ensuite nous te coifferons. Nous voulons que cette soirée soit exceptionnelle pour toi.

— Tous ces vêtements ont l'air trop grands, trop lourds, répondit Ayla. Je n'aurai pas trop chaud ?

— Il fait frais, le soir, argua Wylopa, et ces tenues se portent amples. Comme ça, fit-elle en levant les bras pour montrer sa tenue blousante.

– Tiens, essaie ça, proposa Marona en s'emparant d'une tunique. Nous te montrerons comment on la porte.

Ayla ôta sa propre tunique puis le sac à amulettes, qu'elle posa sur une étagère, et laissa Marona passer l'autre vêtement par-dessus sa tête. Bien qu'elle fût plus grande que les quatre autres femmes, le bas lui arrivait aux genoux et ses mains disparaissaient sous les longues manches.

— Il est trop grand, protesta Ayla.

Elle ne voyait pas Lorava mais crut entendre un son étouffé derrière elle.

— Non, pas du tout, assura Wylopa avec un grand sourire. Il faut simplement mettre une ceinture et retrousser les manches. Comme moi, tu vois ? Portula, apporte la ceinture.

Celle-ci s'exécuta mais, à la différence de Marona et de sa cousine, elle ne souriait plus. Marona passa la ceinture autour de la taille d'Ayla.

— Bas sur les hanches, commenta-t-elle, et tu fais blouser comme ça. Tu vois ?

Ayla demeurait convaincue que la tunique était trop grande.

— Non, elle ne me va pas. Et regarde ces jambières, dit-elle en les tenant devant elle. Elles montent beaucoup trop haut.

— Tu as raison, admit Marona. Essaies-en une autre.

Elles choisirent une autre tunique, légèrement moins ample, ornée de perles d'ivoire et de coquillages.

— Magnifique, murmura Ayla en admirant le devant du vêtement. Presque trop beau...

Lorava émit un curieux grognement et détourna la tête quand Ayla lui jeta un coup d'œil.

— ... mais vraiment très lourd, et encore trop grand, poursuivit la compagne de Jondalar, qui ôta la deuxième tunique.

— Tu penses peut-être que c'est trop grand parce que tu n'as pas l'habitude des vêtements zelandonii, suggéra Marona. (Elle plissa le front puis son visage s'éclaira d'un sourire satisfait.) Tu as peut-être raison. Attends ici. Je pense à quelque chose qui t'irait très bien et qui vient d'être fait.

Elle sortit, se rendit dans une autre partie de l'habitation, revint un moment plus tard avec une tenue beaucoup plus petite, celle-là, et plus légère. Ayla l'enfila. Les jambières ne descendaient qu'à mi-mollet mais s'ajustaient parfaitement à la taille, où le devant, rabattu, était serré par une lanière souple. Le haut consistait en une tunique sans manches, avec un devant en V lacé par de minces lanières. Comme elle était un peu juste, Ayla ne parvint pas à la lacer, mais, si on laissait pendre les lanières, cela pouvait aller. A la différence des précédentes, c'était une tenue très simple, sans ornements, taillée dans un cuir souple dont le contact était agréable sur la peau.

— Elle est très confortable, déclara Ayla.

— Et j'ai ce qu'il faut pour la mettre en valeur, dit Marona en lui montrant une ceinture en fibres de diverses couleurs tressées en un motif complexe.

— C'est joliment fait, apprécia Ayla tandis que Marona lui nouait la ceinture sur les hanches. Je crois qu'elle m'ira. Je te remercie de ton cadeau.

Elle récupéra son sac à amulettes et plia ses vêtements.

Lorava toussa, faillit s'étrangler.

— J'ai besoin de boire un peu d'eau, s'excusa-t-elle avant de se précipiter hors de la pièce.

— Maintenant, laisse-moi arranger tes cheveux, dit Wylopa, toujours souriante.

— Je m'occuperai de ton visage après celui de Portula, promit Marona.

— Du mien aussi, réclama Lorava depuis l'entrée.

— Quand ta quinte de toux sera finie, répliqua Marona en lui lançant un regard appuyé.

Pendant que Wylopa la peignait, Ayla regarda Marona orner les visages des deux autres femmes.

Elle utilisa des graisses solidifiées mélangées à de l'ocre jaune et rouge en fine poudre pour rehausser la couleur de la bouche, des joues et du front, et à du charbon de bois afin de mettre les yeux en valeur. Puis elle se servit de nuances plus fortes des mêmes couleurs pour dessiner avec soin des lignes courbes, des points et diverses formes qui rappelèrent à Ayla les tatouages qu'elle avait remarqués sur plusieurs Zelandonii.

— A ton tour, maintenant, Ayla, dit Marona. Wylopa a fini avec tes cheveux.

— Oui, j'ai terminé, confirma la cousine. Laisse Marona peindre ton visage.

Bien qu'elle trouvât les dessins intéressants, Ayla se sentait mal à l'aise et n'était pas sûre d'aimer la façon dont les visages de ces femmes étaient ornés. Cela lui paraissait outrancier.

— Non... je n'y tiens pas.

— Mais c'est indispensable ! se récria Lorava.

— Tout le monde le fait, argua Marona. Tu serais la seule à ne pas avoir le visage peint.

— Oui, laisse faire Marona, dit Wylopa.

— Allez, insista Lorava. Toutes les femmes veulent que Marona peigne leur visage. Tu as de la chance qu'elle te le propose.

Leur obstination incita Ayla à résister. Elle voulait qu'on ne la bouscule pas, qu'on lui laisse le temps de se familiariser avec des coutumes qui lui étaient inconnues. En outre, Marthona n'avait pas parlé de se faire peindre le visage.

— Non, pas cette fois. Plus tard, peut-être.

— Oh ! ne gâche pas tout, gémit Lorava.

— Non ! Je ne veux pas qu'on me peigne le visage, dit Ayla avec une telle détermination qu'elles renoncèrent.

Elle les regarda arranger mutuellement leurs cheveux en tresses et en torsades compliquées, y piquer des peignes décoratifs. Puis elles ajoutèrent des ornements faciaux. Ayla ne remarqua les trous percés à certains endroits de leurs visages que lorsqu'elles accrochèrent des boucles à leurs oreilles, des sortes de pointes à leur nez, à leurs joues et sous leur lèvre inférieure. Elle nota que certains des dessins du visage mettaient en relief les ornements qu'elles venaient d'ajouter.

— Tu ne t'es pas fait percer ? s'étonna Lorava. Il le faudra. Dommage qu'on ne puisse pas s'en occuper maintenant.

Ayla n'envisageait pas de se faire percer, sauf peut-être le lobe des oreilles pour pouvoir porter les boucles qu'elle gardait dans son sac depuis la Réunion d'Eté des Chasseurs de Mammouths. Elle regarda les autres femmes passer des perles et des pendentifs à leur cou, des bracelets à leurs bras.

Elle observa que, de temps en temps, Marona et ses amies jetaient un coup d'œil derrière un panneau de séparation. Un peu lasse de tous ces préparatifs, elle finit par se lever pour aller voir. Lorava sursauta quand l'étrangère découvrit un morceau de bois poli semblable au réflecteur de Marthona.

Ayla n'était pas contente de l'image qu'elle voyait. Les nattes et les torsades de sa chevelure ne présentaient pas la même symétrie que celles des autres femmes. Elle vit Wylopa et Marona échanger un regard, détourner la tête. Quand elle essaya d'attirer l'attention des autres, elles se dérobèrent. Il se passait quelque chose d'étrange, et qu'elle n'aimait pas. En tout cas, elle n'approuvait pas la façon dont on l'avait coiffée.

— Je vais plutôt laisser mes cheveux pendre, dit-elle en ôtant une épingle. Jondalar me préfère comme ça.

Quand elle eut tout défait, elle prit le peigne et le passa dans sa longue et épaisse chevelure blond foncé à laquelle des ondulations naturelles donnaient souplesse et élasticité après un récent lavage.

Elle passa son sac à amulettes autour de son cou — il était rare qu'elle ne l'eût pas sur elle mais elle le portait souvent sous ses vêtements — puis s'examina de nouveau dans le réflecteur. Peut-être apprendrait-elle un jour à arranger ses cheveux, mais pour le moment elle aimait mieux les laisser tomber naturellement sur ses épaules. Elle se demanda pourquoi Wylopa n'avait pas remarqué que sa coiffure ne lui allait pas.

Ayla considéra son sac à amulettes dans le réflecteur et essaya de le voir avec les yeux de quelqu'un d'autre. Il était déformé par les objets qu'il contenait, et la transpiration et l'usure avaient assombri son cuir. A l'origine, la pochette contenait un nécessaire à couture. Il ne restait plus que les tuyaux des plumes blanches qui en ornaient autrefois le bas, mais le motif en perles d'ivoire n'avait pas trop souffert et ajoutait une touche plaisante à la tunique toute simple. Elle décida de le porter par-dessus.

Elle se rappela que c'était son amie Deegie qui l'avait persuadée d'y mettre ses amulettes quand elle avait vu la pochette sale et sans ornement qu'Ayla portait alors. Maintenant, ce sac était à son tour vieux et usé ; elle devrait bientôt en fabriquer un autre pour le remplacer, mais elle ne jetterait pas celui-ci. Il contenait trop de souvenirs.

Ayla entendait de l'animation dehors et commençait à se fatiguer de voir les quatre femmes apporter d'infimes modifications à leur visage ou à leur coiffure sans que cela change quoi que ce fût à l'effet global. Enfin, quelqu'un gratta au panneau de cuir brut à l'entrée de l'habitation.

— Tout le monde attend Ayla, fit une voix qui semblait être celle de Folara.

— Elle arrive, répondit Marona. Ayla, tu es sûre que tu ne veux pas que je peigne ton visage ? Après tout, cette fête est pour toi.

— Franchement, non.

— Bon, vas-y puisqu'on t'attend. Nous vous rejoindrons dans un moment, nous devons encore nous changer.

— J'y vais, répondit Ayla, contente d'avoir une excuse pour partir. Merci pour le cadeau. Cette tenue est très confortable.

Elle ramassa ses vieux vêtements et sortit.

Elle ne vit personne sous le surplomb, Folara était partie sans l'attendre. Ayla passa devant chez Marthona, laissa sa tunique usée près de l'entrée, puis se dirigea d'un pas vif vers la foule assemblée dehors, au-delà de l'ombre de la haute saillie de pierre.

Quand elle s'avança dans la lumière du soleil de fin d'après-midi, ceux qui se tenaient à proximité cessèrent de parler pour la fixer des yeux. D'autres poussèrent leurs voisins du coude pour les inciter à regarder eux aussi. Ayla ralentit, s'arrêta. Bientôt toutes les conversations s'interrompirent et, dans le silence qui suivit, quelqu'un lâcha soudain un ricanement étouffé. Un autre s'esclaffa puis un autre encore, jusqu'à ce que l'hilarité devînt générale.

Pourquoi riaient-ils ? Etait-ce d'elle qu'ils riaient ? Elle rougit de honte. Avait-elle commis une faute ? Prise d'une envie de s'enfuir, Ayla regarda autour d'elle, vit Jondalar marcher à grands pas dans sa direction, l'air furieux. Marthona approchait aussi.

— Jondalar ! appela-t-elle quand il fut à portée de voix. Pourquoi tout le monde se moque-t-il de moi ? Qu'est-ce que j'ai fait ?

Elle avait parlé en mamutoï sans même s'en rendre compte, et il lui répondit dans la même langue :

— Tu portes un sous-vêtement d'hiver de jeune garçon, avec la ceinture qu'il noue autour de sa taille pendant sa période d'initiation pubertaire, pour faire savoir qu'il est prêt à rencontrer sa femme-donii.

— D'où proviennent ces vêtements ? demanda Marthona en les rejoignant.

— De Marona, répondit Jondalar à la place de sa compagne. Elle est venue quand nous étions à la Rivière et a proposé à Ayla de l'aider à s'habiller pour la célébration de ce soir. J'aurais dû me douter qu'elle avait en tête quelque méchant tour pour se venger de moi.

Tous trois se tournèrent vers l'habitation du frère de Marona et découvrirent les quatre femmes à la limite de l'ombre du surplomb. Elles se tenaient les côtes, riant si fort que des larmes coulaient sur leur visage, laissant sur leur beau maquillage des traînées rouges et noires.

Ayla sentit la colère flamber en elle. C'était cela, le cadeau qu'elles voulaient lui offrir ? Pour lui souhaiter la bienvenue ? Elles voulaient qu'on se moque d'elle ? Elle comprit que de tous les vêtements qu'elles avaient préparés, aucun ne convenait à une femme. Mais en plus des vêtements d'homme, elles avaient voulu lui faire une coiffure affreuse, pour achever de la rendre ridicule.

Ayla avait toujours aimé rire. Quand elle vivait avec le Clan, elle avait été la seule à rire jusqu'à la naissance de son fils. Lorsque ceux du Clan faisaient une grimace évoquant vaguement un sourire, ce n'était pas un signe de bonheur. C'était l'expression de leur nervosité ou de leur peur. Son fils était le seul bébé qui souriait et riait comme elle et, bien que cela mît les autres mal à l'aise, elle adorait les gloussements joyeux de Durc.

Quand elle vivait seule dans sa vallée, elle riait de plaisir devant les cabrioles de Whinney et de Bébé. Puis le sourire facile de Jondalar et son rire rarement contenu lui avaient fait comprendre qu'elle avait rencontré quelqu'un de semblable à elle. C'étaient de même le sourire chaleureux de Talut et ses rires qui l'avaient encouragée à se rendre au Camp du Lion à leur première rencontre. Elle avait noué de nombreuses amitiés pendant leur Voyage, elle avait souvent ri, mais jamais on n'avait ri d'elle. Elle ne savait pas qu'on pouvait se servir du rire pour faire mal. C'était la première fois que le rire lui apportait de la peine et non de la joie.

Marthona n'était pas contente, elle non plus, de la vilaine farce.

— Viens avec moi, Ayla, dit-elle. Je vais te donner une tenue plus appropriée. Je suis sûre que nous trouverons parmi mes vêtements quelque chose que tu pourras porter.

— Ou parmi les miens, proposa Folara, qui avait assisté à l'incident et était venue réconforter la compagne de son frère.

Ayla fit quelques pas vers la demeure de Marthona, puis s'arrêta.

— Non, décida-t-elle.

Ces femmes lui avaient offert des vêtements d'homme comme « cadeau de bienvenue » pour qu'elle parût étrangère, différente, pour montrer qu'elle n'avait pas sa place chez les Zelandonii. Elle les avait remerciées de leur « cadeau »... et elle le porterait ! Ce n'était pas la première fois qu'elle était la cible de regards ébahis. Elle avait toujours été le phénomène, le laideron, la fille étrange pour ceux du Clan. Ils n'avaient pas ri d'elle — puisqu'ils ne savaient pas rire — mais ils l'avaient tous dévisagée avec curiosité quand elle était arrivée au Rassemblement.

Si elle avait été capable de supporter d'être la seule qui fût différente, la seule qui n'appartînt pas au Clan pendant tout le Rassemblement, elle pouvait à coup sûr affronter les Zelandonii. Au moins, elle avait le même aspect qu'eux. Cambrant le dos, elle serra les mâchoires et affronta du regard la foule hilare.

— Merci, Marthona. Merci à toi aussi, Folara. Mais cette tenue fera l'affaire. Elle m'a été remise en cadeau de bienvenue. Il serait discourtois de la rejeter.

Un coup d'œil derrière elle lui apprit que les quatre amies n'étaient plus là. Elles avaient dû retourner chez le frère de Marona. Ayla se tourna de nouveau vers la foule nombreuse qui s'était massée sur la terrasse et avança. Médusées, Marthona et Folara regardèrent Jondalar quand Ayla passa devant elles, mais il ne put que hausser les épaules et secouer la tête.

Du coin de l'œil, Ayla saisit un mouvement familier : Loup était apparu en haut du sentier et courait vers elle. Quand il la rejoignit, elle se tapota les clavicules et il posa ses pattes de devant sur les épaules de la jeune femme, lui lécha le cou, le prit délicatement entre ses mâchoires. Un murmure monta de la foule. Ayla fit signe au loup de descendre et de la suivre de près, comme elle lui avait appris à le faire à la Réunion d'Eté des Mamutoï.

Elle se fraya un chemin parmi les Zelandonii avec une détermination, un air de défi qui les réduisirent au silence. Bientôt, plus personne n'eut envie de rire.

Ayla marcha vers un groupe de gens qu'elle avait déjà rencontrés. Willamar, Joharran, Zelandoni la saluèrent. Se retournant, elle découvrit que Jondalar lui emboîtait le pas, suivi de Marthona et de Folara.

— Il y a encore ici des personnes que je ne connais pas. Tu veux bien me présenter, Jondalar ?

Joharran s'avança pour se charger lui-même des présentations.

— Ayla des Mamutoï, membre du Camp du Lion, Fille du Foyer du Mammouth. Choisie par l'Esprit du Lion des Cavernes, Protégée par l'Esprit de l'Ours des Cavernes... Amie de deux chevaux et d'un loup, voici ma compagne, Proleva de la Neuvième Caverne des Zelandonii, fille de...

Willamar souriait tandis qu'on présentait Ayla aux parents et aux amis, mais son expression n'était en rien moqueuse. Marthona, de plus en plus étonnée, observait la jeune femme que son fils avait amenée. Elle croisa les yeux de Zelandoni et les deux femmes échangèrent un regard entendu : elles en discuteraient plus tard.

Beaucoup d'autres l'observaient aussi, en particulier les hommes, qui commençaient à remarquer que les vêtements de garçon, malgré ce qu'ils signifiaient pour eux, allaient bien à la femme qui les portait. Toute l'année, elle avait voyagé, à pied ou juchée sur un cheval, ce qui avait développé ses muscles. Le sous-vêtement d'hiver épousait son corps mince et bien fait. Comme elle n'était pas parvenue à lacer les lanières sur ses seins fermes mais généreux, l'ouverture en V révélait le creux de sa poitrine, spectacle plus émoustillant que les seins nus qu'ils voyaient souvent. Les jambières accentuaient le galbe de ses longues jambes et ses fesses rondes ; la ceinture, malgré ce que son motif symbolisait, mettait en valeur une taille que le premier stade de la grossesse n'avait que légèrement épaissie.

Sur Ayla, le vêtement prenait un sens nouveau. Même si les femmes zelandonii étaient nombreuses à porter des peintures et des ornements faciaux, leur absence ne faisait que souligner la beauté naturelle de la jeune étrangère. Ses longs cheveux cascadant en boucles qui capturaient les derniers rayons du soleil offraient un contraste sensuel et attirant avec les coiffures ordonnées des autres femmes. Elle semblait jeune et rappelait aux hommes mûrs leur jeunesse, leur éveil au Don du Plaisir de la Grande Terre Mère. Elle leur inspirait le désir de redevenir jeunes et de l'avoir pour femmedonii.

L'étrangeté de la tenue d'Ayla fut vite oubliée, acceptée comme convenant, d'une certaine façon, à la belle étrangère à la voix grave et à l'accent exotique. Ce n'était certes pas plus étrange que le pouvoir qu'elle exerçait sur Loup et les chevaux.

Jondalar remarqua la façon dont les Zelandonii contemplaient sa compagne et entendit un homme commenter :

— C'est une femme superbe que Jondalar a ramenée.

— Il fallait s'y attendre, répondit une voix de femme. Mais elle a aussi du courage et de la volonté. J'aimerais la connaître mieux.

Ces propos incitèrent Jondalar à regarder de nouveau Ayla, et soudain, oubliant l'incongruité de sa tenue, il la vit comme elle était. Peu de femmes pouvaient s'enorgueillir d'un corps aussi remarquable, en particulier celles dont une grossesse ou deux avaient relâché les muscles. Peu de femmes auraient choisi de porter un vêtement aussi ajusté, même s'il avait été destiné à une femme ; la plupart auraient préféré une tunique plus ample, moins révélatrice, plus confortable. Et il admirait cette coiffure sans apprêt. Ayla est une femme magnifique, pensa-t-il. Courageuse, qui plus est. Il se détendit, sourit en se rappelant leur promenade à cheval et leur halte sur le haut plateau, conclut qu'il avait de la chance.

Gloussant encore, Marona et ses trois complices étaient retournées à l'habitation du frère pour parfaire leur maquillage. Elles avaient prévu de changer de tenue et de mettre leur plus beaux atours en vue d'une entrée triomphale.

Marona troqua son pagne contre une jupe longue en cuir souple rehaussée d'une jupe de dessus à franges qu'elle enroula et attacha sur ses hanches, mais garda le même haut décoré. Portula enfila sa jupe et son haut préférés. Lorava n'avait avec elle que sa courte tunique, mais ses amies lui prêtèrent une jupe de dessus à longues franges, plusieurs colliers et bracelets, la coiffèrent et lui peignirent le visage avec plus de soin que jamais. Wylopa défit en riant ses vêtements d'homme pour enfiler son pantalon richement décoré, d'un rouge orangé, et une tunique plus foncée, bordée d'une frange sombre.

Quand elles furent prêtes, elles quittèrent l'habitation et se dirigèrent ensemble vers la terrasse, mais en les découvrant, les autres leur tournèrent délibérément le dos. Les Zelandonii n'étaient pas un peuple cruel. Ils avaient ri de l'étrangère uniquement parce qu'ils avaient été étonnés de voir une femme adulte porter le sous-vêtement d'hiver et la ceinture pubertaire d'un jeune garçon. Mais la plupart étaient mécontents de cette farce grossière qui donnait d'eux une mauvaise image, en les faisant paraître discourtois et inhospitaliers. Ayla était leur hôte et ferait bientôt partie de leur Caverne. Elle s'était tirée avec honneur de cette méchante plaisanterie en montrant une bravoure qui les rendait fiers d'elle.

Les quatre jeunes femmes virent un groupe, s'approchèrent, découvrirent qu'Ayla en occupait le centre et qu'elle portait encore les vêtements qu'elles lui avaient donnés. Elle ne s'était même pas changée ! Marona en resta sidérée. Elle était pourtant certaine qu'un des parents de Jondalar prêterait à l'étrangère quelque chose de plus convenable... si toutefois elle osait se montrer de nouveau.

Or son plan pour ridiculiser la femme que Jondalar avait ramenée de son Voyage s'était retourné contre elle, révélant la créature mauvaise et rancunière qu'elle était.

Elle avait persuadé ses amies de participer à cette farce en leur promettant qu'elles seraient au centre de l'attention générale. Au lieu de quoi, tout le monde parlait de la femme de Jondalar. Même son curieux accent, dont Lorava s'était presque moquée ouvertement, et que Wylopa avait du mal à comprendre, était jugé exotique et charmant.

C'était Ayla qui se retrouvait au centre de l'attention, et les trois amies de Marona regrettèrent de s'être laissé convaincre. Portula, la plus réticente, avait accepté uniquement parce que Marona avait promis de lui peindre le visage et qu'elle était renommée pour la délicatesse de ses dessins faciaux. Ayla ne semblait pas antipathique, en fin de compte. Elle se montrait amicale et se liait maintenant d'amitié... avec tout le monde.

Pourquoi n'avaient-elles pas remarqué que le vêtement de jeune garçon mettait en valeur la beauté de la nouvelle venue ? Elles n'avaient vu que ce qu'elles s'attendaient à voir : le symbole, et non pas la réalité. Aucune d'entre elles n'aurait osé porter une telle tenue en public, mais pour Ayla cela n'avait pas d'importance. Elle était insensible à ce que ce vêtement représentait, elle le trouvait simplement confortable. Une fois les rires retombés, elle avait oublié sa singularité. Et, comme elle n'y pensait plus, les autres l'oublièrent eux aussi.

Un gros bloc de calcaire occupait un point de la terrasse devant le vaste abri. Il s'était détaché du surplomb depuis si longtemps que nul ne se rappelait l'époque où il n'était pas là. On l'utilisait souvent pour attirer l'attention de tous : en grimpant dessus, on se trouvait à deux pieds au-dessus de la foule.

Lorsque Joharran sauta sur la Pierre de la Parole, le silence se fit parmi les Zelandonii. Il tendit la main à Ayla pour l'aider à monter puis invita Jondalar à la rejoindre. Sans invitation, Loup bondit sur le bloc de craie et se glissa entre la femme et son compagnon. Ensemble sur le bloc de pierre, le bel homme de haute taille, la femme à la beauté exotique et le splendide carnassier composaient un tableau étonnant. Marthona et Zelandoni contemplèrent le trio puis échangèrent un regard, chacune ruminant des pensées qu'elle eût été bien en peine de traduire en mots.

Joharran attendit d'avoir toute l'attention de la Neuvième Caverne. Apparemment, il ne manquait personne. Il remarqua plusieurs membres de grottes voisines, d'autres encore un peu plus loin, et se rendit compte que le rassemblement était plus important qu'il ne l'avait pensé.

La plupart des membres de la Troisième Caverne étaient là-bas sur la gauche, et ceux de la Quatorzième se tenaient près d'eux. Au fond à droite, il y avait de nombreux représentants de la Onzième, et même des membres de la Deuxième, et quelques-uns de leurs parents de la Septième, vivant de l'autre côté de la vallée. Joharran remarqua aussi, disséminés parmi les autres, quelques hommes de la Vingt-Neuvième Caverne ainsi qu'un couple de la Cinquième. Toutes les Cavernes du voisinage étaient représentées, et certains étaient venus de loin.

La nouvelle s'est vite répandue, pensa-t-il. Nous ne serons peut-être pas obligés de tenir une autre assemblée pour l'ensemble de la communauté. J'aurais dû me douter que tout le monde serait là. Jondalar et Ayla ont longé la Rivière à dos de cheval, toutes les Cavernes les ont vus. Il y aura sans doute beaucoup de monde à la Réunion d'Eté, cette année. Il faudra peut-être prévoir une grande chasse avant de partir pour assurer l'approvisionnement nécessaire.

Lorsqu'il eut obtenu l'attention de tous, il attendit un moment encore pour rassembler ses pensées puis commença :

— Moi, Joharran, Homme Qui Ordonne de la Neuvième Caverne des Zelandonii, je veux prendre la parole... Je vois que nous avons ce soir beaucoup de visiteurs et, au nom de Doni, la Grande Terre Mère, j'ai le plaisir de vous souhaiter à tous la bienvenue à cette fête pour célébrer le retour de mon frère Jondalar de son long Voyage. Nous sommes reconnaissants à la Mère d'avoir veillé sur lui alors qu'il traversait des contrées étrangères, nous La remercions d'avoir guidé ses pas pour qu'il revienne jusqu'à nous.

Des voix s'élevèrent pour exprimer leur accord. Joharran observa une pause et Ayla remarqua qu'il plissait le front comme Jondalar le faisait souvent. Elle ressentit pour lui une bouffée d'affection comme la première fois qu'elle avait vu cette ressemblance.

— Comme la plupart d'entre vous le savent déjà, reprit-il, le frère qui accompagnait Jondalar ne reviendra pas. Thonolan parcourt maintenant le Monde d'Après. La Mère a rappelé à Elle un de Ses enfants préférés.

Encore cette référence, pensa Ayla. On ne considérait pas comme de la chance d'avoir trop de talents, trop de dons, d'être trop aimé de la Mère : parfois, Ses préférés lui manquaient tellement qu'Elle les rappelait à Elle quand ils étaient encore jeunes.

— Mais Jondalar n'est pas revenu seul, poursuivit Joharran, souriant à Ayla. Peu d'entre vous s'étonneront d'apprendre que mon frère a rencontré une femme pendant son Voyage... (La remarque suscita quelques gloussements et sourires entendus.) Je dois cependant avouer que je n'attendais pas qu'il trouve quelqu'un d'aussi remarquable.

Ayla sentit son visage s'empourprer. Cette fois, ce n'étaient pas les rires moqueurs qui la gênaient, mais les compliments.

— Les présentations rituelles pourraient prendre des jours, surtout si chacun décidait de réciter tous ses noms et liens, et de toute façon notre invitée ne se souviendrait jamais de tout le monde. (Jondalar sourit et il y eut de nombreux hochements de tête approbateurs.) Nous avons donc décidé de présenter notre hôte une bonne fois pour toutes, et de laisser chacun d'entre vous se présenter lui-même quand il en aura l'occasion.

Joharran sourit à la jeune femme qui se tenait avec lui sur la pierre puis son expression devint plus sérieuse quand il se tourna vers le grand homme blond.

— Jondalar de la Neuvième Caverne des Zelandonii, Maître Tailleur de Silex ; fils de Marthona, ancienne Femme Qui Ordonne de la Neuvième Caverne ; né au foyer de Dalanar, Homme Qui Ordonne et fondateur des Lanzadonii ; frère de Joharran, Homme Qui Ordonne de la Neuvième Caverne, est revenu après cinq ans d'un long et pénible Voyage. Il a ramené avec lui une femme d'une terre si lointaine qu'il lui a fallu une année entière pour couvrir la distance.

Le chef de la Neuvième Caverne prit les deux mains d'Ayla dans les siennes.

— Au nom de Doni, la Grande Terre Mère, je présente à tous les Zelandonii Ayla des Mamutoï, membre du Camp du Lion, Fille du Foyer du Mammouth, Choisie par l'Esprit du Lion des Cavernes, Protégée par l'Esprit de l'Ours des Cavernes et... (il sourit)... comme nous l'avons vu, Amie des chevaux et de Loup.

Ayla des Mamutoï... pensa la jeune femme en se rappelant un temps où elle était Ayla d'Aucun Peuple, et ressentant une vive reconnaissance pour Talut et Nezzie, ainsi que pour le reste du Camp du Lion, qui lui avaient donné une place qu'elle pouvait revendiquer comme sienne. Elle lutta pour retenir ses larmes mais toutes lui échappèrent.

Joharran lâcha l'une des mains d'Ayla et leva l'autre en se tournant vers les Cavernes assemblées.

— Souhaitez la bienvenue à cette femme qui a fait un si long voyage avec Jondalar, accueillez-la chez les Zelandonii, les Enfants de la Grande Terre Mère. Accordez-lui l'hospitalité et le respect avec lesquels les Zelandonii honorent tous leurs hôtes, en particulier une Elue de Doni. Montrez-lui que nous faisons grand cas de nos visiteurs.

Plusieurs Zelandonii glissèrent des regards obliques vers Marona et ses amies. C'était à leur tour de se sentir gênées, et Portula devint cramoisie en levant les yeux vers l'étrangère juchée sur la Pierre de la Parole.

Devinant ce qu'on attendait d'elle, Ayla fit un pas en avant.

— Au nom de Mut, Grande Mère de toute chose, que vous connaissez sous le nom de Doni, je vous salue, Zelandonii, enfants de cette belle contrée, Enfants de la Grande Terre Mère, et je vous remercie de m'accueillir. Je vous remercie également d'accepter mes amis animaux en votre sein, de permettre à Loup de rester avec moi dans une de vos demeures... (L'animal leva les yeux vers elle en entendant son nom.) Et de donner un pré aux chevaux, Whinney et Rapide.

La foule eut une réaction de stupeur. Bien que l'accent d'Ayla fût très marqué, ce n'était pas sa façon de parler qui étonnait les Zelandonii. Dans l'esprit des présentations rituelles, Ayla avait prononcé le nom de la jument comme elle l'avait fait le jour où elle le lui avait donné, et tous étaient sidérés par le son qui était sorti de sa bouche. Ayla avait imité si parfaitement un hennissement que, pendant un instant, ils avaient cru qu'il émanait d'un cheval. Ce n'était pas la première fois qu'elle surprenait les gens par sa capacité à reproduire des cris d'animaux : le cheval n'était pas le seul qu'elle savait imiter.

Ayla ne gardait aucun souvenir de la langue qu'elle avait parlée enfant, elle ne se rappelait rien de sa vie avant le Clan, excepté quelques vagues rêves et une peur mortelle des tremblements de terre. Mais l'espèce à laquelle elle appartenait avait une pulsion naturelle, un besoin génétique de langage parlé, aussi puissant que la faim. Après avoir quitté le Clan — et avant de réapprendre à parler avec Jondalar —, elle avait élaboré pour elle-même, quand elle vivait en solitaire dans la vallée, des verbalisations auxquelles elle attribuait un sens, une langue qu'elle seule — et Whinney dans une certaine mesure — pouvait comprendre.

Ayla avait une aptitude innée à reproduire des sons, mais, n'ayant pas de langage verbal et n'entendant, dans sa solitude, que des cris d'animaux, elle s'était mise à les imiter. La langue personnelle qu'elle avait conçue combinait les gazouillis que son fils avait commencé à émettre avant qu'elle ne soit forcée de le quitter, les quelques mots du vocabulaire du Clan, et les imitations des cris d'animaux, y compris les chants d'oiseaux. Le temps et l'entraînement l'avaient rendue si experte en imitations que les animaux eux-mêmes ne faisaient pas la différence.

Beaucoup d'êtres humains savaient imiter les animaux, c'était une tactique de chasse utile si l'imitation était bonne, et celle d'Ayla était tellement bonne que c'en était troublant. D'où la stupeur de la foule, mais les Zelandonii, habitués à ce que l'orateur relève ses propos de quelques plaisanteries lorsque l'occasion n'était pas trop solennelle, se convainquirent qu'elle avait fait preuve d'humour. La surprise initiale fit place aux sourires et aux rires tandis que les Zelandonii se détendaient.

Ayla, que leur première réaction avait un peu inquiétée, se détendit à son tour. Lorsqu'ils lui sourirent, elle répondit en leur adressant en retour l'un de ces sourires resplendissants qui la faisaient rayonner.

— Jondalar, avec une pouliche comme ça, comment vas-tu tenir les jeunes étalons éloignés ? cria une voix, la première à faire ouvertement état de la beauté d'Ayla.

L'homme aux cheveux blonds sourit.

— Il faudra que je l'emmène souvent monter à cheval pour l'occuper, répondit-il. Tu sais que j'ai appris pendant mon Voyage ?

— Jondalar, tu savais « monter » avant de partir !

Des rires fusèrent, cette fois bienveillants, remarqua Ayla. Lorsqu'ils retombèrent, Joharran reprit la parole :

— J'ai une dernière chose à dire. J'invite tous les Zelandonii venus des Cavernes voisines à participer avec ceux de la Neuvième au festin que nous avons préparé pour accueillir Ayla parmi nous et fêter le retour de Jondalar.

7

Toute la journée, de délicieuses odeurs s'étaient élevées des zones à cuire situées à l'extrémité sud-ouest de l'abri, stimulant l'appétit de chacun, et un bon nombre de Zelandonii s'étaient occupés des préparatifs de dernière minute avant que Joharran prenne la parole. Après les présentations, la foule se dirigea vers le festin, poussant Jondalar et Ayla devant elle, tout en veillant à laisser un espace suffisant au loup, qui suivait à un pas de la jeune femme.

La nourriture était disposée de manière attrayante sur des plats en os ou en bois sculpté, en herbes ou en fibres tressées, présentée sur de longues tables constituées de blocs et de plaques de calcaire. On avait placé çà et là des pinces en bois courbé, des cuillères en corne gravée et de grands couteaux de silex pour ceux des convives qui auraient oublié d'apporter leurs ustensiles.

Ayla s'arrêta pour admirer les victuailles : cuissots de jeune renne, grouses dodues, truites, brochets, et — plus appréciés en ce début de saison chaude — légumes encore rares : racines tendres, nouvelles pousses, jeunes fougères. Des fleurs comestibles de laiteron ajoutaient une touche de décoration. Il y avait aussi des noix et des fruits séchés, cueillis l'automne précédent, du bouillon où flottaient des morceaux de viande d'aurochs séchée, des racines et des champignons.

L'idée traversa l'esprit d'Ayla que, s'il restait encore autant d'aliments de choix après les rigueurs de l'hiver, cela dénotait une remarquable capacité à organiser la conservation et la distribution des vivres pour nourrir les nombreuses Cavernes des Zelandonii pendant toute la saison froide. Les deux cents membres, environ, de la Neuvième Caverne auraient représenté à eux seuls une communauté trop importante pour une région moins riche, mais l'environnement exceptionnel et le nombre élevé d'abris naturels, vastes et commodes, favorisaient la croissance de la population et le peuplement des grottes.

L'abri des Zelandonii de la Neuvième Caverne représentait un espace de six cent cinquante pieds de long et de près de cent cinquante pieds de profondeur, offrant plus de cent mille pieds carrés de surface protégée. Le sol de pierre, recouvert par des siècles de terre battue et de gravier, s'étendait comme une terrasse au-delà du bord de l'énorme surplomb.

Disposant de toute cette place, les membres de la Neuvième Caverne n'avaient pas construit d'habitations sur la partie abritée. Sans que personne l'eût vraiment décidé, mais de manière intuitive, peut-être, pour définir un emplacement distinct de la partie adjacente, où les artisans du voisinage avaient tendance à se regrouper, on avait édifié les habitations de la Neuvième Caverne à l'extrémité est de l'abri, l'endroit situé immédiatement à l'ouest servant d'aire de travail communautaire. Plus à l'ouest encore, près de l'autre extrémité, un grand espace inoccupé permettait aux enfants de jouer et aux adultes de se rassembler en dehors des habitations tout en restant protégés des intempéries.

Même si aucune des autres Cavernes ne possédait les dimensions de la Neuvième, de nombreux groupes de Zelandonii vivaient le long de la Rivière et de ses affluents, la plupart — en hiver tout au moins — dans des abris similaires. Ils ignoraient — et leurs descendants ne penseraient même pas en ces termes pendant de nombreux millénaires — que la terre des Zelandonii se trouvait à mi-distance entre le pôle Nord et l'équateur. Ils n'avaient pas besoin de le savoir pour comprendre les avantages de cette latitude moyenne. Vivant là depuis des générations, ils avaient appris avec l'expérience, transmise par l'exemple et les coutumes, que leur territoire présentait des avantages en toute saison si on savait les utiliser.

En été, ils parcouraient la région qu'ils considéraient comme la terre des Zelandonii, vivant le plus souvent sous la tente ou dans des huttes, en particulier quand ils se rassemblaient en groupes plus nombreux, souvent quand ils chassaient ou participaient à de vastes cueillettes. Mais ils étaient toujours contents de trouver un abri de pierre exposé au sud qu'ils utilisaient temporairement, ou de partager l'abri d'amis ou de parents.

Même durant la période glaciaire, quand le bord de la masse de glace la plus proche ne se trouvait qu'à quelques centaines de kilomètres au nord, il pouvait faire très chaud par temps clair sous les latitudes moyennes en été. Le soleil, qui semblait tourner autour de la grande planète mère, passait haut dans le ciel au sud-ouest. Le surplomb protecteur de la Neuvième Caverne et d'autres abris exposés au sud ou au sud-ouest procurait une ombre fraîche dans la chaleur écrasante de la mi-journée.

Quand le temps commençait à se rafraîchir, annonçant la rude saison de froid intense des régions périglaciaires, ces abris accueillaient les habitations permanentes, mieux protégées. En hiver, avec un vent mordant et des températures largement inférieures à zéro, les journées de froid intense étaient souvent sèches et claires. Le disque éclatant était alors bas dans le ciel et les longs rayons de l'après-midi pénétraient dans les abris exposés au sud pour déposer un baiser de chaleur solaire sur la pierre. Le calcaire gardait ce précieux cadeau jusqu'au soir, quand la morsure du gel se faisait plus âpre, puis le restituait à l'espace protégé.

Il fallait du feu et des vêtements appropriés pour survivre dans l'hémisphère Nord lorsque les glaciers recouvraient près d'un quart de la surface de la Terre, mais, chez les Zelandonii, la chaleur du soleil emmagasinée par la pierre contribuait à chauffer l'endroit où ils vivaient. Les hautes falaises et leurs surplombs constituaient l'un des grands avantages de cette région, l'une des plus peuplées de ce monde si froid.

Ayla sourit à la femme responsable de l'organisation du festin.

— C'est magnifique ! Si ces fumets alléchants n'avaient tant aiguisé ma faim, je me contenterais de regarder.

Proleva, ravie, sourit en retour.

— C'est sa spécialité, expliqua Marthona.

Ayla se retourna, un peu surprise de voir la mère de Jondalar. Elle l'avait cherchée après être redescendue de la Pierre de la Parole mais ne l'avait pas trouvée.

— Personne ne sait mieux qu'elle préparer une fête ou un rassemblement, poursuivit Marthona. Elle fait bien à manger aussi, mais c'est sa capacité à organiser la collecte de nourriture qui la rend si précieuse pour Joharran et la Neuvième Caverne.

— Je la tiens de toi, répondit Proleva, enchantée par ces éloges.

— Tu m'as surpassée. Je n'ai jamais été aussi bonne que toi pour organiser des fêtes.

Ayla nota la référence spécifique à l'organisation de fêtes et se rappela que telle n'était pas la « spécialité » de Marthona. Ses talents d'organisatrice, elle les avait utilisés comme chef de la Neuvième Caverne, avant Joharran.

— J'espère que tu me laisseras t'aider, la prochaine fois, Proleva, dit Ayla. J'aimerais profiter de ton expérience.

— Volontiers, mais puisque cette fête est en ton honneur et que les autres t'attendent pour commencer, puis-je te servir un peu de ce rôti de jeune renne ?

— Et ton animal ? s'enquit Marthona. Il aimerait avoir de la viande ?

— Sûrement, mais il n'a pas besoin de quelque chose d'aussi tendre. Il se contentera d'un os, s'il en reste un avec un peu de viande dont vous n'avez pas besoin pour le bouillon.

— Il y en a plusieurs près des feux à cuire, là-bas, dit Proleva, mais prends d'abord une tranche de renne et des boutons de lis pour toi.

Ayla tendit son bol pour accepter le morceau de viande et une louche de légumes verts chauds, puis Proleva demanda à une autre femme de venir servir et se dirigea vers les foyers avec Ayla en restant à sa gauche, loin de Loup. Elle conduisit la jeune femme et l'animal près des os empilés à côté d'un feu et aida Ayla à prendre un long tibia brisé. On en avait extrait la moelle mais des morceaux de viande brunâtre y demeuraient attachés.

— Cela fera l'affaire, dit Ayla sous l'œil de Loup, qui la regardait langue pendante. Tu veux le lui donner ?

Proleva plissa le front. Elle ne voulait pas se montrer impolie envers leur hôte, surtout après la mauvaise farce de Marona, mais elle ne tenait pas trop à offrir un os à un loup.

— Moi, je veux bien, intervint Marthona, sachant que tout le monde aurait ensuite moins peur. Qu'est-ce que je dois faire ?

— Tu le lui tends ou tu le lui jettes, répondit Ayla.

Elle remarqua que plusieurs personnes les avaient rejointes, notamment Jondalar, qui les observait avec un sourire amusé. Marthona prit l'os, le tendit au loup qui s'approchait, mais, changeant soudain d'avis, elle se hâta de le jeter en direction de l'animal. Loup bondit, saisit le tibia avec ses crocs — tour qui suscita des commentaires admiratifs — puis regarda Ayla.

— Va le porter là-bas, Loup, dit-elle en montrant la grosse souche calcinée au bord de la terrasse.

Emportant l'os comme un précieux butin, l'animal s'assit près de la souche et se mit à le ronger.

Quand ils retournèrent aux tables, tout le monde voulut faire goûter à Ayla des mets qui, remarqua-t-elle, avaient une saveur différente de ce qu'elle avait mangé dans son enfance. Les voyages lui avaient cependant appris une chose : si les aliments dont les gens se régalaient dans une région particulière semblaient parfois étranges, ils avaient généralement bon goût.

Un homme un peu plus âgé que Jondalar s'approcha du groupe qui entourait Ayla. Bien qu'elle le trouvât assez négligé — des cheveux blonds malpropres assombris par la graisse, des vêtements sales, déchirés —, il fut accueilli par des sourires, notamment chez les jeunes hommes. Il portait sur l'épaule une outre fabriquée avec une panse d'animal pleine d'un liquide qui la déformait.

A voir sa taille, Ayla devina que c'était une panse de cheval : elle n'avait pas la forme distinctive d'une outre obtenue avec l'estomac à plusieurs poches d'un ruminant. A son odeur, elle sut que le récipient ne contenait pas de l'eau. Cela lui rappelait la bouza de Talut, boisson fermentée que le chef du Camp du Lion fabriquait avec de la sève de bouleau et d'autres ingrédients qu'il préférait garder secrets mais qui incluaient des grains d'une sorte ou d'une autre.

Un jeune homme qui serrait Ayla de près depuis un moment le salua en s'exclamant :

— Laramar ! Tu nous apportes de ton barma ?

Jondalar se réjouit que le nouveau venu détournât l'attention de ce jeune homme. Il ne le connaissait pas mais avait appris qu'il s'appelait Charezal. Nouveau membre de la Neuvième Caverne et provenant d'un groupe de Zelandonii assez éloigné, il semblait fort jeune. Il n'avait probablement pas encore connu sa première femme-donii quand je suis parti, pensa Jondalar, et il tourne autour d'Ayla comme un moustique.

— Oui. J'ai tenu à apporter ma contribution à la fête de bienvenue organisée pour cette jeune femme, dit Laramar en souriant à Ayla.

Son sourire semblait faux, ce qui réveilla en elle la sensibilité du Clan. Elle prêta une plus grande attention au langage du corps de Laramar et en conclut bientôt qu'on ne pouvait lui accorder sa confiance.

— Une contribution ? fit une des femmes avec une pointe de sarcasme.

Ayla croyait savoir qu'elle s'appelait Salova et qu'elle était la compagne de Rushemar, l'un des deux hommes qu'elle considérait comme les seconds de Joharran, l'équivalent de ce que Grod était pour Brun dans le Clan. Les chefs avaient besoin de personnes sur qui ils pouvaient compter.

— J'ai pensé que c'était la moindre des choses, déclara Laramar. Ce n'est pas souvent qu'une Caverne accueille un hôte venu d'aussi loin.

Comme il soulevait l'outre de son épaule et se tournait pour la poser sur une table proche, Ayla entendit la femme marmonner :

— Et encore moins souvent que Laramar apporte sa contribution à quoi que ce soit. Je me demande ce qu'il cherche.

Ayla se dit qu'elle n'était donc pas la seule à se méfier de lui, et cela piqua sa curiosité. Des Zelandonii se pressaient déjà autour de lui, une coupe à la main, mais il se fit un devoir d'accorder la priorité à Ayla et à Jondalar.

— Le voyageur de retour et la femme qu'il a ramenée doivent boire les premiers, fit-il valoir.

— Ils ne peuvent pas refuser un tel honneur, murmura Salova.

Le commentaire ironique était à peine audible et Ayla se demanda si d'autres l'avaient entendu. En tout cas, c'était vrai : ils ne pouvaient refuser. Ayla regarda Jondalar, qui jeta l'eau de sa coupe et adressa à l'homme un signe de tête. Ayla vida la sienne en s'approchant de Laramar avec son compagnon.

— Merci, dit Jondalar avec un sourire qu'Ayla trouva aussi hypocrite que celui du propriétaire de l'outre. Tout le monde sait que ton barma est le meilleur. As-tu fait la connaissance d'Ayla ?

— En même temps que les autres, mais je n'ai pas été vraiment présenté.

— Ayla des Mamutoï, voici Laramar de la Neuvième Caverne des Zelandonii. Personne ne fait de meilleur barma, c'est vrai.

Ayla trouva les présentations assez sommaires mais l'homme sourit du compliment. Elle remit sa coupe à Jondalar pour libérer ses deux mains, qu'elle tendit vers Laramar.

— Au nom de la Grande Terre Mère, je te salue, Laramar de la Neuvième Caverne des Zelandonii.

— Et je te souhaite la bienvenue, répondit-il, lui prenant les deux mains mais ne les gardant que brièvement dans les siennes, comme s'il était embarrassé. Plutôt que des paroles, je vais t'offrir ceci en guise de bienvenue.

Laramar entreprit de déboucher son outre. Il retira d'abord un morceau d'intestin imperméable d'un ajutage fabriqué avec une vertèbre d'aurochs. On avait taillé le pourtour de l'os tubulaire pour lui donner une forme ronde puis creusé une cannelure dans la paroi extérieure. On l'avait ensuite inséré dans une ouverture naturelle de la panse, on avait noué une corde autour de la membrane le recouvrant, de façon à la faire entrer dans la cannelure. Laramar défit ensuite le bouchon, une mince lanière de cuir nouée plusieurs fois à une extrémité afin d'être assez grosse pour obstruer le trou central. Il était plus facile de verser le liquide en le faisant passer par le trou naturel, au centre du fragment de colonne vertébrale.

Ayla avait récupéré sa coupe et la tendit. Laramar la remplit plus qu'à moitié et servit aussi Jondalar. Ayla but une gorgée.

— C'est bon, apprécia-t-elle. Quand je vivais chez les Mamutoï, Talut, le chef, préparait une boisson semblable avec de la sève de bouleau, des grains et d'autres ingrédients, mais je dois reconnaître que celle-ci est meilleure.

Laramar parcourut des yeux le groupe avec un sourire suffisant.

— Avec quoi la fais-tu ? lui demanda Ayla.

— Je n'y mets pas toujours la même chose, ça dépend de ce que j'ai sous la main, répondit-il d'un ton évasif. Essaie de deviner ce qu'il y a en plus de la sève et des grains.

Elle goûta de nouveau, mais il était difficile de reconnaître les ingrédients une fois qu'ils étaient fermentés.

— Des grains, oui, de la sève de bouleau ou d'un autre arbre... Peut-être des fruits, aussi, et autre chose, de sucré.

— Tu as un palais sensible, fit Laramar, impressionné. Dans celle-ci, j'ai effectivement mis des fruits, des pommes restées sur un arbre après une gelée, ce qui les a rendues un peu plus sucrées, mais le goût sucré que tu sens, c'est du miel.

— Bien sûr ! Maintenant que tu le dis !

— Je n'ai pas toujours de miel, mais quand j'en mets, le barma est meilleur et plus fort.

Son sourire était cette fois sincère : rares étaient ceux avec qui il pouvait discuter de la fabrication de son breuvage.

La plupart des gens avaient une activité dans laquelle ils développaient leurs capacités. Laramar savait qu'il faisait le barma mieux que personne ; c'était son domaine d'excellence, l'unique chose qu'il réussissait bien, mais il avait l'impression que peu de Zelandonii reconnaissaient ses mérites.

Beaucoup de fruits fermentaient naturellement, parfois sur la plante grimpante ou l'arbre mêmes, et les animaux qui les mangeaient en étaient affectés. Si beaucoup de Zelandonii fabriquaient des boissons fermentées, au moins de temps à autre, le breuvage tournait souvent à l'aigre. On citait Marthona pour son excellent vin mais beaucoup n'y voyaient qu'une activité mineure, et là n'était pas son seul talent.

On pouvait compter sur Laramar pour faire une boisson fermentée qui devenait de l'alcool, et non pas du vinaigre. Pour lui, cela n'était pas une activité mineure : elle requérait du savoir-faire, mais la plupart des Zelandonii ne s'intéressaient qu'au résultat. De plus, il en consommait beaucoup lui-même et était souvent trop « malade » le matin pour aller chasser ou participer à des activités en commun généralement déplaisantes mais nécessaires.

Peu après qu'il eut servi son barma aux invités d'honneur, une femme apparut près de lui. Un bambin s'accrochait à sa jambe mais elle ne semblait pas s'en soucier, et elle tendit la coupe qu'elle tenait à la main. Une grimace de mécontentement déforma brièvement les traits de Laramar mais il garda une expression neutre en remplissant le récipient.

— Tu ne la présentes pas à ta compagne ? grogna-t-elle, adressant la question à Laramar mais regardant Ayla.

— Ayla, voici ma compagne, Tremeda, et celui qui se colle à elle, c'est son plus jeune fils, dit Laramar.

Réponse plus que sommaire et quelque peu réticente, pensa Ayla.

— Tremeda, voici Ayla des... Mamutoï.

— Au nom de la Mère, je te salue, Tremeda... commença Ayla, qui posa sa coupe pour avoir les deux mains libres.

— Bienvenue, Ayla, répondit Tremeda, qui n'abandonna même pas sa coupe pour les salutations rituelles.

Deux autres enfants l'entouraient mais leurs vêtements étaient si sales, si déchirés qu'il était difficile d'y repérer les petites différences qui, Ayla l'avait observé, distinguaient les habits des filles de ceux des garçons. Tremeda elle-même n'était pas plus soignée. Ayla la soupçonna d'avoir un faible pour le breuvage de son compagnon. L'aîné des enfants — un garçon, estima Ayla — la fixait d'un air renfrogné.

— Pourquoi elle parle drôlement comme ça ? demanda-t-il en levant les yeux vers sa mère. Et pourquoi elle porte des vêtements de garçon ?

— Je n'en sais rien. Pourquoi tu ne lui poses pas la question ? dit Tremeda avant d'avaler le reste de sa coupe.

Ayla remarqua que Laramar semblait furieux, sur le point de frapper le jeune garçon. Avant qu'il en ait eu le temps, elle répondit :

— Si je parle d'une façon différente, c'est parce que je viens de loin et que j'ai grandi chez un peuple qui ne parle pas comme les Zelandonii. Jondalar m'a appris à parler ta langue quand j'étais déjà adulte... Et ces vêtements m'ont été offerts en cadeau aujourd'hui.

L'enfant parut surpris qu'elle lui eût répondu mais n'hésita pas à poser une autre question :

— Pourquoi on t'a donné des vêtements de garçon ?

— Je ne sais pas. C'était peut-être une plaisanterie mais ils me plaisent, ils sont très confortables. Tu ne trouves pas ?

— Sûrement. Je n'en ai jamais eu d'aussi bien.

— Alors, nous pourrons peut-être coudre les mêmes pour toi. Je veux bien essayer, si tu m'aides.

Le regard de l'enfant s'éclaira.

— C'est vrai ?

— Oui. Tu veux bien me dire ton nom ?

— Je suis Bologan.

Ayla tendit les deux mains. Bologan semblait stupéfait. Il ne s'attendait pas à des salutations en règle et ne savait pas trop comment se comporter. Il n'avait jamais entendu sa mère ni l'homme de son foyer débiter leurs noms et liens devant quelqu'un. Ayla tendit les bras, prit les deux mains sales de l'enfant dans les siennes.

— Je suis Ayla des Mamutoï, membre du Camp du Lion, commença-t-elle avant de décliner tous ses liens.

Comme Bologan ne répondait pas, elle le fit pour lui .

— Au nom de Mut, la Grande Terre Mère, connue aussi sous le nom de Doni, je te salue, Bologan de la Neuvième Caverne des Zelandonii ; fils de Tremeda, Elue de Doni, compagne de Laramar, Fabricant d'un Excellent Barma.

L'étrangère avait parlé comme s'il avait vraiment des noms et des liens dont il pouvait être fier, comme tout le monde. Il regarda sa mère et son compagnon, qui souriaient et semblaient contents de la façon dont on les avait désignés.

Ayla remarqua que Marthona et Salova les avaient rejoints.

— J'aimerais goûter à cet excellent barma, demanda la compagne de Rushamar.

Laramar s'empressa de la satisfaire.

— Moi aussi, dit Charezal, se hâtant de formuler sa requête avant les autres Zelandonii qui se pressaient maintenant autour de Laramar en tendant leur coupe.

Ayla remarqua que Tremeda réussissait à se faire de nouveau servir avant de s'éloigner, suivie par ses enfants. Bologan tourna la tête, Ayla lui sourit et fut heureuse de le voir sourire en retour.

— Je crois que tu t'es fait un ami de ce jeune garçon, lui dit Marthona.

— Un jeune garçon plutôt batailleur, ajouta Salova. Tu as vraiment l'intention de lui coudre un vêtement d'hiver ?

— Pourquoi pas ? Je voudrais apprendre comment on fait. J'aurai peut-être un fils un jour. Et je pourrai peut-être en faire un autre pour moi.

— Un autre pour toi ? s'étonna Salova. Tu veux dire que tu vas porter ça ?

— Avec quelques changements. Un haut moins serré, par exemple. Tu n'as jamais essayé ? C'est très confortable. De plus, on me l'a offert en cadeau de bienvenue. Je tiens à montrer combien j'apprécie le geste, conclut Ayla avec une pointe de mépris et de fierté.

Salova écarquilla les yeux en dévisageant l'étrangère que Jondalar avait ramenée et remarqua de nouveau sa curieuse façon de parler. Ce n'est pas une femme dont il faut provoquer la colère, pensa-t-elle. Marona a tenté de la ridiculiser mais c'est Marona qui sera humiliée, finalement. Elle aura envie de rentrer sous terre chaque fois qu'elle verra Ayla porter ce vêtement. Non, je ne voudrais pas provoquer la colère d'Ayla !

— Je suis sûre que Bologan aura besoin de vêtements cet hiver, intervint Marthona, qui n'avait rien manqué de l'échange subtil entre les deux femmes.

Il vaut mieux qu'Ayla commence tout de suite à se faire reconnaître, pensait-elle. Les autres doivent savoir qu'on ne peut pas profiter d'elle facilement. Après tout, elle va s'unir à un homme né et élevé parmi des chefs.

— Il a tout le temps besoin de vêtements, corrigea Salova. Tu l'as déjà vu habillé convenablement ? Si ces enfants ont quelque chose sur le dos, c'est parce que les gens ont pitié d'eux et leur donnent ce dont ils ne veulent plus. Laramar a beau boire beaucoup, il se débrouille toujours pour avoir assez de barma à troquer contre ce qu'il lui faut, notamment pour faire encore du barma, mais jamais assez pour nourrir sa compagne et sa marmaille. Et il n'est jamais là quand il y a quelque chose à faire, répandre de la poudre de roche dans les fosses ou même aller chasser... Tremeda ne vaut pas mieux. Elle aussi est toujours trop « malade » pour participer aux cueillettes ou aux autres activités communes, mais cela ne l'empêche pas de réclamer une part des efforts des autres pour nourrir ses « pauvres enfants affamés ». Qui pourrait refuser ? Ils sont mal habillés, rarement propres et souvent affamés.

A la fin du repas, la fête devint plus animée une fois que le barma de Laramar eut commencé à circuler. Lorsque la nuit tomba, les convives passèrent dans une partie plus proche du centre de l'espace abrité par l'énorme surplomb, et on alluma un grand feu juste sous le bord de la saillie. Même au cœur de l'été, la nuit apportait un froid pénétrant qui rappelait les énormes glaciers du Nord.

Le feu projetait sa chaleur sous l'abri, et la pierre réchauffée ajoutait au confort des lieux. Source de chaleur elle aussi, la foule amicale et sans cesse changeante se rassemblait autour du couple récemment arrivé. Ayla rencontra tant de gens que, en dépit de son excellente mémoire, elle n'était pas sûre de se les rappeler tous.

Loup réapparut soudain au moment où Proleva, portant Jaradal à moitié endormi, rejoignait le groupe. L'enfant releva la tête et voulut descendre, à la grande frayeur de sa mère.

— Loup ne lui fera aucun mal, assura Ayla.

— Il est très gentil avec les enfants, ajouta Jondalar. Il a été élevé avec ceux du Camp du Lion, et il se montrait particulièrement protecteur pour un jeune garçon faible et maladif.

La mère encore inquiète se pencha pour laisser l'enfant descendre mais garda un bras autour de lui. Ayla s'approcha, passa un bras autour de Loup, avant tout pour rassurer Proleva.

— Tu veux le toucher, Jaradal ?

Celui-ci acquiesça d'un hochement de tête solennel. Elle lui prit la main, la guida vers la tête de l'animal puis vers son dos.

— Ça chatouille ! s'exclama Jaradal avec un grand sourire.

— Oui, dit Ayla, et ça le chatouille aussi. Il est en train de muer. Il perd ses poils.

— Ça fait mal ? voulut savoir l'enfant.

— Non, mais ça démange. C'est pour cela qu'il aime tellement qu'on le gratte en ce moment.

— Pourquoi il perd ses poils ?

— Parce qu'il fait plus chaud. En hiver, quand il fait froid, les poils poussent pour qu'il ait chaud, mais en été il en a trop.

— Pourquoi il met pas un manteau quand il fait froid ?

La réponse vint d'une autre source.

— C'est difficile pour les loups de fabriquer des manteaux comme nous, alors la Mère en fabrique un pour chacun d'eux chaque hiver, dit Zelandoni, qui avait rejoint le groupe peu après Proleva. En été, quand il fait chaud, la Mère leur enlève leur manteau. Quand Loup change de fourrure, c'est la façon de Doni de lui enlever son manteau.

Ayla fut déconcertée par la douceur avec laquelle elle s'adressait au bambin et par la tendresse de son regard. Elle se demanda si Zelandoni avait voulu des enfants. Ayla était sûre qu'avec sa connaissance des remèdes la doniate aurait su mettre fin à une grossesse, mais il était plus malaisé de savoir en provoquer une ou éviter une fausse couche. Comment pense-t-elle qu'une nouvelle vie commence ou qu'on peut l'empêcher ? s'interrogea Ayla.

Lorsque Proleva reprit l'enfant dans ses bras pour l'emmener, Loup les suivit mais Ayla le rappela.

— Tu dois retourner chez Marthona, Loup, dit-elle, ajoutant le signe « retour à la maison ».

La maison, pour l'animal, c'était l'endroit où Ayla avait étendu ses fourrures.

Tandis qu'une obscurité froide enveloppait la région au-delà du cercle lumineux du feu, un grand nombre de convives quittèrent le lieu principal de la fête. Certains, en particulier ceux qui avaient de jeunes enfants, se retirèrent chez eux. D'autres, de jeunes couples pour la plupart, mais aussi des gens plus âgés, gagnèrent les endroits sombres pour se livrer à des activités plus intimes, bavardant ou s'enlaçant. Il n'était pas rare, lors de telles fêtes, de partager un partenaire, et tant que tous étaient consentants cela ne donnait lieu à aucun ressentiment.

Cela rappela à Ayla les fêtes pour Honorer la Mère, et si c'était L'honorer que partager Son Don du Plaisir, Elle fut particulièrement honorée ce soir-là. Les Zelandonii ne différent pas des Mamutoï, des Sharamudoï ni des Losadunaï, pensa-t-elle, et même leur langue est identique à celle des Lanzadonii.

Plusieurs hommes tentèrent de convaincre la belle étrangère de partager le Don de la Mère. Ayla fut flattée de leur attention mais leur fit clairement comprendre qu'elle ne désirait personne d'autre que Jondalar.

Lui-même éprouvait des sentiments mêlés quant à l'intérêt qu'elle suscitait. Il était content qu'elle fût si bien accueillie par son peuple, et fier qu'autant d'hommes admirent la femme qu'il avait ramenée, mais il aurait préféré qu'ils ne montrent pas si ouvertement leur désir de l'étendre sur leur fourrure — en particulier ce nouveau venu, Charezal. Il se réjouissait qu'elle ne manifestât aucune inclination pour qui que ce fût.

La jalousie n'était pas très bien tolérée chez les Zelandonii. Elle pouvait conduire aux discordes et aux conflits, voire aux batailles, et en tant que communauté ils plaçaient l'harmonie et la coopération au-dessus de tout. Dans une région qui n'était guère plus qu'une terre gelée une grande partie de l'année, l'entraide était indispensable pour survivre. La plupart de leurs us et coutumes visaient à maintenir une bonne entente et à décourager tout ce qui, comme la jalousie, menaçait leurs rapports amicaux.

Jondalar savait qu'il lui serait difficile de dissimuler sa jalousie si Ayla choisissait quelqu'un d'autre : il ne voulait la partager avec personne. Après des années d'union, quand le confort de l'habitude céderait parfois à l'excitation d'un partenaire nouveau, ce serait peut-être différent, mais pas pour le moment, et au fond de lui il doutait d'avoir jamais envie de la partager.

Plusieurs Zelandonii s'étaient mis à chanter et à danser. Ayla tenta de se rapprocher d'eux, mais de nombreuses personnes lui barraient le passage pour lui parler. Un homme en particulier, qui s'était tenu à la lisière de leur groupe une bonne partie de la soirée, semblait déterminé à lui adresser la parole. Ayla avait vaguement remarqué la présence d'un personnage insolite mais chaque fois qu'elle avait essayé de concentrer son attention, quelqu'un d'autre lui avait posé une question ou fait un commentaire qui l'avait distraite.

Elle leva les yeux quand un homme lui tendit une autre coupe de barma. Bien que le breuvage fermenté lui rappelât la bouza de Talut, il était plus fort. Un peu étourdie, elle décida qu'il était temps d'arrêter. Elle connaissait les effets que ces boissons avaient sur elle et ne voulait pas se montrer trop « amicale » le jour où elle rencontrait les amis et les parents de Jondalar.

Elle sourit à l'homme qui lui offrait la coupe et s'apprêtait à la refuser poliment, mais le choc qu'elle éprouva en le découvrant figea son sourire.

— Je suis Brukeval, dit-il, hésitant et timide. Un cousin de Jondalar.

Il avait une voix grave et sonore, très agréable.

— Salutations ! Je m'appelle Ayla des Mamutoï, répondit-elle, intriguée.

Il ne ressemblait pas aux autres Zelandonii. Au lieu des yeux bleus ou gris de la majorité d'entre eux, il avait de grands yeux sombres. Marron, peut-être, Ayla n'aurait su le dire à la lumière du feu. Plus frappant encore que ses yeux, son aspect général, qui paraissait familier : il avait les traits du Clan !

C'est un mélange du Clan et des Autres, j'en suis sûre, pensa-t-elle. Elle l'étudia, mais à la dérobée, car il avait réveillé en elle le comportement d'une femme du Clan et elle se surprit à ne pas oser le regarder ouvertement. Ce ne devait pas être un mélange égal, moitié Clan moitié Autres, comme Echozar, promis à Joplaya... ou comme son propre fils.

L'aspect des Autres était plus prononcé chez cet homme. Il avait un front haut, presque droit, et quand il se tourna, elle remarqua que si sa tête était allongée, l'arrière en était rond, dépourvu de chignon occipital. Les arcades sourcilières qui surmontaient ses grands yeux profondément enfoncés constituaient cependant son trait le plus marquant : elles n'étaient pas aussi proéminentes que chez les hommes du Clan mais faisaient nettement saillie. Son nez aussi était imposant, et quoique plus fin que chez ceux du Clan, il en avait la forme générale.

Ayla pensa qu'il devait avoir un menton fuyant. C'était difficile à dire à cause de sa barbe brune, qui évoquait les hommes qu'elle avait connus enfant. La première fois que Jondalar s'était rasé, comme il le faisait d'ordinaire en été, elle avait éprouvé un choc tant il lui avait paru jeune, presque enfantin. C'était la première fois qu'elle voyait un adulte sans barbe. Cet homme était un peu plus petit que la moyenne des Zelandonii, un peu plus petit qu'elle, mais puissamment bâti, trapu, avec des muscles lourds et un torse massif.

Brukeval présentait les particularités masculines des hommes avec qui elle avait grandi et elle lui trouvait une sorte de séduction familière. Elle avait la tête qui tournait — décidément, plus de coupe de barma pour elle — et se sentait attirée par cet homme.

Le sourire de la jeune femme traduisait ses sentiments, mais Brukeval trouvait aussi une timidité engageante dans ses regards obliques et sa façon de baisser la tête. Il n'était pas accoutumé à ce que les femmes lui réservent un accueil aussi chaleureux, en particulier les jolies femmes qui se pressaient autour de son séduisant cousin.

— Je me suis dit que tu aimerais peut-être boire une coupe du barma de Laramar, fit-il. Ils sont tous autour de toi à vouloir te parler, mais aucun ne pense que tu pourrais avoir soif.

— Merci. Oui, j'ai soif, mais plus de cette boisson, répondit-elle en désignant la coupe. J'ai déjà la tête qui tourne.

Elle lui adressa un autre de ses sourires irrésistibles, et Brukeval, sous le charme, en oublia un moment de respirer. Toute la soirée, il avait eu envie de lier connaissance avec elle mais il n'avait pas osé l'aborder. Il lui était déjà arrivé de se faire éconduire par de jolies femmes, et Ayla, avec ses cheveux dorés resplendissant à la lumière du feu, son corps ferme et bien proportionné mis en valeur par le cuir souple, ses traits un peu étranges qui lui donnaient un attrait exotique, était à coup sûr la femme la plus belle qu'il eût jamais vue.

— Je peux t'apporter autre chose à boire ? finit-il par proposer, avec l'empressement d'un jeune garçon désireux de plaire.

— Fiche le camp, Brukeval. J'étais là le premier, lui lança Charezal, qui ne plaisantait qu'à moitié.

Toute la soirée, il avait essayé d'entraîner Ayla à l'écart, ou tout au moins de lui arracher la promesse de le retrouver un autre jour. Peu d'hommes auraient persisté à tenter d'éveiller l'intérêt d'une femme choisie par Jondalar, mais cela ne faisait qu'un an que Charezal avait quitté une grotte lointaine pour devenir membre de la Neuvième Caverne. Plus jeune que Jondalar de quelques années, il n'avait même pas encore accédé au rang d'homme lorsque les deux frères avaient entamé leur Voyage et il ignorait que le grand homme blond avait la réputation de savoir fort bien s'y prendre avec les femmes. Il avait en revanche entendu des ragots au sujet de Brukeval.

— Tu ne penses quand même pas qu'elle pourrait s'intéresser à quelqu'un dont la mère était à moitié Tête Plate ? lui assena-t-il.

Le silence se fit dans la foule. Personne, depuis des années, n'avait parlé de cette façon à Brukeval. Le visage déformé par une expression de haine, il fixa Charezal avec une rage à peine maîtrisée. Ayla était abasourdie par cette transformation. Elle avait vu cette expression de rage chez un homme du Clan, et cela l'effrayait.

Mais ce n'était pas la première fois qu'on se moquait ainsi de Brukeval. Il avait été particulièrement sensible au sort d'Ayla quand la foule s'était gaussée des vêtements offerts par Marona et ses amies. Lui aussi avait été la cible de plaisanteries cruelles. Il avait eu envie de se précipiter pour la protéger, comme Jondalar l'avait fait, et lorsqu'il l'avait vue affronter les rires, il avait eu les larmes aux yeux — et il était tombé amoureux d'elle.

Ensuite, torturé par l'indécision, il avait hésité à se présenter à elle, bien qu'il mourût d'envie de lui parler. Les femmes ne réagissaient pas toujours favorablement à ses approches, et il aimait mieux admirer Ayla de loin que sentir sur lui le regard dédaigneux que lui adressaient certaines beautés. Enfin, après l'avoir longtemps admirée, il décida de tenter sa chance. Et elle avait été si gentille ! Elle avait paru apprécier sa présence. Son sourire chaleureux la rendait encore plus belle.

Dans le silence qui suivit la remarque de Charezal, Brukeval vit Jondalar se placer derrière Ayla pour la protéger. Il enviait son cousin. Il avait toujours envié cet homme, plus grand que la plupart des Zelandonii. Bien que Jondalar n'eût jamais pris part aux moqueries dirigées contre lui et qu'il l'eût même plus d'une fois défendu, Brukeval sentait qu'il avait pitié de lui, ce qui était pire. Maintenant, Jondalar était revenu avec cette femme magnifique que tout le monde admirait. Pourquoi certains avaient-ils autant de chance ?

Son regard de haine en direction de Charezal avait bouleversé Ayla plus que Brukeval ne pouvait le soupçonner. Elle n'avait pas vu une telle expression depuis qu'elle avait quitté le Clan. Cela lui rappelait la façon dont Broud, le fils de Brun, la regardait souvent. Même si Brukeval ne lui en voulait pas, elle frissonna à ce souvenir, eut envie de partir et se tourna vers Jondalar.

— Allons-nous-en, je suis fatiguée, lui dit-elle à mi-voix en mamutoï.

Elle prit conscience en prononçant ces mots qu'elle était vraiment lasse, épuisée en fait. Ils venaient de terminer un long et pénible voyage, et il s'était passé tant de choses depuis leur arrivée qu'elle avait peine à croire qu'une journée seulement s'était écoulée. Il y avait eu l'angoisse de rencontrer la famille de Jondalar, la tristesse de lui apprendre la mort de Thonolan, le désagrément de la plaisanterie de Marona, ainsi que l'excitation de faire la connaissance de tous les membres de cette nombreuse Caverne, et maintenant Brukeval. C'était trop.

Jondalar se rendait compte que l'incident entre les deux hommes avait affecté sa compagne et il devinait pourquoi.

— La journée a été longue, dit-il. Je crois qu'il est temps de rentrer.

Brukeval parut consterné de les voir partir si vite.

— Vous devez vraiment partir ? demanda-t-il d'un ton hésitant.

— Il est tard et je suis fatiguée, répondit Ayla en lui souriant.

Quand il n'avait pas son expression de rage, c'était plus facile de lui sourire, même si cela manquait de chaleur. Ayla s'éloigna avec Jondalar mais, lorsqu'elle regarda derrière elle, elle remarqua que Brukeval dardait encore sur Charezal un regard mauvais.

Sur le chemin de l'habitation de Marthona, elle demanda à Jondalar :

— Tu as remarqué comme ton cousin regardait Charezal ? Avec une telle haine...

— Je ne lui reproche pas sa réaction, répondit Jondalar, qui n'appréciait guère Charezal, lui non plus. C'est une terrible insulte de traiter quelqu'un de Tête Plate, et encore plus sa mère. Brukeval a déjà subi ce genre de moqueries, surtout quand il était jeune : les enfants peuvent être cruels.

Jondalar expliqua que, lorsque Brukeval était enfant, les autres le traitaient de Tête Plate pour le taquiner. Bien qu'il fût dépourvu du caractère spécifique dont ce surnom tirait son origine — le front fuyant —, ces deux mots ne manquaient jamais de le mettre en fureur. Et pour le jeune orphelin qu'il était, c'était encore pire de parler d'une mère qu'il avait à peine connue en faisant référence à la plus terrible abomination imaginable, mi-animale, mi-humaine.

Avec la cruauté désinvolte des enfants, ceux qui étaient plus âgés ou plus forts que lui prenaient plaisir à provoquer cette réaction émotionnelle en le traitant de Tête Plate ou de Fils d'Abomination. Mais, en prenant de l'âge, Brukeval compensa en puissance ce qui lui manquait en taille. Après quelques bagarres avec des garçons qui, quoique plus grands que lui, ne pouvaient rivaliser avec sa force musculaire phénoménale, surtout quand elle s'accompagnait d'une rage incontrôlée, les autres gamins mirent fin aux moqueries, du moins devant lui.

— Je ne sais pas pourquoi cela dérange tellement les gens mais c'est sans doute vrai, dit Ayla. Je crois qu'il est en partie Clan. Il me rappelle Echozar, encore que Brukeval soit moins Clan. Ce n'est pas aussi fort chez lui... à part ce regard. J'ai cru revoir la façon dont Broud me regardait.

— Je ne suis pas sûr qu'il soit un mélange. Il a peut-être un ancêtre venu de loin, et ce n'est qu'un hasard s'il présente une ressemblance superficielle avec les Tê... avec les membres du Clan.

— Brukeval est ton cousin. Que sais-tu de lui ?

— Rien dont je sois sûr, mais je peux te répéter ce que j'ai entendu. Certains anciens racontent que sa grand-mère, alors qu'elle était à peine une jeune femme, s'est retrouvée séparée d'un groupe qui se rendait à une lointaine Réunion d'Eté. C'est là qu'elle devait être initiée aux Premiers Rites. Lorsqu'on l'a retrouvée, l'été touchait à sa fin. Elle était hagarde, tenait des propos incohérents, prétendait avoir été attaquée par des animaux. Elle ne s'est jamais vraiment remise. Peu après son retour, on s'est aperçu que la Mère lui avait accordé d'être grosse alors qu'elle n'avait jamais connu les Premiers Rites. Elle est morte peu après avoir donné naissance à la mère de Brukeval, ou peut-être à cause de ça.

— Où était-elle pendant sa disparition, d'après eux ?

— Personne ne le sait.

— Elle a dû trouver de la nourriture et un abri quelque part.

— Je ne crois pas qu'ils l'aient retrouvée à demi morte de faim.

— On sait par quels animaux elle a été attaquée ?

— Pas à ma connaissance.

— Elle portait des traces de dents ou d'autres blessures ?

— Je ne sais pas.

Aux abords des habitations, Ayla s'arrêta et regarda Jondalar à la faible lumière d'un croissant de lune et d'un feu lointain.

— Les Zelandonii considèrent les membres du Clan comme des animaux, non ? Est-ce que sa grand-mère a dit quoi que ce soit au sujet de ceux que vous appelez les Têtes Plates ?

— Les anciens racontent qu'elle les détestait, qu'elle s'enfuyait en hurlant lorsqu'elle en voyait un.

— Et la mère de Brukeval ? Tu l'as connue ? Comment était-elle ?

— Je ne me rappelle pas grand-chose, j'étais très jeune, répondit Jondalar. Je crois me souvenir qu'elle était petite, avec de beaux yeux, sombres comme ceux de Brukeval, tirant sur le marron mais pas marron foncé, plutôt noisette. On disait que c'était ce qu'elle avait de mieux.

— Tirant sur le marron, comme ceux de Guban ?

— Maintenant que tu le dis, je crois que oui.

— Tu es sûr que la mère de Brukeval ne ressemblait pas aux membres du Clan, comme Echozar... et Rydag ?

— Je ne crois pas qu'on la trouvait très jolie, mais je ne me souviens pas qu'elle ait eu des arcades sourcilières proéminentes, comme Yorga. Elle n'a jamais eu de compagnon. Je pense que les hommes ne s'intéressaient pas trop à elle.

— Alors, comment est-elle devenue grosse ?

— Tu es toujours convaincue qu'il faut un homme pour ça ? Tout le monde a dit que la Mère lui avait accordé un enfant, mais Zolena... Zelandoni m'a fait remarquer un jour qu'elle était l'une des rares femmes à avoir obtenu cette faveur tout de suite après les Premiers Rites. On pense toujours que c'est trop jeune, mais cela arrive.

Ayla approuva d'un hochement de tête.

— Qu'est-elle devenue ?

— Je ne sais pas. D'après Zelandoni, elle était de santé fragile. Je crois qu'elle est morte quand Brukeval n'avait que deux ou trois lunes. Il a été élevé par la mère de Marona, une cousine de sa propre mère, mais je ne pense pas qu'elle se soit beaucoup occupée de lui. C'était plus par obligation. Marthona le gardait quelquefois. Je me rappelle avoir joué avec lui quand nous étions petits. Même alors, certains garçons plus âgés le tourmentaient déjà. Il détestait qu'on le traite de Tête Plate ; il se battait avec tous ceux qui le faisaient, même quand ils étaient deux fois plus grands que lui. Ils ont cessé de l'insulter quand il a commencé à avoir le dessus. Il n'est pas grand mais il est fort.

— Pas étonnant qu'il ait été furieux contre Charezal. Au moins, je comprends, maintenant. Mais ce regard... dit Ayla en frissonnant. Exactement comme celui de Broud. Aussi loin que ma mémoire remonte, Broud m'a toujours haïe. Je ne sais pas pourquoi. Il me haïssait, et tout ce que j'ai pu faire n'y a rien changé. J'ai pourtant essayé, mais je vais te dire une chose, Jondalar : je n'aimerais pas être l'objet de la haine de Brukeval.

Loup leva la tête pour les accueillir quand ils entrèrent chez Marthona. Il avait trouvé les fourrures d'Ayla et s'était couché en rond à côté de la couche lorsqu'elle lui avait ordonné de rentrer. Ayla sourit en voyant ses yeux luire à la lumière d'une lampe que Marthona avait laissée allumée. Il lui lécha le visage et le cou quand elle s'assit puis souhaita la bienvenue à Jondalar.

— Il n'est pas habitué à tant de gens, dit-elle en prenant la tête de l'animal entre ses mains. Qu'est-ce qu'il y a, Loup ? Beaucoup d'étrangers d'un seul coup ? Je sais ce que tu ressens.

— Ils ne resteront pas étrangers longtemps, Ayla, assura Jondalar. Tout le monde t'aime déjà.

— Sauf Marona et ses amies.

Elle se redressa, défit les lanières du haut de cuir souple qui aurait dû servir de sous-vêtement d'hiver à un jeune garçon.

Jondalar était encore préoccupé par le comportement de Marona, et Ayla aussi, semblait-il. Il aurait préféré qu'elle ne subisse pas une telle épreuve, surtout le jour de son arrivée. Il voulait qu'elle soit heureuse parmi les siens, dont elle ferait bientôt partie. Mais il était fier de la façon dont elle avait réagi.

— Tu as été formidable. La manière dont tu as remis Marona à sa place...

— Pourquoi voulait-elle me ridiculiser ? Elle ne me connaissait pas, elle n'avait même pas essayé de me rencontrer.

— C'est ma faute, reconnut Jondalar, qui cessa de délacer la partie supérieure d'une de ses chausses. Marona était en droit d'espérer que je serais là pour les Matrimoniales, cet été-là. Je suis parti sans explications, elle a dû être blessée. Qu'éprouverais-tu si l'homme à qui tu comptes t'unir disparaissait du jour au lendemain ?

— Je serais très malheureuse, et sans doute fâchée contre toi, mais j'espère que je ne m'en prendrais pas à quelqu'un que je ne connais pas, répondit Ayla en défaisant ses jambières. Tu m'avais pourtant dit que les Zelandonii font grand cas de la courtoisie et de l'hospitalité.

— La plupart, oui.

— Mais pas tous. Pas tes anciennes amies. Tu devrais peut-être me dire de qui je devrais me méfier.

— Ne laisse pas Marona influencer ton opinion sur les autres. Tu n'as pas senti comme la plupart des gens t'aiment déjà ? Donne-leur une chance.

— Et ceux qui se moquent des orphelins et finissent par en faire des Broud ?

— La plupart des Zelandonii ne sont pas comme ça.

Elle poussa un long soupir.

— Non, tu as raison, concéda-t-elle. Ta mère n'est pas comme ça, ni ta sœur ni le reste de ta famille. Même Brukeval s'est montré très gentil avec moi. Simplement, la dernière fois que j'ai vu cette expression, c'est quand Broud a demandé à Goov de me maudire. Excuse-moi, Jondalar, je suis fatiguée.

Elle tendit brusquement les bras vers lui, enfouit son visage au creux de son cou et eut un sanglot.

— Je voulais faire bonne impression aux tiens, reprit-elle, nouer de nouvelles amitiés, mais ces femmes ne voulaient pas devenir mes amies. Elles faisaient seulement semblant.

— Tu n'aurais pu faire meilleure impression. Marona a toujours eu un caractère épouvantable mais j'étais sûr qu'elle trouverait quelqu'un d'autre pendant mon absence. Elle est très attirante, tout le monde disait toujours que c'était la plus belle de toutes les femmes, la plus désirable, à toutes les Réunions d'Eté. Je crois que c'est pour cette raison qu'on s'attendait à notre union.

— Parce que tu étais le plus beau et elle la plus belle ?

— Je suppose, répondit Jondalar. (Il se sentit rougir et se félicita qu'il fît sombre.) Je me demande pourquoi elle n'a pas de compagnon.

— Elle a dit qu'elle en a eu un mais que cela n'a pas duré.

— Je sais, mais pourquoi n'a-t-elle pas trouvé quelqu'un d'autre ? Ce n'est pas comme si elle avait soudain oublié comment donner du plaisir à un homme, ou comme si elle était devenue moins attirante, moins désirable.

— Qui sait ? Puisque tu n'as pas voulu d'elle, les autres hommes ont peut-être commencé à la regarder différemment. Une femme prête à blesser quelqu'un qu'elle ne connaît même pas peut être moins attirante que tu ne penses, expliqua Ayla en défaisant la jambière.

— J'espère que ce n'est pas ma faute. L'idée qu'il lui est impossible de trouver un autre compagnon à cause de moi...

— Pourquoi serait-ce ta faute ?

— Ne viens-tu pas de dire que, comme je n'avais pas voulu d'elle, les autres hommes... ?

— L'ont regardée différemment ? S'ils n'ont pas aimé ce qu'ils ont vu, est-ce ta faute ?

— Eh bien... euh...

— Tu peux te reprocher d'être parti sans explications. Marona en a été vexée. Mais elle a eu cinq ans pour dénicher quelqu'un d'autre, et tu dis toi-même qu'on la trouve très désirable. Non, ce n'est pas ta faute.

Il réfléchit, finit par hocher la tête.

— Tu as raison, approuva-t-il en achevant de se dévêtir. Dormons, maintenant. Les problèmes nous paraîtront plus simples demain.

En se coulant sous les fourrures chaudes et confortables, Ayla eut une autre idée :

— Si Marona est tellement douée pour le Plaisir, je me demande pourquoi elle n'a pas d'enfants.

— J'espère que tu as raison et que c'est le Don de la Mère qui fait les enfants. Ce serait comme un double don, fit Jondalar avec un petit rire... (Il relevait la fourrure de son côté quand il arrêta soudain son geste.) C'est vrai ! Elle n'a pas d'enfant.

— Ne soulève pas la couverture comme ça, protesta Ayla à voix basse. Il fait froid.

Il se hâta de la rejoindre, colla son corps nu contre le sien.

— C'est peut-être pour cette raison qu'elle n'a pas de compagnon, reprit-il. Quand un homme prend une compagne, il cherche généralement une femme qui peut apporter des enfants à son foyer. Une femme peut avoir des enfants et rester au foyer de sa mère, ou même fonder son propre foyer, mais la seule façon pour un homme d'avoir des enfants dans son foyer, c'est de s'unir à une femme qui puisse y apporter des enfants. Si Marona s'est unie et n'a pas eu d'enfants, cela l'a peut-être rendue moins désirable.

— Ce serait triste, dit Ayla avec une soudaine bouffée de pitié.

Elle connaissait son propre désir d'enfant. Elle avait voulu un bébé à elle dès qu'elle avait vu Iza enfanter Uba, et la haine de Broud lui en avait donné un. C'était cette haine qui l'avait poussé à la forcer ; s'il ne l'avait pas forcée, aucune nouvelle vie n'aurait grandi en elle.

Elle ne le savait pas à l'époque, bien sûr, mais elle l'avait compris en regardant son fils. Le Clan de Brun n'avait jamais vu un enfant comme celui d'Ayla, et puisque son fils n'était pas tout à fait comme elle — comme les Autres — ses membres avaient cru que c'était un rejeton déformé du Clan, mais elle voyait bien, elle, que son fils était un mélange. Il présentait certains caractères propres à sa mère, certains autres propres au Clan, et par intuition elle en avait déduit que, lorsqu'un homme mettait son organe à l'endroit d'où venaient les bébés, cela faisait naître une nouvelle vie. Ce n'était pas ce que le Clan croyait, ce n'était pas ce que croyait le peuple de Jondalar ou aucun des Autres, mais Ayla était persuadée que c'était la vérité.

Etendue à côté de son compagnon, sachant qu'elle portait en elle le bébé de cet homme, elle ressentit de la pitié pour la femme qui avait perdu Jondalar et, peut-être, ne pouvait avoir d'enfants. Pouvait-elle reprocher à Marona d'en souffrir ? Qu'éprouverait-elle si elle perdait Jondalar ? Ses yeux s'embuèrent mais, en même temps, la conscience d'avoir de la chance fit monter en elle une vague de chaleur.

Marona lui avait quand même joué un sale tour, dont l'issue aurait pu être grave. Toute la Caverne aurait pu se retourner contre Ayla. Elle éprouvait de la compassion pour Marona mais elle n'était pas obligée d'avoir de la sympathie pour elle. Et puis il y avait Brukeval. Sa ressemblance avec ceux du Clan avait suscité en elle un élan d'amitié, mais à présent elle était méfiante.

Jondalar la tint contre lui jusqu'à ce qu'il la sentît endormie puis il ferma les yeux et céda lui aussi au sommeil. Ayla se réveilla dans la nuit en sentant une pression dans son bas-ventre et une envie de se soulager. Loup la suivit en silence vers le panier de nuit placé près de l'entrée. Quand elle se glissa de nouveau sous les fourrures, il se coucha en rond contre elle. Sentant avec reconnaissance la chaleur et la protection de l'animal d'un côté, celles de son compagnon de l'autre, elle mit pourtant longtemps à se rendormir.

8

Ayla dormit tard. Lorsqu'elle se redressa et regarda autour d'elle, Jondalar était parti, Loup aussi. Elle se retrouvait seule dans l'habitation mais quelqu'un avait laissé une outre pleine d'eau et un bassin en natte tressée très serré pour qu'elle puisse se rafraîchir. A côté, une coupe de bois sculpté contenait un liquide froid qui sentait la menthe, mais elle n'avait pas envie de boire pour le moment.

Elle se leva pour aller se soulager dans le panier : c'était net, elle avait constaté qu'elle avait beaucoup plus souvent envie. Puis elle saisit son sac à amulettes et le fit prestement passer par-dessus sa tête avant d'utiliser le bassin non pour se laver mais pour recueillir le contenu de son estomac tourmenté. L'envie de vomir était plus forte que d'habitude, ce matin-là. Le barma de Laramar, pensa-t-elle. Nausée du lendemain conjuguée à la nausée du matin. Je crois que je vais m'abstenir de boire. De toute façon, ce n'est probablement pas bon pour moi ni pour le bébé, en ce moment.

Après avoir vidé son estomac, elle se rinça la bouche avec la boisson à la menthe puis remarqua que quelqu'un avait posé près des fourrures les vêtements propres mais tachés qu'elle avait eu l'intention de porter à l'origine la veille. En les enfilant, elle se rappela les avoir laissés près de l'entrée. Elle comptait garder la tenue que Marona lui avait offerte, en partie parce qu'elle était résolue à l'adopter, pour lui faire honte, mais aussi parce qu'elle la trouvait confortable et qu'elle ne voyait rien de mal à la mettre. Pas aujourd'hui, cependant.

Elle noua autour de sa taille la solide lanière qu'elle avait portée pendant le Voyage, fit glisser la gaine du couteau à sa place familière, ajusta le reste des ustensiles et des poches qui pendaient à la ceinture puis repassa son sac à amulettes autour de son cou. Elle prit le bassin malodorant, l'emporta mais le laissa près de l'entrée faute de savoir où le vider et se mit en quête de quelqu'un qui pourrait la renseigner. Une femme accompagnée d'un enfant qui se dirigeait vers l'habitation la salua. Des profondeurs de sa mémoire, Ayla fit surgir un nom.

— Je te souhaite une agréable journée... Ramara. C'est ton fils ?

— Oui. Robenan veut jouer avec Jaradal et je cherche Proleva. Elle n'est pas chez elle, je me demandais si elle n'était pas ici.

— Il n'y a personne. Quand je me suis levée, tout le monde était parti. Je ne sais pas où. Je me sens très paresseuse, ce matin. J'ai dormi tard.

— Comme la plupart des gens. Rares sont ceux qui ont eu envie de se lever tôt après la fête d'hier soir. Laramar fabrique un breuvage puissant, il est connu pour ça... Pour ça seulement, ajouta Ramara.

Ayla crut percevoir du dédain dans le ton de la femme. Cela la fit hésiter un peu à lui demander où se débarrasser du résultat de ses nausées matinales, mais il n'y avait personne d'autre alentour et elle ne voulait pas laisser le bassin là.

— Ramara... est-ce que je peux te demander... où je pourrais... jeter...

La femme parut intriguée puis regarda l'endroit vers lequel Ayla avait tourné la tête et sourit.

— Tu veux parler des fosses, je suppose. Tu vois là-bas, vers le bord est de la terrasse ? Pas devant, où on allume les feux de signaux, mais dans le fond. Il y a un sentier.

— Oui, je le vois.

— Il monte vers le sommet de la colline, reprit Ramara. Suis-le un moment, tu arriveras à une bifurcation. La piste de gauche est plus escarpée, elle mène au sommet. Prends celle de droite, elle s'incurve autour du flanc de la colline jusqu'à un endroit d'où tu pourras voir la Rivière des Bois, en bas. Un peu plus loin, il y a un terrain découvert où on a creusé plusieurs fosses : tu les sentiras avant d'y arriver. Cela fait un moment que nous n'y avons pas répandu de poudre.

— De la poudre ?

— De la poudre de falaise cuite. Nous en répandons souvent, mais je ne crois pas que tout le monde en fasse autant.

Ramara se pencha pour soulever Robenan, qui commençait à s'agiter.

— Comment fait-on cuire de la poudre de falaise... et pourquoi ?

— On commence par réduire la roche en poudre puis on la chauffe, généralement dans le foyer des feux de signaux, et on la jette dans les fosses. Pourquoi ? Parce que cela chasse une bonne partie de l'odeur ou que ça la couvre. Mais, quand on jette de l'eau dans les fosses, la poudre redevient dure, et, lorsqu'elles sont pleines de saletés et de poudre de roche durcie, il faut en creuser d'autres, ce qui demande beaucoup de travail. Alors nous ne les saupoudrons pas trop souvent. Il faudrait le faire, en ce moment. Nous sommes une grande Caverne, les fosses sont très souvent utilisées. Suis simplement le sentier, tu les trouveras sans difficulté.

— J'en suis sûre. Merci, Ramara, dit Ayla tandis que la femme s'éloignait.

Elle alla récupérer le bassin, pensa à emporter l'outre pour le rincer et prit la direction du sentier. Trouver de la nourriture et la conserver pour un groupe aussi nombreux représente beaucoup de travail, pensa-t-elle en marchant, mais se débarrasser des excréments aussi. Les membres du Clan de Brun se contentaient d'aller dehors, les femmes dans un endroit, les hommes dans un autre, et ils changeaient de lieux chaque année. Ayla repensa au système que Ramara lui avait décrit et fut intriguée.

L'obtention de chaux vive par chauffage, ou calcination, de calcaire, son utilisation pour atténuer l'odeur des excréments, ce n'était pas une pratique qu'elle connaissait, mais pour des hommes qui vivaient au pied de falaises calcaires et qui gardaient des feux constamment allumés, la chaux vive constituait un sous-produit naturel. Après avoir nettoyé un foyer de ses cendres, qui contenaient invariablement de la chaux accumulée par hasard, et les avoir jetées sur un tas d'autres déchets, ils n'avaient sans doute pas été longs à remarquer leur effet désodorisant.

Avec un tel nombre d'hommes et de femmes vivant en un lieu plus ou moins permanent — sauf en été, lorsque divers groupes s'absentaient —, beaucoup de tâches requéraient les efforts et la coopération de toute la communauté, comme le fait de creuser des fosses ou, comme Ayla venait de l'apprendre, de rôtir des morceaux de falaise calcaire afin d'obtenir de la chaux vive.

Le soleil atteignait presque son zénith quand Ayla revint des fosses. Elle trouva un endroit où laisser sécher le bassin tressé puis décida de passer voir les chevaux et d'en profiter pour remplir l'outre. Plusieurs personnes la saluèrent lorsqu'elle parvint sur le devant de la terrasse. Elle sourit, hocha la tête en réponse mais se sentit un peu gênée avec ceux dont elle avait oublié le nom. Elle se reprocha son manque de mémoire et se promit d'apprendre au plus vite le nom de chacun.

Cela lui rappela ce qu'elle éprouvait quand certains membres du Clan de Brun lui signifiaient qu'ils la trouvaient un peu lente parce qu'elle n'avait pas une aussi bonne mémoire que les jeunes du Clan. Désireuse de s'intégrer à ceux qui l'avaient recueillie, elle s'obligeait donc à se souvenir de ce qu'on lui expliquait pour la première fois. Elle ignorait qu'en exerçant son intelligence naturelle à retenir ce qu'elle apprenait, elle développait ses capacités de mémorisation bien au-delà de la normale.

Avec le temps, elle finit par constater que la mémoire des membres du Clan ne fonctionnait pas comme la sienne. Bien qu'elle ne comprît pas tout à fait qui ils étaient, elle savait qu'ils avaient des « souvenirs » qu'elle n'avait pas, en tout cas pas de la même façon. Sous la forme d'un instinct qui avait évolué selon une ligne un peu différente, les membres du Clan possédaient à leur naissance la plupart des connaissances qui leur seraient nécessaires pour survivre, des informations qui étaient passées à la longue dans les gènes de leurs ancêtres, de la même façon que tout animal — l'homme y compris — acquiert un savoir instinctif.

Au lieu de devoir mémoriser, comme Ayla, les enfants du Clan avaient seulement besoin qu'on leur « rappelle » une chose une seule fois pour déclencher leurs « souvenirs » innés. Les membres du Clan savaient beaucoup de choses sur leur monde et sur la façon d'y vivre ; dès qu'ils avaient assimilé quelque chose de nouveau, ils ne l'oubliaient jamais, mais, à la différence d'Ayla et de son espèce, ils n'apprenaient pas facilement. Le changement leur était difficile, et les Autres apportaient le changement avec eux.

Whinney et Rapide n'étaient pas dans le pré où elle les avait laissés mais paissaient un peu plus haut dans la vallée, loin de la partie plus fréquentée, proche du confluent de la Rivière des Bois et de la Rivière. En découvrant Ayla, la jument baissa la tête, la releva, décrivit un cercle dans l'air avec ses naseaux. Puis elle tendit le cou et, la queue dressée, galopa vers la jeune femme. Rapide caracolait près de sa mère, les oreilles et la queue dressées, avançant d'une foulée souple.

Ils saluèrent d'un hennissement, Ayla leur répondit de la même manière et sourit. « Qu'est-ce qui vous rend si heureux, tous les deux ? » demanda-t-elle, utilisant les signes du Clan et les mots qu'elle avait inventés pour son usage dans sa vallée. C'était ainsi qu'elle s'était adressée à Whinney depuis le début et qu'elle continuait à parler aux chevaux. Elle savait qu'ils ne la comprenaient pas complètement mais qu'ils reconnaissaient certains mots et certains signes, ainsi que le ton avec lequel elle exprimait son plaisir de les voir.

« Vous avez l'air contents de vous, aujourd'hui. Vous savez que nous sommes arrivés au bout de notre Voyage et que nous n'irons pas plus loin ? poursuivit-elle. Vous aimez cet endroit ? Je l'espère. » Elle les gratta là où ils aimaient puis palpa les flancs et le ventre de Whinney pour essayer de savoir si elle était pleine après son escapade avec l'étalon.

« C'est trop tôt pour en être sûre mais je crois que tu vas avoir un bébé, toi aussi, Whinney. Même chez moi, cela ne se voit pas encore beaucoup et j'ai déjà sauté ma deuxième période lunaire. »

Elle examina son corps comme elle l'avait fait pour la jument en pensant : ma taille est plus épaisse, mon ventre plus rond, mes seins douloureux et un peu plus gros. Elle poursuivit sa réflexion en la mettant en mots et en signes : « J'ai des nausées le matin mais seulement quand je me lève, pas comme avant, quand j'avais tout le temps envie de vomir. Aucun doute, je suis grosse, mais je me sens bien. Assez bien pour une promenade à cheval. Ça te dirait, un peu d'exercice, Whinney ? »

L'animal releva de nouveau la tête comme pour répondre.

Je me demande où est Jondalar, pensa Ayla. Je vais le chercher et lui proposer de m'accompagner. Je prendrai en même temps la couverture, c'est plus confortable.

D'un mouvement souple acquis par la pratique, elle empoigna la crinière courte de Whinney et sauta sur son dos puis prit le chemin de l'abri. Elle dirigeait l'animal par la pression des muscles de ses jambes, sans même y penser — avec le temps, c'était devenu une seconde nature —, et le laissait avancer à son pas. Elle entendit Rapide la suivre comme il en avait l'habitude.

Combien de temps encore serai-je capable de sauter sur son dos comme ça ? Il me faudra quelque chose sur quoi poser le pied quand j'aurai un gros ventre, se dit Ayla, souriant de plaisir à la perspective d'avoir un enfant. Ses pensées dérivèrent sur le long Voyage que Jondalar et elle venaient d'accomplir, et sur la journée de la veille. Elle avait rencontré tant d'hommes et de femmes qu'elle avait du mal à se les rappeler tous, mais il avait raison : la plupart des gens n'étaient pas mauvais. Je ne devrais pas laisser les rares individus qui le sont — Brukeval lorsqu'il se conduit comme Broud, et cette Marona — m'empêcher d'éprouver des sentiments cordiaux envers les autres. Je me demande pourquoi on se souvient plus facilement des mauvais. Peut-être parce qu'ils ne sont pas très nombreux.

La journée était belle, le soleil réchauffait même le vent. En approchant d'un affluent de la Rivière, guère plus qu'un ruisseau, mais à l'eau vive et étincelante, Ayla regarda vers l'amont et découvrit une petite chute. Elle avait soif, et, comme elle voulait remplir l'outre, elle se dirigea vers l'eau claire qui cascadait sur la paroi rocheuse.

La jeune femme descendit de cheval et tous trois burent dans le bassin au bas de la chute, après quoi Ayla plongea l'outre dans le liquide froid. Elle demeura un moment assise, rafraîchie, un peu indolente, ramassant des cailloux pour les jeter dans l'eau. Elle explora des yeux l'endroit inconnu, nota quelques détails. Elle prit une autre pierre, la fit rouler dans sa paume, y jeta un coup d'œil distrait avant de la laisser tomber.

Il lui fallut un moment pour prendre conscience de la nature de cette pierre. Elle se mit alors à la chercher, et lorsqu'elle l'eut retrouvée — celle-là ou une autre semblable — elle la regarda plus attentivement. C'était un nodule gris et or, avec les angles vifs et les côtés plats inhérents à sa structure cristalline. Elle saisit le couteau de silex qu'elle portait dans une gaine à sa ceinture et en frappa la pierre. Des étincelles jaillirent. Elle frappa de nouveau.

— De la pierre à feu ! dit-elle, criant presque.

Elle n'en avait pas vu depuis qu'elle avait quitté sa vallée. Elle examina avec soin les cailloux qui jonchaient la berge du ruisseau et repéra un autre morceau de pyrite de fer, puis un troisième. Elle en ramassa quelques-uns avec une excitation croissante.

Assise sur ses talons, elle considéra le petit tas de cailloux. Il y a des pierres à feu ici ! jubila-t-elle. Nous n'aurons plus à faire attention à celles que nous possédons, nous pourrons nous en procurer d'autres.

Impatiente de montrer sa trouvaille à Jondalar, elle prit les pierres, siffla pour appeler Whinney, qui s'était éloignée vers un carré d'herbe succulente, mais, au moment où elle s'apprêtait à la monter, elle aperçut son compagnon qui marchait à grands pas vers elle, suivi de Loup.

— Jondalar ! Regarde ce que j'ai trouvé ! cria-t-elle en courant vers lui pour lui montrer les morceaux de pyrite. Des pierres à feu ! Il y en a plein par ici, près de ce ruisseau !

Il s'élança vers elle avec un grand sourire dû autant à la joie exubérante d'Ayla qu'à sa remarquable découverte.

— J'ignorais qu'il y en avait à proximité, mais il faut dire que je ne prêtais pas beaucoup attention à ce type de pierres. Je cherchais toujours des silex. Montre-moi où tu les as trouvées.

Elle le conduisit vers le petit bassin au pied de la cascade, inspecta les pierres du lit du ruisseau et de ses berges.

— Regarde ! s'exclama-t-elle, triomphante. Encore une.

Jondalar s'agenouilla, ramassa la pierre.

— Tu as raison ! Cela change beaucoup de choses : chacun pourrait avoir sa pierre à feu. S'il y en a à cet endroit, il y en a peut-être aussi ailleurs, dans les environs. Personne ici ne connaît les pierres à feu, je n'ai pas encore eu le temps d'en parler.

— Folara est au courant, Zelandoni aussi.

— Comment savent-elles ?

— Tu te rappelles le breuvage calmant que Zelandoni a préparé pour Willamar quand tu lui as appris la mort de ton frère ? J'ai effrayé Folara quand j'ai utilisé une pierre à feu pour rallumer le feu qui s'était éteint. Je lui ai promis de lui montrer comment on procédait. Elle l'a dit à Zelandoni.

— Alors, Zelandoni sait. D'une manière ou d'une autre, elle finit toujours par savoir avant les autres. Nous reviendrons plus tard chercher d'autres pierres. Pour le moment, il y a des gens qui veulent te parler.

— Me parler du Clan ?

— Joharran est venu ce matin pour nous emmener à une réunion mais je l'ai convaincu de te laisser dormir. Je lui ai parlé de notre rencontre avec Guban et Yorga. Tous les membres de la Caverne sont très intéressés et la plupart ont du mal à croire que ce sont des êtres humains. Zelandoni a analysé certaines Légendes Anciennes — c'est elle qui connaît l'histoire des Zelandonii — pour tenter d'y déceler des allusions à des Têtes Plates... des membres du Clan... qui auraient vécu ici avant nous. Quand Ramara nous a appris que tu étais levée, Joharran m'a envoyé te chercher. Il n'est pas le seul à avoir beaucoup de questions à te poser.

Jondalar avait emporté la bride de Rapide mais le fringant jeune étalon était encore d'humeur joueuse et rechignait à se laisser dompter. Avec de la patience, et en le grattant là où cela le démangeait, l'homme finit par le convaincre. Il monta sur son dos et repartit vers l'abri en traversant les bois de la petite vallée. Se portant à hauteur de sa compagne, il demanda après un temps d'hésitation :

— Tu te sens bien ? Ramara nous a dit que tu étais malade ce matin, peut-être à cause du barma de Laramar.

Cela va être difficile de garder un secret ici, pensa-t-elle.

— Je vais bien.

— Son breuvage est fort. Tu n'allais pas très bien, hier soir.

— J'étais fatiguée. Et ce matin, ce n'était qu'une petite nausée, parce que je vais avoir un bébé.

A l'expression de Jondalar, elle soupçonna qu'il y avait autre chose qui le préoccupait.

— C'était une rude journée. Tu as rencontré beaucoup de gens...

— Et la plupart d'entre eux m'ont plu, répondit-elle en le regardant avec un petit sourire. Je n'ai pas l'habitude de voir autant de monde en même temps. C'est comme à un Rassemblement du Clan. Je ne me rappelle même pas le nom de chacun d'eux.

— Tu viens à peine de faire leur connaissance. Personne ne s'attend que tu te rappelles tout le monde.

Ils mirent pied à terre dans le pré et laissèrent les chevaux à l'extrémité du sentier. Levant les yeux, Ayla vit la Pierre qui Tombe se dessiner sur le ciel clair. Elle eut l'impression qu'il en émanait une étrange lueur, mais, quand elle cligna des yeux, la lueur disparut. Le soleil brille fort, se dit-elle, j'ai dû le regarder sans me protéger les yeux.

Loup surgit de l'herbe haute. Il les avait suivis en flânant, reniflant l'entrée d'un terrier, remontant la piste d'une odeur prometteuse. Quand il avisa Ayla immobile et clignant des yeux, il jugea le moment venu d'accueillir comme il se devait le chef de sa meute. Le grand canidé la prit par surprise en sautant pour poser ses pattes sur les épaules de la jeune femme. Elle chancela, retrouva l'équilibre et se campa sur ses jambes pour soutenir le poids de l'animal qui lui léchait la mâchoire et la tenait entre ses crocs.

— Bonjour, Loup ! dit-elle, ébouriffant les poils de sa tête et pressant son front contre le sien. Tu as l'air content, toi aussi, aujourd'hui. Comme les chevaux.

Il se laissa retomber et la suivit sur le sentier, insensible aux regards ébahis de ceux qui n'avaient pas encore assisté à cette démonstration d'affection et aux petits sourires moqueurs de ceux qui raillaient la réaction des premiers.

Ils traversèrent la zone d'habitation puis l'aire de travail pour gagner l'extrémité sud-ouest de l'abri. Ayla découvrit plusieurs personnes près des cendres du feu de la veille.

— Vous voilà ! dit Joharran en quittant son bloc de calcaire pour s'avancer à leur rencontre.

Lorsqu'elle se fut approchée, Ayla remarqua un petit feu brûlant au bord du grand cercle noirci. A côté, on avait posé un panier enduit d'une substance noire et plein d'un liquide fumant à la surface duquel flottaient des morceaux de feuilles et autres matières végétales. Proleva remplit une coupe qu'elle tendit à Ayla :

— Bois une tisane bien chaude.

Ayla goûta : le mélange d'herbes était agréable et la réchauffait. Elle but une autre gorgée mais s'aperçut qu'elle aurait préféré quelque chose de solide. Le liquide lui soulevait le cœur et elle avait mal à la tête. Elle s'assit sur un bloc de pierre inoccupé en espérant que son estomac se calmerait. Loup se coucha à ses pieds. Elle garda la coupe dans sa main sans la boire, regretta de ne pas avoir préparé un peu de ce breuvage spécial du « lendemain » qu'elle avait concocté pour Talut, le chef mamutoï du Camp du Lion.

Zelandoni dévisagea l'étrangère, crut détecter des signes familiers et suggéra à Proleva :

— Le moment est peut-être bien choisi pour manger quelque chose. Il y a des restes d'hier soir ?

— Bonne idée, approuva Marthona. La mi-journée est passée. Tu as mangé ce matin, Ayla ?

— Non, répondit la jeune femme, reconnaissante de cette sollicitude. J'ai dormi tard puis je suis allée aux fosses et dans la vallée de la Rivière des Bois voir les chevaux. J'ai rempli l'outre à un ruisseau. C'est là que Jondalar m'a trouvée.

— Je fais apporter à manger pour tout le monde, dit Proleva, qui se dirigea vers les habitations d'un pas vif.

Ayla regarda autour d'elle pour voir qui participait à la réunion et croisa aussitôt les yeux de Willamar. Ils échangèrent un sourire. Il était en train de parler à Marthona, Zelandoni et Jondalar. Joharran avait tourné son attention vers Solaban et Rushemar, les deux hommes qui semblaient être ses amis et ses conseillers. Ayla se rappela que Ramara, la femme accompagnée d'un petit garçon qu'elle avait rencontrée en sortant de chez Marthona, était la compagne de Solaban. Elle avait aussi fait la connaissance de la compagne de Rushemar la veille et ferma les yeux pour se rappeler son nom... Salova, oui. Le fait de rester assise avait mis fin à sa nausée.

Parmi toutes les autres personnes présentes, elle se souvenait que l'homme aux cheveux gris était le chef d'une grotte voisine et s'appelait Manvelar. Il s'adressait à un autre homme qu'elle ne pensait pas avoir rencontré et qui lançait parfois vers le loup un regard chargé d'appréhension. La femme grande et mince qui dégageait une impression d'autorité était elle aussi chef d'une Caverne mais Ayla avait oublié son nom. L'homme assis à côté d'elle portait un tatouage semblable à celui de Zelandoni, et Ayla devina que c'était un Guide Spirituel.

Tous dans ce groupe étaient chefs, d'une manière ou d'une autre. Dans le Clan, ils auraient été les membres de plus haut rang. Chez les Mamutoï, l'équivalent du Conseil des Sœurs et Frères. Les Zelandonii n'avaient pas une autorité double composée d'une sœur et d'un frère pour chaque Camp, comme les Mamutoï. Chez eux, certains chefs étaient des hommes, d'autres des femmes.

Proleva revint du même pas rapide, mais les mains vides. Bien qu'elle fût responsable de la nourriture du groupe — c'était à elle que Zelandoni s'était adressée —, il n'entrait manifestement pas dans ses attributions de l'apporter et de la servir. Elle reprit sa place à la réunion, et elle paraissait se considérer comme une participante active : la compagne d'un chef pouvait être un chef, elle aussi, semblait-il.

Dans le Clan, toutes les personnes participant à ce genre de réunion auraient été des hommes. Il n'existait pas de femmes chefs, les femmes n'avaient pas de rang propre. Excepté les guérisseuses, la position d'une femme dépendait du rang de son compagnon. Comment les deux groupes allaient-ils concilier ces coutumes différentes s'ils entraient un jour en contact ? se demanda Ayla.

— Ramara et Lenoja nous préparent un repas, annonça Proleva en adressant un signe de tête à Solaban et à Rushemar.

— Bien, fit Joharran, donnant apparemment le signal de la reprise.

Les bavardages cessèrent et tout le monde se tourna vers lui.

— Ayla a été présentée hier soir. Vous êtes-vous tous présentés ?

— Je n'étais pas là hier soir, répondit l'homme qui parlait l'instant d'avant au chef à tête grise.

— Alors, laisse-moi te présenter, dit Joharran.

Quand l'homme s'avança, Ayla se leva mais fit signe à Loup de rester couché.

— Ayla, voici Brameval, Homme Qui Ordonne de Petite Vallée, la Quatorzième Caverne des Zelandonii. Brameval, voici Ayla du Camp du Lion des Mamutoï... (Joharran s'interrompit le temps de se remettre en mémoire le reste des noms et liens de la jeune femme)... Fille du Foyer du Mammouth.

Cela suffit ainsi, pensa-t-il. Brameval déclina son nom et sa fonction en tendant ses mains.

— Au nom de Doni, sois la bienvenue, dit-il.

Ayla prit les mains tendues.

— Au nom de Mut, Mère de toute chose, appelée aussi Doni, je te salue, répondit-elle en souriant.

Il avait remarqué son accent la première fois qu'elle avait parlé, et plus encore lorsqu'elle s'était adressée à lui, mais il lui rendit son sourire et retint les mains de la jeune femme dans les siennes.

— Petite Vallée est un très bon endroit pour pêcher du poisson, déclara-t-il. Les membres de la Quatorzième Caverne sont reconnus comme les meilleurs pêcheurs ; nous fabriquons de très bons pièges à poisson. Nous sommes voisins, il faut que tu nous rendes visite sans tarder.

— Merci, ce sera avec plaisir. J'aime le poisson, j'aime l'attraper, mais je ne sais pas comment le prendre au piège. Quand j'étais jeune, j'ai appris à le capturer à la main.

Ayla souligna ses propos en levant ses deux mains, que Brameval tenait encore dans les siennes.

— Voilà quelque chose que j'aimerais voir, dit-il en la lâchant.

La femme chef s'avança.

— Je voudrais te présenter notre doniate, le Zelandoni de Bord de Rivière. Il n'était pas présent non plus hier soir. La Onzième Caverne est connue pour fabriquer les radeaux utilisés afin de remonter et descendre la Rivière. C'est beaucoup plus facile de transporter de lourdes charges sur un radeau qu'à dos d'homme. Si cela t'intéresse, viens nous voir, tu seras la bienvenue.

— J'aimerais beaucoup voir comment vous fabriquez vos radeaux, répondit Ayla en tâchant de se rappeler si cette femme lui avait été présentée et quel était son nom. Les Mamutoï confectionnent une sorte de grand bol flottant avec des peaux épaisses tendues sur un cadre en bois ; ils s'en servent pour transporter les gens avec leurs affaires de l'autre côté d'une rivière. En venant ici, Jondalar et moi en avons fabriqué un afin de traverser une rivière large, mais la rivière était agitée et notre petite embarcation était trop légère et difficile à contrôler. Quand nous l'avons attaché aux perches à tirer de Whinney, ça s'est mieux passé.

— Qu'est-ce qu'une perche à tirer de winnie ? demanda la femme de la Onzième Caverne.

— Whinney est le nom d'un des chevaux, Kareja, dit Jondalar. La perche à tirer est une invention d'Ayla. Elle peut t'expliquer ce que c'est.

Ayla la décrivit et ajouta :

— Grâce à elle, Whinney m'aidait à rapporter les animaux que je chassais jusqu'à mon abri.

— Quand nous sommes parvenus de l'autre côté de la rivière, dit Jondalar, nous avons décidé d'attacher le bateau aux perches à la place de la natte, car cela nous permettrait d'y mettre plus de choses. Ainsi, quand nous traversions une rivière, nos affaires n'étaient pas mouillées : le bateau flottait et, attaché aux perches, il était plus facile à manœuvrer.

— Les radeaux peuvent être aussi un peu difficiles à diriger, dit la femme chef. C'est le cas pour tout ce qui flotte.

— Non, pas toujours. Pendant notre Voyage, nous avons passé quelque temps chez les Sharamudoï. Ils creusent des pirogues dans des troncs d'arbre, ils effilent l'avant et l'arrière, et ils se servent de rames pour les diriger où ils veulent. Cela exige de l'expérience, mais les Ramudoï, la moitié Rivière des Sharamudoï, maîtrisent bien cette pratique.

— Qu'est-ce que c'est qu'une rame ?

— C'est une sorte de cuillère aplatie qu'ils utilisent pour faire avancer le bateau sur l'eau. J'ai aidé à fabriquer l'un de leurs bateaux et j'ai appris à me servir des rames.

— Penses-tu que c'est plus efficace que les longues perches que nous utilisons pour pousser les radeaux ?

— Cette conversation sur les bateaux est très intéressante, Kareja...

L'auteur de l'interruption était plus petit que la femme chef, et frêle de stature.

— Mais je n'ai pas encore été présenté, poursuivit-il. Je crois qu'il vaut mieux que je m'en charge moi-même.

Kareja rougit mais s'abstint de tout commentaire. En entendant son nom, Ayla se souvint qu'elle lui avait été présentée.

— Je suis Zelandoni de la Onzième Caverne des Zelandonii, connue aussi sous le nom de Bord de Rivière. Au nom de Doni, la Grande Terre Mère, je te souhaite la bienvenue, Ayla des Mamutoï,

Fille du Foyer du Mammouth, Choisie par l'Ours et le Lion des Cavernes, dit l'homme en tendant les mains.

— Je salue en toi, Zelandoni de la Onzième Caverne, un de Ceux Qui Servent la Mère de toute chose, répondit Ayla en lui prenant les mains.

Il avait une poignée de main vigoureuse qui contredisait sa constitution fragile, et Ayla sentit non seulement sa puissance nerveuse mais aussi une grande force intérieure. Elle décela aussi dans sa façon de se mouvoir quelque chose qui évoquait certains Mamutoï qu'elle avait rencontrés à la Réunion d'Eté.

Le vieux Mamut qui l'avait adoptée lui avait parlé de ceux qui portaient l'essence de l'homme et de la femme en un seul corps. Ils passaient pour posséder le pouvoir des deux sexes, et on les craignait parfois, mais quand ils rejoignaient les rangs de Ceux Qui Servaient la Mère, on les croyait particulièrement puissants et ils étaient les bienvenus. En conséquence, avait-il expliqué, un grand nombre d'hommes qui se sentaient attirés par les hommes comme l'est une femme, ou de femmes sensibles à l'attrait des femmes comme l'est un homme, gravitaient autour du Foyer du Mammouth. Elle se demanda s'il en allait de même pour la Zelandonia et conclut, à en juger par l'homme qui se tenait devant elle, que tel était le cas.

Elle remarqua à nouveau le tatouage qui ornait sa tempe. Comme celui de la Première Zelandoni, il était constitué de carrés, certains définis par de simples traits, d'autres colorés, mais il en avait moins, et c'étaient d'autres qui étaient colorés, avec également des marques courbes. Ayla se rendit compte qu'à l'exception de Jondalar et d'elle-même tous les participants à la réunion présentaient un tatouage facial. Le plus discret était celui de Willamar, le plus chargé ornait le visage de la femme chef, Kareja.

— Puisque Kareja a déjà vanté les avantages de la Onzième Caverne, continua le doniate, je me contenterai de t'inviter à nous rendre visite, mais je voudrais te poser une question. Es-tu de Celles Qui Servent ?

— Non, répondit Ayla en plissant le front. D'où te vient cette idée ?

— J'ai écouté les ragots, avoua-t-il en souriant. A voir la domination que tu exerces sur les animaux... (il tendit le bras vers Loup) beaucoup pensent que tu dois en faire partie. Et j'ai entendu parler de ce peuple chasseur de mammouths qui vit à l'est. On dit que, chez eux, Ceux Qui Servent ne mangent que du mammouth et vivent tous ensemble, dans un même foyer peut-être. Quand on t'a présentée comme Ayla « du Foyer du Mammouth », je me suis demandé si tout cela était vrai.

— Pas tout à fait, répondit-elle avec un sourire. Il est exact que, chez les Chasseurs de Mammouths, Ceux Qui Servent la Mère appartiennent au Foyer du Mammouth, mais cela ne signifie pas qu'ils vivent tous ensemble. C'est plus un nom, comme la « Neuvième Caverne ». Il y a de nombreux Foyers : celui du Lion, du

Renard, de la Grue. Ils indiquent… la lignée à laquelle une personne appartient. On naît dans un foyer, ou on est adopté. Plusieurs Foyers différents forment un Camp, qui porte le nom du Foyer de son fondateur. Le mien s'appelait le Camp du Lion parce que Talut, son Homme Qui Ordonne, était du Foyer du Lion. Sa sœur Tulie était la Femme Qui Ordonne : chaque Camp a à sa tête une sœur et un frère.

Tout le monde écoutait avec intérêt. Découvrir comment d'autres peuples vivaient et s'organisaient fascinait ces hommes qui ne connaissaient guère que leurs coutumes.

— Mamutoï signifie dans leur langue « le peuple qui chasse le mammouth », ou peut-être « les enfants de la Mère qui chassent le mammouth », puisqu'ils honorent aussi la Mère, poursuivit Ayla. Le mammouth est particulièrement sacré pour eux ; c'est pourquoi le Foyer du Mammouth est le plus souvent réservé à Ceux Qui Servent. On choisit ce foyer, ou on se sent choisi, mais moi j'ai été adoptée par le vieux Mamut du Camp du Lion, je suis donc une « Fille du Foyer du Mammouth ». Si j'appartenais à Celles Qui Servent, j'aurais dit « Choisie par le Foyer du Mammouth » ou « Appelée au Foyer du Mammouth ».

Les deux Zelandonia s'apprêtaient à poser d'autres questions mais Joharran les devança. Bien qu'il fût intrigué, lui aussi, il s'intéressait plus au peuple qui avait élevé Ayla qu'à celui qui l'avait adoptée.

— J'aimerais en entendre davantage sur les Mamutoï, dit-il, mais Jondalar nous a raconté des choses surprenantes sur ces Têtes Plates que vous avez rencontrés sur le chemin du retour. Si ce qu'il dit est vrai, nous devons considérer les Têtes Plates d'une manière différente. Pour être franc, je crains qu'ils ne représentent une menace plus grande que nous ne l'avions imaginé.

— Pourquoi une menace ? demanda Ayla, sur ses gardes.

— D'après Jondalar, ils… ils pensent. Nous les avons toujours tenus pour des animaux à peine différents de l'ours des cavernes, peut-être même apparentés. Une espèce plus petite, plus intelligente, mais des animaux quand même.

— Nous savons que certaines grottes des environs ont autrefois servi de tanières à des ours, intervint Marthona. Et Zelandoni nous a raconté que selon les Histoires et les Légendes des Anciens, les Premiers ont parfois tué ou chassé les ours pour avoir un abri. Si certains de ces ours étaient en fait des Têtes Plates… si… si ce sont des êtres intelligents, tout est possible.

— Si ce sont des êtres intelligents que nous avons traités comme des animaux, des animaux hostiles… commença Joharran avant de marquer une pause. Je dois dire qu'à leur place j'envisagerais une façon de me venger. J'aurais essayé depuis longtemps. Il faut être conscient de cela.

Ayla se détendit. Joharran avait exposé son point de vue et elle comprenait mieux pourquoi il pensait que le Clan représentait une menace. Il avait peut-être raison, d'ailleurs.

— Je me demande si c'est pour cette raison que nous avons toujours insisté sur la nature animale des Têtes Plates, dit Willamar. Tuer des animaux pour se procurer de la nourriture ou un abri, c'est une chose. Mais si ce sont des êtres humains, même des êtres humains assez étranges, c'est autre chose. Nul n'aimerait penser que ses ancêtres ont tué des hommes et volé leurs abris, mais, si on se dit que c'étaient des animaux, l'idée devient acceptable.

Ayla trouva la remarque d'une sagacité étonnante, mais Willamar avait déjà émis des commentaires sages et intelligents. Elle commençait à comprendre pourquoi Jondalar avait toujours parlé de lui avec affection et respect. C'était un homme exceptionnel.

— Le ressentiment peut sommeiller longtemps, pendant de nombreuses générations, observa Marthona. S'ils ont des histoires et légendes, cela leur donne une longue mémoire, et des ennuis peuvent surgir. Puisque tu les connais si bien, Ayla, nous pourrions peut-être te poser quelques questions.

La compagne de Jondalar se demanda si elle devait leur révéler que le Clan possédait en effet des légendes mais qu'il n'en avait pas besoin pour se rappeler son histoire, puisque tous ses membres naissaient avec une longue mémoire.

— Il serait avisé de tenter de prendre contact avec eux d'une autre manière, suggéra Joharran. Nous éviterions peut-être les conflits. Pourquoi ne pas leur envoyer une délégation, pour discuter de troc, par exemple ?

— Qu'en penses-tu, Ayla ? demanda Willamar. Est-ce qu'un peu de troc avec nous les intéresserait ?

— Je ne sais pas. Ceux que j'ai côtoyés connaissaient l'existence de gens comme nous. Pour eux, nous étions les Autres, et ils évitaient le contact. La plupart du temps, les membres du petit groupe où j'ai grandi ne pensaient pas aux Autres. Ils savaient que j'en faisais partie, que je n'appartenais pas au Clan, mais j'étais un enfant, une fille, en plus. J'avais peu d'importance pour Brun et les hommes, du moins tant que j'étais jeune. Le Clan de Brun ne vivait pas à proximité des Autres, je crois que c'était une chance pour moi. Jusqu'à ce qu'ils me trouvent, aucun d'entre eux n'avait jamais vu un jeune des Autres ; certains n'avaient jamais aperçu d'adulte, même de loin. Ils étaient disposés à me recueillir, à prendre soin de moi, mais j'ignore comment ils auraient réagi s'ils avaient été chassés de leurs grottes par une bande de jeunes gens brutaux.

— Jondalar nous a expliqué que les Têtes Plates que vous avez rencontrés en chemin avaient déjà eu des contacts, dit Willamar. Si d'autres peuples font du troc avec eux, pourquoi pas nous ?

— Ne faut-il pas d'abord savoir si ce sont vraiment des êtres humains et non des animaux apparentés aux ours des cavernes ? questionna Brameval.

— Ce sont des êtres humains, affirma Jondalar. Si tu avais eu des contacts avec l'un d'eux, tu le saurais. Ils sont intelligents, en plus. J'en ai rencontré d'autres que ce couple que nous évoquions à l'instant. Il faudra que je te raconte certaines anecdotes à ce sujet, plus tard.

Manvelar prit la parole :

— Tu dis que tu as été élevée par les Têtes Plates, Ayla. Parle-nous d'eux. Comment se comportent-ils ?

L'homme aux cheveux gris ne semblait pas du genre à tirer des conclusions sans avoir cherché à en apprendre le plus possible. Ayla hocha la tête et prit le temps de réfléchir avant de répondre :

— C'est intéressant que vous les croyiez apparentés aux ours des cavernes. Il y a là une sorte d'étrange vérité : les membres du Clan le croient aussi. Il leur arrive même de vivre avec un ours.

— Ah, fit Brameval, comme pour signifier : « Je vous l'avais bien dit ! »

Ayla s'adressa directement à lui :

— Le Clan vénère Ursus, le Grand Ours des Cavernes, à la façon dont les Autres honorent la Grande Terre Mère. Il se donne le nom de Clan de l'Ours des Cavernes. Quand il tient son grand Rassemblement — une sorte de Réunion d'Eté, mais qui n'a pas lieu tous les ans —, il célèbre une cérémonie sacrée pour l'Esprit de l'Ours des Cavernes. Longtemps avant le Rassemblement, les membres du Clan hôte capturent un ourson, qui vit avec eux dans leur grotte. Ils le nourrissent et l'élèvent comme un de leurs enfants, du moins jusqu'à ce qu'il ait grandi. Ils construisent alors pour lui en enclos dont il ne pourra pas s'enfuir mais continuent à le nourrir et à le dorloter.

« Au Rassemblement du Clan, les hommes rivalisent pour avoir l'honneur d'envoyer Ursus dans le Monde des Esprits afin qu'il parle pour le Clan et transmette ses messages. Les trois hommes qui ont remporté le plus d'épreuves sont choisis : il faut au moins ce nombre pour envoyer un ours des cavernes de taille adulte dans le Monde d'Après. Si c'est un honneur d'être choisi, c'est aussi très dangereux. Souvent, l'ours entraîne plus d'un homme avec lui dans le Monde des Esprits.

— Ils communiquent donc avec le Monde des Esprits, souligna Zelandoni de la Onzième Caverne.

— Et ils enterrent leurs morts avec de l'ocre rouge, ajouta Jondalar, sachant que ce détail avait une signification profonde pour cet homme.

— Il nous faudra du temps pour nous habituer à cette idée, prédit la femme chef de la Onzième Caverne. Du temps et beaucoup de réflexion. Cela va provoquer de nombreux changements.

— Tu as raison, Kareja, acquiesça la Première parmi Ceux Qui Servent.

— Pour le moment, pas besoin de réflexion pour prendre le temps de manger, dit Proleva, les yeux tournés vers le bord est de la terrasse.

Les autres se tournèrent dans la même direction, d'où approchait une file de Zelandonii portant des plateaux de nourriture.

Les participants à la réunion se répartirent en petits groupes pour se sustenter. Manvelar s'assit à côté d'Ayla, en face de Jondalar. La veille, il n'avait pas manqué de se présenter, mais, avec la foule qui entourait la nouvelle venue, il n'avait pas essayé de mieux la connaître. Il savait qu'il aurait l'occasion de le faire plus tard, sa Caverne était proche.

— On t'a adressé plusieurs invitations, mais permets-moi d'en ajouter une, dit-il. Tu dois venir au Rocher des Deux Rivières, la Troisième Caverne des Zelandonii est tout près.

— Si la Quatorzième Caverne est réputée pour ses pêcheurs, et la Onzième pour ses radeaux, pour quoi la Troisième est-elle renommée ? voulut savoir Ayla.

— La chasse, répondit Jondalar à la place de Manvelar.

— Mais tout le monde chasse, non ? objecta-t-elle.

— Bien sûr. C'est pour cela qu'ils n'en tirent pas vanité, parce que tout le monde chasse. Certains chasseurs d'autres Cavernes prennent plaisir à raconter leurs prouesses, et elles sont peut-être réelles, mais, comme groupe, la Troisième Caverne est celle des meilleurs chasseurs.

— Oh, nous en tirons vanité à notre façon, reconnut Manvelar avec un sourire. Mais, si nous sommes devenus d'aussi bons chasseurs, c'est grâce à l'emplacement de notre abri, situé au-dessus du confluent de deux rivières aux larges vallées herbeuses. Celle-ci, dit-il en tendant vers la Rivière une main qui tenait un os enrobé de viande, et une autre appelée la Rivière des Prairies. La plupart des animaux que nous chassons migrent par ces deux vallées, et nous nous trouvons au meilleur endroit pour les observer à toutes les périodes de l'année. Nous avons appris à estimer le moment probable où certains de ces animaux se montreront, et nous prévenons en général toutes les autres Cavernes, mais nous sommes souvent les premiers à les chasser.

— C'est peut-être vrai, dit Jondalar, mais tous les chasseurs de ta Caverne sont bons, pas seulement deux ou trois. Ils travaillent tous avec opiniâtreté pour se perfectionner. Tous. Ayla le comprend. Elle aime chasser, elle est stupéfiante avec une fronde, et attends d'avoir vu le nouveau lance-sagaie que nous avons inventé. Il projette une lance plus loin et plus vite, c'est incroyable. Ayla est plus précise, moi je lance un peu plus loin, mais n'importe qui peut toucher un animal à une distance deux ou trois fois plus grande qu'en lançant une sagaie à la main.

— J'aimerais voir ça ! Joharran veut organiser une chasse prochainement pour augmenter les réserves de vivres destinées à la Réunion d'Eté. Ce serait l'occasion de faire la démonstration de cette nouvelle arme.

Se tournant vers Ayla, Manvelar ajouta :

— Vous participerez tous deux à la chasse ?

— Je l'espère, répondit la jeune femme. (Elle avala une bouchée puis regarda les deux hommes.) J'ai une question. Pourquoi les

Cavernes sont-elles appelées de cette façon ? Leurs numéros ont-ils une signification ?

— Les Cavernes les plus anciennes ont les numéros les plus bas, expliqua Jondalar. Elles ont été fondées en premier. La Troisième avant la Neuvième, la Neuvième avant la Onzième ou la Quatorzième. Il n'y a plus de Première Caverne. La plus ancienne est la Deuxième Caverne des Zelandonii, qui se trouve non loin d'ici. Vient ensuite celle de Manvelar, qui a été fondée par les Premiers.

— Quand tu m'as appris les mots pour compter, Jondalar, tu les récitais toujours dans un certain ordre, remarqua Ayla. Ici, c'est la Neuvième Caverne, et la tienne est la Troisième, Manvelar. Où sont les membres des Cavernes fondées entre les deux ?

L'homme aux cheveux gris sourit. Ayla avait choisi la bonne personne pour poser des questions sur les Zelandonii. Depuis longtemps, il se passionnait pour l'histoire de son peuple et avait recueilli une masse d'informations auprès de divers membres de la Zelandonia, de conteurs itinérants et de gens qui avaient entendu des histoires transmises de génération en génération. Les membres de la Zelandonia, y compris Zelandoni elle-même, faisaient parfois appel à ses connaissances.

— Pendant les années écoulées depuis que les Premiers ont établi les Cavernes Fondatrices, beaucoup de choses ont changé, expliqua Manvelar. Des hommes sont partis ou ont trouvé une compagne ailleurs. Certaines Cavernes se sont réduites, d'autres se sont développées.

— Comme la Neuvième, certaines ont pris des dimensions inhabituelles, ajouta Jondalar.

Manvelar poursuivit :

— Les Histoires font état de maladies qui ont parfois causé de nombreuses morts, et de mauvaises années où des Cavernes ont connu la famine. Quand elles comptaient trop peu de membres, deux d'entre elles ou davantage s'unissaient. La Caverne née de la fusion prenait souvent le numéro le plus bas mais pas toujours. Quand elles devenaient trop nombreuses pour leur abri, elles se scindaient pour former une nouvelle Caverne, souvent proche. Voilà longtemps, un groupe de la Deuxième Caverne est allé s'établir de l'autre côté de sa vallée. Il a choisi le nom de Septième Caverne parce que, à l'époque, il existait une Troisième, une Quatrième, une Cinquième et une Sixième Caverne. Aujourd'hui, il y a encore une Troisième, bien sûr, et une Cinquième, plus au nord, mais la Quatrième et la Sixième ont disparu.

Ravie d'en savoir plus sur les Zelandonii, Ayla eut un sourire reconnaissant. Ils continuèrent un moment leur repas en silence puis elle songea à une autre question :

— Toutes les Cavernes sont connues pour un talent, comme la pêche, la chasse ou la fabrication de radeaux ?

— La plupart, répondit Jondalar.

— La Neuvième est réputée pour quoi ?

Manvelar devança Jondalar :

— Pour ses artistes et ses artisans. Toutes les Cavernes ont des artisans habiles mais la Neuvième possède les meilleurs. C'est en partie pour cette raison qu'elle compte tant de membres. Leur nombre croît avec les enfants que les femmes mettent au monde, bien sûr, mais tous ceux qui souhaitent recevoir la meilleure formation dans un domaine artisanal, de la sculpture à la fabrication d'outils, rejoignent la Neuvième Caverne.

— C'est surtout à cause d'En-Aval, intervint Jondalar.

— Qu'est-ce que c'est ? demanda Ayla.

— L'abri le plus proche en aval d'ici. Il n'accueille pas une Caverne organisée, comme le nombre de gens qui le fréquentent pourraient le faire croire. C'est l'endroit où des hommes et des femmes vont travailler sur leur projet, en parler à d'autres personnes. Je t'y conduirai... peut-être après cette réunion si nous terminons avant la nuit.

Lorsque tout le monde se fut rassasié, y compris ceux qui avaient servi ainsi que les enfants de plusieurs participants et Loup, ils se détendirent en buvant un bol ou une coupe de tisane chaude. Ayla se sentait beaucoup mieux. Sa nausée avait disparu, son mal de tête aussi, mais son envie fréquente d'uriner se manifesta de nouveau. Tandis que ceux qui avaient apporté le repas repartaient avec des plats presque vides, Ayla remarqua que Marthona se tenait à l'écart et s'approcha d'elle.

— Y a-t-il un endroit proche où on peut se soulager ? s'enquit-elle à voix basse. Ou faut-il retourner aux habitations ?

— Je pensais justement à la même chose, répondit Marthona avec un sourire. Un sentier conduit à la Rivière, près de la Pierre Debout, un peu escarpé vers le sommet, mais il mène à un lieu proche de la berge qui est surtout utilisé par les femmes. Je vais te montrer.

Loup suivit les deux femmes, regarda un moment Ayla puis renifla une odeur alléchante et partit explorer une autre partie de la rive. Sur le chemin du retour, elles croisèrent Kareja qui descendait et lui adressèrent un hochement de tête entendu.

Une fois que tout eut été débarrassé et que Jondalar se fut assuré de la présence de chacun, il se leva pour signifier que la réunion reprenait.

— Pendant le repas, commença-t-il, Kareja a soulevé une question. Jondalar dit qu'il peut communiquer avec les Têtes Plates — le Clan, comme tu les appelles, Ayla — mais pas comme toi. Connais-tu leur langue aussi bien qu'il le prétend ?

— Oui, je la connais. J'ai été élevée par eux. Je ne parlais aucune autre langue avant de rencontrer Jondalar. J'avais dû en connaître une autre quand j'étais très jeune, avant de perdre mon peuple, mais je n'en gardais aucun souvenir.

— L'endroit où tu as grandi était loin d'ici : un an de voyage, n'est-ce pas ? reprit Joharran. La langue de peuples semblables à nous mais qui vivent loin d'ici n'est pas la même que la nôtre. Je ne comprenais pas quand toi et Jondalar parliez mamutoï. Même les

Losadunaï, qui vivent beaucoup plus près, ont une langue différente. Certains mots se ressemblent, et j'arrive à saisir une partie de ce qu'ils disent, mais je ne peux pas communiquer au-delà de notions simples. Alors comment pourrais-tu, toi qui viens de si loin, comprendre la langue de membres du Clan qui vivent près d'ici ?

— Quand nous avons rencontré Guban et Yorga, je n'étais pas sûre d'arriver à converser avec eux, répondit Ayla. Mais c'est différent, non seulement parce qu'ils utilisent des signes à la place des mots, mais aussi parce qu'ils possèdent deux langues.

— Comment cela, deux langues ? s'étonna Zelandoni, Première parmi Ceux Qui Servent.

— Ils ont une langue ordinaire que chaque clan utilise dans la vie de tous les jours. Elle se compose pour l'essentiel de signes, de gestes, de postures et d'expressions, mais elle comporte aussi quelques mots, même si les membres du Clan ne peuvent pas prononcer autant de sons que les Autres. Certains clans utilisent plus de mots que d'autres. La langue ordinaire et les mots de Guban et Yorga étaient différents de ceux de mon clan et je ne les comprenais pas. Mais le Clan possède aussi une langue ancestrale qu'il utilise pour communiquer avec le Monde des Esprits et avec ceux dont la langue quotidienne est différente. Cette langue est très ancienne et ne comporte aucun mot, excepté quelques noms de personnes. C'est celle dont je me suis servie.

— Attends, dit Zelandoni. Ce Clan — nous parlons des Têtes Plates — a non seulement une langue mais deux, et l'une d'elles permet de communiquer avec n'importe quel autre Tête Plate, même s'il vit à un an de distance ?

— C'est difficile à croire, fit Jondalar avec un grand sourire. Mais c'est vrai.

Zelandoni secoua la tête ; les autres avaient l'air tout aussi sceptiques.

— Cette langue est très ancienne, et les membres du Clan ont une très bonne mémoire, tenta d'expliquer Ayla. Ils n'oublient rien.

— De toute façon, j'ai peine à croire qu'ils puissent communiquer uniquement avec des gestes et des signes, déclara Brameval.

— Moi aussi, dit Kareja. Comme Joharran l'a souligné à propos des Losadunaï et des Zelandonii, il ne s'agit peut-être que de notions simples.

— Tu nous as fait une petite démonstration hier chez moi. Tu pourrais recommencer ? suggéra Marthona à Ayla.

— Si, comme tu le dis, Jondalar connaît un peu cette langue, il traduira pour nous, ajouta Manvelar.

Tous approuvèrent de la tête. Ayla se leva, se concentra puis, avec les signes de la langue ancestrale, elle déclara :

— Cette femme voudrait saluer l'homme, Manvelar.

Elle avait prononcé le nom à voix haute, mais avec un accent particulier, beaucoup plus fort que d'habitude.

— Je te salue, Manvelar, traduisit Jondalar.

— Cette femme voudrait saluer l'homme, Joharran, poursuivit Ayla.

— Et toi aussi, Joharran, dit Jondalar.

Ils continuèrent par quelques phrases simples mais Jondalar se rendait compte qu'ils n'arrivaient pas à transmettre aux autres toute l'étendue de cette langue complexe quoique silencieuse.

— J'ai l'impression que tu fais juste les signes de base, dit-il.

— Je ne crois pas que tu pourrais traduire autre chose, répondit-elle. C'est tout ce que je vous ai appris, à toi et aux membres du Camp du Lion. Juste assez pour pouvoir communiquer avec Rydag. Des phrases plus compliquées n'auraient pas beaucoup de sens pour toi.

— Quand tu nous as fait ta démonstration, tu te traduisais toi-même, objecta Marthona. Je pense que ce serait plus clair.

— Oui, fais la même chose, approuva Jondalar. En te servant des deux langues.

— D'accord, mais qu'est-ce que je dois dire ?

— Parle-nous de ta vie avec les membres du Clan, proposa Zelandoni. Tu te souviens de l'époque où ils t'ont recueillie ?

Jondalar sourit à la femme obèse. L'idée était bonne : non seulement Ayla leur montrerait ce qu'était cette langue mais elle leur ferait sentir la compassion d'un peuple prêt à recueillir une orpheline, même une orpheline étrangère. Cela leur montrera que le Clan a traité l'une des nôtres mieux que nous ne le traitons, pensa-t-il.

Ayla réfléchit un instant puis, utilisant en même temps les signes de la langue ancestrale du Clan et les mots des Zelandonii, elle commença :

— Je ne me souviens pas bien des premiers jours, mais Iza m'a souvent raconté comment elle m'avait trouvée. Ils cherchaient une nouvelle grotte. Un tremblement de terre — probablement celui dont je rêve encore — avait détruit leur abri ; des pierres tombant à l'intérieur de la caverne avaient tué plusieurs membres du Clan de Brun et causé beaucoup de dégâts. Ils avaient enterré leurs morts et étaient partis. Même si la grotte était encore utilisable, rester aurait porté malheur. Les Esprits de leurs totems étaient mécontents dans ce lieu et voulaient qu'ils partent. Ils se déplaçaient rapidement car ils devaient trouver très vite un nouvel abri, non seulement pour eux mais pour fournir aux Esprits protecteurs un endroit où ils seraient heureux.

Bien qu'Ayla s'efforçât de garder une voix neutre et de se concentrer sur les signes, tous étaient déjà captivés par son récit. Pour les Zelandonii, les totems étaient un aspect de Doni, et ils connaissaient les désastres que la Grande Terre Mère pouvait provoquer quand elle n'était pas satisfaite.

— Iza m'a raconté qu'ils longeaient une rivière lorsqu'ils ont aperçu des oiseaux charognards tournoyant dans le ciel. Brun et Grod ont été les premiers à me voir mais ils ont passé leur chemin. Ils cherchaient de la nourriture, or ils ne mangent pas la chair d'êtres humains, pas même celle des Autres.

Ayla enchaînait signes et mouvements avec grâce et aisance.

— Quand elle m'a découverte gisant sur le sol près de l'eau, Iza s'est arrêtée pour me regarder. Un grand félin m'avait griffé la jambe, probablement un lion des cavernes, et la plaie s'était infectée. Comme elle était guérisseuse, cela l'a intéressée. Elle a d'abord cru elle aussi que j'étais morte mais elle m'a entendue gémir ; elle m'a examinée de plus près et s'est rendu compte que je respirais. Elle a demandé à Brun, le chef, qui était aussi son frère, si elle pouvait m'emmener. Il ne le lui a pas interdit.

« Oui ! », « Bien ! » approuva l'auditoire, et Jondalar ne put retenir un sourire.

— Iza était enceinte à l'époque mais elle m'a chargée sur ses épaules et elle m'a portée jusqu'à ce que le Clan de Brun fasse halte pour la nuit. Elle n'était pas certaine que ses remèdes soient efficaces sur les Autres, mais elle connaissait un cas où ils l'avaient été et elle a décidé d'essayer. Elle a préparé un emplâtre pour chasser l'infection ; elle m'a portée toute la journée suivante. Je me rappelle le moment où j'ai repris connaissance et où j'ai vu son visage pour la première fois. Je crois que j'ai crié, mais elle m'a serrée contre elle et m'a réconfortée. Le troisième jour, j'arrivais à marcher un peu, et Iza avait alors résolu que je serais son enfant.

Ayla se tut. Il y eut un profond silence tant son histoire était émouvante. Proleva finit par demander :

— Quel âge avais-tu ?

— Iza m'a dit plus tard que je devais compter cinq ans environ, répondit Ayla. L'âge de Jaradal ou de Robenan, ajouta-t-elle en regardant Solaban.

— Tu as raconté tout cela avec les signes ? demanda-t-il. Les membres du Clan peuvent-ils dire autant de choses sans mots ?

— Il n'y a pas un signe pour chaque mot que j'ai prononcé, mais ils auraient compris à peu près la même histoire. Leur langue ne se réduit pas aux mouvements des mains. Tout, un battement de cil ou un hochement de tête, peut avoir un sens.

— Mais avec ce genre de langue, ils ne peuvent pas mentir, ajouta Jondalar. S'ils essayaient, ils seraient trahis par une expression ou une posture. Quand je l'ai rencontrée, Ayla ne connaissait pas de signe correspondant à « dire quelque chose qui n'est pas vrai ». Elle avait même du mal à comprendre cette notion. Et, bien qu'elle la comprenne maintenant, elle en est toujours incapable. Ayla ne sait pas mentir. Elle n'a jamais appris, elle a été élevée comme ça.

— Il y a peut-être plus de mérite qu'il n'y paraît à parler sans mots, énonça Marthona d'un ton calme.

— A l'observer, il saute aux yeux que cette sorte de langue faite de signes est pour elle une façon naturelle de communiquer, dit Zelandoni.

Elle pensait que les mouvements d'Ayla n'auraient pas été aussi gracieux et faciles si elle avait fait semblant. Et quelle raison aurait-elle eue de mentir ? Se pouvait-il qu'elle fût incapable de mentir ?

Zelandoni n'y croyait pas entièrement, mais les arguments de Jondalar étaient convaincants.

— Parle-nous un peu plus de ta vie là-bas, dit Zelandoni de la Onzième Caverne. Inutile que tu continues avec les signes, à moins que tu n'y tiennes. C'est beau à regarder mais je pense que la preuve est faite, maintenant. Tu dis qu'ils enterrent leurs morts, j'aimerais en savoir plus.

— Oui, ils les enterrent. J'étais là quand Iza est morte.

La discussion se poursuivit tout l'après-midi. Ayla relata de façon émouvante la cérémonie et les rites funéraires puis évoqua de nouveau son enfance. Les Zelandonii lui posèrent de nombreuses questions, l'interrompirent souvent pour réclamer des précisions. Joharran finit par remarquer que le jour commençait à baisser.

— Ayla doit être fatiguée, et nous avons tous faim, dit-il. Avant de nous séparer, nous devrions envisager une grande chasse en vue de la Réunion d'Eté.

— Jondalar m'a parlé d'une nouvelle arme qu'ils veulent nous montrer, dit Manvelar. Demain serait peut-être un bon jour. Cela laisserait à la Troisième Caverne le temps de discuter de l'endroit où nous pourrions aller.

— Bien, acquiesça Joharran. Nous chasserons donc demain. Pour le moment, Proleva a fait préparer un repas, si tout le monde a faim.

La réunion avait été captivante mais les participants furent heureux de se lever et de marcher un peu. En retournant aux habitations, Ayla repensa à la discussion et aux questions qu'on lui avait posées. Elle avait répondu sincèrement à toutes, mais n'était pas allée d'elle-même au-delà de ce qu'on lui demandait. En particulier, elle avait évité toute référence à son fils. Les Zelandonii auraient vu en lui une abomination, et, même si elle était incapable de mentir, elle savait garder le silence.

9

La nuit était tombée quand ils arrivèrent chez Marthona. Folara était allée chez son amie Ramila plutôt que d'attendre seule le retour de sa mère, de Willamar, d'Ayla et de Jondalar. Ils l'avaient aperçue pendant le repas du soir, mais la discussion s'était poursuivie et la jeune fille se doutait qu'ils ne rentreraient pas de bonne heure.

Pas même une faible lueur de braises mourantes ne luisait dans le foyer quand ils écartèrent le rideau de l'entrée.

— Je vais prendre une lampe ou une torche pour aller demander du feu chez Joharran, proposa Willamar.

— Je ne vois pas de lumière chez lui, dit Marthona. Il était à la réunion et Proleva aussi. Ils ont dû passer chercher Jaradal chez la mère de Proleva.

— Et chez Solaban ?

— Pas de lumière non plus. Ramara doit être sortie.

— C'est sans importance, intervint Ayla. J'ai les pierres à feu que j'ai trouvées aujourd'hui.

— Une pierre à feu ? demandèrent Marthona et Willamar à l'unisson.

— Nous allons vous montrer, dit Jondalar.

Bien qu'elle ne pût voir son visage, Ayla sut qu'il souriait.

— J'aurais besoin d'amadou, ou de quelque chose pour recevoir l'étincelle, réclama-t-elle.

— Il y a ce qu'il faut près du foyer mais je ne suis pas sûre de le trouver sans me cogner dans le noir, répondit Marthona. Non, nous ferions mieux d'aller chercher du feu chez quelqu'un.

— De toute façon, tu devras quand même entrer chez toi pour prendre une lampe ou une torche, fit remarquer Jondalar.

— Je peux emprunter une lampe.

— Je devrais produire assez de lumière avec mes étincelles pour trouver le foyer, estima Ayla, qui dégaina son couteau de silex et prit dans son sac les pierres qu'elle avait ramassées.

Elle pénétra la première, tenant le nodule de pyrite de fer devant elle dans la main gauche, le couteau dans la droite. Un moment, elle eut l'impression de s'avancer dans les profondeurs d'une grotte. Il faisait si noir que l'obscurité semblait la repousser. Parcourue d'un frisson, Ayla frappa la pierre à feu avec le dos de la lame de silex et entendit Marthona pousser un « Ooooh » quand une étincelle éclaira un instant l'intérieur puis mourut.

— Comment as-tu réussi ? voulut savoir Willamar. Tu peux recommencer ?

— J'utilise une pierre à feu et mon couteau en silex.

Ayla frappa de nouveau l'une contre l'autre pour montrer qu'en effet elle pouvait recommencer. L'étincelle lui permit de progresser de quelques pas en direction du foyer. Elle frappa de nouveau, avança encore. Quand elle parvint près du foyer à cuire, elle constata que Marthona avait pu la suivre.

— Je range mon herbe à feu de ce côté, dit-elle. Où veux-tu que je la mette ?

— Près du bord, ce sera très bien, répondit Ayla.

Elle sentit la main de Marthona dans le noir, puis les morceaux doux et secs de la substance fibreuse qu'elle tenait. Ayla posa les fibres par terre, se pencha, frappa de nouveau le nodule. Cette fois l'étincelle tomba sur le petit tas de matériau inflammable, qui émit une faible lueur rougeâtre. Ayla souffla doucement dessus, fut récompensée par une maigre flamme. Elle ajouta un peu de fibres. Marthona se tenait prête avec des brindilles, du petit bois, et en l'espace d'un battement de cœur, sembla-t-il, un feu éclaira l'intérieur de l'habitation.

— Ah ! je veux voir cette pierre, dit Willamar après avoir allumé quelques lampes.

Ayla lui tendit le nodule de pyrite. Willamar examina la pierre gris et or, la fit tourner pour en examiner tous les côtés.

— On dirait une pierre ordinaire, conclut-il. Comment allumes-tu du feu avec ça ? Tout le monde le peut ?

— Tout le monde, assura Jondalar. Je vais te montrer. Tu me donnes encore un peu d'herbe à feu, mère ?

Il alla prendre dans son sac de voyageur son nécessaire à feu, en tira le percuteur de silex et la pyrite. Puis il disposa un petit tas avec ce que lui avait donné sa mère — probablement des fibres de lin des marais mélangées à de la poix et à du bois pourri séché, supposa-t-il. C'était ce que sa mère préférait pour allumer le feu. Se penchant au-dessus du petit tas, il frappa le silex et la pyrite l'un contre l'autre. L'étincelle, moins facile à distinguer près du feu qui brûlait dans le foyer, n'en tomba pas moins sur les fibres, qui brunirent en dégageant un filet de fumée. En soufflant, Jondalar provoqua une mince flamme, ajouta du combustible. Bientôt, un deuxième feu brûla dans le cercle de pierres noircies qui constituait le foyer de l'habitation.

— Je peux essayer ? demanda Marthona.

— Il faut un peu de pratique pour obtenir l'étincelle et la faire tomber là où tu veux, prévint son fils, mais ce n'est pas si difficile, ajouta-t-il en lui donnant la pyrite et le silex.

— J'aimerais essayer moi aussi, quand tu auras fini, demanda Willamar.

— Pas besoin d'attendre, dit Ayla. Je prends mon sac à feu et je te montre. En utilisant le dos de mon couteau, je l'ai ébréché ; je ne veux pas risquer de briser la lame.

Les premières tentatives furent hésitantes, maladroites, mais, avec Ayla et Jondalar pour leur expliquer la technique, Marthona et Willamar surent bientôt comment procéder. Willamar fut le premier à réussir à allumer un feu mais il eut du mal à recommencer. Une fois que Marthona eut allumé le sien, elle avait acquis le tour de main, et avec les conseils — mêlés de rire — des deux experts, les débutants ne tardèrent pas à savoir tous deux arracher des étincelles à la pierre.

Folara rentra pour les trouver tous les quatre à genoux, ravis, autour du foyer où brûlaient plusieurs petits feux. Loup entra à sa suite. Las de rester au même endroit avec Ayla, il n'avait pu résister quand Jaradal et Folara l'avaient invité à se joindre à eux. La jeune fille et l'enfant furent heureux de faire étalage de leurs relations avec le prédateur, curieusement amical, et leur amitié le rendit moins menaçant aux yeux des autres habitants de la Caverne.

Lorsque Loup eut salué tout le monde avec effusion et bu un peu d'eau, il alla se coucher dans le coin de l'entrée qu'il avait adopté et se reposa après une journée délicieusement fatigante en compagnie de Jaradal et d'autres enfants.

— Que se passe-t-il ? demanda Folara. Pourquoi tant de feux dans le foyer ?

— Nous apprenons à allumer un feu avec des pierres, répondit Willamar.

— Avec la pierre à feu d'Ayla ?

— Oui. C'est facile, déclara Marthona.

— J'ai promis de te montrer, Folara, dit Ayla. Tu veux essayer maintenant ?

— Tu as vraiment réussi, mère ?

— Bien sûr.

— Et toi aussi, Willamar ?

— Oui. Il faut de la pratique, mais c'est facile.

— Alors, je ne peux pas être la seule de la famille qui ne sache pas !

Pendant qu'Ayla lui expliquait les points essentiels, assortis des conseils de Jondalar et du nouvel expert, Willamar, Marthona utilisa les feux déjà allumés pour chauffer des pierres à cuire. Elle remplit d'eau son panier à tisane, commença à couper des tranches de viande de bison cuite et froide. Quand les pierres furent brûlantes, elle en mit plusieurs dans le panier, ce qui fit s'élever un nuage de vapeur, puis ajouta de l'eau et deux pierres dans un récipient en branches de saule tressées et fixées à un socle de bois. Il contenait des légumes cuits le matin : boutons de lis, morceaux de tiges d'épinard, pousses de sureau, tiges de chardon et de bardane, jeunes fougères et bulbes de lis, le tout relevé de basilic, de fleurs de baies de sureau et de racines d'arachide.

Le temps que Marthona prépare un souper léger, Folara avait ajouté son petit feu à ceux qui brûlaient déjà dans le foyer. Chacun prit son plat à manger et sa coupe, avant de s'asseoir sur un coussin autour de la table basse. Après le repas, Ayla porta à Loup une écuelle de restes enrichis d'un morceau de viande, se servit une autre tisane et retourna auprès des autres.

— Je veux en apprendre davantage sur ces pierres à feu, dit Willamar. Jamais je n'ai entendu parler d'un peuple qui fait du feu de cette façon.

— Oui, Jondé, où as-tu appris à faire ça ? demanda Folara.

— Ayla me l'a montré.

— Alors, toi, Ayla, où l'as-tu appris ?

— Ce n'est pas une chose que j'ai apprise ou que j'ai inventée. C'est arrivé, simplement.

— Mais comment une chose pareille peut-elle « arriver simplement » ? insista Folara.

— Oui, dis-nous, fit Willamar.

Ayla but une gorgée d'infusion, ferma les yeux pour se rappeler les circonstances.

— C'était un de ces jours où tout semble aller de travers, commença-t-elle. J'avais à peine entamé mon premier hiver dans la vallée ; la rivière se changeait en glace, mon feu s'était éteint pendant la nuit. Whinney était encore toute petite et les hyènes rôdaient dans le noir autour de ma caverne, mais je n'arrivais pas à trouver ma fronde. J'ai dû les chasser en leur jetant des pierres à cuire. Au matin, je m'apprêtais à sortir couper du bois quand j'ai cassé ma hache en la laissant tomber. Comme c'était la seule que j'avais, il fallait que j'en fabrique une autre. Par chance, j'avais remarqué qu'il y avait des silex dans le tas de pierres et d'os d'animaux qui s'élevait devant la grotte.

« Je suis descendue vers la berge caillouteuse de la rivière pour tailler une nouvelle hache et quelques outils. Pendant mon travail, j'ai posé mon retouchoir à côté de moi, et quand j'ai voulu le récupérer, absorbée que j'étais par le morceau de silex, je me suis trompée de pierre. Lorsque j'ai frappé le silex, une étincelle a jailli. Cela m'a fait penser au feu, et comme je devais en allumer un, j'ai essayé avec une étincelle. Après quelques essais, j'ai réussi.

— A la façon dont tu le racontes, tout paraît simple, dit Marthona, mais je ne suis pas sûre que j'aurais pensé à essayer d'allumer un feu de cette façon, même après avoir vu une étincelle.

— J'étais seule dans cette vallée, sans personne pour me montrer comment faire les choses ou me les interdire. J'avais déjà chassé et tué une jument, ce qui était contre les traditions du Clan ; j'avais ensuite adopté son poulain, ce que le Clan n'aurait jamais permis. J'avais déjà osé tant de choses défendues que j'étais prête à essayer toutes les idées qui me passeraient par la tête.

— Tu as beaucoup de ces pierres à feu ? demanda Willamar.

— Il y en avait un grand nombre sur cette berge rocailleuse, répondit Jondalar. Avant de quitter la vallée d'Ayla, nous avons ramassé toutes celles que nous avons pu trouver. Nous en avons distribué quelques-unes pendant notre Voyage, mais j'en ai gardé le plus que j'ai pu pour notre Caverne. Nous n'en avons plus jamais découvert en chemin.

— Dommage ! soupira Willamar. Nous aurions pu en donner une à chacun, peut-être même les troquer.

— Nous le pouvons ! s'exclama Jondalar. Ayla en a trouvé ce matin dans la vallée de la Rivière des Bois, juste avant la réunion. C'est la première fois depuis que nous avons quitté sa vallée.

— Vous en avez trouvé d'autres ? Ici ? Où ?

— Au pied d'une petite cascade... commença Ayla.

— Je sais où c'est, la coupa Folara, tout excitée.

— Il en existe beaucoup ? voulut savoir le Maître du Troc.

— Pas mal, semble-t-il, répondit Ayla.

— S'il y en a à cet endroit, il y en a peut-être d'autres à proximité, supputa Jondalar.

— Tu as raison, approuva Willamar. A combien de personnes avez-vous parlé de ces pierres à feu ?

— Je n'ai pas eu le temps d'en parler à qui que ce soit, mais Zelandoni est au courant. Folara lui a dit, expliqua Jondalar.

— Par qui le savais-tu ? demanda Marthona à sa fille.

— Ayla m'en a parlé, ou plutôt je l'ai vue s'en servir. Hier, à ton retour, Willamar, Zelandoni m'a demandé de faire chauffer de l'eau pour te préparer quelque chose qui t'aiderait à te remettre. Le feu était éteint, Ayla est venue m'aider. Elle l'a rallumé si vite que j'en étais éberluée. Je ne savais que penser, et j'en ai parlé à Zelandoni.

— Mais elle ne l'a pas vue faire ? demanda Willamar avec une ébauche de sourire.

— Je ne crois pas.

— Ça va être drôle ! s'exclama le compagnon de Marthona. Je suis impatient de lui faire une petite démonstration. Elle sera stupéfaite, bien sûr, mais elle refusera de le montrer.

— Oui, ce sera drôle, acquiesça Jondalar, souriant lui aussi. Il n'est pas facile de surprendre cette femme.

— Parce qu'elle sait beaucoup de choses, dit Marthona. Mais tu l'as déjà impressionnée plus que tu ne le penses, Ayla.

— C'est vrai, confirma Willamar. Vous l'avez impressionnée tous les deux. Avez-vous d'autres surprises en réserve ?

— Je crois que vous serez étonnés par le lance-sagaie que nous allons vous montrer demain, et vous n'imaginez pas non plus comme Ayla peut être adroite avec une fronde, dit Jondalar. J'ai aussi appris quelques nouvelles techniques pour tailler le silex, quoique cela n'ait sans doute pas beaucoup de sens pour vous. Même Dalanar était surpris.

— Si Dalanar était surpris, je le serai, prédit Willamar.

— Et puis, il y a le tire-fil, ajouta Ayla.

— Le tire-fil ? répéta Marthona.

— Oui, pour coudre. Je n'arrivais pas à apprendre à passer une corde fine ou un filament de tendon dans un trou percé avec un poinçon. Alors, j'ai eu une idée, et tout le Camp du Lion m'a aidée à fabriquer le premier tire-fil. Si vous voulez, je vais chercher mon sac à coudre pour vous montrer.

— Tu penses que ce serait utile à quelqu'un dont les yeux ne voient plus les trous aussi bien qu'autrefois ? s'enquit Marthona.

— Je crois que oui. Je vais le chercher.

— Pourquoi ne pas attendre demain ? suggéra Marthona. Ce sera plus facile à la lumière du jour. Mais je suis impatiente de voir ton tire-fil.

— Jondalar, on peut dire tu as mis cette Caverne en émoi, observa Willamar. Ton retour aurait suffi, mais tu as rapporté bien plus que toi-même. J'ai toujours pensé que les voyages ouvrent de nouvelles possibilités, font avancer de nouvelles idées.

— Tu as raison, mais, en toute franchise, je suis las de voyager. Pendant un long moment, je me contenterai de rester ici.

— Tu iras quand même à la Réunion d'Eté ? demanda Folara.

— Bien sûr, petite sœur. Nous y célébrerons notre union, dit Jondalar en passant un bras autour des épaules d'Ayla. Aller à la Réunion d'Eté, ce n'est pas voyager, après le périple que nous avons accompli. Aller à la Réunion d'Eté, cela fait partie de mon retour ici. A ce propos, Willamar, puisque Joharran envisage une autre grande chasse avant le départ, sais-tu comment nous pourrions nous camoufler ? Ayla veut chasser, elle aussi.

— Nous trouverons quelque chose, j'en suis sûr. J'ai une paire de bois en trop, si nous chassons le cerf. Beaucoup ont des peaux.

— Qu'est-ce que c'est, se camoufler ? demanda Ayla.

— Nous nous couvrons de peaux, et quelquefois nous portons des bois ou des cornes pour nous approcher d'un troupeau. Les animaux se méfient des hommes, alors nous essayons de leur faire croire que nous sommes des animaux, expliqua Willamar.

— Nous pourrions emmener les chevaux, comme la fois où Whinney et moi avons aidé les Mamutoï à chasser le bison, proposa Ayla, qui se tourna ensuite vers le Maître du Troc. Quand nous sommes sur les chevaux, les animaux ne nous voient pas, ils ne voient que les chevaux.

— Utiliser vos animaux pour nous aider à chasser des animaux ? Vous ne m'avez pas parlé de cela quand j'ai demandé si vous aviez des surprises en réserve. Vous pensiez que ça ne nous étonnerait pas ? dit Willamar avec un sourire.

— J'ai l'impression qu'ils ne connaissent pas eux-mêmes toutes les surprises qu'ils ont en réserve pour nous, commenta Marthona. (Elle marqua une pause.) Quelqu'un veut-il encore un peu de camomille avant de se coucher ? (Elle porta son regard sur Ayla.) Cela aide à se détendre et tu as été soumise à un véritable interrogatoire, aujourd'hui. Ce Clan est bien plus compliqué que je ne l'imaginais.

Folara dressa l'oreille. La longue réunion avait intrigué tout le monde, et ses amies, convaincues qu'elle savait des choses, l'avaient harcelée pour lui soutirer des informations. Elle leur avait répondu qu'elle n'en savait pas plus qu'elles mais en s'arrangeant pour laisser croire qu'elle ne pouvait pas révéler ce qu'elle savait. Au moins, maintenant, elle avait une idée du sujet de la réunion. Elle écouta attentivement la suite.

— ... semblent avoir de nombreuses qualités, disait sa mère. Ils prennent soin de leurs malades, et leur chef — Brun, je crois — paraît songer avant tout à l'intérêt de son peuple. Les connaissances de leur guérisseuse doivent être très étendues, si l'on en juge par la réaction de Zelandoni, et j'ai le sentiment qu'elle voudra en apprendre plus. Je crois qu'elle aurait aimé te poser beaucoup d'autres questions, Ayla, mais qu'elle s'est retenue. Joharran, lui, s'intéressait davantage au mode de vie du Clan.

Il y eut un silence. Parcourant des yeux l'habitation de Marthona à la lumière douce du feu et des lampes à graisse, Ayla nota des détails subtils, élégants. Le lieu était assorti à la femme et lui rappela le raffinement avec lequel Ranec avait arrangé son espace personnel dans la longue hutte du Camp du Lion. C'était un artiste, un excellent graveur ; il avait pris le temps de lui expliquer ses sentiments et ses idées sur la création de la beauté, à la fois pour lui-même et pour honorer la Grande Terre Mère. Elle devinait que Marthona partageait son point de vue.

En buvant le breuvage chaud, Ayla observa la famille de Jondalar autour de la table et éprouva un sentiment de paix et de contentement qu'elle n'avait jamais connu. C'étaient des gens qu'elle pouvait comprendre, des gens comme elle, et l'idée la frappa à cet instant qu'elle faisait vraiment partie des Autres. Elle revit tout à coup la grotte du Clan de Brun où elle avait grandi et le contraste la sidéra.

Chez les Zelandonii, chaque famille avait une habitation individuelle séparée des autres par des cloisons et des panneaux. On entendait les voix et les bruits extérieurs, auxquels la coutume voulait qu'on ne prête pas attention, mais chaque famille demeurait à l'abri des regards. Les Mamutoï délimitaient eux aussi un espace par famille dans la longue hutte du Camp du Lion, avec des rideaux assurant une certaine intimité si on le souhaitait.

Dans la grotte du Clan d'Ayla, les limites de l'espace de chaque famille étaient connues, même si elles n'étaient définies que par des pierres disposées à des points stratégiques. L'intimité était affaire de comportement social : on ne regardait pas dans le foyer du voisin, on ne « voyait » rien au-delà d'une frontière invisible. Les membres du Clan savaient fort bien ne pas voir ce qu'ils n'étaient pas censés voir. Ayla se rappela avec un serrement de cœur la façon dont même ceux qui l'aimaient avaient tout bonnement cessé de la voir une fois qu'elle eut été maudite.

Les Zelandonii partageaient l'espace à l'intérieur et à l'extérieur des habitations, avec des pièces à dormir, cuire et manger, ainsi que divers lieux de travail. Dans le Clan, les aires d'activités n'étaient pas aussi clairement définies. Il y avait des endroits où dormir, et un foyer, mais quant au reste, la division de l'espace relevait des habitudes, des coutumes et du comportement. Les divisions étaient de nature mentale et sociale, et non pas physique. Les femmes évitaient les endroits où les hommes travaillaient, les hommes restaient à l'écart des activités des femmes, et les travaux communs étaient souvent effectués là où il était commode de le faire à un moment particulier.

Les Zelandonii semblent disposer de plus de temps que le Clan, pensait Ayla. Ils font tous beaucoup de choses, et pas seulement des choses nécessaires. Peut-être est-ce à cause de leur façon de chasser...

Perdue dans ses pensées, elle n'entendit pas la question qu'on lui avait posée.

— Ayla ? Ayla ! l'appela Jondalar.

— Oh ! Qu'est-ce que tu disais ?

— A quoi pensais-tu si fort ?

— Je songeais aux différences entre les Autres et le Clan, et je me demandais pourquoi les Zelandonii font plus de choses.

— Tu as trouvé une réponse ? demanda Marthona.

— Non, mais la différence dans la façon de chasser y est peut-être pour quelque chose. Lorsque Brun et ses chasseurs rentraient, ils rapportaient en général un animal entier, parfois deux. Le Camp du Lion comptait à peu près autant de membres que le Clan de Brun, mais, lorsque les Mamutoï chassaient, tous ceux qui le pouvaient participaient : les hommes, les femmes, et même des enfants, ne serait-ce que pour la promenade. Ils tuaient beaucoup d'animaux, ne rapportaient que les meilleurs morceaux et gardaient une grande partie de la viande pour l'hiver. Je ne me rappelle pas en avoir vu un souffrir de la faim, alors qu'à la fin de l'hiver il ne restait au Clan que des nourritures légères, qui ne tenaient pas au corps, et il fallait quelquefois chasser au printemps, quand les animaux sont maigres. Le Camp du Lion manquait de certaines nourritures et ses membres avaient envie de légumes verts, mais ils mangeaient à leur faim même au début du printemps.

— Cela mérite peut-être qu'on en touche un mot à Joharran, dit Willamar en se levant avec un bâillement. Pour le moment, je vais me coucher. Nous aurons sûrement une journée chargée demain.

Marthona l'imita et porta les plats dans la pièce à cuire. Folara s'étira et bâilla d'une façon qui ressemblait tellement à celle de Jondalar qu'Ayla sourit.

— Moi aussi, je vais me coucher, annonça la jeune fille. Je t'aiderai à laver les plats demain matin, mère, promit-elle en essuyant son bol à manger avec un morceau de peau de daim avant de la ranger. Je suis trop fatiguée, ce soir.

— Tu iras chasser ? lui demanda Jondalar.

— Je n'ai pas encore décidé. Cela dépendra de l'état dans lequel je me sentirai demain, dit-elle en se dirigeant vers sa pièce à dormir.

Une fois que Marthona et Willamar se furent retirés, Jondalar poussa la table de pierre sur le côté et étendit les fourrures. Alors qu'Ayla et lui se glissaient en dessous, Loup vint se coucher contre

Ayla. Cela ne le dérangeait pas de demeurer à l'écart quand il y avait des gens mais, lorsque Ayla dormait, sa place était auprès d'elle.

— J'aime beaucoup ta famille, Jondalar, déclara-t-elle. Je repensais à ce que tu as dit hier soir, et tu as raison. Je ne devrais pas juger tout le monde à partir de quelques personnes déplaisantes.

— Ne juge pas tout le monde non plus en prenant les meilleurs pour référence. On ne sait jamais comment les gens vont réagir. Il faut les prendre un par un.

— Je crois que chacun a du bon et du mauvais en lui. Certains ont un peu plus de l'un que de l'autre. J'espère toujours que les gens auront plus de bon que de mauvais, et j'aime penser que c'est le cas pour la plupart. Tu te rappelles Frebec ? C'était vraiment un sale bonhomme, au début, mais il a fini par se révéler gentil.

— Je dois reconnaître qu'il m'a surpris, dit Jondalar en se blottissant contre sa compagne.

— Toi, tu ne me surprends pas, en revanche, répondit Ayla, qui sourit en le sentant glisser une main entre ses cuisses. Je sais à quoi tu penses.

— J'espère que tu penses à la même chose, dit-il. (Elle se pencha pour l'embrasser, imita son geste.) J'ai l'impression que oui.

Le baiser se prolongea. Ils sentaient tous deux croître leur désir mais ils n'éprouvaient aucune hâte. Ils étaient enfin arrivés, pensa-t-il. Malgré toutes les difficultés du long et dangereux Voyage, il avait ramené Ayla chez lui. Elle était maintenant en sûreté, les dangers avaient disparu. Il baissa les yeux vers elle et ressentit tant d'amour qu'il se demanda s'il n'allait pas exploser.

Même à la lumière douce des feux mourants, Ayla vit cet amour dans les yeux bleus qui devenaient d'un violet profond à la lueur des flammes, et se sentit submergée par la même émotion. En grandissant, elle n'avait jamais imaginé qu'elle trouverait un homme comme lui, elle n'avait jamais rêvé qu'elle aurait autant de chance.

La gorge nouée, il se pencha pour l'embrasser de nouveau et sut qu'il fallait à tout prix qu'il l'ait à lui, qu'il l'aime, qu'il s'unisse à elle. Il était heureux de savoir qu'elle était là pour lui. Elle semblait toujours prête, elle semblait toujours avoir envie de lui quand il avait envie d'elle. Elle ne jouait jamais l'effarouchée comme certaines femmes.

Il songea à Marona, qui aimait jouer ce jeu, non pas tant avec lui qu'avec d'autres, et tout à coup il fut heureux d'être parti avec son frère pour une aventure inconnue au lieu d'être resté et d'avoir pris Marona pour compagne. Si seulement Thonolan avait vécu...

Ayla vivait, elle, bien qu'il eût failli la perdre plus d'une fois. Il sentit la bouche de la jeune femme s'ouvrir sous sa langue inquisitrice, il sentit la tiédeur de son haleine. Il l'embrassa dans le cou, lui mordilla le lobe de l'oreille et fit glisser sa langue vers sa gorge en une chaude caresse.

Elle restait immobile, résistant à la sensation de chatouillis, la laissant se transformer en spasmes intérieurs d'attente. Il embrassa le creux de la gorge, obliqua vers un mamelon érigé. L'attente d'Ayla était d'une telle intensité qu'elle fut presque soulagée quand il l'aspira enfin dans sa bouche et le téta. Elle sentit une onde d'excitation parcourir les profondeurs de son être et le lieu de ses Plaisirs.

Il était prêt, plus que prêt, mais il sentit son désir augmenter encore en entendant Ayla gémir tandis qu'il suçait et mordait doucement un téton puis l'autre. Le désir devint soudain si impérieux qu'il eut envie de la prendre, là, tout suite, mais il voulait qu'elle fût aussi prête que lui. Il savait comment l'amener à cet état.

Ayla sentit le désir ardent de Jondalar embraser le sien. Elle aurait été heureuse de s'ouvrir à lui à cet instant, mais, lorsqu'il rabattit la fourrure et fit descendre sa bouche, elle retint sa respiration, sachant ce qui allait se passer.

La langue de Jondalar ne s'attarda guère sur le nombril, il ne voulait pas attendre et elle non plus. Repoussant la fourrure du pied, elle eut un moment d'hésitation en songeant aux autres, étendus à proximité. Ayla n'avait pas l'habitude de partager une habitation et se sentait un peu gênée. Jondalar cependant ne semblait pas éprouver de tels scrupules.

La gêne s'évanouit quand elle le sentit embrasser une cuisse, écarter ses jambes et embrasser l'autre cuisse, puis les replis de sa féminité. Il savoura son goût familier, donna de lents coups de langue et trouva le petit bourgeon dur.

Le gémissement d'Ayla s'amplifia. Des éclairs de Plaisir la traversèrent tandis qu'il aspirait, massait avec sa langue. Elle n'aurait pas cru qu'elle était si prête, cela vint plus vite qu'elle ne s'y attendait. Presque sans avertissement, elle atteignit le paroxysme, sentit les sommets du Plaisir, et un désir fulgurant pour son compagnon, pour sa virilité.

Elle le chercha, l'attira sur elle, l'aida à la pénétrer. Il s'enfonça profondément. Au premier coup, il lutta pour se retenir, pour attendre un peu, mais elle était prête, elle le pressa, et il se laissa aller. Avec un joyeux abandon, il plongea une deuxième fois puis une troisième, et il la rejoignit, sentit les vagues du plaisir monter et déferler, encore et encore.

Jondalar demeura allongé sur elle, moment qu'elle avait toujours apprécié, mais il se souvint alors qu'elle était grosse et craignit que son poids ne fût trop lourd pour elle. Elle éprouva un moment de déception lorsqu'il se retira si vite.

Roulant sur le côté, il se demanda de nouveau s'il était possible qu'elle eût raison. Etait-ce ainsi que le bébé était venu en elle ? Etait-ce aussi son bébé à lui, comme elle le soutenait avec insistance ? Le merveilleux Don du Plaisir que la Mère offrait à ses enfants était-il aussi Sa façon d'honorer une femme d'une nouvelle vie ? Etait-ce pour cela que les hommes avaient été créés, pour faire naître une nouvelle vie dans une femme ? Il voulait que ce fût vrai, il voulait qu'Ayla eût raison, mais comment le saurait-il jamais ?

Au bout d'un moment, Ayla se leva. D'un sac de voyageur, elle tira un petit bol de bois et y versa un peu d'eau de l'outre. Loup s'était retiré dans son coin près de l'entrée et s'approcha timidement d'elle, comme toujours après leurs Plaisirs. Elle lui sourit, lui fit signe qu'il avait été sage puis, se tenant au-dessus du panier de nuit, elle se lava comme Iza le lui avait montré lorsqu'elle était devenue femme. Iza, tu croyais que je n'en aurais sans doute jamais besoin, pensa-t-elle, mais tu avais raison de m'apprendre les rites de purification.

Jondalar était à moitié assoupi quand elle revint se coucher. Il était trop fatigué pour se lever mais elle aérerait et brosserait leurs fourrures le lendemain matin pour les nettoyer. Maintenant qu'ils comptaient rester un long moment au même endroit, elle aurait même le temps de les laver. Nezzie lui avait montré comment faire, mais cela demandait du temps et du soin.

Ayla roula sur le flanc et Jondalar se blottit derrière elle. Il s'endormit en la tenant dans ses bras mais, quoiqu'elle se sentît détendue et satisfaite, elle ne parvint pas à trouver le sommeil. Elle avait dormi beaucoup plus tard que d'habitude, le matin ; bien éveillée, elle songea de nouveau au Clan et aux Autres. Des souvenirs de sa vie avec le Clan, de ses séjours chez divers groupes d'Autres affluèrent dans son esprit et elle se surprit à établir des comparaisons.

Les deux peuples disposaient des mêmes matériaux mais n'en faisaient pas le même usage. Tous deux chassaient et cueillaient, utilisaient des peaux d'animaux, des os, des matières végétales et des pierres pour fabriquer des vêtements, des abris, des outils et des armes, mais il existait des différences.

La plus perceptible était peut-être que le peuple de Jondalar ornait son environnement avec des peintures et des sculptures d'animaux alors que le Clan s'en abstenait. Ayla ignorait comment l'expliquer, mais elle sentait que les membres du Clan n'en étaient qu'aux prémices de cette décoration. Par exemple avec l'ocre rouge qu'ils utilisaient lors des enterrements pour donner de la couleur au corps. Ou leur intérêt pour des objets insolites qu'ils plaçaient dans leurs sacs à amulettes. Ou encore les scarifications totémiques, les marques peintes sur le corps à des fins particulières. Mais les membres primitifs du Clan ne laissaient aucun héritage artistique.

C'était l'apanage des Mamutoï et des Zelandonii, et du reste des Autres qu'ils avaient rencontrés pendant leur Voyage. Elle se demanda si le peuple inconnu où elle était née décorait les objets de son monde et pensa que oui. C'étaient ceux qui étaient venus plus tard, ceux qui partageaient pour un temps ce monde ancien et froid avec le Clan, ceux qu'on appelait les Autres, qui étaient les premiers à voir dans un animal une forme mouvante, vivante, et à la reproduire en un dessin ou une sculpture. Cela constituait une profonde différence.

La création d'art, la représentation d'animaux exprimaient une capacité d'abstraction : l'aptitude à saisir l'essence d'une chose et à la transformer en un symbole qui remplace cette chose. Ce symbole qui remplace une chose a aussi une autre forme : un son, un mot. Un cerveau capable de penser en termes d'art peut développer au maximum de son potentiel une autre abstraction, d'une importance capitale : le langage. Et ce même cerveau capable d'opérer la synthèse entre l'abstraction de l'art et l'abstraction du langage produirait un jour une synergie des deux symboles, une mémoire des mots : l'écriture.

Contrairement à la veille, Ayla ouvrit les yeux très tôt le lendemain matin. Aucune braise ne rougeoyait dans le foyer et toutes les lampes étaient éteintes, mais elle discernait les contours du surplomb rocheux loin au-dessus d'elle, au-dessus des panneaux sombres de l'habitation de Marthona, dans le reflet des premières lueurs du jour, cet éclaircissement du ciel qui annonçait la venue du soleil. Personne ne bougeait encore lorsqu'elle se glissa en silence hors des fourrures et se fraya un chemin dans l'obscurité pour aller au panier de nuit. Loup leva la tête dès qu'elle fut debout, poussa un gémissement de bonheur et la suivit.

Ayla avait un peu mal au cœur mais pas assez pour vomir, et elle éprouvait l'envie d'avaler quelque chose de solide pour apaiser son estomac. Elle se rendit dans la pièce à cuire, alluma un petit feu, mastiqua quelques bouchées du bison qui restait de la veille, ainsi que des légumes gorgés d'eau qu'elle repêcha au fond du panier à cuire. La jeune femme n'était pas sûre de se sentir mieux mais elle décida de se faire une infusion pour calmer sa nausée. Elle ne savait pas qui lui avait préparé la tisane à la menthe la veille, et se demanda si c'était Jondalar.

Elle alla prendre ses remèdes dans son sac de voyageur. Maintenant que nous sommes arrivés, je peux renouveler ma provision d'herbes, se dit-elle en examinant chaque sachet et en songeant à son usage. Le lis des marais calme l'envie de vomir, mais non, Iza m'a dit qu'il peut provoquer une fausse couche, je ne veux pas de ça.

Tandis qu'elle considérait les effets secondaires, son esprit tira de ses vastes connaissances de guérisseuse une autre information. L'écorce de bouleau noir peut empêcher les fausses couches mais je n'en ai pas. Bon, je ne crois pas être en danger de perdre cet enfant.

J'ai eu beaucoup plus de mal avec Durc. Ayla se rappela la fois où Iza était allée chercher de la serpentaire fraîche pour qu'elle ne le perde pas. Iza était déjà malade, elle avait pris froid et son état avait empiré. Elle ne s'était jamais vraiment remise. Tu me manques, Iza, pensa-t-elle. Je voudrais pouvoir te dire que j'ai fini par trouver un compagnon. J'aurais voulu que tu vives pour le connaître. Je crois que tu aurais approuvé mon choix.

Du basilic, bien sûr ! Le basilic peut prévenir les fausses couches et c'est agréable à boire. Elle mit le sachet de côté. La menthe serait utile, elle aussi. Elle chasse les nausées et les maux d'estomac, elle a un goût agréable. Elle garda également le sachet de menthe. Et du houblon, c'est bon pour le mal de tête et les crampes, ça détend, pensa-t-elle en le posant à côté de la menthe. Pas trop, cependant, le houblon peut donner envie de dormir.

Des graines de chardon argenté me conviendraient tout à fait en ce moment, mais il faut les laisser tremper longtemps, songea-t-elle en continuant d'inventorier sa réserve. De la reine des bois, oui, cela sent si bon... Cela calme l'estomac mais ce n'est pas trop fort. Et la camomille, je pourrais remplacer la menthe par la camomille, c'est bon aussi contre les nausées. Cela aurait peut-être meilleur goût avec les autres herbes, mais pour Jondalar, ce sera de la menthe. De l'origan ? Non, pour les problèmes d'estomac, Iza utilisait toujours des feuilles fraîches, pas de l'origan séché.

Qu'est-ce qu'Iza aimait utiliser frais ? Des feuilles de framboisier ! Bien sûr ! C'est ce dont j'ai besoin. Souverain contre les nausées matinales. Il y avait des framboises l'autre soir à la fête, elles doivent pousser dans le coin. C'est la bonne saison, en plus : mieux vaut cueillir les feuilles quand les fruits sont mûrs. Il faut que je m'arrange pour en avoir assez quand le travail commencera. Iza utilisait toujours ces feuilles pour un accouchement. Elle m'avait expliqué qu'elles détendaient les entrailles de la mère et aidaient le bébé à sortir plus facilement.

Il me reste des fleurs de tilleul, c'est excellent pour les estomacs détraqués, et les feuilles donnent une tisane très agréable. Les Sharamudoï avaient un merveilleux vieux tilleul près de leur abri. Je me demande s'il en pousse par ici.

Percevant un mouvement du coin de l'œil, elle leva les yeux et vit Marthona sortir de sa pièce à dormir.

— Tu es debout de bonne heure, ce matin, Ayla, fit-elle à voix basse pour ne pas déranger ceux qui dormaient encore.

La mère de Jondalar tendit la main pour saluer Loup d'une tape sur l'échine.

— Je suis généralement matinale... si je ne me suis pas couchée tard, la veille, après avoir pris des boissons fortes, répondit Ayla, murmurant elle aussi.

— Ça oui, les breuvages de Laramar sont forts, mais les gens aiment ça. Je vois que tu as déjà allumé le feu. D'habitude, je bourre le foyer de bûches pour avoir encore des braises le lendemain, mais avec les pierres à feu que tu nous as montrées, j'ai pu me permettre d'être paresseuse. Qu'est-ce que tu fais ?

— Une tisane. J'aime la préparer le matin pour Jondalar. Tu en veux une aussi ?

— Il y a un mélange d'herbes que Zelandoni me demande de prendre le matin, répondit Marthona en commençant à débarrasser les restes du souper. Jondalar m'a dit que tu as l'habitude de lui faire une tisane le matin. Hier, il a voulu te rendre la pareille. Je lui ai suggéré la menthe, parce que c'est aussi bon quand c'est froid et que tu semblais partie pour dormir longtemps.

— Je me demandais si c'était lui. Mais c'est toi qui as laissé l'eau et le bassin ?

Marthona acquiesça en souriant. Ayla tendit la main vers les pinces de bois courbé qui servaient à prendre les pierres à cuire, en laissa tomber une, brûlante, dans le panier à infusion. L'eau fuma, siffla, émit quelques bulles. Ayla ajouta une autre pierre, les enleva toutes deux au bout d'un moment et les remplaça par d'autres. Quand l'eau se mit à bouillir, les deux femmes préparèrent chacune leur mélange. On avait poussé la table de pierre vers l'entrée pour pouvoir étendre d'autres fourrures, mais il restait assez de place pour que les deux femmes s'asseyent à leur aise et boivent leur tisane.

— J'attendais l'occasion de t'en parler, chuchota Marthona. Je me suis souvent demandé si Jondalar trouverait un jour une femme qu'il pourrait aimer. (Elle faillit ajouter « de nouveau » et se retint à temps.) Il a toujours eu beaucoup d'amis mais il garde ses sentiments pour lui. Thonolan était plus proche de lui que quiconque. J'ai toujours pensé qu'il prendrait une compagne un jour, mais je n'étais pas sûre qu'il s'autoriserait à tomber amoureux. Je crois que c'est fait, maintenant.

— C'est vrai qu'il garde souvent ses sentiments pour lui. J'ai failli m'unir à un autre homme avant de m'en apercevoir. Je croyais qu'il avait cessé de m'aimer.

— Il ne fait aucun doute qu'il t'aime, cela saute aux yeux, et je suis heureuse qu'il t'ait trouvée, dit Marthona avant de boire une gorgée. J'étais fière de toi, l'autre jour. Il fallait du courage pour affronter les gens comme tu l'as fait après la farce de Marona... Tu sais que Jondalar et elle avaient envisagé de s'unir, n'est-ce pas ?

— Oui, il me l'a dit.

— Je ne m'y serais pas opposée, bien sûr, mais j'avoue que je suis contente qu'il ne l'ait pas choisie. C'est une femme attirante, et tout le monde la trouvait idéale pour lui. Pas moi.

Ayla espérait que Marthona lui expliquerait pourquoi mais elle se tut et but une autre gorgée.

— Je voudrais te donner quelque chose de plus approprié à porter que le « cadeau » de Marona, dit la mère de Jondalar quand elle eut fini sa tisane et reposé sa coupe.

— Tu m'as déjà offert un cadeau magnifique. Le collier de la mère de Dalanar.

Marthona se leva, retourna en silence dans sa pièce à dormir, revint avec un vêtement drapé sur le bras et le montra à Ayla. C'était une longue tunique d'une couleur pâle rappelant les brins d'herbe blanchis par un long hiver, décorée de perles et de coquillages, de coutures de couleur et de franges. Elle n'était pas en cuir. En l'examinant de plus près, Ayla vit qu'elle était constituée de minces cordes ou de fibres passées l'une par-dessus l'autre, comme de la vannerie, mais très serrées. Comment pouvait-on tresser ainsi des cordes aussi fines ? Cela ressemblait à la natte posée sur la table de pierre, mais en plus joli encore.

— Je n'ai jamais rien vu de tel, dit Ayla. En quoi est-ce fait ? Où trouve-t-on cette matière ?

— C'est moi qui l'ai fabriquée. Je la tisse sur un cadre spécial. Tu connais le lin ? Une plante haute et mince, avec des fleurs bleues ?

— Oui, je la connais, et je crois me souvenir que Jondalar lui donnait le nom de lin. Elle soigne les problèmes de peau, comme les furoncles, les plaies, les éruptions de boutons, même dans la bouche.

— En as-tu déjà fait de la corde ?

— Peut-être, je ne m'en souviens pas, mais je vois bien qu'elle s'y prêterait, avec ses longues fibres.

— Je me suis servie de lin pour cette tunique.

— Je savais le lin utile mais j'ignorais qu'on pouvait en faire d'aussi belles choses.

— J'ai pensé que tu pourrais porter cette tenue aux Matrimoniales. Nous partirons bientôt pour la Réunion d'Eté, à la prochaine pleine lune, et tu m'as dit que tu n'avais rien pour les grandes occasions.

— Oh, Marthona, comme c'est gentil de ta part ! Mais j'ai déjà une tunique matrimoniale que Nezzie a cousue pour moi. Je lui ai promis de la mettre pour la cérémonie. J'espère que cela ne te dérange pas. Je l'ai rapportée de la Réunion d'Eté de l'année dernière. Elle est dans le style mamutoï, et une coutume particulière règle les moments où on doit la porter.

— Je pense qu'une tenue mamutoï serait tout à fait indiquée. J'ignorais que tu en possédais une, et je n'étais pas sûre que nous aurions le temps de te faire quelque chose avant de partir. Garde-la quand même... Tu auras peut-être d'autres occasions de la porter.

— Merci ! C'est ravissant ! (Ayla prit le vêtement et le contempla de nouveau, le tint devant elle pour voir s'il lui allait.) Tu as dû mettre longtemps...

— Oui, mais j'y ai pris plaisir. Il m'a fallu des années pour mettre le système au point. Willamar m'a aidée à construire le cadre que j'utilise, et Thonolan aussi, avant son départ. La plupart des gens ont une activité particulière, d'une sorte ou d'une autre. Nous troquons souvent les objets que nous fabriquons, ou nous les offrons en cadeau. Je suis un peu vieille maintenant pour faire autre chose, mais mes yeux ne sont plus aussi bons qu'avant, surtout pour le travail de près.

— Je vais te montrer le tire-fil aujourd'hui ! Je crois qu'il faciliterait la couture pour quelqu'un dont la vue a baissé. Je vais le chercher.

Elle alla prendre son nécessaire à couture dans son sac de voyageur et aperçut l'un des paquets qu'elle avait emportés avec elle. Souriant pour elle-même, elle l'apporta également à la table.

— Tu veux voir ma tunique matrimoniale, Marthona ?

— Je n'osais pas te le demander. Certaines femmes préfèrent ne la montrer à personne jusqu'au dernier moment, pour surprendre tout le monde.

— J'ai une autre surprise, poursuivit Ayla en ouvrant le paquet. Je vais te la dire maintenant... Une nouvelle vie est née en moi. Je porte le bébé de Jondalar.

10

— Ayla ! Tu es sûre ?

Marthona trouvait que c'était une façon étrange d'annoncer que la Mère l'avait honorée — « Je porte le bébé de Jondalar » —, même si c'était probablement l'enfant de l'esprit de Jondalar.

— Autant qu'on peut l'être, répondit Ayla. J'ai déjà manqué deux périodes lunaires ; j'ai envie de vomir le matin, et j'ai conscience d'autres changements en moi qui indiquent le plus souvent une grossesse.

— C'est merveilleux ! s'exclama la mère de Jondalar en prenant Ayla dans ses bras. Si tu es déjà honorée par la Mère, cela portera chance à ton union, c'est du moins ce qu'on dit.

Après s'être assise à la table de pierre, la jeune femme ouvrit le paquet et entreprit de lisser les plis de la tunique et des jambières qu'elle avait transportées du bout d'un continent à l'autre pendant les quatre saisons de l'année écoulée. Marthona examina les vêtements et, sans se soucier des plis, se rendit compte qu'ils étaient magnifiques. Ayla ferait à coup sûr sensation à la Cérémonie d'Union.

D'abord le style de cette tenue était original. Chez les Zelandonii, hommes et femmes, à quelques différences près liées au sexe, portaient généralement des tuniques assez amples, avec une ceinture sur les hanches, et décorées d'os, de coquillages, de plumes, de fourrures, de franges en cuir ou en corde. Les vêtements des femmes, en particulier ceux qu'elles portaient dans les grandes occasions, se terminaient souvent par des franges qui oscillaient quand elles marchaient, et les jeunes filles apprenaient vite à faire en sorte que ce balancement des franges accentue leurs mouvements. S'il n'était pas rare de voir une femme nue, les franges étaient jugées très provocantes. Les femmes n'avaient pas pour habitude de se promener sans vêtements, mais elles n'hésitaient pas à les ôter pour les laver ou pour toute autre raison, dans leur communauté où l'intimité était relativement restreinte. Une frange, en revanche, surtout une frange rouge, donnait aux femmes une allure si aguichante que cela pouvait pousser les hommes à des extrémités, voire à des violences, à cause des idées que cela éveillait.

Lorsque les femmes jouaient le rôle de femmes-donii — c'est-à-dire quand elles se rendaient disponibles pour apprendre aux jeunes gens le Don du Plaisir —, elles portaient autour des hanches une longue frange rouge signalant leur statut rituel. Par les chaudes journées d'été, elles ne portaient pas grand-chose d'autre que cette frange.

Si les femmes-donii étaient protégées par la coutume et les conventions des avances inopportunes et si, de toute façon, elles se risquaient rarement en dehors de certains lieux, il était considéré comme dangereux pour une femme de porter une frange rouge en toute autre circonstance. Qui pouvait prédire à quoi cette frange inciterait un homme ? Les femmes arboraient souvent des franges d'autres couleurs, mais toute frange avait une implication érotique.

Dans les insinuations subtiles ou les plaisanteries grossières, le mot « frange » avait d'ailleurs le sens de toison pubienne. Quand un homme était fasciné par une femme au point de ne pouvoir rester loin d'elle, on le disait « entiché de sa frange ».

Les femmes zelandonii exhibaient d'autres ornements ou les cousaient à leurs vêtements mais elles avaient un penchant pour les franges qui se balançaient de manière sensuelle quand elles marchaient, que ce fût sur une chaude tunique d'hiver ou sur un corps nu. Et si elles évitaient les franges rouges, beaucoup d'entre elles choisissaient des couleurs qui contenaient une forte trace de rouge.

La tunique mamutoï d'Ayla ne comportait pas de frange mais, de toute évidence, sa fabrication avait demandé un immense travail. Le cuir, de la meilleure qualité, était d'un jaune doré presque assorti à la chevelure de la jeune femme, obtenu par un mélange subtil d'ocres jaunes, de rouges et d'autres couleurs. La peau provenait sans doute d'un cerf ou peut-être d'une antilope saïga, pensa Marthona, bien qu'elle n'eût pas l'aspect velouté habituel d'une peau de daim bien grattée. Quoique très souple, le cuir avait un grain luisant, une patine imperméable.

A la qualité du matériau de base s'ajoutaient des décorations exquises qui faisaient de ce vêtement quelque chose d'exceptionnel. La longue tunique se terminait à l'arrière par un triangle pointe en bas, et la partie inférieure des jambières était couverte de dessins géométriques raffinés, à l'intérieur parfois plein, obtenus pour la plupart avec des perles d'ivoire. Ils commençaient par des triangles pointant vers le bas qui se transformaient horizontalement en zigzags, et verticalement en losanges et en chevrons, puis en figures complexes telles que spirales aux angles droits et rhomboïdes concentriques.

Ces dessins en perles d'ivoire étaient délimités et mis en valeur par de nombreuses petites perles d'ambre aux tons plus clairs ou plus sombres que le cuir, mais de la même couleur, avec des broderies rouges, brunes et noires. La tunique s'ouvrait sur le devant et les bords s'évasaient sous les hanches, de sorte qu'en les rapprochant on créait un autre triangle à la pointe dirigée vers le bas. Elle était fermée à la taille par une ceinture tressée selon le même motif géométrique avec des poils de mammouth rouges, rehaussés de laine de mouflon ivoire, de duvet brun de bœuf musqué et de poils de rhinocéros laineux d'un profond noir rougeâtre.

C'était une œuvre d'art étonnante, où l'excellence du travail éclatait dans chaque détail. Quelqu'un avait dû se procurer les plus beaux matériaux et faire appel à des artisans accomplis pour créer ce vêtement. Aucun effort n'avait été épargné, comme le montraient les broderies de perles. Bien que Marthona ne pût estimer leur quantité autrement qu'en termes de « très grand nombre », plus de trois mille perles d'ivoire taillées dans une défense de mammouth, puis polies et percées à la main, avaient été cousues sur le cuir.

La mère de Jondalar n'avait jamais rien vu de tel mais elle comprit sur-le-champ que la personne qui avait commandé cette tunique jouissait d'un grand respect et occupait un rang élevé dans sa communauté. Il avait fallu du temps et du labeur pour fabriquer cette tenue, et pourtant on en avait fait cadeau à Ayla quand elle était partie. Il ne resterait rien de ce travail considérable dans sa communauté d'origine. Ayla disait qu'elle avait été adoptée, mais la personne qui l'avait adoptée possédait un grand pouvoir, un immense prestige, et nul ne le comprenait mieux que Marthona.

Il n'est pas étonnant qu'Ayla veuille porter sa propre tenue matrimoniale, pensa-t-elle. Cela ne nuira pas non plus au prestige de Jondalar. Cette jeune femme est décidément pleine de surprises. Aucun doute, ce sera d'elle qu'on parlera le plus à la Réunion d'Eté de cette année.

— Cette tenue est extraordinaire, splendide... Qui l'a faite pour toi ?

— Nezzie, mais avec beaucoup d'aide, répondit Ayla, ravie de la réaction de Marthona.

— Je n'en doute pas. Tu as déjà mentionné son nom mais je ne me rappelle plus qui elle est.

— La compagne de Talut, l'Homme Qui Ordonnait du Camp du Lion. C'est lui qui devait m'adopter mais Mamut l'a devancé. Je pense que c'est Mamut qui a demandé à Nezzie de me fabriquer cette tunique.

— Mamut est un de Ceux Qui Servent la Mère ?

— Le Premier, comme votre Zelandoni. Le plus âgé, en tout cas. Je crois qu'il était le plus vieux des Mamutoï. Quand je suis partie, mon amie Deegie attendait un bébé, et la femme de son frère était sur le point d'accoucher. Les deux enfants appartiennent à la cinquième génération de sa descendance.

Marthona hocha la tête. Elle savait que celui qui avait adopté Ayla devait exercer une grande influence mais elle ne se doutait pas que c'était l'homme le plus respecté et le plus puissant de son peuple. Cela expliquait beaucoup de choses.

— Certaines coutumes sont associées à cette tunique, disais-tu ?

— Les Mamutoï pensent qu'on ne doit pas porter une tenue matrimoniale avant la cérémonie. On peut la montrer à la famille, aux amis proches, mais pas la porter en public. Tu veux voir comment elle me va ?

Jondalar se retourna en grognant dans son sommeil. Marthona jeta un coup d'œil vers les fourrures et murmura :

— Tant que mon fils dort encore. Ici, nous pensons que l'homme ne doit pas voir sa compagne en tenue matrimoniale avant la cérémonie.

Ayla se déshabilla, prit la lourde tunique richement ornée.

— Nezzie m'a conseillé de la porter fermée si je veux juste la montrer à quelqu'un, expliqua-t-elle à voix basse en nouant la ceinture. Mais pour la cérémonie, il faut la laisser ouverte. Comme ça, dit-elle, écartant les pans du vêtement et renouant la ceinture. « Une femme doit montrer fièrement ses seins quand elle prend un compagnon, quand elle apporte son foyer pour s'unir à un homme », m'a dit Nezzie. Je ne suis pas censée la porter ouverte avant la cérémonie, mais comme tu es la mère de Jondalar, c'est permis.

— J'en suis très heureuse. Chez nous, la coutume veut qu'on montre la tenue matrimoniale uniquement aux femmes, aux amies intimes et aux parentes proches, avant la cérémonie, mais je ne vois pas à qui d'autre tu devrais la montrer pour le moment. Ce sera... (Marthona s'interrompit, sourit)... intéressant de surprendre tout le monde. Si tu veux, nous pouvons la pendre dans ma pièce pour que les plis se défassent. Et la passer à la vapeur, peut-être.

— Merci. Je me demandais où la ranger. Est-ce qu'on pourrait mettre également dans ta pièce la magnifique tunique dont tu m'as fait cadeau ? (Ayla marqua une pause, se souvint d'autre chose.) J'en ai une troisième que je voudrais ranger quelque part, elle aussi, une que j'ai cousue moi-même. Tu veux bien me la garder ?

— Naturellement. Nous ferons tout cela quand Willamar sera réveillé. Y a-t-il autre chose que tu veux me confier ?

— J'ai des colliers et d'autres choses, mais elles peuvent rester dans mes sacs puisque je les emporte pour la Réunion d'Eté.

— Tu en as beaucoup ? ne put s'empêcher de demander Marthona.

— Seulement deux colliers, y compris celui que tu m'as donné, un bracelet, deux coquillages en spirale pour mes oreilles, qui m'ont été offerts par une femme qui dansait, et deux morceaux d'ambre assortis dont Tulie m'a fait cadeau à mon départ. C'était la Femme Qui Ordonne du Camp du Lion, la sœur de Talut, la mère de Deegie. Elle pensait que je pourrais les porter à mes oreilles le jour de mon union puisqu'ils reprennent la couleur de la tunique. J'aimerais bien, mais je n'ai pas les oreilles percées.

— Zelandoni serait heureuse de les percer pour toi, si tu veux.

— Volontiers. Je ne veux pas me faire percer à d'autres endroits, du moins pas pour le moment, mais le jour où Jondalar et moi nous unirons, j'aimerais porter les morceaux d'ambre et la tunique de Nezzie.

— Cette Nezzie devait avoir beaucoup d'affection pour toi, commenta Marthona.

— En tout cas, j'en avais beaucoup pour elle. Sans son intervention, je n'aurais pas suivi Jondalar quand il est parti. Je devais m'unir à Ranec le lendemain. C'était le fils du foyer du frère de Nezzie, même si elle jouait plutôt le rôle d'une mère pour lui. Elle savait que Jondalar m'aimait, et elle m'a fait comprendre que si je l'aimais vraiment moi aussi, je devais le rattraper pour le lui dire. Elle avait raison. Ce fut pénible d'annoncer mon départ à Ranec. J'avais beaucoup de tendresse pour lui mais c'était Jondalar que j'aimais.

— Il fallait que tu l'aimes, sinon tu n'aurais pas quitté des gens qui te tenaient en si haute estime pour venir ici avec lui.

Remarquant que Jondalar s'agitait de nouveau dans son sommeil, Ayla se leva. Marthona but lentement son infusion tandis que la compagne de son fils repliait la tenue matrimoniale puis la tunique tissée, et allait les ranger toutes deux dans son sac de voyageur. En revenant, la jeune femme indiqua le nécessaire à couture posé sur la table :

— Mon tire-fil est dedans. Une fois que j'aurai préparé la tisane de Jondalar, nous pourrions aller dehors au soleil pour que je te le montre.

— D'accord.

Ayla s'approcha du foyer, ajouta du bois au feu, mit des pierres à chauffer et fit tomber dans le creux de sa main quelques pincées d'herbes séchées. Marthona pensait que l'impression que la jeune femme lui avait faite le premier jour était la bonne : elle n'était pas seulement attirante, elle se souciait du bonheur de son fils. Elle serait une bonne compagne pour lui.

De son côté, Ayla pensait à Marthona, dont elle admirait la dignité tranquille et la grâce. Non seulement la mère de Jondalar avait une grande aptitude à comprendre, mais Ayla était sûre que cette femme qui avait dirigé la Neuvième Caverne pouvait aussi être très forte en cas de besoin. Pas étonnant que son peuple n'ait pas voulu qu'elle perde son rang à la mort de son compagnon. Cela n'avait pas dû être facile pour Joharran de prendre sa suite, mais il semblait maintenant bien installé à la tête de la Caverne, autant qu'Ayla pût en juger.

Sans bruit, elle posa la coupe de tisane chaude près de Jondalar en songeant qu'il fallait qu'elle lui trouve les brindilles avec lesquelles il se nettoyait les dents. Il aimait le goût de la gaulthérie. A la première occasion, elle chercherait cet arbuste aux feuilles persistantes qui ressemblait à un saule. Marthona finit sa tisane, Ayla prit son nécessaire et les deux femmes sortirent en silence de l'habitation. Loup les suivit.

Il était encore tôt quand elles s'avancèrent sur la terrasse de pierre. Le soleil venait d'ouvrir son œil resplendissant et les lorgnait par-dessus la crête des collines, à l'est. Sa lumière éclatante donnait à la paroi calcaire un teint rubicond mais l'air demeurait frais. Peu de gens étaient levés.

Marthona conduisit Ayla au bord de la terrasse, près du cercle sombre des feux de signaux. Elles s'assirent sur deux des gros rochers disposés alentour, le dos tourné aux rayons aveuglants qui, à travers une brume rouge et or, montaient vers la voûte bleue sans nuages. Loup les laissa pour descendre vers la Vallée des Bois.

Ayla dénoua la cordelette de son nécessaire, petit sac en cuir cousu sur les côtés et serré en haut. Des perles d'ivoire avaient autrefois dessiné un motif géométrique, et les fils élimés de la broderie révélaient un long usage de la pochette de cuir râpé. Elle fit tomber sur son giron les petits objets qu'il contenait : des fils et des cordes de diverses longueurs en fibre végétale, en filament de nerf, en poil animal — mammouth, mouflon, bœuf musqué et rhinocéros —, enroulés autour de petits os de phalange ; plusieurs minces lames de silex utilisées pour couper attachées ensemble par un tendon, de même qu'un jeu de poinçons en os et en silex, un petit morceau de peau de mammouth épaisse et dure faisant office de dé ; enfin, trois petits tubes obtenus avec des os creux d'oiseaux.

Ayla saisit l'un des tubes, ôta d'une extrémité un minuscule bouchon en cuir, l'inclina vers sa paume. Il en sortit une petite pique d'ivoire, pointue à une extrémité comme un poinçon mais percée d'un trou à l'autre bout. Elle la tendit à Marthona avec précaution.

— Tu vois le trou ?

La compagne de Willamar tint le tire-fil à bout de bras.

— Pas vraiment.

Elle le rapprocha d'elle, le palpa : d'abord la pointe, puis l'autre extrémité.

— Ah, voilà ! Je le sens. Un tout petit trou, pas plus gros qu'une perle.

— Les Mamutoï percent les perles, mais personne au Camp du Lion ne savait très bien les fabriquer. C'est Jondalar qui a taillé l'outil utilisé pour faire le trou. Je crois que c'était la partie la plus difficile de la fabrication de ce tire-fil. Je n'ai rien apporté à coudre mais je vais te montrer comment on s'en sert.

Ayla récupéra l'aiguille d'ivoire, choisit l'os entouré de filaments de nerf, en déroula une bonne longueur, humecta le bout dans sa bouche, le passa adroitement dans le chas et tira, puis tendit le tout à Marthona.

Celle-ci regarda le tire-fil mais vit plus de choses avec ses mains qu'avec ses yeux vieillissants, qui distinguaient parfaitement les objets éloignés, mais beaucoup moins bien ceux qui étaient proches. Sa grimace de concentration fit soudain place à un sourire.

— Bien sûr ! dit-elle. Avec ça, je crois que je pourrai de nouveau coudre !

— Pour certaines choses, il faut d'abord pratiquer un trou avec un poinçon. Aussi pointue soit-elle, ta pique d'ivoire ne percera pas facilement du cuir épais ou dur. C'est quand même mieux que d'essayer de faire passer le fil par le trou sans tire-fil. J'arrivais à percer les trous, mais impossible d'apprendre à y faire passer le fil avec la pointe d'un poinçon, malgré toute la patience que Nezzie et Deegie montraient envers moi.

Marthona exprima son accord d'un hochement de tête mais parut intriguée.

— La plupart des petites filles connaissent cette difficulté, mais toi, tu n'as pas appris à coudre quand tu étais enfant ?

— Les membres du Clan ne cousent pas de cette façon. Ils portent des peaux nouées ensemble. Certains objets sont assemblés, comme les récipients en écorce de bouleau, mais ils y percent de gros trous pour faire passer les cordes qui maintiennent l'ensemble. Rien à voir avec les trous minuscules par lesquels Nezzie voulait me faire passer les fils.

— J'oublie toujours que tu as eu une enfance... particulière. Si tu n'as pas appris à coudre dans ta jeunesse, je comprends que cela a dû être difficile pour toi, mais ce système est vraiment astucieux. (Marthona leva la tête.) Je vois venir Proleva. J'aimerais lui montrer, si tu n'y vois pas d'inconvénient.

— Pas du tout.

Sur la terrasse ensoleillée, la compagne de Joharran et celle de Rushemar, Salova, s'avançaient vers elles. Quand les quatre femmes se furent saluées, Marthona reprit :

— Regarde, Proleva. Toi aussi, Salova. Ayla appelle ça un tire-fil, elle vient de me le montrer. C'est très ingénieux et je crois que cela pourrait me permettre de recommencer à coudre. Je me débrouillerai en tâtonnant.

Les nouvelles venues, qui avaient toutes deux cousu de nombreux vêtements dans leur vie, saisirent rapidement l'idée et discutèrent bientôt de son potentiel avec excitation.

— Apprendre à utiliser le tire-fil ne posera pas de problème, je pense, estima Salova. Le fabriquer sera plus difficile.

— Jondalar a participé à la fabrication de celui-ci. Il a taillé l'outil qui a permis de percer le petit trou, expliqua Ayla.

— Il faudra quelqu'un d'aussi adroit que lui, souligna Proleva. Je me souviens qu'avant son départ il avait fabriqué des poinçons en silex et quelques forets pour percer les perles. Salova a raison : ce sera difficile de faire un tire-fil comme celui-là, mais je suis sûre que cela en vaut la peine. J'aimerais en essayer un.

— Je te laisse volontiers celui-ci, dit Ayla. J'en ai deux autres, de différentes dimensions. Je choisis l'un ou l'autre selon ce que je veux coudre.

— Merci, mais je ne crois pas que j'aurai le temps aujourd'hui, avec tout ce qu'il faut préparer pour la chasse. Joharran pense qu'il y aura une affluence importante à cette Réunion d'Eté. (Proleva sourit à Ayla.) A cause de toi. La nouvelle que Jondalar est revenu et a ramené une femme court déjà le long de la Rivière et au-delà. Joharran veut toujours être sûr que nous apportons de quoi nourrir les invités quand nous participons à une fête.

— Et tout le monde voudra te rencontrer pour voir si les histoires qu'on raconte sont vraies, dit Salova.

— Le temps que nous arrivions là-bas, elles ne le seront plus, prédit Proleva. Les histoires grossissent toujours...

— La plupart des gens le savent et n'en croient pas la moitié, observa Marthona. Jondalar et Ayla en étonneront quelques-uns, cette année.

Proleva remarqua sur le visage de l'ancien chef de la Neuvième Caverne des Zelandonii une expression inhabituelle, un sourire entendu et content de soi. Elle se demanda ce que Marthona savait.

— Tu viens avec nous au Rocher des Deux Rivières, Marthona ? s'enquit Proleva.

— Oui. Je voudrais assister à une démonstration de ce « lance-sagaie » dont parlait Jondalar. Si c'est aussi ingénieux que ce tire-fil... (Marthona se rappela sa première expérience avec une pierre à feu, la veille)... et d'autres choses qu'ils ont rapportées, ce devrait être intéressant.

Joharran ouvrait la marche sur un sentier escarpé qui contournait un rocher proche de la Rivière. Marthona venait derrière. Les yeux sur le dos de son fils aîné, elle était heureuse de savoir que non seulement l'un de ses fils marchait devant elle mais que, pour la première fois depuis des années, son fils Jondalar était derrière elle. Ayla lui emboîtait le pas avec Loup. Des membres de la Neuvième Caverne suivaient mais laissaient un intervalle de quelques pas entre l'animal et eux. D'autres se joignirent au groupe quand ils passèrent devant la Quatorzième Caverne.

Ils arrivèrent en un lieu situé au bord de la Rivière, entre l'abri de la Quatorzième Caverne, de leur côté, et celui de la Onzième, de l'autre, là où le cours d'eau s'élargissait et bouillonnait autour de quelques rochers. A cet endroit, le lit était peu profond, on pouvait facilement traverser, et la plupart des gens passaient par là pour gagner l'autre rive. Ayla entendit plusieurs personnes l'appeler le Gué.

Certains de ceux qui portaient des chausses s'assirent pour les ôter. D'autres allaient pieds nus comme Ayla ou ne se souciaient pas de mouiller leurs chausses. Ceux de la Quatorzième Caverne laissèrent Joharran et la Neuvième Caverne traverser les premiers. C'était un geste de courtoisie envers Joharran, puisqu'il était celui qui avait proposé une dernière chasse avant le départ pour la Réunion d'Eté et qu'il en prenait le commandement.

En s'avançant dans l'eau froide, Jondalar se rappela une chose dont il souhaitait parler à son frère.

— Joharran, attends, cria-t-il.

Le chef de la Neuvième Caverne s'arrêta, Marthona à ses côtés.

— Lorsque nous avons accompagné le Camp du Lion à la Réunion d'Eté des Mamutoï, nous avons dû traverser une rivière juste avant d'arriver à l'endroit où se tenait la réunion. Ceux du Camp du Loup, qui en étaient les hôtes, avaient entassé dans l'eau des pierres et du gravier afin qu'on puisse y poser le pied et traverser sans se mouiller. J'ai pensé que c'était une bonne idée.

— La Rivière a un cours rapide. Tu ne penses pas qu'elle entraînerait les pierres ? objecta Joharran.

— Leur rivière était rapide, elle aussi, et assez profonde pour les esturgeons, les saumons et d'autres poissons. L'eau passait entre les tas de pierres. Quand le lit grossissait, il les emportait, mais les Mamutoï reconstruisaient d'autres tas chaque année. La pêche était bonne près des pierres, au milieu de la rivière.

— C'est une idée à considérer, jugea Marthona.

— Et les radeaux ? dit un homme qui les avait rejoints. Les pierres ne les empêcheraient pas de passer ?

— La plupart du temps, le lit n'est pas assez profond pour les radeaux, répondit Joharran. Il faut les porter pour passer le Gué, de toute façon.

En écoutant la discussion, Ayla remarqua que l'eau était assez claire pour laisser distinguer les pierres du fond et, parfois, un poisson. Puis elle se rendit compte que le milieu de la rivière offrait une vue unique de la région. Regardant devant elle, vers le sud, elle découvrit sur la rive gauche une falaise creusée d'abris qui devait être leur destination, et un peu au-delà, un cours d'eau se jetant dans la Rivière. De l'autre côté de l'affluent commençait une ligne de parois à pic qui longeaient la rivière principale et en épousaient une courbe. Ayla se retourna, examina l'autre côté. En aval, vers le nord, elle aperçut d'autres hautes falaises et l'énorme abri de la Neuvième Caverne, sur la rive droite, au sortir d'un coude.

Joharran repartit, menant la longue file qui se dirigeait vers la Troisième Caverne des Zelandonii. Ayla remarqua que plusieurs personnes les attendaient et leur faisaient signe. Elle reconnut parmi elles Kareja et le Zelandoni de la Onzième Caverne. La file s'allongea encore quand elles les rejoignirent. En approchant de la falaise qui se dressait devant eux, Ayla eut une meilleure vue de l'immense paroi rocheuse, l'une des plus spectaculaires de la vallée de la Rivière.

Elle avait été façonnée par ces mêmes forces naturelles qui avaient créé les abris rocheux de la région, avec deux et parfois trois niveaux de terrasses. A mi-hauteur de la paroi, un surplomb de plus de trois cents pieds de long s'avançait devant une ouverture abritée. C'était le niveau principal de la Troisième Caverne, là où l'on avait regroupé la plupart des habitations. La terrasse constituait une voûte protectrice pour l'abri qui se trouvait en dessous et était elle-même protégée par une autre saillie, au-dessus.

Jondalar remarqua que sa compagne observait la grande falaise calcaire et s'arrêta pour la laisser le rattraper. A cet endroit, le sentier était moins étroit et ils purent y marcher de front.

— L'endroit où la Rivière des Prairies se jette dans la Rivière s'appelle Deux Rivières, dit-il. Cette falaise porte le nom de Rocher des Deux Rivières parce qu'elle domine leur confluent.

— Je croyais que c'était la Troisième Caverne.

— C'est là que vit la Troisième Caverne des Zelandonii, mais on l'appelle le Rocher des Deux Rivières, comme on appelle Petite Vallée l'endroit où vit la Quatorzième Caverne des Zelandonii, et Bord de Rivière celui où vit la Onzième Caverne.

— Alors comment appelle-t-on l'endroit ou vit la Neuvième Caverne ?

— La Neuvième Caverne, répondit Jondalar, qui la vit plisser le front.

— Pourquoi n'a-t-il pas un nom différent, comme les autres ?

— Je ne sais pas. On l'a toujours appelé la Neuvième Caverne. On aurait pu l'appeler aussi le Rocher des Deux Rivières, puisque la Rivière des Bois y rejoint la Rivière, mais la Troisième Caverne s'appelait déjà comme ça. Ou alors le Gros Rocher, mais un autre endroit porte ce nom.

— Il y avait d'autres possibilités. La Pierre qui Tombe, par exemple. Aucun autre lieu ne possède une telle curiosité, non ? demanda Ayla, qui essayait de comprendre.

Il était plus facile de se souvenir des choses quand elles étaient cohérentes, mais il y avait toujours des exceptions.

— Non, pas que je sache, répondit Jondalar.

— Pourtant la Neuvième Caverne s'appelle simplement la Neuvième Caverne. Pourquoi ?

— Peut-être parce que notre abri est unique pour de nombreuses raisons. Personne n'a jamais vu un abri aussi vaste, avec autant d'habitants. Il est situé au confluent de deux rivières, comme plusieurs autres, mais la Vallée de la Rivière des Bois compte plus d'arbres que n'importe quelle autre vallée. La Onzième Caverne demande toujours la permission d'y couper du bois pour ses radeaux. Et puis, comme tu l'as rappelé, il y a la Pierre qui Tombe. Tout le monde connaît la Neuvième Caverne, même ceux qui vivent loin, mais aucun nom ne suffit à la décrire. On a fini par donner au lieu le nom de ceux qui y vivent, la Neuvième Caverne.

Ayla hocha la tête mais demeura perplexe.

— Donner à un endroit le nom de ceux qui y vivent, c'est très rare...

Comme ils approchaient de la Troisième Caverne, Ayla distingua un groupe de tentes, de cabanes, de cadres et de râteliers dans l'espace situé entre le pied de la falaise et la Rivière. Quelques foyers — certains réduits à un cercle noir, d'autres où brûlait un feu — étaient disséminés entre les constructions. C'était la principale aire de travail extérieure de la Troisième Caverne, et elle comportait un petit quai le long de la Rivière pour attacher les radeaux.

Le territoire de la Troisième Caverne comprenait non seulement la falaise mais aussi la partie s'étendant sous les terrasses jusqu'aux berges des deux rivières, et même au-delà par endroits. Il ne leur appartenait pas. D'autres Zelandonii, en particulier ceux des Caver nes proches, pouvaient le traverser et utiliser ses ressources, mais la courtoisie voulait qu'on y fût convié ou qu'on en demandât la permission au préalable. Ces restrictions tacites étaient admises par les adultes. Les enfants, bien entendu, couraient partout à leur guise.

La région qui s'étendait le long de la Rivière entre la Rivière des Bois, juste après la Neuvième Caverne, au nord, et la Rivière des Prairies, au Rocher des Deux Rivières, au sud, était considérée comme un ensemble par les Zelandonii qui y vivaient. C'était en fait un village étiré, bien qu'ils n'eussent pas de concept ni de nom pour ce genre de communauté. Mais, lorsque Jondalar voyageait et parlait de la Neuvième Caverne des Zelandonii, ce n'était pas seulement aux nombreux membres de cet abri particulier qu'il pensait mais à toute la communauté environnante.

Les visiteurs commencèrent à gravir la piste en direction du niveau principal du Rocher des Deux Rivières et s'arrêtèrent au niveau inférieur pour attendre quelqu'un qui voulait se joindre à eux. Ayla en profita pour regarder autour d'elle puis leva les yeux et dut s'appuyer à la roche pour ne pas perdre l'équilibre. Le haut de la falaise faisait si fortement saillie que, lorsque son regard suivit la paroi massive, la jeune femme eut l'impression que la falaise se penchait en même temps qu'elle renversait la tête.

— C'est Kimeran, dit Jondalar lorsque l'homme salua Joharran.

Ayla examina l'inconnu, blond et plus grand que Joharran. Elle fut frappée par le langage corporel subtil des deux hommes, qui semblaient se considérer comme des égaux.

Le nouveau venu lança au loup un coup d'œil chargé d'appréhension mais ne se livra à aucun commentaire. Quand ils arrivèrent au niveau principal, Ayla fit de nouveau halte, arrêtée cette fois par une vue à couper le souffle. De la terrasse de la Troisième Caverne, on découvrait tout le paysage environnant. Quelque part en aval de la Rivière des Prairies, elle aperçut même un autre petit cours d'eau se jetant dans l'affluent.

Elle se retourna en entendant son nom : Joharran se tenait derrière elle avec l'homme qui venait de les rejoindre.

— Je veux te présenter quelqu'un que tu n'as pas encore rencontré.

L'inconnu fit un pas en avant et tendit les deux mains, mais ses yeux regardaient avec méfiance l'animal qui accompagnait la jeune femme et l'observait avec curiosité. L'homme était aussi grand que Jondalar, à qui sa chevelure blonde le faisait vaguement ressembler. Ayla baissa une main pour faire signe à Loup de rester derrière puis s'avança.

— Kimeran, voici Ayla des Mamutoï... commença Joharran.

Kimeran saisit les deux mains de la jeune femme dans les siennes tandis que le chef de la Neuvième Caverne déclinait ses noms et liens. Joharran avait remarqué l'inquiétude dans le regard de l'homme et savait ce qu'il ressentait.

— Ayla, je te présente Kimeran, Homme Qui Ordonne du Foyer Ancien, la Deuxième Caverne des Zelandonii, frère de Zelandoni de la Deuxième Caverne, Descendant du Fondateur de la Septième Caverne des Zelandonii.

— Au nom de Doni, la Grande Terre Mère, sois la bienvenue au pays des Zelandonii, Ayla des Mamutoï, dit Kimeran.

— Au nom de Mut, Mère de toute chose, qu'on appelle aussi Doni, je te salue, Kimeran, Homme Qui Ordonne du Foyer Ancien, la Deuxième Caverne des Zelandonii, répondit Ayla en souriant.

Kimeran remarqua d'abord son accent étrange puis son sourire charmant. Elle était d'une beauté exceptionnelle, mais que pouvait-on attendre d'autre de la compagne de Jondalar ?

— Kimeran ! s'écria justement celui-ci quand les présentations furent terminées. Je suis content de te voir !

— Moi aussi.

Les deux hommes se serrèrent les mains puis se donnèrent l'accolade.

— Tu diriges la Deuxième, maintenant ?

— Oui. Depuis deux ans. Je me demandais si tu finirais par revenir. J'ai eu vent de ton retour mais j'ai tenu à venir vérifier si tout ce qu'on raconte sur toi est vrai. J'ai l'impression que oui.

Kimeran sourit à Ayla mais demeura à bonne distance du loup.

— Kimeran et moi sommes de vieux amis, expliqua Jondalar à Ayla. Nous avons été initiés ensemble, nous avons obtenu nos ceintures... nous sommes devenus des hommes en même temps. (Il sourit, secoua la tête à ce souvenir.) Nous avions tous à peu près le même âge mais j'avais le sentiment qu'on ne voyait que moi à cause de ma taille. J'ai été soulagé en voyant arriver Kimeran, parce qu'il était aussi grand que moi. Je cherchais toujours à me mettre près de lui pour me faire moins remarquer. Je crois qu'il ressentait la même chose.

Kimeran souriait toujours, mais son expression changea lorsqu'il entendit la suite :

— Viens donc faire la connaissance de Loup.

— Faire sa connaissance ?

— Oui, il ne te fera aucun mal, Ayla te présentera. Ensuite, il saura que tu es un ami.

Jondalar poussa un Kimeran décontenancé vers le quadrupède. C'était le plus énorme loup qu'il eût jamais vu, mais la femme n'avait pas peur. Elle mit un genou à terre, passa un bras autour du carnassier, leva les yeux et sourit. L'animal avait la gueule ouverte et sa langue pendait sur le côté. Est-ce qu'il lui souriait ?

— Tends la main pour que Loup puisse la sentir, dit Jondalar.

— Comment tu l'as appelé ?

Kimeran fronça les sourcils et resta sans bouger. Il n'avait pas vraiment envie de tendre la main vers l'animal, mais tout le monde le regardait et il ne voulait pas avoir l'air peureux.

— C'est le nom qu'Ayla lui a donné, le mot mamutoï pour loup.

La femme lui saisit la main droite, et il sut qu'il ne pouvait plus reculer. Prenant une longue inspiration, il la laissa approcher sa main de la gueule hérissée de dents acérées.

Kimeran fut surpris, comme beaucoup d'autres, quand Ayla lui montra comment toucher le loup et quand celui-ci lui lécha la main.

Lorsqu'il sentit la chaleur du loup, il se demanda pourquoi l'animal était si docile. Puis il reporta son attention sur la femme.

Quelle sorte de pouvoir possède-t-elle ? Est-elle Zelandoni ? Elle parle parfaitement le zelandonii, mais avec une étrange prononciation. Ce n'est pas un accent, pensa-t-il. Elle avale certains sons, plutôt. Ce n'est pas déplaisant, mais ça attire l'attention sur elle — non qu'elle en ait besoin pour qu'on la remarque, d'ailleurs. Elle a une allure insolite : aucun doute, c'est une étrangère, d'une beauté exotique, et le loup fait partie de cela. Comment se fait-elle obéir d'un loup ?

Ayla avait observé les réactions de Kimeran et remarqué son expression stupéfaite. Elle détourna la tête quand elle sentit un sourire naître sur ses lèvres puis lui fit face.

— Je me suis occupée de lui depuis qu'il était tout petit, expliqua-t-elle. Il a grandi avec les enfants du Camp du Lion. Il est habitué aux êtres humains.

Kimeran fut plus sidéré encore : c'était comme si elle décrivait ses pensées et lui donnait une réponse.

— Tu es venu seul ? demanda Jondalar quand son ami put enfin arracher son regard d'Ayla.

— D'autres suivent. Nous avons appris que Joharran voulait organiser une dernière chasse avant de partir pour la Réunion d'Eté. Manvelar a envoyé un messager à la Septième, qui nous a prévenus à son tour, mais je n'ai pas attendu les autres, je suis parti devant.

— La Caverne de Kimeran se situe dans cette direction, Ayla, dit Jondalar en pointant un doigt vers la vallée de la Rivière des Prairies. Tu vois cet affluent ? C'est la Petite Rivière des Prairies. Tu la suis pour aller à la Deuxième et à la Septième Caverne. Elles sont apparentées et se trouvent de part et d'autre d'une étendue d'herbe.

Les deux hommes se mirent à évoquer des souvenirs, à se raconter ce qui leur était arrivé depuis leur dernière rencontre, et l'attention d'Ayla fut de nouveau attirée par le panorama. La vaste terrasse supérieure de la Troisième Caverne offrait à ses habitants de nombreux avantages. Protégée des intempéries par un surplomb, elle n'en jouissait pas moins d'une vue extraordinaire.

A la différence de la vallée boisée proche de la Neuvième Caverne, les vallées de la Rivière des Prairies et de la Petite Rivière des Prairies étaient couvertes d'une herbe épaisse et haute, différente de celle de la partie inondable de la Rivière. Toute une variété d'arbres et de broussailles bordaient les berges de la rivière principale, mais au-delà de l'étroite forêt s'étendait une plaine couverte d'herbe courte accueillant divers ruminants. A l'ouest, de l'autre côté de la Rivière, la partie inondable conduisait à une série de collines montant vers un haut plateau herbeux.

Les vallées de la Rivière des Prairies et de la Petite Rivière des Prairies étaient plus humides, presque marécageuses à certaines périodes de l'année. On y trouvait des variétés d'herbe qui poussaient plus haut qu'un homme, par endroits, souvent mêlées de plantes herbacées. Cette diversité attirait de nombreuses espèces d'animaux qui préféraient telle ou telle sorte de végétation dans leur migration saisonnière.

Comme la terrasse principale du Rocher des Deux Rivières donnait sur les vallées des deux cours d'eau, c'était un endroit idéal pour surveiller les troupeaux itinérants. Au fil des années, les habitants de la Troisième Caverne avaient donc appris à repérer les mouvements migratoires et à reconnaître les changements de temps qui annonçaient l'apparition des divers animaux. Avec cet avantage, leurs talents de chasseur avaient grandi. Si toutes les Cavernes chassaient, les sagaies du Rocher des Deux Rivières abattaient le plus grand nombre des herbivores qui migraient par les deux vallées.

Cette supériorité de la Troisième Caverne était connue de la plupart des Zelandonii mais plus particulièrement de leurs voisins les plus proches. C'était à ses membres que les autres demandaient conseil chaque fois qu'une chasse était prévue, surtout une vaste chasse en groupe.

Ayla se tourna vers la gauche, en direction du sud. Les vallées herbeuses des deux rivières, qui se rejoignaient en contrebas, s'étiraient entre de hautes falaises. Grossie par la Rivière des Prairies, la Rivière coulait vers le sud-ouest, au pied de parois abruptes, contournait les rochers puis disparaissait. Plus au sud, elle se jetait dans un fleuve et finalement dans les Grandes Eaux, loin à l'ouest.

Ayla regarda à droite, vers le nord, la direction d'où ils étaient venus. En amont, la vallée de la Rivière était une large prairie verte où la lumière du soleil se reflétait sur l'eau qui serpentait entre les genévriers, les bouleaux argentés, les saules et les pins, parfois même les chênes verts. Sur la berge opposée, là où la Rivière dessinait une large courbe vers le soleil levant, on distinguait la falaise et l'énorme abri de la Neuvième Caverne.

Manvelar s'avança avec un sourire de bienvenue. Bien qu'il ne fût pas jeune, l'homme aux cheveux gris marchait d'un pas énergique et assuré. Ayla avait du mal à évaluer son âge. Après les salutations et quelques présentations rituelles, Manvelar conduisit le groupe vers une partie inoccupée de la terrasse, au nord de l'espace habité.

— Nous préparons un repas de mi-journée pour tout le monde, annonça-t-il, et si quelqu'un a soif, il y a de l'eau et des coupes.

Il indiqua deux grosses outres humides appuyées contre une pierre, et quelques récipients d'osier.

La plupart des chasseurs acceptèrent l'offre mais un grand nombre d'entre eux avaient apporté leur coupe personnelle. Il n'était pas rare d'emporter sa coupe, son bol et son couteau à manger dans un sac quand on rendait visite à des amis. Ayla avait non seulement apporté sa coupe personnelle mais aussi un bol pour Loup. Les Zelandonii regardèrent avec fascination le magnifique animal laper l'eau qu'elle lui avait donnée, et plusieurs sourirent. C'était rassurant, d'une certaine façon, de voir que ce loup, qui semblait uni à la jeune femme par un lien mystérieux, pouvait être aussi une bête ordinaire ayant besoin de boire.

Manvelar attendit que tous fussent installés et silencieux pour adresser un signe à une jeune femme qui se tenait près de lui.

— Depuis deux jours, nous avons des guetteurs ici et à Autre Vue, dit-il.

— Voilà Autre Vue, murmura Jondalar en tendant le bras.

Ayla regarda dans la direction indiquée. De l'autre côté du confluent des deux rivières et de la vaste zone inondable, un petit abri de pierre faisait saillie à l'angle qui marquait le début de la ligne de falaises parallèles à la Rivière, en aval.

— Bien qu'elle en soit séparée par la Rivière des Prairies, la Troisième Caverne considère qu'Autre Vue fait partie du Rocher des Deux Rivières, ajouta-t-il.

Ayla regarda de nouveau l'endroit appelé Autre Vue puis s'avança vers le bord de la terrasse. De son promontoire, elle pouvait voir qu'à l'approche de la confluence la Rivière des Prairies s'élargissait en triangle. Sur la rive droite, au pied du Rocher des Deux Rivières, un sentier menant vers l'est, à l'amont, bifurquait en direction de l'eau. Ayla remarqua que l'embranchement conduisait à un endroit où le triangle était large et peu profond, à l'écart des turbulences du confluent. C'était là que la Troisième Caverne franchissait à gué la Rivière des Prairies.

De l'autre côté, un sentier courait à travers la vallée formée par les zones inondables des deux cours d'eau, jusqu'au surplomb de l'angle. Petit, élevé, il n'offrait guère de protection, mais une piste rocailleuse menait au sommet, plate-forme d'où l'on découvrait sous un autre angle les vallées des deux rivières.

— Thefona nous a renseignés juste avant votre arrivée, disait Manvelar. Je crois qu'il y a deux possibilités pour réussir une bonne chasse, Joharran. Nous sommes sur les traces d'une harde de trois biches avec leurs petits qui se dirige par ici sous la conduite d'un grand cerf, et Thefona vient de repérer un troupeau de bisons de bonne taille.

— L'une ou l'autre des deux possibilités me conviendrait. Que suggères-tu ? demanda Joharran.

— Si c'était seulement pour la Troisième Caverne, nous attendrions la harde à la Rivière pour abattre une ou deux bêtes au Gué, mais, pour en tuer davantage, je construirais un piège vers lequel je pousserais les bisons.

— Nous pourrions faire les deux, dit Jondalar.

Plusieurs personnes sourirent.

— Il lui faut tout ? lança une voix qu'Ayla ne reconnut pas. Jondalar a toujours été aussi ardent ?

— Ardent, oui, repartit une femme, mais pas pour chasser les animaux, le plus souvent.

Des rires s'élevèrent. Ayla repéra celle qui venait de parler. C'était Kareja, le chef de la Onzième Caverne, qui l'avait beaucoup impressionnée lors de leur première rencontre, mais elle n'aimait pas le ton de sa remarque. On aurait dit que cette femme cherchait à se moquer de Jondalar. Ayla jeta un coup d'œil à son compagnon pour voir comment il réagissait. Son visage s'était empourpré mais il souriait. Il est gêné et essaie de ne pas le montrer, pensa-t-elle.

— Je sais que ça semble impossible mais nous pouvons y parvenir, insista-t-il. Quand nous vivions chez les Mamutoï, Ayla, sur son cheval, a aidé le Camp du Lion à pousser des bisons dans un piège. Un cheval court plus vite que n'importe quel chasseur, et on peut le diriger dans la direction qu'on veut lui faire prendre. Nous pouvons pousser les bisons dans le piège, et les rabattre quand ils tenteront de s'échapper. Et vous serez tous surpris par ce que ce lance-sagaie peut faire.

En parlant, Jondalar tint l'arme de chasse au-dessus de sa tête. C'était une sorte de bâton plat et fin qui semblait trop rudimentaire pour les prouesses que le voyageur lui attribuait.

La réunion s'interrompit lorsque des membres de la Troisième Caverne apportèrent à manger. Après un repas pris sans hâte, la discussion recommença et révéla que le troupeau de bisons se trouvait non loin d'un piège construit la saison précédente et qui ne demandait que quelques réparations mineures pour redevenir utilisable. On décida de passer l'après-midi à obstruer les brèches de l'enceinte et, si elle était prête à temps, de chasser les bisons le lendemain matin ou le surlendemain au plus tard. Ayla écouta avec attention quand on aborda la préparation stratégique de la chasse mais n'offrit pas son aide ni celle de Whinney. Elle préférait attendre pour voir comment tourneraient les choses.

— Bon, montre-nous maintenant cette nouvelle arme, Jondalar, dit Joharran.

— Oui, acquiesça Manvelar. Tu as éveillé ma curiosité. Nous pouvons utiliser le terrain d'entraînement de la Vallée des Prairies.

11

Le terrain d'entraînement se trouvait au pied du Rocher des Deux Rivières et consistait en une large bande de terre mise à nu par un usage fréquent. L'herbe qui la bordait avait été aplatie par les nombreuses personnes qui l'avaient foulée. A une extrémité, une ancienne corniche écroulée formait un tas de pierres aux arêtes érodées par le temps. A l'autre bout, quatre peaux enveloppaient des ballots d'une herbe sèche qui s'échappait de plusieurs trous percés par des sagaies. Sur chacune des peaux, on avait peint la silhouette d'un animal différent.

— Il faudra éloigner les cibles, dit Jondalar. Les placer deux fois plus loin.

— Deux fois plus loin ? s'étonna Kareja tout en examinant l'instrument qu'il tenait dans sa main.

— Au moins.

Taillé dans un morceau de bois bien droit, le propulseur avait à peu près la longueur de l'avant-bras de Jondalar, de son coude à l'extrémité de ses doigts. Il était plat et étroit, avec une longue rainure centrale, et deux boucles en cuir sur le devant. A l'arrière, il se terminait par une butée en forme de crochet qui se logeait dans un trou.

Dans un carquois de cuir brut, Jondalar prit une pointe de silex attachée à un morceau de bois par du filament de tendon et fixée par une colle obtenue en faisant bouillir des sabots. L'autre extrémité du bois s'effilait en une pointe arrondie. On aurait dit une lance très courte ou peut-être un couteau avec un manche bizarre. Jondalar tira ensuite d'un étui une longue hampe empennée à une extrémité, comme une sagaie, mais dépourvue de pointe à l'autre. Un murmure de curiosité parcourut la foule.

Il inséra la partie effilée du bois auquel était fixée la pointe de silex dans un trou au bout de la hampe, et montra le projectile qu'il avait obtenu.

— J'ai apporté quelques changements depuis que j'ai mis au point cette technique de lancer, dit Jondalar aux Zelandonii assemblés. J'essaie toujours de nouvelles idées pour voir si elles marchent, et cette pointe détachable est une bonne idée, à l'usage. Plutôt que de briser la hampe chaque fois que la lance manque la cible et heurte un rocher, ou que l'animal touché s'enfuit, avec ça... (il montra la sagaie, la démonta)... la pointe se sépare de la hampe et on n'a pas à fabriquer une nouvelle sagaie.

La foule exprima son intérêt : il fallait du temps et du travail pour façonner une hampe, la rendre bien droite afin qu'elle ne dévie pas de sa trajectoire et, parmi les chasseurs présents, il n'y en avait pas un qui n'eût brisé une sagaie.

— Vous remarquerez que cette lance est un peu plus petite et plus légère que les lances ordinaires, poursuivit Jondalar.

— Ah, voilà ! s'exclama Willamar. Je savais bien qu'elle avait quelque chose de différent, en plus d'être en deux parties. Elle est plus gracieuse, presque féminine. Comme une lance « Mère ».

— Nous avons découvert qu'une lance plus légère vole mieux, dit Jondalar.

— Elle perce ? questionna Brameval. Moi, j'ai découvert qu'il faut du poids à une lance. Si elle est trop légère, elle rebondit sur une peau épaisse, ou la pointe se brise.

— Il est temps de vous offrir une démonstration, conclut Jondalar.

Il ramassa le carquois et l'étui, retourna près de l'éboulis. Il avait apporté des hampes et des pointes détachables de rechange, certaines en silex, présentant des formes légèrement différentes, d'autres constituées d'un long morceau d'os effilé dont la base était fendue pour qu'on puisse le fixer plus facilement. Jondalar assembla quelques autres sagaies tandis que Solaban et Rushemar éloignaient une cible.

— C'est assez loin ? lui cria Solaban.

Jondalar regarda Ayla. Elle avait son propulseur à la main et, sur le dos, un long carquois contenant des projectiles déjà assemblés. Elle lui sourit, il lui rendit son sourire, mais avec une certaine nervosité. Il avait décidé de procéder d'abord à une démonstration et de fournir ensuite des explications.

— Ça ira, répondit-il.

La cible était à sa portée, très près en fait, mais pour une première démonstration cette distance lui convenait. Elle lui permettrait d'être plus précis. Il n'eut pas à demander aux autres de s'éloigner : tous reculaient déjà pour ne pas se trouver sur la trajectoire d'une sagaie lancée avec cet étrange instrument. Et tandis qu'ils le regardaient avec des expressions allant de la curiosité au doute, il se prépara à lancer.

Tenant le propulseur à l'horizontale dans sa main droite, le pouce et l'index dans les boucles en cuir de devant, il engagea une sagaie dans la rainure, la fit coulisser jusqu'à ce que le crochet, qui servait aussi de butée, s'insère dans le trou de l'extrémité empennée, et, sans la moindre hésitation, il lança le projectile. Il le fit si rapidement que rares furent ceux qui virent la partie arrière du propulseur s'élever tandis qu'il maintenait l'avant en place à l'aide des boucles, ajoutant la longueur de l'instrument à celle de son bras, et augmentant ainsi l'effet de levier.

Ce qu'ils virent, ce fut une sagaie fendant l'air à une vitesse inouïe et se plantant au milieu du cerf peint sur la peau, avec une telle force qu'elle traversa de part en part le ballot d'herbe. A la surprise des spectateurs, une seconde sagaie suivit la première et se ficha avec presque autant de force près de la première. Ayla avait procédé à un lancer aussitôt après son compagnon. Il y eut un silence stupéfait puis un brouhaha d'acclamations et de questions.

— Vous avez vu ça ?

— Je ne t'ai pas vu lancer, Jondalar. Tu peux recommencer ?

— Cette sagaie a quasiment transpercé la cible ! Comment l'as-tu lancée avec autant de force ?

— Celle de la femme l'a transpercée aussi. Qu'est-ce qui leur donne cette puissance ?

— Je peux voir cet instrument ? Comment tu appelles ça ? Un lance-sagaie ?

Ces dernières questions émanaient de Joharran, à qui son frère tendit le propulseur. Le chef de la Neuvième Caverne l'examina avec attention, le retourna et remarqua le cerf géant gravé au dos. Cela le fit sourire : il avait déjà vu une gravure semblable.

— Pas mal pour un tailleur de silex.

— Comment sais-tu que c'est moi qui l'ai gravé ?

— Je me rappelle l'époque où tu pensais devenir sculpteur. J'ai encore un plat orné d'un cerf dont tu m'as fait cadeau... D'où vient ce lance-sagaie ? demanda Joharran en lui rendant le propulseur. Je voudrais mieux voir comment tu t'en sers.

— Je l'ai fabriqué alors que je vivais avec Ayla dans sa vallée. Ce n'est pas difficile de s'en servir mais il faut de l'entraînement pour acquérir de la précision, expliqua Jondalar en prenant une autre sagaie. Tu vois ce trou que j'ai creusé au bout ?

Joharran et plusieurs autres s'approchèrent.

— A quoi ça sert ? demanda Kareja.

— Je vais te montrer. Tu vois cette espèce de crochet à l'arrière du lance-sagaie ? Il entre dans le trou... comme ça.

Jondalar glissa ensuite la sagaie dans la rainure, une plume de l'empennage de chaque côté, passa son pouce et son index dans les boucles de cuir, tint propulseur et projectile à l'horizontale.

— Ayla, montre-leur, toi aussi.

La jeune femme s'exécuta.

— Elle le tient autrement, nota Kareja. Avec l'index et le majeur, alors que Jondalar utilise son pouce.

— Tu es très observatrice, commenta Marthona.

— Je préfère comme ça, dit Ayla. Avant, Jondalar s'y prenait de cette façon mais il a changé. On peut le tenir comme on veut, du moment qu'on se sent à l'aise.

Kareja hocha la tête et reprit :

— Vos sagaies sont plus petites, et plus légères, aussi.

— Au début, nous utilisions des sagaies normales, mais au bout d'un moment Jondalar a essayé avec de plus petites. Elles sont plus faciles à manier, elle donnent plus de précision.

Jondalar poursuivit :

— Vous remarquerez que l'arrière du lance-sagaie se relève, ce qui ajoute à la poussée.

La sagaie et le propulseur dans la main droite, il tint le projectile avec la gauche pour montrer le mouvement au ralenti sans le faire tomber.

— C'est cela qui donne cette force, conclut-il.

— Avec le lance-sagaie, c'est comme si tu avais le bras plus long, dit Brameval.

Il n'avait que peu parlé et il fallut un moment à Ayla pour se rappeler qu'il était le chef de la Quatorzième Caverne.

— Tu recommences ? sollicita Manvelar. Pour nous montrer encore ?

Jondalar ramena le propulseur en arrière, visa, lança. La sagaie transperça de nouveau la cible ; celle d'Ayla suivit une seconde plus tard.

Kareja observa l'étrangère que Jondalar avait ramenée et sourit. Elle n'avait pas imaginé qu'Ayla était une femme aussi accomplie. Elle avait cru que cette créature splendide ressemblerait à Marona, celle que Jondalar avait choisie avant de partir, mais cette Ayla méritait peut-être d'être mieux connue.

— Tu veux essayer, Kareja ? proposa Ayla en lui tendant le propulseur.

— Oui, je veux bien, répondit le chef de la Onzième Caverne avec un large sourire.

Elle prit l'instrument, l'examina pendant qu'Ayla allait chercher une autre hampe avec une pointe détachable. Elle remarqua le bison gravé en dessous et se demanda si c'était aussi l'œuvre de Jondalar. La gravure était honnête : pas exceptionnelle mais plutôt bonne.

Loup s'éloigna tandis que Jondalar et Ayla montraient aux autres la technique à laquelle ils devraient s'exercer s'ils voulaient se servir efficacement de la nouvelle arme de chasse. Si certains réussirent quelques lancers à de bonnes distances, la précision exigerait plus de temps. Ayla les observait, un peu en retrait, quand elle décela un mouvement du coin de l'œil. Elle se tourna, vit Loup lancé à la poursuite d'un animal. Aussitôt, elle tira d'un sac sa fronde ainsi que deux pierres rondes et lisses.

Ayla plaça l'une des pierres au creux de la bande de cuir, et, lorsque le lagopède s'envola dans son plumage d'été, elle était prête. Elle lança la pierre sur le volatile dodu, le vit tomber. Un second lagopède prit son envol, une seconde pierre l'abattit. Loup avait déjà retrouvé le premier. Ayla l'arrêta au moment où il commençait à s'éloigner avec l'oiseau dans la gueule, le lui prit, ramassa le deuxième et les tint tous deux par les pattes. Sachant que c'était la bonne saison, elle explora l'herbe, repéra le nid et, avec un sourire ravi, ramassa quelques œufs. Elle pourrait préparer ce soir le plat préféré de Creb : le lagopède farci de ses propres œufs.

Contente d'elle, elle ne remarqua pas tout de suite, en retournant auprès des autres, qu'ils avaient cessé de s'entraîner et la regardaient. Certains souriaient mais la plupart avaient l'air stupéfaits.

— Je ne vous avais pas dit qu'elle était très habile avec une fronde ? fit Jondalar d'un ton suffisant.

— Si, mais tu n'avais pas précisé qu'elle utilisait ce loup pour lever le gibier. Avec sa fronde et cet animal, vous n'aviez pas besoin de cette chose, observa Joharran en montrant le propulseur.

— En fait, c'est sa fronde qui m'en a donné l'idée. Et elle n'avait pas encore Loup, à l'époque, même si elle avait déjà chassé avec un lion des cavernes.

La plupart des Zelandonii crurent que Jondalar plaisantait mais, en voyant cette femme qui tenait par les pattes deux lagopèdes morts, un loup à ses côtés, ils ne savaient trop que penser.

— Regarder Ayla se servir d'une fronde m'a donné l'idée de lancer une sagaie de la même façon, poursuivit Jondalar. J'ai fait mes premiers essais avec une sorte de fronde, mais je me suis rendu compte qu'il me fallait quelque chose de moins souple, de plus rigide. Finalement, j'ai eu l'idée du morceau de bois. Je ne soupçonnais pas encore toutes les possibilités que cela offrait. Il a fallu de la pratique, comme vous pouvez le constater. Nous avons même appris à nous en servir à dos de cheval. Dommage que nous n'ayons pas emmené les bêtes, je vous aurais fait une démonstration. Mais je peux au moins vous donner une meilleure idée de la portée du lance-sagaie.

Jondalar alla récupérer ses projectiles, en choisit un, se replaça devant les cibles, mais, au lieu de viser les ballots d'herbe, il lança aussi fort qu'il put. La sagaie fila au-dessus des cibles, parcourut une longue distance avant de retomber dans l'herbe.

Ayla lança à son tour, et bien qu'elle n'eût pas la puissance de l'homme grand et musclé, sa sagaie tomba non loin de celle de Jondalar. La force physique d'Ayla surpassait celle de la plupart des femmes ; cela tenait à son éducation. Les membres du Clan étaient plus vigoureux et plus robustes que les Autres. Pour se hisser à leur niveau, pour accomplir le travail ordinaire qu'on attendait des femmes et des filles du Clan, elle avait dû se forger des os plus solides et une force musculaire plus grande que la moyenne de son espèce.

Pendant que Jondalar ramassait les sagaies, les Zelandonii discutaient de la nouvelle arme. Le lancer avec le propulseur ne semblait pas très différent du lancer à la main. La différence tenait au résultat : la sagaie était projetée deux fois plus loin, avec beaucoup plus de puissance. C'était de cet aspect qu'ils discutaient le plus car il allait de soi qu'un chasseur courait moins de risques s'il lançait sa sagaie de plus loin.

Les accidents de chasse, s'ils n'étaient pas fréquents, n'étaient pas rares non plus. Plus d'un Zelandonii avait été tué ou mutilé par un animal blessé. Restait à savoir combien il faudrait de temps et d'efforts pour acquérir, sinon le niveau d'adresse de Jondalar et Ayla, du moins assez d'habileté pour utiliser convenablement le propulseur. Certains estimaient qu'ils maîtrisaient déjà des techniques adéquates pour chasser avec efficacité, mais d'autres, en particulier les jeunes, qui apprenaient encore, se montraient plus intéressés.

A première vue, la nouvelle arme paraissait très simple, et elle l'était. Elle reposait sur des principes qui, quoique compris intuitivement, ne seraient analysés que bien plus tard. Le propulseur était un manche, un manche détachable qui utilisait le principe du levier pour ajouter de la vitesse et de la force à un projectile.

Aussi loin que leur mémoire remontât, les Zelandonii se servaient de manches, et tout manche amplifie la force musculaire. Par exemple, un éclat de pierre — silex, jaspe, quartz, obsidienne — était un outil tranchant quand on le tenait dans la main, mais un manche multipliait la force qu'on pouvait appliquer à la lame, augmentait l'efficacité du couteau et donnait à l'utilisateur une meilleure maîtrise.

Cependant, le propulseur représentait bien plus qu'une simple utilisation nouvelle de principes déjà connus. Il dénotait, chez des êtres comme Jondalar et Ayla, une caractéristique innée qui rendait leur survie plus probable : la capacité de concevoir une idée et de la transformer en un objet utile, de concrétiser une pensée abstraite. C'était là leur Don le plus grand, même s'ils ne le percevaient pas pour ce qu'il était.

Les visiteurs passèrent le reste de l'après-midi à discuter de la stratégie pour la prochaine chasse. Ils optèrent pour le troupeau de bisons qui avait été repéré puisque les bêtes y étaient plus nombreuses. Jondalar suggéra à nouveau de chasser à la fois les bisons et les biches mais n'insista pas. Ayla n'intervint pas, elle préférait attendre la suite. Après leur avoir offert un autre repas, leurs hôtes les invitèrent à passer la nuit dans leur abri. Certains décidèrent de rester mais Joharran avait des choses à préparer avant la chasse, et il avait promis à Kareja de rendre une brève visite à la Onzième Caverne sur le chemin du retour.

Le soleil déclinait à l'ouest, mais il faisait encore jour quand les membres de la Neuvième Caverne descendirent le sentier. Lorsqu'ils parvinrent à la bande de terre relativement plate qui jouxtait la berge de la Rivière, Ayla se retourna et leva les yeux vers les multiples niveaux des abris du Rocher des Deux Rivières. Plusieurs de leurs habitants agitaient la main en un geste signifiant « Revenez » et auquel les visiteurs répondaient par un geste semblable signifiant « Venez nous voir ».

Marchant près de l'eau, ils longèrent la falaise et reprirent la direction du nord. A mesure qu'ils remontaient vers l'amont, la paroi rocheuse perdait de sa hauteur sur leur rive. Près de la partie la plus basse, au pied d'une pente, Ayla découvrit un abri de pierre. Un peu en retrait sur la pente, à une distance de cent vingt pieds environ, se situait un deuxième abri, à peu près au même niveau de la terrasse. Elle distingua aussi une petite grotte à proximité. Les deux abris, la grotte et la longue terrasse formaient le lieu où vivait une autre communauté dans cette région fortement peuplée : la Onzième Caverne des Zelandonii. Kareja et les siens avaient quitté le Rocher des Deux Rivières avant la Neuvième Caverne, et elle se tenait près de son Zelandoni pour accueillir le groupe qui approchait. Les voyant l'un à côté de l'autre, Ayla remarqua que Kareja dominait en taille le Zelandoni de la Onzième. Ce n'est pas qu'elle soit si grande, c'est lui qui est plutôt petit et frêle, constata-t-elle lorsqu'elle arriva plus près. Mais quand il la salua, sa poignée de main était ferme. Il avait la vigueur d'un homme sec et nerveux. Elle sentait en lui de la force, de l'assurance, et autre chose aussi. L'homme avait certaines manières qui l'avaient troublée quand elle avait fait sa connaissance, et qui lui sautèrent de nouveau aux yeux lorsqu'il accueillit les visiteurs.

Ayla s'aperçut tout à coup qu'il ne la regardait pas comme la plupart des hommes, ouvertement ou à la dérobée, et elle comprit qu'il ne comptait pas sur les femmes pour assouvir ses désirs. Elle se rappela avoir écouté avec un vif intérêt, au Camp du Lion, une discussion sur les êtres qui portaient à la fois en eux l'essence masculine et féminine. Elle se souvint de Jondalar assurant que ces Zelandonia faisaient souvent d'excellents guérisseurs, et ne put retenir un sourire. Voilà peut-être une autre personne avec qui je pourrai parler de soins et de remèdes, pensa-t-elle.

Le sourire qu'il lui rendit était amical.

— Bienvenue à Bord de Rivière, la Onzième Caverne des Zelandonii, dit-il.

Un autre homme, qui se tenait sur le côté, légèrement en retrait, adressait au Zelandoni un sourire empreint de chaleur et de tendresse. Assez grand, il avait des traits réguliers qu'Ayla trouvait beaux, mais il y avait quelque chose de féminin dans sa façon de se mouvoir.

Le Zelandoni se tourna vers lui, lui fit signe d'avancer.

— J'aimerais vous présenter mon ami, Marolan de la Onzième Caverne des Zelandonii, dit-il avant de poursuivre par les présentations rituelles, qui parurent à Ayla un peu plus longues que d'habitude.

Pendant qu'il énumérait les titres, Jondalar vint se placer près d'elle, ce qui la rassurait quand elle se trouvait dans une situation nouvelle, et cela avait été souvent le cas depuis leur arrivée sur le territoire de son peuple. Elle adressa un sourire à son compagnon puis se retourna pour prendre les deux mains de l'homme.

— Au nom de Mut, Grande Mère de Tout, aussi connue sous le nom de Doni, je te salue, Marolan de la Onzième Caverne des Zelandonii.

Le sourire de Marolan était cordial et il semblait disposé à entamer la conversation, mais ils durent s'écarter pour faire place à d'autres personnes que le chef et le Zelandoni de la Onzième Caverne accueillaient. Certains se glissèrent entre eux avant qu'ils puissent échanger quelques remarques et plaisanteries. Nous aurons le temps de parler plus tard, pensa-t-elle.

Elle regarda autour d'elle tandis que le chef et le Zelandoni de la Onzième Caverne saluaient les autres. Bien que situé un peu plus haut que la berge et légèrement en retrait, l'abri était assez près de la Rivière. Elle en fit la remarque à Marthona.

— En effet, dit la mère de Jondalar. Certains pensent même qu'il pourrait être inondé. D'après Zelandoni, on y fait allusion dans les Légendes Anciennes, mais aucun de ceux qui vivent ici, même les plus vieux, n'a le souvenir que la Onzième Caverne ait été inondée. En revanche, ils savent tirer avantage de leur situation.

Willamar expliqua que les habitants de la Caverne, profitant de leur accès immédiat à la Rivière, faisaient bon usage de ses ressources. La pêche était leur activité principale mais ils étaient également renommés pour le transport par voie d'eau.

— On utilise des radeaux pour transporter les vivres, les objets, les personnes. Non seulement les membres de la Onzième Caverne excellent à remonter ou à descendre la Rivière, pour eux-mêmes ou pour leurs voisins, mais ils fabriquent la plupart des radeaux.

— C'est leur talent, ajouta Jondalar. La Onzième a pour spécialité la fabrication et l'utilisation de radeaux.

— Ce sont des radeaux ? demanda Ayla en tendant le bras vers plusieurs plates-formes en rondins.

Elles lui paraissaient familières. Elle avait vu quelque chose de semblable ailleurs et s'efforçait de se rappeler où. Cela lui revint : les femmes S'Armunaï avaient utilisé un radeau. Quand elle avait essayé de retrouver Jondalar en suivant la seule piste partant de l'endroit où il avait disparu, elle était arrivée à une rivière et avait vu un radeau.

— Pas tous, dit Jondalar. Le plus grand, le plus haut, c'est leur quai. Les plus petits qui y sont attachés sont des radeaux. La plupart des Cavernes aménagent un endroit près de l'eau pour attacher les radeaux ; certaines se contentent de simples piles, d'autres construisent un quai, mais aucun n'est comparable à celui-ci. Quand quelqu'un veut voyager en amont ou en aval, il s'adresse à la Onzième Caverne. Je suis content que nous nous arrêtions ici. J'avais l'intention de leur parler des Sharamudoï et de leurs poignes si bien manœuvrables, creusées dans des troncs d'arbre.

Joharran avait entendu son frère.

— Tu n'auras pas le temps de discuter de bateaux aujourd'hui, à moins que tu ne veuilles rester sans nous. J'aimerais rentrer avant la nuit. J'ai dit à Kareja que je passerais ; elle tenait à te présenter à tout le monde, Ayla, et puis je souhaite remonter la Rivière en radeau après la chasse pour rencontrer plusieurs autres chefs au sujet de la Réunion d'Eté.

— Si nous avions une de ces poignes ramudoï évidées, il suffirait de deux personnes pour remonter la rivière à la rame, et tu n'aurais pas à pousser un lourd radeau avec une perche, indiqua Jondalar.

— Combien de temps faut-il pour en fabriquer une ?

— Cela demande beaucoup de travail, reconnut-il. Mais une fois qu'elle est faite, on l'utilise longtemps.

— Pour le moment, cela ne règle pas la question.

— Non. Je pensais que ce serait utile plus tard.

— Peut-être, mais j'ai besoin de remonter la rivière dans quelques jours, déclara Joharran. Et de revenir. Si la Onzième Caverne prévoit un voyage, ce sera plus facile, et plus rapide au retour. Je ferai le trajet à pied s'il le faut.

— Tu pourrais prendre les chevaux, suggéra Ayla.

— Toi, tu le pourrais, repartit Joharran avec un sourire. Moi, je ne saurais pas les faire aller où je veux.

— Un cheval peut porter deux personnes. Tu pourrais monter derrière moi.

— Ou derrière moi, proposa Jondalar.

— Une autre fois, peut-être. Pour le moment, je vais essayer de savoir si la Onzième Caverne envisage de remonter prochainement la Rivière.

Ils n'avaient pas entendu Kareja approcher, et tous levèrent la tête quand elle annonça :

— Je projette en effet de le faire. Moi aussi, j'irai à la réunion, Joharran, et si la chasse est bonne... (Même si cela semblait probable, personne n'affirmait jamais qu'une chasse serait bonne, cela pouvait porter malheur.) Nous pourrions apporter de la viande là où se tiendra la Réunion d'Eté et la laisser dans une cache, à proximité. Je crois que tu as raison : il y aura une affluence exceptionnelle à la Réunion cette année.

Se tournant vers Ayla, Kareja ajouta :

— Je sais que vous ne pouvez pas rester longtemps mais je voulais te montrer notre abri et te présenter à quelques personnes.

Sans ignorer Jondalar, elle s'adressait directement à Ayla. Il examina de plus près cette femme qui était le chef de la Onzième Caverne. Elle avait fait partie de ceux qui l'avaient taquiné avec le plus de mordant, mais elle semblait désormais impressionnée par Ayla... depuis que celle-ci avait démontré son adresse. Peut-être vaut-il mieux attendre plus tard pour parler de nouveaux bateaux, se dit-il en se demandant qui était maintenant celui d'entre eux qui fabriquait les meilleurs radeaux.

Il essaya de se rappeler ce qu'il savait de Kareja. Les hommes ne s'étaient jamais beaucoup intéressés à elle, se souvint-il. Non parce qu'elle n'était pas attirante mais parce qu'elle ne semblait pas s'intéresser à eux et ne les encourageait pas. Autant qu'il s'en souvînt, elle ne s'intéressait pas non plus aux femmes. Elle avait toujours vécu avec sa mère, Dorova, et il se demanda si c'était encore le cas.

Dorova n'avait jamais voulu vivre avec un homme. Il ne se rappelait pas qui était l'homme de son foyer, ni si quelqu'un avait jamais su de quel homme la Grande Mère avait choisi l'esprit pour rendre Dorova enceinte. Les Zelandonii s'étaient interrogés sur le nom qu'elle avait donné à sa fille, car il ressemblait au mot « courageux ». Avait-elle voulu dire que Kareja aurait besoin de courage ? Il fallait en effet du courage pour être le chef d'une Caverne. Il regarda Ayla.

Sachant que Loup attirerait tous les regards, elle s'était penchée pour le rassurer par de petites tapes et des paroles réconfortantes. Lui aussi la rassurait, en retour. C'était éprouvant d'être la cible d'une attention constante, et cette attention ne faiblirait sans doute pas avant longtemps. Pour cette raison, elle n'était guère pressée de se rendre à la Réunion d'Eté, même si elle songeait avec joie à la cérémonie qui l'unirait à Jondalar. Elle prit une profonde inspiration, émit un soupir discret et se redressa. Après avoir fait signe à Loup de rester près d'elle, elle rejoignit Kareja et se dirigea vers le premier des abris.

Il était semblable aux autres abris de pierre de la région. La roche calcaire présentant des degrés de dureté différents selon les endroits, les falaises s'étaient plus ou moins érodées, ce qui avait créé, entre les terrasses et les surplombs, des espaces protégés des précipitations et néanmoins ouverts à la lumière du jour. Avec l'apport de structures construites pour arrêter le vent, et du feu pour fournir de la chaleur, les abris-sous-roche offraient des conditions de vie agréables dans les régions périglaciaires, même pendant la période glaciaire.

Après avoir fait connaissance de plusieurs personnes et présenté Loup à quelques-unes, Ayla fut conduite à l'autre abri de pierre, celui où vivait Kareja. Elle rencontra Dorova, la mère du chef, mais aucun autre parent. Apparemment, Kareja n'avait ni sœur ni frère ni compagnon, et elle lui fit comprendre qu'elle ne voulait pas d'enfants, que la responsabilité de la Caverne lui suffisait.

Elle marqua une pause, considéra Ayla et dit :

— Puisque tu connais si bien les chevaux, je vais te montrer quelque chose.

Elle entraîna Ayla vers la petite grotte, ce qui surprit Jondalar car les Zelandonii n'avaient pas pour habitude d'emmener des inconnus dans leurs lieux sacrés, surtout au cours de leur première visite. Près de l'entrée de l'unique galerie, Ayla découvrit une série de lignes mystérieuses avec, à l'intérieur des espaces délimités, plusieurs gravures grossières, assez difficiles à distinguer. La voûte, en revanche, était ornée d'un grand cheval finement gravé, et d'autres marques vers le fond.

— C'est un cheval remarquable, dit Ayla. La personne qui l'a peint doit bien connaître les chevaux. Est-ce qu'elle vit ici ?

— Je ne crois pas, quoique son esprit y soit peut-être encore, répondit Kareja. Ce cheval est ici depuis longtemps. C'est un ancêtre qui l'a peint, nous ne savons pas qui.

On lui montra ensuite le quai, où deux radeaux étaient amarrés, et une aire de travail où l'on en construisait un troisième. Ayla aurait aimé rester plus longtemps et en apprendre davantage, mais Joharran était pressé et Jondalar avait aussi des préparatifs à terminer, disait-il. Elle ne voulut pas être la seule à rester, surtout pour sa première visite, mais promit de revenir.

Le groupe continua à remonter la Rivière en direction du nord jusqu'au pied d'un escarpement où se trouvait un petit abri de pierre. Ayla remarqua que des débris rocheux s'étaient accumulés sous le bord du surplomb, créant un talus de gravier devant l'entrée.

Plusieurs indices révélaient que le lieu était habité. On avait dressé des panneaux derrière le talus, dont un qui s'était écroulé. Une vieille fourrure de couchage, si usée qu'elle n'avait presque plus de poils, était jetée contre le mur du fond. Des cercles noirs indiquaient l'emplacement de foyers, dont deux entourés de pierres, et un troisième où l'on avait planté deux bâtons fourchus dans le sol, l'un en face de l'autre, pour rôtir de la viande à la broche, Ayla en était sûre.

Elle crut voir de minces volutes de fumée s'élever d'un des foyers et en fut surprise. L'endroit avait l'air abandonné mais donnait en même temps l'impression d'avoir été utilisé récemment.

— Quelle Caverne vit ici ? demanda-t-elle.

— Aucune, répondit Joharran.

— Mais toutes s'en servent, ajouta Jondalar.

— Tout le monde utilise cet endroit à l'occasion, expliqua Willamar. Quelqu'un qui se met à l'abri de la pluie, des jeunes qui se réunissent, un couple qui veut être seul, mais personne n'y vit en permanence. On l'appelle simplement l'Abri.

Après une halte à l'Abri, ils continuèrent à remonter la Rivière jusqu'au Gué. Regardant devant elle, Ayla vit de nouveau les falaises et l'énorme surplomb de la Neuvième Caverne sur la rive droite, au sortir du coude. Après avoir traversé, ils suivirent un sentier au pied d'une pente semée çà et là d'arbustes chétifs et de broussailles.

Ils se remirent sur une file quand la piste se rétrécit entre la Rivière et une paroi en à-pic.

— C'est ce qu'on appelle le Rocher Haut ? demanda Ayla, ralentissant pour laisser Jondalar la rejoindre.

— Oui, répondit-il alors qu'ils approchaient d'un embranchement qui, juste après la paroi, repartait dans la direction d'où ils venaient, mais en montant.

— Où cela mène-t-il ?

— A des grottes situées là-haut, dans cette falaise que nous venons de longer.

Quelques pas plus loin, la piste du nord menait à une vallée orientée d'est en ouest et encaissée entre de hautes falaises. Le cours d'eau qui en occupait le centre se jetait dans la Rivière qui, à cet endroit, coulait du nord au sud. Si étroite que c'en était presque une gorge, la vallée était nichée entre deux falaises à pic : le Rocher Haut, qu'ils venaient de longer, au sud, et une autre masse rocheuse aux dimensions plus imposantes encore, au nord.

— Elle a un nom ? demanda Ayla.

— On l'appelle le Gros Rocher. Et le petit cours d'eau, c'est la Rivière aux Poissons.

Levant les yeux vers le sentier, ils avisèrent plusieurs personnes qui descendaient vers eux. Brameval ouvrait la marche avec un large sourire.

— Viens nous rendre visite, Joharran, dit-il en les rejoignant. Nous voudrions présenter Ayla à quelques personnes.

A l'expression de son frère, Jondalar devina qu'il n'avait pas envie de s'arrêter, encore qu'il sût qu'il serait très discourtois de décliner l'invitation. Comprenant la situation, Marthona intervint pour empêcher son fils aîné de commettre une bévue qui risquait d'irriter un bon voisin.

— Bien sûr, dit-elle. Nous passerons volontiers un moment chez vous. Toutefois, nous ne pourrons pas rester longtemps : nous devons nous préparer pour la chasse, et Joharran a des choses à faire.

— Comment a-t-il su que nous passions à ce moment précis ? murmura Ayla à Jondalar tandis qu'ils gravissaient le sentier en direction de la Caverne.

— Tu te rappelles cet embranchement menant aux grottes du Rocher Haut ? Brameval devait avoir un guetteur là-haut ; quand il nous a vus approcher, l'homme est descendu le prévenir.

Une foule les attendait. Ayla remarqua que les énormes blocs calcaires face à la Rivière aux Poissons comportaient plusieurs petits abris et grottes, ainsi qu'un immense surplomb. Quand ils y parvinrent, Brameval se retourna et désigna l'ensemble d'un geste circulaire.

— Bienvenue à Petite Vallée, la demeure de la Quatorzième Caverne des Zelandonii.

Le vaste abri était prolongé par une large terrasse accessible de chaque côté par une rampe assez peu pentue dans laquelle on avait taillé un étroit escalier aux marches basses. Au-dessus, un trou dans la roche avait été élargi pour accueillir un guetteur ou permettre l'évacuation de la fumée. Une partie de l'ouverture de l'abri était protégée des intempéries par un empilement de pierres calcaires.

Les visiteurs de la Neuvième Caverne furent conviés dans le principal espace à vivre de la communauté, où on leur offrit une coupe de tisane déjà infusée. De la camomille, reconnut Ayla après l'avoir goûtée. Loup éprouvait une forte envie d'explorer ce nouvel abri — autant qu'Ayla — mais elle le gardait près d'elle. Tout le monde avait entendu parler du loup qui obéissait à la femme, bien sûr, et beaucoup l'avaient déjà aperçu de loin. C'était cependant plus troublant de l'avoir chez soi.

Elle présenta l'animal à la sœur de Brameval et à Zelandoni sous les regards curieux. Après les présentations et une seconde coupe de tisane, il y eut un silence gêné, comme entre des inconnus qui ne savent plus quoi dire. Joharran fixait le sentier menant à la Rivière.

— Veux-tu voir le reste de Petite Vallée, Ayla ? proposa Brameval quand il devint évident qu'il tardait à Joharran de partir.

— Volontiers, répondit-elle.

Avec soulagement, les visiteurs de la Neuvième Caverne et plusieurs membres de la Quatorzième descendirent l'escalier cependant que les enfants sautaient de la terrasse. Au pied de la paroi exposée au sud, deux autres abris plus petits et proches l'un de l'autre étaient également utilisés. Le groupe s'arrêta au premier.

— Voici l'Abri du Saumon, dit Brameval, précédant ses invités dans une petite enceinte quasi circulaire d'une vingtaine de pieds de large.

Il pointa un doigt vers le haut. Ayla leva la tête et vit, gravé en relief dans la voûte, un saumon grandeur nature de près de quatre pieds de long, avec les mâchoires recourbées d'un mâle remontant le courant pour se reproduire. Il faisait partie d'un ensemble plus complexe comprenant un rectangle divisé par sept traits, les jambes antérieures d'un cheval et d'autres peintures et gravures énigmatiques, ainsi que l'empreinte d'une main sur un fond noir. Sur toute la voûte, de grandes zones peintes en rouge et en noir mettaient en valeur les gravures.

La visite du reste de Petite Vallée fut rapide. Au sud-ouest, en face du grand abri, une grotte assez spacieuse, et au sud, une corniche surplombant un abri plus petit, prolongé dans la falaise par une galerie de quelque soixante-cinq pieds de long. A droite de l'entrée, sur une plate-forme, on avait gravé les contours énergiques de deux aurochs et l'esquisse d'un rhinocéros.

Ayla fut impressionnée par le site de Petite Vallée et n'hésita pas à le montrer. Brameval et les siens étaient fiers de leur demeure, ravis de la faire visiter à quelqu'un qui exprimait ouvertement son admiration. Ils tentèrent de convaincre les invités, ou tout au moins Ayla, de rester pour le repas.

— Pas cette fois, déclina-t-elle. Mais je reviendrai avec plaisir.

— Avant de partir, tu dois voir notre barrage, décida Brameval. Il est sur le chemin de la Rivière.

Il conduisit le groupe à un piège construit dans la Rivière aux Poissons, que les saumons adultes remontaient chaque année pour se reproduire. Avec quelques modifications, le barrage permettait d'attraper d'autres espèces de poissons également tentées par le petit cours d'eau. Mais avec ses quatre pieds de long, parfois cinq pour un mâle adulte, le saumon était la prise la plus appréciée.

— Nous fabriquons aussi des filets pour pêcher dans la Rivière, dit Brameval.

— Ceux chez qui j'ai grandi vivaient près d'une mer intérieure, rapporta Ayla. Ils se rendaient souvent à l'embouchure d'une rivière qui coulait près de leur grotte et pêchaient l'esturgeon avec un filet. Ils étaient très contents quand ils capturaient une femelle parce qu'ils étaient friands de ses petits œufs noirs.

— J'en ai goûté quand nous avons rendu visite au peuple qui vit près des Grandes Eaux de l'Ouest, dit Brameval. C'est très bon mais l'esturgeon ne remonte pas souvent jusqu'ici. Le saumon, si, et ses œufs sont bons aussi : ils sont plus gros et de couleur vive, un peu rouge. Je préfère le poisson aux œufs, quand même. Je crois que le saumon aime le rouge. Sais-tu que le mâle devient rouge quand il remonte les rivières ? Je connais moins bien l'esturgeon mais je crois savoir qu'il peut être d'une belle longueur.

— Jondalar a pris l'un des plus gros esturgeons que j'aie jamais vus, dit Ayla. Deux fois sa taille, presque.

Elle se tourna pour sourire à son compagnon et ajouta, l'œil pétillant :

— Il lui a donné du mal.

— A moins que vous n'ayez l'intention de rester, je crois que Jondalar devra raconter cette histoire une autre fois, intervint Joharran.

— Oui, plus tard, acquiesça son frère.

L'anecdote était un peu embarrassante pour lui et il ne tenait pas trop à la dévoiler.

Ils continuèrent à bavarder en retournant à la Rivière.

— Quand nous voulons pêcher seuls, nous nous servons d'un tout petit morceau de bois, taillé en pointe aux deux extrémités, et attaché au milieu par une fine corde, expliqua Brameval en agitant les mains avec excitation. Moi, j'y mets souvent un flotteur et j'attache l'autre bout de la corde à un bâton. On fixe un ver de terre sur le morceau de bois, on le jette dans l'eau et on le surveille. Quand on le voit bouger, on tire un coup sec et, avec de la chance, le morceau de bois se plante dans le gosier ou la bouche du poisson. Même les jeunes y arrivent très bien.

— Je sais, dit Jondalar avec un sourire. Tu m'as appris à pêcher de cette manière quand j'étais enfant. (Il se tourna vers sa compagne.) Il ne faut surtout pas le lancer sur les poissons, il n'arrête plus. Ayla pêche, elle aussi. Elle attrape les poissons à la main.

— A la main ? fit Brameval. J'aimerais voir ça.

— Cela demande beaucoup de patience mais ce n'est pas difficile, affirma-t-elle. Je te montrerai un jour.

Après avoir quitté Petite Vallée, Ayla remarqua que l'énorme masse calcaire appelée le Gros Rocher, qui constituait la paroi nord de la gorge, s'élevait à la verticale mais, à la différence du Rocher Haut, ne serrait pas de près la Rivière.

Au bout d'une dizaine de pas, le sentier s'élargit, les hautes falaises de la rive droite s'écartèrent du bord de l'eau pour laisser place à une étendue plate.

— Voici le Champ de Rassemblement, dit Jondalar. C'est un autre endroit utilisé par toutes les Cavernes environnantes. Quand nous voulons nous réunir pour une fête ou informer tout le monde de quelque chose, ce lieu est assez grand pour nous accueillir tous. Nous nous en servons aussi parfois pour mettre la viande à sécher après une grande chasse. S'il y avait un abri ou une grotte utilisables à proximité, ce champ aurait été revendiqué par une Caverne, mais pour le moment chacun peut l'utiliser. Surtout en été, quand il suffit d'une tente pour y rester quelques jours.

Ayla examina la paroi. Bien qu'il n'y eût en effet ni abris ni grottes, la roche était creusée de crevasses où nichaient des oiseaux.

— Je grimpais souvent là-haut quand j'étais enfant, se souvint Jondalar à voix haute. On a une très bonne vue sur la vallée de la Rivière.

— Les jeunes continuent à le faire, dit Brameval.

Au-delà du Champ, en aval de la Neuvième Caverne, une autre ligne de falaises bordait la Rivière. A cet endroit, les forces ayant érodé la roche avaient créé une masse ventrue et arrondie qui s'élevait vers le sommet. Comme pour toutes les autres falaises, la chaude couleur jaune du calcaire était striée de gris sombre.

Selon une pente assez forte, la piste s'élevait de la Rivière à une terrasse de bonne dimension qui s'étendait sous une rangée de surplombs massifs, interrompue à certains endroits par des parois en à-pic sans saillie. En venant du sud, on apercevait sous ces surplombs des constructions simples en peaux et en bois, bâties sur le modèle d'une maison longue, avec au milieu une rangée de foyers parallèle à la paroi.

A l'extrémité nord de la terrasse, deux abris assez spacieux, distants d'une cinquantaine de pas l'un de l'autre, jouxtaient presque l'énorme surplomb de la Neuvième Caverne, mais, en raison de l'incurvation de la falaise, ils n'étaient pas exposés au sud, ce qui les rendait moins agréables, pensa Ayla. Elle porta son regard vers l'extrémité sud de la Neuvième Caverne, par-delà une ravine recueillant l'eau qui coulait du bord de la terrasse, et se rendit compte que cette corniche était un peu plus élevée.

— A quelle Caverne appartient cet endroit ? voulut-elle savoir.

— Aucune ne le revendique, répondit Jondalar. On l'appelle En-Aval, sans doute parce qu'il se trouve en aval de la Neuvième Caverne. L'eau de la source qui coule sur la paroi a creusé la terrasse, en créant une séparation naturelle entre la Neuvième Caverne et En-Aval. Nous avons construit un pont pour les relier. C'est la Neuvième Caverne qui se sert le plus d'En-Aval, mais les autres l'utilisent également.

— Comment ?

— C'est un lieu de travail. Les Zelandonii viennent y fabriquer des choses, en particulier avec des matériaux durs.

Ayla nota alors que toute la terrasse d'En-Aval, mais surtout les deux abris et la zone environnante, était jonchée d'éclats d'ivoire, d'os, de bois de cerf et de pierre provenant de la taille de silex, de la fabrication d'outils, d'armes de chasse et d'instruments divers.

— Je pars devant, annonça Joharran à son frère. Nous sommes presque arrivés et je sais que tu comptes rester un moment ici pour expliquer à Ayla ce qu'est En-Aval.

Le reste de la Neuvième Caverne accompagna son chef. La nuit tombait, il ferait bientôt noir.

— Le premier de ces abris accueille surtout ceux qui travaillent le silex, reprit Jondalar. La taille laisse beaucoup d'éclats pointus qu'il vaut mieux rassembler au même endroit.

Il regarda autour de lui, constata que les débris de la fabrication de couteaux, de pointes de lance, de burins, et d'autres armes et outils taillés dans la roche siliceuse dure étaient partout.

— Du moins, c'était l'idée au départ, marmonna-t-il avec un sourire.

Il expliqua à Ayla que la plupart des outils de pierre étaient ensuite portés au second abri afin qu'on y fixe des manches en bois ou en os, et qu'ils seraient ensuite utilisés pour fabriquer d'autres objets avec les mêmes matériaux durs, mais qu'il n'y avait pas de règle absolue. Les deux abris travaillaient souvent ensemble.

Par exemple, le tailleur qui avait transformé un morceau de silex en lame de couteau collaborait souvent avec celui qui fabriquait le manche, ôtant un autre éclat à la soie pour qu'elle s'adapte mieux ou proposant d'amincir le manche pour obtenir un meilleur équilibre. L'homme qui fabriquait une pointe de lance en os demandait au tailleur de silex d'affûter un outil ou suggérait de le modifier pour le rendre d'un emploi plus facile. Le sculpteur qui décorait le manche ou la hampe avait besoin d'une pointe spéciale et seul un tailleur expérimenté pouvait détacher un éclat de l'extrémité d'un outil en silex pour lui donner l'angle voulu.

Jondalar salua quelques artisans qui travaillaient encore autour du second abri, à l'extrémité nord de la terrasse, et leur présenta Ayla. Ils jetèrent un coup d'œil méfiant au loup mais reprirent leur travail après le passage du couple et de l'animal.

— Il commence à faire sombre, observa Ayla. Où vont-ils dormir ?

— Ils pourraient aller à la Neuvième Caverne, mais ils allumeront sans doute un feu et veilleront tard, puis ils passeront la nuit dans l'une des cabanes situées dans les premiers abris que nous avons vus. Ils essaient de finir avant demain. Il y avait beaucoup plus d'artisans ici, plus tôt dans la journée. Les autres sont rentrés chez eux ou sont chez des amis, à la Neuvième Caverne.

— Tout le monde vient travailler ici ?

— Chaque Caverne a une aire de travail comme celle-ci, près de son espace à vivre, généralement plus petite, mais quand quelqu'un a des questions à poser ou une idée à expérimenter, il vient ici.

C'était là aussi que venaient les jeunes qui s'intéressaient à une activité particulière et souhaitaient mieux la connaître, poursuivit Jondalar. En-Aval était un bon endroit pour discuter de sujets comme la qualité du silex de diverses régions ou la meilleure utilisation de chaque variété. Ou encore pour échanger des idées sur toutes sortes de techniques : comment abattre un arbre avec une hache de silex, comment prélever des morceaux d'ivoire adéquats sur une défense de mammouth, couper un andouiller, pratiquer un trou dans un coquillage ou une dent, façonner et percer des perles, dégrossir une pointe de lance en os. C'était l'endroit où l'on évoquait l'approvisionnement en matières premières, où l'on planifiait les voyages et les missions de troc destinées à se les procurer.

Enfin, et ce n'était pas son moindre intérêt, on échangeait des potins : qui s'intéressait à qui, qui connaissait des problèmes avec une compagne ou la mère de cette compagne, qui avait une fille, un fils ou un enfant de son foyer qui venait de faire ses premiers pas, qui avait prononcé un nouveau mot, fabriqué un outil, trouvé un bon coin à mûres, tué son premier animal. Ayla comprit qu'En-Aval était l'endroit idéal pour le travail sérieux et la camaraderie.

— Nous ferions mieux de partir avant la nuit, afin de trouver notre chemin, dit Jondalar. D'autant que nous n'avons pas de torches. Et nous devrons nous lever tôt demain pour nous préparer, si nous allons à la chasse.

Le soleil s'était déjà couché, bien qu'un dernier chatoiement colorât le ciel au-dessus d'Ayla et de son compagnon quand ils se dirigèrent enfin vers le pont qui enjambait le ruisseau de la source. Ils le traversèrent pour gagner l'extrémité de l'abri de pierre où vivaient Jondalar et son peuple, la Neuvième Caverne des Zelandonii. Sur le sentier qui devenait plat, Ayla remarqua que la lumière de plusieurs feux se reflétait sur la voûte du surplomb calcaire. C'était une vision réconfortante. Seuls les êtres humains savaient faire du feu.

12

Il faisait encore nuit quand ils entendirent de légers coups frappés au panneau de l'entrée.

— Zelandoni est prête pour la cérémonie de chasse, annonça une voix.

— Nous arrivons, chuchota Jondalar en réponse.

Déjà réveillés, ils ne s'étaient pas encore habillés. Ayla luttait contre la nausée en se demandant quelle tenue porter. Non que le choix fût vaste, il fallait qu'elle se fabrique de nouveaux vêtements. Peut-être rapporterait-elle une peau ou deux de la chasse d'aujourd'hui. Elle examina de nouveau la tunique sans manches et les jambières, les sous-vêtements de jeune garçon, et prit sa décision. Pourquoi pas ? C'était une tenue confortable, et il ferait sans doute très chaud dans la journée.

Jondalar la regarda enfiler les vêtements masculins mais s'abstint de tout commentaire. On les lui avait offerts, après tout, elle pouvait en faire ce qu'elle voulait. Il leva les yeux en entendant Marthona sortir de sa pièce à dormir.

— Mère, j'espère que nous ne t'avons pas réveillée.

— Non. Je me sens toujours énervée avant une chasse, même si je ne chasse plus depuis des années. C'est pour cette raison que j'aime participer aux préparatifs et aux rites. Je vais à la cérémonie.

— Nous y allons tous les deux, dit Willamar, apparaissant devant la paroi qui séparait leur pièce du reste de l'habitation.

— Moi aussi, fit Folara, qui passa une tête ébouriffée à l'angle de sa paroi. (Elle bâilla, frotta ses yeux ensommeillés.) Juste le temps de m'habiller... Ayla, s'exclama-t-elle soudain, tu vas porter ça ?

Ayla baissa la tête pour se regarder, se redressa.

— On m'en a fait « cadeau », j'ai l'intention de m'en servir, déclara-t-elle avec une pointe d'agressivité. D'ailleurs, je n'ai pas grand-chose d'autre à me mettre, et cette tenue procure une grande liberté de mouvement, ajouta-t-elle avec un sourire. Si je m'enveloppe d'une fourrure, je n'aurai pas froid malgré la fraîcheur matinale, et plus tard, quand il fera chaud, je serai à l'aise. Cette tenue est pratique.

Après un silence embarrassé, Willamar eut un petit rire.

— Elle a raison, vous savez. Je n'aurais jamais pensé à porter un sous-vêtement d'hiver comme tenue de chasse d'été, mais pourquoi pas ?

Marthona regarda longuement Ayla puis lui adressa un sourire malicieux :

— Cela fera parler les gens. Les femmes âgées te désapprouveront mais, compte tenu des circonstances, certains estimeront que tu as raison et, l'année prochaine, la moitié des jeunes femmes porteront la même chose.

Jondalar se détendit.

— Tu penses vraiment cela, mère ? questionna Folara, abasourdie.

— Tu ferais mieux de te dépêcher si tu viens, lui rétorqua sa mère. Il va bientôt faire jour.

Willamar approcha une torche du feu pendant qu'ils attendaient. C'était l'un de ceux qu'ils avaient allumés après être rentrés dans une habitation obscure, la nuit où Ayla leur avait appris à produire des étincelles avec du silex et de la pyrite de fer. Puis, quand Folara les rejoignit, s'efforçant encore d'attacher ses cheveux en arrière avec une lanière de cuir, ils écartèrent le rideau de cuir et sortirent en silence. Ayla se pencha pour toucher la tête de Loup — signal, dans le noir, qu'il devait rester près d'elle — tandis qu'ils se dirigeaient vers les lumières des torches qui dansaient en direction de l'entrée de l'abri.

Un nombre important de Zelandonii étaient déjà rassemblés sur la corniche lorsque le petit groupe de l'habitation de Marthona apparut. Certains tenaient des lampes en pierre, qui projetaient juste assez de lumière dans le noir pour leur permettre de trouver leur chemin mais éclairaient longtemps ; d'autres portaient des torches qui donnaient plus de lumière mais se consumaient plus vite.

Ils attendirent d'être rejoints par d'autres encore avant de se diriger vers l'extrémité sud de l'abri. Il leur était difficile de distinguer les silhouettes ou même de voir à quelques pas devant eux lorsqu'ils se mirent en route. Les torches éclairaient un certain périmètre autour d'eux mais, au-delà du cercle de lumière, tout semblait noir.

Ayla tint le bras de Jondalar quand ils longèrent la corniche, passèrent devant la partie inhabitée de l'abri en direction de la ravine qui séparait la Neuvième Caverne d'En-Aval. Le ruisseau qui coulait le long de la paroi fournissait de l'eau aux artisans pendant leur travail et, par mauvais temps, constituait également une source supplémentaire pour la Neuvième Caverne.

Les porteurs de torches se postèrent de chaque côté du pont qui menait aux abris de pierre d'En-Aval. Dans la lumière tremblotante, chacun posa prudemment le pied sur les rondins placés en travers de la ravine, puis monta vers le niveau légèrement supérieur d'En-Aval. Ayla eut l'impression que l'horizon commençait à bleuir, signe que le soleil ne tarderait pas à se lever, mais les étoiles piquetaient encore le ciel de nuit.

Aucun feu ne brûlait dans les deux abris d'En-Aval : les derniers artisans s'étaient retirés depuis longtemps. Les chasseurs dépassèrent les cabanes à dormir puis descendirent le sentier en direction du Champ de Rassemblement, entre le Rocher Haut et la Rivière. De loin, ils voyaient le grand feu qui y brûlait et les silhouettes qui se pressaient alentour. En approchant, Ayla se rendit compte que le feu, comme les torches, éclairait l'espace proche mais ne permettait pas de voir au-delà. Tout rassurant qu'il fût, le feu avait ses limites.

Ils furent accueillis par plusieurs Zelandonia, notamment la Première parmi Ceux Qui Servaient la Mère, la Zelandoni de la Neuvième Caverne. La femme corpulente les salua, leur indiqua où ils devraient se tenir pendant la cérémonie. Lorsqu'elle s'éloigna, sa masse leur cacha presque la lumière du feu pendant un instant.

D'autres chasseurs arrivaient. Ayla reconnut Brameval à la lueur des flammes et comprit que c'était un groupe de la Quatorzième Caverne. Levant les yeux, elle constata que le ciel avait bel et bien viré au bleu. D'autres porteurs de torches apparurent, avec parmi eux Kareja et Manvelar. La Onzième et la Troisième Caverne étaient là. Manvelar adressa un signe à Joharran puis s'approcha de lui.

— Il vaut mieux chasser le cerf que le bison, aujourd'hui, opina le chef de la Troisième Caverne. Hier soir, après ton départ, les guetteurs ont rapporté que les bisons s'étaient éloignés du piège. Ce serait difficile de les pousser dedans maintenant.

Joharran parut un moment dépité, mais la chasse exigeait toujours de la souplesse. Les animaux choisissaient leur chemin en fonction de leurs besoins, et non pour faciliter la tâche du chasseur. Il fallait savoir s'adapter.

— Bon, allons prévenir Zelandoni.

Au signal convenu, tous se dirigèrent vers un endroit situé entre le feu et l'arrière du Champ, devant la paroi rocheuse. Les flammes et les corps faisaient monter la température, et Ayla apprécia la chaleur. L'effort fourni pour gagner le Champ d'un pas rapide, malgré l'obscurité, l'avait réchauffée, mais, immobile à attendre, elle recommençait à sentir le froid. Loup se pressa contre sa jambe, inquiet de voir tant d'inconnus autour de lui. Elle s'agenouilla pour le rassurer.

Le reflet des flammes dansait sur la surface rugueuse de la roche. Soudain une plainte s'éleva, accompagnée par le crépitement des tambours. Il y eut un autre bruit et Ayla sentit un frisson courir le long de son dos. Elle n'avait entendu un bruit semblable qu'une seule fois auparavant... au Rassemblement du Clan ! Jamais elle n'oublierait ce mugissement qui invoquait les Esprits.

Elle savait qu'il provenait d'un morceau d'os ou de bois, de forme ovale, percé d'un trou dans lequel on avait passé une corde. En le tournant au bout de la corde, on produisait ce mugissement étrange. Mais le fait de connaître son origine ne changeait rien à l'effet qu'il produisait : un tel son ne pouvait provenir que du Monde des Esprits. Ce n'était pas cela qui la troublait, cependant. Ce qui la stupéfiait, c'était que les Zelandonii eussent une cérémonie semblable à celle du Clan...

Ayla se rapprocha de Jondalar pour jouir du réconfort de sa présence. Son attention fut attirée par un mouvement sur la paroi : une ombre en forme de cerf géant aux grands bois palmés était apparue brièvement dans le reflet des flammes. La jeune femme regarda derrière elle, ne vit rien et se demanda si elle n'avait pas imaginé la silhouette. Elle se retourna vers la paroi et le cerf réapparut.

Le mugissement mourut, remplacé par un autre son, d'abord si bas qu'Ayla en eut à peine conscience. Puis l'incantation plaintive devint plus forte et le martèlement lourd et rythmé commença. La plainte faisait contrepoint aux coups sourds qui enflaient et se répercutaient sur la paroi. Les tempes d'Ayla palpitaient, son cœur battait dans ses oreilles à la même cadence et aussi fort que le *boum, boum, boum* régulier. Ses membres s'étaient transformés en glace, ses jambes refusaient de bouger. Pétrifiée, elle se sentit inondée d'une sueur froide. Soudain le martèlement cessa et la plainte se changea en mots.

« Esprit du Cerf Géant, nous te vénérons. »

— Nous te vénérons, répétèrent plusieurs voix autour de la jeune femme, mais pas tout à fait ensemble.

L'incantation se fit plus forte :

« Esprit du Bison, nous te voulons près de nous. Nous te vénérons. »

— Nous te vénérons, répondirent les chasseurs, à l'unisson cette fois.

« Les Enfants de la Mère te veulent ici. Nous t'invoquons. »

— Nous t'invoquons.

« Ame immortelle, tu ne crains pas la mort. Nous te vénérons. »

— Nous te vénérons, firent les voix, plus fortes.

L'incantation devint plus aiguë, chargée d'attente :

« Tes vies mortelles touchent à leur fin, nous t'invoquons. »

— Nous t'invoquons, répétèrent les voix, plus fortes encore.

« Donne-les-nous et ne verse pas de larmes. Nous te vénérons. »

— Nous te vénérons.

Le ton se fit exigeant :

« La Mère le veut, entends-tu ? Nous t'invoquons. »

— Nous t'invoquons. Nous t'invoquons. NOUS T'INVOQUONS !

Les chasseurs criaient. Ayla avait joint sa voix à celles des autres sans même en avoir conscience. Elle vit une ombre prendre forme sur la paroi. Une silhouette sombre à peine visible bougeait devant la roche et y faisait apparaître un cerf géant, un énorme animal aux grands bois qui semblait respirer dans la lumière de l'aube.

Les chasseurs répétaient en cadence leur longue litanie ponctuée par les tambours :

— Nous t'invoquons. Nous t'invoquons. Nous t'invoquons. Nous t'invoquons.

« Donne-les-nous ! Ne verse pas de larmes ! »

— La Mère le veut. Ecoute ! Ecoute ! criaient les voix.

Soudain une lumière parut s'allumer, une lamentation monta, se termina en un râle.

« Elle entend ! »

Tout bruit cessa. Ayla leva les yeux : le cerf avait disparu. Il ne restait que les premiers rayons de l'aube. Un moment, tous demeurèrent immobiles et silencieux puis Ayla prit conscience de bruits de respiration, de mouvements. Les chasseurs regardaient autour d'eux, hébétés, comme si on venait de les arracher au sommeil. Elle poussa un grand soupir, s'agenouilla et serra Loup contre elle. Quand elle releva la tête, Proleva lui tendait une infusion chaude.

Ayla murmura des remerciements, but une gorgée avec reconnaissance. Elle avait soif. Elle se rendit compte que sa nausée matinale avait cessé mais elle n'aurait su dire quand. Peut-être pendant la marche vers le Champ de Rassemblement. Avec Jondalar et Loup, elle suivit Joharran et Proleva en direction du feu sur lequel on avait préparé la tisane. Ils furent rejoints par Marthona, Willamar et Folara.

— Kareja dit qu'elle a un déguisement pour toi, Ayla, annonça Jondalar. Nous pourrons le prendre quand nous passerons près de la Onzième Caverne.

Ayla hocha la tête sans savoir en quoi consistait un déguisement ni en quoi cela les aiderait à chasser le grand cerf. Elle jeta un coup d'œil autour d'elle pour voir qui d'autre composait le groupe de chasse, découvrit Rushemar et Solaban, et n'en fut pas surprise. Elle s'attendait à la présence des conseillers du chef, ceux vers qui Joharran se tournait quand il avait besoin d'aide. Elle fut cependant étonnée d'apercevoir Brukeval, puis s'interrogea sur son étonnement. Il était membre de la Neuvième Caverne ; pourquoi n'aurait-il pas chassé avec eux ? Elle fut plus déconcertée par la présence de Portula. L'amie de Marona la regarda un moment puis rougit et détourna les yeux.

— Je ne crois pas qu'elle s'attendait à te voir dans ces vêtements, lui glissa Marthona à voix basse.

Le soleil escaladait la grande voûte bleue et les chasseurs se mirent rapidement en route, laissant ceux qui ne participaient pas à la chasse. Comme ils approchaient de la Rivière, les rayons chauds dissipèrent l'humeur sombre engendrée par la cérémonie ; aux murmures du matin succéda une conversation au ton plus normal. Ils parlaient de la chasse, sérieux mais confiants. Leur mission n'était peut-être pas assurée mais le rite familier avait invoqué l'Esprit du Grand Cerf, il avait attiré l'attention de tous sur la chasse, et l'apparition sur la paroi du Champ avait renforcé leurs liens spirituels avec le monde de l'au-delà.

Ayla sentait dans l'air une moiteur provenant de la brume matinale qui s'élevait de l'eau. Elle tourna la tête sur le côté, retint sa respiration devant la beauté inattendue d'un phénomène naturel passager. Les brindilles, les feuilles et les brins d'herbe, éclairés par un rayon de soleil, étincelaient de toutes les couleurs de l'arc-en-ciel, nées de la réfraction de la lumière à travers le prisme des gouttelettes. Même la perfection symétrique d'une toile d'araignée avait pris au piège de ses minces fils collants, au lieu des proies habituelles, des joyaux d'humidité condensée.

— Jondalar, regarde, dit-elle, attirant l'attention de son compagnon.

Folara s'arrêta elle aussi, puis Willamar.

— Je prends cela pour un signe favorable, dit le Maître du Troc avec un large sourire.

Là où la rivière s'élargissait, l'eau bouillonnait, cascadait sur le lit caillouteux mais s'écartait autour des rochers plus gros, qu'elle n'arrivait pas à entraîner dans sa joyeuse sarabande. Les chasseurs commencèrent à traverser la Rivière à gué en passant d'une pierre à l'autre. Certaines avaient été apportées par un courant plus turbulent à une autre saison, d'autres avaient été jetées dans l'eau lors de chasses précédentes afin de combler les vides laissés par la nature. Au moment de suivre les autres, Ayla songea à la chasse et s'arrêta tout à coup.

— Qu'est-ce qu'il y a ? s'inquiéta Jondalar.

— Rien. Je retourne chercher les chevaux. Je rattraperai le groupe avant qu'il arrive au Rocher des Deux Rivières. Même si nous ne nous servons pas des chevaux pour chasser, ils nous aideront à rapporter le gibier.

Jondalar approuva d'un hochement de tête.

— C'est une bonne idée. Je viens avec toi. (Il se tourna vers Willamar.) Peux-tu prévenir Joharran que nous sommes allés chercher les chevaux ? Nous ne serons pas longs.

— Viens, Loup, dit Ayla en repartant vers la Neuvième Caverne.

Jondalar emprunta un autre chemin que celui par lequel ils étaient venus. Au Champ de Rassemblement, au lieu de suivre le sentier escarpé conduisant à En-Aval puis à la Neuvième Caverne par les corniches, il entraîna Ayla et Loup dans une piste moins fréquentée et envahie de broussailles, sur la rive droite de la Rivière, devant les abris de pierre. Selon les méandres que le cours d'eau dessinait sur la zone inondable, la piste se situait parfois au bout d'une étendue herbeuse, parfois près de la terrasse.

Tout au long du chemin, d'autres petits sentiers menaient aux abris, dont un qu'Ayla se rappela avoir pris pour aller se soulager après la longue réunion sur le Clan. Ce souvenir l'incita à se servir du même lieu pour le même usage : elle avait souvent envie d'uriner depuis qu'elle était enceinte. Loup renifla le liquide, qui semblait l'intéresser davantage ces derniers temps, et elle se demanda s'il pouvait en conclure qu'elle était grosse.

Les voyant approcher, quelques personnes leur adressèrent des signes. Jondalar était certain que tous se demandaient pourquoi ils revenaient, mais il ne répondit pas à leur geste. Ils verraient bien.

Au bout de la ligne de falaises, ils tournèrent dans la Vallée des Bois et Ayla siffla. Loup s'élança devant eux.

— Tu penses qu'il sait que nous venons chercher Whinney et Rapide ? dit-elle.

— Sûrement. Je suis toujours étonné par ce qu'il semble comprendre.

— Les voilà ! s'écria-t-elle, la voix pleine de bonheur.

Elle se rendit compte qu'elle ne les avait pas vus depuis plus d'un jour et qu'ils lui avaient manqué. Whinney hennit doucement en la découvrant, galopa vers elle puis inclina la tête sur l'épaule de la jeune femme, qui la prit par le cou. Rapide poussa un hennissement sonore, caracola en direction de Jondalar, la queue dressée, le cou tendu, puis présenta à l'homme les endroits où il aimait être gratté.

— Ils m'ont manqué mais je crois que nous leur avons manqué aussi, dit-elle.

Après quelques caresses de retrouvailles, des frôlements de chanfrein et museau entre les chevaux et le loup, Ayla suggéra d'aller chercher des couvertures de monte et le harnais de Whinney pour le travois.

— Je m'en charge, répondit Jondalar. Il vaut mieux faire vite si nous voulons chasser aujourd'hui, et là-haut tout le monde posera des questions. Ce sera plus facile pour moi de répondre que nous sommes pressés. Si c'est toi, quelqu'un pourrait le prendre mal, ils ne te connaissent pas encore bien.

— Et je ne les connais pas bien non plus. Bon, profites-en pour prendre des paniers à porter, et un bol pour Loup. Peut-être aussi les fourrures de couchage. Qui sait où nous dormirons cette nuit... Emporte aussi la bride de Whinney.

Ils rattrapèrent le reste des chasseurs au moment où ceux-ci atteignaient le Rocher des Deux Rivières et pataugeaient le long de la rive gauche après avoir traversé la Rivière.

— Je commençais à me demander si vous nous rejoindriez avant que nous nous mettions en route, dit Kareja. Je suis passée prendre un déguisement pour toi, Ayla.

La compagne de Jondalar la remercia mais se demanda de nouveau ce qu'était un déguisement et à quoi cela servait. Au confluent des deux cours d'eau, le groupe s'engagea dans la Vallée des Prairies. Kimeran et quelques membres de la Deuxième Caverne se joignirent au groupe et remontèrent la rivière avec les autres sur une courte distance avant de faire halte pour discuter de la chasse. Ayla et Jondalar descendirent de cheval et s'approchèrent pour écouter.

— ... d'après Thefona, les bisons se dirigeaient vers le nord il y a deux jours, disait Manvelar. Ils auraient dû être en bonne position aujourd'hui, mais ils ont obliqué vers l'est, loin de l'enceinte. Thefona est l'un de nos meilleurs guetteurs, elle voit plus loin que n'importe qui, et elle observe ce troupeau depuis quelque temps. Je pense qu'ils seront bientôt en position pour s'engouffrer dans le piège, mais pas aujourd'hui. C'est pour cette raison que nous avons pensé qu'il valait mieux choisir les grands cerfs. Ils se sont arrêtés en amont pour boire, et ils broutent maintenant des feuilles d'arbuste près des hautes herbes.

— Combien y en a-t-il ? demanda Joharran.

— Trois femelles adultes, un jeune mâle d'un an, trois petits tachetés et un cerf avec des bois de bonne taille, répondit Thefona.

— Je veux tuer plusieurs animaux, mais pas tous. C'est pourquoi j'ai choisi les bisons, ils se déplacent en troupeaux plus grands, expliqua Joharran.

— A l'exception des rennes, la plupart des animaux à bois ne se déplacent pas en troupeaux, dit Thefona. Ils aiment les arbres et les lieux boisés, où il est plus facile de se cacher. La harde comporte rarement plus de quelques mâles, une femelle ou deux et leurs petits, sauf à la saison où cerfs et biches se rassemblent.

Ayla était sûre que Joharran savait tout cela, mais Thefona était jeune, fière des connaissances qu'elle avait acquises en guettant les troupeaux. Joharran l'avait laissée répéter ce qu'elle avait appris.

— Nous devrions épargner le cerf et au moins l'une des biches. Ainsi qu'un petit si nous pouvons être certains que c'est le sien, dit-il.

Sage décision, pensa Ayla Une fois encore, Joharran l'avait impressionnée et elle l'observa plus attentivement. Il mesurait près d'une tête de moins que son frère mais sa constitution puissante ne laissait aucun doute sur le fait qu'il égalait en force la plupart des hommes. Ses épaules supportaient aisément la responsabilité d'une Caverne nombreuse et parfois indocile. Il respirait la confiance en soi. Brun, le chef de son clan, l'aurait compris, se dit-elle. Lui aussi avait été un bon chef... à la différence de Broud.

La plupart des chefs zelandonii qu'elle avait rencontrés semblaient à leur place. Les Cavernes les choisissaient en général avec discernement, mais, si Joharran s'était révélé incapable d'assumer son rôle, sa Caverne l'aurait tout bonnement remplacé par un autre, plus compétent. Sans cérémonie : il n'y avait pas de procédure pour destituer un chef, les autres auraient simplement cessé de le suivre.

Broud, lui, n'avait pas été choisi. Dès sa naissance, il était destiné à devenir chef. Parce qu'il était né de la compagne d'un chef, on supposait qu'il aurait en mémoire les qualités pour tenir ce rôle. Et il les possédait peut-être, mais à des degrés divers. Certains traits utiles à un chef, comme la fierté, le besoin d'être respecté, étaient accentués chez Broud. La fierté de Brun venait des prouesses de son clan, qui lui valaient aussi d'être respecté. Celle de Broud confinait à un orgueil démesuré, il voulait être respecté pour ses exploits. Bien que Brun se fût efforcé de l'aider, Broud n'était jamais devenu un chef aussi capable que lui.

Comme la réunion touchait à sa fin, Ayla murmura à Jondalar :

— J'ai envie de partir devant avec Whinney pour essayer de trouver les bisons. Tu crois que Joharran verrait un inconvénient à ce que je demande à Thefona où elle les a aperçus pour la dernière fois ?

— Non, je ne crois pas, mais pose-lui la question toi-même.

Ils s'approchèrent tous deux du chef et, quand Ayla lui exposa son plan, il répondit :

— Tu penses pouvoir repérer ces bisons ?

— Je ne sais pas, mais ils ne doivent pas être très loin, et Whinney est plus rapide que n'importe quel chasseur.

— Tu n'avais pas l'intention de chasser le grand cerf avec nous ?

— Si, et je pense pouvoir être de retour à temps.

— C'est vrai que j'aimerais bien savoir où sont les bisons, admit Joharran. Allons interroger Thefona.

— J'irai avec Ayla, dit Jondalar. Elle ne connaît pas encore la région, elle pourrait ne pas comprendre les indications de Thefona.

— Allez-y, mais j'espère que vous serez de retour à temps. Je voudrais voir vos lance-sagaies en action. S'ils sont à moitié aussi efficaces que vous le prétendez, cela pourrait changer beaucoup de choses.

Ayla et Jondalar partirent au galop avec Loup tandis que le reste des chasseurs continuait à remonter la Rivière des Prairies. Le territoire des Zelandonii offrait un paysage spectaculaire sculpté en relief, avec des parois abruptes, de larges vallées, des collines ondulantes et de hauts plateaux. Les rivières serpentaient parmi les prés, bordées d'une galerie d'arbres, ou coulaient au pied de hautes falaises. Les habitants de la région étaient habitués à ce paysage varié et s'y déplaçaient aisément, qu'ils dussent gravir une colline escarpée, escalader une paroi quasi verticale, sauter sur des pierres glissantes pour traverser une rivière ou nager contre son courant, marcher sur une longue file entre une paroi rocheuse et un torrent bouillonnant ou se déployer dans une plaine découverte.

Les chasseurs se divisèrent en petits groupes quand ils s'engagèrent dans l'herbe haute mais encore verte de la vallée. Joharran ne cessait de guetter le retour de son frère et de sa curieuse escorte — une étrangère, deux chevaux et un loup — dans l'espoir qu'ils seraient de retour à temps, bien qu'il sût que cela ne changerait pas grand-chose. Avec autant de chasseurs pour une si petite harde, ils réussiraient sans difficulté à abattre tous les animaux qu'ils désiraient.

Au milieu de la matinée, les chasseurs repérèrent le cerf aux bois immenses et s'arrêtèrent pour dresser leur plan. Joharran entendit un bruit de sabots, se retourna. Avec une exactitude involontaire mais parfaite, Ayla et Jondalar venaient d'arriver.

— Nous les avons trouvés ! annonça Jondalar dans un murmure après être descendu de cheval. (Il aurait crié s'il n'avait remarqué la présence du grand cerf à proximité.) Ils ont de nouveau changé de direction, ils vont vers l'enceinte ! Je suis sûr que nous pourrions leur faire accélérer l'allure.

— Ils sont loin d'ici ? s'enquit Joharran. Nous devons marcher, nous. Nous n'avons pas de chevaux.

— Pas très loin, répondit Ayla. Si tu préfères le bison au cerf, tu peux encore changer d'avis.

— Grand frère, tu pourrais chasser les deux, insista Jondalar.

— Un cerf en vue vaut mieux que deux bisons dans une lointaine enceinte, raisonna Joharran. Mais si nous n'en avons pas pour trop longtemps avec le cerf, nous essaierons ensuite le bison. Vous voulez vous joindre à nous ?

— Oui, répondit Jondalar.

— Oui, dit Ayla, presque en même temps. Attachons les chevaux à cet arbre, là-bas, près de la rivière. Loup aussi, peut-être. La chasse pourrait l'exciter et lui donner envie de nous « aider », mais cela gênerait peut-être les autres chasseurs.

Pendant qu'on décidait de la tactique à suivre, Ayla observa la petite harde, en particulier le mâle. Elle se rappela sa première rencontre avec un cerf géant dans la force de l'âge, et celui-ci était presque aussi imposant. On les appelait cerfs géants parce que, plus grands qu'un cheval, ils étaient les plus massifs de tous les cervidés. Ce n'était cependant pas la taille de l'animal qui le rendait impressionnant mais la dimension de sa ramure. Les énormes bois en forme de palme qui poussaient sur sa tête croissaient chaque année et, chez un mâle adulte, pouvaient avoir plus de douze pieds de long.

Cette ramure démesurée lui interdisait l'habitat boisé que fréquentaient souvent ses cousins : le mégacéros était le cerf des plaines découvertes. Bien qu'il pût se nourrir d'herbe, et qu'il en consommât plus que n'importe quel autre cerf, il préférait brouter les feuilles de jeunes arbres ou de plantes herbacées près des rivières.

Quand un cerf géant parvenait à l'âge adulte, son corps cessait de se développer, mais les bois continuaient de croître et donnaient l'impression que la hauteur et la largeur du mâle augmentaient à chaque saison. Pour soutenir une telle ramure, il fallait des épaules et un cou puissants, et le mégacéros présentait une bosse au garrot, là où muscles et tendons se regroupaient. C'était une caractéristique de l'espèce. Même les femelles avaient cette bosse, quoique moins prononcée. Cette lourde musculature faisait paraître la tête plus petite, et chez le mâle elle semblait minuscule quand il arborait son immense ramure.

Une fois les décisions prises, on distribua les déguisements puis Joharran et quelques autres firent passer des sacs de peau remplis de graisse. Ayla fronça le nez de dégoût en sentant leur odeur.

— C'est fait avec les glandes à musc logées entre les pattes des cerfs, mélangées à la graisse qui se trouve juste au-dessus de la queue, expliqua Jondalar. Cela couvrira notre odeur au cas où le vent tournerait brusquement.

Ayla hocha la tête, étala la substance grasse sur ses bras et ses aisselles, ses jambes et son giron. Pendant que Jondalar enfilait son déguisement de cerf, elle se débattait en vain avec le sien.

— Laisse-moi te montrer, dit Kareja, déjà déguisée.

Ayla eut un sourire reconnaissant, et la femme lui fit voir comment porter l'espèce de cape en peau de cerf à laquelle la tête demeurait attachée. Elle souleva les bois, fixés sur une sorte de couronne, mais ne comprit pas à quoi servaient les bâtons qui en partaient.

— C'est lourd ! fit-elle, surprise par le poids, quand elle coiffa la couronne d'andouillers.

— Pourtant, c'est une ramure de jeune mâle. Il ne faudrait pas que ce grand cerf te prenne pour un rival, dit Kareja.

— Comment cela tient-il en place quand on bouge ? demanda Ayla, essayant de donner à la couronne une meilleure position.

— Sers-toi de ça, conseilla Kareja en utilisant les bâtons pour redresser les bois.

— Pas étonnant que les cerfs géants aient d'aussi gros cous ! Il faut du muscle rien que pour maintenir ces choses droites !

Les chasseurs approchaient contre le vent, qui emportait l'odeur d'homme loin des narines sensibles des animaux. Ils s'arrêtèrent à bonne distance de la harde qui broutait les jeunes feuilles tendres de broussailles basses.

— Regarde-les, murmura Jondalar. Tu vois comme ils mangent un moment et relèvent la tête ? Puis ils avancent de quelques pas et recommencent à se nourrir. Nous allons les imiter. Tu fais quelques pas vers eux, tu baisses la tête, comme si tu étais un jeune cerf qui vient de découvrir des feuilles et s'arrête pour les brouter. Ensuite tu relèves la tête. Tu ne bouges plus. Tu surveilles le grand cerf et tu restes immobile si tu vois qu'il te regarde.

« Nous allons nous déployer à leur façon, pour leur faire croire que nous sommes une autre harde. Il faut garder les sagaies hors de vue le plus possible, les tenir derrière les andouillers en avançant, et ne pas avancer trop vite.

Ayla écoutait les instructions avec attention. C'était intéressant. Elle avait passé des années à observer les animaux, surtout les carnivores. La jeune femme avait étudié chaque détail de leur comportement. Elle avait appris à les pister et finalement à les chasser, mais jamais elle n'avait fait semblant d'être l'un d'entre eux. Elle observa d'abord les autres chasseurs puis les cerfs.

L'apprentissage des signes et des gestes du Clan lui procurait un avantage. Elle avait l'œil pour déceler le moindre mouvement des animaux, assimiler chaque détail. Elle examina leur façon de secouer la tête pour chasser les insectes et apprit rapidement à les imiter. Elle espaçait les mouvements, estimant combien de temps ils gardaient la tête baissée, combien de temps ils regardaient autour d'eux. Elle était à la fois excitée et intriguée par cette nouvelle façon de chasser. Elle avait presque l'impression d'être un cerf, tout en avançant vers le gibier avec les autres chasseurs.

Ayla choisit la proie qu'elle comptait abattre et se dirigea lentement vers elle. Elle avait d'abord jeté son dévolu sur une femelle grasse, mais, comme elle voulait des bois, elle changea d'avis et prit le jeune mâle pour cible. Jondalar lui avait expliqué que la viande serait répartie entre tous, mais que la peau, les bois, les tendons revenaient à celui qui avait tué l'animal.

Quand les chasseurs parvinrent presque au sein de la harde, Joharran donna le signal convenu. Les Zelandonii levèrent leurs sagaies ; Ayla et Jondalar placèrent les leurs dans les propulseurs. Ayla savait qu'elle aurait pu lancer sa sagaie depuis longtemps mais son coup aurait fait fuir le reste de la harde avant que les autres soient assez proches.

Voyant que tous étaient prêts, Joharran donna un autre signal. Presque en même temps, les chasseurs lancèrent leur sagaie. Plusieurs bêtes relevèrent la tête, détalèrent avant de se rendre compte qu'elles étaient déjà touchées. Le mâle orgueilleux brama comme pour donner le signal de la fuite, mais seuls une biche et son petit le suivirent. Les autres chancelèrent en essayant de faire un pas, tombèrent à genoux cependant que le grand cerf s'enfuyait en bondissant.

Les chasseurs s'approchèrent de leurs proies pour achever les animaux qui vivaient encore et voir à qui il fallait attribuer chaque bête. Les lances de chacun portaient des décorations qui identifiaient le propriétaire. Tous les chasseurs savaient reconnaître leurs armes mais les symboles distinctifs ne laissaient aucun doute et évitaient les disputes. Si plusieurs sagaies avaient atteint le même animal, on s'efforçait de déterminer laquelle avait porté le coup mortel. Quand ce n'était pas évident, on partageait la bête.

Les chasseurs constatèrent que la sagaie d'Ayla, plus courte, plus légère, avait atteint le jeune mâle. L'animal broutait un peu à l'écart du reste des cerfs, du côté opposé aux chasseurs. Il ne constituait pas une proie facile, et apparemment, personne d'autre ne l'avait pris pour cible ; du moins aucun autre projectile ne l'avait-il touché. Les Zelandonii commentèrent non seulement la portée du propulseur mais aussi l'adresse d'Ayla et se demandèrent combien de temps il leur faudrait pour l'égaler. Certains avaient envie d'essayer ; d'autres, tenant compte du succès de la chasse, n'étaient pas sûrs d'avoir besoin de fournir cet effort.

Manvelar rejoignit Joharran et plusieurs autres membres de la Neuvième Caverne, notamment Jondalar et Ayla.

— Quoi de neuf pour les bisons ? demanda-t-il.

Les préparatifs de la chasse avaient suscité dans le groupe une vive excitation, mais les chasseurs avaient traqué et abattu les cerfs si vite et avec une telle efficacité qu'il leur restait un surcroît d'énergie inutilisée.

— Le troupeau se dirige de nouveau vers le nord, répondit Jondalar.

— Tu penses qu'il pourrait s'approcher assez de l'enceinte pour que nous en fassions usage aujourd'hui ? demanda Joharran. Il est encore tôt, cela ne me déplairait pas de tuer quelques bisons.

— Nous pouvons nous arranger pour qu'ils s'en approchent, assura Jondalar.

— Comment ? fit Kareja d'un ton qu'il jugea moins sarcastique que la veille.

— Manvelar, tu sais où est l'enceinte et combien de temps il faudrait aux chasseurs pour y aller ? demanda Jondalar.

— Oui, mais Thefona te le dira mieux que moi.

La jeune femme s'avança quand Manvelar lui fit signe.

— Nous sommes loin de l'enceinte ?

Elle réfléchit, regarda la position du soleil dans le ciel puis répondit :

— En marchant d'un bon pas, nous pourrions y être avant que le soleil soit au plus haut, je crois. Mais la dernière fois que je les ai vus, les bisons n'étaient pas très près du piège.

— Quand nous les avons repérés, ils allaient dans cette direction, dit Jondalar, et je crois qu'avec l'aide des chevaux et de Loup nous pourrions les faire avancer plus vite. Ayla l'a déjà fait.

— Et si vous ne réussissez pas ? intervint Kimeran. Si nous ne trouvons aucun bison en arrivant là-bas ?

Il n'avait pas beaucoup vu Jondalar depuis son retour, et s'il avait entendu maintes choses sur son ami et la femme qui l'accompagnait, il n'avait pas, comme d'autres, découvert les surprises qu'ils avaient rapportées. C'était la première fois qu'il les voyait sur les chevaux et il s'interrogeait encore sur leur compte.

— Alors rien ne viendra récompenser nos efforts, mais ce ne serait pas la première fois, repartit Manvelar.

Kimeran haussa les épaules, eut un sourire désabusé.

— C'est juste.

— Quelqu'un d'autre s'oppose-t-il à ce que nous tentions notre chance avec les bisons ? demanda Joharran. Nous pouvons nous contenter des cerfs. Il faut commencer à les dépecer, de toute façon.

— Je suis d'accord, dit Manvelar. Thefona peut vous conduire à l'enceinte, elle connaît le chemin. Moi, je retourne au Rocher des Deux Rivières, j'envoie un groupe commencer le dépeçage et un messager demander de l'aide aux autres Cavernes. Il nous faudra du monde si la chasse au bison est bonne.

Des voix s'élevèrent :

— Je suis partant pour le bison.

— Moi aussi !

— Et moi !

Joharran se tourna vers Ayla et Jondalar.

— Bon, vous partez devant, vous essayez de diriger le troupeau vers l'enceinte. Nous, nous allons là-bas le plus vite possible.

Ayla et son compagnon retournèrent à l'arbre où ils avaient laissé les chevaux. Loup fut particulièrement content de les voir : Ayla ne l'attachait pas souvent, il n'avait pas l'habitude. Les chevaux, eux, semblaient s'en accommoder. Jondalar et elle sautèrent sur leurs montures et partirent au galop sous le regard des autres chasseurs : c'était vrai, les chevaux allaient bien plus vite que les hommes.

Ayla et Jondalar décidèrent de se rendre d'abord à l'enceinte pour estimer la distance qui en séparait le troupeau. Fascinée par le piège circulaire, Ayla prit le temps de l'examiner. Il était formé de petits arbres et de rondins, reliés par des broussailles mais aussi par tout ce que les Zelandonii avaient pu trouver, os ou bois d'animaux. Aucun des arbres qui le composaient n'avait été enfoncé dans le sol. On les avait plutôt attachés solidement ensemble, de sorte qu'une bête se ruant contre l'enceinte ne risquait pas de la briser. Celle-ci avait du jeu, de l'élasticité, et cédait sous l'impact. Parfois, quand elle était soumise à un assaut particulièrement puissant, toute la structure bougeait.

Il avait fallu beaucoup d'efforts pour abattre les arbres et les traîner jusqu'à une étendue herbeuse, puis pour édifier une clôture capable de résister à la poussée d'animaux lourds tournant à l'intérieur, à la charge d'une bête affolée. Chaque année, les parties qui s'étaient effondrées ou avaient pourri étaient réparées ou remplacées. Les Zelandonii s'efforçaient de la garder en bon état le plus longtemps possible. Il était plus facile de réparer que de tout reconstruire, d'autant qu'il existait plusieurs enceintes, situées à divers points stratégiques.

Celle-ci se trouvait dans une étroite vallée, entre une falaise calcaire et des collines escarpées, sur la route d'une migration. Autrefois une rivière y avait coulé, et un ruisseau empruntait encore parfois le lit à sec. Les chasseurs n'utilisaient ce piège que de temps à autre car les animaux semblaient comprendre vite qu'une route particulière était dangereuse et avaient tendance à l'éviter.

Ceux qui étaient venus réparer le piège avaient aussi installé une barrière de panneaux qui dirigeaient les animaux vers une ouverture de l'enceinte. D'habitude, des chasseurs se postaient derrière les panneaux pour rabattre vers le piège les bêtes qui tentaient de s'échapper, mais, comme cette chasse avait été décidée au dernier moment, il n'y avait encore personne. Ayla remarqua les bouts de cuir, les morceaux de ceinture, les longues gerbes d'herbe attachées à des bâtons, qui étaient glissés dans l'encadrement des panneaux ou maintenus par des pierres.

— Jondalar ! appela-t-elle.

Il s'approcha, vit qu'elle avait pris un tortillon de longues herbes et un morceau de cuir.

— Tout ce qui flotte ou bouge brusquement effraie les bisons, en particulier quand ils courent, dit-elle. C'est du moins ce qui s'est passé quand nous les avons poussés vers l'enceinte du Camp du Lion. Les Zelandonii doivent agiter ces objets devant les animaux pour les orienter vers le piège. Tu crois que quelqu'un s'opposerait à ce que nous en empruntions quelques-uns ? Ils pourraient nous être utiles.

— Tu as raison, c'est à cela qu'ils servent, et je suis sûr que personne n'y verra d'objection si cela peut nous aider à amener les bisons ici.

Ils quittèrent la vallée et prirent la direction de l'endroit où ils avaient repéré le troupeau. Les traces des animaux furent faciles à suivre. La cinquantaine de bêtes — mâles, femelles et petits —

s'était encore rapprochée de la vallée. Les bisons commençaient à se regrouper pour former l'immense troupeau migratoire qui se mettrait en marche plus tard dans la saison.

A certaines périodes de l'année, ils se rassemblaient en si grand nombre qu'on avait l'impression de voir un fleuve d'eau brune, piqué de cornes noires. Le reste du temps, ils se divisaient en groupes plus restreints, parfois une simple famille élargie, mais préféraient vivre en troupes de bonne taille. En règle générale, le nombre apportait la sécurité. Si les prédateurs, notamment les lions des cavernes et les meutes de loups, parvenaient souvent à prélever un bison d'un troupeau, c'était souvent le plus lent ou le plus faible. Les bêtes vigoureuses et saines survivaient.

Ayla et Jondalar approchèrent du troupeau avec précaution mais les bêtes ne leur prêtèrent même pas attention. Pour les bisons, les chevaux n'étaient pas des animaux à craindre. En revanche, ils se tinrent à l'écart de Loup. Ils l'évitaient mais ne s'affolaient pas, sentant qu'un loup seul ne pouvait tuer un animal de leur taille. Un bison mâle mesurait en moyenne six pieds six pouces au sommet de sa bosse et pesait une tonne. Il possédait de longues cornes noires et une barbe qui prolongeait des mâchoires puissantes. La femelle était plus petite, mais tous deux étaient vifs et agiles, capables de gravir des pentes raides et de sauter par-dessus des obstacles élevés.

La tête baissée et la queue levée, ils filaient à longues foulées, même en terrain rocailleux. Ils ne craignaient pas l'eau et nageaient bien, séchant leur épaisse fourrure en se roulant dans le sable ou la poussière. Ils passaient le soir et ruminaient, détendus, dans la journée. Ils avaient l'ouïe et l'odorat très sensibles. Les bisons adultes pouvaient être violents, agressifs. Ils étaient difficiles à tuer avec des dents, des griffes ou des lances, mais une seule bête fournissait sept cents kilos de viande, plus la graisse, la peau, les poils et les cornes. C'étaient des animaux fiers et nobles, respectés par ceux qui les chassaient, admirés pour leur force et leur courage.

— A ton avis, quel serait le meilleur moyen de les faire courir ? demanda Jondalar. D'ordinaire, les chasseurs les laissent avancer à leur pas et essaient de les guider lentement vers l'enceinte, du moins jusqu'à ce qu'ils soient tout près.

— Quand nous chassions en venant ici, nous essayions en général d'isoler une bête du troupeau, rappela Ayla. Cette fois, nous voulons qu'elles aillent toutes dans la même direction, vers cette vallée. Je pense qu'en galopant derrière elles et en criant, nous arriverions à lancer le troupeau, mais cela pourrait aider d'agiter ces objets, en particulier devant les bisons qui tentent de s'écarter. Il ne faut pas qu'ils s'enfuient dans la mauvaise direction. Loup aimait les pourchasser, lui aussi, et il savait les maintenir groupés.

Elle regarda le soleil pour tenter d'estimer quand ils pourraient arriver à l'enceinte et se demanda à quelle distance les chasseurs en étaient. L'important, c'est de diriger les bisons vers le piège, pensa-t-elle.

Ils se placèrent du côté opposé à la direction dans laquelle ils voulaient pousser les bisons, échangèrent un regard, hochèrent la tête puis, avec un grand cri, lancèrent les chevaux vers le troupeau. Ayla tenait d'une main un tortillon d'herbes, de l'autre un morceau de cuir : elle avait les deux mains libres car elle n'utilisait ni bride ni rêne pour guider Whinney.

La première fois qu'elle était montée sur le dos de la jument, le geste avait été spontané et elle n'avait pas essayé de la diriger. Accrochée à la crinière, elle avait laissé l'animal galoper, éprouvant un sentiment de liberté et d'excitation, comme si elle filait emportée par le vent. Whinney avait ralenti, était retournée d'elle-même à la vallée. C'était le seul foyer qu'elle connaissait. Ayla n'avait pu s'empêcher de la monter de nouveau, mais au début l'apprentissage avait été inconscient. Ce fut plus tard qu'elle s'aperçut qu'elle utilisait la pression et les mouvements de son corps pour transmettre ses intentions.

La première fois qu'Ayla avait chassé seule du gros gibier, après son départ du Clan, elle avait poussé un troupeau de chevaux vers une fosse qu'elle avait creusée dans sa vallée. En voyant des hyènes rôder alentour, elle découvrit que la jument tombée dans le piège avait un petit. Elle avait fait fuir les hideuses créatures avec sa fronde, portant secours à la pouliche non pas tant parce qu'elle voulait l'aider que parce qu'elle détestait les hyènes. Une fois qu'elle l'eut sauvée, elle se sentit obligée de s'en occuper. Elle avait appris des années auparavant qu'un petit peut manger ce que mange sa mère, pourvu qu'on lui écrase sa nourriture, et elle avait préparé un bouillon de grains.

Ayla n'avait pas tardé à s'apercevoir qu'en sauvant la jeune pouliche elle s'était rendu service. Seule dans sa vallée, elle avait vite apprécié la compagnie d'un être vivant. Elle n'avait pas eu l'intention d'apprivoiser la jument, elle n'avait jamais réfléchi à cela. Elle considérait Whinney comme son amie et, plus tard, comme une amie qui la laissait monter sur son dos et qui allait là où elle voulait.

A sa première saison, Whinney avait quitté Ayla pour rejoindre un troupeau mais elle était revenue après la mort de l'étalon. Son petit était né peu de temps après qu'Ayla eut trouvé le blessé qui s'avéra être Jondalar. Ce fut à lui qu'il incomba de nommer et de dresser le jeune poulain, en trouvant lui-même les moyens d'y parvenir. Il avait inventé la bride afin de mieux maîtriser le jeune étalon. Jugeant la trouvaille utile, Ayla s'en servit pour Whinney quand elle avait besoin de l'attacher. Jondalar l'utilisait quand il avait besoin de mener la jument. Il essayait rarement de la monter car il ne comprenait pas pleinement les signaux avec lesquels Ayla guidait Whinney, et la jument ne comprenait pas les signaux de Jondalar. Ayla avait la même difficulté avec Rapide.

Ayla jeta un coup d'œil à son compagnon, juché sur Rapide, et agita un tortillon d'herbe devant un jeune bison mâle pour le faire courir dans la même direction que les autres. Une femelle effrayée tourna brusquement et chargea Ayla, mais Loup intervint et la détourna. Elle sourit : Loup prenait un vif plaisir à pourchasser les bisons. Ils avaient tous — la femme, l'homme, les deux chevaux et le carnassier — appris à chasser ensemble pendant le long Voyage d'un an, en suivant la Grande Rivière Mère à travers les plaines.

A l'approche de l'étroite vallée, Ayla aperçut un homme qui se tenait sur le côté et leur faisait signe. Elle poussa un soupir de soulagement : les chasseurs étaient arrivés, ils maintiendraient les bisons dans la bonne direction une fois que ceux-ci se seraient engouffrés dans la vallée. Mais, en tête du troupeau, deux bêtes tentèrent de s'échapper. Ayla se pencha en avant, signal quasi inconscient pour faire accélérer Whinney. Comme si elle savait ce que la jeune femme avait en tête, la jument obliqua de manière à couper la route aux bisons qui rechignaient à s'engager dans l'étroit passage. Ayla cria, agita le tortillon d'herbe et le morceau de cuir devant la vieille femelle rusée et réussit à la faire changer de direction. Le reste des bisons suivit.

Un loup et deux êtres humains montés sur des chevaux réussissaient à faire fuir tout un troupeau dans une même direction. La vallée commença à se rétrécir quand les bisons approchèrent de l'ouverture de l'enceinte et, tassés l'un contre l'autre, ils durent ralentir. Ayla vit un mâle essayer de s'écarter des autres bêtes qui le pressaient.

Surgissant de derrière un panneau, un chasseur tenta de l'arrêter avec sa sagaie. L'arme atteignit sa cible mais le coup ne fut pas mortel et le bison poursuivit sa course. Le chasseur sauta en arrière, se mit à l'abri derrière le panneau, frêle barrière pour un mâle puissant. Enragé de douleur, l'énorme animal percuta le panneau et l'homme, les piétina.

Horrifiée, Ayla saisit son propulseur et y insérait une sagaie quand elle vit un projectile se planter dans le bison. Elle lança sa sagaie, elle aussi, dirigea Whinney vers l'homme sans se soucier du danger, sauta à terre avant même que la jument se fût immobilisée. Ayla écarta le panneau, s'agenouilla à côté du chasseur qui gisait non loin du bison. Elle entendit l'homme gémir : au moins, il était en vie.

13

Suant abondamment, Whinney frappait le sol d'un sabot nerveux tandis que le reste des bisons passait pour pénétrer dans l'enceinte. Ayla s'approcha d'elle pour prendre son sac à remèdes dans l'un des paniers, la caressa un moment pour la rassurer, mais c'était surtout à l'homme et à ce qu'elle pouvait faire pour lui qu'elle pensait. Elle ne s'aperçut même pas qu'on refermait l'enceinte pour y emprisonner les bisons et que les chasseurs commençaient à abattre méthodiquement les bêtes qu'ils avaient choisies.

Loup s'était beaucoup amusé à poursuivre le troupeau, mais, avant même que l'enceinte ne soit refermée, il avait soudain cessé de courir et s'était mis à la recherche d'Ayla. Il la trouva agenouillée près du blessé. Plusieurs Zelandonii formèrent un cercle autour d'elle, à quelque distance cependant, du fait de la présence du loup. Indifférente aux regards, Ayla examina l'homme. Il était inconscient mais elle sentit un faible battement sur son cou, sous la mâchoire. Elle ouvrit sa tunique.

Il n'y avait pas de sang mais une grande marque bleuâtre se formait déjà sur la poitrine et le ventre. Avec précaution, Ayla palpa la zone autour du bleu, pressa une fois. L'homme tressaillit, poussa un cri de douleur, ne reprit toutefois pas connaissance. Elle écouta sa respiration, entendit un gargouillis puis remarqua que du sang coulait au coin de sa bouche et conclut à une blessure interne.

Relevant la tête, elle découvrit les yeux bleus perçants de Jondalar et le plissement familier de son front, puis un autre plissement presque identique au-dessus d'un regard interrogateur. Elle secoua la tête pour répondre à la question muette de Joharran.

— Je suis désolée. Le bison est passé sur lui, il a les os de la poitrine brisés. Ils percent les sacs à respirer et je ne sais pas quoi d'autre. Il saigne à l'intérieur. Je ne peux rien faire, hélas. S'il a une compagne, il faut l'appeler. J'ai peur qu'il ne rejoigne le Monde des Esprits avant demain.

Un cri s'éleva, un jeune homme se fraya un passage et s'agenouilla auprès du blessé.

— Non ! Ce n'est pas vrai ! Qu'est-ce qu'elle en sait ? Seule Zelandoni pourrait nous dire. Elle, elle n'est même pas des nôtres !

— C'est son frère, murmura Joharran.

Le jeune homme enlaça le blessé, lui releva la tête.

— Réveille-toi, Shevonar ! Réveille-toi, je t'en prie.

— Viens, Ranokol, tu ne l'aides pas.

Le chef de la Neuvième Caverne prit le jeune homme par le bras pour l'écarter, mais Ranokol se dégagea.

— Laisse-le, Joharran, plaida Ayla. Un frère a le droit de faire ses adieux.

Remarquant que le blessé commençait à s'agiter, elle ajouta :

— Un frère pourrait aussi le réveiller, et alors il souffrirait.

— Tu n'as pas de l'écorce de bouleau ou quelque chose contre la douleur dans ton sac à remèdes ? demanda Jondalar.

Il savait qu'elle ne partait jamais où que ce fût sans quelques herbes. La chasse présentait toujours un certain danger, elle avait dû en emporter.

— Si, bien sûr, répondit-elle, mais je crois qu'il ne faut pas qu'il boive, avec des blessures intérieures aussi graves. (Elle marqua une pause.) Peut-être qu'un emplâtre le soulagerait. Je peux essayer. D'abord, il faut le porter dans un endroit plus confortable, puis allumer un feu et faire bouillir de l'eau. Est-ce qu'il a une compagne ? demanda-t-elle pour la seconde fois. (Joharran acquiesça de la tête.) Alors il faut envoyer quelqu'un la chercher, et faire venir aussi Zelandoni.

— Entendu, dit Joharran, remarquant soudain l'étrange accent de cette femme, qu'il avait presque fini par oublier.

Manvelar s'approcha.

— Que quelques hommes cherchent un endroit où allonger cet homme, loin de la chasse.

— Est-ce qu'il n'y aurait pas une petite grotte là-bas dans la falaise ? suggéra Thefona.

— Il y en a forcément une à proximité, répondit Kimeran.

— Tu as raison, dit Manvelar. Thefona, prends quelques chasseurs et trouve un endroit pour Shevonar.

— Nous l'accompagnerons, décida Kimeran, qui appela les membres de la Deuxième Caverne participant à la chasse.

— Brameval, reprit Manvelar, pourrais-tu charger un groupe d'aller chercher du bois et de l'eau ? Il faut aussi fabriquer quelque chose pour porter le blessé. Je demanderai à quelqu'un d'apporter des fourrures de couchage.

Il se tourna vers les chasseurs et cria :

— Nous avons besoin d'un bon coureur pour porter un message au Rocher des Deux Rivières.

— Laisse-moi y aller, proposa Jondalar. Rapide est le meilleur « coureur » que nous ayons.

— Là, je crois que tu as raison.

— Alors, tu pourrais peut-être pousser jusqu'à la Neuvième Caverne pour ramener Relona, et Zelandoni aussi, suggéra Joharran. Raconte à Proleva ce qui s'est passé, elle saura tout organiser. C'est Zelandoni qui devrait parler à la compagne de Shevonar mais elle préférera peut-être que ce soit toi. Laisse-la décider.

Le frère de Jondalar fit face aux chasseurs qui entouraient encore le blessé et qui appartenaient pour la plupart à la Neuvième Caverne.

— Rushemar, le soleil est haut et chauffe de plus en plus. Nous avons chèrement payé le gibier tué aujourd'hui, ne le gaspillons pas. Il faut vider et écorcher les bisons. Kareja et la Onzième Caverne ont commencé, mais on ne refuserait pas quelques bras en plus, j'en suis sûr. Solaban, prends deux ou trois hommes pour aider Brameval à apporter du bois et de l'eau, ainsi que tout ce dont Ayla a besoin. Quand Kimeran et Thefona auront trouvé un endroit, tu porteras Shevonar avec eux.

— Il faudrait aussi prévenir les autres Cavernes que nous avons besoin d'aide, dit Brameval.

— Jondalar, tu peux t'arrêter sur le chemin du retour pour informer les autres ? demanda Joharran.

— Quand tu arriveras au Rocher des Deux Rivières, dis-leur d'allumer le feu de signal, conseilla Manvelar.

— Bonne idée, approuva Joharran. Les Cavernes sauront qu'il s'est passé quelque chose et guetteront un messager.

Il retourna auprès de l'étrangère, la femme qui deviendrait un jour une Zelandonii de sa Caverne et qui apportait déjà à la communauté toute l'aide dont elle était capable.

— Tente tout ce que tu peux pour Shevonar, Ayla. Nous faisons venir sa compagne et Zelandoni. Si tu as besoin de quelque chose, demande à Solaban, il te l'apportera.

— Merci, Joharran, répondit-elle. Jondalar, si tu expliques à Zelandoni ce qui est arrivé, elle saura ce qu'elle doit emporter, j'en suis sûre, mais laisse-moi jeter un coup d'œil à mon sac. Il y a quelques herbes que j'aimerais qu'elle apporte, si elle en a. Prends Whinney avec toi. Tu pourras te servir des perches pour apporter des choses ici, elle est plus habituée à les tirer que Rapide. Zelandoni pourrait même venir ici sur son dos, et la compagne de Shevonar sur Whinney, si elles sont d'accord.

— Je ne sais pas. Zelandoni est plutôt lourde, objecta Jondalar.

— Whinney s'en sortira. Enfin, elles préféreront sans doute marcher, mais il faudra des tentes et des vivres. Les perches serviront à les transporter.

Ayla ôta les paniers des flancs de Whinney avant de lui passer le licou et donna à Jondalar la corde qui y était attachée. Il noua l'autre extrémité au licou de Rapide puis partit et passa en premier. Mais la jument n'était pas habituée à prendre le sillage de l'étalon à qui elle avait donné le jour. C'était toujours lui qui la suivait. Et, bien que Jondalar fût assis sur le dos de Rapide et le guidât, Whinney trottait légèrement devant eux et semblait deviner dans quelle direction l'homme voulait aller.

Les chevaux sont prêts à obéir aux ordres de leurs amis humains tant que cela ne trouble pas leur sens de l'ordre des choses, pensa Ayla en se souriant à elle-même. Elle se retourna, vit Loup qui l'observait. Quand les chevaux étaient partis, elle lui avait fait signe de rester, et il attendait patiemment.

Le sourire intérieur qu'avait suscité le comportement de Whinney s'estompa quand son regard se porta sur l'homme qui gisait là où il était tombé.

— Il faut le transporter, Joharran, dit-elle.

Le chef acquiesça, puis appela des hommes pour l'aider. Ils improvisèrent une civière en attachant des lances ensemble pour obtenir deux supports résistants puis en tendant des vêtements en travers. Thefona et Kimeran revinrent alors et leur apprirent qu'ils avaient trouvé un petit abri non loin de là. L'homme avait été déposé avec soin sur la civière. Il était prêt à être transporté. Ayla appela Loup tandis que quatre hommes soulevaient le blessé.

Quand ils arrivèrent à l'abri, Ayla et quelques autres débarrassèrent le lieu des feuilles mortes et des débris poussés par le vent, ainsi que des crottes séchées déposées par des hyènes.

Ayla découvrit avec satisfaction qu'il y avait de l'eau à proximité. Dans la grotte située derrière la corniche, un bassin alimenté par une source déversait son trop-plein dans une rigole qui s'était formée le long de la paroi. Elle indiqua à Solaban où poser le bois que Brameval, lui et quelques autres avaient apporté pour faire du feu.

Lorsque Ayla le leur demanda, plusieurs chasseurs donnèrent leurs fourrures de couchage, qui furent empilées l'une sur l'autre pour former une couche surélevée. Le blessé avait repris connaissance quand on l'avait placé sur la civière mais il était retombé dans l'inconscience en arrivant à l'abri. Il gémit lorsqu'on l'allongea sur les fourrures, se réveilla, grimaça, lutta pour prendre sa respiration. Ayla lui souleva la tête pour l'aider. Il tenta de sourire pour la remercier mais ne parvint qu'à cracher du sang. Elle lui essuya le menton avec une peau de lapin qu'elle gardait avec ses remèdes.

Elle en profita pour dresser l'inventaire de ses ressources limitées et vérifier si un remède susceptible d'atténuer les souffrances du blessé ne lui avait pas échappé.

Des racines de gentiane ou un badigeon d'arnica pouvaient s'avérer efficaces. L'un et l'autre soulageaient les douleurs internes causées par un coup, mais elle n'en avait pas avec elle. Respirer les poils fins enrobant les fruits du houblon pouvait l'aider à se calmer mais on n'en trouvait pas à proximité. Peut-être quelque chose sous forme de fumée, puisque avaler un liquide lui était interdit. Non, cela le ferait tousser, ce serait encore pire. Il n'y avait aucun espoir, elle le savait, ce n'était qu'une question de temps, mais elle devait essayer, au moins pour combattre la douleur.

Un instant, se dit-elle. N'ai-je pas vu cette plante de la famille de la valériane en venant ici ? Celle aux racines aromatiques ? A la Réunion d'Eté, l'un des Mamutoï lui a donné le nom de nard. Je ne sais pas comment on l'appelle en zelandonii. Elle leva les yeux vers le groupe qui l'entourait, vit la jeune femme à qui Manvelar semblait témoigner beaucoup de respect, le guetteur de la Troisième Caverne, Thefona.

Celle-ci était restée pour aider à nettoyer le petit abri qu'elle avait trouvé et regardait maintenant Ayla. L'étrangère l'intriguait. Il y avait quelque chose en elle qui forçait l'attention, et elle avait apparemment gagné l'estime de la Neuvième Caverne en peu de temps. Thefona se demandait si cette femme savait vraiment guérir. Elle ne portait pas de tatouages comme les Zelandonia, mais le peuple auquel elle appartenait avait peut-être d'autres coutumes. Certains cherchaient à tromper les autres sur l'étendue de leurs connaissances, l'étrangère, quant à elle, n'essayait pas d'impressionner qui que ce fût en se vantant. C'était plutôt ce qu'elle faisait qui était impressionnant, comme sa façon de se servir de cet instrument à lancer les sagaies. Thefona avait beaucoup pensé à Ayla, mais elle fut surprise quand la jeune femme l'appela par son nom :

— Thefona, je peux te demander quelque chose ?

— Oui.

— Tu t'y connais dans le domaine des plantes ?

— Un peu.

— Je pense à une plante dont les feuilles ressemblent à celles de la digitale et qui a des fleurs jaunes comme le pissenlit. Je l'appelle « nard » mais c'est un mot mamutoï.

— Désolée, j'ai l'habitude des plantes qui se mangent, mais pas de celles qui guérissent. Il te faudrait une Zelandoni pour ça.

Après un temps, Ayla reprit :

— Tu pourrais veiller sur Shevonar ? Je crois avoir vu des nards en venant ici. Je vais repartir par où je suis arrivée. S'il se réveille ou s'il y a un changement quelconque, tu enverras quelqu'un me prévenir ?

Elle décida d'ajouter une explication, bien qu'elle n'eût pas coutume de justifier ses actes de guérisseuse.

— Si c'est ce que je pense, cela pourrait l'aider. J'ai utilisé des racines de cette plante en emplâtre pour des fractures. Elle est facilement absorbée et a des effets calmants. Si je la mélange avec un peu de datura, et peut-être des feuilles d'achillée en poudre, elle atténuera la douleur. Je vais voir si je peux en trouver.

— Entendu, je veille sur lui, dit Thefona, curieusement contente que l'étrangère eût sollicité son aide.

Joharran et Manvelar parlaient à Ranokol à voix basse. Bien qu'ils fussent à côté d'elle, Ayla les entendait à peine : elle concentrait son attention sur le blessé, surveillait l'eau qui chauffait — beaucoup trop lentement. Etendu sur le sol à proximité, le museau entre les pattes, Loup observait chacun de ses gestes. Quand l'eau commença à fumer, elle y jeta les racines de nard afin qu'elles deviennent assez molles pour qu'on pût les réduire en une pâte. Ayla avait eu la chance de trouver également de la consoude : un emplâtre de ses feuilles et de ses racines fraîchement écrasées soignait les coups et les fractures, et pouvait calmer la douleur.

Quand tout fut prêt, elle étala le mélange chaud sur l'hématome presque noir qui s'étendait de la poitrine à l'estomac. Elle remarqua que l'abdomen durcissait. Le blessé ouvrit les yeux tandis qu'elle couvrait l'emplâtre d'un morceau de cuir pour qu'il reste chaud.

Elle l'appela par son nom : « Shevonar ? » D'après son regard, il semblait conscient mais intrigué. Peut-être ne la reconnaissait-il pas.

— Je me nomme Ayla. Ta compagne... (elle hésita, fit appel à sa mémoire)... Relona est en route.

Il prit une inspiration, grimaça de douleur et parut surpris.

— Tu as été blessé par un bison, Shevonar. Zelandoni est en route, elle aussi. J'essaie de te soigner en attendant qu'elle arrive. J'ai mis un emplâtre sur ta poitrine pour extirper en partie la douleur.

Il hocha la tête, mais même ce simple mouvement lui demandait un effort.

— Tu veux voir ton frère ? Il attendait que tu aies repris connaissance.

Shevonar hocha de nouveau la tête ; Ayla se releva et rejoignit le petit groupe à proximité.

— Il est réveillé, il voudrait te voir, dit-elle à Ranokol.

Le jeune homme s'empressa d'aller au chevet de son frère ; Ayla suivit avec Joharran et Manvelar.

— Comment te sens-tu ? murmura Ranokol.

Shevonar s'efforça de sourire mais son sourire se transforma en rictus quand une toux inopinée fit couler un filet rouge au coin de sa bouche. Un lueur de panique s'alluma dans les yeux de son frère, qui remarqua alors le cataplasme.

— Qu'est-ce que c'est ? fit-il d'une voix tendue, criant presque.

— Un emplâtre pour la douleur, répondit Ayla d'un ton calme.

Elle comprenait l'affolement et la peur du frère du blessé.

— Qui t'a demandé quelque chose ? Ça lui fait probablement plus de mal que de bien. Enlève-le tout de suite !

— Non, Ranokol, intervint Shevonar d'une voix à peine audible. Pas sa faute. Elle aide.

Il tenta de se redresser, retomba sur les fourrures, inconscient.

— Shevonar. Réveille-toi, Shevonar ! Il est mort ! O Grande Mère, il est mort ! s'écria Ranokol, qui s'effondra sur les fourrures à côté de son frère.

Ayla chercha le pouls de Shevonar pendant que Joharran relevait Ranokol.

— Non, pas encore, dit-elle. Mais il n'en a plus pour longtemps. J'espère que sa compagne arrivera à temps.

— Tu as failli le faire mourir, Ranokol, lança Joharran avec colère. Cette femme n'est pas Zelandoni mais elle sait soigner. C'est toi qui fais plus de mal que de bien à ton frère. Qui sait s'il se réveillera pour dire ses derniers mots à Relona !

— Personne ne peut plus lui faire ni bien ni mal, dit Ayla. Il n'y a aucun espoir, il peut mourir d'un moment à l'autre. Ne reproche pas à un homme de pleurer son frère. (Elle commença à se lever.) Je vais préparer une infusion pour apaiser tout le monde.

— Je m'en occupe. Dis-moi ce qu'il faut faire.

Ayla tourna la tête vers la voix, découvrit Thefona et sourit.

— Mets de l'eau à chauffer.

Elle ramena son attention sur Shevonar, à qui chaque inspiration demandait un effort. Elle voulut le changer de position mais, quand elle essaya de le faire bouger, il geignit. Elle secoua la tête puis chercha dans son sac de quoi préparer une tisane. De la camomille, peut-être, avec des fleurs de tilleul séchées ou de la racine de réglisse pour l'adoucir.

Le long après-midi s'écoulait. Des Zelandonii allaient et venaient mais Ayla ne les remarquait pas. Shevonar reprit plusieurs fois conscience, réclama sa compagne, retomba dans un sommeil agité. Sous une peau presque noire, son estomac était distendu et dur. Ayla était certaine qu'il s'accrochait à la vie uniquement pour voir Relona une dernière fois.

Plus tard, elle prit son outre pour boire un peu d'eau, s'aperçut qu'elle était vide, la reposa et oublia sa soif. Portula, qui était venue prendre des nouvelles, remarqua le geste. Elle alla au bassin remplir son outre et revint avec de l'eau fraîche. Encore gênée du rôle qu'elle avait joué dans la farce de Marona, elle proposa timidement :

— Tu veux boire ?

Ayla leva les yeux, surprise de la voir.

— Merci, dit-elle en tendant sa coupe. J'avais un peu soif.

Portula demeura un moment silencieuse, mal à l'aise, et finit par bredouiller :

— Je... je te fais mes excuses. Je regrette d'avoir laissé Marona m'entraîner dans cette plaisanterie. C'était cruel. Je ne sais pas quoi dire...

— Il n'y a rien à dire, tu ne crois pas ? Et j'ai maintenant une tenue de chasse chaude et confortable. Quoique je doute que cela ait été dans l'intention de Marona, je la porterai, alors oublions cette histoire.

— Je peux faire quelque chose pour Shevonar ?

— Personne ne peut faire quoi que ce soit pour lui. Je suis étonnée qu'il soit encore en vie. Il réclame sa compagne quand il se réveille, Joharran lui répond qu'elle est en route. Je crois qu'il lutte pour elle. Si seulement je pouvais en faire davantage pour lui rendre ce moment moins pénible ! Mais la plupart des remèdes qui allègent la douleur doivent être avalés. Je lui ai donné une peau imbibée d'eau pour s'humecter la bouche : avec sa blessure, son état s'aggraverait s'il buvait.

Joharran se tenait devant l'abri et regardait vers le sud — la direction que Jondalar avait prise. Le soleil déclinait à l'ouest, la nuit allait bientôt tomber. Il avait envoyé d'autres Zelandonii chercher du bois pour allumer un grand feu qui guiderait son frère quand il ramènerait Relona. Ils apportaient même des branches prélevées sur l'enceinte. La dernière fois que Shevonar s'était réveillé, il avait le regard vitreux, et le chef de la Neuvième Caverne savait que la mort était proche.

Le chasseur avait mené une lutte si courageuse pour s'agripper à un mince fil de vie que Joharran espérait que sa compagne arriverait avant qu'il perde la bataille. Enfin, il distingua un mouvement, quelque chose au loin. Il se précipita, constata avec soulagement qu'il s'agissait d'un cheval. Il courut à la rencontre de Jondalar et de Relona, conduisit la femme éplorée à l'abri où son compagnon agonisait.

La voyant approcher, Ayla pressa doucement le bras du blessé.

— Shevonar ! Shevonar ! Voilà Relona. (Elle lui pressa le bras, il ouvrit les yeux, la regarda.) Elle est là. Relona est là.

Shevonar referma les yeux, secoua légèrement la tête pour se sortir de sa torpeur.

— Shevonar, c'est moi. Je suis venue aussi vite que j'ai pu. Parle-moi. Je t'en prie, parle-moi.

La voix de Relona mourut dans un sanglot. Le blessé ouvrit les yeux, lutta pour discerner les traits du visage penché vers lui.

— Relona... fit-il dans un murmure à peine perceptible.

Il ébaucha un sourire, aussitôt effacé par une expression de souffrance. Voyant les yeux de sa compagne s'emplir de larmes, il réussit à articuler : « Ne pleure pas », puis il referma les yeux.

Relona tourna un regard implorant vers Ayla, qui secoua la tête. Prise de panique, Relona regarda autour d'elle, cherchant désespérément quelqu'un qui lui donnerait une autre réponse, mais personne ne soutenait son regard. Elle baissa les yeux vers son compagnon, vit du sang au coin de ses lèvres.

— Shevonar ! s'écria-t-elle en lui saisissant la main.

— Relona... voulu te voir encore une fois, hoqueta-t-il, rouvrant les yeux. Te dire adieu avant de passer... dans le Monde des Esprits. Si Doni le veut... je te reverrai là-bas.

Il ferma les yeux et on entendit un faible grincement quand il tenta d'inspirer. Une plainte sourde s'éleva et, malgré ses efforts pour la retenir, elle s'accentua. Il s'arrêta, lutta pour prendre une inspiration. Ayla crut entendre un craquement étouffé à l'intérieur du corps de Shevonar et il poussa soudain un cri d'agonie. Lorsque le craquement cessa, il ne respirait plus.

— Non, non. Shevonar, Shevonar ! cria Relona.

Secouée de sanglots, elle posa la tête sur la poitrine de son compagnon. Ranokol se tenait à côté d'elle, les joues ruisselantes de larmes, l'air hébété, perdu.

Soudain, un hurlement sinistre et proche les fit tous sursauter. Les regards se tournèrent vers Loup. La tête renversée en arrière, il poussait un cri de loup à leur glacer le sang.

— Qu'est-ce qu'il fait ? balbutia Ranokol.

— Il pleure ton frère, répondit la voix familière de Zelandoni. Comme nous.

Tous furent soulagés de la voir. Elle était arrivée en même temps que Relona et quelques autres mais était restée en arrière quand la compagne de Shevonar s'était précipitée vers l'abri. Les sanglots de Relona se changèrent en une plainte, une mélopée funèbre. Zelandoni joignit ses lamentations à celles de Relona, d'autres l'imitèrent, et Loup se remit à hurler. Ranokol se jeta en travers de l'homme étendu sur les fourrures. L'instant d'après, il s'agrippa à Relona et tous deux, oscillant ensemble, laissèrent éclater leur chagrin dans leurs cris.

Ayla savait que c'était bon pour eux. Pour atténuer sa souffrance et sa colère, Ranokol devait laisser sa peine s'exprimer, et Relona l'avait aidé. Quand Loup hurla de nouveau, Ayla se joignit à lui avec un cri si bien imité que beaucoup crurent d'abord que c'était un autre loup.

Au bout d'un moment, la doniate prit Relona par le bras et la conduisit à une fourrure qu'on avait étendue près du feu. Joharran aida le frère du mort à s'asseoir de l'autre côté du foyer. Relona se balançait d'avant en arrière en gémissant, indifférente à tout ce qui l'entourait ; Ranokol regardait fixement les flammes.

Le Zelandoni de la Troisième Caverne s'entretint à mi-voix avec la Zelandoni de la Neuvième et revint peu après, une coupe fumante dans chaque main. La doniate de la Caverne de Jondalar en prit une, la tendit à Relona, qui la but machinalement, comme si elle ne savait pas ce qu'elle faisait ou ne s'en souciait pas. Le Zelandoni de la Troisième présenta l'autre coupe à Ranokol, qui la refusa puis, sur son insistance, finit par l'avaler. Le frère et la compagne du défunt ne tardèrent pas à s'endormir sur les fourrures, près du feu.

— Je suis content de les voir apaisés, dit Joharran.

— Ils avaient besoin de pleurer, souligna Ayla.

— Maintenant, ils ont besoin de repos, fit Zelandoni. Et toi aussi.

— Mange d'abord quelque chose, recommanda Proleva, venue elle aussi avec Relona. Nous avons fait rôtir de la viande de bison, et la Troisième Caverne a apporté de la nourriture.

— Je n'ai pas faim, répondit Ayla.

— Tu dois être épuisée, dit Joharran. Tu n'as quasiment pas quitté Shevonar.

— J'aurais voulu pouvoir faire plus. Je n'ai rien trouvé pour l'aider, soupira-t-elle en secouant la tête d'un air abattu.

— Mais si, tu l'as aidé, assura le vieil homme qui était le Zelandoni de la Troisième Caverne. Tu as calmé sa douleur. Nul n'aurait pu faire davantage, et il ne se serait pas accroché à la vie sans ton aide. Moi, je n'aurais pas eu l'idée de lui fabriquer un emplâtre. Pour des coups, des bleus, oui, mais pour une blessure intérieure ? Je n'y aurais sans doute pas pensé. Cela l'a soulagé, pourtant.

La Zelandoni de la Neuvième Caverne était du même avis :

— Oui, c'était une façon intelligente de le soigner. Tu avais déjà essayé ?

— Non. Et je n'étais pas sûre que cela marcherait, mais il fallait tenter quelque chose.

— Tu as eu raison, dit la doniate. Maintenant tu dois manger quelque chose et te reposer.

— Manger, non, mais je crois que je vais m'étendre un peu. Où est Jondalar ?

— Il est allé chercher du bois avec Rushemar, Solaban et quelques autres, munis de torches, dit Joharran. Il voulait être sûr d'en avoir assez pour la nuit, mais il n'y a pas beaucoup d'arbres dans cette vallée. Ils devraient rentrer bientôt, Jondalar a étendu vos fourrures là-bas dans le coin.

Ayla s'allongea en pensant se reposer un moment avant le retour de son compagnon mais sombra dans le sommeil dès qu'elle ferma les yeux. Lorsque les hommes chargés de la corvée de bois revinrent, tout le monde dormait ou presque. Ils entassèrent les branches près du feu puis se couchèrent à leur tour. Jondalar remarqua le bol de bois qu'Ayla emportait souvent avec elle et qu'elle utilisait pour chauffer de petites quantités d'eau avec des pierres brûlantes. Elle avait aussi fabriqué une sorte de trépied avec des andouillers pour suspendre une outre au-dessus des flammes. La vessie de cerf suintait un peu, ce qui l'empêchait de prendre feu.

Joharran arrêta son frère pour lui parler un instant.

— Je désire en savoir plus sur ces lance-sagaies. J'ai vu s'effondrer le bison que tu avais pris pour cible, et tu étais pourtant plus loin que la plupart des chasseurs. Si nous avions tous eu cette arme, nous n'aurions pas dû nous approcher autant du troupeau, et Shevonar n'aurait peut-être pas été piétiné.

— Je suis prêt à montrer comment s'en servir à tous ceux qui le veulent, tu le sais. Mais il faut de l'entraînement.

— Combien de temps cela t'a pris ? Pas pour devenir aussi adroit que tu l'es maintenant. Simplement pour pouvoir commencer à chasser avec.

— Voilà quelques années que nous utilisons les lance-sagaies mais, à la fin du premier été, nous nous en servions déjà pour la chasse. Ce n'est toutefois que pendant le retour que nous avons appris à chasser à cheval.

— J'ai encore des difficultés à m'habituer à l'idée d'attendre d'un animal autre chose que sa viande ou sa fourrure. Je n'aurais pas cru cela possible si je ne l'avais vu de mes propres yeux. Mais c'est sur le lance-sagaie que je veux en découvrir davantage. Nous en parlerons demain.

Une fois que les deux frères se furent souhaité bonne nuit, Jondalar s'approcha de l'endroit où Ayla était endormie. Il la regarda respirer paisiblement à la lueur du feu et se glissa auprès d'elle. Il était désolé de la mort de Shevonar, non seulement parce qu'il appartenait à la Neuvième Caverne, mais aussi parce qu'il savait combien Ayla était bouleversée quand elle n'arrivait pas à sauver quelqu'un. Elle était guérisseuse, mais il existait des blessures que nul ne pouvait guérir.

Zelandoni s'était affairée toute la matinée pour préparer la dépouille de Shevonar avant qu'on le ramène à la Neuvième

Caverne. Se trouver près d'un homme dont l'esprit venait de quitter le corps perturbait la plupart des Zelandonii, et son enterrement comporterait plus que le rite habituel. Une mort survenant à la chasse était considérée comme une grande malchance. Si le chasseur était seul, la malchance était évidente, le malheur accompli, mais le Zelandoni se livrait quand même à un rite de purification pour écarter toute conséquence. Si deux ou trois hommes partaient ensemble et qu'un seul mourait, c'était encore une affaire personnelle, et on célébrait une cérémonie avec les rescapés et les membres de la famille. Mais quand, pendant une chasse, un décès impliquait toute la communauté, c'était grave. Il fallait agir au niveau de la communauté.

La Première parmi Ceux Qui Servaient la Mère réfléchissait à ce qui serait requis : peut-être interdire toute chasse au bison pendant le reste de la saison pour conjurer le mauvais sort. Ayla la découvrit buvant une infusion près du feu, assise sur une pile de coussins rembourrés, apportés avec les perches à tirer de Whinney. Elle s'asseyait rarement sur des sièges bas car elle avait de plus en plus de mal à se relever à mesure qu'elle devenait plus lourde.

— Zelandoni, puis-je te parler ? demanda Ayla en s'approchant.

— Oui, bien sûr.

— Si tu es occupée, je peux attendre. J'ai juste une question à te poser.

— J'ai un peu de temps maintenant. Sers-toi une tisane et assieds-toi près de moi.

— Je voudrais savoir si tu connais des choses que j'aurais pu faire pour Shevonar. Est-ce qu'on peut guérir les blessures internes ? Quand je vivais avec le Clan, un homme avait été blessé accidentellement avec un couteau. La lame s'était brisée, un morceau était resté dans le corps. Iza l'avait ouvert pour le retirer, mais je ne crois pas qu'on aurait pu ouvrir le corps de Shevonar et soigner ses blessures.

Zelandoni fut touchée par la détresse de l'étrangère, qui se reprochait d'avoir trop peu fait pour Shevonar. C'était le genre de sentiment qu'éprouvait une bonne servante de la Mère.

— On ne peut pas tenter grand-chose pour aider quelqu'un qui a été piétiné par un bison adulte. On peut percer certains gonflements pour les vider ; on peut extirper des éclats, des esquilles ou même un morceau de lame comme la femme de ton Clan. Elle a fait preuve de courage : il est toujours dangereux d'ouvrir le corps. On lui inflige une blessure qui est souvent plus grande que celle qu'on essaie de soigner. J'ai ouvert quelquefois, mais uniquement quand j'étais sûre que cela aiderait et qu'il n'y avait pas d'autre moyen.

— Je comprends. C'est ce que je pense moi-même.

— Il faut aussi savoir comment est fait l'intérieur d'un corps humain. Il y a de nombreuses ressemblances avec celui d'un animal, et j'ai souvent dépecé des bêtes avec grand soin pour étudier leurs entrailles. On voit les tuyaux qui partent du cœur et irriguent de sang le corps, les nerfs qui font bouger les muscles. Il existe des choses très semblables chez tous les animaux mais aussi des différences : l'estomac d'un aurochs n'est pas le même que celui d'un cheval, par exemple. C'est intéressant et utile à savoir.

— C'est vrai, je l'ai constaté aussi, dit Ayla. J'ai chassé, j'ai dépecé beaucoup d'animaux, cela aide en effet à comprendre le corps humain. Je suis sûre que les... je ne connais pas le nom en zelandonii, les os de la poitrine de Shevonar...

— Ses côtes.

— Que ses côtes étaient cassées et que des éclats avaient perforé ses... sacs à respirer.

— Ses poumons.

— Ses poumons, et aussi... d'autres organes. En mamutoï, nous disons « foie » et « rate ». Ils saignent abondamment quand ils sont touchés. Tu vois de quoi je parle ?

— Oui, je vois, répondit la Première.

— Le sang n'avait nulle part où aller, c'est pour cette raison que le corps de Shevonar est devenu noir et dur, je pense. Il s'est rempli jusqu'à ce que cela explose.

— Je l'ai examiné et je suis de ton avis. Je crois qu'une partie des intestins a éclaté.

— Les longs tuyaux qui débouchent hors du corps, ce sont les intestins ?

— Oui.

— Ils étaient touchés, mais c'est le sang écoulé à l'intérieur qui l'a tué.

— Oui. Le petit os du bas de sa jambe gauche était brisé, et son poignet droit aussi, mais ces blessures n'auraient pas été fatales, bien sûr.

— Elles ne m'inquiétaient pas. Je me demandais juste si tu ne connaissais pas des choses que j'aurais pu tenter pour lui, dit Ayla, les traits tendus par l'angoisse.

— Cela te tourmente de n'avoir pas pu le sauver ?

Ayla acquiesça, baissa la tête.

— Tu as fait tout ce que tu pouvais, assura Zelandoni. Nous passerons tous un jour dans le Monde des Esprits. Quand Doni nous appelle, jeunes ou vieux, nous n'avons pas le choix. Même une Zelandoni n'a pas assez de pouvoirs pour l'empêcher ou savoir quand cela arrivera. C'est un secret que Doni ne partage avec personne. Elle a permis à l'Esprit du Bison de prendre Shevonar en échange de la bête que nous avons abattue. C'est un sacrifice qu'Elle demande parfois. Peut-être a-t-Elle jugé nécessaire de nous rappeler que Ses Dons ne vont pas de soi. Nous tuons Ses créatures pour vivre, mais nous devons apprécier le Don qu'Elle nous accorde quand nous prenons la vie de Ses animaux. La Grande Terre Mère n'est pas toujours douce. Parfois, Ses leçons sont cruelles.

— Cruelles mais précieuses.

Zelandoni ne répondit pas. Les gens parlaient souvent pour combler le vide quand elle gardait le silence, et un silence lui en apprenait quelquefois plus qu'une question. Au bout d'un moment, Ayla reprit :

— Je me souviens du jour où Creb m'a annoncé que l'Esprit du Lion des Cavernes m'avait choisie. « C'est un totem puissant, qui te garantira une forte protection, mais, avant de te donner quoi que ce soit, il t'éprouvera d'abord pour être sûr que tu en es digne », m'a-t-il expliqué. Il a ajouté que le Lion des Cavernes ne m'aurait pas choisie si je n'en étais pas digne. Peut-être voulait-il dire si je n'étais pas capable de le supporter.

La doniate fut étonnée par le degré de compréhension que les commentaires d'Ayla révélaient. Ce peuple qu'elle appelait le Clan était-il vraiment capable d'une telle perspicacité ? Il aurait suffi de remplacer « Esprit du Lion des Cavernes » par « Grande Terre Mère » pour que la phrase pût sortir de la bouche d'un Zelandonii.

La doniate finit par déclarer :

— On ne pouvait plus rien pour Shevonar, à part calmer sa douleur, et cela, tu l'as fait. C'est curieux, cette utilisation d'un emplâtre. La tiens-tu de cette femme du Clan ?

— Non, je ne l'avais jamais fait. Mais il souffrait tellement, et je savais qu'avec ses blessures je ne pouvais rien lui donner à boire. J'ai pensé à de la fumée. Il m'est arrivé de brûler de la molène pour obtenir une fumée qui soulage certaines toux, et je connais d'autres plantes qu'on utilise dans les étuves, mais je craignais de faire tousser Shevonar. Comme il avait les poumons perforés, il valait mieux l'éviter. Ensuite j'ai remarqué les bleus — enfin, c'était plus que des bleus, je crois. Au bout d'un moment, ils sont devenus presque noirs, et je sais que certaines plantes atténuent ce genre de douleur quand on les applique sur la peau. J'en avais remarqué en venant de l'enceinte, je suis retournée en chercher. J'ai l'impression qu'elles l'ont un peu aidé.

— Je crois que oui. J'essaierai moi-même un jour. Tu sembles avoir un sens inné de ce qu'il faut faire pour guérir, Ayla. Et je vois que tu te sens coupable. Toutes les bonnes guérisseuses que je connais s'adressent toujours des reproches quand quelqu'un meurt. Mais il n'y avait rien d'autre à faire. La Mère avait décidé de le reprendre, et nul ne peut aller contre Sa volonté.

— Tu as raison, Zelandoni. Je savais que c'était sans espoir, mais j'ai quand même voulu te poser la question. Tu as beaucoup d'occupations, je ne vais pas t'accaparer plus longtemps, dit la jeune femme en se levant. Merci de m'avoir répondu.

La doniate la regarda s'éloigner puis la rappela :

— Ayla, pourrais-tu faire quelque chose pour moi ?

— Naturellement.

— Quand nous serons rentrées à la Neuvième Caverne, tu iras chercher de l'ocre rouge. Il y a un talus près de la rive, non loin du gros rocher. Tu sais où ?

— Oui, j'ai vu l'ocre en allant nager avec Jondalar. Elle est d'un rouge très vif. J'irai en chercher pour toi.

— Je t'expliquerai comment purifier tes mains et je te donnerai un panier spécial quand nous serons de retour, promit Zelandoni.

14

Ce fut un groupe sombre qui reprit le chemin de la Neuvième Caverne le lendemain. La chasse avait été exceptionnellement bonne, mais le prix à payer trop élevé. En arrivant, Joharran remit le corps de Shevonar aux Zelandonia afin qu'ils le préparent pour l'enterrement. On le porta au bout de la terrasse, près du pont d'En-Aval, où Zelandoni, Relona et quelques autres procéderaient à la toilette rituelle avant de le revêtir de sa tenue de cérémonie.

— Ayla, appela la doniate en se dirigeant vers l'habitation de Marthona, nous allons avoir besoin de cette ocre rouge que je t'ai demandée.

— J'y vais tout de suite.

— Viens, que je te donne le panier et quelque chose pour creuser.

Zelandoni la conduisit à sa demeure, écarta le rideau pour qu'elle pût entrer. Ayla, qui n'avait jamais pénétré chez la doniate, regarda autour d'elle avec intérêt. Quelque chose dans ce lieu lui rappelait un peu le foyer d'Iza, peut-être les nombreuses feuilles et plantes qui séchaient sur des cordes tendues au fond de la pièce principale. Bien qu'il y eût plusieurs couches surélevées contre les panneaux, Ayla était sûre que ce n'était pas là que la femme obèse dormait. Des cloisons délimitaient deux autres pièces. Elle jeta un coup d'œil par une ouverture, reconnut une pièce à cuire. L'autre devait être une pièce à dormir.

— Voici le panier et l'instrument, dit Zelandoni en lui tendant un récipient rougi par la terre et une sorte d'herminette avec un manche en bois de cerf.

Lorsque Ayla ressortit de l'habitation, la doniate l'accompagna jusqu'à l'extrémité sud de l'abri. Loup y avait trouvé un endroit où il aimait se reposer, près de l'entrée, un coin à l'écart d'où il pouvait surveiller les allées et venues. Il vit Ayla, s'élança aussitôt vers elle. Zelandoni s'arrêta.

— Il vaudrait mieux que tu tiennes Loup éloigné de Shevonar, conseilla-t-elle. Pour son propre bien. Jusqu'à ce que son corps soit enterré en terre sacrée, son esprit erre autour de lui, très perturbé.

Je sais comment protéger les gens, mais j'ignore comment défendre un loup, et je crains que la force de vie de Shevonar ne tente d'habiter cet animal. J'ai vu des loups devenir fous, l'écume aux babines. Je pense qu'ils essayaient de chasser quelque chose, peut-être un Esprit mauvais ou égaré. La morsure d'un tel animal tue comme un poison mortel.

— Je demanderai à Folara de le garder quand je t'apporterai l'ocre rouge.

Loup suivit Ayla sur le sentier qui menait à l'endroit où Jondalar et elle s'étaient lavés peu de temps après leur arrivée. Elle remplit le panier presque à ras bord, repartit. Avisant Folara qui parlait à sa mère, elle lui fit part de la requête de Zelandoni. Ravie, la jeune fille sourit. Marthona venait juste de lui demander de venir avec elle apprêter le corps. Folara n'y tenait pas trop et elle savait que sa mère ne s'opposerait pas à la demande d'Ayla.

— Il vaut peut-être mieux le garder chez Marthona, suggéra la compagne de Jondalar. Si tu veux sortir, j'ai une corde spéciale qu'on peut lui passer autour du cou sans l'étrangler. Il n'aime pas beaucoup ça mais il se laissera faire. Je te montrerai comment la lui mettre.

Ayla apporta l'ocre rouge à la Première, resta pour l'aider à laver et à habiller le corps. La mère de Jondalar les rejoignit — elle avait souvent procédé aux toilettes mortuaires — et leur apprit que Folara avait invité plusieurs jeunes gens et que Loup semblait enchanté de la compagnie.

Ayla, intriguée par le vêtement qu'elles enfilèrent au chasseur mort, s'abstint cependant de manifester sa curiosité. C'était une tunique ample et souple, cousue à partir de la fourrure de divers animaux, de peaux tannées et colorées ; l'ensemble formait des motifs complexes, ornés de perles, de coquillages et de franges. Blousante, la tunique était serrée aux hanches par une ceinture de fibres tressées, aux couleurs vives. Moins raffinées, les jambières étaient assorties à la tunique, comme les chausses montant à mi-mollet et bordées de fourrure. On lui avait passé autour du cou des colliers de coquillages, de perles, de dents d'animaux et de morceaux d'ivoire sculpté.

Le corps fut ensuite posé sur une grande natte d'herbe tressée, aux dessins colorés à l'ocre rouge, elle-même placée sur des blocs de calcaire. A chaque extrémité pendaient de longues cordes sur lesquelles on tirerait pour que la natte enveloppe le corps, expliqua Marthona à Ayla. On enroulerait ensuite les cordes autour du mort et on les nouerait. Sous la natte, un filet en corde de lin serait accroché à un poteau, comme un hamac, pour porter le mort au-dessus d'une fosse creusée en terre sacrée.

De son vivant, Shevonar fabriquait des sagaies, et les femmes avaient disposé ses outils autour de lui, avec quelques sagaies terminées, et les morceaux de celles sur lesquelles il travaillait avant sa mort : hampes de bois, pointes de silex et d'ivoire. On utilisait des filaments de nerf et de la corde pour fixer la pointe à la hampe ou assembler deux morceaux de bois afin d'obtenir une lance plus longue, consolidée par de la poix ou de la résine.

Relona avait apporté tous ces objets, et elle sanglota en plaçant le redresseur de sagaie que préférait Shevonar à portée de la main droite de son compagnon. Le redresseur de sagaie était en bois de cerf, fabriqué avec la base des andouillers. Après les avoir coupés, on avait percé un trou de bonne dimension dans le socle les rattachant à la tête. Ayla remarqua qu'il ressemblait à celui que Jondalar avait rapporté et qui avait appartenu à son frère, Thonolan.

Des représentations d'animaux stylisés, notamment un mouton des montagnes aux grandes cornes, et divers symboles étaient gravés dans le bois de l'instrument. Ils lui donnaient de la puissance, afin que les lances redressées volent droit et soient attirées par la bête visée. Ils ajoutaient aussi une touche esthétique appréciable.

Pendant qu'on préparait la dépouille de Shevonar sous la gouverne de Zelandoni, Joharran dirigeait un autre groupe, chargé de construire un abri temporaire, simple toit en chaume soutenu par des poteaux. Quand le corps fut prêt, on plaça l'abri au-dessus et on l'entoura de panneaux, puis les Zelandonia y pénétrèrent pour célébrer le rite qui garderait près du corps et à l'intérieur de l'abri l'esprit à la dérive.

Lorsqu'ils eurent terminé, tous ceux qui avaient touché le corps, ou simplement travaillé près de l'homme que sa force de vie avait quitté, durent procéder aux ablutions rituelles. Une eau courante était recommandée pour ce genre de purification, et ils prirent tous le chemin de la Rivière pour s'y immerger complètement. Les Zelandonia invoquèrent la Grande Mère, les femmes partirent vers l'amont, les hommes vers l'aval. Toutes les femmes se dévêtirent mais plusieurs hommes plongèrent dans l'eau sans se déshabiller.

Jondalar, qui avait participé à la construction de l'abri funéraire, alla lui aussi se purifier à la Rivière puis regagna la Caverne avec Ayla. Proleva leur avait préparé un repas. Marthona s'attabla avec le jeune couple, et Zelandoni les rejoignit après avoir confié la veuve affligée à sa famille. Willamar s'assit également avec eux. Se trouvant en compagnie de gens avec qui elle se sentait à l'aise, Ayla en profita pour poser des questions sur la tunique dont on avait revêtu le corps de Shevonar.

— Est-ce qu'on met ce genre d'habit à tous ceux qui meurent ? La tunique de Shevonar a dû demander beaucoup de travail.

— La plupart des gens tiennent à porter leurs plus beaux vêtements dans les grandes occasions ou lorsqu'ils rencontrent quelqu'un pour la première fois, expliqua Marthona. C'est à cela que sert leur tenue de cérémonie. Ils veulent être reconnus et faire bonne impression. Comme ils ne savent pas à quoi ils doivent s'attendre dans le Monde d'Après, ils essaient de paraître à leur avantage.

— J'ignorais que les vêtements passaient eux aussi dans le Monde d'Après, dit Ayla. C'est l'esprit qui y va. Le corps reste ici, non ?

— Le corps retourne dans les entrailles de la Grande Terre Mère, répondit Zelandoni. L'esprit, la force de vie, retourne à l'Esprit de la Mère dans le Monde d'Après, mais tout a une forme d'Esprit dans notre monde : les rochers, les arbres, la nourriture que nous mangeons, et même les vêtements que nous portons. La force de vie ne veut pas partir nue ou les mains vides. C'est pourquoi nous avons revêtu Shevonar de sa tenue de cérémonie et placé autour de lui ses outils et ses lances, pour qu'il les emporte. Nous lui donnerons aussi de la nourriture.

Ayla acquiesça, piqua un gros morceau de viande, saisit l'une des extrémités entre ses dents et, tenant l'autre, détacha avec son couteau ce qu'elle avait dans la bouche puis reposa le reste sur l'omoplate qui lui servait d'assiette. Elle mastiqua un moment d'un air songeur avant d'avaler.

— Les vêtements de Shevonar sont magnifiques. Toutes ces petites pièces cousues ensemble pour former un motif... fit-elle, admirative. Ces animaux, ces dessins : on dirait presque qu'ils racontent une histoire.

— D'une certaine façon, oui, dit Willamar. Tout dans cette tenue signifie quelque chose. Il faut qu'elle ait l'elandon du mort, celui de sa compagne, et l'abelan zelandonii, naturellement.

— Je ne comprends pas ces mots. Qu'est-ce qu'un elandon ? Qu'est-ce qu'un abelan zelandonii ?

Les autres parurent étonnés : ces mots étaient d'un usage fréquent, et Ayla parlait si bien leur langue qu'il était difficile de croire qu'elle ne les connaissait pas.

— Ils ne sont jamais venus dans la conversation, expliqua Jondalar, embarrassé. Quand tu m'as trouvé, Ayla, je portais des vêtements sharamudoï, qui ne donnent pas les mêmes indications que les nôtres. Les Mamutoï ont quelque chose de semblable. Un abelan zelandonii est un... euh... c'est comme les tatouages sur le front de Zelandoni ou de Marthona.

Ayla savait que les Zelandonia et les chefs portaient des tatouages complexes, avec des carrés et des rectangles de diverses couleurs, parfois enrichis par des traits et des volutes supplémentaires, mais elle n'avait jamais entendu le nom qui les désignait.

— Je peux t'expliquer le sens de ces mots, proposa la doniate.

Jondalar eut l'air soulagé.

— Il faut commencer par elan, reprit-elle. Tu connais ce mot ?

— Je t'ai entendue l'utiliser aujourd'hui. Il signifie quelque chose comme « esprit », « force de vie ».

— Mais Jondalar ne te l'avait pas appris ?

— Il disait toujours « esprit ». On ne doit pas ?

— Si. Mais nous avons probablement tendance à utiliser de préférence le mot « elan » quand il y a une mort, ou une naissance, parce que la mort est l'absence ou la fin de l'élan, et que la naissance en est le début.

« Quand un enfant naît, quand une nouvelle vie arrive dans ce monde, il est plein de cet elan, de cette force, poursuivit la Première. Au moment de lui donner un nom, le Zelandoni crée une marque qui est le symbole de cet esprit, de ce nouvel être, et il la peint ou la grave sur un objet : rocher, os, morceau de bois. Cette marque s'appelle « abelan ». Chaque abelan est différent et sert à désigner un individu particulier. Cela peut être un dessin avec des traits ou des points, ou la forme simplifiée d'un animal. Ce qui vient à l'esprit du Zelandoni lorsqu'il médite sur le nouveau-né.

— C'est ce que faisait aussi Creb, le Mog-ur : il méditait pour savoir quel serait le totem de l'enfant ! s'exclama Ayla.

Elle avait l'air étonnée et n'était pas la seule.

— Tu veux parler de cet homme qui était le... Zelandoni de ton clan ? demanda la doniate.

— Oui !

— Il faudra que je réfléchisse à cette coïncidence, dit l'obèse, plus stupéfaite qu'elle ne le laissait paraître. Bref, le Zelandoni médite, décide de la marque. L'objet symbole qui la porte s'appelle « elandon ». Le Zelandoni le confie à la mère, qui doit le garder dans un endroit sûr jusqu'à ce que l'enfant soit devenu grand. Lorsqu'ils accèdent à l'état adulte, la mère remet leurs elandon à ses enfants, cela fait partie de la cérémonie d'initiation.

« Mais l'elandon est plus qu'un simple objet sur lequel on a peint ou gravé un dessin. Il renferme l'elan, la force de vie, l'esprit, l'essence de chaque membre de la Caverne, comme une donii peut avoir en elle l'Esprit de la Mère. L'elandon a plus de pouvoir que n'importe quel autre objet personnel, mais, s'il tombe en de mauvaises mains, il peut être utilisé pour attirer le malheur et de terribles afflictions sur une personne. C'est pourquoi la mère garde les elandon de ses enfants dans une cachette connue d'elle seule, de sa mère, ou de son compagnon.

Ayla prit soudain conscience qu'elle serait responsable de l'elandon de l'enfant qu'elle portait.

Zelandoni poursuivit en expliquant que le nouvel adulte à qui l'on remettait son elandon le dissimulait à son tour dans un endroit connu de lui seul, quelquefois très loin de l'abri. Il choisissait ensuite comme substitut un objet sans danger, une simple pierre par exemple, et le donnait au Zelandoni, qui le plaçait en général dans la fissure d'une paroi, à l'intérieur d'un lieu sacré, une grotte, souvent, en offrande à la Grande Mère. Si l'objet offert pouvait sembler sans valeur, sa signification était importante. Doni pouvait remonter du substitut à l'objet symbole originel, et de là à la personne à qui il appartenait, sans que quiconque, pas même un Zelandoni, sût où l'elandon était caché.

Marthona ajouta avec tact que les Zelandonia dans leur ensemble étaient hautement respectés et considérés comme dignes de confiance.

— Mais ils sont très puissants. Pour beaucoup de gens, ce respect ne va pas sans une certaine crainte, et les Zelandonia ne sont que des êtres humains. Quelques-uns d'entre eux ont fait mauvais usage de leur savoir et de leurs capacités, et certaines personnes craignent que, à l'occasion, l'un d'eux ne soit tenté d'utiliser un objet puissant comme l'elandon contre quelqu'un qu'il déteste ou qui lui aurait causé du tort. Je ne connais pas de cas où ce soit arrivé, mais les gens aiment raconter des histoires.

« En touchant à l'objet symbole d'une personne, on peut lui envoyer la maladie ou même la mort. Laisse-moi te raconter une Légende Ancienne. Jadis, certaines familles avaient pour habitude de mettre leurs elandon au même endroit. Parfois, des Cavernes entières les cachaient en un même lieu.

« Il y en avait une qui dissimulait tous ses elandon dans une petite grotte sur le flanc d'une colline, près de l'abri. L'endroit était tellement sacré que personne, pensait-on, n'oserait aller les toucher. Par un printemps très humide, une avalanche a détruit la grotte et tout ce qu'elle contenait. Les membres de la Caverne se sont adressé mutuellement des reproches et ont cessé de s'entraider. La vie est devenue très difficile, les gens se sont dispersés et la Caverne est morte. Voilà pourquoi chacun doit ranger son elandon dans un lieu à part, connu de lui seul.

— En revanche, on peut mettre les objets substituts ensemble, dit Zelandoni. La Mère les apprécie, Elle peut remonter jusqu'à la personne grâce à eux, mais ce ne sont pas les vrais elandon.

Ayla était enchantée par cette « légende ». Elle avait entendu parler des Légendes Anciennes mais elle ne s'était pas rendu compte qu'elles servaient à transmettre des renseignements importants. Elles lui rappelèrent certaines histoires que Dorv racontait au Clan de Brun, en hiver.

La doniate poursuivit ses explications :

— L'abelan est un symbole, une marque, un dessin auquel une force de vie est toujours associée. On l'utilise pour identifier ou caractériser une personne ou un groupe. L'abelan zelandonii nous identifie tous, c'est le plus important. Il est composé de carrés ou de rectangles, souvent avec des variations et des embellissements. Les couleurs et les matières utilisées peuvent être différentes, ainsi que le nombre de carrés, mais il doit comporter les formes fondamentales. Ceci est en partie un abelan zelandonii, dit-elle en montrant le tatouage de sa tempe.

Ayla remarqua les trois rangées de trois carrés.

— Ces carrés font savoir à qui les voit que j'appartiens au peuple des Zelandonii, continua la doniate. Leur nombre précise que je suis membre de la Neuvième Caverne. Le reste du tatouage signifie que je fais partie des Zelandonia, et que je suis considérée comme la Première parmi Ceux Qui Servent la Grande Terre Mère. Mon abelan personnel fait également partie du dessin. Tu remarqueras que le tatouage de Marthona est différent du mien, même si certains de ses détails sont identiques.

Ayla se tourna pour examiner le tatouage de l'ancien chef, et Marthona inclina la tête pour le montrer.

— Les neuf carrés y sont, observa la jeune femme, mais la marque se trouve sur l'autre tempe, et elle comporte d'autres traits, plus incurvés. En regardant de plus près, je vois maintenant qu'on dirait un cheval, de l'encolure à la croupe.

— Oui, confirma la mère de Jondalar. Le tatoueur était doué, il a su rendre l'essentiel de mon abelan. Bien que plus stylisé, pour s'accorder avec le reste du dessin, il est très proche de la marque de mon elandon : un cheval.

— Nos tatouages révèlent quelque chose sur chacun de nous, dit Zelandoni. Tu sais que je sers la Mère parce que le mien est à gauche ; tu sais que Marthona est ou a été Femme Qui Ordonne de sa Caverne parce que le sien est à droite ; tu sais que nous sommes toutes deux zelandonii grâce aux carrés, et que nous appartenons à la Neuvième Caverne.

— Je crois me souvenir que le tatouage de Manvelar comportait trois carrés, dit Ayla, mais je ne me rappelle pas en avoir compté quatorze sur le front de Brameval.

— Les Cavernes ne sont pas toujours identifiées par le nombre de carrés. Le tatouage de Brameval comprend quatorze points disposés selon une certaine forme.

— Tout le monde n'a pas de tatouage, remarqua Ayla. Willamar en a un petit au milieu du front, Jondalar n'en a pas du tout.

— Seuls Ceux Qui Ordonnent ont un tatouage sur le front, expliqua Jondalar. Zelandoni est un guide spirituel, ma mère a dirigé cette Caverne, Willamar est Maître du Troc. Comme c'est une position importante et qu'on le consulte souvent, il a le même statut.

— La plupart des gens préfèrent montrer qui ils sont avec leurs vêtements, comme Shevonar, mais certains portent des tatouages à d'autres endroits que le front : la joue, le menton ou même la main, reprit Marthona. Un endroit qui n'est pas recouvert par les vêtements. Il ne servirait pas à grand-chose d'avoir une marque d'identification là où personne ne peut la voir. Les autres tatouages indiquent souvent une chose pour laquelle quelqu'un veut être reconnu, mais c'est fréquemment un exploit personnel, pas un lien fondamental.

— Chez les Mamutoï, le Mamuti — l'équivalent du Zelandoni — a un tatouage sur la joue, mais au lieu de carrés, ce sont des chevrons, dit Ayla. On commence par dessiner un losange ou la moitié du losange : un triangle. Les Mamutoï aiment les triangles qui pointent vers le bas. Puis ils tracent une autre forme pointue sous la première. Quelquefois, ils les placent l'une à côté de l'autre pour faire des zigzags. Tous ces symboles ont un sens, eux aussi. Mamut commençait à me les apprendre l'hiver qui a précédé mon départ.

Zelandoni et Marthona échangèrent un regard et un discret hochement de tête. La doniate avait parlé à l'ancien chef des capacités d'Ayla et suggéré qu'on l'associe sous une forme ou une autre à la Zelandonia. Elles s'accordaient à penser que ce serait bénéfique pour la jeune femme comme pour tout le monde.

— Donc, la tunique de Shevonar porte sa marque, son abelan, ainsi que celui des Zelandonii, récita Ayla, comme si elle apprenait une leçon par cœur.

— Oui. Il sera reconnu par tous, y compris Doni. La Grande Terre Mère saura qu'il était l'un de Ses enfants et qu'il vivait dans la partie sud-ouest de cette région, dit Zelandoni. Mais cela ne représente qu'une partie des dessins de la tunique de cérémonie de Shevonar. Toute la tenue a un sens, y compris les colliers. Outre l'abelan zelandonii, les motifs comprennent les neuf carrés qui identifient sa Caverne et d'autres dessins qui définissent sa lignée. Il y a aussi la marque symbole de la femme à qui il s'est uni, les abelan des enfants nés dans son foyer. Son activité — fabriquer des sagaies — est représentée, ainsi naturellement que sa propre marque. Son abelan constitue l'élément le plus personnel et le plus fort de l'ensemble. Au total, cette tenue de cérémonie, qui lui sert maintenant de vêtement funéraire, était ce qu'on pourrait appeler une présentation visuelle de ses noms et liens.

— La tenue de Shevonar est particulièrement jolie, dit Marthona. Elle est l'œuvre d'un vieux dessinateur de motifs, disparu depuis lors. Il avait beaucoup de talent.

Ayla avait trouvé les vêtements des Zelandonii très intéressants, et certains magnifiques — en particulier ceux de Marthona — mais elle ne se doutait pas de la complexité des significations qui y étaient associées. Certains lui paraissaient surchargés. Elle avait appris à apprécier les formes pures et l'utilité des choses qu'elle fabriquait, comme sa mère du Clan. De temps à autre, elle modifiait le motif d'un panier qu'elle tressait, ou mettait en valeur le grain du bois d'un bol ou d'une coupe qu'elle sculptait et lissait avec du sable, mais elle n'ajoutait jamais d'ornements.

Elle commençait maintenant à comprendre que les vêtements et les bijoux des Zelandonii, de même que leurs tatouages faciaux, les caractérisaient. Les motifs de la tenue de Shevonar, quoique fort complexes, lui semblaient équilibrés et agréables à l'œil. Elle restait cependant étonnée d'entendre qu'ils avaient été créés par un vieillard.

— Les vêtements de Shevonar ont dû demander beaucoup de travail. Pourquoi un vieil homme y a-t-il consacré autant de son temps ? demanda-t-elle.

Jondalar sourit.

— Parce que c'était son activité de dessiner des tenues de cérémonie et des vêtements funéraires.

— Il n'a pas fabriqué la tenue de Shevonar, il a expliqué comment assembler les différents morceaux, précisa Marthona. On doit tenir compte de tellement d'aspects qu'il faut un talent particulier et un œil d'artiste pour y parvenir. Quant à la fabrication même, d'autres pouvaient s'en charger. Plusieurs personnes ont travaillé en collaboration avec lui pendant de nombreuses années, et ce groupe était très demandé. Maintenant, c'est l'une d'elles qui conçoit le vêtement, mais elle n'est pas encore aussi bonne.

— Pourquoi ce vieil homme a-t-il pris toute cette peine pour Shevonar ? voulut savoir Ayla.

— Il a troqué la tenue, répondit Jondalar.

Ayla plissa le front : elle ne comprenait pas.

— Je pensais que les gens faisaient du troc entre Camps ou entre Cavernes. J'ignorais qu'on troquait aussi entre membres d'une même Caverne.

— Pourquoi pas ? dit Willamar. Shevonar fabriquait des sagaies. Il était renommé pour leur qualité mais il aurait été incapable d'assembler lui-même les éléments qu'il désirait montrer sur sa tenue de cérémonie. Il a donc échangé vingt de ses plus belles lances contre cette tenue, qu'il appréciait hautement.

— C'est l'une des dernières de ce vieil homme, indiqua Marthona. Une fois que sa vue ne lui a plus permis d'exercer son art, il a troqué les lances de Shevonar, une par une, contre d'autres objets qu'il voulait acquérir, mais il a gardé la plus belle pour lui. Ses os sont maintenant enfouis en terre sacrée, et il a emporté cette lance dans le Monde des Esprits. Elle portait à la fois l'abelan de Shevonar et le sien.

Jondalar fournit l'explication :

— Quand il est content de son travail, l'homme qui a fabriqué une lance incorpore parfois dans le dessin qui y est gravé ou peint son abelan propre en plus de celui de la personne à qui elle est destinée.

Ayla avait appris pendant la chasse que les marques sur les lances permettaient de savoir qui avait tué un animal. Elle ignorait alors que cela s'appelait un abelan.

— Quel est ton abelan, Jondalar ?

— Il n'a rien de particulier, c'est un simple dessin. Je vais te montrer.

Il lissa la terre battue et, de son doigt, traça une ligne, puis une autre, d'abord parallèle à la première, mais la rejoignant ensuite pour former une pointe. Près de la pointe, un trait réunissait les deux lignes.

— J'ai toujours pensé que, le jour où je suis né, le Zelandoni n'a pas réussi à trouver autre chose, dit Jondalar, qui se tourna vers la Première et sourit. Ou alors c'est une queue d'hermine, blanche avec le bout noir. J'ai toujours aimé ces petites queues d'hermine. Tu crois que mon abelan pourrait être une hermine ?

— Tu as pour totem le Lion des Cavernes, comme moi. Ton abelan peut être tout ce que tu veux. Pourquoi pas une hermine ? Les hermines sont de petites bêtes féroces mais très jolies en hiver, toutes blanches excepté leurs yeux et le bout de leur queue. En fait, leur pelage brun d'été n'est pas laid non plus. Quel est l'abelan de Shevonar ?

— J'ai vu une de ses sagaies près de l'endroit où il repose. Je vais la chercher.

Jondalar alla prendre l'arme et montra à Ayla la marque symbole, représentation stylisée d'un mouflon, le mouton des montagnes aux grandes cornes incurvées.

— J'en aurai besoin pour faire une copie de son abelan, dit Zelandoni.

— Une copie ? Pourquoi ? s'enquit Ayla.

— Le symbole qui marquait ses lances, ses vêtements et autres biens personnels sera apposé sur son poteau tombal, répondit Jondalar.

Comme ils retournaient aux habitations, Ayla songea à leur discussion et en tira quelques conclusions. Bien que l'objet symbole, l'elandon, fût caché, la marque, l'abelan, qui figurait dessus, était connue non seulement de l'individu qu'il symbolisait mais de tous les autres. Cette marque possédait un certain pouvoir, en particulier pour celui à qui elle appartenait, mais pas pour ceux qui auraient voulu en faire mauvais usage. Elle était trop évidente. Le vrai pouvoir venait du caché, de l'ésotérique.

Le lendemain matin, Joharran frappa au panneau à l'entrée de la demeure de Marthona. Jondalar écarta le lourd rideau et fut surpris de voir son frère.

— Tu ne vas pas à la réunion, ce matin ?

— Si, répondit le chef de la Neuvième Caverne. Mais je voudrais d'abord vous parler, à Ayla et à toi.

— Alors entre.

Joharran s'avança, laissa le rideau retomber derrière lui. Marthona et Willamar sortirent de leur pièce et l'accueillirent chaleureusement. Ayla, qui faisait glisser les restes du petit déjeuner dans un bol destiné à son loup, leva la tête et sourit.

— Joharran veut nous parler, lui annonça Jondalar.

— Cela ne sera pas long, assura Joharran. J'ai réfléchi à ces instruments. Si d'autres avaient pu lancer leur sagaie d'aussi loin que toi, Jondalar, nous aurions peut-être pu arrêter le bison avant qu'il ne piétine Shevonar. C'est trop tard pour lui, mais je veux que le reste des chasseurs en profite. Accepteriez-vous de montrer à tous comment fabriquer un lance-sagaie et comment s'en servir ?

— Volontiers, acquiesça son frère. C'est d'ailleurs ce que je comptais faire.

Tous les habitants de la demeure de Marthona, Folara exceptée, accompagnèrent Joharran au lieu de réunion situé à l'extrémité sud du vaste abri. Un bon nombre de Zelandonii s'y trouvaient déjà. Des messagers avaient été envoyés aux Zelandonia des Cavernes qui avaient participé à la chasse pour les convier à venir discuter de la cérémonie funéraire. Outre le chef spirituel de la Neuvième Caverne, les doniates de la Quatorzième, de la Onzième, de la Troisième, de la Deuxième et — parce qu'elle était liée à la Deuxième — de la Septième Caverne étaient présents. La plupart de ceux dont les Zelandonii recherchaient l'avis et les conseils étaient également là, ainsi que d'autres, simplement intéressés.

— L'Esprit du Bison a pris l'un de nous en échange d'un des siens, commença la doniate obèse. C'est un sacrifice que nous devons accepter quand la Mère l'exige.

Elle parcourut des yeux le cercle des participants, qui hochaient la tête en signe d'approbation. Jamais sa formidable présence n'était aussi manifeste que lorsqu'elle se trouvait parmi d'autres Zelandonia. Il sautait alors aux yeux qu'elle était la Première parmi Ceux Qui Servent la Mère.

Tandis que la réunion se poursuivait, deux des doniates s'opposèrent sur un point mineur, et la Première les laissa débattre entre eux. Joharran cessa de les écouter pour songer à l'endroit où installer des cibles pour que ses chasseurs s'entraînent au lance-sagaie avant la Réunion d'Eté. Pas aujourd'hui, en tout cas. Aujourd'hui, personne n'utiliserait d'arme. C'était le jour où l'esprit de Shevonar serait guidé vers le Monde d'Après.

Zelandoni pensait elle aussi à autre chose tout en feignant de s'intéresser aux discussions. Elle réfléchissait au sort de Thonolan depuis que Jondalar lui avait remis la pierre opalescente ramassée sur sa tombe, tout là-bas à l'est, et attendait le moment opportun pour en parler.

Elle savait que Jondalar et Ayla devraient l'aider. Etablir le contact avec le Monde d'Après était effrayant en toute circonstance, en particulier pour ceux qui n'y étaient pas préparés, et même pour ceux qui l'étaient cela pouvait se révéler dangereux. C'était moins risqué quand il y avait beaucoup de monde à la cérémonie pour soutenir ceux qui entraient en contact avec les Esprits.

Puisque Shevonar avait été tué pendant une chasse à laquelle avaient participé la plupart des Cavernes proches, la cérémonie funéraire devait réunir l'ensemble de la communauté et invoquer sa protection. Ce serait peut-être le moment idéal pour tenter de pénétrer plus profondément dans le Monde des Esprits et d'y chercher la force de vie de Thonolan. Zelandoni jeta un coup d'œil à Ayla, se demanda comment elle réagirait. L'étrangère ne cessait de la surprendre par ses connaissances, ses capacités et même son attitude.

La doniate avait été flattée lorsque la jeune femme était venue lui demander si elle n'aurait pas pu faire plus pour Shevonar. Elle avait montré en outre une sagacité étonnante en conseillant à Jondalar de prélever une pierre sur la tombe de son frère, d'autant plus étonnante qu'elle ne connaissait pas les pratiques des Zelandonii. La pierre qui s'était présentée à lui était à coup sûr unique. Elle semblait ordinaire, une simple pierre grise au bord assez tranchant, jusqu'à ce qu'en la retournant on découvrît la facette d'un bleu chatoyant piquetée de points rouges.

Ce bleu opalescent est sans nul doute un élément de clarté, pensa-t-elle, et le rouge est la couleur de la vie, la plus importante des Cinq Couleurs Sacrées de la Mère. Cette petite pierre est donc un objet puissant. Il faudra en faire quelque chose lorsque nous en aurons terminé.

Elle écoutait d'une oreille les arguments contradictoires quand il lui vint à l'esprit que cette pierre exceptionnelle était une sorte de substitut. L'endroit le plus sûr où la garder serait donc une fissure de la grotte sacrée, près des autres pierres de substitution de sa famille. Elle savait où se trouvaient presque toutes les pierres de la

Neuvième Caverne, et beaucoup de celles des autres Cavernes. Elle connaissait même la cachette de plusieurs elandon.

Des circonstances inhabituelles l'avaient amenée à assumer les devoirs d'un parent et à prendre la responsabilité des elandon de plusieurs enfants. Elle avait aussi dissimulé les objets symboles de quelques personnes qui en étaient incapables, mentalement ou physiquement. Elle n'en parlait jamais, elle n'essaierait jamais de faire usage du secret qu'elle détenait. Elle avait conscience des dangers qu'elle-même et la personne représentée risquaient de courir.

L'esprit d'Ayla s'était mis lui aussi à dériver. Elle connaissait mal les pratiques funéraires des Zelandonii, et la discussion, interminable, lui échappait en grande partie. Elle ne connaissait même pas les mots ésotériques qu'ils prononçaient et préférait repenser à des connaissances qu'elle venait d'acquérir.

Les Zelandonii enfouissaient leurs morts en terre sacrée mais changeaient de lieu après un certain nombre d'enterrements. Rassemblés en un même endroit, trop d'Esprits errants pouvaient acquérir trop de pouvoir. On enterrait ensemble ceux qui étaient morts en même temps ou ceux qu'unissaient des liens particuliers, mais il n'existait pas de site unique. Les défunts reposaient dans plusieurs petites zones disséminées autour de l'abri.

Quel que fût l'endroit choisi, le site était marqué par des poteaux enfoncés dans le sol autour des tombes, à peu de distance les uns des autres, et au pied de chaque tombe. Ils portaient, sculptés ou peints, les abelan des Zelandonii qui y étaient inhumés, symboles mettant en garde contre le danger de pénétrer dans la zone. Les Esprits qui n'avaient plus de corps à habiter rôdaient dans l'espace délimité par les poteaux mais ne pouvaient s'aventurer au-delà. Les Zelandonia avaient érigé cette barrière d'exorcisme pour que les Esprits qui ne trouvaient pas le chemin du Monde d'Après ne puissent voler le corps d'une personne encore de ce monde.

Sans une forte protection, ceux qui pénétraient dans l'espace clos s'exposaient à un grave danger. Les Esprits commençaient à se rassembler avant même qu'un cadavre ait été enseveli, et il arrivait qu'ils tentent de s'emparer du corps d'un être vivant, en luttant avec l'esprit de cet être pour le dominer. Cela se traduisait en général par un changement radical du comportement de l'intéressé, qui se mettait à commettre des actes qui ne lui ressemblaient pas, voyait des choses invisibles pour les autres ou criait sans raison apparente, devenait violent, semblait incapable de comprendre le monde qui l'entourait et se retirait en lui-même.

Après de nombreuses années, quand les poteaux étaient tombés d'eux-mêmes et avaient pourri dans la terre, que la végétation avait recouvert les tombes, le terrain n'était plus considéré comme sacré et dangereux. Les Esprits étaient partis. On disait que la Grande Terre Mère avait repris Son bien et restitué l'endroit à Ses enfants.

Ayla et Joharran reportèrent leur attention sur la discussion dès qu'ils entendirent la voix de la Première. Comme les Zelandonia ne parvenaient pas à régler leur différend, la puissante doniate avait jugé qu'il était temps d'intervenir. Elle prit une décision qui intégrait des éléments des deux points de vue et la présenta de façon qu'elle apparût comme la seule solution possible. Les participants purent alors passer aux protections dont auraient besoin ceux qui porteraient le corps de Shevonar, pour ne pas être assaillis par les âmes égarées.

Auparavant, on organiserait un grand festin pour revigorer toute la communauté, afin que l'esprit de chaque Zelandonii ait la force de repousser les âmes perdues, et naturellement tous comptaient sur Proleva pour s'en charger. On discuta aussi de la nourriture qui serait placée dans la tombe, avec les armes et les outils de Shevonar. Elle ne serait pas consommée, mais son Esprit nourrirait l'Esprit détaché du corps et lui donnerait la force de trouver son chemin. Tout était prévu pour que l'âme en partance n'eût aucune raison de faire demi-tour ou de s'attarder trop longtemps.

Plus tard dans la matinée, Ayla partit galoper avec Whinney, Rapide et Loup courant derrière elle. Puis elle étrilla les chevaux, les inspecta pour vérifier qu'ils allaient bien. Elle avait pour habitude de passer de longs moments avec eux chaque jour, mais depuis leur arrivée elle restait avec Jondalar la plupart du temps et ils lui manquaient. A en juger par le débordement d'affection avec lequel ils l'accueillirent, elle leur manquait aussi.

En rentrant, elle passa chez Joharran et demanda à Proleva si elle savait où était Jondalar.

— Il est allé creuser une fosse pour Shevonar avec Joharran, Rushemar et Solaban, répondit Proleva.

Elle avait beaucoup à faire avec la préparation du repas mais, pour le moment, elle attendait les autres et disposait d'un peu de temps. Désireuse de mieux connaître cette femme aux nombreux talents, qui serait bientôt unie au frère de son compagnon, elle proposa :

— Veux-tu une camomille ?

Ayla hésita.

— Il faut que je retourne chez Marthona, mais une autre fois, avec plaisir.

Loup, qui avait apprécié la promenade autant que les chevaux, avait suivi Ayla à l'intérieur. Découvrant l'animal, Jaradal se précipita vers lui, et Loup tendit son museau à l'enfant pour être caressé. Avec un rire ravi, Jaradal lui gratta la tête.

— Ayla, je dois t'avouer que j'ai été très inquiète quand Jaradal m'a raconté qu'il avait touché ton loup. Il est difficile d'imaginer qu'un animal qui chasse et mange de la viande puisse être aussi doux avec des enfants. La fois où Folara l'a amené ici et où j'ai vu Marsola se rouler sur lui, je n'arrivais pas à y croire. Elle lui tirait les poils, elle lui mettait les doigts dans les yeux, elle lui ouvrait même les mâchoires pour regarder à l'intérieur de sa gueule, et il restait sans bouger, comme s'il aimait ça. J'étais sidérée. Même

Salova souriait, alors qu'elle avait été terrifiée en voyant son bébé avec cet animal la première fois.

— Loup éprouve une tendresse particulière pour les petits, expliqua Ayla. Il a grandi en jouant et en dormant avec des enfants dans la hutte du Camp du Lion. Pour lui, ils étaient de la même portée, et les loups adultes sont toujours protecteurs et indulgents envers les jeunes de leur meute. Loup semble penser que tous les enfants appartiennent à sa meute.

En se dirigeant vers la demeure de Marthona, Ayla songea à quelque chose qui l'avait intriguée chez Proleva et qu'elle n'arrivait pas à définir. Quelque chose dans la façon dont elle se mouvait, dont sa tunique ample enveloppait son corps... Soudain, elle trouva et sourit : Proleva était enceinte, elle en était sûre !

Il n'y avait personne chez Marthona, et Ayla regretta de ne pas être restée boire une camomille avec Proleva. Où pouvait se trouver la mère de Jondalar ? Peut-être était-elle allée voir Zelandoni. Les deux femmes semblaient proches, ou du moins se connaissaient bien. Elles échangeaient souvent des regards entendus. Si Ayla décidait de chercher Marthona, elle aurait une bonne raison de se rendre chez la doniate, qu'elle avait assurément envie de mieux connaître.

Bien sûr, je n'ai pas besoin de voir Marthona, et Zelandoni est très occupée en ce moment. Je devrais peut-être éviter de la déranger, se dit Ayla, mais elle ne savait pas quoi faire et souhaitait se rendre utile. Elle pouvait tout au moins proposer son aide.

Ayla alla à l'habitation de Zelandoni, frappa au panneau proche de l'entrée. L'obèse devait se tenir à proximité car elle écarta le rideau presque aussitôt.

— Ayla, fit-elle, surprise d'apercevoir la jeune femme et le loup. Je peux faire quelque chose pour toi ?

— Je cherche Marthona. Elle n'est pas chez elle ni avec Proleva. J'ai pensé qu'elle était peut-être ici.

— Non.

— Désolée de t'avoir dérangée, tu as beaucoup à faire.

— Aucune importance, repartit la doniate, qui remarqua alors que la jeune femme semblait attendre quelque chose. Tu voulais voir Marthona pour une raison particulière ?

— Non, j'ai simplement pensé qu'elle avait peut-être besoin de moi.

— Si tu cherches à t'occuper, tu peux m'aider, dit Zelandoni, qui écarta le rideau en se reculant.

Le grand sourire d'Ayla fit comprendre à la doniate que c'était le véritable motif de sa venue.

— Loup peut entrer ? Il ne dérangera rien.

— Je le sais. Nous nous comprenons, lui et moi, je te l'ai dit, répondit Zelandoni en gardant le rideau écarté pour permettre à l'animal de suivre Ayla. Il faut réduire en poudre l'ocre rouge que tu m'as rapportée. Voilà le mortier. (Elle indiqua un bloc de pierre rougie dans lequel des années d'usage avaient creusé une petite cuvette.) Et voilà la pierre pour écraser. Jonokol sera bientôt ici et m'aidera à faire un poteau portant l'abelan de Shevonar. Il est mon acolyte.

— J'ai rencontré un homme de ce nom à la fête de bienvenue, mais il m'a dit qu'il était artiste.

— Jonokol est artiste, mais c'est aussi mon acolyte. Je crois qu'il est plus artiste qu'acolyte, cependant. Il ne s'intéresse pas aux remèdes, ni à la façon de trouver le chemin du Monde des Esprits. Il se contente de son rang d'acolyte, mais il est encore jeune. Le temps nous dira ce qu'il en est. Il peut encore se sentir appelé. En attendant, c'est un excellent artiste et un très bon assistant.

Après une pause, la doniate reprit :

— La plupart des artistes sont aussi Zelandonia. Jonokol l'est depuis que, tout jeune, il a montré quelque talent.

Ayla était contente d'écraser l'oxyde de fer rouge : c'était une façon d'aider qui ne nécessitait aucune formation particulière, et le côté machinal de la besogne lui laissait l'esprit libre. Elle se demanda pourquoi des artistes comme Jonokol étaient admis si tôt dans la Zelandonia, alors qu'ils étaient trop jeunes pour en comprendre le sens. Pourquoi les artistes devaient-ils faire partie de la Zelandonia ?

Pendant qu'elle s'affairait avec le mortier, Jonokol arriva. Il regarda Ayla, puis le loup, avec surprise. L'animal leva la tête, jeta un coup d'œil à Ayla, se raidit pour être prêt à bondir si elle le lui ordonnait. Elle lui adressa un signe voulant dire que l'homme était le bienvenu. Le loup se détendit mais resta vigilant.

— Ayla est venue nous aider, expliqua Zelandoni. Je crois savoir que vous vous connaissez.

— Oui, nous nous sommes rencontrés le soir de son arrivée, dit Jonokol. Salutations, Ayla.

Elle finit de réduire les mottes rouges en poudre fine, apporta le résultat de son travail à la doniate en espérant que celle-ci lui confierait une autre tâche, mais il apparut bientôt que Zelandoni et Jonokol attendaient tous deux qu'elle s'en aille.

Ayla fit signe à Loup et partit. Marthona n'était toujours pas rentrée chez elle et, en l'absence de Jondalar, Ayla ne savait pas quoi faire. J'aurais dû rester boire une camomille avec Proleva, pensa-t-elle de nouveau. Pourquoi ne pas y retourner ? Ayla avait envie d'en savoir davantage sur cette femme accomplie et admirée de tous. Après tout, elles seraient bientôt parentes puisque Proleva était la compagne du frère de Jondalar. Je pourrais même apporter de quoi faire une bonne infusion, se dit-elle, quelque chose avec des fleurs de tilleul séchées, pour adoucir le breuvage et lui ajouter une saveur agréable.

15

Ils avaient presque fini de creuser la fosse et n'étaient pas mécontents d'avoir terminé. Zelandoni avait invoqué pour eux la protection de la Mère avant qu'ils partent pour le lieu prêt à recevoir le corps de Shevonar, et ils avaient recouvert leurs mains de poudre d'ocre rouge, mais chacun tremblait quand même intérieurement en franchissant la barrière tracée par les poteaux.

Les quatre fossoyeurs portaient des peaux de bêtes informes et dépourvues de décoration, sortes de couvertures percées en leur milieu pour laisser passer la tête. Une cagoule masquait leur visage, avec des trous pour les yeux, mais pas pour la bouche et le nez, ouvertures corporelles qui auraient invité les Esprits à entrer.

Cette tenue était destinée à cacher leur identité aux Esprits qui rôdaient peut-être à proximité, en quête d'un corps vivant à investir. Aucun abelan, aucun symbole ne devait révéler qui violait le site sacré et dérangeait les Esprits. Les fossoyeurs ne parlaient pas non plus car le simple son de leur voix aurait pu les trahir. Creuser une fosse mortuaire n'était pas un travail facile, et Joharran avait estimé qu'étant celui qui avait décidé de cette chasse malheureuse, il devait faire partie des fossoyeurs. Il avait choisi pour l'assister ses deux conseillers, Solaban et Rushemar, ainsi que son frère Jondalar.

Entamer le sol dur avec des pioches de pierre s'avéra très pénible. Le soleil était haut dans le ciel ; ils avaient chaud, ils transpiraient. Ils étouffaient sous leur cagoule de cuir mais aucun ne songea un instant à la retirer. Ils étaient capables d'affronter la charge d'un rhinocéros et de l'esquiver d'un pas de côté au dernier moment, mais il fallait bien plus de courage pour braver les dangers invisibles du site sacré.

Aucun ne tenant à rester plus longtemps que nécessaire dans l'enclos hanté par les Esprits, ils travaillaient vite, ramassant la terre ameublie par les pioches à l'aide de pelles taillées dans les os plats de gros animaux — omoplates, os pelvien — ou la partie plate des bois palmés d'un mégacéros. Une extrémité avait été aiguisée puis sablée pour obtenir un tranchant qui facilitait le travail ; l'autre était attachée à un long manche. Ils déposaient la terre sur des peaux semblables à celles qu'ils portaient afin de pouvoir déblayer ensuite les bords de la fosse et donner de la place aux nombreux Zelandonii qui se presseraient alentour.

Joharran adressa un signe de tête aux trois autres quand les dernières pelletées de terre furent jetées hors du trou. C'était assez profond. Ils rassemblèrent leurs outils et se hâtèrent de partir. Toujours sans échanger un mot, ils s'éloignèrent des zones habitées pour se rendre en un lieu qu'ils avaient choisi auparavant et qui était peu fréquenté.

Ils y creusèrent un autre trou, plus petit que le premier, y firent tomber les peaux et les cagoules puis le rebouchèrent. Les pelles et les pioches seraient replacées à l'endroit précis où on les gardait et les fossoyeurs prenaient garde à ce qu'aucune partie des outils ne touchât leur corps nu, excepté leurs mains rougies par l'ocre.

Ils allèrent dans une petite grotte vers le fond de la vallée, devant laquelle était planté un poteau sculpté portant l'abelan zelandonii et d'autres marques. Ils remirent les outils à leur place puis repartirent aussitôt, étreignant le poteau à deux mains au passage et murmurant à mi-voix quelques mots pour demander la protection de la Mère. Ils empruntèrent ensuite un sentier sinueux menant à une autre grotte, sur les hauteurs, utilisée principalement par les Zelandonia pour les cérémonies rassemblant les hommes et les jeunes garçons.

Les six Zelandonia des Cavernes qui avaient pris part à la chasse tragique les y attendaient avec plusieurs acolytes. Ils avaient préparé de l'eau très chaude, presque bouillante, et diverses variétés de plantes contenant de la saponine. La mousse devint rouge en se mêlant à l'ocre quand les fossoyeurs se lavèrent les mains. Puis ils les rincèrent à l'eau chaude, au-dessus d'un trou creusé dans la terre, et les lavèrent de nouveau. Ils curèrent même le dessous de leurs ongles avec de petits bâtons pointus. Après une troisième ablution, les mains furent inspectées et relavées au besoin, jusqu'à ce que chaque Zelandonii fût satisfait.

Une fois leurs mains purifiées, ils prirent des paniers d'eau chaude, d'autres racines de saponaire et se lavèrent entièrement le corps, cheveux compris. Ce ne fut qu'après avoir été autorisés à remettre leurs vêtements qu'ils respirèrent mieux. Celle qui Etait la Première leur donna une coupe d'un breuvage brûlant et amer, leur demanda de se rincer d'abord la bouche, de cracher dans un trou spécialement creusé, puis d'avaler le reste. Ils s'exécutèrent et partirent, soulagés que leur rôle fût terminé. Personne n'aimait se trouver au contact d'une magie aussi puissante.

En pénétrant chez Joharran, Jondalar et les autres fossoyeurs parlaient à voix basse, encore ébranlés d'avoir rôdé à proximité des Esprits.

— Ayla est passée, elle te cherchait, dit Proleva à Jondalar. Elle est partie puis elle est revenue avec une infusion délicieuse. Nous avons bavardé un peu, ensuite les autres sont venus discuter de l'organisation du repas. Elle a proposé son aide mais j'ai répondu que Zelandoni avait sans doute d'autres projets pour elle. Il n'y a pas longtemps qu'elle est partie. Je dois y aller, moi aussi. J'ai laissé de la nourriture et de la tisane chaude pour vous dans la pièce à cuire.

— Ayla t'a dit où elle allait ? demanda Jondalar.

— Chez ta mère.

— Merci. Je vais voir ce qu'elle voulait.

— Mange d'abord quelque chose. Le travail était rude.

Il se restaura rapidement puis sortit en disant :

— Préviens-moi quand les Zelandonia seront prêts, Joharran.

Il trouva tout le monde assis autour de la table de pierre et buvant le vin de Marthona quand il entra chez elle.

— Va chercher ta coupe, je vais te servir, lui dit-elle. La journée a été dure et elle n'est pas encore terminée. Nous devrions tous nous reposer un peu.

— Tu as l'air tout propre, Jondalar, remarqua Ayla.

— Oui, récuré et content d'avoir fini. Je tiens à prendre ma part du travail mais j'ai horreur de creuser la terre sacrée, fit-il en frissonnant.

— Je sais ce que tu ressens, dit Willamar.

— Si tu as creusé, comment se fait-il que tu sois si propre ? s'étonna Ayla.

— Il a dû se purifier complètement après avoir dérangé les Esprits, expliqua Willamar. Avec de l'eau très chaude et des racines de saponaire, plusieurs fois.

— Cela me rappelle la source des Losadunaï. Tu t'en souviens, Jondalar ?

Elle nota le sourire subtil et sensuel qui apparut sur les lèvres de son compagnon et repensa à cet après-midi si agréable près de la source chaude naturelle. Elle détourna les yeux en s'efforçant de ne pas répondre à son sourire.

— Tu te souviens de cette mousse qu'ils obtenaient avec de la graisse fondue et des cendres ? ajouta-t-elle.

— Oui, elle nettoyait bien. Elle enlevait tout goût et toute odeur...

Il ne souriait plus mais elle savait qu'il la taquinait avec ses sous-entendus. Il lui avait dit ce jour-là, quand ils avaient partagé les Plaisirs, qu'il ne sentait même pas le goût de son corps.

Evitant les regards amoureux de Jondalar et tâchant de garder son sérieux, Ayla reprit :

— Cette mousse pourrait être utile pour les purifications. Des femmes losadunaï m'ont indiqué comment la fabriquer, mais c'est compliqué et ça ne marche pas toujours. Je devrais peut-être essayer d'en faire pour le montrer à Zelandoni.

— Je ne vois pas comment de la graisse et des cendres peuvent nettoyer, objecta Folara.

— Je ne le croirais pas moi-même si je ne l'avais vu. Quand on les mélange d'une certaine façon, il se passe quelque chose. Tu n'as plus de la graisse et des cendres mais autre chose. Il faut ajouter de l'eau aux cendres, les cuire un moment puis laisser refroidir le liquide avant de le filtrer. Il devient très fort, il peut même te donner des ampoules si tu n'y prêtes pas attention. C'est comme du feu, mais sans chaleur. Tu ajoutes ensuite la graisse fondue, la même quantité, et les deux liquides doivent être à peu près aussi chauds que la peau de l'intérieur de ton poignet. Si tu as tout fait bien, tu obtiens en mélangeant une mousse qui nettoie parfaitement. Quand tu la rinces, elle entraîne la saleté. Tu peux même enlever des taches de graisse.

Folara exprima son étonnement :

— Comment quelqu'un a-t-il pu avoir l'idée de mélanger de la graisse et du jus de cendres filtré ?

— La première fois, c'était le hasard. La femme qui m'en a parlé faisait fondre de la graisse au-dessus d'un feu allumé dans une fosse, dehors, quand il s'est mis à pleuvoir très fort. Elle a couru s'abriter et, quand elle est revenue, la graisse avait débordé dans la fosse pleine de cendres et d'eau de pluie. Pour récupérer la louche de bois dont elle s'était servie et à laquelle elle tenait — il avait fallu longtemps pour la sculpter —, elle a plongé la main dans une mousse glissante, et lorsqu'elle a rincé cette mousse, elle s'est aperçue qu'elle partait facilement et qu'elle laissait sa main et la louche parfaitement propres.

Ayla ignorait que la lessive obtenue à partir de cendres de bois provoquait, mélangée à de la graisse à une certaine température, une réaction qui donnait du savon. Elle n'avait pas besoin de savoir pourquoi on obtenait une mousse nettoyante, elle constatait simplement qu'on l'obtenait. Ce n'était pas la première fois, et ce ne serait pas la dernière, qu'une découverte était due au hasard.

— Je suis sûre que Zelandoni serait intéressée, dit Marthona.

Jondalar n'était pas aussi subtil qu'il le croyait. Elle avait remarqué les regards échangés entre son fils et la jeune femme, et elle tentait d'aider Ayla à maintenir la conversation dans un registre sérieux. Ils assisteraient bientôt à un enterrement, ce n'était guère le moment de penser aux Plaisirs.

— J'ai aussi découvert quelque chose par hasard en fabriquant du vin, poursuivit-elle. Depuis, il est toujours bon.

— Tu vas enfin nous révéler ton secret, mère ? dit Jondalar.

— Quel secret ?

— Comment t'arranges-tu pour que ton vin soit toujours meilleur que celui des autres et ne tourne jamais à l'aigre ?

Elle eut un hochement de tête agacé.

— Ce n'est pas un secret.

— Tu n'as jamais expliqué à personne comment tu t'y prends.

— Je n'étais pas sûre que cela changeait quelque chose. Ou que cela marcherait pour tout le monde. Je ne sais pas pourquoi j'ai essayé la première fois, mais j'avais vu Zelandoni faire la même chose pour l'un de ses remèdes et cela lui donnait une force magique. Je me suis demandé si je ne pouvais pas ajouter aussi un peu de magie à mon vin. Apparemment, c'est efficace.

— Alors, dis-nous, insista Jondalar. J'ai toujours su que tu ajoutais quelque chose.

— J'avais vu Zelandoni mâcher des herbes quand elle préparait certains remèdes, alors quand j'ai écrasé des baies pour faire du vin, j'en ai mâché quelques-unes et j'ai craché le jus dans le moût avant qu'il fermente. Je trouve curieux que cela suffise à faire la différence, mais c'est ce qui se passe, semble-t-il.

— Iza m'a appris que pour certains remèdes, et certains breuvages, il faut mâcher les herbes, confirma Ayla. Peut-être qu'en mélangeant aux baies un peu de jus de bouche, on y ajoute un ingrédient spécial.

Elle n'y avait jamais songé auparavant mais c'était possible.

— J'invoque toujours aussi l'aide de Doni pour que le jus des fruits écrasés se transforme en vin, précisa Marthona. C'est peut-être cela, le vrai secret. Si nous ne demandons pas trop, la Mère nous l'accorde parfois. Cela marchait toujours pour toi quand tu étais petit, Jondalar. Chaque fois que tu voulais vraiment quelque chose et que tu le demandais à Doni, tu l'obtenais. C'est toujours vrai ?

Jondalar rougit légèrement. Il aurait dû se douter que sa mère le savait.

— En général, répondit-il en évitant son regard.

— Est-ce qu'il est arrivé qu'Elle te refuse ce que tu demandais ? le pressa Marthona.

— Une fois, fit-il, mal à l'aise.

Elle le regarda, hocha la tête.

— J'imagine que tu avais trop demandé et que même la Grande Terre Mère ne pouvait te l'accorder. Je ne crois pas que tu le regrettes, maintenant.

Tout le monde semblait déconcerté par la conversation assez mystérieuse entre la mère et le fils. Ayla les observa puis comprit soudain que Marthona parlait de Zelandoni, ou plutôt de Zolena.

— Sais-tu, Ayla, que creuser en terre sacrée est l'unique chose que seuls les hommes peuvent faire ? dit Willamar, changeant de sujet pour mettre fin à ce moment de gêne. Ce serait trop dangereux d'exposer les Elues de Doni à des forces aussi néfastes.

— Je m'en réjouis, déclara Folara. C'est déjà dur de devoir laver et habiller quelqu'un dont l'esprit est parti. Je déteste ça ! J'étais très contente quand tu m'as demandé de m'occuper de Loup, Ayla. J'ai invité tous mes amis, avec leurs petits frères et sœurs. Loup a rencontré plein de monde.

— Pas étonnant qu'il soit aussi fatigué, observa Marthona, jetant un coup d'œil à l'animal allongé dans son coin. Moi aussi, je dormirais après une journée pareille.

— Je ne crois pas qu'il dorme, dit Ayla, qui savait reconnaître les postures de son animal. Tu as raison, cependant, il est fatigué. Il adore les enfants mais ils l'épuisent.

Tous sursautèrent, bien qu'ils se fussent attendus à ce bruit, quand on frappa doucement près de la paroi de l'entrée.

— Les Zelandonia sont prêts, annonça la voix de Joharran.

Ils avalèrent tous les cinq le reste de leur vin et sortirent. Loup les suivit, mais Ayla l'attacha avec sa corde à un poteau solidement planté non loin de la demeure de Marthona pour le laisser à l'écart de la cérémonie à laquelle tous devaient prendre part.

De nombreux Zelandonii s'étaient déjà regroupés autour de l'abri funéraire. On avait ôté les panneaux afin que tous puissent voir le corps de Shevonar étendu sur la natte et le filet qui seraient plus tard repliés autour de lui. D'abord on le porterait au Champ de Rassemblement, assez vaste pour que tous les habitants des six Cavernes qui avaient pris part à la chasse s'y réunissent.

Jondalar partit avec son frère et quelques autres peu après l'arrivée de leur groupe. Marthona et Willamar, qui connaissaient leur rôle dans les rites, s'empressèrent de prendre leur place. Ayla ne savait pas quoi faire et se sentait perdue. Elle décida de rester à l'écart et d'observer, en espérant qu'elle ne commettrait aucune bévue.

Folara présenta à quelques-uns de ses amis — plusieurs jeunes filles et deux jeunes garçons — la femme étrangère que son frère avait ramenée. Ayla bavarda avec eux, ou du moins essaya. Ils avaient déjà entendu tant d'histoires sur son compte qu'ils étaient fort impressionnés. Soit ils avaient la langue liée de timidité, soit ils jacassaient pour compenser. Elle n'entendit pas tout d'abord qu'on l'appelait.

— Ayla, je crois qu'ils ont besoin de toi, dit Folara en voyant Zelandoni se diriger vers eux.

— Il va falloir l'excuser, lança la doniate un peu sèchement au groupe d'admirateurs. Elle doit être devant avec les Zelandonia.

Ayla suivit Zelandoni, laissant derrière elle des jeunes gens plus impressionnés encore. Quand les deux femmes furent à quelque distance, la doniate dit à voix basse :

— Les Zelandonia ne mangent pas pendant les funérailles. Tu marcheras avec nous, mais tu rejoindras ensuite Jondalar et Marthona pour le repas.

Ayla ne demanda pas pourquoi elle marcherait avec les Zelandonia et mangerait ensuite avec la famille de Jondalar. Elle n'avait aucune idée de ce qu'on attendait d'elle. Elle se contenta de suivre quand le cortège traversa le pont menant à En-Aval et poursuivit en direction du Champ de Rassemblement.

Les doniates ne mangeaient pas parce qu'il fallait jeûner pour communiquer avec le Monde d'Après, et la Première savait qu'elle devrait y faire une longue incursion pour prendre contact avec l'esprit de Thonolan. C'était toujours difficile mais elle était désormais habituée. Le jeûne faisait partie de la vie des Zelandonia, et elle ne s'expliquait pas pourquoi elle continuait à grossir alors qu'elle se privait souvent de repas. Peut-être compensait-elle le lendemain mais elle n'avait pas l'impression de manger plus que d'ordinaire. Elle n'ignorait pas qu'aux yeux de beaucoup sa corpulence contribuait à sa présence imposante et à son ascendant spirituel. Le seul inconvénient, c'était qu'elle avait de plus en plus de mal à se mouvoir. Se pencher, gravir une pente, s'asseoir par terre, ou plutôt se relever ensuite, tout devenait difficile, mais la Mère voulait apparemment qu'elle soit énorme, et si c'était Sa volonté, la doniate s'y pliait.

A en juger par la quantité de nourriture disposée le long de la paroi rocheuse, au fond, loin de l'endroit où se trouvait le corps, de nombreux Zelandonii avaient participé à la préparation du repas.

Ayla entendit quelqu'un dire : « C'est comme une petite Réunion d'Eté », et pensa : Si c'est « petit », à quoi ressemble une vraie Réunion d'Eté ? Avec près de deux cents personnes rien que pour la Neuvième Caverne, et presque toutes celles des cinq autres, fortement peuplées elles aussi, elle ne se souviendrait jamais de tout le monde. Elle n'était même pas sûre qu'il y eût assez de mots pour compter autant de gens, et elle ne pouvait en concevoir le nombre qu'en termes de grand troupeau de bisons.

Lorsque tous les Zelandonia et chefs des Cavernes se furent placés autour de l'abri funéraire — qu'on avait démonté, transporté jusqu'au Champ et remonté —, les autres s'assirent par terre et observèrent le silence. Quelqu'un avait rempli un grand plat de morceaux de choix, notamment un jarret entier de bison. Celle Qui Etait la Première le prit et l'éleva pour le montrer à l'assistance, puis le posa près de la dépouille de Shevonar.

— Les Zelandonii font ce festin en ton honneur, Shevonar, dit-elle, s'adressant au mort. Rejoins-nous par la pensée pour que nous puissions souhaiter Bon Voyage à ton esprit.

Les autres se mirent en file pour aller se servir. La plupart du temps, lors d'une fête, le regroupement se formait au hasard, mais il s'agissait ce jour-là d'une cérémonie funèbre, une des rares fois où l'on respectait un ordre précis. Les Zelandonii se placèrent selon leur position — implicitement reconnue et rarement étalée — pour indiquer leur rang dans ce monde aux Esprits du Monde d'Après et aider l'elan de Shevonar dans ce difficile passage de l'un à l'autre.

La compagne éplorée, Relona, et ses deux enfants se servirent en premier. Joharran, Proleva et Jaradal suivirent, puis vinrent Marthona, Willamar et Folara, Jondalar — les membres les plus éminents de la Neuvième Caverne — et Ayla.

Sans le savoir, elle avait posé un problème épineux. En sa qualité d'étrangère, elle aurait dû occuper une place moins importante. Eût-elle été officiellement promise à Jondalar au cours d'une cérémonie, il aurait été plus facile de la placer avec la famille de son compagnon, mais leur union n'était qu'annoncée par la rumeur et son acceptation au sein de la Caverne n'avait même pas encore été approuvée dans les règles. Quand la question s'était posée, Jondalar avait déclaré que, quel que fût l'endroit où Ayla serait placée, il resterait avec elle. Dernier de la file, si on la plaçait derrière.

Un homme tenait à l'origine son rang de sa mère. Quand il prenait une compagne, ce rang pouvait changer. Normalement, avant qu'une union fût autorisée, les familles — et quelquefois les chefs et les Zelandonia — engageaient des négociations matrimoniales qui touchaient à de nombreux aspects. On se mettait d'accord sur des échanges de dons ; on décidait que le couple vivrait dans la Caverne de l'homme ou celle de la femme, ou ailleurs ; on fixait le montant de l'indemnité matrimoniale puisque le rang de la femme était considéré comme déterminant. Et le rang du nouveau couple constituait un élément important des négociations.

Marthona demeurait convaincue que, si Jondalar se plaçait au bout de la file, sa position serait interprétée à tort, non seulement par les Zelandonii mais aussi par les Esprits du Monde d'Après : cela eût signifié qu'il avait perdu son rang pour une raison quelconque ou que celui d'Ayla était très bas. C'est pourquoi Zelandoni avait tenu à ce qu'elle marche en tête avec les doniates. Si on lui accordait une place parmi l'élite spirituelle, elle jouirait, quoique étrangère, d'un certain prestige. Et comme les Zelandonia ne mangeaient pas pendant les repas funéraires, elle irait ensuite rejoindre la famille de Jondalar avant que quiconque pût protester.

Si certains s'apercevaient du subterfuge, il serait trop tard pour changer et le rang de la jeune femme serait établi pour ce monde et celui d'Après. Ayla elle-même ne savait rien de cette petite supercherie, et ceux qui l'avaient manigancée estimaient qu'il ne s'agissait que d'une transgression mineure. Marthona et Zelandoni étaient toutes deux convaincues, pour des raisons différentes, qu'Ayla était une femme de haut rang. Il s'agissait simplement de le faire savoir.

Pendant que la famille de Jondalar mangeait, Laramar s'approcha et versa de son barma dans les coupes. Ayla se rappela l'avoir rencontré le premier soir. Elle avait cru comprendre que, si le breuvage qu'il faisait était apprécié, l'homme lui-même était souvent dénigré, et elle se demandait pourquoi. Ayla l'observa alors qu'il inclinait son outre vers la coupe de Willamar. Elle remarqua que ses vêtements étaient sales et élimés, percés de trous qu'il aurait pu raccommoder.

— Je t'en verse ? proposa-t-il.

Elle le laissa remplir sa coupe et, sans le regarder directement, l'examina de plus près. C'était un homme ordinaire avec des cheveux et une barbe châtain clair, des yeux bleus, ni grand ni petit, ni gros ni maigre, bien qu'il eût du ventre et une musculature qui semblait moins ferme que celle de la plupart des hommes. Elle remarqua que son cou était gris de crasse et qu'il devait rarement se laver les mains.

C'était facile de devenir sale, en particulier en hiver, lorsqu'il fallait faire fondre la glace ou la neige pour avoir de l'eau et que gaspiller du bois à cet usage n'était pas toujours avisé. Mais en été, quand il y avait abondance d'eau et de saponaire, la plupart des gens qu'elle connaissait préféraient être propres. Il était rare de voir quelqu'un d'aussi sale que Laramar.

— Merci, lui dit-elle avec un sourire.

Elle but une gorgée de barma, bien que l'aspect de celui qui le fabriquait rendît le breuvage moins alléchant.

Il lui sourit en retour, mais elle eut la nette impression que ce sourire n'était pas sincère. Elle remarqua aussi qu'il avait les dents de travers. Ce n'était pas sa faute, elle le savait, beaucoup de gens avaient les dents de travers, mais cela ajoutait à son apparence déplaisante.

— Je comptais sur ta compagnie, dit-il.

— Pourquoi ?

— A un repas de funérailles, les étrangers sont toujours au bout de la file, après tous ceux qui appartiennent à une Caverne. Mais j'ai remarqué que tu étais en tête.

Marthona parut contrariée et répondit :

— Oui, elle aurait dû se trouver près de toi, mais, tu sais, elle fera bientôt partie de la Neuvième Caverne.

— N'empêche qu'elle n'est pas encore zelandonii. Elle est étrangère.

— Elle est promise à Jondalar, et le rang qu'elle occupait chez les siens était très élevé.

— Elle n'a pas dit qu'elle avait été élevée par des Têtes Plates ? Je ne savais pas qu'une Tête Plate passait avant un Zelandonii.

— Chez les Mamutoï, elle était guérisseuse, et fille de leur Mamut, leur Zelandoni, repartit Marthona, agacée.

Elle n'aimait pas devoir fournir des explications à l'homme situé au plus bas niveau de la Caverne... surtout quand il avait raison.

— Elle n'a pas fait grand-chose pour guérir Shevonar, pourtant.

— Personne n'aurait pu faire plus qu'elle, pas même la Première, affirma Joharran. Elle a calmé sa douleur pour qu'il puisse tenir jusqu'à l'arrivée de sa compagne.

Ayla remarqua que le sourire de Laramar était devenu malveillant. Il prenait plaisir à perturber les proches de Jondalar, à les mettre sur la défensive, pour une raison qui avait un rapport avec elle. Elle aurait voulu comprendre ce qui se passait et se promit de poser la question à Jondalar quand ils seraient seuls, mais elle commençait à comprendre pourquoi les habitants de la Neuvième Caverne avaient si piètre opinion de cet homme.

Les Zelandonia se placèrent de nouveau autour de l'abri funéraire, pendant que les autres portaient leur écuelle dans un coin éloigné du Champ pour jeter leurs restes sur un tas de détritus. Après leur départ, divers charognards s'empareraient de la viande et des os, puis les matières végétales pourriraient et retourneraient à la terre. C'était la méthode habituelle. Laramar accompagna la famille de Jondalar au tas d'ordures — pour lui causer un peu plus de contrariété, Ayla n'en doutait pas — puis partit de son côté en titubant.

Lorsque la communauté fut de nouveau rassemblée autour de l'abri funéraire, Celle Qui Etait la Première prit le panier d'ocre rouge qu'Ayla avait réduite en poudre.

— Il y a cinq couleurs sacrées, commença-t-elle. Toutes les autres ne sont que des aspects différents de ces couleurs premières. La toute première est le rouge, couleur du sang, couleur de la vie. Certaines fleurs et certains fruits ont la vraie couleur du rouge, mais ils sont éphémères.

« Le rouge ne reste pas rouge très longtemps. En séchant, le sang s'assombrit, il devient marron. Le marron est un aspect du rouge, on l'appelle parfois vieux rouge. Les ocres rouges du sol sont le sang séché de la Grande Terre Mère, et si certains sont presque aussi vifs que le nouveau rouge, ce sont tous de vieux rouges.

« Couvert du rouge du sang des entrailles de ta mère, tu es venu dans ce monde, Shevonar. Couvert de la terre rouge des entrailles de la Grande Mère, tu Lui retourneras pour renaître dans le Monde d'Après comme tu es né dans celui-ci.

Zelandoni saupoudra abondamment le corps, de la tête aux pieds, avec l'oxyde de fer pulvérisé.

— La dernière couleur primaire est le sombre, parfois appelé noir, poursuivit-elle, ce qui amena Ayla à se demander quelles étaient les quatre autres couleurs sacrées. Sombre est la couleur de la nuit, des grottes profondes, du charbon de bois après que le feu a consumé la vie du bois. Certains disent que le noir est en réalité la nuance la plus sombre du vieux rouge. La couleur qui prend le pas sur la couleur de la vie avec l'âge. Tout comme la vie devient la mort, le rouge devient noir, sombre. Le noir est l'absence de vie ; c'est la couleur de la mort. Il n'a même pas une vie éphémère : il n'y a pas de fleurs noires.

« Shevonar, le corps que ton elan habitait est mort et il passera dans le noir sous terre ; il retournera à la terre sombre de la Mère. Mais ton esprit ira dans le Monde d'Après, il retournera à la Mère, la Source Originelle de la Vie. Prends avec toi l'Esprit de cette nourriture que nous t'avons donnée pour te sustenter pendant ton Voyage.

La doniate souleva le plat posé à côté du corps, le montra à la foule, puis le reposa et le recouvrit de poudre d'ocre rouge.

— Prends avec toi ta lance préférée pour chasser les animaux Esprits, dit-elle, plaçant l'arme près du corps et la saupoudrant elle aussi. Prends avec toi tes outils afin de faire des lances pour les chasseurs du Monde d'Après. (Elle posa le redresseur près de la main raidie par la mort, le couvrit d'ocre.) N'oublie pas les talents que tu avais dans ce monde, fais-en usage dans le Monde d'Après. Ne pleure pas ta vie ici. Esprit de Shevonar, pars librement, pars en confiance. Ne regarde pas en arrière, ne t'attarde pas. Ta nouvelle vie t'attend.

Les Zelandonia enveloppèrent le mort dans la natte, tirèrent sur les cordes attachées aux extrémités puis les enroulèrent autour du corps, pour tout maintenir en place. Ils attachèrent le filet à chaque extrémité d'un poteau qui était récemment encore un jeune arbre droit. L'écorce qui le recouvrait empêchait le hamac et son fardeau macabre de glisser.

Ceux qui avaient creusé la fosse en terre sacrée s'approchèrent et soulevèrent le corps de Shevonar. Joharran se plaça devant, le poteau sur l'épaule gauche, Rushemar derrière lui, de l'autre côté, le poteau sur l'épaule droite. Solaban était à l'arrière, du même côté que Joharran, mais le poteau reposait sur un rembourrage placé sur son épaule car il n'était pas aussi grand que Jondalar, qui le suivait.

Celle Qui Etait la Première ouvrit la marche vers le site d'enterrement sacré. Les hommes qui portaient le corps la suivaient immédiatement, entourés par les Zelandonia. Venaient ensuite Relona et ses deux enfants, et le reste de la communauté, dans le même ordre que pour le repas.

Ayla marchait de nouveau près de la tête du cortège avec Marthona. Elle remarqua que Laramar l'observait en se dirigeant vers les derniers membres de la Neuvième Caverne, ce qui le plaçait devant les chefs de la Troisième. Bien que Manvelar tentât de maintenir un écart avec la Neuvième pour séparer les deux Cavernes, Laramar, accompagné d'une femme grande et osseuse, entourée d'une nombreuse nichée d'enfants turbulents, ralentissait pour que l'écart se trouvât devant lui. Ayla était sûre qu'il essayait de donner l'impression qu'il était le premier de la Caverne suivante plutôt que le dernier de la Caverne précédente, alors que tout le monde connaissait son rang et sa Caverne.

Sur une seule file, les Zelandonii empruntèrent l'étroit sentier devant le Gros Rocher puis posèrent les pieds sur des pierres plates judicieusement placées pour traverser la Rivière aux Poissons, qui coulait au milieu de Petite Vallée. Le sentier se rétrécissant de nouveau devant le Rocher Haut, ils avancèrent l'un derrière l'autre jusqu'au Gué, mais au lieu de continuer vers le sud après avoir gagné l'autre rive, comme pour se rendre au Rocher des Deux Rivières, ils tournèrent à gauche, vers le nord, et prirent une autre piste.

N'étant plus confinés dans un sentier étroit entre roche et rivière, ils se déployèrent, marchèrent à deux ou trois de front dans la plaine inondable, puis commencèrent à gravir la pente des collines qu'Ayla avait vues ondoyer de l'autre côté de la Rivière. Le soleil déclinait à l'ouest, frôlant les sommets des hauteurs qui se dressaient devant eux quand ils parvinrent à un affleurement rocheux derrière lequel se cachait une petite cuvette. Le cortège ralentit, fit halte.

Ayla se retourna, inspecta le chemin qu'ils avaient parcouru. Son regard balaya une étendue de verdure d'été qui s'arrêtait à l'eau miroitante qui coulait au pied de remparts de craie. Des ombres s'étiraient çà et là derrière un arbre, un buisson, et le plus haut de ceux qui bordaient la Rivière projetait une silhouette sombre qui embrochait le cours d'eau puis se redressait pour escalader la paroi.

Le jaune pâle de la roche, piqueté d'impuretés noires, adoptait une chaude couleur dorée dans le soleil couchant.

Vu sous cette perspective, le mur calcaire, couronné de broussailles et de quelques arbres, prenait une grandeur à laquelle Ayla ne s'attendait pas, mais elle était capable de reconnaître les lieux dont elle avait appris les noms. Au sud, serrant de près le bord de l'eau, les parois en à-pic du Rocher Haut et du Gros Rocher, criblées des trous noirs des grottes, encadraient Petite Vallée. Les falaises qui s'écartaient de l'eau et constituaient le fond du Champ de Rassemblement menaient ensuite aux reliefs sculpturaux des abris d'En-Aval, puis à l'énorme surplomb de la Neuvième Caverne.

Comme ils repartaient, Ayla remarqua que plusieurs Zelandonii portaient des torches.

— Aurais-je dû apporter un flambeau, Willamar ? demanda-t-elle à l'homme qui marchait à côté d'elle. Il fera noir avant notre retour.

— Il faut qu'il fasse noir, dit Marthona, qui se trouvait de l'autre côté de Willamar. Et il y aura beaucoup de torches là-bas. Quand les gens quitteront le site sacré, ils les allumeront pour éclairer leur chemin, mais ils n'iront pas tous dans la même direction. Certains partiront d'un côté, certains d'un autre ; certains descendront à la Rivière, d'autres monteront à un endroit que nous appelons le Point de Guet. En nous voyant partir, l'elan de Shevonar et les Esprits qui pourraient se trouver à proximité essaieront peut-être de nous rattraper. Nous devons semer la confusion, de sorte que, s'ils parviennent à franchir la barrière des poteaux, ils ne sachent pas quelles lumières suivre.

Tandis que le cortège se rapprochait du site, Ayla remarqua la lueur dansante d'un feu brûlant derrière l'affleurement rocheux et sentit une odeur aromatique, détectable de loin. Lorsqu'ils eurent contourné l'obstacle, elle découvrit un cercle de flambeaux qui produisaient autant de fumée que de lumière. Juste derrière, un cercle de poteaux sculptés délimitait le site sacré.

— Les torches dégagent une forte odeur, commenta-t-elle.

— Oui, les Zelandonia les fabriquent spécialement pour les funérailles, expliqua Marthona. Elles tiennent les Esprits à l'écart pour nous permettre de pénétrer sur le site sans danger — je devrais peut-être dire en courant moins de danger. Et s'il y a une odeur, les torches la rendent plus supportable.

Les Zelandonia des six Cavernes se postèrent à intervalles réguliers à l'intérieur du cercle, offrant un second rideau protecteur. Celle Qui Etait la Première se plaça à un bout de la fosse ; les quatre porteurs de la dépouille pénétrèrent avec leur funèbre fardeau dans la zone éclairée. Les deux hommes de devant firent le tour de la fosse par le côté droit jusqu'à ce qu'ils fussent face à la Première, laissant les deux autres hommes à l'autre bout. Puis ils attendirent en maintenant le corps suspendu dans le hamac au-dessus de la tombe.

La famille de Shevonar et d'autres chefs de sa Caverne les rejoignirent dans la zone éclairée ; le reste du cortège se massa à l'extérieur du cercle de poteaux gravés.

Le Zelandoni de la Neuvième Caverne s'avança, et pendant un moment tout demeura silencieux. Pas un bruit ne s'élevait de la foule. Dans le silence, un lion des cavernes rugit au loin, une hyène ricana. Ayla sursauta en entendant un son étrange, haut perché. Un frisson lui parcourut le dos.

Elle avait déjà entendu cette musique de flûte qui ne semblait pas de ce monde, mais pas depuis longtemps. Manen avait joué de cet instrument à la Réunion d'Eté des Mamutoï. Elle se souvint qu'elle avait célébré les rites d'enterrement du Clan pour Rydag — le jeune garçon qui lui rappelait son fils — parce que les Mamutoï ne voulaient pas que l'enfant d'esprit mêlé adopté par Nezzie eût un enterrement mamutoï. Mais Manen avait joué de sa flûte malgré eux quand, avec les gestes silencieux de la langue du Clan, elle avait imploré le Grand Ours des Cavernes et l'Esprit de son totem de conduire Rydag dans le Monde d'Après du Clan.

Elle se remémora aussi les funérailles d'Iza, lorsque Mog-ur avait fait ces signes de sa main unique au-dessus de la tombe. Puis elle se rappela la mort de Mog-ur lui-même. Elle était entrée dans la grotte après le tremblement de terre et l'avait trouvé le crâne défoncé par une pluie de pierres, gisant sur le cairn tombal d'Iza. Elle avait fait les signes pour lui puisque personne d'autre n'avait osé se risquer dans la grotte alors que la terre grondait encore.

La flûte éveillait encore un autre souvenir. Elle avait entendu cet instrument avant de connaître Manen, pendant la cérémonie rituelle de l'Ours des Cavernes au Rassemblement du Clan. Le Mog-ur d'un autre clan avait joué d'un instrument semblable, même si le son aigu qui symbolisait la voix spirituelle d'Ursus avait un ton différent de celui de Manen et de celui qu'elle entendait maintenant.

Elle fut détournée de ses pensées quand Zelandoni commença d'une voix profonde :

— Grande Terre Mère, Première Ancêtre, Tu as rappelé à Toi Ton enfant. Il a été sacrifié à l'Esprit du Bison, et les Zelandonii, Tes enfants qui vivent au sud-ouest de cette terre, demandent que ce sacrifice suffise. Shevonar était un chasseur hardi, un bon compagnon, et il faisait d'excellentes sagaies. Il T'a honorée de son vivant. Guide-le vers Toi, nous t'en conjurons. Sa compagne le pleure, les enfants de sa compagne l'aimaient, la Caverne le respectait. Il a été rappelé à Toi alors qu'il était encore en pleine jeunesse. Que l'Esprit du Bison soit satisfait, ô Doni, que cette mort suffise.

— Que cette mort suffise, ô Doni, entonnèrent les autres Zelandonia.

Les mots furent répétés par toutes les Cavernes rassemblées, plus ou moins à l'unisson.

On entendit alors le bruit sourd d'instruments frappés en cadence, peaux tendues sur des cerceaux munis de poignées. Le son étrange de la flûte s'éleva de nouveau, s'insinuant entre les battements réguliers des tambours et créant une musique qui incitait à libérer ses émotions. Relona se mit à pleurer, à exprimer de nouveau par ses plaintes sa douleur et son chagrin. Bientôt, tous les autres Zelandonii l'imitèrent, les larmes aux yeux.

Une voix s'éleva, un contralto sonore chantant sans paroles, adoptant le rythme des tambours et se mêlant au son de la flûte, presque comme un instrument. La première fois qu'Ayla avait entendu quelqu'un chanter de cette façon, c'était quand elle était allée vivre chez les Mamutoï. La plupart des membres du Camp du Lion chantaient, au moins en groupe. Elle avait aimé les écouter et elle aurait voulu se joindre à eux mais elle était incapable de chanter. Elle pouvait à peine fredonner d'un ton monocorde. Elle se rappela que certains chantaient beaucoup mieux que d'autres, et elle les avait admirés, mais jamais elle n'avait entendu une voix aussi profonde et vibrante. C'était celle de Zelandoni, la Première, et Ayla fut submergée d'émotion.

Les deux hommes qui tenaient l'avant du poteau se retournèrent pour faire face aux deux hommes de derrière, puis tous les quatre soulevèrent le hamac mortuaire de leurs épaules et commencèrent à l'abaisser. La fosse n'était pas très profonde. Quand les hommes posèrent les poteaux sur le sol, le corps reposait déjà au fond du trou. Ils dénouèrent les cordes du filet, les jetèrent aussi dans la fosse.

Ils traînèrent près du trou les peaux sur lesquelles ils avaient mis la terre meuble de la tombe, plantèrent le poteau à un bout de la fosse, le fixèrent avec un peu de terre. A l'autre bout, ils placèrent un autre poteau plus petit, sur lequel était gravé et peint à l'ocre rouge l'abelan de Shevonar. Sa marque indiquerait l'endroit où il était enterré, préviendrait que son corps y reposait et que son esprit se trouvait peut-être encore à proximité.

Relona s'avança d'un pas raide en s'efforçant de rester maîtresse d'elle-même. Elle s'approcha du tas et, d'un geste presque rageur, prit une poignée de terre dans chaque main et la jeta dans la tombe. Deux femmes plus âgées aidèrent les deux enfants de Relona à faire de même puis jetèrent elles aussi de la terre sur le corps enveloppé. Toute la communauté défila ensuite, chacun répétant le même geste. Quand tout le monde fut passé, la fosse était pleine, et la tombe surmontée d'un tertre bombé.

Soudain, Relona tomba à genoux. Aveuglée par les larmes, secouée de sanglots, elle s'effondra sur la terre molle. L'aîné des enfants retourna auprès d'elle et resta là à pleurer, essuyant ses yeux de ses poings. Le plus jeune, l'air égaré, courut vers la tombe, agrippa le bras de sa mère, tenta de la forcer à se relever.

Ayla se demanda où étaient passées les deux femmes plus âgées et pourquoi personne n'essayait de consoler les enfants.

16

Au bout d'un moment, Ayla vit la mère commencer à réagir aux sanglots effrayés de la petite fille. Relona se redressa, et sans même faire tomber la terre collée à ses vêtements, la prit dans ses bras. L'aîné s'assit par terre, entoura de ses bras le cou de sa mère, qui l'enlaça à son tour, et tous trois demeurèrent sur le sol à pleurer ensemble.

Ayla eut cependant l'impression que leurs sanglots étaient différents, moins imprégnés de désespoir, empreints d'une tristesse et d'un réconfort communs. Sur un signe de la Première, les Zelandonia et quelques autres, notamment Ranokol, le frère de Shevonar, les aidèrent à se lever tous les trois et les éloignèrent de la tombe.

Le chagrin de Ranokol était aussi profond que celui de Relona mais il l'exprimait différemment. Il ne cessait de se demander pourquoi Shevonar avait été sacrifié et non pas lui. Son frère avait une famille alors que lui-même n'avait pas de compagne. Il était torturé par cette idée mais n'en parlait jamais. Il aurait volontiers évité de venir à l'enterrement s'il l'avait pu ; il ne pensait qu'à une chose : partir dès qu'il le pourrait.

— Grande Terre Mère, nous avons remis en Ton sein Shevonar de la Neuvième Caverne des Zelandonii, entonna la Première.

Tous ceux qui s'étaient rassemblés pour les funérailles de Shevonar demeuraient autour de la tombe et, les yeux fixés sur la doniate, semblaient attendre quelque chose. Les tambours et les flûtes continuaient à jouer mais leur musique s'était si bien intégrée à la cérémonie qu'Ayla ne la remarqua que lorsque l'air changea et que Zelandoni se remit à chanter.

Des ténèbres, du Chaos du temps,
Le tourbillon enfanta la Mère suprême.
Elle s'éveilla à Elle-Même sachant la valeur de la vie,
Et le néant sombre affligea la Grande Terre Mère.

Toute la communauté répondit à l'unisson, certains en chantant, d'autres en prononçant simplement les mots.

La Mère était seule. La Mère était la seule.

Celle Qui Etait la Première reprit :

De la poussière de Sa naissance, Elle créa l'Autre,
Un pâle ami brillant, un compagnon, un frère.
Ils grandirent ensemble, apprirent à aimer et chérir
Et quand Elle fut prête, ils décidèrent de s'unir.

De nouveau, tous les Zelandonii répondirent :

Il tournait autour d'Elle constamment, son pâle amant.

Ayla se rendit compte que le chant racontait une histoire familière que tout le monde connaissait et attendait. Captivée, elle voulut en savoir davantage et écouta avec attention tandis que Zelandoni chantait un autre couplet et que la communauté tout entière lui répondait dans le dernier vers.

De ce seul compagnon Elle se contenta d'abord
Puis devint agitée et inquiète en Son cœur.
Elle aimait Son pâle ami blond, cher complément d'Elle-Même
Mais Son amour sans fond demeurait inemployé
La Mère Elle était, quelque chose Lui manquait.

Elle défia le grand vide, le Chaos, les ténèbres
De trouver l'antre froid de l'étincelle source de vie.
Le tourbillon était effroyable, l'obscurité totale.
Le Chaos glacé chercha Sa chaleur.
La Mère était brave, le danger était grave.

Elle tira du Chaos froid la source créatrice
Et conçut dans ce Chaos. Elle s'enfuit avec la force vitale,
Grandit avec la vie qu'Elle portait en Son sein,
Et donna d'Elle-Même avec amour, avec fierté.
La Mère portait Ses fruits, Elle partageait Sa vie.

Le vide obscur et la vaste Terre nue
Attendaient la naissance.
La vie but de Son sang, respira par Ses os.
Elle fendit Sa peau et scinda Ses roches.
La Mère donnait. Un autre vivait.

Les eaux bouillonnantes de l'enfantement emplirent rivières et [mers,
Inondèrent le sol, donnèrent naissance aux arbres.
De chaque précieuse goutte naquirent herbes et feuilles
Jusqu'à ce qu'un vert luxuriant renouvelle la Terre.
Ses eaux coulaient. Les plantes croissaient.

Dans la douleur du travail, crachant du feu,
Elle donna naissance à une nouvelle vie.

Son sang séché devint la terre d'ocre rouge.
Mais l'enfant radieux justifiait toute cette souffrance.
Un bonheur si grand, un garçon resplendissant.

La respiration d'Ayla se bloqua dans sa gorge lorsqu'elle entendit ces mots qui semblaient raconter son histoire et celle de son fils Durc. Elle se rappelait combien elle avait souffert pour le mettre au monde et combien son bonheur avait ensuite été grand. La doniate poursuivit de sa voix magnifique :

Les roches se soulevèrent, crachant des flammes de leurs crêtes.
La Mère nourrit Son fils de Ses seins montagneux.
Il tétait si fort, les étincelles volaient si haut
Que le lait chaud traça un chemin dans le ciel.
La Mère allaitait, Son fils grandissait.

Cette histoire me paraît familière, se dit Ayla en secouant la tête comme pour faire tomber la réponse. Jondalar. Il m'en a raconté une partie en venant ici.

Il riait et jouait, devenait grand et brillant.
Il éclairait les ténèbres à la joie de la Mère.
Elle dispensa Son amour, le fils crût en force,
Mûrit bientôt et ne fut plus enfant.
Son fils grandissait, il Lui échappait.

Elle puisa à la source pour la vie qu'Elle avait engendrée.
Le vide froid attirait maintenant son fils.
La Mère donnait l'amour, mais le jeune avait d'autres désirs.
Connaître, voyager, explorer.
Le Chaos La faisait souffrir, le fils brûlait de partir.

La réponse continuait à échapper à Ayla, à la narguer. Ce n'est pas seulement Jondalar. Je connais cette histoire, du moins pour l'essentiel, mais où ai-je bien pu l'entendre ? Le déclic se fit. Losaduna ! J'ai mémorisé toutes sortes de choses qu'elle m'a apprises ! Il y avait une histoire semblable sur la Mère. Jondalar en a même récité des extraits pendant la cérémonie. Ce n'était pas exactement la même, et elle était dans leur langue, mais le losadunaï est proche du zelandonii.

En écoutant la suite, Ayla s'efforça de se remettre en mémoire l'autre histoire de la Mère, eut une impression de similitude et de différence à la fois.

Il s'enfuit de Son flanc pendant que la Mère dormait
Et que le Chaos sortait en rampant du vide tourbillonnant.
Par ses tentations aguichantes l'obscurité le séduisit.
Trompé par le tourbillon, l'enfant tomba captif.
Le noir l'enveloppa, le jeune fils plein d'éclat.

L'enfant rayonnant de la Mère, d'abord ivre de joie,
Fut bientôt englouti par le vide sinistre et glacé.

Le rejeton imprudent, consumé de remords,
Ne pouvait se libérer de la force mystérieuse.
Le Chaos refusait de lâcher le fils coupable de témérité.

Mais au moment où les ténèbres l'aspiraient dans le froid
La Mère se réveilla, et se ressaisit.
Pour L'aider à retrouver Son fils resplendissant,
La Mère fit appel à Son pâle ami.
Elle tenait bon, Elle ne perdait pas de vue Son rejeton.

Ayla sourit en devinant le vers suivant, ou tout au moins son sens. La Terre Mère raconte à son vieil ami la Lune ce qui est arrivé à Son fils.

Elle rappela auprès d'elle Son amour d'antan.
Le cœur serré, Elle lui conta Son histoire.
L'ami cher accepta de se joindre au combat
Pour arracher l'enfant à son sort périlleux.

A l'auditoire maintenant de résumer l'histoire à sa manière, se dit Ayla. C'est ainsi que cela doit se passer. D'abord la Losaduna, ou la Zelandoni, la raconte puis la communauté répond ou la répète sous une autre forme.

Elle parla de Sa douleur, et du tournoyant voleur.

Ce fut de nouveau le tour de Zelandoni :

La Mère était épuisée, Elle devait se reposer.
Elle relâcha Son étreinte sur Son lumineux amant
Qui, pendant Son sommeil, affronta la force froide,
Et la refoula un moment vers sa source.
Son esprit était puissant, mais trop long l'affrontement.

Le pâle ami lutta de toutes ses forces
Le combat était âpre, la bataille acharnée.
Sa vigilance déclina, il ferma son grand œil.
Le noir l'enveloppa, lui vola sa lumière.
Du pâle ami exténué, la lumière expirait.

Quand les ténèbres furent totales, Elle s'éveilla avec un cri.
Le vide obscur cachait la lumière du ciel.
Elle se jeta dans la mêlée, fit tant et si bien
Qu'elle arracha Son ami à l'obscurité.
Mais de la nuit le visage terrible gardait Son fils invisible.

Prisonnier du tourbillon, le fils ardent de la Mère
Ne réchauffait plus la Terre. Le Chaos froid avait gagné.
La vie fertile et verdoyante n'était plus que glace et neige.
Un vent mordant soufflait sans trêve.
La Terre était abandonnée, aucune plante ne poussait plus.

Bien que lasse et épuisée de chagrin, la Mère tenta encore
De reprendre la vie qu'Elle avait enfantée.
Elle ne pouvait renoncer, il fallait qu'Elle se batte
Pour que renaisse la lumière de Son fils.
Elle poursuivit Sa quête guerrière pour ramener la lumière.

Son lumineux ami était prêt à combattre
Le voleur qui gardait captif l'enfant de Ses entrailles.
Ensemble ils luttèrent pour le fils qu'Elle adorait.
Leurs efforts aboutirent, sa lumière fut restaurée.
Sa chaleur réchauffait, sa splendeur rayonnait.

La Grande Terre Mère et la Lune ont ramené le Soleil, mais pas complètement, pensa Ayla, anticipant à nouveau sur la suite.

Les lugubres ténèbres s'accrochaient à l'éclat du fils
La Mère ripostait, refusait de reculer.
Le tourbillon tirait, Elle ne lâchait pas.
Il n'y avait ni vainqueur ni vaincu.
Elle repoussait l'obscurité, mais Son fils demeurait prisonnier.

La version zelandonii était-elle plus longue que la version losadunaï, ou n'était-ce qu'une impression ? Chanter cette histoire la fait peut-être paraître plus longue, pensa Ayla, mais j'aime ce chant. Je voudrais mieux le comprendre.

Quand Elle repoussait le tourbillon et faisait fuir le Chaos,
La lumière de Son fils brillait de plus belle.
Quand Ses forces diminuaient, le néant noir prenait le dessus,
Et l'obscurité revenait à la fin du jour.
Elle sentait la chaleur de Son fils, mais le combat demeurait [indécis.

La Grande Mère vivait la peine au cœur
Qu'Elle et Son fils soient à jamais séparés.
Se languissant de Son enfant perdu,
Elle puisa une ardeur nouvelle dans Sa force de vie
Elle ne pouvait se résigner à la perte du fils adoré.

Quand Elle fut prête, Ses eaux d'enfantement
Ramenèrent sur la Terre nue une vie verdoyante.
Et Ses larmes, abondamment versées,
Devinrent des gouttes de rosée étincelantes.
Les eaux apportaient la vie, mais Ses pleurs n'étaient pas taris.

J'aime beaucoup la partie qui suit, et je me demande comment Zelandoni la chantera.

Avec un grondement de tonnerre, Ses montagnes se fendirent
Et par la caverne qui s'ouvrit dessous
Elle fut de nouveau mère,
Donnant vie à toutes les créatures de la Terre.
D'autres enfants étaient nés, mais la Mère était épuisée.

Chaque enfant était différent, certains petits, d'autres grands.
Certains marchaient, d'autres volaient, certains nageaient,
[d'autres rampaient.
Mais chaque forme était parfaite, chaque esprit complet.
Chacun était un modèle qu'on pouvait répéter.
La Mère le voulait, la Terre verte se peuplait.

Les oiseaux, les poissons, les autres animaux,
Tous restèrent cette fois auprès de l'Eplorée.
Chacun d'eux vivait là où il était né
Et partageait le domaine de la Mère.
Près d'Elle ils demeuraient, aucun ne s'enfuyait.

Ils étaient Ses enfants, ils La remplissaient de fierté
Mais ils sapaient la force de vie qu'Elle portait en Elle.
Il Lui en restait cependant assez pour une dernière création,
Un enfant qui se rappellerait qui l'avait créé,
Un enfant qui saurait respecter et apprendrait à protéger.

Première Femme naquit adulte et bien formée,
Elle reçut les Dons qu'il fallait pour survivre.
La Vie fut le premier, et comme la Terre Mère,
Elle s'éveilla à elle-même en en sachant le prix.
Première Femme était née, première de sa lignée.

Vint ensuite le Don de Perception, d'apprendre,
Le désir de connaître, le Don de Discernement.
Première Femme reçut le savoir qui l'aiderait à vivre
Et qu'elle transmettrait à ses semblables.
Première Femme saurait comment apprendre, comment croître.

La Mère avait presque épuisé Sa force vitale.
Pour transmettre l'Esprit de la Vie,
Elle fit en sorte que tous Ses enfants procréent,
Et Première Femme reçut aussi le Don d'enfanter.
Mais Première Femme était seule, elle était la seule.

La Mère se rappela Sa propre solitude,
L'amour de Son ami, sa présence caressante.
Avec la dernière étincelle, Son travail reprit,
Et, pour partager la vie avec Femme, Elle créa Premier Homme.
La Mère à nouveau donnait, un nouvel être vivait.

Femme et Homme la Mère enfanta
Et pour demeure, elle leur donna la Terre,
Ainsi que l'eau, le sol, toute la création,
Pour qu'ils s'en servent avec discernement.
Ils pouvaient en user, jamais en abuser.

Aux Enfants de la Terre, la Mère accorda
Le Don de Survivre, puis Elle décida
De leur offrir celui des Plaisirs
Qui honore la Mère par la joie de l'union.
Les Dons sont mérités quand la Mère est honorée.

Satisfaite des deux êtres qu'Elle avait créés,
La Mère leur apprit l'amour et l'affection.
Elle insuffla en eux le désir de s'unir,
Le Don de leurs Plaisirs vint de la Mère.
Avant qu'Elle eût fini, Ses enfants L'aimaient aussi.
Les Enfants de la Terre étaient nés, la Mère pouvait se reposer.

Ayla attendit la suite mais il n'y eut que le silence, et elle comprit que le *Chant de la Mère* avait pris fin.

Les Zelandonii regagnèrent leurs Cavernes par groupes de deux ou trois. Certains ne seraient pas de retour chez eux avant le milieu de la nuit, d'autres projetaient de dormir chez des amis ou des parents. Les Zelandonia et quelques acolytes restaient sur le site sacré pour se charger d'autres aspects plus ésotériques de la cérémonie et ne rentreraient pas avant le lendemain matin.

Quelques-uns accompagnèrent Relona chez elle pour passer la nuit dans son habitation, allongés sur le sol pour la plupart. Il fallait qu'elle fût entourée. Il était arrivé que l'esprit d'un compagnon mort tentât de rentrer chez lui avant de comprendre qu'il n'appartenait plus à ce monde. Les compagnes restées seules étaient exposées aux Esprits rôdeurs et avaient besoin de la protection de nombreuses personnes pour éloigner les influences maléfiques. Les plus âgées, en particulier, étaient tentées de suivre l'elan de leur compagnon dans le Monde d'Après. Par chance, Relona était encore jeune et ses deux enfants avaient besoin d'elle.

Ayla fit partie de ceux qui restèrent avec Relona, et la jeune veuve en parut contente. Jondalar avait lui aussi prévu de rester, mais la journée était bien avancée lorsqu'il eut fini de s'acquitter de ses devoirs cérémoniels, et tant de Zelandonii étaient déjà couchés sur le sol de l'habitation qu'il ne voyait pas où loger sa grande carcasse. Ayla lui fit signe depuis le fond de la pièce. Loup était avec elle et, probablement à cause de la présence de l'animal, Ayla avait un peu de place autour d'elle. Mais, quand Jondalar voulut enjamber les corps des dormeurs pour la rejoindre, il en réveilla plusieurs. Marthona, allongée plus près de l'entrée, lui conseilla de rentrer. Il se sentit un peu coupable mais lui en fut reconnaissant. Les longues veilles pour écarter les Esprits errants n'étaient pas ce qu'il préférait. En outre, il avait assez eu affaire au Monde des Esprits pour la journée et il se sentait fatigué. La présence d'Ayla lui manqua quand il se coula sous sa fourrure mais il s'endormit aussitôt.

De retour à la Neuvième Caverne, Celle qui Etait la Première se retira pour méditer. Elle accomplirait bientôt un Voyage dans le

Monde d'Après et devait s'y préparer. Elle retourna son pectoral de façon à montrer son côté lisse pour signifier qu'elle ne voulait pas être dérangée. Non seulement elle tenterait de guider l'esprit de Shevonar jusqu'au monde de l'au-delà, mais elle chercherait aussi l'elan de Thonolan, et pour cela elle aurait besoin de Jondalar et d'Ayla.

A son réveil, Jondalar éprouva un vif désir de se remettre à la fabrication d'outils. Bien qu'il ne l'eût pas explicitement exprimé, les événements mystérieux auxquels il avait pris part le mettaient encore mal à l'aise. La taille du silex était non seulement une activité mais un plaisir pour lui, et la manipulation d'un morceau de roche bien concret représentait un bon moyen d'oublier le monde ambigu, intangible et vaguement menaçant des Esprits.

Il alla chercher les silex qu'il avait extraits de la mine lanzadoni. Dalanar avait vérifié le matériau que Jondalar avait prélevé de l'affleurement rocheux où se trouvait la pierre qui faisait la renommée des Lanzadoni, avait émis des suggestions sur les pièces à emporter et l'avait aidé à dégrossir le matériau, de sorte qu'il n'ait à transporter que des noyaux bruts pouvant être travaillés. Un cheval peut porter beaucoup plus qu'un homme, mais le silex est lourd. La quantité de pierres qu'il avait pu emporter était donc limitée.

Il examina les pierres, en choisit deux, remit les autres en place et prit ses outils de tailleur, disposa ses percuteurs en pierre, en os et en bois de cerf, et ses retoucheurs. Il les rangea avec les deux rognons de silex et partit en quête d'un endroit pour les tailler. C'était en général un lieu un peu à l'écart, étant donné que les éclats de silex étaient très tranchants et volaient en tous sens lors de la taille. Les tailleurs sérieux choisissaient toujours de s'installer loin des zones fréquentées pour épargner les pieds nus des enfants qui couraient n'importe où, ainsi que ceux de leurs mères, souvent débordées ou distraites.

Relevant le rideau de l'entrée, Jondalar sortit de la demeure de sa mère. Il regarda en direction de la corniche, constata que le ciel était gris. Un morne crachin gardait presque tout le monde sous l'abri de pierre, et le vaste espace découvert à côté des habitations était entièrement occupé. Il n'y avait pas de moments particuliers pour se livrer à des activités personnelles, mais c'était le genre de journée que beaucoup choisissaient pour travailler. Des panneaux et des peaux suspendues à des cordes furent mis en place pour empêcher le vent et la pluie de pénétrer à l'intérieur pendant que plusieurs feux fournissaient chaleur et lumière. Les courants d'air froid imposaient cependant de porter des vêtements chauds.

Jondalar sourit en voyant Ayla venir vers lui. Quand ils furent près l'un de l'autre, il la salua en pressant sa joue contre la sienne et sentit son odeur féminine. Il n'avait pas dormi avec elle et il éprouva un brusque désir de la ramener sur leurs fourrures et de faire autre chose que dormir.

— J'allais chez Marthona, je te cherchais, dit Ayla.

— Je me suis réveillé avec l'envie de tailler les pierres que j'ai rapportées de la mine de silex de Dalanar pour en faire de nouveaux outils, dit-il en montrant son sac en cuir. Mais on dirait que tout le monde a eu la même idée ce matin.

Il jeta un coup d'œil à l'aire de travail encombrée et ajouta :

— Je ne crois pas que j'irai, finalement.

— Où vas-tu te mettre ? s'enquit Ayla. Je descends voir les chevaux mais je viendrai peut-être te regarder plus tard si cela ne gêne personne.

— A En-Aval, je pense. Beaucoup de ceux qui fabriquent des outils y travaillent. Tu veux que je t'aide, pour les chevaux ?

— Non, à moins que tu n'y tiennes. Je souhaite simplement voir comment ils vont. Je ne monterai sans doute pas aujourd'hui, mais j'emmènerai peut-être Folara pour qu'elle s'assoie sur Whinney, si elle le souhaite.

— Ce serait drôle de la voir essayer, mais j'ai envie de fabriquer quelques outils, aujourd'hui.

Ils sortirent ensemble, Jondalar partant d'un côté, Ayla et Loup d'un autre. Elle fit halte à l'aire de travail pour chercher Folara, et son attention fut détournée par les personnes qui s'y adonnaient à diverses activités. L'atmosphère était appliquée, détendue cependant. Certains aspects du travail exigeaient une intense concentration mais les parties répétitives laissaient le temps de bavarder, et la plupart des Zelandonii furent heureux de répondre à ses questions, de montrer leurs techniques et d'expliquer leurs méthodes.

Ayla trouva Folara occupée à tisser avec sa mère et la jeune fille ne pouvait interrompre son travail. Ayla promit de l'emmener voir les chevaux une autre fois. La pluie avait cessé et Ayla décida de descendre avant une nouvelle averse.

Whinney et Rapide étaient en excellente condition et ravis de les voir, elle et Loup, quand elle les trouva à quelque distance de l'abri, dans la Vallée des Bois. Ils avaient découvert une petite prairie avec une source qui formait un bassin d'eau claire au milieu de la vallée boisée, et un endroit sous les arbres pour se protéger de la pluie. Les cerfs avec qui ils partageaient cet endroit détalèrent en voyant la femme et le loup, tandis que les chevaux galopaient vers eux en hennissant.

Ces cerfs ont été chassés, pensa Ayla. La vue d'un seul loup n'aurait pas suffi à mettre en fuite des animaux adultes. Le vent leur porte mon odeur, et ils ont appris à redouter bien davantage les humains.

Le soleil était revenu. Ayla trouva des capitules de cardère séchés de la saison précédente et s'en servit pour étriller les chevaux. Quand elle eut terminé, elle remarqua que Loup s'était mis à avancer à pas lents, l'échine creusée. Elle décrocha la fronde passée à sa ceinture, ramassa une pierre sur le bord caillouteux du bassin et, quand Loup fit détaler deux lièvres, elle abattit l'un d'eux à son premier essai en laissant l'autre au carnassier.

Un nuage masqua le soleil. Levant la tête, Ayla s'aperçut qu'il était déjà tard. Il s'était passé tant de choses ces derniers jours qu'elle savourait ce moment où elle était laissée à elle-même, mais, lorsqu'il recommença à pleuviner, elle décida de monter Whinney pour retourner à la Neuvième Caverne. Rapide et Loup suivirent. Elle se félicita d'avoir pris cette résolution quand la pluie redoubla à l'instant où elle arrivait à l'abri. Elle fit monter les chevaux sur la terrasse, les conduisit au-delà de la zone d'habitation, vers la partie moins fréquentée, proche d'En-Aval. Elle avisa quelques hommes assis autour d'un feu et devina qu'ils étaient en train de jouer, bien qu'elle ne pût identifier le jeu à leurs gestes. Ils s'interrompirent, la regardèrent passer. Elle trouva leur attitude très grossière et mit un point d'honneur à leur montrer les bonnes manières en évitant de tourner la tête vers eux. Mais elle avait appris des femmes du Clan à observer beaucoup de choses à la dérobée. Elle les entendit échanger des commentaires à voix basse et remarqua qu'ils sentaient le barma.

Plus loin, elle vit des Zelandonii occupés à préparer des peaux de bison et de cerf. Eux aussi avaient probablement trouvé qu'il y avait trop de monde sur l'aire de travail. Elle amena les chevaux presque au bord de la terrasse, près du petit cours d'eau qui séparait la Neuvième Caverne d'En-Aval, et songea que l'endroit serait idéal pour leur construire un abri avant l'hiver. Il faudrait qu'elle en parle à Jondalar. Puis elle leur montra la piste qui redescendait vers la Rivière et les laissa libres. Loup décida d'accompagner les chevaux quand ils s'élancèrent sur la piste. Pluie ou non, ils aimaient mieux paître l'herbe de la berge plutôt que de rester au sec sur la corniche nue.

Elle songea à retourner auprès de Jondalar puis changea d'avis et revint à l'endroit où l'on travaillait les peaux. Les Zelandonii profitaient volontiers de sa présence pour marquer une pause, et parfois pour regarder de plus près cette femme que les chevaux ne fuyaient pas et qu'un loup suivait.

Portula, qui était là, lui sourit. Désolée du rôle qu'elle avait joué dans la farce de Marona, elle tentait de gagner l'amitié d'Ayla.

Celle-ci avait l'intention de coudre des vêtements pour elle, pour Jondalar et pour le bébé qu'elle attendait ; elle se souvint qu'elle avait tué un jeune cerf géant, se demanda où il était. A défaut d'autre chose, elle pouvait écorcher le lièvre qui pendait à la lanière de sa taille et commencer par un vêtement pour le bébé.

— S'il y a de la place, j'aimerais dépiauter ce lièvre maintenant, et peut-être travailler sur des peaux, plus tard, dit Ayla en s'adressant à tout le groupe.

— Il y a toujours de la place, répondit Portula. Et je te prêterai mes outils, si tu en as besoin.

— Merci de ton offre. J'ai de nombreux outils, je vis avec Jondalar, après tout, dit Ayla avec un sourire. Mais je ne les ai pas sur moi.

Plusieurs personnes lui sourirent en retour d'un air entendu. Ayla aimait être entourée de gens occupés à des tâches dans lesquelles ils excellaient. Quelle différence avec les journées solitaires dans la grotte de sa vallée ! Cela ressemblait à son enfance au sein du Clan de Brun, où tous travaillaient ensemble.

Elle écorcha et vida rapidement le lièvre puis demanda :

— Je peux laisser les peaux là pour le moment ? J'ai dit à Jondalar que je passerais le voir à En-Aval. Je les reprendrai au retour.

— Je les surveille, répondit Portula. Si tu veux, je les prendrai en partant si tu n'es pas encore repassée.

— Ce serait gentil de ta part. (Ayla se prenait de sympathie pour la jeune femme, qui s'efforçait désormais de se montrer amicale.) A tout à l'heure.

En franchissant la passerelle qui enjambait le cours d'eau, Ayla découvrit Jondalar et d'autres Zelandonii sous le surplomb du premier abri. Elle remarqua que Jonokol était là lui aussi, et se rappela que Jondalar et lui avaient parlé de se voir un jour pour travailler sur un outil dont le peintre avait eu l'idée. A l'évidence, l'endroit était utilisé de longue date pour la taille du silex car le sol était couvert d'éclats tranchants. Il n'aurait pas été prudent d'y marcher pieds nus.

— Te voilà, dit Jondalar. Nous nous apprêtions à rentrer. Joharran est passé prévenir que Proleva prépare un grand repas avec la viande d'un des bisons. Elle le fait si bien et si souvent que les autres finiront par en prendre l'habitude... Mais, tout le monde étant très occupé aujourd'hui, elle a pensé que ce serait plus facile. Tu rentres avec nous ?

— Je ne m'étais pas rendu compte que la mi-journée était si proche.

En retournant vers la Neuvième Caverne, Ayla aperçut Joharran devant eux. Elle ne l'avait pas vu s'approcher. Il a dû me dépasser pendant que je parlais à Portula, pensa-t-elle, ou quand j'écorchais le lièvre. Elle remarqua qu'il obliquait vers les hommes assis autour du feu.

Joharran avait repéré Laramar et les autres joueurs quand il était allé parler aux travailleurs d'En-Aval du repas préparé par Proleva. Sur le chemin du retour, il résolut de prévenir les joueurs. Ils étaient membres de la Neuvième Caverne, même s'ils n'apportaient qu'une piètre contribution à la communauté.

Comme ils ne l'avaient pas vu approcher, ils poursuivaient leur conversation, et il entendit l'un d'eux marmonner :

— Qu'est-ce que tu veux attendre d'une femme qui dit qu'elle a appris à soigner chez les Têtes Plates ? Ils y connaissent quoi, ces animaux ?

Laramar était du même avis :

— Cette femme n'est pas une guérisseuse. Shevonar est mort, non ?

— Tu n'étais pas là, Laramar ! lança Joharran en tâchant de se maîtriser. Comme d'habitude, tu n'as pas eu le courage de participer à la chasse.

— J'étais malade, se défendit l'homme.

— Malade d'avoir trop pris de ton breuvage, répliqua Joharran. Laisse-moi te le dire, personne n'aurait pu sauver Shevonar. Pas même Zelandoni, ni la guérisseuse la plus habile qui ait jamais vécu. Il avait été piétiné par un bison. Quel chasseur peut supporter un tel poids ? Sans l'aide d'Ayla, il n'aurait pas survécu jusqu'à l'arrivée de Relona. Ayla a trouvé un moyen de soulager sa douleur. Elle a fait tout ce qui était possible. Pourquoi répands-tu des rumeurs malveillantes ? Que t'a-t-elle fait ?

Ils s'interrompirent quand Ayla, Jondalar et quelques autres les rejoignirent.

— Pourquoi tu t'approches en cachette pour écouter les conversations des autres ? reprit Laramar.

— Je me suis approché sans me cacher pour vous informer que Proleva et d'autres ont préparé à manger pour tout le monde, afin que vous puissiez prendre part au repas. Vous parliez à voix haute, je ne pouvais pas fermer les oreilles. Zelandoni pense qu'Ayla est une bonne guérisseuse : alors, pourquoi ne pas lui donner sa chance ? Nous devrions être contents d'accueillir une femme aussi compétente. Qui peut savoir s'il n'aura pas besoin d'elle demain ? Bon, vous venez, maintenant ?

Le chef regarda chaque homme tour à tour pour lui faire savoir qu'il l'avait reconnu et qu'il ne l'oublierait pas, puis il s'éloigna. Le petit groupe se scinda et le suivit de l'autre côté de la terrasse. Certains des joueurs approuvaient Joharran, du moins en ce qui concernait la chance qu'il fallait accorder à Ayla, mais d'autres ne voulaient pas ou ne pouvaient pas surmonter leurs préjugés. Laramar, bien qu'il eût exprimé son accord avec l'homme qui avait critiqué l'étrangère, n'avait pas d'avis sur la question. Il avait tendance à adopter la position la plus commode.

Ayla revint avec le groupe d'En-Aval en restant sous le surplomb de l'abri, pour se protéger d'une pluie qui s'était remise à tomber dru. Elle songeait aux talents et aux capacités que les gens exerçaient pour s'occuper. Beaucoup de Zelandonii aimaient fabriquer des objets, avec des matériaux variés. Certains, comme Jondalar, taillaient le silex pour faire des outils et des armes ; d'autres travaillaient le bois, l'ivoire ou l'os ; d'autres encore les fibres végétales ou les peaux. Il lui vint à l'esprit que pour quelques-uns, comme Joharran, le matériau était l'homme.

A proximité de l'abri, ses narines détectèrent de succulentes odeurs de nourriture, et elle songea que la préparation des repas était une tâche que certains affectionnaient. Proleva prenait plaisir à organiser les rassemblements de la communauté, et c'était sans doute la raison de ce festin impromptu. Ayla pensa à elle-même, à ce qu'elle aimait faire. Elle s'intéressait à de nombreuses choses, elle aimait apprendre, mais surtout, elle aimait être guérisseuse.

Le repas était servi près de l'espace commun où chacun se livrait à ses activités. En approchant, Ayla s'aperçut qu'une zone adjacente avait été dévolue à une tâche peut-être moins agréable mais nécessaire. Les Zelandonii avaient accroché à deux pieds au-dessus du sol, entre des poteaux installés à cette fin, des filets pour mettre à sécher la viande des animaux qu'ils avaient chassés. Une couche de terre recouvrait le sol pierreux de l'abri, peu épaisse à certains endroits, assez profonde à d'autres pour maintenir un poteau. On plantait les poteaux dans les fissures de la roche ou des trous creusés dans le sol. On entassait souvent des pierres sur le pourtour afin de les étayer.

Il existait aussi des râteliers mobiles : des cadres attachés ensemble. On pouvait les soulever et les appuyer à la paroi du fond quand on ne les utilisait pas. Et, quand il y avait de la viande ou des légumes à sécher, les cadres mobiles pouvaient êtres installés n'importe où. Parfois, on mettait la viande à sécher là où l'animal avait été tué ou sur les rives herbeuses de la Rivière mais, quand il pleuvait ou quand les Zelandonii souhaitaient travailler plus près des habitations, ils avaient mis au point des moyens de tendre des cordes ou des filets.

Quelques morceaux de viande en forme de langue pendaient déjà sur les râteliers, près de petits feux qui dégageaient beaucoup de fumée pour éloigner les insectes et, incidemment, pour donner un goût particulier à la viande. Ayla décida qu'après le repas elle proposerait son aide pour couper la viande à sécher. Jondalar et elle venaient de se servir et cherchaient un endroit où manger quand elle vit Joharran se diriger vers un groupe à grands pas, l'air sombre.

— Jondalar, j'ai l'impression que ton frère a l'air fâché.

Jondalar se retourna pour regarder.

— En effet. Je me demande ce qui s'est passé.

Ils échangèrent un regard puis allèrent rejoindre Joharran, Proleva, son fils Jaradal, Marthona et Willamar. Le groupe les accueillit avec chaleur, leur fit de la place. Le chef était manifestement mécontent mais ne semblait pas vouloir en parler, du moins avec eux. Jondalar se promit de l'interroger plus tard. Tous sourirent pour accueillir Zelandoni quand elle les rejoignit. Elle avait passé la matinée chez elle, puis était sortie quand la communauté avait commencé à se rassembler pour le repas.

— Je peux aller te chercher quelque chose ? proposa Proleva.

— J'ai jeûné et médité aujourd'hui, me préparant à la Traque, dit Zelandoni en jetant à Jondalar un regard qui le mit mal à l'aise car il craignait de ne pas en avoir terminé avec le Monde d'Après. Mejera se charge de m'apporter à manger. C'est une jeune acolyte de la Zelandoni de la Quatorzième Caverne, elle n'est pas heureuse là-bas et elle voudrait venir ici avec moi et devenir mon assistante. Je dois réfléchir à la question et te demander, bien sûr, Joharran, si tu es prêt à l'accepter dans la Neuvième Caverne. Elle est timide, elle manque de confiance en elle mais elle montre des capacités indéniables. Je suis prête à la former, mais vous savez que je dois être très prudente avec la Quatorzième.

Elle se tourna vers Ayla pour lui fournir des éclaircissements.

— Cette femme s'attendait à devenir la Première mais la Zelandonia m'a préférée à elle. Elle a essayé de s'opposer à moi, de me forcer à renoncer. C'était mon premier vrai défi, et bien qu'elle ait fini par reculer, je ne crois pas qu'elle ait accepté le choix de la Zelandonia ni qu'elle m'ait pardonné.

S'adressant de nouveau à tous, elle poursuivit :

— Je sais qu'elle m'accusera de lui voler sa meilleure acolyte si j'accepte la requête de Mejera, mais je dois considérer l'intérêt de chacun. Si Mejera n'a pas accès à la formation indispensable pour développer ses talents, je ne peux me soucier de vexer quelqu'un d'autre. D'un autre côté, si le Zelandoni d'une autre Caverne est prêt à lui assurer cette formation et à tisser un lien avec Mejera, je pourrai peut-être éviter un affrontement avec la Quatorzième. J'aimerais attendre que la Réunion d'Eté soit passée pour prendre une décision.

— Cela me paraît sage, estima Marthona au moment où Mejera, aidée par Folara, apportait la nourriture de Zelandoni.

Après un silence gêné, la doniate reprit :

— Je ne sais pas si vous connaissez tous Mejera.

— Je connais ta mère, et l'homme de ton foyer, dit Willamar. Tu as des frères et sœurs, n'est-ce pas ?

— Oui, une sœur et un frère, répondit Mejera.

— Quel âge ont-ils ?

— Ma sœur est un peu plus jeune que moi, et mon frère a à peu près son âge, dit-elle en indiquant le fils de Proleva.

— Mon nom est Jaradal, je suis Jaradal de la Neuvième Caverne des Zelandonii, récita l'enfant. Tu es qui, toi ?

Il avait débité sa phrase avec sérieux et précision, comme on le lui avait sans doute appris. Tout le monde sourit, y compris la jeune femme.

— Je suis Mejera de la Quatorzième Caverne des Zelandonii. Je te salue, Jaradal de la Neuvième Caverne des Zelandonii.

Le garçonnet jubilait de se voir attribuer une telle importance. Elle comprend les enfants de cet âge, pensa Ayla.

— Nous manquons à nos devoirs, observa Willamar. Je crois que nous devrions tous nous présenter.

Après les présentations, il reprit :

— Sais-tu, Mejera, que le compagnon de ta mère voulait s'occuper de troc avant de la rencontrer ? Il a fait quelques voyages avec moi et puis il a décrété qu'il ne voulait pas passer autant de temps loin d'elle... et de toi, après ta naissance.

— Non, je l'ignorais, répondit-elle, ravie d'apprendre ce détail.

Pas étonnant qu'il soit le Maître du Troc, se dit Ayla. Il sait s'y prendre avec les gens, il met tout le monde à l'aise. Mejera semble un peu plus détendue.

— Proleva, j'ai vu qu'on a commencé à faire sécher la viande de la chasse. Je ne sais pas comment on la partage, ni qui est censé participer à sa conservation, mais, si personne n'y voit d'objection, j'aimerais apporter mon aide, offrit Ayla.

— Bien sûr, elle sera la bienvenue.

— En tout cas, moi je l'apprécierai, déclara Folara. C'est un travail long et fastidieux, mais, si on est nombreux à le faire, cela peut devenir amusant.

— La viande et la moitié de la graisse vont à chacun selon ses besoins, expliqua Proleva. La peau, les cornes, les bois, le reste de l'animal appartiennent à celui qui l'a abattu. Jondalar et toi avez tué chacun un mégacéros et un bison, Ayla. Jondalar a abattu le bison qui a piétiné Shevonar mais celui-là a été rendu à la Mère. Nous l'avons enterré près de la tombe de Shevonar. Les chefs ont décidé de vous en donner un autre. Au moment du dépeçage, les bêtes sont marquées, généralement avec du charbon de bois. A ce propos, comme nous ne connaissions pas ton abelan et que tu étais auprès de Shevonar, Zelandoni de la Troisième t'en a dessiné un, provisoire, pour marquer tes peaux.

— A quoi ressemble-t-il ? demanda Jondalar, conscient du caractère énigmatique de son propre abelan et curieux de celui des autres.

— Je crois qu'il représente ton côté protecteur, Ayla, dit Proleva. Attendez, je vais vous montrer.

Elle prit un morceau de bois, lissa la terre battue, y traça un trait vertical. Puis, partant du haut, elle y ajouta un trait oblique descendant vers le bas, et un troisième parallèle au premier.

— Cela me fait penser à une tente, à un abri, à quelque chose pour se protéger de la pluie, ajouta-t-elle.

— Tu as raison, approuva Jondalar. Ce n'est pas un mauvais abelan pour toi, Ayla. Tu as effectivement tendance à protéger et à aider, surtout quand quelqu'un est malade ou blessé.

— Moi, je sais dessiner mon abelan, fanfaronna Jaradal.

Tout le monde sourit. Proleva lui donna le bâton et il traça lui aussi des traits dans la terre.

— Tu en as un ? demanda-t-il à Mejera.

— Je suis sûre qu'elle en a un et elle se fera un plaisir de te le montrer. Mais plus tard, dit Proleva.

Elle lui permettait de participer un peu aux conversations, mais elle ne voulait pas qu'il prenne l'habitude de réclamer sans cesse l'attention des adultes.

— Qu'est-ce que tu penses de ton abelan, Ayla ? interrogea Jondalar.

— Puisque je n'ai pas eu à ma naissance d'elandon portant un abelan — du moins, autant que je me souvienne —, celui-là est aussi bon qu'un autre. Je n'ai pas d'objection.

— Tu n'avais aucune marque personnelle chez les Mamutoï ? s'enquit Proleva, qui cherchait toujours à connaître les usages des autres peuples.

— Quand j'ai été adoptée, Talut a tracé une marque sur mon bras avec une lame et l'a reproduite avec mon sang sur la plaque qu'il portait sur la poitrine pendant les cérémonies.

— C'était une marque particulière ? questionna Joharran.

— Elle l'était pour moi. J'ai encore la cicatrice, dit Ayla en montrant son bras. C'est intéressant, ces façons différentes de dire qui on est et à quel peuple on appartient. Lors de mon adoption par le Clan, j'ai reçu mon sac à amulettes, qui contenait un morceau d'ocre rouge. Au moment de donner un nom à un bébé, le Mog-ur trace un trait rouge du front à l'extrémité du nez. C'est à ce moment-là qu'il révèle à tous, en particulier à la mère, le totem du nouveau-né, en dessinant la marque du totem sur l'enfant avec un baume.

— Tu veux dire que les membres du Clan ont des marques pour montrer qui ils sont ? s'étonna Zelandoni. Des sortes d'abelan ?

— Des sortes d'abelan, oui. Quand un garçon devient un homme, le Mog-ur trace au couteau la marque de son totem sur son corps puis y fait pénétrer une cendre spéciale pour obtenir un tatouage. On n'entaille généralement pas la peau des filles parce que plus tard, en grandissant, elles saigneront de l'intérieur, mais moi, j'ai été marquée par le lion des cavernes quand il m'a choisie. Ses griffes ont laissé quatre traits sur ma jambe : la marque du lion des cavernes pour le Clan. C'est comme ça que Mog-ur a su qu'il était mon totem, bien que ce ne soit pas un totem féminin. On l'attribue le plus souvent à un garçon destiné à devenir un vigoureux chasseur. Lorsque j'ai été acceptée comme la Femme Qui Chasse, Mog-ur a fait une entaille ici (Ayla posa un doigt sur sa gorge, juste au-dessus de la clavicule) pour souligner d'un trait de sang les cicatrices de ma jambe.

— Alors, tu as déjà un abelan, argua Willamar. C'est ta marque, ces quatre traits.

— Je crois que tu as raison, dit Ayla. Cette autre marque ne m'inspire rien. Ce n'est qu'une marque commode, pour savoir à qui il faut attribuer telle ou telle peau. Même si la marque de mon totem du Clan n'est pas un signe Zelandonii, elle a pour moi un sens particulier. Elle signifie que j'ai été adoptée, que j'appartiens à la communauté. Elle pourrait me servir d'abelan.

Jondalar songea à ce qu'Ayla venait de dire. Sa compagne avait tout perdu. Elle ignorait de qui elle était née, qui était son peuple. Elle avait aussi perdu ceux qui l'avaient élevée. Elle s'était présentée comme « Ayla d'Aucun Peuple » quand elle avait rencontré les Mamutoï. Cela lui fit comprendre à quel point il était important pour elle d'être admise dans une communauté.

17

Les coups frappés avec insistance au panneau de bois de l'entrée réveillèrent Jondalar, mais il resta sous ses fourrures, à se demander pourquoi personne ne répondait. Puis il se rendit compte qu'il n'y avait personne d'autre dans l'habitation. Il se leva et cria « J'arrive tout de suite » en enfilant ses vêtements. Il fut étonné de découvrir Jonokol, l'artiste qui était aussi l'acolyte de Zelandoni.

— Entre.

— La Zelandoni de la Neuvième Caverne dit que le moment est venu, déclara Jonokol.

Jondalar n'était pas sûr de comprendre ce que ces mots signifiaient, mais il en avait une idée, et cela ne l'enchantait pas. Il avait eu son content de l'autre monde la veille, il n'avait pas envie de s'y frotter de nouveau.

— Le moment est venu pour quoi ? demanda-t-il d'une voix rauque.

Jonokol sourit devant la nervosité soudaine du grand homme blond.

— Elle a dit que tu saurais.

— Je crains que oui, soupira Jondalar, résigné à l'inévitable. Tu peux attendre que je mange quelque chose ?

— Zelandoni dit toujours qu'il vaut mieux s'abstenir.

— Tu as sans doute raison. Mais je boirais bien une infusion pour me nettoyer la bouche. J'ai encore un goût de sommeil sur la langue.

— Ils ont dû préparer une infusion pour toi là-bas.

— Oui, mais pas à la menthe, et c'est ce que j'aime boire le matin en me levant.

— Les infusions de Zelandoni sont souvent parfumées à la menthe.

— Parfumées, oui, car elles contiennent aussi d'autres ingrédients.

Jonokol se contenta de sourire.

— Bon, j'arrive, marmonna Jondalar. Cela ne dérange personne si je me soulage d'abord, j'espère.

— Il n'est pas nécessaire que tu te retiennes, répondit le jeune acolyte, mais emporte un vêtement chaud.

Quand Jondalar revint, il fut surpris et ravi de voir Ayla qui l'attendait avec Jonokol et nouait les manches d'une tunique autour de sa taille. En la regardant, il songea que, l'avant-veille, c'était la première fois qu'il n'avait pas dormi avec elle depuis qu'il avait été capturé par les S'Armunaï, pendant leur Voyage, et il en fut troublé.

— Bonjour, femme, murmura-t-il à son oreille en la prenant dans ses bras. Où es-tu allée ce matin ?

— Vider le panier de nuit. En revenant j'ai croisé Jonokol, il m'a dit que Zelandoni souhaitait nous voir. J'ai donc demandé à Folara de garder Loup. Elle m'a dit qu'elle trouverait des enfants pour jouer avec lui. Avant, j'étais allée voir les chevaux, j'ai entendu un troupeau à proximité. Il faudrait peut-être construire un enclos pour les garder.

— Surtout quand viendra le temps des Plaisirs pour Whinney. Si un troupeau nous la prenait, Rapide essaierait sans doute de la suivre.

— Elle ferait passer son poulain avant tout, affirma Ayla.

Jonokol écoutait, intéressé par la connaissance des chevaux que ces deux-là avaient acquise. Ayla et Jondalar partirent avec lui mais, quand ils arrivèrent à l'entrée de pierre de la Neuvième Caverne, Jondalar remarqua que le soleil était déjà haut.

— Je ne savais pas qu'il était si tard. Pourquoi quelqu'un n'est-il pas venu me réveiller plus tôt ?

— Zelandoni a préféré te laisser dormir, puisque tu as veillé tard hier, répondit Jonokol.

Jondalar prit une profonde inspiration, rejeta l'air par la bouche en secouant la tête.

— Où allons-nous, à propos ? s'enquit-il lorsque le trio arriva à proximité du pont reliant la Neuvième Caverne et En-Aval.

— Aux Rochers de la Fontaine.

Jondalar écarquilla les yeux. Les Rochers de la Fontaine — la falaise, les deux grottes et leur voisinage immédiat — ne servaient d'abri à aucune Caverne zelandonii. C'était un des lieux les plus sacrés de toute la région. Bien que personne n'y vécût en permanence, si un groupe pouvait le revendiquer pour foyer, c'était celui des Zelandonia, Ceux Qui Servaient, car cet endroit était sanctifié par la Grande Terre Mère Elle-Même.

— Je m'arrête pour boire un peu d'eau, annonça Jondalar en détachant ses mots.

Pas question que Jonokol l'empêche d'étancher sa soif après l'avoir privé de sa coupe matinale d'infusion à la menthe.

A quelques pas du pont, un poteau était enfoncé dans le sol, au bord du ruisseau alimenté par la source. Une coupe, fabriquée avec des feuilles de massette coupées en lanières et tressées, y était attachée à une corde. On la changeait régulièrement lorsqu'elle était usée, mais, aussi loin que Jondalar se rappelât, il y avait toujours eu une coupe. Les Zelandonii savaient depuis longtemps que la vue d'une eau fraîche étincelante donnait toujours soif, et si le promeneur pouvait se baisser et prendre de l'eau dans ses mains, il était plus facile d'avoir une coupe à sa disposition.

Ils burent tous et repartirent sur la piste. Ils traversèrent la Rivière au Gué et, au Rocher des Deux Rivières, ils s'engagèrent dans la Vallée des Prairies, traversèrent l'autre rivière puis suivirent le sentier longeant la berge. Des Zelandonii d'autres Cavernes les saluèrent d'un signe à leur passage mais ne firent rien pour les retarder. Chacun savait qu'ils allaient aux Rochers de la Fontaine et dans quel but. Tous les Zelandonia de la région, acolytes compris, s'y trouvaient déjà.

Chacun savait qu'il était capital de guider un elan récemment libéré vers l'endroit qui lui revenait dans le Monde des Esprits, mais l'idée d'y pénétrer avant d'être rappelé par la Mère ne séduisait personne. Aider l'elan de Shevonar, qui venait de quitter son corps et errait sans doute à proximité, cela avait déjà quelque chose d'effrayant, mais chercher l'esprit d'un homme mort au loin, quelques années plus tôt, ils ne voulaient même pas l'envisager.

Rares étaient ceux, à l'exception des Zelandonia — et encore, pas tous parmi ceux-ci —, qui auraient accepté de changer de place avec Jondalar ou Ayla. Les gens ordinaires laissaient volontiers Ceux Qui Servaient la Mère s'occuper du monde des Esprits. Mais seuls Jondalar et Ayla savaient où Thonolan était mort. La Première elle-même estimait que la journée serait épuisante et se demandait s'ils parviendraient à trouver l'esprit errant de Thonolan.

Comme Ayla, Jondalar et Jonokol continuaient à suivre le sentier vers l'amont, une imposante masse rocheuse se dressa devant eux sur la gauche. C'était le premier éperon d'une succession de falaises qui filait perpendiculairement à la Rivière des Prairies. A l'angle, la roche majestueuse formait une sorte de retrait par rapport à la vallée, s'arrondissait en son milieu, se rétrécissait vers le sommet, puis se terminait abruptement par une sorte de coiffe plate.

En se plaçant de face, on pouvait, avec un peu d'imagination, distinguer, dans les fissures et les formes arrondies, un front haut sous la coiffe, un nez aplati et deux yeux presque clos qui posaient un regard énigmatique sur une pente d'éboulis et de broussailles. Pour ceux qui savaient comment regarder, la forme anthropomorphique semblait être un visage caché de la Mère, un des quelques visages d'Elle-Même qu'Elle choisissait de montrer, tout en les masquant. Personne ne pourrait jamais voir le visage de la Mère et, même déguisé, ce visage gardait un pouvoir indicible.

La rangée de falaises flanquait une vallée plus étroite où coulait un petit affluent de la Rivière des Prairies, alimenté par une source qui jaillissait du sol avec une telle énergie qu'elle se transformait en une fontaine au milieu d'un vallon boisé. On l'appelait la Fontaine de la Profonde, et elle alimentait le Ruisseau de la Fontaine, mais les Zelandonia leur donnaient d'autres noms, qu'une majeure partie de la communauté connaissait aussi. La source et le bassin étaient les Eaux d'Enfantement de la Mère, et le ruisseau l'Eau Sacrée. Elles passaient pour avoir de grandes vertus curatives, notamment pour aider les femmes à concevoir si on les utilisait comme il fallait.

Un sentier de plus de quatre cents pas conduisait le long de la falaise, au-delà du premier éperon, à une terrasse proche du sommet, surmontée d'un surplomb qui protégeait l'entrée des deux grottes. Les nombreuses cavités de cette région de falaises calcaires étaient parfois appelées « cavernes », mais, considérées comme des espaces creusés dans la roche, elles portaient aussi le nom de « creux ». Dans le langage courant, une grotte particulièrement longue était appelée une « profonde ». Celle qui se trouvait à gauche de la terrasse ne s'enfonçait dans la roche que d'une vingtaine de pieds et servait d'abri à ceux qui y dormaient de temps à autre, en général des Zelandonia. On l'appelait le Creux de la Fontaine ou, plus rarement, le Creux de Doni.

La grotte de droite se prolongeait par une galerie qui plongeait au cœur de la falaise, avec des salles, des alcôves, des niches et d'autres passages partant du couloir principal. C'était un lieu si sacré que son nom ésotérique n'était presque jamais prononcé. Il était si connu et si vénéré qu'il n'était pas nécessaire d'établir son caractère sacré et son pouvoir pour les habitants de ce monde. S'ils en parlaient, ceux qui connaissaient sa véritable signification préféraient la minimiser et ne pas en faire un sujet de conversation. C'était pourquoi les Zelandonii nommaient simplement ces falaises les Rochers de la Fontaine, c'était pourquoi la grotte s'appelait la Profonde des Rochers de la Fontaine ou, parfois, la Profonde de Doni.

Ce n'était pas l'unique site sanctifié de la région. La plupart des grottes avaient un caractère plus ou moins sacré, tout comme d'autres lieux, mais la Profonde des Rochers de la Fontaine figurait parmi les plus vénérées. Jondalar en connaissait quelques autres qui l'égalaient, mais aucune ne la surpassait en importance. En escaladant la pente avec Ayla et Jonokol, il éprouvait un mélange d'excitation et de crainte. Il se demandait si Zelandoni réussirait à trouver l'esprit vagabond de son frère, et quelle aide elle attendait de lui.

Quand ils parvinrent à la haute terrasse, deux autres acolytes, un homme et une femme, les attendaient à l'entrée de la grotte profonde de droite. Ayla s'arrêta, se retourna pour voir le chemin parcouru. La terrasse de pierre dominait la Vallée du Ruisseau de la Fontaine et une partie de la Vallée des Prairies, avec sa rivière. La vue était impressionnante mais, quand Ayla entra dans la grotte, ce qu'elle découvrit l'était plus encore.

Pénétrer dans la caverne, en particulier dans la journée, entraînait un changement de perspective radical, d'un vaste panorama à une galerie exiguë, d'un soleil éclatant reflété par la pierre à une obscurité inquiétante. Le changement allait au-delà du physique, de l'externe. Pour ceux qui comprenaient et acceptaient le pouvoir inhérent du lieu, c'était une métamorphose du familier au redoutable, mais aussi du banal au merveilleux.

La lumière extérieure n'éclairait que sur quelques pas après l'entrée, mais, une fois les yeux accoutumés à la pénombre, les parois de la galerie guidaient vers l'intérieur obscur. Dans une sorte de vestibule peu après l'entrée, une lampe de pierre brûlait sur une saillie de la roche, et plusieurs autres, non allumées, semblaient attendre dans une niche naturelle, juste en dessous. Chacun des acolytes prit une lampe puis un mince bâton sec qu'il approcha de la flamme. Ils allumèrent les mèches de mousse posées sur le bord de la cuvette des lampes, du côté opposé à la poignée, trempant dans une graisse encore en partie figée. La femme leur fit signe.

— Attention où vous posez le pied, les prévint-elle, baissant sa lampe pour montrer le sol inégal et les plaques d'argile humide qui luisaient entre les rochers. C'est parfois glissant.

A mesure qu'ils progressaient dans la galerie, avançant avec précaution, la lumière de l'entrée diminuait. Au bout d'une centaine de pas, l'obscurité ne fut plus contenue que par la faible lueur des lampes. Un courant d'air descendu des stalactites de la voûte les fit frissonner de peur quand les flammes minuscules vacillèrent. Ils savaient que dans les profondeurs de la grotte, si le feu s'éteignait, des ténèbres plus épaisses que la nuit la plus sombre obscurciraient toute vision. Seuls les mains et les pieds sur la roche froide montreraient le chemin, et ne conduiraient peut-être qu'à un cul-de-sac au lieu de la sortie.

A droite, un noir plus profond, et ne reflétant plus les petites flammes, indiquait que la distance s'était accrue de ce côté : peut-être une niche ou une autre galerie. Derrière et devant eux, les ténèbres étaient palpables dans l'obscurité d'une épaisseur presque étouffante. Le filet d'air constituait l'unique preuve de l'existence d'un couloir ramenant à l'extérieur. Ayla aurait voulu pouvoir toucher la main de son compagnon.

Jondalar remarqua en avançant que les lampes portées par les acolytes n'étaient pas la seule source de lumière. Plusieurs lampes de pierre, en forme de bol, étaient placées sur le sol le long de la galerie et projetaient une lumière qui semblait étonnamment vive dans l'obscurité de la grotte. Deux d'entre elles crépitaient, sans doute parce qu'elles avaient besoin qu'on les remplisse de graisse ou qu'on change leur mèche ; il espérait que quelqu'un s'en chargerait sans tarder.

Les lampes suscitaient chez Ayla le sentiment étrange qu'elle était déjà venue dans ce lieu, et la peur irraisonnée qu'elle y reviendrait un jour. Elle n'avait aucune envie de suivre la femme qui la précédait. Jusqu'à ce jour, elle ne se considérait pas comme quelqu'un qui redoutait les grottes, mais il y avait dans celle-là quelque chose qui lui donnait envie de faire demi-tour et de s'enfuir, ou de toucher Jondalar pour se rassurer. Elle se rappela qu'elle avait parcouru le couloir sombre d'une autre caverne en se guidant aux flammes de lampes et de torches, derrière Creb et les autres Mog-ur. Elle frissonna à ce souvenir et s'aperçut qu'elle avait froid.

— Vous voulez vous arrêter pour mettre vos vêtements chauds ? proposa la femme, qui se retourna et tint la lampe plus haut pour éclairer Ayla et Jondalar. Il fait froid au fond d'une grotte, surtout en été. L'hiver, quand il neige dehors, on s'y sentirait plutôt au chaud. Les grottes profondes restent à la même température toute l'année.

La halte pour enfiler sa tunique à manches longues aida Ayla à se ressaisir et, quand l'acolyte repartit, elle prit une longue inspiration et la suivit.

Le couloir lui paraissait déjà étroit, mais il se resserra encore après une quinzaine de pas. L'humidité de l'air augmentait, comme l'indiquaient la pellicule d'eau qui recouvrait les parois et les gouttes tombant des stalactites de la voûte sur les stalagmites du sol. A un peu moins de soixante-dix pas à l'intérieur de la grotte sombre et froide, le sol du couloir se releva, sans bloquer le passage mais en rendant la progression difficile. Il était tentant de reculer, de décider que cela suffisait, et plus d'un timoré l'avait fait. Il fallait de la détermination pour continuer au-delà de ce point.

La femme qui marchait devant gravit la pente rocailleuse jusqu'à une ouverture. Ayla suivit des yeux la lumière vacillante de la lampe puis monta rejoindre l'acolyte. Elle la suivit de l'autre côté de la faille qui menait au cœur de la falaise.

L'infime souffle d'air qu'ils avaient senti dans la première partie de la grotte ne se faisait plus remarquer que par son absence. Après la fente, l'air était totalement immobile. Première indication que d'autres les avaient précédés en ce lieu, trois points rouges peints sur la paroi gauche. Peu après, Ayla découvrit autre chose dans la lumière tremblotante. N'en croyant pas ses yeux, elle aurait voulu que la femme s'arrêtât un instant et approchât sa lampe de la roche. Ayla attendit que son compagnon la rejoignît.

— Jondalar, murmura-t-elle, je crois qu'il y a un mammouth sur ce mur !

— Oui, plus d'un, même. Si nous n'avions pas quelque chose de plus important à faire aux yeux de Zelandoni, nous te montrerions cette grotte avec le cérémonial de rigueur. La plupart d'entre nous sommes venus ici, enfants. Assez grands pour comprendre, mais encore enfants. C'est effrayant et merveilleux à la fois lorsqu'on voit cet endroit pour la première fois. Même si tu sais que cela fait partie de la cérémonie, c'est exaltant.

— Pourquoi sommes-nous ici ? Pourquoi est-ce si important ?

L'acolyte était revenue sur ses pas en découvrant que les autres ne suivaient plus.

— Personne ne vous l'a expliqué ?

— Jonokol a simplement dit que Zelandoni nous réclamait, Jondalar et moi, répondit Ayla.

— Je n'en suis pas certain, dit Jondalar, mais je crois que nous sommes ici pour aider Zelandoni à trouver l'esprit de Thonolan et à le guider au besoin. Nous sommes les seuls à avoir vu l'endroit où il est mort. Avec la pierre que tu m'as fait ramasser — Zelandoni pense que c'était une excellente idée —, elle croit que nous réussirons.

— Quel est cet endroit ?

— Il porte de nombreux noms, répondit la femme, que Jonokol et le troisième acolyte avaient rejointe. La plupart des gens l'appellent la Profonde des Rochers de la Fontaine, ou parfois la Profonde de Doni. Les Zelandonia connaissent son nom sacré, et presque toute la communauté aussi, bien qu'il soit rarement prononcé. C'est l'Entrée du Giron de la Mère, ou l'une des entrées. Il en existe quelques autres tout aussi sacrées.

— Tout le monde sait qu'une entrée implique une sortie, ajouta Jonokol. Ce qui signifie que cette grotte est aussi un conduit d'enfantement.

— C'est l'un des conduits d'enfantement de la Grande Terre Mère, dit le troisième acolyte.

— Comme dans le chant de Zelandoni à l'enterrement de Shevonar, ce doit être l'un des endroits où la Mère a donné naissance aux Enfants de la Terre, remarqua Ayla.

— Elle comprend, dit la femme aux deux autres servants. (Elle se tourna vers Ayla.) Tu dois bien connaître le *Chant de la Mère*.

— Elle l'a entendu pour la première fois aux funérailles, répondit Jondalar avec un sourire.

— Pas tout à fait, corrigea Ayla. Tu ne te souviens pas ? Les Losadunaï se transmettent une histoire semblable, à ceci près qu'ils ne la chantent pas. Ils se contentent de la réciter. Losaduna me l'a racontée dans sa langue.

— C'est peut-être parce que Losaduna ne sait pas chanter comme Zelandoni, hasarda Jondalar.

— Nous ne la chantons pas tous, précisa Jonokol. Beaucoup d'entre nous prononcent simplement les mots. Je ne chante pas, et si vous m'entendez un jour, vous comprendrez pourquoi.

— Certaines autres Cavernes la chantent sur un air différent, et les paroles ne sont pas les mêmes non plus, dit le troisième acolyte. J'aimerais entendre un jour la version des Losadunaï, surtout si tu peux me la traduire, Ayla.

— Avec plaisir. Leur langue est très proche du zelandonii. Tu pourras peut-être même comprendre sans traduction.

Les trois acolytes remarquèrent soudain l'accent d'Ayla. Ils avaient toujours considéré que les Zelandonii — et leur langue — étaient exceptionnels. Ils étaient le Peuple, ils étaient les Enfants de la Terre. Il leur était difficile de concevoir que cette femme pût déclarer qu'un peuple vivant loin à l'est, sur les hauteurs, de l'autre côté du glacier, parlait une langue similaire à la leur. Pour porter un tel jugement, elle devait avoir entendu des langues très différentes du zelandonii.

Tous étaient frappés par l'expérience de cette étrangère, si différente de la leur, par ce qu'elle savait d'autres peuples et qu'ils ignoraient. Jondalar avait beaucoup appris, lui aussi, pendant son Voyage. Durant les quelques jours qui avaient suivi son retour, il leur avait montré beaucoup de choses. C'était peut-être à cela que servaient les voyages, à apprendre de nouvelles choses.

Presque tous les jeunes gens parlaient de partir, mais rares étaient ceux qui s'en allaient. Jondalar, lui, était resté au loin pendant cinq ans, il avait vécu de nombreuses aventures, et surtout, il avait rapporté un savoir dont son peuple pourrait profiter. Il avait aussi rapporté des idées qui pouvaient changer les choses, et le changement n'était pas toujours souhaitable.

— Je ne sais pas si je dois te montrer les peintures en passant, dit la femme. Cela pourrait te gâcher la cérémonie. De toute façon, tu les verras un peu, alors autant les éclairer et te laisser les regarder.

L'acolyte tint sa lampe plus haut pour que la compagne de Jondalar pût admirer les peintures. La première représentait un mammouth, peint de profil comme la plupart des animaux qu'elle avait vus. La bosse de sa tête, suivie d'une seconde bosse au garrot, le rendait aisément reconnaissable. Cette configuration était le signe distinctif du grand animal laineux, plus encore que ses défenses recourbées et sa longue trompe. Il était dessiné en rouge, coloré en brun rougeâtre et en noir, ce qui faisait ressortir les contours et certains détails anatomiques. La tête tournée vers l'entrée, il était si parfait qu'Ayla s'attendait qu'il sorte de la caverne.

Elle ne comprenait pas pourquoi ces animaux semblaient si réels, elle ne saisissait pas ce que leur représentation avait exigé, et elle ne put résister à l'envie de regarder de plus près. La technique était élégante, accomplie. Un dessin de l'animal avait été gravé dans la paroi calcaire de la grotte, avec un outil en silex, et souligné par un trait noir. A l'extérieur de la ligne gravée, la paroi avait été grattée pour révéler la couleur ivoire de la roche. Cela mettait en relief les contours et les couleurs avec lesquelles le mammouth avait été peint, ainsi que le caractère en trois dimensions de l'œuvre.

C'était cependant la peinture à l'intérieur des contours qui était le plus remarquable. Les artistes qui avaient décoré les parois de la grotte avaient acquis, grâce aux leçons de ceux qui avaient conçu cette technique, une connaissance étonnante de la perspective. Si certains peintres étaient plus talentueux que d'autres, la plupart utilisaient la technique du nuancement pour montrer les détails.

Quand Ayla s'éloigna du mammouth, elle eut l'impression étrange que l'animal bougeait aussi. Sur une impulsion, elle tendit le bras vers lui, toucha la pierre et ferma les yeux. Elle était froide, légèrement humide, avec le grain et la texture de toutes les parois calcaires, mais, lorsqu'elle rouvrit les yeux, Ayla nota que l'artiste avait utilisé les particularités mêmes de la roche pour cette création d'un réalisme saisissant. Le mammouth avait été placé de manière qu'un arrondi de la pierre devienne le renflement du ventre, et une concrétion évoquant une jambe avait été peinte pour figurer l'arrière d'une patte.

A la lueur tremblante de la lampe à graisse, elle s'aperçut qu'elle voyait l'animal sous un angle différent quand elle bougeait. La lumière modifiait la façon dont le relief naturel de la roche apparaissait et projetait des ombres déformées. Même lorsque Ayla restait immobile, elle avait l'impression, en regardant les reflets des flammes danser sur la pierre, que l'animal respirait. Elle comprit alors pourquoi le mammouth avait paru bouger lorsqu'elle s'était déplacée, et elle sut que si elle ne l'avait pas examiné avec attention, elle se serait facilement convaincue qu'il avait remué.

Emerveillée, elle secoua la tête et se rappela la fois où, au Rassemblement du Clan, elle avait dû préparer pour les Mog-ur le breuvage d'Iza. Le Mog-ur lui avait montré comment se tenir dans l'ombre pour ne pas être remarquée, il lui avait expliqué à quel moment précis elle devait en sortir pour apparaître soudain. Il y avait de la méthode dans la magie utilisée par ceux qui avaient affaire au Monde des Esprits.

Ayla avait ressenti quelque chose en touchant la paroi, quelque chose qu'elle ne pouvait ni expliquer ni comprendre. C'était une réminiscence de cette étrangeté qu'elle éprouvait de temps en temps, depuis qu'elle avait bu par mégarde les restes du breuvage des Mog-ur et qu'elle les avait suivis dans la grotte. Depuis, elle faisait des rêves troublants et avait parfois des sensations déroutantes, même lorsqu'elle était éveillée.

Elle secoua la tête pour chasser l'étrange impression, puis leva les yeux et se rendit compte que les autres l'observaient. Avec un sourire embarrassé, elle éloigna vivement la main de la paroi et se tourna vers la femme qui tenait la lampe. Celle-ci ne dit rien et repartit dans le long couloir.

La lumière des lampes à graisse lançait des reflets bizarres sur les murs humides tandis que le couple et les acolytes progressaient en silence sur une seule file. L'air vibrait. Ayla était sûre qu'ils pénétraient au cœur même de la falaise et se félicitait de la présence d'autres personnes : seule, elle se serait perdue. Elle frémit à l'idée de se retrouver seule dans une grotte, tenta de chasser cette pensée, mais le froid de la caverne humide refusait de disparaître.

Non loin du premier, elle avisa un deuxième mammouth, puis d'autres encore, et deux petits chevaux, peints presque entièrement en noir. Là encore, une ligne définissant la silhouette d'un cheval était gravée dans le calcaire, mise en évidence par un trait noir. A l'intérieur de la ligne, les chevaux étaient peints en noir et, comme pour les autres représentations, les détails leur donnaient une réalité stupéfiante.

Ayla remarqua aussi des peintures sur la paroi droite du couloir, certaines tournées vers l'extérieur, d'autres vers l'intérieur. Les mammouths prédominaient, au point de donner l'impression d'un troupeau. A l'aide des mots pour compter, Ayla en dénombra au moins dix sur les deux côtés. Comme elle continuait à descendre le couloir sombre en jetant un coup d'œil aux peintures, elle fut arrêtée par une scène saisissante : deux rennes se faisaient face sur la paroi gauche.

Le premier, tourné vers la sortie, était un mâle peint en noir. Les formes de l'animal étaient magnifiquement rendues, entre autres la ramure, suggérée par des traits incurvés plutôt que reproduite dans tous ses détails. Il avait la tête baissée et, à l'étonnement d'Ayla, léchait tendrement le front d'une femelle. A la différence de la majorité des cervidés, chez le renne, la femelle avait aussi des bois et, sur le dessin comme dans la vie, les siens étaient plus petits. Elle était peinte en rouge et pliait un peu les genoux pour se prêter à la douce caresse.

Cette scène qui révélait un sens authentique de la tendresse et de l'affection lui fit penser à son propre couple. Ayla n'avait jamais imaginé que des animaux puissent être amoureux, mais ces deux-là semblaient l'être. Elle avait presque les larmes aux yeux tant elle était émue. Les acolytes lui laissèrent le temps de regarder. Ils comprenaient sa réaction : eux aussi étaient touchés par cette scène exquise.

Jondalar s'était arrêté également pour admirer les rennes.

— Elle est nouvelle, celle-là, dit-il. Je pensais qu'il y avait un mammouth à cet endroit.

— Il y en avait un, confirma le jeune acolyte fermant la marche. En examinant la femelle, on discerne encore une partie du mammouth au-dessous.

— C'est Jonokol qui les a peints, dit la femme.

Jondalar et Ayla se tournèrent vers l'artiste avec un respect nouveau.

— Je comprends maintenant pourquoi tu es acolyte de Zelandoni, lui dit Jondalar. Tu as des Dons exceptionnels.

Jonokol hocha la tête pour accepter le compliment.

— Nous avons tous nos Dons. Je crois savoir que tu es un remarquable tailleur de silex. Je suis impatient de voir ton travail. En fait, j'ai en tête un outil que je voudrais faire fabriquer, mais je n'arrive pas à expliquer ce que je veux aux tailleurs. J'espère que Dalanar viendra à la Réunion d'Eté pour que je puisse lui soumettre mon idée.

— Il a l'intention de venir, mais je suis prêt à essayer de la réaliser, si tu veux. J'aime les défis.

— Nous pourrions peut-être en parler demain, proposa l'acolyte.

— Je peux te demander quelque chose, Jonokol ? dit Ayla.

— Bien sûr.

— Pourquoi as-tu peint les rennes par-dessus le mammouth ?

— Parce que ce mur, cet endroit m'ont incité à le faire. C'était là que je devais les peindre. Ils étaient dans la roche, ils voulaient en sortir.

— C'est un mur spécial, il conduit à l'au-delà, dit la femme. Quand la Première chante ici, ou qu'on joue de la flûte, ce mur répond. Il fait écho, il résonne. Quelquefois, il nous dit ce qu'il attend de nous.

— Toutes ces parois ont demandé à quelqu'un de peindre sur elles ? dit Ayla.

— C'est une des raisons pour lesquelles cette « profonde » est si sacrée. La plupart des murs te parlent si tu sais écouter ; ils te conduisent en certains lieux si tu es prêt à partir.

— Personne ne m'avait jamais dit cela, intervint Jondalar. Pas de cette façon, en tout cas. Pourquoi nous expliques-tu tout cela maintenant ?

— Parce que tu devras écouter, et peut-être passer de l'autre côté si tu veux aider la Première à trouver l'elan de ton frère, répondit la femme.

Elle marqua une pause puis ajouta :

— Les Zelandonia essaient depuis quelque temps de comprendre pourquoi Jonokol a eu l'inspiration de peindre ces animaux à cet endroit. Je commence à en avoir une idée.

La femme adressa au couple un sourire énigmatique puis se retourna pour pénétrer plus profondément dans la grotte.

— Attends, dit Ayla à la femme en lui touchant le bras pour la retenir. Je ne sais même pas comment tu t'appelles.

— Mon nom n'est pas important. Quand je deviendrai Zelandoni, j'y renoncerai, de toute façon. Je suis acolyte du Zelandoni de la Deuxième Caverne.

— Alors, je pourrais t'appeler Acolyte de la Deuxième, proposa Ayla.

— Oui, quoique le Zelandoni de la Deuxième ait plus d'un acolyte. Les deux autres ne sont pas ici, ils sont déjà partis préparer la Réunion d'Eté.

— Alors peut-être Première Acolyte de la Deuxième ?

— Si tu veux.

— Et toi, comment dois-je t'appeler ? demanda Ayla au jeune homme qui fermait la marche.

— Je ne suis acolyte que depuis la dernière Réunion d'Eté et, comme Jonokol, je fais encore usage de mon nom la plupart du temps. Je devrais peut-être me présenter. (Il tendit les deux mains.) Je suis Mikolan, de la Quatorzième Caverne des Zelandonii, Deuxième Acolyte du Zelandoni de la Quatorzième Caverne. Et je te souhaite la bienvenue.

Ayla prit les mains du jeune homme dans les siennes.

— Je suis Ayla des Mamutoï, membre du Camp du Lion, Fille du Foyer du Mammouth, Choisie par l'Esprit du Lion des Cavernes, Protégée par l'Ours des Cavernes, Amie des chevaux Whinney et Rapide, ainsi que de Loup le chasseur.

— Je crois me rappeler qu'un peuple de l'Est donne à sa Zelandonia le nom de Foyer du Mammouth, dit la femme acolyte.

— Tu as raison, acquiesça Jondalar. Ce sont les Mamutoï. Ayla et moi avons vécu chez eux un an, mais je suis surpris que vous ayez entendu parler d'eux. Ils vivent loin d'ici.

— Si tu es Fille du Foyer du Mammouth, cela explique certaines choses, dit-elle à Ayla. Tu fais partie de la Zelandonia !

— Non. Le Mamut m'a adoptée au sein du Foyer du Mammouth. Je n'ai pas été appelée mais il commençait à m'apprendre certaines choses juste avant que je parte avec Jondalar.

La femme sourit.
— Tu n'aurais pas été adoptée si tu n'avais pas été destinée à l'être. Je suis sûre que tu seras appelée.
— Je ne crois pas que j'en aie envie.
— Ça, peut-être, convint la Première Acolyte de la Deuxième.
La femme se retourna et continua à les conduire au cœur des Rochers de la Fontaine. Devant eux, ils aperçurent une lueur qui leur parut devenir presque vive à leur approche. Leurs yeux s'étaient habitués à l'obscurité de la grotte, et toute lumière un peu forte leur semblait éblouissante. Le couloir s'élargit et Ayla vit plusieurs personnes attendant dans une grande salle. Lorsqu'elle fut plus près, elle reconnut des hommes et des femmes qu'elle avait rencontrés et constata que, à l'exception de Jondalar et d'elle-même, tous faisaient partie de la Zelandonia.
La doniate obèse de la Neuvième Caverne se leva du siège qu'on avait apporté pour elle et dit en souriant :
— Nous vous attendions.
Elle leur donna à tous deux l'accolade, tout en respectant une certaine distance, et Ayla comprit que c'était une salutation rituelle qu'on échangeait en public avec des proches.
L'un des autres Zelandonia adressa un signe de tête à Ayla, qui répondit de même manière à l'homme de frêle stature en qui elle reconnut le Zelandoni de la Onzième Caverne, celui qui l'avait impressionnée par sa poignée de main vigoureuse et son assurance. Un homme plus âgé lui sourit, et elle rendit son sourire au Zelandoni de la Troisième Caverne, qui l'avait soutenue quand elle essayait d'aider Shevonar.
Un petit feu brûlait sur des pierres qu'on avait apportées à cette fin et qui seraient remportées quand tout le monde partirait. Une outre à demi pleine reposait sur le sol, près d'un bol en bois de bonne taille, rempli d'eau fumante. A l'aide de pinces en bois courbé, une jeune femme acolyte tira deux pierres à cuire des flammes. Un panache de vapeur s'éleva quand les pierres brûlantes touchèrent l'eau. Quand elle se redressa, Ayla reconnut Mejera et lui sourit.
Celle Qui Etait la Première y ajouta quelque chose qu'elle puisa dans une poche. Elle prépare une décoction, et non pas une simple infusion, pensa Ayla. Des racines ou de l'écorce, sans doute, quelque chose de fort. Quand la jeune femme remit des pierres, la vapeur dégagea cette fois un puissant arôme. Ayla reconnut facilement la menthe, mais il s'y mêlait d'autres odeurs qu'elle tenta d'identifier, en soupçonnant que la menthe ne servait qu'à masquer un goût moins agréable.
Deux Zelandonia étendirent une épaisse couverture de cuir sur le sol humide et rocailleux, près du siège que la Première avait occupé.
— Ayla, Jondalar, approchez donc et installez-vous, suggéra l'imposante doniate. J'ai quelque chose à vous faire boire.
Mejera apporta trois coupes en déclarant :
— Ce n'est pas encore prêt.

— Ayla a apprécié les peintures du couloir, dit Jonokol. Je pense qu'elle aimerait en voir d'autres. Cela lui plairait plus que de rester assise en attendant.

— Oui, j'aimerais beaucoup, se hâta de confirmer Ayla.

Elle se sentait soudain assez inquiète à la perspective d'avaler une décoction inconnue qui devait l'aider, elle le savait, à trouver l'autre monde. L'expérience qu'elle avait eue de breuvages semblables n'avait pas été spécialement agréable.

Zelandoni observa l'étrangère. Elle connaissait assez Jonokol pour savoir qu'il n'aurait pas fait cette suggestion sans une bonne raison. Il avait dû remarquer le désarroi et la nervosité de la jeune femme.

— Bien sûr, Jonokol, approuva-t-elle. Charge-toi de les lui montrer.

— J'aimerais les accompagner, dit Jondalar, qui ne se sentait pas très serein lui-même. Et la porteuse de lampe pourrait venir avec nous.

— Oui, bien sûr, acquiesça la Première Acolyte de la Deuxième Caverne, récupérant la lampe qu'elle avait posée avec les autres près du feu. Il faut que je la rallume.

— Il y a un travail remarquable sur la paroi derrière les Zelandonia, mais je ne veux pas les déranger, dit Jonokol. Je vais vous faire voir quelque chose d'intéressant dans cette galerie.

Il les conduisit dans un embranchement du couloir principal, sur la droite. Tout de suite à gauche, il s'arrêta devant un autre panneau représentant un renne et un cheval.

— Tu les as peints, eux aussi ? demanda Ayla.

— Non, c'est celle auprès de qui j'ai appris. Elle était Zelandoni de la Deuxième Caverne, avant la sœur de Kimeran. C'était un peintre extraordinaire.

— Elle était bonne, mais je crois que l'élève a dépassé le maître, estima Jondalar.

— Pour les Zelandonia, ce n'est pas la qualité qui compte le plus, encore qu'elle soit appréciée. Ces peintures ne sont pas là uniquement pour être regardées, vous savez, précisa la Première Acolyte de la Deuxième Caverne.

— J'en suis persuadé, dit Jondalar avec un sourire malicieux, mais pour ma part, je préfère regarder. Je ne suis pas très pressé de prendre part à cette... cérémonie. Je suis d'accord, naturellement, et je pense que ce sera peut-être intéressant, mais d'une manière générale je laisse volontiers cette expérience aux Zelandonia.

L'aveu fit sourire Jonokol.

— Tu n'es pas le seul dans ce cas. La plupart des gens préfèrent rester solidement accrochés à ce monde. Venez, que je vous montre autre chose avant que nous soyons obligés d'être plus sérieux.

L'artiste acolyte les mena à une autre partie de l'embranchement, où un nombre inhabituel de stalactites et de stalagmites s'étaient formées. La paroi était couverte de concrétions calcaires sur lesquelles étaient peints deux chevaux, et cette incorporation du relief donnait l'impression d'un long pelage d'hiver. L'animal de l'arrière se cabrait d'une manière suggestive.

— Ils ont l'air vivants, murmura Ayla, qui avait vu des chevaux se comporter de cette façon.

— Quand les garçons voient cette peinture pour la première fois, ils disent toujours que celui de derrière « se cabre pour les Plaisirs », commenta Jondalar.

— C'est une interprétation, admit la femme acolyte. Cela pourrait être un mâle tentant de monter la femelle qui est devant, mais je crois que la scène est volontairement ambiguë.

— C'est ton maître qui les a peints ? demanda Ayla à Jonokol.

— Non. Je ne sais pas qui l'a fait. Personne ne sait. Ils ont été peints il y a très longtemps, à la même époque que les mammouths. Par les ancêtres, dit-on.

— Je veux te montrer quelque chose, Ayla, fit la femme.

— Tu vas lui montrer la vulve ? dit le peintre d'un ton un peu surpris. Ce n'est pas l'usage, pour une première visite.

— Je sais, mais nous pouvons faire une exception pour elle.

La femme acolyte conduisit le groupe à un endroit proche des chevaux. Elle s'arrêta, baissa sa lampe pour éclairer une formation rocheuse singulière.

Au premier coup d'œil, Ayla vit une surface rehaussée de rouge, mais ce ne fut qu'après un examen attentif qu'elle comprit de quoi il s'agissait, et peut-être uniquement parce qu'elle avait aidé plus d'une femme à enfanter. Hasard ou expression d'une volonté, la roche avait pris la forme exacte d'un organe sexuel féminin. Les plis, la dépression qui marquait l'entrée du vagin, tout y était. On avait juste ajouté la couleur rouge pour le mettre en évidence.

— C'est une femme ! s'écria Ayla, ébahie. C'est exactement comme une femme ! Je n'ai jamais rien vu de tel.

— Tu comprends maintenant pourquoi cette grotte est sacrée ? La Mère Elle-Même a fait cela pour nous. C'est la preuve que cette caverne est bien l'Entrée du Giron de la Mère, conclut la femme acolyte.

— Tu l'avais déjà vue, Jondalar ?

— Une fois seulement. Zelandoni me l'a montrée. C'est extraordinaire. Un artiste comme Jonokol regarde une paroi, discerne la forme qu'elle contient et l'amène à la surface pour que tous puissent la voir. Mais là, la roche était telle quelle. La couleur ne sert qu'à la rendre plus visible.

— Il y a un autre endroit que je veux vous faire voir, dit Jonokol.

Ils retournèrent sur leurs pas et, quand ils furent parvenus à la salle où tout le monde attendait, le peintre tourna à droite d'un pas vif pour reprendre le couloir principal, qui se terminait par un espace circulaire dont les parois présentaient des creux, des surfaces concaves. A certains de ces endroits, on avait peint des mammouths, de manière à créer une illusion d'optique. L'œil ne voyait pas une dépression mais le renflement caractéristique d'une panse. Ayla dut regarder de plus près puis toucher la roche pour se convaincre qu'elle était concave et non convexe, que c'était un creux et non une bosse.

— Remarquable ! s'exclama-t-elle. Ils sont peints pour donner l'impression d'être le contraire de ce qu'ils sont !

— Ils sont nouveaux ? questionna Jondalar. Je ne me souviens pas de les avoir vus. C'est toi qui les as peints, Jonokol ?

— Non, mais je suis sûr que vous rencontrerez la femme qui l'a fait.

— Tout le monde la trouve exceptionnelle, assura la femme acolyte. Comme Jonokol, bien sûr. Nous sommes heureux d'avoir deux artistes aussi talentueux.

— Il y a encore quelques petites choses un peu plus loin, dit le peintre en regardant Ayla. Un rhinocéros laineux, un lion des cavernes, un cheval gravé, mais le couloir est très resserré et difficile à atteindre. Une série de traits marque la fin.

— Ils doivent être prêts, là-bas. Nous devrions y retourner, suggéra la femme.

En faisant demi-tour, Ayla leva les yeux vers la paroi de droite, en face de l'espèce de sanctuaire orné de mammouths, et avança de quelques pas dans le couloir. Un étrange malaise s'empara d'elle. Elle l'avait déjà éprouvé, elle craignait de savoir ce qui allait suivre. La première fois, c'était quand elle avait bu le breuvage préparé avec des racines pour les Mog-ur. Iza lui avait dit que ce liquide était trop sacré pour qu'on le gaspille et qu'elle n'était donc pas autorisée à s'entraîner.

Ayla était déjà étourdie d'avoir mâché les racines pour les attendrir et avalé d'autres potions pendant cette nuit de cérémonie. Découvrant qu'il restait un peu de liquide dans le vieux bol, elle l'avait bu par souci de ne rien gaspiller. Le puissant breuvage avait eu sur elle un effet dévastateur. En pleine confusion, elle avait suivi la lueur des torches dans les profondeurs de la grotte, et, quand elle avait découvert Creb et les autres Mog-ur, il était trop tard pour rebrousser chemin.

Après cette nuit-là, Creb avait changé, et Ayla n'avait plus été la même, elle non plus. Elle avait commencé à faire des rêves mystérieux, à avoir des visions énigmatiques qui la transportaient en d'autres lieux et servaient parfois à la mettre en garde. Elles étaient devenues plus fréquentes et plus fortes pendant leur Voyage.

Maintenant qu'elle fixait la paroi du couloir, la roche solide lui sembla soudain si mince qu'elle eut l'impression de pouvoir regarder au travers ou la pénétrer avec les yeux. Au lieu d'une surface dure reflétant la petite flamme de la lampe, elle voyait une masse molle, profonde et noire. Elle se trouvait dans cet espace indéfini et menaçant, elle n'arrivait pas à s'en extirper. Elle se sentait à bout de forces, elle avait mal au plus profond d'elle-même. Tout à coup, Loup apparut. Il courait dans l'herbe haute, il filait vers elle pour la retrouver.

— Ayla ? Ça va ? s'inquiéta Jondalar. Ayla ?

18

— Ayla ! cria Jondalar.

— Qu'est-ce que... Oh, Jondalar ! J'ai vu Loup, murmura-t-elle, clignant des yeux, secouant la tête pour tenter de dissiper son pressentiment.

— Comment cela, tu as vu Loup ? Il n'est pas venu avec nous. Rappelle-toi, tu l'as confié à Folara, dit Jondalar.

— Je sais, mais il était là, affirma-t-elle en montrant la paroi. Il est accouru quand j'avais besoin de lui.

— Il l'a déjà fait. Il t'a sauvé la vie plus d'une fois. Ce n'était peut-être qu'un souvenir.

— Peut-être, convint Ayla, qui n'en était pas convaincue.

— Tu dis que tu as vu un loup, là, sur ce mur ? fit Jonokol.

— Pas exactement dessus. Mais Loup était là.

— Nous devons aller rejoindre les autres, maintenant, rappela la femme acolyte, qui dévisageait Ayla avec une expression intriguée.

— Ah ! vous voilà, fit Zelandoni de la Neuvième Caverne lorsqu'ils retournèrent à la salle. Vous vous sentez plus détendus, maintenant ? Prêts à commencer ?

Elle souriait mais Ayla eut la nette impression que la doniate s'impatientait.

Après ce souvenir de la fois où elle avait bu de ce breuvage qui avait altéré sa perception, et le moment d'égarement où elle avait vu Loup dans la roche, Ayla se sentait moins disposée que jamais à avaler une boisson qui la projetterait dans une autre réalité ou dans le Monde d'Après. Mais apparemment elle n'avait pas le choix.

— Ce n'est pas facile de se sentir détendu dans une grotte comme celle-ci, et l'idée de boire ce breuvage m'effraie, avoua-t-elle. Mais si tu juges que c'est nécessaire, je me plierai à ta volonté.

Le sourire de la Première lui parut sincère.

— Ta franchise est réconfortante. Bien sûr qu'il est difficile de se détendre ici. Ce n'est pas à cela que sert ce lieu, et tu as sans doute raison de redouter d'avaler ce breuvage. Il est très puissant. Je m'apprêtais à t'expliquer que tu te sentiras dans un état bizarre après l'avoir bu et que ses effets ne sont pas entièrement prévisibles. Ils se dissipent le plus souvent en une journée, et je ne connais personne qui en ait été gravement affecté, mais si tu préfères t'abstenir, nul ne te le reprochera.

Ayla se demanda si elle pouvait se dérober, et, même si elle était soulagée qu'on lui laissât le choix, il lui était encore plus difficile de refuser.

— Si tu le souhaites, je suis prête, répondit-elle.

— Ta participation sera utile, je n'en doute pas. La tienne aussi, Jondalar. Mais j'espère que vous le comprenez : vous avez le droit de dire non.

— Tu sais que j'ai toujours été mal à l'aise avec le Monde des Esprits, reconnut Jondalar. Ces deux derniers jours, avec la tombe à creuser et tout le reste, j'en ai été bien plus près que je ne le souhaite avant que la Mère me rappelle à Elle. Mais c'est moi qui t'ai demandé d'aider Thonolan, et je ne peux que t'assister de mon mieux. Je serai content d'en avoir fini.

— Alors, venez donc vous asseoir tous les deux sur cette couverture en cuir, nous allons commencer, décida la Première parmi Ceux Qui Servaient la Grande Terre Mère.

Lorsque Ayla et son compagnon furent installés, Mejera remplit les coupes avec une louche.

Ayla la regarda et lui sourit. Timidement, celle-ci lui rendit son sourire, et la compagne de Jondalar s'aperçut qu'elle était très jeune. Elle semblait nerveuse. Peut-être participait-elle pour la première fois à ce genre de cérémonie. Peut-être les Zelandonia profitaient-ils de l'occasion pour la former.

— Prenez votre temps, leur conseilla le Zelandoni de la Troisième Caverne tandis que son acolyte leur tendait les récipients. C'est fort, mais avec la menthe ce n'est pas si mauvais.

Ayla but une gorgée et se dit que « pas si mauvais » était affaire de goût. En d'autres circonstances, elle aurait tout recraché. Le liquide était tiède, et ce qu'on y avait mis donnait un goût désagréable à la menthe. D'ailleurs, ce n'était pas une infusion. Le mélange avait bouilli, pas infusé, et faire bouillir des feuilles de menthe n'exaltait pas les qualités rafraîchissantes de cette plante. En tout cas, ce n'était pas un breuvage à savourer ; elle l'avala d'un trait.

Elle vit Jondalar suivre son exemple, et la Première également, puis elle remarqua que Mejera, qui avait rempli les coupes, en avait bu une, elle aussi.

— Jondalar, est-ce bien la pierre que tu as rapportée du lieu où Thonolan est enterré ? demanda la Première en montrant la petite pierre grise aux arêtes vives, avec une facette d'un bleu iridescent.

— Oui.

— Bien. C'est une pierre rare, et je suis sûre qu'elle porte encore une trace de l'elan de ton frère. Mets-la au creux de ta paume et prends la main d'Ayla, de façon que vous la teniez tous les deux. Approche-toi de mon siège et donne-moi la main. Mejera, place-toi aussi près de moi et prends mon autre main. Ayla, avance un peu pour pouvoir tenir la main de Mejera.

Ce doit être la première fois que Mejera participe à ce genre de cérémonie, pensa Ayla. Moi aussi, du moins avec les Zelandonii, mais ce qui m'est arrivé avec Creb était sans doute comparable, et ce que j'ai fait avec Mamut l'était à coup sûr... Elle se surprit à évoquer sa dernière expérience avec le vieil homme du Camp du Lion, qui avait intercédé auprès du Monde des Esprits, et elle ne s'en sentit pas mieux. Lorsque Mamut avait découvert qu'elle avait en sa possession certaines racines utilisées par les Mog-ur du Clan, il avait voulu les essayer, mais il connaissait mal leurs propriétés et elles s'étaient révélées plus puissantes qu'il ne l'avait pensé. Ils s'étaient presque perdus tous les deux dans le vide sans fond, et Mamut l'avait mise en garde : elle ne devait plus jamais utiliser ces racines. Il lui en restait encore dans son sac à remèdes, mais elle n'avait pas l'intention de s'en servir.

Ayla et les trois autres qui avaient bu le breuvage se faisaient maintenant face en se tenant la main, la Première assise sur un tabouret, les autres par terre sur la couverture de cuir. Le Zelandoni de la Onzième Caverne plaça entre eux une lampe à graisse. Celle-ci intrigua Ayla, qui commençait à ressentir les effets de la boisson.

La lampe était en calcaire. On lui avait donné sa forme générale, notamment la partie creuse et l'extension servant de poignée, en la taillant avec du granite, roche beaucoup plus dure. On l'avait ensuite polie avec du grès, et décorée de marques symboliques gravées au burin de silex. Trois mèches reposaient sur le bord de la cuvette, du côté opposé à la poignée, selon des angles différents ; chacune d'elles avait une extrémité dépassant de la graisse dans laquelle elle trempait. L'une était formée d'un lichen qui brûlait rapidement et dégageait une forte chaleur qui faisait fondre la graisse ; la deuxième était en mousse sèche tordue en une sorte de tortillon qui donnait une bonne lumière ; la troisième était une bande séchée de champignon poreux qui absorbait si bien la graisse fondue qu'elle continuait à brûler même quand la cuvette était vide. La graisse animale utilisée comme combustible avait été obtenue en mettant des blocs à fondre dans de l'eau bouillante. Les impuretés tombaient au fond, ne laissant flotter à la surface qu'un suif blanc et pur, une fois l'eau refroidie. Il brûlait avec une flamme claire, sans fumée ni suie.

Ayla regarda autour d'elle et nota avec une certaine consternation qu'un Zelandoni soufflait une lampe, puis une autre. Bientôt toutes les lampes furent éteintes, excepté celle du centre. Comme en défi à sa taille minuscule, elle éclairait d'une chaude lueur dorée les visages des quatre personnes qui se tenaient la main. Mais, au-delà du cercle de lumière, une obscurité totale emplissait chaque fissure, chaque fente, chaque trou d'un noir si profond qu'il en devenait étouffant. Sentant la peur s'insinuer en elle, Ayla tourna la tête et entrevit une lueur provenant du long couloir. Certaines des lampes qui avaient éclairé leur chemin devaient être encore allumées, conclut-elle, et elle lâcha un soupir.

Elle éprouvait une sensation étrange. La décoction faisait vite son effet. Ayla avait l'impression que les choses ralentissaient autour d'elle, ou qu'elle-même accélérait à l'intérieur de son corps. Elle regarda Jondalar, eut le sentiment curieux de savoir ce qu'il pensait. Elle se tourna ensuite vers Zelandoni et Mejera, sentit quelque chose aussi, mais moins fort qu'avec son compagnon, et se demanda si ce n'était pas un effet de son imagination.

Ayla prit conscience d'une musique : des flûtes, des tambours, des gens qui chantaient, mais pas avec des mots. Elle ne savait pas quand cette musique avait commencé ni même d'où elle provenait. Chaque chanteur soutenait une note unique, ou une série de notes répétitive, jusqu'à être à bout de souffle, puis reprenait sa respiration et recommençait. La plupart des chanteurs et des joueurs de tambour répétaient le même motif indéfiniment, mais quelques chanteurs exceptionnels variaient leur air, comme les joueurs de flûte. Chacun commençant et finissant à son gré, il était rare que deux personnes le fissent ensemble. Le résultat était un son continu de tons enchevêtrés qui changeait quand de nouvelles voix commençaient et que d'autres finissaient, le tout couvert par des mélodies divergentes. C'était parfois atonal, parfois harmonique, mais cela composait au total une fugue chantée étrangement belle et puissante.

Les trois autres membres du cercle d'Ayla chantaient aussi. La Première, avec sa riche voix de contralto, variait les tons de manière mélodique. Mejera avait une voix pure et haute avec laquelle elle émettait une simple répétition de tons. Jondalar se contentait lui aussi d'une série répétitive, une mélopée qu'il avait dû perfectionner et dont il était satisfait. Ayla ne l'avait jamais entendu chanter auparavant, mais il avait une voix profonde et juste dont elle aimait la sonorité. Elle se demanda pourquoi il ne chantait pas plus souvent.

Ayla songea qu'il lui fallait se joindre aux autres, mais elle avait essayé de chanter quand elle vivait chez les Mamutoï, et elle se savait incapable de reproduire un air. Elle n'avait pas appris à chanter dans son enfance, et il était désormais un peu tard pour commencer. L'un des hommes se contentait de fredonner d'un ton monocorde, et cela lui rappela l'époque où elle vivait seule dans sa vallée, la façon dont elle aussi émettait un son monotone en se balançant d'avant en arrière pour s'endormir. Elle revoyait la cape de cuir avec laquelle elle avait maintenu son fils contre sa hanche, roulée en boule et pressée contre son ventre.

Très doucement, elle se mit à fredonner et à se balancer. La musique avait quelque chose d'apaisant. Le son de sa voix la détendait, celles des autres lui donnaient une impression de réconfort, de protection. Il lui fut plus facile de s'abandonner aux effets du breuvage, qui commençait à avoir une forte influence sur elle.

Elle perçut très nettement les mains qu'elle tenait. A sa gauche, celle de la jeune femme était fraîche, humide, d'une docilité confinant à la mollesse. Ayla pressa la main de Mejera mais ne sentit presque rien en réponse. Au contraire, la main de droite était chaude, sèche et légèrement calleuse. Jondalar serrait fermement la main d'Ayla, et elle sentait la pierre dure qu'ils tenaient ensemble, sensation déconcertante, mais la main de son compagnon la rassurait.

Bien qu'elle ne pût la voir, elle était certaine d'avoir contre sa main la facette opale, ce qui signifiait que la crête triangulaire de l'autre côté se trouvait dans celle de Jondalar. Comme Ayla se concentrait sur cette pensée, la pierre parut se réchauffer, devenir aussi chaude que leurs corps, devenir une partie d'eux-mêmes. Ou alors c'étaient eux qui devenaient une partie de la pierre. Elle se rappela le frisson qui l'avait secouée quand elle était entrée dans la grotte, le froid qui augmentait à mesure qu'ils progressaient dans les profondeurs, mais, assise sur la couverture de cuir, couverte d'un vêtement chaud, elle n'avait plus froid.

La jeune femme porta son attention sur la flamme de la lampe, qui lui fit penser à la chaleur agréable d'un feu dans un foyer. Elle se concentra sur ce fragment d'incandescence à l'exclusion de toute autre chose ; elle regarda la petite langue vaciller et trembler, s'aperçut qu'elle n'était pas entièrement jaune.

Pour que la flamme reste immobile pendant qu'elle l'observait, elle retint sa respiration. Le feu minuscule était arrondi au milieu, la partie jaune vif commençant au bout de la mèche et s'effilant. A l'intérieur du jaune, une partie plus sombre commençait sous le bout de la mèche et se rétrécissait en un cône montant à l'intérieur du petit foyer. Sous le jaune, en bas de la flamme, le feu prenait une teinte bleue.

Ayla n'avait jamais observé la flamme d'une lampe avec une telle intensité. Lorsqu'elle relâcha sa respiration, le feu chatoyant parut se mettre à danser au rythme de la musique. Et, tandis qu'il ondulait au-dessus de la surface luisante du suif fondu, sa lumière se reflétant dans la graisse qui le nourrissait, la flamme devint plus rayonnante encore. Elle emplit les yeux d'Ayla de sa douce luminescence jusqu'à ce qu'elle ne vît plus rien d'autre.

Elle se sentit légère, aérienne, insouciante, comme si elle flottait dans la chaleur de la lumière. Tout devint facile, sans effort. Elle sourit, rit doucement puis se surprit à regarder Jondalar. Elle songea à la vie qui avait commencé à croître en elle, et un flot d'amour pour son compagnon l'inonda soudain. Il ne put s'empêcher de répondre au sourire éblouissant d'Ayla et, en le voyant sourire, elle se sentit heureuse, aimée. La vie était pleine de joie, elle voulait partager cela.

Elle tourna vers Mejera une expression radieuse, fut récompensée en retour par un sourire hésitant, puis regarda Zelandoni et l'inclut dans la bienfaisance de son bonheur. Dans un coin de son esprit qui semblait s'être éloigné d'elle, elle observait toute la scène avec une lucidité étrange.

— Je me prépare à appeler l'elan de Shevonar et à le guider vers le Monde des Esprits, dit Celle Qui Etait la Première. (Sa voix semblait distante, même à ses propres oreilles.) Après que nous l'aurons aidé, j'essaierai de trouver l'elan de Thonolan. Ayla et Jondalar devront m'aider. Pensez à la façon dont il est mort, à l'endroit où reposent ses ossements.

Pour Ayla, les paroles de Zelandoni étaient empreintes d'une musique qui devenait à chaque instant plus forte et plus complexe. Elle entendait des sons se répercuter sur les parois tout autour d'elle, et l'énorme doniate semblait se fondre dans les échos de la mélopée qu'elle chantait. Ayla la vit fermer les yeux. Lorsqu'elle les rouvrit, elle semblait fixer quelque chose au loin. Puis ses yeux se révulsèrent, ne montrant plus que leur blanc, et se refermèrent tandis que Zelandoni s'affalait sur son siège.

La main de Mejera tremblait et Ayla se demanda si c'était de peur ou à cause de l'intensité de son émotion. Elle se retourna vers Jondalar, qui semblait la regarder. Au moment où elle ébauchait un sourire, elle se rendit compte que lui aussi fixait le vide, que ce n'était pas elle qu'il voyait, mais quelque chose au loin dans son esprit. Soudain, elle se retrouva à proximité de sa vallée.

Ayla entendit quelque chose qui lui glaça le sang : le rugissement assourdissant d'un lion des cavernes — et un cri. Jondalar était avec elle, en elle, semblait-il. Elle sentit la douleur provoquée par la griffe du lion puis il perdit conscience. *Le cœur battant à se rompre, elle s'arrêta. Elle n'avait pas entendu de voix humaine depuis fort longtemps, et pourtant elle savait que ce cri émanait d'un être humain et, qui plus est, d'un être semblable à elle. Elle était trop stupéfaite pour pouvoir réfléchir. Ce cri l'interpellait : c'était un appel à l'aide.*

La présence de Jondalar, maintenant inconscient, n'étant plus prédominante, elle sentit celle des autres. Zelandoni, lointaine mais puissante ; Mejera, proche mais vague. Le tout enveloppé par la musique, les voix et les flûtes, faibles mais réconfortantes, et les tambours, profonds et sonores.

Elle entendit le grondement du lion des cavernes et entrevit sa crinière rousse. Puis elle s'aperçut que sa jument n'avait montré aucun signe de nervosité et comprit pourquoi...

— C'est Bébé, Whinney ! C'est Bébé !

Il y avait deux hommes. Elle repoussa le lion qu'elle avait élevé et s'agenouilla pour les examiner. En tant que guérisseuse, elle songeait avant tout à leur porter secours, mais elle était aussi mue par la curiosité. Elle savait que ces inconnus étaient des hommes, même si c'étaient les premiers Autres qu'elle se rappelait avoir vus.

Elle comprit aussitôt qu'il n'y avait plus d'espoir pour l'homme aux cheveux bruns. Il gisait dans une position anormale, la nuque brisée. Elle ne l'avait jamais vu auparavant, mais sa mort la bouleversa et des larmes embuèrent ses yeux. Elle avait l'impression d'avoir perdu quelque chose d'inestimable avant même d'avoir eu la possibilité de l'apprécier. C'était la première fois qu'elle rencontrait un homme de son espèce et il était mort...

Elle aurait voulu honorer sa condition d'être humain en l'enterrant, mais un examen plus poussé de l'autre homme lui permit de comprendre que c'était hors de question. L'homme aux cheveux blonds respirait encore, bien que la vie s'écoulât de lui par une blessure à la jambe. Seul espoir de le sauver : le ramener à la grotte au plus vite afin de le soigner. Elle n'avait pas le temps d'enterrer son compagnon.

Ayla demeurait indécise, cependant, car elle répugnait à abandonner l'homme mort aux lions... Elle remarqua que les rochers au fond du défilé sans issue avaient l'air instables. Ils s'étaient amoncelés derrière un gros bloc de pierre qui ne semblait pas très stable, lui non plus. Elle traîna le mort au fond du défilé, près de l'éboulis...

Après avoir installé l'autre homme sur le travois, elle retourna à la corniche avec un long et solide épieu. Elle baissa les yeux vers le mort, éprouva à nouveau de la peine et, avec les gestes cérémoniels du Clan, s'adressa au Monde des Esprits.

Elle avait observé Creb, le vieux Mog-ur, lorsqu'il avait envoyé l'esprit d'Iza dans le Monde d'Après avec des gestes fluides et éloquents. Quand elle avait trouvé le corps inanimé de Creb dans la caverne, après le tremblement de terre, elle avait répété ces gestes sacrés, bien qu'elle n'en eût jamais compris pleinement le sens. C'était sans importance : elle savait à quelle fin on les faisait...

Utilisant l'épieu comme un levier, elle libéra le gros bloc et sauta en arrière tandis qu'une cascade de pierres recouvrait le mort.

Lorsqu'ils approchèrent d'un passage entre des masses rocheuses déchiquetées, Ayla mit pied à terre et examina le sol, n'y vit aucun excrément frais. Il n'y avait plus de douleur, le temps avait passé. La jambe avait guéri, il ne restait de la blessure qu'une grande cicatrice. Jondalar descendit lui aussi de Whinney et suivit Ayla, bien qu'il n'eût aucune envie d'être là, elle le savait.

Elle s'engagea dans le défilé en cul-de-sac puis escalada un rocher qui s'était détaché de la paroi et se dirigea vers l'éboulis occupant le fond.

— C'est ici, Jondalar, dit-elle en lui tendant une pochette qu'elle venait de tirer de sa tunique.

Il avait reconnu l'endroit.

— Qu'est-ce que c'est ? demanda-t-il en prenant la pochette.

— De la terre rouge. Pour sa tombe.

Incapable de parler, il se contenta de hocher la tête. Il sentit des larmes lui monter aux yeux et ne fit rien pour les retenir. Il prit une poignée d'ocre rouge qu'il dispersa au-dessus des pierres puis renouvela son geste. Ayla attendit pendant que, les larmes aux yeux, il fixait l'amas de pierres ; quand il pivota pour repartir, elle fit un signe au-dessus de la tombe de Thonalan.

Ils arrivèrent au défilé jonché de gros rochers aux arêtes vives, y pénétrèrent, attirés par l'éboulis qui se trouvait au fond. Du temps avait encore passé, ils vivaient maintenant chez les Mamutoï et le Camp du Lion s'apprêtait à adopter Ayla. Ils étaient retournés dans sa vallée afin qu'elle y prît certains des objets qu'elle avait fabriqués pour les donner en cadeau à son nouveau peuple. *Jondalar, qui se tenait au bas de la pente, aurait souhaité faire quelque chose pour marquer l'emplacement de la tombe de son frère. Peut-être Doni l'avait-Elle déjà trouvé puisqu'Elle l'avait rappelé si tôt à Elle. Mais il savait que Zelandoni tenterait de retrouver l'endroit où reposait l'esprit de Thonalan pour le guider vers le Monde d'Après, si elle le pouvait... Comment lui expliquer l'emplacement précis de ce lieu ? Il ne l'aurait même pas trouvé sans Ayla.*

Il remarqua qu'elle tenait à la main une pochette de cuir semblable à celle qu'elle portait au cou.

— Tu m'as dit que son esprit doit retourner à Doni, fit-elle. Je ne connais pas les voies de la Grande Terre Mère, je connais seulement le Monde des Esprits des totems du Clan. J'ai demandé à mon Lion des Cavernes de guider Thonolan jusque-là. Peut-être est-ce le même monde, peut-être ta Grande Mère en connaît-Elle l'existence, mais le Lion des Cavernes est un totem puissant et ton frère n'est pas sans protection.

Elle lui tendit la pochette.

— Je t'ai fabriqué un sac à amulettes. Toi aussi, tu as été choisi par le Lion des Cavernes. Tu n'es pas obligé de le porter autour du cou mais tu dois le garder sur toi. J'y ai mis un morceau d'ocre rouge afin qu'il contienne un peu de ton esprit et un peu de celui de ton totem, mais je crois qu'il faudrait y mettre encore autre chose.

Jondalar fronça les sourcils. Il ne voulait pas offenser Ayla mais il n'était pas sûr de vouloir porter cette amulette d'un totem du Clan.

— Tu devrais ramasser une pierre de l'éboulis qui recouvre ton frère. Elle contiendra peut-être un peu de son esprit, que tu pourras rapporter à ton peuple.

Les plis de perplexité du front de Jondalar se creusèrent un peu plus, puis soudain tout son visage s'éclaira. Bien sûr ! Cette pierre pourrait aider Zelandoni à retrouver ce lieu dans une de ses transes. Les totems du Clan étaient peut-être plus puissants qu'il ne l'avait cru. Après tout, Doni n'avait-elle pas créé les Esprits de tous les animaux ?

— Oui, dit-il, je garderai ce sac à amulettes, et j'y mettrai une pierre ramassée sur la tombe de Thonolan.

Il regarda l'éboulis instable de pierres aux arêtes tranchantes accumulées contre la paroi. Soudain, cédant à la force de gravité, l'une d'elles roula sur la pente et s'immobilisa aux pieds de Jondalar. Il la ramassa. A première vue, rien ne la distinguait des autres morceaux de granite et de roche sédimentaire. Mais, lorsqu'il la retourna, il découvrit avec surprise une facette opalescente là où la pierre s'était brisée. Des points d'un rouge ardent scintillaient au cœur du blanc laiteux de la roche, des veines chatoyantes de bleus et de verts dansaient au soleil à chaque mouvement de sa main.

— Ayla, regarde, dit-il en montrant la facette d'opale de la pierre. A voir l'autre côté, on ne soupçonnerait jamais tant de beauté. On penserait que ce n'est qu'un caillou ordinaire. Mais vois, là où il s'est

brisé... Les couleurs semblent provenir de l'intérieur même de la pierre, et elles sont si vives qu'elle paraît presque vivante.

— Peut-être l'est-elle, ou peut-être est-ce un peu de l'esprit de ton frère, répondit-elle.

Ayla prit conscience de la chaleur de la main de Jondalar et de la pierre pressée contre sa paume. La chaleur s'accrut, pas assez pour la gêner, assez pour qu'elle s'en aperçoive. Etait-ce l'esprit de Thonolan qui essayait d'attirer son attention ? Elle regretta de ne pas l'avoir connu. Tout ce qu'elle avait entendu dire de lui, depuis son arrivée, indiquait qu'il avait été très estimé. Dommage qu'il fût mort si jeune. Jondalar avait souvent répété que c'était Thonolan qui avait envie de voyager. Lui-même n'avait entrepris le Voyage que parce que son frère partait... et parce qu'il ne voulait pas vraiment s'unir à Marona.

— O Doni, Grande Mère, aide-nous à trouver le chemin de l'autre côté, de Ton monde, ce lieu situé au-delà et cependant à l'intérieur des espaces invisibles de ce monde-ci. Comme la lune expirante enserre la nouvelle lune dans ses bras minces, le Monde des Esprits, de l'inconnu, tient ce monde du tangible, de chair et d'os, d'herbe et de pierre, dans une étreinte que nul n'entrevoit. Mais avec ton aide, on peut le voir, on peut le connaître.

Ayla entendit la supplique, chantée en une étrange psalmodie étouffée par la femme obèse. Elle commençait à se sentir étourdie, bien que le mot ne rendît pas tout à fait compte de ce qu'elle éprouvait. Elle ferma les yeux, se sentit tomber. Quand elle les rouvrit, des lumières palpitaient à l'intérieur. Elle n'y avait pas vraiment prêté attention en admirant les animaux, mais elle se souvenait d'avoir distingué également des signes et des symboles sur les parois de la grotte, et certains d'entre eux surgissaient maintenant dans ses visions, qu'elle eût les yeux ouverts ou fermés. Elle avait l'impression de choir dans un trou profond, dans un long tunnel sombre, et elle résistait, elle luttait contre cette impression.

— Ne résiste pas. Laisse-toi aller, lui conseilla la doniate. Nous sommes tous avec toi. Nous te soutiendrons, Doni te protégera. Laisse-La t'emporter où Elle le veut. Ecoute la musique, laisse-la t'aider, dis-nous ce que tu vois.

Ayla plongeait dans le tunnel la tête la première, comme si elle nageait sous l'eau. Les murs du tunnel, de la grotte, se mirent à chatoyer puis parurent se dissoudre. Ayla voyait à travers eux, en eux ; elle découvrit une prairie et, au loin, de nombreux bisons.

— Je vois des bisons, dit-elle, un troupeau immense sur une vaste plaine.

Un moment, les murs se solidifièrent de nouveau mais les bisons restèrent. Ils recouvraient les parois là où il y avait eu les mammouths.

— Ils sont sur les murs, peints en rouge et en noir, avec la forme voulue. Ils sont beaux, parfaits, pleins de vie, comme Jonokol les a représentés. Vous ne les voyez pas ? Regardez, là-bas.

Les murs fondirent de nouveau ; elle voyait en eux, à travers eux.

— Ils sont dans une plaine, tout un troupeau, ils se dirigent vers l'enceinte... Non, Shevonar ! Non ! s'écria-t-elle soudain. Pas par là, c'est dangereux !

Puis, avec tristesse et résignation :

— C'est trop tard. J'ai tenté tout ce que j'ai pu pour le sauver.

— La Mère voulait un sacrifice pour que les hommes comprennent qu'eux aussi doivent quelquefois faire don d'un des leurs, dit la Première, qui était là-bas avec Ayla. Tu ne peux plus demeurer ici, Shevonar. Tu dois retourner à la Mère, maintenant. Je t'aiderai. Nous t'aiderons. Nous te montrerons le chemin. Viens avec nous, Shevonar. Oui, il fait sombre, mais ne vois-tu pas la lumière devant ? Une lumière éclatante ? Va dans cette direction. La Mère t'attend là-bas.

Ayla pressa la main chaude de Jondalar. Elle sentait auprès d'eux la forte présence de Zelandoni et celle d'une quatrième personne, la jeune femme à la main molle, Mejera, mais elle était ambiguë, sans consistance. Elle se manifestait de temps à autre avec vigueur puis retombait dans l'incertitude.

— Le moment est venu, reprit la doniate. Va rejoindre ton frère, Jondalar. Ayla peut t'aider, elle connaît le chemin.

Ayla sentit la pierre qu'ils tenaient dans leurs mains et pensa à la magnifique facette d'un blanc bleuté piqueté de points rouges. La pierre grandit jusqu'à remplir tout l'espace autour d'elle, et Ayla y plongea. Elle nageait si vite qu'elle volait. Elle filait au-dessus d'un paysage de prairies et de montagnes, de forêts et de rivières, de grandes mers intérieures et de vastes steppes herbeuses, et de la profusion d'espèces animales que ces habitats accueillaient.

Les autres étaient avec elle, se laissaient mener. Jondalar était le plus proche, et Ayla sentait sa présence, mais aussi celle de la puissante doniate. Celle de l'autre femme était si faible qu'elle la remarquait à peine. Ayla les conduisit directement au défilé sans issue, dans les steppes de l'Est.

— C'est l'endroit où je l'ai vu, dit-elle. De là, je ne sais plus où aller.

— Pense à Thonolan, appelle son esprit, dit Zelandoni à Jondalar.

— Thonolan ! Thonolan ! s'écria-t-il. Je le sens. Je ne sais pas où il est mais je le sens.

Ayla eut une vision de son compagnon avec quelqu'un d'autre, sans pouvoir distinguer qui. Elle sentit d'autres présences, d'abord quelques-unes, puis un grand nombre, qui les appelaient. De la foule, deux se détachèrent... non, trois. L'une d'elles portait un nouveau-né.

— Est-ce que tu voyages, est-ce que tu explores toujours, Thonolan ? dit Jondalar.

Ayla n'entendit pas de réponse mais perçut un rire et eut ensuite le sentiment d'une infinité d'espaces à parcourir et de lieux où aller.

— Jetamio est avec toi ? continua Jondalar. Et son enfant aussi ?

Là encore, Ayla ne put discerner les mots mais sentit une vague d'amour émanant de la forme diffuse.

Ce fut alors la Première qui s'adressa par ses pensées à l'elan du mort :

— Thonolan, je connais ton goût pour les voyages et l'aventure. Mais la femme qui est avec toi veut retourner à la Mère. Elle t'a suivi uniquement par amour mais elle est prête à partir. Si tu l'aimes, va les chercher, elle et l'enfant. Il est temps, Thonolan. La Grande Terre Mère te réclame.

Ayla perçut de la confusion, un sentiment d'être perdu.

— Je te montrerai le chemin, promit la doniate. Suis-moi.

Ayla se sentit entraînée avec les autres au-dessus d'un paysage qui lui aurait paru familier si les détails n'en étaient pas aussi flous et s'il ne commençait pas à faire sombre. Elle s'agrippait à la chaude main, à sa droite, et sentait, à gauche, une main qui pressait fébrilement la sienne. Une lumière éclatante apparut devant eux, au loin, comme un grand feu, et s'intensifia à mesure qu'ils approchaient. Ils ralentirent.

— D'ici, tu peux trouver ton chemin, affirma Zelandoni.

Ayla sentit le soulagement des elan puis la séparation. L'obscurité les cerna ; en l'absence totale de lumière, un silence envahissant les enveloppa. Puis, faiblement, dans un calme anormal, une musique se fit entendre, une mélodie fluctuante de flûtes, de voix et de tambours. Ayla sentit un mouvement. Ils accéléraient de nouveau, mais cette fois cela semblait venir de la main de gauche. Mejera, apeurée, déterminée à regagner leur monde au plus vite, pressait plus fort encore la main d'Ayla et entraînait tout le monde dans son sillage.

Quand ils s'arrêtèrent, Ayla sentit les deux mains tenant les siennes. Ils étaient de retour dans la grotte, au contact immédiat de la musique. Elle ouvrit les yeux, vit Jondalar, Zelandoni et Mejera. La lampe placée entre eux grésillait ; elle ne contenait presque plus de graisse et une seule mèche brûlait. Dans l'obscurité qui s'étendait au-delà, Ayla vit la flamme d'une lampe bouger, apparemment d'elle-même, et frissonna. Ils étaient assis sur la couverture de cuir, mais à présent, malgré sa tunique, elle se sentait glacée. Sur un signe de Zelandoni, un acolyte apporta une autre lampe, qui remplaça celle qui agonisait.

Ils se lâchèrent les mains — Ayla et Jondalar gardèrent les leurs unies un battement de cœur ou deux après les autres — et changèrent de position. Celle Qui Etait la Première se joignit aux chanteurs et amena la mélodie à son terme. Les Zelandonia allumèrent d'autres lampes, se mirent à bouger. Certains se levèrent, avancèrent de quelques pas.

— Je voudrais te demander quelque chose, Ayla, dit la doniate. Tu as vu des bisons sur les parois ?

— Oui. On avait peint sur les mammouths pour les transformer en bisons, coloré la tête et la bosse du dos pour qu'elles ressemblent à la grosse bosse que les bisons ont au garrot. Puis les parois ont disparu et ils sont devenus de vrais bisons. Il y avait d'autres animaux, les chevaux, ainsi que les rennes se faisant face, mais j'ai vu cet endroit comme une caverne de bisons.

— Je pense que tu as eu cette vision à cause de la récente chasse aux bisons et de ce qui a suivi. Tu étais au cœur de cette tragédie, tu as soigné Shevonar. Mais je crois aussi que ta vision a un sens. Elle signifie que l'Esprit du Bison veut que les Zelandonii cessent de chasser le bison pour le reste de l'été, expiation qui permettra de conjurer le mauvais sort.

Il y eut des murmures d'assentiment. Les Zelandonia étaient soulagés de savoir qu'ils pouvaient faire quelque chose pour apaiser l'Esprit du Bison et éloigner la malchance que cette mort inattendue laissait présager. Ils informeraient leur Caverne de l'interdiction de la chasse au bison.

Les acolytes rassemblèrent les objets qu'ils avaient apportés dans la grotte, rallumèrent toutes les lampes pour éclairer le chemin du retour. Le cortège quitta la salle, remonta la galerie dans l'autre sens. Lorsqu'ils parvinrent à la terrasse devant la grotte, le soleil se couchait en un déploiement de rouges ardents, de jaunes et d'ors. Personne ne semblait avoir envie de parler de ce qu'il venait de vivre dans la grotte. Tandis que les Zelandonia quittaient le groupe pour regagner leurs cavernes respectives, Ayla se demandait s'ils avaient éprouvé le même émerveillement qu'elle mais répugnait à aborder le sujet.

Même si les questions se bousculaient dans son esprit, elle n'était pas sûre de vouloir connaître les réponses.

Zelandoni demanda à Jondalar s'il était content d'avoir trouvé l'esprit de son frère et aidé son elan à gagner le Monde d'Après. Il répondit que si Thonolan était content, il l'était aussi, mais Ayla se dit qu'il était surtout soulagé. Il avait fait ce qu'il avait pu, bien que ce ne fût pas facile ; ce souci ne pesait plus sur lui. Lorsque Ayla, Jondalar, Zelandoni et Jonokol parvinrent à la Neuvième Caverne, seuls les points scintillants trouant la nuit et les petites flammes de leurs lampes de pierre et de leurs torches éclairaient leur chemin.

Ayla et Jondalar étaient tous deux fatigués quand ils arrivèrent chez Marthona. Après avoir salué la famille et réconforté Loup, inquiet de l'absence d'Ayla, ils prirent un repas léger et se couchèrent peu après. Ces dernières journées avaient été difficiles.

— Je peux t'aider à préparer à manger, ce matin ? proposa Ayla à Marthona.

Levées les premières, les deux femmes savouraient tranquillement une infusion ensemble pendant que tous les autres dormaient encore.

— Je te remercie de ton offre, Ayla, mais ce matin, nous sommes tous invités à partager le repas de Joharran et Proleva. Zelandoni est invitée, elle aussi. Proleva fait souvent à manger pour elle, et Joharran doit trouver qu'il n'a pas eu vraiment le temps de parler à Jondalar depuis son retour. Je crois qu'il voudrait en savoir plus sur la nouvelle arme.

A son réveil, Jondalar se rappela la discussion sur les abelan, et l'importance pour Ayla de sentir qu'elle avait trouvé sa place. Comme elle n'avait aucun souvenir de son peuple, plus aucun lien avec celui qui l'avait élevée, c'était compréhensible. Elle avait même quitté les Mamutoï, qui l'avaient adoptée, pour l'accompagner chez les Zelandonii. Cette pensée occupa son esprit pendant le repas avec la famille de Joharran. Toutes les personnes présentes appartenaient aux Zelandonii ; elles étaient de sa famille, de sa Caverne, de son peuple. Sauf Ayla. Certes, ils seraient bientôt unis, mais elle resterait « Ayla des Mamutoï, unie à Jondalar des Zelandonii ».

Après une discussion avec Joharran sur le lance-sagaie, un échange d'anecdotes de voyage avec Willamar et des remarques de tous sur la Réunion d'Eté, la conversation porta sur l'union de Jondalar et d'Ayla aux premières Matrimoniales. Marthona expliqua à la jeune femme qu'il y avait deux séries de cérémonies chaque été. La première, généralement la plus importante, avait lieu le plus tôt possible. La plupart de ceux qui seraient unis ce jour-là avaient pris leurs dispositions depuis longtemps. La seconde, qui se déroulait peu avant le départ, unissait ceux qui avaient décidé pendant la réunion même de nouer le lien. Il y avait aussi deux cérémonies marquant le passage des jeunes filles au statut de femme, l'une peu après leur arrivée, l'autre juste avant la fin de la Réunion d'Eté.

Sur une impulsion, Jondalar interrompit les explications de sa mère :

— Je voudrais qu'Ayla ait sa place parmi nous. Quand nous serons unis, je voudrais qu'elle soit « Ayla de la Neuvième Caverne des Zelandonii », pas « Ayla des Mamutoï ». Je sais que cette décision appartient d'habitude à la mère, ou à l'homme du foyer de la personne qui veut changer de Caverne ou de peuple, ainsi qu'aux chefs et à la Zelandonia, mais Mamut a laissé Ayla libre de choisir quand elle est partie. Si elle le souhaite, puis-je compter sur ton accord, mère ?

Marthona fut étonnée de la soudaineté de cette requête et se sentit prise au dépourvu.

— Comment pourrais-je refuser ? répondit-elle avec le sentiment que son fils l'avait placée dans une situation intenable en lui adressant cette requête sans l'avoir prévenue. Toutefois cela ne dépend pas entièrement de moi. Je suis heureuse d'accueillir Ayla de la Neuvième Caverne des Zelandonii, mais c'est à ton frère, à Zelandoni et à d'autres, y compris Ayla elle-même, qu'il appartient d'en juger.

Folara sourit à sa mère ; elle savait que celle-ci n'aimait pas être prise au dépourvu. La jeune fille n'était pas mécontente que Jondalar eût ainsi surpris sa mère, mais elle devait reconnaître que Marthona s'était vite ressaisie.

— Pour ma part, je n'hésiterais pas à l'accueillir, déclara Willamar. Ou même à l'adopter, mais du fait que je suis le compagnon de ta mère, Jondalar, cela ferait d'elle ta sœur, comme Folara, une femme à qui tu ne pourrais t'unir. Je ne pense pas que tu le souhaites.

— Non, mais j'apprécie l'offre.

— Pourquoi abordes-tu cette question maintenant ? lança Marthona, encore un peu irritée.

— Le moment me paraît aussi bon qu'un autre, répondit Jondalar. Nous partirons bientôt pour la Réunion d'Eté, et j'aimerais régler la question d'ici là. Je sais que nous n'avons pas vécu très longtemps ici, mais la plupart d'entre vous ont appris à connaître Ayla. Je pense qu'elle apporterait beaucoup à la Neuvième Caverne.

Surprise, elle aussi, Ayla gardait le silence. Ai-je envie d'être adoptée par les Zelandonii ? s'interrogeait-elle. Est-ce important ? Une fois unie à Jondalar, je serai quasiment zelandonii, que j'en aie le nom ou pas. Il semble y tenir. Je ne sais pas pourquoi, il a peut-être une bonne raison. Il sait comment raisonne son peuple.

— J'ai quelque chose à te dire, Jondalar, intervint Joharran. Pour ceux d'entre nous qui la connaissent, Ayla serait une précieuse recrue pour notre Caverne, mais tous ne sont pas de cet avis. En revenant ici, j'ai surpris Laramar et quelques autres en train de parler d'elle. Je suis au regret de le dire, ils faisaient des remarques désobligeantes, en particulier sur la façon dont elle a soigné Shevonar. Ils pensent qu'une femme qui a appris à guérir chez les... avec le Clan ne peut savoir grand-chose. Ce sont les préjugés qui parlent, je le crains. Je leur ai répondu que personne, pas même Zelandoni, n'aurait pu faire mieux, mais ils m'avaient mis en colère, et ce n'est pas dans cet état qu'on présente le mieux ses arguments.

C'est donc pour cela qu'il était fâché, pensa Ayla, à qui cette révélation inspirait des sentiments mêlés. Elle était indignée par ce que ces hommes avaient sous-entendu quant aux capacités d'Iza, mais contente que Joharran eût pris sa défense.

— Raison de plus pour qu'elle devienne l'une d'entre nous dès maintenant, opina Jondalar. Tu connais ces hommes. Ils ne savent que jouer et boire le barma de Laramar. Ils ne se sont pas donné la peine de développer un talent ou d'apprendre une activité, à moins de considérer que le jeu en soit une. Ils ne savent même pas chasser convenablement. Ils sont paresseux, ils ne participent à rien, sauf si on les y contraint en leur faisant honte, et ils n'ont pas honte facilement... Ils font tout pour éviter le moindre effort en faveur de la Caverne, tout le monde le sait. Personne ne les écoutera si ceux que respecte la Caverne sont résolus à accueillir Ayla et à en faire une Zelandonii.

— Ce n'est pas tout à fait vrai en ce qui concerne Laramar, observa Proleva. Il est paresseux pour la plupart des choses, et je crois que la chasse ne lui plaît pas trop, mais il a un talent. Il sait préparer un breuvage fermenté avec à peu près n'importe quoi : du grain, des fruits, du miel, de la sève de bouleau ou même des racines. Il en tire une boisson que presque tous apprécient, et en prépare chaque fois que la communauté se rassemble. Certains en abusent, mais Laramar se contente de la fournir.

— Si seulement c'était vrai ! lâcha Marthona d'un ton méprisant. Au moins, les enfants de son foyer n'auraient pas à mendier tout ce dont ils ont besoin. Dis-moi, Joharran, combien de fois a-t-il été trop « malade » le matin pour partir à la chasse avec les autres ?

— Je croyais que chacun avait droit à toute la nourriture qu'il lui fallait, s'étonna Ayla.

— La nourriture, oui, répondit la Première. Ces enfants n'ont pas faim, mais pour le reste ils dépendent de la générosité des autres.

— Si, comme Proleva vient de le dire, il sait faire un breuvage qui plaît à tout le monde, ne peut-il l'échanger contre des provisions pour sa famille ? insista Ayla.

— Il le pourrait, oui, mais il ne le fait pas, dit Proleva.

— Et sa compagne ? Elle n'arrive pas à le convaincre de subvenir aux besoins de la famille ?

— Tremeda ? Elle est encore pire que lui ! soupira Marthona. Elle ne fait que boire son barma et pondre plus d'enfants qu'elle ne peut en élever.

— Qu'est-ce que Laramar fait avec la boisson qu'il fabrique, s'il ne la troque pas ? voulut savoir Ayla.

— Je ne sais pas, répondit Willamar. Il doit bien en troquer une partie pour se procurer les ingrédients nécessaires à sa fabrication.

— C'est vrai, il s'arrange toujours pour troquer son barma contre ce qu'il veut avoir, dit Proleva. Mais il n'y en a jamais assez pour sa compagne et les enfants. Une chance que Tremeda n'ait pas honte de demander aux gens de lui donner des choses pour ses « pauvres petits ».

— En plus, il boit beaucoup, ajouta Joharran. Tremeda aussi. Je crois qu'il en offre également une bonne partie. Il traîne toujours derrière lui une bande d'assoiffés. Il les prend pour ses amis mais je me demande combien de temps ils continueraient à le fréquenter s'il cessait de les régaler en barma.

— Pas très longtemps, dit Willamar. Cependant, je ne pense pas que ce soit à Laramar et à ses « amis » de décider si Ayla doit devenir zelandonii.

— Tu as raison, approuva la doniate. Il ne fait aucun doute que nous ne voyons pas d'objection à accepter Ayla parmi nous, mais nous devrions peut-être la laisser décider. Personne ne lui a demandé si elle souhaite devenir une femme des Zelandonii.

Toutes les têtes se tournèrent vers Ayla, et ce fut à son tour de se sentir mal à l'aise. Elle garda un moment le silence, ce qui inquiéta Jondalar. Peut-être s'était-il trompé. Peut-être n'avait-elle pas envie de devenir zelandonii. Peut-être aurait-il dû lui poser la question avant d'aborder le sujet devant les autres, mais, avec la conversation sur les abelan et leur signification, le moment lui avait paru opportun. Ayla finit par prendre la parole :

— Quand j'ai décidé de quitter les Mamutoï pour venir ici avec Jondalar, je savais ce que les Zelandonii pensaient du Clan, le peuple qui m'a élevée. Je savais que vous ne voudriez peut-être pas de moi. J'avais un peu peur de rencontrer sa famille, son peuple, je dois l'avouer.

Elle s'interrompit afin de rassembler ses pensées et de trouver les mots adéquats pour exprimer ce qu'elle ressentait.

— Je suis une inconnue pour vous, une étrangère, avec des idées et des manières bizarres. J'ai amené des animaux qui vivent avec moi, je vous ai demandé de les accepter. Les chevaux, des bêtes que vous chassez, je vous ai demandé de leur faire une place dans votre abri. Ainsi qu'à Loup, un carnassier. Il est arrivé que des loups s'attaquent à l'homme, et je vous ai pourtant demandé de le laisser dormir dans la même habitation que moi.

Ayla adressa un sourire à la mère de Jondalar et poursuivit :

— Tu n'as pas tergiversé, Marthona. Tu nous as invités, Loup et moi, à partager ta demeure. Toi, Joharran, tu m'as autorisée à mettre les chevaux dans une prairie proche, et même à les faire monter sur la terrasse, devant les habitations. Brun, le chef de mon Clan, ne l'aurait pas permis. Vous avez tous écouté quand j'ai parlé du Clan, vous ne m'avez pas repoussée. Vous étiez disposés à admettre que ceux que vous appelez Têtes Plates sont des êtres humains, un peu différents de vous, mais certes pas des animaux. Je ne m'attendais pas à vous voir aussi compréhensifs, et je vous en suis reconnaissante.

« C'est vrai que tout le monde n'a pas montré la même gentillesse, mais vous avez été nombreux à me défendre, alors que vous me connaissiez à peine : je ne suis ici que depuis quelques jours. C'est peut-être en grande partie grâce à Jondalar, parce que vous êtes sûrs qu'il n'aurait jamais ramené une femme qui tenterait de nuire à son peuple ou que vous ne pourriez pas accepter.

Elle s'interrompit, ferma les yeux, les rouvrit et continua :

— Malgré ma peur de rencontrer la famille de Jondalar et les Zelandonii, je savais en partant que je ne reviendrais pas en arrière. J'ignorais quels seraient vos sentiments pour moi, mais cela ne pouvait m'arrêter. J'aime Jondalar. Je veux passer ma vie avec lui. J'étais prête à tout faire, à tout endurer pour rester à ses côtés. Mais vous m'avez accueillie, et vous me demandez maintenant si je veux devenir une Zelandonii ?

Ayla ferma de nouveau les yeux pour maîtriser son émotion, essaya d'avaler le nœud dans sa gorge.

— Je le désire depuis que j'ai vu Jondalar pour la première fois, et je ne savais même pas s'il vivrait. J'ai pleuré son frère, non parce que je l'avais connu, mais parce que je l'avais reconnu. Cela me bouleversait de ne pas pouvoir entrer en contact avec la première personne de mon espèce que je voyais, du moins aussi loin que remonte ma mémoire.

« Je ne sais pas quelle langue je parlais avant que le Clan me recueille. J'ai appris à communiquer à la manière du Clan, mais la première langue que j'ai appris à parler, c'est le zelandonii. Même si je ne le parle pas très bien, je le considère comme ma langue. Avant même que Jondalar et moi puissions communiquer, je désirais faire partie de son peuple pour qu'il me trouve acceptable, pour qu'il puisse envisager un jour de me prendre pour compagne. Même si c'était seulement comme deuxième ou troisième femme.

« Vous me demandez si je veux devenir une Zelandonii ? Je le souhaite de tout mon cœur.

Il y eut un silence stupéfait. Sans se rendre compte qu'il bougeait, Jondalar franchit les quelques pas qui le séparaient d'Ayla et la prit dans ses bras. Il éprouvait tant d'amour pour elle qu'aucun mot ne pouvait l'exprimer. C'était étonnant qu'elle pût être à la fois aussi forte et aussi vulnérable. Tous étaient émus, et même Jaradal avait compris une partie de ce qu'Ayla avait expliqué. Les joues de Mejera et de Folara étaient mouillées de larmes ; d'autres n'étaient pas loin de se mettre à pleurer. Marthona fut la première à recouvrer sa maîtrise d'elle-même.

— En ce qui me concerne, je suis heureuse de t'accueillir dans la Neuvième Caverne des Zelandonii, déclara-t-elle en serrant Ayla contre elle en un geste spontané. Je serai heureuse de voir mon fils s'unir à toi, encore que d'autres femmes puissent ne pas s'en réjouir. Les femmes l'ont toujours aimé, mais j'ai parfois douté qu'il finirait par trouver une femme qu'il pourrait aimer. Je me disais qu'il choisirait peut-être une femme d'un autre peuple, je ne pensais pas cependant qu'il irait la chercher si loin. Maintenant je sais qu'il a trouvé, parce que je comprends pourquoi il t'aime. Tu es un être rare, Ayla.

— Le repas refroidit, prévint Proleva avec un sourire gêné.

Ils prirent tous conscience qu'ils avaient oublié de manger. Jondalar piqua une portion de viande avec son couteau, la saisit entre ses dents puis, la tenant avec son autre main, en coupa un morceau au ras de ses lèvres.

— C'est froid mais encore bon, dit-il.

Après avoir mangé, Ayla nettoya son couteau et son bol, rangea le premier dans sa gaine, et l'autre dans la poche attachée à sa ceinture, avec sa coupe. Ils parlèrent de la Réunion d'Eté, du moment où ils partiraient, et la doniate suggéra une petite cérémonie pour accueillir Ayla dans la Neuvième Caverne et en faire une Zelandonii.

A cet instant, une fillette d'une dizaine d'années s'approcha d'eux en courant. Elle avait l'air désemparée, mais ce qui frappa surtout Ayla, ce fut l'état de ses vêtements, sales et déchirés.

— Zelandoni, c'est Bologan, il n'arrive plus à se lever.

— Il est malade ? Il s'est blessé ?

— Je ne sais pas.

— Ayla, viens avec moi. C'est la fille de Tremeda, Lanoga. Bologan est son grand frère, expliqua Zelandoni.

— Tremeda, la compagne de Laramar ? demanda Ayla.

— Oui, répondit Zelandoni.

Les deux femmes partirent ensemble d'un pas pressé.

19

Tandis qu'ils approchaient de la demeure de Laramar et de Tremeda, Ayla se rendit compte qu'elle était passée plusieurs fois devant cet endroit mais n'y avait pas prêté attention. L'abri de pierre de ce peuple était si vaste et tant de gens y vivaient qu'elle n'avait pu retenir d'un coup toutes ses composantes. Il faudrait du temps pour qu'elle s'y habituât.

L'habitation se trouvait au bout de l'aire de vie, à l'écart de ses voisines et de la plupart des activités de la Caverne. La construction elle-même n'était pas très grande mais la famille s'était approprié une partie substantielle de l'espace en s'étalant au-dehors, bien qu'il fût difficile de distinguer entre les affaires personnelles et les détritus. A quelque distance, Laramar avait annexé un autre espace pour fabriquer sa boisson fermentée, dont le goût pouvait varier selon les ingrédients mais dont la force était toujours garantie.

— Où est-il, Lanoga ? demanda Zelandoni.

— A l'intérieur. Il bouge plus, répondit la fillette.

— Où est ta mère ?

— Je sais pas.

En passant de l'autre côté du rideau de l'entrée, elles furent assaillies par une odeur infecte. En dehors d'une lampe, la seule lumière était celle du jour, reflétée par la roche du surplomb, et il faisait sombre à l'intérieur.

— Tu n'as pas d'autres lampes, Lanoga ?

— Si, mais y a plus de graisse.

— Nous pouvons relever le rideau pour le moment, décida la doniate. Bologan est là, dans l'entrée, il bloque le passage.

Ayla trouva la corde attachée au rideau et l'enroula autour du poteau. Lorsqu'elle regarda à l'intérieur, elle fut consternée par la saleté. Le sol n'était pas dallé et la terre battue s'était transformée en boue là où des liquides de toute nature avaient réussi à s'infiltrer. A la puanteur, elle devina que c'était en partie de l'urine. Apparemment, toutes les possessions de la famille jonchaient le sol, nattes et paniers troués, coussins éventrés, haillons de cuir et de fibres tressées qui pouvaient être des vêtements.

Des os auxquels un peu de viande demeurait attaché avaient été jetés çà et là. Des mouches bourdonnaient autour de restes de nourriture pourrissant — depuis des jours, peut-être, Ayla n'aurait su le dire — sur des écuelles en bois si rudimentaires qu'elles étaient hérissées d'échardes. Près de l'entrée, dans un nid de rats, plusieurs nouveau-nés rouges et sans poils gigotaient, les yeux encore clos.

Un peu plus loin, un jeune garçon décharné gisait sur le sol. Il pouvait avoir une douzaine d'années et sa ceinture indiquait qu'il avait entamé sa puberté, mais il était encore plus enfant qu'homme. Ce qui lui était arrivé sautait aux yeux. Bologan avait le corps marqué de bleus, la tête couverte de sang séché.

— Il s'est battu, devina Zelandoni. Quelqu'un l'a traîné jusque chez lui et l'a laissé là.

Ayla se pencha pour l'examiner. Elle tâta le pouls, approcha sa joue de la bouche de Bologan, sentit non seulement son souffle mais l'odeur de son haleine.

— Il respire encore mais il est grièvement blessé, dit-elle à Zelandoni. Le pouls est faible. La tête est touchée, il a perdu beaucoup de sang mais j'ignore si le crâne est fendu. Quelqu'un l'a frappé, ou il est tombé sur quelque chose de dur. C'est peut-être pour cela qu'il ne se réveille pas, mais il empeste le barma.

— Je ne sais pas si on peut le déplacer. En tout cas, je ne peux pas le soigner ici, dit Zelandoni.

Lanoga se dirigea vers l'entrée, portant sur sa hanche un bébé maigre et apathique de cinq ou six mois, qui semblait ne pas avoir été lavé depuis sa naissance. Un bambin, la morve au nez, s'accrochait à la jambe de la fillette. Ayla crut distinguer un autre enfant derrière mais n'en fut pas sûre.

— Qu'est-ce qu'il a, Bologan ? demanda Lanoga avec une expression inquiète.

— Il est vivant mais blessé, répondit la doniate. Tu as bien fait de venir me chercher. Il va falloir le transporter chez moi.

Normalement, seules les maladies les plus graves étaient soignées chez Zelandoni. Dans une Caverne aussi nombreuse que la Neuvième, son habitation n'était pas assez vaste pour accueillir en même temps tous les malades et tous les blessés. Quelqu'un qui présentait les blessures de Bologan, aussi graves fussent-elles, restait en général chez lui, et Zelandoni passait régulièrement pour le soigner. Mais, dans cette habitation, il n'y avait personne pour s'occuper du jeune garçon, et Zelandoni ne supportait pas l'idée d'y revenir, encore moins d'y demeurer quelque temps.

— Tu sais où est ta mère, Lanoga ?

— Non.

La doniate reformula sa question :

— Où est-elle allée ?

— A l'enterrement.

— Qui s'occupe des enfants ?

— Moi.

— Tu ne peux pas nourrir ce bébé, fit Ayla, choquée. Tu ne peux pas lui donner le sein.

— Je lui donne à manger, riposta la fillette sur la défensive. Elle mange comme nous, le sein de ma mère s'est tari.

— Ce qui veut dire que Tremeda aura un autre bébé d'ici un an, murmura Zelandoni.

— Je sais que des bébés aussi jeunes peuvent manger presque comme nous en cas de nécessité, dit Ayla, la gorge serrée par un souvenir pénible. Qu'est-ce que tu lui donnes ?

— Des racines bouillies et écrasées.

— Ayla, tu veux bien aller prévenir Joharran de ce qui se passe et lui demander de venir ici avec quelque chose pour porter Bologan chez moi ? Et quelqu'un pour l'aider ?

— Oui, bien sûr. Je reviens tout de suite.

L'après-midi touchait à sa fin quand Ayla quitta l'habitation de Zelandoni et se dirigea vers celle du chef de la Caverne afin de l'avertir que Bologan avait repris conscience et semblait assez lucide pour parler.

Joharran l'attendait. Après son départ, Proleva proposa à Ayla :

— Tu veux manger quelque chose ? Tu as passé l'après-midi avec Zelandoni.

Ayla secoua la tête, ouvrit la bouche pour s'excuser mais la compagne de Joharran s'empressa d'ajouter :

— Une tisane, peut-être ? J'en ai préparé une : camomille, lavande et tilleul.

— D'accord, mais il faut que je rentre bientôt.

En sortant sa coupe de son sac, Ayla se demanda si le mélange de plantes avait été suggéré par Zelandoni ou si Proleva savait qu'il était recommandé aux femmes enceintes : sans danger, avec un léger effet calmant. Elle but une gorgée de l'infusion chaude, en savoura le goût.

— Comment va Bologan ? s'enquit la compagne du chef en s'asseyant près d'elle.

— Je pense qu'il s'en sortira. Il a reçu un coup sur la tête, il a saigné abondamment. Je craignais que l'os ne soit fendu, mais les blessures à la tête saignent toujours beaucoup. Nous l'avons nettoyé, nous n'avons pas vu de signe de fêlure mais il a une grosse bosse et des bleus. Il a besoin de repos et de soins, pour le moment. Manifestement, il s'est battu, et il avait bu du barma.

— C'est de cela que Joharran veut lui parler.

— Je me fais plus de souci pour le bébé, reprit Ayla. Il a besoin de téter. Les autres femmes qui nourrissent pourraient lui donner un peu de leur lait. Les femmes du Clan l'ont fait quand... quand le sein de l'une d'elles s'est tari.

Elle s'abstint de préciser que la femme en question, c'était elle. Elle n'avait encore révélé à personne qu'elle avait eu un fils lorsqu'elle vivait avec le Clan.

— J'ai demandé à Lanoga ce qu'elle lui donne, poursuivit-elle. Des racines écrasées. Je sais que des enfants aussi jeunes peuvent manger, mais les bébés ont aussi besoin de lait pour grandir.

— Tu as raison. Je crains que personne ne se soit vraiment soucié de Tremeda et de ses enfants. Nous savons qu'elle ne s'en occupe pas bien, mais ce sont ses enfants, et les gens n'aiment pas se mêler de la vie des autres. Comme c'est difficile de savoir ce qu'il faut faire, la plupart d'entre nous ferment les yeux. Je ne savais même pas qu'elle n'avait plus de lait.

— Pourquoi Laramar n'a-t-il rien dit ?

— Je doute qu'il s'en soit aperçu. Il ne s'intéresse pas aux enfants, sauf à Bologan, de temps en temps. Je ne suis pas certaine qu'il sache combien il en a. Il rentre chez lui uniquement pour manger et dormir. Quelquefois, il ne rentre même pas, ce qui vaut peut-être mieux. Quand ils sont ensemble, Laramar et Tremeda se disputent tout le temps. Ça dégénère souvent en échanges de coups, et invariablement, c'est elle qui a le dessous.

— Pourquoi reste-t-elle avec lui ? Elle pourrait le quitter.

— Pour aller où ? Sa mère est morte et il n'y a jamais eu d'homme dans leur foyer. Tremeda avait un frère plus âgé, mais il est parti avant qu'elle soit grande, d'abord pour une autre Caverne, ensuite plus loin. Personne n'a de ses nouvelles, depuis des années.

— Elle ne pourrait pas trouver un autre homme ? suggéra Ayla.

— Qui voudrait d'elle ? Elle réussit à trouver un homme pour honorer la Mère avec elle lors des fêtes, généralement quelqu'un qui a pris trop de barma ou de champignons, mais ce n'est certes pas une beauté. Et elle a six enfants à nourrir.

— Six ? J'en ai vu quatre, peut-être cinq. Quel âge ont-ils ?

— Bologan est l'aîné. Il doit compter douze années.

— C'est ce que je pensais.

— Lanoga en compte dix. Les autres doivent avoir huit, six et deux ans. Et puis il y a le bébé, qui n'a que quelques lunes, une demi-année environ. Tremeda en a eu un autre, qui aurait quatre ans maintenant, mais il est mort.

— Le bébé mourra aussi, j'en ai peur. Je l'ai examiné, il n'est pas en bonne santé. Je sais que vous partagez la nourriture, mais que deviennent les bébés qui ont besoin de lait ? Les femmes zelandonii sont-elles prêtes à partager aussi leur lait ?

— S'il s'agissait de quelqu'un d'autre que Tremeda, je n'hésiterais pas à répondre oui.

— Ce bébé n'est pas Tremeda. C'est un nouveau-né sans défense. Si j'avais déjà le mien, je partagerais mon lait, mais le temps qu'il vienne au monde, celui de Tremeda sera peut-être mort. Même quand le tien naîtra, il sera peut-être trop tard.

Proleva baissa la tête, eut un sourire embarrassé.

— Comment le sais-tu ? Je n'en ai encore parlé à personne.

Ce fut au tour d'Ayla de se sentir gênée. Elle n'avait pas voulu se montrer indiscrète. C'était la prérogative de la mère d'annoncer qu'elle attendait un enfant.

— Je suis une guérisseuse, une femme qui soigne, expliqua-t-elle. J'ai aidé des femmes à enfanter, je connais les signes de la grossesse. Je n'avais pas l'intention d'en parler, j'étais juste préoccupée par le bébé.

— Je sais. Cela ne fait rien. Je m'apprêtais à l'annoncer, de toute façon, dit Proleva. (Elle se tut, réfléchit.) Voici ce que nous pourrions faire : je vais réunir les femmes qui ont un nouveau-né ou qui sont sur le point d'accoucher. Chez elles, la quantité de lait ne s'est pas encore ajustée aux besoins de l'enfant, elles en ont trop. Toi et moi, nous essaierons de les convaincre d'aider à nourrir le bébé de Tremeda.

— Si elles sont plusieurs, cela ne prendra que peu à chacune. Le problème, c'est que ce bébé a besoin d'autre chose que de lait. Il lui faut quelqu'un pour s'occuper de lui. Comment Tremeda peut-elle laisser un nourrisson aussi longtemps à une fillette de dix ans ? Sans parler des autres. C'est trop demander à une enfant de cet âge.

— Lanoga s'occupe mieux d'eux que Tremeda.

— Cela ne veut pas dire que quelqu'un d'aussi jeune doit s'en charger. Et Laramar ? Pourquoi ne fait-il rien ? Tremeda est sa compagne, non ? Ce sont les enfants de son foyer, non ?

— Ces questions, nous nous les sommes posées. Nous n'avons pas de réponse. Beaucoup d'entre nous ont parlé à Laramar, y compris Marthona et Joharran. Cela n'a rien changé. Laramar se fiche de ce qu'on peut lui dire. Quoi qu'il fasse, les gens voudront boire de son barma, il le sait. Et Tremeda n'est pas mieux que lui, à sa façon. Elle est si souvent abrutie par le barma qu'elle ne se rend même pas compte de ce qui se passe autour d'elle. Ni lui ni elle ne se soucient des enfants, je ne sais pas pourquoi la Grande Terre Mère continue à lui en donner. Personne ne sait quoi faire.

Il y avait de l'amertume et de la tristesse dans la voix de la compagne du chef. Ayla ne détenait pas de réponse, elle non plus, mais elle savait qu'elle devait agir.

— Nous pouvons au moins parler à ces femmes pour le lait, dit-elle. Ce serait un début. (Elle remit sa coupe dans sa poche, se leva.) Il faut que je parte, maintenant.

En sortant de chez Proleva, elle ne se rendit pas directement chez Zelandoni. Elle s'inquiétait pour Loup et se rendit à l'habitation de Marthona, où elle trouva toute la famille, Loup compris. Il se précipita à sa rencontre, et elle perdit presque l'équilibre lorsqu'il se dressa sur ses pattes de derrière et posa celles de devant sur les épaules de la jeune femme. Elle le laissa saluer à sa manière le chef de la meute en lui léchant le cou et en prenant délicatement sa mâchoire entre ses crocs.

— Je frémis quand il te fait ça, dit Willamar en se levant d'un coussin posé sur le sol.

— Moi aussi, j'étais effrayé au début, reconnut Jondalar. Maintenant, j'ai confiance en lui, je n'ai plus peur pour Ayla. Je sais qu'il ne lui fera aucun mal, et j'ai vu ce qu'il est capable de faire à quelqu'un qui se risque à la toucher.

Le Maître du Troc pressa brièvement sa joue droite contre celle d'Ayla. Elle avait appris que c'était une façon de se saluer entre membres d'une même famille ou amis proches.

— Je regrette de ne pas avoir pu venir voir les chevaux avec toi ce matin, s'excusa Folara, l'accueillant de la même manière.

— Tu auras tout le temps d'apprendre à les connaître plus tard, assura Ayla.

Elle pressa sa joue contre celle de Marthona, passa à Jondalar, avec qui le contact fut plus long et plus fort, presque une étreinte.

— Je dois retourner chez Zelandoni, prévint-elle. Je voulais voir si Loup était revenu ici. Je suis contente qu'il l'ait fait : cela signifie qu'il considère cet endroit comme son foyer, même si je n'y suis pas.

— Comment va Bologan ? demanda Marthona.

— Il a repris connaissance, il peut parler.

Ayla hésitait à leur faire part de ses préoccupations quant au bébé de Tremeda. Elle n'était encore qu'une étrangère et ce n'était peut-être pas à elle de soulever la question. Cela pouvait passer pour une critique de la Neuvième Caverne, mais personne ne semblait au courant de la situation et, si elle n'en parlait pas, qui s'en chargerait ?

— J'ai discuté avec Proleva d'une chose qui me tracasse, dit-elle enfin.

— Qu'est-ce qui te tracasse ? s'enquit Marthona.

— Savez-vous que Tremeda n'a plus de lait ? Elle n'est pas rentrée depuis l'enterrement de Shevonar, elle a laissé Lanoga s'occuper seule du bébé et des autres enfants. Cette petite fille n'a que dix ans, elle ne peut pas donner le sein. Le bébé ne mange que des racines écrasées. Comment voulez-vous qu'il se développe, sans lait ? Où est Laramar ? Est-ce qu'il s'en moque ? débita Ayla sans reprendre son souffle.

Jondalar regarda autour de lui. Folara était abasourdie, Willamar un peu surpris, et Marthona prise au dépourvu, ce qu'elle n'appréciait pas. Il retint un sourire en voyant leurs expressions. Il n'était pas étonné, lui, de la réaction d'Ayla envers quelqu'un qui avait besoin d'aide. Laramar, Tremeda et sa famille constituaient depuis longtemps une source d'embarras pour la Neuvième Caverne. La plupart de ses membres évitaient d'en parler, et Ayla venait d'aborder le sujet.

— Proleva ne savait pas que le sein de Tremeda s'était tari, poursuivit-elle. Elle va réunir les femmes qui pourraient apporter leur aide, nous leur parlerons, nous leur expliquerons ce dont le bébé a besoin, nous leur demanderons de donner un peu de leur lait. Elle a pensé que nous pourrions nous adresser à celles qui viennent d'être mères ou à celles qui sont sur le point de l'être. Dans une Caverne aussi grande, elles doivent être nombreuses à pouvoir aider à nourrir ce bébé.

Oui, mais le feront-elles ? se demanda Jondalar, qui croyait savoir à qui revenait cette initiative. Il n'ignorait pas qu'il arrivait à des femmes de donner le sein à d'autres enfants que les leurs, mais c'était en général pour le bébé d'une sœur ou d'une amie proche.

— L'idée me paraît admirable, dit Willamar.

— Si elles sont disposées à accepter, objecta Marthona.

— Pourquoi refuseraient-elles ? repartit Ayla. Les femmes zelandonii ne laisseraient quand même pas un bébé mourir faute d'un peu de lait ! J'ai promis à Lanoga de retourner là-bas demain matin pour lui apprendre à préparer autre chose que des racines écrasées.

— Qu'est-ce qu'on peut donner à un bébé, à part du lait ? voulut savoir Folara.

— Beaucoup de choses, répondit Ayla. Si tu grattes de la viande cuite, tu obtiens quelque chose de mou qu'un bébé peut manger. Ils peuvent aussi boire le jus dans lequel on a fait bouillir la viande. Des noisettes écrasées avec un peu d'eau, du grain moulu et cuit. On peut faire cuire n'importe quel légume jusqu'à ce qu'il soit mou ; les fruits, il suffit de les presser et d'enlever les pépins. Moi, je verse leur jus sur un bouquet de gratterons frais, leurs épines s'emmêlent, retiennent les pépins. Les bébés peuvent manger presque tout ce que leur mère mange, pourvu que ce soit écrasé.

— Comment sais-tu tout cela ? demanda Folara.

Déconcertée, Ayla rougit. Elle ne s'attendait pas à cette question. Elle savait que l'alimentation des bébés ne se limitait pas au sein de la mère parce que Iza lui avait appris à préparer à manger pour Uba, sa fille, lorsque son sein s'était tari. Mais les connaissances d'Ayla en la matière s'étaient enrichies à la mort d'Iza. Anéantie par la perte de la seule mère qu'elle eût connue, Ayla n'avait plus de lait pour son fils. Les autres femmes qui allaitaient avaient toutes nourri Durc mais Ayla avait dû lui apporter d'autres aliments.

Elle n'était pas encore prête à parler de son fils à la famille de Jondalar. Tous venaient de se déclarer prêts à l'accepter parmi les Zelandonii, bien qu'elle eût été élevée par ceux qu'ils appelaient les Têtes Plates et qu'ils considéraient comme des animaux. Ayla n'oublierait jamais la peine qu'elle avait éprouvée devant la première réaction de Jondalar lorsqu'elle lui avait appris qu'elle avait un fils appartenant aux deux peuples, un esprit-mêlé. Etant donné que l'esprit d'un de ceux qu'il prenait pour des animaux s'était mêlé à celui d'Ayla pour faire naître une vie en elle, il l'avait regardée comme une hyène répugnante et l'avait traitée d'abomination. Elle était pire que cet enfant parce qu'elle l'avait engendré. Depuis, Jondalar avait appris à connaître le Clan et ne pensait plus la même chose, mais comment réagirait sa famille, son peuple ?

Ayla réfléchit rapidement. Que dira Marthona si elle apprend que la femme à qui son fils veut s'unir est une abomination ? Ou Willamar, Folara ou bien le reste de la famille ? Ayla regarda Jondalar, et bien qu'elle pût d'habitude deviner ses sentiments et ses pensées à son expression ou à son comportement, elle en fut cette fois incapable.

Elle avait été élevée dans l'idée qu'à une question directe il fallait une réponse directe. Depuis, elle avait appris qu'à la différence du

Clan, les Autres, les êtres comme elle, pouvaient affirmer des choses qui n'étaient pas vraies. Ils avaient même un mot pour cela : le mensonge. Un moment, elle envisagea de mentir, mais que dire ? Ils le sentiraient si elle essayait de travestir la vérité ; elle ne savait pas mentir. Tout au plus pouvait-elle mentir par omission, mais il était difficile de ne pas répondre à une question directe.

Ayla avait toujours pensé que le peuple de Jondalar finirait par apprendre l'existence de Durc. Il revenait souvent dans ses pensées, et elle savait que viendrait un moment où elle oublierait d'éviter de prononcer son nom.

— Je sais ce qu'il faut donner à manger aux bébés parce que, peu après la naissance d'Uba, Iza n'a plus eu de lait et qu'elle m'a appris à préparer de la nourriture pour sa fille. Un bébé peut manger tout ce que mange sa mère si on rend les aliments mous et faciles à avaler.

C'était la vérité, mais pas toute la vérité. Elle n'avait pas parlé de son fils.

— Tu fais comme ça, Lanoga, dit Ayla. Tu passes le grattoir sur la viande, pour faire sortir le plus nourrissant et laisser la partie fibreuse. Tu vois ? Essaie, maintenant.

— Qu'est-ce que tu fais ici ?

Ayla sursauta au son de la voix et découvrit Laramar en se retournant.

— Je montre à Lanoga comment préparer à manger pour ce bébé puisque sa mère n'a plus de lait, répondit-elle.

Elle fut presque sûre de voir une expression de surprise passer sur le visage de Laramar. Ainsi, il l'ignorait.

— Pourquoi tu t'occupes de ça ? Tout le monde s'en moque, grommela-t-il.

Toi compris, pensa-t-elle, mais elle retint cette réplique.

— Les gens ne s'en moquent pas, répliqua-t-elle. Ils ne savaient pas. Nous l'avons appris quand Lanoga est allée prévenir Zelandoni que Bologan était blessé.

— Bologan ? Qu'est-ce qu'il a ?

Il y avait cette fois de l'inquiétude dans la voix de Laramar.

Proleva a raison, pensa Ayla, il a un peu d'affection pour l'aîné.

— Il a bu de ton barma et...

— Bu de mon barma ! Où il est ? Je vais lui apprendre à toucher à mon barma ! tempêta l'ivrogne.

— Pas la peine, quelqu'un s'en est chargé. Il s'est battu, quelqu'un l'a frappé violemment à la tête, ou bien il est tombé. Lanoga l'a trouvé chez toi, évanoui, elle a prévenu Zelandoni. C'est chez elle qu'il est maintenant. Il a perdu beaucoup de sang, mais, avec du repos et des soins, il s'en sortira. En attendant, il refuse de dire à Joharran qui l'a frappé.

— Je m'en occupe, je sais comment le faire parler.

— Je ne vis pas dans cette Caverne depuis très longtemps, et je n'ai pas à donner de conseils, mais je pense que tu devrais en discuter d'abord avec Joharran. Il est furieux, il veut savoir qui a fait cela et pourquoi. Bologan a eu de la chance de s'en tirer.

— Tu as raison, tu n'as pas à donner de conseils. Je sais ce que je dois faire.

Ayla garda le silence. Elle ne pouvait rien tenter, excepté en parler à Joharran. Elle se tourna vers la fillette.

— Viens, Lanoga. Prends la petite Lorala, nous partons, dit-elle en soulevant son sac mamutoï.

— Vous allez où ?

— Nager et nous laver avant de rencontrer certaines des femmes qui allaitent ou qui le feront bientôt, pour leur demander une partie de leur lait. Sais-tu où est Tremeda ? Il faudrait qu'elle nous accompagne.

— Elle n'est pas là ?

— Non. Elle a laissé les enfants à Lanoga, elle n'est pas rentrée depuis l'enterrement de Shevonar. Au cas où cela t'intéresserait, le reste des enfants est avec Proleva.

C'était Proleva qui avait suggéré à Ayla de nettoyer un peu Lanoga et le bébé. Les femmes hésiteraient peut-être à serrer contre elles un enfant aussi malpropre, de peur de salir leur bébé.

Comme Lanoga prenait Lorala dans ses bras, Ayla fit signe à Loup, qui observait la scène, tapi derrière un rondin. En voyant l'animal se redresser, Laramar écarquilla les yeux, recula et adressa à l'étrangère un sourire hypocrite.

— Il est drôlement gros, cet animal ! Tu es sûre que ce n'est pas dangereux de le laisser s'approcher des gens comme ça, surtout des enfants ?

Il se moque bien des enfants, se dit Ayla, décryptant les messages subtils du corps de l'ivrogne. Il ne cherche qu'à cacher sa peur. D'autres avaient exprimé une même inquiétude sans pour autant l'offenser, mais il y avait chez Laramar quelque chose qui éveillait en elle des sentiments négatifs. Elle n'aimait pas cet homme.

— Loup n'a jamais ne serait-ce que menacé un enfant. La seule personne à qui il s'en est pris, c'est une femme qui m'avait attaquée, dit Ayla en le regardant dans les yeux. Loup l'a tuée.

Laramar recula d'un pas de plus, sourit nerveusement.

Ce n'était pas intelligent, se reprocha Ayla en se dirigeant vers la terrasse avec Lanoga, le bébé et Loup. Pourquoi ai-je dit cela ? Elle baissa les yeux vers l'animal qui trottait à côté d'elle. Je me suis conduite comme le meneur de la meute, qui oblige un loup de rang inférieur à reculer. Laramar médit déjà de moi, je me suis peut-être attiré des ennuis.

En s'engageant dans le sentier qui descendait vers la Rivière, Ayla proposa de porter un moment le bébé, mais Lanoga refusa et cala Lorala contre sa hanche. Loup flaira le sol, et Ayla remarqua les traces de sabot que les chevaux avaient laissées. Elle fut sur le point de les montrer à la fillette, changea d'avis. Lanoga ne parlait pas beaucoup, il ne servait à rien de lui imposer une conversation qui la mettrait mal à l'aise.

Elles parvinrent à la Rivière et, tandis qu'elles en longeaient la berge, Ayla s'arrêta de temps à autre pour examiner une plante. Avec le bâton à fouir qu'elle portait glissé sous sa ceinture, elle en déterra quelques-unes avec leurs racines. Lanoga l'observait. Ayla songea à lui en indiquer les détails caractéristiques pour qu'elle pût les reconnaître, puis décida d'attendre qu'elle ait vu l'usage qu'on pouvait en faire.

Le cours d'eau qui séparait En-Aval de la Neuvième Caverne cascadait depuis la terrasse en une chute étroite puis se transformait en affluent mineur de la Rivière. Ayla fit halte lorsqu'elles arrivèrent à l'endroit où l'eau sortait en un flot gargouillant de la cannelure qu'elle avait creusée dans le calcaire. Un peu après la cascade, de grosses pierres s'étaient détachées de la paroi et avaient formé une sorte de barrage qui retenait l'eau en un petit bassin bordé de mousse.

L'eau qu'il contenait provenait principalement de la pluie, ainsi que des éclaboussures de la cascade. En été, quand il pleuvait moins, le niveau du bassin était plus bas et Ayla se dit que le soleil avait peut-être réchauffé l'eau. Elle y plongea une main. Comme elle s'y attendait, l'eau était moins froide que celle de la cascade, et la mousse rendait moins dur le fond du bassin. La jeune femme posa son sac.

— J'ai apporté de quoi manger, dit-elle. Tu veux nourrir Lorala maintenant ou plus tard ?

— Maintenant, répondit Lanoga.

— D'accord. J'ai du grain cuit et la viande que nous avons grattée pour le bébé. J'ai emporté assez de nourriture pour nous trois, et même quelques os pour Loup. Avec quoi donnes-tu à manger à ta sœur, d'habitude ?

— Avec ma main.

Ayla considéra les mains sales de la fillette, lui montra les plantes qu'elle avait cueillies en chemin.

— Je vais t'expliquer à quoi elles servent. On les appelle des saponaires. Il y en a plusieurs sortes et certaines sont meilleures que d'autres. D'abord, je vais les laver pour en enlever la terre...

Ayla chercha ensuite une pierre ronde et dure, un endroit plat sur l'un des rochers autour du bassin.

— Maintenant, j'écrase les racines. C'est encore mieux si tu les laisses tremper.

La fillette observait mais ne disait rien. Ayla prit un panier dans son sac, s'approcha du bassin.

— L'eau seule n'enlève pas toujours très bien la saleté. Avec ces racines, c'est plus facile. L'eau du bassin est un peu plus chaude que la cascade. Tu veux vérifier ?

— Je sais pas, répondit Lanoga, qui la regardait comme si elle ne comprenait pas.

— Approche, mets ta main dans l'eau.

La fillette plongea dans le bassin la main qui ne tenait pas le bébé.

— Elle est plus chaude, non ? C'est agréable ?

— Je sais pas.

Ayla mit un peu d'eau tiède dans le panier, ajouta les racines écrasées, remua le tout. Puis elle prit une des saponaires et s'en frotta les mains.

— Lanoga, pose le bébé et fais comme moi.

La fillette regarda Ayla, posa le bébé sur le sol, à ses pieds, tendit lentement le bras vers une racine, la prit, s'en frotta les mains. De la mousse se forma.

— Maintenant, tu rinces, comme cela, dit Ayla. Tu vois comme tes mains sont propres ?

Lanoga plongea ses mains dans l'eau, les regarda. Une expression d'intérêt se peignit sur son visage.

— Mangeons, maintenant, reprit Ayla.

Elle retourna à son sac, en tira plusieurs paquets, un bol en bois sculpté surmonté d'un couvercle maintenu par une corde. Elle l'ouvrit, effleura d'un doigt ce qu'il contenait.

— C'est encore un peu chaud, dit-elle en montrant la masse agglutinée de grains moulus et cuits. Je les ai cueillis la saison dernière, pendant notre Voyage. Il y a des graines de seigle et de blé, de l'avoine. J'ai ajouté un peu de sel pour la cuisson. Les petites graines noires viennent d'une plante que j'appelle ansérine mais qui porte un nom différent en zelandonii. On peut aussi manger les feuilles. J'ai préparé ce grain pour Lorala. Je pense qu'il y en aura assez pour nous aussi, mais essaie d'abord de lui donner un peu de viande grattée.

La viande était enveloppée dans de grandes feuilles de plantain. Ayla la tendit à la fillette, regarda ce qu'elle allait en faire. Lanoga ouvrit le paquet, prit dans ses doigts un peu de la substance pâteuse et la glissa entre les lèvres du bébé calé sur sa hanche. Lorala ouvrit grand la bouche mais parut étonnée. Elle fit tourner la viande avec sa langue, en apprécia le goût et la texture, finit par l'avaler et rouvrit la bouche pour en réclamer. Ayla trouva qu'elle ressemblait à un oisillon.

Lanoga sourit — c'était la première fois qu'Ayla la voyait sourire —, donna au bébé le reste de la viande puis prit le bol de céréales. Elle goûta d'abord elle-même, en mit un peu dans la bouche de sa sœur, guetta sa réaction. Avec une intense concentration, Lorala goûta à son tour, mâcha même le mélange un peu collant. Elle sembla réfléchir puis avala et ouvrit à nouveau la bouche. Ce fut seulement quand sa sœur fut repue que Lanoga goûta une nouvelle fois les céréales.

— Est-ce que Lorala sait garder quelque chose dans la bouche si on le lui donne ? demanda Ayla.

— Oui.

— J'ai apporté un petit morceau d'os à moelle. J'ai connu un enfant qui adorait cela quand il était bébé, dit-elle avec un sourire un peu triste. Donne-le-lui, nous verrons si ça lui plaît.

Ayla tendit à la fillette un morceau d'os de patte de cerf dont le trou central était rempli de moelle. Dès que Lanoga lui eut donné l'os, le bébé le porta à sa bouche, eut de nouveau l'air intrigué par ce goût inconnu puis elles l'entendirent faire de grands bruits de succion.

— Pose-la et mange, Lanoga.

Loup observait le bébé depuis l'endroit où Ayla lui avait ordonné de rester, quelques pas plus loin. Il rampa lentement vers le nourrisson qui gigotait dans l'herbe, en poussant de petites plaintes. Lanoga regarda un moment l'animal et tourna vers Ayla un visage inquiet. Jusque-là, elle n'avait pas même remarqué la présence du prédateur.

— Loup aime les enfants, assura Ayla. Il a envie de jouer avec ta petite sœur mais je crois que cet os à moelle l'attire aussi. Si elle le laisse tomber, il croira qu'elle le lui donne et le prendra. J'ai apporté pour lui un os avec un reste de viande. Il le rongera près de la Rivière pendant que nous mangerons.

Ayla ouvrit un autre des paquets tirés de son sac. L'enveloppe de cuir protégeait quelques morceaux de bison et un os de belle taille auquel adhérait encore une viande brunâtre et sèche. Elle fit signe à Loup de la suivre, se dirigea vers la rive et lui lança l'os.

Elle retourna au bassin, déballa le reste des paquets. En plus de la viande et des céréales, elle avait emporté de la nourriture qui lui restait du Voyage. Des morceaux séchés d'une racine féculente, des pignes de pin grillées, des noisettes dans leurs coques, des tranches de petites pommes séchées, d'une aigreur agréable.

Pendant le repas, Ayla parla à la fillette.

— Je t'ai dit que nous nous laverions avant d'aller voir ces femmes, je dois maintenant t'expliquer pourquoi. Je sais que tu as fait de ton mieux pour nourrir Lorala, mais elle a besoin d'autre chose que de racines écrasées pour grandir et être en bonne santé. Je t'ai montré comment lui préparer d'autres choses, de la viande, par exemple, pour qu'elle puisse la manger alors qu'elle n'a pas encore de dents. Mais elle a surtout besoin de lait.

Lanoga la regardait sans rien dire.

— Là où j'ai grandi, les femmes nourrissaient toujours les bébés de celles dont le sein s'était tari. D'après Proleva, les Zelandonii le font aussi, mais uniquement entre proches parents. Ta mère n'a ni sœur ni cousine qui allaite. Je vais donc demander à des femmes qui allaitent ou le feront bientôt si elles veulent bien l'aider. Or les mères sont très protectrices envers leurs bébés ; elles n'auront peut-être pas envie de prendre dans leurs bras un enfant qui est sale et qui ne sent pas bon, avant de reprendre leur enfant.

« Nous devons laver Lorala pour qu'elle soit fraîche et mignonne. Nous nous servirons de cette plante avec laquelle nous avons nettoyé nos mains. Je te montrerai comment la baigner parce qu'il faudra que tu la gardes propre ; comme ce sera sans doute toi qui la porteras aux femmes qui la nourriront, tu devras te baigner aussi. Je t'ai apporté de quoi t'habiller. Un vêtement que Proleva m'a donné. Il a déjà été porté mais il est propre. La fille à qui il appartenait est trop grande pour le mettre, maintenant.

Lanoga ne répondit pas et Ayla se demanda pourquoi elle parlait si peu.

— Tu as compris ? insista-t-elle.

La fillette acquiesça de la tête, continua à manger en jetant de temps à autre un coup d'œil à sa sœur, qui tétait toujours l'os à moelle. Ayla songea que le bébé devait être affamé de ces nourritures qui lui avaient manqué. Des racines féculentes bouillies ne suffisaient pas à un nouveau-né. Le temps que Lanoga ait mangé son content, Lorala commençait à s'assoupir, et Ayla décida de la laver avant qu'elle s'endorme. Elle rangea les récipients, se leva, renifla une odeur reconnaissable. La grande sœur l'avait sentie elle aussi.

— Elle s'est salie, dit-elle.

— Il y a de la mousse près de l'eau. Nous allons nettoyer Lorala avant de la baigner, fit Ayla.

La fillette se contenta de la regarder. Ayla prit Lorala, la porta près du petit affluent, s'agenouilla au bord de l'eau, décolla une poignée de mousse sur des rochers proches, la trempa dans l'eau et, tenant le bébé sous son bras, lui essuya les fesses, recommença avec une autre poignée de mousse. Au moment où Ayla s'assurait que le nourrisson était propre, il émit un jet tiède. Elle tint Lorala au-dessus du sol jusqu'à ce qu'elle eût fini, la nettoya de nouveau avec de la mousse et la remit à Lanoga.

— Porte-la au bassin. Il faut la baigner.

La fillette posa sur elle un regard intrigué mais ne bougea pas. Ayla la considéra, perplexe. Lanoga ne semblait pas manquer d'intelligence mais ne comprenait pas ce qu'elle lui demandait. Soudain, Ayla se rappela le temps où, vivant avec le Clan, elle ne savait jamais ce qu'elle devait faire.

— Lanoga, mets cet enfant dans l'eau, dit-elle.

Ce n'était plus une requête mais quasiment un ordre.

La fillette alla lentement au bassin, souleva de sa hanche le bébé nu, parut hésiter à le tremper dans l'eau. Ayla attrapa Lorala par-derrière en la tenant sous les bras pour qu'elle reste tournée vers sa sœur, laissa les pieds pendre et l'assit au milieu du bassin.

L'eau tiède, sensation nouvelle pour Lorala, l'incita à explorer son environnement. Elle plongea une main dans l'eau, la retira et la regarda. Elle répéta le geste, s'éclaboussa un peu, cette fois, ce qui excita sa curiosité, puis remonta la main et glissa un pouce dans sa bouche.

Elle ne pleure pas, pensa Ayla. C'est un bon début.

— Mets la main dans ce panier, Lanoga, tu sentiras comme l'eau est glissante à cause de la saponaire. (La fillette s'exécuta.) Maintenant, prends-en un peu au creux de ta paume et frotte Lorala.

Immobile, le bébé laissa les deux paires de mains le frotter et plissa le front. La sensation était étrange mais pas désagréable.

— Maintenant, il faut lui laver les cheveux, dit Ayla en songeant que ce serait sans doute plus difficile. Nous commencerons par la nuque. Tu pourras lui laver aussi les oreilles et le cou.

Observant la fillette, elle remarqua qu'elle maniait le bébé avec une calme assurance et paraissait de plus en plus à l'aise pour baigner sa sœur. Ayla se figea soudain en se rappelant qu'elle n'était pas beaucoup plus âgée quand elle avait eu Durc. Un ou deux ans de plus, peut-être. Bien sûr, Iza était là pour lui montrer comment prendre soin de lui, mais elle avait appris.

— Ensuite, allonge-la sur le dos, en la soutenant d'une main, sans laisser l'eau lui couvrir le visage, et lave le dessus de sa tête avec ton autre main.

Le bébé résista un peu mais une fois dans l'eau tiède, en sécurité dans les mains de sa sœur, il ne protesta pas. Ayla aida Lanoga à lui laver les cheveux et, les mains encore savonneuses, elle lava aussi les jambes et les fesses du nourrisson.

— Maintenant, la figure, dit Ayla. Avec tes mains, tout doucement, en évitant qu'elle en ait dans les yeux. Ça ne lui ferait pas mal mais c'est désagréable.

Lorsqu'elles eurent terminé, elles remirent Lorala en position assise. Ayla tira de son sac une peau jaune très souple, la déplia et en enveloppa le bébé quand il fut hors de l'eau. Elle le tendit à Lanoga en s'exclamant :

— Voilà ! Un bébé tout propre !

Elle remarqua que la fillette promenait les doigts sur la couverture à sécher.

— C'est doux, n'est-ce pas ?

— Oui, acquiesça Lanoga en levant les yeux.

— Je l'ai reçue en cadeau de gens que j'ai rencontrés pendant notre Voyage. On les appelle les Sharamudoï et ils sont réputés pour rendre les peaux de chamois aussi douces. Les chamois sont des animaux qui vivent sur les hauteurs, près de chez les Sharamudoï. Ce sont des sortes de chèvres des montagnes, mais plus petites que les bouquetins. Sais-tu s'il y a des chamois par ici ?

— Oui, répondit Lanoga.

Ayla attendit la suite avec un sourire encourageant. Elle s'était aperçue que la fillette répondait aux questions ou aux ordres directs mais ne savait pas comment engager une conversation. Ayla maintint son sourire, continua à attendre. Lanoga fronça les sourcils et finit par lâcher :

— Des chasseurs en ont rapporté un.

Voilà ! pensa Ayla, satisfaite. Elle a juste besoin d'un peu d'encouragements.

— Garde cette peau, si tu veux.

Le visage de Lanoga passa par une série d'expressions auxquelles la compagne de Jondalar ne s'attendait pas. D'abord son regard s'éclaira puis il refléta le doute, la crainte.

— Non. Peux pas, marmonna-t-elle en secouant la tête.

— Tu la veux, cette peau ?

Elle baissa les yeux.

— Oui.

— Alors, pourquoi tu ne pourrais pas la garder ?

— Pas possible. Me laissera pas. Quelqu'un la prendra.

Ayla commençait à comprendre.

— Bon, alors, nous allons procéder autrement. Je la garderai pour toi. Quand tu voudras t'en servir, tu me la demanderas.

— Quelqu'un la prendra, répéta l'enfant.

— Si quelqu'un te la prend, tu me le dis, je la récupérerai.

Lanoga ébaucha un sourire puis secoua de nouveau la tête.

— Il se mettra en colère.

— Je comprends. Je la garde, alors, mais rappelle-toi, chaque fois que tu voudras t'en servir, pour Lorala ou pour toi, tu pourras venir me l'emprunter. Et si quelqu'un veut te la prendre, tu diras qu'elle est à moi.

Lanoga ôta la peau de chamois du bébé en objectant :

— Elle risque de la salir.

— Ce ne serait pas grave, il suffirait de la laver. Allonge-la dessus, c'est plus doux que l'herbe.

Elle étendit la peau et y coucha le bébé en remarquant qu'elle avait gardé une légère odeur de fumée. Après avoir nettoyé et raclé une peau, on la traitait, souvent avec la cervelle de l'animal, puis on la tendait pendant qu'elle séchait. La peau presque blanche était ensuite tannée au-dessus d'un feu dégageant de la fumée. Le bois ou tout autre combustible utilisé déterminait la couleur de la peau, généralement fauve ou jaunâtre, et, dans une certaine mesure, la texture de la pièce terminée. Toutefois, le tannage ne servait pas principalement à la colorer mais à maintenir son élasticité. Une peau non tannée devenait dure et raide après avoir été mouillée si on ne la retravaillait pas. Mais une fois que la fumée avait recouvert les fibres du collagène, il se produisait un changement qui gardait le cuir souple, même après lavage. C'était le tannage à la fumée qui rendait les peaux animales faciles à utiliser.

Ayla remarqua que les yeux de Lorala se fermaient. Loup, qui avait fini de ronger son os, s'était rapproché pendant qu'elles faisaient la toilette du bébé. Ayla lui fit signe de les rejoindre.

— A notre tour de nous laver, dit-elle à Lanoga. Loup, tu gardes Lorala, tu gardes le bébé, ordonna-t-elle à l'animal, accompagnant les mots avec des gestes.

Ce n'était pas la première fois qu'Ayla confiait à Loup un enfant endormi, mais, voyant l'expression inquiète de la grande sœur, elle expliqua :

— Il restera près d'elle, il veillera à ce qu'il ne lui arrive rien, et il nous préviendra si elle se réveille. Nous serons là, tout près, à la cascade, tu pourras les voir. Nous allons nous laver, nous aussi. Avec une eau un peu plus froide, ajouta Ayla en souriant.

Elle prit son sac et le panier contenant les racines de saponaire, se déshabilla, entra dans l'eau la première. Après avoir montré à Lanoga comment faire, elle l'aida à se laver les cheveux puis tira du sac deux autres peaux de chamois et un peigne à longues dents que lui avait offert Marthona. Lorsqu'elles se furent séchées, Ayla démêla une bonne partie des nœuds dans les cheveux de la fillette puis peigna les siens.

Au fond du sac, elle saisit une tunique qui avait déjà été portée mais semblait neuve, avec pour toute décoration une frange et quelques perles. Lanoga la contempla avec envie, la caressa doucement. Elle sourit quand Ayla lui demanda de la mettre.

— Je veux que tu la portes pour aller voir les femmes qui allaitent.

La fillette ne souleva aucune objection, ne dit pas un mot. Elle enfila prestement la tunique.

— Allons-y, il se fait tard. Elles doivent nous attendre.

Elles remontèrent le sentier jusqu'à la terrasse, prirent la direction de l'espace à vivre et de l'habitation de Proleva. Loup se laissa distancer et, quand Ayla se retourna, elle vit qu'il regardait dans la direction d'où elles venaient. Suivant le regard de l'animal, elle découvrit une femme et un homme à une centaine de pas à l'arrière. La femme titubait, trébuchait ; l'homme restait à côté d'elle, pas trop près. Quand elle obliqua vers la demeure de Laramar, Ayla se rendit compte que c'était Tremeda, la mère de Lanoga et de Lorala.

Un instant, Ayla se demanda si elle devait aller la chercher pour l'amener à la réunion puis décida qu'il valait mieux s'abstenir. Les femmes éprouveraient sûrement plus de sympathie envers une jolie fillette portant un bébé propre si elle n'était pas accompagnée d'une mère ayant bu trop de barma. Ayla s'apprêtait à repartir quand l'homme retint son attention. Il n'avait pas suivi la femme et continuait à avancer dans leur direction.

Quelque chose dans sa silhouette et sa façon de marcher semblait familier. Lorsqu'il fut plus près, Ayla sut ce qu'elle avait reconnu : la constitution robuste et la démarche aisée, confiante, d'un membre du Clan. L'homme était Brukeval.

Il lui sourit comme s'il était sincèrement content de la voir. Elle lui rendit son sourire avant de faire demi-tour, entraînant Lanoga et le bébé vers la demeure de Proleva. Un coup d'œil par-dessus son épaule lui révéla que le sourire s'était transformé en grimace, comme si elle avait fait quelque chose qui lui avait déplu, et elle se demanda ce que c'était.

Elle m'a vu venir, elle a détourné la tête, pensa Brukeval. Elle n'a même pas pris le temps de me saluer. Je croyais qu'elle était différente.

20

— La voilà, annonça Proleva.

Sortie de son habitation pour guetter Ayla, elle la découvrait avec soulagement. Elle craignait que les femmes invitées ne commencent à s'ennuyer et ne trouvent bientôt un prétexte pour partir, toutes curieuses qu'elles fussent. Elle leur avait simplement expliqué qu'Ayla désirait leur parler, mais une invitation chez la compagne du chef constituait une motivation supplémentaire. Tenant le rideau écarté, Proleva dit à Ayla et aux enfants d'entrer.

Les neuf femmes qui se trouvaient à l'intérieur faisaient paraître l'habitation exiguë. Six d'entre elles tenaient dans leurs bras un bébé, nouveau-né ou un peu plus âgé. Les trois autres étaient à un stade avancé de grossesse. Deux bambins jouaient par terre. Elles se connaissaient toutes plus ou moins et n'avaient eu aucun problème pour engager la conversation, comparant leurs bébés, discutant de la naissance, de l'allaitement, de la difficulté d'apprendre à vivre avec un petit être de plus, souvent exigeant, dans leur foyer. Elles s'interrompirent à l'arrivée du trio, considérèrent les nouvelles venues avec divers degrés d'étonnement.

— Vous savez toutes qui est Ayla, je vous épargne de longues présentations rituelles, dit Proleva. Vous vous présenterez vous-mêmes plus tard.

— Qui est cette petite fille ? demanda l'une des femmes.

Elle était plus âgée que les autres et, au son de sa voix, l'un des bambins se leva pour la rejoindre.

— Et le bébé ? fit une autre.

Proleva se tourna vers Ayla, qui s'était sentie un peu intimidée par toutes ces mères à son arrivée, mais leurs questions lui fournissaient une entrée en matière.

— C'est Lanoga, la fille aînée de Tremeda. Le bébé, c'est la plus jeune, Lorala.

— Tremeda ! s'exclama la femme plus âgée. Ce sont les enfants de Tremeda ?

— Oui. Vous ne les reconnaissez pas ? Elles appartiennent pourtant à la Neuvième Caverne.

Les femmes échangèrent des murmures dans lesquels Ayla perçut des commentaires sur son curieux accent.

— Lanoga est le deuxième enfant de Tremeda, Stelona, dit Proleva. Tu te souviens sûrement qu'à sa naissance tu as aidé la mère à accoucher. Lanoga, viens donc t'asseoir près de moi avec Lorala.

La fillette s'approcha de la compagne du chef, souleva le bébé de sa hanche et s'assit, Lorala sur ses genoux. Elle coula un regard à Ayla, qui lui sourit.

— Lanoga était allée trouver Zelandoni parce que Bologan était blessé, commença-t-elle. Et c'est en nous rendant chez Tremeda que nous avons découvert un problème autrement grave. Ce bébé n'a que quelques lunes et le sein de sa mère s'est tari. Lanoga s'occupe d'elle mais elle ne lui donne à manger que des racines bouillies et écrasées. Vous savez toutes qu'un bébé ne peut pas vivre s'il ne mange que des racines.

Ayla remarqua que les femmes serrèrent plus étroitement leur nouveau-né contre elles, réaction que presque n'importe qui aurait pu interpréter. Elles commençaient à avoir une idée de ce que l'étrangère attendait d'elles.

— Je viens d'un endroit très éloigné de la terre des Zelandonii, poursuivit-elle. Mais quel que soit le lieu, il y a une chose que tout le monde sait : un bébé a besoin de lait. Chez ceux auprès de qui j'ai grandi, lorsqu'une femme n'a plus de lait, les autres l'aident à nourrir son petit.

Elles savaient toutes qu'Ayla parlait de ceux qu'elles appelaient Têtes Plates et que la plupart des Zelandonii considéraient comme des animaux.

— Même celles qui ont des enfants plus âgés, et peu de lait en plus, offrent de temps en temps leur sein au bébé.

— Et leur propre bébé ? Si elles n'ont plus assez de lait pour lui ? s'inquiéta l'une des femmes enceintes.

Elle était très jeune et attendait sûrement son premier enfant. Ayla lui sourit puis regarda les autres femmes pour les prendre à témoin.

— N'est-ce pas merveilleux que plus une femme allaite, et plus elle ait de lait ?

— Tout à fait exact, approuva de l'entrée une voix qu'Ayla reconnut. (Elle se retourna, sourit à la femme grande et grosse qui venait d'arriver.) Désolée de ne pas avoir pu venir plus tôt, Proleva. Laramar est passé chez moi, il a assailli Bologan de questions. Comme je n'aimais pas son ton, je suis allée chercher Joharran, et ensemble ils ont fini par obtenir des réponses sur ce qui s'est passé.

Les femmes échangèrent à nouveau des murmures excités. Elles espéraient que Zelandoni en dirait davantage mais savaient qu'il ne servirait à rien de l'interroger. La doniate ne leur révélerait que ce qu'elle voulait qu'elles sachent. Proleva prit le panier à demi plein d'infusion posé sur une pierre, le remplaça par un coussin. C'était le siège habituel de Zelandoni quand elle rendait visite au chef. Après s'être assise, la doniate accepta la coupe que lui tendait Proleva, en souriant à la ronde.

Si l'endroit semblait déjà exigu, il paraissait à présent bondé avec l'arrivée de l'obèse, mais personne ne s'en plaignait. Participer à une réunion avec la compagne du chef et la Première parmi Ceux Qui Servaient la Mère donnait à ces femmes un sentiment d'importance. Ayla sentait plus ou moins ce qu'elles éprouvaient mais elle n'avait pas vécu parmi elles assez longtemps pour saisir pleinement ce que cela signifiait pour elles. Du regard, Zelandoni incita Ayla à poursuivre.

— Proleva m'a expliqué que, chez les Zelandonii, la nourriture est partagée. Quand je lui ai demandé si les femmes étaient prêtes à partager aussi leur lait, elle m'a répondu qu'elles le font souvent entre membres d'une même famille ou amies proches. Mais Tremeda n'a pas de famille, pas de sœur ni de cousine qui allaite.

Elle fit signe à Lanoga, qui se leva et s'approcha d'elle avec le bébé.

— Une enfant de dix ans peut s'occuper d'un bébé, mais elle ne peut pas lui donner le sein. J'ai commencé à montrer à Lanoga comment préparer d'autres aliments qu'un bébé peut manger. Elle en est tout à fait capable, elle a simplement besoin qu'on lui montre. Mais cela ne suffit pas.

Ayla se tut, fit passer son regard d'une femme à l'autre.

— C'est aussi toi qui les as lavées ? demanda Stelona, la plus âgée.

— Oui. Nous sommes allées à la Rivière et nous nous sommes baignées, comme vous le faites. J'ai appris que Tremeda n'est pas toujours très appréciée, peut-être à juste titre, mais ce bébé n'est pas Tremeda. C'est une enfant qui a besoin de lait, au moins d'un peu de lait.

— Comment ferions-nous ? reprit Stelona, devenue le porte-parole du groupe. Je te le dis franchement, je ne verrais pas d'objection à lui donner le sein une fois de temps de temps, mais je ne veux pas mettre les pieds chez eux, je n'ai pas envie de rendre visite à Tremeda.

Proleva se tourna sur le côté pour cacher un sourire. Ayla a gagné, pensa-t-elle. Stelona s'est engagée, les autres suivront, ou du moins la plupart.

— Tu n'auras pas à le faire, répondit Ayla. J'ai déjà parlé à Lanoga, elle amènera sa sœur chez chacune d'entre vous, nous établirons un roulement. Si vous êtes beaucoup à participer, ce sera moins pesant pour chacune.

— Apporte-la-moi, qu'on voie si elle sait encore téter, dit Stelona. Cela fait longtemps que sa mère n'a plus de lait ?

— Depuis le printemps. Lanoga, porte ta sœur à Stelona.

Evitant de regarder les autres femmes, la fillette se dirigea vers Stelona, qui avait confié son bébé à sa voisine enceinte. Avec l'aisance de l'habitude, elle présenta son sein à Lorala. Celle-ci chercha

avidement le mamelon mais il fallut que la femme le lui glisse dans la bouche. Elle le mordilla un moment puis se mit à téter. Il y eut un soupir général de soulagement.
— Merci, Stelona, dit Ayla.
— C'est le moins que je puisse faire. Après tout, elle appartient à la Neuvième Caverne.

— Elle ne leur a pas fait honte pour les obliger à accepter, relatait Proleva, mais elle leur a fait sentir que, si elles refusaient, elles seraient pires que les Têtes Plates. Maintenant, elles peuvent toutes être fières d'avoir agi comme il fallait.
Joharran s'appuya sur un coude et regarda sa compagne.
— Tu donnerais le sein au bébé de Tremeda, toi ?
Elle roula sur le côté, tira la fourrure sur son épaule.
— Bien sûr, si on me le demandait. Mais je dois reconnaître que je n'aurais pas pensé à établir un roulement pour partager la tâche, et j'ai honte de ne pas avoir su que Tremeda n'avait plus de lait. Ayla a raison, Lanoga est une enfant intelligente, elle s'est occupée de ce bébé et des autres, mais une fillette de dix ans ne devrait pas porter un tel fardeau. Elle n'a même pas encore eu ses Premiers Rites. Le mieux serait que quelqu'un adopte Lorala. Et peut-être aussi les plus jeunes des autres enfants.
— Tu pourras peut-être trouver quelqu'un pour les emmener à la Réunion d'Eté.
— J'essaierai, dit Proleva, mais je ne crois pas que Tremeda ait fini d'avoir des bébés. La Mère a tendance à donner plus aux femmes qui ont déjà eu des enfants. Généralement, Elle attend qu'une femme n'allaite plus le précédent pour lui en accorder un autre. Zelandoni dit que, maintenant qu'elle ne donne plus le sein, Tremeda tombera enceinte d'ici un an.
— A propos, comment te sens-tu ? demanda Joharran, lui souriant avec amour.
— Bien. Je n'ai plus de nausées, et je ne serai pas trop lourde pendant les fortes chaleurs de l'été. Je pense que je vais commencer à l'annoncer. Ayla avait deviné.
— Je ne vois pourtant aucun signe, excepté que tu es encore plus belle. Si c'est possible.
Elle rendit à son compagnon son sourire tendre et chaleureux.
— Ayla s'est excusée d'en avoir parlé avant que je sois prête à l'annoncer. Ça lui avait échappé. Elle dit qu'elle connaît les signes parce qu'elle est femme médecine, guérisseuse, comme elle dit quelquefois. C'est difficile de croire qu'elle a appris tant de choses chez les...
— Je sais. Ceux qui l'ont élevée sont-ils vraiment semblables à ceux qui nous entourent ? Si oui, je suis inquiet. Nous ne les avons pas bien traités, je me demande pourquoi ils ne se sont pas vengés. Je me demande ce qui se passera s'ils s'y décident un jour.
— Il ne faut pas nous inquiéter pour le moment. Je suis sûre que nous en saurons davantage sur eux à mesure que nous connaîtrons mieux Ayla.

Proleva s'interrompit, tourna la tête vers l'endroit où dormait Jaradal, écouta. Elle avait entendu un léger cri mais il était redevenu paisible. Probablement un rêve, pensa-t-elle, revenant à son compagnon.

— Tu sais, ils veulent faire d'elle une Zelandonii avant la Réunion, c'est-à-dire avant qu'elle soit unie à Jondalar.

— Je sais, dit Joharran. Tu ne penses pas que c'est un peu tôt ? Nous avons l'impression de la connaître depuis longtemps mais il n'y a que quelques jours qu'ils sont arrivés, Jondalar et elle. Je suis volontiers les suggestions de ma mère. Elle n'en fait pas souvent, bien qu'elle soit encore une femme puissante, et, lorsque cela arrive, c'est en général une proposition à laquelle je n'avais pas pensé, et une bonne idée. Lorsque le rôle d'Homme Qui Ordonne m'a été confié, je me suis demandé si elle parviendrait à renoncer à ses responsabilités, mais elle souhaitait vraiment que je prenne la suite et elle s'est toujours gardée de toute ingérence. Je ne vois cependant aucune raison de reconnaître Ayla aussi vite. De toute façon, elle deviendra l'une d'entre nous quand elle sera unie à Jondalar.

— Pas à titre personnel, uniquement comme compagne de ton frère, observa Proleva. Ta mère accorde beaucoup d'importance aux questions de rang. Tu as vu, à l'enterrement de Shevonar ? En tant qu'étrangère, Ayla aurait dû prendre place en queue de cortège, mais Jondalar a prévenu qu'il se mettrait à côté d'elle, où qu'elle soit placée. Ta mère n'a pas voulu que son fils marche derrière Laramar, cela aurait donné l'impression que la femme à qui il s'unira est d'un rang inférieur. Zelandoni a réglé la question en déclarant qu'en sa qualité de guérisseuse Ayla marcherait en tête avec la Zelandonia. Cela n'a pas plu à Laramar, qui a fait en sorte d'embarrasser Marthona.

— Je l'ignorais, dit Joharran.

— L'ennui, c'est que nous ne savons pas comment évaluer la condition d'Ayla. Apparemment, elle a été adoptée par des Mamutoï de haut rang, mais que savons-nous d'eux ? Si encore c'étaient des Lanzadonii ou même des Losadunaï... Mais je n'avais jamais entendu parler d'eux avant. Et elle a été élevée par des Têtes Plates ! Tu peux me dire quelle position cela lui donne ? Si on ne lui reconnaît pas un rang élevé, cela pourrait rabaisser le statut de Jondalar et affecter tous nos « noms et liens », ceux de Marthona, les tiens, les miens : toute la famille.

— Je n'y avais pas pensé, admit Joharran.

— Zelandoni tient elle aussi à ce qu'elle soit reconnue. Elle traite Ayla en égale, comme si elle appartenait à la Zelandonia. J'ignore quelles sont ses raisons mais elle semble résolue à en faire une femme de haut rang.

Entendant un léger bruit, Proleva tourna de nouveau la tête en direction de son fils. C'était une réaction machinale dont elle avait à peine conscience. Il doit avoir des rêves agités, pensa-t-elle.

Considérant les commentaires de Proleva, Joharran se félicita d'avoir une femme à la fois accomplie et fine. Elle était d'une grande aide et il appréciait ses talents. Lui-même savait écouter et communiquer à sa manière ; c'était un des traits qui faisaient de lui un chef compétent, mais il n'avait pas son sens inné des conséquences d'une situation.

— Cela suffira-t-il si nous sommes les seuls à l'accepter ? demanda Marthona en se penchant en avant.

— Joharran est l'Homme Qui Ordonne, tu es ancienne Femme Qui Ordonne et conseillère, Willamar est Maître du Troc...

— Et tu es la Première, enchaîna Marthona. Mais nous sommes tous de la famille, à part toi, Zelandoni, et tout le monde sait que tu es une amie.

— Qui s'y opposerait ?

— Laramar, répondit Marthona. (Elle était encore irritée et quelque peu embarrassée que l'ivrogne l'eût surprise en flagrant délit de manquement à l'étiquette, et son visage montrait son agacement.) Il soulèverait le problème, dans le seul but de nous causer des ennuis. Il ne s'en est pas privé, à l'enterrement.

— Comment ? Je ne le savais pas, dit l'obèse.

Les deux femmes étaient chez elle et buvaient une infusion en bavardant. Le dernier malade de la doniate étant enfin rentré chez lui, elle avait retrouvé son intimité.

— Il m'a fait savoir qu'Ayla aurait dû se trouver en queue de cortège.

— Elle est guérisseuse, sa place était avec les Zelandonia.

— Elle est peut-être guérisseuse mais elle ne fait pas partie des Zelandonia, et il le sait.

— Que peut-il faire ?

— Il peut soulever le problème, il est membre de la Neuvième Caverne. D'autres partagent peut-être son avis sans oser l'exprimer. S'il parle, ils pourraient le soutenir. Je pense que nous devrions gagner d'autres personnes à l'acceptation d'Ayla, dit Marthona d'un ton définitif.

Zelandoni but une gorgée, plissa le front.

— Tu as peut-être raison. Qui suggères-tu ?

— Stelona et sa famille offrent une possibilité intéressante, dit l'ancien chef. D'après Proleva, elle a été la première à accepter d'allaiter le bébé de Tremeda. Elle est respectée, appréciée, et n'a aucun lien avec notre famille.

— Qui lui parlerait ?

— Joharran, ou moi, peut-être. De femme à femme. Qu'en penses-tu ?

Zelandoni reposa sa coupe et les rides de son front se creusèrent de nouveau.

— Je crois que tu devrais d'abord lui parler, pour tâter le terrain. Ensuite, si elle semble bien disposée, Joharran pourrait lui poser la question, mais en qualité de membre de la famille, pas en tant qu'Homme Qui Ordonne. Cela ne doit pas prendre l'allure d'une demande formelle, avec tout le poids de son autorité. Il faut plutôt que cela ait l'air d'une faveur...

— C'en serait une.

— Bien sûr. Mais le simple fait que ce soit l'Homme Qui Ordonne qui la sollicite renforcera la demande. Tout le monde connaît son rang, inutile de le mentionner. Elle se sentira peut-être flattée. Tu la connais bien ?

— Oui, un peu, répondit Marthona. Stelona est d'une famille digne de confiance mais nous n'avons pas eu l'occasion de nous fréquenter sur le plan personnel. Proleva la connaît mieux. C'est elle qui lui a demandé de venir à la réunion pour le bébé de Tremeda. Je sais en tout cas qu'elle est prête à apporter son aide chaque fois qu'il y a un rassemblement à organiser ou un repas à préparer et je la vois toujours présente quand il y a de la besogne.

— Alors, fais-toi accompagner par Proleva quand tu iras la voir, conseilla Zelandoni. Réfléchis au meilleur moyen de l'aborder. Puisqu'elle aime aider, tu pourrais en appeler à cet aspect de sa personnalité.

Les deux femmes gardèrent un moment le silence puis Marthona s'enquit :

— La cérémonie d'acceptation sera-t-elle simple ou spectaculaire ?

Zelandoni la regarda, comprit qu'elle avait une raison de poser la question.

— Pourquoi me demandes-tu cela ?

— Ayla m'a montré quelque chose qui pourrait impressionner la communauté.

— Quoi ?

— Tu l'as déjà vue faire du feu ?

La doniate hésita un instant, se renversa en arrière et sourit.

— Uniquement la fois où elle en a allumé un afin de préparer une infusion calmante pour Willamar, qui venait d'apprendre la mort de Thonolan. Elle avait promis de me montrer comment elle procédait pour allumer un feu aussi vite, mais, avec l'enterrement, la préparation de la Réunion d'Eté et tout le reste, je dois avouer que cela m'était sorti de l'esprit.

— Le feu était éteint un soir quand nous sommes rentrés, Ayla et Jondalar nous ont montré. Depuis, Willamar, Folara et moi allumons le feu de cette manière. Il faut ce qu'elle appelle une pierre à feu, et ils en ont apparemment trouvé à proximité. Combien ? Je l'ignore. Assez pour en distribuer. Viens donc chez moi ce soir. Je sais qu'ils ont prévu de te montrer aussi, ils pourraient profiter de l'occasion. Tu mangeras avec nous, il me reste encore un peu de ma dernière cuvée de vin.

— Ce sera avec plaisir.

— Comme toujours, c'était succulent, Marthona, déclara Zelandoni en reposant une coupe vide près d'un bol déjà quasiment nettoyé.

Toute la famille était assise sur des coussins autour de la table de pierre. Pendant le repas, Jondalar n'avait cessé de distribuer coups d'œil et sourires à la ronde, comme s'il attendait une surprise agréable. La doniate sentait sa curiosité grandir mais s'efforçait de le dissimuler.

Pendant le repas, elle avait régalé la tablée d'histoires et d'anecdotes, encouragé Ayla et Jondalar à parler de leur Voyage, et incité Willamar à raconter ses mésaventures de Maître du Troc. La soirée avait été fort agréable pour tous, à ce détail près que Folara semblait sur le point d'éclater d'impatience et que Jondalar paraissait si content de lui que la doniate retenait mal son sourire.

Willamar et Marthona étaient plus habitués à attendre, tactique souvent utilisée dans les négociations de troc et les relations avec d'autres Cavernes. Ayla semblait elle aussi disposée à patienter, encore que Celle Qui Etait la Première eût peine à sonder ses véritables sentiments. Elle ne connaissait pas encore assez cette étrangère qui demeurait une énigme pour elle.

— Si tu as terminé, lui dit Jondalar, nous aimerions que tu t'approches de l'âtre.

Zelandoni souleva sa masse de la pile de coussins, se dirigea vers le foyer à cuire. Jondalar s'empressa de porter les coussins près du feu mais la doniate resta debout.

— Il vaut mieux que tu t'asseyes, suggéra-t-il. Nous allons tout éteindre, il fera noir comme dans une grotte.

— Si tu veux, répondit-elle en s'affalant sur les coussins.

Marthona et Willamar la rejoignirent pendant que les plus jeunes rassemblaient toutes les lampes et les plaçaient autour du foyer, y compris, nota Zelandoni avec une légère surprise, celle qui brûlait devant la niche des donii.

— Tout le monde est prêt ? demanda Jondalar.

Chacun souffla tour à tour les petites flammes. Personne ne dit mot quand elles s'éteignirent. L'obscurité envahit l'espace, créant un sentiment angoissant d'épaisseur impénétrable. Il faisait noir comme dans une grotte, mais, dans une habitation éclairée l'instant d'avant par une chaude lueur dorée, l'effet était plus étrange et, curieusement, plus effrayant que dans les galeries glacées d'une caverne. Dans une grotte, le noir allait de soi. Il arrivait que les feux meurent dans une habitation, mais on ne les éteignait jamais tous.

Au bout de quelques instants, leurs yeux s'accoutumèrent, et l'obscurité parut moins profonde. Zelandoni ne distinguait toujours pas la forme de sa main devant elle, mais, par-dessus l'habitation sans toit, la lueur de feux voisins se reflétait faiblement sur le surplomb.

La doniate fut tirée de ses réflexions par une lumière qui s'alluma non loin d'elle et éblouit ses yeux déjà habitués à l'obscurité. Elle éclaira un long moment le visage d'Ayla puis s'éteignit, aussitôt remplacée par une autre petite flamme.

— Comment faites-vous ? voulut-elle savoir.

— Quoi donc ? fit Jondalar, radieux.

— Comment allumez-vous un feu aussi vite ?

— C'est la pierre à feu ! jubila Jondalar, qui lui en tendit une. Si tu la frappes contre un silex, elle projette une longue étincelle brûlante, et si tu sais la faire tomber sur de l'amadou ou de l'herbe bien sèche, tu obtiens une flamme. Laisse-moi te montrer.

Il prépara un petit tas d'herbes sèches mêlées de copeaux de bois. La Première se leva de ses coussins, s'assit par terre près de l'âtre. Elle préférait les sièges surélevés, parce qu'ils lui permettaient de se remettre debout plus facilement, mais elle était encore capable de s'asseoir par terre quand elle en avait envie ou quand elle l'estimait nécessaire. Jondalar fit une démonstration puis lui remit les pierres. Elle essaya plusieurs fois sans succès, le front plus plissé à chaque tentative.

— Tu y arriveras, l'encouragea Marthona. Ayla, montre-lui, toi.

La jeune femme prit le silex et la pyrite de fer, plaça l'herbe sèche au bon endroit, montra à la doniate la position de ses mains puis, frappant les deux pierres entre elles, fit jaillir une étincelle qui tomba sur le tas d'herbe. Un filet de fumée monta, Ayla écrasa le brin d'herbe qui rougeoyait et rendit les pierres à Zelandoni.

La doniate les tint devant elle, commença à frapper, mais Ayla l'arrêta pour modifier la position de ses mains. Elle fit un nouvel essai, vit cette fois une étincelle tomber à côté de l'herbe, déplaça ses mains, frappa encore. L'étincelle trouva l'herbe sèche. Zelandoni savait comment agir ensuite. Elle approcha l'herbe de son visage, souffla. Le brin qui fumait rougeoya. Quand elle souffla une seconde fois, une petite flamme s'éleva, mit le feu aux copeaux. La doniate reposa le tas d'herbe, alimenta la flamme avec des brindilles puis des morceaux de bois plus gros, et sourit, contente d'avoir réussi.

Les autres souriaient eux aussi et commentaient ensemble son succès.

— Tu as appris vite, la complimenta Folara.

— Je savais que tu y arriverais, déclara Jondalar.

— Je te l'avais dit, ce n'est pas très difficile, fit Marthona.

— Bien joué ! s'exclama Willamar.

— Essaie encore, suggéra Ayla.

— Oui, bonne idée, approuva Marthona.

La Première parmi Ceux Qui Servaient la Mère s'exécuta. Elle parvint à allumer un feu une deuxième fois mais eut un problème la troisième fois. Ayla lui expliqua qu'elle n'obtenait pas une bonne étincelle et lui fit frapper les pierres sous un autre angle. Au troisième essai réussi, Zelandoni s'arrêta et retourna s'asseoir sur les coussins.

— Je m'entraînerai chez moi, dit-elle à Ayla. Je veux avoir la main aussi sûre que toi la première fois que je m'y risquerai en public. Mais toi, comment as-tu appris ?

Ayla raconta qu'un jour, assise sur la rive rocailleuse de la rivière de sa vallée, elle avait saisi une pierre par mégarde, au lieu du percuteur avec lequel elle fabriquait un nouvel outil pour remplacer celui qu'elle avait cassé. L'étincelle et la fumée qui montaient de l'herbe sèche lui avaient inspiré l'idée d'essayer de rallumer son feu de cette façon. A sa grande surprise, elle avait réussi.

— Est-il vrai qu'on trouve de ces pierres à feu par ici ? demanda la doniate.

— Oui, confirma Jondalar, enthousiaste. Nous en avons ramassé le plus possible dans la vallée d'Ayla, et nous espérions en trouver aussi en chemin, mais nous n'en avons pas vu. Ayla en a découvert près de la rivière de la Vallée des Bois. Pas beaucoup, mais il doit y en avoir ailleurs.

— Cela paraît logique, approuva Zelandoni.

— Ce serait excellent pour le troc, estima Willamar.

La Première fronça légèrement les sourcils. Elle avait songé avant tout à l'effet spectaculaire qu'elle pourrait tirer de ces pierres pendant les cérémonies mais cela supposait qu'elles demeurent inaccessibles à tous, Zelandonia exceptés, et il était déjà trop tard.

— Tu as sans doute raison, Maître du Troc, mais pas tout de suite. Je préférerais que l'existence de ces pierres reste un secret pour le moment.

— Pourquoi ? demanda Ayla.

— Nous pourrions en faire usage lors de certaines cérémonies.

Elle se rappela tout à coup le jour où Talut avait réuni la communauté pour proposer l'adoption de la jeune étrangère par les Mamutoï. A la surprise de Talut et de Tulie, frère et sœur, Homme et Femme Qui Ordonnaient au Camp du Lion, un seul homme s'y était opposé, Frebec. Il avait fallu, pour le faire changer d'avis, une démonstration improvisée mais spectaculaire de l'utilisation des pierres à feu, et la promesse de lui en donner une.

— Pourquoi pas ? convint Ayla.

— Quand pourrai-je les montrer à mes amis ? supplia Folara. Mère m'a fait jurer de n'en parler à personne, mais je meurs d'envie de les montrer.

— Ta mère a été sage, dit Zelandoni. Je te promets que tu auras l'occasion de les montrer, mais pas maintenant. Il vaut mieux que tu attendes, si tu es d'accord.

— D'accord, bougonna la jeune fille.

— J'ai l'impression que nous avons eu plus de festins et de cérémonies en quelques jours, depuis leur arrivée, que pendant tout l'hiver, grommela Solaban.

— Proleva m'a demandé de l'aider et je n'ai pas pu refuser, dit Ramara. Pas plus que tu ne peux dire non à Joharran. De toute façon, Jaradal joue toujours avec Robenan, cela ne me dérange pas de le surveiller.

— Nous partirons pour la Réunion d'Eté dans un jour ou deux. Pourquoi cela ne peut-il pas attendre que nous soyons là-bas ? se plaignit son compagnon.

Il avait disposé sur le sol de leur habitation un éventail d'objets parmi lesquels il devait choisir ceux qu'il emporterait, corvée qu'il remettait toujours au dernier moment, et maintenant qu'il s'y était attelé, il voulait finir sans avoir d'enfants autour de lui pour le déranger.

— Je crois que c'est lié à leur union, répondit Ramara.

Elle songea à sa propre Matrimoniale et jeta un coup d'œil à son compagnon. Il avait probablement les cheveux les plus bruns de toute la Neuvième Caverne ; quand elle l'avait rencontré, elle avait aimé le contraste qu'ils formaient avec ses cheveux à elle, blond clair. Solaban avait une chevelure presque noire, malgré ses yeux bleus, et une peau si pâle qu'il recevait souvent des coups de soleil, surtout au début de l'été. Elle trouvait que c'était le plus beau de tous les hommes de la Caverne, Jondalar compris. Elle comprenait l'attrait du grand blond aux extraordinaires yeux bleus et, plus jeune, elle s'était entichée de lui, comme la plupart des femmes. Mais elle avait appris ce qu'était l'amour avec Solaban. D'ailleurs, depuis son retour, Jondalar ne lui semblait plus aussi séduisant, peut-être parce qu'il accordait toute son attention à Ayla. Et Ramara avait de la sympathie pour cette femme.

— Ils ne pourraient pas s'unir comme tout le monde ? grogna Solaban, d'humeur grincheuse.

— Ils ne sont pas comme tout le monde. Jondalar vient de rentrer d'un Voyage si long que personne ne l'attendait plus et Ayla n'est pas zelandonii. Elle veut le devenir. C'est du moins ce que j'ai entendu dire.

— Quand elle s'unira à lui, elle deviendra quasiment zelandonii. Pourquoi faire en plus une cérémonie d'acceptation ?

— Ce serait différent. Elle serait « Ayla des Mamutoï, unie à Jondalar des Zelandonii ». Chaque fois qu'on la présenterait, tout le monde saurait qu'elle est étrangère.

— Il suffit qu'elle ouvre la bouche pour ça, répliqua Solaban. Qu'elle devienne une Zelandonii n'y changerait rien.

— Si. Elle parlerait peut-être comme une étrangère mais tout le monde saurait qu'elle ne l'est plus.

Ramara promena le regard sur les outils, les armes et les vêtements posés sur toutes les surfaces planes. Elle connaissait son compagnon, elle connaissait la vraie raison de son irritabilité, qui n'avait rien à voir avec Ayla ou Jondalar. Se souriant à elle-même, elle poursuivit :

— S'il ne pleuvait pas, j'emmènerais les garçons dans la Vallée des Bois pour admirer les chevaux. Tous les enfants aiment ça. Ils n'ont pas souvent l'occasion de voir des animaux de près.

— Alors, ils vont rester ici ? s'alarma Solaban.

Ramara lui adressa un sourire taquin.

— Non, rassure-toi. J'ai pensé à les emmener à l'autre bout de l'abri, où tout le monde cuit de la nourriture et termine les préparatifs ; j'aiderai les femmes qui surveillent les enfants pour que leurs mères puissent travailler. Ils pourront jouer avec d'autres garçons de leur âge. Quand Proleva m'a demandé de garder Jaradal, c'était pour que je fasse attention à lui. Toutes les mères font ça. Les femmes qui surveillent doivent savoir de qui elles sont responsables, surtout pour des enfants de l'âge de Robenan. Ils deviennent plus indépendants, il leur arrive d'essayer de s'éloigner seuls du groupe.

Elle vit son compagnon se rasséréner.

— Tâche de terminer avant la cérémonie, ajouta-t-elle. Je devrai peut-être ramener les garçons ici plus tard.

Il considéra ses affaires personnelles, les rangées d'objets en os, en ivoire et en bois de cerf, tous à peu près de la même taille, et secoua la tête. Il ne savait toujours pas ce qu'il emporterait au juste ; chaque année c'était pareil.

— D'accord, dit-il, dès que j'aurai décidé ce que je veux prendre pour moi et ce que je chercherai à troquer.

En plus d'être l'un des adjoints de Joharran, Solaban fabriquait des manches, en particulier des manches de couteau.

— Je crois que tout le monde est là, ou presque, dit Proleva, et il ne pleut plus.

Joharran hocha la tête, s'éloigna du surplomb qui les avait protégés de l'averse et grimpa sur la plate-forme en pierre au bout de la terrasse. Il regarda les Zelandonii qui commençaient à se rassembler, sourit à Ayla. Quoique nerveuse, elle lui rendit son sourire et leva les yeux vers Jondalar, qui considérait lui aussi la foule qui s'attroupait autour de la plate-forme surélevée.

— Nous étions ici même il n'y a pas très longtemps, commença Joharran. Quand je vous ai présenté Ayla, nous ne savions pas grand-chose d'elle, excepté qu'elle avait fait un long voyage pour venir ici avec mon frère, Jondalar, et qu'elle entretenait des rapports inhabituels avec les animaux. Nous en avons appris bien plus sur Ayla des Mamutoï pendant ces quelques jours écoulés depuis son arrivée.

« Nous avons tous supposé que Jondalar avait l'intention de s'unir à la femme qu'il avait ramenée, et nous avions raison. Ils s'uniront aux premières Matrimoniales de la Réunion d'Eté et vivront ensuite avec nous à la Neuvième Caverne. Je leur souhaite la bienvenue.

La communauté manifesta son assentiment.

— Mais Ayla n'est pas zelandonii, continua Joharran. Lorsqu'un Zelandonii s'unit à quelqu'un qui n'appartient pas à notre peuple, on procède en général à des négociations pour régler les questions de différences de coutumes. Dans le cas d'Ayla, cependant, les Mamutoï vivent trop loin d'ici ; il nous faudrait voyager un an pour les rencontrer et, en toute franchise, je me sens trop vieux pour ce genre de trajet.

La remarque suscita rires et commentaires.

— Attends d'avoir vécu autant d'années que moi, tu sauras ce que le mot « vieux » veut dire ! lui lança un homme aux cheveux blancs.

Quand le calme revint, Joharran reprit :

— Une fois qu'ils seront unis, la plupart des gens la considéreront comme Ayla de la Neuvième Caverne des Zelandonii, mais Jondalar a suggéré que notre Caverne l'accepte comme Zelandonii avant les Matrimoniales. Il a demandé en fait que nous l'adoptions. Cela faciliterait et clarifierait la cérémonie d'union, cela nous épargnerait d'avoir à solliciter des dispenses spéciales à la Réunion d'Eté.

— Qu'est-ce qu'elle veut, elle ? demanda une femme.

Tous se tournèrent vers Ayla. Elle avala sa salive et, s'efforçant de prononcer les mots de son mieux, répondit :

— Plus que tout au monde, je veux devenir une Zelandonii et être unie à Jondalar.

Malgré sa concentration, elle ne parvint pas à se débarrasser de ses intonations bizarres, et aucun de ceux qui l'écoutaient n'aurait pu se méprendre sur ses origines étrangères, mais sa déclaration simple, prononcée avec une conviction sincère, gagna à sa cause la plupart des Zelandonii.

— Elle a parcouru un long voyage pour venir ici. Elle sera quasiment une Zelandonii, de toute façon.

— Et son rang ? demanda Laramar.

— Elle aura le même rang que Jondalar, répondit Marthona.

Elle s'attendait qu'il crée des problèmes. Cette fois, elle était prête.

— Jondalar occupe une haute position dans la Neuvième Caverne parce que tu es sa mère, mais nous, on ne sait rien de cette étrangère, sauf qu'elle a été élevée par des Têtes Plates, riposta Laramar.

— Elle a aussi été adoptée par le plus éminent des Mamut : c'est le nom qu'ils donnent là-bas à leur Zelandoni.

— Pourquoi y en a-t-il toujours un qui n'est pas d'accord ? glissa Ayla à Jondalar en mamutoï. Faudra-t-il allumer du feu avec une pierre et la lui donner pour le persuader, comme Frebec au Camp du Lion ?

— Frebec était un homme bien, au fond, rappela-t-il. Je doute que Laramar nous réserve cette bonne surprise.

L'ivrogne continuait à soulever des objections :

— C'est ce qu'elle raconte. Qu'est-ce qu'on en sait ?

— Mon fils était présent et il dit la même chose, repartit Marthona. Joharran, l'Homme Qui Ordonne, ne met pas leur parole en doute.

— Joharran est de la famille. Bien sûr que le frère de Jondalar va la croire ! Elle fera partie de votre famille, vous voulez tous qu'elle ait un rang élevé.

— Je ne comprends pas pourquoi tu t'opposes à son acceptation, Laramar, fit une voix dans une autre partie de la foule.

Des Zelandonii se retournèrent et découvrirent avec surprise que c'était Stelona.

— Sans Ayla, la plus jeune fille de ta compagne serait probablement morte de faim, poursuivit-elle. Tu ne nous avais pas dit que Tremeda était tombée malade et avait perdu son lait, ni que Lanoga essayait de nourrir le bébé avec des racines bouillies. Ayla, si. Je me demande même si tu étais au courant. Les Zelandonii ne laissent pas d'autres Zelandonii mourir de faim. Plusieurs d'entre nous ont accepté de donner le sein à Lorala, qui reprend déjà des forces. Je serai plus que prête à soutenir Ayla si elle a besoin de soutien. C'est une femme que les Zelandonii pourront être fiers d'accueillir.

Plusieurs autres mères portant un nouveau-né dans leurs bras prirent la parole pour défendre Ayla. Si l'histoire du bébé de Tremeda avait commencé à se répandre, tout le monde ne la connaissait pas ou n'en connaissait pas tous les détails. La majeure partie de la communauté comprenait la nature de la « maladie » de Tremeda, mais il n'en restait pas moins que son sein s'était tari ; c'était une bonne chose que le bébé soit nourri.

— Tu as d'autres objections, Laramar ? demanda Joharran. (Le pourvoyeur de barma secoua la tête et s'éloigna à reculons.) Quelqu'un d'autre voit-il une objection à accepter Ayla comme membre de la Neuvième Caverne des Zelandonii ?

Un murmure s'éleva mais personne ne prit la parole. Joharran tendit la main pour aider Ayla à monter sur la plate-forme puis ils se tournèrent tous deux vers la foule.

— Puisque plusieurs personnes ont parlé en sa faveur et qu'il n'y a pas d'objections, laissez-moi vous présenter Ayla de la Neuvième Caverne des Zelandonii, naguère membre du Camp du Lion des Mamutoï, Fille du Foyer du Mammouth, Choisie par l'Esprit du Lion des Cavernes, Protégée par l'Ours des Cavernes, Amie des chevaux Whinney et Rapide, ainsi que de Loup, le chasseur à quatre pattes... Et qui sera bientôt unie à Jondalar, ajouta-t-il. Maintenant, mangeons !

Ils descendirent tous deux de la pierre surélevée et, comme ils se dirigeaient vers l'endroit où l'on servait la nourriture, ils furent arrêtés par des Zelandonii qui se présentaient de nouveau à Ayla, commentaient sa réaction devant le sort du bébé de Tremeda et, d'une manière générale, lui souhaitaient la bienvenue.

Un homme cependant n'avait aucune envie de les imiter : Laramar ne se laissait pas facilement mettre dans l'embarras, mais il avait reçu une bonne leçon et n'en était pas ravi. Avant de quitter la foule, il lança à Ayla un regard chargé d'une telle colère qu'elle en fut glacée. Il ignorait que Zelandoni l'avait remarqué, elle aussi. En arrivant près des plats, ils constatèrent qu'on servait du barma mais que c'était Bologan, le fils aîné de la compagne de Laramar, qui remplissait les coupes.

Comme les Zelandonii commençaient à manger, il se remit à pleuvoir. Ils se réfugièrent sous le surplomb, certains s'asseyant par terre, d'autres sur des rondins ou des blocs de pierre. Zelandoni rattrapa Ayla au moment où elle se dirigeait vers la famille de Jondalar.

— Je crains que tu ne te sois fait un ennemi, dit la doniate.

— J'en suis désolée. Je ne voulais pas causer d'ennuis à Laramar.

— C'est lui au contraire qui cherchait à t'en créer, ou plutôt à humilier Marthona et sa famille.

— Pourquoi leur en veut-il ?

— Parce qu'il occupe le rang le plus bas de la Caverne, et eux le plus haut. Parce qu'il a réussi à prendre Marthona en faute l'autre jour. Comme tu t'en es sans doute aperçue, ce n'est pas facile. Ce succès lui est monté à la tête, il a cru pouvoir recommencer.

Ayla plissa le front.

— Ce n'est peut-être pas seulement de Marthona qu'il veut se venger. Je crois que j'ai commis une erreur, l'autre jour.

— Comment cela ?

— Quand je suis allée chez Tremeda pour montrer à Lanoga comment préparer à manger pour un bébé, comment le baigner, Laramar est rentré. Je suis sûre qu'il ne savait pas que Tremeda n'avait plus de lait, il ne savait même pas que Bologan était blessé. Cela m'a mise en colère. Loup m'accompagnait, et, en le voyant, Laramar a eu peur. Il a essayé de dissimuler sa frayeur et je me suis comportée en chef de meute qui cherche à remettre à sa place un animal de rang inférieur. Je n'aurais pas dû. Maintenant, Laramar m'en veut.

— Les chefs de meute remettent vraiment les loups de rang inférieur à leur place ? s'étonna Zelandoni. Comment le sais-tu ?

— J'ai appris à chasser les carnassiers avant de chasser leurs proies. J'ai passé des journées entières à les observer. C'est peut-être la raison pour laquelle Loup est capable de vivre avec des êtres humains : le comportement des loups n'est pas si différent du nôtre.

— Stupéfiant ! s'exclama la doniate. Et tu as raison, je le crains. Maintenant, il t'en veut, mais ce n'est pas entièrement ta faute. A l'enterrement, tu marchais avec les membres les plus élevés de la Neuvième Caverne, ce qui était ta place. Marthona et moi étions d'accord sur ce point. Laramar, lui, aurait voulu que tu marches derrière lui. Selon la tradition, il avait raison.

« A une cérémonie funèbre, les membres d'une Caverne passent avant toute personne en visite. Mais tu n'étais pas en visite. D'abord, tu étais avec les Zelandonia, parce que tu es guérisseuse, et ils ouvrent toujours le cortège. Ensuite, tu étais avec Jondalar et sa famille, place qui te revient aussi, comme tout le monde en a convenu aujourd'hui. A l'enterrement, Laramar a pris Marthona au dépourvu en lui signalant que c'était contraire aux usages. Il en a tiré un sentiment de triomphe. Toi, sans même le savoir, tu l'as remis à sa place. Il a cru pouvoir se venger de vous deux à travers Marthona, mais il l'avait sous-estimée.

— Ah ! vous voilà, fit Jondalar. Nous parlions de Laramar.

— Nous aussi, répondit Ayla.

Elle doutait cependant que la famille de son compagnon fût parvenue aux mêmes conclusions. En partie par sa faute, en partie en raison de circonstances qu'elle ignorait, Ayla s'était fait un ennemi. Un de plus, pensa-t-elle. Elle n'avait pas voulu provoquer de sentiments hostiles parmi le peuple de Jondalar mais, durant le peu de temps qu'elle avait passé avec eux, elle s'était attiré l'inimitié de deux personnes. Marona la détestait, elle aussi. Ayla se rendit compte qu'elle n'avait pas vu la jeune femme depuis quelque temps et se demanda où elle se trouvait.

21

Les membres de la Neuvième Caverne préparaient leur marche annuelle pour la Réunion d'Eté des Zelandonii depuis qu'ils étaient rentrés de la précédente, mais, à mesure que le jour du départ approchait, l'attente et le rythme d'activité devenaient plus intenses. Il fallait décider de ce qu'on emporterait, de ce qu'on laisserait, mais c'était la fermeture des habitations qui leur faisait toujours prendre conscience qu'ils seraient absents tout l'été et ne rentreraient pas avant les vents froids.

Quelques-uns ne seraient pas du voyage pour une raison ou pour une autre : une maladie passagère ou grave, un objet à terminer, quelqu'un à attendre. D'autres rentreraient de temps à autre à l'abri, mais la plupart resteraient partis tout l'été. Certains ne s'éloigneraient pas de l'endroit choisi pour la Réunion, les autres se rendraient en des lieux divers pour diverses raisons pendant toute la saison chaude.

Il y aurait des expéditions de chasse ou de cueillette, des visites à des parents, des séjours chez d'autres Zelandonii ou chez des peuples voisins. Des jeunes entreprendraient leur long Voyage. Le retour de Jondalar avec des inventions et des découvertes, une femme d'une beauté exotique aux talents rares, et des histoires passionnantes, tout cela encouragerait à partir ceux qui y songeaient depuis quelque temps. Les mères qui savaient que son frère était mort au loin ne voyaient au contraire aucune raison de se réjouir dans ce retour qui provoquait une telle excitation.

La veille du départ, toute la Neuvième Caverne était impatiente, agitée. Ayla n'arrivait pas à croire qu'elle et Jondalar allaient enfin être unis. Elle se réveillait parfois la nuit, sans oser ouvrir les yeux, de peur que ce ne fût qu'un rêve, de peur de se retrouver soudain dans la petite grotte de sa vallée solitaire. Elle pensait souvent à Iza, souhaitant que la femme qu'elle considérait comme sa mère pût apprendre, d'une manière ou d'une autre, qu'elle serait bientôt unie à un homme et qu'elle avait enfin trouvé son peuple, du moins celui qu'elle s'était choisi.

Ayla s'était depuis longtemps résignée à ne jamais connaître ceux chez qui elle était née, ni même à savoir qui ils étaient. C'était au fond sans importance. Quand elle vivait avec le Clan, elle avait voulu en faire partie, devenir une femme du Clan, quel que fût le clan. Mais lorsqu'elle avait compris qu'elle n'appartenait pas au Clan et n'y aurait jamais sa place, la seule distinction qui comptât, c'était qu'elle fît partie des Autres, qu'elle fût dans son esprit apparentée à tous les Autres. Elle avait été heureuse de devenir mamutoï après son adoption ; elle aurait été contente de devenir sharamudoï, comme ce peuple le lui avait proposé. Elle voulait être zelandonii uniquement parce que c'était le peuple de Jondalar, et non parce qu'il était le meilleur parmi les peuples des Autres.

Pendant le long hiver que la plupart des membres de la Neuvième Caverne passaient près de l'abri, un grand nombre d'entre eux fabriquaient des cadeaux qu'ils offriraient aux gens qu'ils retrouveraient à la Réunion d'Eté. Quand elle entendit parler de cette pratique, Ayla décida de s'y mettre, elle aussi. Bien qu'elle disposât de peu de temps, elle confectionna de petits souvenirs qu'elle avait l'intention de donner à ceux qui avaient été particulièrement gentils avec elle et dont elle savait qu'ils leur feraient des cadeaux, à Jondalar et à elle, pour leur Matrimoniale. Elle avait aussi une surprise pour son compagnon, quelque chose qu'elle avait porté pendant tout le Voyage après la Réunion d'Eté des Mamutoï, malgré les mésaventures et les épreuves traversées.

Jondalar préparait également une surprise. Il avait discuté avec Joharran du meilleur endroit où établir un foyer pour Ayla et lui, dans l'abri de la Neuvième Caverne des Zelandonii, et tenait à ce que tout fût prêt pour leur retour, en automne. A cette fin, il avait négocié avec ceux qui fabriquaient les panneaux extérieurs des habitations, ainsi qu'avec ceux qui édifiaient les murs de pierre, ceux qui savaient le mieux daller le sol, bref tous ceux qui participaient à la construction d'une habitation.

Cela supposait du troc et du marchandage. Jondalar avait par exemple accepté d'échanger quelques bons couteaux en pierre contre des peaux provenant pour la plupart de la récente chasse aux bisons et aux cerfs géants. Il taillerait les lames, qui seraient ensuite montées sur les manches fabriqués par Solaban, dont Jondalar admirait le travail. Pour obtenir ces manches, il avait fourni plusieurs burins adaptés aux besoins de Solaban. Les deux hommes avaient longuement discuté, parfois en s'aidant de croquis dessinés au charbon de bois sur de l'écorce de bouleau, afin de s'entendre sur la forme exacte des outils. Certaines des peaux que Jondalar avait acquises deviendraient des panneaux de cuir brut, nécessaires pour la future habitation, tandis que d'autres dédommageraient Shevola, la femme qui fabriquait les panneaux, pour son temps et sa peine. Il promit également de lui faire deux couteaux pour couper le cuir, des racloirs et autres outils.

Jondalar passa des arrangements similaires avec Jonokol, l'acolyte artiste, pour qu'il décore les panneaux en appliquant ses idées

— dessin, composition — à l'utilisation des symboles et des animaux demandés par tous les Zelandonii, ainsi que de ceux que Jondalar voulait ajouter. En échange, Jonokol réclama des outils spéciaux. Il avait certains projets de gravure en relief du calcaire mais ne savait pas assez bien tailler le silex pour réaliser le burin crochu qu'il désirait. Les burins et les outils en silex étaient de toute façon difficiles à fabriquer. Ils réclamaient beaucoup d'expérience et de talent de la part du tailleur.

Une fois les matériaux prêts, la construction elle-même prendrait relativement peu de temps. Jondalar avait déjà convaincu plusieurs parents et amis de revenir avec lui à la Neuvième Caverne pendant la Réunion d'Eté — sans Ayla — pour l'aider à bâtir son habitation. Il souriait intérieurement chaque fois qu'il imaginait le plaisir qu'elle éprouverait en découvrant à leur retour, en automne, qu'ils avaient un foyer à eux.

Le marchandage avait duré plusieurs longs après-midi et Jondalar y avait souvent pris plaisir. Cela commençait en général par des plaisanteries, suivies par une discussion qui ressemblait parfois à une âpre bataille ou à un échange d'insultes, mais tout se terminait le plus souvent par des éclats de rire devant une coupe d'infusion, de vin ou de barma, voire un repas. Jondalar veillait toujours à ce qu'Ayla ne fût pas présente, mais cela n'empêcha pas la jeune femme d'assister à d'autres marchandages.

La première fois qu'elle entendit des Zelandonii marchander, elle ne comprit pas la nature de cet échange braillard de propos injurieux. Il opposait Proleva et Salova, la compagne de Rushemar, qui fabriquait des paniers. Pensant que les deux femmes étaient fâchées, Ayla courut chercher Jondalar, dans l'espoir qu'il pourrait intervenir.

— Proleva et Salova se disputent ? s'étonna-t-il. A quel sujet ?

— Proleva dit que les paniers de Salova sont laids et mal faits. Ce n'est pas vrai, ils sont beaux, et Proleva doit le penser, elle aussi, puisque j'en ai vu plusieurs chez elle. Pourquoi dénigre-t-elle ainsi le travail de Salova ? Il faut que tu fasses quelque chose.

Jondalar comprit la sollicitude d'Ayla mais dissimula mal un sourire. Enfin, ne pouvant se contenir plus longtemps, il éclata de rire.

— Ayla, elles ne se disputent pas, elles s'amusent. Proleva veut quelques paniers de Salova, et c'est la façon de procéder. Elles finiront par se mettre d'accord et seront contentes toutes les deux. Cela s'appelle du marchandage. Si j'intervenais, elles seraient privées de leur plaisir. Retourne les observer. Tu verras qu'avant longtemps elles auront le sourire, chacune d'elles pensera qu'elle a fait un bon échange.

— Tu es sûr ? Elles semblaient furieuses...

Ayla retourna se poster à un endroit d'où elle pouvait regarder et écouter. Si c'était la façon de procéder chez les Zelandonii, elle voulait être capable de marchander, elle aussi. Au bout d'un moment, elle remarqua que plusieurs spectateurs assistaient à la confrontation, échangeant sourires et hochements de tête entendus. Elle se rendit bientôt compte que les deux femmes n'étaient pas vraiment en colère, tout en se demandant si elle arriverait un jour à dire d'une chose qu'elle était horrible alors qu'en fait elle la trouvait belle. Quel étrange comportement !

Quand le marchandage prit fin, elle retourna auprès de Jondalar :

— Pourquoi les gens profèrent-ils de telles injures, s'ils ne les pensent pas ? Je ne suis pas sûre de savoir un jour marchander de cette manière.

— Proleva et Salova savaient toutes deux que l'autre ne pensait pas vraiment ce qu'elle disait. C'était un jeu. Tant qu'on sait que c'est un jeu, il n'y a aucun mal.

La veille du départ, une fois les paquets prêts, la tente vérifiée et réparée, les occupants de l'habitation de Marthona étaient si excités que personne n'avait envie de se coucher. Proleva passa avec Jaradal pour demander s'ils avaient besoin d'aide, et Marthona les invita à entrer et à s'asseoir un moment. Ayla leur proposa une infusion. Après qu'on eut de nouveau frappé au panneau, Folara fit entrer Joharran et Zelandoni. Ils venaient de directions différentes, chacun avec des propositions et des questions, mais surtout désireux de bavarder. Ayla ajouta de l'eau et des herbes à son infusion.

— La tente de voyage avait-elle besoin d'être réparée ? s'enquit Proleva.

— Pas tellement, répondit Marthona. Ayla a aidé Folara à s'en occuper, elles ont utilisé le nouveau tire-fil.

Les tentes de voyage qui seraient plantées chaque soir étaient assez grandes pour plusieurs personnes, et celle de la famille de Marthona abriterait tout le monde : Marthona, Willamar, Folara, Joharran, Proleva, Jaradal, Jondalar et Ayla. Celle-ci fut contente d'apprendre que Zelandoni voyagerait aussi avec eux. Elle était comme une parente, une tante sans compagnon. L'abri de peau accueillerait un autre occupant, le chasseur à quatre pattes, Loup, et les chevaux seraient attachés à proximité.

— Avez-vous eu des difficultés pour les piquets ? interrogea Joharran.

— J'ai cassé une hache en les coupant, répondit Willamar.

— Tu as pu lui redonner du tranchant ?

En plus des jeunes arbres droits utilisés comme piquets, il leur faudrait du bois pour allumer du feu en chemin et plus tard, quand ils seraient arrivés au lieu de la Réunion d'Eté. Ils avaient donc besoin de haches pour abattre d'autres arbres.

— Elle a éclaté. Je n'ai même pas pu en tirer une lame, soupira Willamar.

— Mauvaise pièce, diagnostiqua Joharran. Pleine de petites inclusions.

— Jondalar m'en a fabriqué une neuve et a redonné du tranchant aux autres, reprit le Maître du Troc. C'est une bonne chose qu'il soit revenu.

— Sauf qu'il va falloir recommencer à prendre garde aux éclats de silex égarés, dit Marthona.

Ayla remarqua qu'elle souriait et comprit qu'elle ne se plaignait pas vraiment. Elle aussi était contente que son fils fût de retour.

— Je dois reconnaître qu'il a ramassé les éclats après avoir affûté les haches, ajouta-t-elle. Je n'ai pas trouvé un seul petit morceau de pierre. Mais je n'y vois plus comme avant, bien sûr.

— La tisane est prête, annonça Ayla. Quelqu'un a besoin d'une coupe ?

— Jaradal n'a pas la sienne. Tu devrais toujours l'emporter, rappela Proleva à son fils.

— Pas ici, dit le jeune garçon. Grand-mère en a une pour moi.

— Il a raison, confirma Marthona. Tu te rappelles où elle est ?

— Oui, Thona.

Il se leva, courut à une étagère basse et revint avec une petite coupe en bois évidé.

— La voilà ! s'exclama-t-il en la brandissant pour la montrer à tout le monde, ce qui suscita des sourires ravis.

Ayla remarqua que Loup avait quitté son coin près de l'entrée pour ramper vers l'enfant, la queue dressée, chaque mouvement de son corps exprimant son envie d'atteindre l'objet de son désir. Jaradal repéra l'animal, avala son infusion en quelques gorgées et déclara, en se tournant vers Ayla pour guetter sa réaction :

— Je joue avec Loup, maintenant.

Le garçonnet lui rappelait tellement Durc qu'elle ne put s'empêcher de sourire. Avec un jappement plaintif, Loup se releva pour aller à la rencontre de l'enfant, se mit à lui lécher le visage. Ayla savait qu'il commençait à se sentir à l'aise avec sa nouvelle meute, en particulier avec l'enfant et ses camarades. Elle était presque désolée pour lui qu'ils partent le lendemain : ce serait dur pour Loup de rencontrer tant de nouvelles personnes à la Réunion d'Eté. Ce serait dur pour elle aussi, et son enthousiasme se teintait d'inquiétude.

— Cette infusion est excellente, apprécia Zelandoni. Tu l'as adoucie avec de la racine de réglisse, non ?

— Oui, répondit Ayla. Tout le monde est tellement énervé par le départ que j'ai préparé quelque chose de calmant.

— Et qui a bon goût aussi, dit la doniate. (Elle marqua une pause.) Il me vient à l'idée que, puisque nous sommes tous réunis, tu pourrais peut-être monter à Joharran et à Proleva ta façon d'allumer le feu. Je sais, j'ai demandé qu'on n'en parle pas pour le moment, mais, comme nous allons voyager ensemble, ils te verront faire, de toute manière.

— J'éteins le feu ? suggéra Folara.

— Oui, pourquoi pas ? C'est plus impressionnant dans l'obscurité.

— Je ne comprends pas, dit Joharran. Qu'est-ce que c'est que cette histoire de feu ?

— Ayla a découvert une nouvelle façon d'allumer du feu, répondit Jondalar. Le plus simple, c'est que tu regardes.

— Tu leur montres, Jondalar ? fit Ayla.

Jondalar demanda à son frère et à Proleva de s'approcher du foyer à cuire. Quand Folara eut couvert les braises, que les autres eurent soufflé les lampes qui se trouvaient près d'eux, il alluma rapidement un autre petit feu avec le silex et la pyrite de fer.

— Comment t'y es-tu pris ? Jamais je n'ai vu quelqu'un allumer un feu aussi vite, s'émerveilla Joharran.

Jondalar tendit la main qui tenait la pyrite.

— Ayla a découvert la magie de ces pierres. Je voulais t'en parler mais il s'est passé tant de choses que je n'en ai pas eu le temps. Nous l'avons seulement montré à Zelandoni, puis à Marthona, Willamar et Folara.

Proleva exprima son étonnement

— Tu dis que tout le monde peut y arriver ?

— Cela demande un peu de pratique, mais tout le monde peut le faire, oui, confirma Marthona.

— Laisse-moi te montrer, dit Jondalar.

Il frappa de nouveau les pierres l'une contre l'autre, leur arrachant des étincelles.

— Celle de droite, c'est du silex, constata Proleva. Mais l'autre, qu'est-ce que c'est ? D'où vient-elle ?

— Ayla a trouvé les premières dans sa vallée. Elle les appelle pierres à feu. Nous en avons cherché en vain sur tout le chemin du retour. Je commençais à croire qu'on n'en trouvait qu'à l'est quand Ayla en a découvert non loin d'ici. Il y en a sûrement d'autres. Nous pourrions les offrir en cadeau, ou même les troquer, comme le propose Willamar, s'il en existe en quantité suffisante.

— Il va falloir que nous ayons une longue conversation. Je me demande ce que tu as encore à me dire. Tu pars pour le long Voyage, tu reviens avec des chevaux qui te portent sur leur dos, un loup qui laisse les enfants tirer sur ses poils, une nouvelle arme puissante, des pierres magiques qui font du feu, des histoires de Têtes Plates intelligents, une femme magnifique qui connaît leur langue et a appris chez eux à guérir. Tu es sûr de n'avoir rien oublié ?

Jondalar eut un sourire malicieux.

— Je ne vois rien pour le moment. Je reconnais que, mis bout à bout, cela paraît plutôt incroyable.

— Plutôt incroyable ! Ecoutez-le ! J'ai l'impression qu'on parlera pendant des années de ton Voyage « plutôt incroyable » !

— Il a en effet quelques histoires intéressantes à raconter, convint Willamar.

— C'est ta faute, Willamar, riposta Jondalar, qui se tourna vers son frère. Joharran, tu te rappelles les soirées que nous avons passées à l'écouter parler de ses voyages et de ses aventures ? J'ai toujours pensé qu'il était plus captivant que beaucoup de conteurs itinérants. Mère, tu as montré à Joharran le cadeau qu'il vient de te rapporter ?

— Non, Joharran et Proleva ne l'ont pas encore vu. Je vais le chercher.

Marthona alla dans sa pièce, revint avec un morceau plat d'andouiller palmé qu'elle tendit à Joharran. On y avait gravé deux animaux aux formes galbées qui paraissaient nager. Ils ressemblaient à des poissons.

— Comment les appelles-tu, déjà, Willamar ? demanda Marthona.

— Des phoques. Ils vivent dans l'eau mais respirent de l'air et viennent à terre pour mettre leurs petits au monde.

— Remarquable, dit Proleva.

— N'est-ce pas ? fit Marthona.

— Nous avons vu des animaux semblables pendant notre Voyage, dit Jondalar. Ils vivent dans une mer intérieure, loin à l'est.

— Certains pensent qu'ils sont des Esprits de l'eau, ajouta Ayla.

— J'ai vu d'autres créatures étranges dans les Grandes Eaux de l'Ouest, dit Willamar. Le peuple qui habite la contrée croit que ce sont des Esprits servants de la Mère. Ils ressemblent encore plus à des poissons que les phoques. Ils enfantent dans la mer mais ils respirent et allaitent leurs petits. Ils peuvent se tenir sur la queue au-dessus de l'eau — je l'ai vu — et l'on dit même qu'ils ont leur propre langue. Les hommes qui vivent là-bas leur donnent le nom de dauphins, et certains prétendent parler leur langue. Ils ont poussé des sortes de cris aigus pour m'en convaincre.

« On raconte maintes histoires et légendes à leur sujet, poursuivit le Maître du Troc. On dit qu'ils aident les pêcheurs en dirigeant le poisson vers leurs filets, et même qu'ils ont sauvé la vie d'hommes dont le bateau s'était retourné loin de la côte. Les Légendes Anciennes de ce peuple racontent que jadis tous les êtres vivaient dans la mer. Certains sont venus sur terre, ceux qui sont restés sont devenus des dauphins. Les hommes de là-bas les appellent parfois « cousins », et leur Zelandoni — c'est elle qui m'a donné cette plaque — dit qu'ils nous sont apparentés. Son peuple vénère le dauphin presque autant que la Mère. Chaque famille possède une donii, mais tout le monde a aussi un objet-dauphin, une gravure comme celle-ci ou une partie de l'animal, un os ou une dent. Cela porte chance.

— Et tu dis que j'ai des histoires intéressantes à raconter, Willamar ! fit Jondalar. Des poissons qui respirent et se tiennent sur la queue ! J'ai presque envie de partir avec toi.

— Peut-être l'année prochaine, quand j'irai faire du troc pour avoir du sel. Ce n'est pas un très long voyage, surtout comparé au tien.

— Je croyais t'avoir entendu dire que tu ne voulais plus voyager, lança Marthona à Jondalar. Voilà qu'à peine rentré, tu penses à repartir. Tu as la bougeotte, comme Willamar ?

— Les expéditions de troc ne sont pas des Voyages, souligna Jondalar. Je ne suis pas prêt à me remettre en route maintenant, sauf pour aller à la Réunion d'Eté, mais un an, c'est long.

Folara et Jaradal, blottis contre Loup sur le lit de la jeune fille, s'efforçaient de rester éveillés. Ils ne voulaient rien manquer, mais la chaleur de l'animal et le bourdonnement des voix finirent par les endormir.

Le jour suivant se leva sous un crachin gris qui ne parvint pas à altérer l'enthousiasme de la Caverne au moment du départ. Bien qu'elle eût veillé tard, la famille de Marthona se leva de bon matin. Après avoir avalé la nourriture préparée la veille, on finit les paquets. La pluie faiblit, le soleil tenta de percer à travers les nuages, mais l'humidité accumulée pendant la nuit sur les feuilles et dans les flaques rendait l'air froid et brumeux.

Quand tous ceux qui partaient se furent rassemblés sur le devant de la terrasse, Joharran donna le signal du départ. Le chef ouvrant la marche, les Zelandonii prirent la direction du nord, descendirent vers la Vallée des Bois. Le groupe était nombreux, remarqua Ayla, bien plus nombreux que celui du Camp du Lion lorsqu'il se rendait à la Réunion d'Eté mamutoï. Il y avait encore beaucoup de gens qu'elle ne connaissait pas très bien, mais du moins se rappelait-elle à peu près le nom de chacun.

Elle se demandait quel chemin Joharran prendrait. Après la promenade à cheval qu'elle avait faite avec Jondalar, elle savait qu'au début la plaine inondable de la rive droite — le côté de la Neuvième Caverne — était large. S'ils remontaient la Rivière en suivant, malgré les méandres, la direction du nord-est, ils longeraient des arbres proches de la berge. De chaque côté, une vaste étendue herbeuse séparait le cours d'eau des hauteurs vers lesquelles elle montait en pente douce. Un peu plus loin, l'eau serrait une paroi abrupte de l'autre côté, la rive gauche, qui se trouvait à main droite quand on se dirigeait vers la source. Rive gauche et rive droite désignaient toujours les côtés d'un cours d'eau quand on se déplaçait dans le sens du courant.

Jondalar lui avait expliqué que la communauté zelandonii la plus proche ne se trouvait qu'à une faible distance de la Neuvième Caverne mais qu'il faudrait un radeau pour terminer le voyage s'ils restaient près de la Rivière, parce que son cours changeait de direction. En aval, la configuration du terrain forçait l'eau à frôler la paroi de la rive droite, leur côté, sans même laisser d'espace pour un étroit sentier. Aussi les Zelandonii de la Neuvième Caverne prenaient-ils un chemin qui s'écartait de la Rivière lorsqu'ils rendaient visite à leurs proches voisins du nord.

Le chef s'engagea dans le sentier longeant la Rivière des Bois, le suivit jusqu'au gué puis coupa à travers la Vallée des Bois. Ayla nota qu'ils n'empruntaient pas la route qu'elle avait prise avec Jondalar et les chevaux peu après leur arrivée. Au lieu de mener au lit de torrent à sec, la piste de Joharran, parallèle à la Rivière, conduisait aux étendues plates de la rive droite. Ils obliquèrent à gauche à travers herbes et broussailles, gravirent la pente douce en suivant une succession de lacets.

Du coin de l'œil, Ayla surveillait Loup, qui courait devant en suivant son flair. Elle reconnaissait la plupart des plantes qu'elle repérait, et enregistrait dans son esprit l'endroit où elles poussaient. Un boqueteau de bouleaux noirs près de la Rivière : leur écorce peut prévenir une fausse couche, pensa-t-elle. Et ici, du lis des marais, qui peut en provoquer une. C'est toujours bon de savoir où trouver des saules ; une décoction de leur écorce soigne les maux de tête ou les douleurs dans les os des vieillards. Je ne savais pas qu'il y avait de la marjolaine par ici. On en fait une bonne infusion, elle donne un goût agréable à la viande et elle soulage aussi les coliques des bébés. Il faudra que je m'en souvienne pour plus tard. Durc ne souffrait pas de coliques mais certains bébés en ont.

La piste se fit plus escarpée à l'approche du sommet puis s'élargit sur le plateau venteux. Ayla s'arrêta au bord pour attendre Jondalar, qui avait quelques difficultés à faire monter Rapide et son travois sur la piste rocailleuse aux tournants abrupts. Whinney en profita pour brouter quelques brins d'herbe fraîche. Ayla ajusta les perches à tirer de la jument, vérifia la charge qu'elle portait dans des paniers et sur son dos, puis la caressa et lui parla dans la langue qu'elle utilisait avec ses chevaux. Elle baissa les yeux vers la rivière et sa plaine inondable, vers la longue file de Zelandonii, jeunes et vieux, qui s'étirait sur la pente, puis regarda au-delà.

Le haut plateau offrait un large panorama des environs et, en bas, une scène brumeuse. Quelques volutes de brouillard s'accrochaient encore aux arbres, près de l'eau ; un linceul d'un blanc éteint cachait par endroits la Rivière, mais le voile se levait, révélant des puits de lumière projetée par l'orbe qui se reflétait dans l'eau. Au loin, le brouillard plus épais et les collines calcaires se fondaient en un ciel blanchâtre.

Quand Jondalar l'eut rejointe avec Rapide, ils entamèrent ensemble la traversée du plateau. Marchant à côté de l'homme avec qui elle avait fait un si long Voyage, Loup sur ses talons et les chevaux juste derrière avec les perches à tirer, Ayla se sentait euphorique. Elle était avec ceux qu'elle chérissait le plus et avait peine à croire qu'elle serait bientôt unie à Jondalar. La jeune femme ne se rappelait que trop bien ses sentiments pendant leur marche, avec le Camp du Lion. Chaque pas semblait alors la rapprocher d'un destin inéluctable dont elle ne voulait pas. Elle avait promis de s'unir à un homme pour qui elle éprouvait un sentiment sincère et avec qui elle aurait pu être heureuse, si elle n'avait aimé Jondalar avant lui. Jondalar était devenu distant, il semblait ne plus l'aimer, alors qu'il ne faisait aucun doute que Ranec non seulement l'aimait mais la voulait désespérément..

Ayla n'était plus tiraillée entre ces sentiments antagonistes. Elle débordait d'un bonheur qui imprégnait l'air autour d'elle, le sol qu'elle foulait. Jondalar se remémorait lui aussi le voyage à la Réunion d'Eté des Mamutoï. Sa jalousie d'alors, sa peur d'affronter son peuple avec une femme qui n'était peut-être pas acceptable. Il avait maintenant résolu ces problèmes et la joie qu'il éprouvait n'était pas moins grande que celle d'Ayla. Il avait cru l'avoir perdue à jamais, mais elle marchait désormais à côté de lui et, chaque fois qu'il la regardait, elle tournait vers lui des yeux pleins d'amour.

A l'autre bout du plateau, au bord de la falaise, ils retrouvèrent l'endroit où ils avaient fait halte quand ils étaient venus seuls. Avant de traverser le petit cours d'eau, ils s'arrêtèrent pour regarder l'eau basculer par-dessus bord et cascader dans la Rivière, juste en dessous. Les membres de la Caverne s'étaient égaillés et certains traçaient leur propre piste. Ils n'avaient avec eux que ce qu'ils pouvaient porter ; quelques-uns comptaient retourner à l'abri avec un sac vide pour rapporter des objets à troquer.

Ayla et Jondalar avaient proposé à Joharran l'aide des deux chevaux. Après en avoir discuté avec quelques autres, le chef de la Caverne avait décidé de charger sur les deux bêtes la viande de cerf et de bison de la dernière chasse. A l'origine, il avait prévu que plusieurs personnes retourneraient à l'abri pour apporter la viande sur le lieu de la Réunion d'Eté.

L'utilisation des chevaux leur épargna cette peine et, pour la première fois, il songea que ces animaux représentaient plus qu'une curiosité. Ils pouvaient s'avérer utiles. Même l'aide apportée pendant la chasse, le retour rapide de Jondalar à la Neuvième Caverne, pour prévenir Zelandoni et la compagne de Shevonar du tragique accident ne lui avaient pas fait prendre pleinement conscience de leur intérêt potentiel. Il le comprit mieux quand ils lui évitèrent, ainsi qu'à d'autres, de devoir retourner à l'abri. En marchant près des chevaux, il se rendit également compte que ces animaux réclamaient un surcroît d'attention.

Whinney avait l'habitude du travois, elle en avait tiré un pendant la majeure partie du Voyage. Moins accoutumé à une charge, Rapide était plus difficile à mener. Joharran avait remarqué que son frère aidait l'animal, en particulier quand il devait tourner avec un travois qui gênait le mouvement. Il fallait de la patience pour calmer le jeune étalon, l'inciter à contourner les obstacles sans endommager la charge. Au départ, Ayla et Jondalar se trouvaient près de la tête, mais, après qu'ils eurent franchi le petit cours d'eau et repris la direction du nord-ouest, ils se situaient plus près du milieu.

Ils parvinrent à l'endroit où Ayla et Jondalar avaient fait demi-tour la fois précédente, là où la piste commençait à descendre. Cette fois, ils la suivirent, tournant avec elle pour prendre la pente la plus facile, serpentant à travers les broussailles, les hautes herbes et, dans un creux protégé, entre les arbres. Ils arrivèrent à un abri-sous-roche si près de l'eau qu'une partie du surplomb s'étendait au-dessus de la Rivière. Ils avaient parcouru moins de trois kilomètres mais la raideur des pentes rendait le trajet plus long.

De la terrasse, on pouvait plonger dans l'eau. L'abri s'appelait Front de Rivière et faisait face au sud. Il s'étendait d'ouest en est vers un méandre qui se repliait sur lui-même et aurait refermé sa boucle, n'eût été un doigt de terre qui s'interposait. Bien que l'abri parût habitable, aucune Caverne n'y vivait, mais les voyageurs, en particulier ceux qui utilisaient des radeaux, s'y reposaient. L'eau trop proche inondait parfois l'abri quand la rivière débordait.

La Neuvième Caverne ne s'arrêta pas à Front de Rivière mais escalada la falaise derrière l'abri. La piste continuait plein nord puis s'incurvait à l'est. Un kilomètre et demi après Front de Rivière, elle descendait jusqu'à la vallée d'un torrent généralement à sec en été. Après avoir franchi le lit boueux, Joharran s'arrêta et tous s'assirent pendant qu'il attendait Jondalar et Ayla. Plusieurs Zelandonii allumèrent de petits feux pour faire chauffer de l'eau et préparer une infusion. Certains, notamment ceux qui avaient des enfants, tirèrent des sacs un peu de nourriture.

— Ici, il faut choisir, dit Joharran à son frère. Quelle route devons-nous prendre, selon toi ?

Jondalar se tourna vers Ayla. La Rivière alignant les méandres dans sa vallée, serrant la paroi rocheuse d'un côté puis de l'autre, il était quelquefois plus facile de se rendre d'une Caverne à l'autre en passant par les hauteurs. Pour atteindre l'abri le plus proche, il existait cependant une autre possibilité.

— D'ici, nous pouvons emprunter deux directions, dit Jondalar. Si nous passons par les hauteurs, nous devrons escalader cette pente, traverser le plateau sur à peu près la moitié du chemin que nous avons déjà parcouru, puis redescendre jusqu'à un autre petit cours d'eau. Il est peu profond, facile à franchir. Nous aurons ensuite à gravir une autre pente raide qui nous mènera en haut de la falaise, face à la Rivière, puis nous redescendrons. A cet endroit, elle coule au milieu d'une grande prairie, la plaine inondable. Nous ferons halte à la Vingt-Neuvième Caverne, sans doute pour y passer la nuit.

— Il y a un autre chemin, dit Joharran. La Vingt-Neuvième Caverne s'appelle les Trois Rochers parce qu'elle comprend trois rochers, non pas l'un à côté de l'autre mais disséminés autour de la Rivière. Deux de ce côté, le troisième de l'autre.

Il pointa un doigt vers la pente, poursuivit :

— Au lieu de grimper, nous pouvons prendre à l'est jusqu'à la Rivière. Il faudra ensuite la traverser car, de ce côté, elle coule au ras de la paroi, mais il y a une longue partie peu profonde, et la Vingt-Neuvième Caverne a disposé des pierres pour faciliter le passage, comme nous avons commencé à le faire au Gué. Nous longeons un moment l'autre rive et, quand la Rivière serre de nouveau la paroi, il faut retraverser, mais ensuite le lit s'élargit et redevient peu profond ; là aussi, il y a des pierres sur lesquelles on peut poser le pied. Nous pourrons nous rendre dans deux des abris qui se trouvent de ce côté, mais il faudra retourner de l'autre côté pour aller au troisième, le plus grand, parce que c'est là que nous dormirons, surtout s'il pleut.

— Si nous passons par le premier chemin, il faut grimper, si nous prenons l'autre, il faut traverser l'eau, acheva Jondalar pour son frère. Qu'est-ce qui serait le plus facile, pour les chevaux ? demanda-t-il à Ayla.

— Ce n'est pas difficile de franchir une rivière avec les chevaux, mais si le lit est profond, la viande qu'ils tirent avec les perches risque d'être mouillée et de pourrir si on ne la met pas à sécher, répondit-elle. Pendant notre Voyage, nous avions attaché les perches au bateau rond qui flottait quand nous traversions. Mais de toute façon, d'après ce que tu dis, il faudrait au moins traverser une fois.

Jondalar se plaça derrière le travois de Rapide.

— Je pense à une chose, Joharran. Nous pourrions demander à quelques hommes de marcher derrière les chevaux et de soulever les perches juste assez pour les maintenir hors de l'eau.

— Nous trouverions aisément des volontaires. Il y a toujours des jeunes gens qui prennent plaisir à patauger dans l'eau et à s'éclabousser à chaque gué, de toute façon. Je vais voir ce qu'en pensent les autres, mais je suis sûr que la plupart préféreraient ne plus grimper, avec les charges qu'ils portent.

Quand Joharran se fut éloigné, Jondalar décida de vérifier le licou de Rapide. Il caressa l'étalon, lui donna un peu de grain qu'il portait dans un sac. Ayla lui sourit puis se tourna vers Loup, venu voir pourquoi ils s'étaient arrêtés. Elle sentait le lien particulier qu'elle et Jondalar avaient tressé entre eux pendant leur Voyage. L'idée lui vint qu'il y en avait un autre : ils étaient les seuls à comprendre la relation qui pouvait s'établir entre un être humain et un animal.

— Je connais une autre façon d'aller vers l'aval — enfin, deux autres, dit Jondalar pendant qu'ils attendaient. La première, c'est de remonter le courant en radeau, à l'aide d'une perche, mais ce ne serait pas très facile avec les chevaux. La seconde, c'est de marcher en haut des falaises, de l'autre côté de la Rivière. Il faut traverser au Gué, et c'est plus simple d'aller jusqu'à la Troisième Caverne et de partir de là. Ils ont une bonne piste qui mène en haut du Rocher des Deux Rivières et qui continue ensuite à travers le plateau. Elle est plus plate que de ce côté-ci, avec seulement quelques petits creux. Il y a moins d'affluents de ce côté de la Rivière, mais, si nous voulons faire halte à la Vingt-Neuvième Caverne, nous devrons redescendre et retraverser. C'est pour cette raison que Joharran a décidé de rester de ce côté-ci.

Ayla profita de la pause pour interroger Jondalar sur les Zelandonii auxquels ils s'apprêtaient à rendre visite, et il décrivit l'organisation inhabituelle des membres de la Vingt-Neuvième Caverne. Les Trois Rochers étaient composés de trois abris-sous-roche séparés, situés dans trois falaises différentes qui formaient un triangle autour de la plaine inondable, à moins de mille cinq cents pas l'un de l'autre.

— On raconte qu'il y avait autrefois plusieurs Cavernes distinctes, portant chacune un mot pour compter, mais que toutes devaient partager les mêmes prairies et les mêmes rivières, indiqua Jondalar. Leurs membres ne cessaient de se disputer sur le droit de telle ou telle Caverne à faire ceci ou cela. Ils ont fini par en venir aux mains. La Zelandoni de la Face Sud a alors eu l'idée de regrouper les Cavernes en une seule, dont les membres travailleraient ensemble et partageraient tout. Si un troupeau d'aurochs en migration passait par là, il ne serait pas chassé séparément par chaque Caverne, mais par un seul groupe réunissant les chasseurs de toutes les Cavernes.

Ayla réfléchit un moment.

— La Neuvième Caverne agit ainsi avec ses voisines, remarqua-t-elle. Pour la dernière chasse, des membres de la Onzième, de la Quatorzième, de la Troisième et même de la Deuxième Caverne ont chassé ensemble et partagé la viande.

— C'est vrai, mais ces Cavernes ne sont pas obligées de tout partager. La Neuvième a la Vallée de la Rivière des Bois, et des animaux passent parfois juste devant l'abri en longeant la Rivière ; la Quatorzième a Petite Vallée, la Onzième peut se rendre en radeau sur un vaste terrain de chasse, de l'autre côté de la Rivière ; la Troisième a la Vallée des Prairies, la Deuxième et la Septième partagent la Vallée Douce — nous y passerons au retour. Nous pouvons tous travailler ensemble quand nous le souhaitons mais nous n'y sommes pas contraints. Alors que les Cavernes qui se sont unies pour devenir la Vingt-Neuvième devaient partager le même terrain de chasse. On l'appelle maintenant la Vallée des Trois Rochers mais c'est en fait une partie de la Vallée de la Rivière et de la Vallée de la Rivière du Nord.

Jondalar expliqua que la Rivière tournait à l'est, coupant à travers une vaste plaine herbeuse. Au nord, elle recevait un affluent assez important. Deux des abris se trouvaient sur la rive droite, l'un à l'est, qu'on pouvait atteindre par voie de terre depuis Front de Rivière, l'autre au nord. Au sud se dressait une troisième falaise massive, avec plusieurs niveaux d'abris-sous-roche, de l'autre côté de la Rivière, sur la rive gauche. C'était l'un des rares abris habités face au nord.

La Partie Ouest de la Vingt-Neuvième Caverne des Zelandonii se composait de plusieurs petits abris à flanc de colline. Jondalar précisa que la Caverne entretenait aussi un camp plus ou moins permanent de cabanes et de râteliers à sécher — ainsi, en été, que de tentes et autres abris provisoires. Il se trouvait à l'entrée d'une vallée protégée de pins cembros dont les pignons donnaient une huile si riche qu'on pouvait la faire brûler dans les lampes, mais si délicieuse qu'on l'utilisait rarement de cette façon.

Toute la communauté des Trois Rochers — et d'autres, invités à apporter leur aide en échange d'une part de la récolte — se rassemblait chaque automne pour ramasser les pignons. C'était la principale raison d'être du camp, mais il se situait également près d'un excellent point de pêche qui se prêtait à l'installation de nasses et à la construction de barrages. La communauté l'utilisait très souvent pendant la partie la plus chaude de l'année et ne le fermait pas avant que le gel fige la Rivière. Cette communauté vivait toute l'année dans les divers abris de la Partie Ouest, et la récolte des pignons avait lieu à l'automne, mais les premières tentes étaient plantées au début de la saison chaude pour ceux qui installaient les nasses. Tout le monde parlait toujours d'aller au « camp d'été », si bien que le groupe de la Partie Ouest avait fini par porter ce nom, Camp d'Eté.

— Leur Zelandoni est une artiste remarquable, ajouta Jondalar. Dans l'un des abris, elle a gravé des animaux sur les parois. Nous aurons peut-être le temps de lui rendre visite. Elle réalise aussi de petites sculptures... Nous repasserons au retour pour la récolte des pignes, de toute façon.

Joharran revint avec trois jeunes hommes et une jeune femme qui s'étaient proposés pour marcher derrière le travois et soulever les perches quand on traverserait les rivières. Ils semblaient tous ravis d'avoir été choisis pour cette tâche. Joharran n'avait pas eu de difficulté à trouver des volontaires et n'avait eu que l'embarras du choix. Nombreux étaient ceux qui voulaient voir de près les chevaux et le loup, et aussi mieux connaître l'étrangère. Cela leur donnerait quelque chose d'intéressant à raconter à la Réunion d'Eté.

Sur un terrain plus plat, Ayla et Jondalar purent de nouveau marcher côte à côte devant les chevaux, sauf quand ils traversaient l'eau. Loup, comme à son habitude, ne les suivait pas de près. Il aimait explorer, partir devant ou traîner derrière, au gré de sa curiosité et des odeurs que détectait son flair. Jondalar profita de l'occasion pour en révéler davantage à Ayla sur la Caverne où ils passeraient la nuit et son territoire.

L'affluent qui descendait du nord et traversait la plaine herbeuse s'appelait la Rivière du Nord et se jetait dans la Rivière sur la rive droite. La partie nord de la plaine inondable se trouvait ainsi agrandie par la vallée de la Rivière du Nord, ainsi que par la vallée sans cesse plus large en aval de la Rivière elle-même. Se dressant entre les vallées de la Rivière et de son affluent, le site le plus ancien de la communauté, la Partie Nord de la Vingt-Neuvième Caverne des Zelandonii, était plus familièrement appelé la Face Sud. Pour y parvenir depuis le Camp d'Eté, on utilisait un sentier qui menait à un gué permettant de traverser l'affluent. Mais ils en approchèrent, eux, en longeant la Rivière.

Devant, sur une colline dominant un espace découvert, une falaise de forme triangulaire exposait au sud trois terrasses disposées l'une au-dessus de l'autre, comme des marches. Bien qu'elle se trouvât à moins de deux kilomètres de tous les abris composant la communauté des Trois Rochers, plusieurs sites annexes étaient beaucoup plus proches et se considéraient comme appartenant à la Partie Sud de la Vingt-Neuvième Caverne.

Jondalar précisa à Ayla qu'une piste très fréquentée permettait d'accéder aisément, en deux lacets, au niveau moyen, principal abri de la Face Sud. L'abri supérieur, plus petit, qui dominait une grande partie de la vallée, servait de poste d'observation et on l'appelait le Guet de la Face Sud, ou simplement le Guet. Le niveau inférieur, en partie souterrain, servait surtout d'entrepôt pour les vivres, notamment les pignes ramassées au Camp d'Eté. D'autres abris appartenant à la Face Sud avaient un nom en propre tel que Long Rocher, Rive Profonde, ou Bonne Source, en référence à une source jaillissant à proximité.

— Même l'abri où l'on garde la nourriture porte un nom, dit-il. On l'appelle le Rocher Nu. Les vieux racontent une histoire qu'ils ont entendue quand ils étaient jeunes. Elle parle d'un hiver très âpre, suivi d'un printemps froid et pluvieux, et de l'épuisement de toutes les réserves : l'abri inférieur devint le Rocher Nu. Ils seraient tous morts de faim si une fillette n'avait trouvé par hasard l'endroit où les écureuils cachaient des pignes dans l'abri. C'est étonnant ce que ces petites bêtes friandes de graines peuvent amasser.

« Quand le temps redevint enfin propice aux chasseurs, les cerfs et les chevaux qu'ils réussirent à tuer souffraient de la faim, eux aussi, poursuivit Jondalar. La viande était maigre, dure, et il fallut attendre longtemps les premières pousses et racines du printemps. A l'automne suivant, toute la communauté ramassa une plus grande quantité de pignes pour se protéger de futurs hivers rigoureux, et c'est ainsi que naquit la tradition de les récolter.

Les jeunes gens qui avaient protégé la viande en soulevant les perches au franchissement des rivières se rapprochèrent pour entendre Jondalar parler de leurs voisins du Nord. Ils n'en savaient pas autant que lui à leur sujet et l'écoutaient avec intérêt.

Après avoir parcouru deux kilomètres environ et traversé la Rivière, ils découvrirent la Partie Sud de la Vingt-Neuvième Caverne des Zelandonii, la plus imposante, la plus insolite falaise de la région. Bien que les sites exposés au nord fussent rarement utilisés comme abri, celui-ci, situé du côté sud de la Rivière, était trop tentant pour qu'on le laissât inhabité. La falaise, longue de huit cents mètres, s'élevait à deux cent cinquante pieds au-dessus de la Rivière en cinq niveaux et présentait près d'une centaine de cavités et de grottes en plus des surplombs et des terrasses.

Chacune de ces terrasses donnant sur la vallée, il était inutile d'utiliser un abri particulier comme poste d'observation. La falaise offrait une vue unique : d'une partie d'une terrasse inférieure se projetant au-dessus de la rivière, on pouvait contempler son reflet dans l'eau tranquille.

— Du coup, l'endroit ne tire pas son nom de ses dimensions, comme on pourrait s'y attendre, mais de cette vue inhabituelle, dit Jondalar. On l'appelle le Rocher aux Reflets.

La falaise était d'une telle longueur que la plupart des abris potentiels n'étaient même pas occupés : elle aurait été plus peuplée qu'un terrier de marmottes si toutes les grottes avaient été habitées. Les ressources naturelles des environs n'auraient pas suffi à nourrir une population aussi nombreuse, qui aurait décimé les troupeaux et dénudé la terre de sa végétation. L'énorme falaise était un lieu exceptionnel, et ceux qui y vivaient savaient que sa seule vue laissait bouche bée les étrangers et ceux qui la visitaient pour la première fois.

Elle sidère même encore ceux qui la connaissent déjà, songea Jondalar en contemplant l'extraordinaire formation rocheuse. La Neuvième Caverne, avec son magnifique surplomb abritant une terrasse spacieuse et confortable, était certes remarquable, elle aussi, et, à de nombreux égards, plus habitable — son exposition plein sud constituait un immense avantage — mais il devait reconnaître que la falaise qui se dressait devant lui était impressionnante.

Les Zelandonii se tenant sur la terrasse la plus basse étaient eux aussi impressionnés, semblait-il, par ceux qui s'approchaient de leur abri. Le geste de bienvenue de la femme qui s'avança devant les autres était un peu hésitant. Elle avait entendu parler du retour du second fils de Marthona, le voyageur, et de l'étrangère qu'il avait ramenée. Elle avait même entendu dire qu'ils avaient avec eux un loup et des chevaux, mais le voir de ses yeux, c'était autre chose. Voir deux chevaux marcher calmement parmi les membres de la Neuvième Caverne, derrière un loup — un loup énorme —, une grande femme blonde inconnue, et l'homme qu'elle connaissait sous le nom de Jondalar, cela avait quelque chose de troublant, à tout le moins.

Joharran tourna la tête pour dissimuler un sourire qu'il n'avait pu retenir en remarquant l'expression de la femme, bien qu'il comprît parfaitement ce qu'elle éprouvait. Il n'y avait pas si longtemps qu'il avait été parcouru du même frisson de peur devant ce même tableau étrange. Il s'étonnait même, à la réflexion, de s'y être si vite habitué. Si vite qu'il ne pensait plus à la réaction de ses voisins, alors qu'il aurait dû s'en préoccuper. Il se félicita d'avoir décidé de s'arrêter à la Vingt-Neuvième Caverne : cela lui donnait une idée de l'effet qu'ils feraient en arrivant à la Réunion d'Eté.

22

— Si Joharran n'avait pas décidé de planter la tente dans la prairie, je crois que j'aurais dormi dehors, de toute façon, dit Ayla. Je veux être près de Whinney et de Rapide quand nous voyageons, et je ne tenais pas à les faire monter sur cette terrasse. Ils n'auraient pas aimé ça.

— Denanna non plus, je pense, observa Jondalar. Elle m'a paru d'une extrême nervosité devant les animaux.

Ils remontaient à cheval la vallée de la Rivière du Nord, accordant aux bêtes et à eux-mêmes une pause après avoir côtoyé tant de gens. Ils avaient dû en passer par les formalités d'usage, notamment la rencontre de tous les chefs, et Ayla avait encore du mal à s'y retrouver. Denanna, chef du Rocher aux Reflets, la Partie Sud, exerçait son autorité sur toute la Vingt-Neuvième Caverne, bien que le Camp d'Eté et la Face Sud, les Parties Ouest et Nord, eussent aussi leurs chefs. Chaque fois qu'il fallait prendre des décisions concernant les Trois Rochers, les trois chefs s'efforçaient de parvenir à un consensus, présenté ensuite par Denanna : si la Vingt-Neuvième voulait se présenter comme une seule et même Caverne, un seul chef devait parler en son nom, estimaient les autres chefs zelandonii.

Pour la Zelandonia, la situation était quelque peu différente. Chacune des Parties avait son propre Zelandoni, mais tous trois étaient subordonnés à un quatrième doniate, qui portait le titre de Zelandoni de la Vingt-Neuvième Caverne. Une distance assez grande séparant les Parties, il semblait légitime que chacune d'elles souhaitât avoir son Zelandoni, et un Zelandoni qui fût un bon guérisseur, surtout pendant la saison des frimas ou des orages, mais c'était avant tout avec la Zelandonia dans son ensemble que chaque Zelandoni entretenait des rapports, même si la Caverne qu'il servait était presque aussi importante, et à certains égards plus importante que les autres.

Le Zelandoni du Rocher aux Reflets était si bon guérisseur que même les femmes enceintes étaient contentes de recourir à son aide pour accoucher. La Zelandoni de la Vingt-Neuvième Caverne, qui vivait aussi au Rocher aux Reflets pour être proche du chef en titre, ne possédait pas un talent exceptionnel de guérisseuse mais c'était une bonne négociatrice, capable de discuter avec les trois autres Zelandonia et les trois chefs, et d'apaiser les susceptibilités parfois hérissées de chacun d'eux. D'aucuns pensaient que, sans elle, l'arrangement complexe qui portait le nom de Vingt-Neuvième Caverne n'aurait pas tenu.

Ayla avait usé du prétexte des soins et de l'attention à prodiguer aux chevaux pour échapper au reste des salutations rituelles, au festin et autres cérémonies. Avant de rencontrer les voisins du Nord, elle avait expliqué à Joharran et à Proleva qu'il était indispensable de s'occuper de Whinney et Rapide. Le chef avait répondu qu'il les excuserait, et sa compagne avait promis de leur garder quelque chose à manger.

Ayla avait conscience d'être observée tandis qu'ils détachaient les perches et déchargeaient le reste des paquets, puis lorsqu'elle examina les chevaux pour s'assurer qu'ils n'avaient ni blessures ni plaies. Après qu'ils les eurent étrillés, Jondalar proposa de les emmener galoper quelque part, et le sourire de gratitude qu'elle lui adressa le fit se féliciter d'avoir suggéré cette promenade. Loup partit en bondissant devant eux : il semblait content, lui aussi.

Joharran, qui les avait regardés s'occuper des chevaux, ajouta un élément à sa réflexion sur ces animaux. Les chevaux n'avaient évidemment pas besoin de cette attention quand ils vivaient en troupeaux mais elle leur était peut-être nécessaire lorsqu'ils travaillaient pour les hommes. Si l'intérêt de leur utilisation pour diverses besognes sautait aux yeux, justifiait-il tous ces soins ? Il pesa la question en regardant Ayla et son frère s'éloigner.

Ayla se détendit presque aussitôt. Partir seuls, à cheval, leur donna un sentiment de libération. Quand ils atteignirent la Vallée de la Rivière du Nord et découvrirent devant eux la longue étendue herbeuse, ils échangèrent un regard, un sourire, puis lancèrent leurs chevaux au galop. Ils ne s'aperçurent pas qu'ils croisaient deux Zelandonii qui revenaient à la Vingt-Neuvième Caverne après une brève visite au lieu de la Réunion d'Eté, mais ceux-ci les remarquèrent. Bouche bée, ils contemplaient cette scène qu'ils n'avaient jamais vue et qu'ils n'étaient pas sûrs de souhaiter revoir : un homme et une femme filant à toute allure sur le dos d'un cheval.

Ayla s'arrêta près d'un ruisseau, Jondalar l'imita. Dans un accord tacite, ils bifurquèrent tous deux pour en remonter le cours. Celuici avait pour origine un bassin alimenté par une source qu'ombrageait un grand saule protégeant son droit à l'eau pour lui-même et sa progéniture — une série d'arbres plus petits qui se pressaient autour du bassin débordant. Ayla et Jondalar mirent pied à terre, défirent les couvertures sur le dos des chevaux et les étendirent sur le sol.

Les animaux burent au ruisseau puis décidèrent tous deux que le moment était bien choisi pour se rouler par terre. Le jeune couple ne put s'empêcher de rire en les voyant se tortiller, les jambes en l'air, se sentant assez en sécurité pour s'offrir un bon grattage de dos.

Ayla décrocha soudain sa fronde, la déroula et chercha des pierres autour du bassin. Elle en ramassa deux bien rondes, en cala une dans le godet de l'arme, tourna et tira. Sans regarder, elle saisit de nouveau la lanière de cuir, la fit glisser dans sa main jusqu'à son extrémité et fut à nouveau prête quand le deuxième oiseau s'envola. Elle l'abattit, alla récupérer sa prise : deux lagopèdes des saules.

— Si nous n'étions que deux et si nous avions l'intention de camper ici, nous aurions notre repas du soir, dit-elle en montrant ses trophées.

— Mais ce n'est pas le cas, alors que vas-tu en faire ?

— Les plumes de lagopède sont chaudes et légères, et leur couleur plutôt agréable à cette période de l'année. Je pourrais les garder pour le bébé... Non, j'aurai le temps de lui faire des vêtements plus tard. Je vais plutôt les offrir à Denanna. Après tout, nous sommes sur le territoire de sa Caverne. A la voir si effrayée par Whinney, Rapide et Loup, je me suis dit qu'elle devait regretter que nous soyons venus. Peut-être qu'un cadeau la rassérénerait.

— Où as-tu appris à être aussi sage ? demanda Jondalar en la regardant avec tendresse.

— Ce n'est pas de la sagesse, c'est du bon sens.

Elle leva la tête et se perdit dans le bleu glacier de ses yeux, mais le regard de Jondalar n'était pas glacé. Il était chaud et plein d'amour.

Quand il l'entoura de ses bras, elle lâcha les oiseaux morts pour l'enlacer et l'embrasser. Elle eut l'impression qu'il ne l'avait pas tenue ainsi depuis longtemps puis se rendit compte que cela faisait effectivement longtemps. Non pas depuis la dernière fois qu'il l'avait embrassée, mais depuis la dernière fois qu'ils étaient restés seuls dans une plaine, avec les chevaux qui paissaient à proximité, Loup qui fourrait son museau inquisiteur dans chaque buisson, dans chaque terrier, et personne d'autre à la ronde. Bientôt ils devraient rentrer et reprendre leur marche vers la Réunion d'Eté ; qui savait quand ils jouiraient d'un autre moment semblable ? Elle répondit avec ardeur quand Jondalar se mit à l'embrasser dans le cou.

Son souffle chaud et sa langue humide la firent frissonner, et elle s'abandonna à la sensation qui la submergeait. Il lui mordilla le lobe de l'oreille, leva les mains pour saisir la plénitude des seins. Encore plus lourds et plus pleins, pensa-t-il, se rappelant qu'elle portait une vie nouvelle qui, selon Ayla, provenait autant de lui que d'elle. Au moins, cette vie provenait de son esprit, de cela il était sûr. Pendant la plus grande partie de leur Voyage, il avait été le seul homme dont la Mère avait pu tirer un *elan*.

Ayla dénoua la lanière de sa taille, la posa à côté de la couverture en s'assurant que tout ce qui y était accroché demeurait en place. Jondalar s'assit au bord du rectangle de cuir, imprégné d'une odeur forte, mais non pas déplaisante, de cheval, odeur à laquelle il était habitué et qui suscitait en lui des associations d'idées agréables. Vite, il défit les lanières de ses chausses puis dénoua la ceinture qui maintenait le rabat de ses jambières.

Quand il leva les yeux, Ayla avait fait de même. Il la regarda et ce qu'il vit lui plut. Ses formes étaient plus rondes, pas seulement sa poitrine mais aussi son ventre, qui commençait à révéler la présence d'une vie croissant en elle. Sentant sa virilité réagir à ce spectacle, il ôta prestement sa tunique, aida Ayla à défaire la sienne. Il sentit un vent frais sur sa peau nue, vit des frissons parcourir sa compagne, la prit dans ses bras.

— Je vais me laver dans le bassin, murmura-t-elle.

Il sourit en pensant que c'était une invitation à lui donner le Plaisir comme il aimait à le faire.

— Pas la peine, chuchota-t-il.

— Je sais, mais je préfère. Je me sens toute moite après avoir passé la journée à marcher et à grimper, dit-elle en se dirigeant vers le bassin.

Ayla avait l'habitude de se laver dans l'eau froide et trouvait stimulante, la plupart du temps, la sensation de picotement qu'elle provoquait. Le matin, cela la réveillait. Le bassin était peu profond, sauf près de la source où, découvrit-elle, le fond rocailleux et vaseux s'abaissait rapidement jusqu'à ce qu'elle ne puisse plus le toucher du pied. D'un battement de jambes, elle retourna vers le bord.

Jondalar la rejoignit, bien qu'il appréciât beaucoup moins l'eau froide. Il en avait jusqu'aux cuisses. Quand Ayla s'approcha, il l'éclaboussa ; elle poussa un petit cri et, des deux mains, lança une gerbe qui retomba sur le visage de son compagnon et le trempa des épaules à la taille.

— Je ne m'attendais pas à ça, dit-il en ripostant.

Les chevaux levèrent la tête en entendant leur vacarme. Ayla sourit, Jondalar tendit les bras vers elle et le jeu bruyant cessa quand, enlacés, ils unirent leurs lèvres.

— Tu veux peut-être que je t'aide à te laver ? proposa-t-il à mi-voix, glissant une main entre les cuisses d'Ayla.

— Ou alors c'est moi qui t'aide, dit-elle, saisissant le membre érigé.

Elle fit coulisser ses doigts mouillés, dénudant le gland. L'eau aurait dû calmer l'ardeur de Jondalar, mais, curieusement, cette main fraîche sur son organe chaud provoquait une excitation intense. Ayla s'agenouilla, et, quand elle prit l'extrémité de la hampe dans sa bouche, ses lèvres parurent brûlantes à son compagnon. Il gémit tandis qu'elle avançait et reculait la tête, enroulant la langue autour du méat, et éprouva un plaisir si violent qu'il ne put se contenir. Son ardeur monta et explosa soudain tandis que des vagues de libération le parcouraient. Il l'écarta doucement en disant :

— Sortons de cette eau froide.

Ayla cracha la semence, se rinça la bouche et lui sourit. Il lui prit la main pour l'aider. Quand ils furent retournés s'asseoir sur la couverture, Jondalar poussa sa compagne en arrière, s'étendit à côté d'elle et s'appuya sur un coude pour la regarder.

— Tu m'as pris par surprise, dit-il, détendu mais un peu dépité.

Elle sourit : il ne lui arrivait pas souvent de jouir aussi vite, il aimait être celui qui gardait le contrôle.

— Tu devais être plus prêt que tu ne le pensais, répondit-elle, ravie.

— Oh, n'aie pas l'air si contente de toi.

— Ce n'est pas souvent que j'arrive à te surprendre. Tu me connais si bien que c'est toi qui me surprends toujours et me combles de plaisir.

Il se pencha pour l'embrasser, elle ouvrit la bouche pour l'accueillir. Il aimait la toucher, la serrer contre lui. Il explora sa bouche, doucement, avec précaution ; elle fit de même. Puis il sentit l'amorce du désir poindre de nouveau en lui. Je ne suis peut-être pas tout à fait vidé, pensa-t-il avec satisfaction, et nous ne sommes pas pressés de rentrer.

Il continua un moment à l'embrasser puis il lui agaça les lèvres de la pointe de sa langue. Il descendit vers le cou et la gorge, les mordilla. Chatouillée, Ayla dut se retenir pour ne pas s'écarter, et l'effort qu'elle fit pour demeurer immobile augmenta encore son excitation. Quand il lui lécha l'épaule puis l'intérieur du bras jusqu'au coude, elle trouva la caresse insoutenable mais aurait voulu en même temps qu'elle ne s'arrêtât jamais. Sa respiration s'accéléra. Soudain, Jondalar prit un mamelon dans sa bouche et Ayla hoqueta quand des langues de feu se déroulèrent en elle jusqu'à son intimité la plus profonde.

Le membre de Jondalar durcissait de nouveau. Il pressa la rondeur du sein puis aspira entre ses lèvres l'autre mamelon érigé, téta avidement. Il reprit le premier téton entre ses doigts, le fit rouler, le pinça doucement. Ayla se colla contre lui. Elle n'entendait pas le vent dans les saules, elle ne sentait pas la fraîcheur de l'air, toute son attention était concentrée sur les sensations que Jondalar suscitait en elle.

Lui aussi sentait la chaleur qui montait en lui et la tumescence de son membre. Il descendit encore, se plaça entre les cuisses d'Ayla, écarta les plis de son sexe, s'approcha pour le premier coup de langue. Elle était encore mouillée de son bain, et il savoura à la fois le froid et l'eau, la chaleur et le sel, le goût familier d'Ayla, son Ayla. Il la voulait toute, en même temps, et il tendit les mains vers les mamelons au moment même où il trouvait le bourgeon palpitant.

Elle geignit, se souleva vers lui tandis qu'il suçait et caressait de sa langue. Soudain, elle fut prête, elle sentit la vague monter et grossir puis déferler soudain. Elle l'attira avec de petits cris de désir pour lui faire comprendre qu'elle le voulait en elle. Il se redressa, trouva la fente, s'introduisit, ressortit et poussa de nouveau.

Elle allait à sa rencontre, se soulevant et retombant, arquant le dos, tournant son corps pour mieux le sentir. Le désir de Jondalar montait aussi, mais de manière moins exigeante. Au lieu de devoir le maîtriser, il le laissait croître, modulant son mouvement sur celui d'Ayla, sentant la tension monter, plongeant profondément en elle avec joie et abandon. Elle criait, et son chant sans paroles se fit plus aigu, plus intense. Puis ils atteignirent le sommet et furent libérés, emportés. Ils restèrent un instant immobiles, reprirent lentement leur mouvement, une ou deux fois, avant de s'effondrer, pantelants.

Allongée sur la couverture, les yeux clos, Ayla entendait le vent murmurer dans les arbres, un oiseau appeler son compagnon ; elle sentait la brise fraîche et la sensation exquise du poids de Jondalar sur elle, l'odeur des chevaux sur la couverture, l'odeur de leur Plaisir ; elle se rappelait le goût de la peau de Jondalar et de ses baisers. Quand il se retira d'elle et la regarda, elle souriait, rêveuse, à demi assoupie et satisfaite.

Ils se levèrent et Ayla alla au bassin se nettoyer comme Iza le lui avait appris. Jondalar la rejoignit : il lui semblait que, si elle se lavait, il devait le faire lui aussi, bien qu'il n'en eût pas l'habitude avant de la rencontrer. Il n'aimait pas l'eau froide. Pourtant, en se rinçant, il pensa que, s'il y avait beaucoup d'autres jours comme celui-là, il finirait par y prendre goût.

Sur le chemin du retour vers la Partie Sud de la Vingt-Neuvième Caverne, Ayla s'aperçut qu'elle n'était pas impatiente de retrouver des voisins qui lui avaient paru quelque peu inamicaux. Et, bien qu'elle se sentît acceptée par la famille de Jondalar et les membres de la Neuvième Caverne, elle n'était guère pressée de les revoir. Aussi fort qu'eût été son désir d'arriver au terme du Voyage et de voir des gens autour d'elle, elle s'était habituée au mode de vie que Jondalar et elle avaient établi pendant le périple, et cela lui manquait. Lorsqu'ils étaient avec la Caverne, il se trouvait toujours quelqu'un pour avoir envie de leur parler, à lui, à elle ou aux deux. Ils appréciaient la chaleur de cette compagnie, mais les jeunes amants préfèrent parfois être seuls.

Cette nuit-là, dans la tente où tous les membres de la famille dormaient, blottis l'un contre l'autre, Ayla repensa à la façon dont les Mamutoï se partageaient leur longue hutte en terre. La première fois qu'elle l'avait vue, elle avait été étonnée par l'habitation semi-souterraine que le Camp du Lion avait construite. Des os de mammouth soutenaient d'épais murs de mottes de terre et de chaume, recouverts d'argile, qui protégeaient du vent et du froid de l'hiver dans les régions périglaciaires continentales. Elle se souvint de s'être dit que c'était comme si les Mamutoï avaient construit leur propre grotte. En un sens, c'était vrai : il n'y avait pas de grotte habitable dans leur région, et Ayla avait toutes les raisons d'être étonnée par cet exploit.

Si les familles qui vivaient dans la longue cabane du Camp du Lion disposaient d'espaces séparés autour de foyers alignés dans une rangée centrale, et de rideaux pour enclore les plates-formes à dormir, tout le monde partageait le même abri. Chaque famille vivait à moins d'une longueur de bras de sa voisine et devait passer par l'espace des autres pour entrer ou sortir. Afin de cohabiter dans un lieu aussi confiné, les Mamutoï respectaient des règles de courtoisie tacite qui permettaient une certaine intimité et qu'ils apprenaient en grandissant. Ayla ne trouvait la hutte de terre mamutoï exiguë que depuis qu'elle avait dormi dans le vaste abri de la Neuvième Caverne. Elle se rappela que chaque famille du Clan avait aussi son foyer séparé, mais sans murs : rien que quelques pierres pour indiquer les limites de chaque espace. Les membres du Clan apprenaient également de bonne heure à éviter de regarder chez le voisin. Pour eux, l'intimité était affaire de convenances et de considération.

En dépit de leurs murs, les habitations des Zelandonii n'arrêtaient pas le bruit, naturellement. Il n'était pas nécessaire de les bâtir aussi solidement que les huttes des Mamutoï puisque les surplombs rocheux les protégeaient de la plupart des intempéries. Les constructions zelandonii gardaient avant tout la chaleur du feu et brisaient les vents qui s'insinuaient sous les surplombs. En traversant l'aire d'habitation, on surprenait souvent des bribes de conversation, mais les Zelandonii s'efforçaient de ne pas entendre les voix de leurs voisins. Comme les membres du Clan, qui s'entraînaient à ne pas voir dans le foyer voisin, comme les Mamutoï et leur politesse. Ayla se rendit compte, à la réflexion, que pendant le peu de temps qu'elle avait passé chez eux, elle avait déjà appris à ne plus entendre les voisins... la plupart du temps.

Serrée contre Jondalar, elle murmura :

— J'aime la façon qu'ont les Zelandonii de construire une habitation pour chaque famille, un foyer distinct des autres.

— J'en suis heureux, répondit-il, ravi d'avoir tout arrangé pour qu'elle trouvât une demeure bien à elle au retour de la Réunion d'Eté, et d'avoir gardé le secret.

En fermant les yeux, Ayla songea qu'elle aurait peut-être un jour sa propre habitation, avec des murs offrant une intimité inconnue du Clan ou même des Mamutoï. Les cloisons intérieures augmentaient encore cette intimité. Tout en se sentant esseulée dans sa vallée, elle en avait aussi apprécié l'isolement, et le Voyage, seule avec Jondalar, avait renforcé son désir d'élever une barrière entre elle et les autres. La proximité des habitations lui donnait en même temps la sécurité de savoir qu'il y avait toujours quelqu'un près d'elle.

Quand elle le voulait, elle entendait encore les bruits réconfortants de voisins s'installant pour la nuit : des conversations murmurées, des pleurs de bébé, un couple faisant l'amour. Ces bruits lui avaient manqué quand elle vivait seule, mais, dans la Neuvième Caverne, chacun avait un endroit où s'endormir tranquillement. Une fois derrière les minces cloisons de l'habitation, il était facile d'oublier qu'on était entouré des autres, et le murmure de bruits de fond apportait un sentiment de sécurité. Ayla estimait que la façon dont vivaient les Zelandonii était idéale.

Lorsqu'ils repartirent, le lendemain matin, elle constata que leur troupe avait grossi. De nombreux membres de la Vingt-Neuvième Caverne s'étaient joints à eux, mais aucun, remarqua-t-elle, du Rocher aux Reflets, du moins aucun qu'elle reconnût. Lorsqu'elle le fit observer à Jondalar, il expliqua que la majeure partie du Camp d'Eté, la moitié de la Face Sud et quelques membres du Rocher aux Reflets voyageraient avec eux. Les autres partiraient un ou deux jours plus tard. Elle se souvint que son compagnon avait parlé de repasser par le Camp d'Eté pour participer à la récolte des pignes et en conclut que la Neuvième Caverne entretenait des relations plus étroites avec la Partie Ouest qu'avec les autres.

Du Rocher aux Reflets, s'ils longeaient la Rivière, ils prendraient d'abord plein nord au début d'une large courbe qui s'incurvait à l'est puis au sud, et de nouveau à l'est en une seconde boucle qui remontait finalement vers le nord, décrivant un grand S. Le cours d'eau poursuivait ensuite vers le nord-est en une succession de méandres tranquilles. A l'extrémité nord de la première boucle, quelques petits abris-sous-roche servaient de haltes aux Zelandonii qui voyageaient ou chassaient, mais la communauté la plus proche se trouvait à la pointe sud de la seconde boucle, là où un affluent rejoignait la Rivière par Vieille Vallée, le territoire de la Cinquième Caverne des Zelandonii.

A moins de voyager par radeau, ce qui supposait de remonter le courant à la perche sur près de quinze kilomètres, il était plus facile de gagner Vieille Vallée depuis le Rocher aux Reflets en coupant à travers les terres plutôt qu'en suivant la Rivière dans ses boucles généreuses. Par voie terrestre, l'abri de la Cinquième Caverne n'était distant que de quatre kilomètres, un peu au nord, mais la piste elle-même, qui contournait les difficultés d'un terrain vallonné, n'était pas aussi directe.

Lorsque Joharran parvint à l'entrée de cette piste, clairement marquée, il s'écarta de la Rivière et s'engagea dans un sentier qui traversait une corniche, escaladait un tertre arrondi où il rejoignait la piste venant du Rocher des Deux Rivières de la Troisième Caverne, et redescendait de l'autre côté jusqu'au niveau de la rivière. En marchant, Ayla chercha à en savoir davantage sur la Cinquième Caverne et essaya d'inciter Jondalar à lui en parler.

— Si la Troisième Caverne est célèbre pour ses chasseurs et si les membres de la Quatorzième sont des pêcheurs réputés, qu'est-ce qui fait la renommée de la Cinquième ?

— Je dirais qu'elle est connue pour se suffire à elle-même, répondit-il.

Ayla remarqua que les quatre jeunes gens qui s'étaient proposés pour porter les travois, la veille, cheminaient encore près d'eux et s'étaient rapprochés en entendant sa question. S'ils avaient passé toute leur vie dans la Neuvième Caverne et pensaient bien connaître les abris voisins, ils n'avaient jamais entendu quelqu'un les décrire de manière à se faire comprendre d'une étrangère. La présentation qu'en donnait Jondalar les intéressait.

— Ils s'enorgueillissent d'avoir de bons chasseurs, de bons pêcheurs et des gens de talent dans toutes les activités, poursuivit-il. Ils fabriquent même leurs propres radeaux et prétendent avoir été la première Caverne à le faire, la Onzième mise à part. Leur Zelandonia et leurs artistes ont toujours joui d'un grand respect. Les murs de plusieurs de leurs grottes sont ornés de peintures et de gravures, surtout des bisons et des chevaux, car la Cinquième Caverne a des liens particuliers avec ces animaux.

— Pourquoi ce nom de Vieille Vallée ?

— Parce qu'ils l'habitent depuis plus longtemps que la plupart des autres communautés n'occupent leur site. Seules la Deuxième et la Troisième Caverne sont plus anciennes. Les Histoires de bon nombre de Cavernes font état de relations avec la Cinquième. La plupart des gravures de leurs grottes sont si vieilles que personne ne sait qui en est l'auteur. L'une d'elles, cinq animaux gravés il y a fort longtemps par un ancêtre, est même citée dans les Légendes Anciennes et constitue un symbole de leur nom. Pour les Zelandonia, cinq est un nombre sacré.

— Qu'entendent-ils par sacré ?

— Il a un sens particulier pour la Mère. Demande un jour à Zelandoni de te parler du chiffre cinq.

— Qu'est devenue la Première Caverne ? voulut savoir Ayla. (Il lui fallut un instant pour se réciter les mots à compter.) Et la Quatrième ?

— On parle beaucoup de la Première Caverne dans les Histoires et Légendes Anciennes et tu en apprendras davantage à la Réunion d'Eté, mais nul ne sait ce qui est arrivé à la Quatrième. Probablement une catastrophe. Certains croient qu'un ennemi a utilisé un Zelandoni maléfique pour jeter sur elle une maladie qui a tué tout le monde. D'aucuns pensent qu'une simple mésentente avec un mauvais chef a conduit la plupart des membres à partir pour une autre Caverne. Mais lorsqu'une Caverne s'unit à une autre, elle figure dans son Histoire ; or on ne trouve trace de la Quatrième dans aucune Histoire. D'autres encore prétendent que le chiffre quatre porte malheur. Pourtant, notre doniate assure que ce n'est pas le chiffre en lui-même mais seulement certaines de ses combinaisons qui portent malheur.

Après avoir parcouru six ou sept kilomètres, ils gravirent une dernière colline et découvrirent une vallée étroite. Un torrent coulait en son milieu, entre de hautes falaises qui offraient huit abris de tailles diverses. Lorsque la longue file menée par Joharran commença à descendre la piste vers l'entrée de Vieille Vallée, deux hommes et une femme s'avancèrent à sa rencontre. Après les salutations d'usage, ils informèrent les visiteurs que la plupart des membres de la Cinquième Caverne étaient déjà partis pour la Réunion d'Eté.

— Si vous voulez rester, vous êtes les bienvenus, dit la femme. Mais, comme nous ne sommes qu'à la mi-journée, vous préférez peut-être continuer.

— Qui est encore ici ?

— Deux vieux qui ne peuvent faire le voyage, et une femme qui doit bientôt enfanter. Zelandoni a estimé qu'elle ne pouvait courir le risque de partir, elle a déjà eu des soucis auparavant. Et ces deux chasseurs, bien sûr. Ils resteront jusqu'à la nouvelle lune.

— Tu es Premier Acolyte de la Cinquième, il me semble, dit Celle Qui Etait la Première.

— Oui. Je suis restée pour assister la femme qui doit accoucher.

— Pouvons-nous l'aider ?

— Je ne crois pas. Le moment n'est pas encore venu, il faut attendre quelques jours. Sa mère et sa tante sont restées elles aussi, tout se passera bien.

Joharran entreprit de consulter les membres de la Neuvième Caverne ainsi que de celles qui s'étaient jointes à eux.

— Les meilleurs endroits où établir le camp risquent d'être occupés, remarqua-t-il. Je pense qu'il vaut mieux continuer que faire halte ici.

Les autres en convinrent rapidement et décidèrent de repartir.

Le cours de la Rivière se redressait quelque peu après le grand S et prenait une direction nord-est. Dans cette partie de la vallée, plusieurs surplombs abritaient de petites communautés, et toutes sauf une s'étaient déjà mises en route pour la Réunion d'Eté ; celle qui ne l'avait pas encore fait se joignit à leur longue file. De plus en plus inquiet, Joharran se demandait si une Caverne aussi nombreuse que la sienne trouverait un endroit convenable où s'installer pour l'été.

Ayla était étonnée que tant de communautés vivent dans la région, aussi près l'une de l'autre. Comme les Zelandonii, ceux chez qui elle avait grandi exploitaient les ressources de leur territoire pour subvenir à leurs besoins. Ils pratiquaient la chasse et la cueillette, utilisaient les abris naturels ou fabriquaient des habitations, ainsi que des outils et des armes de chasse, avec les matériaux dont ils disposaient. Ayla comprenait intuitivement que, lorsqu'une population devenait trop nombreuse pour les ressources d'une région, certains devaient partir ou s'imposer des restrictions. Elle se rendait compte que le territoire des Zelandonii devait être très riche pour nourrir autant de bouches, mais, dans un coin de son esprit, elle ne pouvait s'empêcher de se demander ce qui arriverait si les choses changeaient.

C'était la raison pour laquelle la Réunion d'Eté se tenait chaque année dans un lieu différent. Un tel rassemblement épuisait les ressources des environs, et il fallait attendre quelques années pour qu'elles se reconstituent. La réunion se déroulait cette fois non loin de l'abri de la Neuvième Caverne, à une trentaine de kilomètres en aval de la Rivière, et ils avaient raccourci le trajet en coupant par les terres de la Vingt-Neuvième à la Cinquième Caverne.

Leur destination se situait à une quinzaine de kilomètres de Vieille Vallée, et Joharran décida de ne pas s'arrêter en chemin. Il envisagea de convoquer une réunion pour en discuter et encourager les voyageurs à marcher plus vite, mais ils étaient trop nombreux, de force et d'âge variés ; toute la troupe devrait régler son pas sur celui des plus lents. Une réunion ne réussirait qu'à les ralentir encore. Il essaierait simplement d'accélérer sans rien dire. Si certains commençaient à se plaindre, il songerait alors à s'arrêter. Ils avaient fait halte pour manger à la mi-journée et, quand Joharran était reparti, tous avaient suivi sans broncher.

Il ne faisait pas encore noir mais le soleil se couchait lorsque la Rivière vira à droite, au ras d'une colline de la rive gauche — la droite pour eux. S'éloignant de l'eau, ils gravirent une pente modérée en suivant une piste très fréquentée. A mesure qu'ils montaient, le paysage s'ouvrait, offrant un vaste panorama. Mais ce fut un autre spectacle qui coupa le souffle d'Ayla lorsqu'elle parvint au sommet : une horde considérable d'hommes et de femmes avançant dans la vallée. Elle savait qu'il y avait déjà là plus de Zelandonii que de Mamutoï à la dernière Réunion d'Eté, et tous n'étaient pas encore arrivés. Même en comptant toutes les personnes qu'elle avait rencontrées dans sa vie, elle n'avait jamais vu autant de gens, surtout réunis en un seul endroit. L'unique comparaison qui lui venait à l'esprit, c'étaient les immenses troupeaux de bisons ou de cerfs qui se rassemblaient chaque année. Les Zelandonii étaient moins nombreux, bien sûr, mais ils formaient une masse grouillante.

Le groupe qui était parti de la Neuvième Caverne avait beaucoup augmenté, et ceux qui s'étaient joints à eux en chemin les quittèrent bientôt pour chercher des amis, des parents et un endroit où établir leur camp. Zelandoni se dirigea vers le lieu où les doniates occupaient leur propre hutte, au centre du rassemblement. Ils jouaient toujours un rôle essentiel pendant la Réunion d'Eté. Ayla espérait que la Neuvième Caverne choisirait un endroit un peu à l'écart : ce serait plus facile d'emmener les chevaux galoper s'il ne fallait pas d'abord leur faire traverser une foule de curieux.

Jondalar avait déjà expliqué à son frère les besoins particuliers des animaux et leur nervosité parmi tant de monde. Joharran avait hoché la tête en promettant d'y songer, mais en lui-même il s'était dit que les besoins des membres de la Neuvième Caverne passaient avant ceux des chevaux. Il préférait, pour sa part, être au centre des activités et espérait trouver un emplacement près d'une rivière — afin de ne pas avoir à porter de l'eau sur une longue distance — avec quelques arbres pour les ombrager, à proximité d'une zone boisée qui les fournirait en bois de chauffage. Il savait cependant que les zones boisées autour du camp seraient dévastées avant la fin de la saison. Tout le monde avait besoin de bois pour le feu.

Lorsqu'il commença à chercher avec Solaban et Rushemar, il ne tarda pas à se rendre compte que les bons sites étaient déjà pris. Plus nombreuse que les autres Cavernes, la Neuvième avait besoin de davantage d'espace pour établir son camp, et Joharran voulait trouver un endroit avant qu'il ne fasse trop sombre. Il résolut d'explorer la périphérie du lieu de la Réunion d'Eté. Au sortir de sa dernière courbe, la Rivière se rétrécissait, ses berges devenaient plus escarpées, ce qui rendait l'accès à l'eau plus difficile.

Les trois hommes poussèrent plus loin en aval. Après avoir marché un peu, ils découvrirent un petit cours d'eau qui coulait dans une prairie avant de se jeter dans la Rivière. Ils tournèrent à droite pour le suivre. A quelque distance de la Rivière, ils avisèrent un bois, constatèrent en s'approchant que les arbres formaient une galerie le long du cours d'eau. Ils le remontèrent, s'aperçurent qu'il contournait le pied d'une colline, que le bois s'épaississait en une véritable forêt, plus vaste et plus dense qu'il n'y paraissait au premier coup d'œil.

Ils remontèrent jusqu'à la source du cours d'eau, un ru qui sortait de terre en bouillonnant sous les branches d'un saule entouré de bouleaux, d'épicéas et de quelques mélèzes. De l'autre côté, un étang assez profond s'était formé. La région regorgeait de sources, et celle-là, comme de nombreuses autres, donnait naissance à un petit affluent de la Rivière. Derrière les arbres, au-delà de l'étang, une pente assez forte était jonchée de pierres de toutes tailles, du caillou au rocher massif. Devant l'étang, un vallon herbeux menait à une plage de pierraille et de sable, de galets polis par l'eau, avec un écran de végétation dense le long du côté le plus proche de l'étang.

Devant cet endroit agréable, Joharran songea que s'il avait été seul ou accompagné de sa seule famille, il y aurait installé son camp sans hésiter ; mais, avec toute la Caverne, il leur fallait non seulement avoir plus de place mais aussi se trouver plus près de la zone centrale du rassemblement. Les trois hommes redescendirent le cours d'eau et, quand ils arrivèrent à la prairie bordant la Rivière, Joharran s'arrêta.

— Qu'est-ce que vous en pensez ? demanda-t-il. C'est un peu loin de tout.

Rushemar plongea une main dans la petite rivière : l'eau était fraîche.

— Nous aurions une eau pure tout l'été, estima-t-il. Tu sais dans quel état seront la Rivière et l'affluent qui traverse le camp d'ici la fin de la saison, surtout devant le camp et en amont.

— En plus, tout le monde ira couper des arbres dans les grands bois, dit Solaban. Ici, ce sera moins utilisé, et c'est plus vaste qu'il n'y paraît.

La Neuvième Caverne s'installa dans la prairie entre le bois et la Rivière, près du petit cours d'eau. La plupart de ses membres s'accordèrent à trouver l'endroit plutôt bon. Il était peu probable qu'une autre Caverne installât ses huttes en aval et souillât leur eau, car ce lieu était trop loin de la zone centrale. Ils pourraient nager et se laver sans difficulté. Le ruisseau alimenté par la source leur fournirait une eau claire à boire alors que celle de la Rivière deviendrait peut-être très sale quand des centaines de gens l'auraient utilisée pour leurs besoins.

Le bois leur fournirait de l'ombre et du combustible, et il paraissait assez petit pour ne pas attirer trop de personnes en quête des mêmes ressources, du moins avant un moment. La plupart des autres Cavernes iraient de préférence dans la zone boisée, plus étendue, en amont. En outre, la prairie et le bois offriraient de la nourriture — baies, noix, racines, feuilles — et du petit gibier, la rivière du poisson et des mollusques d'eau douce. Le site présentait de nombreux avantages.

Principal inconvénient : la distance qu'il faudrait parcourir pour se rendre à l'endroit où se dérouleraient la plupart des activités. Certains pensaient que c'était trop loin, en premier lieu ceux qui avaient de la famille ou des amis dans d'autres Cavernes ayant déjà établi leur camp. Quelques-uns décidèrent de s'installer ailleurs, et Jondalar s'en réjouit : cela laisserait de la place pour Dalanar et les Lanzadonii lorsqu'ils arriveraient, s'ils ne voyaient pas d'inconvénient à se retrouver un peu à l'écart.

Pour Ayla, c'était parfait. Les animaux auraient un endroit loin de la cohue, avec une prairie où ils pourraient paître. Ils attiraient déjà l'attention, tout comme Ayla. Elle se rappela la nervosité de Whinney, Rapide et Loup, le premier jour du rassemblement mamutoï, mais ils semblaient maintenant accepter plus facilement, peut-être même mieux qu'elle, la présence d'un grand nombre d'humains autour d'eux. Les gens s'exprimaient à voix haute, Ayla ne pouvait pas ne pas les entendre. Ils restaient sidérés devant ces chevaux et ce loup qui se toléraient — ils semblaient même amis — et obéissaient docilement à l'étrangère et au fils de Marthona.

Ayla et Jondalar remontèrent le cours d'eau à cheval, trouvèrent le vallon idéal avec son étang. C'était exactement le genre d'endroit qu'ils aimaient. Bien sûr, il appartenait à tout le monde mais Jondalar ne pensait pas qu'il serait très fréquenté. La plupart des Zelandonii venaient à la Réunion d'Eté pour participer aux activités communes et avaient moins besoin de moments de solitude qu'Ayla, les animaux ou, il devait le reconnaître, lui-même. Elle fut ravie de découvrir que les broussailles comptaient de nombreux noisetiers car elle avait un penchant pour leurs fruits. Ils n'étaient pas encore mûrs mais la récolte s'annonçait bonne, et Jondalar projetait déjà de revenir voir s'il y avait du silex parmi les pierres de la pente.

Après avoir posé les sacs et exploré les lieux, les Zelandonii de la Neuvième Caverne estimèrent que le site était excellent et Joharran se félicita d'être arrivé assez tôt pour le revendiquer. Ce lieu aurait sans doute été choisi plus tôt si un autre affluent, plus large, n'avait serpenté au milieu de la vaste plaine qui entourait la Réunion d'Eté. Les premiers arrivés s'étaient installés sur ses berges parce qu'ils savaient que les eaux de la Rivière ne tarderaient pas à être souillées. C'était l'endroit que Joharran avait envisagé dans un premier temps, mais il était content à présent d'avoir poussé son exploration un peu plus loin.

Croyant que sa conversation avec son frère l'avait incité à chercher un site qui convînt aux chevaux, Jondalar lui avait exprimé sa reconnaissance. Joharran ne l'avait pas détrompé. Il s'était soucié avant tout du confort de sa Caverne, mais les remarques de Jondalar sur les besoins des animaux étaient peut-être demeurées dans un coin de son esprit et l'avaient aidé à trouver cet endroit. En tout cas, si cela lui valait la gratitude de son frère, il n'y voyait pas d'inconvénient. Diriger une Caverne aussi nombreuse posait parfois des problèmes, et qui pouvait dire quand il aurait besoin de l'aide de son frère ?

Comme il était déjà tard, ils décidèrent d'attendre le lendemain pour construire les huttes et plantèrent les tentes de voyage. Une fois le camp installé, quelques Zelandonii se rendirent dans la partie centrale pour retrouver des amis ou des parents qu'ils n'avaient pas vus depuis la dernière réunion, et s'enquérir des activités du lendemain, mais la plupart des autres, fatigués, restèrent sur place. Ils firent le tour du lieu pour choisir l'endroit précis où ils voulaient construire leur hutte et pour repérer les matériaux nécessaires.

Ayla et Jondalar mirent les chevaux à la longe près du cours d'eau en pensant qu'il valait mieux les attacher, plus pour les protéger des gens que pour entraver leurs mouvements. Ils auraient aimé leur accorder davantage de liberté. Une fois que tout le camp les connaîtrait et ne serait plus tenté de les chasser, ils pourraient peut-être les laisser aller à leur gré, comme aux alentours de la Neuvième Caverne.

Le lendemain matin, après avoir vérifié que les chevaux n'avaient besoin de rien, Jondalar et Ayla accompagnèrent Joharran quand il se rendit dans la partie centrale pour rencontrer d'autres chefs. Il fallait prendre des décisions sur les expéditions de chasse et de cueillette, ainsi que sur le partage de ce qu'elles rapporteraient, dresser la liste des activités et des cérémonies, notamment les premières Matrimoniales d'été. Loup trottinait à côté d'Ayla. Tous avaient entendu parler de l'étrangère qui exerçait un pouvoir étrange sur les animaux, mais le voir de ses propres yeux, ce n'était pas la même chose. Le trio se fraya un chemin entre les camps sous des regards ébahis, et même ceux qui connaissaient Joharran ou Jondalar demeuraient bouche bée au lieu de leur retourner leurs salutations.

Ils marchaient derrière des broussailles basses qui cachaient le loup quand un homme approcha dans leur direction.

— Jondalar, j'ai appris que tu étais rentré de ton Voyage avec une femme, cria-t-il en courant vers eux. J'aimerais que tu me la présentes.

Il avait un défaut d'élocution bizarre qu'Ayla n'arriva pas à identifier tout de suite ; puis elle se rendit compte qu'il parlait un peu comme un enfant, mais avec une voix d'homme. Il zézayait.

Jondalar leva les yeux, fronça les sourcils. Ce n'était pas quelqu'un qu'il désirait voir. En fait, c'était, de tous les Zelandonii, le seul qu'il espérait ne pas rencontrer. Bien que cette affectation d'amitié ne lui plût pas, il ne pouvait se dérober aux présentations.

— Ayla des Mamutoï, voici Ladroman de la Neuvième Caverne.

Il avait pris le ton le plus neutre possible mais Ayla détecta aussitôt une désapprobation sous-jacente et lui lança un coup d'œil. La tension des muscles de la mâchoire, la posture hostile constituaient autant indices.

Ladroman tendit les deux mains vers Ayla et sourit, révélant qu'il lui manquait deux incisives. Elle croyait avoir deviné qui était cet homme, et l'espace vide de la denture le lui confirma. C'était avec lui que Jondalar s'était battu ; il l'avait frappé et lui avait brisé deux dents. En conséquence, il avait dû quitter la Neuvième Caverne pour aller vivre un moment chez Dalanar, ce qui était sans doute la meilleure chose qui lui fût arrivée. Cela lui avait donné la possibilité de connaître l'homme de son foyer et d'apprendre l'activité qui finirait par le passionner — la taille du silex — auprès de celui qui en était le maître incontesté.

Ayla en savait assez sur les tatouages faciaux pour se rendre compte que l'homme était un acolyte, destiné à devenir Zelandoni. A sa grande surprise, elle sentit Loup frôler sa jambe pour venir se placer entre elle et Ladroman, entendit son grognement sourd, celui qu'il poussait quand il la croyait menacée. Peut-être perçoit-il le rejet de Jondalar, pensa-t-elle ; en tout cas, Loup n'aime pas cet homme.

Ladroman hésita, recula, les yeux écarquillés de peur.

— Loup ! Reste derrière, ordonna-t-elle dans la langue mamutoï en avançant d'un pas pour les présentations. Je te salue, Ladrrroman de la Neuvième Caverrrne.

Elle prit les deux mains tendues. Elles étaient moites.

— Ce n'est plus Ladroman, ni la Neuvième Caverne. Je suis maintenant Madroman de la Cinquième Caverne des Zelandonii, acolyte de la Zelandonia. Sois la bienvenue, Ayla des... des quoi ? Muh, Mutoni ? fit-il, jetant un coup d'œil au loup, dont le grondement s'intensifiait.

L'homme lâcha aussitôt les mains d'Ayla. Il avait remarqué son accent, mais, troublé par l'animal, il n'y prêta guère attention.

— Elle n'est plus Ayla des Mamutoï, elle est maintenant Ayla de la Neuvième Caverne des Zelandonii, corrigea Joharran.

— Tu as déjà été acceptée par les Zelandonii ? En tout cas, Mamutoï ou Zelandonii, je suis heureux de faire ta connaissance, mais il faut que j'aille... à une réunion, maintenant, zézaya-t-il.

Il se retourna et partit presque en courant. Ayla regarda les deux frères, qui arboraient des sourires quasiment identiques.

Joharran avisa le groupe qu'il cherchait et où se trouvait Zelandoni. Elle fit signe au trio d'approcher, mais ce fut Loup qui retint surtout l'attention. Craignant qu'il ne réagisse comme avec Madroman, Ayla lui ordonna de rester en arrière pendant les présentations. Plusieurs personnes eurent l'air surprises quand l'étrangère au curieux accent fut présentée comme zelandonii, anciennement mamutoï, mais on leur expliqua que, puisque la question de l'endroit où elle vivrait après son union avec Jondalar ne se posait pas, la Neuvième Caverne l'avait déjà acceptée.

La décision la plus importante, hormis celle de s'unir, concernait le lieu où s'installerait le couple : l'homme irait-il vivre parmi le peuple de la femme, ou la femme vivrait-elle chez le peuple de l'homme ? Dans un cas comme dans l'autre, l'accord des deux Cavernes était nécessaire, mais surtout de celle qui accueillerait un nouveau membre. Comme les Zelandonii savaient où vivraient Jondalar et Ayla, son acceptation par la Neuvième Caverne réglait le problème.

Ayla garda Loup près d'elle en écoutant les chefs discuter. Il fut décidé de célébrer une cérémonie le lendemain soir afin de trouver la meilleure direction à prendre pour la première chasse. Si tout se passait bien, les premières Matrimoniales auraient lieu peu après. Ayla avait appris qu'il se déroulait toujours deux séries de Matrimoniales chaque été. Les premières pour les couples, généralement d'une même région, qui avaient décidé de s'unir pendant l'hiver ; les secondes, peu avant le départ, en automne, pour des couples appartenant à des Cavernes différentes, et qui avaient pris leur décision pendant la Réunion d'Eté, après avoir fait connaissance un ou deux mois plus tôt ou à la saison précédente.

Jondalar saisit l'occasion d'intervenir :

— A propos de Matrimoniales, j'ai une requête à soumettre. Puisque Dalanar est l'homme de mon foyer et qu'il prévoit de venir, je voudrais savoir si on pourrait retarder la première cérémonie jusqu'à son arrivée. J'aimerais qu'il assiste à mon union.

— Je ne vois aucune objection à un report de quelques jours, répondit un Zelandoni, mais si Dalanar ne vient que beaucoup plus tard...

— J'aimerais mieux m'unir à Ayla pendant la première cérémonie, mais, si Dalanar tarde trop, je suis prêt à attendre la seconde. Je tiens à ce qu'il soit présent.

— C'est acceptable, convint Celle Qui Etait la Première. Je pense cependant que nous devons décider maintenant de combien de jours nous pouvons reporter les premières Matrimoniales, et cela dépend des autres couples qui souhaitent s'unir tout de suite.

Une femme mûre portant sur le visage les marques de son appartenance à la Zelandonia les rejoignit d'un pas précipité.

— Je crois savoir que Dalanar et les Lanzadonii seront présents cette année, dit-elle à Joharran. Il a envoyé un messager à Zelandoni de la Dix-Neuvième Caverne, puisque c'est la plus proche du lieu de la Réunion d'Eté, pour prévenir tout le monde. La fille de sa compagne doit s'unir cet été et il tient à ce qu'elle ait une belle cérémonie. Je crois savoir aussi qu'il cherche un doniate pour son peuple. C'est une occasion à saisir pour un acolyte expérimenté ou un jeune Zelandoni.

— Jondalar nous en avait informés, Zelandoni de la Quatorzième, dit Joharran.

— C'est pour cette raison qu'il conduit ses Lanzadonii ici cette année, ajouta son frère. Ils n'ont pas de guérisseur — bien que Jerika ait quelques connaissances dans ce domaine —, personne pour célébrer les cérémonies. Nous leur avons rendu visite en chemin et Joplaya s'est engagée pendant notre séjour : elle sera unie à Echozar...

— Dalanar la laissera s'unir à un homme né d'une Tête Plate ? l'interrompit Zelandoni de la Quatorzième. Un esprit mêlé ? Comment peut-il faire une chose pareille ? La fille de sa compagne ! Je sais que Dalanar a accepté de drôles de gens dans sa Caverne, mais pas ces animaux !

— Ce ne sont pas des animaux ! lança Ayla, le front barré d'un pli de colère.

23

La femme se tourna vers Ayla, surprise que la nouvelle venue fût intervenue, et plus encore qu'elle eût osé la contredire avec autant d'effronterie.

— Tu n'as pas à prendre la parole, rétorqua-t-elle. Ce dont nous discutons ne te concerne pas. Tu es une visiteuse, ici, pas même une Zelandonii.

— Pardonne-moi, Zelandoni de la Quatorzième, dit Celle Qui Etait la Première : Ayla a été présentée aux autres, j'aurais dû te la présenter aussi. En fait, elle est zelandonii. La Neuvième Caverne l'a acceptée avant notre départ.

La femme se tourna vers la Première avec une hostilité quasi palpable. Ayla sentit que cette animosité était ancienne et se rappela l'histoire d'une doniate qui avait espéré devenir Première mais à qui on avait préféré Zelandoni de la Neuvième. C'était sans doute elle.

Joharran tenta d'apaiser tout le monde :

— Ayla et Jondalar nous assurent que les Têtes Plates sont des êtres humains, et non pas des animaux. Je pense d'ailleurs que c'est une question dont nous devrions discuter et j'avais l'intention de la soulever. Je ne sais si le moment est bien choisi, car nous avons d'autres choses à régler d'abord.

— Je ne vois pas pourquoi nous devrions en discuter maintenant ou plus tard, répliqua la femme.

— C'est important, ne serait-ce que pour notre sécurité, répondit Joharran. Si ce sont des êtres intelligents — et Ayla et Jondalar m'en ont presque convaincu —, pourquoi ne se sont-ils pas révoltés quand nous les avons traités comme des animaux ?

— Parce que ce sont des animaux, repartit la femme.

— Ayla dit que c'est parce qu'ils ont choisi de nous éviter. De notre côté, nous les évitons aussi, le plus souvent. Mais que se passera-t-il s'ils commencent à résister lorsque nous prétendrons que toutes les terres nous appartiennent : terrains de chasse, lieux de rassemblement ? Que devrons-nous décider s'ils changent d'attitude et en revendiquent une partie pour eux ? Je pense que nous devons nous préparer à cette éventualité ou tout au moins en débattre.

— Moi, je pense que tu exagères le danger. Pourquoi les Têtes Plates se mettraient-ils tout d'un coup à réclamer un territoire ?

— Ils le font déjà, dit Jondalar. De l'autre côté du glacier, les Losadunaï considèrent que la contrée au nord de la Rivière Mère est territoire Tête Plate. Ils restent au sud de cette limite, exception faite de ceux qui provoquent des troubles, et je crains fort que le Clan ne le tolère plus très longtemps, surtout les plus jeunes.

— Qu'est-ce qui t'amène à penser cela ? demanda Joharran à son frère. Tu ne m'en avais jamais parlé.

— Peu après notre départ, quand Thonolan et moi sommes passés de l'autre côté du glacier, par-dessus les montagnes, à l'est, nous sommes tombés sur une bande de Têtes Plates — des hommes du Clan —, un groupe de chasseurs, et nous avons eu une petite altercation.

— Quel genre d'altercation ? fit Joharran.

Tous les autres écoutaient avec attention.

— Un jeune nous a jeté une pierre, sans doute parce que nous nous trouvions de leur côté de la rivière, sur leur territoire. Thonolan a riposté en lançant une sagaie quand il a perçu un mouvement dans le bois où ils se cachaient. Soudain, ils se sont tous montrés. A deux contre tout un groupe, nos chances étaient minces. Pour dire la vérité, je crois qu'elles n'auraient pas été meilleures à un contre un. Ils sont courtauds mais puissants. Je me demandais, comment me tirer de cette situation, c'est leur chef qui a résolu le conflit.

— Comment sais-tu qu'ils avaient un chef ? questionna un homme. Et même s'ils en avaient un, comment sais-tu que vous n'aviez pas affaire à une simple meute ?

— Je le sais parce que j'en ai rencontré d'autres depuis. Mais, même ce jour-là, c'était évident. Il a ordonné au jeune de rapporter la sagaie à Thonolan et de récupérer la pierre, puis ils ont disparu dans le bois. Il a remis les choses comme elles étaient avant, et pour lui, la question était réglée. Comme personne n'avait été blessé, je pense qu'elle l'était, en effet.

— Ordonné au jeune ? Les Têtes Plates ne savent pas parler ! railla l'homme.

— Ils parlent, mais pas comme nous, répondit Jondalar. Ils font des signes, avec leurs mains, surtout. J'en ai appris quelques-uns pour communiquer avec eux mais Ayla est bien meilleure que moi. Elle connaît leur langue.

— J'ai beaucoup de mal à le croire, dit Zelandoni de la Quatorzième Caverne.

— Moi aussi, j'avais du mal à le croire au début, reconnut Jondalar en souriant. Je n'avais jamais vu un Tête Plate de près avant cette rencontre. Et toi ?

— Je n'en ai jamais vu et je ne souhaite pas en rencontrer, répondit la femme. Il paraît qu'ils ressemblent à des ours.

— Pas plus que nous. Ils ont l'air d'êtres humains, des êtres humains différents mais il n'y a pas à s'y tromper. Les chasseurs de ce groupe portaient des épieux et des vêtements. Tu as déjà vu des ours comme ça ?

— Des ours intelligents, alors.

— Ne les sous-estime pas. Ce ne sont ni des ours ni aucune autre sorte d'animaux.

— Tu dis que tu as communiqué avec eux ? demanda un homme. Quand ?

— Un jour, alors que nous vivions chez les Sharamudoï, j'ai eu des ennuis sur la Grande Rivière Mère. Les Sharamudoï vivent sur ses rives non loin de l'endroit où elle se jette dans la mer de Beran. Quand on vient de quitter le glacier, la Mère n'est qu'un torrent, mais là où ils vivent, elle est si large par endroits qu'on dirait un lac. Elle a l'air calme et lisse mais son courant est d'une force et d'une rapidité trompeuses sous la surface. Tant d'autres cours d'eau, grands ou petits, sont venus la grossir que, lorsqu'on la voit chez les Sharamudoï, on comprend pourquoi on l'appelle la Grande Rivière Mère.

Jondalar avait pris un ton de conteur et tous l'écoutaient, captivés.

— Les Sharamudoï fabriquent d'excellents bateaux avec des troncs d'arbre évidés, transformés en une sorte de coquille aux pointes effilées. J'apprenais à en manœuvrer un avec une pagaie quand j'ai perdu le contrôle du bateau.

Avec un sourire d'excuse, il poursuivit :

— Pour être tout à fait franc, je fanfaronnais un peu. Les Sharamudoï ont pour habitude de garder une ligne toute prête, avec hameçon et appât, dans leur bateau, et je voulais leur prouver que moi aussi j'étais capable de capturer un poisson. L'ennui, c'est que là-bas, le poisson est à la mesure de la rivière, en particulier l'esturgeon. Les Sharamudoï ne disent pas qu'ils vont pêcher quand ils s'en prennent aux plus gros ; ils disent qu'ils vont chasser.

— J'ai vu un jour un saumon grand comme un homme, affirma un Zelandonii.

— Là où se termine la Grande Rivière Mère, certains esturgeons sont plus grands que trois hommes de haute taille, assura Jondalar. J'ai jeté la ligne à l'eau et je n'ai pas eu de chance : j'ai attrapé un poisson ! Ou plutôt c'est un gros esturgeon qui m'a attrapé. Comme la ligne était attachée au bateau, quand le poisson s'est mis à filer dans l'eau il m'a entraîné. J'ai perdu la pagaie, je ne maîtrisais plus rien. J'ai voulu couper la ligne avec mon couteau mais le bateau a heurté quelque chose et, sous le choc, le couteau m'a sauté des mains. Ce poisson était fort, rapide. Il a essayé de plonger et a failli me faire tomber plusieurs fois. Je ne pouvais que m'accrocher tandis qu'il descendait la rivière à toute vitesse.

Plusieurs voix demandèrent de concert :

— Qu'est-ce que tu as fait ?

— Jusqu'où t'a-t-il entraîné ?

— Comment tu as réussi à l'arrêter ?

— Par chance, l'hameçon avait blessé l'esturgeon et il saignait. Ses forces ont fini par s'épuiser mais il m'avait tiré sur une longue distance en aval. Quand il a renoncé à lutter, nous nous trouvions dans un bras peu profond de la rivière. J'ai gagné la berge à la nage, soulagé de sentir quelque chose de solide sous mes pieds...

— C'est une belle histoire, coupa Zelandoni de la Quatorzième, mais quel rapport avec les Têtes Plates ?

— J'y arrive, répondit Jondalar en lui décochant un sourire charmeur. J'étais sur la rive, trempé, tremblant de froid. Je n'avais pas de couteau pour couper du bois, rien pour faire du feu, et le bois qui jonchait le sol était mouillé. J'étais transi. Tout à coup, un Tête Plate a surgi devant moi. A sa barbe peu fournie, j'ai deviné qu'il ne devait pas être très âgé. Il m'a fait signe de le suivre, mais au début je ne comprenais pas ce qu'il voulait. Puis j'ai remarqué de la fumée dans la direction qu'il indiquait, alors je l'ai suivi et il m'a conduit à un feu.

— Tu n'avais pas peur ? lança une autre voix. Tu ne savais pas ce qu'il te ferait.

En se tournant pour répondre, Jondalar constata que d'autres Zelandonii s'étaient joints au groupe pour l'écouter. Ayla elle aussi avait remarqué la foule qui se rassemblait autour d'eux.

— J'avais tellement froid que ça m'était égal. Tout ce que je voulais, c'était ce feu. Je me suis agenouillé aussi près que possible et j'ai senti qu'on me posait une fourrure sur les épaules. J'ai levé les yeux, découvert une femme. Aussitôt elle a déguerpi pour se cacher derrière des fourrés. Le peu que j'avais entrevu d'elle m'a fait penser que c'était peut-être la mère du jeune homme, car elle semblait plus âgée.

« Quand j'ai été enfin réchauffé, il m'a ramené au bateau et au poisson, échoué sur la rive. Ce n'était pas le plus gros esturgeon que j'aie vu, mais il n'était pas petit non plus, au moins grand comme deux hommes. Le jeune du Clan a pris un couteau et a coupé le poisson en deux, dans le sens de la longueur. Il m'a adressé des signes que je n'ai pas compris sur le moment puis il a enveloppé une moitié de poisson dans une peau, l'a chargée sur son épaule et l'a emportée. C'est alors que Thonolan et d'autres Sharamudoï, qui remontaient la rivière à ma recherche, m'ont aperçu. Quand je leur ai parlé du jeune Tête Plate, ils n'ont pas voulu me croire, comme toi, Zelandoni de la Quatorzième, mais ensuite ils ont vu l'autre moitié de l'esturgeon restée sur la berge. Ils n'ont cessé de me taquiner, en se moquant d'un pêcheur qui ramenait uniquement une moitié de poisson, mais ils ont dû se mettre à trois pour porter cette moitié dans le bateau, alors que le jeune Tête Plate avait emporté l'autre à lui seul.

— C'est une bonne histoire de pêche, commenta Zelandoni de la Quatorzième Caverne.

Jondalar la fixa avec toute l'intensité de ses étonnants yeux bleus.

— Je sais qu'on dirait une histoire de pêche, mais je te jure qu'elle est vraie. Jusqu'au dernier mot.

Il sourit, haussa les épaules et ajouta :

— Je ne te reproche pas d'en douter. Cette mésaventure m'a valu un mauvais rhume. Alors, allongé au chaud près du feu, j'ai eu tout le loisir de penser aux Têtes Plates. Ce jeune homme m'avait probablement sauvé la vie. Tout au moins, il savait que j'avais froid et que j'avais besoin d'un feu. Il avait peut-être autant peur que moi mais il m'avait donné ce dont j'avais besoin. En retour, il avait pris la moitié de mon poisson. La première fois que j'avais vu des Têtes Plates, j'avais été stupéfié par leurs épieux et leurs vêtements. Après ma rencontre avec ce jeune homme et sa mère, je savais qu'ils maîtrisaient l'usage du feu, qu'ils avaient des couteaux tranchants, qu'ils étaient très vigoureux et surtout qu'ils étaient intelligents. Ce jeune homme avait compris que j'avais froid, il m'avait aidé et il estimait avoir droit en échange à la moitié de ma prise. Je lui en aurais volontiers abandonné la totalité, et je crois bien qu'il aurait été capable de la porter, mais il a préféré partager.

— C'est intéressant, admit la doniate en souriant.

Le charisme de ce grand homme blond si séduisant commençait à opérer sur cette femme mûre, ce que nota aussitôt Celle Qui Etait la Première. Elle s'en souviendrait au besoin. Si elle pouvait utiliser Jondalar pour améliorer ses relations avec Zelandoni de la Quatorzième Caverne, elle n'hésiterait pas. Cette femme avait été un véritable buisson d'épines pour elle depuis qu'on l'avait choisie comme Première, elle avait fait obstacle à chaque décision, à chaque projet.

— Je pourrais aussi te parler du jeune esprit mêlé adopté par la compagne du chef mamutoï du Camp du Lion, parce que c'est à cette époque que j'ai appris certains de leur signes, reprit Jondalar, mais je pense que le couple que nous avons rencontré juste avant de retraverser le glacier serait plus intéressant, car il vit près de...

— Tu devrais raconter cette histoire plus tard, intervint Marthona, qui avait rejoint le groupe. Elle mérite un plus vaste auditoire, et il faut maintenant prendre des décisions concernant les Matrimoniales... si tout le monde est d'accord, ajouta-t-elle en adressant un sourire amène à Zelandoni de la Quatorzième Caverne.

Elle aussi avait remarqué l'effet que son superbe fils avait sur cette femme et connaissait fort bien les problèmes que celle-ci avait posés à la Première. Marthona avait été Femme Qui Ordonne, elle comprenait.

Joharran se tourna vers Jondalar et Ayla :

— A moins que vous ne teniez à entendre tous les détails de la discussion, vous pourriez chercher dès maintenant un endroit où faire la démonstration de votre lance-sagaie. Avant la première chasse, si possible.

Ayla n'aurait vu aucun inconvénient à rester : elle voulait en apprendre davantage sur le peuple de Jondalar — qui était le sien, désormais — mais son compagnon s'empressa d'approuver la suggestion, impatient de partager sa nouvelle arme de chasse avec tous les Zelandonii. Ils se mirent donc à explorer le site de la Réunion d'Eté, Jondalar retrouvant des amis et leur présentant Ayla. La présence de Loup leur valut une vive attention mais ils s'y attendaient. Ayla souhaitait que la curiosité et l'émoi initiaux disparaissent rapidement : plus vite les Zelandonii s'habitueraient à voir les animaux, plus vite ils commenceraient à trouver leur présence naturelle.

Ils venaient de choisir un lieu qui conviendrait à la démonstration du lance-sagaie lorsqu'ils rencontrèrent l'un des jeunes gens qui avaient soulevé les perches du travois lors du passage des rivières. Il venait des Trois Rochers, la Partie Ouest de la Vingt-Neuvième Caverne, connue également sous le nom du Camp d'Eté, et avait parcouru avec eux le reste du trajet. Ils bavardèrent un moment puis sa mère les rejoignit et les invita à partager leur repas. Comme le soleil était déjà haut dans le ciel et qu'ils n'avaient rien avalé depuis le matin, Ayla et Jondalar acceptèrent avec gratitude. Même Loup eut droit à un os encore enrobé de viande. Ils furent de nouveau conviés à participer à la récolte des pignes, en automne.

En retournant au camp, ils longèrent la grande hutte de la Zelandonia. La Première, qui en sortait à cet instant, s'arrêta pour leur annoncer que tous les couples concernés par les premières Matrimoniales à qui elle avait parlé étaient d'accord pour reporter la cérémonie jusqu'à l'arrivée de Dalanar et des Lanzadonii. Ils furent présentés à plusieurs autres Zelandonia, et ceux de la Neuvième Caverne observèrent avec intérêt les diverses réactions face au loup.

Lorsqu'ils reprirent le chemin du camp de la Caverne, le soleil déclinait à l'horizon dans un flamboiement de rayons d'or qui scintillaient à travers les nuages. Parvenus au bord de la Rivière, ils suivirent la berge jusqu'au petit cours d'eau qui s'y jetait et traversèrent. A cet endroit, l'eau coulait placidement, sans rider la surface. Ils firent halte pour contempler le spectacle éblouissant du firmament dont l'or se transmutait en nuances de vermillon qui s'estompaient en violets chatoyants puis s'assombrissaient en bleu nuit tandis que s'allumaient les premiers feux du ciel. La nuit d'un noir de suie devint la toile de fond d'une multitude de lumières qui criblaient le ciel d'été, avec une concentration iridescente qui, tel un sentier, se frayait un chemin à travers la voûte céleste. Ayla se rappela les paroles du *Chant de la Mère* : « *Le lait chaud traça un chemin dans le ciel.* » Est-ce ainsi que cela s'est passé ? se demanda-t-elle au moment où Jondalar et elle se dirigeaient vers les feux accueillants du camp.

Quand elle se réveilla le lendemain matin, les autres étaient partis. Ayla se sentait en proie à une paresse qui ne lui ressemblait pas. Ses yeux s'accoutumèrent à la pénombre de la hutte et, allongée sous sa fourrure, elle regarda les dessins gravés et peints sur le solide poteau central, les taches de suie qui noircissaient déjà les bords du trou d'aération, jusqu'à ce qu'une envie d'uriner la contraignît à se lever. Cela lui arrivait plus souvent, ces derniers temps.

Ignorant où l'on avait creusé les fosses, elle utilisa le panier de nuit, remarqua qu'elle n'était pas la seule à s'en être servie. Je le viderai plus tard, se dit-elle. C'était une des corvées désagréables que se répartissaient ceux qui la considéraient comme une obligation, et ceux à qui on faisait honte jusqu'à ce qu'ils s'y résignent.

En retournant prendre sa fourrure à dormir pour la secouer au-dehors, la jeune femme examina plus attentivement l'intérieur de l'abri d'été. Elle avait été étonnée la veille en découvrant à son retour les constructions édifiées pendant que Jondalar et elle visitaient le camp. Elle avait remarqué les huttes construites par ceux qui avaient installé leur camp près de la zone centrale, et s'était attendue à retrouver des tentes de voyage, mais pendant la Réunion d'Eté la plupart des Zelandonii n'utilisaient pas sur le site la tente avec laquelle ils avaient voyagé. Ils la gardaient pour les expéditions de chasse ou de cueillette, ou encore les visites, quand ils parcouraient leur territoire en tous sens. La hutte d'été était une construction plus durable, une structure circulaire aux murs droits, remplissant une fonction semblable à celles que les Mamutoï utilisaient pendant leurs Réunions d'Eté, mais construite de façon différente.

Il faisait sombre à l'intérieur ; la seule lumière provenait de l'entrée et, parfois, d'un rai de jour qui s'insinuait par une fente du mur, à l'endroit où les pièces s'assemblaient. Ayla remarqua qu'en plus du poteau central la hutte avait un mur intérieur en tiges de joncs aplaties et tressées, ornées de motifs. Elles étaient fixées au côté intérieur de poteaux formant un cercle et délimitaient un espace assez vaste qu'on pouvait séparer en parties plus petites à l'aide de panneaux amovibles. Le sol était couvert de nattes, également en jonc, ou en phragmite, en massette, en herbes tressées, et des fourrures à dormir étaient étendues autour d'un foyer légèrement excentré. La fumée s'échappait par un trou d'aération situé au-dessus, près du poteau central, et qu'on pouvait boucher de l'intérieur.

Curieuse de connaître le reste de la structure, Ayla sortit. Elle jeta d'abord un coup d'œil au camp, composé de plusieurs grandes huttes circulaires entourant un foyer central, puis fit le tour de l'habitation. Les poteaux étaient attachés ensemble par un système semblable à celui de l'enceinte utilisée pour piéger les animaux ; toutefois, au lieu de présenter une structure souple se déformant sous les coups de boutoir des bêtes, les panneaux extérieurs étaient fixés à des poteaux en aulne, enfoncés dans le sol.

Ces panneaux verticaux qui ne laissaient pas passer la pluie étaient fixés à l'extérieur des poteaux, ce qui laissait un espace entre les parois intérieure et extérieure, isolation supplémentaire qui rendait la hutte plus fraîche les jours de canicule, et plus chaude la nuit, avec un feu à l'intérieur, quand la température baissait. Cela évitait aussi l'accumulation d'humidité due à la condensation lorsqu'il faisait froid au-dehors. Le toit consistait en une couverture assez épaisse de roseaux enchevêtrés qui descendait en pente douce depuis le poteau central. Il n'était pas particulièrement bien fait mais protégeait de la pluie et suffisait pour une saison.

Les Zelandonii avaient apporté certains éléments de la hutte, entre autres les nattes, les panneaux intérieurs et quelques poteaux, chaque futur occupant se chargeant d'une ou de plusieurs pièces pendant le voyage, mais l'essentiel était prélevé sur place chaque année. Lorsqu'ils repartaient, en automne, ils démontaient en partie la construction pour récupérer les pièces réutilisables. Les parties laissées sur place résistaient mal à la neige et au vent de l'hiver, et l'année suivante ils ne retrouvaient plus que des ruines qui s'étaient désagrégées avant que le site soit réutilisé pour une Réunion d'Eté.

Ayla se rappela que les Mamutoï donnaient des noms différents à leurs camps d'été et à leurs habitations hivernales. Le Camp du Lion, par exemple, devenait le Camp de la Massette aux Réunions d'Eté, alors qu'il regroupait les mêmes personnes. Elle demanda à Jondalar si la Neuvième Caverne portait un autre nom l'été. Il répondit qu'on l'appelait simplement le camp de la Neuvième Caverne, mais que la répartition des espaces à vivre n'était pas la même à la Réunion d'Eté que dans les abris de pierre.

Chaque habitation estivale accueillait d'autres occupants que ceux des constructions édifiées sous le surplomb de la Neuvième Caverne. C'étaient en général des membres de la famille, mais certains ne vivaient même pas au camp. Ils choisissaient de passer l'été avec d'autres parents ou des amis. Ainsi, les femmes qui avaient choisi d'habiter la Caverne de leur compagnon aimaient passer l'été avec leurs enfants chez leur mère, leurs frères et sœurs ou chez des amies d'enfance, et leur compagnon se joignait souvent à elles.

En outre, les jeunes filles qui célébreraient leurs Premiers Rites cette année-là vivaient ensemble dans une hutte séparée, proche de celle de la Zelandonia, du moins pendant la première partie de l'été. Une autre habitation, construite à proximité, accueillait celles qui avaient décidé d'être femmes-donii cette année-là, pour être à la disposition des jeunes garçons approchant de la puberté.

Par ailleurs, la plupart des jeunes gens pubères — et également certains hommes moins jeunes — décidaient souvent de faire bande à part loin de leur camp et s'installaient dans des huttes à eux. Ils étaient tenus de s'établir à la lisière du camp, le plus loin possible des jeunes filles désirables qu'on préparait aux Premiers Rites. La plupart de ces hommes n'y voyaient pas d'inconvénient. Ils auraient bien aimé lorgner les femmes mais ils préféraient être entre eux, là où il n'y aurait personne pour se plaindre s'ils devenaient trop tapageurs. On appelait donc leurs habitations les « huttes lointaines », ou « les lointaines » en abrégé. Les hommes qui y vivaient n'avaient généralement pas de compagne... ou auraient souhaité ne pas en avoir.

Comme Loup ne s'était pas précipité vers elle quand elle était sortie, Ayla en avait conclu qu'il était parti avec Jondalar. Il y avait peu de gens dehors ; la plupart des autres devaient se trouver quelque part dans la zone centrale. Elle découvrit néanmoins un reste d'infusion près du feu. Elle remarqua que le foyer n'était pas circulaire, qu'il avait la forme d'une tranchée. Elle avait constaté la veille que davantage de personnes pouvaient se presser autour d'un feu si le foyer était en longueur et qu'on pouvait y brûler des branches plus grandes, coupées ou tombées, sans devoir les débiter en morceaux plus petits. Ayla finissait sa tisane quand Salova, la compagne de Rushemar, sortit de sa hutte, un bébé dans les bras.

— Salutations, Ayla, dit-elle en posant la petite fille sur une natte.

— Salutations, Salova, répondit Ayla.

Elle s'approcha pour voir le bébé, lui offrit un doigt à saisir en lui souriant. Salova la regarda, sembla hésiter puis demanda :

— Pourrais-tu garder Marsola un moment ? J'ai ramassé de quoi fabriquer des paniers et j'en ai mis une partie à tremper dans la rivière. Je voudrais aller la récupérer. J'ai promis à plusieurs amies de faire des paniers pour elles.

— Avec plaisir, répondit Ayla.

Salova remarqua son accent et ajouta avec une certaine nervosité :

— Je viens de lui donner le sein, elle ne devrait pas réclamer à manger. J'ai beaucoup de lait. En donner un peu à Lorala ne me pose aucun problème. Lanoga me l'a apportée hier soir, elle devient ronde et dodue, elle sourit maintenant. Avant, elle ne souriait jamais. Et toi, tu as mangé ? Il me reste de la soupe d'hier soir, avec quelques gros morceaux de cerf. Sers-toi si tu en as envie. C'est ce que j'ai pris ce matin, elle doit être encore chaude.

— Merci, dit Ayla.

— Je reviens tout de suite, lui lança Salova par-dessus son épaule, en s'éloignant.

Ayla trouva la soupe dans un récipient constitué d'une panse d'aurochs montée sur un cadre en bois et placée au-dessus des braises, au bord du long foyer de la communauté. Les braises étaient presque mortes mais la soupe demeurait encore chaude. Il y avait des bols à proximité, certains en fibres tressées, d'autres en bois évidé, quelques-uns, peu profonds, creusés dans un os. Ayla se servit avec une louche sculptée dans une corne de bélier puis prit son couteau à manger. Elle remarqua différents légumes dans la soupe mais ils étaient un peu ramollis.

Elle s'assit sur la natte à côté du bébé, qui, allongé sur le dos, agitait les pieds en l'air, ce qui faisait tinter les ergots de cerf attachés à l'une de ses chevilles. Ayla finit sa soupe, souleva le bébé et, lui soutenant la tête, le tint de façon qu'il pût la regarder. Quand Salova revint avec un grand panier plein de diverses plantes fibreuses, elle vit Ayla qui parlait à la petite fille et la faisait sourire. Son cœur de jeune mère en fut réchauffé et elle se sentit plus détendue avec l'étrangère.

— Je te suis reconnaissante, Ayla.

— C'était un plaisir, Salova. Marsola est adorable.

— Sais-tu que Levela, la sœur cadette de Proleva, s'unira comme toi aux premières Matrimoniales ? On sent toujours un lien avec ceux qui se sont unis aux mêmes Matrimoniales que soi. Proleva m'a demandé quelques paniers qu'elle offrira à sa sœur.

— Cela te dérange si je te regarde ? J'ai déjà tressé des paniers mais je voudrais connaître ta méthode.

— Cela ne me dérange pas du tout. J'apprécierai ta compagnie, et tu pourras peut-être me montrer comment tu fais. J'aime apprendre des choses nouvelles.

Les deux jeunes femmes s'assirent ensemble, comparèrent leurs techniques respectives tandis que le bébé dormait à côté d'elles. Ayla aimait la façon dont Salova utilisait des matériaux de couleurs différentes pour tresser des motifs et des animaux dans ses paniers. Salova trouva que la technique subtile d'Ayla créant des textures différentes donnait de l'élégance à ses paniers apparemment simples. Chacune apprécia l'habileté de l'autre, chacune apprécia l'autre.

Au bout d'un moment, Ayla se leva en disant :

— Il faut que j'aille aux fosses. Tu peux m'expliquer où elles sont ? Je dois aussi vider le panier de nuit. Et j'en profiterai pour laver ça, ajouta-t-elle en montrant les bols sales près du feu. Ensuite, j'irai voir les chevaux.

— Les fosses sont là-bas, répondit Salova en indiquant une direction opposée au camp. Nous lavons les choses qui nous servent à cuire et à manger au bout du cours d'eau, là où il se jette dans la Rivière. Tu trouveras du sable à proximité pour récurer les bols. Les chevaux, tu sais où ils sont, fit-elle avec un sourire. Je suis allée les voir hier avec Rushemar. Ils m'ont fait un peu peur au début mais la jument a mangé de l'herbe dans ma main. J'espère que tu n'y vois pas d'inconvénient. Jondalar a dit à Rushemar que cela ne posait pas de problème.

— Bien sûr. Les animaux se sentiront mieux s'ils s'habituent aux hommes.

Elle n'est pas si étrange, pensa Salova en la regardant s'éloigner. Elle parle d'une façon un peu bizarre mais elle est gentille. Je me demande comment l'idée lui est venue qu'elle pouvait se faire obéir de ces bêtes. Je n'aurais jamais imaginé que je donnerais un jour à manger à un cheval.

Après avoir lavé les bols et les avoir rangés près du feu, Ayla décida d'aller nager. Elle retourna dans la hutte, chercha dans son sac de voyageur la peau à sécher et jeta un coup d'œil à ses vêtements. Elle n'en avait pas beaucoup, mais plus qu'à son arrivée. Bien qu'elle les eût nettoyés, elle n'avait pas envie de remettre les habits usés et tachés qu'elle avait portés pendant son long Voyage.

Pour se rendre à la Réunion d'Eté, elle avait mis ceux qu'elle avait gardés en réserve pour faire la connaissance de la famille de Jondalar, mais eux aussi étaient un peu usés et avaient leur part de taches. Quant aux sous-vêtements d'hiver de jeune garçon que Marona et ses amies lui avaient « offerts », ils ne conviendraient pas. Bien sûr, il y avait sa tenue matrimoniale, mais il fallait la conserver pour des occasions exceptionnelles, de même que la magnifique tunique dont Marthona lui avait fait cadeau. Restaient quelques vêtements que Folara et la mère de Jondalar lui avaient donnés. Elle s'y sentait un peu mal à l'aise mais ils lui conviendraient.

Avant de sortir de la hutte, elle remarqua la couverture de cheval pliée près de sa fourrure à dormir et décida de l'emporter également. Puis elle alla voir les bêtes. Whinney et Rapide furent contents de la voir. Ils portaient tous les deux un licou, avec une longe attachée à un arbre. Elle les détacha, mit la couverture sur le dos de Whinney et la monta.

Les chevaux longèrent la rivière au galop, heureux de leur liberté retrouvée. Ils communiquèrent leur joie à Ayla, qui les laissa choisir leur allure. En parvenant dans la prairie proche de l'étang, elle vit avec plaisir Loup courir vers eux : cela voulait dire que Jondalar n'était pas loin.

Quelque temps après le départ d'Ayla, Joharran revint au camp et demanda à Salova si elle avait vu Ayla.

— Oui, nous avons fabriqué des paniers ensemble. Elle a dit qu'elle passerait voir les chevaux.

— Je vais la chercher. Si tu la vois, tu peux la prévenir que Zelandoni voudrait lui parler ?

— Bien sûr.

Salova se demanda ce que la doniate voulait puis haussa les épaules.

Ayla vit Jondalar surgir des broussailles avec un sourire étonné et ravi. Elle s'arrêta, glissa à terre et se jeta dans ses bras.

— Que fais-tu ici ? lui demanda-t-il après l'avoir étreinte. Je ne savais pas moi-même que j'y viendrais. En marchant le long de la rivière, je me suis soudain rappelé la pente rocailleuse derrière l'étang, et je suis allé voir s'il y avait du silex.

— Il y en a ?

— Oui. Pas de la meilleure qualité, mais utilisable. Qu'est-ce qui t'amène ici ?

— Je me suis levée tard, il n'y avait presque plus personne au camp. Salova m'a demandé de garder Marsola pendant qu'elle allait chercher quelque chose. C'est un merveilleux bébé. Nous avons bavardé en tressant des paniers, Salova et moi, puis j'ai résolu d'aller nager et d'emmener les chevaux. Et je t'ai trouvé. Quelle bonne surprise !

— Elle est bonne aussi pour moi. J'irai peut-être nager avec toi. Je suis plein de poussière d'avoir retourné toutes ces pierres, mais je vais d'abord rapporter celles que j'ai trouvées. Ensuite, nous verrons, dit-il avec un sourire d'invite. (Il lui donna un long baiser.) Je pourrais peut-être m'occuper des pierres plus tard...

— Va les chercher, tu n'auras pas à te nettoyer deux fois. Je veux me laver les cheveux, de toute façon.

En arrivant à l'endroit où auraient dû se trouver les chevaux, Joharran constata qu'ils n'étaient plus là. Ayla et Jondalar les avaient sans doute montés pour une de leurs longues promenades, mais Zelandoni tenait à voir Ayla, et Willamar souhaitait lui aussi leur parler. Jondalar sait pourtant qu'ils auront tout le temps d'être ensemble, Ayla et lui, après les Matrimoniales, il devrait se rendre compte qu'il y a des questions importantes à régler au début d'une Réunion d'Eté, pensa le chef de la Neuvième Caverne, un peu irrité de ne pas les trouver. Il n'avait pas été enchanté que la doniate soit tombée sur lui quand elle cherchait quelqu'un pour lui ramener le couple. Après tout, il avait autre chose à faire que de chercher son frère, mais il ne pouvait pas dire non à Zelandoni sans une très bonne excuse.

Baissant les yeux, il découvrit les traces des chevaux. Excellent traqueur, il nota la direction qu'ils avaient prise et sut qu'ils ne s'étaient pas trop éloignés du camp. Apparemment, ils remontaient le cours d'eau. Il se rappela le plaisant petit vallon, l'étang alimenté par une source, la prairie. C'est sans doute là qu'ils sont allés, conclut-il avec un sourire. On lui avait donné pour mission de les trouver, il ne reviendrait pas sans eux.

Il suivit le cours d'eau en gardant un œil sur les traces pour s'assurer qu'ils n'avaient pas changé de direction, et lorsqu'il vit les chevaux paissant à une cinquantaine de pas devant lui, il sut qu'il avait rejoint Jondalar et Ayla. Parvenu à une haie de noisetiers, il regarda au travers, aperçut Ayla. Le temps qu'il arrive sur la rive sableuse, elle venait de disparaître sous l'eau. Il l'appela quand elle ressortit la tête pour respirer.

— Ayla, je te cherchais.

Elle ramena sa chevelure en arrière, se frotta les yeux.

— Oh, Joharran, c'est toi ! fit-elle d'un ton qui lui parut curieux.

— Sais-tu où est Jondalar ?

— Oui, il est parti prendre le silex qu'il a laissé dans le tas de pierres, derrière l'étang. Il doit revenir pour se baigner avec moi, répondit Ayla, un peu dépitée.

— Zelandoni veut te voir et Willamar désire vous parler à tous deux.

— Oh, fit-elle, déçue.

Joharran avait souvent vu des femmes sans vêtements. La plupart d'entre elles se baignaient dans la rivière chaque matin en été et s'y lavaient en hiver. La nudité, en soi, n'était pas jugée particulièrement suggestive. Les femmes portaient des tenues ou des accoutrements aguichants lorsqu'elles voulaient éveiller l'intérêt d'un homme ou se conduisaient d'une certaine manière, en particulier pendant les fêtes pour honorer la Mère. Mais, lorsque Ayla sortit de l'eau, il vint à l'esprit de Joharran qu'elle et son frère avaient d'autres projets...

Cette pensée lui fit prendre plus intensément conscience de la beauté du corps d'Ayla quand elle s'approcha de lui.

Elle était grande, avec des courbes accusées et des muscles bien dessinés. Ses seins lourds avaient encore la fermeté d'une poitrine de jeune femme, et il avait toujours été attiré par les ventres un peu ronds. Pas étonnant que Marona, qui avait l'habitude d'être considérée comme la plus belle, se fût prise d'une telle inimitié pour elle dès le début, pensa-t-il. Ayla était séduisante dans ses sous-vêtements de garçon, mais ce n'était rien à côté de ce qu'il voyait maintenant. Marona ne soutenait pas la comparaison. Jondalar a de la chance, se dit-il. Sa compagne suscitera beaucoup d'attention aux Fêtes de la Mère, et je ne sais pas comment il réagira.

Ayla le regardait avec un air intrigué et il s'aperçut qu'il la fixait avec insistance. Rougissant, il détourna les yeux et vit son frère approcher, les bras chargés de pierres.

— Qu'est-ce que tu fais ici ? demanda Jondalar.

— Zelandoni souhaite parler à Ayla, et Willamar voudrait vous voir tous les deux.

— Qu'est-ce qu'elle veut ? Cela ne peut pas attendre ?

— Elle ne semble pas le penser. Passer la journée à chercher mon frère et sa promise n'entrait pas dans mes projets... Mais ne t'inquiète pas, ajouta Joharran avec un sourire de conspirateur, tu devras juste attendre un peu. Et Ayla mérite qu'on l'attende, non ?

Jondalar protesta, démentit les insinuations de son frère puis dit en souriant :

— Maintenant que tu es là, aide-moi à porter ces pierres au camp. J'ai envie de me baigner et de me laver un peu.

— Laisse-les ici, elles ne bougeront pas. Cela te fournira une excuse pour revenir... et je suis sûr que tu auras le temps de te baigner, si c'est tout ce que tu souhaites.

Il était près de midi quand Ayla, Jondalar et Loup arrivèrent dans la partie centrale du camp. A leur air détendu et satisfait, Joharran soupçonna qu'ils avaient trouvé le temps de faire autre chose que se baigner après son départ. Plusieurs membres de la Neuvième Caverne s'étaient rassemblés autour du long foyer à cuire, proche de la hutte de la Zelandonia, et, au moment même où Ayla se dirigeait vers l'entrée pour faire savoir à la doniate qu'elle était arrivée, la Première sortit, suivie de plusieurs autres qui portaient sur le front le tatouage distinctif de Ceux Qui Servaient la Mère.

— Ah ! te voilà, Ayla, dit Zelandoni. Je t'ai attendue toute la matinée.

— Nous étions en aval du camp lorsque Joharran nous a trouvés. Il y a là-bas un étang alimenté par une source. Je voulais faire galoper les chevaux et les étriller. Ils deviennent nerveux quand ils voient beaucoup de têtes qui ne leur sont pas familières, et le brossage les calme. Je voulais aussi me baigner et me laver après ce long trajet pour venir ici.

C'était la vérité. Enfin, peut-être pas toute la vérité.

La doniate examina Ayla, fraîche et propre dans les vêtements zelandonii que Marthona lui avait offerts, puis passa à Jondalar, qui semblait lui aussi propre et détendu. Elle haussa les sourcils. Joharran, qui observait les deux femmes, se rendit compte que Zelandoni avait une idée précise de ce qui avait retardé le couple et qu'Ayla n'était pas du tout gênée de ne pas s'être précipitée au camp.

La Première avait un port autoritaire qui en intimidait plus d'un, mais elle n'impressionnait apparemment pas l'étrangère.

— Nous faisons une pause pour manger, dit Zelandoni, qui se dirigea vers le foyer, contraignant Ayla à lui emboîter le pas. Proleva a cuit le repas et vient de nous annoncer que c'est prêt. Viens avec nous, nous pourrons parler. Tu as une pierre à feu sur toi ?

— Oui. J'ai toujours un sac dans lequel je mets tout ce qu'il faut pour allumer un feu.

— Je voudrais que tu fasses une démonstration pour la Zelandonia. Je pense que toute la communauté doit apprendre cette nouvelle méthode d'allumer le feu, mais je pense aussi qu'il faut la lui montrer par un rituel approprié.

— Je n'ai pas eu besoin de rituel pour la montrer à Marthona ou à toi. Ce n'est pas si difficile une fois qu'on a vu comment on procède.

— Non, ce n'est pas difficile, mais c'est une technique nouvelle et impressionnante qui pourrait en déconcerter certains, surtout ceux qui acceptent mal le changement. Tu en connais sûrement.

Ayla songea aux membres du Clan dont la vie reposait sur la tradition, à leur répugnance à changer, à leur incapacité à intégrer des idées nouvelles.

— J'en connais, confirma-t-elle. Mais ceux que j'ai rencontrés récemment semblent aimer apprendre des choses nouvelles.

Tous les Autres donnaient l'impression de bien s'adapter aux changements, de tirer profit des innovations. Ayla n'avait pas pensé qu'il s'en trouvait peut-être qui se sentaient moins à l'aise avec les nouveautés. Cela expliquait en partie diverses attitudes, divers incidents qui l'avaient déroutée. Pourquoi, par exemple, certains refusaient d'accepter l'idée que les membres du Clan étaient des êtres humains. Pourquoi la Zelandoni de la Quatorzième Caverne s'obstinait à les traiter d'animaux. Même après les explications de Jondalar, elle s'entêtait à nier l'évidence.

— C'est vrai, admit la Première. La plupart des gens aiment apprendre une façon plus agréable ou plus rapide de faire les choses, mais cela dépend quelquefois de la manière dont on le leur montre. Jondalar est resté parti longtemps. Il a mûri, il a découvert beaucoup de choses, mais les gens qu'il connaît n'étaient pas là pour assister à cette transformation, alors certains d'entre eux le voient encore comme il était avant son Voyage. Maintenant qu'il est de retour, il brûle de partager ses trouvailles, ce qui est louable, mais il oublie qu'il n'a pas tout appris d'un coup. Même cette nouvelle arme, précieuse pour la chasse, demande de la pratique. Ceux qui se sentent à l'aise avec leurs armes habituelles n'auront peut-être pas envie de fournir l'effort nécessaire pour savoir comment se servir de la nouvelle. Cela dit, je suis convaincue que tous les chasseurs l'utiliseront un jour.

— Tu as raison. Le lance-sagaie demande de la pratique, reconnut Ayla. Nous avons mis du temps à apprendre.

— Et ce n'est qu'un exemple, poursuivit la doniate. (Elle prit une écuelle creusée dans une omoplate de cerf, y plaça quelques tranches de viande.) Qu'est-ce que c'est ? demanda-t-elle à la femme qui se tenait à proximité.

— Du mammouth. Plusieurs chasseurs de la Dix-Neuvième Caverne sont partis en expédition vers le nord et ont abattu un mammouth. Ils en ont rapporté une partie à la Réunion pour partager. Je crois savoir qu'ils ont tué aussi un rhinocéros laineux.

— Cela fait longtemps que je n'ai pas mangé de mammouth, dit Zelandoni. Je vais me régaler.

— As-tu déjà goûté du mammouth ? demanda la femme à Ayla.

— Oui. Les Mamutoï, le peuple chez qui je vivais avant de venir ici, sont des chasseurs de mammouths réputés et ils chassent aussi d'autres animaux. Moi non plus, je n'en ai pas mangé depuis longtemps.

Zelandoni songea à lui présenter Ayla, mais, si elle se lançait dans les présentations, elle n'en finirait pas, et elle n'avait pas encore convaincu Ayla de la nécessité d'une cérémonie pour faire connaître les pierres à feu. Elle se retourna vers elle en ajoutant à son assiette des racines blanches et rondes, des noix pilées, un peu de légumes verts — des orties, sans doute — et des morceaux de têtes de champignons marron et spongieux.

— Jondalar t'a aussi ramenée, Ayla. Toi et tes animaux. Tu dois imaginer comme c'est stupéfiant pour eux. Ils ont chassé des chevaux, ils ont observé leurs troupeaux, mais ils n'ont jamais vu de bêtes se conduire comme les tiennes. C'est effrayant, au début, de voir ces chevaux aller là où tu veux, de voir ce loup traverser un camp plein de gens et faire ce que tu lui dis...

Elle eut un signe de tête en direction de Loup, qui lui répondit par un jappement. C'était une habitude qu'elle et lui avaient prise, et qui étonnait un peu Ayla. Zelandoni ne saluait pas toujours Loup quand elle le voyait, et lui-même l'ignorait jusqu'à ce qu'elle le fasse, puis répondait alors par un bref aboiement. Elle le touchait rarement, se contentait de lui tapoter parfois la tête. Il prenait alors la main de la doniate entre ses crocs sans jamais y laisser de marques. Elle l'acceptait en disant qu'ils se comprenaient, et Ayla avait l'impression qu'ils se comprenaient effectivement, à leur manière.

— D'après toi, tout le monde peut y arriver en commençant avec un jeune animal. C'est peut-être vrai mais les Zelandonii l'ignorent. Cela ne leur paraît pas naturel, alors ils pensent que ça doit venir d'un autre monde, du Monde des Esprits. Je suis vraiment étonnée qu'ils aient aussi bien accepté tes animaux, mais ils les ont acceptés au prix d'un gros effort. Et nous voulons maintenant leur montrer quelque chose d'autre, que personne n'a jamais vu. Ils ne te connaissent pas encore, Ayla. Je suis sûre qu'ils auront envie d'utiliser la pierre à feu une fois qu'ils auront vu comment on s'en sert, mais elle peut aussi les effrayer. Je crois qu'il faut qu'ils la considèrent comme un Don de la Mère, ce qui est possible si elle est d'abord comprise et acceptée par la Zelandonia, puis présentée selon un rituel approprié.

Les explications de la Première semblaient logiques, mais, dans un coin de son esprit, Ayla songea que la doniate pouvait être très persuasive.

— Je comprends, dit-elle. Je montrerai à la Zelandonia comment se servir des pierres à feu et je t'aiderai pour le rituel que tu jugeras nécessaire.

Elles allèrent rejoindre la famille de Jondalar et les quelques membres de la Neuvième Caverne qui prenaient leur repas avec d'autres Zelandonii. Ensuite, la doniate entraîna Ayla à l'écart.

— Pourrais-tu laisser le loup dehors ? Il faut que la Zelandonia se concentre sur la façon d'allumer le feu, et Loup détournerait son attention.

— Il restera avec Jondalar.

La jeune femme demanda à son compagnon de garder l'animal puis adressa à Loup des signes que personne, ou presque, ne remarqua. La Première la conduisit ensuite à la hutte de la Zelandonia. Après le soleil éblouissant de la mi-journée, l'intérieur lui parut sombre malgré les nombreuses lampes qui y étaient allumées, mais les yeux de chacun s'habituèrent assez vite à la pénombre. Lorsque la Première se leva pour prendre la parole, la Zelandoni de la Quatorzième Caverne mit la présence d'Ayla en question :

— Que fait-elle ici ? Elle est peut-être zelandonii, maintenant, mais elle n'appartient pas à la Zelandonia. Elle n'a pas sa place à cette réunion.

24

La Première parmi Ceux Qui Servaient la Mère retint un soupir d'énervement. Pas question de montrer son agacement et de donner à la grande et mince Zelandoni de la Quatorzième Caverne la satisfaction de savoir qu'elle avait réussi à la contrarier. La question suscita cependant des plissements de front et des regards désapprobateurs de plusieurs autres doniates, ainsi qu'un sourire dédaigneux de l'acolyte de la Cinquième Caverne, aux incisives manquantes.

— Tu as raison, Zelandoni de la Quatorzième, reconnut la Première. Ceux qui ne font pas partie de la Zelandonia ne sont pas conviés à ces réunions, qui sont réservées à ceux qui ont quelque expérience du Monde des Esprits, à ceux qui ont été appelés, ainsi qu'aux acolytes qui semblent prometteurs et sont en formation. C'est pour cette raison que j'ai invité Ayla. Vous savez qu'elle est guérisseuse. Elle a été d'une grande aide pour Shevonar, l'homme piétiné par un bison pendant la dernière chasse.

— Shevonar est mort, et je ne sais pas si elle l'a vraiment aidé, je ne l'ai pas examiné, repartit la Quatorzième. Nombreux sont ceux qui possèdent quelques connaissances des remèdes. Presque tout le monde sait par exemple que l'écorce de saule soigne les petites douleurs.

— Je peux t'assurer que ses connaissances vont bien au-delà des vertus de l'écorce de saule, dit la Première. Parmi ses noms et liens chez son ancien peuple, j'ai retenu qu'elle était Fille du Foyer du Mammouth. Or, chez les Mamutoï, le Foyer du Mammouth équivaut à la Zelandonia, il rassemble Ceux Qui Servent la Mère.

— Tu veux dire qu'elle serait une Zelandoni des Mamutoï ? Où est son tatouage ?

La question émanait d'une vieille femme aux cheveux blancs et au regard intelligent.

— Son tatouage ? répéta la Première en se demandant ce que la Zelandoni de la Dix-Neuvième savait qu'elle-même ignorait.

C'était une doniate expérimentée et sûre qui avait beaucoup appris au cours de sa longue existence. Par malheur, ses articulations la faisaient terriblement souffrir depuis quelques années et le temps était proche où elle ne serait plus capable de se rendre aux Réunions d'Eté. Si celle de cette année ne s'était pas tenue près de la Dix-Neuvième Caverne, elle n'y aurait peut-être pas pris part.

— J'ai entendu parler des Mamutoï. Jerika des Lanzadonii a vécu un temps chez eux quand elle était jeune et voyageait encore avec sa mère et l'homme de son foyer. Un été, voilà fort longtemps, quand elle était grosse de Joplaya, elle a eu des difficultés et je suis allée l'aider. Elle m'a parlé des Mamutoï. Leurs doniates portent aussi des tatouages sur le visage, quoique différents des nôtres, mais si Ayla est l'équivalent d'une Zelandoni, où est son tatouage ?

— Elle n'avait pas achevé son apprentissage lorsqu'elle est partie pour venir ici avec Jondalar, dit la Première. Elle n'est pas tout à fait Zelandoni, elle est plutôt une sorte d'acolyte, mais avec une plus grande connaissance des remèdes que la plupart d'entre eux. De plus, elle avait été adoptée par le Mamut Qui Etait le Premier parce qu'il avait deviné ses capacités.

— Proposes-tu qu'elle devienne acolyte de la Zelandonia ? fit la Dix-Neuvième.

Un murmure parcourut le groupe des acolytes, qui prenaient rarement la parole.

— Pas cette fois. Je ne lui ai pas encore demandé si elle souhaite poursuivre son apprentissage.

Ayla fut consternée. Bien qu'elle ne vît pas d'inconvénient à discuter de remèdes et de soins avec certains d'entre eux, elle n'avait aucune envie de devenir doniate. Elle désirait simplement s'unir à Jondalar, avoir des enfants, et elle avait remarqué que c'était rare parmi les Zelandonia. Elles pouvaient prendre un compagnon mais on eût dit que le service de la Grande Terre Mère exigeait tellement d'elles qu'elles n'avaient plus le temps d'être mères.

La Quatorzième revint à la charge :

— Alors, que fait-elle ici ?

Des cheveux gris et fins s'étaient détachés du chignon qu'elle portait derrière la tête, plus d'un côté que de l'autre, ce qui lui donnait un aspect négligé. Par gentillesse, l'un d'entre eux aurait pu lui suggérer avec tact de remettre de l'ordre dans sa chevelure avant de sortir, mais la Première ne s'y serait pas risquée. La Zelandoni querelleuse prenait tout ce qu'elle lui disait pour une critique.

— Je lui ai demandé de venir parce que je voudrais qu'elle vous montre quelque chose que vous trouverez très intéressant, je n'en doute pas.

— Est-ce au sujet de ces animaux sur qui elle exerce un tel pouvoir ? hasarda un autre doniate.

La Première sourit. Au moins quelqu'un était prêt à reconnaître qu'Ayla possédait des capacités inhabituelles qui pouvaient être dignes de la Zelandonia.

— Non, Zelandoni de la Partie Sud de la Vingt-Neuvième Caverne. Cela fera peut-être l'objet d'une autre réunion, mais cette fois elle a autre chose à vous montrer.

L'homme qui venait de parler était assistant de la Zelandoni principale de la Vingt-Neuvième Caverne mais il ne lui était subordonné que lorsqu'il s'agissait de parler au nom des Trois Rochers. Pour le reste, c'était un Zelandoni à part entière et la Première le savait excellent guérisseur. Il avait le même droit d'intervenir que n'importe quel autre doniate.

Ayla nota que Celle Qui Etait la Première s'adressait aux membres de la Zelandonia en leur donnant la totalité de leur titre, qui était parfois long puisqu'il incluait le mot à compter de leur Caverne, mais conférait de la solennité à ses propos. Il lui vint alors à l'esprit que ce mot à compter était la seule façon de les distinguer, puisqu'ils avaient renoncé à leur nom personnel et s'appelaient tous « Zelandoni ». Ils avaient, conclut-elle, échangé leur nom contre un mot à compter.

Lorsqu'elle vivait dans sa vallée, elle avait gravé un trait sur un bâton pour chaque jour écoulé. Quand Jondalar était entré dans sa vie, elle avait déjà accumulé une bonne quantité de bâtons pleins de traits. A l'aide des mots à compter, il avait pu lui dire combien de temps elle avait passé dans sa vallée, et Ayla y avait vu une magie si puissante qu'elle en avait été presque effrayée. Lorsqu'il lui avait appris à les utiliser, elle avait senti que ces mots étaient très importants pour les Zelandonii. Elle se rendait maintenant compte que, pour Ceux Qui Servaient la Mère, ils étaient plus importants que des noms, et qu'en les utilisant la Zelandonia captait l'essence même de ces puissants symboles.

La Première fit signe à Jonokol.

— Premier Acolyte de la Neuvième Caverne, pourrais-tu utiliser le sable que je t'ai demandé d'aller chercher pour éteindre le feu ? Premier Acolyte de la Deuxième Caverne, veux-tu souffler toutes les lampes ?

Ayla reconnut ceux dont la Première avait sollicité l'aide : ils l'avaient guidée dans la grotte profonde aux parois ornées d'animaux, aux Rochers de la Fontaine. Des commentaires et des questions s'élevèrent du groupe, qui devinait que la Première leur réservait une surprise spectaculaire. Les plus âgés, pleins d'expérience, s'apprêtaient à critiquer. Connaissant les techniques de présentation, ils étaient résolus à ne pas se laisser berner.

Quand la hutte fut plongée dans la pénombre, Ayla regarda autour d'elle et remarqua que la lumière passait non seulement par les contours de l'entrée, pourtant fermée, mais également par ceux d'un autre accès situé presque en face. Elle se promit de faire plus tard le tour de l'extérieur de la hutte pour chercher cette deuxième ouverture. En outre, des rais de soleil s'insinuaient çà et là entre les panneaux.

La Première savait que la démonstration aurait été plus impressionnante la nuit, dans une obscurité totale, mais ce n'était pas si important pour ceux qui y assistaient. Ils saisiraient sur-le-champ les possibilités offertes.

— Quelqu'un pourrait-il vérifier que le feu est totalement éteint dans ce foyer ? demanda-t-elle.

La Quatorzième se porta aussitôt volontaire. Elle tapota le sable, enfonça les doigts dans quelques endroits chauds, se redressa pour annoncer :

— Le sable est sec, chaud par endroits, mais le feu est éteint et il n'y a plus de braises.

— Ayla, de quoi as-tu besoin pour allumer un feu ? interrogea la Première.

— J'ai l'essentiel, répondit la jeune femme en prenant le petit sac qu'elle avait si souvent utilisé pendant son Voyage. Il me faut cependant de l'amadou ou du bois pourri de vieille souche : presque tout ce qui prend feu facilement fera l'affaire, pourvu que ce soit bien sec. Ensuite, il vaut mieux avoir du petit bois à portée de la main, et des branches plus grosses, bien sûr.

Dans le brouhaha ambiant, la Première perçut quelques propos irrités. Nous n'avons pas besoin d'apprendre à allumer un feu, disaient les Zelandonia. Chacun de nous sait le faire depuis l'enfance. Bien, pensa-t-elle avec une certaine satisfaction. Qu'ils grommellent. Ils s'imaginent tout savoir sur la façon d'allumer un feu.

Ayla avait préparé un petit tas d'amadou et tenait dans la main gauche un morceau de pyrite de fer, un silex dans la gauche, sans qu'on puisse les voir. Elle les frappa l'un contre l'autre, vit une grande étincelle atterrir sur l'amadou, souffla pour lui donner vie, ajouta du petit bois. En moins de temps qu'il n'aurait fallu pour l'expliquer, elle avait allumé un feu.

Il y eut des « Oh », des « Comment a-t-elle fait ça ? », puis le doniate de la Troisième Caverne demanda :

— Tu pourrais recommencer ?

Ayla sourit, contente de revoir le vieil homme qui lui avait apporté son aide quand elle soignait Shevonar. Elle fit un pas de côté, alluma un autre feu près du premier, à l'intérieur du cercle de pierres qui délimitaient le foyer, puis, sans qu'on le lui demande, en alluma un troisième.

— Comment fait-elle ? lança à la Première un homme qu'Ayla n'avait jamais rencontré.

— Zelandoni de la Cinquième Caverne, puisque c'est elle qui a découvert cette méthode, elle va te l'expliquer elle-même.

Ayla se rendit compte qu'il s'agissait du doniate de la Caverne qui était déjà partie pour la Réunion d'Eté quand ils avaient fait halte à Vieille Vallée. C'était un homme d'âge moyen, avec des cheveux bruns et un visage rond. Cette dernière épithète définissait aussi son corps puisqu'il semblait tout en rondeur et en mollesse. Dans un visage aussi poupin, les yeux semblaient petits, mais elle y décela une intelligence rusée. L'homme avait saisi l'intérêt de la technique et ne laissait pas son orgueil l'empêcher de poser des questions. Elle se rappela alors que l'acolyte aux incisives manquantes que Jondalar n'aimait pas et que Loup avait menacé appartenait aussi à la Cinquième Caverne.

— Premier Acolyte de la Deuxième, rallume les lampes, et toi, Ayla, tu veux bien montrer à la Zelandonia comment tu procèdes ? dit la doniate obèse, se gardant d'exulter.

Elle remarqua que Jonokol, son propre acolyte, arborait un sourire ravi. Il aimait la voir manipuler une Zelandonia intelligente, avisée, opiniâtre et parfois arrogante.

— Je me sers d'une pierre à feu, comme celle-ci, que je frappe avec un silex, expliqua Ayla en levant les deux mains.

— J'ai déjà vu ce genre de pierre, déclara Zelandoni de la Quatorzième, désignant la main qui tenait le morceau de pyrite.

— J'espère que tu peux te rappeler où, dit la Première. Nous ne savons pas encore si elles sont rares ou abondantes.

— Où as-tu trouvé les tiennes ? demanda la Cinquième à Ayla.

— J'ai découvert les premières dans une vallée située loin à l'est. Jondalar et moi en avons cherché d'autres en venant ici, mais nous sommes restés bredouilles jusqu'à notre arrivée. Il y a quelques jours, j'en ai trouvé près de la Neuvième Caverne.

— Et tu nous montreras comment on s'en sert ? s'enquit une grande femme blonde.

— C'est ce qu'elle est venue faire, Zelandoni de la Deuxième Caverne, répondit la Première.

Ayla savait qu'elle n'avait pas rencontré cette doniate, dont les traits lui semblaient pourtant familiers. Elle se souvint alors de Kimeran, l'ami d'enfance de Jondalar, et de la ressemblance qu'on trouvait aux deux hommes en raison de leur taille et de la couleur de leurs cheveux. Il était le chef de la Deuxième Caverne et, bien que la femme fût un peu plus âgée, leur ressemblance était indéniable. Avec un frère chef et une sœur doniate, la situation de la Caverne rappelait la pratique frère-sœur des Mamutoï — le souvenir amena un sourire aux lèvres d'Ayla —, à cette différence près que, chez eux, l'autorité était partagée et que Mamut était le chef spirituel.

— Je n'ai que deux pierres à feu avec moi, dit-elle, mais nous en avons d'autres au camp. Si Jondalar n'est pas parti, il pourrait en rapporter quelques-unes afin que plusieurs d'entre nous puissent essayer en même temps.

La Première approuva de la tête. Ayla poursuivit :

— Ce n'est pas difficile mais il faut un peu de pratique pour réussir. D'abord, s'assurer d'avoir de l'amadou ou de l'herbe bien sèche à proximité. Ensuite, frapper les deux pierres l'une contre l'autre pour faire jaillir une étincelle sur laquelle on souffle pour obtenir une flamme.

Pendant qu'Ayla faisait une démonstration à la Zelandonia regroupée autour d'elle, Celle Qui Etait la Première envoya Mikolan, le Deuxième Acolyte de la Quatorzième Caverne, chercher Jondalar. La doniate remarqua qu'aucun Zelandoni ne restait en arrière. Il n'y avait plus ni questions ni doutes. Cette technique n'était pas un artifice, c'était un nouveau moyen d'allumer un feu rapidement, et tous souhaitaient l'apprendre, comme elle l'avait prévu. Le feu était essentiel.

Pour les populations des régions périglaciaires, le feu jouait un rôle capital : c'était une question de vie ou de mort. Il fallait non seulement savoir comment l'allumer mais aussi comment l'entretenir et le transporter d'un endroit à un autre. Bien qu'il fît souvent très froid, le vaste territoire autour des énormes plaques de glace qui s'étendaient loin au sud des régions polaires grouillait de vie. La sécheresse et le froid âpre de l'hiver limitaient la croissance des arbres, mais, sous les latitudes moyennes, le climat connaissait encore des saisons et il pouvait même faire très chaud certains jours d'été. De vastes prairies nourrissaient d'immenses troupeaux de nombreuses espèces herbivores qui, à leur tour, fournissaient une nourriture énergétique à des animaux carnivores ou omnivores.

Toutes les espèces vivant près des glaciers s'étaient adaptées au froid en se couvrant d'un pelage dense et chaud — toutes sauf une. L'animal humain, créature tropicale sans fourrure, ne pouvait subsister dans le froid. Les êtres humains étaient venus plus tard, attirés par la richesse des ressources en nourriture, mais seulement après avoir appris à dominer le feu. Protégés par la fourrure des animaux qu'ils tuaient pour manger, ils pouvaient survivre un moment aux éléments, mais à long terme ils avaient besoin du feu, qui leur tenait chaud quand ils se reposaient et cuisait leur nourriture, viande ou légumes, la rendant plus digeste. Quand le combustible était abondant, ils avaient tendance à trouver le feu tout naturel, mais ils n'oubliaient jamais qu'il leur était essentiel et, lorsque le bois devenait rare ou que le temps froid persistait, ils se rendaient compte à quel point ils dépendaient du feu.

Après que plusieurs Zelandonia eurent essayé l'une des deux pierres à feu, Jondalar arriva avec d'autres morceaux de pyrite. La Première les lui prit à l'entrée, les compta puis les apporta à Ayla. La séance d'apprentissage s'accéléra. Une fois que tous les Zelandonia eurent allumé au moins un feu chacun, les acolytes furent invités à essayer la technique, les doniates les plus sûrs d'eux aidant Ayla à l'enseigner à leurs assistants. Ce fut la Zelandoni de la Quatorzième qui posa la question que tous avaient sur les lèvres :

— Qu'as-tu l'intention de faire de toutes ces pierres à feu ?

— Dès le début, Jondalar a envisagé de les partager avec son peuple, répondit Ayla. Willamar parle aussi d'en faire du troc. Tout dépend de la quantité que nous trouverons. Ce n'est pas à moi seule d'en décider.

— Nous pouvons tous en chercher, dit la Première, mais y en a-t-il assez pour que chaque Caverne présente à la Réunion d'Eté puisse en recevoir au moins une ?

Elle les avait comptées, elle connaissait la réponse.

— Je ne sais pas combien de Cavernes sont venues à cette Réunion, mais je pense que nous aurions assez de pierres.

— S'il n'y en a qu'une par Caverne, elle devrait être confiée au Zelandoni, suggéra la Quatorzième.

— Je suis d'accord, acquiesça le doniate de la Cinquième Caverne, et je pense que nous devrions garder pour nous cette nouvelle méthode. Si nous sommes les seuls à la connaître, imaginez le respect dont nous jouirons. Imaginez la réaction d'une Caverne en voyant un Zelandoni allumer un feu presque instantanément, surtout s'il fait nuit, ajouta-t-il, les yeux brillants d'enthousiasme. Notre autorité s'en trouverait accrue et cela rendrait nos cérémonies encore plus impressionnantes.

— Tu as raison, approuva la Quatorzième.

— Il conviendrait peut-être de confier la pierre au Zelandoni et au chef conjointement, pour prévenir tout conflit, proposa le Onzième. Je sais par exemple que Kareja serait mécontente si elle n'avait pas accès, elle aussi, à cette nouvelle méthode.

Ayla sourit au petit homme frêle dont elle se rappelait la poignée de main vigoureuse. Il montrait envers le chef de sa Caverne une louable loyauté.

La Première intervint à nouveau dans la discussion :

— Ces pierres seraient trop utiles aux Cavernes pour que nous les gardions secrètes. Nous sommes là pour Servir la Mère. Nous avons renoncé à nos noms personnels pour ne plus faire qu'un avec notre peuple. Nous devons toujours penser avant tout à la Caverne. Il serait sans doute prestigieux pour nous d'être les seuls à connaître ces pierres, mais l'intérêt de l'ensemble des Zelandonii passe avant nos désirs. Les pierres du sol sont les os de la Grande Terre Mère. C'est un Don qu'Elle accorde à tous ses enfants, nous ne pouvons le garder pour nous seuls.

Celle Qui Etait la Première s'interrompit, posa tour à tour un regard pénétrant sur chacun des doniates. Leur déception était manifeste, et mêlée, chez quelques-uns, d'une certaine volonté de résistance. Elle était sûre que la Quatorzième s'apprêtait à soulever une objection. Ayla la devança :

— Vous ne pouvez pas les garder secrètes.

— Pourquoi ? répliqua la doniate de la Quatorzième Caverne. C'est à la Zelandonia d'en décider.

— J'en ai déjà donné à la famille de Jondalar, répondit Ayla.

— C'est dommage, soupira le Cinquième.

Secouant la tête, il reconnut aussitôt l'inutilité de poursuivre :

— Ce qui est fait est fait.

— Nous avons déjà assez d'autorité sans ces pierres, argua la Première, et nous pourrons toujours les utiliser à notre manière. Je proposerais pour commencer une cérémonie impressionnante au cours de laquelle nous présenterions la pierre aux Cavernes. Je crois qu'il conviendrait qu'Ayla allume le feu cérémoniel demain.

— Fera-t-il assez sombre, si tôt dans la soirée, pour que l'étincelle soit visible ? s'inquiéta Zelandoni de la Troisième. Il vaudrait peut-être mieux laisser le feu s'éteindre et demander ensuite à Ayla de le rallumer.

— Mais alors, comment sauront-ils qu'elle l'a fait avec une pierre et non avec une braise ? dit un vieil homme aux cheveux gris ou blond clair. Non, il faut un autre foyer, mais tu as raison pour l'obscurité. Au crépuscule, quand on allume le feu cérémoniel, l'attention est encore sollicitée de toutes parts. Ce n'est que lorsqu'il fait noir qu'on peut capter l'attention de tous, quand ils ne peuvent voir que ce que nous voulons qu'ils voient.

La Première exprima son accord :

— C'est juste, Zelandoni de la Septième Caverne.

Ayla remarqua qu'il était assis près de la grande femme blonde de la Deuxième Caverne et qu'ils se ressemblaient beaucoup. Il était peut-être le vieil homme de son foyer, le compagnon de sa grand-mère. Jondalar lui avait expliqué que la Septième et la Deuxième Caverne étaient liées, toutes deux situées de part et d'autre de la Petite Rivière des Prairies, affluent de la Rivière des Prairies. Elle s'en souvenait parce que la Deuxième était le Foyer Ancien, et la Septième le Rocher à la Tête de Cheval, et qu'il avait promis de l'emmener voir le cheval dans la pierre à leur retour, en automne.

— Nous pouvons commencer la cérémonie sans feu et allumer le foyer quand il fera nuit, suggéra Zelandoni de la Vingt-Neuvième Caverne.

C'était une femme aux traits agréables et au sourire conciliant, mais la capacité d'Ayla à décrypter le langage corporel lui fit deviner une force de caractère sous-jacente. Elle l'avait rencontrée brièvement et avait entendu dire que les Trois Rochers de la Vingt-Neuvième Caverne restaient unis grâce à elle.

— Les gens ne trouveront-ils pas étrange cette absence de feu cérémoniel, Zelandoni de la Vingt-Neuvième ? contra le doniate de la Troisième. Il vaudrait peut-être mieux reporter le début de la cérémonie après la tombée de la nuit.

— Que pourrait-on organiser pour faire patienter les Cavernes ? Certains viennent tôt, ils s'énerveront si nous les faisons attendre trop longtemps, souligna une autre doniate.

C'était une femme d'âge mûr, presque aussi grosse que la Première, mais petite. Là où la taille de l'une conférait une présence imposante, l'autre avait une allure chaleureuse et maternelle.

— Pourquoi pas des histoires, Zelandoni de la Partie Ouest ? proposa un jeune homme assis à côté d'elle. Nous avons quelques bons conteurs, ici.

— Cela pourrait nuire au sérieux de la cérémonie, Zelandoni de la Partie Nord, lui objecta la doniate de la Vingt-Neuvième Caverne.

— Tu as raison, Zelandoni des Trois Rochers, s'empressa de répondre le jeune homme avec déférence.

Ayla constata que les quatre Zelandonia de la Vingt-Neuvième s'appelaient par le nom de leurs sites respectifs plutôt que par un mot à compter. C'était logique, puisqu'ils étaient tous Zelandonia de la Vingt-Neuvième Caverne. Quelle situation déroutante ! pensa-t-elle. Pourtant, cela a l'air de fonctionner.

Zelandoni de la Partie Sud avança une autre idée :

— Quelqu'un pourrait aborder un sujet sérieux.

C'était celui qui avait demandé à la Première si Ayla était venue leur parler des animaux. Ayla avait cru déceler dans ses propos une certaine animosité envers elle, ou peut-être envers les chevaux et le loup, mais le ton ne lui parut pas inamical, cette fois.

— Joharran veut soulever la question des Têtes Plates pour savoir s'ils sont humains ou non, rappela Zelandoni de la Onzième. Voilà un sujet très sérieux.

— Il y a des gens que cette idée rebute et qui se lanceraient dans une longue discussion, fit observer Celle Qui Etait la Première. Nous ne voulons pas commencer cette Réunion d'Eté dans un climat de discorde. Cela pourrait leur donner envie d'ergoter à tout propos. Il faut créer un climat favorable avant d'aborder les nouvelles idées sur les Têtes Plates.

Ayla se demanda un instant s'il convenait qu'elle intervienne.

— Puis-je faire une suggestion ? finit-elle par dire.

Tous les Zelandonia se tournèrent vers elle, et tous n'avaient pas l'air ravis.

— Naturellement, Ayla, répondit la Première.

— Jondalar et moi avons rendu visite aux Losadunaï en venant ici. Nous avons offert au Losaduna et à sa compagne quelques pierres à feu... pour toute la Caverne... Ils avaient été si secourables... ajouta Ayla d'un ton hésitant.

— Oui ? l'encouragea Zelandoni.

— Pour la cérémonie de présentation des pierres, ils avaient préparé deux foyers. L'un brûlait, l'autre était froid, prêt à être allumé. Quand ils ont éteint le premier, il faisait si noir qu'on ne pouvait distinguer son voisin, et il était facile de constater qu'il n'y avait aucune braise dans l'autre. Je l'ai alors allumé.

Après un silence, la Première reprit :

— Merci, Ayla. C'est une bonne idée. Nous pourrions envisager quelque chose de cet ordre, une démonstration impressionnante.

— Oui, cela me plaît, déclara Zelandoni de la Troisième. De cette façon, nous pourrions allumer le feu cérémoniel dès le début.

— Et un autre foyer froid, prêt à être allumé, piquerait les curiosités. Les gens se demanderaient pourquoi cet autre foyer, cela susciterait une certaine attente, dit Zelandoni de la Partie Ouest de la Vingt-Neuvième.

— Comment éteindrons-nous le feu ? voulut savoir le Onzième. En jetant de l'eau dessus, pour provoquer beaucoup de vapeur ? Ou de la terre, pour l'éteindre immédiatement ?

— De la boue, peut-être, proposa un autre doniate qu'Ayla ne connaissait pas. Pour faire un peu de vapeur quand même, tout en éteignant les braises.

— Beaucoup de vapeur, ce serait impressionnant, approuva un troisième, qu'elle ne connaissait pas non plus.

— Non, je pense que l'éteindre d'un seul coup serait plus saisissant. La lumière et, l'instant d'après, le noir.

Elle n'avait pas rencontré tous les Zelandonia qui participaient à la réunion et, à mesure que la discussion devenait plus animée, ils ne s'adressaient pas toujours l'un à l'autre en mentionnant leur titre, ce qui ne lui permettait pas de les identifier. Jamais elle n'aurait imaginé qu'une cérémonie réclamait tant de préparations et de consultations. Elle avait cru jusqu'à ce jour que les événements se déroulaient d'eux-mêmes, que les Zelandonia et autres personnes en contact avec le Monde des Esprits n'étaient que les agents de ces forces invisibles. En les entendant parler aussi librement, elle comprenait pourquoi certains d'entre eux s'étaient opposés à sa présence, et tandis qu'ils discutaient des moindres détails, elle laissa ses pensées dériver.

Ayla se demanda si les Mog-ur du Clan préparaient leurs cérémonies avec autant de minutie. Sans doute, se dit-elle, mais d'une manière différente. Les cérémonies du Clan étaient anciennes, toujours identiques aux précédentes ou aussi semblables que possible. Elle comprenait un peu mieux le dilemme que cela avait dû poser quand Creb, le Mog-ur, avait voulu qu'elle prenne une part importante dans l'une de leurs cérémonies les plus sacrées.

Elle promena les yeux sur la grande hutte ronde de la Zelandonia. Sa structure à double cloison était semblable à celle des huttes du camp de la Neuvième Caverne, mais plus grande. Les panneaux intérieurs amovibles qui divisaient l'espace avaient été rangés contre les murs, ce qui créait une vaste pièce unique. Ayla remarqua que les plates-formes à dormir étaient regroupées dans une partie de la construction, et surélevées. Se rappelant qu'elles l'étaient aussi dans l'habitation de Zelandoni à la Neuvième Caverne, elle se demanda pourquoi, puis supposa qu'elles étaient utilisées par les malades amenés à la hutte ; il devait être ainsi plus facile de les soigner.

Le sol était couvert de nattes, dont un grand nombre présentaient des motifs élégants et complexes. Des tabourets, des coussins utilisés comme sièges entouraient plusieurs tables de diverses tailles. La plupart soutenaient des lampes à graisse en grès ou en calcaire que, en règle générale, on laissait allumées jour et nuit à l'intérieur de l'abri sans fenêtre. Certaines avaient été taillées, polies et décorées mais, comme dans l'habitation de Marthona, d'autres se réduisaient à une pierre brute dans laquelle s'était formé naturellement le creux destiné au suif fondu. Près des lampes, Ayla remarqua de petites figurines de femme plantées dans des bols de bois remplis de sable. Elles étaient toutes semblables et pourtant différentes. Ayla savait que c'étaient des représentations de la Grande Terre Mère, que Jondalar appelait donii.

Les donii variaient en taille de quatre à huit pouces mais chacune d'elles pouvait tenir dans la main. Pour représenter la Mère, le sculpteur avait fait appel à l'abstraction et à l'exagération. Les pieds et les mains étaient à peine suggérés, les jambes jointes et effilées pour que la figurine pût tenir debout dans la terre ou dans un bol de sable. Elle ne représentait pas une personne, elle n'avait pas de traits qui eussent permis de l'identifier, même si le corps avait peut-être été suggéré par une femme connue de l'artiste. Ce n'était pas le corps d'une jeune femme nubile aux seins hauts entamant sa vie adulte, ni la silhouette mince d'une femme effectuant de longues marches chaque jour, d'une errante sans cesse en quête de nourriture.

Une donii était une femme plantureuse ayant l'expérience de la vie. Elle n'était pas enceinte mais l'avait été. A ses fesses énormes répondaient de gros seins pendant sur le ventre un peu flasque et tombant d'une femme qui avait enfanté et allaité. Elle avait les formes volumineuses d'une mère pleine d'expérience mais cette ampleur suggérait bien plus que la fertilité de la procréation. Pour qu'une femme fût grasse, il lui fallait une nourriture abondante et une vie plutôt sédentaire. L'artiste avait voulu que sa petite sculpture ressemblât à une mère bien nourrie et heureuse, assurant le bien-être de ses enfants : un symbole d'abondance et de générosité.

La réalité n'était pas trop éloignée de cette représentation. Si certaines années étaient mauvaises, la communauté vivait plutôt bien. Elle comptait en son sein des femmes corpulentes puisque l'auteur des figurines s'en était inspiré pour les décrire aussi fidèlement. Le début du printemps, quand les réserves accumulées pour l'hiver étaient presque épuisées et que la végétation commençait seulement à renaître, pouvait être une période difficile. C'était également vrai pour les animaux : au printemps, ils étaient maigres et efflanqués, si décharnés que leur viande était dure, et que même leurs os contenaient peu de moelle. Les Zelandonii devaient sans doute se passer de certaines nourritures, mais ils ne mouraient pas de faim, du moins en règle générale.

Pour ceux qui chassaient et cueillaient afin de se procurer tout ce dont ils avaient besoin pour subsister, la terre apparaissait comme la mère nourrissant ses enfants. Elle leur donnait le nécessaire. Ils ne semaient pas, ne cultivaient pas ; ils ne gardaient pas de troupeaux, n'avaient pas de bêtes à protéger des prédateurs, à nourrir en hiver. Tout ce qu'offrait la terre, ils n'avaient qu'à le prendre ; il leur suffisait de savoir où regarder et comment le prendre. Mais ils ne pouvaient considérer cette abondance comme allant de soi, car elle leur était parfois retirée.

Chaque donii qu'ils sculptaient était un réceptacle pour l'Esprit de la Grande Terre Mère et une illustration destinée à informer les forces invisibles de ce dont ils avaient besoin pour survivre. Objet magique, la figurine servait à montrer à la Mère ce qu'ils voulaient, et donc à l'obtenir d'Elle. La donii représentait l'espoir que les plantes comestibles seraient abondantes, faciles à trouver et à cueillir, que les animaux seraient nombreux et faciles à chasser. Elle symbolisait et réclamait une terre généreuse et riche, une nourriture à profusion, une vie agréable. La donii était une figure idéalisée, l'image de conditions ardemment désirées.

— Je tiens à remercier Ayla...

Elle fut tirée de sa rêverie en entendant son nom et fut incapable de se rappeler à quoi elle pensait l'instant d'avant.

— ... d'avoir accepté de montrer cette nouvelle façon d'allumer un feu à toute la Zelandonia et d'avoir été patiente avec ceux d'entre nous qui ont mis un peu plus longtemps à apprendre, disait Celle Qui Etait la Première.

De nombreuses voix exprimèrent leur accord et même la Zelandoni de la Quatorzième Caverne parut sincère dans son approbation. Les Zelandonia discutèrent ensuite des autres aspects de l'ouverture de la Réunion d'Eté, ainsi que des diverses cérémonies, notamment celle qui portait le nom de Matrimoniales. Ayla aurait souhaité en entendre davantage sur ce dernier point, mais les doniates débattirent surtout du moment où ils se réuniraient de nouveau pour en discuter plus amplement. Les participants se penchèrent ensuite sur la question des acolytes.

— La Zelandonia est gardienne de l'histoire du peuple, attaqua la Première en se levant.

Elle regarda les doniates en herbe, les acolytes, et Ayla eut l'impression qu'elle se faisait un devoir de l'inclure parmi eux.

— La mémorisation des Histoires et Légendes Anciennes constitue une partie importante de la formation d'un acolyte, poursuivit-elle. Elles expliquent qui sont les Zelandonii et d'où ils viennent. Mémoriser aide aussi à apprendre, et il y a beaucoup de choses qu'un acolyte doit apprendre. Terminons cette réunion avec la Légende de la Mère.

Zelandoni s'interrompit ; ses yeux parurent regarder en elle-même, cherchant dans les recoins de son esprit une histoire qu'elle avait confiée à sa mémoire longtemps auparavant. C'était la plus importante de toutes les Légendes Anciennes parce qu'elle parlait des origines. Pour rendre ces légendes plus faciles à retenir, ceux qui avaient le talent de composer leur ajoutaient souvent une mélodie. Certains chants étaient si familiers qu'il suffisait souvent d'entendre la musique pour se rappeler l'histoire.

Celle Qui Etait la Première avait composé elle-même une musique pour le *Chant de la Mère*, et beaucoup commençaient à l'apprendre. Elle entama d'une voix pure et forte :

Des ténèbres, du Chaos du temps,
Le tourbillon enfanta la Mère suprême.
Elle s'éveilla à Elle-Même, sachant la valeur de la vie,
Et le néant sombre affligea la Grande Terre Mère.
La Mère était seule. La Mère était la seule.

Ayla sentit un frisson la parcourir quand elle reconnut le chant : elle se joignit aux autres lorsqu'ils récitèrent ou chantèrent en chœur le dernier vers avec Zelandoni, en une sorte de répons ou de refrain.

De la poussière de Sa naissance, Elle créa l'Autre,
Un pâle ami brillant, un compagnon, un frère.
Ils grandirent ensemble, apprirent à aimer et chérir.
Et quand Elle fut prête, ils décidèrent de s'unir.
Il tournait autour d'Elle constamment, son pâle amant.

Ayla se rappelait aussi le répons du deuxième verset et le récita avec les autres, puis elle écouta les suivants en tâchant de les mémoriser, parce qu'elle aimait cette histoire, parce qu'elle aimait la façon dont Zelandoni la chantait. Elle en avait appris la version losadunaï pendant le Voyage, quand Jondalar et elle avaient passé quelque temps chez ce peuple avant de traverser le petit glacier, mais la langue, les expressions, et même certains aspects de l'histoire étaient différents. Voulant l'apprendre en zelandonii, elle écoutait avec attention.

Le vide obscur et la vaste Terre nue
Attendaient la naissance.
La vie but de Son sang, respira par Ses os.
Elle fendit Sa peau et scinda Ses roches.
La Mère donnait. Un autre vivait.

Jondalar lui avait maintes fois récité ces mots pendant leur Voyage, mais Ayla n'avait jamais rien entendu de comparable à la puissance dramatique qu'y apportait la Première parmi Ceux Qui Servaient la Mère. Les mots n'étaient pas exactement les mêmes non plus.

Les eaux bouillonnantes de l'enfantement emplirent rivières et [mers,
Inondèrent le sol, donnèrent naissance aux arbres.
De chaque précieuse goutte naquirent herbes et feuilles,
Jusqu'à ce qu'un vert luxuriant renouvelle la Terre.
Ses eaux coulaient, les plantes croissaient.

Dans la douleur du travail, crachant du feu,
Elle donna naissance à une nouvelle vie.
Son sang séché devint la terre d'ocre rouge.
Mais l'enfant radieux justifiait toute cette souffrance.
Un bonheur si grand, un garçon resplendissant.

Les roches se soulevèrent, crachant des flammes de leurs crêtes.
La Mère nourrit Son fils de Ses seins montagneux.
Il tétait si fort, les étincelles volaient si haut
Que le lait chaud traça un chemin dans le ciel.
La Mère allaitait, Son fils grandissait.

C'était l'une des parties qu'Ayla aimait tout particulièrement car elle lui rappelait sa propre expérience, notamment les mots « bonheur » et « garçon resplendissant ».

Il s'enfuit de Son flanc pendant que la Mère dormait
Et que le Chaos sortait en rampant du vide tourbillonnant.
Par ses tentations aguichantes l'obscurité le séduisit.
Trompé par le tourbillon, l'enfant tomba captif.
Le noir l'enveloppa, le jeune fils plein d'éclat.

Tout comme Broud lui avait pris son fils. Zelandoni racontait si bien l'histoire qu'Ayla se sentait inquiète à la fois pour la Mère et pour son fils. Penchée en avant, elle s'efforçait de ne pas manquer un mot.

Son lumineux ami était prêt à combattre
Le voleur qui gardait captif l'enfant de Ses entrailles.
Ensemble ils luttèrent pour le fils qu'Elle adorait.
Leurs efforts aboutirent, sa lumière fut restaurée.
Sa chaleur réchauffait, sa splendeur rayonnait.

Ayla lâcha une longue expiration qu'elle n'avait pas même eu conscience de retenir, regarda autour d'elle. Elle n'était pas la seule à être fascinée par l'histoire. La femme obèse captait l'attention de tous.

La Grande Mère vivait la peine au cœur
Qu'Elle et Son fils soient à jamais séparés.
Se languissant de Son enfant perdu,
Elle puisa une ardeur nouvelle dans Sa force de vie.
Elle ne pouvait se résigner à la perte du fils adoré.

Le visage ruisselant de larmes, Ayla sentit soudain l'étreindre la douleur d'avoir perdu son fils, qu'elle avait été contrainte d'abandonner en quittant le Clan, et éprouva une profonde compassion pour la Mère.

Quand Elle fut prête, Ses eaux d'enfantement
Ramenèrent sur la Terre nue une vie verdoyante.
Et Ses larmes, abondamment versées,
Devinrent des gouttes de rosée étincelantes.
Les eaux apportaient la vie, mais Ses pleurs n'étaient pas taris.

Ayla était sûre qu'elle ne penserait plus jamais de la même façon à la rosée au matin, qui lui rappellerait toujours désormais les larmes de la Mère.

Avec un grondement de tonnerre, Ses montagnes se fendirent
Et par la caverne qui s'ouvrit dessous
Elle fut de nouveau mère,
Donnant vie à toutes les créatures de la Terre.
D'autres enfants étaient nés, mais la Mère était épuisée.

La suite était moins triste, elle expliquait comment les choses étaient, et pourquoi.

Ils étaient Ses enfants, ils La remplissaient de fierté
Mais ils sapaient la force de vie qu'Elle portait en Elle.
Il Lui en restait cependant assez pour une dernière création,
Un enfant qui se rappellerait qui l'avait créé.
Un enfant qui saurait respecter et apprendrait à protéger.

Première Femme naquit adulte et bien formée,
Elle reçut les Dons qu'il fallait pour survivre.
La Vie fut le premier, et comme la Terre Mère,

Elle s'éveilla à elle-même en en sachant le prix.
Première Femme était née, première de sa lignée.

Ayla leva les yeux, s'aperçut que Zelandoni l'observait. La compagne de Jondalar tourna la tête vers ceux qui l'entouraient et, quand elle ramena son attention sur la Première, celle-ci ne la regardait plus.

La Mère se rappela Sa propre solitude,
L'amour de Son ami, sa présence caressante.
Avec la dernière étincelle, Son travail reprit,
Et, pour partager la vie avec Femme, Elle créa Premier Homme.
La Mère à nouveau donnait, un nouvel être vivait.

Femme et Homme la Mère enfanta
Et pour demeure, Elle leur donna la Terre,
Ainsi que l'eau, le sol, toute la création,
Pour qu'ils s'en servent avec discernement.
Ils pouvaient en user, jamais en abuser.

Aux Enfants de la Terre, la Mère accorda
Le Don de Survivre, puis Elle décida
De leur offrir celui des Plaisirs
Qui honore la Mère par la joie de l'union.
Les Dons sont mérités quand la Mère est honorée.

Satisfaite des deux êtres qu'Elle avait créés,
La Mère leur apprit l'amour et l'affection.
Elle insuffla en eux le désir de s'unir,
Le Don de leurs Plaisirs vint de la Mère.
Avant qu'Elle eût fini, Ses enfants L'aimaient aussi.
Les Enfants de la Terre étaient nés, la Mère pouvait se reposer.

Ayla fut un peu troublée par le double répons de la fin, qui brisait la forme établie, et se demanda s'il manquait quelque chose. Zelandoni la fixait de nouveau, ce qui la mit mal à l'aise. Elle baissa la tête et, lorsqu'elle la releva, la doniate la regardait encore.

A la fin de la réunion, la Première lui emboîta le pas :

— Je dois aller au camp de la Neuvième Caverne. Je peux faire le chemin avec toi ?

— Bien sûr.

Elles marchèrent un moment en silence. Ayla se sentait encore bouleversée par la légende, et Zelandoni guettait sa réaction.

— C'était magnifique, dit-elle enfin. Quand je vivais au Camp du Lion, parfois, tout le monde chantait, faisait de la musique ou dansait, et quelques Mamutoï avaient de jolies voix, mais pas aussi belles que la tienne.

— C'est un Don de la Mère. Je n'ai rien fait pour l'obtenir, je l'avais en naissant. La Légende de la Mère porte parfois le nom de *Chant de la Mère*, parce que certains aiment à la chanter.

— Jondalar m'en a récité des morceaux pendant notre Voyage, et les mots n'étaient pas toujours les mêmes que les tiens.

— Ce n'est pas rare. Il existe des versions un peu différentes. Il tient la sienne de l'ancien Zelandoni ; moi, j'ai mémorisé le chant de mon maître. Certains Zelandonia apportent de petits changements. C'est admissible tant qu'ils ne modifient pas le sens. S'ils paraissent légitimes, ils sont adoptés. Sinon, on les oublie. J'ai composé ma propre mélodie mais il y a d'autres façons de chanter cette légende.

— Les Losadunaï en ont une semblable. Pourtant, je n'ai pas éprouvé la même émotion quand je l'ai mémorisée.

Zelandoni s'arrêta pour considérer la jeune femme.

— Tu l'as mémorisée ? Le losadunaï est une langue différente.

— Elle ressemble au zelandonii, ce n'est pas difficile de l'apprendre.

— Elle lui ressemble mais ce n'est pas la même langue, et certains Zelandonii la trouvent compliquée. Combien de temps as-tu passé chez les Losadunaï ?

— Pas très longtemps. Moins d'une lune. Jondalar était pressé de traverser le glacier avant que la fonte de printemps le rende dangereux. D'ailleurs, le vent chaud s'est levé le dernier jour et nous avons eu des difficultés, en effet.

— Tu as appris leur langue en moins d'une lune ?

— Je ne la parle pas à la perfection, je commets encore beaucoup d'erreurs, mais j'ai appris plusieurs des légendes de Losaduna. Tout à l'heure, je me suis efforcée de mémoriser les mots de la Légende de la Mère pour pouvoir les réciter comme tu les chantes.

Zelandoni s'arrêta un instant pour regarder Ayla puis repartit en direction du camp.

— Je t'aiderai avec plaisir, proposa la doniate.

En marchant, Ayla repensa à la légende, en particulier à la partie qui lui rappelait Durc. Elle était sûre de comprendre ce que la Mère avait éprouvé lorsqu'elle avait dû accepter d'avoir perdu son fils à jamais. Ayla aussi se languissait quelquefois de Durc et attendait avec impatience la naissance de son nouvel enfant, celui de Jondalar. Elle se récita certains des versets qu'elle venait d'entendre et régla son pas sur le rythme des mots. Zelandoni remarqua ce changement d'allure, ainsi que son expression d'intense concentration. Cette jeune femme a sa place dans la Zelandonia, se dit-elle.

Comme elles arrivaient aux abords du camp, ce fut Ayla qui s'arrêta et demanda :

— Pourquoi y a-t-il deux formules au lieu d'une à la fin ?

La doniate la fixa un moment.

— La question revient régulièrement. Je n'ai pas de réponse. Il y en a toujours eu deux. La plupart des gens pensent que c'est pour marquer nettement la fin : une pour le dernier verset, une pour toute la légende.

Ayla hocha la tête — pour accepter l'explication ou pour souligner la complexité de la question, Zelandoni n'aurait su dire. La plupart des acolytes ne discutent même pas des détails du *Chant de la Mère*, pensa-t-elle. Cette femme a décidément sa place dans la Zelandonia.

Elles reprirent leur marche et Ayla s'aperçut que le soleil descendait vers l'horizon, à l'ouest. Il ferait bientôt sombre.

— Je crois que la réunion s'est bien passée, estima la Première. Les Zelandonia ont été impressionnés par ta façon d'allumer le feu, et je te suis reconnaissante d'avoir accepté de la partager. Si nous trouvons assez de pierres, tout le monde allumera bientôt le feu de cette façon. Sinon… Je ne sais pas. Il vaudrait peut-être mieux les garder pour les feux cérémoniels.

Ayla fronça les sourcils.

— Et ceux qui ont déjà une pierre à feu ? Ou ceux qui en trouveront par eux-mêmes ? Pourrais-tu leur interdire de s'en servir ?

Zelandoni la regarda droit dans les yeux puis soupira.

— Non. Je pourrais leur demander de ne pas le faire, mais non le leur interdire. Et puis il y a toujours ceux qui n'en font qu'à leur tête, quoi qu'il arrive… Je pensais à voix haute à une situation idéale.

Elle s'interrompit, reprit avec une expression désabusée :

— En proposant de garder le secret et de réserver l'usage de ces pierres à la Zelandonia, la Cinquième et la Quatorzième ont dit tout haut ce que la plupart d'entre nous souhaitaient, moi comprise. Ce serait pour nous un instrument impressionnant, mais nous ne pouvons en priver le reste de la communauté.

Après un silence, la doniate poursuivit :

— Nous ne célébrerons pas les Matrimoniales avant la première chasse. Toutes les Cavernes y participeront, elles l'attendent avec impatience. Elles pensent que si la première chasse est un succès, c'est de bon augure pour le reste de l'année, et mauvais signe dans le cas contraire. Les Zelandonia procéderont à une Traque. Cela aide quelquefois. S'il y a des troupeaux aux alentours, une bonne Traque peut aider à les trouver, mais le meilleur des doniates ne peut trouver du gibier s'il n'y en a pas.

— J'ai participé à une Traque avec Mamut, dit Ayla. La première fois, cela m'a surprise mais nous avions des affinités, lui et moi, et je me suis retrouvée prise dans sa Traque.

— Une Traque avec ton Mamut ? s'étonna Zelandoni. Comment était-ce ?

— C'est difficile à expliquer. J'avais l'impression de voler au-dessus de la terre comme un oiseau, mais il n'y avait pas de vent. Et la terre n'était pas exactement la même.

— Accepterais-tu d'aider la Zelandonia ? Nous avons quelques doniates qui connaissent bien la Traque, mais il vaut toujours mieux être plus nombreux.

Ayla exprima ses réticences :

— J'aimerais bien vous aider… mais… je n'ai pas envie de devenir Zelandoni. Je veux simplement vivre avec Jondalar et avoir des enfants.

— Si tu ne veux pas, rien ne t'y oblige. Personne ne peut te forcer, mais, si la Traque conduit à une bonne chasse, les Matrimoniales porteront chance — du moins, le croit-on —, elles consacreront des unions durables qui donneront des familles heureuses.

— Eh bien... je pourrais essayer, mais je ne sais pas si j'en suis capable.

— Ne t'inquiète pas. Personne n'est jamais sûr de réussir. On ne peut qu'essayer.

Zelandoni était contente d'elle-même. Manifestement, Ayla répugnait à entrer dans la Zelandonia, et cette Traque serait une façon de l'aider à franchir un premier pas. Il faut qu'elle devienne doniate, pensa Celle Qui Etait la Première. Elle a trop de talent, trop de capacités, elle pose des questions trop intelligentes. Si nous ne l'accueillons pas en notre sein, elle pourrait créer des dissensions hors de la Zelandonia.

25

Lorsqu'elles arrivèrent au camp, Loup accourut pour accueillir Ayla. Le voyant s'élancer, elle s'arc-bouta, au cas où dans sa joie de la revoir il sauterait sur elle, et lui fit signe de ne pas bondir. Bien qu'il parût avoir peine à se maîtriser, l'animal s'arrêta. Elle s'accroupit pour être à son niveau, le laissa lui lécher le cou en le tenant le temps qu'il se calme, puis elle se releva. Il posa sur elle un regard tellement chargé d'espoir et d'amour qu'elle hocha la tête et se tapota l'épaule. Il se dressa sur ses pattes arrière, posa celles de devant à l'endroit qu'elle avait indiqué et, avec un grondement sourd, lui prit la mâchoire entre ses crocs. Elle l'imita puis tint sa magnifique tête de fauve entre ses mains et plongea le regard dans ses yeux semés de paillettes d'or.

— Je t'aime, moi aussi, Loup, mais je me demande quelquefois pourquoi tu m'aimes autant. Est-ce parce que je suis devenue le chef de ta meute ou y a-t-il autre chose ?

Elle pressa son front contre le sien, lui ordonna de descendre.

— Tu inspires l'amour, Ayla, dit la Première.

La jeune femme trouva ce commentaire étrange.

— Je n'inspire rien du tout.

— Cet animal veut te plaire à cause de l'amour qu'il éprouve pour toi. Non que tu cherches à séduire ou à charmer, mais tu attires l'amour. Et ceux qui t'aiment t'aiment d'un amour profond. Je le vois chez tes animaux. Je le vois chez Jondalar. Je le connais. Il n'a jamais aimé, il n'aimera jamais quelqu'un comme il t'aime. Peut-être est-ce parce que tu donnes tant de toi, et si sincèrement ; ou peut-être est-ce un Don de la Mère, d'inspirer l'amour. Tu seras toujours aimée avec passion, mais il faut se méfier des Dons de la Mère.

— Pourquoi dit-on cela, Zelandoni ? Pourquoi un Don de la Mère devrait-il causer des soucis ? Ses Dons sont un bienfait, non ?

— Un bienfait trop grand, peut-être. Comment réagis-tu quand quelqu'un te fait un cadeau d'une grande valeur ?

— Iza m'a appris qu'un cadeau crée une obligation et qu'il faut rendre quelque chose de même valeur.

— Plus j'en sais sur ceux qui t'ont élevée, plus j'ai de respect pour eux, déclara Celle Qui Etait la Première. Quand la Grande Terre Mère accorde un Don, Elle attend peut-être quelque chose en retour, quelque chose d'égale valeur, mais comment le savoir avant le moment venu ? Alors, les gens se méfient. Parfois les Dons de la Mère excèdent ce qu'on aurait voulu, mais on ne peut pas les lui rendre. Trop n'apporte pas plus le bonheur que pas assez.

— Même trop d'amour ?

— La meilleure réponse à cette question, c'est Jondalar. Il a reçu la faveur de la Mère, dit la femme qu'on appelait autrefois Zolena. Une faveur excessive. Il est si beau et si bien fait qu'il ne peut qu'attirer l'attention. Même ses yeux ont une couleur si extraordinaire qu'on ne peut s'empêcher de les regarder. Il a un charme naturel qui séduit les gens, les femmes en particulier — je crois que pas une femme au monde ne pourrait lui refuser ce qu'il demande — et il prend plaisir à plaire aux femmes. Il est intelligent, doué pour la taille du silex, et en plus il a un cœur tendre. Le problème, c'est qu'il a trop d'amour à donner.

« Même la taille des silex est pour lui une passion. L'intensité de ses sentiments est telle qu'elle peut le submerger. Il lutte pour garder la maîtrise de cet amour mais elle lui a plusieurs fois échappé. Ayla, je ne suis pas sûre que tu saisisses la force de ses sentiments. Et tous ces Dons ne l'avaient pas rendu heureux, du moins jusqu'à maintenant. Ils suscitaient souvent plus d'envie que d'amour.

Ayla hocha pensivement la tête.

— J'ai entendu plusieurs personnes dire que Thonolan, son frère, était un favori de la Mère, et que c'était pour cela qu'il était mort si jeune. Etait-il très beau lui aussi ? Avait-il reçu de nombreux Dons ?

— Il était aimé de tous. Pas seulement de la Mère. Thonolan était joli garçon, sans avoir la beauté de Jondalar. Mais il était d'une nature si franche et si chaleureuse que, partout où il allait, les gens l'aimaient, les hommes comme les femmes. Il se faisait facilement des amis, et personne ne le jalousait.

Elles s'étaient arrêtées pour parler, le loup couché aux pieds d'Ayla.

— Maintenant qu'il t'a ramenée ici, poursuivit Zelandoni en se remettant à marcher, beaucoup d'hommes l'envient plus encore, et beaucoup de femmes te jalousent, parce qu'il t'aime. C'est la raison pour laquelle Marona a cherché à te ridiculiser. Elle vous envie tous les deux parce que vous avez trouvé le bonheur ensemble. Certains pensent qu'elle a beaucoup reçu mais elle n'a jamais eu qu'une beauté hors du commun, et la beauté seule est le plus trompeur des Dons. Elle ne dure pas. C'est une femme désagréable, qui ne pense qu'à elle, qui a peu d'amis et aucun vrai talent. Quand sa beauté se fanera, elle n'aura plus rien, j'en ai peur, pas même des enfants.

— Cela fait plusieurs jours que je ne l'ai pas vue.

— Elle est retournée à la Cinquième Caverne avec ses amis. Elle est venue ici avec eux, elle dort dans leur camp.

— Je ne l'aime pas mais je suis désolée pour elle si elle ne peut pas avoir d'enfants. Iza connaissait certains remèdes qui rendent une femme plus réceptive à l'esprit qui doit les féconder.

— J'en connais quelques-uns moi aussi, dit la doniate, mais Marona ne m'a pas demandé mon aide et, si elle est vraiment incapable de concevoir, rien n'y fera.

Ayla perçut une inflexion attristée dans la voix de la Première, puis sa mine soucieuse céda la place à un sourire radieux.

— Tu sais que je vais avoir un bébé ?

Zelandoni lui rendit son sourire. Elle avait deviné juste.

— J'en suis très heureuse pour toi, Ayla. Jondalar sait-il que la Mère a déjà honoré votre union ?

— Oui, je le lui ai dit. Il est très content.

— Il peut l'être. A qui d'autre en as-tu parlé ?

— A Marthona, et maintenant à toi.

— Si personne d'autre n'est au courant, nous pourrons surprendre tout le monde en annonçant la bonne nouvelle aux Matrimoniales, si tu veux. Il existe un rite particulier qui peut être incorporé à la cérémonie quand la Mère a déjà honoré la femme.

— Cela me plairait. J'ai cessé de marquer mes périodes lunaires puisque je ne saigne plus, mais je me demande si je ne devrais pas recommencer à marquer les jours afin de savoir combien il y en a jusqu'à la naissance de mon bébé. Jondalar m'a appris à me servir des mots à compter, mais je ne sais pas compter aussi loin.

— Tu trouves les mots à compter difficiles ?

— Oh non ! J'aime en faire usage. Jondalar m'a étonnée la première fois qu'il s'en est servi. Rien qu'avec les traits que je gravais chaque soir sur mes bâtons, il savait combien de temps j'avais vécu dans la vallée. Il a dit que c'était plus facile parce que j'avais tracé une ligne en plus au-dessus des traits les jours où ma période lunaire commençait, de manière à y être préparée. J'avais plus de mal à chasser quand je saignais. Je crois que les animaux sentaient mon odeur. Au bout d'un moment, j'ai remarqué que je commençais toujours à saigner lorsque la lune déclinante prenait la même forme, si bien que je n'avais plus à tracer les marques ; mais je le faisais quand même. On ne peut pas toujours voir la lune quand le ciel est nuageux.

Zelandoni songea qu'elle s'habituait aux choses surprenantes qu'Ayla évoquait avec désinvolture. Tracer une marque à compter quand elle saignait et puis faire le lien avec les phases de la lune, c'était quand même sidérant.

— Aimerais-tu apprendre plus de mots à compter, et d'autres façons de les utiliser ? On peut s'en servir pour savoir quand les saisons vont changer, avant même que des signes l'annoncent, par exemple, ou pour compter les jours à attendre jusqu'à la naissance de ton bébé.

— Oui, j'aimerais beaucoup. J'ai appris à tracer des marques avec Creb, mais je crois que cela l'inquiétait un peu. La plupart des femmes du Clan — les hommes aussi, d'ailleurs — ne savaient pas compter au-delà de trois. Creb connaissait les marques à compter parce qu'il était le Mog-ur, mais il n'avait pas de mots pour compter.

— Je te montrerai comment compter très loin, promit la doniate. Je pense qu'il vaut mieux que tu aies tes enfants maintenant, tant que tu es jeune. Tu n'auras peut-être plus envie de t'occuper de bébés quand tu seras plus âgée. Qui sait ce que tu décideras de faire ?

— Je ne suis pas si jeune, Zelandoni. Je suis dans ma dix-neuvième année, si Iza a bien estimé mon âge quand elle m'a trouvée.

— Tu parais plus jeune... Mais peu importe, tu as de l'avance, ajouta-t-elle comme pour elle-même.

Intérieurement, elle alla jusqu'au bout de sa réflexion : Ayla sait déjà soigner, elle n'aura pas à l'apprendre avant de devenir une Zelandoni.

— De l'avance sur quoi ? fit Ayla, perplexe.

— Euh... de l'avance pour ton foyer, puisque la vie a déjà germé en toi. J'espère que tu n'auras pas trop d'enfants. Tu es en bonne santé mais trop d'enfants épuisent une femme, la font vieillir plus vite.

Ayla eut la nette impression que Zelandoni cherchait à lui cacher quelque chose. C'était son droit. Libre à elle de ne pas révéler ce qu'elle pensait vraiment, mais la jeune femme n'en était pas moins intriguée.

Le crépuscule avait commencé, on avait déjà du mal à y voir. Lorsqu'elles arrivèrent à la fosse du feu, on les salua, on leur offrit à manger. Ayla s'aperçut qu'elle avait faim : l'après-midi avait été long et chargé. Zelandoni partagea leur repas, décida de passer la nuit au camp de la Neuvième Caverne puis entama une discussion avec Marthona et Joharran sur la prochaine chasse et la Traque que mènerait la Zelandonia. Elle signala qu'Ayla se joindrait aux doniates, ce que Marthona et Joharran parurent trouver judicieux, mais Ayla se sentit mal à l'aise. Elle n'avait pas envie de faire partie de Ceux Qui Servaient la Mère, et les circonstances la poussaient malgré elle dans cette direction.

— Il faudrait arriver là-bas de bonne heure. Je dois installer des cibles et mesurer les distances en pas, dit Jondalar au moment où ils sortaient de la hutte, le lendemain matin.

Il tenait à la main la coupe d'infusion de menthe qu'Ayla lui avait préparée et se mit à mâchonner la petite branche de gaulthérie qu'elle avait écorcée pour qu'il puisse se nettoyer les dents.

— Je veux d'abord passer voir Whinney et Rapide, répondit-elle. Pars devant, je garde Loup et je te retrouve plus tard.

— Ne sois pas trop longue. Les membres de la Caverne viendront tôt et j'aimerais que tu leur montres toi-même. Que mes jets soient longs, c'est une chose, mais quand ils verront qu'une femme, avec notre instrument, peut lancer une sagaie plus loin que n'importe quel homme, ils seront intéressés.

— Je tâcherai d'aller vite mais je veux brosser les chevaux et examiner Rapide. Je crois qu'il a reçu quelque chose dans l'œil, il est un peu rouge. Il faudra peut-être que je le soigne.

— Tu veux que je vienne avec toi ? proposa-t-il, soudain inquiet.

— Cela n'avait pas l'air grave, je suis sûre qu'il va bien. Je veux juste m'en assurer. Pars, je te rejoindrai.

Jondalar hocha la tête en se curant les dents puis avala le reste de l'infusion et sourit.

— Je me sens toujours mieux avec ça.

— Cela réveille et nettoie la bouche, dit Ayla.

Elle lui préparait sa tisane et sa brindille presque tous les matins depuis qu'ils s'étaient rencontrés et elle avait pris l'habitude de le regarder procéder à son rituel.

— Tu as encore des nausées le matin ? s'enquit-il.

— Non, plus maintenant, mais j'ai remarqué que mon ventre s'arrondit.

— J'aime ça, dit Jondalar, passant un bras autour des épaules d'Ayla, posant une main sur son ventre. J'aime surtout ce qu'il y a dedans.

— Moi aussi.

Il l'embrassa avec ardeur puis reprit :

— Ce qui me manque le plus, depuis que nous ne voyageons plus, c'est de pouvoir m'arrêter n'importe où et partager les Plaisirs avec toi quand nous en avons envie. Maintenant, il y a toujours quelque chose à faire...

Il enfouit la tête au creux de son cou, palpa la plénitude de ses seins et l'embrassa de nouveau.

— Je n'ai peut-être pas besoin d'aller là-bas si tôt, murmura-t-il d'une voix rauque.

— Si, répondit-elle en riant. Mais si tu préfères rester...

— Non, tu as raison.

Jondalar partit pour le camp principal tandis qu'Ayla rentrait dans la hutte. Elle en ressortit avec son sac de voyageur, celui qui contenait l'étui des sagaies et le propulseur et où elle avait rangé divers objets. Elle siffla Loup, remonta la petite rivière. La voyant venir, les chevaux allèrent à sa rencontre aussi loin que le permettaient leurs longes. Ayla remarqua que les cordes s'étaient prises dans la végétation. Outre les hautes herbes qui s'étaient enroulées autour des deux longes, celle de Whinney s'était entortillée dans des broussailles sèches, et Rapide avait déterré tout un buisson, racines comprises. Un enclos leur conviendrait peut-être mieux, pensa-t-elle.

Ayla défit licous et longes avant d'examiner l'œil de Rapide. Il était un peu rouge mais ne semblait pas mal en point. L'étalon et le loup se frottèrent le museau puis, heureux d'être libéré, Rapide se mit à galoper en décrivant un cercle et Loup se lança à sa poursuite.

Ayla entreprit d'étriller Whinney. Lorsqu'elle releva la tête, c'était Rapide qui pourchassait Loup. Elle s'arrêta de brosser la jument pour les observer. Quand Loup se rapprocha de Rapide, le jeune cheval ralentit un peu pour le laisser passer. Lorsqu'ils eurent bouclé un tour complet, ce fut Loup qui ralentit pour laisser passer Rapide.

Elle crut d'abord qu'elle avait tout imaginé, mais, en continuant à les regarder, elle s'aperçut que le manège était délibéré, que c'était un jeu qui les amusait. Deux jeunes mâles débordant de vie avaient découvert une façon de dépenser leur énergie et y prenaient plaisir. Ayla sourit en regrettant que Jondalar ne fût pas là pour admirer avec elle leurs cabrioles puis se remit à brosser la jument. Whinney commençait elle aussi à montrer qu'elle était grosse mais semblait en parfaite santé.

Quand Ayla eut fini de s'occuper d'elle, elle constata que Rapide paissait à présent paisiblement et que Loup n'était nulle part en vue. Parti en exploration, se dit-elle. Elle émit le sifflement que Jondalar utilisait pour appeler l'étalon. Il secoua la tête, s'approcha d'elle, et il l'avait presque rejointe quand un autre sifflement, reprenant les mêmes notes, se fit entendre. Tous deux cherchèrent le siffleur. Ayla pensa que c'était Jondalar, revenu pour une raison quelconque mais, en levant la tête, elle vit un jeune garçon se diriger vers elle.

Elle ne le connaissait pas ; elle se demanda ce qu'il voulait, et pourquoi il avait imité son sifflement. Lorsqu'il fut plus près, elle lui donna neuf ou dix ans, remarqua qu'il avait un bras déformé, plus court que l'autre, qui pendait de manière un peu bizarre comme s'il n'en avait pas toute la maîtrise. Il lui rappela Creb, qui avait été amputé au coude dans son enfance, et se prit de sympathie pour lui.

— C'est toi qui as sifflé ?

— Oui.

— Pourquoi as-tu sifflé comme moi ?

— Je n'avais jamais entendu siffler comme ça. J'ai voulu voir si je pouvais faire pareil.

— Tu as réussi. Tu cherches quelqu'un ?

— Non.

— Qu'est-ce que tu fais ici ?

— Je regarde, simplement, répondit l'enfant. Quelqu'un m'avait dit qu'il y avait des chevaux ici mais je ne savais pas que des gens y avaient installé un camp. Ça, il ne me l'avait pas dit. Tout le monde est près de la Rivière du Milieu.

— Nous venons d'arriver. Et toi, cela fait longtemps que tu es ici ?

— J'y suis né.

— Alors, tu es de la Dix-Neuvième Caverne ?

— Oui. Pourquoi tu parles drôlement comme ça ?

— Moi, je ne suis pas née ici. Je viens de loin. Avant, j'étais Ayla du Camp du Lion des Mamutoï, maintenant je suis Ayla de la Neuvième Caverne des Zelandonii.

Elle fit un pas vers lui en tendant les deux mains comme pour une présentation rituelle. Le garçon se troubla un peu parce qu'il arrivait difficilement à lever son bras en partie paralysé. Ayla tendit un peu plus le sien vers le membre difforme et prit les deux mains de l'enfant dans les siennes, comme si de rien n'était, mais sentit que l'une d'elles était plus petite, mal formée, avec l'auriculaire collé au doigt voisin. Elle la garda un moment dans la sienne et sourit.

Comme s'il se rappelait soudain les usages, le garçon récita :

— Je suis Lanidar de la Dix-Neuvième Caverne des Zelandonii. Ma Caverne te souhaite la bienvenue à la Réunion d'Eté, Ayla de la Neuvième Caverne des Zelandonii.

— Tu siffles très bien. Tu as parfaitement réussi à m'imiter. Tu aimes siffler ? demanda Ayla en lui lâchant les mains.

— Oui, ça me plaît.

— Je peux te demander de ne pas recommencer ?

— Pourquoi ?

— Je me sers de ce sifflement pour appeler ce cheval, l'étalon. Si tu siffles comme moi, il croira que tu l'appelles et il ne comprendra plus rien. Si tu aimes siffler, je peux t'apprendre d'autres sifflements.

— Quoi, par exemple ?

Ayla regarda autour d'elle, découvrit une mésange à tête noire perchée sur une branche voisine. Elle l'écouta chanter un moment puis reproduisit le son. Le jeune garçon eut l'air abasourdi, l'oiseau cessa un moment de chanter puis recommença. Ayla l'imita de nouveau. La mésange répondit.

— Comment tu fais ? demanda-t-il.

— Je t'apprendrai si tu veux. Tu y arriveras, tu siffles bien, mais il faut t'entraîner.

— Tu peux imiter d'autres oiseaux aussi ?

— Oui.

— Lesquels ?

— Ceux que tu voudras..

— Un pipit ?

Ayla ferma un instant les yeux, émit une suite de sons qui ressemblait à s'y méprendre au cri du pipit planant haut dans le ciel.

— Tu peux vraiment m'apprendre à faire ça ? reprit-il en la fixant avec des yeux étonnés.

— Si tu t'entraînes et si tu as vraiment envie d'apprendre.

— Comment tu as appris, toi ?

— De cette façon. En m'entraînant. Avec de la patience, on arrive même quelquefois à faire venir l'oiseau près de soi.

Ayla se rappela le temps où elle vivait seule dans sa vallée et apprenait à imiter le chant des oiseaux. Elle s'était mise à leur donner à manger ; plusieurs d'entre eux répondaient à son sifflement et venaient picorer dans sa main.

— Tu peux siffler d'autres choses ? voulut savoir Lanidar, intrigué par cette femme bizarre qui parlait si drôlement et sifflait si bien.

Ayla réfléchit, et peut-être parce que le petit garçon lui rappelait Creb, elle se mit à siffler une mélodie étrange qu'on eût dite jouée par une flûte. Lanidar avait déjà entendu des flûtes mais jamais rien de tel. La musique envoûtante ne ressemblait à rien de ce qu'il connaissait. C'était l'air que jouait le Mog-ur au Rassemblement du Clan auquel Ayla s'était rendue quand elle vivait encore avec le Clan de Brun. Lanidar écouta jusqu'à ce qu'elle s'arrêtât.

— Je n'ai jamais entendu siffler comme ça, dit-il.

— Cela t'a plu ?

— Oui, mais ça faisait un peu peur aussi. Comme si c'était un air qui venait de très loin.

— Il venait de loin, confirma Ayla.

Elle sourit puis déchira l'air d'un sifflement aigu et impérieux. Presque aussitôt, Loup bondit hors de l'herbe haute du pré.

— Un loup ! s'écria Lanidar, pétrifié par la terreur.

— Il ne te fera rien, le rassura Ayla en tenant l'animal contre elle. Ce loup est mon ami. J'ai traversé le camp principal avec lui hier. Je pensais que tu savais qu'il était là avec les chevaux.

L'enfant se calma mais continua à fixer le fauve avec de grands yeux ronds pleins d'appréhension.

— Hier, j'ai été cueillir des framboises avec ma mère. On ne m'a même pas dit que tu étais ici. On m'a juste dit qu'il y avait des chevaux dans le Pré d'En-Haut. Tout le monde parlait de cet objet qui lance des sagaies et qu'un homme doit nous montrer. Comme je ne suis pas bon avec une sagaie, j'ai préféré venir voir les chevaux.

Ayla se demanda si l'omission avait été délibérée, si quelqu'un avait cherché à berner ce jeune garçon. Puis elle prit conscience qu'un enfant de cet âge qui allait cueillir des framboises avec sa mère menait sans doute une vie assez solitaire. Un garçon infirme, incapable de lancer une sagaie, ne devait pas avoir beaucoup d'amis. Mais il avait un bras valide, il pouvait apprendre à lancer une sagaie, surtout avec l'instrument de Jondalar.

— Pourquoi n'es-tu pas bon avec une sagaie ? lui demanda-t-elle.

— Tu ne vois pas ? répliqua-t-il, montrant son bras mal formé.

— Mais ton autre bras marche parfaitement.

— L'autre bras, tout le monde s'en sert pour tenir ses sagaies. Et puis personne ne veut m'apprendre. Les autres disent que je n'arriverais jamais à toucher une cible, de toute façon.

— Et l'homme de ton foyer ?

— Je vis avec ma mère, et la mère de ma mère. On a eu un homme dans notre foyer, dans le temps, ma mère me l'a montré un jour, mais il est parti il y a longtemps et il ne veut pas entendre parler de moi. Ça ne lui a pas plu quand je suis allé le voir, il avait l'air gêné. De temps en temps, il y a des hommes qui vivent un moment avec nous, mais ils ne s'occupent pas de moi.

— Tu veux voir un lance-sagaie ? J'en ai un.

— Comment tu l'as eu ?

— Je connais l'homme qui l'a fabriqué, c'est avec lui que je vais m'unir. Dès que j'aurai fini avec les chevaux, j'irai le seconder dans sa démonstration.

— Oui, je veux bien jeter un coup d'œil.

Ayla alla prendre le propulseur et quelques sagaies dans son sac.

— Voilà comment ça marche, dit-elle en posant un projectile sur l'instrument.

La jeune femme s'assura que le trou creusé au bout de la sagaie était bien en face du petit crochet qui terminait l'étroite bande de bois, partagée par une rainure centrale, puis elle passa les doigts dans les lanières attachées sur le devant. Elle visa, lança.

— Elle est allée loin ! s'exclama Lanidar. Je n'ai jamais vu un homme lancer aussi loin.

— C'est ce qui fait de cet instrument une redoutable arme de chasse. Tu pourrais y arriver, toi aussi. Viens, je vais t'expliquer comment on le tient.

Ayla se rendait compte que le propulseur n'était pas à la taille du petit garçon, mais cela conviendrait pour l'aider à comprendre le principe de son fonctionnement. La malformation de son bras droit l'avait forcé à développer le gauche. Inutile de se demander s'il aurait été de toute façon gaucher si son bras droit s'était développé normalement. Gaucher, il l'était maintenant. Sans se préoccuper de lui apprendre à viser pour le moment, elle lui montra comment ramener le bras en arrière et lancer. Puis elle lui mit le propulseur dans la main, le plaça pour lui et le laissa faire. La sagaie partit de côté mais vola loin, et Lanidar eut un sourire ravi.

— Regarde où j'ai lancé ! Et on arrive aussi à toucher quelque chose ?

— Avec de la pratique.

Elle parcourut la prairie du regard, ne vit rien qui pût servir de cible. Elle se tourna vers Loup, qui, allongé sur le ventre, les observait.

— Loup, va me chercher quelque chose, dit-elle, accompagnant les mots de signes plus précis.

Il se leva d'un bond, fila dans l'herbe haute qui virait du vert au doré. Ayla le suivit lentement, ne tarda pas à déceler un mouvement dans l'herbe, puis aperçut un lièvre gris détalant devant le loup. Elle avait armé le propulseur et le tenait à hauteur d'épaule. Devinant la direction dans laquelle le lièvre bondirait la fois suivante, elle lança la sagaie, qui toucha sa cible. Lorsqu'elle s'approcha, le loup, qui avait une patte sur le corps du lièvre, leva les yeux vers elle.

— Je le veux, celui-là, Loup, va en attraper un autre pour toi, dit-elle au carnassier, lui parlant en même temps par signes.

Le jeune garçon restait abasourdi par la façon dont l'énorme loup obéissait à cette femme. Elle ramassa le lièvre, retourna près des chevaux.

— Tu devrais aller voir la démonstration, Lanidar, cela t'intéresserait. Peu importe que tu ne saches pas lancer. Personne ne sait se servir d'un lance-sagaie non plus. Tout le monde devra apprendre. Si tu attends un peu, j'irai avec toi.

L'enfant la regarda brosser le jeune étalon.

— Je n'ai jamais vu de cheval brun comme lui. La plupart des chevaux sont comme la jument.

— Je sais. Tout là-bas à l'est, au-delà de la fin de la Grande Rivière Mère, qui commence de l'autre côté du glacier, certains chevaux sont bruns. C'est de là qu'il vient.

Au bout d'un moment, Loup réapparut. Il trouva un endroit qui lui plaisait, en fit plusieurs fois le tour puis se coucha sur le ventre, pantelant.

— Pourquoi ces animaux restent près de toi ? Pourquoi ils font ce que tu leur dis ?

— Ils sont mes amis. J'ai tué la mère de la jument, mais je ne l'avais pas prise pour cible. Elle est tombée dans une fosse que j'avais creusée. C'est seulement en voyant son petit que j'ai su qu'elle nourrissait. Des hyènes aussi l'avaient vu. Je n'aime pas les hyènes mais je ne sais pas pourquoi je les ai chassées. Comme la pouliche n'aurait pas survécu seule, de toute façon, je l'ai emmenée, je l'ai élevée. Je pense qu'elle a grandi en me prenant pour sa mère. Plus tard, nous sommes devenues amies, nous avons appris à nous comprendre. Elle fait ce que je lui demande parce qu'elle en a envie. Je l'ai appelée Whinney.

La façon dont Ayla avait prononcé le nom imitait parfaitement un hennissement. Dans le pré, la jument louvette leva la tête et regarda dans leur direction.

— Comment tu fais ça ? murmura Lanidar, interloqué.

— C'est son vrai nom. Aux autres, je dis simplement Whinney, parce qu'ils comprennent mieux, mais ce n'est pas la façon dont je l'ai prononcé quand je l'ai appelée ainsi. L'étalon est son fils. J'étais là quand il est né. Jondalar aussi. Il l'a appelé Rapide, quelque temps après sa naissance. Parce qu'il aime courir et veut toujours être devant, sauf quand je l'attache à une corde. Alors, il suit sa mère.

Ayla recommença à brosser l'étalon. Elle avait presque fini.

— Et le loup ? demanda Lanidar.

— C'est presque la même histoire. Je l'ai élevé tout petit. J'avais tué sa mère parce qu'elle volait les hermines prises dans mes pièges. Je ne savais pas qu'elle nourrissait. C'était l'hiver, le sol était couvert de neige, elle avait mis bas hors de saison. J'ai suivi ses traces jusqu'à son terrier. C'était une louve solitaire, sans autres animaux pour l'aider, et tous ses petits étaient morts sauf un. Quand j'ai tiré Loup du terrier, il avait les yeux à peine ouverts. Il a grandi avec des enfants mamutoï, il prend les êtres humains pour sa meute.

— Comment tu l'as appelé ?

— Loup. C'est le mot mamutoï pour loup. Tu veux faire sa connaissance ?

— Faire la connaissance d'un loup ?

— Viens, je vais te montrer.

Le jeune garçon s'approcha prudemment de l'animal.

— Donne-moi ta main, dit Ayla. Nous allons la faire sentir à Loup, il s'habituera à ton odeur et tu pourras ensuite le caresser.

Lanidar hésita à mettre sa main valide si près de la gueule de l'animal, puis finit par la tendre lentement. Ayla la prit, la plaça sous le museau de Loup, qui la renifla puis la lécha.

— Ça chatouille ! fit l'enfant avec un rire nerveux.

— Tu peux lui toucher la tête, il aime qu'on le gratte derrière les oreilles.

Avec un sourire extatique, le petit garçon caressa l'animal, leva les yeux quand le jeune étalon hennit.

— Je crois que Rapide réclame un peu d'attention, traduisit Ayla. Tu veux le caresser aussi ?

— Je peux ?

— Viens ici, Rapide, dit Ayla, ajoutant un signe à l'ordre.

L'étalon brun à la crinière et à la queue noires hennit de nouveau, avança de quelques pas vers la femme et l'enfant, baissa la tête devant Lanidar, qui recula. Le cheval n'était pas un carnivore à la gueule hérissée de crocs, mais cela ne voulait pas dire qu'il était inoffensif. Ayla plongea la main dans le sac posé à ses pieds.

— Fais des gestes lents, recommanda-t-elle. Laisse-le te sentir, lui aussi, c'est comme cela que les animaux apprennent à nous connaître. Ensuite tu pourras lui caresser les naseaux ou le côté de la tête.

L'enfant suivit les conseils d'Ayla.

— Son nez est doux ! fit-il.

Whinney surgit tout à coup de nulle part, poussa son rejeton sur le côté. Le petit garçon sursauta.

— Elle veut qu'on s'occupe d'elle, expliqua Ayla. Les chevaux sont très curieux et ils aiment se faire remarquer. Tu veux leur donner à manger ?

Lanidar acquiesça. Ayla ouvrit la main pour lui montrer deux morceaux de racine blanche dont les chevaux étaient friands : de la jeune carotte.

— Ta main droite est assez forte pour tenir quelque chose ?

— Oui, répondit-il.

— Alors, tu leur donneras à manger en même temps. Tu leur présentes le morceau en gardant la main ouverte, pour qu'ils puissent le prendre. Ils sont jaloux quand on donne à manger à l'un et pas à l'autre. Whinney chasserait Rapide. C'est sa mère, elle peut lui donner des ordres.

— Même les mères juments font ça ?

— Oui, même les mères juments.

Ayla se redressa, alla prendre les longes en disant :

— Je crois qu'il est temps de partir. Jondalar m'attend. Je vais devoir les attacher de nouveau. Pour leur bien. Je ne veux pas qu'ils se promènent partout en liberté avant que tout le monde au camp sache qu'il ne faut pas les chasser. Je devrais leur construire un enclos plutôt qu'utiliser des cordes qui se prennent dans les buissons.

La longe de Rapide était tellement emmêlée dans les broussailles qu'elle dut aller prendre dans son sac la hachette que Jondalar avait fabriquée pour elle. Pendant le Voyage, elle la portait sur elle, le manche passé dans une boucle attachée à sa ceinture. Ce serait plus facile de démêler la corde si elle brisait d'abord les branches des broussailles. Après avoir débarrassé les longes des débris qui y demeuraient accrochés, elle rattacha les chevaux, ramassa son sac et le lièvre, dont elle ferait cadeau à quelqu'un au camp de la Neuvième Caverne, puis elle se tourna vers le jeune garçon.

— Si je t'apprends à siffler comme les oiseaux, tu feras quelque chose pour moi, Lanidar ?

— Quoi ?

— Il m'arrive de devoir m'absenter presque toute la journée. Pourrais-tu venir t'occuper des chevaux pendant que je suis partie ? Tu les appelles en sifflant, tu vérifies que leur corde n'est pas emmêlée, tu les caresses un peu. Ils aiment la compagnie. S'il y a un problème, tu me préviens. Tu pourrais faire ça ?

L'enfant demeura ébahi. Il n'aurait jamais imaginé qu'elle lui demanderait une chose pareille.

— Je pourrais aussi leur donner à manger ?

— Bien sûr. Tu peux toujours cueillir de l'herbe fraîche pour eux, et ils adorent les carottes, ainsi que d'autres racines que je te montrerai. Il faut que j'y aille. Tu veux venir avec moi voir Jondalar montrer son lance-sagaie ?

— Oui.

Ils retournèrent au camp, imitant en chemin quelques chants d'oiseaux. Lorsqu'ils parvinrent au lieu choisi pour la démonstration, Ayla fut étonnée de découvrir d'autres propulseurs à côté de celui de Jondalar. Plusieurs Zelandonii ayant assisté à la première démonstration, pour les Cavernes proches de la Neuvième, avaient fabriqué leur propre version de l'instrument, qu'ils utilisaient avec divers degrés de réussite. Jondalar la vit approcher avec soulagement et alla à sa rencontre.

— Qu'est-ce qui t'a retardée ? Plusieurs chasseurs ont fabriqué leur propre lance-sagaie, mais il faut beaucoup d'entraînement pour acquérir de la précision, tu le sais. Jusqu'ici, je suis le seul qui touche la cible qu'il vise, et les autres commencent à croire que c'est de la chance, que personne n'arrivera jamais à se servir de cet instrument. Je n'ai pas parlé de toi. J'ai pensé qu'ils seraient plus impressionnés en te voyant. Je suis content que tu sois enfin là.

— J'ai étrillé les chevaux — l'œil de Rapide va bien — et je les ai laissés courir un moment. Il faut trouver autre chose que les cordes, elles se prennent dans les broussailles. Un enclos, peut-être. J'ai demandé à Lanidar de surveiller les animaux quand nous serons loin du camp. Il a fait leur connaissance, ils l'aiment bien.

— Qui est Lanidar ? marmonna Jondalar avec une pointe d'agacement.

Ayla indiqua le jeune garçon qui, un peu effrayé par l'expression irritée de l'homme, tentait de se cacher derrière elle.

— Je te présente Lanidar de la Dix-Neuvième Caverne. Quelqu'un lui a dit qu'il y avait des chevaux dans le pré, il est venu voir.

Préoccupé par la démonstration qui ne se déroulait pas comme il l'avait espéré, Jondalar chassait déjà l'enfant de son esprit quand il remarqua le bras difforme et l'expression soucieuse d'Ayla. Elle essayait de lui faire comprendre quelque chose, probablement au sujet du petit garçon.

— Je crois qu'il pourrait nous aider, poursuivit-elle. Il sait déjà siffler comme nous pour appeler les chevaux mais il a promis de ne pas le faire sans raison.

— J'en suis heureux, assura Jondalar. Nous aurons besoin de son aide.

Le jeune infirme se détendit un peu et Ayla sourit à son compagnon.

— Il est venu assister lui aussi à la démonstration, reprit Ayla. Quel genre de cible as-tu installé ?

Ils se dirigèrent vers la foule, composée essentiellement d'hommes, qui les observait. Quelques-uns semblaient s'apprêter à partir.

— Un dessin de cerf sur une peau attachée à un ballot d'herbe, répondit Jondalar.

Ayla prit son propulseur et une sagaie en approchant ; dès qu'elle découvrit les cibles, elle visa et rabattit le bras. Le bruit sourd du trait qui se planta dans l'herbe fit sursauter plusieurs Zelandonii. Ils ne s'attendaient pas que cette femme lançât une sagaie aussi vite. Elle effectua d'autres démonstrations, mais atteindre une cible fixe n'avait rien d'extraordinaire, et, même si Ayla lançait plus loin que n'importe quelle femme, ils avaient déjà vu Jondalar transpercer plusieurs fois le cerf. Cela ne les étonnait plus.

Lanidar parut le comprendre. S'approchant d'Ayla, il lui tapota le dos et murmura :

— Tu devrais demander au loup de te trouver un lièvre, ou quelque chose comme ça.

Elle lui sourit, adressa un signe à l'animal. Autour d'eux, l'herbe avait été piétinée par la foule et le gibier avait dû s'enfuir, mais, s'il restait une seule bête, Loup la trouverait. Certains Zelandonii éprouvèrent un peu d'appréhension en voyant le prédateur courir loin d'Ayla. Ils commençaient à s'habituer à sa présence près de cette femme, mais le voir filer seul comme ça...

Avant l'arrivée d'Ayla, un homme avait demandé à Jondalar quelle distance il pouvait atteindre avec son instrument et Jondalar avait répondu qu'il le lui montrerait une fois qu'il aurait récupéré ses sagaies, toutes plantées dans les cibles. Il se dirigeait vers les ballots d'herbe avec quelques Zelandonii quand Ayla vit Loup prendre une posture l'avertissant qu'il avait débusqué quelque chose. Soudain, un lagopède des saules surgit dans un bruit d'ailes, au-dessus d'un bosquet à mi-hauteur d'une pente. Ayla se tenait prête, avec sur le propulseur un projectile léger, l'un de ceux que Jondalar et elle utilisaient pour les petits animaux.

Elle lança l'arme en un geste si prompt qu'on eût dit une réaction instinctive. L'oiseau touché poussa un cri qui attira l'attention des

Zelandonii. Ils levèrent la tête, virent le lagopède tomber du ciel et considérèrent l'instrument avec un regain d'intérêt.

— Elle peut lancer à quelle distance ? demanda à Jondalar l'homme qui l'avait déjà interrogé.

— Pose-lui la question.

— Simplement lancer ou toucher la cible ? s'enquit Ayla.

— Les deux.

— Si tu veux savoir quelle distance un lance-sagaie permet d'atteindre, j'ai une meilleure idée, dit-elle en se tournant vers le jeune garçon. Lanidar, tu leur montres ?

L'enfant regarda autour de lui d'un air timide, mais Ayla se rappela qu'il n'avait pas hésité à répondre à ses questions quand elle lui avait parlé. Elle savait que l'attention générale ne le gênait pas. Il la regarda, hocha la tête.

— Tu penses pouvoir te souvenir de la façon dont tu as lancé, la fois d'avant ?

Il acquiesça. Elle lui tendit le propulseur et un projectile léger. Il eut un peu de mal à placer le trait sur l'instrument avec son bras trop court, mais y réussit sans aide. Il s'avança ensuite au milieu de la prairie, ramena son bras valide en arrière et lança la sagaie comme la fois précédente, en laissant l'arrière du propulseur se relever. La sagaie se planta deux fois moins loin que celles d'Ayla ou de Jondalar mais à une distance bien supérieure à celle qu'on pouvait attendre d'un jeune garçon, surtout affligé d'une telle infirmité.

Personne n'avait plus envie de partir, maintenant. L'homme qui avait réclamé la démonstration s'approcha de l'enfant, remarqua les décorations de sa tunique et le petit collier à son cou, et parut surpris.

— Cet enfant n'est pas de la Neuvième Caverne, il est de la Dix-Neuvième, dit-il à Ayla. Vous venez d'arriver. Quand a-t-il appris à se servir de cette chose ?

— Aujourd'hui.

— Il peut lancer une sagaie aussi loin et il n'a appris qu'aujourd'hui ?

— Oui. Bien sûr, il n'a pas encore appris à viser, mais cela viendra avec le temps et l'entraînement.

Elle jeta un coup d'œil au jeune garçon. Le sourire de Lanidar resplendissait d'une telle fierté qu'elle ne put s'empêcher de sourire, elle aussi. Quand il lui eut rendu le propulseur, elle prit un autre de ses traits légers, le plaça dans la rainure et l'expédia bien au-delà des cibles que Jondalar avait installées. Occupés qu'ils étaient à suivre la trajectoire du projectile, les Zelandonii ne la virent pas armer de nouveau le propulseur. La sagaie se ficha cette fois dans l'une des cibles avec un bruit satisfaisant, et plusieurs hommes, surpris, découvrirent le long trait planté dans le cou du cerf.

Dans le brouhaha qui s'ensuivit, Ayla regarda Jondalar, qui lui adressa un sourire aussi épanoui que celui de Lanidar. Les hommes se pressèrent autour d'eux pour examiner les nouveaux instruments, certains demandèrent à les essayer. Quand ils voulurent emprunter celui d'Ayla, elle les renvoya à Jondalar en prétextant qu'elle devait chercher Loup. Elle s'étonna de sa réaction : elle n'avait jamais possédé grand-chose qu'elle considérât vraiment à elle.

Elle trouva Loup assis près de Folara et Marthona, au pied de la pente. La voyant se diriger vers elles, la jeune fille leva un bras pour désigner le lagopède. Au moment où Ayla quittait la prairie, une femme s'approcha d'elle et se présenta :

— Je suis Mardena de la Dix-Neuvième Caverne des Zelandonii.

Quand l'inconnue lui tendit les mains, Ayla remarqua Lanidar derrière elle.

— Nous sommes les hôtes de la Réunion, cette année, poursuivit-elle. Au nom de la Mère, je te souhaite la bienvenue.

Petite et frêle, elle ressemblait à Lanidar.

— Je suis Ayla de la Neuvième Caverne des Zelandonii, naguère du Camp du Lion des Mamutoï. Au nom de Doni, la Grande Terre Mère, également appelée Mut, je te salue, répondit Ayla.

— Je suis la mère de Lanidar.

— Je m'en doutais. Il y a une ressemblance.

Un peu déroutée par l'étrange accent d'Ayla, Mardena demanda :

— Comment se fait-il que tu connaisses mon fils ? Je lui ai posé la question mais il peut être très secret, quelquefois.

— Les enfants sont comme cela, répondit Ayla avec un sourire. Quelqu'un lui avait dit qu'il y avait des chevaux à notre camp, il est venu voir, j'étais là.

— J'espère qu'il ne t'a pas dérangée.

— Pas du tout. En fait, il pourrait m'aider. Je m'efforce de tenir les chevaux à l'écart, pour leur sécurité, jusqu'à ce que tout le monde s'habitue à eux et sache qu'il ne faut pas les chasser. J'ai l'intention de leur construire un enclos mais je n'en ai pas encore eu le temps. Alors, pour le moment, je les attache à un arbre. Malheureusement, la corde se prend dans les broussailles et cela limite trop leur liberté de mouvement. J'ai demandé à ton fils s'il pourrait venir les voir quand je dois m'absenter quelque temps et me prévenir en cas de problème.

— Ce n'est qu'un enfant, et ces chevaux sont des bêtes vigoureuses, non ? s'inquiéta la mère du garçon.

— Certes. Quand ils sont acculés ou qu'ils se retrouvent dans une situation inconnue, il leur arrive de prendre peur. Alors ils se cabrent ou ils ruent, mais ils ont fait bon accueil à Lanidar. Ils sont très doux avec les enfants et les gens qu'ils connaissent. Tu peux venir le constater toi-même, si tu veux. Enfin, si cela te préoccupe, je trouverai quelqu'un d'autre.

— Ne dis pas non, mère ! implora Lanidar. Je veux le faire. Elle m'a laissé les toucher, ils ont mangé dans mes mains, mes deux mains ! Elle m'a montré aussi comment lancer une sagaie avec leur instrument. Tous les garçons en lancent, moi je ne l'avais jamais fait.

Mardena savait que son fils mourait d'envie d'être comme les autres, mais elle pensait qu'il devait comprendre qu'il ne le serait jamais. Elle avait souffert quand l'homme qui avait été son compagnon était parti après la naissance de Lanidar. Elle était sûre qu'il avait honte de l'enfant. En plus de son infirmité, Lanidar était petit pour son âge, et elle faisait tout pour le protéger. Le lancer de sagaie ne signifiait rien pour elle. Elle était venue assister à la démonstration uniquement parce que les autres y allaient et qu'elle pensait que cela pourrait plaire à Lanidar. Mais, quand elle l'avait cherché, elle ne l'avait pas trouvé. Nul n'avait été plus ébahi qu'elle quand l'étrangère avait appelé son fils pour essayer la nouvelle arme.

La voyant hésiter, Ayla proposa :

— Si tu n'es pas trop occupée, pourquoi ne passerais-tu pas demain matin avec Lanidar au camp de la Neuvième Caverne ? Tu verras ton fils avec les chevaux, tu jugeras par toi-même.

— Mère, je peux le faire, plaida Lanidar. Je sais que je peux le faire.

26

— Il faut que je réfléchisse, répondit Mardena. Mon fils n'est pas comme les autres, il ne peut pas faire les mêmes choses.

Ayla la regarda.

— Je ne suis pas sûre de comprendre.

— Tu te rends bien compte que son bras le limite.

— Quelque peu, mais beaucoup apprennent à surmonter ce genre de limites.

— Jusqu'à quel point ? Il ne sera jamais chasseur, il n'arrivera jamais à fabriquer quelque chose avec ses mains. Cela ne lui laisse pas beaucoup d'autres possibilités.

— Pourquoi ne pourrait-il pas chasser ou apprendre à fabriquer des choses ? repartit Ayla. Il est intelligent, il voit bien. Il a un bras normal et peut se servir un peu de l'autre. Il marche, il court, même. J'ai vu des gens surmonter des difficultés bien plus graves. Il a juste besoin de quelqu'un pour lui apprendre.

— Qui ? répliqua Mardena. Même l'homme de son foyer n'a pas voulu.

Ayla eut l'impression de commencer à saisir.

— Je m'en chargerais volontiers, dit-elle, et je pense que Jondalar nous apporterait son aide. Le bras gauche de Lanidar est solide. Je suis sûre qu'il pourrait apprendre à lancer une sagaie, en particulier avec le nouvel instrument.

— Pourquoi prendrais-tu cette peine ? Tu ne vis pas dans notre Caverne. Tu ne le connais même pas.

Ayla supposa que Mardena ne croirait jamais qu'elle était prête à le faire parce qu'elle aimait bien cet enfant, alors qu'elle venait à peine de le rencontrer. Aussi répondit-elle :

— Nous avons tous l'obligation de transmettre aux enfants ce que nous savons, et je viens de devenir zelandonii. Je dois apporter à mon nouveau peuple une contribution qui montrera que j'en suis digne. En outre, si Lanidar m'aide pour les chevaux, j'aurai une dette envers lui et je serai tenue de lui donner en échange quelque chose d'égale valeur. C'est ce qu'on m'a inculqué quand j'étais enfant.

— Et s'il n'arrive pas à chasser malgré tes efforts ? Je ne voudrais pas lui donner de faux espoirs.

— Il doit apprendre certaines activités. Sinon, que fera-t-il quand il grandira et que tu seras trop vieille pour le protéger ? Tu ne veux pas qu'il soit un fardeau pour les Zelandonii ? Moi non plus, où qu'il vive.

— Il sait cueillir les fruits avec les femmes.

— C'est une contribution valable, mais il devrait découvrir d'autres choses. Du moins essayer.

— Tu as sans doute raison, convint Mardena. Mais quoi ? Je ne crois pas qu'il puisse chasser un jour.

— Tu l'as vu lancer une sagaie ? Même s'il ne devient pas un excellent chasseur — et je pense qu'il en est capable —, apprendre à chasser lui ouvrirait d'autres perspectives.

— Lesquelles ?

Ayla chercha en hâte une réponse.

— Il siffle bien, je l'ai entendu. Un bon siffleur peut souvent imiter les cris d'animaux. S'il en est capable, il pourrait devenir un appelant, attirer les bêtes là où les chasseurs sont embusqués.

— C'est vrai, il siffle bien, dit Mardena, considérant l'argument. Tu crois que ça pourrait lui servir à quelque chose ?

Lanidar intervint :

— Elle aussi, elle siffle, mère. Comme les oiseaux. Elle sait imiter un cheval...

— Vraiment ?

Ayla était sûre que Mardena allait réclamer une démonstration et n'avait pas envie d'émettre un hennissement strident avec autant de monde autour d'elle. Pour créer une diversion, elle réitéra son invitation :

— Venez donc demain matin au camp de la Neuvième Caverne, ton fils et toi.

— Je peux aussi amener ma mère ? demanda Mardena.

— Bien sûr. Venez tous les trois, vous partagerez notre repas.

— Alors, à demain.

Ayla regarda la mère et l'enfant s'éloigner. Avant de se retourner pour aller rejoindre Marthona, Folara et Loup, elle vit Lanidar lui adresser par-dessus son épaule un sourire débordant de reconnaissance.

— Voilà ton oiseau, cria Folara en lui montrant le lagopède transpercé quand elle s'approcha. Que comptes-tu en faire ?

— Eh bien, comme je viens de lancer des invitations pour le repas de demain matin, je pense que je vais le cuire.

— Qui as-tu invité ?

— La femme à qui je parlais.

— Mardena ? s'étonna la jeune fille.

— Ainsi que sa mère et son fils.

— Personne ne les invite jamais, sauf pour les festins communautaires.

— Pourquoi ?

— Maintenant que j'y pense, je ne sais pas trop. Mardena vit un peu à l'écart. Elle se croit responsable de l'infirmité de son garçon ou du moins elle croit que les gens le pensent.

— Certains le pensent, dit Marthona, et Lanidar aura peut-être du mal à trouver une compagne. Il y aura des mères pour craindre qu'il n'apporte des Esprits infirmes à une union.

— En plus, Mardena le traîne avec elle partout où elle va, reprit Folara. Elle a peur que les autres garçons se moquent de lui si elle le laisse aller seul quelque part. Ils le feraient sûrement. Je ne crois pas qu'il ait des amis. Elle ne lui offre aucune possibilité.

— Je me posais justement la question, dit Ayla. Elle a envers lui une attitude protectrice. Trop protectrice, je pense. Elle est persuadée que son bras infirme limite ses capacités, mais sa plus grande limite, à mon avis, ce n'est pas son bras, c'est sa mère. Elle a peur de le laisser essayer. Il faut pourtant qu'il grandisse.

— Pourquoi l'as-tu choisi pour lancer une sagaie ? demanda Marthona. J'ai eu l'impression que tu le connaissais.

— Quelqu'un lui avait dit qu'il y avait des chevaux là où nous avons notre camp — le Pré d'En-Haut, comme il l'appelle —, il est venu les voir et je me trouvais là. Je pense qu'il cherchait à échapper à la foule, ou à sa mère, mais celui qui lui avait parlé des chevaux avait omis de lui dire que nous campons là-bas. Jondalar et Joharran ont demandé que tous les participants à la Réunion évitent de s'approcher des chevaux. Le « quelqu'un » qui a parlé des chevaux à Lanidar pensait peut-être qu'il aurait des ennuis s'il venait les voir. En fait, cela ne me dérange pas qu'on vienne les voir, je veux juste que personne n'ait l'idée de les chasser. Ils sont trop habitués à l'homme, ils ne s'enfuiraient pas.

— Et, bien sûr, tu as laissé Lanidar les toucher et il était ravi, comme tout le monde, dit Folara en souriant.

Ayla lui rendit son sourire.

— Peut-être pas tout le monde, mais je pense que, si les gens ont l'occasion de les connaître, ils ne seront pas tentés de les chasser.

— Tu as sans doute raison, approuva Marthona.

— Les chevaux l'aiment bien, semble-t-il, et il a su tout de suite siffler comme moi pour les appeler. Alors je lui ai demandé de s'occuper d'eux en mon absence. Je ne pensais pas que sa mère y verrait une objection.

— Rares sont les mères qui s'opposeraient à ce que leur fils de douze ans en sache davantage sur les chevaux ou sur n'importe quel autre animal, observa Marthona.

— Douze ans ? Je pensais qu'il en avait neuf ou dix. Il disait qu'il ne voulait pas aller à la démonstration de Jondalar parce qu'il ne sait pas lancer une sagaie. Il semblait croire qu'il n'y arriverait jamais, mais son bras gauche est normal, et, comme j'avais mon lance-sagaie avec moi, je lui ai montré comment s'en servir. A son âge, il devrait faire mieux que de cueillir des framboises avec sa mère.

Ayla s'interrompit, regarda les deux femmes.

— Comment se fait-il que vous connaissiez Lanidar et Mardena ?

Ce fut Marthona qui répondit :

— Chaque fois que naît un bébé infirme comme lui, toutes les Cavernes en entendent parler, et tout le monde en parle. Pas nécessairement en mal. Les gens se demandent pourquoi et veulent éviter qu'une telle chose arrive à leurs enfants. Quand le compagnon de Mardena est parti, la plupart des Zelandonii ont pensé que c'était parce qu'il avait du mal à reconnaître Lanidar comme le fils de son foyer, mais je pense que Mardena est à moitié responsable. Elle ne voulait montrer le bébé à personne, pas même à son compagnon. Elle le cachait, elle dissimulait son bras. Elle est devenue très protectrice.

— Le problème de Lanidar, c'est qu'elle l'est toujours, dit Ayla. Quand je lui ai annoncé que j'avais proposé à son fils de s'occuper des chevaux en mon absence, elle n'a pas voulu. Pourtant, je ne lui demandais pas une chose dont il aurait été incapable. Il s'agit juste de voir s'ils vont bien et de me prévenir en cas de problème. C'est pour cela que je les ai invités à venir demain, pour essayer de la convaincre que les chevaux ne feront aucun mal à son fils. Et j'ai promis de lui apprendre à chasser ou du moins à lancer une sagaie. Je ne sais pas pourquoi, mais plus elle se montrait réticente, plus j'étais déterminée.

Folara et sa mère sourirent, hochèrent la tête pour signifier qu'elles comprenaient.

— Pouvez-vous prévenir Proleva que nous aurons de la visite demain matin ? leur demanda Ayla. Moi, je vais chercher autre chose pour le repas de demain. Et si vous retournez au camp, vous pouvez prendre le lagopède ?

— N'oublie pas ton lièvre, rappela Marthona. Salova m'a dit que tu en as tué un aujourd'hui. Veux-tu de l'aide pour le repas ?

— Uniquement si tu penses que d'autres pourraient se joindre à nous. Je vais creuser un four dans le sol, y mettre des pierres brûlantes, et laisser cuire le lagopède et le lièvre toute la nuit. Avec des herbes et des légumes.

— Folara, je pense qu'il faudra l'aider, dit la mère de Jondalar. Si c'est Ayla qui prépare le repas, tout le monde voudra goûter, par curiosité... Oh, j'allais oublier : Ayla, j'ai été chargée de te prévenir qu'il y aura demain après-midi une réunion de toutes les femmes qui s'apprêtent à prendre un compagnon, et de leurs mères, dans la hutte de la Zelandonia.

— Je n'ai pas de mère pour m'accompagner, murmura Ayla.

— Normalement, ce n'est pas la place de la mère de l'homme, mais puisque la femme dont tu es née ne peut être là, je suis prête à venir avec toi, si tu veux, proposa Marthona.

— Vraiment ? fit Ayla, très émue. Je t'en serais infiniment reconnaissante.

— Un festin matinal sorti d'un four dans la terre ! s'exclama Folara. La viande est toujours très tendre, cuite de cette façon. La journée de demain s'annonce merveilleuse.

Et bientôt je serai unie à Jondalar, songeait Ayla. Comme je voudrais qu'Iza soit là... C'est elle la mère qui devrait être à mes côtés, pas la femme dont je suis née. Puisqu'elles parcourent toutes deux le Monde d'Après, je suis reconnaissante à Marthona de m'accompagner, mais Iza aurait été tellement contente... Elle craignait que je ne trouve jamais d'homme à qui m'unir. Elle a eu raison de me conseiller de partir à la recherche de mon peuple, à la recherche de mon compagnon.

Derrière le camp principal, à droite, les collines calcaires formaient une large cuvette évasée qui s'incurvait sur les côtés mais était ouverte sur le devant. La base des pentes incurvées convergeait vers une étendue relativement plate, nivelée par les pierres et la terre accumulées au cours des nombreuses années écoulées depuis que le lieu servait aux réunions. A l'intérieur de la cuvette, les flancs herbeux des collines s'élevaient par paliers, et les parties les moins escarpées avaient été aplanies elles aussi pour que des groupes familiaux ou même des Cavernes entières puissent s'y asseoir ensemble et jouir de la vue sur l'espace découvert, en contrebas. La partie en pente était assez vaste pour accueillir tous les participants à la Réunion d'Eté, soit plus de deux mille personnes.

Dans un boqueteau proche de la crête des collines jaillissait une source qui alimentait un petit étang puis coulait au milieu de la pente, traversait la partie plane du bas et se jetait dans le cours d'eau du camp. Ce ruisseau était si étroit qu'on pouvait l'enjamber aisément, et l'étang clair et froid, proche du sommet, constituait une source permanente d'eau potable.

Ayla monta vers les arbres en suivant un sentier, le long du ruisseau qui peignait d'une couche d'eau un lit caillouteux. Elle fit halte pour boire à la source puis se retourna. Son attention fut attirée par l'eau qui descendait la colline en miroitant, allait grossir le flot qui traversait le vaste camp puis se jetait dans la Rivière. C'était un paysage de hautes collines, de falaises calcaires et de vallées creusées par des cours d'eau.

Du camp montait une rumeur qui ne ressemblait à rien de ce qu'Ayla connaissait, les voix mêlées de tout un camp noir de monde, fondues en un seul grondement, ponctué parfois d'un cri, d'un appel, d'une exclamation. Cela lui rappelait une ruche, ou un troupeau d'aurochs meuglant au loin, et elle était soulagée de se retrouver seule un moment.

Enfin, pas tout à fait seule. Elle regarda Loup fourrer son museau dans les moindres recoins et sourit. Ayla aimait l'avoir auprès d'elle. Bien qu'elle ne fût pas habituée à voir tant de gens, surtout en si peu de temps et en un seul endroit, elle n'avait pas trop envie d'être seule. Elle avait eu son content de solitude dans la vallée qu'elle avait découverte après avoir quitté le Clan, et elle n'aurait sans doute pas supporté cette situation sans Whinney, et plus tard Bébé. Même avec ses animaux, la solitude lui avait pesé, mais elle avait su se procurer à manger et fabriquer les objets dont elle avait besoin ; elle avait appris la joie d'une liberté totale. Pour la première fois, elle pouvait faire ce qu'elle voulait, même adopter une pouliche ou un lionceau. Ne dépendre que d'elle-même lui avait révélé qu'un être humain livré à la solitude pouvait vivre un temps dans un bien-être relatif tant qu'il restait jeune, fort et en bonne santé. Ce n'est qu'en tombant gravement malade qu'elle avait pris conscience de sa vulnérabilité.

Ayla avait alors compris qu'elle n'aurait pas survécu si le Clan n'avait permis à une petite fille faible et blessée, rendue orpheline par un tremblement de terre, de vivre en son sein, alors qu'elle appartenait à ceux que les membres du Clan appelaient les Autres. Plus tard, quand Jondalar et elle avaient vécu chez les Mamutoï, elle s'était aperçue que la vie en groupe, n'importe quel groupe, même si on y reconnaissait l'importance des souhaits et des désirs individuels, limitait la liberté de chacun car les besoins de la communauté étaient tout aussi importants. La survie reposait sur une volonté commune de coopérer, Clan, Camp ou Caverne, hommes et femmes résolus à travailler ensemble et à s'entraider. Il y avait toujours lutte entre l'individu et le groupe. Trouver un équilibre acceptable était un défi constant, mais qui n'allait pas sans avantages.

La cohésion du groupe assurait plus que la satisfaction des besoins essentiels de chacun. Elle offrait aussi du temps libre pour se consacrer à des tâches plus agréables qui, chez les Autres, favorisaient l'éclosion d'un sens esthétique. Leur art était moins un art en soi qu'une partie inhérente de leur vie, de leur existence quotidienne. Presque tous les membres d'une Caverne zelandonii pouvaient s'enorgueillir d'une habileté particulière et appréciaient à des degrés divers les résultats du talent des autres. Dès le plus jeune âge, les enfants tentaient différentes expériences pour trouver le domaine dans lequel ils excelleraient, et les activités pratiques n'étaient pas jugées plus importantes que l'art.

Ayla se rappela que Shevonar, l'homme qui était mort pendant la chasse aux bisons, avait fabriqué des lances. Il n'était pas le seul membre de la Neuvième Caverne à savoir en faire, mais la spécialisation développait le talent, talent qui conférait un statut particulier, souvent économique. Chez les Zelandonii, comme chez la plupart des autres peuples qu'Ayla connaissait, la nourriture était partagée, mais le chasseur ou le cueilleur qui la fournissait acquérait un certain prestige. Un homme ou une femme pouvait vivre sans jamais fournir d'efforts pour trouver à manger. Sans une activité spécialisée ou un talent particulier, source de prestige, personne ne pouvait vivre bien.

Même si c'était pour elle une notion difficile à saisir, Ayla avait appris comment les Zelandoni échangeaient biens et services. Presque tout ce qui était fait ou fabriqué avait de la valeur, même si son intérêt pratique n'était pas toujours évident. Cette valeur était généralement définie par le consensus, ou par le marchandage individuel. En conséquence, un talent exceptionnel était mieux récompensé qu'une habileté commune, en partie parce que, plus apprécié, l'objet était plus demandé, en partie parce qu'il fallait souvent plus de temps pour bien le fabriquer. Le talent et l'habileté étaient hautement considérés, et la plupart des membres d'une Caverne avaient un sens esthétique développé dans leur domaine.

Une lance bien faite et décorée avec goût avait plus de valeur qu'une lance bien faite mais simplement fonctionnelle, laquelle avait plus de valeur qu'une lance mal faite. Un panier tressé avec maladresse servait autant qu'un panier joliment orné, avec des motifs subtils, ou peint de couleurs variées, mais il suscitait beaucoup moins la convoitise. On réservait l'objet purement pratique aux racines qu'on venait de déterrer, puis, une fois ces racines nettoyées ou séchées, on les gardait dans un panier plus beau. Les objets et les outils qui remplissaient une fonction immédiate étaient souvent jetés après usage, alors que l'on conservait celui qui était beau et de bonne facture.

Les Zelandonii n'appréciaient pas seulement l'habileté manuelle, ils faisaient aussi grand cas des divertissements. Les hivers glaciaux les confinaient dans leurs abris pendant de longues périodes, et ils cherchaient des moyens d'atténuer les pressions nées de la promiscuité. Les chants et les danses étaient prisés à la fois comme activité individuelle et comme contribution collective, et l'on estimait autant ceux qui jouaient de la flûte que ceux qui fabriquaient des lances ou des paniers. Ayla avait déjà constaté que les Conteurs étaient fort appréciés. Même ceux du Clan avaient des conteurs, se rappela-t-elle, et ils aimaient par-dessus tout réentendre des histoires qu'ils connaissaient déjà.

Les Autres aussi, mais ils avaient également le goût de la nouveauté. Jeunes et vieux s'adonnaient avec passion aux devinettes, aux jeux utilisant des mots. Les visiteurs étaient les bienvenus, ne fût-ce que parce qu'ils apportaient de nouvelles histoires. On les pressait de raconter leur vie et leurs aventures, qu'ils eussent ou non un talent de conteur, parce que cela donnait matière à discussion pendant les longues heures autour du feu. Bien que tout le monde ou presque fût capable de tisser les fils d'un récit intéressant, ceux qui montraient un réel talent en ce domaine étaient recherchés, conviés à se rendre dans les Cavernes voisines, ce qui avait donné naissance aux Conteurs Itinérants. Certains d'entre eux passaient leur vie, ou du moins plusieurs années, à voyager de Caverne en Caverne, portant nouvelles et messages, racontant des histoires. Nul n'était plus fêté.

On identifiait la plupart des Zelandonii aux motifs de leurs vêtements, aux colliers et autres bijoux qu'ils portaient, et avec le temps les Conteurs avaient adopté une tenue et des motifs distinctifs qui annonçaient leur activité. Ainsi, même les jeunes enfants savaient quand ils arrivaient, et l'on interrompait presque toutes les autres activités quand un Conteur Itinérant faisait son apparition. Même les expéditions de chasse prévues de longue date étaient reportées. On improvisait alors de grands festins et, bien que beaucoup de Conteurs en fussent capables, aucun n'avait besoin de chasser pour survivre. Afin de les inciter à revenir, on leur offrait des cadeaux, et lorsqu'ils devenaient trop vieux ou fatigués de voyager, ils pouvaient s'installer dans la Caverne de leur choix.

Parfois, plusieurs Conteurs voyageaient ensemble, souvent avec leur famille. Les groupes les plus talentueux pouvaient inclure des chanteurs et des danseurs, des musiciens jouant de divers instruments : percussions, crécelles, calebasses, flûtes, parfois cordes tendues, pincées ou frappées. Les histoires étaient souvent jouées en même temps que racontées et, quel que fût le moyen d'expression, l'histoire et le conteur étaient toujours au centre de l'attention.

La matière était variée : mythes, légendes, histoires, aventures personnelles, descriptions de lieux et de créatures lointaines ou imaginaires. Comme ils étaient toujours très demandés, chaque groupe incluait dans son répertoire les mésaventures personnelles survenues dans les Cavernes voisines, les ragots drôles ou sérieux, vrais ou inventés. Tout était permis pourvu que ce fût bien raconté. Les Conteurs Itinérants portaient aussi des messages à un ami ou à un parent, d'un chef à un autre, d'un Zelandoni à un autre, bien que cette forme de communication pût être délicate. Un Conteur devait se montrer digne de confiance avant qu'on lui remette des messages secrets ou ésotériques échangés par les chefs ou les Zelandonia, et tous ne l'étaient pas.

Au-delà de la crête, point culminant des environs, le terrain descendait puis redevenait plat. Ayla gravit la colline et entama la descente en suivant une piste à peine visible, récemment tracée à travers des ronces épaisses et quelques pins faméliques. Elle la quitta au pied de la colline, là où les buissons épineux laissaient place à une herbe rare. Parvenue devant le lit asséché d'un torrent, dont les pierres serrées l'une contre l'autre offraient peu de place à une repousse de la végétation, elle tourna et entreprit de le remonter.

L'endroit semblait susciter la curiosité de Loup. Pour lui aussi, ce territoire était nouveau, et l'animal était attiré par chaque tas de cailloux, chaque monticule de terre qui présentait à ses narines une odeur inconnue. Ayla et lui s'engagèrent sur le lit rocailleux creusé dans le calcaire, puis Loup s'éloigna en quelques bonds et disparut derrière un éboulis. Ayla s'attendait à le voir réapparaître à tout moment, mais, son absence se prolongeant, elle commença à s'inquiéter. Arrêtée près du tas de pierres, elle inspecta les alentours et finit par émettre le sifflement distinctif qu'elle utilisait pour appeler l'animal. Elle attendit. Un moment s'écoula avant qu'elle ne vît bouger les buissons derrière l'éboulis et n'entendît craquer les ronces au passage du carnassier.

— Où étais-tu ? dit-elle en se penchant pour le regarder dans les yeux. Qu'y a-t-il derrière ces mûriers qui t'a retenu si longtemps ?

Décidant d'aller voir elle-même, elle défit son sac de voyageur pour y prendre la hachette que Jondalar lui avait fabriquée. Ce n'était pas l'outil le plus efficace pour tailler les longues tiges épineuses, mais elle parvint à ménager une ouverture par laquelle elle découvrit, non le sol, comme elle s'y attendait, mais un vide obscur. C'était maintenant à son tour d'être intriguée.

Elle élargit assez la brèche pour pouvoir passer au prix de quelques égratignures. Le sol descendait en pente douce vers ce qui était manifestement une grotte, avec une large entrée. A la lumière du jour qui pénétrait par l'ouverture, elle avança, se récitant les mots à compter. Quand elle arriva à trente et un pas, elle constata que le sol devenait plat et que la galerie s'était élargie. Un reste de jour éclairait à peine l'intérieur. Quand ses yeux se furent habitués à la quasi-obscurité, Ayla constata qu'elle se trouvait dans une salle beaucoup plus vaste. Elle regarda autour d'elle et ressortit.

— Je me demande combien de personnes connaissent l'existence de cette grotte, Loup.

A l'aide de sa hache, elle agrandit encore l'ouverture puis alla explorer le secteur. A quelque distance, mais entouré de ronces, se dressait un pin aux aiguilles brunes. Il semblait mort. Elle se tailla un chemin à travers les tiges hérissées d'épines, appuya sur une branche basse du pin pour en éprouver la solidité. Elle dut s'y suspendre pour en casser une partie. Elle s'aperçut qu'elle avait la main collante et sourit en levant les yeux ; elle vit deux gouttes d'un liquide sombre. La branche résineuse formerait une torche acceptable une fois qu'elle l'aurait allumée.

Ayla ramassa des brindilles sèches et des morceaux d'écorce de pin, retourna au milieu du lit à sec. Avec la pierre à feu et le silex tirés de son sac, elle ne tarda pas à allumer un petit feu, en approcha l'extrémité de la branche. Loup l'observait. Quand il la vit reprendre le chemin de la grotte, il fila devant, escalada l'éboulis et se glissa à travers les ronces, sous l'ouverture taillée par Ayla. Bien longtemps avant, quand le lit à sec était un torrent qui avait creusé la grotte, la voûte se prolongeait au-dehors, mais elle s'était écroulée, créant l'éboulis qui masquait à présent l'entrée.

Ayla gravit le tas de pierres, se coula dans l'ouverture. A la lumière vacillante de sa torche, elle descendit la pente d'argile humide, accompagnant chaque pas d'un mot à compter. Elle arriva cette fois à vingt-huit avant que le sol ne devînt plat : avec une torche pour l'éclairer, elle faisait des pas plus grands. Le couloir de l'entrée débouchait sur une large salle en forme de U. Ayla leva son flambeau de fortune et eut la respiration coupée.

Les parois, brillant de calcite cristallisée, étaient presque blanches et présentaient une surface pure, propre, resplendissante. Tandis qu'elle progressait dans la grotte, la lueur de sa torche faisait naître sur les aspérités naturelles des ombres qui se pourchassaient comme si elles vivaient et respiraient. Ayla s'approcha des murs blancs qui commençaient un peu en dessous de son menton — à cinq pieds environ du sol — et, partant d'une corniche arrondie de pierre brune, s'élançaient en courbe jusqu'au plafond. Elle n'y aurait pas songé avant sa visite à la Profonde des Rochers de la Fontaine, mais elle imagina ce qu'un artiste comme Jonokol pourrait faire d'une telle grotte.

Ayla entama le tour de la salle en l'inspectant avec attention. Le sol était boueux et inégal, glissant. Au fond du U, là où il s'incurvait, une entrée étroite menait à une autre galerie. Ayla leva sa torche, regarda à l'intérieur. La partie supérieure des parois était blanche et voûtée, mais le bas dessinait un couloir sinueux, exigu, et elle préféra ne pas s'y aventurer. Elle reprit son exploration. A droite de l'entrée de la galerie, derrière, il y avait un autre passage auquel elle se contenta de jeter un coup d'œil. Elle avait déjà résolu de prévenir Jondalar et quelques autres, et de revenir avec eux.

Ayla avait vu de nombreuses grottes, la plupart avec de magnifiques pointes de pierre suspendues au plafond, des draperies de stalactites descendant vers les dépôts stalagmitiques correspondants qui s'élevaient du sol à leur rencontre, mais jamais une telle merveille. Bien que la grotte fût calcaire, une couche de marne imperméable s'était formée, bloquant les gouttes d'eau saturées de carbonate de calcium, les empêchant de devenir des stalactites et des stalagmites. Les parois étaient tapissées de minuscules cristaux de calcite, créant de vastes panneaux blancs qui recouvraient les bosses et les creux du relief naturel de la pierre. C'était un lieu rare et beau, la grotte la plus splendide qu'elle eût jamais vue.

Elle remarqua que la lumière de sa torche faiblissait : le charbon de bois accumulé à l'extrémité étouffait la flamme. Dans une autre grotte, elle aurait tapoté sa torche contre la pierre pour faire tomber le bois brûlé, mais cela laissait une marque noire. Dans ce lieu, elle se sentait tenue de faire attention, de ne pas salir les murs d'un blanc immaculé. Elle choisit un endroit plus bas, sur la pierre brune. Quelques morceaux de charbon de bois tombèrent par terre quand elle frappa la torche contre la paroi, et Ayla se sentit une envie soudaine de les ramasser. Ce lieu possédait quelque chose de sacré, de surnaturel ; elle ne voulait le profaner d'aucune manière.

Elle finit par songer que ce n'était qu'une grotte, après tout. Un peu de bois brûlé par terre, quelle importance ? D'ailleurs, elle avait remarqué que Loup n'hésitait pas, lui, à laisser sa trace, levant la patte pour proclamer par son odeur que ce territoire était sien. Mais les marques odorantes n'atteignaient pas les murs blancs.

Ayla retourna au camp de la Neuvième Caverne le plus vite possible, tout excitée par son désir de parler de la grotte. Ce ne fut qu'en découvrant plusieurs Zelandonii déblayant la terre d'un four qu'ils venaient de creuser, et d'autres préparant de la nourriture, qu'elle se rappela qu'elle avait invité Lanidar et sa famille pour le lendemain. Elle avait prévu de trouver quelque chose pour le repas, un animal ou une plante comestible, et, dans l'exaltation de sa découverte, cela lui était sorti de l'esprit. Elle remarqua que Marthona, Folara et Proleva avaient tiré un quartier de bison entier de la fosse froide.

Le jour même de leur arrivée, le plupart des membres de la Neuvième Caverne avaient conjugué leurs efforts pour creuser un grand trou jusqu'au niveau du permafrost afin de conserver la partie de la viande qu'ils n'avaient pas mise à sécher. Le territoire des Zelandonii était assez proche des glaciers du Nord pour que les conditions du permafrost y prévalent, mais cela n'impliquait pas que le sol demeurât gelé toute l'année. En hiver, il devenait dur comme de la glace, et en été il dégelait sur une profondeur variant de quelques pouces à plusieurs pieds selon le couvert végétal et la quantité de soleil qu'il recevait. Le fait de conserver la viande dans un trou creusé jusqu'au permafrost la gardait fraîche plus longtemps, encore que cela ne dérangeât pas la plupart des Zelandonii si elle était un peu avancée ; certains préféraient même le goût de la viande faisandée.

— Marthona, je suis désolée, dit Ayla en arrivant au foyer central. J'étais partie chercher quelque chose à manger pour le repas de demain matin mais j'ai oublié les invités en découvrant une grotte à proximité. C'est la plus belle que j'aie jamais vue, il faut que je vous la montre.

— Je n'ai jamais entendu parler de grottes à proximité, s'étonna Folara. Et sûrement pas de grottes magnifiques ! Elle est loin d'ici ?

— Juste de l'autre côté de la pente, derrière le camp principal.

— C'est là que nous allons cueillir des mûres à la fin de l'été, dit Proleva. Il n'y a pas de grotte là-bas.

D'autres avaient entendu Ayla et s'étaient rapprochés, notamment Jondalar et Joharran.

— Elle a raison, confirma le chef de la Neuvième Caverne. Je ne connais pas de grotte dans ce coin.

— Elle était cachée par des ronces et un éboulis, expliqua Ayla. En fait, c'est Loup qui l'a trouvée. Il était allé flairer les buissons. J'ai taillé une ouverture dans les ronces et j'ai découvert une grotte.

— Elle ne doit pas être bien grande, supposa Jondalar.

— Si. Elle s'enfonce dans la colline. Elle est vaste et singulière.

— Tu peux nous y conduire ?

— Bien sûr. C'est pour cette raison que je suis revenue, mais je me rends compte qu'il faut que j'aide à préparer le repas de demain matin.

— Nous venons d'allumer le feu dans la fosse du four, nous y avons entassé beaucoup de bois, dit Proleva. Il faudra un moment pour qu'il chauffe les pierres qui l'entourent. Rien ne nous empêche de partir maintenant.

— C'est moi qui invite, et ce sont les autres qui préparent tout, soupira Ayla, embarrassée. J'aurais dû au moins aider à creuser le four.

Elle avait l'impression d'avoir coupé à une corvée, mais la compagne de Joharran la rassura :

— Nous avions l'intention d'en creuser un, de toute façon. Et beaucoup s'y sont mis. Ils sont maintenant partis pour le camp principal. C'est toujours plus facile quand tout le monde participe.

— Allons voir ta grotte, proposa Jondalar.
— Vous savez, si nous y allons ensemble, tout le camp nous suivra, prévint Willamar.
— Alors, allons-y séparément et retrouvons-nous à la source, suggéra Rushemar.
Il faisait partie de ceux qui avaient creusé le four et avait attendu que Salova eût fini de donner le sein à Marsola avant de se rendre au camp principal. Sa compagne lui sourit. Il ne parle pas beaucoup, mais chaque fois qu'il intervient il fait preuve d'intelligence, pensa-t-elle. Elle chercha des yeux Marsola, assise par terre non loin d'eux. Il faudrait qu'elle prenne la cape à porter le bébé s'ils devaient marcher longtemps.
— C'est une bonne idée, Rushemar, dit Jondalar, mais je crois que j'en ai une meilleure. Nous pouvons passer de l'autre côté de la butte en remontant notre petit cours d'eau et en faisant le tour. La pente rocailleuse au-delà de l'étang n'est pas très loin d'ici. Je l'ai montée pour y chercher des silex, on a une bonne vue sur les environs, de là-haut.
— Parfait ! s'exclama Folara. Allons-y !
— J'aimerais aussi la montrer à Zelandoni et à Jonokol, dit Ayla.
— Comme nous sommes sur le territoire de la Dix-Neuvième Caverne, il conviendrait peut-être de prévenir également son chef, Tormaden, observa Marthona.
— Tu as raison, mère, dit Joharran. En toute justice, c'est à eux qu'il revient de l'explorer les premiers. Mais, comme ils ne l'ont pas découverte depuis le temps qu'ils vivent ici, nous pouvons en faire une expédition commune. Je vais demander à Tormaden de nous accompagner... (il sourit) mais je ne lui expliquerai pas pourquoi. Je lui dirai seulement qu'Ayla a trouvé quelque chose qu'elle veut nous montrer.
— Je pourrais t'accompagner et passer à la hutte de la Zelandonia pour emmener Zelandoni et Jonokol, proposa Ayla.
— Combien sommes-nous à vouloir y aller ? questionna Joharran.
Tous exprimèrent leur intérêt, mais, comme la plupart des deux cents membres environ de la Neuvième Caverne se trouvaient au camp principal, le groupe n'était pas si nombreux. A l'aide des mots à compter, il l'estima à vingt-cinq personnes à peu près : c'était raisonnable, d'autant qu'ils passeraient par un autre chemin.
— Bon, décida-t-il, je vais avec Ayla au camp principal. Jondalar, tu emmènes tous les autres par-derrière. Nous nous retrouverons en bas de la pente, derrière l'étang.
— Emporte de quoi tailler les ronces, des torches et ton sac à feu, recommanda Ayla à son compagnon. Je ne suis pas allée plus loin que la première salle, mais j'ai repéré quelques galeries qui en partent.

Zelandoni et plusieurs membres de la Zelandonia, y compris quelques nouveaux acolytes, étaient en train de préparer la réunion avec les femmes sur le point de prendre un compagnon. La Première était toujours très occupée aux Réunions d'Eté. Pourtant, quand Ayla demanda à lui parler en particulier, elle sentit au comportement de la jeune femme que ce pouvait être important. Ayla lui parla de la grotte, indiqua que plusieurs membres de la Neuvième Caverne se retrouveraient derrière l'étang pour partir l'explorer. Voyant la doniate hésiter, Ayla insista pour que Jonokol vienne, à défaut d'elle-même. Cette demande piqua la curiosité de la Première, qui résolut d'y aller.

— Zelandoni de la Quatorzième Caverne, peux-tu prendre cette réunion en charge ? dit-elle à celle qui avait toujours voulu être la Première. Je dois régler un problème de la Neuvième Caverne.

— Bien sûr, répondit la doniate plus âgée.

Elle se demandait — tous se demandaient — ce qu'il pouvait y avoir d'aussi grave pour que la Première s'absente au milieu d'une réunion importante, mais elle était en même temps ravie d'avoir été invitée à la remplacer. La Première commençait peut-être à apprécier ses qualités.

— Jonokol, viens avec moi, dit Zelandoni de la Neuvième Caverne à son Premier Acolyte.

Cela attisa encore la curiosité des autres, mais personne ne se serait risqué à demander pourquoi, pas même Jonokol.

Joharran eut un peu de mal à trouver Tormaden puis à le convaincre de tout abandonner pour le suivre, d'autant que le chef de la Neuvième Caverne se refusait à lui révéler de quoi il s'agissait.

— Ayla a découvert quelque chose dont nous estimons devoir t'informer, puisque c'est sur ton territoire, lui dit Joharran. Plusieurs membres de la Neuvième Caverne sont déjà au courant — ils étaient présents lorsqu'elle m'en a parlé — mais j'ai pensé qu'il fallait te prévenir avant que tous l'apprennent. Les nouvelles vont vite, tu le sais.

— Tu penses que c'est important ?

— Sinon, je ne te le demanderais pas, répondit Joharran.

Ce trajet vers la grotte d'Ayla était devenu une initiative de la Neuvième Caverne, et plusieurs de ses membres voulurent emporter de la nourriture et des paniers à cueillette en même temps que des torches pour en faire une véritable expédition. La plupart se félicitaient d'être restés au camp et d'avoir ainsi la possibilité de découvrir une nouvelle grotte que cette femme singulière trouvait magnifique. Ils imaginaient que sa beauté résidait dans ses formations stalagmitiques et qu'elle ressemblait à celle, proche de la Neuvième Caverne, qu'on appelait « Belle Profonde ».

Quelque temps plus tard, ils se retrouvèrent tous. Joharran et Tormaden furent les derniers à arriver ; ceux qui les avaient précédés, le groupe de la Neuvième Caverne, avaient attendu derrière la crête, à mi-pente. Un groupe aussi nombreux se tenant au sommet de la butte se serait fait remarquer du camp principal, et ils ne voulaient pas attirer l'attention. En outre, un peu de secret ajoutait à l'excitation. De temps à autre, quelqu'un montait jusqu'à la source et, dissimulé derrière les arbres, regardait si Ayla et les deux Zelandonia, ou Joharran et le chef de la Dix-Neuvième Caverne, arrivaient.

Après de brèves salutations — elle avait déjà été présentée à Tormaden et à sa Caverne peu après son arrivée —, Ayla s'engagea avec Loup sur la piste bordée de ronces et les autres suivirent. Elle avait fait signe à l'animal de rester près d'elle, ce qu'il semblait préférer. En présence de tant de gens, Loup voulait la protéger et elle craignait que le grand carnassier ne fasse peur aux membres de la Neuvième Caverne, même si la plupart d'entre eux s'étaient habitués à lui. Ils s'amusaient de la réaction qu'il provoquait chez les autres participants à la Réunion et appréciaient l'attention inévitable dont ils bénéficiaient grâce à lui. Parvenue en bas, elle tourna en direction du lit à sec. Ceux qui l'accompagnaient découvrirent d'abord les traces de son feu puis la brèche ouverte dans les ronces. Rushemar, Solaban et Tormaden entreprirent aussitôt de l'élargir tandis que Jondalar allumait rapidement un feu. La grotte avait éveillé la curiosité de tous, en particulier de Jondalar. Après avoir allumé quelques torches, le groupe s'approcha du trou noir taillé dans la végétation.

Tormaden demeura stupéfait : il voyait bien que c'était une grotte, mais il ne se serait jamais douté de sa présence derrière les ronces. Les membres de sa Caverne n'allaient derrière la colline qu'à la saison des mûres. Les buissons couvraient tout le flanc et, aussi loin que remontât la mémoire collective, ils avaient toujours été là. La cueillette fournissant plus de baies qu'on n'en pouvait manger, même pendant une Réunion d'Eté, personne n'avait pris la peine de se frayer un chemin dans les buissons.

— Qu'est-ce qui t'a donné l'idée de t'engager dans les ronces, Ayla ? demanda Tormaden au moment où ils pénétraient dans le trou noir.

— C'est Loup, répondit-elle en baissant les yeux vers l'animal. C'est lui qui a trouvé la grotte. Je cherchais du gibier pour le repas de demain matin, un lièvre ou une grouse. Il m'aide souvent à chasser, il a du flair. Il a disparu derrière les ronces et l'éboulis.

— Je pensais bien qu'il devait y avoir une raison.

Ayla et Tormaden ouvraient la marche, portant chacun une torche. Venaient ensuite Zelandoni et Jonokol, suivis de Joharran, Marthona et Jondalar. Ayla s'aperçut qu'ils s'étaient, sans même s'en rendre compte, placés dans l'ordre qu'ils observaient pour les cérémonies particulières, des funérailles, par exemple, à ceci près qu'elle se retrouvait en tête, ce qui la mettait un peu mal à l'aise. Elle ne pensait pas mériter cet honneur.

Elle attendit que tout le monde fût arrivé dans la grotte. La dernière à y pénétrer fut Lanoga, qui portait sa petite sœur Lorala : la famille de Laramar et de Tremeda fermait toujours la marche. Ayla sourit aux deux enfants, reçut en retour un sourire timide de la fillette. Lorala commençait à prendre l'aspect dodu d'un bébé de son âge et devenait une lourde charge pour son substitut de mère, qui devait avoir onze ans maintenant, mais Lanoga paraissait contente de la situation. Elle avait pris le pli d'aller s'asseoir avec les jeunes mères de la Caverne et, à force de les entendre vanter leurs bébés, elle s'était mise à parler un peu des progrès de Lorala.

— Attention, c'est glissant, prévint Ayla, guidant le groupe.

Avec plusieurs torches, elle voyait mieux que le couloir d'entrée s'élargissait à mesure que le sol s'abaissait. Elle prit conscience de l'humidité froide de la grotte, de l'odeur d'argile mouillée, du bruit étouffé de l'eau tombant goutte à goutte et de la respiration des autres derrière elle. Personne ne parlait. Le lieu imposait le silence, même aux enfants.

Quand elle sentit le sol redevenir plat, elle ralentit, baissa sa torche. Les autres l'imitèrent, pour éclairer l'endroit où ils posaient le pied. Elle s'arrêta, leva sa torche ; cette fois encore, les autres suivirent son exemple. Il y eut des « oh » et des « ah » de surprise puis un silence stupéfait lorsque le groupe découvrit les somptueuses parois blanches, la calcite qu'on eût dite moulée sur la roche et qui semblait vivant à la lueur des torches. La splendeur de la grotte n'avait rien à voir avec les stalactites, il n'y en avait aucune, mais elle était plus que belle, et entourée d'une aura magique, surnaturelle.

— O Grande Terre Mère ! clama Celle Qui Etait la Première. C'est Son sanctuaire. Nous sommes dans Ses entrailles.

Elle se mit à chanter de sa voix vibrante et profonde :

Des ténèbres, du Chaos du temps,
Le tourbillon enfanta la Mère suprême.
Elle s'éveilla à Elle-Même sachant la valeur de la vie,
Et le néant sombre affligea la Grande Terre Mère.
  La Mère était seule. La Mère était la seule.

Quelqu'un se mit à jouer de la flûte pour l'accompagner. Ayla tourna la tête : un homme jeune, dont le visage lui parut vaguement familier mais qui n'appartenait pas à la Neuvième Caverne, elle en était sûre. A ses vêtements, elle identifia un membre de la Troisième Caverne et sut alors pourquoi elle avait l'impression de le connaître. Il ressemblait à Manvelar, le chef de cette Caverne. Quand elle essaya de se rappeler si elle l'avait rencontré, le nom de Morizan lui vint à l'esprit. Il se tenait près de Ramila, la jeune brune rondelette et attirante qui faisait partie des amies de Folara. Il était sans doute en visite au camp de la Neuvième Caverne quand Ayla avait annoncé sa découverte et s'était joint au groupe.

Tous les autres avaient uni leur voix à celle de Zelandoni et en étaient arrivés à une strophe qui prenait en ce lieu une résonance particulière :

Quand Elle fut prête, Ses eaux d'enfantement
Ramenèrent sur la Terre nue une vie verdoyante.
Et Ses larmes, abondamment versées,

Devinrent des gouttes de rosée étincelantes.
Les eaux apportaient la vie, mais Ses pleurs n'étaient pas taris.

Avec un grondement de tonnerre, Ses montagnes se fendirent
Et par la caverne qui s'ouvrit dessous
Elle fut de nouveau mère,
Donnant vie à toutes les créatures de la Terre.
D'autres enfants étaient nés, mais la Mère était épuisée.

Chaque enfant était différent, certains petits, d'autres grands.
Certains marchaient, d'autres volaient, certains nageaient, d'au-
[tres rampaient.
Mais chaque forme était parfaite, chaque esprit complet.
Chacun était un modèle qu'on pouvait répéter.
La Mère le voulait, la Terre verte se peuplait.

Ayla éprouva soudain une sensation qu'elle avait déjà connue bien des années auparavant ; une sorte de pressentiment l'envahit. Depuis le Rassemblement du Clan, où Creb avait appris d'une manière inexplicable qu'Ayla était différente, elle était quelquefois saisie par cette peur singulière, cet étrange désarroi, comme si le Mog-ur l'avait transformée. Elle sentit des picotements, une nausée, un vertige, et frissonna quand le souvenir d'une obscurité plus profonde que celle de la grotte la plus sombre redevint réalité. Au fond de sa gorge, elle sentit le goût de terreau sombre et froid, de champignons des forêts primitives.

Un grondement rageur déchira le silence, et ceux qui regardaient reculèrent, terrifiés. L'énorme ours des cavernes poussa de toutes ses forces sur la porte de la cage, qui céda et tomba par terre. L'animal furieux était libre ! Broud lui sauta sur les épaules, deux autres s'agrippèrent à sa fourrure. Soudain l'un d'eux tomba dans l'étreinte du monstre, et ses cris de souffrance cessèrent soudain lorsqu'un puissant coup de patte lui brisa l'échine... Les Mog-ur soulevèrent le corps et le portèrent solennellement dans une grotte. Creb, vêtu de sa cape en peau d'ours, ouvrait la marche en claudiquant.

Ayla regardait le liquide blanc qui dégouttait du bol de bois fendillé. Elle se sentait angoissée, elle avait commis une erreur : il n'aurait pas dû rester de breuvage. Elle porta le bol à ses lèvres, le vida. Sa vue changea, une lumière blanche se mit à briller en elle ; elle eut l'impression de grandir, de regarder d'en haut des étoiles éclairant un chemin. Elles se transformèrent en petites lumières vacillantes alignées le long d'une interminable galerie. Tout au bout, une lueur rouge s'amplifia, emplit tout son champ de vision. Prise d'étourdissements et de nausées, Ayla découvrit les Mog-ur assis en cercle, à demi cachés par des piliers stalagmitiques.

Pétrifiée de peur, elle sombra dans un abîme de ténèbres. Soudain Creb rejoignit en elle la lumière qui l'inondait, il l'aidait, il la soutenait, il apaisait sa frayeur. Il la guida en un étrange retour aux temps originels à travers une eau saline, une terre riche en terreau et plantée de hauts arbres. Puis, foulant de nouveau le sol, ils marchèrent longuement vers l'ouest en direction d'une grande mer salée. Ils parvinrent à une paroi abrupte qui faisait face à une rivière et à une vaste plaine, avec une anfractuosité sous un surplomb. C'était la grotte d'un ancêtre de Mog-ur mais, tandis qu'ils s'en approchaient, l'image de Creb commença à s'estomper. Il la quittait.

La scène devint floue. Le Mog-ur s'éloignait, il avait presque disparu. Ayla scruta désespérément le paysage, découvrit Creb au sommet de la falaise, au-dessus de la caverne de son ancêtre, près d'un gros rocher, une longue colonne de pierre un peu aplatie qui s'inclinait au-dessus de la paroi, comme figée dans sa chute. Ayla appela mais Creb s'était fondu dans la roche. Elle était effondrée : Creb avait disparu, elle était seule. Jondalar apparut alors à la place du Mog-ur.

Elle se sentit planer au-dessus de mondes étranges et éprouva de nouveau la terreur du vide noir, mais c'était différent, cette fois. Elle partageait cette peur avec Mamut, et la terreur les submergea tous deux. Puis, au loin, elle entendit la voix de Jondalar, empreinte d'inquiétude et de tendresse, qui l'appelait, qui les ramenait, Mamut et elle, par la seule force de son amour. En un instant, elle se retrouva dans la grotte, glacée jusqu'aux os.

— Ayla, ça va ? lui demanda Zelandoni. Tu trembles.

27

— Je vais bien, répondit Ayla. C'est juste qu'il fait un peu froid, ici. J'aurais dû prendre un vêtement plus chaud.

Loup, qui avait exploré la nouvelle grotte, était apparu près d'elle et se pressait contre sa jambe. Elle se pencha pour lui caresser la tête, s'agenouilla et le serra contre elle.

— Il fait frais et tu es enceinte. Tu es plus sensible, dit Zelandoni, qui devinait cependant qu'il y avait autre chose. Tu es au courant pour la réunion de demain, n'est-ce pas ?

— Oui, Marthona m'en a parlé. Elle m'accompagnera, puisque je n'ai pas de mère pour venir avec moi.

— Tu le souhaites ?

— Oh, oui ! Je lui suis reconnaissante de son offre. Je ne voulais pas être la seule femme sans mère à cette réunion.

La Première approuva d'un hochement de tête.

Surmontant le sentiment de respect mêlé de crainte que la grotte leur inspirait, les membres de la Neuvième et de la Dix-Neuvième Caverne entreprirent de l'inspecter. Ayla vit Jondalar la parcourir à pas décidés dans le sens de la longueur et sourit. Elle savait qu'il se servait de son corps pour mesurer, elle l'avait déjà vu procéder de cette manière. Il utilisait aussi la largeur de son poing fermé ou la longueur de sa main. Ses bras écartés l'aidaient à estimer un espace vide, et il évaluait souvent les distances en assortissant ses pas de mots à compter. Il jeta un coup d'œil dans la galerie du fond en levant sa torche mais n'y pénétra pas.

Quelques Zelandonii l'observaient. Tormaden, le chef de la Dix-Neuvième Caverne, parlait à Morizan, le jeune homme de la Troisième. Ils étaient les seuls à ne pas être de la Neuvième. Willamar, Marthona et Folara se tenaient près de Proleva et de son compagnon, ainsi que des deux plus proches conseillers de Joharran. Le brun Solaban et sa blonde compagne Ramara s'entretenaient avec Rushemar et Salova, qui portait la petite Marsola sur la hanche. Ayla remarqua que ni Jaradal, le fils de Proleva, ni Robenan, celui de Ramara, n'étaient présents et supposa que les deux enfants jouaient ensemble au camp principal. Jonokol sourit à Ayla quand elle s'approcha du groupe avec Zelandoni et le loup. Jondalar vint les rejoindre.

— Je dirais que cette salle correspond à la hauteur de trois hommes, avec à peu près la même distance en largeur, six de mes pas, annonça-t-il. Elle mesure environ trois fois plus en longueur, seize pas, et j'ai une longue foulée. La pierre sombre de la partie inférieure des parois m'arrive là, ajouta-t-il, une main au milieu de la poitrine, ce qui fait environ cinq de mes pieds, l'un sur l'autre.

Jondalar avait estimé les dimensions de la salle avec précision. Il mesurait six pieds six pouces, et les murs blancs, qui commençaient au niveau de sa poitrine, s'élevaient jusqu'au plafond, haut de dix-neuf pieds. Large de vingt-deux pieds et longue de cinquante-cinq, la salle n'était pas assez vaste pour accueillir tous les participants à la Réunion d'Eté, mais suffisamment pour une Caverne entière, sauf peut-être la Neuvième, et en tout cas assez pour toute la Zelandonia.

Jonokol alla se placer en son milieu, leva les yeux vers les parois et le plafond avec un sourire ébahi. Il était dans son élément, perdu dans son imagination. Il savait que ces extraordinaires murs blancs cachaient quelque chose de spectaculaire qui ne demandait qu'à en jaillir. Il n'était pas pressé. Ce qu'on en ferait devait être absolument juste. Il ébauchait déjà des idées mais il fallait d'abord consulter la Première, méditer avec la Zelandonia, plonger à l'intérieur de ces panneaux blancs et trouver l'empreinte de l'autre monde que la Mère y avait laissée.

— Nous explorons les deux galeries maintenant ou nous revenons plus tard ? demanda Joharran à Tormaden.

Il aurait préféré poursuivre l'exploration sans attendre mais il se sentait tenu d'en référer au chef du territoire où se trouvait la grotte.

— Je suis sûr que des membres de la Dix-Neuvième Caverne aimeraient le faire, répondit Tormaden. Notre Zelandoni n'a sans doute pas les forces nécessaires pour un effort aussi épuisant mais son Premier Acolyte tiendra à y participer. Il est du signe du Loup, et, puisque c'est un loup qui a découvert ce lieu...

— Le loup l'a certes trouvé, mais si Ayla n'avait pas eu la curiosité de chercher où il était passé, nous ignorerions toujours l'existence de cette grotte, argua Joharran.

La Première intervint :

— Je ne doute pas que son acolyte soit intéressé. Nous le sommes tous, et tous les Zelandonii le seront. Cette grotte est exceptionnelle et sacrée. L'autre monde y est très proche, nous le sentons tous. La Dix-Neuvième Caverne a de la chance qu'elle soit si proche de son abri, mais cela signifie, je le crains, que vous devrez recevoir la visite d'un plus grand nombre de Zelandonia, et d'autres, qui voudront se rendre dans ce lieu sacré.

La doniate faisait clairement comprendre qu'aucune Caverne ne pouvait revendiquer pour elle seule une découverte aussi importante, même si elle se trouvait sur le territoire qu'on lui reconnaissait. La grotte appartenait à tous les Enfants de la Terre ; la Dix-Neuvième Caverne des Zelandonii n'en avait que la garde.

— Il est nécessaire de l'examiner de plus près, mais rien ne presse, dit Jonokol. Maintenant que nous savons qu'elle est là, elle ne disparaîtra pas. Personne ne connaît la profondeur de cette grotte, ni ce qu'elle recèle. Il convient d'organiser son exploration avec soin ou d'attendre que quelqu'un soit appelé par elle.

Zelandoni approuva en son for intérieur. Elle comprenait, probablement mieux que Jonokol lui-même, que son acolyte, qui au départ souhaitait devenir artiste et se moquait d'accéder à la Zelandonia, usait d'un prétexte. Il voulait cette grotte. Elle l'appelait. Il désirait la connaître, l'explorer et surtout la peindre. Il trouverait un moyen d'aller vivre à la Dix-Neuvième Caverne pour être plus près d'elle, non qu'il en formât consciemment le projet, mais il ferait en sorte d'y parvenir parce que dorénavant tous ses rêves, toutes ses pensées se concentreraient sur cette grotte.

Une autre idée vint à la Première : Ayla le savait ! Dès l'instant où elle avait découvert la grotte, elle avait compris qu'elle appartenait à Jonokol. C'est la raison pour laquelle elle a insisté pour qu'il vienne la voir, même si je n'y allais pas, se dit la doniate. Elle savait que cette grotte aurait pour lui plus d'importance que pour quiconque. Elle est Zelandoni, qu'elle le sache ou non, qu'elle le veuille ou non, même. Le vieux Mamut le savait, et peut-être que le sorcier du peuple chez qui elle a grandi, celui qu'elle appelle Mog-ur, en avait pris conscience. Elle ne peut se dérober, elle est née pour cela. Elle pourra remplacer Jonokol en devenant mon acolyte. Mais, comme il le souligne lui-même, rien ne presse. Laissons-la s'unir à Jondalar et avoir son bébé ; elle pourra ensuite entamer son apprentissage.

— Bien sûr qu'il faudra préparer son exploration avec soin, convint Jondalar. J'aimerais cependant regarder d'un peu plus près cette galerie, là derrière. Pas toi, Tormaden ? Deux d'entre nous pourraient aller voir où elle mène.

— Certains ont déjà envie de repartir, remarqua Marthona. Il fait frais, ici, et personne n'a de vêtements chauds. Je vais prendre une torche et rentrer, mais je reviendrai.

— Je rentre aussi, décida Zelandoni. Ayla, tu frissonnais, tout à l'heure.

— Ça va, maintenant. Je voudrais voir moi aussi ce qu'il y a derrière.

En fin de compte, Jondalar, Joharran, Tormaden, Jonokol, Morizan et Ayla, six en tout — et Loup —, restèrent pour pénétrer un peu plus avant dans les profondeurs de la nouvelle grotte.

Le couloir situé derrière la salle principale se trouvait juste dans l'axe de celui de l'entrée. Son ouverture, plus large et arrondie au sommet, se rétrécissait vers le bas. Pour Ayla, qui avait aidé des femmes à accoucher et en avait examiné un grand nombre, c'était une évocation maternelle, merveilleuse, de l'organe féminin. Elle comprenait ce que Zelandoni avait voulu dire en s'exclamant qu'ils avaient trouvé les entrailles de la Mère, encore que n'importe quelle grotte fût considérée comme une voie d'accès à ces entrailles.

Après le passage, le couloir sinueux demeurait étroit et difficile à emprunter, même si, dans la partie supérieure, les parois blanches s'élargissaient en une ample voûte. Il n'était pas très long, à peu près autant que la galerie de l'entrée. Au fond, les parois s'écartaient autour d'un pilier de pierre qui donnait l'impression de soutenir le plafond, alors qu'en réalité il s'arrêtait à une vingtaine de pouces du sol. Le couloir se prolongeait à droite de la colonne, tournait à gauche et serpentait sur quelques pieds de plus avant de se terminer.

Là où il contournait la colonne, le niveau du sol s'abaissait de trois pieds, et une large surface horizontale longue de dix pieds offrait l'un des rares endroits où l'on pût s'asseoir. Ayla en profita pour se reposer et examina la galerie depuis sa position assise. Elle remarqua qu'on pouvait dissimuler quelque chose sous la colonne, hors du chemin. Elle repéra aussi, dans la paroi face au pilier, un trou dans lequel on pouvait placer de petits objets et les retrouver facilement. Elle se dit que, la prochaine fois qu'elle viendrait, elle apporterait quelque chose pour s'asseoir, fût-ce un simple coussin d'herbes, pour se protéger du froid de la roche.

Une fois ressortis, ils examinèrent l'entrée de l'autre couloir, juste à droite, mais c'était un tunnel plus petit dans lequel ils auraient dû avancer à quatre pattes, et des flaques d'eau jonchaient le sol. Ils décidèrent d'un commun accord d'en remettre l'exploration à plus tard.

Dehors, Loup partit devant avec Jondalar et les deux chefs, Joharran et Tormaden. Jonokol, qui marchait à côté d'Ayla, l'arrêta d'une question :

— C'est toi qui as demandé à Zelandoni de me faire venir ici ?

— Après avoir vu tes dessins à la Profonde des Rochers de la Fontaine, j'ai pensé que tu devrais voir cette grotte... ou faut-il l'appeler un creux ?

— L'un ou l'autre. Quand elle aura un nom, on l'appellera creux mais ce sera toujours une grotte. Merci de m'avoir fait venir, Ayla. Je n'ai jamais rien vu d'aussi beau, je suis bouleversé.

— Moi aussi. Par curiosité, comment cette grotte aura-t-elle un nom ? Qui le lui donnera ?

— Elle se nommera elle-même. Les gens la désigneront avec les mots qui la décriront le mieux ou qui leur paraîtront le plus approprié. Comment l'appellerais-tu si tu devais en parler à quelqu'un ?

— Je ne sais pas. Peut-être la grotte aux murs blancs.

— Son nom sera sans doute comme cela, du moins l'un de ses noms. Nous ne savons pas encore grand-chose sur elle, et la Zelandonia la désignera aussi.

Ayla et Jonokol avaient été les derniers à sortir de la grotte. Le soleil leur avait paru particulièrement brillant après la cavité sombre que n'éclairaient que quelques torches. Quand ses yeux se furent habitués, Ayla fut étonnée de voir Marthona qui l'attendait avec Jondalar et Loup.

— Tormaden nous a invités à manger, annonça-t-elle. Il est parti devant pour prévenir sa Caverne de notre arrivée. En fait, c'est toi qu'il a invitée, Ayla, et il m'a demandé ensuite de venir également, ainsi que tous ceux qui étaient restés dans la grotte. Y compris toi, Jonokol. Les autres ont des choses à faire. La plupart des gens sont très occupés aux Réunions d'Eté.

— Je sais que Joharran doit rencontrer à notre camp des membres de toutes les autres Cavernes pour préparer la chasse, dit Jondalar. En fait, Tormaden participera également à cette réunion après t'avoir présentée à son camp. Moi aussi, je dois y assister : j'irai après le repas, elle ne sera pas terminée. En principe, je ne prends pas part à ce genre de chose, mais, comme je rentre de voyage, Joharran a jugé bon de m'inclure.

— Pourquoi ne retournons-nous pas à notre camp ? suggéra Ayla. Il faut préparer le repas de demain matin, et je n'ai encore rien fait.

— Pour commencer, quand l'Homme Qui Ordonne de la Caverne, hôte d'une Réunion d'Eté, t'invite à manger, la politesse t'oblige à y aller.

— Pourquoi m'invite-t-il ?

— Ce n'est pas tous les jours que quelqu'un trouve une grotte comme celle-ci, observa Marthona. Nous sommes tous très excités par cette découverte. En outre, elle est proche de l'abri de la Dix-Neuvième, sur son territoire. Elle va sans doute devenir une Caverne plus importante, maintenant.

— Tu feras aussi l'objet d'une attention accrue, prédit Jondalar.

— J'en suscite déjà trop, soupira Ayla. Je ne veux pas de toute cette attention. Je veux seulement m'unir à toi, avoir un bébé, être comme tout le monde.

Jondalar sourit, lui passa un bras autour des épaules.

— Laisse le temps agir. Tu es encore une découverte pour eux. Quand ils seront habitués à toi, les choses se calmeront.

— C'est vrai, les choses se calmeront, confirma Marthona. Mais tu dois savoir que tu ne seras jamais comme tout le monde. Ne serait-ce que parce que personne d'autre n'a des chevaux et un loup, ajouta-t-elle en considérant le prédateur avec un sourire.

— Es-tu sûre qu'ils savent que nous venons, Mardena ? demanda la vieille femme en traversant d'un pas prudent le cours d'eau qui se jetait dans la Rivière.

— Elle nous a invités, mère. N'est-ce pas, Lanidar ?

— Oui, grand-mère, répondit le jeune garçon. Elle nous a invités à partager leur repas du matin.

— Pourquoi ils campent si loin ? grommela la vieille femme.

— Je ne sais pas, mère, dit Mardena. Tu pourras leur demander quand nous serons là-bas.

— C'est la plus grande Caverne, il lui faut beaucoup de place, raisonna la grand-mère. Et beaucoup d'autres s'étaient déjà installées.

— Je crois que c'est à cause des chevaux, avança Lanidar. Ayla les met dans un endroit à part pour que personne ne les prenne pour des bêtes ordinaires et ne décide de les chasser. Ils seraient faciles à tuer, ils ne se sauvent pas.

— Tout le monde en parle, de ces chevaux, dit la mère de Mardena. C'est vrai qu'ils laissent les gens monter sur leur dos ? Quelle idée, monter sur le dos d'un cheval !

— Je ne l'ai pas vu mais je suis sûr que c'est vrai, déclara Lanidar. Ils m'ont laissé les toucher. J'ai caressé le jeune étalon, et la jument a réclamé des caresses elle aussi. Ils ont mangé dans ma main, dans mes deux mains. Ayla a dit qu'il fallait donner à manger aux deux en même temps, pour qu'ils ne soient pas jaloux.

A proximité du camp, Mardena ralentit et fronça les sourcils en voyant des gens bavarder et sourire le long de la fosse du foyer. Ils étaient très nombreux. Peut-être s'était-elle trompée, peut-être qu'on ne les attendait pas.

— Ah, vous voilà !

Les deux femmes et l'enfant tournèrent la tête, découvrirent une jeune fille grande et jolie.

— Vous ne vous souvenez sans doute pas de moi. Je suis Folara, fille de Marthona.

— Oui, tu lui ressembles, dit la grand-mère.

— Je dois vous saluer selon les rites, puisque je suis la première à vous accueillir.

Folara tendit les bras vers la femme âgée, qui s'avança et lui prit les deux mains.

— Je suis Folara de la Neuvième Caverne des Zelandonii, fille de Marthona, ancienne Femme Qui Ordonne de la Neuvième Caverne des Zelandonii, fille du foyer de Willamar, Maître du Troc des Zelandonii, sœur de Joharran, Homme Qui Ordonne de la Neuvième Caverne des Zelandonii, sœur de Jondalar de la Neuvième Caverne des Zelandonii, Maître Tailleur de silex, Voyageur de Retour, qui sera bientôt uni à Ayla, de la Neuvième Caverne des Zelandonii. Elle a un tas de noms et de liens elle aussi, mais celui que je préfère, c'est Amie des chevaux et de Loup. Au nom de Doni, la Grande Terre Mère, je te souhaite la bienvenue au camp de la Neuvième Caverne.

— Au nom de Doni, je te salue, Folara de la Neuvième Caverne des Zelandonii. Je suis Denoda, de la Dix-Neuvième Caverne des Zelandonii, mère de Mardena de la Dix-Neuvième Caverne, grand-mère de Lanidar de la Dix-Neuvième Caverne, autrefois unie à...

Folara a beaucoup de noms et de liens importants, songeait Mardena tandis que sa mère poursuivait sa récitation. Elle ne s'est pas encore unie, je me demande quel est son signe de parenté. Comme si sa mère avait lu dans ses pensées, elle fit suivre l'énumération de ses propres noms et liens de cette question :

— Willamar, l'homme de ton foyer, a bien été autrefois de la Dix-Neuvième Caverne ? Je crois que nous partageons le même signe de parenté. Je suis du Bison.

— Oui, il est du Bison. Mère est du Cheval, et moi aussi, bien sûr.

Plusieurs personnes s'étaient approchées pendant les présentations. Ayla s'avança, salua Mardena et Lanidar, puis Willamar souhaita la bienvenue à Denoda au nom de toute la Neuvième Caverne. L'énumération des noms et liens pouvait prendre toute la journée si quelqu'un ne l'abrégeait pas.

— Je me souviens de toi, Denoda, dit-il. Tu étais une amie de ma sœur aînée, n'est-ce pas ?

— Oui, répondit-elle en souriant. Tu l'as revue ? Depuis qu'elle est partie vivre si loin, nous nous sommes perdues de vue.

— Je rends quelquefois visite à sa Caverne lorsque je vais sur la côte des Grandes Eaux de l'Ouest, pour chercher du sel. Elle est grand-mère, sa fille a trois enfants. Et la compagne de son fils a un garçon.

Un mouvement autour des jambes d'Ayla attira l'attention de Mardena.

— Le loup ! fit-elle, criant presque dans sa fayeur.

— Il ne te fera pas mal, mère, assura Lanidar, tentant de la calmer.

Ayla se pencha, passa un bras autour de l'animal.

— Non, il ne te fera aucun mal, je te le promets, dit-elle à la femme aux yeux écarquillés par la peur.

Marthona s'avança, salua Denoda de manière beaucoup moins protocolaire et ajouta :

— Ce loup vit avec nous dans notre hutte. Il aime qu'on le salue, lui aussi. Veux-tu faire sa connaissance, Denoda ?

Elle avait remarqué que la vieille femme montrait plus de curiosité que de crainte. Elle lui prit la main, lui fit faire un pas vers Ayla et Loup.

— Ayla, présente-le donc à nos invitées.

— Les loups ont de bons yeux, mais ils apprennent à reconnaître les gens avec leur nez. Si tu le laisses renifler ta main, il se souviendra de toi plus tard. C'est une présentation rituelle pour lui, expliqua la compagne de Jondalar.

Denoda tendit la main, laissa le fauve la flairer.

— Si tu veux faire sa connaissance, caresse-lui la tête ou gratte-le derrière l'oreille, poursuivit Ayla. Il aime ça.

Quand la vieille femme lui caressa légèrement la tête, Loup leva les yeux vers elle, la gueule ouverte, la langue pendant sur le côté. Elle sourit, se tourna vers sa fille.

— Viens, Mardena. Fais sa connaissance, toi aussi. Rares sont les gens qui ont rencontré un loup et ont pu en parler après.

— Je suis obligée ? fit la mère de Lanidar.

De toute évidence, elle était en proie à une frayeur peu commune, et Ayla savait que Loup le sentirait. Elle le tint fermement. Il ne réagissait pas toujours bien à une peur aussi manifeste. Denoda tenta de convaincre sa fille :

— Puisqu'on t'y invite, ce serait poli de ta part. Et tu ne pourras jamais revenir à leur camp si tu ne le fais pas. Tu auras trop peur. Tu n'as aucune raison d'être effrayée. Tu vois bien que personne d'autre ne l'est, pas même moi.

Mardena regarda autour d'elle, vit une foule nombreuse qui l'observait. Probablement toute la Neuvième Caverne, et personne ne semblait avoir peur. Elle eut l'impression de passer une épreuve et sut qu'elle serait trop humiliée pour affronter de nouveau tous ces visages si elle ne s'approchait pas du loup. Elle se tourna vers son fils, le garçon envers qui elle avait toujours eu des sentiments mêlés. Elle l'aimait plus que tout et éprouvait en même temps une sorte de honte de lui avoir donné naissance.

— Vas-y, l'encouragea-t-il. Je l'ai fait, moi.

Mardena avança d'un pas. Ayla lui prit une main et, la serrant dans la sienne, l'approcha du museau de Loup. Elle sentait presque l'odeur de la peur de cette femme, mais Mardena en triompha et se tint face à l'animal. Ayla pressa doucement la main de Mardena sur la tête du carnassier.

— Son pelage est un peu rêche, par endroits, mais tu sens comme il est doux, là ? dit-elle en lâchant la main de Mardena.

La femme la laissa un instant encore avant de la retirer.

— Tu vois, ce n'était pas si terrible, dit Denoda à sa fille.

— Venez boire une infusion, proposa Marthona. C'est un mélange préparé par Ayla, il est excellent. Nous avons décidé de faire de votre visite un événement et de tout cuire dans une fosse à rôtir.

— C'est beaucoup de travail pour un repas matinal, répondit Mardena, qui n'avait pas l'habitude d'être traitée avec une telle générosité.

— Tout le monde s'y est mis, dit Ayla. Lorsque j'ai annoncé que je vous avais invités et que j'avais l'intention de cuire le repas au four, ils ont pensé que c'était une bonne occasion de creuser une fosse. Ils en avaient l'intention, de toute façon. J'ai préparé certains plats comme on me l'a appris quand j'étais enfant. Goûtez le lagopède des saules, celui qui j'ai tué hier avec le lance-sagaie mais, si cela ne vous plaît pas, n'hésitez pas à prendre autre chose. J'ai constaté pendant notre Voyage qu'il existe maintes façons de cuire la nourriture et que personne ne les aime toutes.

— Bienvenue à la Neuvième Caverne, Mardena.

C'était la Première parmi Ceux Qui Servaient la Mère ! Mardena ne lui avait jamais adressé la parole, sauf à l'unisson avec d'autres pendant une cérémonie.

— Salutations, Zelandoni, répondit-elle, un peu gênée de parler à l'énorme femme, assise sur un tabouret semblable à celui qu'elle utilisait dans la hutte de la Zelandonia.

— Bienvenue à toi aussi, Lanidar, poursuivit la Première.

Il y avait dans son ton pour s'adresser à l'enfant une chaleur que Mardena n'avait jamais entendue chez cette femme si puissante.

— Je crois savoir que tu es déjà venu hier, ajouta la doniate.

— Oui, répondit-il. Ayla m'a montré les chevaux.

— Elle m'a dit que tu siffles très bien.

— Elle m'a appris des chants d'oiseaux.

— Tu m'en fais écouter un ?

— Si tu veux. J'ai appris l'alouette.

Quand le jeune garçon imita le chant magnifique, tous se tournèrent vers lui, même sa mère et sa grand-mère.

— C'est très bien, jeune homme, le complimenta Jondalar. Presque aussi bien qu'Ayla.

— C'est prêt, annonça Proleva. Venez manger.

Ayla conduisit d'abord les trois invités à la pile d'écuelles en os et en bois, les invita à tout goûter. Puis les autres s'alignèrent sur une file. En général, ceux qui partageaient une hutte mangeaient ensemble le matin, mais ce serait le premier d'une nombreuse série de repas partagés non seulement avec toute la Caverne mais aussi avec des parents et des amis. Il y aurait même quelques moments où tous les participants à la Réunion d'Eté festoieraient ensemble, notamment pour les Matrimoniales.

Quand ils eurent fini leur repas, les Zelandonii partirent pour se livrer à diverses activités, et la plupart d'entre eux prirent le temps d'échanger quelques mots avec les invités. Mardena se sentait un peu étourdie de tant d'attention, mais aussi parcourue d'une bienfaisante chaleur. Elle ne se rappelait pas avoir été aussi bien reçue. Proleva s'approcha des trois femmes, bavarda un moment avec Mardena et Denoda puis dit à Ayla :

— Nous nous occuperons du reste. Je crois qu'il y a quelque chose dont tu aimerais parler à Mardena.

— En effet. Mardena, voulez-vous, ton fils et toi, venir avec moi ? Denoda peut nous accompagner si elle le souhaite.

— Pour aller où ? questionna Mardena avec nervosité.

— Voir les chevaux.

— Je peux venir ? demanda Folara. Si ça te gêne, dis-le-moi, mais ça fait un moment que je ne les ai pas vus.

— Bien sûr que tu peux, répondit Ayla.

Cela aiderait peut-être Mardena à accepter de laisser son fils s'occuper des chevaux si quelqu'un qui n'en avait pas peur les accompagnait. Elle le chercha des yeux et l'aperçut à côté de Lanoga, qui tenait Lorala dans ses bras. Les deux enfants bavardaient. Le jeune fils de Tremeda, âgé de deux ans, était assis par terre à proximité. En se dirigeant vers eux, Mardena demanda :

— Qui est cette fille ? Ou cette femme, peut-être. Elle semble très jeune pour avoir un bébé.

— Trop jeune, c'est certain. Elle n'a même pas encore eu les Premiers Rites, répondit Ayla. En fait, c'est la sœur du bébé, et l'autre, celui de deux ans, c'est son frère, mais pour ces deux bébés, Lanoga est leur mère.

— Je ne comprends pas.

— Tu as sans doute entendu parler de Laramar, dit Folara. Celui qui fait le barma.

Mardena acquiesça.

— Tout le monde en a entendu parler, renchérit Denoda.

— Sa compagne, Tremeda, passe son temps à boire le breuvage qu'il prépare et à faire des enfants dont elle ne veut pas s'occuper, reprit Folara.

— Ou ne peut pas s'occuper, corrigea Ayla. Elle n'arrive pas non plus à arrêter de boire de ce barma.

— Laramar est souvent soûl, et tout aussi irresponsable, observa Folara avec dégoût. Il se moque des enfants de son foyer. Ayla a découvert que Tremeda n'avait plus de lait et que Lanoga essayait de nourrir Lorala avec des racines bouillies écrasées, la seule nourriture qu'elle sache préparer. Ayla a persuadé quelques jeunes mères de donner le sein à la petite, mais c'est toujours Lanoga qui prend soin de Lorala et des autres enfants de Tremeda. Ayla lui a montré comment préparer des aliments pour les bébés, et c'est Lanoga qui porte sa petite sœur aux autres mères pour qu'elles l'allaitent. Cette fille est étonnante, elle fera un jour une bonne compagne et une excellente mère, mais qui sait si elle trouvera un compagnon ? Le foyer de Laramar et Tremeda occupe le dernier rang dans notre Caverne. Alors quel homme voudrait s'unir à leur fille ?

Mardena et Denoda considéraient avec étonnement la jeune fille. La plupart des Zelandonii aimaient les ragots mais ne montraient pas une telle franchise au sujet de ceux qui causaient l'embarras de leur Caverne. Le rang de Denoda avait baissé depuis que sa fille avait mis Lanidar au monde et que son compagnon avait rompu le lien. Leur foyer n'occupait pas la dernière place mais peu s'en fallait. Et même s'il avait occupé la première, Lanidar aurait eu du mal à trouver une compagne, à cause de son infirmité.

— Veux-tu aller voir les chevaux, Lanidar ? proposa Ayla en s'approchant des enfants. Tu veux venir aussi, Lanoga ?

— Je ne peux pas. Il faut que je porte Lorala à Stelona pour qu'elle lui donne le sein, c'est son tour.

— Une autre fois, peut-être, dit Ayla avec un sourire plein de chaleur. Tu es prêt, Lanidar ?

— Oui, répondit le garçon, qui se tourna vers la fillette. Je dois y aller, Lanoga...

Elle lui adressa un sourire timide auquel il répondit.

En passant devant sa hutte, Ayla demanda à Lanidar :

— Tu peux aller me chercher ce bol que tu vois là-bas ? J'y ai mis à manger pour les chevaux : des morceaux de carotte, du grain.

Quand il revint vers elle, le bol serré entre son corps et son bras difforme, Ayla revit brusquement Creb tenant de la même manière un bol de pâte ocre rouge avec son bras amputé au coude, le jour où il avait donné un nom au fils d'Ayla et l'avait accepté dans le Clan. Ce souvenir inopiné amena sur ses lèvres un sourire de joie et de souffrance. Mardena, qui l'observait, se demanda ce qui se passait. Denoda avait remarqué elle aussi l'expression de la jeune femme et montra moins de discrétion :

— Tu regardais Lanidar avec un sourire étrange.

— Il me rappelle quelqu'un que j'ai connu autrefois. Un homme à qui manquait la partie inférieure du bras. Enfant, il avait été attaqué par un ours des cavernes. Sa grand-mère, qui était guérisseuse, avait dû couper le bras blessé parce qu'il empoisonnait le reste du corps. Il serait mort, sinon.

— C'est terrible ! commenta Denoda.

— Oui. L'ours lui avait aussi crevé un œil et abîmé une jambe. Depuis ce jour, il marchait en s'appuyant sur un bâton.

— Le pauvre garçon ! compatit Mardena. Quelqu'un a dû s'occuper de lui pendant le reste de sa vie ?

— Non. Il a au contraire apporté une précieuse contribution à son peuple.

— Comment ?

— Il est devenu un grand homme, un Mog-ur — l'équivalent d'un Zelandoni —, et même le Premier. Lui et sa sœur m'ont recueillie après la mort de mes parents. Il était l'homme de mon foyer et je l'aimais beaucoup.

Bouche bée, Mardena avait peine à croire ce que racontait cette femme. Mais pourquoi aurait-elle menti ? En écoutant Ayla, Denoda avait noté son accent bizarre, mais, surtout, l'histoire lui avait fait comprendre pourquoi elle s'était prise d'affection pour Lanidar. Après son union, elle sera apparentée à des gens très puissants et, si elle aime mon petit-fils, elle pourra l'aider, spécula-t-elle. Cette femme est sans doute ce qui est arrivé de mieux à ce garçon.

Lanidar avait écouté, lui aussi. Peut-être pourrai-je apprendre à chasser, pensait-il, même avec un seul bras. Peut-être pourrai-je apprendre à faire autre chose que cueillir des fruits.

Ils approchaient d'une construction qui ressemblait à une enceinte, à ceci près qu'elle ne paraissait guère solide. Des troncs longs et minces d'aulnes et de bouleaux attachés ensemble formaient des X, fixés au sol par des piquets. Des broussailles et des branches obstruaient les espaces qui les séparaient. Si un troupeau de bisons ou même un seul mâle — six pieds et six pouces du sabot à la bosse des épaules — avait essayé d'en sortir en force, l'enclos n'eût pas résisté. Les chevaux eux-mêmes l'auraient brisé en voulant fuir.

— Tu te rappelles comment siffler pour appeler Rapide, Lanidar ? demanda Ayla.

— Oui, je crois.

— Essaie donc.

L'enfant émit le long son perçant. Aussitôt les deux animaux surgirent de derrière les arbres près du petit cours d'eau et s'approchèrent, la jument trottant devant l'étalon. Ils s'arrêtèrent à la barrière, regardèrent le groupe qui venait vers eux. Whinney s'ébroua,

Rapide hennit ; Ayla répondit par le cri dont elle avait fait le nom de sa jument.

— Elle sait vraiment imiter un cheval ! s'écria Mardena, ébahie.

— Je te l'avais dit, mère.

Loup se coula sous la barrière, s'assit devant la jument, qui inclina la tête avec ce qui ressemblait à un salut. Puis il se dirigea vers l'étalon, s'aplatit sur les pattes avant, l'arrière-train relevé en une posture joueuse, et jappa. Rapide hennit en retour, frotta son chanfrein contre le museau de Loup. Ayla sourit en passant de l'autre côté de l'enclos. Elle enlaça le cou de la jument puis se retourna et caressa l'étalon, qui réclamait aussi son attention.

— J'espère que vous préférez cette enceinte aux licous et aux longes. J'aimerais vous laisser gambader en liberté mais ce serait risqué, avec tous ces gens qui chassent. Je vous ai amené des visiteurs, il faudra être doux avec eux. Je veux que le garçon qui siffle s'occupe de vous. Sa mère, qui le protège trop, a peur que vous lui fassiez du mal, expliqua Ayla dans la langue qu'elle avait inventée quand elle vivait seule dans sa vallée.

Ce langage se composait de mots et de gestes du Clan, de certains sons dépourvus de sens qu'elle et son fils échangeaient quand il était bébé, d'imitations d'animaux, notamment des reniflements et des hennissements. Seule Ayla savait ce que cela signifiait ; elle avait toujours utilisé cette langue inventée pour s'adresser aux chevaux. Elle doutait qu'ils la comprissent, bien que certains sons et gestes eussent un sens pour eux puisqu'elle s'en servait comme signes, mais ils savaient que c'était sa façon de leur parler et ils réagissaient en lui prêtant attention.

— Qu'est-ce qu'elle fait ? demanda Mardena à Folara.

— Elle leur parle, répondit la jeune fille. Elle leur parle souvent comme ça.

— Qu'est-ce qu'elle leur dit ?

— Tu devras lui poser la question.

— Ils comprennent ? s'exclama Denoda.

— Je ne sais pas, mais ils ont l'air de l'écouter.

Lanidar s'était approché de la barrière et observait Ayla. Elle les traite comme des amis, pensa-t-il. Non, plutôt comme de la famille, et eux la traitent de la même façon.

Quand Ayla eut fini de parler aux chevaux, il lui demanda :

— Il vient d'où, cet enclos ? Il n'était pas là hier.

— Beaucoup de gens ont travaillé ensemble hier après-midi pour le construire.

Après le repas à la Dix-Neuvième Caverne, Ayla était retournée au camp et avait expliqué à Joharran, au sortir de sa réunion, que les chevaux avaient besoin d'un enclos. Le chef s'était juché sur le tabouret de Zelandoni et avait annoncé aux autres qu'Ayla souhaitait garder les animaux en un lieu sûr. La plupart de ceux qui avaient participé à la réunion étaient encore là, ainsi que de nombreux membres de la Neuvième Caverne. Ils posèrent des questions, notamment sur la robustesse nécessaire de l'enceinte, émirent des suggestions. Bientôt un groupe nombreux se rendit au pré et entreprit de construire l'enclos. Ceux qui n'appartenaient pas à la Neuvième Caverne montraient de la curiosité pour les chevaux ; ceux qui en étaient membres voulaient éviter qu'ils fussent tués ou blessés accidentellement. C'était une nouveauté qui ajoutait au prestige de leur Caverne.

Ayla éprouvait une telle reconnaissance qu'elle ne savait comment l'exprimer. Elle les remercia tous mais estima que ce n'était pas assez. Elle avait une dette envers eux. Pendant la réunion, Joharran avait proposé que les chevaux participent à la chasse. Ayla et Jondalar les avaient montés, et la maîtrise dont ils avaient fait preuve avait rendu la suggestion de Joharran bien plus acceptable. Si la chasse était bonne, les Matrimoniales se dérouleraient le lendemain mais, comme Dalanar et les Lanzadonii n'étaient pas encore arrivés, les participants avaient décidé d'attendre quelques jours, malgré l'impatience de certains.

Ayla passa un licou aux chevaux et les fit sortir de l'enclos par une porte que Tormaden de la Dix-Neuvième Caverne avait conçue. En face d'un des poteaux de la barrière, il avait enfoncé un piquet auquel la porte avait été fixée par des cordes qui servaient aussi de gonds.

Lorsque Ayla amena les chevaux vers le groupe, Mardena eut un mouvement de recul : ils semblaient plus grands, de près. Folara prit aussitôt sa place.

— Je ne les ai pas vus autant que je l'aurais voulu, dit-elle en tapotant la joue de Whinney. Il s'est passé tellement de choses : la chasse au bison, la mort de Shevonar, l'enterrement, les préparatifs pour venir ici... Tu avais promis que tu me laisserais monter sur leur dos.

— Tu veux essayer maintenant ?

— Je peux ? fit-elle, les yeux brillant de plaisir.

— Le temps que j'aille chercher une couverture pour Whinney, répondit Ayla. En attendant, vous pourriez leur donner à manger, Lanidar et toi ? Il leur a apporté ce qu'ils aiment dans ce bol.

— Je ne sais pas si mon fils doit s'approcher autant d'eux... bredouilla Mardena.

— Il est déjà tout près, souligna Denoda.

— Mais elle est là...

— Mère, je leur ai déjà donné à manger, ils me connaissent, remarqua Lanidar.

— Ils ne lui feront aucun mal, garantit Ayla. Et je vais seulement là-bas.

Elle tendit le bras vers une construction de pierre, proche de la porte de l'enclos. C'était un cairn de voyageur que Kareja avait bâti pour elle. Ayla n'avait qu'à enlever quelques pierres pour glisser la main à l'intérieur de l'abri, où elle pouvait garder quelques objets, comme une couverture en cuir. Les pierres étaient disposées de telle sorte que l'eau de pluie ruisselait sur les côtés sans pénétrer à l'intérieur. Le chef de la Onzième Caverne lui avait montré comment les replacer pour que les objets restent au sec. Des cairns semblables jalonnaient plusieurs routes très fréquentées, offrant au voyageur de quoi allumer un feu, et souvent une couverture chaude. D'autres contenaient de la nourriture séchée. Parfois on trouvait l'un et l'autre dans un même abri, mais les cairns à nourriture étaient pillés plus souvent, les ours et les blaireaux éparpillant tout leur contenu.

Ayla laissa les autres avec les chevaux. Parvenue au cairn, elle jeta un coup d'œil discret par-dessus son épaule. Folara et Lanidar donnaient à manger aux chevaux dans leurs mains, sous le regard inquiet de Mardena. Ayla revint, attacha la couverture sur le dos de la jument et l'amena près d'un rocher.

— Monte sur ce rocher, Folara. Ensuite, passe la jambe pardessus le dos de Whinney et essaie de trouver une position confortable. Je la tiendrai pour qu'elle ne bouge pas.

Folara se sentit un peu gauche, surtout quand elle se rappela l'aisance avec laquelle Ayla montait sur la jument, mais elle réussit tant bien que mal à s'asseoir sur Whinney.

— Je suis sur le dos d'un cheval ! s'exclama-t-elle avec fierté.

Ayla remarqua que Lanidar observait la jeune fille avec un regard d'envie. Plus tard, pensa-t-elle. N'en demandons pas trop à ta mère pour le moment.

— Tu es prête ?

— Oui, je crois, répondit Folara.

— Détends-toi. Tu peux te tenir à sa crinière si tu veux mais ce n'est pas nécessaire.

Ayla se mit à marcher, menant Whinney par le licou. Accrochée à la crinière, le dos raide, Folara tressautait à chaque pas, mais au bout d'un moment elle se laissa aller et anticipa les mouvements du cheval. Elle finit par lâcher la crinière.

— Tu veux essayer seule ? Je te donne le licou.

— Tu crois que je peux ?

— Essaie. Si tu as envie de descendre, tu me le dis. Pour aller plus vite, penche-toi en avant. Prends-la par le cou, si tu veux. Pour la faire ralentir, rassieds-toi.

— D'accord.

Mardena parut se pétrifier quand Ayla plaça la corde dans la main de Folara.

— Va, Whinney, dit la compagne de Jondalar en faisant signe à la jument d'aller lentement.

La jument partit au pas. Elle avait déjà promené d'autres personnes et savait aller doucement, surtout pour une première fois. Quand Folara se pencha légèrement en avant, Whinney accéléra l'allure, mais un peu seulement. La jeune fille se pencha davantage et Whinney se mit à trotter. C'était une jument étonnamment facile à monter mais le trot secoua Folara plus qu'elle ne s'y attendait. Elle se rassit vivement et la jument ralentit. Après les avoir laissées s'éloigner un peu, Ayla siffla pour rappeler Whinney. Enhardie, Folara se pencha en avant de nouveau et resta cette fois dans cette position jusqu'à ce que l'animal eût regagné son point de départ au trot. Ayla amena la jument près du rocher pour permettre à Folara de descendre.

— C'était formidable ! exulta la jeune fille, le visage écarlate d'excitation.

— Tu vois qu'on peut monter sur le dos de ces chevaux, dit Lanidar à sa mère.

— Ayla, montre-leur donc ce qu'ils savent faire, suggéra Folara.

Ayla acquiesça d'un hochement de tête, sauta en souplesse sur Whinney, la dirigea vers le milieu du pré, Rapide et Loup dans son sillage. Sur un signe de sa maîtresse, la jument partit au galop, décrivit un large cercle. Ayla la fit ralentir, l'arrêta, passa une jambe de l'autre côté de l'animal et se laissa tomber à terre. L'enfant, sa mère et sa grand-mère écarquillaient les yeux.

— Maintenant, je comprends pourquoi on peut avoir envie de monter sur le dos d'un cheval, dit Denoda. Si j'étais plus jeune, j'essaierais.

— D'où te vient ce pouvoir que tu as sur eux ? voulut savoir Mardena. C'est de la magie ?

— Non, pas du tout. Tout le monde peut le faire, avec de l'entraînement.

— Comment t'est venue l'idée de monter sur un cheval ? demanda Denoda.

— J'avais tué la mère de Whinney, pour me nourrir, et je n'ai découvert qu'ensuite qu'elle avait un petit. Quand les hyènes ont commencé à tourner autour, je n'ai pas pu me résoudre à les laisser l'emporter. Je les hais, ces sales bêtes. Je les ai chassées et je me suis rendu compte qu'il fallait que je m'occupe de la pouliche.

Ayla raconta qu'elle avait élevé Whinney, qu'elles avaient appris à se connaître.

— Un jour, je suis montée sur son dos, et quand elle s'est mise à galoper je me suis accrochée à son cou. Je ne pouvais rien faire d'autre. Lorsqu'elle a enfin ralenti, je suis descendue, stupéfaite de ce qui s'était passé. C'était comme de voler, avec le vent dans la figure. J'ai recommencé et, au bout de quelque temps, j'ai appris à la diriger. Elle va où je veux parce qu'elle en a envie. C'est mon amie, elle est contente de me laisser monter sur elle.

— C'était quand même une drôle de chose, estima Mardena. Personne ne s'y est opposé ?

— Il n'y avait personne. Je vivais seule. Je cherchais mon peuple mais la saison était avancée et je craignais de me retrouver sans réserves de nourriture au début de l'hiver si je continuais à bouger. Quand j'ai découvert une vallée avec une petite grotte exposée au soleil, j'ai décidé de m'arrêter. Des chevaux paissaient aux alentours et la mère de Whinney était parmi eux.

— J'aurais eu peur de vivre seule, sans personne auprès de moi, dit Mardena.

Dévorée de curiosité, elle avait encore beaucoup de questions à poser mais, avant d'en avoir eu la possibilité, elle entendit quelqu'un appeler et se retourna. C'était Jondalar.

— Ils sont là ! cria-t-il. Dalanar et les Lanzadonii sont arrivés !

— Bien ! s'exclama Folara. Je suis impatiente de les voir.

— Moi aussi, dit Ayla, qui se tourna vers ses visiteurs. Nous devons rentrer, l'homme du foyer de Jondalar est là, à temps pour notre union.

— Bien sûr, acquiesça Mardena. Nous partirons tout de suite.

— J'aimerais saluer Dalanar avant, sollicita Denoda. Je le connaissais, dans le temps.

— Certainement, approuva Jondalar. Je suis sûr qu'il sera ravi de te voir.

— Avant que vous ne partiez, je dois demander à Mardena si elle accepte de laisser Lanidar s'occuper des chevaux pour moi quand je suis absente, rappela Ayla. Il devra juste vérifier qu'ils vont bien et me prévenir s'il remarque quoi que ce soit d'anormal. Je vous en serais très reconnaissante. Ce serait un soulagement pour moi de ne pas avoir à m'inquiéter à leur sujet.

Elles cherchèrent l'enfant du regard et le découvrirent qui flattait l'encolure de l'étalon en lui offrant des morceaux de carotte.

— Tu te rends bien compte qu'ils ne lui feront aucun mal ? insista Ayla.

— Bon, c'est d'accord.

— Oh, merci, mère ! s'écria Lanidar avec un sourire radieux.

Jamais Mardena n'avait vu une expression aussi heureuse sur le visage de son fils.

28

— Où est passé ton garçon ? Celui dont tout le monde dit que c'est moi tout craché... en un peu plus jeune, peut-être, lança le grand homme aux cheveux blonds attachés en catogan.

Il tendit les deux mains vers Marthona avec un sourire chaleureux. Ils se connaissaient trop pour s'embarrasser de cérémonies.

— Quand il t'a vu arriver, il a couru chercher Ayla, répondit Marthona.

Elle prit les deux mains de Dalanar, se pencha pour presser sa joue contre la sienne. Il a beau vieillir, il est toujours aussi beau et charmeur, songea-t-elle.

— Ils seront là bientôt, tu peux en être sûr, poursuivit-elle. Il guette ton arrivée depuis que nous sommes ici.

— Où est Willamar ? J'ai été désolé d'apprendre la mort de Thonolan. Je l'aimais bien, ce jeune homme. Je tiens à vous exprimer ma tristesse à tous deux.

— Merci, Dalanar. Willamar est allé au camp principal discuter d'une expédition de troc. La mort de Thonolan l'a bouleversé. Il était convaincu que le fils de son foyer reviendrait un jour. Pour tout t'avouer, j'en doutais. Quand j'ai vu Jondalar, j'ai pensé un moment que c'était toi. Je n'arrivais pas à croire que mon fils était revenu. Avec tant de surprises, dont Ayla et les animaux n'étaient pas les moindres.

— Il y a de quoi avoir un choc, dit la femme qui se tenait à côté de Dalanar. Tu sais qu'ils sont passés nous rendre visite en venant ici ?

La compagne de Dalanar était l'être le plus singulier que Marthona et tous les Zelandonii eussent jamais vu. Jerika était toute petite, surtout comparée à lui : elle pouvait passer sous le bras tendu de Dalanar sans se baisser. Ses longs cheveux étaient noués en un chignon aussi noir et luisant qu'une aile de corbeau, malgré les touches de gris qui éclaircissaient ses tempes, mais le plus étonnant, c'était son visage. Il était rond, avec un petit nez retroussé, des pommettes hautes et larges, des yeux sombres qui semblaient bridés en raison du pli des paupières. Elle avait le teint clair, peut-être un rien plus sombre que celui de son compagnon.

— Oui, ils nous ont dit que vous aviez l'intention de venir à la Réunion d'Eté, répondit Marthona après avoir salué la femme. Je crois savoir que Joplaya s'unira aussi. Vous arrivez juste à temps. Toutes les femmes qui célébreront leurs Matrimoniales doivent rencontrer la Zelandonia cet après-midi avec leurs mères. J'accompagnerai Ayla puisque sa mère n'est pas ici pour le faire. Si vous n'êtes pas trop fatiguées, Joplaya et toi, vous devriez venir.

— Je crois que nous pourrons, dit Jerika. Mais aurons-nous le temps de construire d'abord nos huttes ?

— Pourquoi pas ? intervint Joharran. Tout le monde vous aidera si vous ne voyez pas d'inconvénient à vous installer ici, près de nous.

— Et vous n'aurez pas à préparer à manger. Nous avons eu des invités ce matin, il y a beaucoup de restes, ajouta Proleva.

— Nous serons heureux de camper près de la Neuvième Caverne, répondit Dalanar, mais qu'est-ce qui vous a amenés à choisir cet endroit ? D'ordinaire, tu aimes te trouver au cœur des choses, Joharran.

— Lorsque nous sommes arrivés, les meilleurs emplacements du camp principal étaient pris. Il ne restait pas grand-chose, surtout pour une Caverne aussi nombreuse que la nôtre, et nous ne voulions pas être à l'étroit. Nous avons cherché et nous avons trouvé ce lieu. Finalement, je préfère être ici. Tu vois ces arbres ? Ce n'est que le début d'un bosquet de bonne taille qui nous fournira du bois pour le feu. Ce cours d'eau naît aussi là-bas d'une source claire. Longtemps après que l'eau des autres se sera souillée, la nôtre sera toujours limpide. Ayla et Jondalar aiment aussi cet endroit, il y a de la place pour les chevaux. Nous leur avons construit un enclos en aval. C'est là qu'Ayla est allée avec ses invités.

— Qui est-ce ? demanda Dalanar, curieux de savoir qui la compagne de Jondalar avait bien pu inviter.

— Tu te rappelles la femme de la Dix-Neuvième Caverne qui a donné le jour à un garçon au bras déformé ? Mardena... La fille de Denoda... dit Marthona.

— Oui, je me souviens d'elle.

— Ce garçon, Lanidar, a maintenant presque douze ans, poursuivit-elle. Je ne sais toujours pas comment cela s'est passé au juste, mais je crois qu'il est venu ici pour fuir la foule et sans doute les taquineries des autres garçons. Quelqu'un lui a parlé des chevaux. Ils suscitent la curiosité de tous, et Lanidar ne fait pas exception. Bref, Ayla lui a demandé de garder un œil sur les chevaux. Elle craint qu'avec tant de gens dans le camp quelqu'un ne les confonde avec un gibier ordinaire. Ce serait facile de les tuer, ils ne s'enfuient pas.

— C'est vrai, dit Dalanar. Dommage que nous ne puissions rendre tous les animaux aussi dociles.

— Ayla ne pensait pas que la mère de ce garçon y verrait une objection, mais Mardena a, semble-t-il, une attitude très protectrice. Elle ne laisse même pas son fils apprendre à chasser, elle croit qu'il en est incapable. Ayla a donc invité Lanidar, sa mère et sa grand-mère à voir les chevaux pour tenter de convaincre Mardena qu'ils ne feront aucun mal à son enfant. Et elle a aussi décidé que, infirmité ou pas, elle lui enseignerait à se servir du lance-sagaie de Jondalar.

— Elle a du caractère, je l'ai remarqué, dit Jerika.

— Elle ne craint pas de défendre sa cause ou celle des autres, souligna Proleva.

— Les voilà, annonça Joharran.

Jondalar marchait en tête du groupe, Folara sur ses talons. Ils avaient réglé leur pas sur celui du plus lent d'entre eux, mais, en découvrant Dalanar et les autres, Jondalar se précipita en avant. L'homme de son foyer alla à sa rencontre. Ils se prirent les mains puis s'étreignirent. L'homme plus âgé passa un bras autour des épaules du plus jeune et ils firent quelques pas côte à côte.

Leur ressemblance était tellement extraordinaire qu'on eût dit un même homme à deux stades différents de sa vie. Le plus âgé s'était un peu enrobé à la taille, il avait moins de cheveux sur le dessus du crâne, mais le visage était identique, même si le front du plus jeune semblait moins ridé, et les joues du plus âgé moins fermes. Ils étaient de même hauteur, marchaient du même pas, avec la même allure. Leurs yeux étaient du même bleu glacier.

— On voit tout de suite de quel homme la Mère a choisi l'esprit quand Elle l'a créé, murmura Mardena à sa mère en désignant Jondalar du menton, au moment où leur groupe atteignait le camp.

Lanidar aperçut Lanoga et alla lui parler.

— Dalanar était exactement comme lui quand il était jeune, et il n'a pas beaucoup changé, répondit Denoda. C'est toujours un très bel homme.

— Tu le connaissais, mère ?

— Il a été l'homme de mes Premiers Rites. Après quoi, j'ai imploré la Mère de m'accorder un enfant de son esprit.

— Mère ! Une femme ne doit pas avoir de bébé si tôt, tu le sais.

— Je m'en moquais. Il arrive qu'une jeune fille tombe enceinte peu après ses Premiers Rites, quand elle est devenue femme et peut recevoir l'esprit d'un homme. J'espérais qu'il ferait plus attention à moi si je portais un enfant de son esprit.

— Un homme n'a pas le droit de s'approcher d'une femme qu'il a ouverte pendant un an au moins après les Premiers Rites, rappela Mardena, presque choquée par les aveux de sa mère.

— Je sais, et il n'a pas essayé, mais il n'a pas cherché à m'éviter non plus et il se montrait toujours aimable quand nous nous croisions. Moi, je voulais davantage. Longtemps j'ai été incapable de penser à quelqu'un d'autre. Et puis j'ai rencontré l'homme de ton foyer. Mon plus grand chagrin est qu'il soit mort si jeune. J'aurais voulu d'autres enfants mais la Mère a choisi de ne pas m'en accorder plus, et cela valait peut-être mieux. T'élever seule était déjà assez dur. Je n'avais même pas de mère pour m'aider, encore que plusieurs femmes de la Caverne m'aient secourue quand tu étais jeune.

— Pourquoi n'as-tu pas trouvé un autre homme à qui t'unir ? demanda Mardena.

— Et toi ? répliqua sa mère.

— Tu sais pourquoi. J'avais Lanidar...

— Ne rends pas ce garçon responsable. Tu prétends toujours que c'est lui qui t'a empêchée de trouver un autre homme, mais tu n'as jamais essayé. Tu avais peur de souffrir encore. Tu sais, il n'est pas trop tard pour...

Elles n'avaient pas vu l'homme s'approcher.

— Quand Marthona m'a annoncé que la Neuvième Caverne avait des visiteurs, ce matin, un de leurs noms m'a paru familier. Comment vas-tu ?

Dalanar prit les deux mains de Denoda, se pencha pour presser sa joue contre la sienne, comme si elle était une amie proche. Mardena vit le visage de sa mère rougir un peu quand elle sourit à cet homme superbe. Elle eut même l'impression qu'elle se tenait différemment et que son corps devenait plus féminin, plus sensuel. Mardena vit tout à coup sa mère sous un autre jour : quoique grand-mère, elle n'était pas si vieille, après tout ; il y avait probablement des hommes qui la trouvaient encore attirante.

— Voici ma fille, Mardena de la Dix-Neuvième Caverne des Zelandonii, et mon petit-fils est là quelque part.

Dalanar tendit les mains à la femme la plus jeune, qui les prit et leva les yeux vers lui.

— Salutations, Mardena de la Dix-Neuvième Caverne des Zelandonii, fille de Denoda de la Dix-Neuvième Caverne. C'est un plaisir pour moi de faire ta connaissance. Je suis Dalanar, Homme Qui Ordonne de la Première Caverne des Lanzadonii. Au nom de Doni, la Grande Terre Mère, sache que tu seras la bienvenue dans notre camp. Et aussi dans notre Caverne.

Mardena fut troublée par la chaleur de ces salutations. Bien qu'il fût assez âgé pour être l'homme de son foyer, elle se sentait attirée par lui. Elle avait même cru déceler une certaine insistance sur le mot « plaisir », qui lui avait fait penser au Don de la Mère. Jamais un homme ne l'avait autant impressionnée.

Dalanar regarda autour de lui, appela « Joplaya ! » et dit à Denoda :

— J'aimerais te présenter la fille de mon foyer.

Mardena fut étonnée par la jeune femme qui approcha. Elle n'avait pas l'air aussi étrangère que la toute petite compagne de Dalanar, mais leurs traits communs la rendaient presque plus singulière encore. Ses cheveux étaient aussi noirs, veinés cependant de mèches plus claires. Elle avait des pommettes hautes, mais un visage moins rond, moins plat. Le nez ressemblait à celui de l'homme, en plus délicat ; les sourcils noirs étaient lisses et finement arqués. D'épais cils noirs frangeaient des yeux qui avaient la forme de ceux de sa mère, mais non leur couleur. Les yeux de Joplaya étaient d'un vert chatoyant.

Mardena n'avait pas participé à la Réunion d'Eté quand la Caverne de Dalanar y était venue la fois précédente. L'homme de son foyer venait de la quitter, elle n'avait pas envie d'affronter les gens. Elle avait entendu parler de Joplaya mais ne l'avait jamais rencontrée. Maintenant qu'elle était devant elle, elle réprimait mal une forte envie de la dévisager. Joplaya était une femme à la beauté exotique.

Après les présentations, les échanges de salutations et de plaisanteries, Dalanar et Joplaya laissèrent les deux femmes pour aller bavarder avec quelqu'un d'autre. Mardena sentait encore la chaleur de la présence de Dalanar et commençait à comprendre pourquoi il avait tellement fasciné sa mère. S'il avait été l'homme de ses Premiers Rites, elle aussi aurait succombé à son charme. La fille de son foyer, très jolie, avait cependant quelque chose de mélancolique, un air abattu en contradiction avec la joie d'une union proche. Mardena ne comprenait pas pourquoi une femme qui aurait dû être heureuse semblait si triste.

— Nous devons partir, maintenant, dit Denoda. Il ne faut pas abuser de l'accueil qui nous a été fait si nous voulons être réinvitées. Les Lanzadonii sont très liés à la Neuvième Caverne, et cela fait de nombreuses années que Dalanar et les siens ne sont pas venus à une Réunion d'Eté. Ils ont besoin de renouer contact. Allons récupérer Lanidar et remercier Ayla de son invitation.

Les camps de la Neuvième Caverne des Zelandonii et de la Première Caverne des Lanzadonii, deux peuples différents, formaient en réalité un seul et même camp de parents et d'amis.

Au passage des quatre femmes qui se dirigeaient vers la hutte de la Zelandonia, les gens n'essayaient même pas de masquer leur curiosité. Marthona attirait toujours l'attention, où qu'elle allât. Elle avait été chef d'une Caverne importante et était encore une femme puissante, sans parler de la séduction qu'elle exerçait toujours malgré son âge. Jerika avait un aspect si étrange, si différent de ce que les Zelandonii connaissaient qu'ils ne pouvaient s'empêcher de la détailler. Le fait qu'elle fût unie à Dalanar, qu'elle eût fondé avec lui non seulement une nouvelle Caverne mais un nouveau peuple la rendait encore plus exceptionnelle.

La fille de Jerika, Joplaya, la beauté brune mélancolique qui, selon les rumeurs, avait l'intention de prendre pour compagnon un homme d'esprit mêlé, était une femme mystérieuse qui suscitait maintes spéculations. La magnifique blonde que Jondalar avait ramenée, qui voyageait avec deux chevaux dociles et un loup, qu'on disait guérisseuse accomplie, devait être une sorte de Zelandoni étrangère. Elle parlait bien leur langue, quoique avec un accent insolite, et avait récemment découvert une grotte splendide sous le nez de la Dix-Neuvième Caverne.

Chacune des quatre femmes qui traversaient le camp de la Réunion d'Eté avait quelque chose de fascinant et, tout en sachant qu'ensemble elles attiraient encore plus l'attention, Ayla s'efforçait d'ignorer les regards et de prendre plaisir à la compagnie des trois autres.

Beaucoup de femmes étaient déjà là quand elles arrivèrent à la hutte de la Zelandonia. Elles furent examinées à l'entrée par plusieurs Zelandonia hommes, ce qui surprit Ayla. Comme si elle devinait ses pensées, Marthona expliqua :

— Les hommes ne sont pas admis à cette réunion, à moins d'être membres de la Zelandonia, mais chaque année des jeunes gens des « lointaines » tentent de s'introduire déguisés en femmes ou de s'approcher assez pour entendre ce qui se dit. Les Zelandonia masculins les en empêchent.

Ayla remarqua plusieurs hommes, dont Madroman, qui semblaient monter la garde autour de la vaste construction.

— Qu'est-ce que c'est, les « lointaines » ? voulut-elle savoir.

— Des huttes d'été construites à la lisière du camp par des hommes, en général des jeunes gens ou des hommes entre deux compagnes. Les jeunes qui sont trop âgés pour avoir besoin d'une femme-donii mais n'ont pas encore de compagne ne tiennent pas à rester avec leur Caverne, ils préfèrent la compagnie d'amis de leur âge — sauf au moment des repas, précisa Marthona avec un sourire. Leurs amis n'imposent pas de restrictions à leur conduite comme le feraient une mère ou une compagne. Et aux hommes sans compagne, en particulier de cet âge, il est strictement interdit d'approcher des jeunes filles qui se préparent pour leurs Premiers Rites. Comme ils essaient quand même, les Zelandonia les surveillent de près lorsqu'ils sont dans le camp.

« Dans leurs huttes, ils peuvent brailler et se battre tant qu'ils veulent, du moment qu'ils ne dérangent pas les autres. Ils se réunissent, invitent d'autres jeunes gens, et des jeunes femmes, naturellement. Ils savent soutirer de la nourriture à leurs mères et se débrouillent pour se procurer du barma ou du vin. Je crois que c'est à qui fera venir les plus jolies jeunes femmes.

« Il y a aussi les "lointaines" des hommes mûrs. Généralement ceux qui n'ont pas de compagne pour une raison ou pour une autre, ou qui veulent échapper à leur Caverne ou à leur famille. Pendant la Réunion d'Eté, Laramar passe plus de temps dans une "lointaine" que dans sa propre hutte. C'est là qu'il troque son barma, mais ce qu'il fait de ce qu'il obtient en échange, je ne sais pas. En tout cas, il ne rapporte rien à sa famille. En outre, les hommes qui s'apprêtent à prendre une compagne passent un jour ou deux dans une "lointaine" avec la Zelandonia avant les Matrimoniales. Jondalar le fera bientôt, je pense.

L'intérieur de la hutte était sombre, à peine éclairé par la lueur d'un foyer et quelques lampes. Une fois que les yeux des quatre femmes se furent habitués à la pénombre, Marthona regarda autour d'elle et conduisit le groupe vers deux femmes assises par terre sur une natte, près du mur situé à droite de l'espace central. Celles-ci sourirent en les voyant approcher, se poussèrent pour leur laisser de la place.

— Je crois que la réunion va commencer, dit Marthona en s'asseyant. Nous procéderons plus tard aux présentations rituelles, ajouta-t-elle en se tournant vers celles qui l'accompagnaient. Voici Levela, la sœur de Proleva, et leur mère Velima. Elles sont du Camp d'Eté, la Partie Ouest de la Vingt-Neuvième Caverne.

Puis elle s'adressa de nouveau aux deux femmes :

— Voici Jerika, la compagne de Dalanar, et sa fille Joplaya. Les Lanzadonii sont arrivés ce matin. Et voici Ayla de la Neuvième Caverne, anciennement Ayla des Mamutoï, celle à qui Jondalar doit s'unir.

Les femmes se sourirent, puis, avant qu'elles puissent échanger quelques mots, le silence se fit progressivement dans la hutte. Celle Qui Etait la Première parmi Ceux Qui Servaient la Grande Terre Mère et plusieurs autres Zelandonia se tenaient devant l'auditoire. Lorsque la dernière conversation cessa, la doniate commença :

— Je vais vous parler de questions sérieuses et je vous demande d'écouter avec attention. Femmes, vous êtes les préférées de Doni, celles qu'Elle a créées et à qui Elle a accordé le privilège de donner la vie. Il est des choses importantes que doivent savoir celles d'entre vous qui célébreront bientôt leur union.

Elle s'interrompit et jeta un coup d'œil à chacune des participantes. Quand elle découvrit les femmes qui accompagnaient Marthona, son regard s'arrêta un instant : il y avait là deux présences auxquelles elle ne s'attendait pas. Après avoir échangé un hochement de tête avec Marthona, elle reprit :

— A cette réunion, nous parlerons de problèmes de femme : comment vous devrez traiter ceux qui seront vos compagnons, et ce que vous êtes en droit d'attendre d'eux. Nous parlerons d'avoir des enfants, mais aussi de la façon de ne pas en avoir, et de ce qu'il convient de faire s'il en vient un pour lequel vous n'êtes pas prêtes.

« Quelques-unes d'entre vous ont peut-être déjà été honorées par les premiers tressaillements de la vie en elles. C'est un honneur, oui, mais aussi une grande responsabilité. Une partie de ce que je vous dirai, vous l'avez déjà entendu, notamment à vos Rites des Premiers Plaisirs. Ecoutez bien, même si vous croyez déjà savoir ce que je vous explique.

« Premièrement, aucune fille ne doit s'unir avant de devenir femme, avant d'avoir commencé à saigner et d'avoir eu ses Premiers Rites. Notez la phase de la lune le premier jour du saignement. Pour la plupart des femmes, leur sang coulera de nouveau la prochaine fois que la lune sera dans la même phase, mais cela peut varier. Si plusieurs femmes vivent quelque temps dans la même habitation, il arrive souvent que leurs périodes lunaires changent jusqu'à ce qu'elles saignent en même temps.

Certaines des femmes les plus jeunes, en particulier celles qui ne connaissaient pas ce phénomène, se tournèrent vers leurs amies et parentes. Ayla, à qui personne n'en avait jamais parlé, essaya de se rappeler si elle l'avait observé.

— La première indication que vous avez été honorées par la Mère, qu'Elle a choisi un esprit pour le mêler au vôtre et créer une nouvelle vie, ce sera quand votre sang ne coulera pas à votre phase de la lune. S'il ne coule pas non plus à la lune suivante, vous pouvez commencer à penser que vous avez été honorées, mais il faut au moins manquer trois lunes et déceler d'autres signes avant d'être sûre qu'une nouvelle vie a germé. Quelqu'un a-t-il des questions sur ce point ?

Il n'y en avait pas. Hormis le fait que des femmes vivant ensemble avaient tendance à avoir leurs saignements en même temps, ces choses avaient déjà été dites et répétées.

— Je sais que la plupart d'entre vous ont partagé le Don des Plaisirs avec leur promis, et vous devriez trouver cela agréable. Si ce n'est pas le cas, parlez-en à votre Zelandoni. C'est une chose difficile à reconnaître, mais il y a des moyens de vous aider, et les Zelandonia garderont toujours votre secret, tous vos secrets. Il conviendra de vous rappeler que, hormis les jeunes qui viennent d'accéder à la plénitude de leur virilité, peu d'hommes peuvent s'accoupler à une femme plus d'une ou deux fois par jour, et encore moins quand ils prennent de l'âge.

« Par ailleurs, le fait de partager les Plaisirs avec votre compagnon n'est pas obligatoire, si c'est votre choix et si votre compagnon n'y voit pas d'objection. Mais la plupart des hommes ne resteront pas avec une femme qui ne partage pas le Don avec eux. Même si vous vous apprêtez à nouer le lien et ne pouvez l'imaginer maintenant, sachez aussi que le lien peut être rompu pour de nombreuses raisons. Je suis sûre que vous connaissez toutes quelqu'un qui l'a rompu.

Il y eut des bruits de pieds, des changements de position, des regards alentour. Presque tout le monde connaissait quelqu'un qui avait brisé ce lien.

— On dit que les femmes peuvent faire usage du Don de la Mère pour garder leur compagnon en le rendant heureux et satisfait. Certains prétendent que c'est pour cette raison qu'Elle l'a offert à Ses enfants. C'est peut-être une raison, mais pas la seule, j'en suis sûre. Il n'en demeure pas moins que votre compagnon ne sera pas tenté de regarder d'autres femmes si vous savez satisfaire ses désirs. Il sera heureux de limiter ces brefs moments d'intérêt pour une autre aux cérémonies qui honorent la Mère, lorsque c'est acceptable et agréable pour Elle, pourvu que les Plaisirs soient partagés.

« Tout le monde peut accepter ou refuser de partager le Don de la Mère. Partager les Plaisirs avec quelqu'un d'autre n'est pas non plus obligatoire. Si vous et votre compagnon êtes heureux et contents de partager Son Don uniquement l'un avec l'autre, la Mère est satisfaite. Il n'est pas non plus nécessaire d'attendre une Cérémonie de la Mère. Rien de ce qui concerne les Plaisirs n'est obligatoire. C'est un Don de la Mère, et tous Ses Enfants sont libres de le partager avec qui ils veulent chaque fois qu'ils le souhaitent. Ni vous ni votre compagnon ne devez vous inquiéter des passades de l'autre. La jalousie est bien plus grave. Elle peut avoir de terribles conséquences. Elle peut engendrer la violence, et la violence peut mener à la mort. Si quelqu'un est tué, ceux à qui cette personne était chère auront envie de se venger, et cette vengeance en appellera une autre, jusqu'à ce qu'il n'y ait plus qu'affrontements. Tout ce qui menace le bien-être des Enfants de la Mère choisis pour La connaître n'est pas acceptable.

« Les Zelandonii sont un peuple fort parce qu'ils travaillent ensemble et s'entraident. La Grande Terre Mère a pourvu à tous leurs besoins. Tout ce qui est chassé ou cueilli nous est donné par Doni et doit être partagé entre tous. Recueillir ce qu'Elle offre peut être un travail dur, voire dangereux, et, pour cette raison, ceux qui donnent le plus jouissent du plus grand respect. C'est pour cela que ceux qui sont le plus déterminés à travailler pour Ses enfants occupent le rang le plus haut. C'est pour cela que Ceux Qui Ordonnent sont très respectés. Ils sont résolus à aider leur peuple. S'ils ne l'étaient pas, le peuple ne se tournerait plus vers eux et reconnaîtrait quelqu'un d'autre pour chef.

Elle n'ajouta pas que c'était également pour cette raison que les Zelandonia bénéficiaient d'une position élevée.

Zelandoni savait parler, et Ayla l'écoutait, captivée. Elle désirait en apprendre le plus possible sur le peuple de l'homme à qui elle s'unirait bientôt, ce peuple qui était maintenant le sien, mais, lorsqu'elle y réfléchissait, le Clan n'était pas si différent. Ses membres partageaient tout et personne n'y souffrait de la faim, pas même cette femme dont on lui avait dit qu'elle était morte dans le tremblement de terre. Elle venait d'un autre Clan, n'avait jamais eu d'enfants ; après la mort de son compagnon, un homme avait dû la prendre pour seconde femme, ce qui était toujours considéré comme un fardeau. Mais, bien qu'elle occupât la position la plus basse dans le Clan de Brun, elle n'avait jamais eu faim, elle avait toujours porté des vêtements chauds.

Dans le Clan, les compagnes elles aussi étaient partagées. On y comprenait la nécessité de satisfaire les besoins d'un homme. Aucune femme ne refusait jamais un homme qui lui adressait le signal. Ayla n'en connaissait aucune qui aurait songé à refuser... excepté elle-même. Elle savait désormais que ce n'étaient pas les Plaisirs que Broud recherchait. Elle l'avait su même à l'époque, sans pouvoir l'exprimer. Il ne lui adressait pas le signal parce qu'il voulait partager le Don ou satisfaire son propre désir, mais uniquement parce qu'il savait qu'elle détestait cela.

— Rappelez-vous, disait Zelandoni, que c'est votre compagnon qui doit vous aider, subvenir à vos besoins et à ceux de vos enfants, en particulier quand vous êtes grosse ou que vous venez d'enfanter et que vous donnez le sein. Si vous vous souciez d'eux, si vous avez souvent partagé les Plaisirs avec eux et que vous les avez satisfaits, la plupart des hommes seront plus que disposés à pourvoir à vos besoins et à ceux de vos enfants. Certaines d'entre vous ne comprennent peut-être pas pourquoi j'insiste tellement sur ce point. Demandez à vos mères. Lorsque vous êtes fatiguées, sans cesse occupées par de nombreux enfants, il peut arriver que le Don ne soit pas si facile à partager. Il y a aussi des moments où il ne doit pas l'être, mais j'en parlerai plus tard.

« Doni accorde toujours Sa faveur aux enfants qui ressemblent au compagnon. Lui, de son côté, s'en estime souvent plus proche. Si vous voulez que vos enfants ressemblent à votre compagnon, vous devez passer du temps ensemble, afin que ce soit son esprit qui ait le plus de chances d'être choisi. Les voies des esprits sont souvent capricieuses. Il est impossible de dire quand l'un d'eux acceptera de se laisser choisir ou quand la Mère jugera le moment venu de le mêler à un autre. Mais, si vous et votre compagnon vous appréciez mutuellement, il aura envie de rester près de vous, et son esprit sera heureux de s'unir au vôtre. Tout le monde suit jusqu'ici ? Si vous avez des questions, c'est le moment.

La Première promena son regard sur l'assistance et attendit.

— Si je tombe malade, si je ne ressens aucun Plaisir à partager le Don... commença une femme.

D'autres se retournèrent pour voir qui avait parlé.

— Votre compagnon devra le comprendre et, de toute façon, c'est toujours votre choix. Il y a des femmes et des hommes qui sont unis et partagent rarement le Don ensemble. Si vous vous montrez tendre et compréhensive avec votre compagnon, il le sera également avec vous, en règle générale. Les hommes sont aussi des Enfants de la Mère. Quand ils tombent malades, c'est leur compagne qui les soigne. La plupart des compagnons essaient de s'occuper de vous lorsque vous êtes malade.

La jeune femme hocha la tête avec un sourire un peu hésitant.

— Ce que je veux dire, continua la doniate, c'est que l'homme et la femme doivent avoir de l'affection, de la considération et du respect l'un pour l'autre. Le Don des Plaisirs peut vous apporter le bonheur à tous deux et contribuer à ce que votre compagnon soit heureux, pour que votre union dure. D'autres questions ?

Zelandoni marqua une nouvelle pause puis reprit :

— Une union ne se réduit toutefois pas à deux personnes qui choisissent de vivre ensemble. Elle engage votre famille, votre Caverne, et aussi le Monde des Esprits. C'est pourquoi les mères et leurs compagnons doivent réfléchir avant d'autoriser leur enfant à s'unir. Avec qui vivra-t-il ? Vous-même ou votre compagnon apporterez-vous une contribution à la Caverne ? Vos sentiments sont également importants. Si vous n'éprouvez rien l'un pour l'autre au début de votre union, elle risque de ne pas durer. Si une union ne dure pas, la responsabilité des enfants retombe sur la famille et la Caverne de la mère, comme c'est le cas si vous venez à mourir tous les deux.

Ayla était passionnée par ce sujet. Elle faillit poser une question sur le mélange d'esprits donnant naissance à la vie. Convaincue que c'était le partage du Don lui-même qui était nécessaire pour que la vie commence, elle décida néanmoins de ne pas en parler.

— Si la plupart d'entre vous attendent avec impatience leur premier bébé, poursuivait la doniate, il peut arriver qu'une nouvelle vie commence à un mauvais moment. Jusqu'à ce que vous ayez reçu de votre Zelandoni l'elandon de votre nourrisson, il n'a pas d'esprit propre, seulement les esprits mêlés qui sont à son origine. Puis la Grande Terre Mère accepte le nouveau-né, sépare les esprits et les restitue. Mais il vaut mieux arrêter la poursuite de la vie avant que le bébé soit prêt à naître, de préférence pendant les trois premières lunes de grossesse.

— Pourquoi quelqu'un voudrait-il arrêter une nouvelle vie qui vient de commencer ? demanda une jeune femme. Tous les bébés ne sont-ils pas bienvenus ?

— La plupart le sont, répondit la Première, mais dans certains cas il vaut mieux qu'une femme n'ait pas d'autre enfant. Quoique cela n'arrive pas souvent, elle peut redevenir grosse quand elle allaite encore et donner naissance à un autre bébé alors que le précédent est encore très jeune. La plupart des mères ne peuvent s'occuper convenablement d'un autre bébé si tôt. Celui qui est là et a un nom doit passer d'abord, surtout s'il est en bonne santé. Trop de nourrissons meurent déjà dans leur première année. Il n'est pas sage de risquer la vie d'un enfant en bonne santé en l'écartant trop tôt du sein. Après la première année, le sevrage est la période la plus difficile pour un bébé. Si la mère est obligée de sevrer un enfant trop tôt, à moins de trois ans, cela peut affaiblir cet enfant. Il vaut mieux un seul enfant en bonne santé qui deviendra un adulte vigoureux que deux ou trois bébés faibles qui ne survivront peut-être pas.

— Oh... Je n'y avais pas pensé, dit la jeune femme.

— Autre exemple : une femme a donné naissance à plusieurs enfants mal formés qui n'ont pas survécu. Doit-elle continuer à aller jusqu'au terme de ses grossesses et passer à chaque fois par une telle souffrance ? Sans parler de son propre affaiblissement...

— Mais si elle veut avoir un bébé comme tout le monde ? fit une jeune femme, les larmes aux yeux.

— Il y a des femmes qui n'ont pas d'enfants, répondit Zelandoni. Certaines par choix. D'autres parce que la vie ne naît jamais en elles. D'autres n'arrivent jamais à terme, ou bien elles ont des enfants mort-nés, ou si mal formés qu'ils ne survivent pas.

— Pourquoi ? demanda la femme aux yeux embués.

— Personne ne le sait. Peut-être parce que quelqu'un qui en voulait à cette femme lui a jeté un sort. Peut-être parce qu'un Esprit maléfique a trouvé un moyen de faire du mal au bébé à naître. Cela arrive même aux animaux. Nous avons toutes vu des chevaux ou des cerfs difformes. Certains disent que les animaux blancs sont le résultat d'un Esprit mauvais qui a été vaincu et que c'est pour cela qu'ils portent chance. Les êtres humains aussi naissent parfois tout blancs avec des yeux roses. Les animaux ont sans doute aussi des petits mort-nés et des jeunes qui ne survivent pas, mais les carnivores s'en occupent si rapidement que nous ne les voyons pas. C'est ainsi, conclut la doniate.

La jeune femme était en larmes à présent, et Ayla se demanda pourquoi la Première se montrait aussi insensible.

— Sa sœur a du mal à avoir un bébé, elle a été grosse deux ou trois fois, expliqua Velima à mi-voix. Je crois qu'elle a peur qu'il lui arrive la même chose.

— Zelandoni a raison de ne pas lui donner de faux espoirs, murmura Marthona. Quelquefois, c'est de famille. Et, si cette femme a un enfant, elle n'en sera que plus heureuse.

Ayla regarda la jeune femme et fut si émue qu'elle ne put s'empêcher de prendre la parole.

— En venant ici... commença-t-elle. (Tout le monde se tourna pour regarder avec étonnement cette nouvelle venue qui intervenait, et beaucoup remarquèrent son accent.) Jondalar et moi nous sommes arrêtés à une Caverne Losadunaï. Il y avait là une femme qui n'avait jamais pu avoir d'enfant. Or une mère d'une Caverne voisine était morte, laissant son compagnon avec trois petits. La femme qui ne pouvait en avoir est allée vivre avec eux pour voir s'ils pouvaient trouver un arrangement. Si tous étaient satisfaits, elle adopterait les enfants et prendrait l'homme pour compagnon.

Il y eut un silence, puis un murmure de conversations.

— C'est un très bon exemple, Ayla, dit Zelandoni. Oui, une femme peut adopter des enfants. Cette Losadunaï avait-elle déjà un compagnon ?

— Non, je ne crois pas.

— Même si elle en avait eu un, elle aurait pu l'amener avec elle, à condition que les deux hommes s'acceptent comme co-compagnons. Un homme de plus pour nourrir ces enfants n'aurait pas nui. Ayla a fait une excellente remarque. Les femmes qui ne peuvent enfanter ne restent pas nécessairement sans enfants.

La doniate s'interrompit un instant avant de reprendre :

— Il existe d'autres raisons pour lesquelles une femme peut décider de mettre fin à une grossesse. Une mère qui a trop d'enfants peut avoir des difficultés à s'occuper de tous ses petits, et elle-même, son compagnon et sa Caverne peuvent avoir du mal à pourvoir à leurs besoins. Souvent, les femmes qui se trouvent dans cette situation ne veulent plus d'enfants et souhaiteraient que la Mère ne soit pas aussi généreuse avec elles.

— Je connais quelqu'un qui n'arrête pas d'en avoir, dit une autre jeune femme. Elle en a donné deux à adopter à sa sœur, et un à une cousine.

— Je sais de qui tu parles. C'est une femme robuste et en bonne santé qui aime être grosse et enfante facilement. Elle a beaucoup de chance. Elle a rendu un grand service à sa sœur — qui, je crois, ne peut avoir d'enfant à cause d'un accident — et à sa cousine, qui en voulait un autre sans avoir besoin de le porter elle-même.

« Toutes les femmes n'ont pas cette chance, poursuivit la Première. Certaines femmes ont eu des accouchements si difficiles qu'un bébé de plus pourrait les tuer et laisser les enfants vivants sans mère. Chacune est différente. Par bonheur, la plupart des femmes sont capables d'avoir des enfants, mais ces femmes-là peuvent elles aussi ne pas vouloir mener chaque grossesse à son terme.

« Il y a plusieurs moyens d'interrompre une grossesse. Certains peuvent se révéler dangereux. Une forte infusion de tanaisie — toute la plante, racines comprises — peut ramener le saignement mais elle peut aussi être fatale. Un bâtonnet en orme écorcé et glissant, inséré profondément dans l'ouverture par laquelle naît l'enfant, peut être très efficace, mais il vaut toujours mieux en parler à votre doniate, qui saura préparer l'infusion ou placer le bâtonnet. Il existe d'autres méthodes. Vos mères ou vos Zelandonia en discuteront avec vous en détail si vous souhaitez en savoir davantage.

« Il en va de même pour l'accouchement. Il existe de nombreux remèdes qui hâtent la venue de l'enfant, qui arrêtent le flot de sang et soulagent la douleur. L'enfantement s'accompagne presque toujours de douleur. La Grande Mère Elle-Même a souffert, mais la plupart des femmes ont peu de problèmes et la douleur est vite oubliée. Tout le monde souffre un jour d'une manière ou d'une autre. Cela fait partie de la vie, on ne peut y échapper. Il vaut mieux l'accepter.

Ayla était intéressée par les remèdes dont Zelandoni avait parlé, encore que ceux qu'elle avait mentionnés fussent relativement simples et bien connus. Presque toutes les femmes avec qui elle en avait discuté connaissaient un moyen ou un autre de mettre fin à une grossesse. Souvent, cette idée ne plaisait pas aux hommes. Iza et les autres guérisseuses du Clan gardaient cette pratique secrète, de crainte que les hommes ne l'interdisent.

La doniate n'avait pas abordé les moyens d'empêcher la vie de germer. Ayla tenait beaucoup à lui en parler et peut-être à comparer leurs connaissances. Elle avait été sage-femme pour plusieurs naissances. Il lui vint soudain à l'esprit qu'elle donnerait bientôt naissance à un enfant, elle aussi. Oui, Zelandoni avait raison, la souffrance faisait partie de la vie. Ayla avait beaucoup souffert pour donner le jour à Durc, elle avait failli mourir, mais, comme dans le *Chant de la Mère*, « l'enfant radieux justifiait toute cette souffrance ».

— Il n'y a pas que la douleur physique, continua Zelandoni. D'autres souffrances sont pires, mais vous devez les accepter elles aussi. En tant que femmes, vous avez une grande responsabilité, un devoir qu'il vous faudra peut-être envisager un jour. Parfois, la vie que vous portez est tenace. Et rien ne peut empêcher la grossesse de progresser, alors même que vous n'aviez pas voulu que la vie naisse en vous. Une fois que l'enfant est né, c'est toujours plus difficile de le rendre à la Mère, mais il le faut quelquefois.

« Les enfants qui sont déjà là doivent passer en premier. Si un second bébé vient trop tôt, ou s'il est très mal formé, il faut le renvoyer à Doni. C'est toujours à la Mère de décider, mais vous devez vous rappeler votre responsabilité, et il faut agir vite. Dès que vous en êtes capable, emmenez-le dehors et posez-le sur le sein de la Grande Terre Mère, aussi loin que possible de votre abri, et jamais près d'un site sacré d'enterrement, de peur qu'un Esprit errant ne tente d'habiter le corps. Cet Esprit serait dérouté et ne parviendrait plus à trouver le chemin du Monde d'Après. Il deviendrait maléfique. Y a-t-il ici quelqu'un qui ne comprenne pas ce que je viens de dire ?

C'était toujours un moment difficile des réunions préparant les Matrimoniales, et Zelandoni laissa aux jeunes femmes le temps d'assimiler la cruelle révélation. Il fallait cependant qu'elles l'acceptent.

Personne ne prit la parole. Les jeunes femmes avaient entendu des rumeurs, discuté entre elles du douloureux devoir qu'elles seraient peut-être amenées à remplir un jour, mais c'était la première fois que la question leur était soumise directement. Chacune d'elles espérait qu'elle ne serait jamais réduite à laisser un bébé mourir sur le sein froid de la Grande Terre Mère. C'était une sombre pensée.

Certaines des femmes plus âgées serraient les lèvres, de la souffrance dans les yeux, parce qu'elles avaient dû faire face à ce terrible devoir de préserver la vie de l'un en sacrifiant l'autre. La plupart des femmes aimaient mieux mettre fin plus tôt à une grossesse, encore que ce ne fût pas une décision facile, que de perdre un enfant à qui elles avaient donné le jour ou, pire, de devoir l'abandonner elles-mêmes.

Ayla était effondrée. Je ne pourrais jamais, pensait-elle. Les souvenirs de Durc affluèrent dans son esprit : il aurait dû être abandonné sans qu'elle eût son mot à dire. Elle se rappela avec angoisse les jours qu'elle avait passés cachée dans la petite grotte pour lui sauver la vie. Tous disaient qu'il était difforme. Mais il ne l'était pas. C'était simplement un mélange, d'elle et de Broud. S'il avait su, chaque fois qu'il me forçait, que Durc serait le résultat, il ne l'aurait jamais fait ! songea-t-elle. Elle eut envie de demander pourquoi on ne cherchait pas plutôt à empêcher d'abord la vie de germer mais se sentit trop émue pour ouvrir la bouche.

Marthona fut intriguée par la détresse qui se lisait sur le visage de la jeune femme. Certes, ce n'était pas une pensée facile à supporter, mais il y avait peu de chances pour que le bébé d'Ayla dût être remis à la Mère. C'est peut-être d'être enceinte qui la rend si sensible, supposa la mère de Jondalar.

Zelandoni avait encore d'autres informations à transmettre : l'interdiction de partager les Plaisirs quand une femme est proche de l'accouchement, et pendant une certaine période après, ainsi qu'avant, pendant et après certaines cérémonies ; les autres devoirs d'une femme unie à un homme, les moments où il fallait jeûner ou s'abstenir de manger certains aliments.

Il était également interdit de s'unir avec certaines personnes, notamment les cousins proches. Jondalar avait expliqué à Ayla ce qu'étaient des cousins proches, et, lorsque le problème fut mentionné, elle avait coulé un regard vers Joplaya, à la manière discrète des femmes du Clan. Elle connaissait la raison de l'aura de tristesse qui enveloppait la jeune femme. Depuis son arrivée à la Réunion d'Eté, Ayla avait entendu parler des signes de parenté et ne savait pas de quoi il s'agissait. Qu'étaient au juste des signes incompatibles ? Les autres sachant tout de ces signes et des interdits qui y étaient attachés, elle n'osa pas poser la question devant elles et préféra attendre que la plupart fussent parties pour interroger Zelandoni.

— Un dernier point, conclut la Première. Certaines d'entre vous ont peut-être déjà entendu dire qu'il était question de reporter les Matrimoniales de quelques jours.

Plusieurs femmes laissèrent échapper des exclamations déçues.

— Dalanar et sa Caverne ont l'intention de venir à la Réunion d'Eté pour que la fille de sa compagne soit unie à nos premières Matrimoniales, reprit Zelandoni, suscitant des murmures. Vous serez heureuses d'apprendre qu'aucun report ne sera nécessaire ; Joplaya est parmi nous avec sa mère, Jerika. Joplaya et Echozar seront unis en même temps que vous toutes.

« Gardez précieusement en mémoire ce qui a été dit ici. C'est important. La chasse d'ouverture de cette Réunion d'Eté commencera demain matin et, si tout se passe bien, les Matrimoniales auront lieu peu après. Je vous reverrai toutes ce jour-là.

Tandis que l'auditoire se dispersait, Ayla entendit plusieurs fois les mots « Têtes Plates » et « abomination ». Manifestement, beaucoup de femmes étaient pressées d'aller annoncer que Joplaya était promise au demi-Tête Plate, Echozar.

Un grand nombre d'entre d'elles se souvenaient de lui. Il avait participé à leur Réunion d'Eté la dernière fois que les Lanzadonii y étaient venus. Marthona se rappelait qu'on y avait tenu des propos désobligeants au sujet d'Echozar et de ses esprits mêlés et espérait que cela ne se renouvellerait pas. Il lui revint en mémoire une autre Réunion d'Eté qui avait été pénible pour elle, celle que Jondalar avait manquée pour partir en Voyage avec son frère, laissant Marona attendre un promis qui ne vint jamais. Elle avait cependant pris un compagnon cet été-là, aux deuxièmes Matrimoniales, juste avant le retour, mais leur union n'avait pas duré. Maintenant, Marona était à nouveau disponible mais Jondalar avait ramené avec lui une femme qui lui convenait beaucoup mieux, malgré ses manières étrangères, ne fût-ce que parce qu'elle éprouvait pour lui des sentiments sincères et qu'il l'aimait.

Zelandoni songea un instant à défendre aux femmes de parler à quiconque de ce qui s'était dit à la réunion, mais elle se doutait qu'il n'existait aucun moyen de faire respecter cette interdiction. La nouvelle était trop croustillante pour qu'elles la gardent secrète. La doniate remarqua qu'Ayla et celles qui l'accompagnaient ne semblaient pas pressées de partir et souhaitaient peut-être lui parler. Après tout, elle était encore Zelandoni de la Neuvième Caverne. Quand il ne resta quasiment plus que les Zelandonia, Ayla se dirigea vers elle.

— J'ai quelque chose à te demander, Zelandoni.

— Je t'écoute.

— Tu as parlé de certains interdits, de personnes qui peuvent ou ne peuvent pas s'unir. Je sais qu'il est interdit de s'unir avec un cousin ou une cousine « proche », Jondalar m'a expliqué que Joplaya est sa cousine proche — il dit quelquefois « cousine de foyer » — parce qu'ils sont nés tous deux au foyer d'un même homme.

Ayla évita de se tourner vers Joplaya, mais Marthona et Jerika échangèrent un regard.

— C'est exact, confirma Zelandoni de la Neuvième Caverne.

— Depuis notre arrivée à la Réunion d'Eté, j'entends parler d'autre chose. Toi, notamment, tu dis qu'on ne peut s'unir avec une personne ayant un signe de parenté incompatible. Qu'est-ce que c'est, un signe de parenté ?

Les autres Zelandonia avaient écouté un moment puis, lorsqu'il apparut qu'Ayla cherchait simplement à s'informer, ils se mirent à bavarder entre eux à voix basse ou regagnèrent leur espace personnel à l'intérieur de la hutte.

— C'est un peu plus difficile à expliquer, répondit la Première. Une personne naît avec un signe de parenté. D'une certaine façon, il fait partie de son elan, de sa force de vie. Les gens connaissent leur signe de parenté quasiment depuis leur naissance, comme ils connaissent leur elandon. Tous les animaux sont Enfants de Doni. Elle leur a aussi donné naissance, comme il est dit dans le *Chant de la Mère :*

Avec un grondement de tonnerre, Ses montagnes se fendirent
Et par la caverne qui s'ouvrit dessous
Elle fut de nouveau mère,
Donnant vie à toutes les créatures de la Terre.
D'autres enfants étaient nés, mais la Mère était épuisée.

Chaque enfant était différent, certains petits, d'autres grands.
Certains marchaient, d'autres volaient, certains nageaient, d'autres rampaient.
Mais chaque forme était parfaite, chaque esprit complet.
Chacun était un modèle qu'on pouvait répéter.
La Mère le voulait, la Terre verte se peuplait.

Le signe de parenté est symbolisé par un animal, acheva-t-elle.

— Tu veux dire un totem ? Mon totem est le Lion des Cavernes. Tout le monde au Clan a un totem.

— Peut-être, dit la doniate, pensive. Mais je crois que les totems sont autre chose. Pour commencer, tout le monde n'en possède pas. Ils sont importants, mais pas autant qu'un elan, par exemple, bien qu'il faille lutter ou subir une épreuve pour obtenir un totem. Le plus souvent, on est choisi par un totem, alors que tout le monde a un signe de parenté, et beaucoup de personnes ont le même. Un totem peut être n'importe quel esprit d'animal, lion des cavernes, aigle doré, sauterelle, mais certains animaux ont une sorte de pouvoir. Leur esprit possède une puissance particulière, semblable à la force de vie, mais différente. Les Zelandonia les appellent animaux à pouvoir, encore qu'ils aient plus de force dans le Monde d'Après que dans celui-ci. Parfois, quand nous voyageons dans le Monde des Esprits, nous puisons à cette force pour nous protéger ou pour faire advenir certaines choses.

Le front plissé, Ayla fouillait sa mémoire.

— Le Mamut faisait cela aussi ! s'exclama-t-elle tout à coup. Je me souviens que, pendant une cérémonie, il a provoqué des choses étranges. Je crois qu'il a ramené dans notre monde un peu du Monde des Esprits, mais il a dû lutter pour y parvenir.

Le visage de Zelandoni exprimait la surprise et l'admiration.

— J'aurais aimé connaître ton Mamut. La plupart des Zelandonii n'attachent pas grande importance aux signes de parenté, sauf quand ils envisagent une union. Ils ne doivent pas s'unir à quelqu'un dont le signe est opposé au leur, et c'est sans doute pour cela qu'on parle davantage de cette question aux Réunions d'Eté, où sont célébrées les unions. C'est pour cette raison qu'on désigne couramment l'animal à pouvoir par les mots « signe de parenté ». Appellation trompeuse, mais la plupart des gens pensent en ces termes parce qu'ils n'ont pas affaire au Monde des Esprits, et que la seule fois où cela a une importance dans leur vie, c'est quand ils songent à s'unir.

— Personne ne s'est enquis de mon signe de parenté.

— Il n'a de signification que pour quelqu'un qui est né zelandonii. Ceux qui sont nés d'un autre peuple peuvent avoir un signe de parenté ou un animal à pouvoir, mais en règle générale leur animal ne s'affilie pas à celui d'un Zelandonii. Quand une personne devient zelandonii, il arrive qu'un signe de parenté s'affirme, mais il ne sera jamais en opposition au compagnon qu'elle a déjà. L'animal à pouvoir du compagnon ne le permet pas.

Marthona, Jerika et Joplaya écoutaient elles aussi avec attention. Jerika n'était pas née zelandonii et s'intéressait aux coutumes et aux croyances de son compagnon.

— Nous sommes lanzadonii, pas zelandonii, dit-elle. Si une Lanzadonii veut s'unir à un Zelandonii, le signe de parenté n'a pas d'importance ?

— Avec le temps, il n'en aura plus. Mais beaucoup d'entre vous sont nés zelandonii. Les liens sont encore proches, il faut donc considérer la question.

— Je n'ai jamais été zelandonii et je suis maintenant lanzadonii, reprit Jerika. De même pour Joplaya. Puisque Echozar n'était à la naissance ni l'un ni l'autre, il n'y a pas de problème. Je voudrais quand même savoir si une fille tient son signe de sa mère. Quel est le signe de parenté de Joplaya ?

— En général, une fille a le même signe que sa mère, mais pas toujours. Je crois savoir que vous souhaitez qu'un Zelandoni s'installe dans votre Caverne pour devenir Premier Lanzadoni. C'est une occasion unique pour les membres de notre Zelandonia. La personne qui la saisira sera bien formée — j'y veillerai — et saura découvrir les signes de parenté de tout votre peuple.

— Quel est le signe de Jondalar ? demanda Ayla. Et comment pourrais-je en acquérir un pour le transmettre à ma fille, si c'est une fille ?

— Nous tâcherons de le savoir, si tu le souhaites. L'animal à pouvoir de Jondalar est le cheval, comme Marthona ; et, bien que Joharran soit de la même mère, le sien est différent. Il est bison. Bisons et chevaux sont en opposition.

— Jondalar et Joharran ne s'opposent pas, remarqua Ayla. Ils s'entendent bien.

La Première sourit.

— Ces signes sont en opposition dans le cadre d'une union, Ayla.

— Oh. Je crois qu'ils n'ont pas l'intention de s'unir, dit la jeune femme, qui sourit elle aussi. Mon totem est le Lion des Cavernes, penses-tu que ce puisse être mon animal à pouvoir ? Il est puissant, son Esprit m'a souvent protégée.

— Les choses sont différentes dans le Monde des Esprits, répondit Zelandoni. Pouvoir signifie plusieurs choses. Les animaux mangeurs de viande sont puissants mais ont tendance à vivre en solitaires ou en petites bandes et les autres bêtes les évitent. Quand on pénètre dans le Monde des Esprits, c'est le plus souvent parce qu'on a besoin d'apprendre ou de trouver quelque chose. L'animal qui peut aller plus loin, qui a accès à de nombreux autres animaux, qui peut communiquer avec eux, a un pouvoir plus grand ou plus utile. Tout dépend de la raison pour laquelle on se risque dans le Monde des Esprits. Il faut quelquefois rechercher les animaux mangeurs de viande à cause de leurs qualités particulières.

— Pourquoi le bison et le cheval sont-ils des signes opposés ? voulut savoir Ayla.

— Probablement parce que, dans ce monde-ci, ils ont tendance à occuper le même terrain à des périodes différentes ; ils s'y retrouvent parfois en même temps et entrent en concurrence pour leur nourriture. Les aurochs, en revanche, broutent les jeunes pousses tendres ou l'extrémité verte de l'herbe, laissant les tiges dont les chevaux semblent friands ; ils sont donc compatibles. Les deux animaux à pouvoir les plus opposés sont le bison et l'aurochs, et, quand on y songe, c'est logique. La plupart des mangeurs d'herbe se tolèrent mais les bisons et les aurochs ne supportent pas de partager la même prairie. Ils s'évitent, ils se battent même parfois, surtout quand les femelles entrent dans la saison de leurs Plaisirs. Ils se ressemblent trop. Les aurochs mâles sont troublés quand ils sentent une femelle bison en chaleur, et les bisons mâles poursuivent parfois les femelles aurochs. Quelqu'un dont le signe de parenté est l'aurochs ne doit en aucun cas s'unir avec quelqu'un dont le signe est le bison, conclut la doniate.

— Quel est ton animal à pouvoir, Zelandoni ?

— Tu devrais pouvoir le deviner, répondit la Première en souriant. Je suis un mammouth quand je vais dans le Monde des Esprits. Lorsque tu y pénétreras, tu n'auras pas le même aspect qu'ici, Ayla. Tu y prendras la forme de ton animal à pouvoir. C'est ainsi que tu découvriras qui il est.

Ayla n'aimait pas beaucoup entendre Zelandoni parler de l'envoyer dans le Monde des Esprits, et Marthona se demandait pourquoi la doniate s'exprimait aussi ouvertement. D'ordinaire, elle ne traitait pas ces questions dans le détail. La mère de Jondalar avait la nette impression que Zelandoni cherchait à tenter Ayla, à la séduire en lui livrant des bribes de savoir fascinantes auxquelles seuls les membres de la Zelandonia avaient accès.

Soudain Marthona comprit : la plupart des gens considéraient déjà Ayla comme une sorte de Zelandoni, et la Première préférait l'avoir au sein de la Zelandonia, où elle pourrait la contrôler, que la laisser à l'extérieur, où elle pourrait créer des problèmes. Ayla avait cependant déclaré qu'elle voulait seulement s'unir et avoir des enfants, être comme toutes les autres. Elle ne souhaitait pas rejoindre la Zelandonia, et Marthona, connaissant son fils, pressentait qu'il ne le souhaitait pas non plus. Mais il avait toujours été attiré par les femmes qui en faisaient partie. La suite serait intéressante à observer.

Ayla avait apparemment terminé et s'apprêtait à partir mais, au moment de sortir de la hutte, elle se retourna.

— Une dernière question, Zelandoni. Quand tu as parlé de bébés, de moyens de mettre fin à une grossesse non voulue, pourquoi n'as-tu pas évoqué la possibilité d'empêcher d'abord la vie de commencer ?

— Parce que c'est impossible. Seule Doni a le pouvoir de faire naître la vie, Elle seule peut l'empêcher, répondit Zelandoni de la Quatorzième Caverne, qui se tenait à proximité et avait écouté la conservation.

— Si, c'est possible ! rétorqua Ayla.

29

La Première posa sur la jeune femme un regard aigu. Peut-être aurait-elle dû discuter plus longuement avec Ayla avant la réunion. Se pouvait-il qu'elle connût un moyen de contrarier la volonté de Doni ? La façon d'aborder le sujet était mauvaise, mais il était trop tard maintenant. Les Zelandonia parlaient entre eux avec animation et certains se montraient aussi agités que la Quatorzième. Quelques-uns affirmaient que c'était faux, d'autres s'approchaient pour voir ce qui se passait. Ayla n'avait pas soupçonné que ses propos provoqueraient un tel émoi.

Les trois femmes qui l'accompagnaient observaient la scène, Marthona avec amusement, bien que son expression demeurât neutre. Joplaya s'étonnait que les éminents Zelandonia puissent se quereller avec tant de fougue mais elle était aussi consternée qu'eux. Jerika écoutait avec un vif intérêt et avait déjà décidé de s'entretenir en privé avec Ayla.

Quand elle avait fait la connaissance de Dalanar, Jerika était tombée totalement et irrévocablement amoureuse de ce magnifique géant qui, de son côté, était charmé par cette jeune femme à la fois délicate, exquise et d'une indépendance farouche. C'était, malgré sa taille, un homme doux et un amant consommé. Jerika avait pris grand plaisir à partager le Don avec lui. Lorsqu'il lui avait demandé de devenir sa compagne, elle avait accepté sans hésiter, puis elle avait été ravie en découvrant qu'elle était grosse. Mais le bébé qu'elle portait était trop gros pour son corps menu, et l'accouchement avait failli les tuer, elle et sa fille. Son ventre avait tellement été abîmé qu'elle n'était plus jamais retombée enceinte, à son grand regret, à son grand soulagement.

Or sa fille venait de choisir un homme qui, s'il n'était pas aussi grand que Dalanar, était au moins aussi robuste, avec des muscles puissants et une lourde charpente. Quoique grande, Joplaya avait une ossature délicate, des hanches étroites. Dès que Jerika avait compris quel homme sa fille allait choisir — et donc quel esprit la Mère choisirait pour lui donner des enfants —, elle avait craint que

Joplaya ne subisse le même sort qu'elle, ou pire. Joplaya était déjà enceinte car elle avait été prise de violentes nausées matinales pendant le voyage, mais elle refusait de mettre fin à la grossesse, comme le lui suggérait sa mère.

Jerika savait qu'elle n'y pouvait rien. La décision appartenait à la Mère. Joplaya serait honorée ou non d'un enfant quand Doni le souhaiterait ; la jeune femme vivrait ou mourrait selon Sa décision, mais Jerika songeait que, avec l'homme que sa fille avait choisi, elle risquait fort de mourir jeune dans les douleurs de l'accouchement, sinon au premier bébé, du moins plus tard, avec l'un des suivants. Son seul espoir était que Joplaya survive au premier et, comme elle-même, ait le corps trop abîmé pour retomber enceinte un jour. Mais voilà qu'elle entendait Ayla affirmer qu'elle connaissait un moyen d'empêcher la vie de naître. Jerika résolut aussitôt que, si sa fille souffrait autant qu'elle en accouchant et survivait à la naissance du premier enfant, elle ne la laisserait jamais en avoir un autre.

— Un peu de calme, s'il vous plaît, réclama Celle Qui Etait la Première. Ayla, je veux être sûre d'avoir bien compris. Tu prétends savoir comment empêcher une grossesse avant qu'elle commence ?

— Oui. Je croyais que vous le saviez aussi. J'ai eu recours à certaines plantes en venant ici avec Jondalar. Je ne voulais pas avoir de bébé pendant le Voyage, je n'avais personne pour m'aider.

— Tu m'as dit pourtant que Doni t'avait déjà accordé sa faveur, que ton dernier saignement remontait à trois lunes. Tu voyageais encore, à ce moment-là.

— Je suis presque certaine que le bébé a germé après que nous avons traversé le glacier. Nous avions juste emporté assez de pierres brûlantes losadunaï pour faire fondre de la glace afin d'avoir de quoi boire, nous, les chevaux et Loup. Je n'ai même pas essayé de faire bouillir de l'eau pour mon infusion du matin. La traversée fut très difficile. Nous étions épuisés avant de parvenir de ce côté-ci et de descendre du glacier. Nous avons fait halte pour reprendre des forces et je n'ai pas pris la peine de préparer le breuvage. La vie pouvait commencer en moi, nous étions presque arrivés.

— De qui tenais-tu cette médecine ?

— D'Iza, la guérisseuse qui m'a élevée.

— Comment agissait-elle ? demanda Zelandoni de la Quatorzième Caverne.

La Première tenta de masquer son irritation : elle posait ses questions dans un ordre logique, elle n'avait pas besoin d'aide ni d'intervention extérieure.

— Le Clan croit que l'esprit du totem de l'homme combat l'esprit du totem de la femme, répondit Ayla. Quand celui de l'homme a le dessus, la vie nouvelle commence. Iza connaissait des plantes qui rendent plus fort le totem de la femme et l'aident à vaincre celui de l'homme.

— Naïf, mais je suis déjà étonnée que les Têtes Plates aient des idées sur la question, ironisa la Quatorzième, ce qui lui valut un regard sévère de la Première.

Percevant son mépris, Ayla se félicita de ne pas avoir soufflé mot de la façon dont, selon elle, l'homme faisait naître la vie chez une femme. Elle ne croyait pas davantage à un mélange d'esprits qu'à un totem vaincu, mais devinait que la Quatorzième ou d'autres trouveraient ses idées plus dignes de critique que de considération.

La Première reprit le fil de ses questions :

— Tu as utilisé ces plantes pendant votre Voyage, dis-tu. Comment savais-tu qu'elles feraient effet ?

— Les hommes du Clan accordent une grande importance aux enfants de leur compagne, surtout si ce sont des garçons. Quand elle a un enfant, leur propre prestige s'accroît. Ils pensent que cela prouve la vigueur de leur totem, qui est en quelque sorte leur force intérieure. Iza m'a confié qu'elle avait utilisé ces plantes elle-même pendant des années pour ne pas devenir grosse, parce qu'elle voulait attirer la honte sur son compagnon. C'était un homme cruel qui la battait pour démontrer son autorité sur une guérisseuse de son rang. Elle a donc décidé de montrer que l'esprit du totem de cet homme n'était pas assez fort pour triompher du sien.

— Pourquoi une telle conduite ? intervint de nouveau la Quatorzième. Pourquoi ne pas simplement rompre le lien et trouver un autre compagnon ?

— Les femmes du Clan n'ont pas le choix de celui à qui on les unit. La décision est prise par le chef et les autres hommes, expliqua Ayla.

— Pas le choix ! lâcha la Quatorzième.

— Je dirais qu'étant donné les circonstances, cette femme — comment l'appelles-tu ? Iza ? — a fait preuve d'une grande intelligence, s'empressa de commenter la Première avant que l'autre doniate puisse poser une nouvelle question. Toutes les femmes du Clan connaissent ces plantes ?

— Non, seulement les guérisseuses. Je crois même que cette infusion n'était connue que des femmes de la lignée d'Iza mais qu'elle l'administrait à d'autres en cas de besoin. J'ignore si elle leur en révélait la nature. Si les hommes l'avaient appris, ils auraient été furieux, mais aucun d'eux ne posait de question à Iza. Les hommes n'ont pas à connaître les remèdes d'une guérisseuse. Son savoir est transmis à ses filles, qui lui succèdent si elle le souhaitent. Iza me considérait comme sa fille.

— Je suis stupéfaite de la complexité de leurs connaissances, dit Zelandoni, sachant qu'elle parlait au nom de nombreux autres.

— Mamut du Camp du Lion avait pu juger de l'efficacité de leurs drogues. Alors qu'il voyageait dans sa jeunesse, il s'était cassé un bras, une vilaine blessure. Il avait réussi à se traîner jusqu'à la grotte d'un Clan dont la guérisseuse l'avait soigné. Nous pensions tous deux que c'était celui où j'avais grandi. La femme grâce à qui il s'était rétabli était la grand-mère d'Iza.

Le silence se fit dans la hutte quand Ayla se tut. Ce qu'elle avançait était difficile à croire. Les Zelandonia des Cavernes voisines avaient entendu Joharran et Jondalar parler des Têtes Plates, de ceux qui, selon Ayla, se donnaient le nom de Clan et étaient des êtres humains, et non des animaux. Ils en avaient longuement discuté mais la plupart rejetaient cette hypothèse. Les Têtes Plates étaient peut-être un peu plus intelligents qu'on ne l'avait cru, mais en aucun cas humains. Et maintenant, cette femme soutenait qu'ils avaient soigné un homme des Mamutoï et qu'ils avaient des idées sur la façon dont la vie commençait. Elle laissait même entendre que le savoir de leurs guérisseuses était supérieur à celui des Zelandonia.

Les doniates recommencèrent à discuter avec une telle ardeur qu'on les entendit à l'extérieur de la hutte. Les Zelandonia hommes qui avaient monté la garde pendant la réunion mouraient d'envie de savoir ce qui causait cette agitation mais attendaient qu'on les conviât à rejoindre les autres. Ils savaient qu'il restait encore quelques femmes à l'intérieur et il était rare qu'une réunion de femmes devienne si animée.

La Première avait déjà entendu Ayla parler du Clan et n'avait pas tardé à saisir toutes les implications des propos de la jeune femme. Elle-même convaincue que les Têtes Plates étaient des êtres humains, elle estimait que tous les Zelandonii devaient s'en persuader et en tirer les conséquences. Elle n'avait cependant pas mesuré le degré d'avancement des membres du Clan. La doniate avait imaginé que leur mode de vie était plus simple, que leurs remèdes se situaient au même niveau et qu'Ayla possédait quelques connaissances essentielles qu'elle lui permettrait de développer. Une réévaluation s'imposait.

Les Histoires des Zelandonii parlaient d'un temps où ils menaient une vie plus simple mais avaient une connaissance plus avancée sur les plantes — pour se nourrir ou pour se soigner — que dans d'autres domaines. Elle pensait que c'était un savoir ancien, qui remontait loin dans le temps. Si le Clan était aussi ancien qu'Ayla semblait le penser, il n'était pas exclu que ses connaissances soient très développées. Ayla avait aussi mentionné une sorte de mémoire à laquelle le Clan pouvait faire appel. La Première regrettait de ne pas avoir eu une discussion en tête à tête avec Ayla avant d'aborder le sujet avec la Zelandonia, mais c'était peut-être aussi bien, à long terme. Il fallait sans doute ce genre de choc pour faire pleinement comprendre aux doniates le rôle que ceux qu'Ayla appelait les membres du Clan pouvaient jouer.

— Silence, s'il vous plaît, réclama-t-elle.

Quand le calme fut enfin revenu, elle reprit :

— Ayla nous a peut-être donné des informations qui pourraient s'avérer très utiles. Les Mamutoï ont fait preuve de discernement quand ils l'ont adoptée au Foyer du Mammouth, ce qui revenait en fait à l'admettre au sein de la Zelandonia. Nous discuterons plus longuement avec elle pour explorer l'étendue de son savoir. Si elle connaît vraiment un moyen d'empêcher la vie de naître, cela pourrait tous nous aider et nous devrions lui en être reconnaissants.

— Je dois vous prévenir que ce moyen ne marche pas toujours, avertit Ayla. Le compagnon d'Iza était mort dans un tremblement de terre mais elle était enceinte quand elle m'a trouvée. Sa fille, Uba, est née peu de temps après. Iza avait alors vingt ans, ce qui est très âgé, au Clan, pour un premier enfant. Chez eux, les filles deviennent femmes à huit ou neuf ans. Mais les plantes avaient fait effet pour elle pendant de nombreuses années, et pour moi pendant mon Voyage.

— Très peu de remèdes sont absolument sûrs, observa Zelandoni. Finalement, c'est toujours la Grande Terre Mère qui décide.

Jondalar fut content de voir les femmes rentrer. Il était resté au camp avec Loup pour attendre Ayla quand Dalanar était parti avec Joharran pour le camp principal, et leur avait promis de les rejoindre dès le retour d'Ayla. Marthona avait demandé à Folara de préparer une tisane et de quoi manger, et d'inviter Jerika et Joplaya dans leur hutte. Marthona et Jerika parlèrent d'amis communs, et Folara évoqua avec Joplaya les activités qu'envisageaient les jeunes.

Ayla les rejoignit au bout d'un moment mais, après la fin agitée de la réunion dans la hutte de la Zelandonia, elle éprouvait le besoin de se retrouver seule. Prétextant qu'elle allait voir les chevaux, elle prit son sac et partit avec Loup. Elle marcha le long du cours d'eau, passa un moment avec les chevaux puis poussa jusqu'à l'étang. Tentée de se baigner, elle décida en fin de compte de poursuivre sa promenade et s'aperçut, aux abords de la nouvelle grotte, qu'elle avait suivi le chemin emprunté la fois précédente par Jondalar et les autres.

En approchant de la petite colline, elle distingua l'entrée de la grotte. Les buissons qui l'obstruaient avaient été arrachés, la terre et les cailloux déblayés.

Presque tous les participants à la Réunion d'Eté étaient probablement venus voir la nouvelle grotte au moins une fois, mais il y avait peu de traces de leur passage. Parce qu'elle était splendide et singulière avec ses parois presque blanches, elle leur apparaissait comme un lieu sacré et quasi inviolable. Encore très impressionnés eux-mêmes, les Zelandonia et les chefs cherchaient les moyens appropriés pour utiliser la grotte. Elle ne faisait l'objet d'aucune tradition, sa découverte était trop récente.

L'endroit où elle avait allumé un petit feu était devenu un foyer entouré de pierres, avec des torches en partie consumées à proximité. Elle tira de son sac silex et pyrite, fit du feu, alluma une des torches et se dirigea vers l'entrée de la grotte.

Tenant haut son flambeau, elle pénétra dans l'espace sombre. Au début de la galerie en pente, le jour éclairait le sol de terre battue, où s'étaient imprimées des traces de toutes dimensions, pieds nus ou chaussés. Elle vit l'empreinte d'un long pied nu, probablement celle d'un homme de haute taille, une autre de longueur moyenne et un peu plus large, le pied d'une femme adulte ou d'un jeune garçon. Elle nota encore le dessin d'une semelle de sandale en roseau tressé et, à côté, la trace brouillée d'un mocassin en cuir, puis une série de toutes petites empreintes très espacées, les pas d'un bambin sachant à peine marcher. Par-dessus, la trace d'une patte de loup. Ayla se demanda ce qu'un traqueur, ignorant la présence de l'animal qui l'avait précédée dans la grotte, en aurait conclu.

La jeune femme sentit l'air devenir frais et humide quand elle descendit la pente. Il ne fallait pas accomplir des prouesses d'agilité pour pénétrer dans cette grotte, du moins dans la salle principale. C'était un lieu que des familles entières utiliseraient, mais non pour y vivre. Les grottes profondes étaient trop sombres et trop humides, en particulier dans une région qui offrait des abris exposés au soleil, protégés de la pluie et de la neige par des surplombs.

Accompagnée de Loup, Ayla longea la paroi gauche de la grande salle, passa dans l'étroite galerie du fond, dont les murs s'élargissaient en montant et se rejoignaient pour former la voûte du plafond blanc. Elle descendit dans la partie en contrebas entourant la colonne qui ne touchait pas le sol. Comme elle avait froid, elle prit dans son sac une peau de cerf qu'elle jeta sur ses épaules, celle de l'animal qu'elle avait abattu avec son lance-sagaie avant la chasse au bison qui avait tué Shevonar. Il s'était passé tant de choses depuis lors...

Elle avança jusqu'à l'endroit où le couloir tournait autour de la colonne, revint sur ses pas et s'assit. Loup s'approcha d'elle, frotta sa tête contre la main libre d'Ayla. « Tu veux que je m'occupe de toi », murmura-t-elle, faisant passer la torche dans sa main gauche pour gratter l'animal derrière les oreilles. Quand il repartit en exploration, elle laissa ses pensées revenir sur la réunion.

Elle songea aux signes de parenté, se souvint que celui de Marthona était le cheval et se demanda quel était le sien. Elle trouvait intéressant que, dans le Monde des Esprits, le cheval, l'aurochs et le bison soient des animaux à pouvoir plus importants que le loup ou le lion des cavernes, ou même l'ours. C'était un monde où l'ordre des choses était inversé, sens dessus dessous. Assise sur la pierre, elle sentit naître en elle une sensation qu'elle avait déjà éprouvée. Elle n'aimait pas cette sensation et essayait de la chasser mais n'avait pas de pouvoir sur elle. C'était comme si elle se rappelait quelque chose, comme si elle se rappelait ses rêves, mais c'était plus qu'un souvenir et plus qu'un rêve. C'était comme si elle revivait un rêve ou se rappelait des choses qui n'étaient pas arrivées.

Elle sentit l'angoisse l'étreindre : elle avait commis une faute, il n'aurait pas dû rester de liquide dans le bol. Elle le porta à ses lèvres et le vida. Une ligne de petites lumières vacillantes s'étirait dans une grotte profonde. Une lueur rouge s'embrasa au fond, envahit son champ de vision. Elle vit les Mog-ur, eut l'impression que le sol se dérobait sous elle. Pétrifiée par la peur, elle tombait dans un abysse noir. Soudain Creb fut à côté d'elle, il la soutenait, il l'aidait, il apaisait sa frayeur. Creb était sage et bon. Il connaissait le Monde des Esprits.

Le décor changea. En un éclair fauve, le félin s'élança vers les aurochs, fit tomber à terre l'énorme femelle qui meuglait de terreur. Ayla déglutit, essaya de se fondre dans la pierre de la petite grotte. Un lion des cavernes rugit, une patte géante aux griffes crochues laboura la cuisse gauche d'Ayla, creusant quatre sillons parallèles.

« Ton totem est le lion des cavernes », dit le vieux Mog-ur. Nouveau changement. L'alignement de feux éclairant le chemin dans la galerie en pente d'une longue grotte sinueuse projetait une lumière dansante sur les drapés magnifiques des formations rocheuses. Ayla en vit une qui ressemblait à une queue de cheval volant au vent. Elle se transforma en une jument louvette qui se fondit dans le troupeau. L'animal hennit, agita sa queue sombre comme pour l'appeler. Ayla regarda où elle allait, vit Creb surgir de la pénombre. Il lui fit signe d'avancer, de se presser. Elle entendit un cheval hennir. Le troupeau galopait vers le bord de la falaise. Prise de panique, elle courut derrière les bêtes. Son estomac se tordit en un nœud de peur. Elle entendit un animal crier en basculant dans le vide, la tête en bas.

Elle avait deux enfants, deux fils dont on n'aurait jamais cru qu'ils étaient frères. L'un était grand et blond comme Jondalar ; l'autre, le plus âgé, elle savait que c'était Durc, bien que son visage demeurât dans l'ombre. Ils se dirigeaient l'un vers l'autre à travers une prairie désolée, battue par le vent. Ayla sentait croître son angoisse : il allait se passer quelque chose de terrible, quelque chose qu'elle devait empêcher. Avec un choc, elle prit conscience qu'un de ses fils allait tuer l'autre. Elle voulut les rejoindre mais un épais mur visqueux la retenait prisonnière. Ils étaient presque face à face, maintenant, le bras levé comme pour frapper. Elle se mit à hurler.

« Réveille-toi, mon enfant ! dit Mamut. Ce n'est qu'un symbole, un message.

— Mais l'un d'eux mourra !

— Ce n'est pas ce que tu penses, Ayla. Tu dois trouver le vrai sens. Tu as le Talent. Rappelle-toi : le Monde des Esprits n'est pas comme le nôtre, il est à l'envers, sens dessus dessous. »

Ayla sursauta quand la torche lui glissa des doigts. Elle la ramassa avant qu'elle ne s'éteignît, leva les yeux vers la colonne suspendue qui semblait soutenir la voûte mais ne touchait même pas le sol. Elle aussi était à l'envers. Ayla frissonna. Un instant, le pilier se changea en une paroi visqueuse, transparente, de l'autre côté de laquelle un cheval tombait du bord d'une falaise, la tête en bas.

Loup était revenu et poussait son museau contre elle en gémissant, s'éloignait puis se rapprochait. Ayla se leva, le regarda en tâchant de chasser les brumes de son esprit.

— Qu'est-ce que tu veux, Loup ? Qu'est-ce que tu essaies de me dire ? Tu veux que je te suive ? C'est ça ?

En ressortant de la galerie du fond, elle aperçut la lueur d'une autre torche dans la pente de l'entrée. La personne qui la portait avait dû voir Ayla, elle aussi, bien que sa torche commençât à crachoter et fût sur le point de mourir. Ayla se hâta vers la sortie mais n'eut que le temps de faire quelques pas avant que la flamme ne s'éteignît. Elle s'arrêta, remarqua que l'autre lumière avançait plus vite vers elle et se sentit soulagée. Ses yeux s'habituaient à l'obscurité et le jour qui pénétrait par l'entrée éclairait faiblement une partie de la grande salle. Ayla aurait sans doute réussi à retrouver seule son chemin s'il l'avait fallu mais elle était contente que quelqu'un vînt à sa rencontre. Elle fut cependant surprise quand elle découvrit de qui il s'agissait.

— Toi ! s'écrièrent-ils ensemble.

— J'ignorais qu'il y avait quelqu'un dans la grotte, je ne voulais pas te déranger.

— Je suis si contente de te voir, Brukeval ! dit Ayla. Ma torche s'est éteinte.

— J'ai vu. Je t'accompagne jusqu'à la sortie, enfin, si tu es prête à partir.

— Je suis restée trop longtemps, j'ai froid. Je serai contente de sentir le soleil. J'aurais dû faire plus attention.

— C'est facile de se laisser prendre par cette grotte. Elle est si belle, si... je ne sais pas...

Il tint la torche entre eux quand ils se dirigèrent vers la sortie.

— Oui, je trouve aussi.

— Cela a dû être exaltant pour toi d'être la première à la voir. Nous avons parcouru ces pentes si souvent, plus que je ne saurais le dire avec des mots à compter, et pourtant, personne ne l'a découverte avant toi.

— La voir pour la première fois est exaltant, qu'on soit ou non celui qui la découvre. Tu es déjà venu ici ?

— Oui. Hier, tout le monde en parlait, alors avant qu'il fasse nuit j'ai pris une torche et je suis venu. Je n'ai pas eu le temps de distinguer grand-chose, le soleil se couchait. Juste assez pour me donner envie de revenir aujourd'hui.

— Je suis heureuse que tu l'aies fait, assura Ayla en entamant la remontée vers la sortie. J'aurais sans doute trouvé mon chemin à la lumière qui pénètre par l'entrée, et Loup m'aurait aidée aussi, mais je ne puis te dire à quel point je me suis sentie soulagée en voyant ta torche s'approcher.

Brukeval baissa les yeux vers l'animal.

— Je suis sûr qu'il t'aurait aidée. Il est particulier, lui aussi.

— Il l'est pour moi. As-tu fait sa connaissance ? Je le présente aux gens pour qu'il sache que ce sont des amis.

— J'aimerais être ton ami, déclara Brukeval.

La façon dont le jeune homme prononça ces mots incita Ayla à l'examiner furtivement, à la manière des femmes du Clan. Elle eut une intuition et frissonna. Il y avait plus dans son ton qu'un simple vœu d'amitié. Elle sentit qu'il la désirait et résolut aussitôt de ne pas y croire. Pourquoi Brukeval l'aurait-il désirée ? Ils se connaissaient à peine. Elle lui sourit, en partie pour cacher son trouble, tandis qu'ils sortaient de la grotte.

— Alors, laisse-moi te présenter à Loup.

Elle lui saisit la main et entreprit de faire sentir son odeur à l'animal.

— Je ne crois pas t'avoir dit combien je t'ai admirée le jour où tu as défié Marona, fit-il quand elle eut terminé. Cette femme peut être cruelle et perverse. Je le sais, j'ai grandi avec elle. On nous considère comme cousins. Des cousins éloignés, mais, à la mort de ma mère, la sienne était la plus proche parente qui puisse nourrir un bébé, et elle n'a pas pu refuser de me prendre. Elle a dû accepter une responsabilité dont elle ne voulait pas.

— J'avoue que je n'ai pas beaucoup de sympathie pour Marona, mais, s'il est vrai qu'elle ne peut pas avoir d'enfants, je suis désolée pour elle.

— Je ne sais si elle ne peut pas ou si elle ne veut pas. Certains pensent qu'elle s'arrange pour perdre le bébé chaque fois que Doni l'honore. De toute façon, elle ne ferait pas une bonne mère. Elle est incapable de penser à autre chose qu'à elle-même. Ce n'est pas comme Lanoga : elle fera une merveilleuse mère, elle.

— Elle l'est déjà, dit Ayla.

— Grâce à toi, Lorana a maintenant toutes les chances de survivre.

La façon dont Brukeval la regardait la mit de nouveau mal à l'aise. Pour se donner une contenance, elle tapota le flanc de Loup.

— Ce sont les jeunes mères qui la nourrissent, pas moi.

— Personne ne s'était soucié de savoir si le bébé avait du lait à boire, ni de lui venir en aide. J'ai vu comment tu te comportes avec Lanoga. Tu la traites comme si c'était quelqu'un de remarquable.

— Bien sûr que c'est quelqu'un de remarquable ! Une fille admirable, qui deviendra une femme merveilleuse.

— Oui, sûrement, mais elle appartient quand même à une famille qui occupe le dernier rang de la Neuvième Caverne. Je la prendrais bien pour compagne, je partagerais volontiers ma position avec elle, mais je doute qu'elle veuille de moi. Je suis trop âgé pour elle, et trop... Aucune femme ne veut de moi. J'espère qu'elle trouvera un homme digne d'elle.

— Moi aussi, Brukeval. Pourquoi penses-tu qu'aucune femme ne veut de toi ? Je crois savoir que tu as un rang élevé dans la Neuvième Caverne, et Jondalar assure que tu es un excellent chasseur, qui apporte beaucoup à la communauté. Il a une grande estime pour toi. Si je n'avais pas déjà choisi Jondalar, je pourrais t'envisager comme compagnon. Tu as beaucoup à offrir.

Il la fixa en se demandant si elle n'allait pas retourner le sens de sa phrase en y ajoutant un sarcasme, comme Marona en avait l'habitude. Ayla semblait sincère.

— Tu as déjà choisi, malheureusement, mais si jamais tu changes d'avis, préviens-moi, dit-il en souriant comme s'il plaisantait.

Dès qu'il avait vu Ayla, Brukeval avait compris qu'elle était la femme dont il avait toujours rêvé. L'ennui, c'était qu'elle allait s'unir à Jondalar. Il a toujours eu de la chance, pensa-t-il. J'espère qu'il l'apprécie.

Ils relevèrent la tête en entendant des voix et virent plusieurs personnes venant du camp de la Neuvième Caverne. Les deux hommes de haute taille qui se ressemblaient étaient facilement identifiables. Ayla leur adressa un signe en souriant ; Jondalar et Dalanar lui rendirent son salut. Les deux grandes jeunes femmes qui les accompagnaient n'auraient pu être plus différentes. Elles étaient cousines, mais cousines éloignées, et avaient toutes deux un lien avec Jondalar. On avait expliqué à Ayla les structures familiales complexes des Zelandonii et elle y songeait en les regardant approcher.

Chez les Zelandonii, seuls les enfants de la même mère étaient considérés comme frères et sœurs ; les enfants du même homme du foyer étaient cousins. Folara et Jondalar étaient frère et sœur parce qu'ils avaient la même mère, bien que les hommes de leur foyer fussent différents. Joplaya était la cousine proche de Jondalar parce qu'ils avaient tous deux Dalanar pour homme de leur foyer, avec des mères différentes. Les cousins proches, en particulier ceux qu'on appelait cousins de foyer, étaient trop proches pour pouvoir s'unir l'un à l'autre.

La dernière personne du groupe était Echozar, le promis de Joplaya. A sa stature et à sa taille, il était aussi facile à identifier que Jondalar et Dalanar, surtout pour Ayla. Joplaya et lui s'uniraient aux mêmes Matrimoniales que Jondalar et elle, et l'on disait que les couples unis au cours d'une même cérémonie nouaient souvent des liens d'amitié. Ayla espérait que c'était vrai, mais, avec la distance qui séparait leurs Cavernes, c'était peu probable.

Quand ils furent plus près, Ayla remarqua que Joplaya coulait des regards à Jondalar de temps à autre. Curieusement, cela ne la dérangeait pas. Elle se sentait au contraire triste pour elle. Elle comprenait sa mélancolie. Elle aussi avait été promise à un homme qui ne lui convenait pas, mais pour Joplaya il n'y aurait pas de retournement au dernier moment.

Les cousins proches étaient souvent élevés ensemble ou vivaient l'un près de l'autre ; ils savaient qu'ils étaient parents et ne pouvaient envisager de s'unir. Quand Jondalar était allé vivre chez l'homme de son foyer après la querelle au cours de laquelle il avait fait sauter deux dents à celui qui portait maintenant le nom de Madroman, il était déjà adolescent. Joplaya, la fille du foyer de Dalanar, était un peu plus jeune, mais ils n'avaient pas grandi ensemble.

Ravi d'avoir près de lui ses deux enfants de foyer, Dalanar s'était arrangé pour qu'ils se connaissent et s'apprécient. Il leur avait appris à tailler le silex en pensant que cela leur donnerait un centre d'intérêt commun. C'était certes une excellente idée mais il ne soupçonnait pas les sentiments que le jeune homme qui lui ressemblait tant inspirerait à Joplaya. Elle avait toujours adoré l'homme de son foyer, et à l'arrivée de Jondalar, la tentation avait été trop forte de reporter cet amour irrépressible sur son cousin proche. Jerika s'en était aperçue mais ni Jondalar ni Dalanar n'avaient remarqué quoi que ce fût. Joplaya exprimait toujours ses sentiments à l'égard du jeune homme sous forme de plaisanterie, et Dalanar et lui, sachant que des cousins proches ne pouvaient s'unir, en avaient déduit qu'elle se contentait de le taquiner.

La Caverne de Dalanar comptait relativement peu de membres, et aucun qui eût grand-chose à offrir à une jeune femme belle et intelligente. Après le départ de Jondalar pour son Voyage, Jerika avait pressé son compagnon d'emmener les Lanzadonii aux Réunions d'Eté des Zelandonii. Ils espéraient tous deux que Joplaya y trouverait quelqu'un et, de fait, il ne manquait pas de jeunes gens pour s'intéresser à elle, mais elle se sentait différente, et gênée parce qu'on la dévisageait. Elle n'arrivait pas à trouver un homme avec qui elle se sentît aussi à l'aise qu'avec son cousin Jondalar.

Joplaya savait que, s'il arrivait à des cousins de s'unir, c'étaient toujours des cousins éloignés ; elle n'en imaginait pas moins que Jondalar, pendant son Voyage, s'apercevrait qu'il l'aimait comme elle l'aimait. Elle espérait contre toute vraisemblance qu'il reviendrait un jour et lui déclarerait qu'elle était son unique amour. Au lieu de quoi il était revenu avec Ayla. Devant l'amour manifeste que Jondalar portait à l'étrangère, Joplaya avait compris que son rêve était fracassé.

Le seul homme avec qui elle eût quelque affinité était un nouveau membre de la Caverne de Dalanar, un homme qui suscitait lui aussi la curiosité partout où il allait : Echozar, un esprit mêlé. C'était Joplaya qui l'avait aidé à s'intégrer à leur Caverne, qui lui avait fait comprendre qu'il était accepté par Dalanar et les Lanzadonii, qui l'avait même aidé à développer ses capacités de langage. Et qui avait réussi à lui faire raconter son histoire.

Sa mère avait été violée par un homme des Autres, qui avait aussi tué son compagnon. Lorsqu'elle avait enfanté, le Clan l'avait maudite parce qu'elle portait malheur : son compagnon était mort et elle avait donné naissance à un bébé mal formé. Résignée à mourir, elle avait quitté le Clan mais avait été recueillie par Andovan, un homme âgé qui avait fui la cruauté d'un mauvais chef s'armunai. Il avait vécu quelque temps avec une Caverne zelandonii mais ne s'était pas senti à l'aise chez un peuple dont les coutumes étaient si différentes des siennes. Il était parti et avait vécu seul jusqu'à ce qu'il trouvât la femme du Clan et son fils. Ils avaient élevé ensemble le petit garçon. Echozar avait appris la langue des signes par sa mère et celle des mots par Andovan : un mélange de s'armunai et de zelandonii. Quand Echozar devint un homme, Andovan mourut. Sa mère ne supporta pas de vivre seule et succomba finalement à la malédiction que le Clan avait jetée sur elle. Elle mourut peu après, laissant Echozar seul.

Le jeune homme essaya de se faire admettre par un Clan, mais, le jugeant difforme, ses membres refusèrent de l'accepter. Et, bien qu'il pût parler, il fut également rejeté, abomination d'esprit mêlé, par les Cavernes. Désespéré, il tenta de se tuer et découvrit en reprenant conscience le visage souriant de Dalanar, qui l'avait trouvé blessé et l'avait ramené à sa Caverne. Les Lanzadonii l'avaient recueilli. Echozar idolâtrait Dalanar, mais c'était Joplaya qu'il aimait.

Elle avait été gentille avec lui, lui parlant, l'écoutant, cousant même une magnifique tunique pour sa cérémonie d'adoption chez les Lanzadonii. Echozar l'aimait tellement qu'il en avait mal. Il lui avait fallu longtemps pour trouver le courage de lui demander si elle voulait être sa compagne, et il avait été stupéfait quand elle avait fini par accepter. C'était après le retour de Jondalar, le cousin de foyer de Joplaya. Echozar s'était tout de suite pris de sympathie pour les deux nouveaux venus, qui ne le traitaient pas comme un être différent.

Partout où il allait, on écarquillait les yeux. Combinés, les traits qu'il avait hérités du Clan et des Autres n'étaient pas des plus séduisants. Il avait la taille d'un homme moyen chez les Autres mais avait gardé la poitrine puissante, les jambes torses et le corps velu du Clan. Son cou était long, cependant, et il pouvait parler. Il avait même un léger menton, comme les Autres. Son nez proéminent et les arcades sourcilières qui barraient son visage d'une ligne continue étaient typiques du Clan. Son front ne l'était pas. Il montait haut et droit comme celui d'un Autre.

Cet assemblage paraissait étrange aux yeux de beaucoup, mais non pas à ceux d'Ayla. Elle avait grandi avec le Clan, elle avait adopté ses canons de beauté. Elle s'était toujours trouvée laide et trop grande, avec un visage fade et aplati. Pour tous les autres, Echozar était hideux, les yeux mis à part. Sombres et liquides la nuit, étincelant de reflets noisette au soleil, ses grands yeux marron lui donnaient un regard intense, attirant, hautement intelligent, et, quand ils la contemplaient, ils révélaient son amour pour Joplaya.

Bien qu'elle ne l'aimât pas, celle-ci éprouvait une certaine affection pour lui, et un respect sincère. Si les regards de curiosité qu'elle suscitait étaient dus à sa beauté exotique, ils ne lui donnaient pas moins le sentiment d'être différente et elle détestait cela autant qu'Echozar. En outre, elle se sentait à l'aise avec lui. Elle décréta que, si elle ne pouvait avoir l'homme qu'elle aimait, elle prendrait pour compagnon un homme qui l'aimait, et elle savait qu'elle ne trouverait jamais quelqu'un qui l'aimerait plus qu'Echozar.

Ayla remarqua que Brukeval devenait fébrile à mesure que le groupe approchait. Il fixait Echozar avec une expression dépourvue d'amitié. Ayla songea aux similitudes et aux différences qui existaient entre les deux hommes. Dans le cas d'Echozar, c'était sa mère qui avait donné naissance à un enfant d'esprit mêlé ; pour Brukeval, c'était sa grand-mère. Les caractéristiques du Clan étaient plus prononcées chez Echozar, mais le métissage était évident chez les deux. Brukeval ressemblait toutefois plus aux Autres qu'Echozar.

Tout en commençant à apprécier ce que les Autres trouvaient plaisant, Ayla était toujours attirée par les traits accusés du Clan. Elle était sincère quand elle avait déclaré à Brukeval qu'elle ne comprenait pas pourquoi il pensait qu'aucune femme ne voulait de lui. Pourtant, même si elle le trouvait beau et le considérait comme un garçon qui avait beaucoup à donner, il y avait quelque chose en lui qui l'inquiétait. Il lui rappelait étrangement Broud, et la façon dont il regardait Echozar à ce moment lui permit de comprendre pourquoi.

— Salutations, Brukeval, dit Jondalar en se dirigeant vers lui, un sourire aux lèvres. Je crois que tu connais Dalanar, l'homme de mon foyer. Mais as-tu déjà rencontré Joplaya et son promis, Echozar ?

Jondalar s'apprêtait à procéder aux présentations et Echozar tendait déjà les bras, mais Brukeval, gardant les siens le long du corps, répliqua :

— Je n'ai aucune envie de toucher un Tête Plate.

Il fit volte-face et s'éloigna d'un pas rapide.

Tous étaient consternés. Ce fut Folara qui rompit le silence :

— Comme peut-on être aussi grossier ! Je sais qu'il tient les Têtes Plates — je devrais dire le Clan, maintenant — pour responsables de la mort de sa mère, mais son attitude est impardonnable.

— Tu peux appeler ma mère Tête Plate ou membre du Clan, comme tu voudras. Moi, je ne suis ni l'un ni l'autre, affirma Echozar. Je suis lanzadonii.

— Oui, approuva Joplaya en lui prenant la main. Et nous nous unirons bientôt.

— Nous savons qu'il a aussi une femme du Clan dans sa lignée, dit Dalanar. Cela saute aux yeux. S'il ne supporte pas de toucher quelqu'un de cette origine, comment peut-il se supporter lui-même ?

— Il n'y arrive pas, c'est son drame, répondit Jondalar. Brukeval se hait. Quand il était petit, les autres enfants le traitaient de Tête Plate et il le niait toujours.

— Il a beau nier, cela ne change rien à ce qu'il est, soupira Ayla.

Personne n'avait pris la peine de baisser la voix, et Brukeval, ayant une excellente ouïe, avait tout entendu. Il possédait une autre caractéristique des Autres qui manquait au Clan : il savait pleurer, et des larmes lui montèrent aux yeux tandis qu'il s'éloignait. Elle aussi, pensait-il. Je la croyais différente. Je la croyais sincère quand elle disait qu'elle aurait pu m'envisager comme compagnon si elle n'avait déjà choisi Jondalar, mais elle aussi me prend pour un Tête Plate. Elle mentait. Plus il y pensait, plus sa colère montait. Je ne suis pas un Tête Plate, quoi qu'elle dise, quoi qu'ils disent tous. Je ne suis pas un Tête Plate !

Il faisait sombre et le ciel était déjà passé du noir au bleu nuit, avec un filet d'or qui soulignait la crête des collines à l'est, lorsque le groupe de la Neuvième Caverne des Zelandonii et de la Première Caverne des Lanzadonii quitta le camp. A la lueur de torches, tous se rendirent au lieu où Jondalar avait effectué la démonstration du lance-sagaie et découvrirent avec plaisir le grand feu allumé au milieu de la vaste étendue d'herbe piétinée. Quelques chasseurs étaient déjà arrivés. Lorsque le ciel s'éclaircit, le brouillard froid qui montait de la Rivière parut emplir les intervalles entre les arbres et les broussailles qui poussaient à la périphérie, enveloppant les Zelandonii qui se tenaient autour du feu.

Entonnant à pleine gorge leur concert matinal, les oiseaux trillaient, pépiaient, gazouillaient, s'appelaient par-dessus le murmure des voix. Ayla, qui tenait Whinney par le licou, s'agenouilla et passa un bras autour de Loup puis sourit à Jondalar, qui caressait Rapide pour le calmer. Elle promena autour d'elle un regard étonné : jamais elle n'avait vu de groupe de chasse aussi nombreux. Il y avait beaucoup trop de Zelandonii pour qu'elle pût les compter. Elle se souvint que la Première avait proposé de lui apprendre à utiliser les mots pour compter d'aussi grandes quantités et décida de le lui rappeler. Elle aurait aimé pouvoir dire combien de chasseurs allaient et venaient dans la prairie.

Les femmes sur le point de s'unir prenaient rarement part à la chasse précédant les Matrimoniales ; il existait certaines restrictions et d'autres activités prévues pour elles. Mais la Première avait fait valoir que, cette chasse servant de mise à l'essai pour l'utilisation des chevaux et du lance-sagaie de Jondalar, la présence d'Ayla était indispensable. La jeune femme s'en réjouissait, elle avait toujours aimé chasser. Si elle n'avait pas appris à chasser quand elle vivait seule dans sa vallée, elle n'aurait peut-être pas survécu, et cela lui avait donné un certain sentiment d'indépendance.

Plusieurs autres femmes sur le point de prendre un compagnon savaient chasser également mais une seule avait souhaité se joindre au groupe, et, puisqu'on avait fait une exception pour Ayla, on l'avait acceptée elle aussi. Quand elles étaient jeunes, la plupart des filles aimaient chasser comme les garçons. A la puberté, beaucoup d'entre elles continuaient à aller à la chasse, essentiellement pour y retrouver les garçons. Certaines aimaient la chasse pour la chasse, mais une fois que les jeunes femmes prenaient un compagnon et commençaient à avoir des enfants, elles étaient si occupées qu'elles laissaient volontiers ce domaine aux hommes. Elles développaient alors d'autres talents qui renforçaient leur position sociale ainsi que leur capacité à faire du troc pour obtenir les choses qu'elles désiraient, sans trop les éloigner de leurs enfants. Les hommes considéraient cependant que les femmes qui avaient chassé dans leur jeunesse devenaient de bonnes compagnes. Elles comprenaient les défis de la chasse, appréciaient les succès et compatissaient aux échecs de leurs compagnons.

Ayla avait assisté à la cérémonie de la Traque, célébrée la veille par la Zelandonia en présence de la plupart des chefs et de quelques chasseurs, mais elle n'avait fait que l'observer sans y prendre part. La Traque avait révélé qu'un grand troupeau d'aurochs s'était rassemblé dans une vallée proche, qui convenait bien à la chasse. On avait donc décidé de commencer par là, mais rien n'était garanti. Si les Zelandonia étaient capables de « voir » les animaux pendant la Traque, le troupeau ne se trouvait pas forcément au même endroit le lendemain. En tout état de cause, la vallée offrait une herbe excellente et, si les aurochs étaient partis, il y aurait sans doute d'autres bêtes. Les chasseurs espéraient que les aurochs s'y trouveraient toujours, car ils formaient de vastes troupeaux à cette période de l'année et fournissaient en grande quantité une viande savoureuse.

Quand la nourriture était abondante, un mâle adulte pouvait mesurer jusqu'à six pieds six pouces au garrot et peser près de trois mille livres, soit deux fois et demie la taille et plus de deux fois le poids de son descendant domestiqué. Il avait l'aspect d'un taureau ordinaire, mais tellement plus gros qu'il atteignait presque les dimensions d'un mammouth. Les aurochs se nourrissaient d'herbe, de préférence l'herbe nouvelle bien verte, pas les grandes tiges jaunies ni les feuilles des arbres. Aux steppes ils préféraient les clairières, les lisières de forêt, les prairies et les marais. Ils mangeaient toutefois des glands et des noix en automne, ainsi que des graines d'herbe pour se constituer des réserves de graisse, et pendant la période maigre hivernale ils ne dédaignaient pas de brouter feuilles et bourgeons.

Le pelage du mâle était noir et long, avec une bande claire le long du dos. Il avait une touffe de poils frisés sur le front et deux longues cornes assez fines, d'un gris blanchâtre qui virait au noir à leurs extrémités. Les femelles étaient plus petites, avec un pelage plus clair, souvent roux. Généralement, seuls les animaux âgés ou très jeunes tombaient sous la dent des carnassiers. Un mâle en pleine force n'avait peur d'aucun chasseur, êtres humains compris, et ne cherchait pas à fuir. En particulier pendant la période de rut, en automne, il était prêt à se battre et chargeait avec une rage incontrôlable, soulevant un homme ou un loup de ses cornes, le projetant en l'air, blessant et éventrant jusqu'aux lions des cavernes. Les aurochs étaient rapides, puissants, agiles et extrêmement dangereux.

La horde de chasseurs se mit en route dès qu'il fit assez clair. Marchant d'un pas rapide, ils repérèrent le troupeau d'aurochs avant que le soleil ne fût très haut. La vallée était proche. Une de ses extrémités conduisait à une gorge assez large qui se rétrécissait en un défilé puis s'ouvrait de nouveau en formant une sorte d'enclos naturel. Ce n'était pas tout à fait un cul-de-sac puisqu'il y avait quelques voies de sortie exiguës, mais l'endroit avait déjà été utilisé comme piège, pas plus d'une fois par saison, cependant. L'odeur de sang dégagée par une grande chasse avait tendance à éloigner les animaux jusqu'à ce que les neiges de l'hiver nettoient les lieux. En prévision d'une utilisation future, on avait barré les issues par des clôtures ; plusieurs chasseurs avaient fait le tour pour vérifier leur état et choisir une bonne position afin de lancer leurs sagaies. Un hurlement de loup — une assez bonne imitation, jugea Ayla — donna le signal que tout était prêt. Prévenue, elle gardait un bras autour de Loup pour lui imposer silence au cas où il aurait été tenté de réagir. Un croassement de corbeau servit de réponse.

Le reste des chasseurs avait encerclé le troupeau en s'efforçant de ne pas trop l'inquiéter, tâche difficile pour un groupe aussi nombreux. Ayla et Jondalar étaient restés à l'écart, de peur que l'odeur de Loup ne précipitât les choses. Au signal, ils montèrent sur leurs chevaux et partirent au galop ; Loup courait derrière eux. Tout rapides et puissants qu'ils étaient, les aurochs n'en étaient pas moins des animaux grégaires et comptaient de nombreux jeunes parmi eux. Les cris et les gesticulations, les objets inconnus agités devant eux suffirent à les effrayer et, quand l'un d'eux se mit à courir, d'autres suivirent. Affolé par l'odeur du loup et la vue de deux êtres humains montés sur des chevaux étonnamment proches, le troupeau se rua bientôt dans la gorge.

Le goulet ralentit les bêtes, qui se bousculèrent pour passer. Dans la poussière soulevée par la masse meuglante, quelques-unes essayèrent de se détacher et de prendre une autre direction, n'importe laquelle. Mais les chasseurs, les chevaux et le loup étaient partout, les renvoyant vers le défilé. Finalement, un vieux mâle résolu en eut assez. Il fit front, frappa le sol du sabot, baissa les cornes et fut atteint par les traits de deux lance-sagaies. Il tomba à genoux, bascula sur le côté. La plupart des autres aurochs étaient passés, la barrière avait été refermée derrière eux. La tuerie commença.

Les bêtes prises au piège s'écroulaient, frappées par des lances de toutes sortes, longues ou courtes, à pointe de silex, d'os ou d'ivoire. Les chasseurs se relayaient derrière les barrières qui les protégeaient des cornes puissantes et des sabots tranchants. Les projectiles provenaient parfois de lance-sagaies qui n'étaient pas ceux de Jondalar et d'Ayla. Certains chasseurs entreprenants s'étaient entraînés et essayaient maintenant la nouvelle arme là où quelques coups manqués n'auraient que peu d'importance puisque les aurochs ne pouvaient fuir nulle part, excepté sur le sein de la Grande Terre Mère, dans le Monde des Esprits.

En une matinée, le groupe s'était procuré assez de viande pour nourrir tous les participants à la Réunion d'Eté pendant quelque temps, et de quoi organiser en plus un grand festin de Matrimoniales. Dès que les aurochs avaient pénétré dans le piège, un messager avait été envoyé au camp, d'où un second groupe partit pour aider les chasseurs, et, quand le dernier animal fut abattu, les renforts se précipitèrent pour le dépeçage.

Il existait plusieurs façons de conserver la viande. Du fait de la proximité des glaciers et de la couche gelée en permanence qui se trouvait sous la surface, on pouvait transformer le permafrost en chambre froide en creusant simplement un trou dans le sol. On pouvait aussi conserver la viande fraîche au fond d'un lac ou d'un étang, dans les eaux profondes des rivières. Lestée de pierres, attachée à de longues perches qui permettaient de la retrouver plus tard, la viande pouvait se conserver un an sans trop se détériorer. On pouvait aussi la sécher pour la conserver plusieurs années. L'inconvénient était que le début de l'été correspondait à la saison des mouches, qui pouvaient gâter la viande mise à sécher au soleil. Des feux dégageant beaucoup de fumée éloignaient le gros des insectes, mais il fallait constamment surveiller l'opération, dans une pénible atmosphère enfumée. Il restait cependant indispensable de faire sécher une partie de la viande pour se nourrir en voyage.

Outre la viande, la peau de l'aurochs était précieuse. On l'employait pour fabriquer de nombreux objets, allant des outils et des récipients aux vêtements et aux abris. La graisse permettait de se chauffer et de s'éclairer ; les poils servaient de fibres, de doublure pour les vêtements chauds ; les tendons et les nerfs étaient utilisés comme liens. Avec les cornes, on obtenait des coupes, des gonds de panneau et même des bijoux. Les dents étaient aussi souvent transformées en bijoux qu'en outils. Les intestins fournissaient des enveloppes et des couvertures étanches, des sacs pour la chair cuite et la graisse.

Les os avaient de multiples usages. On pouvait en faire des ustensiles, des écuelles, des armes. On les cassait pour en manger la moelle, on s'en servait comme combustible. Rien n'était gaspillé. Même les sabots et les débris de peau étaient mis à bouillir pour devenir une colle qui, conjuguée aux tendons, permettait par exemple de fixer les pointes des sagaies, les manches des couteaux, les diverses parties d'une lance. On utilisait aussi cette colle pour consolider des semelles résistantes sous des chausses souples.

Il fallait d'abord écorcher les bêtes puis les dépecer et mettre la viande à l'abri le plus vite possible. On posta des gardes pour éloigner les voleurs, ainsi que les autres carnivores, désireux de prélever leur part du butin. Un grand nombre d'aurochs abattus attirait tous les prédateurs et charognards alentour. Les hyènes furtives furent les premières qu'Ayla repéra. Elle tenait sa fronde prête et, quasi instinctivement, elle lança Whinney en direction de la meute.

Ayla dut sauter à terre pour ramasser d'autres pierres, et la vitesse avec laquelle elle les lança justifiait pleinement qu'on l'eût choisie comme garde, ainsi que Jondalar. Presque tout le monde savait dépecer, même les jeunes apportaient leur aide, mais la lutte contre les voleurs de viande exigeait de l'habileté à manier une arme. Une bande de loups attira l'attention de Loup, qui n'hésita pas, avec le soutien d'Ayla, à chasser les intrus qui convoitaient le gibier de sa meute. Les gloutons posaient un autre problème. Deux d'entre eux, probablement un mâle et une femelle puisque c'était la saison des amours, aspergèrent un aurochs de leurs glandes à musc. L'odeur était si épouvantable que, après avoir récupéré la lance pour mettre la bête au crédit de celui qui l'avait tuée, plusieurs chasseurs traînèrent le corps à l'écart pour laisser les gloutons se le disputer entre eux.

Ayla aperçut des hermines dans leur pelage brun d'été, lequel deviendrait blanc en hiver, sauf à l'extrémité de la queue. Elle repéra des renards et des lynx, ainsi qu'un léopard des neiges tacheté, et, plus loin, regardant la scène avec détachement, une troupe de lions des cavernes, la première qu'elle voyait depuis son arrivée. Elle prit le temps de les observer. Tous les lions des cavernes avaient un pelage clair, souvent ivoire, mais ceux-là étaient presque blancs. Elle pensa d'abord qu'il n'y avait que des femelles, mais le comportement de l'un des animaux l'incita à y regarder de plus près. C'était un mâle sans crinière ! Quand elle posa la question à Jondalar, il lui répondit que les lions des cavernes de cette région n'en avaient pas. Lui-même avait été étonné par le lion des contrées de l'Est, qui avait une crinière, tout en étant assez efflanqué.

Le ciel recelait aussi sa part de maraudeurs qui n'attendaient que l'occasion de se poser. Vautours et aigles planaient au-dessus du carnage, montant avec les courants chauds qui soutenaient leurs ailes déployées. Les milans, les faucons, les gypaètes s'élevaient et piquaient, se battaient parfois avec des corbeaux braillards. Il était plus facile aux rongeurs et aux reptiles de s'approcher en se cachant des hommes, mais les prédateurs de moindre taille devenaient souvent des proies. Finalement, tout serait nettoyé par les plus petits d'entre eux : les insectes. Quelle que fût la vigilance des gardes, chaque carnivore emporterait sa part avant que les Zelandonii eussent fini de dépecer les aurochs ; bien que ce ne fût pas leur principal objectif, ils parvinrent ainsi à se procurer quelques fourrures particulièrement belles.

Une première chasse couronnée de succès était bon signe. Elle annonçait une excellente année pour les Zelandonii et porterait chance aux couples qui devaient s'unir. Les Matrimoniales seraient célébrées dès que la viande aurait été apportée au camp et entreposée à l'abri.

Une fois l'excitation de la chasse retombée, les participants à la Réunion d'Eté reportèrent leur attention sur les cérémonies d'union. Ayla contenait mal son impatience et se sentait nerveuse. Jondalar éprouvait la même chose. Ils se surprirent à se regarder souvent, à échanger des regards presque timides en espérant que tout se passerait bien.

30

Zelandoni s'efforça de trouver un moment pour parler en privé à Ayla de la médecine qui empêchait la vie, mais il y avait toujours quelque chose pour s'y opposer, semblait-il. Les deux femmes étaient l'une comme l'autre fort occupées. Comme la chasse avait impliqué toute la communauté zelandonii, la Première se devait de célébrer des cérémonies pour apaiser l'Esprit de l'Aurochs, des rites afin de remercier la Mère pour la vie de tous les animaux qui s'étaient sacrifiés afin que vivent les Zelandonii.

La chasse avait été presque trop bonne et il avait fallu plus longtemps que prévu pour s'acquitter de toutes les tâches. Les Zelandonii découpèrent la viande, firent fondre la graisse et la répartirent en portions. Ils grattèrent et séchèrent les peaux ou les entreposèrent dans les chambres froides souterraines avec la viande, les os et les restes des animaux. Presque tous apportèrent leur contribution, y compris les femmes sur le point de s'unir. Les unions pouvaient attendre.

La Première se résigna à ce retard tout en regrettant de ne pas avoir pris le temps de discuter longuement avec Ayla avant de quitter la Neuvième Caverne, quand il aurait été plus facile d'en apprendre davantage sur elle. Qui aurait deviné que la jeune étrangère — encore jeune à dix-neuf ans, bien qu'Ayla pensât le contraire — possédait de si vastes connaissances ? Elle semblait si naïve qu'on la croyait dépourvue d'expérience. Zelandoni en était venue à comprendre qu'Ayla était un être bien plus complexe. Elle qui recommandait de ne jamais sous-estimer un élément inconnu, elle n'avait pas suivi son propre conseil.

A présent, la Première était occupée par une autre affaire. La Zelandonia avait décidé de célébrer les Premiers Rites avant les Matrimoniales, bien qu'on le fît généralement après, pour une raison précise. Avant ses Premiers Rites, une jeune Zelandonii était considérée comme une petite fille et n'était pas censée partager le Don des Plaisirs. Les Rites des Premiers Plaisirs étaient la cérémonie pendant laquelle, sous une stricte surveillance, les filles étaient physiquement ouvertes et pouvaient recevoir les Esprits qui feraient naître une vie nouvelle. Alors seulement elles devenaient femmes. Or les Premiers Rites avaient toujours lieu pendant les Réunions d'Eté, et il y avait le plus souvent, entre les premiers saignements et les Premiers Rites, une période pendant laquelle les jeunes filles demeuraient dans des sortes de limbes. Les hommes les trouvaient alors très attirantes, sans doute parce qu'elles leur étaient interdites.

A la fin de la Réunion, on organisait toujours une seconde cérémonie pour les filles qui avaient commencé à avoir leurs périodes lunaires pendant l'été, mais le long intervalle séparant deux Réunions était pénible. Les hommes jeunes — et certains qui l'étaient moins — tournaient constamment autour des filles pubères. Les Fêtes pour Honorer la Mère célébrées pendant l'année rendaient les jeunes filles — en particulier celles qui devenaient réglées en automne — plus conscientes de leurs propres désirs. Aucune mère ne souhaitait que sa fille eût sa première période à ce moment-là, avant un long hiver d'obscurité et d'activités extérieures réduites.

La communauté frappait d'une marque d'infamie celles qui n'attendaient pas leurs Premiers Rites, mais certaines jeunes filles succombaient aux flatteries incessantes. En y cédant, elles devenaient moins désirables comme compagnes parce que cela dénotait un manque de maîtrise de soi. Certains trouvaient injuste de stigmatiser une femme parce qu'elle avait, jeune fille, transgressé naïvement une simple coutume. D'autres considéraient que c'était une épreuve révélatrice de leur intégrité, de leur force de caractère et de leur persévérance, toutes qualités jugées essentielles chez une femme.

Les mères faisaient appel à la Zelandonia pour tenter de dissimuler le faux pas, et les Premiers Rites étaient célébrés dans tous les cas, puisqu'ils étaient indispensables pour qu'une jeune femme puisse s'unir. Les doniates veillaient à ce que les hommes choisis pour « ouvrir » les jeunes filles déjà ouvertes restent discrets, de façon que rien ne fût divulgué. Mais celles qui avaient cédé étaient connues en premier lieu des Zelandonia — lesquels figuraient parmi ceux qui estimaient en privé que c'était une mise à l'épreuve — et au moins soupçonnées par beaucoup d'autres.

Cet été-là, un problème rare se posait. Une jeune fille, Janida de la Partie Sud de la Vingt-Neuvième Caverne, qui n'avait pas encore eu ses Premiers Rites, était enceinte et voulait s'unir au jeune homme qui l'avait prématurément ouverte. Peridal, également de la Partie Sud de la Vingt-Neuvième Caverne, ne se montrait guère pressé de devenir son compagnon, bien qu'il eût témoigné une obstination immodérée à la poursuivre de ses assiduités pendant l'hiver et à lui faire des promesses extravagantes. Le Rocher aux Reflets était si vaste et comprenait tant de niveaux qu'il ne leur avait pas été difficile de trouver des endroits écartés pour leurs rendez-vous amoureux.

On disait pour sa défense que Peridal était très jeune. Il n'était pas sûr de vouloir s'unir si tôt, et sa mère ne tenait pas trop à ce qu'il prenne un engagement aussi important, surtout avec une fille qui avait cédé. Néanmoins, la Zelandonia usa de tout son pouvoir de persuasion pour les convaincre d'accepter. S'il n'était pas indispensable qu'une femme eût un compagnon lorsqu'elle devenait mère, il était préférable que l'enfant fût né du foyer d'un homme, en particulier le premier enfant.

Autre aspect du problème : d'une manière générale, quand une femme tombait enceinte avant de choisir un compagnon, elle devenait plus désirable parce qu'elle avait prouvé qu'elle pouvait apporter des enfants au foyer d'un homme, mais l'infamie dont elle était frappée parce qu'elle n'avait pas su se contrôler demeurait. Janida et sa mère le savaient ; elles savaient aussi que, si la jeune fille était déjà honorée par la Mère quand elle s'unirait, cela porterait chance au couple et qu'elle serait donc considérée d'un œil favorable. Elles espéraient que l'un compenserait l'autre.

Beaucoup de Zelandonii parlaient de cette affaire, dans un sens comme dans l'autre, mais la plupart s'accordaient à trouver la situation intéressante, en particulier du fait de la position défendue par Janida et sa mère. Ceux qui prenaient le parti de Peridal estimaient qu'il était trop jeune pour assumer les responsabilités d'un compagnon. D'autres soutenaient que, si la Mère avait choisi l'esprit de ce garçon pour honorer la jeune fille, Elle devait le juger capable de devenir homme de foyer. Malgré son manque de maîtrise de soi, Janida portait peut-être chance et Peridal aurait dû être content de s'unir à elle. Certains hommes envisageaient même de la prendre pour compagne, infamie ou pas, si le garçon y renonçait. Elle devait figurer au nombre des Elues de Doni pour être tombée enceinte aussi rapidement.

Les jeunes filles qui se préparaient aux Rites des Premiers Plaisirs vivaient toutes dans une hutte gardée avec soin, proche de celle de la Zelandonia. Il avait été décidé que Janida resterait avec les autres et prendrait part à la cérémonie puisqu'elle devait passer par les Premiers Rites avant de pouvoir s'unir. La communauté avait estimé que Janida devait elle aussi apprendre ce que les jeunes filles devaient savoir, mais, quand elle rejoignit les autres, plusieurs d'entre elles émirent des objections.

— C'est une cérémonie pour ouvrir une fille et en faire une femme. Si Janida est déjà ouverte, pourquoi vient-elle ici ? demanda l'une d'elles, assez fort pour être entendue de toutes. Les Premiers Rites sont réservés aux filles qui savent attendre, pas à celles qui trichent.

Plusieurs jeunes filles approuvèrent mais une autre repartit :

— Janida est ici parce qu'elle veut s'unir lors des premières Matrimoniales, et aucune fille ne peut le faire avant ses Premiers Rites. En outre, elle a déjà été honorée par la Mère.

D'autres, qui avaient commencé à avoir leurs périodes lunaires peu de temps après la Réunion d'Eté précédente et qui, selon les rumeurs, avaient elles-mêmes célébré en privé un rite d'ouverture, tâchèrent de se montrer plus bienveillantes, mais la plupart savaient qu'elles devaient rester prudentes. Leur réputation dépendrait de la discrétion de l'homme choisi pour elles, et il pouvait être parent d'une des filles qui avaient attendu. Elles avaient conscience qu'elles pouvaient elles aussi subir la même honte et voyaient les difficultés que cela entraînerait.

Janida sourit à celle qui avait pris sa défense mais ne dit rien. Elle se sentait un peu plus avertie que la plupart des jeunes filles de la hutte. Au moins, elle savait à quoi s'attendre, à la différence de celles qui avaient patienté, et elle puisait un certain courage dans le fait qu'elle avait osé affronter tous ses détracteurs. De plus, elle était enceinte. Elue par Doni, quoi qu'on pût dire, et à un stade de sa grossesse où elle baignait dans l'optimisme. Elle ne savait pas que son état avait déclenché dans son corps la sécrétion de certaines hormones, elle savait seulement qu'elle était heureuse d'attendre un bébé.

Malgré l'isolement et la surveillance des jeunes filles, les commentaires que provoqua l'arrivée de Janida — en particulier la phrase selon laquelle les Premiers Rites étaient « réservés aux filles qui savent attendre, pas à celles qui trichent » — firent le tour du camp. En l'apprenant, la Première fut furieuse. La fuite provenait forcément d'un membre de la Zelandonia — personne d'autre n'aurait pu s'approcher de la hutte — et elle aurait voulu savoir de qui il s'agissait.

Ayla et Jondalar avaient passé la majeure partie de la journée à travailler sur les peaux d'aurochs, grattant d'abord la graisse et les membranes de la partie intérieure, puis les poils de la partie extérieure avec des racloirs en silex, trempant ensuite les peaux dans une solution de cervelle de femelle écrasée à la main et mélangée à de l'eau, ce qui leur donnait une souplesse étonnante. On les roulait, on les tordait — à deux, un à chaque extrémité — pour en faire sortir le plus d'eau possible. On perçait de petits trous autour du bord, à trois pouces d'intervalle. Puis on attachait la peau encore humide sur un cadre de bois en insérant une corde dans chaque trou.

Une fois le cadre bien fixé, entre deux arbres ou sur une poutre horizontale, on travaillait la peau. A l'aide d'un bâton au bout arrondi, on l'étirait dans un sens puis dans l'autre, jusqu'à ce qu'après une demi-journée de labeur elle fût enfin sèche. A ce stade, elle était devenue presque blanche, douce et souple. On aurait pu la tailler et en faire un vêtement, mais, si la pluie la mouillait, il fallait l'assouplir de nouveau pour qu'elle ne durcisse pas en séchant. Afin de garder à la peau sa souplesse et son aspect velouté, même après lavage, il fallait procéder à un autre traitement. Plusieurs possibilités s'offraient, selon le produit que l'on souhaitait obtenir.

Le plus simple était de la fumer. L'une des méthodes consistait à planter une petite tente de voyage conique, à y allumer un feu dégageant beaucoup de fumée, à accrocher en haut quelques peaux et à boucher les ouvertures. La fumée emplissait la tente, enveloppait les peaux, recouvrait chacune des fibres de collagène qu'elles contenaient. Après ce traitement, le cuir restait souple même après avoir été mouillé ou lavé. Le fumage changeait aussi la couleur de la peau, qui, selon le bois utilisé, allait du jaune au brun en passant par le fauve et le marron.

Un autre procédé consistait à mélanger de l'ocre rouge en poudre à du suif — de la graisse mise à fondre dans de l'eau frissonnante — et à faire pénétrer la pâte obtenue dans la peau. Non seulement elle lui donnait une couleur allant du rouge orangé au marron mais elle la rendait imperméable. On pouvait utiliser un bâton arrondi ou un os pour mêler la substance grasse à la peau, en écrasant la surface, en la polissant jusqu'à obtenir une patine brillante. L'ocre rouge prévenait la décomposition bactérienne et protégeait aussi des insectes, notamment des minuscules parasites vivant sur des animaux à sang chaud, comme l'homme.

Troisième méthode, moins connue et requérant davantage de travail : donner à la peau une couleur blanche. Les échecs étaient nombreux car il était difficile de lui garder sa souplesse, mais en cas de réussite le résultat était étonnant. Ayla tenait cette technique d'une vieille Mamutoï nommée Crozie. Il fallait conserver son urine, attendre que, par un processus chimique naturel, elle se transforme en ammoniaque, agent blanchissant. Après avoir été raclée, la peau était mise à tremper dans l'ammoniaque puis lavée avec des racines de saponaire donnant une mousse épaisse, adoucie avec la bouillie de cervelle, enfin polie à la poudre de kaolin, une argile blanche fine, mélangée à un suif très pur.

Ayla n'avait fabriqué qu'un seul vêtement blanc, avec l'aide de Crozie, mais elle avait repéré un gisement de kaolin non loin de la Troisième Caverne et envisageait de tenter un nouvel essai. Elle se demandait si la mousse qu'elle avait appris à fabriquer chez les Losadunaï avec de la graisse et des cendres de bois serait plus efficace que les racines de saponaire.

En travaillant, elle avait entendu une partie des discussions au sujet de Janida et avait trouvé la situation intéressante parce qu'elle donnait un aperçu saisissant des traditions et des coutumes zelandonii. Il ne faisait aucun doute dans son esprit que Peridal avait fait germer la vie en Janida puisque tous deux avaient indiqué qu'aucun autre homme ne l'avait pénétrée, et Ayla était convaincue que c'était l'essence des organes masculins qui provoquait les grossesses. En retournant au camp de la Neuvième Caverne, fatiguée d'avoir raclé des peaux toute la journée, elle demanda à Jondalar pourquoi les Zelandonii tenaient absolument à célébrer les Premiers Rites avant que les jeunes femmes fussent libres de choisir un compagnon.

— Je ne comprends pas ce que cela change, que Janida ait été ouverte par ce jeune homme l'hiver dernier ou qu'un autre homme l'ouvre maintenant, tant qu'elle n'a pas été forcée, dit-elle. Madenia des Losadunaï, elle, avait été violée par une bande de garçons avant ses Premiers Rites. Janida est un peu jeune pour une première grossesse, mais je l'étais moi aussi, et je ne savais même pas ce qu'étaient les Premiers Rites avant que tu me le montres.

Jondalar éprouvait une profonde compassion pour la jeune fille. Lui-même avait enfreint les traditions de son peuple pendant son initiation en tombant amoureux de sa femme-donii et en voulant en faire sa compagne. Lorsqu'il avait découvert que Ladroman... Madroman... les avait épiés, puis avait révélé à toute la Caverne qu'ils avaient l'intention de s'unir, Jondalar, furieux, l'avait frappé plusieurs fois, lui brisant les dents. Madroman avait souhaité lui aussi que Zolena fût sa femme-donii — tous les garçons le voulaient — mais elle lui avait préféré Jondalar.

Il pensait connaître les raisons de la position d'Ayla. Elle n'était pas née chez les Zelandonii, elle ne saisissait pas tout à fait leur attachement à des coutumes qu'ils avaient respectées toute leur vie, ni la difficulté de s'opposer à des traditions ancestrales. Il ne comprenait pas qu'elle-même avait violé les traditions du Clan et en avait payé les conséquences. Elle avait failli en mourir et ne craignait plus de mettre en cause toute tradition, quelle qu'elle fût.

— On peut se montrer plus indulgent envers ceux qui viennent d'ailleurs, mais Janida savait à quoi s'attendre, répondit-il. J'espère que ce jeune homme s'unira à elle et qu'ils seront heureux ensemble. D'ailleurs, je crois savoir que d'autres le remplaceraient volontiers s'il refusait.

— Je m'en doute. C'est une jolie jeune fille qui va avoir un bébé qu'elle pourra apporter au foyer d'un homme s'il est digne d'elle.

Ils marchèrent un moment en silence puis Jondalar reprit :

— Je crois que les Matrimoniales de cette Réunion d'Eté resteront longtemps dans les mémoires. D'abord à cause de Janida et Peridal, qui seront parmi les plus jeunes qui se soient jamais unis, s'ils se décident finalement. Moi, je rentre d'un long Voyage, toi, tu viens de très loin, et les gens en parleront, même si personne ici ne soupçonne à quel point c'est loin. Et puis il y a Joplaya et Echozar. Ils ont tous deux des origines et une lignée inconnues ici. J'espère seulement que ceux que cela perturbe ne créeront pas de difficultés. L'attitude de Brukeval m'a stupéfié. Je croyais qu'il avait de meilleures manières.

— Il a raison quand il affirme qu'il n'est pas du Clan, souligna Ayla. Sa mère l'était, mais il n'a pas été élevé par le Clan. Même si ses membres avaient accepté de le reprendre, il aurait eu du mal à vivre avec eux. Il connaît leur langue, plus ou moins, mais il ne sait même pas qu'il utilise les signes des femmes.

— Les signes des femmes ? Tu ne m'avais jamais parlé de ça.

— La différence est subtile mais elle existe. Les premiers signes que tous les bébés apprennent sont ceux de leur mère. Quand les enfants prennent de l'âge, les filles restent avec leur mère et continuent à apprendre auprès d'elle, tandis que les garçons commencent à accompagner plus souvent les hommes et apprennent leurs façons de faire.

— Alors, qu'est-ce que tu m'as appris ? demanda Jondalar.

— Le parler bébé, répondit Ayla en souriant.

— Tu veux dire que, quand je parlais à Guban, je m'exprimais comme un bébé ? s'écria Jondalar, abasourdi.

— Encore moins bien, pour être franche, mais il comprenait. Le simple fait que tu saches quelque chose et que tu essaies de parler de manière correcte l'impressionnait.

— De manière correcte ? Parce que Guban pensait que c'était lui qui parlait de manière correcte ?

— Bien sûr. Tu ne penses pas la même chose ?

— Si, dit Jondalar en souriant. Quelle est la manière correcte, selon toi ?

— C'est celle à laquelle chacun est habitué. En ce moment, pour moi, les façons de parler du Clan, des Mamutoï, des Zelandonii sont toutes correctes, mais au bout d'un moment, quand j'aurai parlé uniquement zelandonii pendant quelque temps, je penserai sans aucun doute que c'est la manière correcte de parler, même si je ne parle pas correctement cette langue. La seule que je connaisse vraiment bien, c'est la langue du Clan, mais uniquement celle du Clan où j'ai grandi, et ce n'est pas la même qu'ici.

En parvenant au petit cours d'eau, Ayla s'aperçut que le soleil se couchait et fut une fois de plus captivée par le flamboiement des couleurs du ciel. Ils s'arrêtèrent pour l'admirer.

— Zelandoni m'a demandé si je voulais être choisi pour les Premiers Rites, demain, annonça Jondalar. Probablement pour Janida.

— Elle l'a précisé ? Pourtant, d'après Marthona, les hommes ne savent jamais qui ils ouvriront.

— Pas exactement. Elle a dit qu'elle voulait quelqu'un qui soit non seulement discret mais prévenant. Elle a dit qu'elle savait que tu étais enceinte et que je saurais donc m'occuper d'une jeune femme ayant besoin de la même sollicitude. De qui d'autre aurait-elle pu parler ?

— Tu vas le faire ?

— J'y ai songé. Il fut un temps où j'aurais été plus que disposé à accepter, mais j'ai répondu que je ne l'envisageais pas.

— Pourquoi ?

— A cause de toi.

— Moi ? fit Ayla. Tu pensais que j'y verrais une objection ?

— Tu en vois une ?

— Si j'ai bien compris, c'est une coutume de ton peuple, et d'autres hommes qui ont déjà une compagne y participent.

— Et tu l'accepterais, que cela te plaise ou non, c'est ça ?

— Je suppose.

— Si j'ai refusé, ce n'est pas parce que je pensais que tu t'y opposerais, mais parce que je n'accorderais pas à Janida l'attention qu'elle mérite. Je penserais à toi, je la comparerais à toi. Ce ne serait pas juste pour elle. Comme je suis mieux pourvu que la plupart des hommes, je me contiendrais, j'essaierais d'être délicat et tendre pour ne pas lui faire mal, et en même temps je regretterais de ne pas être avec toi. Cela ne me dérange pas d'être doux et prévenant, mais nous sommes bien assortis. Je n'ai pas à m'inquiéter de te faire mal, du moins pas encore. Quand ta grossesse sera plus avancée, je ne sais pas, mais nous trouverons un moyen.

Ayla ne s'attendait pas à être si heureuse qu'il eût refusé. Elle avait entendu dire que la plupart des hommes trouvaient ces jeunes filles attirantes et se demanda si elle était jalouse. Elle souhaitait ne pas l'être, elle se rappelait ce que Zelandoni avait dit à ce sujet lors de la réunion des femmes. Si Jondalar avait accepté la proposition, elle ne s'y serait pas opposée mais se réjouissait qu'il ne l'eût pas fait. Ayla ne put s'empêcher de sourire, un grand sourire presque aussi radieux que le coucher de soleil et qui enveloppa Jondalar de sa chaleur.

Tous les couples qui devaient s'unir rencontrèrent la Zelandonia le lendemain de la cérémonie des Rites des Premiers Plaisirs. La plupart étaient jeunes mais certains étaient dans la force de l'âge ; quelques-uns très vieux, plus de cinquante ans. Indépendamment de leur âge, tous étaient excités et attendaient l'événement avec impatience ; tous se montraient amicaux les uns envers les autres, amorce de ce lien particulier noué entre ceux qui s'unissaient au cours de la même cérémonie. Des amitiés de toute une vie commençaient souvent ce jour-là.

Ayla laissa Loup à Marthona, qui accepta volontiers de le garder, mais Ayla dut attacher l'animal avec une corde pour l'empêcher de la suivre. Avant de partir, elle nota que la présence de Marthona semblait l'apaiser et qu'il était plus calme quand elle se tenait près de lui.

En arrivant à la hutte de la Zelandonia, Ayla avisa Levela en compagnie d'un homme qu'elle n'avait jamais rencontré. Levela leur fit signe d'approcher, présenta tout le monde à Jondecam, un Zelandonii de taille moyenne avec une barbe rousse, un sourire agréable et des yeux espiègles.

— Ainsi tu es du Foyer Ancien, lui dit Jondalar. Kimeran et moi sommes de vieux amis, nous avons obtenu ensemble nos ceintures d'homme. Je l'ai revu à la chasse au bison. Je ne savais pas qu'il était devenu l'Homme Qui Ordonne de la Deuxième Caverne.

— Kimeran est mon oncle, le jeune frère de ma mère.

— Ton oncle ? s'étonna Ayla. On dirait que vous êtes du même âge.

— Il n'a que quelques années de plus que moi, c'est plutôt une sorte de frère aîné. Ma mère avait l'âge des Premiers Rites à la naissance de son frère, elle a toujours été comme une seconde mère pour lui, même alors, expliqua Jondecam. A la mort de la mère de Kimeran — ma grand-mère — ma mère a pris soin de lui. Elle était très jeune quand elle s'est unie et a rapidement perdu son compagnon. Je suis son premier-né mais je me rappelle à peine l'homme de mon foyer. Ma mère a ensuite été appelée à la Zelandonia et n'a plus jamais pris de compagnon.

— Je me rappelle m'être ridiculisé ce jour-là, dit Jondalar. En la voyant, j'avais fait des commentaires sur la jolie jeune femme qui se tenait avec les mères et je m'étais demandé à voix haute quel bébé passait son initiation. Vous imaginez ma tête quand Kimeran a répondu qu'elle était là pour lui. Il était aussi grand que moi. Il a précisé ensuite qu'elle était sa sœur.

Ils bavardaient depuis un moment et la réunion semblait sur le point de commencer quand un autre couple arriva : les jeunes Janida et Peridal. Ils se tinrent un moment à l'entrée, l'air nerveux et un peu effrayés, sur le point de déguerpir. Levela quitta le groupe et se dirigea vers eux.

— Salutations, je suis Levela de la Partie Ouest de la Vingt-Neuvième Caverne. Vous êtes Janida et Peridal, n'est-ce pas ? Je crois que j'ai fait ta connaissance, Janida, quand je suis venue récolter les pignes au Camp d'Eté, il y a un an ou deux. Je suis avec Ayla et Jondalar. Elle, c'est la femme aux animaux ; lui, c'est le frère du compagnon de ma sœur. Venez les rencontrer.

Elle entraîna vers le groupe les deux jeunes gens qui restaient muets.

— C'est bien la sœur de Proleva, murmura Joplaya.

Ayla partageait cet avis :

— Oui, j'imagine bien Proleva accueillant quelqu'un de cette manière.

— Il y a aussi Joplaya et Echozar, poursuivit Levela en s'approchant, le couple lanzadonii venu s'unir en même temps que nous. Et voici mon promis. Jondecam de la Deuxième Caverne des Zelandonii, je te présente Janida et Peridal, tous deux de la Partie Sud de la Vingt-Neuvième Caverne. (Elle se tourna vers le jeune couple.) C'est bien ça ?

— Oui, acquiesça Janida d'un ton crispé.

Jondecam tendit les mains à Peridal avec un grand sourire.

— Salutations.

— Salutations, répondit le jeune homme, qui saisit les mains tendues, l'air embarrassé, et ne trouva rien à ajouter.

— Salutations, Peridal, dit Jondalar, tendant les mains à son tour. Tu étais à la chasse ?

— J'y étais, confirma Peridal. Je t'ai vu... sur un cheval.

— Oui, et Ayla aussi, j'imagine.

Peridal parut de nouveau gêné et garda le silence.

— Tu as eu de la chance ? lui demanda Jondecam.

— Oui, bredouilla Peridal.

— Il a tué deux femelles, dont une avec un petit dans son ventre, précisa Janida pour lui.

— Tu sais que la peau de ce petit fera de merveilleux vêtements de bébé ? remarqua Levela. Elle est fine et souple.

— C'est ce qu'a dit ma mère, répondit Janida.

— Nous n'avons pas fait connaissance, intervint Ayla, les mains tendues. Je suis Ayla, naguère du Camp du Lion des Mamutoï, à présent de la Neuvième Caverne des Zelandonii. Au nom de Mut, la Grande Terre Mère, aussi appelée Doni, je te salue.

Janida parut un peu déroutée. Elle n'avait jamais entendu un tel accent. Il y eut un silence gêné puis, comme si elle se rappelait soudain les convenances, la jeune fille répondit :

— Je suis Janida de la Partie Sud de la Vingt-Neuvième Caverne des Zelandonii. Au nom de Doni, je te salue, Ayla de la Neuvième Caverne des Zelandonii.

Joplaya s'avança et tendit les mains à la jeune fille.

— Je suis Joplaya de la Première Caverne des Lanzadonii, fille du foyer de Dalanar, fondateur et Homme Qui Ordonne des Lanzadonii. Au nom de la Mère, je te salue, Janida. Voici mon promis, Echozar de la Première Caverne des Lanzadonii.

Bouche bée, Janida fixait le couple. Elle n'était pas la première à être étonnée mais semblait moins capable que la plupart des autres de masquer sa surprise. Prenant soudain conscience de son attitude, elle referma la bouche, devint cramoisie.

— Je... je suis désolée. Ma mère serait furieuse si elle savait que je me suis montrée aussi grossière, mais je n'ai pas pu m'en empêcher. Vous avez l'air si différents de nous, tous les deux... Mais tu es très belle et lui... non. (Elle rougit de nouveau.) Pardon, je voulais dire...

— Tu voulais dire qu'elle est belle et qu'il est très laid, acheva Jondecam, l'œil pétillant. (Il tourna vers le couple lanzadonii avec un large sourire.) C'est vrai, non ?

Après un silence pesant, Echozar répondit :

— Tu as raison, Jondecam. Je suis laid. Je ne parviens pas à imaginer pourquoi cette femme superbe peut bien vouloir de moi, mais pas question de laisser passer ma chance.

Il eut un sourire qui illumina ses yeux.

Voir un sourire sur un visage du Clan étonnait toujours Ayla. Les membres du Clan ne souriaient pas. Pour eux, une expression dénudant les dents était considérée comme une menace ou une manifestation nerveuse de servilité. Curieusement, cette expression modifiait la configuration du visage d'Echozar, atténuait les traits durs du Clan et le faisait paraître plus abordable.

— En fait, je suis content que tu sois là, Echozar, reprit Jondecam. A côté de cette grande brute, dit-il en indiquant Jondalar, tout le monde paraît laid, mais comparés à toi, le jeunot et moi, on a l'air pas trop mal. Les femmes, en revanche, sont toutes belles.

La franchise de Jondecam fit sourire tout le monde et détendit l'atmosphère. Levela tourna vers lui un regard amoureux.

— Merci, Jondecam. Tu dois cependant reconnaître que les yeux d'Echozar sont aussi singuliers que ceux de Jondalar, et non moins remarquables. Je n'ai jamais vu d'aussi beaux yeux sombres, et la façon dont il regarde Joplaya me fait comprendre pourquoi ils vont s'unir. S'il me regardait de cette manière, j'aurais du mal à l'éconduire.

— J'aime le visage d'Echozar, dit Ayla, mais c'est vrai, ses yeux sont ce qu'il a de plus beau.

— Puisqu'on en est à dire ce qu'on pense, je trouve que tu as une drôle de façon de parler, Ayla, avoua Jondecam. Il faut un moment pour s'y habituer, mais ça me plaît. Tu dois venir de très loin.

— Plus loin que tu ne peux l'imaginer, renchérit Jondalar.

— Une chose encore, ajouta Jondecam. Où il est, ce loup ? D'autres disent qu'ils l'ont rencontré, j'espérais en faire autant.

Ayla lui sourit. Cet homme était si franc et si direct qu'elle ne pouvait s'empêcher de le trouver sympathique, si détendu et bien dans sa peau qu'il amenait tout le monde à se sentir de même.

— Loup est avec Marthona. J'ai pensé que ce serait plus facile pour lui et pour les autres. Si tu passes par le camp de la Neuvième Caverne, je serai heureuse de te le présenter, et je crois que tu lui plairas aussi. Vous êtes tous les bienvenus, dit Ayla en regardant les autres, y compris le jeune couple, qui souriait maintenant avec naturel.

— Tout à fait, confirma Jondalar.

Ces couples lui plaisaient, et en particulier Levela, jeune femme agréable, soucieuse des autres, et Jondecam, qui lui rappelait son frère Thonolan.

La Première s'était avancée au centre de la hutte et attendait en silence l'attention de son auditoire. Quand elle l'eut obtenue, elle s'adressa à tous les couples, soulignant le sérieux de l'engagement qu'ils prenaient, répétant certaines phrases qu'elle avait dites à la réunion des femmes, précisant ce qu'on attendait d'eux aux Matrimoniales. Plusieurs autres Zelandonia leur montrèrent ensuite où ils devraient se tenir, leur expliquèrent ce qu'ils devraient dire. Tous les couples répétèrent les mouvements et les gestes de la cérémonie.

Avant qu'ils repartent, la Première leur parla de nouveau :

— La plupart d'entre vous le savent mais je tiens à le redire pour que ce soit clair. Après les Matrimoniales, pendant une période d'une demi-lune — quatorze jours en mots à compter —, les couples nouvellement unis n'ont pas le droit d'adresser la parole à qui que ce soit d'autre qu'eux-mêmes. Ce n'est qu'en cas d'urgence que vous pourrez parler à quelqu'un, et uniquement à un doniate, qui jugera si c'est assez important pour enfreindre l'interdiction. Je veux que vous compreniez bien pourquoi. C'est une façon d'imposer aux membres d'un nouveau couple une solitude commune pour voir s'ils peuvent vraiment vivre ensemble. A la fin de cette période, s'ils estiment qu'ils ne s'entendent pas, ils pourront rompre le lien sans conséquences. Comme s'ils n'avaient jamais été unis.

Celle Qui Etait la Première savait que la plupart des jeunes gens se réjouissaient à l'avance de cet interdit, ravis qu'ils étaient à l'idée de se consacrer l'un à l'autre. Mais elle savait aussi qu'au bout du compte il y aurait probablement un ou deux couples qui décideraient de se séparer. Elle scruta chaque visage en essayant de deviner quels couples dureraient, et lesquels ne tiendraient pas même quatorze jours. Puis elle présenta ses vœux de bonheur à tous et annonça que les Matrimoniales auraient lieu le lendemain soir.

Ayla et Jondalar ne craignaient pas que leur période de solitude à deux révèle une incompatibilité. Ils avaient vécu près d'une année ensemble, chacun avec l'autre pour seule compagnie, excepté pendant les brefs séjours dans diverses Cavernes en chemin. Il leur tardait de savourer cette période d'intimité forcée, d'autant qu'elle ne s'accompagnerait pas cette fois des inconvénients du Voyage.

Après avoir quitté la hutte, les quatre couples marchèrent un moment ensemble en direction des camps. Janida et Peridal furent les premiers à partir de leur côté. Avant de se séparer du groupe, Janida tendit les deux mains à Levela.

— Je te remercie de nous avoir aidés à trouver notre place et à nous sentir les bienvenus, dit-elle. Quand nous sommes entrés dans la hutte, j'ai eu l'impression que tout le monde nous lorgnait, je ne savais pas quoi faire. Mais j'ai remarqué qu'au moment de repartir les autres regardaient Joplaya et Echozar, Ayla et Jondalar, et même Jondecam et toi, avec curiosité. Bref, tout le monde regardait tout le monde, mais c'est toi qui m'as fait sentir que j'appartenais au groupe, que je n'en étais pas exclue.

Elle se pencha en avant, pressa sa joue contre celle de Levela.

— Janida est une jeune femme intelligente, remarqua Jondalar après qu'ils eurent repris leur marche. Peridal a de la chance, j'espère qu'il s'en rend compte.

— Il y a une réelle affection entre eux, observa Levela. Je me demande pourquoi il rechigne à la prendre pour compagne.

— Les réticences viennent plutôt de sa mère que de lui, supputa Jondecam.

— Tu as sans doute raison, dit Ayla. Peridal est très jeune, sa mère exerce encore beaucoup d'influence sur lui. Janida elle aussi est jeune. Quel âge peuvent-ils avoir ?

— Treize ans l'un et l'autre, je crois, répondit Levela. Elle à peine, lui avec quelques lunes de plus.

— Je suis un vieillard comparé à eux, se lamenta Jondalar. J'ai autant d'années en plus que de doigts aux deux mains. Peridal n'a même pas encore eu l'occasion de vivre dans une « lointaine ».

— Et moi je suis vieille, dit Ayla. Je compte dix-neuf ans.

— Ce n'est pas si vieux, assura Joplaya. Moi, j'en compte vingt.

— Et toi, Echozar ? s'enquit Jondecam. Combien en comptes-tu ?

— Je n'en ai aucune idée. Personne ne me l'a jamais dit ni n'a essayé d'en tenir le compte, autant que je sache.

— As-tu essayé de revenir en arrière et de te rappeler chaque année ? demanda Levela.

— J'ai une bonne mémoire, mais mon enfance est brouillée, chaque saison se fond dans la suivante.

— Je compte dix-sept années, dit Levela.

— Moi, vingt, fit Jondecam en écho. Et voici notre camp. A demain.

Avec le geste invitant à une nouvelle rencontre, ils prirent congé des quatre autres, qui poursuivirent leur route vers le camp commun des Zelandonii et des Lanzadonii.

Ayla s'éveilla tôt le jour où Jondalar et elle devaient s'unir. La faible lueur précédant le lever du soleil se glissait par les fentes qui séparaient les panneaux quasi opaques, soulignant les coutures, encadrant l'ouverture. La jeune femme demeura étendue en s'efforçant de distinguer les détails des formes sombres qui se dessinaient devant les parois de la hutte.

Elle entendait la respiration régulière de Jondalar. Se soulevant sans bruit, elle contempla dans la pénombre le visage de l'homme endormi à côté d'elle. Le nez droit et mince, la mâchoire carrée, le front haut. Elle se rappela la première fois qu'elle avait examiné ce visage pendant qu'il dormait, dans la grotte de sa vallée. Autant qu'elle s'en souvînt, c'était le premier homme semblable à elle qu'elle rencontrait, et il était gravement blessé. Elle ne savait pas s'il survivrait mais elle le trouvait déjà beau.

Elle le trouvait beau encore maintenant, et son amour pour lui emplissait tout son être. C'était presque plus qu'elle n'en pouvait supporter, presque douloureux. N'y tenant plus, elle se leva en silence, s'habilla rapidement et sortit.

Ayla parcourut le camp du regard. Depuis la position surélevée qu'ils occupaient, elle voyait la vallée de la Rivière s'étirer devant elle. Dans l'obscurité presque totale, les huttes ressemblaient à des monticules noirs s'élevant de la terre ombreuse ; chaque construction ronde était bâtie autour d'un poteau central. Le camp était silencieux, bien différent de l'endroit bruyant et animé qu'il deviendrait plus tard.

Elle se tourna vers le cours d'eau et le remonta. Le ciel s'éclaircissait, effaçant en son sein quelques étincelles scintillantes. Dans leur enclos, les chevaux sentirent Ayla approcher et hennirent doucement pour la saluer. Elle obliqua vers eux, se coula sous les perches soutenues par les poteaux. Elle passa un bras autour de la jument à la robe claire.

— C'est aujourd'hui que Jondalar et moi nous unissons, Whinney, dit-elle à l'animal. Cela fait si longtemps, semble-t-il, que tu l'as ramené à la grotte, ensanglanté et presque mort. Nous avons parcouru tant de chemin depuis... Nous ne reverrons jamais cette vallée.

Rapide vint se frotter contre elle pour réclamer sa part d'attention. Ayla le tapota puis enlaça le cou puissant de l'étalon brun. Revenant d'une de ses expéditions de chasse nocturne, Loup apparut à la lisière du bois et s'élança vers la jeune femme entourée des chevaux.

— Te voilà ! Où étais-tu passé ? Tu avais disparu ce matin.

Du coin de l'œil, elle perçut un mouvement parmi les arbres et tourna la tête juste à temps pour voir un autre loup, plus sombre, se tapir derrière un épais buisson. Elle se pencha, prit entre ses deux mains la tête de son animal et frotta ses joues velues.

— Tu t'es trouvé une compagne ou un ami ? Tu veux retourner chez les tiens, comme Bébé ? Tu me manquerais, mais je ne voudrais pas t'empêcher d'avoir une femelle.

Le fauve grogna de plaisir tandis qu'elle continuait à le caresser. Il semblait n'avoir aucune envie pour le moment de retourner auprès de la silhouette cachée dans le bois.

Le bord supérieur du soleil émergea à l'horizon. Ayla sentit la fumée des feux matinaux, regarda en aval. Quelques lève-tôt allaient et venaient ; le camp s'éveillait.

Ayla vit Jondalar venir elle à grandes enjambées, le front plissé dans une expression familière. C'est un inquiet, pensa-t-elle. Elle connaissait toutes les lignes et tous les mouvements de son visage. Elle l'observait souvent en cachette, où qu'il fût, quoi qu'il fît. Il plissait le front de la même façon quand il se concentrait sur un nouveau morceau de silex, comme s'il tâchait de discerner de minces particules dans le matériau homogène pour deviner où il allait se fendre. Toutes les expressions de Jondalar lui plaisaient, mais elle aimait surtout le voir sourire d'un air tendre et taquin ou la regarder de ses yeux débordant d'amour et de désir.

— Je me suis réveillé et tu n'étais plus là, lui dit-il en approchant.

— Je n'arrivais pas à me rendormir, alors je suis sortie. Je crois que Loup a une compagne cachée dans le bois. C'est pour cela qu'il a filé ce matin.

— Excellente raison. Si j'avais une compagne, j'irais volontiers courir les bois avec elle, fit Jondalar d'un ton malicieux tandis qu'un sourire effaçait son expression soucieuse.

Il passa les bras autour d'Ayla, l'attira contre lui. Les cheveux de la jeune femme, encore emmêlés de sommeil, tombaient sur ses épaules, encadrant son visage d'une masse d'épaisses vagues blond foncé. Elle avait commencé à porter ses cheveux tressés autour de la tête à la manière des femmes de la Neuvième Caverne mais il continuait à préférer quand ils cascadaient librement, comme la première fois qu'il l'avait vue nue, au soleil, sur la terrasse de sa grotte, après qu'elle se fut baignée dans la rivière.

— Tu en auras une avant que cette journée s'achève, répondit-elle. Où aimerais-tu courir avec elle ?

— Jusqu'au bout de ma vie, dit-il avant de l'embrasser.

— Ah, vous voilà ! Je vous rappelle que c'est le jour de votre union. Pas de Plaisirs avant la fin de la cérémonie !

C'était Joharran, qui poursuivit :

— Marthona te réclame, Ayla. Elle m'a demandé de te chercher.

Ayla retourna à la hutte, où la mère de Jondalar l'attendait avec une coupe d'infusion.

— Il faudra que tu t'en contentes, prévint Marthona. Tu es censée jeûner, aujourd'hui.

— Entendu. Je ne crois pas que je pourrais avaler quoi que ce soit, de toute façon. Merci.

Ayla regarda Jondalar s'éloigner avec son frère, qui portait plusieurs sacs.

Jondalar vit Joharran lui adresser un signe de l'autre côté d'une prairie, au moment où il s'apprêtait à entrer dans la hutte qu'il partageait avec quelques-uns des hommes dont l'union serait célébrée ce soir-là. La plupart d'entre eux présentaient un lien de parenté, et tous avaient un ou deux amis proches ou des parents auprès d'eux. Jondalar venait de porter tout ce dont il aurait besoin pour la période d'essai de quatorze jours dans une petite tente qu'il avait plantée à l'écart des camps, près de la colline où se trouvait la nouvelle grotte. Quelqu'un d'autre apporterait plus tard les affaires d'Ayla, comme le voulait la coutume.

Il attendit son frère devant l'entrée de la hutte, qui n'était pas très différente des « lointaines » qu'il avait partagées à d'autres Réunions d'Eté avec de jeunes célibataires désirant échapper aux regards de leurs mères, des compagnons de leurs mères et autres personnes détenant quelque autorité. Jondalar se rappelait les étés en compagnie d'amis turbulents et, brièvement, de diverses jeunes femmes. Une rivalité bon enfant opposait ces huttes : c'était à qui attirerait le plus de jeunes beautés. L'objectif était de se retrouver chaque nuit avec une femme différente, exception faite des soirées exclusivement masculines.

Ces nuits-là, personne ne dormait avant l'aube. Les jeunes gens buvaient du barma et du vin quand ils pouvaient s'en procurer. Certains apportaient aussi des plantes réservées d'ordinaire à un usage cérémoniel. Ils passaient la nuit à chanter, à danser, à raconter des histoires, à jouer, dans de grands éclats de rire. Les fois où ils invitaient des femmes, les convives se séparaient plus tôt : les couples ou des groupes mixtes quittaient la hutte pour d'autres amusements, d'un caractère plus intime.

Les hommes qui s'apprêtaient à prendre une compagne étaient toujours en butte aux plaisanteries des autres occupants des « lointaines », ce que Jondalar supporta avec bonne humeur — il avait lui-même pris part aux moqueries, jadis — mais la hutte dans laquelle il se trouvait maintenant était plus calme, et les hommes plus sérieux. Tous se préparaient au même événement, ce qui les incitait moins à plaisanter que les jeunes gens encore libres de tout engagement.

Les promis avaient interdiction de pénétrer dans la hutte de la Zelandonia où se trouvaient les femmes ; les couples ne pouvaient se voir avant les Matrimoniales. Les hommes jouissaient cependant d'une plus grande liberté puisqu'ils pouvaient aller et venir à leur guise, à condition de rester à l'écart des futures compagnes. Ils se répartissaient dans plusieurs petites constructions alors que les femmes, leurs amies et leurs parentes partageaient une même hutte. Les exclamations et les rires qui s'en échappaient suscitaient toujours la curiosité des hommes.

— Jondalar ! appela Joharran en s'approchant. Marthona te demande. A la hutte de la Zelandonia, où sont les femmes.

Surpris, Jondalar se hâta d'aller voir ce que voulait sa mère. Il frappa au poteau de l'entrée et, lorsque le rideau s'écarta, il ne put s'empêcher de tordre le cou pour essayer de jeter un coup d'œil à l'intérieur, dans l'espoir d'apercevoir Ayla, mais Marthona prit soin de refermer le rideau derrière elle. Elle tenait dans les mains un paquet familier : celui qu'Ayla s'était obstinée à porter pendant leur long Voyage. Il reconnut l'emballage de peaux minces retenues par des cordes. Il avait souvent interrogé Ayla à ce sujet mais elle s'était toujours dérobée à ses questions.

— Ayla insiste pour que je te donne ceci, dit Marthona en lui mettant le paquet dans les mains. Tu sais que vous n'êtes pas censés avoir de contacts l'un avec l'autre avant la cérémonie, même de manière indirecte, mais Ayla dit qu'elle te l'aurait remis plus tôt si elle l'avait su. Elle était bouleversée, quasiment en larmes, et prête à briser elle-même l'interdit si je refusais de l'aider. Elle m'a chargée de te dire que c'est pour les Matrimoniales.

— Merci, mère. Je...

Marthona referma le rideau avant que son fils pût ajouter un mot. Il s'éloigna en examinant le paquet, le soupesa pour tenter de deviner ce qu'il contenait. Il était mou et assez volumineux. Il ne comprenait pas pourquoi elle avait tenu à l'emporter à tout prix alors qu'ils s'efforçaient de limiter le nombre des sacs encombrants. Ayla l'avait-elle porté pendant tout le Voyage pour le lui offrir le jour des Matrimoniales ? En ce cas, le paquet était trop important pour être ouvert n'importe où, il fallait un endroit plus intime.

Jondalar constata avec plaisir que la hutte était déserte quand il y pénétra avec le mystérieux paquet. Il essaya maladroitement de dénouer la corde, puis, les nœuds résistant à ses efforts, il finit par la couper avec son couteau. Il défit plusieurs couches protectrices, regarda le contenu. C'était blanc. Il le souleva, le tint en hauteur. C'était une splendide tunique de cuir blanc, décorée uniquement de queues d'hermine au bout noir. Pour les Matrimoniales, avait précisé Ayla. Elle lui avait cousu une tunique matrimoniale ?

On lui avait proposé plusieurs tenues et il en avait choisi une aux décorations complexes, dans le style zelandonii. Ce vêtement était différent. La tunique blanche avait une coupe mamutoï, mais chez les Mamutoï les habits étaient en général lourdement ornés de perles d'ivoire, de coquillages et autres décorations. Celui-là n'avait que ces quelques queues d'hermine ; il était remarquable par sa couleur, un blanc éclatant, et par sa simplicité, puisque rien ne détournait l'attention de sa pureté.

Quand Ayla l'avait-elle fabriqué ? Ce ne pouvait être pendant le Voyage. Elle n'aurait pas eu le temps, et d'ailleurs elle portait le paquet depuis leur départ. Elle avait dû le faire en hiver, quand ils vivaient chez les Mamutoï, avec le Camp du Lion. Mais c'était l'hiver où elle avait promis de s'unir à Ranec... Jondalar tint la tunique devant lui : elle était à sa taille, elle aurait été beaucoup trop grande pour Ranec, plus petit et plus trapu.

Pourquoi lui avait-elle cousu une tunique, et une tunique aussi belle, si elle avait l'intention de rester chez les Mamutoï et de vivre avec Ranec ? Tout en réfléchissant, Jondalar pressa la tunique contre lui. Elle était douce et souple. Le cuir d'Ayla avait toujours cette qualité, mais combien de temps l'avait-elle travaillé pour lui donner cette douceur ? Et la couleur ? Où avait-elle appris à faire du cuir blanc ? Avec Nezzie, peut-être ? Il se souvint alors d'avoir vu Crozie, la vieille femme du Foyer de la Grue, vêtue d'une tunique blanche lors d'une cérémonie où tous les Mamutoï portaient leurs plus beaux habits. Ayla avait-elle appris avec Crozie ? Il ne se rappelait pas l'avoir vue travailler du cuir blanc, mais il n'avait peut-être pas été très attentif.

Il fit glisser les queues d'hermine entre ses doigts. D'où venaient-elles ? Il se souvint tout à coup qu'Ayla était revenue avec des hermines le jour où elle avait ramené le louveteau à la hutte de terre. Jondalar sourit en se rappelant l'émotion qu'elle avait causée. Mais ils avaient discuté, s'étaient querellés — enfin, il avait discuté, c'était sa faute —, et il était déjà installé à ce moment-là près du foyer à cuire. Le soir, Ayla couchait au foyer de Ranec. Ils étaient presque promis, Ranec et elle. Pourtant, elle avait consacré des heures, probablement des jours, à cette superbe tunique blanche pour lui. L'aimait-elle tellement, même alors ?

Les yeux de Jondalar s'embuèrent, il était au bord des larmes. C'était lui qui avait traité Ayla avec froideur, il le savait. Il était jaloux, et surtout il avait peur de ce que diraient sa famille et son peuple en apprenant par qui elle avait été élevée. Alors même qu'il l'avait poussée dans les bras d'un autre homme, elle avait passé de longues journées à coudre cette tunique pour lui, puis elle l'avait portée pendant tout le chemin pour la lui remettre le jour de leurs Matrimoniales. Pas étonnant qu'elle fût bouleversée et prête à braver l'interdiction de le voir...

Il examina de nouveau le vêtement, qui n'était même pas froissé. Elle avait dû trouver un endroit où l'accrocher, et l'exposer à la vapeur après leur arrivée. Il approcha la tunique de son corps, en éprouva la douceur et eut presque l'impression de tenir Ayla contre lui, tant elle y avait mis d'elle-même. Il aurait été heureux de la porter même si elle avait été moins belle.

Mais elle était magnifique. Malgré toutes leurs décorations, les habits qu'il avait choisis pour la cérémonie lui semblaient ternes en comparaison. Jondalar portait bien les vêtements et il le savait. C'était une de ses fiertés secrètes, une petite vanité qu'il tenait de sa mère, que nul ne surpassait en élégance. Il se demanda si elle avait vu la tunique. Il en doutait. Elle en aurait apprécié la subtilité étonnante, la touche parfaite apportée par les queues d'hermine, et quelque chose dans son regard lui aurait donné un indice sur le contenu du paquet.

Jondalar leva les yeux quand Joharran entra dans la hutte.

— Te voilà, fit le chef de la Neuvième Caverne. On dirait que je passe ma journée à te chercher. On a besoin de toi pour... Qu'est-ce que c'est ?

— Ayla m'a fabriqué une tunique matrimoniale. C'est pour cela que mère voulait me voir, pour me la remettre, expliqua Jondalar en plaçant le vêtement devant lui.

— Elle est exceptionnelle ! s'exclama son frère. Je ne crois pas avoir jamais vu un cuir blanc aussi réussi ! Tu as toujours été porté sur les beaux vêtements, mais là, tu vas faire sensation. Plus d'une femme souhaitera être à la place d'Ayla. Et plus d'un homme ne verrait pas d'inconvénient à prendre la tienne, y compris ton grand frère... s'il n'y avait Proleva, bien sûr.

— J'ai de la chance, reconnut Jondalar. Tu ne soupçonnes pas à quel point.

— Je vous souhaite à tous deux beaucoup de bonheur. Je n'ai pas eu l'occasion de te le dire avant, mais il m'arrivait quelquefois de m'inquiéter pour toi. En particulier après ce... problème que tu as eu, quand tu as dû quitter la Caverne. A ton retour, les femmes ne t'ont pas manqué, mais je me demandais si tu en trouverais une avec qui tu serais heureux. Tu aurais fini par t'unir, j'en suis sûr, mais j'ignorais si tu connaîtrais le genre de bonheur qu'apporte une bonne compagne, comme Proleva. Je n'ai jamais cru que Marona était le genre de femme qui te convenait.

Jondalar se sentit touché par les propos de son frère, qui poursuivit :

— Je sais qu'en principe je devrais plaisanter sur l'erreur que tu commets en t'encombrant des responsabilités d'un foyer, mais en toute sincérité je dois te dire que Proleva rend ma vie très heureuse, et que son fils nous apporte une chaleur qu'on ne trouve nulle part ailleurs. Sais-tu qu'elle attend un autre enfant ?

— Je l'ignorais. Ayla en attend un, elle aussi. Nos compagnes auront des enfants du même âge, ils seront comme des cousins de foyer, dit Jondalar avec un grand sourire.

— Je suis certain que le fils de Proleva est le fruit de mon esprit, et j'espère que celui qu'elle porte le sera aussi. Mais, même lorsqu'ils ne le sont pas, les enfants du foyer d'un homme lui donnent un bonheur difficile à décrire. Regarder Jaradal m'emplit de fierté et de joie.

Les deux hommes se pressèrent mutuellement les épaules.

— Toutes ces déclarations de mon grand frère ! s'écria Jondalar en souriant. (Son expression devint plus sérieuse.) Je dois t'avouer que j'ai souvent envié ton bonheur, Joharran, avant même mon départ, avant qu'il n'y ait d'enfant dans ton foyer. Je savais déjà que Proleva serait une bonne compagne pour toi. Elle a fait de ton foyer un lieu chaleureux, accueillant. Et, depuis mon retour, j'ai appris à aimer son fils. Jaradal te ressemble.

— Tu ferais bien de partir, Jondalar. On m'a demandé de te dire de te dépêcher.

Jondalar replia la tunique blanche, l'enveloppa dans son emballage de peaux, la posa avec soin sur ses fourrures de couchage puis sortit avec son frère. Par-dessus son épaule, il jeta un dernier coup d'œil au paquet, impatient qu'il était d'essayer la tunique blanche, la tunique qu'il porterait pour s'unir à Ayla.

31

— J'ignorais que je ne pourrais pas sortir de cette hutte, sinon j'aurais pris des dispositions, dit Ayla. Il faut que je voie les chevaux, et Loup doit pouvoir aller et venir à sa guise. Il devient nerveux quand il ne peut pas s'assurer que je vais bien.

— Cette question ne s'est jamais posée, répondit Zelandoni de la Quatorzième Caverne. Tu es censée rester enfermée toute la journée avant la cérémonie d'union. Les Histoires parlent d'une époque où les femmes devaient rester enfermées toute une lune !

— C'était il y a fort longtemps, quand les unions se déroulaient souvent en hiver, avant qu'elles ne soient célébrées toutes ensemble aux Matrimoniales, argua la Première. Il y avait moins de Zelandonii, à cette époque, et ils ne se rassemblaient pas comme nous aujourd'hui. Qu'une seule Caverne interdise à une ou deux femmes de sortir pendant une lune en plein hiver, c'est une chose, mais qu'un grand nombre d'entre elles ne puissent prendre part aux chasses et aux cueillettes durant une période aussi longue pendant une Réunion d'Eté, c'est différent. Nous n'aurions pas encore fini de dépecer les aurochs si les femmes sur le point de s'unir ne nous avaient pas aidés.

— Peut-être, convint la doniate plus âgée. Mais une journée, ce ne devrait pas être trop.

— En principe, non, admit la Première. Toutefois, les animaux donnent lieu à une situation exceptionnelle. Je suis sûre que nous trouverons une solution.

— Voyez-vous un inconvénient à ce que le loup puisse entrer et sortir quand il veut ? s'enquit Marthona. Apparemment, cela ne dérange pas les femmes. Il suffirait de laisser la partie inférieure du rideau non attachée.

— Cela ne devrait gêner personne, répondit Zelandoni de la Quatorzième Caverne.

La Quatorzième avait été agréablement surprise lors de sa première rencontre avec le chasseur quadrupède. Il lui avait léché la main, avait semblé se prendre d'amitié pour elle, et elle aimait caresser la fourrure de cet animal vivant. Interrogée, Ayla avait raconté comment elle avait recueilli le bébé loup et sauvé la petite pouliche des hyènes. Elle avait souligné que, s'ils étaient assez jeunes lorsqu'on les trouvait, beaucoup d'animaux pouvaient sans doute devenir amis avec les êtres humains. La Quatorzième avait remarqué l'attention et le prestige que Loup valait à l'étrangère et se demandait s'il lui serait difficile de se lier d'amitié avec un animal, un plus petit, peut-être. Peu importait la taille, tout animal demeurant volontairement auprès d'une personne retiendrait l'attention.

— Alors, il ne reste que la question des chevaux, conclut Marthona. Jondalar ne pourrait-il s'en occuper ?

— Bien sûr que si, répondit Ayla, mais il faut que je le lui demande. Depuis notre arrivée, c'est moi qui me charge d'eux, parce qu'il est pris par ailleurs.

— Elle n'a pas le droit de lui parler, rappela la Quatorzième. Elle ne peut rien lui dire !

— Quelqu'un d'autre peut s'en charger pour elle, suggéra Marthona.

— Ni un parent ni quiconque ayant un rapport avec la cérémonie, rappela la Zelandoni de la Dix-Neuvième Caverne. La Quatorzième a raison et, du fait même que les femmes ne restent plus confinées aussi longtemps, il importe d'observer strictement cette journée d'isolement.

La doniate aux cheveux blancs était peut-être quasi paralysée par l'arthrite mais cela n'affaiblissait en rien sa force de caractère, Ayla l'avait déjà constaté.

Marthona se félicita d'avoir omis de révéler qu'elle avait remis à Jondalar le paquet d'Ayla. La Zelandonia en aurait été contrariée. Les doniates pouvaient se montrer intransigeants quant au respect des coutumes et à la conduite à suivre pendant les cérémonies importantes, et si l'ancien chef de la Neuvième Caverne les approuvait en général, elle estimait en privé qu'on pouvait toujours faire une exception. Les chefs devaient apprendre à savoir quand tenir bon et quand céder un peu.

— On ne pourrait pas en parler à quelqu'un qui n'a rien à voir avec la cérémonie ? dit Ayla.

— Tu connais quelqu'un qui n'a aucun lien de parenté ni avec toi ni avec ton promis ? demanda la Quatorzième.

La jeune femme réfléchit.

— Lanidar, peut-être ? Marthona, est-ce qu'il est apparenté à Jondalar ?

— Non... Non, il ne l'est pas. Je sais que je ne le suis pas, et Dalanar m'a confié ce matin, pendant que la famille de Lanidar nous rendait visite, qu'il avait été choisi pour les Premiers Rites de la grand-mère du garçon. Donc pas de lien de ce côté-là non plus.

— C'est vrai, confirma la Dix-Neuvième. Je me souviens que Denoda avait été... subjuguée par Dalanar. Il lui a fallu du temps pour s'en remettre. Il avait su régler le problème en faisant preuve de tact et de considération, tout en gardant ses distances. J'ai été très impressionnée.

— Toujours, murmura Marthona.

Elle acheva la phrase pour elle en songeant que Dalanar témoignait toujours la plus grande correction. La Dix-Neuvième releva :

— Toujours quoi ? Plein de tact et de considération ? Impressionnant ?

— Les trois, répondit Marthona avec un sourire.

— Et Jondalar est l'enfant de son foyer, dit la Première.

— Oui, reconnut Marthona, encore qu'ils soient différents. Le garçon n'a pas tout à fait le tact de l'homme, mais plus de cœur, peut-être.

— Quel que soit l'homme, l'enfant a toujours quelque chose de la mère, fit observer Celle Qui Etait la Première.

Ayla écoutait la conversation avec intérêt, surtout depuis que le nom de Jondalar avait été mentionné, et décelait dans les voix et les attitudes corporelles plus que les mots ne disaient. Elle comprit que les commentaires de la Dix-Neuvième sur Denoda n'étaient guère élogieux et sentit que la vieille Zelandoni avait été elle aussi très attirée par Dalanar. Il était également sous-entendu que le fils de Marthona n'avait pas toujours montré la même délicatesse que l'homme de son foyer : toutes étaient au courant de ses erreurs de jeunesse, naturellement. Marthona percevait les sentiments de la vieille doniate à l'égard des deux hommes ; elle lui avait fait savoir qu'elle connaissait Dalanar mieux qu'elle et qu'il l'impressionnait moins.

La Première avait signifié qu'elle aussi connaissait les deux hommes et que Jondalar possédait les mêmes qualités que Dalanar. Elle avait en outre rendu implicitement hommage à Marthona en rappelant que l'esprit de Dalanar et la Mère l'avaient choisie pour donner vie à l'enfant du foyer de Dalanar. Ayla commençait à se rendre compte qu'une femme choisie pour avoir des enfants de l'esprit de l'homme dont elle était la compagne était tenue en haute estime. Marthona avait fait comprendre aux Zelandonia, en particulier à celle de la Dix-Neuvième Caverne, que, si son fils n'avait pas toutes les qualités de Dalanar, il en possédait d'autres, peut-être meilleures. Non seulement la Première l'avait approuvée mais elle avait déclaré que ces meilleures qualités lui venaient de sa mère. A l'évidence, l'ancien chef et la Zelandoni de la Neuvième Caverne étaient très proches et éprouvaient un grand respect mutuel.

— Quelqu'un pourrait-il aller chercher Lanidar pour que je lui demande de parler à Jondalar ? s'enquit Ayla.

— Non, tu ne peux pas le lui demander, dit Marthona. Mais je le ferai...

Elle regarda la Zelandonia assemblée dans la hutte qui était devenue celle des femmes se préparant à leur union et ajouta :

— Si quelqu'un va le chercher.

— Bien sûr, acquiesça la Première.

Elle fit signe à Mejera, devenue acolyte de la Zelandoni de la Troisième Caverne, qui les avait accompagnées quand elles avaient pris contact avec l'elan de Thonolan dans la Profonde des Rochers de la Fontaine. Mejera était alors membre de la Quatorzième Caverne mais ne s'y plaisait pas. Ayla la reconnut, lui sourit.

— J'ai une tâche à te confier, dit la Première. Marthona va t'expliquer.

— Tu connais Lanidar, un jeune garçon de la Dix-Neuvième Caverne ? commença la mère de Jondalar. Il est le fils de Mardena, le petit-fils de Denoda...

Mejera secoua la tête.

— Il compte une douzaine d'années mais il paraît plus jeune. Et il a un bras difforme, précisa Ayla.

Cette fois un sourire étira les lèvres de l'acolyte.

— Oui, bien sûr. Il a lancé une sagaie à la démonstration.

— En effet, confirma Marthona. Tu dois trouver ce garçon pour lui demander de transmettre à Jondalar un message de ma part : Ayla se fait du souci pour les chevaux, il faut qu'il aille les voir avant la cérémonie de ce soir. Tu as compris ?

— Ce ne serait pas plus simple que je porte moi-même le message à Jondalar ?

— Ce serait beaucoup plus simple mais tu joueras un rôle dans les Matrimoniales et tu ne peux donc pas lui transmettre un message venant d'Ayla ou même de moi. En revanche, si tu ne trouves pas Lanidar, tu pourrais demander à quelqu'un d'autre, qui n'a aucun lien avec Jondalar, de lui communiquer le message.

— D'accord. Ne t'inquiète pas, Ayla, il sera prévenu, assura Mejera, qui se hâta de sortir.

Marthona emmena Ayla à l'écart et lui glissa à voix basse :

— Je ne crois pas qu'il soit indispensable de mentionner le paquet que tu m'as demandé de remettre à Jondalar.

— Nous pouvons nous en abstenir, répondit la jeune femme.

— Maintenant, il faut te préparer.

— Il est à peine midi, objecta Ayla. Nous avons encore beaucoup de temps avant la tombée de la nuit. Il ne me faut pas longtemps pour enfiler la tunique de Nezzie.

— Les préparatifs ne se limitent pas à cela. Nous irons toutes à la Rivière pour que les futures compagnes puissent s'y baigner. On fait même bouillir de l'eau pour la purifier, sans compter que c'est très agréable de se laver à l'eau chaude. C'est l'un des côtés les plus agréables du rituel. Jondalar et les hommes feront la même chose, ailleurs, bien sûr.

— J'aime l'eau chaude. Les Losadunaï ont une source chaude près de leur abri. Tu n'imagines pas le plaisir de s'y baigner.

— Oh, si ! J'ai voyagé dans le Nord une ou deux fois. Non loin de la source de la Rivière, il existe des trous remplis d'eau chaude.

— Je crois que je connais l'endroit. Nous y avons fait halte en venant ici, dit Ayla. J'ai encore une chose à te demander. Je sais que c'est un peu tard mais j'aimerais me faire percer les oreilles, pour porter les deux morceaux d'ambre que Tulie, la Femme Qui Ordonne du Camp du Lion, m'a offerts.

— On peut arranger cela, répondit Marthona. Un des Zelandonia s'en chargera volontiers.

— Qu'en penses-tu, Folara ? Comme ça ? Ou comme ça ?

Mejera tenait à la main la chevelure d'Ayla et la montrait à la jeune fille. La fille de Marthona les avait rejointes quand elles étaient revenues à la hutte de la Zelandonia, après le rituel de purification. Malgré les nombreuses lampes allumées, il faisait beaucoup plus sombre à l'intérieur qu'au soleil, et Ayla aurait préféré être dehors plutôt qu'assise dans la hutte tandis qu'on s'occupait de sa coiffure.

— Comme ça, répondit Folara.

— Mejera, finis donc de nous raconter comment tu t'es acquittée de ta mission, intervint Marthona, qui sentait Ayla mal à l'aise.

La promise de Jondalar n'avait pas l'habitude qu'on la coiffe, et Marthona pensait que le récit de l'acolyte la détendrait peut-être.

— Eh bien, comme je le disais, j'avais demandé à tout le monde, personne ne savait où ils étaient. Finalement, quelqu'un de votre camp, la compagne d'un des proches de Joharran, Solaban ou Rushemar, je crois, celle qui a un bébé, était en train de fabriquer un panier...

— Salova, la compagne de Rushemar, devina Marthona.

— Elle m'a dit qu'ils étaient peut-être avec les chevaux, alors j'ai remonté le cours d'eau et je les ai trouvés là-bas tous les deux. Lanidar avait été prévenu par sa mère qu'Ayla resterait toute la journée dans la hutte avec les autres femmes, il a donc décidé de passer voir les chevaux. Même chose pour Jondalar. En arrivant, il a trouvé Lanidar et, quand je les ai rejoints, il était en train de lui apprendre à se servir du lance-sagaie.

« Je n'étais pas la seule à chercher Jondalar, parce que Joharran est arrivé peu après. Il avait l'air un peu fâché, ou peut-être simplement énervé. Il avait cherché son frère partout pour le prévenir qu'il devait aller à la Rivière avec les autres pour la purification rituelle. Ayla, Jondalar m'a demandé de te dire que les chevaux vont bien et que tu avais raison : Loup a trouvé une compagne ou un ami. Il les a vus ensemble.

— Merci, Mejera. Je te suis reconnaissante de tes efforts.

Ayla était soulagée de savoir que les chevaux allaient bien et contente que Lanidar eût pris l'initiative de passer les voir. En d'autres circonstances, elle aurait pensé que Jondalar ne manquerait pas de s'en charger, mais lui aussi préparait son union, après tout, et elle avait juste voulu s'assurer que rien ne l'empêchait de s'occuper d'eux. Elle demeurait cependant préoccupée pour Loup. Une partie d'elle-même souhaitait qu'il trouvât une compagne et fût heureux ; une autre partie craignait de le perdre.

Il n'avait jamais vécu avec d'autres loups. Ayla savait que, si ces animaux sont loyaux envers leur meute, ils défendent leur territoire face aux intrus. Si Loup avait rencontré une louve solitaire ou une femelle occupant un rang inférieur dans une meute proche, il devrait se battre pour se tailler un territoire. Il était fort, en parfaite santé, plus puissant que la plupart des loups ordinaires, mais il n'avait pas grandi dans une meute où il aurait appris à se battre en jouant avec ses frères et sœurs. Il n'avait jamais affronté de loup.

— Merci, Mejera, dit Marthona. Ayla est très jolie comme cela. J'ignorais que tu savais aussi bien coiffer.

Ayla leva les deux mains pour tâter sa chevelure avec précaution, en s'attardant sur les volutes et autres formes qu'on lui avait fait prendre. Ayant vu d'autres jeunes femmes coiffées de cette manière, elle avait une idée précise de l'allure que cela lui donnait.

— Je vais chercher un réflecteur pour que tu puisses te regarder, dit Mejera.

L'image imprécise du réflecteur montra une jeune femme en qui Ayla ne se reconnut pas. Elle était sûre que Jondalar ne la reconnaîtrait pas non plus.

— Maintenant, les morceaux d'ambre, suggéra Folara. Il faut commencer à t'habiller.

L'acolyte qui avait percé les oreilles d'Ayla avait placé une esquille d'os dans chaque trou. Il avait aussi entouré les morceaux d'ambre d'un filament de nerf et laissé des boucles qu'on accrocherait aux esquilles d'os traversant les lobes. Mejera aida Folara à les fixer puis Ayla enfila sa tenue matrimoniale.

— Je n'ai jamais rien vu de tel ! s'écria l'acolyte, le souffle coupé.

— C'est si beau, si original ! s'extasia Folara. Toutes les femmes voudront la même. Où l'as-tu trouvée ?

— Je l'ai apportée. Nezzie l'a fabriquée pour moi. Elle est la compagne du chef du Camp du Lion.

Ayla ouvrit le devant du vêtement pour dévoiler ses seins, encore plus rebondis du fait de sa grossesse, et renoua la ceinture.

— C'est ainsi qu'il faut la porter pour la cérémonie, ajouta-t-elle. Nezzie disait qu'une femme mamutoï doit montrer fièrement sa poitrine quand elle s'unit. A présent, je voudrais mettre le collier que tu m'as offert, Marthona.

— Il y a un petit inconvénient, dit la mère de Jondalar. Le collier ira parfaitement avec le gros morceau d'ambre niché entre tes seins, mais pas avec cette bourse en cuir que tu portes au cou. Je sais qu'elle a une signification pour toi, mais je pense que tu devrais l'ôter.

— Mère a raison, estima Folara.

— Regarde-toi dans le réflecteur, conseilla Mejera.

L'acolyte inclina la plaque de bois polie au sable, noircie et huilée, afin qu'Ayla puisse s'y voir. Elle découvrit la même femme étrange, parée cette fois des morceaux d'ambre accrochés à ses oreilles et du sac à amulettes usé qui pendait à un cordon effiloché.

— Qu'est-ce qu'il y a dans cette bourse ? demanda Mejera.

— Des objets qui m'ont été donnés par mon totem, l'Esprit du Lion des Cavernes. La plupart d'entre eux ont confirmé une importante décision dans ma vie. Elle contient aussi ma force de vie, en un sens.

— Quelque chose comme un elandon, alors, dit Marthona.

— Le Mog-ur m'a prévenue que, si je perdais un jour mon sac à amulettes, j'en mourrais.

Elle saisit la petite bourse, dont les bosses familières firent tourner dans sa tête un kaléidoscope de souvenirs de sa vie avec le Clan.

— Alors, il faut le mettre dans un endroit sûr, décida Marthona. Peut-être près d'une donii pour que la Mère puisse veiller sur lui, mais tu n'as pas de donii, n'est-ce pas ? Une jeune fille en reçoit une pour ses Premiers Rites. As-tu connu cette cérémonie ?

— En fait, oui. Jondalar m'a enseigné le Don des Plaisirs. La première fois, il en a fait une cérémonie et m'a donné une figurine qu'il avait fabriquée lui-même. Je l'ai dans mon sac de voyageur.

— Si quelqu'un pouvait t'initier, c'était bien lui. Il a beaucoup d'expérience dans ce domaine, dit Marthona. Confie-moi ta pochette à amulettes. Je te la rendrai quand Jondalar et toi partirez pour votre période d'essai.

Elle vit Ayla hésiter, consentir finalement d'un hochement de tête, mais, quand la jeune femme voulut faire passer la bourse pardessus sa tête, le cordon se prit dans sa nouvelle coiffure.

— Ce n'est rien, je vais arranger ça, dit Mejera.

Ayla gardait le petit sac au creux de la main, rechignait à s'en séparer. Elles avaient raison, il n'allait pas avec ses atours matrimoniaux, mais elle le portait depuis qu'Iza le lui avait donné, peu après qu'elle eut été recueillie par le Clan. Il faisait partie d'elle depuis si longtemps qu'elle avait peine à s'en séparer, qu'elle avait peur de s'en séparer. Elle avait l'impression que le petit sac s'était accroché à elle, à ses cheveux, quand elle avait voulu l'ôter. Peut-être son totem tentait-il de la prévenir qu'elle ne devait pas essayer d'être uniquement une Autre le jour de son union, avec sa tunique mamutoï et son collier zelandonii. Elle était une femme du Clan lorsqu'elle avait rencontré Jondalar ; elle devait peut-être garder quelque chose de cette époque-là.

— Merci, Mejera, mais j'ai changé d'avis. Je vais laisser mes cheveux tomber sur mes épaules, résolut-elle. C'est ce que préfère Jondalar.

Ayla garda le sac à amulettes encore un instant avant de le remettre à Marthona. Puis elle lui permit d'attacher autour de son cou le collier qui provenait de la mère de Dalanar, avant d'enlever les épingles qui maintenaient en place son élégante coiffure zelandonii.

Mejera fut désolée de voir ses efforts réduits à néant mais c'était à Ayla de choisir.

— Laisse-moi te peigner, proposa l'acolyte, s'adaptant à la situation nouvelle avec une bonne grâce qui impressionna Marthona.

Cette jeune femme fera un jour une excellente Zelandoni, pensa-t-elle.

Quand Jondalar et les autres hommes partirent pour la hutte de la Zelandonia, au pied de la pente où la cérémonie se déroulerait, il se sentit soudain troublé. Il n'était pas le seul. Les femmes avaient disparu, laissant la vaste construction vide. Avec l'aide de plusieurs doniates, les hommes se placèrent en file, dans l'ordre qu'ils avaient appris à suivre, d'abord selon le mot à compter de leur Caverne, puis selon leur rang personnel dans cette Caverne. Puisque tous les mots à compter possédaient un pouvoir — seuls les Zelandonia connaissaient les mystérieuses différences qu'ils présentaient —, ils n'impliquaient pas une position inférieure ou supérieure ; c'était simplement un ordre. Il en allait autrement pour les rangs personnels, non assortis de mots à compter et souvent non mentionnés, mais compris de tous.

Le statut d'une personne pouvait changer — ce serait le cas pour beaucoup — avec les unions. C'était l'un des nombreux accords négociés avant la cérémonie. Le rang de certains monterait, celui d'autres baisserait, car le statut du foyer était la conjugaison de ce que l'homme et la femme apportaient à l'union, qui déterminait aussi le rang des enfants. Il était entendu que le foyer ainsi créé appartenait à l'homme mais que c'était la femme qui s'en occupait. Les enfants nés de la femme l'étaient aussi du foyer de l'homme. Les couples et leurs familles souhaitaient que le statut du nouveau foyer fût aussi élevé que possible, dans l'intérêt des enfants et pour les noms et liens de ceux qui leur étaient apparentés, mais un certain nombre de chefs et de Zelandonia d'autres Cavernes devaient donner leur accord. Les négociations étaient parfois âpres.

Ayla n'avait pas pris une grande part au marchandage pour le statut de son nouveau foyer, elle n'en aurait de toute façon pas saisi les nuances. Marthona, si. La conversation allusive que la mère de Jondalar avait eue plus tôt avec plusieurs doniates, notamment Zelandoni de la Dix-Neuvième Caverne, et qu'Ayla commençait à comprendre, était partie intégrante de ces négociations. La Dix-Neuvième avait tenté d'utiliser les erreurs de jeunesse de Jondalar pour abaisser son statut, en partie parce que Ayla avait découvert la nouvelle grotte sur le territoire de la Dix-Neuvième Caverne. Cette trouvaille avait considérablement renforcé la position de la jeune femme, bien qu'elle fût d'origine étrangère, et quelque peu embarrassé Zelandoni de la Quatorzième. Si les membres de cette Caverne avaient découvert eux-mêmes la grotte, ils se la seraient appropriée et en auraient limité l'accès, ce qui aurait accru leur prestige. Mais sa découverte par une étrangère pendant une Réunion d'Eté avait ouvert cet endroit à tous, point que la Première n'avait pas manqué de souligner aussitôt.

Jondalar occupait un rang élevé grâce à une mère qui avait exercé son autorité sur la plus grande Caverne des Zelandonii et à un frère qui en était présentement le chef, sans parler de ses propres contributions, en particulier ce qu'il avait rapporté de son Voyage. Une habileté incontestable pour la taille du silex — talent complexe qui devait être confirmé par des tailleurs connus et respectés d'autres

Cavernes — avait contribué à consolider son statut, ainsi que le propulseur que la communauté avait essayé. Etablir celui d'Ayla avait en revanche posé problème. Les étrangers occupaient toujours le rang le plus bas, ce qui normalement aurait dû réduire celui du nouveau foyer, mais Marthona et d'autres s'y opposaient en affirmant qu'Ayla avait un statut élevé parmi les siens et possédait de nombreuses qualités. Les animaux jouaient un rôle ambivalent, certains estimant qu'ils élevaient sa position et d'autres soutenant qu'ils l'abaissaient. Le rang définitif du nouveau foyer n'était pas encore fixé mais cela ne faisait pas obstacle à l'union de Jondalar et d'Ayla. La Neuvième Caverne avait accepté la promise et c'était là que vivrait le couple.

Les femmes s'étaient installées dans une autre hutte qui, jusque-là, abritait les jeunes filles se préparant à leurs Premiers Rites. Quelqu'un avait suggéré que ce soient plutôt les hommes qui l'occupent, de façon à ne pas déplacer les femmes, mais l'idée de faire se succéder dans une même construction des jeunes filles s'apprêtant à devenir femmes puis des hommes sur le point de prendre une compagne avait préoccupé les Zelandonia et d'autres. Partout où la transcendance était à l'œuvre, il restait des traces de forces spirituelles, en particulier quand le groupe était nombreux, et les énergies vitales des hommes et des femmes pouvaient entrer en opposition. On résolut donc d'installer les femmes dans la hutte que les jeunes filles venaient de quitter et de reproduire ainsi la suite logique de deux étapes de l'existence d'une Zelandonii.

Les femmes n'étaient pas moins nerveuses que les hommes. Ayla se demandait si Jondalar porterait la tunique qu'elle avait cousue pour lui. Si elle avait su que, de toute la journée, elle n'aurait pas été autorisée à lui parler, elle la lui aurait donnée elle-même la veille. Elle aurait alors su s'il la jugeait appropriée à la cérémonie et si elle lui plaisait.

Les femmes formèrent une file elles aussi, selon le même ordre que les hommes pour que chaque promis se retrouvât devant sa promise. Ayla sourit à Levela, qui se trouvait à quelque distance devant elle. Elle aurait voulu être près de la sœur de Proleva pendant l'attente mais, appartenant à la Neuvième Caverne, Ayla était séparée par plusieurs autres femmes de Levela, qui vivrait à la Deuxième Caverne avec Jondecam. Elle et lui avaient un statut comparable puisqu'ils provenaient de familles de chefs et de fondateurs, celles qui occupaient les rangs les plus élevés, et la position de leur nouveau foyer ne changerait guère. Le rang de Jondecam était un peu supérieur à celui de Levela mais ils ne profiteraient de ce mince avantage que s'ils vivaient à la Deuxième Caverne.

Le Zelandoni de la Caverne où habitaient les promis célébrait la cérémonie pour chaque couple de son propre groupe, et les autres doniates lui servaient d'assistants. Les mères des jeunes gens et leurs compagnons y participaient, ainsi que les parents proches, qui se tenaient devant la foule, attendant qu'on les conviât à jouer leur rôle. Pour les couples âgés dont ce n'était pas la première union, la présence de parents n'était pas nécessaire, il leur fallait seulement l'accord de la Caverne où ils vivraient, mais ils faisaient souvent participer amis et parents à leur cérémonie.

Ayla remarqua que Janida se trouvait vers la fin de la file, ce qui était normal puisqu'elle appartenait à la Partie Sud de la Vingt-Neuvième Caverne, et elle lui sourit quand elle regarda dans sa direction. Tout au bout se trouvait Joplaya, étrangère elle aussi, bien que l'homme de son foyer eût été autrefois un Zelandonii de premier rang. Néanmoins, si elle occupait la dernière position, elle était parmi les premières chez les Lanzadonii, et c'était ce qui comptait. Ayla remonta du regard toute la file des femmes qui allaient s'unir. Il y en avait encore beaucoup qu'elle ne connaissait pas, et des Cavernes dont elle n'avait pas rencontré un seul membre, hormis pendant les présentations générales. Elle avait entendu une femme dire qu'elle était de la Vingt-Quatrième Caverne, quelqu'un d'autre expliquer qu'il venait de la Butte de l'Ours, une partie du Nouveau Foyer au bord de la Petite Rivière des Prairies.

Pour Ayla, l'attente semblait interminable. Qu'est-ce qui prenait autant de temps ? Elles avaient dû se hâter de se mettre en place et restaient plantées au même endroit. Peut-être attendait-on encore les hommes. Peut-être l'un d'eux avait-il changé d'avis. Et si c'était Jondalar ? Non, sûrement pas ! Pourquoi aurait-il changé d'avis ? Mais si c'était lui...

A l'intérieur de la hutte de la Zelandonia, la Première écarta le rideau qui masquait l'issue arrière de la vaste construction, juste en face de l'entrée principale, et poussa le panneau sur le côté. Discrètement, elle observa le lieu de rassemblement, qui partait du milieu de la colline et descendait vers le camp. La foule s'y massait depuis le milieu de l'après-midi. Il était temps de commencer.

Les hommes s'avancèrent d'abord. Levant les yeux vers la pente, Jondalar fut certain que tous ceux qui avaient pu venir étaient là. Le murmure de la foule enfla et il crut entendre plusieurs fois le mot « blanc ». Il gardait les yeux fixés sur le dos de celui qui le précédait tout en sachant que sa tunique de cuir blanc faisait forte impression. En réalité, c'était plus que la tunique. L'homme de haute taille, si beau, se serait de toute façon détaché du lot ; quand ses cheveux blonds venaient d'être lavés, ils étaient presque blancs. Baigné, rasé de près, vêtu de cette tunique d'un blanc éclatant, il était renversant.

— Si Lumi, l'amant de Doni, prend un jour forme humaine pour venir sur terre, ce sera lui, dit la mère de Jondecam, la grande Zelandoni blonde de la Deuxième Caverne, à son frère cadet, Kimeran, chef de cette même Caverne.

— Je me demande où il a trouvé ce vêtement, dit-il. J'aimerais en avoir un semblable.

— Tous les hommes ici présents doivent penser la même chose, mais tu serais l'un des rares à le porter aussi bien.

Aux yeux de sa sœur, Kimeran n'était pas seulement aussi grand et blond que son ami Jondalar, il était aussi beau, ou presque.

— Jondecam est magnifique, également, poursuivit-elle. Je suis contente qu'il ait gardé sa barbe, cet été. Cela lui va bien.

Après que les hommes se furent placés en demi-cercle autour d'un grand feu, ce fut le tour des femmes. Ayla plissa les yeux quand on releva enfin le rideau de l'entrée. Le soir tombait. Le soleil, encore puissant, dominait de son éclat le feu cérémoniel et rendait indistinctes les torches alentour. Leur lumière serait la bienvenue plus tard. Ayla distingua plusieurs personnes près du feu ; la forme massive qui lui tournait le dos devait être Zelandoni. Au signal, les femmes sortirent de la hutte.

Dès qu'elle fit un pas dehors, Ayla découvrit la haute silhouette en cuir blanc. Il la porte, se dit-elle tandis que les femmes formaient un demi-cercle en face des hommes, il porte ma tunique ! Les autres avaient revêtu leurs plus beaux habits mais seul Jondalar était en blanc. A ses yeux, il était de loin le plus beau. Beaucoup partageaient cet avis. Elle s'aperçut qu'il la regardait par-dessus le feu, qu'il la contemplait comme s'il ne pouvait rien voir d'autre.

Elle est si belle, pensait-il. Jamais elle n'avait paru si belle. La tunique jaune d'or de Nezzie, les broderies de perles ivoire qui la décoraient étaient parfaitement assortis à sa chevelure, qui tombait librement sur ses épaules, comme il l'aimait.

Elle n'avait pour seuls bijoux que les morceaux d'ambre — cadeau de Tulie, se souvint-il — qui ornaient ses oreilles récemment percées, et le collier de coquillages et d'ambre que Marthona lui avait offert. Les pierres jaune orangé capturaient les reflets du soleil couchant et scintillaient entre ses seins nus. La tunique, ouverte devant et serrée à la taille, ne ressemblait à aucune autre et lui seyait admirablement.

Au premier rang de la foule, Marthona avait été agréablement surprise quand son fils était apparu dans sa tunique blanche. Elle connaissait la tenue qu'il avait choisie à l'origine et n'avait pas eu de peine à conclure que la tunique blanche était dans le paquet qu'elle avait remis à Jondalar. L'absence de décoration mettait en valeur la pureté de la couleur, qui était en soi une décoration. Rien d'autre n'était nécessaire, mais les queues d'hermine apportaient une touche élégante. Au vu des quelques bols et ustensiles que la jeune femme avait apportés, Marthona avait déduit qu'Ayla avait un penchant pour les objets simples et bien faits. La tunique blanche en fournissait une éclatante illustration. L'idée était bonne de laisser la qualité être son propre ornement.

La simplicité de la tenue de Jondalar formait un contraste frappant avec celle d'Ayla. Marthona était sûre que plus d'une femme tenterait de copier la tunique mamutoï et qu'aucune, probablement, n'y parviendrait tout à fait. Elle l'avait examinée avec soin quand Ayla la lui avait montrée, elle avait admiré la qualité remarquable du travail. Ce vêtement affichait sa richesse de l'unique façon qui avait un sens pour les Zelandonii : le temps qu'il avait fallu pour le faire. De la souplesse du cuir aux milliers de perles d'ivoire sculptées, en passant par l'ambre, les coquillages et les dents, cette tenue matrimoniale apporterait la preuve du haut statut que Marthona revendiquait pour Ayla. Le foyer de son fils serait parmi les premiers.

Jondalar n'avait d'yeux que pour Ayla. Elle avait le regard brillant, la bouche entrouverte, la respiration haletante d'émotion. C'était son expression quand elle était devant quelque chose de beau ou excitée par la chasse, et Jondalar sentit le sang affluer à ses reins. C'est une femme dorée, pensa-t-il. Dorée comme le soleil. Il la désirait, il la voulait et n'arrivait pas à croire que cette femme d'une beauté sensuelle allait devenir sa compagne. Sa compagne... Il aimait ce que ce nom évoquait. Elle partagerait avec lui l'habitation dont il projetait de lui faire la surprise. La cérémonie allait-elle enfin commencer ? Se terminerait-elle bientôt ? Il n'en pouvait plus d'attendre, il avait envie de courir vers elle, de la soulever et de l'emporter.

La Zelandonia s'était rassemblée autour de la Première, qui entonna une psalmodie envoûtante. Un autre doniate se joignit à elle, puis un troisième. Chacun choisit un ton, avec une hauteur et un timbre qui variaient parfois dans une mélodie répétitive mais que chacun pouvait soutenir avec aisance. Lorsque le Zelandoni qui devait unir le premier couple se mit à parler, tout un chœur l'accompagna en fond sonore d'une douce mélopée continue, chacun dans son propre ton. La combinaison pouvait être harmonieuse ou non, c'était sans importance. Avant que le premier chanteur soit à bout de souffle, une autre voix se joignait à la sienne, puis une autre et une autre encore, à intervalles irréguliers. Il en résultait une fugue de tons entrelacés qui pouvait durer indéfiniment s'il y avait assez de chanteurs pour permettre à ceux qui devaient reposer leur voix de s'interrompre un moment.

Bien qu'exécuté à l'arrière-plan, le chant s'insinua dans l'esprit de Jondalar, qui, fasciné, contemplait la femme qu'il aimait. Il entendit à peine les mots que les Zelandonia adressèrent aux premiers couples. Sentant l'homme qui se trouvait derrière lui le pousser légèrement, il sursauta. On appelait son nom. Il se dirigea vers la silhouette imposante de Zelandoni et vit Ayla venir à sa rencontre. Ils s'arrêtèrent tous deux, se tinrent de part et d'autre de la doniate.

La Première posa sur eux un regard approbateur. Jondalar était le plus grand des promis et elle avait toujours pensé qu'il était de loin l'homme le plus attirant qu'elle eût jamais vu. C'était la raison pour laquelle elle avait choisi de lui apprendre le Don des Plaisirs — bien qu'il ne fût alors qu'un jeune garçon — lorsque son tour était venu. Il avait bien appris, presque trop bien : il l'avait presque convaincue de ne pas suivre sa vocation.

La doniate ne regrettait plus maintenant que les circonstances s'y soient opposées mais, en le voyant vêtu de cette extraordinaire tunique blanche, elle savait de nouveau pourquoi il avait presque réussi à la persuader. Elle se demanda où il avait trouvé ce vêtement. Sans nul doute pendant son Voyage. Sa couleur attirait l'œil, bien sûr, mais il était aussi d'une coupe inhabituelle, et l'absence même de décoration le rendait exotique. Jondalar est parfaitement assorti à la femme qu'il a choisie, pensa-t-elle en se tournant vers Ayla. Et elle est son égale. Non, elle le surpasse, ce qui n'est pas facile.

La doniate eût été déçue s'il avait choisi une femme qui n'eût pas été à la hauteur de l'opinion qu'elle avait de lui, mais elle devait admettre qu'il en avait trouvé une qui lui était supérieure. Elle remarquait qu'ils étaient au centre de l'attention, pour de nombreuses raisons. Tout le monde les connaissait ou savait qui ils étaient ; on parlait d'eux dans tout le camp et ils formaient, de loin, le plus beau couple de la Réunion d'Eté.

Il était juste et approprié qu'elle, la Première parmi Ceux Qui Servaient la Mère, conduisît la cérémonie et nouât le lien entre ces deux êtres remarquables. Zelandoni était elle-même une présence qu'on ne pouvait ignorer. Les couleurs du dessin tatoué sur son front avaient été ravivées ; ses cheveux coiffés avec soin et une certaine extravagance la faisaient paraître plus grande encore qu'elle n'était, et sa longue tunique surchargée d'ornements constituait une œuvre d'art qui réclamait une personne de son ampleur pour être convenablement exposée.

Marthona s'était avancée près de son fils, et Willamar, son compagnon, se tenait un pas derrière elle, à sa droite. A sa gauche, il y avait Dalanar et, derrière lui, Jerika. Ils devraient attendre la fin de la cérémonie pour assister à l'union de Joplaya et d'Echozar. A côté de Willamar, Joharran et Folara, le frère et la sœur de Jondalar. Près de Joharran, Proleva et son fils Jaradal. De nombreux parents et amis se trouvaient parmi l'assistance, dans un endroit réservé à chaque couple pendant sa cérémonie. Zelandoni les regarda tous puis leva les yeux vers la foule étagée sur la pente.

— Cavernes des Zelandonii, commença-t-elle d'une voix solennelle, vous êtes ici pour être témoins de l'union d'une femme et d'un homme. Doni, Première Créatrice, Mère de tous, Elle qui donna naissance à Bali, qui illumine le ciel, Elle dont le compagnon et ami, Lumi, nous dispense sa clarté cette nuit, est honorée par l'union sacrée de Ses enfants.

Ayla leva les yeux vers la lune, qui était dans son deuxième quartier, et se rendit soudain compte qu'il faisait noir. Le soleil s'était couché mais le grand feu de bois et les nombreuses torches éclairaient comme en plein jour.

— L'homme et la femme qui se tiennent ici ont réjoui la Grande Terre Mère en décidant de s'unir. Jondalar de la Neuvième Caverne des Zelandonii, fils de Marthona, ancienne Femme Qui Ordonne de la Neuvième Caverne, unie à Willamar, Maître du Troc des Zelandonii, né au foyer de Dalanar, fondateur et chef des Lanzadonii, frère de Joharran, chef de la Neuvième Caverne des Zelandonii...

Ayla ne put empêcher ses pensées de dériver tandis que la Première poursuivait la récitation de tous les noms et liens de Jondalar, dont la jeune femme ignorait la plupart. C'était une des rares occasions où tous ses liens seraient mentionnés. Ayla redonna son attention à la doniate quand celle-ci changea de ton au terme de sa litanie.

— ... choisis-tu Ayla de la Neuvième Caverne des Zelandonii, protégée de Doni, honorée par Elle...

Un murmure parcourut la foule : cette union était placée sous un heureux présage, la femme était déjà enceinte.

— ... naguère Ayla des Mamutoï, continuait Zelandoni, membre du Camp du Lion, Fille du Foyer du Mammouth, Choisie par l'Esprit du Lion des Cavernes, Protégée par l'Ours des Cavernes, Amie des chevaux Whinney et Rapide, ainsi que de Loup, le chasseur à quatre pattes ?

Ayla se demanda où était Loup, déçue de ne pas le voir. Elle savait que cette cérémonie ne signifiait pas grand-chose pour lui, mais elle avait espéré qu'il assisterait à leur union.

— ... acceptée par Joharran, frère de Jondalar et chef de la Neuvième Caverne des Zelandonii, ainsi que par Marthona, mère de Jondalar et ancienne Femme Qui Ordonne de la Neuvième Caverne. Approuvée par Dalanar, fondateur et chef des Lanzadonii, homme du foyer à la naissance de Jondalar...

Zelandoni passa à l'énumération du reste de la famille de Jondalar. Ayla était étonnée d'acquérir autant de nouveaux liens par cette union, mais Zelandoni aurait souhaité qu'il y en eût plus encore. Elle avait dû longuement réfléchir afin de rassembler assez de liens légitimes pour un rituel adéquat. Ayla en apportait peu de son côté.

— Je la choisis, répondit Jondalar, faisant face à Ayla.

— Tu la respecteras, tu la soigneras quand elle sera malade, tu pourvoiras à ses besoins quand elle sera grosse, tu aideras à nourrir tous les enfants nés à ton foyer quand vous vivrez ensemble ?

— Je la respecterai, la soignerai, pourvoirai à ses besoins et à ceux de ses enfants, promit Jondalar.

— Ayla de la Neuvième Caverne des Zelandonii, anciennement Ayla des Mamutoï, membre du Camp du Lion, Fille du Foyer du Mammouth, Choisie par l'Esprit du Lion des Cavernes, Protégée par l'Ours des Cavernes, acceptée par la Neuvième Caverne des Zelandonii, choisis-tu Jondalar de la Neuvième Caverne des Zelandonii, fils de Marthona, ancienne Femme Qui Ordonne de la Neuvième Caverne, unie à Willamar, Maître du Troc des Zelandonii, né au foyer de Dalanar, fondateur et chef des Lanzadonii...

La Première avait décidé d'abréger et de ne donner cette fois que les liens essentiels, au grand soulagement d'Ayla et d'une majeure partie de l'assistance.

— Je le choisis, déclara Ayla en regardant Jondalar.

Les mots résonnèrent dans sa tête. Je le choisis, je le choisis. Je l'ai choisi il y a longtemps déjà, maintenant je peux enfin le choisir vraiment.

— Tu le respecteras, tu le soigneras quand il sera malade, tu apprendras à tes enfants à le respecter comme il convient à ton compagnon et à l'homme qui les nourrit, y compris l'enfant que Doni t'a déjà accordé ?

— Je le respecterai, le soignerai et apprendrai à mes enfants à le respecter, répondit Ayla.

Zelandoni fit un signe et reprit :

— Qui a autorité pour approuver l'union de cet homme et de cette femme ?

Marthona fit quelques pas en avant.

— Moi, Marthona, ancienne Femme Qui Ordonne de la Neuvième Caverne des Zelandonii, je détiens cette autorité. Je donne mon accord à l'union de mon fils Jondalar avec Ayla de la Neuvième Caverne des Zelandonii.

Willamar s'avança à son tour.

— Moi, Willamar, Maître du Troc des Zelandonii, uni à Marthona, ancienne Femme Qui Ordonne de la Neuvième Caverne, j'approuve aussi cette union.

L'assentiment de Willamar n'était pas indispensable, mais sa participation à la cérémonie ajoutait un avis favorable à l'union du fils de sa compagne avec une étrangère et facilitait l'intervention de l'ancien compagnon de Marthona, qui se détacha à son tour de l'assistance.

— Moi, Dalanar, fondateur et chef des Lanzadonii, homme du foyer à la naissance de Jondalar, je consens également à l'union de Jondalar, fils de mon ancienne compagne, avec Ayla de la Neuvième Caverne des Zelandonii, anciennement Ayla des Mamutoï.

Il posa sur la promise un regard charmé qui ressemblait tellement à celui de Jondalar qu'elle faillit sourire en sentant son propre corps réagir de la même façon. Ce n'était pas la première fois. Non seulement Dalanar et Jondalar se ressemblaient, différence d'âge mise à part, mais ils lui faisaient le même effet. N'y résistant plus, elle adressa à Dalanar l'un de ses sourires étincelants qui rayonnaient comme une lumière intérieure, et pendant un instant il souhaita presque pouvoir changer de place avec le fils de son ancienne compagne. Puis il remarqua le sourire narquois de Jondalar : ce garçon avait deviné ce qu'il ressentait et se promettait sûrement de l'accabler de ses railleries. Dalanar faillit éclater de rire.

— J'approuve sans réserve ! clama-t-il.

— Qui a autorité pour approuver l'union de cette femme avec cet homme ? demanda Zelandoni.

— Moi, Ayla de la Neuvième Caverne des Zelandonii, anciennement Ayla des Mamutoï, j'ai autorité pour parler en mon nom. Elle m'a été donnée par Mamut du Foyer du Mammouth, le plus ancien et le plus respecté des Mamutoï, par Talut, Homme Qui Ordonne du Camp du Lion, et par sa sœur Tulie, Femme Qui Ordonne du Camp du Lion. En leur nom, j'approuve cette union avec Jondalar de la Neuvième Caverne des Zelandonii.

C'était ce qui l'avait rendue le plus nerveuse : mémoriser et répéter les mots qu'elle était censée prononcer.

— Mamut du Foyer du Mammouth, Celui Qui Sert la Mère pour les Mamutoï, a donné à la fille de son Foyer la liberté de décider elle-même, dit la Première. Moi Qui Sers la Mère pour les Zelandonii, je peux aussi parler au nom de Mamut. Ayla a choisi de s'unir à Jondalar, sa décision équivaut à un accord de Mamut. Qui veut parler en faveur de ce couple ?

— Moi, Joharran, chef de la Neuvième Caverne des Zelandonii, je parle en faveur de ce couple et l'accueille au sein de la Neuvième Caverne.

Le frère aîné de Jondalar se tourna vers les Zelandonii assemblés derrière lui.

— Nous, membres de la Neuvième Caverne des Zelandonii, accueillons Ayla et Jondalar, déclarèrent-ils en chœur.

La doniate écarta les bras comme pour embrasser toute l'assistance.

— Cavernes des Zelandonii, fit-elle d'une voix réclamant l'attention de tous, Jondalar et Ayla se sont choisis. Ce choix a été approuvé par la Neuvième Caverne, qui accepte de les accueillir. Approuvez-vous cette union ?

Un rugissement de consentement s'éleva de la foule, si puissant qu'il aurait noyé une éventuelle objection. Zelandoni attendit que le tumulte s'apaisât pour continuer :

— Doni, la Grande Terre Mère, approuve la décision de Ses enfants. En honorant Ayla, elle a souri à cette union.

Sur un signe de la doniate, Ayla et Jondalar tendirent les bras vers la Zelandoni Qui Etait la Première. Elle prit une lanière de cuir, l'entoura autour de leurs mains jointes et fit un nœud. Quand ils reviendraient de leur période d'essai, ils restitueraient cette lanière non coupée et recevraient en échange des colliers assortis, cadeau de la Zelandonia. Ce serait le signe que leur union était sanctionnée et qu'on pouvait leur offrir d'autres présents.

— Le lien a été noué. Vous êtes unis. Puisse Doni toujours vous sourire.

Le jeune couple se tourna pour faire face à la foule et Zelandoni annonça :

— Ils sont maintenant Jondalar et Ayla de la Neuvième Caverne des Zelandonii.

Ils reculèrent ensemble de quelques pas, y compris la Première, pour céder la place au couple suivant. Parents et amis du couple retournèrent au sein de la foule pour laisser place eux aussi aux suivants. Ayla et Jondalar gagnèrent l'endroit où attendaient les autres couples aux poignets liés. Ils n'en avaient pas encore fini.

Même si la plupart des Zelandonii avaient pris plaisir à entendre ces deux êtres si favorisés prononcer leurs vœux et à voir la Première nouer un lien autour de leurs poignets, il s'en trouvait quelques-uns à qui cette union inspirait des sentiments différents. Notamment une jolie jeune femme aux cheveux presque blancs, à la peau très claire, aux yeux verts si sombres qu'ils semblaient noirs.

Marona ne souriait pas en regardant le nouveau couple. Elle fixait haineusement l'étrangère et l'homme qui avait autrefois promis de s'unir à elle. Cette année-là, elle aurait dû attirer tous les regards, mais il était parti faire son Voyage et l'avait abandonnée, sans homme à qui s'unir. Pour ne rien arranger, la cousine proche de Jondalar était venue, cette femme brune à l'allure étrange que tout le monde trouvait si belle — celle qui devait s'unir à l'homme le plus laid que Marona eût jamais vu — et lui avait volé l'attention générale. Certes, Marona avait quand même déniché un compagnon passable avant la fin de l'été, mais ce n'était pas Jondalar, l'homme que toutes les femmes voulaient et qu'elle aurait dû avoir. Cela avait été pour Marona la pire des Réunions d'Eté qu'elle eût connues, jusqu'à celle-ci.

Cette année, Jondalar était enfin rentré, mais avec une étrangère qui s'entourait d'animaux et ne voyait aucun inconvénient à porter des sous-vêtements de jeune garçon. Elle était maintenant enceinte, déjà honorée. Ce n'était pas juste. Où avait-elle trouvé cette tunique qu'elle ouvrait pour exhiber ses seins ? Marona n'aurait pas hésité à porter un vêtement semblable si elle y avait pensé la première, mais elle ne le ferait jamais maintenant, même si d'autres femmes avaient cette audace, et elle savait qu'il s'en trouverait pour l'avoir. Un jour, se dit-elle, un jour je leur montrerai. Un jour, il regrettera, ils regretteront tous les deux. Un jour...

D'autres Zelandonii n'étaient pas ravis de l'union des deux jeunes gens. Laramar n'aimait ni l'un ni l'autre. Jondalar le regardait toujours avec mépris, même quand il buvait son barma, et cette femme, Ayla, avait fait toute une histoire au sujet du bébé de Tremeda, et puis elle avait mis dans la tête de Lanoga qu'elle était merveilleuse. Du coup, une fois sur deux, Lanoga n'était même plus là pour préparer le repas, elle passait son temps avec les jeunes mères comme si le bébé était à elle, alors qu'elle n'était pas encore femme. Elle deviendrait peut-être une compagne acceptable, un jour, en tout cas plus agréable à regarder que sa souillon de mère. Si seulement cette Ayla ne venait pas tout le temps traîner dans ma hutte ! grogna-t-il intérieurement. A moins qu'elle cherche à se faire honorer, pensa-t-il avec un sourire suffisant. Je me demande comment elle se comporterait, enivrée de barma, à une Fête de la Mère. Qui sait ? Un jour...

Une troisième personne de l'assistance ne formulait pour le couple aucun vœu de bonheur. Je m'appelle Madroman, maintenant, et j'aimerais qu'ils s'en souviennent, ruminait-il, surtout Jondalar. Regardez-le, ce prétentieux qui fait se pâmer toutes les jeunes femmes avec sa tunique blanche. Il a eu une belle surprise en découvrant que je fais partie de la Zelandonia, maintenant. Il ne s'y attendait pas, il ne m'en croyait pas capable, mais je suis bien plus intelligent qu'il ne le croit. Et je serai Zelandoni, malgré cette grosse bonne femme qui fait les yeux doux à l'étrangère comme si elle était déjà doniate.

Elle est belle, cependant. J'aurais pu me trouver une femme comme elle si Jondalar ne m'avait pas cassé les dents. Il n'avait aucune raison de me frapper, je n'avais fait que dire la vérité. Il voulait s'unir à Zolena, et elle aurait accepté si je n'avais pas prévenu tout le monde. J'aurais dû laisser faire : à présent ce bel homme souriant aurait une obèse pour compagne au lieu de l'étrangère qu'il a ramenée. Elle joue à la Zelandoni mais elle ne l'est pas. Elle n'est même pas acolyte, elle ne sait même pas parler correctement. Je me demande combien de femmes trouveraient encore Jondalar séduisant si quelqu'un lui faisait sauter les dents. Ce serait quelque chose à voir. Oui, j'aimerais voir ça un jour. Un jour...

Une quatrième paire d'yeux avait assisté à l'union du couple comblé de faveurs avec des sentiments rien moins que bienveillants. Brukeval ne pouvait s'arracher à la contemplation de cette femme dorée, de ses beaux seins dénudés. Elle était enceinte, c'étaient des seins de mère, et il mourait d'envie de les toucher, de les caresser, de les téter. Il se mit à penser qu'elle les exhibait rien que pour lui, qu'elle le tentait délibérément avec ces mamelons érigés qui suppliaient qu'on les suce.

Jondalar les touchera, ces seins, ils prendra ces tétons dans sa bouche. Toujours Jondalar, toujours le préféré, le veinard. Il avait même la meilleure des mères. La mère de Marona ne se souciait pas de moi, mais Marthona était toujours là quand je n'en pouvais plus. Elle me parlait, elle me donnait des explications, elle me permettait de rester quelque temps parmi eux. Elle était toujours gentille. Jondalar aussi, mais uniquement parce qu'il avait pitié de moi, parce que je n'avais pas une mère comme la sienne. Maintenant, il est uni à une mère, une femme dorée comme Bali, le fils de Doni, une femme aux seins magnifiques qui sera bientôt mère.

Ayla avait été heureuse de le voir s'approcher d'elle avec sa torche pour la conduire hors de la grotte ; elle avait déclaré que s'il n'y avait pas eu Jondalar, elle l'aurait envisagé, lui, comme compagnon, mais ce n'était pas sincère. Quand Jondalar était arrivé, elle avait montré qu'elle le considérait, lui, Brukeval, comme tout aussi Tête Plate que celui qui venait de chez les Lanzadonii. Je ne comprends pas que Dalanar ait pu laisser cette créature ne serait-ce que poser les yeux sur la fille de sa compagne, encore moins s'unir à elle, pensait-il. C'est une abomination, moitié animal, moitié homme. Cela ne devrait pas être permis. Quelqu'un devrait l'empêcher.

Moi, peut-être. Ayla réfléchirait, elle comprendrait que j'ai raison d'intervenir. Elle m'en apprécierait peut-être davantage. Je me demande si elle m'envisagerait vraiment comme compagnon s'il arrivait quelque chose, si, un jour, Jondalar n'était plus là...

32

Levela et Jondecam agitèrent leurs mains liées en signe de bienvenue quand Ayla et Jondalar rejoignirent les autres couples déjà unis.

— Elle a bien annoncé que tu avais déjà été honorée, Ayla ? s'écria Levela en s'avançant à sa rencontre.

Trop émue pour parler, Ayla acquiesça d'un hochement de tête.

— Oh, Ayla ! C'est merveilleux ! Pourquoi est-ce que tu ne me l'avais pas dit ? Jondalar le savait ? Quelle chance tu as ! débita précipitamment Levela sans laisser à Ayla le temps de répondre.

Oubliant la main à laquelle elle était attachée, elle voulut prendre Ayla dans ses bras et son geste fut arrêté par la lanière passée au poignet de Jondecam. Tous les quatre éclatèrent de rire et Levela finit par enlacer les épaules d'Ayla d'un seul bras.

— Ta tunique est superbe, poursuivit-elle. Je n'ai jamais rien vu d'aussi beau. Elle a tellement de perles que, par endroits, on dirait qu'elle est faite uniquement d'ivoire et d'ambre. En plus, le cuir est d'un jaune parfaitement assorti. J'aime la façon dont tu la portes, ouverte comme ça, surtout que tu vas bientôt être mère. Elle doit être lourde, quand même. Où l'as-tu trouvée ?

L'enthousiasme de Levela fit sourire Ayla.

— Elle vient de loin. Nezzie me l'a offerte quand elle pensait que j'allais m'unir à un Mamutoï. Elle m'a expliqué comment la porter. Elle était la compagne du chef du Camp du Lion. Quand j'ai décidé de partir avec Jondalar, elle m'a dit de prendre quand même la tunique et de la porter quand je m'unirais à lui. Elle l'aimait bien, tous l'aimaient bien. Ils voulaient qu'il reste et devienne mamutoï, mais il a répondu qu'il devait retourner chez lui. Je comprends pourquoi.

Quelques Zelandonii s'étaient approchés pour écouter et pouvoir rapporter aux autres ce que l'étrangère disait de ses vêtements richement ornés.

— Jondalar est magnifique, lui aussi, reprit Levela. Ta tenue est splendide en raison des perles, des décorations. Celle de Jondalar est époustouflante uniquement grâce à sa couleur. Contraste parfait.

— C'est vrai, dit Jondecam. Nous portons tous nos plus beaux vêtements, en général très décorés, précisa-t-il en montrant sa tenue. Rien de comparable aux tiens, cependant, Ayla. Mais quand Jondalar est apparu avec sa tunique, tout le monde l'a remarqué. L'élégance pure et simple. Je sais comment ça se passe : toutes les femmes voudront une tenue comme la tienne, tous les hommes voudront quelque chose de blanc comme sa tunique. Quelqu'un te l'a donnée, Jondalar ?

— Ayla.

— Ayla ! C'est toi qui l'as faite ? s'étonna Levela.

— Une femme mamutoï m'a montré comment obtenir un cuir blanc.

Le petit groupe qui les entourait se tourna vers le doniate qui avait succédé à Zelandoni.

— Nous ferions mieux d'arrêter de parler, ils se préparent, murmura Levela.

Quand ils eurent fait silence pour que la cérémonie du couple suivant puisse commencer, Ayla se demanda pourquoi le rituel de l'union exigeait que l'on noue autour des poignets cette lanière qu'il devait être difficile de défaire. Le souvenir de l'enchevêtrement de bras provoqué lorsque Levela s'était avancée pour la serrer contre elle, lui fit comprendre que cela contraignait chacun à tenir compte de l'autre avant de se précipiter sans réfléchir. Une bonne première leçon sur la difficulté d'être unis.

— J'aimerais qu'ils se pressent un peu, dit à voix basse l'un des nouveaux compagnons. Je meurs de faim. Avec le jeûne qu'on nous a imposé, je suis sûr qu'on entend mon estomac gronder depuis là-bas.

Ayla, elle, n'était pas mécontente de la longue récitation de noms et de liens, qui lui donnait le temps d'être seule avec ses pensées. Elle était unie. Jondalar était son compagnon. Elle pouvait commencer à se sentir vraiment Ayla des Zelandonii, bien qu'elle fût heureuse qu'Ayla des Mamutoï fît partie de ses noms. Leur vie à la Neuvième Caverne n'impliquerait pas qu'elle devînt une autre personne. Ayla avait simplement de nouveaux noms et liens à ajouter à sa liste. Elle n'avait pas perdu son totem du Clan.

Son esprit vagabond retourna à l'époque où, fillette, elle habitait avec le Clan. Quand ils s'unissaient, ses membres n'attachaient pas une lanière rituelle à leurs poignets, ils n'en avaient pas besoin. Dès leur plus jeune âge, on apprenait aux femmes à être attentives aux besoins des hommes, en particulier de ceux à qui elles étaient unies. Une femme devait devancer les demandes et les souhaits de son compagnon parce qu'un homme apprenait très tôt à ne jamais prêter attention ou à ne jamais paraître prêter attention aux désagréments qui l'importunaient, gêne ou souffrance. Il ne pouvait demander l'aide de sa compagne, elle devait savoir quand il en avait besoin.

Broud n'avait pas besoin de l'aide d'Ayla mais exprimait sans cesse ses exigences. Il inventait des choses à faire dans le seul but de lui donner des ordres : apporter un bol d'eau, attacher ses jambières. Il prétendait qu'elle était jeune et qu'elle devait apprendre, mais en réalité il se moquait qu'elle apprenne ou non, et cela ne changeait rien lorsqu'elle essayait de lui être agréable. Il voulait éprouver son pouvoir sur elle parce qu'elle lui avait résisté et que les femmes du Clan ne désobéissaient pas aux hommes. A cause d'elle, il se sentait moins qu'un homme et il la haïssait pour cela, ou peut-être savait-il à un niveau instinctif qu'elle appartenait à une espèce différente. La leçon n'avait pas été facile à apprendre mais elle l'avait apprise. Broud, avec ses exigences constantes, la lui avait fait entrer dans la tête, mais c'était Jondalar qui en bénéficiait. Ayla était toujours attentive à ses besoins, à sa présence. Il lui vint à l'esprit que c'était pour cette raison qu'elle se sentait inquiète quand elle ignorait où il était. Elle éprouvait la même chose pour ses bêtes.

Soudain, comme si cette pensée l'avait fait apparaître, Loup surgit près d'elle. Elle se baissa et, sa main droite étant liée à celle de Jondalar, elle caressa l'animal de la main gauche.

— Je m'inquiétais, avoua-t-elle à son compagnon, mais il a l'air content de lui.

— Il a peut-être une raison pour ça, répondit Jondalar avec un grand sourire.

— Quand Bébé a trouvé une compagne, il est parti. Il revenait nous voir de temps en temps mais il vivait avec les siens. Si Loup a une compagne, tu crois qu'il partira pour vivre avec elle ?

— Je ne sais pas. Tu dis toi-même qu'il considère les humains comme sa meute, mais il ne trouvera de compagne que chez les loups.

— Je souhaite qu'il soit heureux. Il me manquerait beaucoup, pourtant, s'il ne revenait pas, soupira-t-elle en se relevant.

La plupart des Zelandonii qui les entouraient les observaient, en particulier ceux qui connaissaient mal Ayla. Elle fit signe à l'animal de rester près d'elle.

— C'est un très grand loup, fit une des femmes en reculant un peu.

— Oui, dit Levela, mais ceux qui le connaissent disent qu'il n'a jamais menacé personne.

A cet instant, une puce décida de tourmenter le loup, qui s'assit sur son arrière-train et entreprit de se gratter. La femme eut un gloussement nerveux.

— Ce n'est pas très menaçant, ça, dit-elle.

— Sauf pour la bestiole qui l'embête, répondit Levela.

Loup cessa soudain de se gratter, inclina la tête comme s'il entendait ou sentait quelque chose, se redressa et leva les yeux vers Ayla.

— Va, lui dit-elle en faisant le signe qui le libérait. Va, si tu le veux.

Il partit en courant, se faufilant entre des Zelandonii éberlués.

La cérémonie suivante unissait non pas deux mais trois personnes. Un homme prenait pour compagnes des jumelles. Elles refusaient de se séparer, et il n'était pas rare que des jumelles, ou simplement des sœurs très proches, deviennent cocompagnes, bien qu'un jeune homme pût avoir des difficultés à nourrir deux femmes et leurs enfants. En l'occurrence, l'homme était âgé, bien établi, jouissait d'une excellente réputation et d'un rang élevé. Malgré tout, il y avait de fortes chances pour que le trio fût un jour augmenté d'un deuxième homme.

Lorsque la fin approcha, les inévitables répétitions commencèrent à ennuyer l'assistance, surtout quand la cérémonie concernait quelqu'un que l'on ne connaissait pas. Le dernier couple fit cependant renaître son intérêt. Lorsque Joplaya et Echozar s'avancèrent, les Zelandonii eurent un hoquet de stupeur.

Ils découvraient une femme grande et mince au charme exotique, avec une chevelure noire et une beauté éthérée, difficile à décrire. L'homme qui l'accompagnait n'aurait pu être plus différent. Légèrement plus petit, il avait des traits accusés et singuliers que la plupart des Zelandonii jugeaient affreux. Ses arcades sourcilières épaisses, encore accentuées par des sourcils broussailleux, saillaient comme une corniche au-dessus de ses yeux sombres, profondément enfoncés. Il avait le nez proéminent, en partie parce que son visage long et large se projetait en avant, en partie parce que ce nez lui-même, nettement dessiné, en forme de bec d'aigle mais moins étroit, était énorme, proportionné aux dimensions de la figure. Comme beaucoup d'hommes, il se laissait pousser la barbe en hiver pour garder son visage au chaud et la rasait en été. Il venait sans doute de le faire, révélant une mâchoire puissante et une absence presque totale de menton.

Le visage d'Echozar était celui d'un homme du Clan, le front mis à part. Il n'avait pas le front fuyant, il n'était pas un Tête Plate. Au-dessus de ses arcades sourcilières protubérantes, son front s'élevait droit comme celui de n'importe quel homme de l'assistance. Alors que les membres du Clan étaient plutôt petits, il était aussi grand qu'un bon nombre d'hommes présents, mais avec la charpente robuste, la poitrine taurine typiques du Clan. Comme les leurs, ses jambes étaient courtes en proportion du torse, légèrement torses et aussi musclées que ses bras. Sa puissance physique ne faisait aucun doute.

Il ne faisait aucun doute non plus qu'il était un esprit mêlé, une abomination, mi-homme, mi-animal. Certains estimaient qu'on n'aurait pas dû l'autoriser à s'unir à la femme qui se tenait près de lui. Si exotique qu'elle parût, elle était indéniablement humaine, elle n'était pas de ces animaux à la tête aplatie. Les Zelandonii ne devaient ni encourager ni reconnaître une telle union.

Puisque les Lanzadonii n'avaient pas encore de doniate, Celle Qui Etait la Première s'avança de nouveau. Elle était non seulement la Première mais Zelandoni de la Neuvième Caverne, celle à laquelle Dalanar avait appartenu autrefois. Il avait gardé avec la Neuvième des liens plus forts qu'avec toute autre Caverne, et Joplaya était la fille de son foyer.

En prenant place devant la foule, Zelandoni songea en se souriant à elle-même qu'Echozar avait l'air si vigoureux que peu d'hommes se risqueraient à l'affronter en combat singulier. Puisque c'était le dernier couple à s'unir, elle pensait déjà aux concours. Elle se dit aussi que le moment serait opportun, tout de suite après la dernière union, pour annoncer que la Première Acolyte de la Deuxième Caverne des Zelandonii avait été appelée et, après examen, jugée digne de devenir Zelandoni. Cette femme avait décidé de rentrer avec Dalanar et sa Caverne pour être la Première Lanzadoni à Servir la Grande Terre Mère, un bon choix, un bon point de départ pour elle.

La doniate regarda le groupe qui s'était formé derrière le couple. Dalanar se tenait au premier rang, plein de fierté. C'était étonnant comme Jondalar lui ressemblait, mais la Première notait quelques petites différences, probablement parce qu'elle avait été autrefois très intime avec le plus jeune des deux hommes. Jondalar, toujours attaché à Ayla, avait quitté les couples déjà unis pour rejoindre le cercle familial. Joplaya était sa cousine proche, après tout. A côté de Dalanar, il y avait Jerika, la mère de Joplaya, et, derrière elle, Hochaman, l'homme du foyer de Jerika. Il s'appuyait lourdement sur un jeune homme que la Première ne connaissait pas. Elle supposa qu'il devait provenir d'une Caverne zelandonii éloignée, ou d'un peuple plus lointain, les Losadunaï peut-être, mais les motifs de ses vêtements et de ses bijoux proclamaient son appartenance aux Lanzadonii.

Hochaman, petit vieillard rabougri, au visage semblable à celui de Jerika, pouvait à peine tenir debout, encore moins marcher. Dalanar et Echozar avaient dû le porter sur leur dos jusqu'au lieu de la Réunion d'Eté. Il disait qu'il avait usé ses jambes pendant son Voyage. Personne n'était jamais allé aussi loin. Il venait des Mers Infinies situées à l'est des Grandes Eaux de l'Ouest et avait passé la majeure partie de sa vie à marcher. Il savait conter une histoire, en connaissait un grand nombre, ne voyait aucun inconvénient à les répéter et serait sans doute très demandé quand les cérémonies laisseraient place aux jeux, aux concours et aux conteurs. Les couples nouvellement unis devraient cette année se passer de ces réjouissances puisqu'ils observeraient leur période d'essai de quatorze jours. La Zelandonia avait choisi délibérément ce moment : si un couple n'estimait pas son union assez sérieuse pour renoncer à quelques jeux et quelques histoires, cela signifiait qu'il n'aurait pas dû s'unir.

A l'arrière-plan, la fugue continuait à entrelacer ses tonalités, bien que le groupe qui la psalmodiait fût différent de celui qui l'avait entonnée au début des cérémonies.

— Cavernes des Zelandonii, dit la Première d'une voix toujours aussi sonore, vous êtes ici pour être témoins de l'union d'une femme et d'un homme. Doni, Première Créatrice, Mère de tous, Elle qui donna naissance à Bali, qui illumine le ciel, Elle dont le compagnon et ami, Lumi, nous dispense sa clarté cette nuit, est honorée par l'union sacrée de Ses enfants. L'homme et la femme qui se tiennent ici ont réjoui la Grande Terre Mère en décidant de s'unir...

Le murmure de l'assistance devint brouhaha quand les commentaires se multiplièrent. La cérémonie se déroulait un peu plus vite que les précédentes puisque les noms et liens étaient moins nombreux. Echozar n'en avait presque pas. Il était Echozar de la Première Caverne des Zelandonii, fils de Femme, Elue de Doni, acceptée par Dalanar et Jerika de la Première Caverne des Lanzadonii. Joplaya avait une liste plus longue de noms et de liens, essentiellement par Dalanar. Du côté de sa mère, seuls furent prononcés les noms d'Ahnlay, la mère de Jerika, passée dans le Monde d'Après, et d'Hochaman, l'homme de son foyer.

— Moi, Dalanar, chef de la Première Caverne des Lanzadonii, je parle en faveur de ce couple, et je suis heureux que Joplaya et Echozar aient décidé de continuer à vivre dans notre Caverne. Je leur souhaite la bienvenue.

L'homme qui venait de parler se tourna vers le groupe rassemblé derrière lui : les Lanzadonii qui avaient fait le long voyage jusqu'au lieu de la Réunion d'Eté des Zelandonii pour approuver cette union.

— Nous, membres de la Première Caverne des Lanzadonii, leur souhaitons la bienvenue, clamèrent-ils en chœur.

Zelandoni Qui Etait la Première parmi Ceux Qui Servaient la Mère ouvrit alors les bras comme pour enlacer toutes les personnes présentes.

— Cavernes des Zelandonii et des Lanzadonii, tonna-t-elle, Joplaya et Echozar se sont choisis. Ce choix a été approuvé par la Première Caverne des Lanzadonii, qui accepte de les accueillir. Consentez-vous à cette union ?

Un nombre appréciable de personnes donna son accord, mais un fragment de l'assistance exprima son hostilité.

Zelandoni en fut choquée et, un court instant, décontenancée. Jamais elle n'avait célébré une cérémonie d'union qui n'eût été approuvée par tous. S'il y avait des objections, elles étaient toujours aplanies à l'avance. C'était la première fois qu'elle entendait un « non ». Dalanar et Jerika avaient une expression soucieuse, les autres Lanzadonii regardaient autour d'eux, certains embarrassés, d'autres furieux. La Première décida de poursuivre comme si elle n'avait pas entendu les voix discordantes.

— Doni, la Grande Terre Mère, approuve la décision de Ses enfants. En honorant Joplaya, elle a souri à cette union.

Elle fit signe aux jeunes gens de tendre les bras. Après un moment d'hésitation, ils s'exécutèrent. Zelandoni entoura leurs poignets d'une lanière de cuir et fit un nœud.

— Le lien a été noué. Vous êtes unis. Puisse Doni toujours vous sourire, leur souhaita-t-elle.

Le couple se tourna vers la foule et la doniate proclama :

— Ils sont maintenant Joplaya et Echozar de la Première Caverne des Lanzadonii.

— Non ! cria quelqu'un dans l'assistance. Cela ne doit pas être ! Cette créature est une abomination.

Plusieurs Zelandonii reconnurent la voix de Brukeval. La Première feignit à nouveau de ne pas avoir entendu, mais une autre voix apporta son soutien à Brukeval.

— Il a raison. On ne peut unir cette femme à une moitié d'animal ! lança Marona.

Je peux comprendre Brukeval, mais Marona se moque bien de cette union, pensa Zelandoni de la Neuvième. Elle cherche simplement à créer des ennuis. Essaie-t-elle de se venger de Jondalar en humiliant sa cousine proche ?

Une troisième voix s'éleva de l'endroit où la Cinquième Caverne était assise :

— Parfaitement. Les Zelandonii ne devraient pas consentir à cette union.

C'était un homme qui avait tenté de devenir doniate et que la Zelandonia avait rejeté. Les mécontents se manifestaient l'un après l'autre, uniquement pour créer des difficultés. D'autres exprimèrent une opinion semblable, notamment Laramar, dont elle reconnut aussi la voix. Pourquoi intervenait-il, lui ? Il se moquait de tout, de cette union comme du reste.

— Il faut peut-être reconsidérer cette union, Zelandoni, suggéra Denanna, Femme Qui Ordonne des trois parties de la Vingt-Neuvième Caverne.

Je dois arrêter cela tout de suite, se dit la Première.

— Pourquoi, Denanna ? Ces deux jeunes gens ont fait leur choix, qui a été accepté par leur peuple. Je ne comprends pas ton opposition.

— Il ne s'agit pas seulement de leur peuple. Tu nous demandes aussi de l'accepter.

— La plupart des Zelandonii l'ont fait, répliqua la Première. Je connais chacun de ceux qui ont manifesté leur désaccord.

Elle inspecta la pente, et bien qu'elle ne pût voir grand-chose dans le noir, ceux qui avaient exprimé leur désaccord eurent l'impression qu'elle les regardait dans les yeux.

— Ils sont presque tous mus par des mobiles qui n'ont aucun rapport avec ce couple, poursuivit-elle. Seuls quelques-uns ont une opinion bien arrêtée sur la question. Je ne vois pas pourquoi on devrait leur permettre d'interrompre la cérémonie, d'offenser les Lanzadonii et d'embarrasser les Zelandonii. Joplaya et Echozar sont unis. Après leur période d'essai, leur union sera scellée. Il n'y a rien à ajouter. Place maintenant à la procession et à la fête.

Elle adressa un signe aux Zelandonia, qui demandèrent aux couples nouvellement unis de s'aligner et les conduisirent autour du feu. Lorsqu'ils en eurent fait cinq fois le tour, ils se dirigèrent vers l'endroit où l'on servirait la nourriture pour commencer les célébrations, mais l'atmosphère joyeuse des Matrimoniales s'était refroidie.

Les Zelandonii chargés de cette tâche entreprirent de découper les énormes quartiers d'aurochs qui avaient rôti toute la journée sur des broches au-dessus de braises rouges. Des morceaux plus coriaces avaient été enfouis dans des fosses tapissées de pierres brûlantes, avec certaines racines comestibles. Une soupe épaissie de fleurs d'hémérocalle, ainsi que de bourgeons et de jeunes racines de cette plante, d'arachides et de fougères, relevée d'oignons et d'herbes, et portant le nom de « soupe verte », constituait un plat traditionnel des premières Matrimoniales de la saison. Les racines d'hémérocalle et de lin des marais, que l'on pilait pour en extraire les matières fibreuses, étaient mélangées aux premiers grains d'avoine grillés, réduits en farine puis cuits en une sorte de pain plat et dur, servi avec la soupe.

Les baies en forme de cœur qui poussaient au ras du sol, couvertes de graines minuscules, Ayla les connaissait. Les fraises fraîches étaient empilées dans des bols ; celles qu'on avait cueillies plus tôt et qui commençaient à s'amollir avaient été cuites dans une sauce avec plusieurs autres fruits et une plante aux grosses tiges rougeâtres dont on jetait toujours les grandes feuilles vertes. Ces tiges aigrelettes donnaient un goût agréable aux baies et aux fruits, alors que les feuilles pouvaient rendre malade. Il y avait aussi des herbes cuites à la vapeur, relevées avec du sel des Grandes Eaux de l'Ouest, et des paniers du barma fermenté de Laramar.

A mesure que la fête se déroulait et que les convives buvaient, l'atmosphère se détendait. Les yeux brillants, Jondalar remercia chaleureusement Dalanar d'être venu de si loin pour assister à son union.

— J'aurais fait le voyage rien que pour toi, mais nous sommes venus aussi pour Joplaya et Echozar. Je suis désolé que cela se soit terminé de cette façon. Je crains que l'incident n'ait gâché leur union et peut-être celle de tous les autres.

— Il y a toujours quelques jaloux pour essayer de troubler la joie des autres, commenta Jerika. En tout cas, nous ne serons plus obligés de venir aux Réunions d'Eté des Zelandonii pour unir nos jeunes gens. Nous avons maintenant notre Lanzadoni.

— C'est bien, mais j'espère que vous reviendrez quand même de temps en temps, dit Jondalar. Qui est-ce ?

— Lanzadoni, répondit Dalanar d'un ton taquin. Les doniates sont censés renoncer à leur individualité pour ne faire qu'un avec leur peuple, mais j'ai remarqué qu'ils se servent de mots à compter pour se désigner, et ceux-ci ont finalement plus de pouvoir que les noms. Elle était Première Acolyte de la Zelandoni de la Deuxième Caverne ; on l'appellera Lanzadoni de la Première Caverne des Lanzadonii.

— Je la connais, dit Ayla. Elle faisait partie des acolytes qui nous ont guidés dans la Profonde des Rochers de la Fontaine quand nous sommes allés aider Zelandoni à trouver l'esprit de ton frère. Tu t'en souviens, Jondalar ?

— Oui, je m'en souviens. Je pense qu'elle fera une bonne Lanzadoni. C'est une personne dévouée, et une guérisseuse de talent, m'a-t-on dit.

Tandis que la soirée avançait, les couples nouvellement unis prononçaient les derniers mots qu'ils échangeraient avec des parents et des amis pendant une période de quatorze jours. Pour certains, cela paraissait étrange, comme de dire adieu sans partir. Chaque Caverne organiserait de petites fêtes séparées quand les couples rentreraient au bercail après leur quinzaine d'isolement et recevraient des cadeaux qui les aideraient à entamer leur nouvelle vie commune. Les unions ne seraient pleinement reconnues qu'après la période d'essai puisque les couples seraient alors libres de se séparer s'ils le souhaitaient. En règle générale, les jeunes gens nouvellement unis partaient de bonne heure, les autres continuant la fête jusqu'aux premières lueurs de l'aube.

Au moment de leur départ, Jondalar et Ayla eurent droit aux commentaires égrillards de quelques plaisantins, principalement des jeunes gens qui avaient abusé du barma de Laramar. Un grand nombre d'entre eux ne connaissaient Jondalar que de réputation puisqu'il était parti alors qu'ils n'étaient que des enfants. La plupart des amis de sa génération avaient passé l'âge de taquiner les couples qui venaient de s'engager ; ils avaient déjà une compagne et un enfant ou plus à leur foyer.

Pour éclairer son chemin, Jondalar prit une des torches qu'on avait disposées autour du lieu de la cérémonie. Ayla et lui gravirent la pente en longeant le petit cours d'eau, s'arrêtèrent pour boire à la source. Ayla ignorait où ils allaient mais elle sut aussitôt quand ils furent arrivés. La tente qu'elle découvrit était celle qu'ils avaient utilisée pendant leur long Voyage et elle sentit un pincement de nostalgie. Elle était heureuse que leur longue errance fût terminée et pourtant elle ne l'oublierait jamais. Elle entendit un hennissement et se tourna vers Jondalar.

— Tu as amené les chevaux ! fit-elle avec un sourire radieux.

— J'ai pensé que nous pourrions les monter le matin, dit-il, levant la torche pour qu'elle pût les voir.

Le bois pour le feu était prêt et Jondalar l'alluma avec la torche avant de suivre Ayla en direction de la jument et de l'étalon. Leurs mains attachées les gênèrent.

— Enlevons cette lanière, décida Jondalar.

— C'est un bon moyen de rappeler que chacun de nous doit être attentif à l'autre.

— Je n'ai pas besoin d'une lanière pour me rappeler que je dois penser à toi, surtout ce soir.

Ayla se coula à l'intérieur de l'abri familier en tendant le bras derrière elle pour que Jondalar pût la suivre. Il alluma une lampe de pierre avec la torche qu'il jeta ensuite dans le feu, au-dehors. Quand il ramena son regard à l'intérieur, Ayla était assise sur les fourrures de couchage étendues sur une sorte de long sac de cuir rembourré d'herbe sèche. Il s'immobilisa pour contempler la femme qui venait de devenir sa compagne.

La douce lumière de la lampe faisait danser son ombre derrière elle, et la petite flamme accrochait des reflets dorés à sa chevelure.

Les yeux de Jondalar s'attardèrent sur les seins épanouis et fermes dévoilés par la tunique, sur le pendentif niché entre eux. Il manquait quelque chose...

— Où est ton sac à amulettes ? demanda-t-il en s'approchant d'elle.

— Je l'ai enlevé. Il n'allait pas avec la tunique de Nezzie et le collier de ta mère. Marthona m'a donné une petite bourse en cuir brut sans décoration pour les amulettes. Cela m'a paru approprié. Elle a suggéré que nous rapportions demain à la hutte les vêtements que nous avons portés ce soir plutôt que de les garder dans la tente. Elle souhaite montrer ma tunique à plusieurs personnes. Cela ne me dérange pas, Nezzie aurait été ravie qu'elle plaise autant. J'en profiterai pour reprendre mon sac à amulettes. Je le porte depuis le jour où j'ai été adoptée par le Clan, cela me fait un drôle d'effet de ne pas l'avoir sur moi.

— Tu n'appartiens plus au Clan, remarqua Jondalar.

— Et je ne lui appartiendrai plus jamais. J'ai été maudite, je ne peux y retourner, mais le Clan fera toujours partie de ce que je suis, je ne l'oublierai jamais. Iza a fabriqué pour moi mon premier sac à amulettes et m'a conviée à choisir un morceau d'ocre rouge pour le mettre dedans... Comme je regrette qu'elle n'ait pas assisté à la cérémonie, elle aurait été tellement heureuse ! Toutes mes amulettes sont importantes pour moi, elles marquent des moments essentiels de ma vie. Elles m'ont été données par mon totem, l'Esprit du Lion des Cavernes, qui m'a toujours protégée. Si je les perds, j'en mourrai, conclut Ayla avec un ton de certitude absolue.

Cela fit prendre conscience à Jondalar de l'importance que ces amulettes avaient pour elle, de l'importance d'une union pour laquelle elle était prête à s'en séparer. Mais il n'aimait pas l'entendre dire qu'elle mourrait sans elles.

— Ce n'est pas de la superstition ? De la superstition du Clan ?

— Pas plus que votre elandon. Marthona elle-même le reconnaît. Ce sac à amulettes contient mon esprit, il permet à mon totem de me trouver. Quand le Camp du Lion m'a adoptée, ma vie avec le Clan n'a pas été effacée pour autant. Elle s'est ajoutée au reste. C'est la raison pour laquelle Mamut a inclus mon totem dans mon nom. Maintenant que je suis devenue membre de la Neuvième Caverne, je n'en reste pas moins Ayla des Mamutoï. Mon nom est simplement plus long.

Elle sourit avant d'en entamer la récitation :

— Ayla de la Neuvième Caverne des Zelandonii, anciennement du Camp du Lion des Mamutoï, Fille du Foyer du Mammouth, Choisie par l'Esprit du Lion des Cavernes, Protégée par l'Ours des Cavernes, Amie des chevaux et de Loup... compagne de Jondalar de la Neuvième Caverne des Zelandonii. S'il s'allonge encore, je n'arriverai plus à m'en souvenir.

— Tant que tu te rappelles la dernière partie, « compagne de Jondalar »...

Il tendit le bras, caressa tendrement un mamelon et le regarda s'ériger sous la caresse. Ayla sentit des picotements de plaisir.

— Décidément, cette lanière me gêne, grogna Jondalar.

Elle retourna leurs poignets, tenta de dénouer le ruban de cuir avec sa main gauche, mais elle était droitière et les nœuds résistaient.

— Il va falloir que tu m'aides, Jondalar. Ce serait plus facile de la couper.

— Ne dis pas cela ! s'insurgea-t-il. Jamais je ne romprai le lien qui nous unit. Je veux que tu restes attachée à moi toute ma vie.

— Je le suis et je le resterai, avec ou sans lanière. Voyons ce nœud d'un peu plus près... Je crois que, si tu tiens ce bout et si je tire sur l'autre, il se défera.

Il suivit ses instructions, et la lanière se dénoua.

— Comment le savais-tu ? s'étonna Jondalar.

— Tu as vu mon sac à remèdes. Les bourses qu'il contient sont fermées par des nœuds dont la forme m'indique ce qui se trouve à l'intérieur. Quelquefois, je dois les ouvrir vite, je ne peux pas me permettre de perdre du temps quand quelqu'un attend mes soins. Je connais bien les nœuds, Iza m'a appris à les faire et à les défaire il y a longtemps.

— J'en suis ravi, dit-il en prenant la longue et mince lanière. Je la range dans mon sac pour ne pas l'égarer. Nous devrons montrer qu'elle n'a pas été coupée et l'échanger contre les bracelets de la Zelandonia à notre retour.

Il roula la lanière, la fourra dans son sac puis passa ses deux bras autour d'Ayla.

— Voilà comment j'aime te tenir quand je t'embrasse, dit-il.

— Voilà comment j'aime que tu me tiennes.

Il l'embrassa, lui écarta les lèvres de sa langue, pressa un sein. Puis il la poussa en arrière pour l'allonger sur les fourrures, se pencha pour prendre le téton dans sa bouche. Ayla se sentit aussitôt réagir et son trouble crût en intensité quand Jondalar se mit à sucer et à mordiller un mamelon tout en caressant l'autre avec ses doigts.

Elle se dégagea, entreprit de relever la tunique blanche.

— Que feras-tu quand le bébé viendra ? Ils seront pleins de lait.

— Je promets de ne pas trop lui en voler, mais tu peux être sûre que je goûterai, répondit-il en ôtant la tunique. Tu as déjà eu un enfant. Est-ce que tu ressens la même chose quand un bébé te tète ?

Ayla réfléchit avant de répondre.

— Non, pas exactement. C'est agréable de donner le sein, au bout de quelques jours. Au début, le bébé tète si fort qu'il rend les mamelons douloureux, il faut un moment pour s'habituer. Mais je ne sens pas la même chose si c'est toi qui me tètes. Quelquefois, il suffit que tu me touches les seins pour que j'aie cette sensation tout au fond de moi. Cela n'arrive jamais avec un bébé.

— Moi, il suffit parfois que je te regarde pour avoir cette sensation, assura Jondalar.

Il défit la ceinture nouée autour de la taille d'Ayla, ouvrit la tunique, caressa le ventre légèrement arrondi, l'intérieur des cuisses. Il aimait la toucher à cet endroit. Elle acheva de se dévêtir puis l'aida à dénouer les lacets de ses chausses.

— J'ai éprouvé une telle joie en te voyant porter la tunique que j'ai fabriquée pour toi, Jondalar...

Il ramassa le vêtement qu'il avait jeté sur ses fourrures, le plia avec soin avant de s'attaquer à ses jambières. Ayla ôta son collier de coquillages et d'ambre, ses boucles d'oreille — elle avait les lobes un peu irrités —, rangea les bijoux dans son sac. En se retournant, elle vit Jondalar se tenant sur un pied, le dos courbé parce qu'il était trop grand pour la tente, mais le membre en pleine érection. Elle ne put résister à l'envie de le saisir, ce qui déséquilibra le jeune homme. Il tomba sur les fourrures dans un éclat de rire.

— Comment veux-tu que j'enlève tout ça si tu es aussi impatiente ? marmonna-t-il.

D'une ruade, il expédia la seconde jambière au fond de la tente, s'étendit à côté d'Ayla, se souleva sur un coude pour la regarder.

— Quand as-tu cousu cette tunique pour moi ?

— Lorsque nous étions au Camp du Lion.

— Mais tu étais promise à Ranec, cet hiver-là. Pourquoi me faisais-tu une tunique ?

— Je ne sais pas trop. Je crois que je gardais quand même espoir. Et puis j'ai eu une drôle d'idée. Je me suis souvenue que tu m'avais dit que tu voulais capturer mon esprit en sculptant cette petite figurine de moi, dans ma vallée, et j'espérais parvenir, d'une certaine façon, à capturer ton esprit en confectionnant quelque chose pour toi. A cette époque, tout le monde parlait d'animaux noirs et d'animaux blancs, et tu avais exprimé ta préférence pour le blanc. Alors, quand Crozie a proposé de m'apprendre à obtenir du cuir blanc, j'ai décidé de faire cette tunique pour toi. Chaque fois que j'y travaillais, je pensais à toi. Ce furent mes plus grands moments de bonheur, cet hiver-là. Je t'imaginais même la portant à une cérémonie d'union. Cette tunique maintenait mon espoir en vie. C'est pour cela que je l'ai portée dans un paquet pendant tout le Voyage.

Jondalar avait presque les larmes aux yeux.

— Je suis désolée qu'elle ne soit pas décorée, continua-t-elle. Je ne sais pas très bien coudre les perles et autres décorations. Chaque fois que je commençais, j'étais interrompue. J'y ai quand même cousu des queues d'hermine. Je voulais en mettre plus mais je n'ai pas eu le temps de retourner chasser cet hiver-là.

— Elle est parfaite, Ayla. Tous les autres ont cru que c'était volontairement que tu ne l'avais pas décorée, ils ont été très impressionnés. Marthona m'a dit qu'elle appréciait cette façon de laisser la qualité du matériau et du travail servir de décoration. Je crois que nous verrons quelques tuniques blanches dans le coin, d'ici peu.

— Quand ta mère m'a annoncé que je ne pourrais ni te voir ni te parler avant la fin de la cérémonie, j'étais prête à enfreindre tous les usages zelandonii rien que pour te donner cette tunique. C'est alors qu'elle m'a proposé de s'en charger, bien qu'elle m'ait paru penser que ce contact par son intermédiaire était déjà trop. Mais je ne savais pas si la tunique te plairait, si tu comprendrais pourquoi je tenais tant à ce que tu la portes.

— Comment ai-je pu être aussi stupide cet hiver-là ? Je t'aimais, je te désirais. Chaque fois que tu allais rejoindre Ranec, la nuit, je ne le supportais pas. J'entendais le moindre bruit que vous faisiez, je n'arrivais pas à dormir. C'est pourquoi je t'ai prise, ce jour-là dans la steppe. Je sentais tous les mouvements de ton corps quand nous chevauchions Whinney ensemble. Me pardonneras-tu un jour de t'avoir forcée comme je l'ai fait ?

— Je ne cesse de te le répéter mais tu ne m'écoutes pas. Tu ne m'as pas forcée, Jondalar. Tu n'as pas senti comme mon corps répondait au tien ? Comment peux-tu croire que tu m'as forcée ? Ce fut pour moi le jour le plus heureux de l'hiver. J'en ai rêvé longtemps après. Chaque fois que je fermais les yeux, je te sentais en moi, je te voulais de nouveau, mais tu ne me revenais pas.

Il l'embrassa. Soudain incapable d'attendre davantage, il fut sur elle, lui écarta les jambes, trouva son puits chaud et humide, et la pénétra. Il sentit la chaleur d'Ayla caresser son membre : elle était prête. Elle se souleva pour mieux l'accueillir, gémit quand il s'enfonça profondément en elle. Il se retira puis replongea en elle, encore et encore. Quand le rythme s'accéléra, elle arqua le dos pour diriger la pression de la hampe où elle la voulait. Là. C'était bon. Elle était vraiment prête. Lui aussi. Jondalar eut l'impression qu'il allait exploser. Tous leurs nerfs étaient tendus dans l'attente du plaisir, ils n'avaient plus conscience que de cela. Soudain les ondes merveilleuses les enveloppèrent, déferlèrent en une exquise délivrance. Jondalar donna encore quelques coups de reins puis s'effondra sur sa compagne.

— Je t'aime, Ayla, murmura-t-il. Je ne sais pas ce que je ferais si je te perdais. Je n'aimerai jamais que toi, promit-il, la voix étranglée par l'intensité de ses sentiments.

— Jondalar, je t'aime moi aussi. Je t'ai toujours aimé.

Des larmes sourdaient aux coins de ses yeux, en partie à cause de la force de son amour pour lui, en partie à cause d'un désir si vite attisé et si soudainement apaisé. Ils demeurèrent un moment sans bouger dans la lueur tremblotante de la lampe puis Jondalar se souleva, retira lentement son sexe et roula sur le côté.

— Je craignais d'être trop lourd pour toi, dit-il en posant de nouveau la main sur le ventre de sa compagne.

— Tu ne l'es pas encore. Plus tard peut-être, nous devrons nous soucier de trouver d'autres façons de le faire. Quand le bébé commencera à grandir.

— Est-il vrai que tu sens la vie bouger en toi ?

— Pas encore, mais je la sentirai avant longtemps. Toi aussi. Il te suffira de mettre la main sur mon ventre, comme maintenant.

— Je suis content que tu aies déjà eu un enfant. Tu sais à quoi t'attendre.

— Ce n'est pas tout à fait pareil, cette fois. Quand je portais Durc, j'avais des nausées presque tout le temps.

— Comment te sens-tu ?

— Très bien. Même au début, les nausées étaient très faibles, et maintenant je n'en ai plus.

Ils restèrent un moment silencieux, et il se demanda si elle ne s'était pas assoupie. Il avait envie de recommencer, en prenant tout son temps, cette fois, mais si elle dormait...

— Je me demande comment il va, dit-elle soudain. Mon fils.

— Il te manque ?

— Il me manque tellement quelquefois que je ne sais pas quoi faire. A la réunion de la Zelandonia, la Première a chanté le *Chant de la Mère*. J'aime cette histoire. Chaque fois que je l'entends, j'ai les larmes aux yeux quand on arrive à la partie où la Mère est séparée de Son enfant. Je crois savoir ce qu'Elle a enduré. Même si je dois ne plus jamais revoir Durc, je voudrais savoir comment il va. Comment Broud et les autres le traitent.

Ayla redevint silencieuse.

— On dit dans le chant que la Mère a souffert pour enfanter. Est-ce très douloureux ?

— L'accouchement de Durc a été difficile. Je n'aime pas trop y penser. Mais, comme le dit le *Chant de la Mère*, il en valait la peine.

— As-tu peur ? Peur d'enfanter de nouveau ?

— Un peu. Mais je me sens bien, cette fois. L'accouchement ne se passera peut-être pas aussi mal.

— Je ne sais pas comment font les femmes.

— Nous le faisons parce que cela en vaut la peine. Je voulais tellement Durc ! Et puis ils m'ont dit qu'il était difforme, que je ne pouvais pas le garder...

Elle se mit à pleurer, il la prit dans ses bras.

— C'était horrible, poursuivit-elle. Je ne pouvais pas accepter de le perdre. Au moins, chez les Zelandonii, la mère a le choix. Personne n'essaiera de m'imposer une décision.

Ils entendirent des loups hurler au loin, un autre leur répondre, plus près de la tente. Ce hurlement-là leur était familier : Loup se trouvait à proximité.

— Je me demande s'il me quittera, lui aussi, fit Ayla à voix basse, enfouissant son visage au creux de l'épaule de Jondalar.

Il la serra contre lui pour la consoler. C'est une dure épreuve d'être honorée par Doni, songea-t-il. Une grande faveur, et cependant... Il tenta d'imaginer ce qu'il éprouverait s'il sentait la vie croître en lui, n'y parvint pas. Les hommes n'enfantent pas, se dit-il. Pourquoi Doni les a-t-elle faits, d'ailleurs ? Sans hommes, les femmes se débrouilleraient fort bien. Elles ne sont pas toutes enceintes en même temps, certaines pourraient aller chasser ou aider les autres quand leur ventre est trop gros ou leurs enfants trop petits. Les femmes s'entraident toujours quand l'une d'elles accouche. Elles pourraient même survivre sans chasser ; la cueillette est facile, y compris pour une femme qui a des enfants en bas âge.

Jondalar s'était déjà interrogé à ce sujet et se demandait si d'autres hommes se posaient la question. En tout cas, ils n'en parlaient pas. Doni devait bien avoir eu une raison pour créer deux êtres différents. Il y avait toujours une logique dans ce qu'Elle faisait. Le monde était ordonné. Le soleil se levait chaque matin, la lune passait régulièrement par toutes ses phases, les saisons se succédaient de la même façon chaque année.

Se pouvait-il qu'Ayla eût raison ? Fallait-il un homme pour faire naître la vie ? Etait-ce pour cette raison qu'il y avait des hommes et des femmes ? Jondalar se débattait avec ses pensées en tenant sa compagne dans ses bras. Il voulait qu'il y eût une raison à son existence à lui, une vraie raison. Pas seulement pour partager les Plaisirs, pas uniquement pour prodiguer aide et soutien. Il voulait que sa vie se révélât nécessaire. Il voulait croire qu'il ne naîtrait pas de nouvelle vie sans hommes, que sans hommes il n'y aurait plus de bébés, que tous les Enfants de la Terre disparaîtraient.

Il était si abîmé dans ses pensées qu'il n'avait pas remarqué que les sanglots d'Ayla avaient cessé. Il la regarda et sourit. Endormie, elle respirait paisiblement. Elle s'était levée tôt, la journée avait été longue. Il dégagea son bras, le plia et l'étendit plusieurs fois pour rétablir la circulation, et bâilla. Il tombait de fatigue, lui aussi. Il souffla la mèche en mousse de la lampe à graisse, chercha à tâtons le corps de la femme endormie et se blottit contre elle.

Le lendemain matin, quand Jondalar ouvrit les yeux, il lui fallut un moment pour se souvenir de l'endroit où il se trouvait. Il avait déjà pris l'habitude de dormir dans la hutte et la tente était bien plus exiguë. Plus familière aussi. Il y avait dormi avec Ayla pendant une année. Tout le reste lui revint : ils s'étaient unis la veille, Ayla était sa compagne. Il se tourna pour la toucher mais elle n'était plus là. Il sentit alors une odeur de cuisson au-dehors. Sans même y songer, il se redressa, tendit la main vers sa coupe et fut étonné de la découvrir remplie d'infusion de menthe bien chaude. Il but une gorgée. Elle était juste comme il l'aimait, et il y avait à côté une brindille de gaulthérie récemment écorcée. Une fois de plus, Ayla avait devancé son désir en lui préparant ce qu'il souhaitait le matin.

Il avala une autre gorgée puis repoussa les fourrures et se leva. Ayla s'occupait des chevaux, et Loup était avec elle. Il se rinça la bouche, mâchonna la brindille, s'en servit pour se curer les dents, se rinça une nouvelle fois la bouche puis but le reste de l'infusion. Au moment où il allait s'habiller, il songea qu'il n'y avait personne d'autre à proximité, et ce fut entièrement nu qu'il se dirigea vers sa compagne. Elle lui sourit, jeta un coup d'œil à son organe. Il n'en fallut pas plus pour que son sexe commence à grossir. Le sourire de la jeune femme se fit malicieux.

— Belle journée, fit-il en approchant, sa virilité fièrement dressée devant lui.

— Je pensais justement que j'aimerais aller nager avec toi, ce matin, dit-elle en le regardant. L'étang de notre camp n'est pas très loin si nous passons par-derrière.

— Tu veux y aller quand ? J'ai senti que tu préparais quelque chose à manger.

— Maintenant, suggéra-t-elle d'un air matois. Je peux retirer du feu ce qui est en train de cuire.

— Allons-y, femme. (Il la prit dans ses bras, l'embrassa.) J'enfile un vêtement en vitesse, nous pourrons y aller à cheval. Ce sera plus rapide, ajouta-t-il avec un sourire.

Ayla alla prendre son sac mais ils montèrent à cru. Quelques instants plus tard, ils arrivèrent à l'étang et laissèrent les animaux paître. Après avoir étalé une peau par terre, ils coururent vers l'eau en riant. Loup les poursuivit mais, quand ils se jetèrent dans l'étang, provoquant une double gerbe d'éclaboussures, il partit s'intéresser à autre chose.

— C'est bon, dit Ayla.

Elle fléchit les jambes pour s'immerger puis se releva et Jondalar l'imita. Ensuite, ils traversèrent ensemble l'étang à la nage et revinrent. Il tendit la main vers elle.

— C'est bon aussi de te toucher, dit-il. Et peut-être de te goûter.

Il la prit dans ses bras, la souleva et la porta sur la peau.

— Hier, il y avait trop de choses à faire, maintenant nous avons le temps, reprit-il, baissant vers elle ses yeux d'un bleu étonnant.

Il se pencha pour l'embrasser, lentement, tendrement, se pressant contre elle, sentant sa peau rafraîchie par l'eau et la chaleur sousjacente de son corps. Il lui grignota l'oreille, la gorge, emprisonna un sein, saisit le mamelon. C'était ce qu'il voulait, ce qu'elle voulait.

Il prenait son temps, titillant un téton, mordillant l'autre, et se sentit bientôt dur et gonflé de sang. Les caresses de Jondalar suscitaient en Ayla des sensations qui traversaient son corps comme un éclair, jusqu'aux endroits du Plaisir. Il suivit de la paume l'arrondi du ventre, conscient qu'un bébé était en train d'y croître, descendit vers la fente du mont pubien.

Ayla se tendit vers lui et il débusqua le petit bourgeon. Les ondes de sensations devinrent plus intenses. Il se redressa, se plaça entre ses cuisses, écarta les plis roses et, un court instant, se contenta de regarder. Puis il ferma les yeux et laissa sa langue trouver le goût d'Ayla. C'était la femme qu'il voulait. C'était son Ayla.

Immobile, elle le laissait explorer, s'insinuer dans les endroits chauds. Il dénicha de nouveau le bourgeon, se mit à l'agacer de la langue, le frottant, le suçant. Ayla gémit, l'esprit dans cet autre lieu où Jondalar savait la transporter. Elle colla son bas-ventre contre sa bouche quand il accéléra, et les plaintes qui lui échappaient se firent plus aiguës.

Il se sentait durcir encore et mourait d'envie de la pénétrer mais, d'abord, il voulait lui faire atteindre le sommet. La vague qui était prête à la submerger ne cessait de se rapprocher, et soudain elle déferla, explosant en gerbes de Plaisir. Ayla voulut le sentir en elle.

Elle l'attira contre elle, l'aida à s'introduire, attendit la première délicieuse poussée. Il se retira et plongea de nouveau, l'emplissant toute. Jondalar sentait les replis chauds le presser chaque fois qu'il s'enfonçait profondément. Ils allaient si bien ensemble... C'était la femme qu'il voulait. Elle pouvait l'accueillir totalement, il n'avait pas à s'inquiéter de ses dimensions. Il sortait presque entièrement, la pénétrait de nouveau, et chaque fois elle le sentait plus fort, le bruit de sa respiration montant en même temps que les sensations qui la traversaient.

Les pulsations s'intensifièrent jusqu'à l'éclatement et Jondalar se libéra au moment où Ayla atteignait le point culminant. Il poursuivit son mouvement deux ou trois fois puis se laissa aller sur elle. Elle ne voulait plus qu'il bougeât. Elle aimait le sentir sur elle. Elle voulait savourer le Plaisir, se détendre elle aussi.

Ils retournèrent se baigner et, quand ils sortirent de l'eau, Ayla prit dans son sac les douces peaux à sécher. Puis ils sifflèrent pour appeler les chevaux et retournèrent à leur camp. Loup tournait autour de la tente en grondant et Whinney semblait nerveuse.

— Quelque chose les inquiète, dit Ayla. Tu crois que ce pourraient être les loups que nous avons entendus hier soir ?

— Je ne sais pas, répondit Jondalar. Après avoir mangé, pourquoi ne pas replier la tente et partir faire une longue promenade à cheval ? Et passer la nuit ailleurs, peut-être ?

— Bonne idée. Nous nous arrêterons à la hutte pour laisser nos tenues matrimoniales et emporter le reste de nos affaires de voyage. Nous irons explorer les environs et, à notre retour, nous planterons la tente près de l'étang. Personne n'y va jamais. Emmenons Loup. Il empiète peut-être sur le territoire d'une meute. Les loups se battent pour empêcher d'autres loups de prendre ce qui leur appartient.

33

Lorsqu'ils arrivèrent au camp de la Neuvième Caverne et mirent pied à terre près de leur hutte, les Zelandonii se comportèrent comme s'ils n'étaient pas là, passant sans les voir ou détournant les yeux. Ayla frissonna en se rappelant la malédiction du Clan : elle savait ce que cela signifiait, d'être ignorée par des gens qu'elle aimait et qui refusaient de la voir, même quand elle criait et agitait les bras devant eux. Puis elle vit Folara leur jeter un coup d'œil en tentant de retenir un sourire et se détendit. Personne ne leur voulait de mal. C'était leur période d'essai, ils ne devaient parler à personne.

Ils entrèrent dans la hutte au moment où Marthona s'apprêtait à en sortir, se frôlèrent sans dire un mot, mais la mère de Jondalar les regarda ouvertement et leur sourit. Elle ne jugeait pas nécessaire de feindre de ne pas les voir, de s'imposer toute cette comédie : ne pas leur adresser la parole et ne pas les encourager à parler suffisait amplement.

Ils déposèrent leurs vêtements sur les peaux rembourrées d'herbe où se trouvaient normalement leurs fourrures puis se dirigèrent vers la couche de Marthona et Willamar. La mère de Jondalar y avait laissé la bourse de cuir brut contenant les amulettes, ainsi que de la nourriture qu'elle avait préparée pour eux. Ayla faillit la remercier à voix haute, se ravisa à temps. Avec un bref sourire, elle lui adressa les signes du Clan qui voulaient dire : « Je te suis reconnaissante de ta gentillesse, mère de mon compagnon. »

Marthona ne connaissait pas la langue du Clan mais devina que c'était une sorte de remerciement et rendit son sourire à la jeune femme qui était maintenant la compagne de son fils. Cela pourrait être utile d'apprendre certains de ces signes, pensa-t-elle. De communiquer sans parler, sans que des tiers puissent comprendre. Après leur départ, elle alla voir les vêtements qu'ils portaient la veille.

Jondalar s'était fait remarquer avec sa tunique blanche, mais il ne passait jamais inaperçu, et si cet habit dénotait une technique avancée dans le travail du cuir, c'était la tenue d'Ayla qui avait fait l'impression la plus forte, comme Marthona l'espérait. La tunique mamutoï avait déjà conduit plusieurs personnes à relever le rang qu'elles étaient prêtes à accorder à Ayla. Marthona avait invité quelques Zelandonii à venir goûter le vin de myrtilles qu'elle offrait depuis quelque temps et qu'elle avait conservé deux ans à l'intérieur d'une panse d'élan lavée et cousue, dans un coin sombre et sec de son habitation. Elle avait disposé plusieurs lampes à l'intérieur de la hutte afin que ses invités puissent admirer plus commodément la tenue d'Ayla. Se penchant vers la couche, Marthona rectifia la position du vêtement pour faire disparaître un pli qui cachait une broderie de perles particulièrement réussie.

Ayla et Jondalar appréciaient leurs journées de « séparation » des Zelandonii. C'était comme un recommencement de leur Voyage, sans la pression d'un déplacement incessant. Ils passaient leur temps à chasser, à pêcher et à cueillir juste ce dont ils avaient besoin, à se baigner et à faire de longues chevauchées. Loup les accompagnait parfois, il manquait à Ayla lorsqu'il n'était pas là. On eût dit qu'il n'arrivait pas à se décider entre rester avec les êtres humains qu'il aimait et retourner à ce qu'il trouvait si fascinant loin d'eux. Où que le couple installât son camp, il le retrouvait, et Ayla était ravie chaque fois qu'il apparaissait devant leur tente. Elle le caressait, le cajolait, lui parlait, chassait avec lui. Les attentions de la jeune femme l'incitaient généralement à demeurer quelque temps avec eux, mais il finissait par repartir, restant souvent absent une ou plusieurs nuits.

Ils exploraient monts et vallées. Jondalar croyait connaître la contrée où il était né mais, juché sur le dos d'un cheval, il la découvrait sous une autre perspective et appréciait mieux sa richesse. Ils croisèrent — parfois lents troupeaux, parfois simples taches de pelage entrevues — un nombre impressionnant d'animaux de diverses espèces.

La plupart des herbivores partageaient placidement les mêmes prairies, les mêmes bois, et ne prêtaient pas attention aux deux chevaux ni aux humains qui les montaient. Assise sur Whinney, Ayla se plaisait à étudier les autres animaux tandis que la jument paissait, et Jondalar se joignait volontiers à elle, bien qu'il eût d'autres occupations. Il travaillait sur un lance-sagaie qui convenait mieux à la taille de Lanidar, avec des modifications qui, espérait-il, en faciliteraient l'usage avec un seul bras. Jondalar accompagnait Ayla l'après-midi où ils découvrirent un troupeau de bisons.

Bien que souvent chassés, bisons et aurochs demeuraient très nombreux car la quantité de bêtes abattues était infime comparée aux vastes troupeaux qui parcouraient les plaines. Jamais on ne voyait ensemble les deux espèces. Elles s'évitaient. Si le jeune couple avait récemment tué sa part de bisons, observer ces animaux dans leur environnement était enrichissant. Ils avaient perdu leur épais pelage sombre pendant la fonte du printemps et portaient maintenant leur robe d'été, aux tons plus clairs. Ayla aimait surtout regarder les petits, joueurs et pleins de vie, encore tout jeunes : les femelles avaient vêlé à la fin du printemps et au début de l'été. Ces jeunes se développaient assez lentement et réclamaient des soins attentifs. Ils étaient souvent la proie des ours, des loups, des lynx, des hyènes, des léopards, parfois du lion des cavernes... et des hommes.

Les cervidés abondaient, de diverses espèces et de toutes tailles, du cerf géant au chevreuil. Jondalar et Ayla surprirent une petite harde de mégacéros au délicat nez pointu et s'émerveillèrent de leur ramure extraordinaire. Leurs bois avaient la forme d'une main aux doigts écartés, et bien que leur envergure pût atteindre douze pieds et leur poids cent soixante livres ou davantage, il s'agissait d'animaux jeunes. Ils n'avaient pas encore l'énorme cou musclé du cerf adulte mais montraient déjà au garrot la bosse où s'attachaient les tendons nécessaires pour soutenir leurs futurs andouillers.

Même les jeunes mégacéros évitaient les bois touffus où leur ramure risquait de se prendre dans les branches des arbres. Le daim tacheté vivait, lui, dans les bois. Dans une région marécageuse, ils aperçurent un animal solitaire d'une autre espèce, haut et dégingandé, surmonté de bois palmés moins imposants et cependant de bonne taille, se tenant au milieu de l'eau, y plongeant la tête et retirant un mufle plein de plantes aquatiques ruisselantes. Ce cerf avait d'énormes naseaux en surplomb. On l'appelait orignal dans certaines contrées, élan dans celle de Jondalar.

Plus courante était l'espèce connue chez les Zelandonii sous le nom de cerf roux. Il arborait aussi de grands bois, mais de la variété branchue. Se nourrissant essentiellement d'herbe, il vivait dans différents types d'habitat découvert, de la montagne aux steppes. Agile et intrépide, il n'était découragé ni par les pentes escarpées ni par les sols rocailleux, ni même par les hautes corniches étroites si elles fournissaient de l'herbe pour le tenter. Les forêts aux arbres espacés entre lesquels poussaient herbe et fougères, ou interrompues par des clairières ensoleillées lui offraient un habitat acceptable, de même que les collines de bruyère et les steppes.

Le cerf roux n'aimait pas courir mais, marchant ou trottant sur ses longues pattes, il se déplaçait rapidement. Pourchassé, il était capable de franchir des kilomètres à vive allure, de faire des bonds de quarante pieds, de sauter à une hauteur de huit pieds. Bien qu'il préférât l'herbe, il se nourrissait aussi de feuilles, de bourgeons, de baies, de champignons, de bruyère, d'écorce, de glands, de noix et de faines. Les cerfs roux formaient de petites hardes à cette période de l'année. Dans une prairie, près d'un ruisseau, Ayla et Jondalar en découvrirent plusieurs et s'arrêtèrent pour les observer. L'herbe commençait à passer du vert au doré et quelques hêtres au riche feuillage bordaient la rive.

C'était une troupe de mâles d'âges divers, aux bois totalement recouverts de peau velue. Les andouillers commençaient à pousser sous forme de dagues quand les cerfs avaient un an. Ils disparaissaient au début du printemps et recommençaient à pousser presque aussitôt. Chaque année, la ramure comptait un andouiller de plus, et au début de l'été même les plus grands étaient tout à fait développés, couverts d'une peau velue riche en vaisseaux sanguins qui transportaient les substances nutritives indispensables à une croissance aussi rapide. Du milieu à la fin de l'été, cette peau séchait et provoquait des démangeaisons qui amenaient le cerf à frotter ses bois contre les arbres et les rochers pour s'en débarrasser, et elle pendait souvent en lambeaux sanguinolents avant de tomber.

Ils comptèrent douze andouillers sur le plus grand des cerfs, qui devait peser quelque huit cents livres. Malgré son nom de cerf roux, le douze-cors avait un pelage brun-gris ; d'autres membres de la harde étaient marron-roux, taupe ou jaunâtres. Un jeune au front orné d'amorces de dague présentait encore les taches blanches à demi effacées d'un faon. Tout en étant sûr de pouvoir l'atteindre avec son lance-sagaie, Jondalar résista à l'envie d'abattre le cerf qui avait la ramure la plus développée.

— Le grand, là-bas, est dans la fleur de l'âge, dit-il. J'aimerais revenir le voir plus tard. A la saison de ses Plaisirs, il se battra pour avoir le plus de femelles possible, quoique, le plus souvent, il lui suffise de montrer ses bois pour décourager ses adversaires. Mais quand ils se mesurent, le combat peut durer toute la journée. Ils font un tel vacarme en entrechoquant leurs bois qu'on les entend de très loin. Ils se cabrent pour décocher des coups de patte avant.

« Un jour, quand je vivais à la Caverne de Dalanar, nous avons découvert deux cerfs aux bois enchevêtrés. Ils n'arrivaient plus à se détacher l'un de l'autre, malgré tous leurs efforts. Nous avons dû couper leurs ramures. C'était une proie facile, bien sûr, mais Dalanar assurait que nous leur accordions une faveur : ils seraient morts de faim et de soif, de toute façon.

— J'ai l'impression que ce grand mâle a déjà rencontré l'homme, dit Ayla en ordonnant à Whinney de reculer. Le vent vient de tourner, il doit avoir senti notre odeur, il devient nerveux. Regarde, il commence à s'éloigner. S'il part, les autres suivront.

— C'est vrai qu'il a l'air nerveux, acquiesça Jondalar en faisant reculer lui aussi son cheval.

Soudain, un lynx qui guettait la harde, tapi derrière l'un des hêtres, sauta sur le dos du plus jeune des cerfs lorsqu'il passa sous l'arbre. L'animal encore tacheté bondit en avant pour déséquilibrer le prédateur, mais le félin aux oreilles ornées d'une touffe de poils s'agrippa aux épaules de sa proie et lui ouvrit les veines d'un coup de dents. Les autres cerfs s'enfuirent ; le jeune se mit à courir en décrivant un large cercle. Ayla et Jondalar observaient la scène, le lance-sagaie à la main, au cas où ils auraient dû se protéger, mais le lynx avait égorgé l'herbivore, qui montrait des signes d'épuisement. Il tituba. Le félin changea de prise, une autre gerbe de sang jaillit. Le cerf fit encore quelques pas puis s'écroula. Le lynx fracassa le crâne du jeune animal et se mit à dévorer sa cervelle.

— C'est l'odeur du lynx, pas la nôtre, qui rendait le grand cerf nerveux, dit Ayla.

— Celui qu'il a tué était jeune, on voyait encore ses taches blanches. Sa mère était peut-être morte, le laissant seul avant l'âge. Il avait trouvé cette harde de mâles mais cela ne l'a pas sauvé. Les jeunes sont toujours vulnérables.

— Quand j'étais petite fille, j'ai essayé un jour de tuer un lynx avec ma fronde, se souvint Ayla.

— Avec une fronde ? Quel âge avais-tu ?

Elle fit appel à sa mémoire.

— Je crois que je devais compter huit ou neuf ans.

— Il aurait pu te tuer aussi facilement que ce cerf.

— Je sais. Il a bougé au dernier moment, la pierre n'a fait que l'égratigner. Irrité, il s'est jeté sur moi. J'ai réussi à rouler sur le côté, j'ai ramassé un morceau de bois et je l'ai frappé. Il a déguerpi.

Jondalar se renversa en arrière, ce qui fit ralentir Rapide.

— Tu l'as échappé belle, Ayla !

— Pendant quelque temps, j'ai eu peur de m'aventurer seule loin de la Caverne, et c'est là que m'est venue l'idée de lancer deux pierres. Je me suis dit que, si j'avais eu une autre pierre, j'aurais pu toucher le lynx une seconde fois avant qu'il ne saute sur moi. Je n'étais pas sûre que ce soit possible, mais je me suis entraînée et j'ai fini par y arriver. J'ai quand même dû attendre d'avoir tué une hyène pour recouvrer assez de confiance en moi et retourner chasser.

Jondalar secoua la tête. A la réflexion, c'était étonnant qu'elle fût encore en vie. Sur le chemin du retour vers leur camp provisoire, ils virent un troupeau de bêtes qui suscitèrent l'intérêt de Whinney et Rapide. Des onagres, qui évoquaient un croisement entre un cheval et un âne, mais constituaient une espèce distincte et viable. Whinney s'arrêta pour renifler leur crottin, Rapide leur adressa un hennissement. Toute la troupe cessa de brouter pour regarder les chevaux. Le cri par lequel les onagres répondirent ressemblait davantage à un braiment, mais les animaux des deux espèces avaient apparemment conscience de leur ressemblance.

Ils aperçurent aussi une antilope saïga femelle avec deux petits, animal aux naseaux bombés et aux allures de chèvre qui préférait les plaines ou les steppes, aussi nues fussent-elles, aux collines et aux montagnes. Ayla se souvint que l'antilope saïga était le totem d'Iza. Le lendemain, ils trouvèrent sur leur chemin un autre troupeau d'animaux qui préoccupaient Ayla plus qu'elle ne voulait l'admettre : des chevaux. Whinney comme Rapide étaient attirés par eux.

En les examinant, Ayla et Jondalar remarquèrent des différences entre les bêtes du troupeau et celles qu'ils avaient amenées de l'Est. Au lieu de la robe louvette de Whinney, la plus commune, ou du pelage brun profond de Rapide, plus rare, la plupart des chevaux du troupeau étaient d'un gris bleuâtre, avec le ventre blanc. Ils avaient tous — y compris les deux leurs — des crinières et des queues noires, une bande noire sur l'échine, l'extrémité des jambes noire, et un semblant de rayures sur la croupe. C'étaient en général de petits chevaux, avec un dos large et un ventre rond, mais ceux du troupeau semblaient légèrement plus hauts et avaient le chanfrein un peu plus court.

La troupe regardait Whinney et Rapide avec autant d'intérêt que les deux chevaux d'Ayla la considéraient et, cette fois, au hennissement de Rapide répondit un cri de défi. Un puissant étalon se dirigea vers eux. D'un accord tacite, Ayla et Jondalar lancèrent leurs montures dans une autre direction. Jondalar ne tenait pas à ce que Rapide fût entraîné dans un combat avec l'étalon et Ayla craignait que, comme Loup, les chevaux ne fussent tentés de la quitter.

Dans les jours qui suivirent, Loup passa quelque temps avec eux, ce qui donna à Ayla l'impression que sa famille était de nouveau réunie. Ils effectuèrent un détour pour éviter un gros sanglier qui creusait la terre de son groin, à la recherche de truffes, rirent en voyant deux loutres batifoler dans un bassin créé par le barrage d'un castor solitaire qui plongea dans l'eau à leur approche. Ils découvrirent les traces d'un ours et une touffe de ses poils prise dans l'écorce d'un arbre, mais pas l'animal lui-même ; ils sentirent l'odeur de musc aisément reconnaissable d'un glouton. Ils distinguèrent un léopard qui sautait d'une haute corniche en un bond gracieux, et des bouquetins, ou chèvres des montagnes, qui gravissaient avec agilité la paroi d'une falaise presque verticale.

Plusieurs femelles ibex et leurs petits, qui avec leur laine serrée ressemblaient à des boules rondes montées sur des bâtons, étaient descendues des hauteurs pour s'engraisser en dévorant l'herbe riche des plaines. Elles avaient de longues cornes qui se recourbaient au-dessus de leur dos, des yeux très écartés, une bosse derrière la tête, des sabots au bord dur et raide avec un centre souple et spongieux qui adhérait à la roche.

Ayla ferma les yeux comme pour se concentrer, inclina la tête.

— Je crois que des mammouths se dirigent vers nous, dit-elle.

— Comment le sais-tu ?

— Je les entends.

— Je n'entends rien.

— C'est un grondement très sourd, répondit-elle en tendant de nouveau l'oreille. Regarde ! Là-bas ! s'écria-t-elle tout excitée en voyant un troupeau au loin.

Ayla avait détecté le barrissement d'un mâle en rut, normalement situé hors de portée auditive d'un être humain, mais qu'une femelle en chaleur pouvait entendre jusqu'à huit kilomètres de distance, parce que des sons aussi graves s'atténuaient moins vite avec l'éloignement. Ayla avait l'ouïe si fine qu'elle les entendait ou plus exactement qu'elle les sentait.

Le troupeau se composait surtout de femelles et de leurs petits. L'une d'elles était en chaleur, plusieurs mâles rôdaient autour, pleins d'espoir, malgré la présence du mâle dominant de la région, avec qui elle avait déjà convolé. Elle avait refusé les avances insistantes des autres jusqu'à son arrivée. Il les maintenait désormais à l'écart et, comme aucun d'eux n'osait le défier, cela permettait à la jeune femelle de manger et de nourrir son premier rejeton entre les accouplements.

Un pelage épais recouvrait les gigantesques animaux, de la queue à l'extrémité de leur longue trompe, oreilles comprises. Quand ils furent plus près, Ayla et Jondalar discernèrent mieux les diverses nuances de leur fourrure. Les petits avaient un poil clair, celui des femelles variait du châtain brillant des plus jeunes au marron foncé de la vieille matriarche. Les mâles devenaient presque noirs en prenant de l'âge. Leur pelage se composait d'un duvet très dense d'où poussaient de longs poils raides qui leur tenaient chaud même au plus froid de l'hiver, quand ils buvaient de l'eau glacée ou mangeaient de la neige.

— C'est tôt dans la saison pour les mammouths, observa Jondalar. Nous ne les voyons pas avant la fin de l'automne, en général. Les mammouths, les rhinocéros, les bœufs musqués et les rennes, voilà les animaux de l'hiver.

Le dernier jour de leur isolement, Ayla et Jondalar se levèrent tôt. Ils avaient passé les journées précédentes à explorer l'ouest de la Rivière, près d'un autre cours d'eau au lit presque parallèle. Ils emballèrent leurs affaires mais eurent envie de s'offrir une ultime longue chevauchée avant de retourner à la Réunion d'Eté, aux relations sociales qui exigeaient d'eux du temps et de l'attention mais leur apportaient aussi satisfaction et plaisir. Après avoir apprécié cette parenthèse, ils étaient prêts à rentrer, impatients de retrouver ceux qu'ils aimaient. Ayant passé près d'un an avec leurs animaux pour toute compagnie, ils connaissaient à la fois les joies et les peines de la solitude.

Ils emportèrent de la nourriture et de l'eau, puis partirent d'un pas tranquille, sans destination précise. Loup les avait quittés deux jours plus tôt, ce qui attristait Ayla. Pendant leur Voyage, il avait manifesté un vif désir de rester avec eux, mais il n'était alors qu'un louveteau. Bien que cela leur parût beaucoup plus long, il ne s'était écoulé qu'une année et deux saisons depuis l'hiver où ils avaient séjourné chez les Mamutoï, quand Ayla avait ramené un bébé loup duveteux qui ne devait pas avoir plus d'une lune. Malgré sa taille actuelle, Loup était encore très jeune.

Ayla ignorait la durée de vie d'un loup mais devinait qu'elle devait être beaucoup moins longue que celle de la plupart des hommes. Loup n'était pas sorti de l'adolescence, que les mères et leurs compagnons considéraient comme la période la plus pénible de leur progéniture. C'étaient des années riches en énergie et pauvres en expérience pendant lesquelles les jeunes, débordant de vie et convaincus que cela durerait à jamais, prenaient des risques qui menaçaient leur existence. S'ils en réchappaient, ils y gagnaient un peu de sagesse qui les aiderait à survivre plus longtemps. Ayla pensait que ce n'était sans doute pas très différent chez les loups et ne pouvait s'empêcher de se tourmenter.

L'été avait été l'un des plus secs que Jondalar se rappelât. Dans la plaine, des tourbillons de poussière s'élevaient, tournoyaient un moment puis mouraient. Découvrant avec satisfaction un petit lac devant eux, ils s'arrêtèrent sur la rive et y partagèrent les Plaisirs à l'ombre d'un saule pleureur, se reposèrent et bavardèrent avant de se baigner.

Ayla s'élança dans l'eau en criant : « Le premier de l'autre côté », et se mit aussitôt à nager avec de longs mouvements assurés. Jondalar la suivit, combla son retard grâce à ses muscles puissants, mais il dut donner le meilleur de lui-même. Ayla se retourna, vit qu'il se rapprochait et redoubla d'efforts. Ils atteignirent l'autre rive en même temps.

— Tu étais partie avant, j'ai gagné, haleta Jondalar en se laissant tomber sur la berge.

— Tu aurais dû me défier le premier, repartit Ayla dans un rire. Nous avons gagné tous les deux.

Ils regagnèrent nonchalamment l'autre rive au moment où le soleil dépassait son zénith et commençait à décliner, annonçant la seconde moitié de la journée. Un peu tristes de savoir que l'intermède idyllique touchait à sa fin, ils remontèrent sur leurs chevaux et prirent la direction du camp de la Réunion d'Eté. Ayla continuait à souffrir de l'absence de Loup.

Ils se trouvaient encore à une longue distance du camp lorsqu'ils entendirent des cris. S'approchant, ils aperçurent entre les nuages de poussière montant de la terre desséchée plusieurs jeunes gens qui partageaient sans doute l'une des « lointaines ». Aux motifs de leurs vêtements, Jondalar devina qu'ils appartenaient pour la plupart à la Cinquième Caverne. Armés de sagaies, ils formaient un cercle au centre duquel se trouvait un animal recouvert de longs poils, au museau surmonté de deux longues cornes.

C'était un rhinocéros laineux, créature imposante de onze pieds et demi de long et de cinq pieds de haut. Une bête lourde, avec des pattes courtes et épaisses pour soutenir une carcasse massive. Il engloutissait d'énormes quantités de matière végétale, herbes et broussailles de la steppe, brindilles et branches des arbres à feuilles persistantes et des saules qui bordaient les rivières. Avec ses yeux situés de part et d'autre de la tête, il ne voyait pas très bien, en particulier devant, et ses naseaux étaient cloisonnés, mais il possédait une ouïe et un odorat très fins pour compenser la pauvreté de sa vision.

La corne de devant mesurait plus de trois pieds. Lourde et menaçante, elle rasait le sol d'un côté à l'autre en décrivant un arc de cercle. En hiver, il s'en servait pour balayer la neige et dégager l'herbe sèche et couchée. Une toison laineuse d'un brun grisâtre recouvrait son corps, avec une partie supérieure de longs poils qui effleuraient presque le sol. Une large bande plus sombre lui barrait le milieu du corps, comme si quelqu'un lui avait mis une couverture sur le dos, pensa Ayla, mais l'idée ne serait venue à personne de monter une bête aussi puissante, imprévisible, parfois malveillante et toujours très dangereuse.

Le rhinocéros laineux frappa le sol, tourna la tête à droite et à gauche pour tenter de voir le jeune homme dont son nez sensible lui révélait la présence. Soudain, il chargea. L'homme resta immobile. Au tout dernier moment, il s'écarta et la longue corne pointue le toucha presque.

— Cela a l'air dangereux, dit Ayla en menant les chevaux en lieu sûr.

— C'est pour cela qu'ils le font, répondit Jondalar. Les rhinocéros laineux sont difficiles à chasser en toutes circonstances. Ils sont mauvais et imprévisibles.

— Comme Broud. Il avait cet animal pour totem. Les hommes du Clan chassaient le rhinocéros mais je ne les ai jamais observés. Qu'est-ce qu'ils font, ces jeunes ?

— Tour à tour, ils attirent son attention pour le faire charger et ils sautent sur le côté quand il est près d'eux. Ils cherchent à l'épuiser, et c'est à celui qui laissera l'animal approcher le plus avant de s'écarter. Le plus courageux est celui qui sent la bête le frôler au passage. Ce sont généralement les jeunes qui chassent le rhinocéros de cette façon.

« S'ils en tuent un, ils donnent sa chair à la Caverne et se partagent le reste de la dépouille. Celui qui a porté le coup fatal choisit le premier. D'habitude, il prend la corne. Elle est très appréciée, dit-on, pour faire des outils, des manches de couteau, mais ce choix tient aussi à d'autres raisons. Sans doute parce que sa forme évoque un homme en quête des Plaisirs. Selon des rumeurs, cette corne réduite en poudre possède certaines vertus : si on la fait avaler à une femme à son insu, elle se montrera plus passionnée envers l'homme qui la lui a donnée, expliqua Jondalar avec un sourire.

— La viande de rhinocéros laineux n'est pas mauvaise, et il y a beaucoup de graisse sous ses longs poils. Mais il est rare d'en voir un.

— Surtout à cette période de l'année. Les rhinocéros sont des animaux solitaires, la plupart du temps, et peu nombreux dans cette région en été. Ils préfèrent les contrées plus fraîches, bien qu'ils perdent à chaque printemps le duvet que recouvrent leurs longs poils. Il se prend dans les broussailles avant qu'elles n'aient des feuilles, et les Zelandonii vont le ramasser, en particulier ceux qui tissent et font des paniers. J'accompagnais souvent ma mère, plusieurs fois par an. Elle connaît la période de mue de tous les animaux, les bouquetins et les mouflons, les bœufs musqués, même les chevaux et les lions, et bien sûr les mammouths et les rhinocéros laineux.

— Tu as déjà tourmenté un rhinocéros, Jondalar ?

— Oui, avoua-t-il en riant. Comme la plupart des hommes, surtout quand ils sont jeunes. Ils chassent beaucoup d'animaux de cette façon, l'aurochs et le bison, notamment, mais c'est le rhinocéros qu'ils préfèrent. Certaines femmes le font aussi. Jetamio, par exemple, quand je lui ai expliqué comment procéder. C'était une Sharamudoï qui était devenue la compagne de Thonolan. Son peuple ne chassait pas le rhinocéros, il pêchait l'esturgeon géant de la Grande Rivière Mère, avec ces bateaux qu'ils t'ont montrés ; il chassait le bouquetin et le chamois dans la montagne, ce qui est très difficile, mais il ne connaissait pas la chasse au rhinocéros laineux.

Jondalar s'interrompit puis reprit d'un ton triste :

— C'est à cause d'un rhinocéros que nous avons rencontré les Sharamudoï. La bête avait encorné Thonolan, ils lui ont sauvé la vie.

Ils regardèrent les jeunes Zelandonii poursuivre leur jeu dangereux. L'un d'eux s'avança vers l'animal en criant et en gesticulant. L'odorat très fin de la bête était troublé par la présence d'un grand nombre d'hommes déployés autour d'elle. Lorsqu'elle finit par détecter un mouvement de ses petits yeux myopes, elle s'élança dans cette direction, prit de la vitesse en s'approchant du chasseur. Malgré ses pattes courtes, le rhinocéros se déplaçait avec une rapidité remarquable. Il baissa un peu la tête, s'apprêta à enfoncer sa corne dans une masse résistante, mais elle ne fendit que l'air quand l'homme esquiva habilement. L'animal mit un moment à se rendre compte que sa charge avait été vaine, finit par ralentir et s'arrêter.

Déconcerté, furieux, il frappa le sol tandis que les hommes reformaient le cercle autour de lui. Un autre chasseur fit un pas en avant, braillant et remuant les bras pour attirer l'attention de l'énorme créature. Le rhinocéros tourna, fonça de nouveau, et l'homme évita la charge. Il fallut plus longtemps la fois suivante pour le décider à attaquer : apparemment, ils avaient réussi à le fatiguer. Les furieuses dépenses d'énergie commençaient à le marquer.

Tête baissée, pantelante, la bête demeurait immobile. Les hommes resserrèrent le cercle. Celui dont c'était le tour s'approcha prudemment, la sagaie brandie. Le rhinocéros parut ne pas le voir. Au moment où l'homme approchait encore, la bête imprévisible perçut un mouvement ; ses forces déclinantes, revigorées par ce court moment de repos, furent stimulées par la fureur qui envahit son cerveau primitif.

Soudain, il chargea, si vite que l'homme n'eut pas le temps de réagir. La bête laineuse réussit enfin à enfoncer sa corne massive dans autre chose que du vide. L'homme s'effondra avec un cri de douleur. Sans même réfléchir, Ayla lança son cheval en avant.

— Attends ! C'est trop dangereux ! la rappela Jondalar, prenant son sillage.

Les autres chasseurs avaient jeté leurs sagaies avant même que Jondalar n'ouvrît la bouche. Quand Ayla sauta de sa monture encore en mouvement et se précipita vers le blessé, le rhinocéros gisait au sol, masse inerte percée de projectiles, tel un porc-épic géant. Mais trop tard : la bête furieuse s'était vengée.

Plusieurs jeunes gens, effrayés, entouraient l'homme encorné, qui demeurait immobile à l'endroit où il était tombé. Lorsque Ayla approcha, suivie de près par Jondalar, ils semblèrent surpris de la voir et l'un d'eux parut même sur le point de lui barrer le passage et de lui demander qui elle était. Ayla l'ignora. Elle tourna la tête du blessé, écouta sa respiration, prit son couteau pour couper les lacets de ses jambières ensanglantées. Du sang, elle en avait déjà plein les mains, et aussi sur le front : une tache rouge qui marquait l'endroit où elle avait machinalement relevé une mèche de ses cheveux. Bien qu'elle ne portât pas sur le visage de tatouage de Zelandoni, elle savait apparemment ce qu'elle faisait, et le jeune homme hostile recula.

Quand elle dénuda la jambe, la gravité de la blessure lui sauta aux yeux. La partie inférieure du membre était repliée à un endroit où il n'y avait pas de genou. La corne avait brisé les deux os. Le muscle du mollet était déchiré et la pointe déchiquetée d'un os émergeait du magma rouge. Le sang qui coulait de la plaie formait une flaque sur le sol.

Ayla leva les yeux vers Jondalar.

— Aide-moi à lui redresser la jambe pendant qu'il est inconscient. Ensuite apporte-moi des peaux souples, nos peaux à sécher feront l'affaire. Je dois faire pression sur la blessure pour que le sang arrête de couler. Il me faudra aussi de l'aide pour éclisser la jambe.

Elle se tourna vers l'un des jeunes hommes qui se tenaient à proximité.

— Il va falloir le ramener au camp. Tu sais fabriquer une civière ?

Il la fixait d'un regard sans expression, comme s'il ne l'avait pas entendue.

— Quelque chose pour le porter là-bas.

Il hocha la tête.

— Une civière, bredouilla-t-il.

Elle se rendit compte que ce n'était en fait qu'un jeune garçon.

— Jondalar t'aidera, dit-elle en voyant son compagnon revenir avec les peaux.

Quand ils allongèrent le blessé sur le dos, il geignit mais ne reprit pas conscience. Ayla l'examina de nouveau, au cas où il se serait blessé à la tête en tombant, mais ne décela aucune contusion. La jeune femme pressa ensuite fortement la jambe au-dessus du genou pour ralentir l'hémorragie. Elle songea à lui faire un garrot mais, si elle parvenait à redresser les os et à panser la jambe, ce ne serait peut-être pas nécessaire. La pression sur la plaie devait suffire. Il continuait à saigner mais elle avait vu pire.

— Il nous faut des éclisses, dit-elle à Jondalar, des morceaux de bois droits, de la longueur de sa jambe. Casse des sagaies si tu ne trouves rien d'autre.

Il lui rapporta deux attelles qu'il avait obtenues en brisant des lances. Ayla découpa des bandes dans l'une des peaux, ainsi que d'autres longs morceaux dont elle entourerait les éclisses. Elle souleva ensuite le pied de la jambe fracturée, les orteils d'une main, le talon de l'autre, tira doucement. L'homme eut deux spasmes et gémit. Il avait failli reprendre connaissance. Ayla passa un doigt dans la plaie béante pour sentir la position des os.

— Jondalar, tiens-lui la cuisse. Je dois mettre sa jambe en place avant qu'il se réveille et pendant qu'il saigne encore. Le sang garde la blessure propre.

Elle se tourna vers les jeunes gens qui la considéraient avec des expressions médusées, horrifiées.

— Toi et toi, dit-elle en désignant deux d'entre eux. Je vais soulever sa jambe et tirer dessus pour aligner les os. Si je ne le fais pas, il ne remarchera jamais normalement. Je veux que vous placiez les éclisses dessous et dessus, pour que sa jambe soit bien maintenue entre les deux. Vous avez compris ?

Ils acquiescèrent, allèrent prendre les morceaux de sagaie entourés de peau. Quand tout le monde fut prêt, Ayla saisit de nouveau le pied à deux mains et le souleva. Faisant signe à Jondalar de tenir la cuisse, elle tira, doucement mais fermement. Ce n'était pas la première fois qu'il la voyait soigner une fracture, mais cette fois elle devait aligner deux os. Il lisait sa concentration sur son visage tandis qu'elle tirait, essayant de sentir dans ses mains si les os se mettaient en place. Même lui perçut la légère secousse et l'emboîtement. Ayla abaissa peu à peu la jambe et l'examina d'un œil critique. Jondalar la trouvait droite, mais qu'y connaissait-il ?

Elle lui fit signe qu'il pouvait lâcher la cuisse et porta son attention sur la plaie. Elle en rapprocha les bords le plus possible avec l'aide de son compagnon, l'enveloppa, entourant aussi les éclisses, et fixa le tout avec les bandes de peau qu'elle avait découpées. Puis elle s'accroupit et rejeta le buste en arrière.

Ce fut alors que Jondalar remarqua le sang. Il y en avait partout : sur les bandes de peau, sur les attelles, sur Ayla elle-même, sur les garçons qui l'avaient aidée. Le blessé avait saigné abondamment.

— Je crois qu'il faut le ramener au camp sans tarder, dit-il.

Une pensée lui traversa l'esprit : l'interdiction faite au couple de parler aux autres n'était pas encore levée. Ayla n'y avait même pas songé et Jondalar avait chassé cette idée de son esprit dès qu'elle s'y était glissée. C'était un cas d'urgence, et il n'y avait aucun Zelandoni à proximité pour les éclairer.

— La civière, rappela-t-elle aux jeunes gens, qui semblaient presque aussi mal en point que leur camarade étendu sur le sol.

Ils échangèrent un regard, se dandinèrent sur place. Ils étaient tous très jeunes, sans expérience. Plusieurs d'entre eux venaient juste d'accéder au statut d'homme ; certains avaient tué leur première bête au cours de la grande chasse au bison qui avait marqué l'ouverture de la saison estivale, une chasse facile, guère plus qu'un entraînement au lancer sur une cible. Ils avaient décidé de tourmenter le rhinocéros à l'instigation de l'un d'eux, qui avait vu son frère pratiquer ce genre de chasse quelques années plus tôt, et de deux autres qui en avaient entendu parler. Ils avaient agi sous l'impulsion du moment, en tombant par hasard sur cet animal. Ils savaient tous qu'ils auraient dû se faire accompagner de chasseurs plus âgés, possédant plus de savoir-faire, avant d'essayer d'abattre l'énorme bête, mais ils n'avaient pensé qu'à la gloire, à l'envie des autres « lointaines », à l'admiration de toute la Réunion d'Eté quand la nouvelle se répandrait. A présent, l'un d'eux était gravement blessé.

Jondalar demanda :

— De quelle Caverne est-il ?

— La Cinquième.

— Cours devant pour annoncer ce qui s'est passé.

Le jeune homme à qui il s'était adressé partit aussitôt. Jondalar pensa qu'il serait allé plus vite que lui avec Rapide mais il fallait quelqu'un pour superviser la fabrication de la litière. Les jeunes demeuraient en état de choc et ils avaient besoin de la présence d'un adulte auprès d'eux pour les diriger.

— Trois ou quatre d'entre vous le porteront, reprit-il. Les autres resteront ici pour vider l'animal, sinon il se mettra à gonfler. Je vous enverrai de l'aide. Inutile de gâcher la viande, elle n'a que trop coûté.

— C'est mon cousin, dit un des garçons. Je veux le transporter.

— Bon. Trouve trois autres porteurs, cela devrait suffire.

Jondalar remarqua alors que l'adolescent, bouleversé, retenait ses larmes.

— Comment s'appelle ton cousin ?

— Matagan. Il est Matagan de la Cinquième Caverne des Zelandonii.

— Je sais ce que tu ressens, c'est très dur. Matagan est grièvement blessé, il a de la chance qu'Ayla se soit trouvée là. Je pense qu'il s'en sortira, et qu'il pourra peut-être même remarcher. Ayla est une excellente guérisseuse. Je le sais. J'ai été lacéré par un lion des cavernes et je serais mort dans la steppe, loin à l'est, si elle ne m'avait sauvé la vie en soignant mes blessures. Si quelqu'un peut sauver Matagan, c'est elle.

Le jeune homme laissa échapper un sanglot, tenta de se reprendre.

— Va me chercher des sagaies, lui enjoignit Jondalar. Il nous en faut au moins quatre, deux de chaque côté.

Sous sa gouverne, les jeunes assemblèrent les sagaies pour obtenir deux montants solides qu'ils relièrent par des morceaux de vêtement. Après qu'Ayla eut vérifié une dernière fois l'état du blessé, ils le placèrent sur la litière de fortune.

Le camp n'était pas très éloigné. Ayla et Jondalar firent signe aux chevaux de suivre et marchèrent près de Matagan. La jeune femme ne le quitta pas des yeux et, quand ils s'arrêtèrent pour changer de porteurs, elle écouta sa respiration, tâta son pouls. Il était faible mais distinct.

Ils parvinrent à proximité de la partie en amont du camp, près de l'endroit où s'était installée la Neuvième Caverne. La nouvelle de l'accident s'était vite propagée et plusieurs Zelandonii s'étaient avancés à leur rencontre, notamment Joharran. Quand les deux groupes firent leur jonction, les porteurs furent libérés de leur fardeau et la progression se poursuivit sur un rythme plus rapide.

— Marthona a envoyé quelqu'un prévenir Zelandoni, et Zelandoni de la Cinquième, dit Joharran. Tous deux participaient à une réunion de doniates à l'autre bout du camp central. Nous le portons à notre camp ou au sien ? demanda-t-il à Ayla.

— Je veux changer les bandes et mettre un emplâtre sur la blessure pour éviter qu'elle s'infecte, répondit-elle.

Elle réfléchit un moment puis ajouta :

— Je n'ai pas eu le temps de renouveler mes remèdes mais je suis sûre que Zelandoni a ce qu'il faut, et je tiens à ce qu'elle l'examine. Portons-le à la hutte de la Zelandonia.

— Bonne idée. Il lui faudrait un moment pour venir ici, nous irons probablement plus vite qu'elle. Zelandoni ne court plus comme avant, remarqua Joharran, dans une discrète allusion au poids de la doniate. Le Zelandoni de la Cinquième voudra sans doute le voir, lui aussi, quoique les soins ne soient pas son plus grand talent, m'a-t-on dit.

Lorsqu'ils arrivèrent à la hutte de la Zelandonia, la Première les accueillit à l'entrée. On avait déjà préparé une couche pour le blessé, et Ayla se demanda si quelqu'un avait prévenu Zelandoni de la décision de ne pas le garder au camp de la Neuvième Caverne ou si la doniate avait simplement pressenti qu'on le lui amènerait. Plusieurs autres Zelandonia se trouvaient devant la hutte mais il n'y avait personne à l'intérieur.

— Allongez-le là, dit la Première en indiquant l'une des couches surélevées, tout au fond, en face de l'entrée.

Les porteurs s'exécutèrent et ressortirent tandis que Jondalar et Joharran restèrent à l'intérieur. Après s'être assurée que la jambe du blessé était droite, Ayla entreprit d'ôter les bandes.

— Il faut un emplâtre pour empêcher l'infection, dit-elle.

— Cela peut attendre un peu. Raconte-moi ce qui est arrivé, réclama la Première.

Ayla et Jondalar relatèrent brièvement les circonstances de l'accident puis la jeune femme continua :

— Les deux os de la partie inférieure de la jambe sont cassés. Je savais que, si je ne la redressais pas, il ne marcherait plus jamais, alors qu'il est jeune. J'ai préféré remettre les os en place tout de suite, pendant qu'il était inconscient, avant que la chair enfle et rende la tâche plus difficile. J'ai dû glisser un doigt dans la plaie, tirer fort sur les os, mais je pense qu'ils sont alignés. Il n'a pas cessé de gémir en chemin, il ne tardera plus à reprendre connaissance. Il va beaucoup souffrir.

— Manifestement, tu sais soigner ce genre de blessure, mais je dois te poser quelques questions. Tout d'abord, je suppose que tu as déjà remis des os en place.

Jondalar répondit pour sa compagne :

— Une Sharamudoï, une amie pour qui j'avais beaucoup d'affection, la compagne d'un chef, s'était brisé le bras en tombant d'une falaise. Leur guérisseuse était morte et ils n'avaient pu en faire venir une autre. L'os s'était mal ressoudé, la femme avait très mal. J'ai vu Ayla le casser de nouveau et le remettre en place. Je l'ai vue aussi soigner la jambe d'un homme du Clan qui avait sauté d'un rocher pour protéger sa compagne contre de jeunes Losadunaï qui s'en prenaient aux femmes du Clan. S'il y a une chose qu'Ayla connaît, ce sont les os brisés et les plaies ouvertes.

— D'où te vient ce savoir, Ayla ?

— Les hommes du Clan ont des os très solides mais ils les brisent souvent à la chasse. Ils ne lancent pas de sagaies, ils s'approchent de l'animal pour lui enfoncer un épieu dans le corps, ou même pour lui sauter dessus. Ou comme ces jeunes, ils tourmentent une bête jusqu'à l'épuisement. C'est Iza qui a commencé à me montrer comment soigner les os brisés, mais c'est l'été où nous sommes allés au Rassemblement du Clan que j'ai vraiment appris, avec les autres guérisseuses, à remettre les os en place et à traiter les plaies.

— Ce jeune homme a eu beaucoup de chance que tu te sois trouvée là, estima Celle Qui Etait la Première. Tous les Zelandonia n'auraient pas su comment soigner une jambe aussi mal en point. Il y aura des questions, j'en suis sûre. La Cinquième voudra te parler, et aussi la mère du jeune homme, naturellement, mais tu as fait ce qu'il fallait. Quel genre d'emplâtre veux-tu lui mettre ?

— J'ai déterré des racines d'une fleur que j'ai vue en venant ici. Je crois que vous l'appelez anémone. La blessure saignait pendant que je soignais ce garçon, et le sang est parfois ce qu'il y a de mieux pour nettoyer une plaie. Maintenant que le sang sèche, je vais écraser ces racines et les faire bouillir pour obtenir un liquide avec lequel laver la blessure. J'ajouterai ensuite des fleurs et des racines fraîches aux racines bouillies pour faire un emplâtre. Dans mon sac à médecines, j'ai de la poudre de racine de géranium pour faire sécher le sang, des spores de pied-de-loup pour absorber le liquide, et j'allais te demander si tu as certaines plantes ou si tu sais où elles poussent.

— Demande.

— Je connais une plante que j'ai décrite à Jondalar et dont il pense que vous l'appelez consoude. Sa racine fournit un excellent remède pour l'intérieur et l'extérieur du corps. Préparée en baume avec de la graisse, elle soigne les coups, elle est aussi très efficace pour les coupures. Un emplâtre frais de cette plante empêche la chair d'enfler et aide les os brisés à se recoller.

— J'en ai en poudre et je connais un endroit où elle pousse, dit la Première. J'aurais décrit ses vertus de la même manière.

— Il me faudrait aussi de ces jolies fleurs aux couleurs vives appelées, je crois, soucis. Elles sont particulièrement indiquées pour les plaies ouvertes, ainsi que pour les blessures qui ne veulent pas guérir. J'exprime le suc de fleurs fraîches ou je fais bouillir des pétales séchés que je place sur les plaies. Cela empêche l'infection, et je crains que ce garçon en ait grand besoin.

Zelandoni reprit son interrogatoire :

— Quels autres remèdes utiliserais-tu si tu en disposais ?

L'esprit d'Ayla fut traversé par une brève vision d'Iza éprouvant ses connaissances.

— Des baies de genévrier écrasées pour une plaie qui saigne, ou ce champignon rond, la vesse-de-loup. De la poudre séchée de...

— Il suffit, l'arrêta Zelandoni. Je suis convaincue, le traitement que tu suggères est tout à fait approprié. Mais pour le moment, Jondalar, je veux que tu emmènes Ayla quelque part où elle pourra se laver. Elle est couverte du sang de ce garçon, et toi aussi, d'ailleurs. Vous voir dans cet état ne ferait qu'aviver l'inquiétude de sa mère. Laissez-moi les racines d'anémone, j'enverrai quelqu'un chercher de la consoude fraîche. Nous nous occupons du blessé. Revenez quand vous serez propres et reposés. Passez par-derrière, vous n'aurez pas à retraverser le camp central. Je suis sûre qu'il y a foule pour vous attendre dehors. Avant que vous ne partiez, je dois vous libérer de l'interdiction de parler aux autres. Votre isolement a pris fin un jour plus tôt.

— Oh ! fit Ayla. Je n'y avais même pas songé.

— Moi si, dit Jondalar, mais je ne m'en suis pas soucié.

— Tu as eu raison, il y avait urgence, estima Zelandoni. Je dois quand même vous poser la question. Ayla et Jondalar, vous avez achevé votre période d'essai. Avez-vous décidé de rester unis ou préférez-vous mettre fin à votre union et chercher quelqu'un d'autre qui vous convienne mieux ?

Ils fixèrent un instant Zelandoni puis échangèrent un regard et un sourire.

— Si Ayla ne me convient pas, qui me conviendra ? dit Jondalar. Nous venons de célébrer nos Matrimoniales, mais dans mon cœur nous sommes unis depuis longtemps.

— C'est vrai, confirma Ayla. Nous avons même pris cet engagement avant de traverser le glacier, après avoir quitté Guban et Yorga. Nous savions déjà que nous étions unis, mais Jondalar a tenu à ce que tu noues le lien pour nous.

— Voulez-vous rompre cette union ? Ayla ? Jondalar ?

— Non, répondit-elle, souriant à son compagnon. Et toi ?

— Sûrement pas, femme. J'ai attendu assez longtemps, pas question de rompre maintenant.

— Alors vous êtes libérés de l'interdiction de parler à d'autres que vous-mêmes. Vous pouvez déclarer à tous qu'Ayla et Jondalar de la Neuvième Caverne des Zelandonii sont unis. Ayla, tous les enfants qui naîtront de toi appartiendront au foyer de Jondalar. Vous partagerez la responsabilité de prendre soin d'eux jusqu'à ce qu'ils soient grands. Avez-vous la lanière ?

Pendant qu'ils cherchaient le ruban de cuir, Zelandoni alla chercher deux colliers sur une table proche. Après avoir récupéré la lanière, elle passa au cou de chacun d'eux ce symbole de leur union.

— Je vous souhaite une longue vie de bonheur ensemble, conclut Celle Qui Etait la Première parmi Ceux Qui Servaient la Mère.

Ayla et Jondalar sortirent par-derrière. Quelques Zelandonii les aperçurent et les appelèrent mais ils pressèrent le pas sans se retourner. Parvenue au bassin alimenté par une source, Ayla entra dans l'eau tout habillée et Jondalar la suivit. Maintenant que Zelandoni leur en avait fait la remarque, ils sentaient le sang sur leur peau et son odeur dans leurs narines. Ils avaient hâte de s'en débarrasser. Si les taches doivent partir, ce sera dans l'eau froide, pensa Ayla. Sinon, elle devrait jeter ses vêtements et s'en fabriquer d'autres. Après la grande chasse, elle disposait de quelques peaux et de diverses autres parties d'animaux qu'elle pourrait utiliser.

Ils avaient laissé leurs montures dans la prairie proche du camp de la Neuvième Caverne, et les chevaux avaient trouvé eux-mêmes le chemin de leur enclos. L'odeur du sang les troublait toujours un peu, et le jeune homme comme le rhinocéros avaient abondamment saigné. L'enceinte leur apportait un sentiment de sécurité. Sa tunique mouillée nouée autour de la taille, Jondalar courut vers le camp en espérant y trouver les chevaux et des vêtements secs dans les paniers qu'ils portaient.

Il ne fut pas étonné de découvrir Lanidar en train de les réconforter, mais le petit garçon semblait lui-même bouleversé et exprima le souhait de parler à Ayla. Jondalar lui répondit qu'elle regagnerait le camp dès qu'il lui aurait donné de quoi s'habiller. Après avoir débarrassé les chevaux des paniers, des couvertures et des licous, il retourna auprès d'Ayla et lui annonça que Lanidar la réclamait.

Dès qu'elle aperçut le petit garçon, elle devina à sa posture, même de loin, qu'il était malheureux. Elle se demanda si, pour une raison quelconque, sa mère lui avait interdit de continuer à s'occuper des chevaux.

— Qu'y a-t-il ? s'enquit-elle dès qu'elle fut près de lui.

— C'est Lanoga, répondit-il. Elle pleure depuis ce matin.

— Pourquoi ?

— A cause du bébé. On veut lui prendre Lorala.

34

— Qui veut lui prendre le bébé ? demanda Ayla.
— Proleva et d'autres femmes. Elles disent qu'elles ont une mère pour Lorala, quelqu'un qui pourra la nourrir tout le temps.
— Allons voir ce qui se passe, proposa-t-elle. Nous reviendrons plus tard nous occuper des chevaux.
En arrivant au camp, elle découvrit avec satisfaction que Proleva s'y trouvait.
— Alors, c'est confirmé ? leur lança la compagne de Joharran, souriante, quand ils s'approchèrent. Vous êtes unis ? Nous pouvons festoyer et donner les cadeaux ? Pas la peine de répondre, j'ai remarqué vos colliers.
Ayla ne put que lui rendre son sourire.
— Oui, nous sommes unis, dit-elle.
— Zelandoni vient de le confirmer, ajouta Jondalar.
Le front d'Ayla prit un pli soucieux.
— Proleva, je suis venue te parler d'autre chose...
— Oui ?
— D'après Lanidar, vous voulez enlever le bébé à Lanoga.
— Je ne dirais pas cela. Tu seras contente d'apprendre que nous avons trouvé un foyer pour Lorala. Une femme de la Vingt-Quatrième Caverne a perdu son enfant. Il était né difforme, il est mort. Comme ses seins sont pleins de lait, elle est prête à prendre Lorala, bien qu'elle soit plus âgée. Je crois qu'elle avait déjà fait une fausse couche. Elle veut un bébé à tout prix. J'ai pensé que ce serait la solution idéale, pour Lorala et pour elle.
— Oui, apparemment, convint Ayla. Les femmes qui allaitent Lorala ont-elles envie d'arrêter ?
— En fait, non. Cela m'a plutôt étonnée. Quand je leur en ai parlé, quelques-unes d'entre elles m'ont paru contrariées. Même Stelona a fait remarquer que la Vingt-Quatrième Caverne est très éloignée, et qu'elle regretterait de ne pas continuer à voir Lorala devenir un bébé sain et vigoureux.

— Je sais que tu ne songes qu'à l'intérêt de Lorala, mais as-tu demandé à Lanoga ce qu'elle en pense ?

— Non, pas vraiment. J'ai demandé à Tremeda. J'ai supposé que la fillette serait heureuse d'être déchargée d'une telle responsabilité. Elle est trop jeune pour être obligée de s'occuper d'un bébé tout le temps. Elle en aura l'occasion bien assez tôt quand elle aura un enfant à elle.

— Lanidar dit qu'elle n'arrête pas de pleurer.

— Je sais que la nouvelle a été un choc pour elle, mais je pensais qu'elle s'en remettrait. Après tout, elle n'allaite pas Lorala, elle n'est même pas encore femme. Elle ne compte que onze ans.

Ayla se rappela qu'elle en comptait moins de douze quand elle avait donné naissance à Durc et qu'elle n'avait pu se résoudre à l'abandonner. Elle aurait préféré mourir. Quand elle n'avait plus eu de lait, les femmes du Clan avaient nourri Durc, mais elle n'en demeurait pas moins sa mère. Elle regrettait encore d'avoir dû le laisser quand on l'avait chassée du Clan. Elle avait voulu l'emmener. Seule sa crainte de ce qu'il deviendrait si elle mourait l'avait convaincue de s'en séparer. Elle avait beau savoir qu'Uba prenait soin de lui et l'aimait comme son enfant, elle avait toujours mal chaque fois qu'elle pensait à lui. Elle ne s'était jamais remise de cette séparation et ne voulait pas que Lanoga connaisse la même souffrance.

— Ce n'est pas de donner le sein qui fait d'une femme une mère, argua-t-elle. Et ce n'est pas une question d'âge. Regarde Janida. Elle n'est pas beaucoup plus âgée mais personne ne songerait à lui prendre son bébé.

— Janida a un compagnon, et il jouit d'un bon statut, qui plus est. Le bébé naîtra au foyer de cet homme, qui en sera responsable, et, même si leur union ne dure pas, d'autres Zelandonii ont déjà fait savoir qu'ils sont tout disposés à la prendre pour compagne. Elle a un rang élevé, elle est jolie, elle est enceinte. J'espère que Peridal se rend compte de sa chance. Sa mère cause déjà des ennuis. Elle est allée les voir pendant leur période d'essai et a essayé de persuader son fils de renoncer à cette union.

Proleva s'interrompit : elle aurait le temps d'en parler plus tard.

— Mais Lanoga n'est pas Janida, ajouta-t-elle.

— Non, Lanoga ne jouit pas d'autant de faveurs. Elle les mérite, pourtant. On ne passe pas près d'une année à s'occuper d'un enfant sans s'attacher à lui. Lorala est la fille de Lanoga, maintenant, elle n'est plus à Tremeda. Lanoga est jeune mais elle fait une excellente mère.

— Bien sûr, acquiesça Proleva. C'est justement pour cela. C'est une fille merveilleuse qui fera une merveilleuse mère un jour. Si elle en a la possibilité. Mais quand elle sera en âge de s'unir, quel homme voudra prendre aussi sa petite sœur, non comme une seconde compagne, mais comme une enfant dont il serait responsable bien qu'elle ne soit pas née à son foyer ? Lanoga a déjà contre elle le foyer dont elle est issue. J'ai bien peur que les seuls hommes disposés à la choisir soient du même acabit que Laramar. J'aimerais qu'elle ait une chance d'avoir une vie meilleure.

Ayla était convaincue que Proleva avait raison, qu'elle se souciait sincèrement de l'intérêt de Lanoga et qu'elle ferait tout pour l'aider, mais elle savait ce que la fillette éprouverait si elle perdait Lorala.

— Lanoga n'a pas à s'en faire pour trouver un compagnon, intervint Lanidar.

Ayla et Proleva avaient presque oublié sa présence. Jondalar fut surpris, lui aussi. Il avait suivi la discussion des deux femmes et trouvait des arguments valables des deux côtés.

— J'apprendrai à chasser, j'apprendrai à faire l'appelant, poursuivit le petit garçon, et quand je serai grand je prendrai Lanoga pour compagne, je l'aiderai à s'occuper de Lorala, et de tous ses frères et sœurs, si elle veut. Je lui ai déjà demandé, elle est d'accord. C'est la seule fille que je connaisse qui s'en moque, que j'aie le bras comme ça, et je ne crois pas que ça dérangera sa mère non plus.

Ebahies, Ayla et Proleva regardèrent le jeune garçon puis échangèrent un coup d'œil comme pour s'assurer qu'elles avaient entendu la même chose. En fait, ce ne serait pas une mauvaise idée, surtout si cela encourageait Lanidar à acquérir certains talents pour améliorer sa situation. Lanoga et lui étaient tous deux de gentils enfants, étonnamment mûrs pour leur âge. Bien sûr, ils étaient jeunes et pouvaient changer d'avis, mais, d'un autre côté, quel autre choix s'offrirait à l'un ou à l'autre ?

— Alors, ne donnez pas le bébé de Lanoga à une autre femme, conclut Lanidar. Je n'aime pas la voir pleurer.

— Elle aime vraiment beaucoup cet enfant, et la Neuvième Caverne est prête à l'aider, souligna Ayla. Pourquoi ne pas laisser les choses comme elles sont ?

— Que vais-je dire à la femme qui devait la prendre ? s'interrogea Proleva à voix haute.

— Simplement que la mère de Lorala ne veut pas renoncer à elle. C'est d'ailleurs la vérité : Tremeda n'est pas sa mère ; sa mère, c'est Lanoga. Si cette femme veut vraiment un bébé, elle finira bien par en avoir un, soit un enfant à elle, soit un autre bébé qui aura besoin d'une mère. Les Zelandonii ont beaucoup de Cavernes et sont très nombreux. Il se passe tout le temps quelque chose. Jamais je n'ai vu autant de changements !

Presque tous les membres de la Neuvième Caverne des Zelandonii et de la Première Caverne des Lanzadonii participèrent à la grande fête organisée en commun pour célébrer les Matrimoniales du frère du chef de l'une et de la fille du foyer du chef de l'autre, qui étaient par ailleurs apparentés. Il s'avéra que deux autres membres de la Neuvième s'étaient unis à des Zelandonii d'autres Cavernes. Proleva l'apprit et veilla à ce qu'ils soient intégrés à la célébration. Une jeune femme nommée Tishona avait pris pour compagnon Marsheval de la Quatorzième Caverne et irait vivre avec lui. Une autre femme un peu plus âgée, Dynoda, avait quitté la Caverne puis donné naissance à un fils, mais elle avait rompu le lien avec son ancien compagnon et noué une nouvelle relation avec Jacsoman de la Septième Caverne. Ils reviendraient vivre à la Neuvième Caverne. Dynoda voulait se rapprocher de sa mère, qui était malade.

Des membres d'autres Cavernes vinrent aussi présenter leurs vœux de bonheur. Levela et Jondecam, ainsi que Velima, la mère de la jeune femme et de Proleva, passèrent une bonne partie de la journée avec les couples nouvellement unis, ce qui fit grand plaisir à Ayla et Jondalar, à Joplaya et Echozar. La mère et l'oncle de Jondecam vinrent également les féliciter.

Ayla et Jondalar furent contents de voir Kimeran, qui leur était à présent apparenté de manière lointaine par la compagne de son neveu, sœur de la compagne du frère de Jondalar. Ayla se perdait dans ces liens complexes mais sembla très heureuse de voir la mère de Jondecam, Zelandoni de la Deuxième Caverne. Pour une raison quelconque, elle était ravie de rencontrer une Zelandoni qui avait des enfants, en particulier un fils aussi amical et sûr de lui que Jondecam.

Janida et Peridal passèrent eux aussi une grande partie de la journée à la Neuvième Caverne, en l'absence — très remarquée — de la mère du jeune homme. Projetant de quitter la Vingt-Neuvième Caverne, ils sondèrent Kimeran et Joharran pour savoir si la Deuxième ou la Neuvième Caverne accepterait de les accueillir. Jondalar était certain que l'une ou l'autre y consentirait. La Première en avait déjà parlé au chef et au Zelandoni de la Deuxième. Elle estimait qu'il serait sage de séparer le jeune couple de la mère de Peridal, au moins quelque temps. Elle ne décolérait pas contre cette femme qui avait imposé sa présence aux jeunes gens pendant leur période d'isolement.

Le soir, quand la fête toucha à sa fin, Marthona prépara une tisane pour les parents et amis qui n'étaient pas encore partis. Proleva, Ayla, Joplaya et Folara distribuèrent les coupes. Un jeune homme récemment accepté comme acolyte de la Zelandoni de la Cinquième Caverne s'était lui aussi attardé : c'était la première fois qu'il se trouvait en aussi auguste compagnie et il ne se décidait pas à s'éclipser. La Première, en particulier, l'impressionnait beaucoup.

— Je suis certain que Matagan n'aurait jamais pu remarcher s'il n'avait pas été soigné tout de suite par quelqu'un de compétent, déclara-t-il.

Il adressait son commentaire à toutes les personnes présentes mais cherchait en réalité à se faire remarquer de la grande doniate. Celle-ci manifesta son accord :

— Tu as tout à fait raison, Quatrième Acolyte de Zelandoni de la Cinquième. Tu fais preuve de perspicacité. Tout dépend maintenant de la Mère, et des pouvoirs de récupération du blessé.

Le jeune homme eut peine à contenir la joie que lui causait le compliment de Zelandoni. Celle Qui Etait la Première lui avait répondu !

— Puisque tu es maintenant acolyte, poursuivit-elle, tu pourrais toi aussi veiller Matagan. Il est de ta Caverne, non ? Je sais que c'est pénible de rester debout toute la nuit mais il a besoin de quelqu'un à côté de lui en permanence. Je suppose que ta Zelandoni a sollicité ton aide. Sinon, va la lui proposer. La Cinquième ne manquera pas de l'apprécier.

— Bien sûr, répondit-il en se levant. Merci pour l'infusion. Je dois partir, maintenant, j'ai des responsabilités.

Il carra les épaules et prit une mine sérieuse en se dirigeant vers le camp principal. Après son départ, plusieurs des personnes présentes laissèrent enfin monter à leurs lèvres le sourire qu'elles retenaient depuis un moment.

— Tu viens de faire le bonheur de cet acolyte, Zelandoni, commenta Jondalar. Il rayonnait de plaisir. Tu inspires autant de crainte et de respect à tous les autres Zelandonia ?

— Seulement aux jeunes, répondit-elle. Vu la façon dont les autres discutent avec moi, je me demande parfois pourquoi ils continuent à m'appeler Première. Peut-être parce que je suis plus imposante qu'eux, ajouta-t-elle avec un sourire.

L'adjectif devait être pris comme une allusion à sa corpulence, et Jondalar, saisissant la plaisanterie, lui rendit son sourire. Marthona répondit en coulant à la doniate un regard entendu. Ayla remarqua l'échange et pensa avoir compris, elle aussi, mais n'en fut pas certaine. Les subtilités des messages passant entre deux personnes qui se connaissaient depuis longtemps lui échappaient encore.

— Enfin, je crois que je préfère quand même la discussion, continua Zelandoni. C'est quelquefois pénible quand chaque mot que l'on prononce est traité comme s'il sortait tout droit de la bouche de Doni Elle-Même. Cela me contraint à surveiller tout ce que je dis.

— Qui choisit celui ou celle de la Zelandonia qui deviendra le Premier ou la Première parmi Ceux Qui Servent la Mère ? voulut savoir Jondalar. Est-ce comme pour le chef d'une Caverne ? Chaque Zelandoni donne-t-il son avis ? Est-ce qu'il faut l'accord de tous ou de la plupart, ou seulement de certains ?

— L'avis de chaque Zelandoni compte, mais ce n'est pas aussi simple. De nombreux autres éléments entrent en considération. Notamment un talent de guérisseur, et nul ne juge plus sévèrement en ce domaine que les Zelandonia. Quelqu'un peut réussir à cacher son incapacité à la communauté en général, mais il ne trompera pas ceux qui savent. L'art de guérir n'est cependant pas essentiel. On a connu des Premiers qui n'avaient que des connaissances rudimentaires en la matière, mais qui compensaient par d'autres capacités. Certains ont des dons naturels ou d'autres attributs.

— On n'entend parler que de la Première. Y a-t-il une Deuxième, une Troisième ? Une Dernière ? demanda Jondalar.

Le sujet passionnait tout le monde. Zelandoni ne se montrait pas souvent loquace sur le fonctionnement interne de la Zelandonia, mais elle avait remarqué l'intérêt d'Ayla et avait des raisons pour montrer une franchise inhabituelle.

— L'ordre n'est pas individuel. Il y a des rangs. Il serait difficile à une Caverne d'accepter une doniate qui serait la Dernière parmi Ceux Qui Servent, non ? Les acolytes occupent le rang le plus bas, naturellement, mais il existe aussi des rangs pour les distinguer entre eux, quelquefois selon leurs capacités particulières. Vous avez peut-être deviné que le jeune Quatrième Acolyte de la Zelandoni de la Cinquième Caverne vient tout juste d'être accepté. C'est un novice — le rang le plus bas — mais il montre des possibilités, sinon il n'aurait pas été accepté. Certains ne souhaitent pas aller au-delà du statut d'acolyte, ils ne veulent pas avoir trop de responsabilités, ils désirent seulement exercer leurs capacités, et ils le peuvent mieux que partout ailleurs au sein de la Zelandonia.

« Chaque Zelandoni doit se sentir personnellement appelé et, plus que cela, il doit convaincre le reste de la Zelandonia de la sincérité de sa vocation. Certains ne vont jamais au-delà du rang d'acolyte, même s'ils le souhaitent ardemment. Parfois, certains acolytes veulent tellement devenir Zelandoni qu'ils feignent de se sentir appelés, mais ils sont toujours rejetés. Ceux qui sont passés par l'épreuve savent faire la différence. Ce rejet peut rendre certains acolytes — et anciens acolytes — très amers.

— Que faut-il d'autre pour devenir Zelandoni ? insista Jondalar. Que faut-il en particulier pour devenir Celle Qui Est la Première ?

Les autres lui laissaient volontiers le soin de poser les questions. Si certains, comme Marthona, qui avait elle-même été acolyte, connaissaient la plupart des qualités exigées, d'autres n'avaient jamais entendu Zelandoni répondre de manière aussi directe.

— Pour devenir membre de la Zelandonia, il faut mémoriser les Histoires et Légendes Anciennes et comprendre ce qu'elles signifient. Il faut connaître les mots à compter et savoir les utiliser, savoir quand commencent les saisons, les phases de la lune, et d'autres choses dont seule la Zelandonia doit avoir connaissance. Mais le plus important, peut-être, c'est d'être capable de visiter le Monde des Esprits. C'est pour cette raison qu'il faut vraiment être appelé. La plupart des Zelandonia savent dès le début qui sera le Premier, et qui lui succédera probablement. Cela peut se révéler la première fois qu'un Zelandoni est appelé à s'aventurer dans le Monde des Esprits. Etre Premier est aussi une vocation, une vocation dont tous les Zelandonia ne veulent pas.

— Comment est-ce, le Monde des Esprits ? Est-ce effrayant ? As-tu peur quand tu dois aller là-bas ?

— Jondalar, personne ne peut décrire le Monde des Esprits à quelqu'un qui n'y est jamais allé. Oui, c'est effrayant, surtout la première fois. Cela ne cesse d'ailleurs jamais de l'être, mais par la méditation et la préparation, on peut maîtriser sa peur, en sachant que la Zelandonia et la Caverne sont là pour aider. Sans l'aide des membres de sa Caverne, un Zelandoni pourrait avoir beaucoup de mal à revenir.

— Si cela est effrayant, pourquoi le fais-tu ?

— On ne peut refuser.

Ayla sentit soudain le froid et eut un frisson.

— Beaucoup tentent de se dérober et y parviennent un temps, poursuivit la doniate, mais la Mère finit par imposer sa volonté. Il vaut mieux être préparé. On ne cache jamais les dangers à celui qui envisage de tenter l'aventure et c'est pourquoi l'initiation est si éprouvante. De l'autre côté, l'épreuve est plus terrible encore. On a l'impression d'être écartelé, dispersé dans le tourbillon de l'inconnu. Certains ne regagnent jamais leur corps. Certains de ceux qui reviennent laissent une partie d'eux-mêmes en chemin et ne se sentent plus jamais bien après. Nul ne peut aller dans le Monde des Esprits et rester le même.

« Une fois qu'on a été appelé, il faut accepter sa vocation, ainsi que les devoirs et les responsabilités qui l'accompagnent. Je crois que c'est la raison pour laquelle si peu de Zelandonia s'unissent. Il ne leur est interdit ni de s'unir ni d'avoir des enfants, mais c'est un peu comme d'être chef. Il est parfois difficile de trouver une compagne ou un compagnon prêt à vivre avec quelqu'un qui doit répondre à tant d'exigences. N'est-ce pas, Marthona ?

La mère de Jondalar acquiesça, sourit à Dalanar puis se tourna vers son fils.

— Pourquoi crois-tu que Dalanar et moi avons rompu le lien, Jondalar ? Nous en avons parlé le jour de ton union. Ce n'était pas à cause de son envie de voyager — Willamar aussi a cette envie. A de nombreux égards, nous nous ressemblions trop, Dalanar et moi. Il est heureux maintenant d'être le chef de sa Caverne — de son propre peuple, à vrai dire — mais il lui a fallu un moment pour comprendre que c'était cela qu'il voulait vraiment. Longtemps il a refusé les responsabilités, alors que je pense que c'était cela qui l'attirait en moi. J'étais déjà Femme Qui Ordonne de la Neuvième Caverne, après la mort de Joconan, quand nous nous sommes unis. Nous avons été très heureux, au début, puis il a commencé à se sentir mal à l'aise. Il valait mieux nous séparer. Jerika est la femme qu'il lui faut. Elle a de la volonté — il a besoin d'une femme forte — mais c'est lui le chef.

Les deux personnes qu'elle venait de citer se regardèrent et se sourirent, puis Dalanar prit la main de Jerika.

— Losaduna est Celui Qui Sert pour le peuple qui vit de l'autre côté du glacier, intervint Ayla. Il a une compagne et cette femme a quatre enfants. Elle semble très heureuse.

Elle avait écouté Zelandoni avec une fascination mêlée de peur.

— Losaduna a de la chance d'avoir trouvé une femme comme elle, répondit Marthona. Comme j'ai eu de la chance de trouver Willamar. J'ai longuement hésité à prendre un nouveau compagnon, mais je suis contente qu'il ait insisté, avoua-t-elle en se tournant pour sourire au Maître du Troc. C'est l'une des raisons pour lesquelles j'ai renoncé aux responsabilités de Femme Qui Ordonne. Je l'ai été pendant des années avec Willamar à mes côtés, et nous n'avons jamais eu de difficultés, mais je me suis lassée des exigences que cela comportait. J'ai voulu avoir du temps pour moi, du temps à partager avec Willamar. Comme Joharran semblait avoir les capacités requises, j'ai commencé à le préparer et, lorsqu'il a été en âge de devenir chef, je lui ai cédé la place avec plaisir. Il ressemble beaucoup à Joconan, je suis sûre qu'il est le fils de son esprit. (Elle sourit à son aîné.) Je continue à m'occuper un peu de ces choses. Joharran me consulte souvent, bien qu'il le fasse plutôt pour moi que pour lui, je pense.

— Ce n'est pas vrai. Ton avis m'est précieux, assura Joharran.

L'autre fils avait encore une question :

— Tu aimais beaucoup Dalanar, mère ? Tu sais qu'il y a des chants et des histoires sur votre amour ?

Il les avait entendus et se demandait comment, malgré un amour aussi fort, ils avaient pu se séparer.

— Oui, je l'aimais. Une petite partie de moi l'aime encore. Ce n'est pas facile d'oublier quelqu'un pour qui on a eu une telle passion, et je suis heureuse que nous soyons restés amis. Nous sommes meilleurs amis maintenant que lorsque nous étions unis. (Elle regarda de nouveau son fils aîné.) J'aime encore Joconan, aussi. Son souvenir demeure en moi et me rappelle le temps où j'étais jeune, où j'aimais pour la première fois... Il lui a pourtant fallu un moment pour savoir ce qu'il voulait, ajouta-t-elle d'un ton un peu mystérieux.

Jondalar songea à l'histoire qu'on lui avait racontée pendant son Voyage.

— Tu veux dire choisir entre Bodoa et toi ?

— Bodoa ! s'exclama Zelandoni. Cela faisait longtemps que je n'avais pas entendu ce nom. N'est-ce pas l'étrangère que la Zelandonia préparait à devenir doniate ? Une femme d'un peuple de l'Est. Les... comment déjà ? Zar... Sard...

— S'Armunaï, compléta Jondalar.

— C'est cela. J'étais encore jeune quand elle est partie, mais elle passait pour très douée.

— Elle est maintenant S'Armuna. Ayla et moi l'avons rencontrée pendant notre Voyage. Les Femmes Louves S'Armunaï m'avaient capturé, Ayla a suivi leurs traces et les a retrouvées. Nous avons eu de la chance de leur échapper. Sans Loup, aucun de nous deux ne serait ici, je crois. Vous imaginez comme j'ai été stupéfait de trouver parmi ce peuple quelqu'un qui non seulement parlait zelandonii mais connaissait ma mère !

Plusieurs personnes voulurent savoir ce qui s'était passé, et Jondalar résuma l'histoire d'Attaroa et du camp s'armunaï qu'elle avait perverti.

— Au début, S'Armuna avait aidé cette femme cruelle puis elle l'a regretté et a finalement décidé de venir au secours de son peuple et de remédier aux ennuis qu'Attaroa avait causés.

— Cela montre ce qui peut arriver quand une doniate s'écarte de la bonne voie, souligna Zelandoni. Je crois que Bodoa aurait pu aller loin si elle n'avait abusé de son pouvoir. Une chance pour elle qu'elle ait fini par se ressaisir... On dit que Ceux Qui Servent la Mère paieront dans le Monde d'Après le mauvais usage qu'ils font de leur pouvoir dans le nôtre. C'est pourquoi les Zelandonia choisissent avec tant de soin ceux qu'ils acceptent. Il est impossible de revenir en arrière. En cela, nous différons des chefs de Caverne. On est Zelandoni pour la vie. Même si nous sommes parfois tentés de le faire, nous ne pouvons pas nous décharger de notre fardeau.

Tous gardèrent un moment le silence en songeant à l'histoire que Jondalar avait racontée, puis levèrent la tête à l'arrivée de Ramara.

— Joharran, j'ai été chargée de t'avertir qu'on a apporté le rhinocéros au camp. Honneur à Jondalar : c'est sa sagaie qui a tué l'animal.

— Je suis heureux de l'apprendre. Merci, Ramara.

La compagne de Solaban aurait aimé rester à écouter la conversation mais elle avait des choses à faire, et personne ne l'avait invitée.

— A toi le choix, dit Joharran à son frère après le départ de la jeune femme. Prendras-tu la corne ?

— Je ne crois pas. Plutôt la fourrure.

— Raconte-moi exactement ce qui s'est passé là-bas.

Jondalar expliqua qu'Ayla et lui étaient tombés par hasard sur les jeunes gens qui excitaient la colère du rhinocéros laineux et s'étaient arrêtés pour les regarder.

— Je ne me suis rendu compte de leur extrême jeunesse qu'après l'accident, poursuivit-il. Je crois qu'ils voulaient moins la viande de cette bête que l'admiration et les louanges de leur Caverne.

— Ils n'avaient que peu d'expérience de la chasse, et aucune du rhinocéros, dit Joharran. Ils n'auraient jamais dû essayer de l'abattre eux-mêmes. C'est une façon cruelle d'apprendre que chasser un rhinocéros, ou n'importe quel animal, n'est pas un jeu.

— Il est vrai que, s'ils avaient rapporté eux-mêmes cette bête au camp, ils auraient fait l'envie de tous leurs amis, observa Marthona. En un sens, cet accident, aussi terrible soit-il, contribuera peut-être à prévenir d'autres tentatives, et des accidents plus graves encore. Pensez à tous les autres jeunes qui auraient essayé eux aussi si Matagan et ses camarades avaient réussi. Maintenant, ils réfléchiront peut-être avant de se lancer dans un tel « jeu », du moins pendant un moment. La mère de ce jeune homme s'inquiète et souffre, mais le sort de son fils épargnera peut-être un chagrin plus grand à d'autres mères. J'espère seulement que Matagan s'en tirera sans infirmité grave.

— Dès qu'Ayla a vu le rhinocéros l'encorner, elle s'est précipitée, reprit Jondalar. Ce n'était pas la première fois qu'elle se plaçait dans une situation dangereuse pour venir en aide à quelqu'un. Elle m'inquiète, quelquefois.

— Il a eu beaucoup de chance qu'elle soit là, répéta Zelandoni. Qu'as-tu fait exactement, Ayla ?

Ayla fournit un bref compte rendu de son intervention mais Zelandoni réclama des détails. Sous le couvert d'un intérêt compréhensible, elle cherchait à jauger les connaissances de guérisseuse de la jeune femme. Bien qu'elle ne l'eût pas encore mentionné, Celle Qui Etait la Première envisageait une réunion de tous les Zelandonia afin qu'ils puissent apprécier l'étendue du savoir d'Ayla, et elle profitait de l'occasion pour l'interroger d'abord seule. Tout regrettable qu'il fût, l'accident du pauvre Matagan avait permis à Ayla de démontrer ses capacités, et Zelandoni s'en réjouissait. Elle pouvait maintenant soumettre aux Zelandonia son idée d'admettre Ayla en leur sein.

Zelandoni avait déjà corrigé plusieurs fois sa première impression, et elle considérait à présent la jeune femme sous un jour nouveau. Ayla n'était pas une novice. C'était une égale, une vraie consœur. Il se pouvait même que Zelandoni apprît d'elle certaines choses. Ces spores de pied-de-loup, par exemple. C'était une application que la doniate n'avait jamais essayée, mais à la réflexion elle était probablement judicieuse. La Première était impatiente de se retrouver en tête à tête avec Ayla pour comparer idées et connaissances. Ce serait agréable d'avoir quelqu'un à qui parler dans la Neuvième Caverne.

Zelandoni discutait avec les autres doniates pendant les Réunions d'Eté. Elle avait quelques acolytes, bien sûr, mais aucun qui s'intéressât sérieusement à l'art de guérir. Une vraie guérisseuse apportant un savoir nouveau pouvait lui être très utile.

— Ayla, il faudrait peut-être parler à la famille de Matagan, suggéra-t-elle.

— Je ne suis pas sûre de savoir quoi dire.

— Ils doivent être inquiets. Tu pourrais essayer de les rassurer.

— Comment ?

— En leur expliquant que le sort de Matagan dépend maintenant de la Mère, mais qu'il y a une bonne chance pour qu'il s'en sorte. Ce n'est pas ton avis ? C'est le mien. Je crois que Doni a souri à ce jeune homme, comme le prouve le fait que tu te sois trouvée là.

Jondalar réprima un bâillement en ôtant la tunique que sa mère lui avait offerte à sa fête d'union, vêtement qu'elle avait tissé avec du lin qu'elle avait elle-même filé. Elle avait demandé à quelqu'un d'autre de la décorer, mais sans la surcharger, de sorte que la tunique était légère et confortable. Elle en avait donné une semblable à Ayla, assez ample pour que la jeune femme pût la porter pendant sa grossesse. Jondalar avait aussitôt enfilé le nouvel habit mais Ayla gardait le sien pour plus tard.

— Je n'avais jamais entendu la Première parler aussi ouvertement de la Zelandonia, dit-il en se glissant sous leurs fourrures de couchage. C'était intéressant. Je ne me rendais pas compte que le statut de doniate pouvait être aussi difficile, mais je me rappelle l'avoir entendue dire, chaque fois qu'elle rencontrait des difficultés, que ces épreuves avaient leurs compensations. Je me demande lesquelles.

Allongés, ils demeurèrent un moment silencieux. Ayla prit conscience de sa fatigue, une fatigue si profonde qu'elle avait du mal à penser clairement. Entre l'accident de Matagan, la veille, et la fête de célébration ce jour-là, elle avait très peu dormi et était restée presque constamment sous tension. Les tempes douloureuses, elle songea à se lever pour se préparer une infusion d'écorce de saule puis renonça : elle était trop lasse.

— Et mère... poursuivit Jondalar en une sorte de prolongement de ses pensées. J'avais toujours cru que Dalanar et elle avaient simplement décidé un jour de se séparer. Je crois qu'on ne voit jamais sa mère que comme une mère. Quelqu'un qui vous aime et s'occupe de vous.

— La séparation n'a pas dû être facile pour elle, dit Ayla. Je suppose qu'elle aimait beaucoup Dalanar. Je comprends pourquoi : tu lui ressembles beaucoup.

— Pas en tout. Je n'ai jamais eu envie de devenir chef. Sentir une pierre dans mes mains me manquerait. Il n'y a rien de plus satisfaisant qu'arracher des éclats à un silex et en voir surgir une lame parfaite, correspondant à celle que l'on cherchait.

— Dalanar est un fin tailleur de silex, lui aussi.

— Le meilleur, mais il n'a plus beaucoup le temps d'exercer son talent. Le seul qui puisse rivaliser avec lui, c'est Wymez, et il est toujours au Camp du Lion, où il fabrique de belles pointes pour les lances des chasseurs de mammouths. C'est dommage, ils ne se rencontreront jamais. Ils auraient pris plaisir à échanger leurs connaissances.

— Mais toi, tu les as rencontrés tous les deux, et tu comprends la pierre mieux que quiconque. Ne peux-tu montrer à Dalanar ce que Wymez t'a appris ?

— J'ai commencé. Dalanar s'y intéresse autant que moi. Je suis content qu'on ait retardé les Matrimoniales jusqu'à l'arrivée des Lanzadonii. Et je suis heureux que Joplaya et Echozar se soient unis en même temps que nous. C'est un lien particulier. J'ai toujours éprouvé pour ma cousine une affection profonde. Elle semblait contente, elle aussi.

— Je suis sûre qu'elle a toujours voulu partager avec toi une cérémonie d'union, dit Ayla.

C'est ce qui se rapproche le plus de ce qu'elle désirait vraiment, pensa-t-elle. Toute désolée qu'elle était pour Joplaya, elle devait s'avouer qu'elle se félicitait de l'interdiction faite aux cousins proches de s'unir.

— Echozar paraît très heureux, ajouta-t-elle.

— Il n'arrive pas encore à y croire. D'autres non plus, pour des raisons différentes, répondit Jondalar, qui passa un bras autour des épaules de sa compagne et enfouit le visage au creux de son cou.

— Il l'aime au-delà de la raison. Un tel amour compense beaucoup de choses, dit Ayla tout en luttant pour rester éveillée.

— Il n'est pas si laid, une fois qu'on s'habitue.

— Je ne le trouve pas laid du tout. Il me rappelle Rydag et Durc. Je les trouve beaux, les hommes du Clan.

— Je le sais, et tu as raison. Ils sont beaux, à leur manière. Toi aussi, tu es plutôt belle, femme.

Il lui mordilla le cou, l'embrassa et sentit naître son désir pour elle mais se rendit compte qu'elle dormait presque. Il savait qu'elle ne le repousserait pas s'il insistait, mais ce n'était pas le moment. Ce serait meilleur quand elle serait reposée, de toute façon. Ayla roula sur le côté et il se pressa contre elle en disant :

— J'espère que Matagan s'en sortira.

Elle se retourna.

— J'ai oublié de te dire que Zelandoni, la doniate de la Cinquième Caverne et moi avons parlé à sa mère. Il fallait la prévenir qu'il ne remarcherait peut-être pas.

— Ce serait terrible. Il est si jeune.

— Nous n'en savons rien, bien sûr, mais, même s'il remarche, il boitera peut-être. Zelandoni a demandé à sa mère s'il avait montré de l'intérêt pour une activité quelconque. La seule chose qui lui soit venue à l'esprit, hormis la chasse, c'est qu'il aimait fabriquer lui-même les pointes de ses sagaies. Cela m'a fait penser aux jeunes S'Armunaï mutilés par Attaroa. Souviens-toi, tu apprenais à l'un d'eux à tailler le silex pour qu'il puisse subvenir lui-même à ses besoins. J'ai dit à la mère de Matagan que, si son fils le souhaitait, je t'en parlerais.

— Il est de la Cinquième Caverne ? fit Jondalar, réfléchissant à la suggestion.

— Oui, mais il pourrait venir vivre quelque temps à la Neuvième. Danug n'a-t-il pas passé un an environ dans un autre camp mamutoï pour élargir ses connaissances ? Nous pourrions proposer la même chose à Matagan.

— C'est juste. Quand nous l'avons rencontré, Danug venait de passer une année dans un camp de mineurs de silex, pour puiser de nouvelles connaissances à la source même, comme j'ai puisé les miennes à la mine de Dalanar. Il n'aurait pu avoir de meilleur maître que Wymez dans cet art, mais un bon tailleur doit aussi connaître la pierre elle-même.

Le font plissé, Jondalar pesait les implications éventuelles.

— Je ne sais pas, poursuivit-il. Je serais heureux de lui apprendre la taille mais je dois d'abord en parler à Joharran. Il faudrait trouver à ce garçon un foyer où vivre. Joharran devra en discuter avec la Cinquième Caverne... enfin, à supposer que ce soit le désir de Matagan. Il fabriquait peut-être lui-même ses pointes de sagaie parce qu'il ne trouvait personne d'autre pour s'en charger. Nous verrons, Ayla. C'est une possibilité. S'il reste infirme, il devra apprendre une autre activité que la chasse.

Ils trouvèrent tous deux une position propice au sommeil mais, malgré sa fatigue, Ayla ne parvint pas à s'endormir immédiatement. Elle pensait à son avenir et à celui du bébé qu'elle portait. Si c'était un garçon, et si l'idée lui venait un jour d'aller tourmenter un rhinocéros ? S'il lui arrivait quelque chose ? Et Loup, que devenait-il ? Il était presque comme un fils pour elle et elle ne l'avait pas vu depuis plusieurs jours. Lorsqu'elle finit par trouver le sommeil, elle rêva de bébés, de loups, de tremblements de terre. Elle détestait les tremblements de terre. Non seulement ils l'effrayaient mais il étaient pour elle comme un présage de mauvaise nouvelle.

— Je n'arrive pas à croire que certains s'opposent encore à l'union de Joplaya et Echozar, s'énervait Zelandoni. C'est fait. Ils sont unis. Ils ont passé leur période d'isolement, leur union a été confirmée. C'est terminé. Ils ont même eu leur fête d'union. Il n'y a plus rien à ajouter.

La doniate buvait une dernière tisane avant de regagner la hutte de la Zelandonia, après avoir passé la nuit au camp de la Neuvième Caverne. Plusieurs autres Zelandonii finissaient leur repas du matin autour de la large fosse du feu.

— Ils parlent de repartir bientôt, dit Marthona.

— Ce serait dommage, après un aussi long voyage, observa Jondalar.

— Ils ont obtenu ce pour quoi ils étaient venus, intervint Willamar. Joplaya et Echozar sont unis, et leur Caverne a maintenant sa Zelandoni, ou plutôt sa Lanzadoni.

— J'espérais passer quelque temps avec eux, reprit Jondalar. Je crois que nous ne les reverrons pas de sitôt.

— Je nourrissais le même espoir, dit Joharran. J'ai discuté avec Dalanar de sa décision d'établir les Lanzadonii comme un groupe séparé. Ce n'est pas uniquement parce qu'ils vivent loin d'ici. Il a quelques idées intéressantes.

— Il en a toujours eu, commenta Marthona.

Folara se mêla à la conversation :

— Echozar et Joplaya n'ont aucun plaisir à se rendre au camp principal car ils attirent tous les regards... des regards pas spécialement amicaux.

— Ils sont peut-être très sensibles après les objections formulées pendant les Matrimoniales, avança Proleva.

— Je les ai soigneusement considérées, ces objections, marmonna la Première. Aucune ne tient. C'est Brukeval qui a commencé, mais tout le monde connaît son problème. Quant à Marona, elle cherche simplement à créer des ennuis aux Lanzadonii parce qu'ils sont apparentés à Jondalar et qu'elle lui en veut toujours.

— Cette femme semble n'avoir rien d'autre à faire qu'entretenir ses rancœurs, dit Proleva. Si elle avait un enfant, elle penserait peut-être à autre chose.

— Je ne souhaiterais à aucun enfant de l'avoir pour mère, déclara Salova.

— Doni semble partager ton sentiment, remarqua Ramara. Marona n'a jamais été honorée, autant que nous sachions.

— Elle ne t'est pas apparentée ? demanda Folara. Vous avez les mêmes cheveux blond clair.

— C'est une cousine éloignée.

— Proleva a raison, dit Marthona. Marona a besoin d'une occupation, mais cela ne signifie pas qu'il lui faut un bébé. Elle pourrait apprendre une activité ou se consacrer à quelque chose qui en vaille la peine. Elle ne songerait plus à ennuyer les autres sous prétexte que sa vie n'est pas comme elle l'avait rêvée. Chacun devrait exercer une activité, une chose qu'il ait plaisir à faire, et à bien faire. Si Marona n'en trouve pas, elle continuera à causer des ennuis pour attirer l'attention.

Solaban émit une réserve :

— Cela ne suffirait peut-être pas. Regardez Laramar, il a une activité, un talent reconnu et même envié. Il fait un bon barma, et cela ne l'empêche pas de créer des difficultés. Il soutient Brukeval dans son hostilité à l'union de Joplaya et d'Echozar, et cela lui vaut aussi l'attention des Zelandonii. Je l'ai entendu dire à des membres de la Cinquième Caverne que le foyer de Jondalar ne devait pas figurer parmi les plus élevés, parce qu'il s'est uni à une étrangère de rang inférieur. Je crois qu'il n'a toujours pas accepté qu'Ayla n'ait pas été placée derrière lui pour l'enterrement de Shevonar. Il feint l'indifférence mais je pense qu'il n'apprécie pas d'occuper le dernier rang de la Caverne.

— Alors, il devrait tenter quelque chose pour s'élever ! s'exclama Proleva avec colère. Comme de prendre soin des enfants de son foyer.

— Le foyer de Jondalar occupe exactement le rang qui lui revient, déclara Marthona avec un infime sourire de satisfaction. La situation était exceptionnelle, la décision a été prise par les chefs de la Zelandonia, comme il se devait. Laramar n'a pas son mot à dire.

— C'est peut-être la chose à faire, estima la Première. Je vais proposer à Dalanar de réunir la Zelandonia et les chefs pour discuter de l'union de Joplaya et d'Echozar, poser le problème devant tout le monde et donner la possibilité à ceux qui ont des objections d'exprimer leurs sentiments.

— Ce serait peut-être l'occasion pour Jondalar et Ayla de parler de leur expérience avec les Têtes Plates... le Clan, comme elle les appelle, dit Joharran. J'ai l'intention d'en discuter avec les autres chefs, de toute façon.

— Nous pourrions aller lui en parler maintenant, proposa Zelandoni. Je dois retourner à la hutte. J'ai un problème. Un membre de la Zelandonia fait circuler des informations qui devraient rester confidentielles. En partie des renseignements très personnels sur certains Zelandonii, en partie des connaissances qui ne devraient pas sortir de la Zelandonia. Je dois trouver qui, ou du moins arrêter les fuites.

Ayla avait écouté la conversation et continua à y réfléchir lorsque les autres se levèrent et partirent dans diverses directions. Les Zelandonii lui évoquaient un fleuve agité de courants contraires sous une surface d'un calme apparent. Marthona et Zelandoni devaient en savoir plus long que la plupart des autres sur ce qui se passait en eau profonde, mais même ces deux femmes puissantes ne savaient pas tout. Ayla avait noté des expressions, des postures, des inflexions de voix qui fournissaient des indices sur ce qui se déroulait en réalité, mais à la question des fuites succéderait un autre problème. Les courants profonds tournoyaient et changeaient de sens sans qu'une ride apparaisse à la surface. Il en serait ainsi tant qu'il y aurait des êtres humains.

— Je passe voir les chevaux, annonça-t-elle à Jondalar. Tu m'accompagnes ?

— Je viens avec toi, mais attends un peu. Je vais chercher le lance-sagaie que j'ai fabriqué pour Lanidar. Je suis trop grand pour l'essayer ; toi, tu pourrais peut-être. Je sais qu'il sera petit pour toi mais tu sentiras s'il peut lui convenir.

— Je suis sûre qu'il lui conviendra parfaitement mais je veux bien essayer. C'est Lanidar qui est le mieux placé pour le savoir. Encore devra-t-il attendre d'avoir acquis quelque pratique. J'ai l'impression que tu vas faire le bonheur de ce garçon.

Le soleil approchait de son zénith lorsqu'ils commencèrent à rassembler leurs affaires. Ils avaient étrillé les chevaux, et Ayla les examinait avec soin. A la saison chaude, des insectes volants tentaient souvent de déposer des œufs dans les coins humides et chauds des yeux de divers herbivores, cerfs et chevaux en particulier. Iza lui avait appris à faire usage du liquide clair de la plante blanc-bleu qui poussait dans les forêts ombreuses et ressemblait à une chose morte. Elle tirait sa subsistance du bois pourrissant, et sa surface cireuse noircissait quand on la touchait. Il n'existait pas meilleur traitement pour les yeux irrités ou enflammés que le liquide frais suintant de sa tige cassée.

Ayla avait essayé le petit lance-sagaie, qu'elle jugeait parfait pour Lanidar. Jondalar avait aussi fabriqué plusieurs projectiles et il décida d'en faire d'autres lorsqu'il avisa un boqueteau de jeunes aulnes au tronc mince et droit, d'un diamètre adéquat pour de petites sagaies. Il en coupa quelques-uns. Ayla ne sut jamais ce qui la poussa à pénétrer dans le bois baigné par le ruisseau, derrière l'enclos de Whinney et Rapide.

— Où vas-tu ? l'appela son compagnon. Il faut rentrer, je dois aller au camp principal cet après-midi.

— Je ne serai pas longue, assura-t-elle.

Jondalar la suivit des yeux à travers le rideau d'arbres et se demanda si elle avait vu quelque chose bouger là-bas. Peut-être un danger qui menaçait les chevaux. Peut-être aurais-je dû l'accompagner, pensait-il quand il l'entendit s'écrier :

— Non ! Oh, non !

Il courut aussi vite que le lui permettaient ses longues jambes, fendit les broussailles, se cogna à une branche basse. Quand il eut rejoint Ayla, il poussa lui aussi un cri de refus et tomba à genoux.

35

Sur la berge boueuse du petit cours d'eau, Jondalar se pencha vers Ayla. Allongée près du loup couché sur le flanc, elle tenait entre ses mains la tête de l'animal, qui essayait de lui lécher le visage. Une de ses oreilles, déchirée, saignait.

— C'est Loup ! Il est blessé, gémit-elle.

Ses larmes traçaient des sillons blancs dans la tache boueuse qui lui maculait la joue.

— Que lui est-il arrivé ?

— Je ne sais pas mais nous devons le secourir, répondit-elle en se redressant. Il nous faut une litière pour le porter au camp.

Loup tenta d'imiter Ayla et retomba dans la boue.

— Reste avec lui, dit Jondalar. Je vais fabriquer une civière avec les aulnes que je viens de couper.

Quand Ayla et Jondalar regagnèrent le camp, plusieurs Zelandonii se pressèrent autour d'eux et proposèrent leur aide, ce qui fit comprendre à Ayla que beaucoup de membres de la Neuvième Caverne s'étaient pris d'affection pour Loup.

— Je lui prépare un coin dans la hutte, dit Marthona en partant devant.

— Qu'est-ce que je peux faire ? s'enquit Joharran, qui venait de rentrer au camp.

— Tu pourrais aller voir si Zelandoni a de la consoude, ainsi que des pétales de souci. Je crois qu'il s'est battu avec d'autres loups et les morsures peuvent donner de vilaines plaies. On doit les nettoyer avec soin et appliquer de puissants remèdes.

— Faut-il faire bouillir de l'eau ? demanda Willamar.

La voyant acquiescer, il reprit :

— J'allume un feu. Par chance, nous venons de rapporter du bois.

Joharran revint, accompagné de Folara et Proleva, et annonça que Zelandoni les suivait. Avant longtemps, toute la Réunion d'Eté sut que le loup d'Ayla était blessé, et nombreux furent ceux qui exprimèrent leur inquiétude.

Jondalar demeura auprès de sa compagne pendant qu'elle examinait l'animal et comprit à son expression que les blessures étaient graves. Certaine que Loup avait été attaqué par toute une meute, Ayla s'étonnait qu'il fût encore en vie. Elle se fit apporter par Proleva un morceau de viande d'aurochs, la gratta comme elle l'avait fait pour Lorala, la mélangea à du datura et la glissa dans le gosier de l'animal pour l'aider à se détendre et à s'endormir.

— Jondalar, peux-tu me donner un peu de la peau du petit qui était dans le ventre de la femelle aurochs que j'ai tuée ? Il me faut quelque chose d'absorbant pour laver ses blessures.

Marthona la regarda mettre des racines et des poudres dans divers bols d'eau très chaude puis lui tendit un morceau de tissu en disant :

— Zelandoni s'en sert souvent.

Ayla examina la chose. Ce n'était pas une peau ; cela ressemblait davantage au matériau finement tissé dont était faite la tunique que la mère de Jondalar lui avait offerte. Ayla le trempa dans l'un des bols et vit qu'il absorbait rapidement l'eau.

— Cela ira très bien. Merci, Marthona.

Zelandoni arriva au moment où Jondalar et Joharran retournaient Loup pour qu'Ayla puisse soigner son autre flanc. La Première aida la jeune femme à nettoyer une blessure particulièrement profonde. Ayla surprit ensuite une partie des Zelandonii en glissant un filament de nerf dans le trou de son tire-fil et en l'utilisant pour refermer les plaies les plus graves à l'aide de quelques nœuds judicieusement placés. Elle avait montré l'ingénieux outil à plusieurs personnes mais nul ne l'avait vue s'en servir pour coudre de la chair vivante. Elle recousit même l'oreille décollée, qui garderait cependant un bord déchiqueté.

— Alors, c'est ce que tu m'as fait, murmura Jondalar avec un sourire.

— Apparemment, cela aide la plaie à se refermer, dit Zelandoni. As-tu appris cela aussi auprès de la guérisseuse du Clan, Ayla ?

— Non, Iza ne le faisait jamais. Les membres du Clan ne cousent pas vraiment, ils nouent des choses ensemble. Ils utilisent le petit os pointu qui se trouve dans le bas de la patte avant du cerf pour percer des trous dans une peau ; ils y passent ensuite des nerfs en partie séchés et à l'extrémité durcie, puis ils les nouent. Ils font aussi des récipients en écorce de bouleau, avec cette méthode. C'est quand les plaies de Jondalar s'écartaient et se rouvraient malgré mes efforts pour en rapprocher les bords en les bandant que je me suis demandé si quelques nœuds ne maintiendraient pas la peau et les muscles en place. J'ai essayé. Cela semblait marcher mais j'ignorais à quel moment ôter les fils. Il ne fallait pas laisser les nœuds s'incruster dans la chair. J'ai peut-être attendu trop longtemps avant de les couper. Jondalar a probablement eu un peu plus mal qu'il n'aurait dû quand je les ai enfin retirés.

— Tu veux dire que c'était la première fois que tu recousais une plaie ? s'étonna Jondalar. Tu ne savais pas si cela marcherait, et tu as essayé sur moi ? (Il s'esclaffa.) Je suis content que tu l'aies fait. A part les cicatrices, je n'ai gardé aucune trace de la patte de lion qui m'a lacéré.

— Seul quelqu'un possédant de grandes capacités et une aptitude naturelle à soigner pouvait avoir une telle idée, déclara la Première. Ayla, ta place est dans la Zelandonia.

— Je ne souhaite pas en faire partie, rétorqua la jeune femme, consternée. Je... j'apprécie... je me sens honorée, mais je désire seulement être la compagne de Jondalar, avoir un bébé de son esprit et être une bonne Zelandonii.

— Ne te méprends pas, je te prie, répondit la doniate. Ce n'était pas une offre lancée à la légère, comme une invitation à partager un repas. J'ai eu le temps d'y songer. Une femme de ta compétence doit être associée à d'autres personnes de même niveau. Tu aimes soigner, n'est-ce pas ?

— Je suis guérisseuse. Je n'y peux rien changer.

— Bien sûr que tu l'es, là n'est pas la question. Mais chez les Zelandonii, seuls les membres de la Zelandonia soignent les autres. Personne ne fera appel à toi quand on aura besoin d'une guérisseuse si tu n'appartiens pas à la Zelandonia. Pourquoi résistes-tu ?

— Tu m'as expliqué tout ce qu'il faut apprendre, et le temps que cela exige. Comment pourrais-je prendre soin de mes enfants et être une bonne compagne pour Jondalar si je passe mes journées à devenir une Zelandoni ?

— Certaines de Celles Qui Servent la Mère ont un compagnon et des enfants. Tu m'as parlé toi-même de celle qui vit de l'autre côté du glacier, et tu as rencontré Zelandoni de la Deuxième Caverne. Il y en a d'autres.

— Pas beaucoup.

Zelandoni observa la jeune femme et se convainquit qu'il y avait une autre raison à son entêtement. Ce refus de devenir doniate n'était pas dans son caractère. Curieuse de tout, Ayla apprenait vite et y prenait manifestement plaisir. Elle ne négligerait jamais ni son compagnon ni ses enfants, et si elle devait parfois s'absenter, il y aurait toujours quelqu'un pour l'aider. Si on pouvait lui reprocher quelque chose, c'était d'être presque trop soucieuse des autres. Malgré toute l'attention qu'elle prodiguait à ses animaux, elle était toujours disponible, toujours prête à aider, elle accomplissait toujours plus que sa part du travail.

La Première avait été impressionnée par la façon dont elle avait persuadé les jeunes mères d'aider Lanoga à s'occuper de sa petite sœur et des autres enfants. Par la manière aussi dont elle aidait le jeune garçon au bras difforme. C'était le genre de choses que faisait une bonne Zelandoni. Ayla avait naturellement assumé ce rôle. La doniate résolut de découvrir le véritable problème d'Ayla, parce que, d'une façon ou d'une autre, la jeune femme devait rejoindre Ceux Qui Servaient la Grande Terre Mère. La stabilité de la Zelandonia serait menacée si une personne aussi savante demeurait en dehors de son influence.

Les Zelandonii souriaient en voyant le loup entouré de bandages traverser le camp principal en marchant à côté d'Ayla. Il avait presque l'air habillé et ne ressemblait plus guère à un féroce carnassier. Beaucoup s'arrêtaient pour s'enquérir de sa santé ou affirmer qu'il semblait remis. Mais l'animal ne quittait plus les jambes d'Ayla. La première fois qu'elle l'avait laissé un moment, il s'était mis à hurler, il avait rompu le lien qui l'attachait et l'avait retrouvée. Les conteurs avaient commencé à concocter des histoires sur le loup qui aimait une femme.

Ayla avait dû lui réapprendre à rester là où elle le lui ordonnait. Au bout de quelque temps, il avait commencé à se sentir mieux lorsqu'elle le confiait à Jondalar, Marthona ou Folara. Il continuait cependant à défendre comme son territoire le camp de la Neuvième Caverne, et elle devait l'empêcher de menacer les visiteurs. Les Zelandonii, en particulier ceux qui étaient proches d'Ayla, s'étonnaient de la patience infinie qu'elle montrait envers l'animal mais ils en constataient les résultats. Cela leur fit aussi comprendre que le pouvoir qu'elle exerçait sur lui n'avait rien de magique.

Ayla commençait à se rassurer en voyant Loup se montrer moins mal à l'aise avec les inconnus quand un jeune homme — elle avait entendu qu'on le présentait comme Lenadar de la Onzième Caverne — rendit visite à Tivonan, l'apprenti de Willamar. L'animal s'approcha de lui, se mit à gronder et découvrit ses crocs. Ayla dut le forcer à se coucher, et, même alors, il continua à grogner. Le jeune homme recula, effrayé ; Ayla se confondit en excuses. Willamar, Tivonan et plusieurs autres Zelandonii observaient la scène avec perplexité.

— Je ne sais pas ce qu'il a, dit-elle. Je pensais qu'il avait perdu cette manie de défendre son territoire. Il ne se conduit pas de cette façon, d'habitude, mais il a eu des ennuis et il ne s'en est pas tout à fait remis.

— Il paraît qu'il a été blessé, fit le jeune homme.

Elle remarqua alors qu'il avait autour du cou un collier de crocs et qu'il portait un sac décoré d'une peau de loup.

— Je peux te demander d'où te vient cette fourrure ?

— Eh bien... la plupart des gens s'imaginent que j'ai tué un loup, mais je vais t'avouer la vérité. Ce loup, je l'ai trouvé mort. J'en ai trouvé deux, en fait. Ils avaient dû se battre férocement parce qu'ils étaient couverts de blessures. L'un était une femelle noire, l'autre un mâle au pelage gris. J'ai pris d'abord les dents, puis j'ai décidé de sauver aussi ce qui restait de leur fourrure.

— Et c'est celle du mâle gris qui orne ton sac. Je comprends, maintenant. Loup a dû se battre contre sa meute. Je savais qu'il avait trouvé une amie, probablement la femelle noire. Comme il est encore jeune, il ne devait pas s'accoupler avec elle. Il compte moins de deux ans, mais ils apprenaient à se connaître. Elle était la femelle de rang inférieur de la meute locale, ou une louve solitaire.

— Comment le sais-tu ? demanda Tivonan.

— Les loups aiment que les loups ressemblent à des loups. Ceux qui sortent de l'ordinaire parce qu'ils sont tout noirs, tout blancs ou mouchetés sont moins bien acceptés. Sauf que des amis mamutoï m'ont raconté que là où il y a de la neige toute l'année, les loups blancs sont les plus nombreux. Les bêtes différentes, comme cette femelle noire, occupent souvent le dernier rang de la meute. Elle avait probablement quitté la sienne pour devenir une louve solitaire. Les animaux esseulés vivent en général entre les territoires de deux meutes et, s'ils croisent un autre solitaire, ils essaient de fonder leur propre meute. Je dirais que les loups de cette région défendaient leur territoire contre les deux intrus. Et, bien que grand et fort, Loup était désavantagé. Il ne connaît que les hommes, il n'a pas grandi parmi les loups, il n'a pas eu de frères ni de sœurs, d'oncles ni de tantes pour lui apprendre ce qu'il devrait savoir.

— D'où tiens-tu ces connaissances ? dit Lenadar.

— Je les ai observés pendant de nombreuses années. Quand j'ai appris à chasser, je ne m'en prenais qu'aux mangeurs de viande. J'ai une faveur à te demander, Lenadar. Accepterais-tu de m'échanger cette peau ? Je crois que Loup gronde et te menace parce qu'il sent l'odeur de la bête contre laquelle il s'est battu — l'une d'elles, tout au moins — et qu'il a probablement tuée. Mais le reste de la meute a tué son amie et a failli lui faire subir le même sort.

— Je te la donne, répondit le jeune homme. Ce n'est qu'un méchant morceau de fourrure mal cousu sur mon sac. Je ne veux pas rester dans les chants et les contes comme celui qui a été attaqué par le loup qui aimait une femme. Je peux garder les dents ? Elles ont de la valeur.

— Garde-les, mais je te suggère de les laisser tremper quelques jours dans une infusion légèrement colorée. En outre, pourrais-tu me montrer où tu as trouvé les loups ?

Après que Lenadar eut remis la dépouille à Ayla, elle la lança au loup, qui la saisit dans sa gueule, la secoua, chercha à la déchirer. La scène aurait fait sourire les Zelandonii s'ils n'avaient connu la gravité de ses blessures et appris que sa compagne avait été tuée. Ils s'identifièrent à l'animal, lui prêtant les sentiments qu'ils auraient éprouvés en pareille situation.

— Je suis content de ne plus avoir cette peau sur le dos, murmura Lenadar.

Ayla et lui convinrent de se retrouver plus tard pour se rendre à l'endroit où il avait découvert les corps : ils avaient tous deux d'autres projets dans l'immédiat. Ayla ne savait pas au juste ce qu'elle s'attendait à trouver. Les charognards avaient probablement fait place nette, mais elle voulait savoir sur quelle distance Loup s'était traîné, grièvement blessé, pour la rejoindre. Après le départ de Lenadar, elle songea aux chants et contes sur le loup qui aimait une femme.

Elle avait visité le camp des Conteurs et Musiciens, endroit animé et haut en couleur. Même leurs vêtements semblaient avoir des teintes plus vives. Ils ne venaient pas d'un même lieu, ils n'avaient pas d'abri à eux, ils ne possédaient que leurs tentes et leurs huttes de voyage. Ils allaient d'une Caverne à l'autre, ils se connaissaient tous et avaient le sentiment d'appartenir à une même famille. Il y avait toujours des enfants autour d'eux. Comme pendant le reste de l'année, ils rendaient visite aux Cavernes, mais cette fois dans leur camp d'été. Ils donnaient aussi des spectacles pour tous les participants à la Réunion d'Eté sur le terrain plat où l'on avait célébré les Matrimoniales.

Ayla savait que les Conteurs avaient commencé à parler des animaux de la Neuvième Caverne. Ils expliquaient que ces bêtes pouvaient être utiles, comme les chevaux qui portaient de lourdes charges ou le loup qui aidait la femme à chasser en débusquant le gibier pour elle. Il existait une nouvelle histoire sur la façon dont il l'avait amenée à découvrir la grotte blanche et, d'une manière générale, ces récits comportaient un élément surnaturel ou magique. Dans leurs histoires, Loup ne chassait pas parce qu'elle l'avait dressé pour cela mais parce qu'un lien particulier les unissait. L'histoire du loup qui aimait une femme était déjà devenue celle de l'homme qui était devenu loup en explorant le Monde des Esprits et avait oublié de se transformer de nouveau en homme lorsqu'il était retourné dans ce monde.

Ces histoires avaient déjà été racontées maintes fois et étaient en passe de s'intégrer aux légendes des Zelandonii. Certains conteurs en inventaient d'autres sur des animaux gardés par des hommes ou les tournaient parfois de manière que les hommes soient gardés par les animaux. Ceux-ci devenaient alors des Esprits animaux qui aidaient les humains. Selon toute vraisemblance, ces histoires, transmises de génération en génération, entretiendraient l'idée que l'on pouvait apprivoiser, dresser et garder des animaux, et non plus seulement les chasser.

— Loup sera très bien avec Folara, affirmait Jondalar. Il se conduit normalement avec les visiteurs, maintenant, et ceux-ci ont la prudence de prévenir de leur venue. Il ne se jettera pas sur quelqu'un. Nous savons pourquoi il s'est montré agressif envers Lenadar. Loup a subi une dure épreuve qui ne peut manquer de le changer, mais il reste ce Loup que tu aimes et à qui tu apprends des choses depuis que tu l'as recueilli tout petit. Je pense toutefois qu'il vaut mieux ne pas l'emmener à la réunion. Tu sais comme les gens s'énervent et laissent libre cours à leurs rancœurs. Loup n'aimerait pas les voir s'emporter, surtout s'il a l'impression qu'ils te menacent.

— Qui sera présent ? demanda Ayla.

— Surtout les chefs et les Zelandonia, ainsi que ceux qui se sont exprimés contre Echozar.

— Ce qui signifie Brukeval, Laramar et Marona. Ce ne sont pas des amis.

— Ce n'est pas tout. Le Zelandoni de la Cinquième Caverne et Madroman, son acolyte, qui ne figure certes pas au rang de mes meilleurs amis, seront aussi présents. Ainsi que Denanna de la Vingt-Neuvième Caverne, bien que je ne sache pas trop pourquoi elle se plaint.

— Je crois que l'idée que des animaux puissent vivre chez les hommes ne lui plaît pas, avança Ayla. Rappelle-toi, quand nous avons fait halte chez elle en venant ici, elle n'a pas voulu que les chevaux montent jusqu'à son abri. Pour ma part, j'étais tout aussi contente de camper en bas dans la prairie.

Lorsqu'ils arrivèrent à la hutte de la Zelandonia, le rideau s'écarta avant même qu'ils manifestent leur présence. Ayla se demanda comment s'y prenaient les doniates pour savoir à chaque fois quand elle arrivait, qu'elle fût attendue ou non.

— Avez-vous fait la connaissance du nouveau membre de la Neuvième Caverne ? dit Zelandoni.

Elle s'adressait à une femme au visage agréable et au sourire bienveillant, en qui Ayla devina une force sous-jacente.

— J'ai assisté aux Présentations, bien sûr, ainsi qu'aux Matrimoniales, mais nous ne nous sommes pas rencontrées directement, répondit la femme.

La Première procéda aux présentations :

— Voici Ayla de la Neuvième Caverne des Zelandonii, compagne de Jondalar de la Neuvième Caverne des Zelandonii, fils de Marthona, ancienne Femme Qui Ordonne de la Neuvième Caverne, anciennement Ayla des Mamutoï, membre du Camp du Lion, Fille du Foyer du Mammouth, choisie par l'Esprit du Lion des Cavernes, et protégée de l'Ours des Cavernes. Ayla, voici Zelandoni de la Vingt-Neuvième Caverne.

La compagne de Jondalar fut étonnée d'une présentation aussi brève, qui indiquait cependant l'essentiel. En sa qualité de Zelandoni, cette femme avait renoncé à son identité personnelle pour devenir l'incarnation de la Vingt-Neuvième Caverne des Zelandonii. Si elle l'avait souhaité, la présentation aurait pu inclure les noms et les liens de la personne qu'elle avait été.

Ayla songea aux noms et liens qu'elle avait récemment acquis. Elle aimait la façon dont Zelandoni l'avait présentée. Elle était devenue Ayla des Zelandonii, compagne de Jondalar, c'était ce qui venait en premier, mais elle avait été Ayla des Mamutoï, et elle gardait avec ce peuple des liens qui comptaient beaucoup pour elle. Elle était toujours choisie par l'Esprit du Lion des Cavernes et protégée de l'Ours des Cavernes : elle appréciait que même son totem et ses relations avec le Clan eussent été gardés.

Lorsqu'elle avait entendu pour la première fois les longues récitations de noms et liens, Ayla s'était demandé, à part elle, pourquoi les Zelandonii procédaient à ces présentations quasi interminables. Ils auraient pu simplifier en donnant seulement les noms usuels : Jondalar, Marthona, Proleva. Mais l'énumération de ses liens familiers lui avait procuré un tel plaisir qu'elle se félicitait maintenant de cette coutume d'inclure les références passées. Elle s'était autrefois considérée comme Ayla d'Aucun Peuple, vivant avec un cheval et un lion pour toute compagnie. A présent, elle était liée à de nombreuses personnes, elle était unie à un homme et attendait un enfant.

Une autre pensée fugitive lui vint juste avant qu'elle reporte son attention sur l'assistance. Elle aurait voulu pouvoir ajouter « mère de Durc du Clan » à ses noms et liens, mais, compte tenu de l'objet de la réunion et de ce qui s'était passé le soir de la cérémonie d'union, elle doutait de pouvoir révéler un jour aux Zelandonii l'existence de son fils.

Le silence se fit quand la Première se plaça au centre de la hutte.

— Je commencerai en précisant que cette réunion ne changera rien, prévint-elle. Joplaya et Echozar sont unis ; eux seuls peuvent mettre fin à leur union. Il m'a cependant semblé percevoir un courant de rumeurs et de malveillance à leur égard que je trouve indigne. Je ne suis pas fière d'être la Zelandoni de gens qui se sont montrés aussi cruels envers un jeune couple qui vient d'entamer sa vie commune. Dalanar et moi avons décidé d'aborder ce problème de front. Si des Zelandonii ont à se plaindre, qu'ils le fassent savoir, c'est le moment.

Une partie de l'assistance remua les pieds en évitant de regarder directement la doniate. A l'évidence, les propos de la Première avaient suscité une certaine gêne, en particulier chez ceux qui avaient prêté l'oreille aux ragots ou qui les avaient colportés. Même les chefs temporels et spirituels n'étaient pas au-dessus de ces faiblesses humaines. Personne ne semblant souhaiter aborder le sujet, la Première s'apprêtait à passer à l'autre raison de la réunion.

Sentant que le moment pour lequel il s'était démené allait passer, Laramar intervint :

— C'est vrai, non, que la mère d'Echozar était une Tête Plate ?

Zelandoni lui lança un regard où le dédain se conjuguait à l'irritation.

— Il ne l'a jamais nié.

— Ça veut dire qu'il est un enfant d'esprit mêlé, et un enfant d'esprit mêlé, c'est une abomination. Ça fait de lui une abomination, riposta-t-il.

— Qui t'a dit qu'un esprit mêlé était une abomination ?

Laramar fronça les sourcils, regarda autour de lui.

— Ben, tout le monde le sait.

— Comment tout le monde le sait-il ?

— Parce que les gens le disent.

— Qui le dit ?

— Tout le monde.

— Si tout le monde disait que le soleil ne se lèvera pas demain, ce serait vrai ?

— Ça, non. Mais les gens ont toujours dit que c'était une abomination.

— Je crois me souvenir d'avoir entendu la Zelandonia l'affirmer, lâcha quelqu'un dans l'assistance.

La Première se tourna pour regarder celle qui venait de parler et dont elle avait reconnu la voix.

— Soutiendrais-tu, Marona, que la Zelandonia enseigne qu'un esprit mêlé est une abomination ?

— Oui, répondit la jeune femme sur un ton de défi. Je suis sûre d'avoir entendu la Zelandonia tenir ce propos.

— Sais-tu que la plus belle des femmes devient laide quand elle ment ? répliqua la doniate.

Marona rougit, lança à la Première un regard mauvais. Plusieurs participants se retournèrent pour voir si Zelandoni disait vrai, et quelques-uns d'entre eux convinrent que l'expression haineuse du visage de la jeune femme détruisait en partie sa beauté. Détournant les yeux, Marona maugréa à voix basse :

— Qu'est-ce que tu en sais, vieille outre !

Ses voisins les plus proches l'entendirent et furent consternés par cette insulte à la Première parmi Ceux Qui Servaient la Grande Terre Mère. Ayla se trouvait à l'autre bout de la vaste hutte mais elle avait l'ouïe très fine. D'autres encore avaient entendu Marona, et notamment Zelandoni, qui répliqua :

— Regarde-la bien, cette vieille outre, et souviens-toi que, comme toi, elle passait autrefois pour la plus belle femme de la Réunion d'Eté. La beauté est au mieux un Don fugace. Uses-en sagement tant que tu la garderas, car une fois qu'elle se sera envolée, tu seras très malheureuse s'il ne te reste rien d'autre. Je n'ai jamais regretté la perte de ma beauté parce que ce que j'ai gagné en savoir et en expérience faisait plus que la compenser.

Elle poursuivit, s'adressant aux autres :

— Marona a affirmé, et Laramar a insinué, que la Zelandonia enseignait que les enfants nés du mélange de l'esprit de l'un de nous avec celui d'un de ceux que nous appelons Têtes Plates étaient une abomination. Ces derniers jours, je suis entrée dans une méditation profonde, je me suis remémoré toutes les Histoires et Légendes Anciennes, y compris celles uniquement connues de la Zelandonia, pour tenter de découvrir d'où vient cette idée, parce que Laramar a raison sur un point : c'est une chose que « tout le monde » croit « savoir ».

Elle marqua une pause avant d'assener :

— Cette idée n'a jamais été un enseignement de la Zelandonia.

Les doniates avaient gardé le silence quand ils l'avaient vue méditer en solitaire, le pectoral retourné de manière à cacher les gravures et les décorations et à ne montrer que la face lisse, ce qui signifiait qu'elle ne voulait pas être dérangée. Ils savaient maintenant pourquoi. Un courant de murmures parcourut la hutte :

— Mais ce sont des animaux.

— Ils ne sont même pas humains.

— Ils sont apparentés aux ours.

Zelandoni de la Quatorzième Caverne déclara à voix haute :

— La Mère est horrifiée par un tel mélange.

— C'est une abomination, soutint Denanna, chef de la Vingt-Neuvième Caverne. Nous l'avons toujours su.

— Denanna a raison, glissa Madroman au Zelandoni de la Cinquième Caverne. Les esprits mêlés sont mi-humains, mi-animaux.

La Première attendit que le calme fût totalement revenu pour reprendre :

— Tâchez de vous rappeler où vous avez entendu ces choses. Tâchez de retrouver un seul passage des Histoires et des Légendes Anciennes qui dise expressément que les enfants d'esprit mêlé sont une abomination ou même que les Têtes Plates sont des animaux. Je ne parle pas de sous-entendus ou d'insinuations mais d'affirmations précises.

La doniate laissa son auditoire réfléchir un moment et poursuivit :

— En fait, si vous considérez la question en toute lucidité, vous conclurez qu'il est impossible que la Mère soit horrifiée, ou qu'Elle veuille nous faire voir ces esprits mêlés comme des abominations. Ce sont des Enfants de la Mère, comme nous. Car, après tout, qui choisit l'esprit d'un homme pour qu'il se mêle à l'esprit d'une femme ? Cela n'arrive pas souvent, nous ne frayons guère avec les Têtes Plates, mais, si la Mère décide parfois de créer une vie nouvelle en conjuguant l'elan d'une Tête Plate à celui d'un Zelandonii, c'est Son choix. Il n'appartient pas à Ses enfants de dénigrer cette progéniture. La Grande Terre Mère a résolu de les créer, peut-être pour une raison particulière. Echozar n'est pas une abomination. Il est né d'une femme, comme nous tous. Que sa mère ait été une femme du Clan n'empêche pas qu'il soit lui aussi un Enfant de la Mère. Si Joplaya et lui se sont choisis, Doni est satisfaite, et nous devrions l'être aussi.

Il y eut un autre brouhaha, puis, n'entendant aucune véritable objection, la Première passa à la suite :

— Autre motif de cette réunion, Joharran désire nous parler de ceux que nous appelons les Têtes Plates. Je crois cependant qu'il conviendrait au préalable d'en apprendre un peu plus sur leur compte en écoutant quelqu'un qui les connaît bien. Ayla a été élevée par ceux auxquels nous donnons le nom de Têtes Plates et qu'elle-même appelle le Clan. Ayla, veux-tu venir nous parler d'eux ?

Ayla se leva, rejoignit la doniate. La jeune femme avait l'estomac noué, la bouche sèche. Elle n'était pas habituée à prendre la parole devant un groupe et, ne sachant comment entamer son récit, elle commença simplement là où commençaient ses souvenirs.

— J'avais cinq ans, je crois, autant que je puisse savoir, quand j'ai perdu la famille qui m'a vue naître. Je ne m'en souviens pas très bien mais je crois que c'est un tremblement de terre qui les a tués. J'en rêve encore quelquefois. J'ai dû errer seule un moment, je ne savais probablement ni où aller ni quoi faire. J'ignore depuis combien de temps j'étais seule quand j'ai été pourchassée par un lion des cavernes. Je crois que je me suis réfugiée dans un trou, une anfractuosité si petite que l'animal pouvait juste y passer une patte pour essayer de m'atteindre. Il m'a lacéré la jambe. J'ai encore les cicatrices, quatre traits tracés dans ma chair par ses griffes. Mon premier vrai souvenir, c'est d'avoir ouvert les yeux et découvert Iza, une femme de ce peuple que vous appelez les Têtes Plates. J'ai hurlé en la voyant. Elle a réagi en me serrant dans ses bras jusqu'à ce que je me calme.

Les Zelandonii furent aussitôt captivés par l'histoire de cette orpheline qui ne comptait que cinq années. Ayla expliqua que l'abri du Clan qui l'avait trouvée avait été détruit par ce même tremblement de terre, et que ses membres cherchaient une nouvelle grotte quand ils étaient tombés sur elle. Ils savaient qu'elle n'était pas du Clan et faisait partie des Autres, mot par lequel ils désignaient ceux qui étaient comme la fillette. Elle avait été adoptée par la guérisseuse du Clan de Brun et par le frère de cette femme, Creb, qui était lui-même un grand Mog-ur, l'équivalent d'un Zelandoni.

A mesure qu'elle avançait dans son récit, Ayla oubliait sa nervosité et parlait avec aisance, émotion et sincérité de sa vie chez ceux qui se donnaient le nom de Clan de l'Ours des Cavernes.

Elle n'omit rien, ni les problèmes qu'elle avait eus avec Broud, le fils de la compagne du chef, Brun, ni la joie qu'elle avait éprouvée à suivre l'enseignement d'Iza. Elle parla de son amour pour Creb et Iza, ainsi que pour Uba, sa sœur du Clan. Elle raconta comment elle avait appris seule à se servir d'une fronde et ce qui en avait découlé quelques années plus tard. Elle n'hésita que lorsque vint le moment de parler de son fils. Malgré l'argumentation logique et convaincante de la Première, selon laquelle les membres du Clan étaient aussi des Enfants de la Mère, Ayla pouvait voir, aux expressions et aux postures de plusieurs participants, en particulier ceux qui s'étaient opposés à l'union de Joplaya et Echozar, que leurs sentiments n'avaient pas changé. Ils jugeaient néanmoins préférable de les garder provisoirement pour eux. Ayla estima donc plus raisonnable de s'abstenir de parler de Durc.

Elle raconta qu'elle avait été contrainte de quitter le Clan quand Broud était devenu chef et, malgré ses efforts pour expliquer aux participants ce qu'était une malédiction, elle sentit qu'ils n'en comprenaient pas pleinement la force. La malédiction causait la mort du membre du Clan qui n'avait plus un seul endroit où aller et dont même les êtres chers refusaient de reconnaître l'existence. Elle mentionna le temps passé dans sa vallée, évoqua plus longuement Rydag, l'enfant mêlé adopté par Nezzie, la compagne du chef du Camp du Lion.

— A la différence d'Echozar, il n'avait pas la force physique du Clan et était également faible en lui-même. Comme ceux du Clan, il était incapable d'émettre certains sons. Je lui ai appris — ainsi qu'à Nezzie, à Jondalar et au reste du Camp du Lion — à communiquer par signes. Nezzie a été très heureuse la première fois qu'il l'a appelée mère, conclut Ayla.

Jondalar s'avança ensuite et raconta comment lui et son frère Thonolan avaient rencontré des hommes du Clan peu après avoir traversé le glacier des hauteurs de l'Est. Il poursuivit par l'histoire plutôt drôle du jour où il n'avait pêché qu'une moitié de poisson parce qu'il avait partagé sa prise avec un jeune homme du Clan. Il exposa aussi les circonstances qui les avaient conduits, Ayla et lui, à passer quelques jours avec un couple du Clan, Guban et Yorga, à leur « parler » dans la langue des signes qu'Ayla lui avait enseignée.

— S'il y a une chose que j'ai apprise pendant mon Voyage, poursuivit-il, c'est que ceux que nous avons toujours traités de Têtes Plates sont des êtres humains, des êtres intelligents. Ce ne sont pas plus des animaux que vous et moi. Leurs coutumes sont différentes, leur intelligence aussi, peut-être, mais elle n'est pas moindre. Simplement différente. Il y a des choses que nous pouvons faire, et eux pas, mais aussi des choses qu'ils peuvent faire, et nous pas.

Quand son frère eut terminé, Joharran se leva, exprima ses préoccupations et souligna la nécessité d'établir de nouveaux rapports avec les membres du Clan. Enfin, Willamar évoqua la possibilité de faire du troc avec eux. Il y eut ensuite de nombreuses questions et la discussion se poursuivit longuement. C'était pour les Zelandonia et les chefs des Cavernes une véritable révélation. Certains avaient du mal à y croire mais tous écoutaient avec une grande ouverture d'esprit. Le récit d'Ayla était manifestement vrai ; même le conteur le plus talentueux n'aurait pu inventer une histoire aussi convaincante. Elle mettait en lumière le caractère humain des membres du Clan, même si certains des participants refusaient toujours d'y croire. Rien n'était résolu mais la discussion avait donné matière à réfléchir.

La Première se leva pour mettre fin à la réunion.

— Je crois que nous avons tous appris des choses importantes, et je remercie Ayla d'avoir accepté de venir ici et de nous avoir parlé si librement de ses expériences insolites. Elle nous a permis de voir la vie d'hommes et de femmes qui peuvent nous paraître étranges mais qui n'ont pas hésité à recueillir une enfant qu'ils savaient différente et à la traiter comme l'une des leurs. Il est arrivé à certains d'entre nous d'avoir peur en apercevant un Tête Plate lors d'une chasse ou d'une cueillette. Il semble que cette peur soit infondée, si le Clan est disposé à recueillir un Zelandonii égaré.

— Alors, tu crois qu'ils auraient recueilli cette femme de la Neuvième Caverne qui s'est perdue voilà si longtemps ? demanda la Zelandoni aux cheveux blancs de la Dix-Neuvième Caverne. Je me souviens qu'elle était grosse, à son retour. La Mère avait peut-être décidé de lui accorder un enfant quand elle était chez les Têtes Plates, et d'utiliser l'esprit de l'un d'entre eux pour...

— Non ! s'écria Brukeval. Ce n'est pas vrai. Ma mère n'était pas une abomination !

— Tu as raison, répondit Ayla. Ta mère n'était pas une abomination. C'est précisément ce que nous avons essayé d'expliquer. Un esprit mêlé n'est pas une abomination.

— Ma mère n'était pas un esprit mêlé ! Voilà pourquoi elle n'était pas une abomination, rétorqua-t-il.

Il fixait Ayla avec une telle haine qu'elle tourna la tête pour échapper à la violence de son regard. Puis il sortit, le dos raide d'indignation.

La discussion s'arrêta là, les participants se levèrent et commencèrent à partir. En sortant, Marona lança à la Première un regard insolent, et la doniate entendit Laramar dire au Zelandoni de la Cinquième Caverne et à Madroman, son acolyte :

— Comment ça se fait que le foyer de Jondalar est dans les premiers, alors ? Ils avaient pris pour excuse que cette femme avait un rang élevé chez les Mamutoï, le peuple d'où elle dit qu'elle vient, et qu'il ne fallait pas le rabaisser ici, mais elle ne sait même pas chez quel peuple elle est née vraiment. Si elle a été élevée par des Têtes Plates, elle est plus tête plate que mamutoï. C'est quoi, le rang d'une Tête Plate ? Elle aurait dû être dernière et elle est maintenant parmi les premiers. Je ne trouve pas ça juste.

Après la longue et éprouvante réunion qui s'était terminée par un éclat aussi véhément, Ayla se sentit exténuée. Elle supposait qu'il devait être troublant d'apprendre que des créatures qu'on avait toujours considérées comme des bêtes étaient en fait des êtres humains capables de penser et d'aimer. C'était un changement radical, et le changement ne s'opérait jamais facilement, mais la réaction de Brukeval était déraisonnable, et son regard si haineux qu'il l'avait effrayée.

Jondalar suggéra une longue chevauchée pour échapper aux autres après les événements qui avaient conclu la réunion. Ayla fut heureuse de voir Loup bondir de nouveau près d'eux, sans bandages, bien qu'il ne fût pas complètement guéri.

— Je me suis efforcée de ne pas le montrer, dit-elle, mais j'étais furieuse contre ceux qui s'opposaient à l'union de Joplaya et d'Echozar parce que sa mère était du Clan. Je crois que la réunion réclamée par Zelandoni et Dalanar n'a rien réglé. Aux Matrimoniales, certains ont approuvé uniquement parce que le couple n'était pas zelandonii mais lanzadonii. Tu peux m'expliquer la différence, Jondalar ? Moi, je n'en vois aucune.

— Zelandonii signifie simplement ce que nous sommes, les Enfants de la Grande Terre Mère, mais Lanzadonii aussi. Le vrai sens de Zelandonii serait : les Enfants de la Terre du Sud-Ouest, et celui de Lanzadonii : les Enfants de la Terre du Nord-Est.

— Alors pourquoi Dalanar ne continue-t-il pas à se dire zelandonii et à faire de son peuple une autre Caverne avec un mot à compter plus élevé ?

— Je ne sais pas. Je ne lui ai jamais posé la question. Peut-être parce qu'ils vivent très loin d'ici. On ne se rend pas chez eux en un après-midi, ni même en un jour ou deux. Il sait que, malgré les nombreux liens qui nous uniront toujours, les Lanzadonii seront un jour un peuple différent du nôtre. Maintenant qu'ils ont leur Zelandoni, ou plutôt Lanzadoni, ils ont encore moins de raisons de parcourir un long chemin pour participer à nos Réunions d'Eté. La Zelandonia continuera à former leurs doniates pendant quelque temps, mais, à mesure que la Caverne se développera, ils commenceront à les former eux-mêmes.

— Ils seront comme les Losadunaï, observa Ayla. Leur langue et leurs coutumes sont si proches de celles des Zelandonii qu'ils ont dû appartenir à un même peuple, autrefois.

— Je crois que tu as raison et que c'est peut-être pour cela que nous avons des rapports aussi amicaux avec eux. Ils ne sont pas cités dans nos noms et liens mais il fut sans doute un temps où ils y figuraient.

— Je me demande si cela remonte à loin. Les différences sont nombreuses, maintenant, même dans les paroles du *Chant de la Mère*.

Ayla et Jondalar chevauchèrent un moment en silence puis elle reprit :

— Si les Zelandonii et les Lanzadonii sont un même peuple, pourquoi ceux qui s'opposaient à l'union de Joplaya et Echozar ont-ils fini par l'accepter ? Uniquement parce que leur nom signifie qu'ils vivent au nord-est ? Ce n'est pas logique. Il faut dire que leurs objections ne l'étaient pas non plus.

— Regarde qui est derrière tout cela. Laramar ! Pourquoi cherche-t-il à créer des problèmes ? Tu n'as rien fait d'autre qu'aider sa famille. Lanoga t'adore, et Lorala ne serait probablement plus de ce monde sans ton intervention. Je me demande si cette union le préoccupe vraiment ou s'il veut juste attirer l'attention. Je crois que c'était la première fois qu'il participait à une réunion de ce genre, avec tous les Zelandonii de haut rang, dont plusieurs, notamment la Première, se sont adressés directement à lui et à quelques autres qui protestaient. Maintenant qu'il y a goûté, je crains qu'il ne continue à créer des ennuis pour demeurer au centre de l'attention. En revanche, je ne comprends toujours pas Brukeval. Il connaît Dalanar et Joplaya, il leur est même apparenté.

— Sais-tu que la mère de Matagan m'a confié que Brukeval est allé au camp de la Cinquième Caverne pour tenter de persuader certains de ses membres de s'opposer à l'union de Joplaya avant les Matrimoniales ? Il éprouve une profonde aversion pour le Clan. Pourtant, quand on les voit ensemble, Echozar et lui, la ressemblance est frappante. Il a des traits qui évoquent le Clan, de façon moins marquée qu'Echozar mais indéniable. Il me hait parce que j'ai dit que sa mère était née d'esprits mêlés, mais j'essayais juste de démontrer que les esprits mêlés ne sont pas une abomination.

— Il doit encore penser le contraire. C'est pourquoi il nie si farouchement ses origines. Ce doit être terrible de détester ce que l'on est. C'est drôle, Echozar déteste le Clan, lui aussi. Pourquoi haïssent-ils un peuple dont ils sont issus ?

— Peut-être parce que d'autres les insultent en raison de ces origines et qu'ils ne peuvent les cacher, parce qu'ils ont vraiment l'air différents. Le regard que Brukeval m'a lancé avant de partir m'a effrayée. Il me rappelle un peu Attaroa. Comme s'il avait quelque chose de difforme en lui, pas un bras comme Lanidar, quelque chose à l'intérieur.

— Un esprit mauvais s'est peut-être introduit en lui, hasarda Jondalar. Ou alors son elan est tordu. Tu devrais peut-être te méfier de lui. Il n'est pas impossible qu'il cherche encore à t'attirer des ennuis.

36

L'été avançait, les journées devenaient plus chaudes. Dans la plaine, les épis croissaient et prenaient une teinte dorée. Au bout des tiges, les têtes ployaient sous le poids des grains, promesse d'une vie nouvelle. Le corps d'Ayla s'alourdissait aussi de la vie nouvelle d'un enfant à naître. Elle peinait à côté de Jondalar, détachant les grains d'avoine, quand elle sentit un mouvement en elle pour la première fois. Elle se figea, porta une main à son ventre gonflé.

— Qu'y a-t-il ? s'inquiéta aussitôt son compagnon.

— Je viens de sentir le bébé bouger. C'est la première fois !

Elle prit la main de Jondalar, la posa sur le renflement de sa taille.

— Il va peut-être encore remuer, murmura-t-elle.

Plein d'espoir, il attendit mais ne perçut aucun mouvement.

— Je ne sens rien, dit-il.

Au même moment, quelque chose frémit sous sa main, une onde à peine perceptible.

— Je l'ai senti ! s'exclama-t-il. J'ai senti le bébé.

— Il bougera davantage plus tard. N'est-ce pas merveilleux ? Qu'est-ce que tu voudrais ? Un garçon ou une fille ?

— Peu importe. Je veux juste que le bébé soit en bonne santé et que tu enfantes sans souffrir. Toi, tu voudrais quoi ?

— Je crois que j'aimerais avoir une fille, mais un garçon me rendrait tout aussi heureuse, répondit-elle. C'est sans importance. Je veux juste un bébé, ton bébé. Il est le tien aussi.

— Eh, vous deux, la Cinquième Caverne est sûre de gagner si vous continuez à paresser comme ça !

Ils se retournèrent et virent approcher un jeune homme de taille moyenne, de constitution robuste. Il tenait une béquille sous un bras et une outre sous l'autre.

— Vous voulez de l'eau ? leur proposa-t-il.

— Salutations, Matagan ! lui lança Jondalar. Il fait chaud, cette eau est la bienvenue.

Il prit l'outre, la souleva au-dessus de sa tête et laissa le filet de liquide couler dans sa bouche. Passant ensuite l'outre à Ayla, il demanda :

— Et ta jambe ?

— Plus solide chaque jour, répondit Matagan. Je pourrai jeter ce bâton avant longtemps. J'étais censé porter de l'eau uniquement à la Cinquième Caverne mais j'ai aperçu ma guérisseuse préférée et j'ai eu envie de tricher un peu. Comment te sens-tu, Ayla ?

— Très bien. Le bébé pousse. Qui est en tête, d'après toi ?

— Difficile à dire. La Quatorzième a déjà rempli plusieurs paniers, mais la Troisième vient de dénicher un autre coin très fourni.

— Et la Neuvième ? demanda Jondalar.

— Je crois qu'elle a une chance, mais je parierais sur la Cinquième, répondit le jeune homme.

— Tu n'es pas objectif, s'esclaffa Jondalar. Tu veux des prix pour ta Caverne. Qu'est-ce que la Cinquième a donné, cette année ?

— La viande séchée de deux aurochs tués à la première chasse, une douzaine de sagaies, une grande écuelle en bois décorée par notre meilleur graveur. Et la Neuvième ?

— Une grosse outre du vin de Marthona, cinq lance-sagaies en bouleau gravés, cinq pierres à feu, deux des grands paniers de Salova, l'un rempli de noisettes, l'autre de pommes.

— C'est le vin de Marthona que j'aimerais avoir si la Cinquième gagne. J'espère que les osselets me porteront chance. Une fois que je me serai débarrassé de ce bâton, dit Matagan en levant sa béquille, je retournerai dans la tente des hommes. Je crois même que je pourrais y aller dès maintenant, bâton ou pas, mais ma mère refuse. Elle a été remarquable, personne n'aurait pu mieux me soigner, mais ça commence à faire un peu trop. Depuis mon accident, elle s'imagine que j'ai cinq ans.

— Tu ne peux pas le lui reprocher, dit Ayla.

— Je ne le lui reproche pas. Je comprends. Je veux seulement retourner dans la tente des hommes. Je t'inviterais même pour la fête qu'on s'offrira avec le vin de Marthona si tu n'étais pas uni, Jondalar.

— Merci, mais j'ai eu mon content de tente d'hommes. Un jour, quand tu seras plus âgé, tu découvriras qu'être uni n'est pas aussi triste que tu le penses.

— Tu as déjà pris la femme que je voulais, geignit le jeune homme en lançant à Ayla un coup d'œil taquin. Si j'étais son compagnon, moi aussi je laisserais tomber la tente des hommes. Quand je l'ai vue à vos Matrimoniales, j'ai pensé que c'était la plus belle femme du monde. Tous les hommes auraient voulu être à ta place, Jondalar.

Timide au début, Matagan avait perdu sa gêne en présence d'Ayla après avoir appris à la connaître pendant les nombreuses journées qu'elle avait passées dans la hutte de la Zelandonia pour participer aux soins. Il avait laissé libre cours à son aisance naturelle, à sa cordialité et à son charme naissant.

— Ecoutez-le, railla la jeune femme en tapotant le renflement de son corps. Quelle beauté je fais ! Une vieille femme au ventre plein.

— Ça t'embellit encore. Et j'aime les femmes âgées. J'en prendrai peut-être une pour compagne un jour si j'en trouve une comme toi.

Jondalar sourit au jeune homme, qui lui rappelait Thonolan. Ce serait un séducteur plus tard, et il aurait bien besoin de ce charme s'il était affligé d'une boiterie permanente. Jondalar ne voyait pas d'objection à ce qu'il s'entraîne un peu sur Ayla, dont il s'était entiché. Lui aussi avait été amoureux d'une femme plus âgée.

— En plus tu es ma guérisseuse attitrée, ajouta Matagan, dont l'expression se fit plus sérieuse. J'ai repris plusieurs fois connaissance quand on me portait sur la litière et j'ai cru rêver quand je t'ai vue : une magnifique donii venue me conduire à la Grande Mère ! Tu m'as sauvé la vie, Ayla, et sans toi je n'aurais jamais remarché.

— Je me trouvais là, j'ai fait ce que j'ai pu.

— Peut-être, mais sache que si tu as besoin de quoi que ce soit...

Il baissa les yeux, le visage écarlate, reprit en bredouillant :

— Si tu as besoin de quoi que ce soit, tu n'as qu'à demander.

— Je me rappelle un temps où je prenais moi aussi Ayla pour une donii, dit Jondalar afin de dissiper l'embarras du jeune homme. Sais-tu qu'elle m'a recousu la peau ? Pendant notre Voyage, tout un camp de S'Armunaï croyait qu'elle était la Mère en personne, une donii vivante venue aider Ses enfants. C'est peut-être ce qu'elle est, finalement, à voir la façon dont les hommes tombent amoureux d'elle.

— Jondalar ! protesta Ayla. Arrête de lui bourrer la tête de bêtises. Et remettons-nous au travail, sinon la Neuvième Caverne perdra. Je voudrais aussi garder un peu de ce grain pour deux chevaux et peut-être un poulain. Je suis contente que nous ayons cueilli beaucoup de seigle quand il était mûr, mais les chevaux préfèrent l'avoine.

Elle regarda dans le panier qu'elle portait accroché à son cou pour avoir les mains libres, estima la quantité de grains qu'il contenait déjà puis reprit sa tâche. D'une main, elle saisit une poignée de tiges, de l'autre elle pressa une pierre ronde un peu en dessous des épis mûrs puis, d'un mouvement souple, elle tira sur les tiges de manière que la pierre dure fît tomber les grains dans sa paume. Elle la vida dans le panier et recommença l'opération.

C'était un travail lent et méticuleux, mais assez facile une fois qu'on avait attrapé le rythme. La pierre permettait d'égrener les tiges plus efficacement et plus vite. Quand Ayla avait demandé qui en avait eu l'idée, personne n'avait pu lui répondre : aussi loin que la mémoire des Zelandonii remontât, ils avaient toujours procédé ainsi.

Tandis que Matagan s'éloignait en claudiquant, Jondalar murmura à sa compagne :

— Tu as un admirateur fervent à la Cinquième Caverne, et beaucoup d'autres pensent comme lui. Tu t'es fait beaucoup d'amis à cette Réunion. La plupart des Zelandonii te considèrent comme une doniate. Ils n'ont pas l'habitude de voir une guérisseuse qui ne soit pas aussi Zelandoni.

— Matagan est un gentil garçon. La veste à capuche doublée de fourrure que sa mère a tenu à me donner est superbe, et assez ample pour que je puisse la porter cet hiver. Elle m'a invitée à leur rendre visite après notre retour, cet automne. Ne sommes-nous pas passés devant leur abri en venant ici ?

— Si, il se trouve en aval d'un petit affluent de la Rivière. Nous y ferons peut-être halte au retour. A propos, j'irai chasser avec Joharran et plusieurs autres dans quelques jours. Nous resterons peut-être au loin un moment, prévint Jondalar en s'efforçant d'adopter un air détaché.

— J'imagine que je ne peux pas vous accompagner ? fit Ayla d'un ton de regret.

— Je crains que tu ne doives renoncer à la chasse pour quelque temps. Tu sais toi-même — et l'accident de Matagan l'a encore prouvé — que la chasse peut-être dangereuse, surtout quand on n'est pas aussi alerte que d'ordinaire. Lorsque le bébé sera né, tu devras le nourrir et t'occuper de lui.

— J'ai chassé après la naissance de Durc. L'une des femmes lui donnait le sein à ma place si je ne rentrais pas à temps pour l'allaiter.

— Tu ne restais pas absente plusieurs jours d'affilée.

— Non, je chassais uniquement de petits animaux avec ma fronde, reconnut Ayla.

— Ça, tu pourras peut-être le faire, mais sans partir pour de longues expéditions. De toute façon, je suis ton compagnon, maintenant. Il m'appartient de m'occuper de toi et de tes enfants. Je m'y suis engagé le jour de notre union. Si un homme ne pourvoit pas aux besoins de sa compagne et des enfants, à quoi sert-il ? A quoi servent les hommes si les femmes ont des enfants et pourvoient aussi à leurs besoins ?

Ayla n'avait jamais entendu Jondalar tenir ces propos. Tous les hommes réagissent-ils ainsi ? se demanda-t-elle. Ont-ils besoin de justifier leur existence parce que ce ne sont pas eux qui enfantent ? Elle tenta d'imaginer ce qu'elle éprouverait si la situation était inverse, si ce n'était pas elle qui enfantait et si sa contribution se réduisait à subvenir à leurs besoins. Elle se tourna vers son compagnon.

— Ce bébé ne serait pas en moi si tu n'étais pas là, déclara-t-elle en posant les mains sur le renflement de son corps. Il est autant à toi qu'à moi. Sans ton essence, il n'aurait pas commencé à vivre.

— Tu n'en sais rien, repartit-il. C'est ce que tu penses, mais personne n'est de ton avis, pas même Zelandoni.

Ils se faisaient face au milieu des épis, pas vraiment hostiles mais animés de certitudes contradictoires. Jondalar remarqua que des mèches blondes éclaircies par le soleil s'étaient échappées de la lanière en cuir qui retenait la chevelure d'Ayla et fouettaient son visage dans le vent. Elle était pieds nus, bras et seins hâlés découverts au-dessus du vêtement de cuir simple qui enveloppait sa taille et tombait jusqu'aux genoux pour la protéger des tiges sèches et piquantes. Son regard était résolu, rempli d'un défi presque rageur, mais elle paraissait en même temps si vulnérable que l'expression de Jondalar s'adoucit.

— C'est sans importance, de toute façon. Je t'aime, Ayla. Je veux prendre soin de toi et de ton bébé, dit-il en la prenant dans ses bras.

— Notre bébé, corrigea-t-elle. Notre bébé, Jondalar.

Quand elle se pressa contre lui, il sentit sa poitrine nue, son ventre rond, et fut content de l'un et de l'autre.

— D'accord, Ayla. Notre bébé.

Il avait envie d'y croire.

Une fraîcheur perceptible régnait au-dehors quand ils sortirent de la hutte. Dans les boqueteaux proches, les feuilles des arbres avaient viré au jaune ou au rouge ; autour du camp, l'herbe qui n'avait pas été piétinée était brune, desséchée. Tout le bois mort et toutes les broussailles sèches de la région avaient brûlé depuis longtemps, et les bosquets s'étaient considérablement éclaircis.

Jondalar souleva les paquets posés par terre, près de l'ouverture de la hutte.

— Avec les perches à tirer, les chevaux nous aideront à rapporter les provisions d'hiver. La saison a été bonne, dit-il à Ayla.

Loup courut vers eux, la langue pendante. L'une de ses oreilles tombait un peu et avait un bord déchiqueté, ce qui lui donnait un air canaille.

— Je crois qu'il sait que nous partons, dit Ayla. Je suis heureuse qu'il soit revenu vivre auprès de nous, même s'il a fallu pour cela qu'il soit grièvement blessé. Il m'aurait manqué. Je suis impatiente de retourner à la Caverne, mais je me souviendrai toujours de cette Réunion d'Eté. La Réunion où nous nous sommes unis.

— J'y ai pris plaisir moi aussi, cela faisait longtemps que je n'avais pas participé à une Réunion, mais, maintenant que nous partons, je suis pressé de rentrer.

Jondalar sourit en songeant à la surprise qui attendait sa compagne. Elle remarqua un changement dans son expression, un côté mystérieux dans son air réjoui, et eut le sentiment qu'il lui cachait quelque chose. Quoi ? Elle n'en avait aucune idée.

— Je suis content que les Lanzadonii soient venus, poursuivit-il. Ils ont fait un long voyage mais Dalanar a maintenant la doniate qu'il voulait, et Joplaya s'est unie à Echozar dans le respect des traditions. Les Lanzadonii sont encore peu nombreux mais ils ne tarderont pas à fonder une deuxième Caverne. Ils ont eu beaucoup d'enfants et, par chance, la plupart ont survécu.

— Je me réjouis que Joplaya soit enceinte. La Mère l'avait honorée avant même leur union ; pourtant, je ne crois pas qu'on y ait prêté grande attention pendant les Matrimoniales.

— Certains avaient d'autres choses en tête. En tout cas, je suis ravi pour eux. Joplaya me paraît changée, un peu triste, curieusement. C'est peut-être d'un bébé qu'elle a besoin.

— Dépêchons-nous. Joharran tient à ce que nous partions de bonne heure.

Elle ne voulait pas parler de la tristesse de Joplaya, parce qu'elle en connaissait la raison, et ne voulait pas non plus mentionner la longue conversation qu'elle avait eue avec Jerika. La mère de Joplaya désirait obtenir d'elle des renseignements précis. Elle avait expliqué les difficultés qu'elle avait eues elle-même en accouchant et voulait apprendre d'Ayla tout ce qui pouvait faciliter un enfantement qui s'annonçait délicat. Elle voulait aussi connaître cette médecine qui empêchait la vie de germer et les moyens de provoquer une fausse couche si elle n'avait pas fait effet. Jerika craignait pour la vie de son unique enfant et aurait préféré se passer de petits-enfants plutôt que de courir le risque de perdre sa fille. Mais, comme Joplaya était déjà enceinte et déterminée à avoir le bébé, Jerika était résolue, elle, à ce qu'il n'y ait plus d'autres grossesses si sa fille survivait à l'accouchement.

La Onzième Caverne avait apporté tous ses radeaux, et Joharran avait pris des dispositions pour qu'une partie des vivres fût transportée par ce moyen. Bord de Rivière ne possédait cependant qu'un nombre limité d'embarcations et toutes les Cavernes voulaient les utiliser. La Neuvième chargea le plus grand nombre possible de paquets de viande séchée et de paniers pleins de graines et de plantes sur les travois et le dos de Whinney et de Rapide. Les huttes qui avaient abrité les Zelandonii pendant l'été furent démontées ; les parties récupérables et réutilisables furent également chargées sur les chevaux. Chacun portait aussi un sac plein sur le dos, et certains Zelandonii, s'inspirant des travois, assemblèrent des perches qu'ils traîneraient eux-mêmes. Ayla songea à fabriquer un travois pour Loup mais elle ne lui avait pas encore appris à en tirer un. L'année suivante, peut-être, il assumerait lui aussi sa part du fardeau.

Joharran parcourait tout le camp, incitant chacun à se presser, lançant des suggestions, veillant à ce que tout fût en ordre. Quand il se fut assuré que la Neuvième Caverne avait tout emballé et était prête, il donna le signal du départ et se plaça en tête de la colonne. Il tenait une sagaie à la main, en un geste plus symbolique que nécessaire. Ils marcheraient de jour, formant un groupe nombreux, et tant qu'ils resteraient ensemble aucun prédateur ne se risquerait à s'approcher d'eux. Toutefois, au moindre signe de danger, Joharran serait prêt à faire usage de son lance-sagaie. Il s'était entraîné avec l'instrument pendant tout l'été et avait acquis une certaine adresse. Une demi-douzaine d'autres Zelandonii avaient été désignés pour protéger les flancs de la colonne, cependant que Solaban et Rushemar fermaient la marche. Cette garde serait relevée par d'autres Zelandonii, qui, pour le moment, contribuaient à porter le riche butin d'été à la Neuvième Caverne.

Ayla contempla une dernière fois le site de la Réunion d'Eté. Des monticules d'os et de détritus jonchaient la petite vallée. Plusieurs Cavernes étaient déjà parties, laissant de vastes espaces vides entre les camps de celles qui étaient encore là. Des poteaux, des cadres en rondins demeuraient debout ; des cercles et des rectangles noirs marquaient les endroits où avaient brûlé les feux. Une tente trop usée pour servir encore avait été abandonnée, et un pan de cuir déchiré claquait dans le vent qui faisait rouler un vieux panier. Sous les yeux d'Ayla, on abattait les dernières huttes. Le camp de la Réunion d'Eté prenait un air désolé.

Les détritus venaient de la terre et y retourneraient. Au printemps suivant, il resterait peu de traces des Cavernes qui avaient séjourné en ce lieu. La terre se remettrait de leur invasion.

Le voyage de retour fut ardu. Les Zelandonii, lourdement chargés, avançaient à pas lents sous leur fardeau, s'écroulaient sur leur couche le soir, épuisés. Au début, Joharran avait imprimé un rythme rapide à leur marche puis il avait ralenti pour permettre aux plus faibles de suivre. A tous il tardait de retrouver leur foyer, et ils avaient bon moral. Les charges qu'ils transportaient constituaient leurs chances de survivre pendant les durs mois d'hiver.

Lorsqu'ils approchèrent de l'abri de la Neuvième Caverne, le paysage familier les encouragea à accélérer l'allure. Impatients de retrouver le surplomb protecteur, ils puisèrent dans leurs dernières forces pour éviter de passer encore une nuit dehors. Les premières étoiles scintillaient dans le ciel quand la falaise de la Pierre qui Tombe leur apparut. Ils traversèrent la Rivière des Bois au Gué, gênés autant par leurs fardeaux que par le jour déclinant, puis remontèrent le sentier conduisant à leur abri. Quand ils parvinrent enfin à la terrasse, il faisait presque nuit.

Il incombait à Joharran d'allumer le premier feu et d'y enflammer une torche avant de pénétrer dans l'abri, et il se félicita de disposer de pierres à feu. Puis les Zelandonii attendirent que la Première déplaçât la petite statue qu'on avait installée devant l'abri pour le protéger. Après avoir remercié la Mère d'avoir veillé sur leurs foyers en leur absence, ils allumèrent d'autres torches. Toute la Caverne se mit en file derrière Zelandoni, qui remit la donii à sa place, derrière le grand foyer, au fond de l'espace couvert. Puis ils s'égaillèrent, chacun regagnant son habitation pour y laisser tomber son sac avec soulagement.

La première inévitable corvée consistait à effacer les dégâts que des créatures maraudeuses avaient pu causer pendant qu'ils se trouvaient à la Réunion d'Eté. Quelques crottes salissaient le sol, quelques pierres de foyer avaient été dérangées, un panier ou deux renversés, mais les dommages s'arrêtaient là. Ils allumèrent les foyers intérieurs, rangèrent les provisions, étendirent les fourrures sur les plates-formes familières. La Neuvième Caverne des Zelandonii était rentrée.

Comme Ayla empruntait le chemin de l'habitation de Marthona, Jondalar l'entraîna dans une autre direction. Loup suivit. Tenant une torche d'une main et la main d'Ayla de l'autre, Jondalar la mena un peu plus loin, vers une autre construction qu'elle ne se rappelait pas avoir vue. Il s'arrêta, écarta le rideau qui couvrait l'entrée et fit signe à sa compagne de pénétrer à l'intérieur.

— Cette nuit, tu dors dans ta propre demeure, Ayla.

— Ma propre demeure ? fit-elle, si émue qu'elle pouvait à peine parler.

Loup se glissa derrière elle quand elle entra ; Jondalar suivit, levant la torche pour qu'Ayla pût mieux voir.

— Ça te plaît ? demanda-t-il.

Elle regarda autour d'elle. L'intérieur était à peu près nu mais il y avait des étagères contre un des murs et une plate-forme, au fond, pour les fourrures de couchage. Le sol était pavé de pierres calcaires plates et lisses, jointoyées par de l'argile de rivière durcie. Du bois garnissait le foyer, et la niche située juste en face de l'entrée abritait une figurine petite et grasse.

— Ma propre demeure... répéta Ayla. (Les yeux brillants, elle tournoya au centre de l'habitation vide.) Rien que pour nous deux ?

Assis sur son arrière-train, le loup la regardait. L'endroit était nouveau, mais son foyer, c'était partout où Ayla se trouvait. Le visage de Jondalar se fendit d'un sourire béat, un peu ridicule.

— Nous trois, corrigea-t-il en tapotant le ventre de sa compagne. C'est un peu vide, ici.

— J'aime cette habitation. Je l'aime. Elle est magnifique.

Il était si content de la joie d'Ayla qu'il sentit des larmes monter à ses yeux et qu'il dut trouver quelque chose à faire pour les refouler. Tendant la torche à sa compagne, il lui dit :

— Alors tu dois allumer la lampe. Pour signifier que tu l'acceptes. J'ai de la graisse fondue, je la porte sur moi depuis que nous avons quitté notre dernier campement.

Il tira de sa tunique une petite poche formée d'une vessie de cerf, placée dans une autre poche plus grande taillée dans la peau de l'animal, le pelage à l'intérieur. Quoique presque étanche, la vessie suintait un peu parfois, surtout dans les endroits chauds. La seconde enveloppe servait à recueillir ce qui s'en échappait, les poils constituant une couche supplémentaire pour absorber la graisse. Le haut de la vessie était fixé par un filament de tendon autour d'une vertèbre de cerf qu'on avait taillée pour lui donner une forme circulaire. L'orifice naturel par lequel passait normalement la moelle épinière servait de goulot. Il était obturé par une lanière de cuir nouée plusieurs fois, qui faisait office de bouchon.

Jondalar tira sur l'extrémité de la lanière pour extraire le nœud et versa un peu de graisse liquide dans une lampe de pierre neuve. Il y trempa une mèche absorbante, faite de lichen prélevé sur des branches au camp de la Réunion d'Eté, et en approcha la torche. Une flamme s'éleva aussitôt. Quand la graisse fut chaude, Jondalar prit un paquet de mèches obtenues en découpant un champignon spongieux en bandes qu'on laissait ensuite sécher. Il aimait ces mèches, qui brûlaient plus longtemps et donnaient une lumière plus chaude. Il poussa la première mèche vers le bord de la cupule, la fit légèrement dépasser, en ajouta une deuxième puis une troisième, afin que cette seule lampe éclairât autant que trois.

Il remplit ensuite une autre lampe et tendit la torche à Ayla, qui l'approcha de la mèche. Une flamme s'éleva, crachota, finit par trouver sa taille et émettre une douce lumière. Jondalar porta la lampe à la niche qui contenait la donii, la plaça devant la petite statue féminine. Ayla le suivit. Quand il se retourna, elle leva les yeux vers lui.

— Cette demeure est maintenant tienne, Ayla. Si tu m'autorises à y allumer mon foyer, tous les enfants qui y naîtront seront nés de mon foyer. Le permets-tu ?

— Oui. Naturellement.

Il lui prit la torche, se dirigea vers le foyer délimité par un cercle de pierres, où s'entassaient des branches prêtes à flamber. Il approcha la flamme, regarda le feu s'étendre des brindilles aux branches les plus grosses. Il ne voulait pas courir le risque que le feu s'éteignît avant d'avoir bien pris. En se retournant, il vit Ayla qui l'observait avec amour. Il se releva, la serra dans ses bras.

— Jondalar, je suis si heureuse ! dit-elle.

Sa voix se brisa, des larmes emplirent ses yeux.

— Alors pourquoi pleures-tu ?

— Parce que je suis heureuse ! répondit-elle en s'accrochant à lui. Jamais je n'aurais osé rêver que je serais un jour si heureuse. Je vais avoir un bébé, je suis ta compagne. Oui, surtout, je suis ta compagne. Je t'aime, Jondalar, je t'aime tellement...

— Je t'aime aussi, Ayla. Voilà pourquoi j'ai construit cette habitation pour toi.

Il pencha la tête pour embrasser les lèvres qui se tendaient vers les siennes, sentit le goût salé de ses larmes.

— Mais quand l'as-tu fait ? demanda-t-elle lorsqu'ils s'écartèrent enfin l'un de l'autre. Comment ? Nous étions tous à la Réunion d'Eté.

— Tu te souviens de cette expédition de chasse pour laquelle je suis parti avec Joharran et quelques autres ? Nous n'avons pas seulement chassé, nous sommes revenus ici et nous avons construit cette demeure.

— Tu as fait tout ce chemin pour cela ? Pourquoi ne me l'as-tu pas dit ?

— Je voulais te faire la surprise, répondit-il, heureux de sa stupeur ravie.

— C'est la plus belle surprise qu'on m'ait jamais faite, dit-elle, de nouveau au bord des larmes.

— Tu sais, Ayla, reprit-il, l'air soudain grave, si tu disperses un jour les pierres de mon foyer, je devrai retourner chez Marthona ou ailleurs. Cela signifiera que tu romps le lien de notre union.

— Comment peux-tu dire une chose pareille ? Jamais je ne ferai cela !

— Si tu étais née zelandonii, je n'aurais pas à le dire. Tu le saurais. Je voulais simplement m'assurer que tu as bien compris : cette demeure est à toi et à tes enfants. Seul le foyer m'appartient.

— Comment pourrait-elle être à moi ? C'est toi qui l'as bâtie.

— Si je veux que tes enfants naissent à mon foyer, j'ai le devoir de vous fournir, à toi et à eux, un endroit où vivre. Un lieu qui vous appartiendra, quoi qu'il arrive.

— Tu veux dire que tu étais tenu de construire une habitation pour moi ?

— Pas exactement. J'étais tenu de veiller à ce que tu aies un endroit où vivre, mais j'ai voulu que tu possèdes ta propre demeure. Nous aurions pu habiter chez ma mère, ce qui n'est pas rare pour un jeune couple. Ou, si tu étais née zelandonii, nous aurions pu loger chez ta mère ou chez un autre de tes parents, jusqu'à ce que je puisse te donner un endroit à toi. En ce cas, j'aurais eu une dette envers ta famille, bien sûr.

— Je n'avais pas compris que tu prenais autant d'engagements envers moi quand nous nous sommes unis.

— Ce n'est pas uniquement pour la femme, c'est pour les enfants. Ils ne peuvent pas se débrouiller seuls, il faut subvenir à leurs besoins. Certains couples passent toute leur existence chez un parent, souvent la mère de la femme. Quand la mère meurt, l'habitation revient à tous ses enfants mais, si l'un d'eux a vécu chez elle, il a priorité. Si une femme reçoit la demeure de sa mère, son compagnon n'est pas tenu de lui en fournir une, mais il peut avoir des obligations envers les frères et sœurs de sa compagne. Si la demeure de la mère va au fils, il aura une dette envers ses propres frères et sœurs.

— Je crois que j'ai encore beaucoup à apprendre sur les Zelandonii !

— Moi, j'ai encore beaucoup à apprendre sur toi, dit-il en l'enlaçant de nouveau.

Elle était plus que consentante. Pendant qu'ils s'embrassaient, il sentit son propre désir s'éveiller et celui d'Ayla qui lui répondait.

— Attends, dit-il.

Il sortit et revint avec leurs fourrures de couchage, les étendit sur la plate-forme. Loup l'observa depuis le milieu de la pièce vide puis leva la tête et se mit à hurler.

— Je crois qu'il est perturbé, remarqua Ayla. Il voudrait savoir où il est censé dormir.

— Je fais un saut chez ma mère pour rapporter sa couverture et son écuelle, décida Jondalar.

Il revint bientôt avec un vieux vêtement d'Ayla qui servait de couverture à Loup et le posa près de l'entrée. L'animal le renifla, tourna sur lui-même puis s'y allongea.

Jondalar s'approcha de la jeune femme qui l'attendait près du feu, la souleva et la porta à la plate-forme, la coucha sur les fourrures. Comme il commençait à la déshabiller, elle dénoua un lacet pour l'aider.

— Non, laisse, dit-il. Cela fait partie de mon plaisir.

La main d'Ayla retomba. Il continua à la déshabiller lentement, délicatement, ôta ensuite ses propres vêtements. Et, avec une tendresse exquise, il lui fit l'amour pendant la moitié de la nuit.

La Caverne reprit ses habitudes sans tarder. L'automne était magnifique, les épis mûrissaient en vagues dorées agitées par le vent ; les arbres au bord de la Rivière flamboyaient de jaunes et de rouges. Les branches des buissons ployaient sous les baies gonflées de jus ; les pommes, roses mais aigres, attendaient la première gelée pour devenir sucrées. Comme le temps restait beau, les Zelandonii occupaient leurs journées à puiser dans l'abondance de fruits, de noix, de baies, de racines et d'herbes de la saison. Quand il se mit à geler la nuit, des groupes partirent chasser pour ajouter des réserves de viande fraîche à la viande séchée de l'été.

Peu après leur retour, pendant les dernières journées de chaleur, ils avaient inspecté les fosses froides et en avaient creusé de nouvelles dans le sol amolli par l'été, sous le niveau du permafrost, puis en avaient couvert le fond de pierres. La viande des bêtes abattues était découpée et exposée au froid toute une nuit, sur des plates-formes surélevées, hors de portée des animaux maraudeurs. Au matin, on la plaçait dans les fosses afin qu'elle ne dégèle pas avec la chaleur de la journée. Dans des fosses moins profondes, les Zelandonii gardaient les fruits et les légumes pendant la première partie de l'automne. Plus tard, quand l'hiver s'annonçait et que le sol gelait, ils portaient fruits et légumes à l'intérieur de l'abri.

Les saumons remontant la Rivière étaient pêchés au filet, fumés ou congelés, ainsi que d'autres variétés de poissons capturés selon une méthode nouvelle pour Ayla : les nasses de la Quatorzième Caverne. Elle s'était rendue à Petite Vallée pendant la saison de pêche et Brameval lui avait expliqué que les poissons pénétraient facilement dans les pièges d'osier alourdis de pierre mais n'arrivaient pas à en ressortir. Cet homme s'était toujours montré très cordial avec elle. Elle avait aussi revu Tishona et Marsheval avec plaisir. Bien qu'elle eût manqué de temps pour mieux les connaître pendant les Matrimoniales, le fait que leurs couples se fussent unis en même temps créait un lien entre eux.

D'autres pêchaient avec un hameçon. Brameval lui remit l'un de ces petits morceaux d'os, pointu aux deux extrémités, attaché en son milieu à une corde fine mais solide, et l'amena au bord de la Rivière en lui disant de capturer son repas. Tishona et Marsheval demeuraient près d'elle, au cas où elle aurait eu besoin d'aide, mais aussi pour profiter de sa compagnie. Jondalar lui avait montré comment se servir d'un hameçon. Elle utilisait des vers et de petits bouts de poisson en guise d'appâts ; elle commença par enfiler un ver sur l'os pointu puis jeta sa ligne. Quand elle sentit une saccade indiquant qu'un poisson avait avalé l'hameçon, elle tira sur la corde d'un coup sec en espérant que l'os pointu se coincerait en travers du gosier de l'animal. Elle sourit en tirant sa prise de l'eau.

Elle fit halte à la Onzième Caverne sur le chemin du retour. Kareja était absente mais Ayla vit le doniate de la Caverne en compagnie de son grand et bel ami, et bavarda un moment avec eux. Elle les avait rencontrés plusieurs fois à la Réunion d'Eté et avait deviné qu'ils étaient plus que des amis l'un pour l'autre, presque des compagnons, bien qu'ils n'aient pas eu de Matrimoniales. En fait, la cérémonie d'union était avant tout célébrée dans l'intérêt d'éventuels enfants. En plus de ceux qui étaient attirés par les représentants du même sexe, un grand nombre de Zelandonii choisissaient de vivre ensemble sans passer par une cérémonie d'union, en particulier des couples âgés qui n'avaient plus l'âge d'avoir des enfants ou des femmes qui avaient eu des enfants sans prendre de compagnon et décidaient plus tard de vivre avec un ami ou deux.

Ayla accompagnait souvent Jondalar quand il partait chasser mais, lorsque le groupe allait chercher au loin le gros gibier, elle restait à proximité de la caverne, se servant de sa fronde ou s'exerçant au bâton à lancer. Des lagopèdes et des grouses vivaient dans les plaines de part et d'autre de la Rivière. Ayla savait qu'elle aurait pu les abattre avec sa fronde mais elle voulait acquérir la même habileté avec un bâton à lancer. Elle voulait aussi apprendre à le fabriquer. C'était difficile de détacher d'un gros rondin un morceau de bois plat et mince. On le faisait généralement avec des coins. Il fallait ensuite du temps pour donner forme au bâton et le polir. Il était encore plus ardu d'apprendre à le lancer en lui imprimant un mouvement particulier pour qu'il tournoie horizontalement dans l'air. Elle avait vu un jour une Mamutoï lancer un bâton de forme semblable vers un vol d'oiseaux et en abattre trois ou quatre. Ayla aimait chasser avec des armes qui exigeaient de l'adresse.

Elle se sentait moins seule, maintenant qu'elle avait une nouvelle arme avec laquelle s'entraîner, et elle commençait à savoir se servir du bâton à lancer. Il était rare qu'elle revînt à l'abri sans un oiseau ou deux. Elle emportait toujours sa fronde et rapportait souvent un lièvre ou un petit rongeur en plus. Cela lui procurait une certaine indépendance. Elle était contente de l'aspect de son habitation — les nombreux cadeaux qu'elle avait reçus pour son union avec Jondalar y trouvaient leur place — mais elle apprenait le troc et échangeait les plumes de ses oiseaux et quelquefois leur chair contre des objets qu'elle voulait installer chez elle. Même les os creux des volatiles pouvaient être coupés pour devenir des perles ou transformés en instruments de musique, des flûtes au son aigu. Les os d'oiseau entraient également dans la fabrication de divers outils ou ustensiles.

Ayla gardait toutefois pour elle une grande partie des peaux des lapins et des lièvres qu'elle chassait avec sa fronde ou des oiseaux qu'elle abattait avec son bâton. Elle projetait d'en faire des vêtements pour le bébé quand le temps tournerait au froid et qu'elle devrait rester dans l'abri.

Un matin de fin d'automne, Ayla mettait de l'ordre dans son habitation, préparait un endroit pour le bébé et ses affaires. Elle retrouva le vêtement de garçon que Marona lui avait donné, le tint contre elle. Il y avait longtemps qu'elle était devenue trop ronde pour pouvoir l'enfiler mais elle avait l'intention de le porter plus tard. C'était une tenue confortable. Je devrais peut-être m'en fabriquer une semblable, un peu plus ample en haut, avec les peaux de daim qu'il me reste, se dit-elle. Elle plia le vêtement et le rangea.

Ayla avait promis de passer voir Lanoga ce jour-là et décida de lui apporter quelque chose à manger. Elle s'était prise d'affection pour la fillette et le bébé, à qui elle rendait fréquemment visite, bien que cela l'obligeât à parler à Laramar et Tremeda plus souvent qu'elle ne l'aurait voulu. Elle avait aussi noué des rapports avec les autres enfants, en particulier Bologan, mais la conversation avec l'adolescent demeurait assez empruntée.

Elle le découvrit en arrivant à l'habitation de Tremeda. Il avait commencé à apprendre à faire du barma avec l'homme de son foyer, et Ayla avait sur ce point des sentiments partagés. Il était bon qu'un homme enseigne des choses aux enfants de son foyer, mais les Zelandonii qui traînaient toujours à proximité pour boire le barma de Laramar n'étaient pas la compagnie qu'elle aurait souhaitée pour Bologan.

— Salutations, Bologan, dit-elle. Lanoga est là ?

Bien qu'elle l'eût salué plusieurs fois depuis leur retour à la Neuvième Caverne, il semblait encore étonné par sa courtoisie et avait du mal à trouver ses mots.

— Salutations, Ayla. Elle est à l'intérieur, répondit-il en se tournant déjà pour s'éloigner.

Sans doute parce qu'elle venait de ranger ses vêtements, elle se souvint d'une promesse qu'elle lui avait faite.

— Tu as eu de la chance, cet été ? demanda-t-elle.

— De la chance ? Qu'est-ce que tu veux dire ? fit-il, dérouté.

— Plusieurs garçons de ton âge ont tué leur premier gros gibier à la Réunion d'Eté. Je voulais savoir si tu as eu de la chance à la chasse.

— Un peu. J'ai abattu deux aurochs à la première chasse.

— Tu as encore les peaux ?

— J'en ai troqué une contre de quoi faire du barma. Pourquoi ?

— J'avais promis de te coudre un sous-vêtement d'hiver si tu m'aidais, rappela-t-elle. Je pourrais me servir de ta peau d'aurochs, si tu veux, mais une peau de daim conviendrait mieux. Tu devrais peut-être l'échanger.

— J'avais prévu de l'échanger aussi contre de quoi faire du barma, répondit Bologan. Je croyais que tu avais oublié ta promesse. Tu l'as faite il y a longtemps, presque à ton arrivée ici.

— Il y a longtemps, oui, mais je m'apprête à fabriquer des vêtements pour moi, et j'ai pensé que je pourrais en profiter pour tenir ma promesse en même temps. J'ai quelques peaux de daim en réserve. Il faudrait que tu viennes pour que je prenne tes mesures.

Il la regarda un moment avec une expression étrange, intriguée.

— Tu aides beaucoup Lorala. Lanoga aussi. Pourquoi ?

Ayla réfléchit avant de répondre :

— D'abord parce que Lorala est un bébé et qu'elle a besoin d'attention. Et puis je me suis prise d'affection pour elle et pour Lanoga.

Bologan resta un moment silencieux avant d'acquiescer :

— D'accord. Si tu y tiens, j'ai une peau de daim, aussi.

Jondalar était parti pour une longue expédition avec Joharran, Solaban, Rushemar et Jacsoman, qui avait récemment quitté la Septième Caverne pour s'installer à la Neuvième avec sa compagne, Dynoda. Ils avaient pour mission de repérer des rennes, non pas tant pour les chasser dans l'immédiat que pour découvrir l'endroit où se trouvait le troupeau et le moment où sa migration le ferait passer près de la Neuvième Caverne, en vue d'une grande chasse. Ayla avait accompagné les chasseurs un moment puis avait fait demi-tour. Loup avait débusqué deux lagopèdes qu'elle avait prestement tués. Leur plumage n'était pas encore totalement blanc mais presque.

Willamar était parti, lui aussi, pour ce qui serait sans doute sa dernière expédition de troc de la saison. Il avait pris la direction de l'ouest afin de se procurer du sel auprès du peuple qui vivait près des Grandes Eaux. Ayla invita Marthona, Folara et Zelandoni à partager avec elle les lagopèdes en précisant qu'elle les préparerait comme elle le faisait autrefois pour Creb. Elle creusa une petite fosse dans la Vallée des Bois, au pied du sentier menant à la corniche, la tapissa de pierres et y alluma un bon feu. Pendant que le bois brûlait, elle pluma les lagopèdes — y compris les pattes, que leurs plumes empêchaient d'enfoncer dans la neige — puis prit une brassée de foin pour les envelopper.

Si elle avait trouvé des œufs, elle en aurait farci les volatiles, mais ce n'était pas la saison. Les oiseaux n'essayaient pas d'avoir des petits à l'entrée de l'hiver. Elle les remplaça par une ou deux poignées d'herbes aromatiques, et Marthona lui offrit un peu de ce qu'il lui restait de sel, ce dont elle lui fut reconnaissante. Pendant que les lagopèdes cuisaient dans le four, Ayla passa quelque temps à s'occuper des chevaux puis chercha d'autres activités.

Elle décida d'aller voir si elle pouvait aider Zelandoni. La doniate lui dit qu'elle avait besoin d'ocre rouge et Ayla répondit qu'elle se ferait un plaisir d'aller en chercher. Elle reprit donc le chemin de la Vallée des Bois, siffla pour appeler Loup, qu'elle avait laissé en train de renifler de nouveaux trous intéressants, et marcha vers la Rivière. Elle creusa pour trouver l'argile colorée, repéra sur la berge une pierre ronde qui lui servirait de pilon. Puis elle rappela Loup et commença à remonter le sentier sans prêter attention à la personne qui le descendait.

Elle fut stupéfaite quand elle faillit heurter Brukeval. Il l'évitait depuis la réunion de la Zelandonia concernant Echozar et le Clan, mais il l'épiait de loin. Il observait avec plaisir la progression de sa grossesse et imaginait que l'enfant qu'elle portait était de son esprit. Tout homme pouvait croire que n'importe quelle femme enceinte portait un enfant de son esprit, et la plupart se demandaient parfois si c'était le cas de telle ou telle femme mais, pour Brukeval, c'était devenu une obsession. La nuit, lorsqu'il ne trouvait pas le sommeil, il se voyait passant toute une vie avec Ayla, reproduisant pour l'essentiel ce qu'il la voyait faire avec Jondalar, mais quand il se retrouva face à elle dans le sentier, il ne sut quoi dire. Impossible cette fois de l'éviter.

— Brukeval, commença-t-elle en ébauchant un sourire, justement, j'avais l'intention de te parler.

— Eh bien, c'est le moment.

— Je veux que tu saches que je n'ai pas cherché à t'insulter, à la réunion. Jondalar m'a raconté que certaines personnes te taquinaient en te traitant de Tête Plate, jusqu'à ce que tu les fasses taire. J'admire ton courage. Tu n'es pas un Tête Plate... pas un membre du Clan. Tu n'arriverais jamais à vivre chez eux. Tu fais partie des Autres, comme tous les Zelandonii.

L'expression de Brukeval se radoucit.

— Je suis content que tu le reconnaisses.

— Tu dois cependant comprendre que, pour moi, les membres du Clan sont des êtres humains, s'empressa-t-elle de poursuivre. Je ne les ai jamais considérés autrement. Ils m'ont trouvée seule et blessée, ils m'ont recueillie, élevée. Sans eux, je ne serais pas vivante aujourd'hui. Je les juge admirables. Je n'avais jamais pensé que tu te sentirais injurié lorsque j'ai suggéré que ta grand-mère avait peut-être vécu parmi eux quand elle s'est perdue.

— Tu ne pouvais pas savoir, répondit-il en souriant.

Soulagée, elle lui rendit son sourire et tenta de rendre ses explications plus claires.

— Tu me rappelles quelqu'un que j'ai connu au Clan, un petit garçon que j'aimais beaucoup...

— Arrête ! Tu persistes à penser que j'ai quelque chose du Clan en moi ? Tu viens pourtant de dire que je ne suis pas un Tête Plate.

— Ni toi ni Echozar. Ce n'est pas parce que sa mère était du Clan qu'il l'est lui-même. Il n'a pas été élevé par eux et toi non plus...

— Mais tu crois toujours que ma mère était une abomination ! Ce n'est pas vrai ! Ni ma mère ni ma grand-mère n'ont quoi que ce soit à voir avec ces bêtes répugnantes. Et moi non plus, tu m'entends ? vociféra-t-il, cramoisi de colère. Je ne suis pas un Tête Plate ! Ce n'est pas parce que tu as été élevée par ces animaux que tu peux me rabaisser.

Loup montrait les dents, prêt à sauter sur l'homme qui semblait vouloir s'en prendre à Ayla.

— Loup ! Non ! ordonna-t-elle.

Elle avait encore tout gâché. Pourquoi ne s'était-elle pas tue quand il avait commencé à sourire ? En tout cas, il n'avait pas le droit de traiter les membres du Clan de « bêtes répugnantes », parce que c'était faux.

— Tu penses aussi que ce loup est humain ? lança Brukeval d'un ton méprisant. Tu ne sais même pas faire la différence entre les humains et les animaux. Ce n'est pas normal pour un loup de se conduire de cette façon.

Il ne se rendait pas compte que ses braillements l'exposaient aux crocs de Loup mais, même s'il en avait eu conscience, cela n'aurait rien changé : Brukeval était hors de lui.

— Laisse-moi te dire une chose, continua-t-il. Si ces bêtes n'avaient pas attaqué ma grand-mère, elle n'aurait pas été effrayée au point de donner naissance à une femme faible, et ma mère aurait vécu pour prendre soin de moi et pour m'aimer. Ces immondes Têtes Plates ont tué ma grand-mère, et ma mère aussi. Ils méritent la mort ! S'il ne tenait qu'à moi, je les exterminerais !

Il avançait vers Ayla en criant, la faisait reculer. Elle retenait Loup par la peau du cou pour l'empêcher de bondir sur lui. Enfin, Brukeval passa sur le côté en la bousculant et dévala le sentier en toute hâte. Jamais il n'avait été habité d'une telle rage, non seulement parce que cette femme avait insinué qu'il descendait des Têtes Plates, mais aussi parce que, dans sa colère, il avait dévoilé ses sentiments les plus profonds. Enfant, il aurait voulu plus que tout avoir une mère auprès de laquelle se réfugier lorsque les autres le tourmentaient. Mais la femme qui avait hérité du petit en même temps que des biens de sa mère n'éprouvait aucun amour pour le bébé auquel elle donnait le sein avec répugnance. Il était un fardeau pour elle, elle le trouvait repoussant. Elle avait plusieurs enfants à elle, dont Marona, ce qui l'incitait encore davantage à négliger Brukeval. Mais, même avec ses propres enfants, ce n'était pas une bonne mère, et c'était d'elle que Marona tenait son insensibilité.

Tremblante, Ayla tenta de se ressaisir en montant le sentier et pénétra d'un pas chancelant dans l'habitation de Zelandoni. La doniate leva la tête à son entrée et comprit aussitôt qu'il se passait quelque chose de grave.

— Qu'y a-t-il ? On dirait que tu viens de voir un Esprit malfaisant.

— Je crois que c'est exactement ça. Je viens de croiser Brukeval sur le sentier. J'ai essayé de lui expliquer que je n'avais pas voulu l'insulter à la réunion, mais avec lui je finis toujours par dire ce qu'il ne faut pas, semble-t-il.

— Assieds-toi, raconte-moi.

Une fois qu'Ayla lui eut relaté l'altercation, Zelandoni réfléchit un moment en silence puis lui prépara une infusion. Ayla allait mieux : parler de l'incident l'avait aidée à recouvrer son calme.

— J'observe Brukeval depuis longtemps, reprit la Première. Il y a de la fureur en lui. Il veut se venger d'un monde qui lui a infligé tant de souffrances et il a décidé d'en faire porter la responsabilité aux Têtes Plates, au Clan. Il voit en eux la cause de ses malheurs. Il hait tout ce qui a trait aux Têtes Plates. Le pire que tu pouvais faire, c'était laisser entendre qu'il leur est lié d'une certaine façon. C'est regrettable, mais je crains que tu ne te sois fait un ennemi. Nous n'y pouvons plus rien, maintenant.

— Je le sais. Je l'ai senti. Pourquoi les déteste-t-on ? Qu'est-ce qu'ils ont de si terrible ?

Zelandoni considéra Ayla d'un air pensif puis parut prendre une décision.

— Lorsque j'ai déclaré à la réunion que j'avais longuement médité pour me remémorer les Histoires et Légendes Anciennes, c'était vrai, dit-elle. J'ai fait usage de tous les moyens que je connais pour faire resurgir dans mon esprit ce que j'avais mémorisé. C'est un exercice que je devrais pratiquer plus souvent, il est éclairant.

« Le drame, je crois, c'est que nous nous sommes établis sur leurs terres. Au début, cela n'a pas causé trop de difficultés. Il y avait de la place, de nombreux abris vides. Nous pouvions facilement partager avec eux. Ils avaient tendance à garder leurs distances et nous les évitions. A l'époque, nous ne les traitions pas d'animaux, nous les appelions Têtes Plates, terme plus descriptif que désobligeant.

« Mais à mesure que le temps passait et que d'autres enfants naissaient, il nous a fallu plus de place. Certains se sont emparés des abris des Têtes Plates, parfois par la force. Ils se battaient contre eux, ils les tuaient ou se faisaient tuer. Nous vivions alors depuis longtemps dans la région, elle était devenue aussi la nôtre. Les Têtes Plates l'avaient certes occupée les premiers mais nous avions besoin d'endroits où vivre. Nous avons pris les leurs.

« Lorsque des hommes en maltraitent d'autres, ils doivent justifier leur conduite à leurs propres yeux pour pouvoir continuer à se supporter. Nous nous inventons des excuses. Là, nous avons argué que la Grande Mère nous avait donné la Terre, « ainsi que l'eau, le sol, toute la création ». Cela signifiait que les plantes et les animaux étaient à notre disposition. Nous nous sommes ensuite convaincus que les Têtes Plates étaient des bêtes, et que, puisqu'ils étaient des bêtes, nous pouvions leur voler leurs abris.

— Ce sont des êtres humains, rappela Ayla.

— Oui. Tu as raison. Mais nous l'avons oublié, par commodité. La Mère a dit également, en parlant de la Terre, que nous pouvions « en user, jamais en abuser ». Les Têtes Plates sont aussi des Enfants de la Terre. C'est l'autre chose que j'ai apprise de ma méditation. Si Elle mêle leurs esprits aux nôtres, c'est qu'ils doivent être humains, eux aussi. Je pense toutefois que cela n'aurait pas changé grand-chose si nous les avions considérés comme tels. Nous aurions agi de la même façon. Doni a rendu la chose plus facile pour les autres créatures qui tuent pour vivre. Ton loup ne se soucie pas des lapins qu'il égorge. Il est né pour les tuer. Sans eux, il ne pourrait survivre, et Doni anime chaque créature du désir de continuer à vivre.

« Aux êtres humains, Elle a donné en plus la capacité de penser. C'est ce qui nous permet d'apprendre et de nous développer. C'est aussi ce qui nous fait comprendre que la coopération et l'entente sont nécessaires à notre survie. C'est enfin ce qui a conduit à la compassion, mais ce sentiment a un double aspect. La compassion que nous éprouvons pour notre espèce s'étend parfois aux autres créatures vivantes. Si nous refusions de tuer un cerf ou tout autre animal, nous ne pourrions survivre très longtemps. Comme le désir de vivre est le plus fort, nous apprenons à ressentir une compassion sélective. Nous la limitons.

Ayla écoutait, fascinée.

— La difficulté consiste à savoir comment juguler ce sentiment sans le pervertir, poursuivit Zelandoni. C'est ce qui est la racine des préoccupations de Joharran devant les révélations que tu nous as faites. Tant que la plupart des Zelandonii croyaient que les Têtes Plates n'étaient que des animaux, ils pouvaient les massacrer sans réfléchir. C'est plus difficile de tuer des êtres humains. La compassion est alors si forte que l'esprit doit inventer de nouvelles raisons. Si nous lions l'acte de tuer à notre survie, l'esprit opère les contorsions nécessaires pour le justifier. Nous excellons dans cet exercice. Mais il change les hommes. Ils apprennent à haïr. Ton loup n'a pas besoin de haïr ce qu'il croque. Ce serait plus facile si nous pouvions tuer sans scrupule, comme ton animal, mais alors nous ne serions pas humains.

— Maintenant je comprends pourquoi tu es la Première parmi Ceux Qui Servent la Mère, dit Ayla après un silence. Je sais combien c'est difficile de tuer. Je me souviens du premier animal que j'ai tué avec ma fronde. C'était un porc-épic. J'avais tellement de remords que je ne suis pas retournée chasser avant un long moment et que j'ai dû me trouver une raison. J'ai décidé de m'en prendre uniquement aux carnivores parce qu'ils volaient parfois la viande du Clan et chassaient eux aussi les bêtes dont nous tirions notre subsistance.

— C'est à ce moment-là que nous perdons notre innocence, Ayla. Quand nous découvrons ce que nous devons faire pour vivre. Voilà pourquoi la première bête abattue par un jeune chasseur est si importante. Il ne s'agit pas seulement des changements physiques qui font de lui un adulte. La première chasse est la plus difficile. Outre l'obligation de surmonter sa peur, l'adolescent doit montrer qu'il est capable d'accomplir l'acte indispensable pour survivre. C'est aussi pour cela que nous célébrons certaines cérémonies afin d'honorer les Esprits des animaux que nous tuons. C'est une façon d'honorer Doni. Nous devons nous rappeler que la vie de ces créatures est sacrifiée afin que nous puissions vivre, et nous devons en éprouver de la gratitude. Sinon, nous courons le risque de trop nous endurcir, et cela pourrait se retourner contre nous.

« Nous devons toujours exprimer notre gratitude pour ce que nous prenons ; nous devons aussi honorer les Esprits des arbres, des plantes et des autres nourritures qui poussent. Nous devons traiter avec respect tous les Dons de la Mère. Si nous ne le faisons pas, Elle pourrait se fâcher et reprendre la vie qu'Elle nous a donnée. Si nous oublions un jour notre Grande Terre Mère, Elle ne pourvoira plus à nos besoins. Si Elle décide de tourner le dos à Ses enfants, nous n'aurons plus d'endroit où vivre.

— Zelandoni, tu me rappelles Creb de maintes façons. Il était bon et je l'aimais, mais surtout, il comprenait les gens. Je pouvais toujours compter sur lui. J'espère que je ne t'offense pas, je n'en avais pas l'intention.

La doniate sourit.

— Je ne suis pas offensée. Je voudrais l'avoir connu, au contraire. Et tu peux toujours compter sur moi, j'espère que tu le sais, Ayla.

La compagne de Jondalar repensa à sa conversation avec la Première en s'apprêtant à préparer la terre rouge. Lorsqu'elle entreprit le dur labeur consistant à écraser les morceaux de minerai de fer avec sa pierre ronde, elle s'efforça de se concentrer sur sa tâche pour oublier l'incident avec Brukeval. L'effort contribua à diminuer sa tension nerveuse, mais le caractère répétitif du travail lui laissait l'esprit libre, et Zelandoni lui avait donné à réfléchir.

Elle a raison, se dit-elle. Je me suis fait un ennemi de Brukeval. Qu'y puis-je, maintenant ? Pas un instant elle n'avait songé à mentir en déclarant qu'elle ne pensait pas qu'il avait l'aspect d'un homme du Clan. C'eût été faux. Elle était convaincue qu'il était un esprit mêlé. Ayla songea à la grand-mère de Brukeval, la femme qui s'était perdue. A son retour, elle avait raconté qu'elle avait été attaquée par des animaux, mais ces animaux ne pouvaient être que ceux qu'elle appelait Têtes Plates. Comment aurait-elle survécu si longtemps si elle n'avait pas été recueillie par eux ? S'ils l'avaient recueillie et nourrie, ils avaient forcément exigé d'elle qu'elle travaille, comme leurs propres femmes. Et tout homme du Clan s'était alors senti autorisé à user d'elle pour assouvir ses désirs. Si elle avait résisté, l'un d'eux l'avait peut-être forcée, comme Broud. Il était impensable qu'une femme du Clan résiste. Ils l'auraient remise à sa place.

Ayla tenta d'imaginer la réaction d'une femme née zelandonii dans une telle situation. Pour les Zelandonii, le Don des Plaisirs venait de la Grande Terre Mère, il ne devait jamais être imposé. Il devait être partagé, mais uniquement quand l'homme et la femme le souhaitaient. La grand-mère de Brukeval s'était sans doute sentie agressée. Comment réagit-on lorsqu'on est assaillie par un être que l'on considère comme un animal ? Lorsqu'on est forcée de partager le Don avec une telle créature ? Cette violence avait-elle affecté l'esprit de la grand-mère de Brukeval ? Peut-être. Les femmes zelandonii n'avaient pas l'habitude de recevoir des ordres. Elles étaient indépendantes, aussi indépendantes que les hommes.

Ayla cessa de moudre l'ocre rouge. Un homme du Clan avait forcé la grand-mère de Brukeval à s'accoupler avec lui, puisqu'elle était enceinte à son retour. C'était ce qui avait fait naître la vie en elle et amené la naissance de la mère de Brukeval. Elle était faible, disait Jondalar. Rydag lui aussi l'était. Peut-être y avait-il quelque chose dans les mélanges qui causait la faiblesse des rejetons.

Durc n'était pas faible, pourtant, et Echozar non plus. Ni les S'Armunaï. Ils n'étaient pas faibles et beaucoup d'entre eux avaient l'aspect du Clan. Peut-être les faibles mouraient-ils jeunes, comme Rydag ; peut-être seuls les forts survivaient-ils. Se pouvait-il que le peuple des S'Armunaï fût le résultat d'un mélange qui avait commencé longtemps auparavant ? Les mélanges ne les préoccupaient pas beaucoup, peut-être parce qu'ils en avaient l'habitude. Ils ressemblaient aux Autres mais présentaient certaines caractéristiques du Clan.

Etait-ce pour cette raison que le compagnon d'Attaroa avait essayé de dominer les femmes avant qu'elles le tuent ? L'attitude des hommes du Clan à l'égard des femmes avait-elle été transmise en même temps que certains de leurs traits physiques ? Il existait cependant beaucoup d'aspects positifs chez les S'Armunaï. Bodoa la S'Armuna avait découvert comment transformer en pierre l'argile d'une rivière en la chauffant, et son acolyte était un habile sculpteur. Quant à Echozar, il était à part. Comme les Zelandonii, les Lanzadonii pensaient que c'était le mélange d'esprits qui lui donnait les caractéristiques des deux peuples, mais sa mère avait été agressée par un homme des Autres.

Ayla se remit à écraser la terre rouge. Quelle ironie ! pensa-t-elle. Brukeval hait ceux qui ont fait germer la vie dont il est issu. Ce sont les hommes qui font naître la vie à l'intérieur des femmes, j'en suis sûre. Pas étonnant que la Caverne des S'Armunaï ait été en passe de disparaître quand Attaroa se trouvait à sa tête. Elle ne pouvait pas amener les esprits des femmes à se mêler pour créer la vie. Seules les femmes qui rendaient visite aux hommes, en cachette, la nuit, avaient des bébés.

Ayla songea à la vie qui croissait en elle. Le bébé serait autant à Jondalar qu'à elle. Cela avait commencé quand ils avaient quitté le glacier, elle en était certaine. Elle n'avait pas préparé son infusion spéciale, celle qui avait empêché la vie de germer en elle pendant leur long Voyage. La dernière fois qu'elle avait saigné, c'était peu avant que Jondalar et elle entament la traversée du glacier. Elle n'avait presque pas eu de nausées, cette fois, contrairement à l'époque où elle était enceinte de Durc. Les mélanges infligeaient apparemment plus de difficultés aux mères, ainsi qu'à certains bébés. Cette fois, elle se sentait bien la plupart du temps. Aurait-elle une fille ou un garçon ? Et Whinney aurait-elle un poulain ou une pouliche ?

37

La Neuvième Caverne construisit un abri pour les chevaux sous le surplomb rocheux, dans la partie sud moins fréquentée de la terrasse, près du pont menant à En-Aval. Ayla avait demandé à Joharran si quelqu'un s'opposait à ce que Jondalar et elle installent un enclos pour les animaux. Elle avait envisagé une construction sommaire qui les protégerait simplement de la pluie et de la neige. Mais, à la réunion que Joharran avait convoquée pour consulter les Zelandonii, tous décidèrent de s'y mettre et de bâtir un véritable abri pour les chevaux, avec des murets de pierre surmontés de panneaux arrêtant le vent. Il n'y avait cependant pas de rideau à l'entrée ni de barrière pour fermer.

Les animaux avaient toujours été libres d'aller et venir à leur gré. Whinney avait partagé la grotte d'Ayla dans la vallée, les chevaux s'étaient habitués à l'appentis que les membres du Camp du Lion avaient construit pour eux contre leur longue hutte. Une fois qu'Ayla eut montré l'abri à la jument et à l'étalon et qu'elle leur eut donné du foin, de l'avoine et de l'eau, ils parurent comprendre que l'endroit leur était destiné. Du moins, ils y retournèrent souvent, passant par le chemin plus direct qui partait du bord de la Rivière. Ils utilisaient rarement le sentier qui traversait la partie fréquentée de la terrasse, devant les habitations, à moins qu'Ayla ne les conduisît elle-même.

Une fois l'abri construit, Ayla et Jondalar décidèrent de fabriquer une auge en utilisant la technique avec laquelle les Sharamudoï faisaient leurs boîtes rainurées. Cela leur demanda plusieurs jours, encore qu'il y eût beaucoup de Zelandonii pour les aider, et plus encore pour les observer. Ils durent d'abord trouver l'arbre adéquat et portèrent leur choix sur un grand pin qui poussait au milieu d'un épais bosquet. La proximité des autres arbres obligeait chaque pin à atteindre une haute taille pour recevoir la lumière du soleil et diminuait le nombre des branches basses, ce qui évitait les nœuds.

Ils durent abattre l'arbre avec des haches de silex qui ne tranchaient pas le bois en profondeur et détachaient de minces éclats.

Une fois l'abattage terminé, la souche donnait l'impression d'avoir été grignotée par des castors. Le tronc fut coupé une seconde fois, juste en dessous des branches les plus basses. Le reste de l'arbre ne serait pas perdu : les sculpteurs et les fabricants d'outils lorgnaient déjà sur cette abondance de bois, et les menus morceaux alimenteraient les feux. Selon la coutume sharamudoï, des pignes furent enterrées près de l'arbre abattu pour remercier la Grande Mère, et Zelandoni fut impressionnée par cette cérémonie simple.

Ayla et Jondalar montrèrent aux autres comment tirer des planches du tronc, à l'aide de coins et de maillets. Les plaques de bois obtenues, qui s'amincissaient de l'extérieur vers le centre, trouvaient de nombreuses utilisations, notamment comme étagères. Les boîtes rainurées étaient une idée ingénieuse. Avec un burin de silex ou un outil comparable, ressemblant à un ciseau, ils aplanirent une planche sur toute sa longueur puis tracèrent des rainures en travers, à trois endroits. Passée à la vapeur, la planche fut ensuite pliée à l'endroit des rainures pour former une boîte rectangulaire.

Pour le fond, ils aplanirent une autre planche, la taillèrent au couteau et la polirent à la pierre pour qu'elle vînt se loger dans une rainure creusée sur le bord inférieur de la boîte. Trempé dans l'eau, le bois gonflait, ce qui rendait la boîte étanche et permettait d'y conserver des liquides ou des graisses. Il était probable que beaucoup de ces boîtes seraient fabriquées plus tard.

Marthona regardait Ayla gravir le sentier. Les joues rouges, la jeune femme exhalait un nuage blanc à chacune de ses expirations. Elle avait chaussé des mocassins à semelle épaisse, surmontés de sortes de guêtres qui lui entouraient le mollet par-dessus ses jambières, et portait la veste doublée de fourrure que la mère de Matagan lui avait offerte. Le vêtement ne cachait pas sa grossesse, encore soulignée par la ceinture nouée haut, à laquelle pendaient son couteau et quelques bourses. La capuche était rabattue, la chevelure emprisonnée en un chignon dont quelques mèches s'échappaient, fouettées par le vent.

Ayla continuait à utiliser son sac mamutoï, de préférence à la poche de style zelandonii. Elle s'était habituée au sac porté sur une épaule et l'emportait souvent dans ses petites chasses. Il laissait une épaule libre pour le gibier abattu. Ce jour-là, trois lagopèdes blancs attachés par leurs pattes duveteuses faisaient contrepoids dans son dos aux deux lièvres blancs de bonne taille qui ballottaient sur sa poitrine.

Loup trottait derrière elle. Ayla l'emmenait souvent quand elle sortait. Non seulement il excellait à débusquer les oiseaux et d'autres animaux, mais il lui montrait aussi où les petites bêtes blanches étaient tombées dans la neige.

— Je ne sais pas comment tu fais, dit Marthona en lui emboîtant le pas quand elle atteignit le bord de la corniche. Quand j'étais aussi avancée que toi dans ma grossesse, je me sentais énorme, malhabile. L'idée de continuer à chasser ne me serait jamais venue. Toi, tu chasses et tu rapportes presque toujours quelque chose.

— Je me sens énorme et malhabile, répondit Ayla en souriant, mais lancer un bâton ou utiliser une fronde n'exige pas beaucoup d'efforts, et Loup m'aide plus que tu ne peux l'imaginer. Je serai coincée ici bien assez tôt.

Marthona sourit à l'animal qui marchait entre elles à pas feutrés. Bien qu'elle se fût inquiétée pour lui lorsqu'il avait été attaqué par une meute, elle aimait bien son oreille un peu tombante, maintenant. Cela permettait en outre de le reconnaître plus facilement. Elle attendit qu'Ayla eût déposé le gibier devant son habitation, sur un bloc de calcaire parfois utilisé comme siège.

— Je n'ai jamais été très bonne pour chasser de petits animaux, lui confia Marthona, sauf avec un piège. Il fut un temps où je prenais plaisir à me joindre à un groupe pour une grande chasse. Je n'ai pas chassé depuis si longtemps que je dois avoir tout oublié, mais j'avais l'œil, autrefois, pour repérer une trace. Je n'y vois plus très bien, comme tu le sais.

— Regarde ce que je rapporte d'autre, dit Ayla en ouvrant son sac.

Elle avait trouvé un pommier dépourvu de feuilles mais encore décoré de petites pommes rouge vif, moins dures et moins acides après les premières gelées.

Les deux femmes se dirigèrent vers l'abri des chevaux. Ayla ne s'attendait pas à les y rencontrer au milieu de la journée ; elle vérifia qu'ils avaient de l'eau. En hiver, quand il gelait pendant de longues périodes, elle faisait fondre de la neige pour eux, même si les autres chevaux se débrouillaient seuls pour trouver de l'eau. Elle fit tomber quelques pommes dans la mangeoire puis alla au bord de la terrasse et regarda la Rivière bordée d'arbres et de broussailles. Comme elle n'apercevait pas les chevaux, elle émit le sifflement auquel ils étaient habitués à répondre. Elle ne dut pas attendre longtemps pour voir Whinney escalader le sentier abrupt, suivie de Rapide. Loup frotta son museau contre le chanfrein de la jument quand elle parvint à la terrasse ; Rapide le salua d'un hennissement auquel il répondit par un jappement enjoué.

Confrontée à des preuves aussi patentes du pouvoir d'Ayla sur ces animaux, Marthona avait encore peine à y croire. Elle s'était accoutumée à Loup, qui passait une grande partie de son temps à la Caverne et répondait à ses caresses. Les chevaux étaient plus ombrageux, moins amicaux, plus farouches, et ressemblaient davantage aux chevaux sauvages qu'elle chassait autrefois.

En les menant à l'abri, Ayla leur parla avec les sons que Marthona l'avait entendue utiliser quand elle les étrillait. La langue des chevaux, pensa la mère de Jondalar. La jeune femme leur tendit des pommes qu'ils mangèrent dans sa main tandis qu'elle continuait à s'adresser à eux, à sa manière étrange. Marthona essaya de distinguer les sons que prononçait Ayla. Ce n'est pas tout à fait une langue, se dit-elle, bien que cela sonne un peu comme certains mots qu'Ayla a employés quand elle nous a fait une démonstration du langage des Têtes Plates.

— Tu as un gros ventre, Whinney, disait Ayla en tapotant la panse de la jument. Comme moi. Tu mettras bas au printemps, quand le temps se sera un peu réchauffé. D'ici là, j'aurai certainement eu mon bébé. J'aimerais aller me promener sur ton dos mais ma grossesse est trop avancée, je crois. Zelandoni dit que ce ne serait pas bon pour le bébé. Je me sens bien mais je ne veux pas prendre de risques. Quant à toi, Rapide, Jondalar te montera à son retour.

C'était ce qu'elle voulait dire aux chevaux, ce qu'elle leur disait dans sa tête, et pourtant la combinaison de signes, de mots du Clan et d'autres sons de cette langue personnelle n'aurait pas été traduite en ces termes... si quelqu'un avait pu la traduire. C'était sans importance. Les chevaux comprenaient la voix bienveillante, les caresses, ainsi que certains sons et signes.

L'hiver arriva sans prévenir. Tard dans l'après-midi, de petits flocons blancs se mirent à tomber, puis ils grossirent et, le soir, un blizzard tourbillonnant s'abattit sur la Caverne. Tous poussèrent un soupir de soulagement quand les chasseurs partis le matin regagnèrent l'abri avant la nuit, bredouilles mais sains et saufs.

— Joharran a décidé de faire demi-tour lorsqu'il a vu les mammouths remonter vers le nord, expliqua Jondalar après avoir salué Ayla. Tu connais le dicton : « Ne pas marcher encore quand le mammouth va vers le nord. » Cela annonce la neige. Ils vont dans le Nord, là où il fait plus froid mais plus sec, où la neige ne s'accumule pas en couches aussi épaisses qu'ici. Ils s'embourbent dans la neige profonde et humide. Joharran n'a pas voulu courir de risques mais ces nuages noirs sont apparus si vite que même les mammouths ont dû se retrouver pris dans le blizzard. Le vent a tourné au nord, la neige s'est mise à tomber si dru qu'on y voyait à peine. On enfonce déjà jusqu'aux genoux, dehors. Nous avons dû mettre les chausses à neige pour rentrer.

Le blizzard souffla toute la nuit, le lendemain et la nuit suivante. On ne voyait rien hormis le rideau blanc ondulant, pas même l'autre berge de la Rivière. Ayla était contente que le surplomb protecteur de la Caverne s'étendît jusqu'à l'abri des chevaux. La première nuit, elle s'était inquiétée car elle ne savait pas si les animaux avaient réussi à rentrer avant que la neige devienne trop épaisse. S'ils avaient trouvé un autre abri, ils risquaient d'être coupés de la Caverne et de demeurer prisonniers du manteau blanc.

La jeune femme avait été rassurée d'entendre un hennissement lorsqu'elle s'était approchée de leur abri, le lendemain matin, et avait poussé un soupir de soulagement en découvrant les deux chevaux. Pourtant elle les avait sentis nerveux : ils n'avaient pas l'habitude d'une telle quantité de neige. Ayla avait résolu de rester un moment avec eux, de les peigner avec des capitules de cardère, ce qui d'ordinaire les réconfortait.

Que font les autres chevaux ? s'était-elle demandé en les étrillant. Migrent-ils vers les régions plus froides et plus sèches du Nord, où la neige, moins épaisse, ne recouvre pas l'herbe séchée qui leur sert de nourriture l'hiver ? Elle se félicitait d'avoir prévu des réserves d'herbe en plus du grain habituel. C'était Jondalar qui en avait eu l'idée. Il savait que la couche de neige serait épaisse, Ayla non. Elle n'était plus certaine que cela suffirait. Les chevaux étaient accoutumés au froid, elle ne s'inquiétait pas pour cela, leur pelage s'était épaissi et allongé, leur corps robuste et trapu était protégé par un duvet lui-même recouvert de longs poils, mais auraient-ils assez de foin ?

Dans la région où vivait le peuple de Jondalar, l'hiver était froid et humide, caractérisé par une neige lourde qui formait une couche dense. Ayla n'avait pas vu autant de neige depuis qu'elle avait quitté le Clan. Elle s'était habituée aux steppes de lœss sèches et gelées qui absorbaient l'humidité de l'atmosphère, plus à l'intérieur des terres, dans sa vallée et sur le territoire des chasseurs de mammouths. Ici, le climat était soumis aux influences maritimes des Grandes Eaux de l'Ouest. L'hiver, plus neigeux, rappelait un peu celui de l'endroit où elle avait grandi, la pointe montagneuse d'une péninsule s'avançant dans une mer intérieure, loin à l'est.

La neige entassée au bord de la corniche formait une barrière qui brillait la nuit dans les reflets dorés des feux allumés sous le surplomb. Ayla comprenait maintenant pourquoi les Zelandonii avaient planté de gros poteaux pour soutenir les cadres tendus de peaux qui protégeaient le passage menant à l'enclos extérieur, utilisé en hiver à la place des fosses.

Le deuxième jour après le début du blizzard, Ayla découvrit en s'éveillant le visage souriant de Jondalar, qui, agenouillé près de la plate-forme de couchage, la secouait doucement. Il avait les joues rouges de froid, et des flocons s'accrochaient encore à ses lourds vêtements d'extérieur. Il lui tendit une infusion chaude en disant :

— Debout, paresseuse. Je me souviens d'un temps où tu te levais longtemps avant moi. Il reste encore à manger. Il s'est arrêté de neiger. Habille-toi chaudement et viens dehors. Tu devrais peut-être mettre le sous-vêtement que t'ont offert Marona et ses amies.

Ayla se redressa, but une gorgée.

— Tu es déjà sorti ? marmonna-t-elle. On dirait que j'ai besoin de davantage de sommeil, ces temps-ci.

Résistant à son envie de trop la presser, il attendit qu'elle se débarbouille, qu'elle avale rapidement le repas du matin et commence à se vêtir.

— Je n'arrive pas à fermer le pantalon sur mon ventre, se plaignit-elle. Et le haut n'ira jamais. Tu es sûr que tu veux que je porte ça ? Je risque de l'élargir.

— Le pantalon est indispensable. Tant pis si tu ne peux pas le fermer complètement, tu porteras d'autres vêtements par-dessus, de toute façon. Tiens, voilà tes bottes. Où est ta veste à capuche ?

En sortant de l'abri, Ayla vit qu'un soleil radieux éclairait la corniche. D'autres Zelandonii s'étaient levés tôt : le sentier de la Rivière des Bois avait été déneigé et l'on avait répandu du gravier sur la pente pour la rendre moins glissante. De chaque côté, la neige montait à hauteur de poitrine, mais, quand Ayla regarda au-dehors, pardessus les congères, elle eut le souffle coupé.

La vue était transformée. Le manteau blanc avait adouci les contours du paysage et le ciel semblait plus bleu par contraste avec ce blanc si éclatant qu'il faisait mal aux yeux. Le froid plus vif rendait la neige craquante sous les pieds d'Ayla. Elle repéra plusieurs personnes dans la plaine, de l'autre côté de la Rivière.

— Fais attention en descendant, cela peut être dangereux, l'avertit Jondalar. Donne-moi la main.

Parvenus en bas, ils traversèrent le cours d'eau gelé et se dirigèrent vers les silhouettes qui leur adressaient des signes et avançaient à leur rencontre.

— Je croyais que tu ne te lèverais jamais, Ayla ! cria Folara. Il y a un endroit où nous allons chaque année mais il faut marcher la moitié de la matinée pour y arriver. Jondalar dit que c'est trop loin pour toi dans ton état. Quand la neige se sera un peu tassée, nous installerons un siège sur un traîneau et nous te tirerons à tour de rôle. Normalement, les traîneaux servent à transporter du bois ou de la viande, mais quand on n'en a pas besoin pour cela, on peut s'en servir, expliqua la jeune fille, tout excitée.

— Parle moins vite, Folara, lui enjoignit son frère.

La neige était si épaisse que, lorsque Ayla voulut ébaucher un pas, elle perdit l'équilibre, s'agrippa à Jondalar et le fit tomber avec elle. Ils se retrouvèrent assis tous deux dans la neige, riant si fort qu'ils n'arrivaient pas à se remettre debout. Folara était hilare, elle aussi.

— Ne reste pas plantée là, lui lança Jondalar. Aide-moi plutôt à relever Ayla.

A eux deux, ils réussirent à la remettre sur pied.

Une boule blanche fendit l'air, s'écrasa sur le bras de Jondalar. Il leva la tête, vit Matagan qui le taquinait. Jondalar saisit de la neige dans ses deux mains, en fit rapidement une boule qu'il lança sur le jeune homme, qu'il envisageait de choisir comme apprenti. Matagan déguerpit en boitant, assez vite toutefois pour que le projectile manquât sa cible.

— Bon, cela suffit pour aujourd'hui, je crois, dit Jondalar.

Ayla avait caché une boule de neige derrière son dos et la jeta sur lui quand il s'approcha.

— Ah, tu veux jouer à ça ! menaça-t-il.

Il ramassa une poignée de neige, essaya de la glisser sous la veste de sa compagne. Ayla se débattit pour lui échapper, et bientôt ils roulèrent tous deux sur la couche molle, riant aux éclats. Quand ils finirent par se redresser, ils étaient tous deux couverts de neige des pieds à la tête. Ils retournèrent à la rivière gelée, la traversèrent et grimpèrent le sentier pour regagner l'abri. En retournant à leur habitation, ils passèrent devant celle de Marthona, qui les avait entendus approcher.

— Jondalar, tu crois vraiment que c'était raisonnable d'emmener Ayla dehors, dans son état ? s'exclama-t-elle. Et si elle était tombée ? Si le bébé était venu trop tôt ?

Jondalar était consterné : il n'avait pas pensé à cela.

— Tout va bien, Marthona, intervint Ayla. La neige était molle, je ne me suis pas blessée et je n'ai pas fait trop d'efforts. Je ne savais pas que cela pouvait être aussi amusant, la neige, dit-elle, les yeux pétillants d'excitation. Jondalar m'a aidée à descendre et à remonter. Je me sens très bien.

— Non, ma mère a raison, reconnut Jondalar d'un air contrit. Tu aurais pu te faire mal, je n'ai pas réfléchi. J'aurais dû être plus prudent. Tu vas bientôt enfanter.

A partir de ce jour, Jondalar montra une telle sollicitude qu'Ayla se sentait presque confinée. Il ne voulait pas qu'elle quitte l'abri ni qu'elle descende le sentier. Elle se rendait parfois au bord de la terrasse et contemplait le paysage avec mélancolie, mais quand son ventre grossit tellement qu'il lui devint impossible de voir ses pieds et qu'elle dut cambrer le dos pour contrebalancer le poids qu'elle portait devant elle, Ayla n'eut plus guère envie de quitter la sécurité de la Neuvième Caverne pour la neige et la glace du dehors.

Elle restait volontiers près du feu, souvent avec des amies, dans son habitation ou dans la leur, ou encore sur l'aire de travail toujours animée sous la protection du surplomb massif, à préparer des vêtements pour le bébé. L'attention tournée vers l'intérieur d'elle-même, elle avait restreint le champ de son intérêt.

Chaque jour, elle allait voir les chevaux pour les câliner et s'assurer qu'ils avaient assez d'eau et de nourriture. Ils étaient moins actifs, eux aussi, même s'ils descendaient souvent jusqu'à la rivière gelée et la traversaient pour gagner le pré. Ils savaient creuser la neige pour trouver à manger — sans avoir toutefois l'efficacité du renne — et leur appareil digestif s'accommodait d'aliments frustes : paille des tiges d'herbe jaunes et gelées, écorce de bouleau et brindilles de broussailles. Sous la couche de neige isolante, près des tiges apparemment mortes, ils découvraient les bourgeons et les brins prêts à croître avec le renouveau. Les chevaux parvenaient à se remplir l'estomac mais les grains et le foin qu'Ayla leur donnait les maintenaient en bonne santé.

Loup sortait plus souvent que Whinney et Rapide. La saison, si dure pour les herbivores, était souvent une aubaine pour les carnassiers. Il s'aventurait loin, restait parfois parti toute la journée puis revenait passer la nuit sur la pile de vieux vêtements d'Ayla. Elle l'avait installé près de la plate-forme de couchage et se tracassait chaque soir jusqu'à ce qu'il rentre, parfois très tard. Certains jours, il ne sortait pas du tout et demeurait près d'elle, sommeillant ou jouant avec des enfants.

Le temps libre des membres de la Caverne pendant l'oisiveté relative des mois d'hiver était consacré aux activités personnelles de chacun. Si les Zelandonii allaient encore parfois à la chasse, recherchant plus particulièrement le renne pour les riches réserves de graisse que cet animal adapté au froid emmagasinait jusque dans ses os, ils possédaient assez de vivres pour subsister, assez de bois qui leur tiendrait chaud, les éclairerait et cuirait leurs aliments. Pendant toute l'année, ils mettaient de côté les matériaux dont ils auraient besoin pour les travaux d'hiver. C'était le moment de traiter les peaux, de les assouplir, de les teindre, de les polir pour les rendre luisantes et imperméables, de fabriquer des vêtements, de les orner de perles et de broderies. C'était aussi le moment d'apprendre une nouvelle activité ou de cultiver un talent.

Ayla était fascinée par le tissage. Les poils perdus par les animaux muant au printemps étaient ramassés sur le sol ou décrochés des buissons épineux et gardés jusqu'à l'hiver. Il y avait toute une variété de laines, du mouflon à l'ibex. Le duvet qui poussait chaque automne sous les poils extérieurs d'animaux comme le mammouth, le rhinocéros et le bœuf musqué était très apprécié en raison de sa douceur. Le pelage permanent, plus long et plus rêche, était récupéré une fois l'animal abattu, par exemple les poils extérieurs des animaux laineux et les longues queues des chevaux. Les Zelandonii utilisaient aussi les fibres de nombreuses espèces végétales, transformées en cordes et en fils qu'ils pouvaient laisser bruts ou teindre puis feutrer ou tisser afin d'en faire des vêtements ou des nattes, des tapis à accrocher pour arrêter les courants d'air et couvrir les parois rocheuses.

Ils évidaient des blocs de bois afin d'obtenir des bols, les polissaient, les peignaient, les gravaient ; ils tissaient des paniers de toutes formes et de toutes dimensions. Ils fabriquaient des bijoux avec des perles en ivoire, des dents d'animaux, des coquillages et des pierres exceptionnelles. L'os, le bois d'andouiller, la corne et l'ivoire étaient métamorphosés en écuelles et en plats, en manches de couteau, en pointes de sagaie, en tire-fil, en une quantité d'autres outils, ustensiles et objets décoratifs. Avec un grand souci du détail, les Zelandonii gravaient des représentations d'animaux pour décorer des objets sculptés dans n'importe quel matériau, bois ou os, ivoire ou pierre. Ils créaient aussi des figurines de femme, les donii. Même les parois de l'abri étaient gravées et peintes.

L'hiver était aussi la saison où les Zelandonii fabriquaient des instruments de musique et en jouaient, notamment des percussions et des flûtes. Ils dansaient, chantaient, contaient des histoires. Certains pratiquaient la lutte ou le tir sur cible ; beaucoup s'adonnaient à des jeux de toutes sortes sur lesquels ils pariaient.

Les jeunes apprenaient certains tours de main indispensables et ceux qui montraient une aptitude ou un penchant pour une activité particulière trouvaient toujours quelqu'un pour leur servir de maître. Un sentier fréquenté reliait la Neuvième Caverne à En-Aval, et un grand nombre des artisans qui venaient de leur abri pour y travailler passaient quelques nuits à la Caverne.

Zelandoni enseignait les mots à compter à ceux qui le souhaitaient, ainsi que les Histoires et Légendes, mais elle avait rarement du temps de reste. Les Zelandonii attrapaient des rhumes, ils avaient mal à la tête, aux oreilles, au ventre, aux dents. Les douleurs de l'arthrite et des rhumatismes étaient toujours plus vives pendant la saison froide, et il existait d'autres maladies, plus graves. En cas de mort, on plaçait le corps dans les couloirs froids de certaines grottes, où il resterait jusqu'au printemps puisque la neige et le froid empêchaient de l'enterrer. Quelquefois — rarement — on l'y laissait à titre définitif.

Il y avait aussi des naissances. Le solstice d'hiver étant passé, Zelandoni avait montré à Ayla la position où le soleil se couchait le plus à gauche sur l'horizon, position qui demeurait la même quelques jours avant que l'astre se déplace imperceptiblement vers la droite. La Caverne avait organisé un festin, une cérémonie et une fête pour marquer ce tournant de l'année et égayer la monotonie des journées d'hiver.

A dater de ce jour, le soleil couchant continuerait à glisser chaque jour vers la droite jusqu'au solstice d'été, où il parviendrait à son extrême, position qu'il garderait quelques jours. La position intermédiaire marquait les équinoxes, début du printemps à l'aller, début de l'automne au retour. Zelandoni indiqua un creux entre les collines, à l'horizon, qui correspondait à cette période.

Au cœur de l'hiver, l'époque la plus froide, la plus dure de l'année, la neige n'invitait plus à de joyeuses promenades. Même les brèves sorties pour aller chercher de la viande gelée ou rapporter du bois constituaient une épreuve. Les cairns surmontant les caches et les fosses froides gelaient souvent, et il fallait alors les disloquer. Les fruits et légumes avaient été transférés depuis longtemps au fond de l'abri, dans des fosses tapissées de pierres, mais il fallait un œil vigilant et de nombreux pièges pour empêcher les animaux d'en prélever une trop grosse part. Les rongeurs, en particulier, vivaient du travail des hommes et réussissaient toujours à partager leur grotte.

Les enfants jouaient à jeter des pierres à ces petites créatures agiles et les adultes les y encourageaient. Non seulement ce jeu contribuait à la lutte permanente contre les nuisibles mais il développait l'adresse dont les enfants auraient besoin plus tard pour devenir de bons chasseurs. Ayla se mit à utiliser sa fronde dans la Caverne, et avant longtemps elle apprit aux jeunes à se servir de son arme préférée. Loup se révéla aussi un atout précieux pour maintenir à un niveau bas la population de rongeurs.

Les fosses extérieures semblaient moins touchées et on y gardait les vivres au frais le plus longtemps possible. Quand le gel menaçait d'en détruire la qualité, on les rentrait dans l'abri. Une fois gelés, les légumes n'étaient plus consommés qu'après cuisson, comme la plupart des aliments séchés.

Ayla était passée par une période où elle débordait d'énergie, puis elle s'était sentie de plus en plus lourde, mal à l'aise, sombrant dans des crises de larmes qui consternaient Jondalar. Le bébé remuant la réveillait parfois la nuit. A l'approche du terme, sa peur croissait, mais ces derniers temps elle devenait si impatiente d'avoir son bébé qu'elle était prête à affronter l'accouchement.

Certaine que c'était pour bientôt, Zelandoni lui avait déclaré :

— La Grande Terre Mère, dans sa sagesse, a rendu délibérément les derniers jours de la grossesse très inconfortables afin que les femmes surmontent leur peur d'accoucher dans le seul but d'en avoir terminé.

Ayla avait fini de ranger une fois de plus les affaires du bébé et le reste de son habitation. Elle décida de préparer un bon repas à Jondalar et l'envoya chercher les légumes et la viande dont elle avait besoin. Quand il revint, elle n'avait pas bougé, et son visage avait adopté une expression étrange, mélange de joie et de frayeur.

— Qu'est-ce qu'il y a ? demanda-t-il en posant son panier.

— Je crois que le bébé est prêt à naître.

— Là, tout de suite ? Allonge-toi, je vais chercher Zelandoni. Ma mère aussi, peut-être. Ne fais rien avant que je revienne avec Zelandoni, ajouta-t-il, soudain inquiet.

— Non, pas tout de suite. Calme-toi, Jondalar. Il ne viendra pas avant un moment. Attendons d'être sûrs avant d'appeler Zelandoni.

Elle prit les légumes, les porta près du foyer, commença à les tirer du panier.

— Laisse-moi m'en occuper, conseilla Jondalar. Repose-toi, plutôt. Tu ne veux vraiment pas que j'aille chercher Zelandoni ?

— Jondalar, tu as déjà vu des bébés naître, non ? Tu n'as pas à t'inquiéter.

— Qui dit que je m'inquiète ? répondit-il en tâchant d'avoir l'air serein.

Elle se figea, posa une main sur son ventre.

— Ayla, tu ne crois pas qu'il vaut mieux que j'aille prévenir Zelandoni ?

— D'accord. Mais seulement si tu promets de lui dire que je n'en suis qu'au début. Rien ne presse.

Jondalar sortit en trombe et revint en tirant quasiment la doniate derrière lui.

— Je t'avais dit que rien ne pressait, lui reprocha-t-elle. Zelandoni, je suis désolée qu'il t'ait appelée si tôt. Cela vient à peine de commencer.

— Jondalar pourrait aller passer un moment chez Joharran et avertir Proleva que j'aurai peut-être besoin d'elle plus tard. Je n'ai rien d'important à faire, je reste pour te tenir compagnie, Ayla. Aurais-tu une infusion à m'offrir ?

— Je peux en préparer une. Zelandoni a raison, Jondalar. Va donc chez Joharran.

— En passant, préviens aussi Marthona, mais ne la ramène pas ici, dit la Première.

Après le départ de Jondalar, elle ajouta :

— A la naissance de Folara, il a assisté à l'accouchement avec le plus grand calme. Mais c'est toujours différent quand c'est la compagne qui enfante.

Ayla se figea de nouveau, attendit que la contraction passe puis commença à préparer l'infusion. Zelandoni l'avait observée en notant le temps pendant lequel elle était restée immobile. Puis la doniate s'assit sur un large tabouret qu'Ayla lui réservait, sachant qu'elle n'aimait pas s'installer par terre ou sur des coussins si elle pouvait l'éviter. Ayla l'utilisait aussi ces derniers temps.

Après avoir bu une infusion et bavardé pendant qu'Ayla avait d'autres contractions, Zelandoni suggéra à la jeune femme de s'étendre pour qu'elle puisse l'examiner. Ayla s'exécuta. La Première attendit la contraction suivante, palpa le ventre et annonça :

— Ce ne sera peut-être pas si long, finalement.

Ayla se leva de sa couche, fit un pas pour aller s'asseoir sur un coussin, changea d'avis et retourna près du foyer, but une gorgée d'infusion, sentit une autre contraction. Elle se demanda si elle devait retourner sur sa couche : tout se passait plus vite qu'elle n'avait cru.

Zelandoni l'examina de nouveau puis la regarda dans les yeux.

— Ce n'est pas ton premier bébé, n'est-ce pas ?

Ayla attendit la fin d'un nouveau spasme pour répondre.

— Non. J'ai eu un fils.

La doniate se demanda pourquoi l'enfant n'était pas auprès d'elle. N'avait-il pas survécu ? S'il était mort-né ou s'il avait succombé peu après la naissance, c'était important à savoir.

— Qu'est-il devenu ?

— J'ai dû le laisser. Je l'ai confié à ma sœur, Uba. Il vit encore avec le Clan, du moins je l'espère.

— L'accouchement avait été très difficile ?

— Oui. J'ai failli mourir en lui donnant le jour.

Ayla parlait d'une voix neutre en tâchant de ne montrer aucune émotion, mais la Première décela de la peur dans ses yeux.

— Quel âge a-t-il ? Ou plutôt quel âge avais-tu quand tu as accouché ?

— Je ne comptais pas encore douze ans.

Une autre contraction la fit grimacer. Elles se succédaient plus vite, à présent.

— Et maintenant ? demanda Zelandoni quand la contraction fut passée.

— J'en compterai vingt après cet hiver. C'est vieux pour avoir un bébé.

— Non, mais tu étais très jeune quand tu as eu le premier. Trop jeune. Pas étonnant que l'accouchement ait été aussi difficile. Tu dis que tu l'as laissé avec ton Clan...

La doniate s'interrompit, réfléchit à la façon de formuler sa question et finit par demander :

— Ton fils, c'est un esprit mêlé ?

Ayla ne répondit pas immédiatement. Elle regarda Zelandoni puis se plia soudain de douleur.

— Oui, murmura-t-elle, effrayée, quand la contraction fut passée.

— Je crois que cela aussi a contribué à rendre l'accouchement difficile. Les enfants d'esprit mêlé posent des problèmes à cause de leur tête. Elle est trop grosse, elle a une forme différente. Elle passe moins bien. Cette fois, ce ne sera peut-être pas aussi douloureux pour toi. Tu te débrouilles très bien, tu sais.

Zelandoni avait senti la tension d'Ayla croître avec le dernier spasme. Si elle se crispe, cela ne fera qu'aggraver les choses, pensa-t-elle, mais je crains qu'elle garde un terrible souvenir de son premier accouchement. Elle aurait dû m'en parler, j'aurais peut-être pu faire quelque chose. Je regrette de ne pas avoir appelé Marthona tout de suite. Ayla a besoin de quelqu'un auprès d'elle pour la rassurer mais je voudrais lui préparer une infusion pour l'aider à se calmer. Evoquer son fils lui fera peut-être oublier sa peur.

— Tu veux me parler de lui ?

— D'abord ils l'ont trouvé difforme, ils ont dit qu'il serait un fardeau pour le Clan. Au début, il n'arrivait même pas à tenir sa tête droite, puis il est devenu fort. Tout le monde a fini par l'aimer. Grod lui a même fabriqué un épieu, juste à sa taille. Et il courait très vite malgré son jeune âge.

Les larmes aux yeux, Ayla souriait à ce souvenir, et la doniate comprit tout à coup que la jeune femme avait aimé cet enfant, qu'elle avait été fière de lui, esprit mêlé ou non. Certains Zelandonia se souvenaient encore de la grand-mère de Brukeval et, sans jamais l'admettre publiquement, la plupart d'entre eux étaient sûrs que la fille dont elle avait accouché était un esprit mêlé. Personne n'avait vraiment voulu d'elle après la mort de sa mère, et Brukeval avait connu un sort identique. Il avait les mêmes traits que sa mère, moins marqués, peut-être, mais c'était un mélange, lui aussi, Zelandoni en était persuadée. Elle ne l'aurait cependant pas reconnu devant quiconque, encore moins devant lui.

Se pouvait-il qu'Ayla eût tendance à attirer leurs esprits parce qu'elle avait été élevée par eux ? Ce bébé était-il aussi un mélange ? Et dans ce cas, que faire ? Le plus sage serait peut-être de mettre discrètement fin à sa vie avant qu'elle ne commence vraiment. Ce serait facile, et personne ne saurait qu'il n'était pas mort-né. Cela épargnerait des souffrances à tout le monde, y compris au bébé. Ce serait regrettable que la Caverne compte un enfant non désiré et mal aimé de plus, comme Brukeval et sa mère.

Mais si Ayla aimait son premier bébé, n'aimera-t-elle pas également celui-ci ? raisonna la Première. C'est étonnant de la voir avec Echozar, j'ai l'impression qu'elle se sent à l'aise avec lui. Cela pourrait aller si Jondalar...

— Jondalar m'a dit que le travail avait commencé, lança Marthona en pénétrant dans l'habitation. Il a pris soin de préciser que ce n'était que le début, que je ne devais pas me presser, mais il m'a quasiment poussée hors de chez moi tant il était impatient.

— C'est aussi bien que tu sois là, répondit Zelandoni. Je voudrais lui préparer quelque chose.

— Pour hâter l'accouchement ? Les premiers bébés peuvent être longs à venir, dit la mère de Jondalar en souriant à Ayla.

— Non, répondit Zelandoni.

Elle marqua une pause, indécise, puis reprit :

— Quelque chose pour l'aider à se détendre. Cela progresse bien, plus vite que je ne l'aurais cru, mais elle est pleine d'appréhension.

Ayla remarqua que la doniate n'avait pas détrompé Marthona quand celle-ci avait parlé d'un premier bébé. Dès le début, Ayla avait senti que Zelandoni connaissait beaucoup de choses, beaucoup de secrets qu'elle gardait pour elle. Il valait peut-être mieux que la doniate fût la seule à savoir qu'elle avait un fils.

On frappa à l'entrée et Proleva apparut sans attendre.

— Jondalar dit qu'Ayla est en travail. Je peux vous aider ?

La compagne de Joharran portait un nouveau-né sur son dos, dans une couverture.

— Bien sûr, répondit la Première.

Elle s'était arrogé le droit d'accorder ou de refuser l'accès à l'habitation et Ayla lui en était reconnaissante. Savoir qui devait ou non se trouver là était bien la dernière chose à laquelle elle avait envie de réfléchir entre ses contractions. La doniate remarqua qu'Ayla s'était raidie pour lutter contre la douleur et s'empêcher de crier.

— Tiens compagnie à Ayla pendant que Marthona fait bouillir de l'eau, dit-elle à Proleva. Je dois aller chercher un remède.

Zelandoni sortit d'un pas vif. Elle était capable de se déplacer rapidement malgré sa corpulence. Folara approcha de l'habitation au moment où la doniate laissait le rideau retomber derrière elle.

— Je peux entrer, Zelandoni ?

La Première réfléchit le temps d'un battement de cœur.

— Oui, vas-y. Tu aideras Proleva à rassurer Ayla.

Au retour de la doniate, Ayla s'agitait dans les affres d'une nouvelle contraction mais ne criait toujours pas. Marthona et Proleva se tenaient de part et d'autre de la couche, inquiètes. Folara ajouta une autre pierre brûlante à l'eau, et son expression reflétait celle de sa mère. Il y avait de la peur dans le regard d'Ayla.

Zelandoni s'approcha d'elle :

— Tout ira bien. Il faut simplement que tu te calmes un peu. Je vais te préparer quelque chose pour t'aider à te sentir mieux.

— Qu'est-ce que c'est ? demanda Ayla quand la douleur s'estompa.

La Première la dévisagea, comprit que ce n'était pas la peur mais l'intérêt qui motivait sa question. Si cela pouvait la détourner un moment de ses craintes...

— De l'écorce de saule et des feuilles de framboisier, pour l'essentiel, répondit-elle en jetant un coup d'œil vers le foyer pour voir si l'eau bouillait. Plus quelques fleurs de tilleul et un tout petit peu de pomme épineuse.

Ayla hocha la tête.

— L'écorce de saule est un léger calmant contre la douleur, la feuille de framboisier aide à se détendre pendant le travail, les fleurs de tilleul donnent un goût sucré et la pomme épineuse — qu'on appelle datura, je crois — supprime la douleur et fait dormir mais peut aussi arrêter les contractions. Une petite quantité serait utile, cependant.

— C'est ce que j'ai pensé, dit la doniate.

En se hâtant d'ajouter les plantes et l'écorce à l'eau dont Folara s'occupait, Zelandoni songea que le fait de laisser Ayla s'intéresser au traitement pouvait l'apaiser autant que les remèdes eux-mêmes. Pendant que le mélange infusait, Ayla eut plusieurs autres contractions et, lorsque Zelandoni le lui porta enfin, la compagne de Jondalar était plus que prête à l'avaler. Elle se redressa, but une première gorgée, ferma les yeux, hocha la tête.

— Plus de feuilles de framboisier que d'écorce de saule, et juste assez de tilleul pour couvrir le goût amer du datura... de la pomme épineuse.

Elle but le reste et se rallongea pour attendre le nouvel accès de douleur.

Une repartie sarcastique traversa l'esprit de Zelandoni : « Alors, tu approuves le traitement ? » Elle la garda néanmoins pour elle et s'étonna même d'y avoir songé. Elle n'avait pas l'habitude qu'on émette des commentaires sur ses remèdes, mais à la place d'Ayla n'aurait-elle pas fait de même ? Ayla ne la critiquait pas, elle mettait simplement ses propres connaissances à l'épreuve. La doniate sourit, certaine de savoir ce qu'Ayla était en train de faire, parce qu'elle l'aurait fait elle-même. Elle utilisait son corps pour vérifier l'efficacité de la médecine, elle guettait ses réactions, cherchait à savoir combien il faudrait de temps au remède pour agir et quel effet il aurait. Comme Zelandoni l'avait supposé, cela détachait son esprit de sa peur et l'aidait à se détendre.

Elles attendaient toutes, parlant à voix basse. L'épreuve semblait se dérouler un peu mieux. La Première ignorait si c'était à cause du remède ou d'un allègement des craintes d'Ayla — probablement les deux — mais la future mère ne s'agitait plus. Ayla se concentrait au contraire sur ce qu'elle éprouvait, comparait mentalement cette naissance avec la précédente et concluait que celle-ci semblait plus facile. Elle suivait la progression qu'elle avait observée chez d'autres femmes ayant un accouchement normal. Elle avait assisté à celui de Proleva et elle sourit en la voyant allaiter sa petite fille.

— Marthona, tu sais où est sa couverture d'enfantement ? questionna Zelandoni. Je crois que ce ne sera plus long.

— Déjà ? fit Proleva, reposant son bébé. Je ne pensais pas que cela irait si vite, d'autant qu'Ayla avait beaucoup de difficultés au début.

— Elle se maîtrise bien, maintenant, dit Marthona. Je vais chercher la couverture. Elle est toujours à l'endroit que tu m'as montré, Ayla ?

— Oui, haleta la jeune femme, qui sentait venir une autre contraction.

Ensuite, Zelandoni demanda à Proleva et à Folara d'étendre sur le sol la couverture de cuir, ornée de dessins et de symboles, puis adressa un signe à Marthona.

— Il faut l'aider, maintenant. Ayla, tu dois te lever et laisser la Grande Terre Mère tirer pour aider le bébé à sortir. Tu pourras ?

— Oui, répondit Ayla, pantelante. Je crois.

Elle avait poussé fort à chaque douleur et avait envie de pousser encore mais essayait de se retenir. Les trois femmes l'obligèrent à se lever, la menèrent à la couverture. Proleva lui indiqua la position accroupie qu'elle devait prendre puis se plaça à sa gauche pour la soutenir, Folara faisant de même à sa droite. Marthona s'installa devant et lui apporta le soutien moral de son sourire. Zelandoni se tint derrière Ayla et, l'entourant de ses bras, la pressa contre sa poitrine plantureuse.

Ayla se sentit enveloppée par la douceur et la chaleur de l'énorme femme. C'était réconfortant de se laisser aller contre elle. Zelandoni était comme la Mère, comme toutes les mères réunies en une seule, comme le sein moelleux de la Terre. Il y avait autre chose, aussi. Une force gigantesque se cachait sous les montagnes de chair. Ayla songeait que cette femme pouvait passer par toutes les humeurs de la Grande Terre Mère Elle-Même, de la douceur d'un soir d'été à la fureur du blizzard. Selon ses sentiments, elle pouvait frapper avec la puissance dévastatrice de l'orage ou réconforter et nourrir comme une bruine.

— A la prochaine douleur, je veux que tu pousses, dit-elle.

— Je la sens venir, murmura Ayla.

— Alors pousse !

Ayla prit une longue inspiration, poussa de toutes ses forces. Elle sentit la doniate l'aider, pousser le bébé avec elle. De l'eau tiède inonda la couverture.

— Bien, fit Zelandoni.

— Je me demandais quand elle allait rompre les eaux, dit Proleva. Je perds les miennes si tôt que je suis presque sèche quand vient le bébé. Là, c'est mieux.

— Encore une fois, Ayla, dit Zelandoni.

Ayla poussa de nouveau, sentit un mouvement.

— Je vois la tête, dit Marthona. Je suis prête à attraper le bébé.

Elle s'agenouilla plus près de la compagne de son fils au moment où une autre contraction commençait. Ayla inspira à fond, poussa.

— Le voilà ! dit Marthona.

Ayla sentit passer la tête et le reste fut facile. Quand le bébé glissa hors de sa mère, Marthona le recueillit dans ses mains.

Ayla baissa les yeux, vit le nouveau-né mouillé dans les bras de Marthona et sourit. Zelandoni sourit à son tour.

— Une dernière fois, pour faire sortir l'après-naissance.

Une masse spongieuse et sanguinolente tomba sur la couverture

Zelandoni lâcha Ayla, passa devant. Proleva et Folara soutinrent l'accouchée pendant que la Première prenait le bébé, le retournait et tapotait le petit dos. Il y eut quelques bruits de hoquet. La doniate frappa sur les pieds du nouveau-né, le regarda ouvrir la bouche en réaction et aspirer sa première bouffée d'air. Il émit un petit cri, à peine plus qu'un miaulement au début, mais qui s'amplifia à mesure que les poumons prenaient leur rythme pour affronter la vie.

Marthona garda l'enfant dans ses bras tandis que la doniate lavait sommairement la mère, essuyant le sang et l'eau, puis Proleva et Folara aidèrent Ayla à retourner à sa couche. Zelandoni noua un morceau de nerf autour du cordon ombilical — à la demande d'Ayla, il avait été teint en rouge avec de l'ocre — pour empêcher que le sang coule par le tube encore engorgé. Avec une lame de silex tranchante, elle coupa le cordon entre le nœud et le placenta, séparant le nouveau-né du tissu qui l'avait nourri et abrité pendant qu'il se développait. L'enfant d'Ayla était devenu une entité distincte, un être humain unique et singulier.

Marthona et Zelandoni nettoyèrent le bébé avec une peau de lapin d'une grande douceur qu'Ayla avait préparée à cette intention. Marthona tenait prête une petite couverture, très douce elle aussi, taillée dans la peau d'un fœtus de cerf presque à terme. Zelandoni avait expliqué à Jondalar qu'afin de porter chance à l'enfant de son foyer il devait se procurer ce type de peau pour la naissance. Son frère et lui avaient quitté l'abri malgré l'âpreté de l'hiver et s'étaient mis en quête d'une biche pleine.

Ayla avait aidé son compagnon à faire de la peau du faon mort-né une couverture. Il avait toujours été étonné de la souplesse des cuirs qu'elle obtenait et savait qu'elle tenait cette technique du Clan. Zelandoni posa le bébé sur la couverture, Marthona l'en enveloppa et le porta à Ayla.

38

— Tu vas être contente, dit Marthona en donnant l'enfant à la mère. C'est une petite fille parfaite.

Ayla regarda la minuscule image d'elle-même.

— Comme elle est belle ! s'exclama-t-elle.

Elle écarta les pans de la couverture pour examiner son bébé, craignant à demi, malgré les paroles rassurantes de Marthona, de découvrir une difformité.

— Elle est magnifique. As-tu jamais vu un aussi bel enfant ?

La mère de Jondalar se contenta de sourire. Bien sûr qu'elle en avait vu d'aussi beaux : ses propres bébés. Mais celui-ci, la fille du foyer de son fils, n'avait rien à leur envier.

— L'accouchement n'a pas été difficile du tout, déclara Ayla à Zelandoni quand elle les rejoignit. Tu m'as beaucoup aidée, mais ce n'était pas vraiment dur. Je suis contente que ce soit une fille. Regarde, elle cherche mon sein.

Ayla aida le bébé à happer le mamelon — avec l'habileté d'une mère pleine d'expérience, nota Zelandoni.

— Jondalar peut venir la voir ? reprit Ayla. Je trouve qu'elle lui ressemble beaucoup. Pas toi, Marthona ?

— Il pourra venir bientôt, répondit la Première. (Elle examina l'accouchée, plaça une peau absorbante entre ses cuisses.) Il n'y a pas eu de déchirure, aucun dommage. Rien que du sang servant à nettoyer. C'était un bon accouchement. Tu as un nom pour ta fille ?

— Oui, j'y ai réfléchi depuis que tu m'as expliqué que je devrais choisir le nom de mon bébé.

— Bien. Dis-le-moi. Je dessinerai un symbole sur cette pierre et je l'échangerai contre ceci, dit la doniate en prenant la couverture de naissance qui enveloppait le placenta. Puis j'irai l'enterrer avant que l'esprit qui s'y trouve encore ne tente de s'incarner près de la vie qui vient de s'en séparer. Je dois agir vite. Ensuite, je dirai à Jondalar de venir.

— J'ai décidé de l'appeler...

— Non ! Pas à voix haute. Murmure-le à mon oreille.

Après le départ de Zelandoni, Marthona, Proleva et Folara s'assirent près de la jeune mère et bavardèrent tout en admirant le bébé. Ayla se sentait fatiguée mais heureuse : rien de comparable avec la douleur et l'épuisement qu'elle avait éprouvés après la naissance de Durc. Elle somnola un peu, s'éveilla quand Zelandoni revint et lui remit la petite pierre qui portait maintenant des marques énigmatiques peintes en rouge et noir.

— Mets-la en lieu sûr, lui recommanda la Première. Peut-être dans la niche, derrière ta donii.

Ayla acquiesça, vit une autre tête apparaître.

— Jondalar !

Il s'agenouilla près de la plate-forme.

— Comment te sens-tu ?

— Très bien. L'accouchement s'est beaucoup mieux passé que je ne m'y attendais. Tu as vu le bébé ? dit Ayla, écartant de nouveau les plis de la couverture. Elle est parfaite !

— Tu as la fille que tu désirais. Elle est si menue... Regarde, elle a même de tout petits ongles. Quel nom lui as-tu donné ?

Elle se tourna vers Zelandoni.

— Je peux le lui dire ?

— Oui, il n'y a plus de risques, maintenant.

— Je l'ai appelée Jonayla, parce qu'elle est issue de nous deux. Elle est aussi ta fille.

— Jonayla... J'aime ce nom. Jonayla, répéta-t-il.

Marthona l'aimait, elle aussi. Proleva et elle avaient eu un sourire indulgent en entendant Ayla : il n'était pas rare que les mères cherchent à convaincre leur compagnon que l'enfant venait de son esprit. Bien qu'Ayla n'eût pas prononcé le mot « esprit », elles étaient sûres d'avoir compris. Zelandoni l'était moins : Ayla avait pour habitude de s'exprimer clairement. Quant à Jondalar, il n'avait aucun doute : il savait fort bien ce que sa compagne avait voulu dire.

Ce serait tellement beau si c'était vrai, pensa-t-il en contemplant la petite fille. Exposée à l'air frais, elle commençait à s'éveiller.

— Elle est superbe. Elle sera tout à fait comme toi, Ayla. Je le vois déjà.

— Elle te ressemble aussi, Jondalar. Tu veux la prendre ?

— Je ne sais pas, répondit-il en reculant un peu. Elle a l'air si fragile...

— Pas au point que tu ne puisses la prendre dans tes bras, intervint Zelandoni. Je vais t'aider. Assieds-toi confortablement.

Elle enveloppa de nouveau le bébé dans sa couverture, le déposa dans les bras de Jondalar en lui montrant comment le tenir.

L'enfant avait les yeux ouverts et semblait le regarder. Es-tu ma fille ? se demanda-t-il. Tu es si petite, tu auras besoin de quelqu'un pour veiller sur toi jusqu'à ce que tu grandisses. Il la serra un peu plus contre lui et, à son grand étonnement, sentit monter en lui une bouffée soudaine et totalement inattendue d'amour protecteur. Jonayla, pensa-t-il. Ma fille, Jonayla.

Le lendemain, Zelandoni passa voir Ayla. Elle avait surveillé l'habitation et guetté les allées et venues pour s'assurer que la jeune femme serait seule. Installée par terre sur un coussin, Ayla donnait le sein à sa fille. La doniate s'assit à côté d'elle et s'enquit :

— Comment va Jonayla ?

— Très bien. C'est un bébé sage. Elle m'a réveillée la nuit dernière mais elle dort presque tout le temps.

— Je voulais te dire qu'elle sera acceptée après-demain comme Zelandonii née au foyer de Jondalar et que la Caverne sera informée de son nom.

— Tout sera alors en ordre.

— Es-tu au courant pour Relona ? La compagne de Shevonar, le chasseur piétiné par un bison peu après ton arrivée ? fit la Première d'un ton anodin.

— Non.

— Elle et Ranokol, le frère de Shevonar, s'uniront l'été prochain. Il lui venait en aide pour compenser la perte de son compagnon et ils ont fini par s'éprendre l'un de l'autre. Je crois que cela fera un bon couple.

— J'en suis heureuse. Ranokol était bouleversé par la mort de Shevonar, il s'en tenait presque pour responsable.

Il y eut un silence et Ayla se demanda si la doniate n'était pas venue pour une raison qu'elle n'avait pas encore révélée.

— Je voulais aussi te voir pour autre chose, avoua Zelandoni. J'aimerais en savoir plus sur ton fils. Je comprends pourquoi tu n'as pas mentionné son existence, en particulier après les problèmes soulevés par l'union d'Echozar. Si tu acceptes de parler de lui, il y a certaines choses sur lesquelles tu pourrais m'éclairer.

— Cela ne me dérange pas. En fait, j'ai parfois besoin de parler de lui.

Ayla évoqua longuement devant la doniate le fils qu'elle avait quand elle vivait avec le Clan, commença par les nausées qui avaient duré pendant presque toute sa grossesse et l'accouchement qui lui avait arraché des hurlements de douleur. Elle avait déjà oublié ce qu'elle avait éprouvé de désagréable en donnant naissance à Jonayla, mais elle se rappelait encore les souffrances du premier accouchement. Elle expliqua qu'aux yeux du Clan l'enfant était difforme, qu'elle s'était réfugiée dans une grotte pour lui sauver la vie et qu'elle avait fini par revenir tout en craignant encore de le perdre. Elle raconta sa joie quand il avait été accepté et que Creb avait choisi son nom, Durc, d'après une légende du Clan. Elle décrivit leur existence, son bonheur en découvrant que son fils pouvait rire et émettre des sons comme elle, le langage qu'ils avaient inventé rien que pour eux. Enfin, elle parla du jour où elle avait dû laisser Durc à sa sœur, quand le Clan l'avait forcée à partir. Au terme de son récit, elle avait la voix étranglée par l'émotion.

— Zelandoni, dit-elle en levant vers la doniate des yeux pleins de larmes, une idée m'est venue quand je me cachais avec lui dans la grotte, et plus j'y réfléchis, plus je la crois vraie. Je pense que ce n'est pas le mélange d'esprits qui fait naître une vie nouvelle. La vie commence quand un homme et une femme s'accouplent. Ce sont les hommes qui font germer la vie à l'intérieur des femmes.

L'hypothèse avancée par la jeune femme était sidérante, d'autant que personne n'avait jamais tenu de tels propos devant la Première, mais cela n'était pas totalement nouveau, bien que l'unique personne qui eût envisagé aussi cette possibilité ne fût autre qu'elle-même.

— J'y ai longuement pensé depuis lors, poursuivit Ayla, et je suis maintenant plus convaincue encore que la vie commence lorsqu'un homme introduit son membre à l'intérieur d'une femme, là où naissent les bébés, et y laisse son essence. C'est cela qui fait germer la vie, pas le mélange des esprits.

— Tu veux dire quand ils partagent le Don des Plaisirs de la Grande Terre Mère ?

— Oui.

— Laisse-moi te poser quelques questions. Un homme et une femme partagent souvent le Don des Plaisirs. Or il ne naît pas autant d'enfants que de fois où ils le font. Si la vie germait chaque fois qu'ils partagent les Plaisirs, il y aurait beaucoup plus d'enfants, argua Zelandoni.

— J'y ai songé. Il est évident qu'une nouvelle vie ne commence pas chaque fois qu'ils partagent le Don ; il doit donc y avoir autre chose en plus des Plaisirs. Peut-être faut-il les partager de nombreuses fois ou à des moments particuliers. Peut-être est-ce la Mère qui décide. Mais ce ne sont pas leurs esprits qu'Elle mêle, c'est l'essence de l'homme et peut-être aussi une essence spéciale de la femme. Je suis sûre que Jonayla a été créée juste après que nous sommes descendus du glacier, Jondalar et moi, le matin où nous avons partagé les Plaisirs à notre réveil.

— Tu dis que tu y as longuement pensé, mais comment l'idée t'est-elle venue au départ ?

— Elle m'est venue quand je me cachais dans la petite grotte avec Durc. Les membres du Clan m'avaient ordonné de l'abandonner dehors, parce qu'il était difforme. Mais je l'ai regardé avec attention et j'ai vu qu'il n'avait pas le corps déformé, poursuivit-elle, le regard embué. Il ne leur ressemblait pas, il ne me ressemblait pas. Il leur ressemblait et il me ressemblait. Il avait une tête allongée, épaisse derrière, des arcades sourcilières proéminentes, comme les leurs, mais un front haut, comme le mien. Plus tard, il n'est jamais devenu aussi trapu que les autres garçons du Clan. Il avait des jambes longues et droites, pas arquées comme celles d'Echozar.

— Echozar est un mélange mais sa mère appartenait au Clan. Quand aurait-elle partagé les Plaisirs avec un homme semblable à nous ? Pourquoi un homme semblable à nous aurait-il eu envie de partager les Plaisirs avec une Tête Plate ?

— Echozar m'a raconté que sa mère avait été maudite parce que son compagnon avait perdu la vie en essayant de la protéger d'un homme des Autres. Quand les membres du Clan ont découvert qu'elle était enceinte, ils l'ont autorisée à rester jusqu'à la naissance d'Echozar.

Jonayla avait rejeté le téton et geignait un peu. Ayla la mit sur son épaule et lui tapota le dos.

— Tu veux dire qu'un homme comme nous avait forcé la mère d'Echozar ? J'imagine que ces choses-là se produisent, mais je ne puis les comprendre.

— C'est arrivé à l'une des femmes que j'ai rencontrées au Rassemblement du Clan. Elle avait une fille qui était un mélange. Elle m'a confié qu'elle avait été forcée par des hommes des Autres, des hommes qui me ressemblaient, m'a-t-elle dit. Enceinte, elle avait souhaité avoir une fille, ce qui avait provoqué la colère de son compagnon : les femmes du Clan sont censées ne vouloir que des garçons mais beaucoup, en secret, préféreraient une fille. Quand l'enfant est née déformée, l'homme a obligé la mère à la garder pour lui donner une leçon.

— Quelle triste histoire ! fit la doniate. Etre traitée aussi durement par son compagnon après avoir été forcée...

— Elle m'avait demandé de parler à Brun, le chef de mon Clan, pour arranger une union entre sa fille Ura et mon Durc. Elle craignait que sa fille ne trouve jamais de compagnon, autrement. L'idée m'a plu. Durc était difforme lui aussi, pour les membres du Clan, et il aurait autant de difficultés à se choisir une compagne. Brun a accepté. Maintenant Ura est promise à Durc. Après le prochain Rassemblement, elle rejoindra le Clan de Brun... non, celui de Broud, à présent. Je ne crois pas qu'il sera très gentil avec elle.

Ayla se tut, songea aux épreuves que rencontrerait la jeune femme.

— Ce sera dur pour elle de quitter une mère qui l'aime pour s'installer dans un clan où elle ne sera peut-être pas bien accueillie, reprit-elle. J'espère que Durc est devenu un garçon capable de l'aider.

Elle soupira, secoua la tête. Entendant le bébé faire son rot, elle sourit, le laissa un moment encore sur son épaule.

— Pendant notre Voyage, Jondalar et moi avons entendu d'autres histoires de jeunes gens des Autres forçant des femmes du Clan. Je crois que c'est une sorte de défi qu'ils se lancent entre eux.

— J'ai bien peur que tu n'aies raison. Certains jeunes hommes prennent apparemment plaisir à ce qu'il ne sont pas censés faire. Mais forcer une femme, même une femme du Clan, cela me préoccupe encore plus.

— Je ne suis pas sûre que tous les mélanges soient le résultat de l'accouplement forcé d'une femme du Clan avec un homme des Autres, ou d'une femme des Autres avec un homme du Clan. Rydag était un mélange, lui aussi.

— L'enfant recueilli par la compagne du chef des Mamutoï avec qui tu as vécu.

— Oui. Sa mère appartenait au Clan et, comme les autres membres, elle ne savait pas parler, à part quelques sons que personne ne comprenait. Rydag était un enfant faible. Il en est mort. Nezzie disait que sa mère errait seule quand ils l'avaient trouvée et qu'elle les avait suivis. Cela ne ressemble pas aux femmes du Clan. Elle avait dû être maudite pour une raison quelconque, sinon elle n'aurait pas été seule, surtout avec une grossesse aussi avancée. Elle avait sans doute aussi rencontré quelqu'un des Autres qui l'avait bien traitée : cela expliquerait qu'elle ne se soit pas cachée et qu'elle ait suivi les Mamutoï. Peut-être l'homme qui avait mis en elle la vie de Rydag.

— Peut-être, fit Zelandoni. Et la mère d'Echozar ? Elle avait été maudite elle aussi, m'as-tu dit. Je ne suis pas sûre de comprendre ce que cela signifie exactement.

— Mise à l'écart, chassée. On disait qu'elle portait malheur parce que son compagnon était mort quand elle avait été attaquée, on l'a dit plus encore après qu'elle eut donné naissance à un enfant « difforme ». Le Clan n'aime pas non plus les mélanges. Un dénommé Andovan l'a trouvée sur le point de mourir avec son enfant. D'après Echozar, c'était un homme âgé, qui vivait seul pour une raison quelconque. Il a recueilli la mère et le bébé. Je pense qu'il était un S'Armunaï, mais il habitait une grotte à la lisière du territoire des Zelandonii et il parlait leur langue. Il avait peut-être échappé à Attaroa. Il a élevé Echozar, il lui a enseigné à parler zelandonii et s'armunaï. Sa mère lui a montré les signes du Clan. Andovan a dû les apprendre, lui aussi, parce qu'elle ne pouvait pas parler. Echozar le pouvait, lui. Il était comme Durc.

Ayla s'interrompit, les larmes aux yeux.

— Durc aurait parlé s'il avait eu un S'Armunaï auprès de lui, poursuivit-elle. Il prononçait déjà certains sons avant mon départ et il savait rire. Comment les membres du Clan avaient-ils pu s'imaginer qu'il leur ressemblerait, puisqu'il était mon bébé ? Né de mon ventre... Mais il ne me ressemblait pas non plus, pas comme Jonayla. Rien d'étonnant si c'était Broud qui l'avait fait germer en moi.

— Qui est ce Broud ?

— Le fils d'Ebra, la compagne de Brun. Brun était le chef du Clan, un bon chef. Broud est celui qui m'a chassée du Clan quand il est devenu chef. J'ai grandi entourée de sa haine.

— C'est lui qui aurait fait germer Durc en toi ? Tu penses pourtant que cela vient du partage des Plaisirs. Pourquoi les aurait-il partagés avec toi s'il te haïssait ?

— Il n'y avait aucun Plaisir pour moi. Broud me forçait. Je ne sais pas pourquoi il l'a fait la première fois, mais c'était horrible. Il m'a fait mal. Je détestais ça, et je détestais Broud à cause de ça. Il a senti que cela me dégoûtait, c'est pour cette raison qu'il a continué.

— Et ton Clan le permettait !

— Les femmes du Clan doivent accepter l'accouplement chaque fois qu'un homme le souhaite, chaque fois qu'il leur fait le signal. On les a élevées comme ça.

— Je ne comprends pas. Comment un homme pourrait-il vouloir d'une femme si elle ne veut pas de lui ?

— Je crois que cela ne dérangeait pas trop les femmes du Clan. Elles connaissaient même certaines façons d'inciter un homme à leur faire le signal. Iza me les avait apprises mais je n'ai jamais voulu y avoir recours. En tout cas, pas avec Broud. Je détestais tellement ça que je n'arrivais plus à manger. Je ne voulais plus me lever le matin, je refusais de quitter le foyer de Creb. Mais, quand je me suis aperçue que j'allais avoir un bébé, j'étais tellement heureuse que je ne me souciais même plus de Broud. Je le subissais sans réagir. Du coup, il a cessé. Ce n'était plus drôle pour lui si je ne résistais pas.

— Tu dis que tu ne comptais que douze ans quand ton fils est né ? C'est très jeune. La plupart des filles ne sont pas encore des femmes à cet âge.

— Ce n'était pas jeune pour le Clan. Certaines filles du Clan deviennent femmes à sept ans, et la plupart à dix ans. Les hommes du Clan pensaient que je ne deviendrais jamais femme. Puis ils ont dit que je n'aurais jamais d'enfants, parce que mon totem était trop fort.

— Tu en as eu un, pourtant.

Ayla garda un moment le silence, l'air songeuse.

— Seules les femmes donnent le jour, dit-elle. Mais si c'est le mélange d'esprits qui les féconde, pourquoi Doni a-t-Elle créé les hommes ? Uniquement pour la compagnie ou les Plaisirs ? Je crois qu'il doit y avoir une autre raison. Les femmes peuvent se tenir compagnie, s'entraider — elles peuvent même partager les Plaisirs ensemble.

« Attaroa des S'Armunaï haïssait les hommes, elle les gardait enfermés. Elle ne leur permettait pas de partager le Don. Les femmes vivaient avec d'autres femmes. Attaroa pensait que, si elle se débarrassait des hommes, les esprits des femmes seraient contraints de se mêler et ne donneraient que des filles, mais ce n'est pas ce qui est arrivé. Si certaines femmes partageaient les Plaisirs ensemble, elles ne pouvaient pas s'accoupler et mêler leurs essences. Très peu d'enfants naissaient.

— Il en naissait quand même ?

— Quelques-uns. Ce n'étaient pas tous des filles, et Attaroa avait mutilé deux des garçons. La plupart des femmes ne pensaient pas comme elle. Certaines allaient voir leur ancien compagnon en cachette, avec l'aide de celles qu'Attaroa avait chargées de garder les hommes. Les femmes pourvues d'enfants furent celles qui eurent un homme avec qui partager leur feu le jour où ils furent libérés. C'étaient celles qui étaient unies ou souhaitaient l'être. Elles avaient des enfants parce qu'elles avaient rejoint les hommes la nuit. Ce n'était pas parce qu'elles avaient partagé un foyer assez longtemps avec l'un d'eux pour que son esprit soit choisi. Elles les voyaient rarement, et juste assez longtemps pour s'accoupler. C'était dangereux. Attaroa les aurait fait exécuter si elle l'avait appris. Je suis sûre que c'est l'accouplement qui rend les femmes enceintes.

Zelandoni hocha la tête.

— Ton raisonnement est intéressant, Ayla. Nous, on nous apprend que c'est le mélange d'esprits, et cela semble répondre à la plupart des questions sur l'origine des enfants. Les Zelandonii ne mettent pas cette explication en doute, ils l'acceptent. Toi, tu as eu une enfance différente, tu es plus encline à t'interroger, mais à ta place, je choisirais avec soin ceux à qui je parlerais de mon idée. Certains seraient atterrés. Je me suis moi-même demandé pourquoi Doni avait créé les hommes. C'est vrai que les femmes pourraient prendre soin d'elles et subvenir à leurs besoins si elles le devaient. Je me suis même demandé pourquoi la Mère avait créé des animaux mâles. Les femelles élèvent souvent seules leurs petits. Mâles et femelles ne passent pas beaucoup de temps ensemble, excepté à certaines périodes de l'année, quand ils partagent les Plaisirs.

Ayla se sentit encouragée à poursuivre son argumentation :

— Quand j'étais chez les Mamutoï, il y avait un homme du Camp du Lion appelé Ranec qui vivait au foyer de Wymez, le tailleur de silex.

— Celui dont parle souvent Jondalar ?

— Oui. Wymez était parti pour un très long Voyage quand il était jeune, il comptait dix années de plus à son retour. Il était allé au sud de la Grande Mer en la contournant par l'est. Il s'était uni à une femme qu'il avait rencontrée là-bas et avait essayé de la ramener, avec son fils, chez les Mamutoï, mais elle était morte en chemin. Seul le fils de sa compagne le suivait à son retour. Wymez m'avait raconté que cette femme et son peuple avaient la peau presque aussi noire que la nuit. Elle avait eu Ranec après leur union, et il était différent de tous les autres enfants de là-bas parce qu'il avait la peau plus claire. A moi, elle paraissait sombre, pourtant, d'un brun presque aussi foncé que le pelage de Rapide, et il avait des cheveux noirs très bouclés.

— Tu penses que cet homme était de couleur brune parce que sa mère était presque noire et que son compagnon avait la peau claire ? Cela pourrait aussi être dû à un mélange d'esprits, avança Zelandoni.

— Cela pourrait, admit Ayla. C'est ce que les Mamutoï croyaient, mais si tout le monde là-bas était noir, sauf Wymez, n'y aurait-il pas eu beaucoup plus d'esprits noirs avec lesquels l'esprit de la mère aurait pu se mêler ? Ils étaient unis, ils partageaient forcément les Plaisirs.

Ayla jeta un coup d'œil à son bébé, revint à la doniate.

— Il aurait été intéressant de voir quelle couleur auraient eue mes enfants si je m'étais unie à Ranec.

— C'est à lui que tu devais t'unir ?

— Il avait des yeux rieurs, dit Ayla en souriant. Il était intelligent, drôle, il me faisait rire, et c'était le meilleur graveur que j'aie jamais vu. Il avait sculpté une donii spéciale pour moi et gravé un dessin de Whinney. Il m'aimait. Il disait qu'il désirait vivre avec moi plus qu'il n'avait jamais désiré quoi que ce soit. Il ne ressemblait à personne, il était différent. Même ses traits étaient différents. Il me fascinait. Si je n'avais pas aimé Jondalar, j'aurais pu aimer Ranec.

— S'il était tout cela, je ne te le reproche pas, répondit Zelandoni en lui rendant son sourire. Certaines rumeurs font état d'êtres à la peau sombre qui vivraient dans une Caverne au sud, au-delà des montagnes de la côte de la Grande Mer. Un jeune homme et sa mère, dit-on. Je n'y ai jamais cru, on ne sait jamais quelle est la part de vérité dans ces histoires, et cela semblait tellement incroyable... Maintenant, je m'interroge.

— Ranec ressemble à Wymez, malgré leur couleur et leurs traits différents. Ils ont la même taille, le même corps, et ils marchent exactement de la même façon.

— Pas besoin d'aller si loin pour trouver des ressemblances, dit Zelandoni. Beaucoup d'enfants ressemblent au compagnon de leur mère, mais il y en a qui ressemblent à d'autres hommes de la Caverne, dont certains connaissent à peine la mère.

— Cela aurait pu se passer pendant une fête ou une cérémonie pour honorer Doni. Je crois savoir qu'à cette occasion de nombreuses femmes partagent les Plaisirs avec des hommes qui ne sont pas leur compagnon.

La Première réfléchit en silence.

— Ayla, ton idée mérite examen et considération. Je ne sais si tu en saisis les implications. Si elle est juste, elle causera des changements que ni toi ni moi ne pouvons imaginer. Une révélation aussi fracassante ne peut venir que de la Zelandonia. Personne ne l'acceptera à moins qu'elle ne vienne de quelqu'un par qui parle la Grande Terre Mère. Avec qui en as-tu déjà discuté ?

— Uniquement avec Jondalar. Et toi, maintenant.

— Je suggère que tu n'en dises rien à personne d'autre pour le moment. Je parlerai à Jondalar, je lui ferai comprendre la nécessité de garder le secret.

Elles se turent, s'abîmèrent un moment dans leurs pensées.

— Zelandoni, t'es-tu jamais demandé ce que tu ressentirais si tu étais un homme ?

— C'est une étrange question.

— Je songeais à ce que Jondalar m'a répondu un jour que je voulais aller chasser, pendant la Réunion d'Eté. Il n'était pas d'accord. Je sais que c'était en partie parce qu'il projetait de revenir ici pour construire notre habitation, mais il y avait autre chose. Il a parlé de la nécessité d'avoir un but dans la vie. « A quoi sert un homme si les femmes peuvent aussi subvenir aux besoins de leurs enfants ? » C'est ainsi qu'il l'a formulé. Je n'avais jamais pensé à cela. Quel effet cela me ferait-il de savoir que ma vie n'a pas de sens ?

— Tu peux même porter l'interrogation plus loin, Ayla. Tu sais que ton rôle est en partie de faire naître la génération suivante, mais à quoi sert-il d'avoir une autre génération ? Quel est le sens de la vie ?

— Je ne sais pas. Quel est le sens de la vie ?

Zelandoni s'esclaffa.

— Si je pouvais répondre à cette question, je serais l'égale de la Grande Terre Mère. Elle seule connaît la réponse. Beaucoup pensent que nous sommes sur terre pour L'honorer. Peut-être sommes-nous là seulement pour vivre et prendre soin de la génération suivante afin qu'elle puisse vivre à son tour. C'est peut-être la meilleure façon d'honorer Doni. Le *Chant de la Mère* dit qu'Elle nous a créés parce qu'Elle se sentait seule, qu'Elle voulait qu'on La reconnaisse et qu'on se souvienne d'Elle. D'autres affirment que la vie n'a pas de sens. Je doute qu'on puisse répondre à cette question dans ce monde. Je ne suis même pas sûre qu'on puisse y répondre dans le Monde d'Après.

— Au moins, les femmes savent que, sans elles, il n'y aurait pas de génération suivante. Mais comment vivre quand on sait que l'on ne sert même pas à cela ? Comment supporter l'idée que la vie se poursuivrait de la même façon, que l'on soit là ou non ?

— Je n'ai pas eu d'enfants. Dois-je considérer que ma vie n'a pas eu de sens ?

— Ce n'est pas la même chose. Tu es quand même une femme. Tu appartiens au genre qui donne la vie.

— Nous sommes tous des êtres humains. Hommes et femmes maintiennent la vie jusqu'à la génération suivante. Les femmes ont autant de garçons que de filles.

— Justement. Ce sont les femmes qui ont autant de garçons que de filles. Qu'est-ce que les hommes ont à voir là-dedans ? Si tu pensais que toi et ton genre ne contribuez pas à créer une autre génération, te sentirais-tu aussi humaine ? Ou te sentirais-tu moins importante ? Un être inutile, ajouté au dernier moment ?

Dans le feu de la discussion, Ayla s'était penchée en avant. La Première réfléchit, regardant le visage grave de la jeune femme qui tenait le bébé endormi dans ses bras.

— Ta place est parmi les Zelandonia, déclara la doniate. Tu argumentes aussi bien que n'importe lequel d'entre eux.

Ayla se redressa.

— Je ne veux pas être Zelandoni.

— Pourquoi ? repartit la Première en la considérant d'un œil attentif.

— Je veux simplement être une mère, et la compagne de Jondalar.

— Tu ne souhaites pas continuer à être guérisseuse ? Tu as autant de capacités que les autres, moi comprise.

Ayla plissa le front.

— Si, répondit-elle. Je veux continuer.

— Tu as aidé quelquefois Mamut dans ses autres tâches, m'as-tu dit. Tu ne les as pas trouvées captivantes ?

— C'était captivant, concéda Ayla. Mais c'était effrayant, aussi.

— Cela n'aurait-il pas été plus effrayant si tu avais été seule, et pas du tout préparée ? Ayla, tu es Fille du Foyer du Mammouth.

Mamut avait une bonne raison de t'adopter. Je la vois ; je crois que tu la vois aussi. Regarde en toi. As-tu déjà été effrayée par quelque chose d'étrange quand tu étais seule ?

Ayla détourna les yeux pour échapper au regard de Zelandoni mais finit par acquiescer d'un léger hochement de tête.

— Tu sais qu'il y a quelque chose de différent en toi, poursuivit la doniate. Tu essaies de l'ignorer, de le chasser de ton esprit, mais c'est quelquefois difficile, n'est-ce pas ?

Ayla leva les yeux. Zelandoni la fixait, la forçant à soutenir son regard comme lors de leur première rencontre.

— Oui, murmura-t-elle. C'est quelquefois difficile.

— Personne ne devient Zelandoni sans se sentir appelé, dit l'énorme femme avec douceur. Mais que se passerait-il si tu te sentais appelée sans avoir été préparée ? Ne crois-tu pas qu'il vaudrait mieux acquérir une certaine formation, à tout hasard ? Tu as beau la nier, cette possibilité existe.

— S'y préparer ne la rendrait-elle pas plus probable ? objecta Ayla.

— Si. Mais l'expérience pourrait être utile. Je serai franche avec toi. J'ai besoin d'une acolyte. Je n'ai plus tellement d'années devant moi. Je souhaite que celle qui me succédera soit formée par moi. La Neuvième est ma Caverne. Je veux le meilleur pour elle. Je suis la Première parmi Ceux Qui Servent la Grande Terre Mère. Je ne le dis pas souvent mais je ne le suis pas sans raison. Personne ne peut former mieux que moi une personne douée. Tu es douée, Ayla. Peut-être plus douée que moi. Tu pourrais devenir Première.

— Et Jonokol ?

— Tu devrais connaître la réponse. Jonokol est un artiste exceptionnel. Il se satisfaisait de rester acolyte. Avant que tu lui montres cette grotte, il n'avait aucune envie d'être Zelandoni. Tu sais bien qu'il sera parti l'été prochain. Il s'installera là-bas dès qu'il aura convaincu la Zelandoni de la Dix-Neuvième Caverne de l'accepter et inventera une excuse pour me quitter. Il veut cette grotte, Ayla, et je pense qu'il doit l'avoir. Non seulement il la rendra belle, mais il y fera vivre le Monde des Esprits.

— Regarde ça, Ayla ! s'exclama Jondalar en montrant une pointe de sagaie. J'ai chauffé le silex comme le fait Wymez. J'ai su que j'avais réussi quand il s'est refroidi, parce que la pierre était brillante et lisse, presque comme si on l'avait huilée. Je l'ai ensuite retouchée sur les deux faces en utilisant les techniques de pression qu'il a mises au point. Je n'atteins pas encore la même qualité que lui mais avec de la pratique je m'en approcherai peut-être. Cela ouvre toutes sortes de possibilités. Je peux maintenant détacher de longs éclats minces et donc obtenir des pointes presque aussi fines que je le désire ou donner à un couteau un long tranchant droit, sans cette courbure qu'il a toujours quand on commence avec une lame détachée d'un rognon. Je peux même redresser les lames courbes plus facilement en retouchant le bord intérieur aux deux extrémités. Je peux tailler toutes les encoches que je veux. Je peux fabriquer des pointes avec une embase ou une soie pour les emmancher. Tu n'imagines pas la maîtrise que cela me donne ! C'est presque comme si je pliais la pierre à mon gré. Ce Wymez est un génie !

Ayla sourit.

— Wymez est peut-être un génie mais tu es aussi bon que lui, assura-t-elle.

— Si seulement c'était vrai ! Il a mis au point le procédé, je me contente de l'imiter. Dommage qu'il vive aussi loin ! En tout cas, je lui suis reconnaissant du temps que j'ai passé auprès de lui. Je regrette que Dalanar ne soit pas ici. Lui aussi devait essayer de chauffer le silex cet hiver, j'aurais aimé pouvoir en discuter avec lui.

Jondalar examina la lame d'un œil critique puis leva les yeux et sourit à sa compagne.

— J'oubliais de te dire que j'ai décidé de garder Matagan comme apprenti après cet hiver. Pendant sa visite à la Caverne, j'ai pu juger de ses capacités. J'en ai discuté avec sa mère et son compagnon, et Joharran est d'accord.

— J'aime bien Matagan. Je suis heureuse de savoir que tu le formeras. Tu as une patience infinie et tu es le meilleur tailleur de silex de la Neuvième Caverne, probablement même de tous les Zelandonii.

Le compliment le fit sourire. Une compagne fait toujours des comparaisons flatteuses, se dit-il, mais au fond de lui il pensait que c'était peut-être vrai.

— Tu crois qu'il pourrait loger chez nous ? demanda-t-il.

— J'en serais contente. Nous avons tellement de place dans la pièce principale que nous pourrions lui en réserver une partie où il installerait sa couche. J'espère que le bébé ne le dérangera pas. Jonayla se réveille encore la nuit.

— Les jeunes gens ont le sommeil profond. Je suis sûr qu'il ne l'entendra même pas.

— Je voulais te parler d'une proposition que Zelandoni m'a faite... commença Ayla.

Jondalar trouva qu'elle paraissait un peu troublée mais se dit que c'était probablement un effet de son imagination.

— Elle veut que je devienne son acolyte, débita-t-elle d'un trait.

Il releva soudain la tête.

— Je ne savais pas que tu songeais à entrer dans la Zelandonia.

— Je n'y songeais pas, et je ne suis même pas sûre d'y songer maintenant. Elle m'avait déjà dit que j'y avais ma place mais, la première fois qu'elle m'a demandé d'être son acolyte, c'était tout de suite après la naissance de Jonayla. Elle a besoin de quelqu'un et j'ai déjà des connaissances dans l'art de guérir. En tout cas, être acolyte n'implique pas nécessairement de devenir un Zelandoni. Jonokol a été acolyte longtemps...

Elle se tut, baissa les yeux vers les légumes qu'elle coupait. Jondalar s'approcha d'elle et lui releva le menton pour la regarder dans les yeux. Elle avait l'air hésitante.

— Ayla, tout le monde sait que, si Jonokol est l'acolyte de Zelandoni, c'est en raison de son talent de peintre. Il a l'art de saisir l'Esprit des animaux, Zelandoni a besoin de lui pour les cérémonies. Il ne sera jamais doniate.

— Si, peut-être. Zelandoni dit qu'il veut rejoindre la Dix-Neuvième Caverne.

— C'est à cause de cette grotte que tu as trouvée, n'est-ce pas ? S'il quelqu'un doit la décorer, c'est bien lui. Mais si tu deviens acolyte, tu deviendras aussi Zelandoni, non ?

Ayla demeurait incapable de refuser de répondre à une question directe ou de proférer un mensonge.

— Je pense qu'un jour je deviendrai Zelandoni, si j'entre dans la Zelandonia. Mais pas tout de suite...

— C'est ce que tu veux ? Ou Zelandoni a-t-elle réussi à te convaincre d'accepter parce que tu es guérisseuse ?

— Elle dit que je suis déjà Zelandoni, en un sens. Elle a peut-être raison, je ne sais pas. D'après elle, dans mon intérêt, il vaudrait mieux que je sois formée. Ce serait très dangereux pour moi si je me sentais appelée sans y avoir été préparée.

Ayla n'avait pas révélé à Jondalar les choses étranges qui lui arrivaient parfois, et cette omission lui pesait comme un mensonge. Elle ne pouvait cependant se résoudre à lui en parler.

Ce fut à lui d'avoir l'air troublé.

— Je ne peux pas dire grand-chose, dans un sens ou dans un autre. A toi de choisir, Ayla. Il vaut sans doute mieux que tu sois préparée. Tu ne soupçonnes pas à quel point j'ai eu peur quand Mamut et toi avez fait cet étrange Voyage. Je te croyais morte, j'ai imploré la Grande Mère de te ramener à la vie. Je crois que je n'avais jamais autant supplié... J'espère que tu ne recommenceras pas.

— Je me suis doutée que c'était toi. Pas tout de suite mais plus tard. Mamut a dit que quelqu'un nous avait rappelés avec une force irrésistible. J'ai cru te voir en revenant à moi et puis tu as disparu.

— Tu étais promise à Ranec. Je ne voulais pas être un obstacle entre vous, dit Jondalar, se souvenant de la terrible nuit.

— Tu m'aimais. Si tu ne m'avais pas aimée autant, mon esprit serait peut-être encore perdu dans le grand vide. (Elle s'agrippa soudain à lui.) Pourquoi moi ? Pourquoi faut-il que je devienne Zelandoni ?

Il la prit dans ses bras. Oui, pourquoi elle ? pensa-t-il. Il se rappela les propos de la Première sur les responsabilités des doniates et les dangers qu'ils couraient. Il comprenait maintenant pourquoi elle avait été aussi franche : elle s'efforçait de les préparer. Elle savait depuis le début, depuis le jour où ils étaient arrivés, tout comme Mamut avait su, lui aussi. C'était la raison pour laquelle il avait adopté Ayla dans son foyer. Puis-je être le compagnon d'une Zelandoni ? se demanda Jondalar. Il pensa à sa mère et à Dalanar. Ils s'étaient séparés parce qu'il n'avait pas supporté qu'elle fût Femme

Qui Ordonne, disait-elle. Les exigences de la fonction de Zelandoni étaient encore plus grandes.

Son extraordinaire ressemblance avec Dalanar prouvait sans l'ombre d'un doute qu'il était fils de son esprit, mais selon Ayla il ne s'agissait pas seulement d'esprits. Elle affirme que Jonayla est ma fille, pensa-t-il. Si elle a raison, je dois être le fils de Dalanar ! Cette idée le sidérait. Pouvait-il être le fils de Dalanar comme il était celui de Marthona ? En ce cas, lui ressemblait-il au point de ne pouvoir supporter, lui non plus, de vivre avec une femme exerçant des responsabilités importantes ? Cette pensée le dérangeait au plus haut point.

Sentant sa compagne frémir dans ses bras, il baissa les yeux.

— Qu'y a-t-il, Ayla ?

— J'ai peur. C'est pour cela que je ne veux pas accepter. J'ai peur d'être Zelandoni, sanglota-t-elle.

Elle se calma, s'écarta de lui.

— J'ai peur parce qu'il m'est arrivé des choses dont je ne t'ai jamais parlé, avoua-t-elle.

— Quel genre de choses ? demanda-t-il, le front barré d'un pli soucieux.

— Je ne t'en ai jamais parlé parce que je ne savais pas comment te les expliquer. Je ne suis toujours pas sûre d'en être capable mais je vais essayer. Quand je vivais avec le Clan de Brun, j'ai accompagné ses membres à un Rassemblement, tu le sais. Iza était trop malade pour s'y rendre, elle est morte peu après notre retour.

Les yeux d'Ayla s'emplirent de larmes à ce souvenir.

— En sa qualité de guérisseuse, elle était censée préparer la potion destinée aux Mog-ur, continua-t-elle. Personne d'autre ne savait le faire. Uba était trop jeune, elle n'était pas encore femme et la potion devait être préparée par une femme. Iza m'a expliqué comment procéder, avant notre départ. Je ne pensais pas que les Mog-ur m'y autoriseraient — ils soutenaient que je n'appartenais pas au Clan — mais Creb est venu me voir et m'a enjoint de me tenir prête. C'est le même breuvage que j'ai préparé plus tard pour Mamut et moi quand nous avons fait notre étrange Voyage.

« Comme il en restait et que je craignais qu'on me reproche d'en avoir trop préparé, j'ai bu le reste. Je ne savais même pas où j'allais quand je suis retournée dans la grotte. La drogue était si puissante que je me trouvais peut-être déjà dans le Monde des Esprits. J'ai vu les Mog-ur, je me suis cachée pour les observer, mais Creb savait que j'étais là. C'était un puissant sorcier. Il était comme un Zelandoni, comme le Premier. Il était le Mog-ur. Il dirigeait tout et, je ne sais pour quelle raison, mon esprit s'est joint aux leurs. Ensemble, nous sommes remontés au temps des origines. Je ne puis expliquer comment, mais j'y étais. Quand nous sommes revenus dans le présent, je me suis retrouvée ici. Je sais que c'était ici, j'ai reconnu la Pierre qui Tombe. Le Clan y avait vécu pendant des générations, je ne saurais te dire combien. Il y a très longtemps, nous appartenions au même peuple, mais nous avons changé. Le Clan est resté derrière quand nous sommes allés de l'avant.

Jondalar écoutait, fasciné malgré lui.

— Si puissant qu'il fût, Creb n'arrivait pas à me suivre, mais il a vu quelque chose, reprit Ayla. Ou il a senti quelque chose. Il m'a ordonné ensuite de sortir de la grotte. C'était comme si je l'entendais en moi, dans ma tête, comme s'il me parlait. Les autres Mog-ur ignoraient ma présence, ils m'auraient tuée s'ils avaient su. Les femmes n'avaient pas le droit de prendre part à ce genre de cérémonie.

« A partir de ce jour, Creb n'a plus été le même. Son pouvoir s'amenuisait, et je crois qu'il ne prenait plus plaisir à dominer les esprits des membres du Clan. Je ne sais comment, je lui avais fait mal, et lui aussi m'avait fait quelque chose. Depuis, je suis différente. Mes rêves sont différents et je me sens parfois étrange, comme si je me retrouvais en un autre lieu. Il m'arrive — comment dire ? — de savoir ce que les gens pensent. Non, pas exactement, plutôt ce qu'ils sentent. Ce n'est pas cela non plus. Ce qu'ils sont, peut-être. Je ne trouve pas les mots, Jondalar. De toute façon, je bloque mes visions la plupart du temps. Quelquefois, certaines réussissent à passer, en particulier quand ce sont des sentiments violents, comme ceux de Brukeval.

Jondalar la scruta avec perplexité.

— Tu sais ce que je pense en ce moment ? Ce que j'ai dans la tête ?

— Non, répondit-elle. Je ne connais pas les pensées. Mais je sais que tu m'aimes.

Voyant l'expression de son compagnon changer, elle s'alarma :

— Cela te préoccupe, n'est-ce pas ? Je n'aurais peut-être rien dû te dire.

L'inquiétude de Jondalar pesait sur elle comme un poids. Elle avait toujours été réceptive à ce qu'il éprouvait. Elle baissa la tête, laissa ses épaules s'affaisser. Devant l'abattement d'Ayla, le malaise de Jondalar s'évanouit. Il la prit dans ses bras, lui releva la tête et la regarda dans les yeux. Ils avaient cette lueur ancestrale qu'il leur avait vue quelquefois, mêlée à une tristesse ineffable.

— Je n'ai rien à te cacher, dit-il. Cela m'est égal que tu saches ce que je pense ou ce que je sens. Je t'aime. Je ne cesserai jamais de t'aimer.

Des larmes de soulagement et d'amour coulèrent des yeux d'Ayla. Elle approcha ses lèvres de celles de Jondalar quand il se pencha pour l'embrasser. Il la serra contre lui pour la protéger de tout ce qui pourrait la blesser. Elle se blottit dans ses bras. Tant qu'elle avait Jondalar, rien d'autre ne comptait. Ce fut alors que Jonayla se mit à pleurer.

— Je désire seulement être une mère et ta compagne, dit-elle en allant prendre l'enfant. Je ne veux pas devenir Zelandoni.

Elle est effrayée, pensa-t-il, mais qui ne le serait pas ? Moi qui n'aime déjà pas longer un site mortuaire, je n'ose même pas penser à me rendre dans le Monde des Esprits. Il la regarda revenir vers lui, le bébé dans les bras, les yeux encore mouillés de larmes, et sentit une soudaine bouffée d'amour protecteur pour la femme et l'enfant. Même si elle devenait Zelandoni, elle resterait Ayla pour lui, elle aurait toujours besoin de lui.

— Tout ira bien, assura Jondalar.

Il s'empara de la petite fille, la cala au creux de son bras. Jamais il n'avait été aussi heureux que depuis qu'ils s'étaient unis, en particulier depuis que Jonayla était née. Il baissa les yeux vers l'enfant et sourit. Je crois qu'elle est aussi ma fille, pensa-t-il.

— C'est à toi de choisir, Ayla. Tu as raison : si tu acceptes d'être acolyte, cela ne t'oblige pas à devenir Zelandoni, mais si tu le décides, ce sera bien aussi. J'ai toujours su que je prenais pour compagne quelqu'un d'exceptionnel. Non seulement une femme belle, mais un être pourvu d'un don rare. Tu as été choisie par la Mère, c'est un honneur. Elle l'a montré en t'accordant un enfant avant même notre union. Maintenant, tu as une magnifique petite fille. Non, nous avons une magnifique petite fille. Tu as bien dit qu'elle est aussi de moi, n'est-ce pas ? fit-il, tâchant d'apaiser les craintes d'Ayla.

Elle recommença à pleurer mais sourit à travers ses larmes.

— Oui. Jonayla est ta fille et ma fille.

Elle éclata de nouveau en sanglots. Jondalar l'enlaça avec son autre bras, tint à la fois contre lui la mère et l'enfant.

— Si tu ne m'aimais plus, Jondalar, je ne sais pas ce que je ferais, murmura-t-elle. Je t'en supplie, aime-moi toujours.

— Je ne cesserai jamais de t'aimer. Rien ne pourra m'en empêcher, jura-t-il, sentant son amour au fond de son cœur, espérant qu'il y resterait toujours.

L'hiver s'acheva enfin. Les congères fondirent ; les fleurs violettes et blanches des premiers crocus montrèrent leur tête entre les derniers vestiges de neige. Les pointes de glace accrochées aux rochers gouttèrent jusqu'à disparaître et les premiers bourgeons verts apparurent. Ayla passait beaucoup de temps avec Whinney. Le bébé attaché dans le dos par une couverture, elle marchait auprès de la jument ou la montait à la même allure. Rapide se sentait plus fringant, et même Jondalar avait du mal à le diriger, mais c'était un défi agréable à relever.

Whinney hennit en la voyant. Ayla projetait de retrouver Jondalar et quelques autres dans un petit abri-sous-roche situé en aval. Ils voulaient recueillir de la sève de bouleau, dont une partie, réduite par ébullition, donnerait un épais sirop. Ils laisseraient fermenter le reste pour en faire une boisson alcoolisée. Le bosquet n'était pas très loin mais Ayla avait décidé de monter Whinney car elle voulait rester près de la jument. Elle était presque arrivée lorsqu'il se mit à pleuvoir. Accélérant l'allure, elle remarqua que Whinney semblait avoir peine à respirer. Au moment où elle posait une main sur le flanc de l'animal, la jument eut une contraction.

— Whinney ! s'exclama-t-elle. Ton tour est venu, n'est-ce pas ? Nous ne sommes plus très loin de l'abri où les autres nous attendent. J'espère que cela ne te gênera pas d'avoir d'autres personnes autour de toi.

En arrivant au camp, Ayla demanda à Joharran si elle pouvait mener Whinney sous le surplomb : la jument allait avoir un petit. Il acquiesça aussitôt, et une vague d'excitation parcourut le groupe. Ce serait une expérience intéressante. Aucun d'eux n'avait jamais vu une jument mettre bas.

Jondalar la rejoignit et lui demanda si elle souhaitait de l'aide.

— Je ne crois pas que Whinney ait besoin de moi mais je tiens à rester près d'elle, répondit Ayla. Si tu veux bien t'occuper de Jonayla, je viens de lui donner la tétée. Elle devrait être tranquille un moment.

Il se pencha vers la petite fille qui, découvrant son visage, lui adressa un sourire béat. Elle savait sourire depuis peu et accueillait l'homme de son foyer par ce signe de reconnaissance.

— Tu as le sourire de ta mère, Jonayla, dit-il en la prenant dans ses bras.

Le bébé le dévisagea, émit un gazouillis, sourit de nouveau. Jondalar sentit son cœur fondre. Sa fille dans les bras, il rejoignit le groupe, à l'autre bout de la corniche.

Whinney semblait contente d'être à l'abri de la pluie. Ayla la brossa, la conduisit à un endroit sec, aussi loin que possible des compagnons de Jondalar. Ils semblaient avoir compris qu'Ayla souhaitait qu'ils restent à l'écart, mais l'abri n'était pas grand et ils pouvaient facilement observer la scène. Jondalar se retourna pour regarder lui aussi. Ce n'était pas la première fois qu'il voyait Whinney pouliner mais l'événement demeurait fascinant. Si les naissances leur étaient familières, ils n'en étaient pas moins impressionnés chaque fois qu'une vie nouvelle était sur le point d'apparaître. Humaine ou animale, c'était le plus grand Don de la Mère. Ils attendirent tous en silence.

Au bout d'un moment, quand il sembla que Whinney n'était pas encore tout à fait prête mais installée aussi confortablement que possible, Ayla approcha du feu autour duquel les autres s'étaient regroupés. Ils lui proposèrent une infusion et elle retourna la boire après avoir apporté de l'eau à sa jument.

— Ayla, je ne me souviens pas de t'avoir entendue dire comment tu as trouvé ces chevaux. Qu'est-ce qui fait qu'ils n'ont pas peur des hommes ? demanda Dynoda.

Ayla sourit. Elle s'habituait à conter des histoires et parlait volontiers des chevaux. Elle expliqua comment elle avait pris au piège la mère de Whinney et sauvé son petit des hyènes, comment elle avait ramené la pouliche à sa grotte, comment elle l'avait nourrie et élevée. Ayla se prit au jeu et, sans qu'elle s'en aperçût, rendit son récit plus prenant en faisant appel à l'art, appris au Clan, d'exprimer un sentiment par une expression du visage ou un geste.

Gardant un œil sur Whinney, elle dramatisa inconsciemment sa narration, et les membres du groupe, dont plusieurs appartenaient à des Cavernes voisines, l'écoutèrent, captivés. Son accent exotique, son habileté incroyable à imiter les cris d'animaux ajoutaient encore à l'intérêt de cette histoire singulière. Même Jondalar, qui en connaissait pourtant les circonstances, était sous le charme. Jamais il n'avait entendu Ayla la raconter de cette manière. On lui posa des questions, elle décrivit sa vie dans la vallée mais, lorsqu'elle parla du bébé lion qu'elle avait recueilli et élevé, les regards se firent sceptiques. Jondalar s'empressa de confirmer. Qu'ils y crussent totalement ou non, l'histoire de la femme, de la jument et du lion qui vivaient ensemble dans une grotte perdue était agréable à entendre. Un cri de Whinney interrompit Ayla.

Elle se leva d'un bond, courut à la jument, qui était maintenant allongée sur le flanc. La tête d'un petit coiffé d'une membrane apparut. Pour la seconde fois, Ayla servit de sage-femme à Whinney. Avant même que les jambes ne fussent totalement sorties, le nouveau-né au poil mouillé essaya de se mettre debout. Whinney tourna la tête pour voir le résultat de ses efforts, hennit doucement en direction de son bébé. Allongée, la minuscule pouliche approcha en se tortillant de la tête de sa mère, s'arrêta pour essayer de téter. Quand son petit fut près d'elle, la jument commença aussitôt à le nettoyer de sa langue. Lavée, la pouliche essaya de se lever. Elle tomba sur le nez, entreprit une deuxième tentative et réussit cette fois à se tenir debout, quelques instants seulement après être sortie du ventre de sa mère. Un courageux petit cheval, pensa Ayla.

Dès que le bébé fut sur ses pattes, Whinney se leva à son tour. Aussitôt la pouliche passa la tête sous sa mère pour téter et ne trouva pas le mamelon. Au deuxième essai, Whinney mordilla doucement son rejeton pour le mettre dans la bonne direction. Cela suffit. Sans aucune aide, la jument avait donné naissance à sa pouliche.

Le groupe avait regardé en silence, témoin pour la première fois que la Grande Terre Mère avait donné à Ses créatures animales la connaissance nécessaire pour qu'elles sachent s'occuper de leur progéniture. Pour que survivent les petits du cheval, et de la plupart des autres bêtes qui passaient en grand nombre dans les steppes, il fallait qu'ils puissent se tenir sur leurs pattes et courir presque aussi vite que leur mère peu après la naissance. Sans cette capacité, ils auraient été une proie facile pour les prédateurs et l'espèce n'aurait pas survécu. Whinney semblait heureuse de sentir son bébé téter.

La naissance de la pouliche avait offert aux Zelandonii un spectacle rare, une histoire que tous les témoins raconteraient à l'envi. Plusieurs posèrent des questions et se livrèrent à des commentaires une fois que les deux bêtes furent confortablement installées.

— Je n'avais jamais remarqué que les petits des chevaux savaient marcher dès leur naissance. A nos bébés, il faut au moins un an. Est-ce qu'ils grandissent vite ?

— Oui, répondit Ayla. Rapide est né le lendemain du jour où j'ai trouvé Jondalar blessé. C'est maintenant un étalon, et il ne compte que trois années.

— Il faudra que tu donnes un nom au petit, lui rappela son compagnon.

— Je vais y réfléchir.

Jondalar comprit qu'elle voulait d'abord voir à quoi il ressemblerait. Il était vrai que la jument louvette avait déjà donné naissance à un poulain de couleur différente. Il était vrai aussi que parmi les chevaux des steppes de l'Est, près du territoire des Mamutoï, on trouvait des chevaux au pelage marron foncé, comme Rapide. Jondalar ignorait quelle serait la couleur de la pouliche, mais ce ne serait pas celle de sa mère.

Loup les découvrit peu après. Comme s'il savait qu'il devait s'approcher doucement de la nouvelle famille, il alla d'abord vers Whinney. Malgré son instinct, la jument avait appris qu'il n'était pas un carnivore à redouter. Ayla les rejoignit, et après que Whinney, rassurée par la présence de la jeune femme, se fut une nouvelle fois convaincue que ce loup était bien une exception, elle lui permit de renifler son bébé et laissa la pouliche s'habituer à son odeur.

La robe de la pouliche se révéla grise.

— Je crois que je vais l'appeler Grise, dit Ayla à Jondalar. Ce sera le cheval de Jonayla, et nous devrons apprendre à l'une à monter et à l'autre à l'accepter.

Le lendemain, quand ils regagnèrent l'abri des chevaux, sous le surplomb, Rapide accueillit sa petite sœur avec une vive curiosité, sous la stricte surveillance de Whinney. Se tournant vers la zone des habitations, Ayla vit Zelandoni approcher. Elle s'étonna de l'intérêt que manifestait la doniate envers la pouliche puisque la Première n'avait jamais pris la peine de venir voir les chevaux ; elle la présenta cependant à Grise.

— Jonokol m'a annoncé qu'il quitterait la Neuvième Caverne à la prochaine Réunion d'Eté, dit Zelandoni après un bref coup d'œil à la pouliche.

— Tu t'y attendais, fit Ayla, sur ses gardes.

— Sais-tu maintenant si tu veux devenir mon nouvel acolyte ? demanda la doniate sans tergiverser.

Ayla baissa la tête puis la releva. La Première attendit, fixa la jeune femme dans les yeux.

— Je crois que tu n'as pas le choix. Tu sais que tu entendras l'appel un jour, peut-être plus tôt que tu ne le penses. Je serais désolée de voir tes capacités détruites, à supposer que tu parviennes à survivre sans soutien et sans formation.

Ayla tenta d'échapper au regard impérieux. Puis, dans les profondeurs de son être ou les chemins de son cerveau, elle trouva des ressources nouvelles. Elle sentit une force croître en elle et sut qu'elle n'était plus dominée par la doniate, que c'était elle au contraire qui avait pouvoir sur Celle Qui Etait la Première. Elle soutint son regard avec un sentiment de puissance et d'autorité qu'elle n'avait jamais éprouvé auparavant.

Quand Ayla le lui permit, Zelandoni détourna un instant les yeux. Lorsqu'elle les ramena sur la jeune femme, l'impression d'être sous l'emprise d'une force gigantesque avait disparu, mais Ayla la regardait avec un sourire entendu. Le bébé s'agita dans ses bras comme si quelque chose le contrariait, et Ayla reporta son attention sur l'enfant.

Quoique ébranlée, Zelandoni recouvra rapidement sa maîtrise d'elle-même. Elle fit mine de partir mais revint sur ses pas et considéra de nouveau Ayla, non plus avec ce regard qui avait débouché sur un choc de deux volontés, mais d'une manière directe et pénétrante.

— Viens me dire maintenant que tu n'es pas Zelandoni, murmura la doniate.

Ayla rougit, regarda autour d'elle d'un air incertain comme si elle cherchait une échappatoire. Quand elle posa de nouveau les yeux sur la doniate, Zelandoni était redevenue la présence imposante qu'elle avait toujours connue.

— Je vais prévenir Jondalar, dit-elle avant de baisser la tête vers son bébé.

LE CHANT DE LA MÈRE

Des ténèbres, du Chaos du temps,
Le tourbillon enfanta la Mère suprême.
Elle s'éveilla à Elle-Même sachant la valeur de la vie,
Et le néant sombre affligea la Grande Terre Mère.

La Mère était seule. La Mère était la seule.

De la poussière de Sa naissance, Elle créa l'Autre,
Un pâle ami brillant, un compagnon, un frère.
Ils grandirent ensemble, apprirent à aimer et chérir
Et quand Elle fut prête, ils décidèrent de s'unir.

Il tournait autour d'Elle constamment, son pâle amant.

Ayla se rendit compte que le chant racontait une histoire familière que tout le monde connaissait et attendait. Captivée, elle voulut en savoir davantage et écouta avec attention tandis que Zelandoni chantait un autre couplet et que la communauté tout entière lui répondait dans le dernier vers.

De ce seul compagnon Elle se contenta d'abord
Puis devint agitée et inquiète en Son cœur.
Elle aimait Son pâle ami blond, cher complément d'Elle-Même
Mais Son amour sans fond demeurait inemployé

La Mère Elle était, quelque chose Lui manquait.

Elle défia le grand vide, le Chaos, les ténèbres
De trouver l'antre froid de l'étincelle source de vie.
Le tourbillon était effroyable, l'obscurité totale.
Le Chaos glacé chercha Sa chaleur.

La Mère était brave, le danger était grave.

Elle tira du Chaos froid la source créatrice
Et conçut dans ce Chaos. Elle s'enfuit avec la force vitale,
Grandit avec la vie qu'Elle portait en Son sein,
Et donna d'Elle-Même avec amour, avec fierté.

La Mère portait Ses fruits, Elle partageait Sa vie.

Le vide obscur et la vaste Terre nue
Attendaient la naissance.
La vie but de Son sang, respira par Ses os.
Elle fendit Sa peau et scinda Ses roches.

La Mère donnait. Un autre vivait.

Les eaux bouillonnantes de l'enfantement emplirent rivières et [mers,
Inondèrent le sol, donnèrent naissance aux arbres.
De chaque précieuse goutte naquirent herbes et feuilles
Jusqu'à ce qu'un vert luxuriant renouvelle la Terre.

Ses eaux coulaient. Les plantes croissaient.

Dans la douleur du travail, crachant du feu,
Elle donna naissance à une nouvelle vie.
Son sang séché devint la terre d'ocre rouge.
Mais l'enfant radieux justifiait toute cette souffrance.

Un bonheur si grand, un garçon resplendissant.

Les roches se soulevèrent, crachant des flammes de leurs crêtes.
La Mère nourrit Son fils de Ses seins montagneux.
Il tétait si fort, les étincelles volaient si haut
Que le lait chaud traça un chemin dans le ciel.

La Mère allaitait, Son fils grandissait.

Il riait et jouait, devenait grand et brillant.
Il éclairait les ténèbres à la joie de la Mère.
Elle dispensa Son amour, le fils crût en force,
Mûrit bientôt et ne fut plus enfant.

Son fils grandissait, il Lui échappait.

Elle puisa à la source pour la vie qu'Elle avait engendrée.
Le vide froid attirait maintenant son fils.
La Mère donnait l'amour, mais le jeune avait d'autres désirs.

Connaître, voyager, explorer.

Le Chaos La faisait souffrir, le fils brûlait de partir.

Il s'enfuit de Son flanc pendant que la Mère dormait
Et que le Chaos sortait en rampant du vide tourbillonnant.
Par ses tentations aguichantes l'obscurité le séduisit.
Trompé par le tourbillon, l'enfant tomba captif.

Le noir l'enveloppa, le jeune fils plein d'éclat.

L'enfant rayonnant de la Mère, d'abord ivre de joie,
Fut bientôt englouti par le vide sinistre et glacé.
Le rejeton imprudent, consumé de remords,
Ne pouvait se libérer de la force mystérieuse.

Le Chaos refusait de lâcher le fils coupable de témérité.

Mais au moment où les ténèbres l'aspiraient dans le froid
La Mère se réveilla, et se ressaisit.
Pour L'aider à retrouver Son fils resplendissant,
La Mère fit appel à Son pâle ami.

Elle tenait bon, Elle ne perdait pas de vue Son rejeton.

Elle rappela auprès d'elle Son amour d'antan.
Le cœur serré, Elle lui conta Son histoire.
L'ami cher accepta de se joindre au combat
Pour arracher l'enfant à son sort périlleux.

Elle parla de Sa douleur, et du tournoyant voleur.

La Mère était épuisée, Elle devait se reposer.
Elle relâcha Son étreinte sur Son lumineux amant
Qui, pendant Son sommeil, affronta la force froide,
Et la refoula un moment vers sa source.

Son esprit était puissant, mais trop long l'affrontement.

Le pâle ami lutta de toutes ses forces
Le combat était âpre, la bataille acharnée.
Sa vigilance déclina, il ferma son grand œil.
Le noir l'enveloppa, lui vola sa lumière.

Du pâle ami exténué, la lumière expirait.

Quand les ténèbres furent totales, Elle s'éveilla avec un cri.
Le vide obscur cachait la lumière du ciel.

Elle se jeta dans la mêlée, fit tant et si bien
Qu'elle arracha Son ami à l'obscurité.

Mais de la nuit le visage terrible gardait Son fils invisible.

Prisonnier du tourbillon, le fils ardent de la Mère
Ne réchauffait plus la Terre. Le Chaos froid avait gagné.
La vie fertile et verdoyante n'était plus que glace et neige.
Un vent mordant soufflait sans trêve.

La Terre était abandonnée, aucune plante ne poussait plus.

Bien que lasse et épuisée de chagrin, la Mère tenta encore
De reprendre la vie qu'Elle avait enfantée.
Elle ne pouvait renoncer, il fallait qu'Elle se batte
Pour que renaisse la lumière de Son fils.

Elle poursuivit Sa quête guerrière pour ramener la lumière.

Son lumineux ami était prêt à combattre
Le voleur qui gardait captif l'enfant de Ses entrailles.
Ensemble ils luttèrent pour le fils qu'Elle adorait.
Leurs efforts aboutirent, sa lumière fut restaurée.

Sa chaleur réchauffait, sa splendeur rayonnait.

Les lugubres ténèbres s'accrochaient à l'éclat du fils
La Mère ripostait, refusait de reculer.
Le tourbillon tirait, Elle ne lâchait pas.
Il n'y avait ni vainqueur ni vaincu.

Elle repoussait l'obscurité, mais Son fils demeurait prisonnier.

Quand Elle repoussait le tourbillon et faisait fuir le Chaos,
La lumière de Son fils brillait de plus belle.
Quand Ses forces diminuaient, le néant noir prenait le dessus,
Et l'obscurité revenait à la fin du jour.

Elle sentait la chaleur de Son fils, mais le combat demeurait [indécis.

La Grande Mère vivait la peine au cœur
Qu'Elle et Son fils soient à jamais séparés.
Se languissant de Son enfant perdu,
Elle puisa une ardeur nouvelle dans Sa force de vie

Elle ne pouvait se résigner à la perte du fils adoré.

Quand Elle fut prête, Ses eaux d'enfantement
Ramenèrent sur la Terre nue une vie verdoyante.
Et Ses larmes, abondamment versées,
Devinrent des gouttes de rosée étincelantes.

Les eaux apportaient la vie, mais Ses pleurs n'étaient pas taris.

Avec un grondement de tonnerre, Ses montagnes se fendirent
Et par la caverne qui s'ouvrit dessous
Elle fut de nouveau mère,
Donnant vie à toutes les créatures de la Terre.

D'autres enfants étaient nés, mais la Mère était épuisée.

Chaque enfant était différent, certains petits, d'autres grands.
Certains marchaient, d'autres volaient, certains nageaient, [d'autres rampaient.
Mais chaque forme était parfaite, chaque esprit complet.
Chacun était un modèle qu'on pouvait répéter.

La Mère le voulait, la Terre verte se peuplait.

Les oiseaux, les poissons, les autres animaux,
Tous restèrent cette fois auprès de l'Eplorée.
Chacun d'eux vivait là où il était né
Et partageait le domaine de la Mère.

Près d'Elle ils demeuraient, aucun ne s'enfuyait.

Ils étaient Ses enfants, ils La remplissaient de fierté
Mais ils sapaient la force de vie qu'Elle portait en Elle.
Il Lui en restait cependant assez pour une dernière création,
Un enfant qui se rappellerait qui l'avait créé,

Un enfant qui saurait respecter et apprendrait à protéger.

Première Femme naquit adulte et bien formée,
Elle reçut les Dons qu'il fallait pour survivre.
La Vie fut le premier, et comme la Terre Mère,
Elle s'éveilla à elle-même en en sachant le prix.

Première Femme était née, première de sa lignée.

Vint ensuite le Don de Perception, d'apprendre,
Le désir de connaître, le Don de Discernement.
Première Femme reçut le savoir qui l'aiderait à vivre
Et qu'elle transmettrait à ses semblables.

Première Femme saurait comment apprendre, comment croître.

La Mère avait presque épuisé Sa force vitale.
Pour transmettre l'Esprit de la Vie,
Elle fit en sorte que tous Ses enfants procréent,
Et Première Femme reçut aussi le Don d'enfanter.

Mais Première Femme était seule, elle était la seule.

La Mère se rappela Sa propre solitude,
L'amour de Son ami, sa présence caressante.
Avec la dernière étincelle, Son travail reprit,
Et, pour partager la vie avec Femme, Elle créa Premier Homme.

La Mère à nouveau donnait, un nouvel être vivait.

Femme et Homme la Mère enfanta
Et pour demeure, elle leur donna la Terre,
Ainsi que l'eau, le sol, toute la création,
Pour qu'ils s'en servent avec discernement.

Ils pouvaient en user, jamais en abuser.

Aux Enfants de la Terre, la Mère accorda
Le Don de Survivre, puis Elle décida
De leur offrir celui des Plaisirs
Qui honore la Mère par la joie de l'union.

Les Dons sont mérités quand la Mère est honorée.

Satisfaite des deux êtres qu'Elle avait créés,
La Mère leur apprit l'amour et l'affection.
Elle insuffla en eux le désir de s'unir,
Le Don de leurs Plaisirs vint de la Mère.

Avant qu'Elle eût fini, Ses enfants L'aimaient aussi.
Les Enfants de la Terre étaient nés, la Mère pouvait se reposer.

REMERCIEMENTS

Je suis plus reconnaissante que je ne saurais le dire aux nombreuses personnes qui m'ont aidée à élargir mes connaissances sur le monde des hommes et des femmes qui vivaient quand les glaciers recouvraient un quart de la surface de la Terre. Certains des éléments que j'ai utilisés dans mon livre — notamment en rapport avec diverses théories ou la datation d'événements et de sites — ne sont pas toujours acceptés par la majorité de la communauté préhistorienne à l'heure actuelle. Si quelques-uns relèvent d'éventuelles négligences, d'autres ont été délibérément choisis, souvent parce qu'ils semblaient plus justes à une romancière subjective qui doit mettre en scène ses personnages en tenant compte de la nature humaine et des mobiles logiques de leurs actes.

Je tiens à remercier tout particulièrement le Dr Jean-Philippe Rigaud, dont j'ai fait la connaissance pendant mon premier voyage de recherche en Europe sur son chantier de fouilles du Flageolet, en Dordogne, vestige d'un camp de chasse installé sur le flanc d'une colline qui dominait autrefois une vaste plaine herbeuse où vivaient des animaux migrateurs de l'ère glaciaire. A la romancière américaine inconnue que j'étais, il a pris le temps d'expliquer quelques-unes des découvertes de ce site et m'a aidée à obtenir l'autorisation de visiter la grotte de Lascaux. J'ai été émue aux larmes en découvrant ce sanctuaire de la splendeur préhistorique, peint par les premiers humains modernes de l'Europe du paléolithique supérieur, les hommes de Cro-Magnon, et qui, encore aujourd'hui, peut se comparer aux plus belles de nos œuvres d'art.

Plus tard, quand nous nous sommes revus à La Micoque, site du début de la période neandertalienne, j'ai commencé à mieux saisir ce moment unique du début de notre préhistoire, quand les premiers hommes modernes, d'un point de vue anatomique, arrivèrent en Europe et y trouvèrent les hommes de Neandertal, qui s'y étaient établis bien avant la dernière glaciation. Comme je voulais comprendre les techniques utilisées pour connaître nos lointains ancêtres, mon mari et moi avons travaillé brièvement sur le chantier le plus récent du Dr Rigaud, la Grotte Seize. M. Rigaud m'a également fourni d'abondantes informations sur le site vaste et très riche qui porte aujourd'hui le nom de Laugerie-Haute et que j'ai appelé la Neuvième Caverne des Zelandonii.

Le Dr Rigaud m'a été d'une aide précieuse pendant toute l'écriture de cette saga, mais plus particulièrement pour ce dernier livre. Avant de m'atteler à la rédaction des *Refuges de pierre*, j'ai repris toute la documentation que j'avais rassemblée sur la région et sur l'aspect qu'elle avait alors, j'ai dressé minutieusement le cadre de mon histoire en donnant aux lieux mes propres noms et en décrivant le paysage ; chaque fois que j'avais besoin d'une information, je l'avais sous la main, rédigée en des termes qui m'appartenaient. J'ai posé aux chercheurs et autres spécialistes d'innombrables questions mais je n'ai demandé à personne de vérifier mon texte avant sa publication. J'ai toujours pleinement assumé la responsabilité de mes choix quand je sélectionne les éléments utilisés dans mes livres, de la façon dont je les utilise et de la part d'imaginaire que je leur ajoute — et je continue à l'assumer. Cette fois cependant, le cadre de ce dernier livre étant si connu, non seulement des archéologues et autres chercheurs, mais aussi des nombreuses personnes qui ont visité la région, j'ai dû, pour m'assurer que les détails de ma toile de fond étaient aussi véridiques que possible, rompre avec cette habitude : j'ai demandé au Dr Rigaud de lire les très nombreuses pages que j'avais rédigées sur le cadre de mon histoire afin d'y déceler d'éventuelles erreurs. Je ne m'étais pas bien rendu compte de l'énorme travail que cela représentait, et je le remercie de tout cœur pour son temps et ses efforts. Il m'a fait le compliment de trouver mes informations à peu près exactes, tout en attirant mon attention sur certaines choses que je ne connaissais pas ou que je n'avais pas comprises. J'ai procédé aux rectifications et aux ajouts requis. Les erreurs qui pourraient encore se trouver dans le texte me sont entièrement imputables.

J'exprime toute ma gratitude à un autre archéologue français, le Pr Jean Clottes, dont j'ai fait la connaissance grâce à son collègue, J.-P. Rigaud. A Montignac, lors de la célébration du cinquantième anniversaire de la découverte de la grotte de Lascaux, il a eu la gentillesse de me traduire à l'oreille l'essentiel de plusieurs interventions, exprimées en français, pendant la conférence organisée à cette occasion. Depuis, nous nous sommes revus des deux côtés de l'Atlantique et je ne saurais trop le remercier de la générosité avec laquelle il m'a prodigué son temps et son aide. Il m'a guidée dans de nombreuses cavernes peintes et gravées, plus spécialement dans la région proche des Pyrénées. Outre les grottes fabuleuses de la propriété du comte Bégouën, j'ai été très impressionnée par Gargas, qui offre tellement plus que les empreintes de main pour lesquelles elle est connue. J'ai aussi beaucoup apprécié la seconde visite que j'ai faite avec le Pr Clottes dans les profondeurs de la grotte de Niaux. Elle a duré six heures et a été pour moi une formidable révélation, en partie parce que j'en savais alors beaucoup plus sur les cavernes peintes que la première fois. Même si ces sites ne figurent pas encore dans l'histoire des « Enfants de la terre », les nombreuses discussions que j'ai eues avec le Pr Clottes, en particulier sur les raisons que les hommes de Cro-Magnon auraient pu avoir de décorer leurs grottes et leurs habitations, ont été éclairantes.

C'est en 1982 que j'ai visité pour la première fois la grotte de Niaux, dans les contreforts pyrénéens, et je dois en remercier le Dr Jean-Michel Belamy. Niaux m'a laissé une impression ineffaçable : les animaux peints sur les parois du Salon Noir, les empreintes de pas d'enfants, les chevaux magnifiquement représentés tout au fond de la vaste caverne, après le petit lac, et bien d'autres choses. J'ai été touchée au-delà des mots par le cadeau que le Dr Belamy m'a fait plus récemment : l'exceptionnelle première édition du premier livre sur la grotte de Niaux.

Je suis également reconnaissante au comte Robert Bégouën, qui a protégé et préservé les remarquables cavernes situées sur ses terres, l'Enlène, le Tuc d'Audoubert et les Trois-Frères, et créé un musée exceptionnel pour les objets qui en ont été délicatement exhumés. J'ai été bouleversée par les deux grottes que j'ai visitées et je lui exprime toute ma gratitude, ainsi qu'au Pr Clottes.

Je remercie aussi le Dr David Lewis-Williams, homme d'une grande amabilité aux fortes convictions, dont les travaux sur les Bochimans d'Afrique et les admirables peintures rupestres de leurs ancêtres sont à l'origine d'idées fascinantes et de plusieurs ouvrages, dont un en collaboration avec le Pr Clottes, *Les Chamanes de la Préhistoire*, qui suggère que les peintres des grottes françaises auraient pu avoir des raisons similaires d'orner les parois de leurs cavernes.

Tous mes remerciements au Dr Roy Larick pour son aide, et plus particulièrement pour avoir ouvert la porte de métal protégeant la splendide tête de cheval gravée en relief sur la paroi de la grotte inférieure de Commarque.

Merci au Dr Paul Bahn, qui m'a aidée à comprendre plusieurs allocutions prononcées à la conférence organisée pour l'anniversaire de Lascaux, en me servant de traducteur. Grâce à lui, j'ai eu l'honneur de rencontrer trois des hommes qui, enfants, ont découvert la grotte dans les années 1940. J'ai eu les larmes aux yeux en voyant ses murs blancs couverts de peintures polychromes aussi remarquables, et je ne puis qu'imaginer l'impression qu'elle a dû faire aux quatre jeunes garçons qui ont suivi un chien dans un trou et ont été les premiers à la contempler depuis que son entrée s'était effondrée, quinze mille ans plus tôt. Le Dr Bahn m'a été d'une aide précieuse, tant par les discussions que j'ai eues avec lui qu'à travers ses livres sur la captivante période préhistorique qui est le sujet de cette série de romans.

J'ai une dette particulière envers le Dr Jan Jelinek pour les longues discussions que nous avons eues sur le paléolithique supérieur. Il a des idées pénétrantes sur les êtres qui vivaient à l'époque où les hommes modernes s'établirent en Europe et y rencontrèrent les hommes de Neandertal. Je tiens également à le remercier pour l'aide qu'il a apportée aux éditeurs tchèques des traductions des précédents livres de cette série.

J'ai lu les ouvrages du Dr Alexander Marshack, qui a mis au point la technique d'examen des objets gravés au microscope, bien longtemps avant de faire sa connaissance. J'apprécie sa contribution à la compréhension des hommes de Cro-Magnon et de Neandertal, ainsi que les publications qu'il m'envoie. J'ai été impressionnée par ses théories convaincantes, reposant sur des études approfondies, et je continue à lire ses travaux, riches de vues intelligentes et fines sur les hommes qui vivaient pendant la dernière glaciation.

Au cours des trois mois que j'ai passés près des Eyzies-de-Tayac afin de mener des recherches pour ce livre, j'ai visité la grotte de Font-de-Gaume à de nombreuses reprises. Je remercie tout particulièrement Paulette Daubisse, directrice et responsable des guides de cette magnifique caverne peinte, pour sa gentillesse et pour m'avoir accordé la faveur d'une visite privée. Depuis de nombreuses années, ce site exceptionnel fait partie de sa vie, elle le connaît comme si c'était son foyer. Elle m'a montré les nombreuses formations et peintures qui ne sont pas normalement accessibles aux visiteurs — cela prendrait trop de temps — et je lui en suis infiniment reconnaissante.

Je tiens également à remercier M. Renaud Bombard, des Presses de la Cité, mon éditeur français, qui m'a aidée à trouver ce dont j'avais besoin chaque fois que je suis venue en France effectuer des recherches. Que ce soit un lieu où faire photocopier un manuscrit fort copieux, non loin de l'endroit où je logeais, avec une personne parlant anglais pour que je puisse expliquer ce que je désirais, ou un bon hôtel de la région en dehors de la saison, quand la plupart des établissements sont fermés, ou bien un fabuleux restaurant dans la vallée de la Loire où nous avons pu fêter l'anniversaire de mariage d'amis chers, ou encore des réservations de dernière minute dans une station balnéaire très fréquentée qui se trouvait sur la route d'un site que je tenais à voir. Dans tous les cas, M. Bombard s'est toujours arrangé pour me donner satisfaction et je lui en suis sincèrement reconnaissante.

Pour écrire ce livre, j'ai dû acquérir des connaissances en dehors de l'archéologie et de la paléoanthropologie, et plusieurs autres personnes m'y ont aidée. Un grand merci à Donald Ronald Naito, docteur en médecine interne à Portland, Oregon, mon médecin personnel depuis de nombreuses années, qui a accepté de me voir après les heures de consultation et de répondre à mes questions sur les symptômes et la progression de certaines maladies et blessures. Je remercie également Brett Bolhofner, docteur en médecine orthopédique, à St Petersburg, Floride, pour ses informations sur les traumas et blessures du squelette, et plus encore pour avoir remis en place la hanche et le pelvis fracturés de mon fils après son accident d'automobile. Merci aussi à Joseph J. Pica, chirurgien orthopédique et assistant du Dr Bolhofner pour ses explications savantes sur les lésions internes et pour les excellents soins qu'il a prodigués à mon fils. J'ai également tiré grand profit de ma discussion avec Rick Frye, secouriste bénévole de l'Etat de Washington, sur les premiers soins à apporter en cas d'urgence.

Merci au Dr John Kallas, de Portland, Oregon, spécialiste des aliments collectés dans la nature, qui multiplie les expériences sur leur traitement et leur cuisson, pour m'avoir fait partager ses vastes connaissances non seulement des plantes sauvages comestibles mais aussi des clams, des moules et des végétaux marins. Je ne me doutais pas qu'il existait tant d'espèces d'algues comestibles.

Je remercie tout particulièrement Lenette Stroebel, de Prineville, Oregon, éleveuse, qui, à partir de chevaux sauvages, est remontée aux tarpans originels et a obtenu certaines caractéristiques intéressantes. Ils ont par exemple des sabots si durs qu'ils peuvent se passer de fers, même en terrain rocailleux ; ils arborent une crinière droite et des marques semblables à celles des chevaux peints sur les parois de certaines grottes, notamment les jambes et la queue noires, et parfois des raies sur les flancs. Ils ont une magnifique couleur grise appelée gruya. Non seulement Lenette Stroebel m'a laissé voir ses chevaux mais elle m'a longuement parlé d'eux, puis elle m'a envoyé une extraordinaire série de photos d'une de ses juments en train de pouliner, qui m'a fourni une base pour la naissance de la pouliche de Whinney.

Toute ma gratitude à Claudine Fisher, professeur de français à l'université d'Etat de Portland, pour ses traductions de correspondance et de matériaux de recherche en français, ainsi que pour ses conseils éclairés sur ce manuscrit et sur d'autres.

A mes premiers lecteurs, Karen Auel-Feuer, Kendall Auel, Cathy Humble, Deanna Sterett, Claudine Fisher et Ray Auel, qui ont lu une première version et proposé quelques suggestions constructives, mille mercis.

Je dois beaucoup à Betty Prashker, mon éditrice sagace et intelligente. Ses conseils sont toujours utiles, ses idées lumineuses.

Merci à mon agent littéraire, Jean Naggar, qui est venue ici en avion pour lire la première version et qui, ainsi que son mari Serge, m'a fait quelques suggestions après m'avoir assuré que l'ensemble fonctionnait. Elle participe depuis le début à cette série, pour laquelle elle accomplit des miracles. Je remercie également Jennifer Weltz, de l'agence Jean V. Naggar, qui travaille avec Jean pour faire d'autres miracles, en particulier concernant les droits à l'étranger.

C'est avec une profonde tristesse que j'exprime ma reconnaissance *in memoriam* à David Abrams, professeur d'anthropologie et d'archéologie à Sacramento, Californie. En 1982, David et Diane Kelly, son assistante et future épouse, nous ont emmenés, Ray et moi, en Europe pour mon premier voyage de recherche — France, Autriche, Tchécoslovaquie et Ukraine (alors en URSS) —, au cours duquel j'ai visité pour la première fois quelques-uns des endroits où se déroulent les livres de la saga des « Enfants de la terre », voilà trente mille ans. J'ai pu y « sentir » les lieux, ce qui m'a énormément aidée. Nous sommes devenus amis de David et Diane, nous nous sommes revus plusieurs fois au fil des années, tant ici qu'en Europe. Ce fut un terrible choc d'apprendre qu'il était gravement malade — il était si jeune — mais il a tenu bon beaucoup plus longtemps qu'on ne l'avait prédit, en gardant jusqu'au bout une attitude merveilleusement positive. Il me manque.

Je dois aussi remercier à titre posthume un autre ami cher, Richard Ausman, qui m'a aidée à écrire ces livres en créant des cadres confortables où je pouvais vivre et travailler. « Oz » avait du génie pour concevoir des maisons belles et fonctionnelles, mais surtout il a été un ami pour Ray et moi pendant des années. Pensant qu'on avait pris son cancer à temps, il avait épousé Paula dans l'espoir de passer de nombreuses années avec elle et ses enfants, mais cela lui fut refusé. Je suis triste qu'il ne soit plus parmi nous.

Il y a de nombreuses autres personnes que je devrais remercier pour leurs conseils et leur aide mais j'ai déjà été trop longue et je terminerai donc par celui qui compte le plus. Je suis infiniment reconnaissante à Ray de son amour, de son soutien et de ses encouragements. Il a contribué à me fournir le temps et l'espace nécessaire à mon travail, malgré mes horaires incongrus. Il a toujours été à mes côtés.

Impression réalisée sur CAMERON par

BUSSIÈRE CAMEDAN IMPRIMERIES

GROUPE CPI

à Saint-Amand-Montrond (Cher)
en mars 2002

N° d'édition : 6975. — N° d'impression : 021043/1.
Dépôt légal : mars 2002.

Imprimé en France